前　言

《聊斋志异》，简称《聊斋》，俗名《鬼狐传》，清代短篇文言小说集，全书共有短篇小说491篇，是蒲松龄的代表作。“聊斋”是他的书斋名，“志”是记述的意思，“异”指奇异的故事，指在聊斋中记述奇异的故事。《聊斋志异》多数作品通过谈狐说鬼的手法，对当时社会的腐败、黑暗进行了有力批判，在一定程度上揭露了社会矛盾，表达了人民的愿望。

蒲松龄（1640－1715）字留仙，一字剑臣，号柳泉居士，世称聊斋先生，自称异史氏，现山东省淄博市淄川区洪山镇蒲家庄人，汉族。出生于一个逐渐败落的中小地主兼商人家庭。19岁应童子试，接连考取县、府、道三个第一，名震一时。补博士弟子员。以后屡试不第，直至71岁时才成岁贡生。为生活所迫，他除了应同邑人宝应县知县孙蕙之请，为其做幕宾数年之外，主要是在本县西铺村毕际友家做塾师，舌耕笔耘近42年，直至61岁时方撤帐归家。1715年正月病逝，享年76岁。

据说作者蒲松龄在写这部书时，专门在家门口开了一家茶馆，请喝茶的人给他讲故事，讲过后可以不付茶钱，听完之后再作修改写到书里面去。该书题材非常广泛，内容极其丰富，艺术成就很高。具体说来，它的内容大致可以分为以下几类：一是才子佳人式的爱情故事；二是人与人或非人之间的友情故事；三是不满黑暗社会现实的反抗故事；四是讽刺不良品行的道德训诫故事。在《聊斋志异》一书中，蒲松龄成功地塑造了众多的艺术典型。由于人物形象鲜明生动，故事情节曲折离奇，结构布局严谨巧妙，文笔简练，描写细腻，《聊斋志异》堪称中国古代短篇小说之巅峰。

历来对《聊斋志异》的评价都非常高。蒲松龄的同乡好友王士祯为《聊斋志异》题诗“姑妄言之姑听之，豆棚瓜架雨如丝。料应厌作人间语，爱听秋坟鬼唱时”。他对《聊斋志异》甚为喜爱，给予极高评价，并为其作评点，甚至欲以五百两黄金购《聊斋志异》之手稿而不可得。纪晓岚称赞：“才子之笔，莫逮万一。”鲁迅评论《聊斋志异》：“《聊斋志异》虽亦如当时同类之书,不外记神仙狐鬼精魅故事,然描写委曲,叙次井然,用传奇法,而以志怪。变幻之状,如在目前;又或易调改弦,别叙崎人异行,出于幻灭,顿入人间;偶叙琐闻,亦多简洁,故读者耳目,为之一新。……明末志怪群书,大抵简略,又多荒诞不情;《聊斋志异》独于详尽之处,示以平常,使花妖狐魅,多是人情,和易可亲,忘为异类,而又偶见鹘突,知复非人。"郭沫若评价说:"写鬼写妖高人一等,刺贪刺虐入骨三分。"老舍评价说:"鬼狐有性格,笑骂成文章。"

但此书也有不合常理之处,如《医术》中载:"有病伤寒者,言症求方。张适醉,误以疟剂予之。醒而悟,不敢以告人。三日后有盛仪造门而谢者,问之,则伤寒之人,大吐大下而愈矣。"根据现代医学,伤寒最忌腹泻。另外,书中也夹杂着一些封建伦理观念和因果报应的宿命论思想,需要我们在阅读时加以注意。

《聊斋志异》完成于清康熙十九年(1680 年),在蒲松龄生前多以抄本流传,到乾隆三十一年(1766 年)才第一次由赵起杲在浙江严州刻印。后世著名的版本有铸雪斋抄本(乾隆十六年)、青柯亭刻本(乾隆三十一年)等。

《聊斋志异》在清代风行一时,模仿之作大量涌现,代表作有沈起凤的《谐铎》、袁枚的《子不语》(又名《新齐谐》)、纪晓岚的《阅微草堂笔记》等。

中国古典文学名著丛书

聊斋志异

上

[清] 蒲松龄 著

華夏出版社
HUAXIA PUBLISHING HOUSE

图书在版编目（CIP）数据

聊斋志异／（清）蒲松龄著. —北京：华夏出版社，2012.07（2024.09重印）
（中国古典文学名著丛书）
ISBN 978－7－5080－6409－3

Ⅰ. ①聊… Ⅱ. ①蒲… Ⅲ. ①笔记小说－中国－清代 Ⅳ. ①I242.1

中国版本图书馆CIP数据核字（2011）第073399号

出版发行：华夏出版社
（北京市东直门外香河园北里4号 邮编100028）
经　　销：新华书店
印　　制：永清县晔盛亚胶印有限公司
版　　次：2012年07月北京第1版
2024年09月北京第2次印刷
开　　本：670×970 1/16开
印　　张：50
字　　数：758.2千字
定　　价：100.00元（上中下）

高　序

志而曰异，明其不同于常也。然而圣人曰："君子以同而异。"何耶？其义广矣、大矣。夫圣人之言，虽多主于人事，而吾谓三才之理，六经之文，诸圣之义，可一以贯之，则谓异之为义，即易之冒道，无不可也。夫人但知居仁由义，克己复礼，为善人君子矣；而陟降而在帝左右，祷祝而感召风雷，乃近于巫祝之说者，何耶？神禹创铸九鼎，而山海一经，复垂万世，岂上古圣人而喜语怪乎？抑争子虚乌有之赋心，而预为分道扬镳者地乎？后世拘墟之士，双瞳如豆，一叶迷山，目所不见，率以仲尼"不语"为辞，不知鷁飞石陨，是何人载笔尔尔也？倘概以左氏之诬蔽之，无异掩耳者高语无雷矣。引而伸之，即"阊阖九天，衣冠万国"之句，深山穷谷中人，亦以为欺我无疑也。余谓：欲读天下之奇书，须明天下之大道。盖以人伦大道淑世者，吾人之所以为木铎也。然而天下有解人，则虽孔子之所不语者，皆足辅功令教化之所不及；而《诺皋》、《夷坚》，亦可与六经同功。苟非其人，则虽日述孔子之所常言，而皆足以佐慝；如读南子之见，则以为淫辟皆可周旋；泥佛肸之往，则以为叛逆不妨共事；不止《诗》、《书》发冢，《周官》资篡已也。

彼拘墟之士多疑者，其言则未尝不近于正也。一则疑曰：政教自堪治世，因果无乃渺茫乎？曰：是也。然而阴骘上帝，幽有鬼神，亦圣人之言否乎？彼彭生豕面，申生语巫，武曌宫中，田蚡枕畔，九幽斧钺，严于王章多矣。而世人往往多疑者，以报应之或爽，诚有可疑。即如圣门之士，贤隽无多，德行四人，二者夭亡；一厄继母，几乎同于伯奇。天道愦愦，一至此乎？是非远洞三世，不足消释群憾。释迦马麦，袁盎人疮，亦安能知之？故非天道愦愦，人自愦愦故也。或曰：报应示戒可矣，妖邪不宜黜乎？曰：是也。然而天地大矣，无所不有；古今变矣，未可舟胶。人世不皆君子，阴曹反皆正人乎？岂夏姬谢世，便侪共姜；荣公撤瑟，可参孤竹乎？有以知其必不然矣。且江河日下，人鬼颇同，不则幽冥之中，反是圣贤道场，日日唐虞三代，有是理乎？或又疑而且规之曰：异事，世固间有之矣，或亦不妨抵掌；而竟驰想天外，幻迹人区，无乃为《齐谐》滥觞乎？曰：是也。然子长列传，不厌滑稽；卮言寓言，蒙庄嚆矢。且二十一史果皆实录乎？仙人之议李郭也，固有遗憾久矣。而况勃窣文心，笔补造化，不止生花，且同炼石。佳狐佳鬼之奇俊也，降福既以孔皆，敦伦更复无斁，人中大贤，犹有愧焉。是在解人不为法缚，不死句下可也。

夫中郎帐底，应饶子家之异味；邺侯架上，何须兔册之常诠？余愿为婆娑艺林者，职调人之役焉。古人著书，其正也，则以天常民彝为则，使天下之人，听一事，如闻雷霆，奉一言，如亲日月。外此而书或奇也，则新鬼故鬼，鲁庙依稀；内蛇外蛇，郑门踯躅，非尽矫诬也。倘尽以“不语”二字奉为金科，则萍实、商羊，羵羊、楛矢，但当摇首闭目而谢之足矣。然乎否耶？吾愿读书之士，揽此奇文，须深慧业，眼光如电，墙壁皆通，能知作者之意，并能知圣人或雅言或罕言或不语之故，则六经之义，三才之统，诸圣之衡，一一贯之。异而同者，忘其异焉可矣。不然，痴人每苦情深，入耳便多濡首。一字魂飞，心月之精灵冉冉；三生梦渺，牡丹之亭下依依。檀板动而忽来，桃茢遣而不去，君将为魍魉曹丘生，仆何辞齐谐鲁仲连乎？

康熙己未春日谷旦，紫霞道人高珩题

唐　序

谚有之云："见橐驼谓马肿背。"此言虽小，可以喻大矣。夫人以目所见者为有，所不见者为无。曰，此其常也，倏有而倏无则怪之。至于草木之荣落，昆虫之变化，倏有倏无，又不之怪，而独于神龙则怪之。彼万窍之刁刁，百川之活活，无所持之而动，无所激之而鸣，岂非怪乎？又习而安焉。独至于鬼狐则怪之，至于人则又不怪。夫人，则亦谁持之而动，谁激之而鸣者乎？莫不曰："我实为之。"夫我之所以为我者，目能视而不能视其所以视，耳能闻而不能闻其所以闻，而况于闻见所不能及者乎？夫闻见所及以为有，所不及以为无，其为闻见也几何矣。人之言曰："有形形者；有物物者。"而不知有以无形为形，无物为物者。夫无形无物，则耳目穷矣，而不可谓之无也。有见蚊腹者，有不见泰山者；有闻蚁斗者，有不闻雷鸣者。见闻之不同者，盲瞽未可妄论也。自小儒为"人死如风火散"之说，而原始要终之道，不明于天下；于是所见者愈少，所怪者愈多，而"马肿背"之说昌行于天下。无可如何，辄以"孔子不语"之词了之，而齐谐志怪，虞初记异之编，疑之者参半矣。不知孔子之所不语者，乃中人以下不可得而闻者耳，而谓《春秋》尽删怪神哉！

留仙蒲子，幼而颖异，长而特达，下笔风起云涌，能为载记之言。于制艺举业之暇，凡所见闻，辄为笔记，大要多鬼狐怪异之事。向得其一卷，辄为同人取去；今再得其一卷阅之。凡为余所习知者，十之三四，最足以破小儒拘墟之见，而与夏虫语冰也。余谓事无论常怪，但以有害于人者为妖，故日食星陨，鹢飞鹆巢，石言龙斗，不可谓异；惟土木甲兵之不时，与乱臣贼子，乃为妖异耳。今观留仙所著，其论断大义，皆本于赏善罚淫与安义命之旨，足以开物而成务；正如扬云《法言》，桓谭谓其必传矣。

康熙壬戌仲秋既望，豹岩樵史唐梦赉拜题

聊斋自志

披萝带荔，三闾氏[①]感而为骚[②]；牛鬼蛇神，长爪郎[③]吟而成癖。自鸣天籁[④]，不择好音，有由然矣。松[⑤]落落秋萤之火，魑魅[⑥]争光；逐逐野马之尘[⑦]，罔两[⑧]见笑。才非干宝[⑨]，雅爱搜神；情类黄州[⑩]，喜人谈鬼。闻则命笔，遂以成编。久之，四方同人，又以邮筒相寄，因而物以好聚，所积益夥[⑪]。甚者：人非化外[⑫]，事或奇于断发之乡[⑬]；睫在眼前，怪有过于飞头之国[⑭]。遄[⑮]飞逸兴，狂固难辞；永托旷怀，痴且不讳。展如之人，得毋向我胡卢[⑯]耶？然五父衢[⑰]头，或涉滥听；而三生石[⑱]上，颇悟前因。放纵之言，有未可概以人废者。

---

① 三闾氏——指屈原，战国时楚国诗人，曾官三闾大夫。

② 骚——即《离骚》，此指以《离骚》为代表的"楚辞文体"。

③ 长爪郎——指李贺，唐代诗人，喜欢以荒诞不经的鬼怪作为诗歌的题材。

④ 天籁（lài）——泛指自然界声音。

⑤ 松——指作者本人。

⑥ 魑魅（chī mèi）——传说中的山林妖怪。

⑦ 野马之尘——喻指污浊的现实社会。

⑧ 罔两（wǎng liǎng）——即"魍魉"，传说中的怪物。

⑨ 干宝——东晋文学家，著有《搜神记》一书。

⑩ 黄州——指苏轼，宋代文学家，曾被贬谪黄州（今湖北黄冈县）。

⑪ 夥（huǒ）——通"伙"，多。

⑫ 化外——泛指中国封建统治所管辖不到的周边边远地区。

⑬ 断发之乡——泛指古代吴越地区（今江苏南部、浙江、福建一带）。

⑭ 飞头之国——传说中人头会飞的国家。

⑮ 遄（chuán）——快，瞬间。

⑯ 胡卢——笑声，此指嘲笑。

⑰ 五父衢（qú）——原是春秋时鲁国都城中繁华街道，此泛指热闹之处。

⑱ 三生石——今杭州天竺寺后的山石，此泛指人的过去、现在、未来（"三世"，或"三生"）的因缘前定。

松悬弧①时，先大人梦一病瘠瞿昙②，偏袒入室，药膏如钱，圆粘乳际。寤而松生，果符墨志。且也：少羸③多病，长命不犹。门庭之凄寂，则冷淡如僧；笔墨之耕耘，则萧条似钵。每搔头自念：勿亦面壁人④果是吾前身耶？盖有漏根因⑤，未结人天之果⑥；而随风荡堕，竟成藩溷⑦之花。茫茫六道⑧，何可谓无其理哉！独是子夜荧荧，灯昏欲蕊；萧斋瑟瑟，案冷疑冰。集腋为裘，妄续幽冥之录⑨；浮白⑩载笔，仅成孤愤之书⑪；寄托如此，亦足悲矣！嗟乎！惊霜寒雀，抱树无温；吊⑫月秋虫，偎阑自热。知我者，其在青林黑塞间⑬乎！

康熙己未⑭春日。

---

① 悬弧时——指男孩出生时。

② 瞿昙（qú tán）——佛门僧人。

③ 羸（léi）——瘦弱。

④ 面壁人——泛指和尚。

⑤ 漏根因——佛教用语：漏，烦恼；根、因，产生烦恼的根本原因。

⑥ 果——佛教用语，果报。

⑦ 藩溷（hùn）——藩，篱笆；溷，粪坑。

⑧ 六道——佛教用语，指人在所谓的“天”、“人”、“阿修罗”、“饿鬼”、“畜牲”、“地狱”六道中生死轮回，永无休止。

⑨ 幽冥之录——即《幽冥录》，南朝宋刘义庆著。

⑩ 浮白——饮酒。

⑪ 孤愤之书——借《韩非子·孤愤》，喻自己的作品是发愤之作。

⑫ 吊——悲伤。

⑬ 青林黑塞间——指阴间。

⑭ 康熙己未——即公元1679年。

目　录

卷　一

卷　二

卷　三

卷　四

卷　五

卷　六

卷　十

卷十一

卷十二

附　录

卷　一

考 城 隍

予姊丈之祖，宋公讳①焘，邑廪生②。一日，病卧，见吏人持牒，牵白颠马③来，云："请赴试。"公言："文宗④未临，何遽得考？"吏不言，但敦促之。公力疾⑤乘马从去。路甚生疏。至一城郭，如王者都。移时入府廨⑥，宫室壮丽。上坐十余官，都不知何人，惟关壮缪⑦可识。檐下设几、墩各二，先有一秀才坐其末，公便与连肩。几上各有笔札。俄题纸飞下。视之，八字云："一人二人，有心无心。"二公文成，呈殿上。公文中有云："有心为善，虽善不赏；无心为恶，虽恶不罚。"诸神传赞不已。召公上，谕曰："河南缺一城隍⑧，君称其职。"公方悟，顿首泣曰："辱膺宠命⑨，何敢多辞？但老母七旬，奉养无人，请得终其天年，惟听录用。"上一帝王像者，即命稽母寿籍⑩。有长须吏，捧册翻阅一过，白："有阳算⑪九年。"共筹躇⑫间，关帝曰："不妨令张生摄篆⑬九年，瓜代⑭可也。"乃谓公："应即

---

① 讳——不直称其名。
② 廪生——习称"秀才"。
③ 白颠马——白额头的马。
④ 文宗——清代省级学官的誉称。
⑤ 力疾——强支病体。
⑥ 府廨(xiè)——官署。
⑦ 关壮缪(mù)——关羽，三国时蜀汉大将，死后追谥壮缪侯。
⑧ 城隍——古传说中守护城池的神。
⑨ 辱膺宠命——古时接受命令或任务时的感谢词。
⑩ 寿籍——传说中的"生死簿"。
⑪ 阳算——阳寿，寿算。
⑫ 筹躇——同"踌躇"。
⑬ 摄篆——代掌印信。
⑭ 瓜代——"及瓜而代"的略称，意指接任。

赴任，今推仁孝之心，给假九年，及期当复相召。”又勉励秀才数语。二公稽首①并下。秀才握手，送诸郊野，自言长山②张某。以诗赠别，都忘其词，中有“有花有酒春常在，无烛无灯夜自明”之句。公既骑，乃别而去。及抵里，豁若梦寤。时卒已三日。母闻棺中呻吟，扶出，半日始能语。问之长山，果有张生，于是日死矣。后九年，母果卒。营葬既毕，浣濯入室而没。其岳家居城中西门内，忽见公镂膺朱幩③，舆马甚众，登其堂，一拜而行。相共惊疑，不知其为神。奔讯乡中，则已殁矣。公有自记小传，惜乱后无存，此其略耳。

耳中人

谭晋玄，邑诸生④也。笃信导引之术⑤，寒暑不辍，行之数月，若有所得。一日，方趺坐⑥，闻耳中小语如蝇，曰：“可以见⑦矣。”开目即不复闻；合眸定息，又闻如故。谓是丹⑧将成，窃喜，自是每坐辄闻。因俟其再言，当应以觇⑨之。一日，又言。乃微应曰：“可以见矣。”俄觉耳中习习然，似有物出。微睨⑩之，小人长三寸许，貌狞恶如夜叉⑪状，旋转地上。心窃异之，姑凝神以观其变。忽有邻人假物，扣门而呼。小人闻之，意张皇，绕屋而转，如鼠失窟。谭觉神魂俱失，复不知小人何所之矣。遂得颠疾⑫，

---

① 稽(qǐ)首——伏地叩头。
② 长山——旧县名，辖境为今山东省邹平县东部。
③ 镂膺朱幩(fén)——喻马饰华美。
④ 诸生——在学儒生。
⑤ 导引之术——中国古代的一种养生术，后被道教吸收为迷信法术之一。
⑥ 趺(fū)坐——即“结跏趺坐”的略称，佛教徒坐禅的一种姿式。
⑦ 见(xiàn)——同“现”。
⑧ 丹——道教法术之一。
⑨ 觇(chān)——窥视。
⑩ 睨(nì)——斜眼看。
⑪ 夜叉——古诗文小说中常指丑恶凶暴之人或鬼。
⑫ 颠疾——疯癫病。

号叫不休,医药半年,始渐愈。

尸 变

阳信①某翁者,邑之蔡店人。村去城五六里,父子设临路店,宿行商。有车夫数人,往来负贩,辄寓其家。一日昏暮,四人偕来,望门投止②,则翁家客宿邸③满。四人计无复之,坚请容纳。翁沉吟思得一所,似恐不当客意。客言:"但求一席厦宇④,更不敢有所择。"时翁有子妇新死,停尸室中,子出购材木⑤未归。翁以灵所室寂,遂穿衢导客往。入其庐,灯昏案上;案后有搭帐衣⑥,纸衾⑦覆逝者。又观寝所,则复室⑧中有连榻。四客奔波颇困,甫就枕,鼻息渐粗。惟一客尚蒙眬,忽闻灵床上察察有声,急开目,则灵前灯火,照视甚了:女尸已揭衾起;俄而下,渐入卧室。面淡金色,生绢抹额⑨。俯近榻前,遍吹卧客者三。客大惧,恐将及己,潜引被覆首,闭息忍咽以听之。未几,女果来,吹之如诸客。觉出房去,即闻纸衾声。出首微窥,见僵卧犹初矣。客惧甚,不敢作声,阴以足踏诸客;而诸客绝无少动。顾念无计,不如着衣以窜。裁起振衣⑩,而察察之声又作。客惧,复伏,缩首衾中。觉女复来,连续吹数数⑪始去。少间,闻灵床作响,知其复卧。乃从被底渐渐出手得裤,遽就着之,白足⑫奔出。尸亦起,似将逐

---

① 阳信——县名,今山东省北部。
② 望门投止——投宿。
③ 邸(dǐ)——旅舍。
④ 一席厦宇——廊檐下一席之地。
⑤ 材木——棺木。
⑥ 搭帐衣——灵堂中障隔灵休的帷幛。
⑦ 衾(qīn)——被子。
⑧ 复室——套房中的里间。
⑨ 抹额——以巾束额。
⑩ 振衣——穿衣。
⑪ 数数(shuò shuò)——多次。
⑫ 白足——光脚。

客。比其离帏，而客已拔关出矣。尸驰从之。客且奔且号，村中人无有警者。欲扣主人之门，又恐迟为所及。遂望邑城路，极力窜去。至东郊，瞥见兰若①，闻木鱼声，乃急挝②山门。道人③讶其非常，又不即纳。旋踵，尸已至，去身盈尺。客窘益甚。门外有白杨，围四五尺许，因以树自幛④；彼右则左之，彼左则右之。尸益怒。然各寖倦⑤矣。尸顿立。客汗促气逆⑥，庇树间。尸暴起，伸两臂隔树探扑之。客惊仆。尸捉之不得，抱树而僵。

道人窃听良久，无声，始渐出，见客卧地上。烛之死，然心下丝丝有动气。负入，终夜始苏。饮以汤水而问之，客具以状对。时晨钟已尽，晓色迷蒙，道人觇树上，果见僵女。大骇，报邑宰。宰亲诣质验。使人拔女手，牢不可开。审谛之，则左右四指，并卷如钩，入木没甲。又数人力拔，乃得下。视指穴如凿孔然。遣役探翁家，则以尸亡客毙，纷纷正哗。役告之故。翁乃从往，舁⑦尸归。客泣告宰曰："身四人出，今一人归，此情何以信乡里？"宰与之牒，赍⑧送以归。

喷　水

莱阳宋玉叔⑨先生为部曹⑩时，所僦第⑪，甚荒落。一夜，二婢奉太夫人宿厅上，闻院内扑扑有声，如缝工之喷水者。太夫人促婢起，穴窗窥视，

---

① 兰若——全称"阿兰若"，佛寺。

② 挝(zhuā)——敲。

③ 道人——指和尚。

④ 幛——遮蔽。

⑤ 寖(jìn)倦——渐渐疲倦。

⑥ 气逆——直喘粗气。

⑦ 舁(yú)——共同抬东西。

⑧ 赍(jī)——以钱或物送人。

⑨ 宋玉叔——即宋琬，清初著名诗人，莱阳人。

⑩ 部曹——泛指京官。

⑪ 僦(jiù)第——租房。

见一老妪,短身驼背,白发如帚,冠一髻,长二尺许,周院环走,疏急作鹤步①,行且喷,水出不穷。婢愕返白。太夫人亦惊起,两婢扶窗下聚观之。妪忽逼窗,直喷棂②内;窗纸破裂,三人俱仆,而家人不之知也。东曦既上,家人毕集,叩门不应,方骇。撬扉入,见一主二婢,骈死③一室。一婢鬲④下犹温。扶灌之,移时而醒,乃述所见。先生至,哀愤欲死。细穷没处,掘深三尺余,渐露白发;又掘之,得一尸,如所见状,面肥肿如生。令击之,骨肉皆烂,皮内尽清水。

瞳 人 语

长安⑤士方栋,颇有才名,而佻脱⑥不持仪节。每陌上⑦见游女,辄轻薄尾缀之。清明前一日,偶步郊郭,见一小车,朱茀绣幰⑧,青衣⑨数辈,款段⑩以从。内一婢,乘小驷⑪,容光绝美。稍稍近觇之,见车幔洞开,内坐二八女郎,红妆艳丽,尤生平所未睹。目炫神夺,瞻恋弗舍,或先或后,从驰数里。忽闻女郎呼婢近车侧,曰:"为我垂帘下。何处风狂儿郎,频来窥瞻!"婢乃下帘,怒顾生曰:"此芙蓉城⑫七郎子新妇归宁⑬,非同田舍娘

---

① 鹤步——如鹤飞行一样快的脚步。

② 棂(líng)——窗格。

③ 骈死——同死。

④ 鬲(gé)下——胸腹之间。

⑤ 长安——今陕西省西安市。

⑥ 佻(tiǎo,音挑)脱——轻佻。

⑦ 陌(mò)上——郊野路上。

⑧ 朱茀(fú)绣幰(xiǎn)——大红车帘,绣花车帷,女子出嫁时所乘。

⑨ 青衣——代指婢女。

⑩ 款段——骑马慢行。

⑪ 驷——马。

⑫ 芙蓉城——传说中的仙境。

⑬ 归宁——回娘家探视。

子[①],放教秀才胡觑[②]!”言已,掬辙土飏[③]生。

生眯目不可开。才一拭视,而车马已渺。惊疑而返。觉目终不快。倩人启睑拨视,则睛上生小翳[④];经宿益剧,泪簌簌不得止;翳渐大,数日厚如钱;右睛起旋螺,百药无效。懊闷欲绝,颇思自忏悔。闻《光明经》[⑤]能解厄[⑥]。持一卷,浼人[⑦]教诵。初犹烦躁,久渐自安。旦晚无事,惟趺坐捻珠。持之一年,万缘俱净。忽闻左目中小语如蝇,曰:“黑漆似,叵耐杀人[⑧]!”右目中应云:“可同小遨游,出此闷气。”渐觉两鼻中,蠕蠕作痒,似有物出,离孔而去。久之乃返,复自鼻入眶中。又言曰:“许时不窥园亭,珍珠兰[⑨]遽枯瘠死!”生素喜香兰,园中多种植,日常自灌溉;自失明,久置不问。忽闻此言,遽问妻:“兰花何使憔悴死?”妻诘其所自知,因告之故。妻趋验之,花果槁矣。大异之。静匿房中以俟之,见有小人自生鼻内出,大不及豆,营营然[⑩]竟出门去。渐远,遂迷所在。俄,连臂归,飞上面,如蜂蚁之投穴者。如此二三日。又闻左言曰:“隧道[⑪]迂,还往甚非所便,不如自启门。”右应云:“我壁子厚,大不易。”左曰:“我试辟,得与而俱[⑫]。”遂觉左眶内隐似抓裂。有顷,开视,豁见几物。喜告妻。妻审之,则脂膜破小窍,黑睛荧荧,如劈椒[⑬]。越一宿,幛尽消。细视,竟重瞳也,但右目旋螺如故,乃知两瞳人合居一眶矣。生虽一目眇[⑭],而较之双目

---

① 田舍娘子——乡下妇女。
② 觑(qū)——专注地看。
③ 飏(yáng)——飞扬,飘扬。
④ 翳(yì)——目疾。
⑤ 《光明经》——佛教经典之一。
⑥ 厄——灾难。
⑦ 浼(měi)人——请人。
⑧ 叵(pǒ)耐杀人——令人不可忍耐。
⑨ 珍珠兰——一种常绿小灌木。
⑩ 营营然——往来飞声。
⑪ 隧道——暗道。
⑫ 得与而俱——如果启门成功,我和你共同使用。
⑬ 劈椒——裂开的花椒籽。
⑭ 眇(miǎo)——眼睛。

者,殊更了了①。由是益自检束,乡中称盛德焉。

异史氏曰②:“乡有士人,偕二友于途,遥见少妇控驴出其前,戏而吟曰:‘有美人兮!’顾二友曰:‘驱之!’相与笑骋。俄追及,乃其子妇。心赧气丧,默不复语。友伪为不知也者,评骘殊亵③。士人忸怩,吃吃④而言曰:‘此长男妇也。’各隐笑而罢。轻薄者往往自侮,良可笑也。至于眯目失明,又鬼神之惨报矣。芙蓉城主,不知何神,岂菩萨⑤现身耶?然小郎君生辟门户,鬼神虽恶,亦何尝不许人自新哉。”

画 壁

江西⑥孟龙潭,与朱孝廉⑦客都中。偶涉一兰若,殿宇禅舍⑧,俱不甚弘敞⑨,惟一老僧挂搭⑩其中。见客入,肃衣出迓⑪,导与随喜⑫。殿中塑志公⑬像。两壁画绘精妙,人物如生。东壁画散花天女⑭,内一垂髫⑮者,拈花微笑,樱唇欲动,眼波将流。朱注目久,不觉神摇意夺,恍然凝想。身忽飘飘,如驾云雾,已到壁上。见殿阁重重,非复人世。一老僧说法座上,

---

① 了了——清楚。

② 异史氏曰——《聊斋志异》所用的一种论赞体例,以发表作者自己的议论。

③ 评骘(zhì)殊亵——评论得十分下流。

④ 吃吃(jī jī)——说话结巴。

⑤ 菩萨——“菩提萨埵”的略称,佛教用以指自觉本性而又善度众生的修行者,地位仅次于佛。

⑥ 江西——清代省名,略与今同。

⑦ 孝廉——举人。

⑧ 禅(chán)舍——僧舍。

⑨ 弘敞——宽阔明亮。

⑩ 挂搭——行脚僧暂住之处。

⑪ 迓(yà)——迎接。

⑫ 随喜——佛教用语,原指随己所喜做善事,此处指游观寺院。

⑬ 志公——保志,南朝僧人,有“神僧”之誉。

⑭ 散花天女——佛经故事中的神女。

⑮ 垂髫(tiáo)——未束发的少女。

偏袒绕视者甚众。朱亦杂立其中。少间,似有人暗牵其裾①。回顾,则垂髫儿,辴然②竟去。履即从之。过曲栏,入一小舍,朱次且③不敢前。女回首,举手中花,遥遥作招状,乃趋之。舍内寂无人,遽拥之,亦不甚拒,遂与狎好。既而闭户去,嘱勿咳,夜乃复至,如此二日。女伴共觉之,共搜得生,戏谓女曰:"腹内小郎已许大,尚发蓬蓬学处子耶?"共捧簪珥④,促令上鬟⑤。女含羞不语。一女曰:"妹妹姊姊,吾等勿久住,恐人不欢。"群笑而去。生视女,髻云高簇,鬟凤低垂,比垂髫时尤艳绝也。四顾无人,渐入猥亵,兰麝⑥熏心,乐方未艾。忽闻吉莫靴⑦铿铿甚厉,缧锁⑧锵然;旋有纷嚣腾辨之声。女惊起,与生窃窥,则见一金甲使者,黑面如漆,绾锁挈⑨槌,众女环绕之。使者曰:"全未?"答言:"已全。"使者曰:"如有藏匿下界人,即共出首,勿贻伊戚⑩。"又同声言:"无。"使者反身鹗⑪顾,似将搜匿。女大惧,面如死灰,张皇谓朱曰:"可急匿榻下。"乃启壁上小扉,猝遁去。

朱伏,不敢少息。俄闻靴声至房内,复出。未几,烦喧渐远,心稍安;然户外辄有往来语论者。朱局蹐⑫既久,觉耳际蝉鸣,目中火出,景状殆不可忍,惟静听以待女归,竟不复忆身之何自来也。时孟龙潭在殿中,转瞬不见朱,疑以问僧。僧笑曰:"往听说法去矣。"问:"何处?"曰:"不远。"少时,以指弹壁而呼曰:"朱檀越⑬何久游不归?"旋见壁间画有朱像,倾耳伫立,若有听察。僧又呼曰:"游侣久待矣。"遂飘忽自壁而下,灰

---

① 裾(jù)——衣服的前大襟。
② 辴(chǎn)然——笑的样子。
③ 次且(zī jū)——同"趑趄",进退无主。
④ 簪珥(ěr)——发簪和耳环。
⑤ 上鬟——俗称"上头",女子出嫁时的梳妆。
⑥ 兰麝——兰草和麝香。
⑦ 吉莫靴——皮靴。
⑧ 缧(léi)锁——拘系犯人的锁链。
⑨ 挈(xié)——持。
⑩ 勿贻伊戚——不要自招罪罚。
⑪ 鹗(è)——通称鱼鹰。
⑫ 局蹐(jú jí)——恐惧的样子。
⑬ 檀越——佛教用语,施主。

心木立①,目瞪足耎②。孟大骇,从容问之,盖方伏榻下,闻扣声如雷,故出房窥听也。共视拈花人,螺髻翘然③,不复垂髫矣。朱惊拜老僧,而问其故。僧笑曰:“幻由人生,贫道何能解。”朱气结而不扬,孟心骇叹而无主。即起,历阶而出。

异史氏曰:“幻由人作,此言类有道④者。人有淫心,是生亵境;人有亵心,是生怖境。菩萨点化愚蒙,千幻并作,皆人心所自动耳。老婆⑤心切,惜不闻其言下大悟,披发入山也。”

山　魈⑥

孙太白尝言:其曾祖肄业⑦于南山柳沟寺。麦秋旋里,经旬始返。启斋门,则案上尘生,窗间丝满。命仆粪除⑧,至晚始觉清爽可坐。乃拂榻陈卧具,扃扉⑨就枕,月色已满窗矣。辗转移时,万籁俱寂。忽闻风声隆隆,山门豁然作响。窃谓寺僧失扃。注念间⑩,风声渐近居庐,俄而房门辟矣。大疑之。思未定,声已入屋;又有靴声铿铿然,渐傍寝门。心始怖。俄而寝门辟矣。急视之,一大鬼鞠躬塞人,突立榻前,殆与梁齐。面似老瓜皮色;目光睒闪⑪,绕室四顾;张巨口如盆,齿疏疏⑫长三寸许;舌动喉鸣,呵喇之声,响连四壁。公惧极,又念咫尺之地,势无所逃,不如因而刺

---

① 灰心木立——心如死灰,形似槁木。
② 耎(ruǎn)——同“软”。
③ 螺髻翘然——已婚妇女的发式。
④ 有道——深明哲理。
⑤ 老婆——佛教用语,指亲切教导学人的修行者。
⑥ 山魈(xiāo)——即“山臊”,传说中的山怪。
⑦ 肄(yì)业——修习学业。
⑧ 粪除——扫除。
⑨ 扃(jiōng)扉——插门。
⑩ 注念间——凝思时。
⑪ 睒(shǎn)闪——像闪电一样。
⑫ 疏疏——稀落。

之。乃阴抽枕下佩刀，遽拔而斫之，中腹，作石缶①声。鬼大怒，伸巨爪攫②公。公少缩。鬼攫得衾，捽③之，忿忿而去。公随衾堕，伏地号呼。家人持火奔集，则门闭如故，排窗入，见状，大骇。扶曳④登床，始言其故。共验之，则衾夹于寝门之隙。启扉检照，见有爪痕如箕，五指着处皆穿。既明，不敢复留，负笈⑤而归。后问僧人，无复他异。

咬 鬼

沈麟生云：其友某翁者，夏月昼寝，蒙眬间，见一女子搴⑥帘入，以白布裹首，缞服麻裙⑦，向内室去。疑邻妇访内人者；又转念，何遽以凶服入人家？正自皇惑，女子已出。细审之，年可三十余，颜色黄肿，眉目蹙蹙⑧然，神情可畏。又逡巡不去，渐逼卧榻。遂伪睡，以观其变。无何，女子摄⑨衣登床，压腹上，觉如百钧重。心虽了了，而举其手，手如缚；举其足，足如痿⑩也。急欲号救，而苦不能声。女子以喙嗅翁面，颧鼻眉额殆遍。觉喙冷如冰，气寒透骨。翁窘急中，思得计：待嗅至颐颊⑪，当即因而啮⑫之。未几，果及颐。翁乘势力龁⑬其颧，齿没于肉。女负痛身离，且挣且啼。翁龁益力。但觉血液交颐，湿流枕畔。相持正苦，庭外忽闻夫人声，

---

① 缶(fǒu)——一种口小腹大的盛器。
② 攫(jué)——抓。
③ 捽(zuó)——揪扯。
④ 曳(yè)——拖。
⑤ 笈(jī)——书箱。
⑥ 搴(qiān)——掀。
⑦ 缞(cuī)服麻裙——古时丧服。
⑧ 蹙蹙(cù cù)——愁苦的样子。
⑨ 摄——提起。
⑩ 痿(wěi)——肢体麻痹。
⑪ 颐(yí)颊——脸的下部。
⑫ 啮——同“咬”。
⑬ 龁(hé)——咬。

急呼有鬼，一缓颊，而女子已飘忽遁去。夫人奔入，无所见，笑其魇①梦之诬。翁述其异，且言有血证焉。相与检视，如屋漏之水，流枕浃席②。伏而嗅之，腥臭异常。翁乃大吐。过数日，口中尚有余臭云。

捉 狐

孙翁者，余姻家清服之伯父也。素有胆。一日，昼卧，仿佛有物登床，遂觉身摇摇如驾云雾。窃意无乃压狐③耶？微窥之，物大如猫，黄毛而碧嘴，自足边来。蠕蠕伏行，如恐翁寤。逡巡附体：着足足痿，着股股耎。甫及腹，翁骤起，按而捉之，握其项。物鸣急莫能脱。翁亟呼夫人，以带絷④其腰。乃执带之两端，笑曰："闻汝善化，今注目在此，看作如何化法。"言次，物忽缩其腹，细如管，几脱去。翁大愕，急力缚之，则又鼓其腹，粗于碗，坚不可下；力稍懈，又缩之。翁恐其脱，命夫人急杀之。夫人张皇四顾，不知刀之所在。翁左顾示以处。比回首，则带在手如环然，物已渺矣。

荍⑤中怪

长山安翁者，性喜操农功。秋间荞熟，刈⑥堆陇畔。时近村有盗稼者，因命佃人，乘月辇⑦运登场；俟其装载归，而自留逻守，遂枕戈露卧。目稍瞑⑧，忽闻有人践荞根，咋咋作响。心疑暴客⑨，急举首，则一大鬼，

① 魇(yǎn)——噩梦。
② 流枕浃(jiā)席——流遍床席。
③ 压狐——俗称"压狐子"，即做噩梦。
④ 絷(zhí)——拴缚。
⑤ 荍(qiáo)——同"荞"。
⑥ 刈(yì)——割。
⑦ 辇——手推车。
⑧ 瞑——合眼。
⑨ 暴客——盗贼。

高丈余，赤发髯须[①]，去身已近。大怖，不遑[②]他计，踊身暴起，狠刺之。鬼鸣如雷而逝。恐其复来，荷戈而归。迎佃人于途，告以所见，且戒勿往。众未深信。越日，曝麦于场，忽闻空际有声。翁骇曰："鬼物来矣！"乃奔，众亦奔。移时复聚，翁命多设弓弩以俟之。翼[③]日，果复来。数矢齐发，物惧而遁。二三日竟不复来。麦既登仓，禾秸杂遝[④]，翁命收积为垛，而亲登践实之，高至数尺。忽遥望骇曰："鬼物至矣！"众急觅弓矢，物已奔翁。翁仆，龁其额而去。共登视，则去额骨如掌，昏不知人。负至家中，遂卒。后不复见。不知其何怪也。

宅 妖

长山李公，大司寇[⑤]之侄也。宅多妖异。尝见厦有春凳[⑥]，肉红色，甚修润。李以故无此物，近抚按之，随手而曲，殆如肉耎。骇而却走。旋回视，则四足移动，渐入壁中。又见壁间倚白梃[⑦]，洁泽修长。近扶之，腻然而倒，委蛇[⑧]入壁，移时始没。

康熙十七年[⑨]，王生俊升设帐其家[⑩]。日暮，灯火初张，生着履卧榻上。忽见小人，长三寸许，自外入，略一盘旋，即复去。少顷，荷二小凳来，设堂中，宛如小儿辈用粱秸心[⑪]所制者。又顷之，二小人舁一棺入，长四

---

① 髯(níng)须——凶恶的样子。
② 不遑——来不及。
③ 翼——同"翌"。
④ 禾秸(jiē)杂遝(tà)——荞麦秆杂乱堆放。
⑤ 大司寇——官名，指李化熙，历仕明清两朝，官至司寇。
⑥ 春凳——一种长条形木凳。
⑦ 白梃——白色木棒。
⑧ 委蛇(wēi yí)——曲折而进。
⑨ 康熙十七年——公元1678年。
⑩ 设帐其家——在他人家中设馆授徒。
⑪ 粱秸(jiē)心——高粱秆心。

寸许，停置凳上。安厝①未已，一女子率厮婢数人来，率细小如前状。女子衰衣，麻绠束腰际，布裹首；以袖掩口，嘤嘤而哭，声类巨蝇。生睥睨②良久，毛森立，如霜被于体。因大呼，遽走，颠床下，摇战莫能起。馆中人闻声毕集，堂中人物杳然矣。

王 六 郎

许姓，家淄③之北郭，业渔。每夜，携酒河上，饮且渔。饮则酹地④，祝⑤云："河中溺鬼得饮。"以为常。他人渔，迄无所获，而许独满筐。一夕，方独酌，有少年来，徘徊其侧。让之饮，慨与同酌。既而终夜不获一鱼，意颇失。少年起曰："请于下流为君驱之。"遂飘然去。少间，复返，曰："鱼大至矣。"果闻唼呷⑥有声。举网而得数头，皆盈尺。喜极，申谢。欲归，赠以鱼，不受，曰："屡叨⑦佳酝，区区何足云报。如不弃，要当以为长耳。"许曰："方共一夕，何言屡也？如肯永顾，诚所甚愿，但愧无以为情。"询其姓字，曰："姓王，无字⑧，相见可呼王六郎。"遂别。明日，许货鱼，益沽酒。晚至河干⑨，少年已先在，遂与欢饮。饮数杯，辄为许驱鱼。

如是半载。忽告许曰："拜识清扬⑩，情逾骨肉。然相别有日矣。"语甚凄楚。惊问之。欲言而止者再，乃曰："情好如吾两人，言之或勿讶耶？今将别，无妨明告：我实鬼也。素嗜酒，沉醉溺死，数年于此矣。前君之获

---

① 厝（cuò）——停柩待葬。
② 睥睨（bì nì）——窥察。
③ 淄——县名，今山东淄博市。
④ 酹（lèi）地——浇酒于地以祭鬼神。
⑤ 祝——祷告。
⑥ 唼呷（shà xiā）——群鱼吞食、呼吸声。
⑦ 屡叨（tāo）——多次受到（好处）。
⑧ 字——据本名而相应另起别名。
⑨ 河干——河岸。
⑩ 清扬——丰采。

鱼,独胜于他人者,皆仆之暗驱,以报酹奠耳。明日业满①,当有代者,将往投生。相聚只今夕,故不能无感。”许初闻甚骇,然亲狎既久,不复恐怖。因亦欷歔,酌而言曰:“六郎饮此,勿戚也。相见遽违,良足悲恻,然业满劫脱②,正宜相贺,悲乃不伦③。”遂与畅饮。因问:“代者何人?”曰:“兄于河畔视之,亭午④,有女子渡河而溺者,是也。”听村鸡既唱,洒涕而别。明日,敬伺河边,以觇其异。果有女人抱婴儿来,及河而堕。儿抛岸上,扬手掷足而啼。妇沉浮者屡矣,忽淋淋攀岸以出,藉地少息,抱儿径去。当妇溺时,意良不忍,思欲奔救,转念是所以代六郎者,故止不救。及妇自出,疑其言不验。抵暮,渔旧处。少年复至,曰:“今又聚首,且不言别矣。”问其故。曰:“女子已相代矣。仆怜其抱中儿,代弟一人,遂残二命,故舍之。更代不知何期,或吾两人之缘未尽耶?”许感叹曰:“此仁人之心,可以通上帝矣。”由此相聚如初。数日,又来告别。许疑其复有代者。曰:“非也。前一念恻隐,果达天帝。今授为招远县邬镇土地⑤,来日赴任。倘不忘故交,当一往探,勿惮修阻。”许贺曰:“君正直为神,甚慰人心。但人神路隔,即不惮修阻,将复如何?”少年曰:“但往,勿虑。”再三叮咛而去。

许归,即欲治装东下。妻笑曰:“此去数百里,即有其地,恐土偶⑥不可以共语。”许不听,竟抵招远。问之居人,果有邬镇。寻至其处,息肩逆旅⑦,问祠所在。主人惊曰:“得无客姓为许?”许曰:“然。何见知?”又曰:“得勿客邑为淄?”曰:“然。何见知?”主人不答,遽出。俄而丈夫抱子,媳女窥门,杂沓而来,环如墙堵。许益惊。众乃告曰:“数夜前,梦神言:淄川许友当即来,可助以资斧⑧。祗候⑨已久。”许亦异之,乃往祭于

---

① 业满——佛教用语,业报已满。
② 劫脱——劫难已尽。
③ 不伦——不合情理。
④ 亭午——中午。
⑤ 土地——古称“社神”,土地神。
⑥ 土偶——泥塑神像。
⑦ 息肩逆旅——住在旅馆里。
⑧ 资斧——路费。
⑨ 祗候——恭候。

祠而祝曰:“别君后,寤寐不去心,远践曩①约。又蒙梦示居人,感篆中怀②。愧无腆物③,仅有卮酒④;如不弃,当如河上之饮。”祝毕,焚钱纸。俄见风起座后,旋转移时,始散。夜梦少年来,衣冠楚楚,大异平时。谢曰:“远劳顾问,喜泪交并。但任微职,不便会面,咫尺河山,甚怆于怀。居人薄有所赠,聊酬夙好⑤。归如有期,尚当走送。”居数日,许欲归。众留殷勤,朝请暮邀,日更数主。许坚辞欲行。众乃折柬抱襆⑥,急来致赆⑦,不终朝⑧,馈遗盈橐。苍头⑨稚子毕集,祖送⑩出村。欻⑪有羊角风⑫起,随行十余里。许再拜曰:“六郎珍重!勿劳远涉。君心仁爱,自能造福一方,无庸故人嘱也。”风盘旋久之,乃去。村人亦嗟讶而返。许归,家稍裕,遂不复渔。后见招远人问之,其灵应如响云。或言:即章丘石坑庄。未知孰是。

异史氏曰:“置身青云,无忘贫贱,此其所以神也。今日车中贵介⑬,宁复识戴笠人⑭哉?余乡有林下者⑮,家綦贫⑯。有童稚交,任肥秩。计投之必相周顾。竭力办装,奔涉千里,殊失所望,泻囊货骑⑰,始得归。其

---

① 曩(nǎng)——以往,从前。
② 感篆中怀——感激之情,铭刻在心。
③ 腆(tiǎn)物——丰厚的礼物。
④ 卮(zhī)酒——一杯酒。
⑤ 夙(sù)好——旧交。
⑥ 折柬抱襆——拿着礼帖,抱着礼品。
⑦ 致赆(jìn)——送赠礼。
⑧ 朝(zhāo)——早晨。
⑨ 苍头——老者。
⑩ 祖送——饯行送别。
⑪ 欻(chuā)——象声词,喻风起之快。
⑫ 羊角风——旋风。
⑬ 贵介——高贵的大人物。
⑭ 戴笠人——贫贱时的故交。
⑮ 林下者——乡居不仕之人。
⑯ 綦(qī)贫——十分贫困。
⑰ 泻囊货骑(jì)——花空钱袋,卖掉坐骑。

族弟甚谐，作月令①嘲之云：'是月也，哥哥至，貂帽解，伞盖不张，马化为驴，靴始收声。'念此可为一笑。"

偷桃

童时赴郡试②，值春节③。旧例，先一日，各行商贾，彩楼鼓吹赴藩司，名曰"演春"④。余从友人戏瞩⑤。是日游人如堵。堂上四官⑥，皆赤衣，东西相向坐。时方稚，亦不解其何官。但闻人语哜嘈⑦，鼓吹聒⑧耳。忽有一人，率披发童，荷担而上，似有所白，万声汹动，亦不闻为何语。但视堂上作笑声。即有青衣人大声命作剧。其人应命方兴⑨，问："作何剧？"堂上相顾数语。吏下宣问所长。答言："能颠倒生物⑩。"吏以白官。少顷复下，命取桃子。

术人声诺，解衣覆笥⑪上，故作怨状，曰："官长殊不了了！坚冰未解，安所得桃？不取，又恐为南面者⑫所怒。"奈何！"其子曰："父已诺之，又焉辞？"术人惆怅良久，乃云："我筹之烂熟。春初雪积，人间何处可觅？惟王母⑬园中，四时常不凋卸⑭，或有之。必窃之天上，乃可。"子曰："嘻！天可阶而升乎？"曰："有术在。"乃启笥，出绳一团，约数十丈，理其端，望

① 月令——《礼记》篇名，以"月令"文式描写林下者的遭遇。
② 郡试——指济南府童试。
③ 春节——立春日。
④ 演春——立春前一天的迎春活动。
⑤ 戏瞩——游玩观看。
⑥ 四官——指总督、巡抚、布政使、按察使。
⑦ 哜嘈（jì cáo）——喧闹。
⑧ 聒（guō）——声音嘈杂，使人心烦。
⑨ 方兴——刚刚站起。
⑩ 颠倒生物——能按颠倒季节生长的植物。
⑪ 笥（sì）——盛装食物或衣物的方形竹器。
⑫ 南面者——堂上长官。
⑬ 王母——古神话中的女神。
⑭ 凋卸——凋谢。

空中掷去；绳即悬立空际，若有物以挂之。未几，愈掷愈高，渺入云中，手中绳亦尽。乃呼子曰："儿来！余老惫，体重拙，不能行，得汝一往。"遂以绳授子，曰："持此可登。"子受绳，有难色，怨曰："阿翁亦大愦愦①！如此一线之绳，欲我附之，以登万仞之高天。倘中道断绝，骸骨何存矣！"父又强呜拍②之，曰："我已失口，悔无及。烦儿一行。儿勿苦，倘窃得来，必有百金赏，当为儿娶一美妇。"子乃持索，盘旋而上，手移足随，如蛛趁丝，渐入云霄，不可复见。久之，坠一桃，如碗大。术人喜，持献公堂。堂上传示良久，亦不知其真伪。忽而绳落地上，术人惊曰："殆矣！上有人断吾绳，儿将焉托！"移时，一物堕。视之，其子首也。捧而泣曰："是必偷桃，为监者所觉。吾儿休矣！"又移时，一足落。无何，肢体纷堕，无复存者。术人大悲，一一拾置笥中而合之，曰："老夫止此儿，日从我南北游。今承严命，不意罹③此奇惨！当负去瘗④之。"乃升堂而跪，曰："为桃故，杀吾子矣！如怜小人而助之葬，当结草以图报耳。"坐官骇诧，各有赐金。术人受而缠诸腰，乃扣笥而呼曰："八八儿，不出谢赏，将何待？"忽一蓬头僮，首抵笥盖而出，望北稽首，则其子也。以其术奇，故至今犹记之。后闻白莲教⑤能为此术，意此其苗裔⑥耶？

种　梨

有乡人货梨于市，颇甘芳，价腾贵。有道士破巾絮衣，丐于车前。乡人咄之，亦不去；乡人怒，加以叱骂。道士曰："一车数百颗，老衲⑦止丐其一，于居士⑧亦无大损，何怒为？"观者劝置劣者一枚令去，乡人执不肯。

---

① 愦愦（kuì kuì）——糊涂。
② 强呜拍——极力抚拍哄劝。
③ 罹（lí）——遭遇。
④ 瘗（yì）——埋葬。
⑤ 白莲教——元明清时的民间秘密宗教组织。
⑥ 苗裔——远末子孙。
⑦ 老衲（nà）——原是僧人自称，此指道士自称。
⑧ 居士——佛教居家弟子。

肆中佣保者①,见喋聒②不堪,遂出钱市一枚,付道士。道士拜谢,谓众曰:“出家人不解吝惜。我有佳梨,请出供客。”或曰:“既有之,何不自食?”曰:“我特需此核作种。”于是掬梨大啖③。且尽,把核于手,解肩上镵④,坎地深数寸,纳之而覆以土。向市人索汤沃灌。好事者于临路店索得沸渖⑤,道士接浸坎处。万目攒⑥视,见有勾萌⑦出,渐大;俄成树,枝叶扶苏;倏而花,倏而实,硕大芳馥,累累满树。道士乃即树头摘赐观者,顷刻向尽,已,乃以镵伐树,丁丁⑧良久,方断;带叶荷肩头,从容徐步而去。

初,道士作法时,乡人亦杂立众中,引领⑨注目,竟忘其业。道士既去,始顾车中,则梨已空矣。方悟适所俵散⑩,皆己物也。又细视车上一靶⑪亡,是新凿断者。心大愤恨。急迹之,转过墙隅,则断靶弃垣下,始知所伐梨本,即是物也。道士不知所在。一市粲然⑫。

异史氏曰:“乡人愦愦,憨状可掬,其见笑于市人,有以哉。每见乡中称素封⑬者,良朋乞米,则怫然⑭,且计曰:‘是数日之资也。’也劝济一危难,饭一茕独⑮,则又忿然,又计曰:‘此十人、五人之食也。’甚而父子兄弟,较尽锱铢⑯。及至淫博迷心,则顷囊不吝;刀锯临颈,则赎命不遑。诸如此类,正不胜道。蠢尔乡人,又何足怪。”

---

① 肆中佣保者——店铺雇用的杂役人员。
② 喋聒(dié guō)——没完没了地讲。
③ 啖(dàn)——吃。
④ 镵(chán)——掘土工具。
⑤ 渖——汁水。
⑥ 攒(cuán)——聚。
⑦ 勾萌——弯曲的幼芽。
⑧ 丁丁(zhēng zhēng)——伐木声。
⑨ 引领——伸长脖子。
⑩ 俵(biào)散——分发。
⑪ 靶——车把。
⑫ 粲然——大笑露齿的样子。
⑬ 素封——无官爵俸禄而十分富有的人家。
⑭ 怫(fú)然——气愤的样子。
⑮ 饭一茕(qióng)独——施给一个孤苦人饭食。
⑯ 锱铢(zī zhū)——古时极小的重量单位,喻指小气精细。

劳山道士

邑有王生，行七，故家子①。少慕道②，闻劳山③多仙人，负笈往游。登一顶，有观宇④，甚幽。一道士坐蒲团上，素发垂领，而神光爽迈。叩而与语，理甚玄妙。请师之。道士曰："恐娇惰不能作苦。"答言："能之。"其门人甚众，薄暮毕集。王俱与稽首，遂留观中。凌晨，道士呼王去，授以斧，使随众采樵。王谨受教。过月余，手足重茧⑤，不堪其苦，阴有归志。

一夕归，见二人与师共酌，日已暮，尚无灯烛。师乃剪纸如镜，粘壁间。俄顷，月明辉室，光鉴毫芒。诸门人环听奔走。一客曰："良宵胜乐⑥，不可不同。"乃于案上取壶酒，分赉⑦诸徒，且嘱尽醉。王自思：七八人，壶酒何能遍给？遂各觅盎盂⑧，竞饮先釂⑨，惟恐樽⑩尽；而往复挹注⑪，竟不少减。心奇之。俄一客曰："蒙赐月明之照，乃尔⑫寂饮。何不呼嫦娥来？"乃以箸⑬掷月中。见一美人，自光中出。初不盈尺，至地遂与人等。纤腰秀项，翩翩作"霓裳舞⑭"。已而歌曰："仙仙乎，而还乎，而幽我于广寒⑮乎！"其声清越，烈如箫管。歌毕，盘旋而起，跃登几上，惊顾之

---

① 故家子——世家大族之子。

② 道——道教的道术。

③ 劳山——即今青岛市东北的崂山。

④ 观宇——道教庙宇。

⑤ 重(chóng)茧——一层层老茧。

⑥ 胜(shèng)乐——美乐盛事。

⑦ 赉(lài)——赏赐。

⑧ 盎盂——盛汤水的容器。

⑨ 釂(jiào)——满饮一杯。

⑩ 樽——酒壶。

⑪ 挹(yì)注——倒酒。

⑫ 乃尔——如此。

⑬ 箸——筷子。

⑭ 霓裳舞——唐代中期盛行的一种宫廷舞蹈。

⑮ 广寒——月宫名。

间,已复为箸。三人大笑。又一客曰:“今宵最乐,然不胜酒力矣。其饯我于月宫可乎?”三人移席,渐入月中。众视三人,坐月中饮,须眉毕见,如影之在镜中。移时,月渐暗;门人然①烛来,则道士独坐而客杳矣。几上肴核②尚故。壁上月,纸圆如镜而已。道士问众:“饮足乎?”曰:“足矣。”“足宜早寝,勿误樵苏③。”众诺而退。王窃欣慕,归念遂息。

又一月,苦不可忍,而道士并不传教一术,心不能待,辞曰:“弟子数百里受业仙师,纵不能得长生术,或小有传习,亦可慰求教之心,今阅④两三月,不过早樵而暮归。弟子在家,未谙⑤此苦。”道士笑曰:“我固谓不能作苦,今果然。明早当遣汝行。”王曰:“弟子操作多日,师略授小技,此来不负也。”道士问:“何术之求?”王曰:“每见师行处,墙壁所不能隔,但得此法足矣。”道士笑而允之。乃传以诀⑥,令自咒毕,呼曰:“入之!”王面墙,不敢入。又曰:“试入之。”王果从容入,及墙而阻。道士曰:“俯首骤入,勿逡巡!”王果去墙数步,奔而入;及墙,虚若无物;回视,果在墙外矣。大喜,入谢。道士曰:“归宜洁持⑦,否则不验。”遂助资斧,遣之归。

抵家,自诩⑧遇仙,坚壁所不能阻。妻不信。王效其作为,去墙数尺,奔而入,头触硬壁,蓦然而踣⑨。妻扶视之,额上坟起,如巨卵焉。妻揶揄⑩之。王惭忿,骂老道士之无良而已。

异史氏曰:“闻此事,未有不大笑者,而不知世之为王生者,正复不

---

① 然——通“燃”。
② 肴核——菜肴果品。
③ 樵苏——砍柴割草。
④ 阅——经历。
⑤ 谙——熟习。
⑥ 诀——施行法术的口诀。
⑦ 洁持——以纯洁心地保持。
⑧ 诩——夸耀。
⑨ 踣——跌倒。
⑩ 揶揄(yé yú)——讥笑嘲讽。

少。今有伧父①，喜疢毒②而畏药石，遂有舐痈吮痔③者，进宣威逞暴之术，以迎其旨，绐④之曰：'执此术也以往，可以横行而无碍。'初试未尝不小效，遂谓天下之大，举可以如是行矣，势不至触硬壁而颠蹶不止也。"

长清僧

长清⑤僧，道行高洁。年七十余犹健。一日，颠仆不起，寺僧奔救，已圆寂⑥矣。僧不自知死，魂飘去，至河南⑦界。河南有故绅子，率十余骑，按鹰猎兔。马逸，堕毙。魂适相值，翕然⑧而合，遂渐苏。厮仆还问之。张目曰："胡至此！"众扶归。入门，则粉白黛绿⑨者，纷集顾问。大骇曰："我僧也，胡至此！"家人以为妄，共提耳悟之。僧亦不自申解，但闭目不复有言。饷以脱粟则食，酒肉则拒。夜独宿，不受妻妾奉。

数日后，忽思少步⑩。众皆喜。既出，少定，即有诸仆纷来，钱簿谷籍，杂请会计。公子托以病倦，悉卸绝⑪之。惟问："山东长清县，知之否？"共答："知之。"曰："我郁无聊赖，欲往游瞩，且即治任⑫。"众谓新瘳⑬，未应远涉。不听，翼日遂发。抵长清，视风物如昨。无烦问途，竟至兰若。弟子数人见贵客至，伏谒⑭甚恭。乃问："老僧焉往？"答云："吾师

---

① 伧(cāng)父——鄙贱匹夫。
② 疢(chèn)毒——灾患。
③ 舐(shì)痈吮痔——吸痈脓，舔痔疮。
④ 绐——骗。
⑤ 长清——县名，今属山东省济南市。
⑥ 圆寂——佛教用语，对死亡的美称。
⑦ 河南——约略今同。
⑧ 翕(xī)然——迅疾的样子。
⑨ 粉白黛绿——妇女的妆饰。
⑩ 少步——略微走一下。
⑪ 卸绝——拒绝。
⑫ 治任——置办行装。
⑬ 瘳(chōu)——病愈。
⑭ 谒——通名进见长者。

囊已物化。"问墓所。群导以往,则三尺孤坟,荒草犹未合也。众僧不知何意。既而戒①马欲归,嘱曰:"汝师戒行②之僧,所遗手泽③,宜恪守,勿俾损坏。"众唯唯。乃行,既归,灰心木坐,了不勾当④家务。

居数月,出门自遁,直抵旧寺,谓弟子:"我即汝师。众疑其谬,相视而笑。乃述返魂之由,又言生平所为,悉符。众乃信,居以故榻,事之如平日。后公子家屡以舆马来,哀请之,略不顾瞻。又年余,夫人遣纪纲⑤至,多所馈遗⑥。金帛皆却之,惟受布袍一袭⑦而已。友人或至其乡,敬造之。见其人默然诚笃,年仅而立,而辄道其七十余年事。

异史氏曰:"人死则魂散,其千里而不散者,性定故耳。余于僧,不异之乎其再生,而异之乎其入纷华靡丽之乡,而能绝人以逃世也。若眼睛一闪,而兰麝熏心,有求死而不得者矣,况僧乎哉!"

蛇　人

东郡⑧某甲,以弄蛇为业。尝蓄驯蛇二,皆青色:其大者呼之大青,小曰二青。二青额有赤点,尤灵驯,盘旋无不如意。蛇人爱之,异于他蛇。期年⑨,大青死,思补其缺,未暇遑也。一夜,寄宿山寺。既明,启笥,二青亦渺。蛇人怅恨欲死。冥搜亟呼,迄无影兆。然每值丰林茂草,辄纵之去,俾得自适,寻复返,以此故,冀其自至。坐伺之,日既高,亦已绝望,怏

---

① 戒——备。
② 戒行——佛教用语,指出家人在身、语、意三方面须恪守戒律。
③ 手泽——先人遗墨。
④ 勾当——办理。
⑤ 纪纲——泛指管家。
⑥ 馈遗(wèi)——赠送。
⑦ 一袭——一套。
⑧ 东郡——今山东聊城、菏泽地区。
⑨ 期(jī)年——一周年。

快遂行。出门数武，闻丛薪错楚①中，窸窣②作响。停趾愕顾，则二青来也。大喜，如获拱璧③。息肩路隅，蛇亦顿止。视其后，小蛇从焉。抚之曰："我以汝为逝矣。小侣而所荐耶?"出饵饲之，兼饲小蛇。小蛇虽不去，然瑟缩不敢食。二青含哺之，宛似主人之让客者。蛇人又饲之，乃食。食已。随二青俱入笥中。荷去教之，旋折辄中规矩，与二青无少异，因名之小青。衒④技四方，获利无算。

大抵蛇人之弄蛇也，止以二尺为率⑤；大则过重，辄便更易。——缘二青驯，故未遽弃。又二三年，长三尺余，卧则笥为之满，遂决去之。一日，至淄邑东山间，饲以美饵，祝而纵之。既去，顷之复来，蜿蜒笥外。蛇人挥曰："去之！世无百年不散之筵。从此隐身大谷，必且为神龙，笥中何可以久居也?"蛇乃去。蛇人目送之。已而复返，挥之不去，以首触笥。小青在中，亦震震而动。蛇人悟曰："得毋欲别小青也?"乃发笥。小青径出，因与交首吐舌，似相告语。已而委蛇并去。方意小青不返，俄而踽踽⑥独来，竟入笥卧。由此随在物色，迄无佳者。而小青亦渐大，不可弄。后得一头，亦颇驯，然终不如小青良。而小青粗于儿臂矣。先是，二青在山中，樵人多见之。又数年，长数尺，围如碗；渐出逐人，因而行旅相戒，罔敢出其途。一日，蛇人经其处，蛇暴出如风。蛇人大怖而奔。蛇逐益急，回顾已将及矣。而视其首，朱点俨然，始悟为二青。下担呼曰："二青，二青！"蛇顿止。昂首久之，纵身绕蛇人，如昔弄状。觉其意殊不恶，但躯巨重，不胜其绕；仆地呼祷，乃释之。又以首触笥。蛇人悟其意，开笥出小青。二蛇相见，交缠如饴糖状，久之始开。蛇人乃祝小青："我久欲与汝别，今有伴矣。"谓二青曰："原君引之来，可还引之去。更嘱一言：深山不乏食饮，勿扰行人，以犯天谴⑦。"二蛇垂头，似相领受。遽起，大者前，小者后，过处林木为之中分。蛇人伫立望之，不见乃去。自此行人如常，不

---

① 丛薪错楚——草木杂错。
② 窸窣（xī sū）——细碎的声音。
③ 拱璧——大璧。
④ 衒——卖。
⑤ 率（lǜ）——标准。
⑥ 踽踽（jǔ jǔ）——独行状。
⑦ 天谴——天罚。

知其何往也。

异史氏曰："蛇，蠢然一物耳，乃恋恋有故人之意。且其从谏也如转圜[①]。独怪俨然而人也者，以十年把臂之交，数世蒙恩之主，辄思下井复投石焉；又不然，则药石相投，悍然不顾，且怒而仇焉者，亦羞此蛇也已。"

斫蟒

胡田村[②]胡姓者，兄弟采樵，深入幽谷，遇巨蟒。兄在前，为所吞；弟初骇欲奔，见兄被噬，遂奋怒出樵斧，斫蟒首。首伤而吞不已。然头虽已没，幸肩际不能下。弟急极无计，乃两手持兄足，力与蟒争，竟曳兄出。蟒亦负痛去。视兄，则鼻耳俱化，奄[③]将气尽。肩负以行，途中凡十余息，始至家。医养半年，方愈。至今面目皆瘢痕，鼻耳惟孔存焉。噫！农人中，乃有弟[④]弟如此者哉！或言："蟒不为害，乃德义所感。"信然！

犬奸

青州贾[⑤]某，客于外，恒经岁不归。家畜一白犬，妻引与交，犬习为常。一日，夫至，与妻共卧。犬突入，登榻，啮贾人竟死。后里舍稍闻之，共为不平，鸣于官。官械妇，妇不肯伏，收之。命缚犬来，始取妇出。犬忽见妇，直前碎衣作交状。妇始无词。使两役解部院[⑥]，一解人而一解犬。有欲观其合者，共敛钱赂役，役乃牵聚令交。所止处，观者常数百人，役以此网利焉。后人犬俱寸磔[⑦]以死。呜呼！天地之大，真无所不有矣。然

---

① 圜(yuán)——通"圆"。

② 胡田村——今山东淄博张店区湖田村。

③ 奄(yǎn)——行将断气。

④ 弟——通"悌"，敬事兄长。

⑤ 贾(gǔ)——商人。

⑥ 部院——此指巡抚衙门。

⑦ 寸磔(jié)——古代酷刑之一。

人面而兽交者，独一妇也乎哉？

异史氏为之判曰："会于濮上，古所交讥；约于桑中，人且不齿[①]。乃某者，不堪雌守[②]之苦，浪思苟合之欢。夜叉伏床，竟是家中牝兽；捷卿[③]入窦[④]，遂为被底情郎。云雨台[⑤]前，乱摇续貂之尾[⑥]；温柔乡里，频款[⑦]曳象之腰。锐锥处于皮囊，一纵股而脱颖；留情结于镞项[⑧]，甫饮羽[⑨]而生根。忽思异类之交，真属匪夷[⑩]之想。龙吠奸而为奸[⑪]，妒残凶杀，律难治以萧曹[⑫]；人非兽而实兽，奸秽淫腥，肉不食于豺虎。呜呼！人奸杀，则拟女以剐[⑬]；至于狗奸杀，阳世遂无其刑。人不良，则罚人作犬；至于犬不良，阴曹应穷于法。宜支解以追魂魄，请押赴以问阎罗。"

---

① 会于濮上，古所交讥；约于桑中，人且不齿——男女苟且交合，一直为人们看不起。

② 雌守——以妇节自持。

③ 捷卿——代指白狗。

④ 窦——同"洞"，暗指性交。

⑤ 云雨台——古代男女幽会交欢的场所。

⑥ 续貂之尾——狗尾。

⑦ 款——动。

⑧ 镞项——指狗咬死贾人。

⑨ 饮(yìn)羽——没进箭尾，亵语。

⑩ 匪夷——超出常理。

⑪ 龙(máng)吠奸而为奸——狗本是看家吠警奸夫，今却自作奸夫。

⑫ 萧曹——萧，即萧何，汉初政治家；曹，即曹参，汉初政治家，此处指国法。

⑬ 剐(guǎ)——古代酷刑之一。

雹神

王公筠苍①，莅任②楚中③。拟登龙虎山④谒天师⑤。及湖⑥，甫登舟，即有一人驾小艇来，使舟中人为通。公见之，貌修伟。怀中出天师刺⑦，曰："闻驺从⑧将临，先遣负弩⑨。"公讶其预知，益神之，诚意而往。天师治具相款。其服役者，衣冠须鬣，多不类常人。前使者亦侍其侧。少间，向天师细语。天师谓公曰："此先生同乡，不之识耶？"公问之。曰："此即世所传雹神李左车⑩也。"公愕然改容。天师曰："适言奉旨雨雹，故告辞耳。"公问："何处？"曰："章丘。"公以接壤关切，离席乞免。天师曰："此上帝玉敕，雹有额数，何能相徇⑪？"公哀不已。天师垂思良久，乃顾而嘱曰："其多降山谷，勿伤禾稼可也。"又嘱："贵客在坐，文去勿武。"神出，至庭中，忽足下生烟，氤氲匝地⑫。俄延逾刻，极力腾起，才高于庭树；又起，高于楼阁。霹雳一声，向北飞去，屋宇震动，筵器摆簸。公骇曰："去乃作雷霆耶！"天师曰："适戒之，所以迟迟。不然，平地一声，便逝去矣。"公别归，志其月日，遣人问章丘。是日果大雨雹，沟渠皆满，而田中仅数枚焉。

---

① 王公筠苍——即王孟震，字筠苍，淄川（今属山东淄博市）人。
② 莅任——上任。
③ 楚中——约今湖北、湖南两省。
④ 龙虎山——在今江西贵溪县西南，道教名山之一。
⑤ 天师——指张道陵，东汉人，道教创始人。
⑥ 湖——今江西鄱阳湖。
⑦ 刺——名帖。
⑧ 驺从（zōu zòng）——古代达官贵人出行时的卫士。
⑨ 负弩——负弩矢前驱。
⑩ 李左车——汉初人，从韩信屡有战功，俗传死后为雹神。
⑪ 徇——告诉。
⑫ 氤氲匝（yīn yūn zā）地——烟雾缭绕。

狐 嫁 女

历城①殷天官②，少贫，有胆略。邑有故家之第，广数十亩，楼宇连亘。常见怪异，以故废无居人；久之，蓬蒿渐满，白昼亦无敢入者。会公与诸生饮，或戏云："有能寄此一宿者，共醵③为筵。"公跃起曰："是亦何难！"携一席往。众送诸门，戏曰："吾等暂候之，如有所见，当急号。"公笑云："有鬼狐，当捉证耳。"遂入，见长莎蔽径，蒿艾如麻。时值上弦④，幸月色昏黄，门户可辨。摩挲⑤数进，始抵后楼。登月台⑥，光洁可爱，遂止焉。西望月明，惟衔⑦山一线耳。坐良久，更无少异，窃笑传言之讹，席地枕石，卧看牛女⑧。

一更向⑨尽，恍惚欲寐，楼下有履声，籍籍⑩而上。假寐睨之，见一青衣人，挑莲灯⑪，猝见公，惊而却退。语后人曰："有生人在。"下问："谁也？"答云："不识。"俄一老翁上，就公谛视，曰："此殷尚书，其睡已酣，但办吾事。相公倜傥⑫，或不叱怪。"乃相率入楼，楼门尽辟。移时，往来者益众。楼上灯辉如昼。公稍稍转侧，作嚏咳。翁闻公醒，乃出，跪而言曰："小人有箕帚女⑬，今夜于归⑭，不意有触贵人，望勿深罪。"公起，曳之曰：

---

① 历城——今山东济南市。
② 殷天官——即殷士儋，世称棠川先生，曾任吏部尚书。
③ 醵(jù)——凑份子买酒喝。
④ 上弦——农历每月初七、八日。
⑤ 摩挲——同"摸索"。
⑥ 月台——楼上赏月的台榭。
⑦ 衔——含。
⑧ 牛女——即牛郎星、织女星。
⑨ 向——将要。
⑩ 籍籍——纷乱状。
⑪ 莲灯——状如莲花的灯，常供嫁娶用。
⑫ 倜傥(tì tǎng)——豪放不羁。
⑬ 箕帚(jī zhǒu)女——古人谦称自己女儿无才貌，只能胜任家务事。
⑭ 于归——出嫁。

“不知今夕嘉礼，惭无以贺。”翁曰：“贵人光临，压除凶煞，幸矣。即烦陪坐，倍益光宠。”公喜，应之。入视楼中，陈设芳丽。遂有妇人出拜，年可四十余。翁曰：“此拙荆①。”公揖之。俄闻笙乐聒耳，有奔而上者，曰：“至矣！”翁趋迎，公亦立俟。少选，笼纱一簇，导新郎入。年可十七八，丰采韶秀。翁命先与贵客为礼。少年目公，公若为傧②，执半主礼。次翁婿交拜，已，乃即席。少间，粉黛云从，酒胾雾霈③，玉碗金瓯④，光映几案。酒数行，翁唤女奴，请小姐来。女奴诺而入，良久不出。翁自起，搴帏促之。俄婢媪数辈拥新人出，环珮璆然⑤，麝兰散馥。翁命向上拜。起，即坐母侧。微目之，翠凤明珰⑥，容华绝世。既而酌以金爵，大容数斗。公思此物可以持验同人，阴内⑦袖中，伪醉隐几，颓然而寝。皆曰：“相公醉矣。”居无何，新郎告行，笙乐暴作，纷纷下楼而去。已而主人敛酒具，少一爵，冥搜不得。或窃议卧客。翁急戒勿语，惟恐公闻。移时，内外俱寂。公始起，暗无灯火，惟脂香酒气，充溢四堵，视东方既白，乃从容出，探袖中，金爵犹在。及门，则诸生先俟，疑其夜出而早入者。公出爵示之。众骇问，公以状告。共思此物非寒士所有，乃信之。

后公举进士，任于肥丘⑧。有世家朱姓宴公，命取巨觥⑨，久之不至。有细奴⑩掩口与主人语，主人有怒色。俄奉金爵劝客饮。谛视之，款式雕文，与狐物更无殊别。大疑，问所从制。答云：“爵凡八只，大人为京卿⑪

---

① 拙荆——对外人谦称自己妻子。
② 傧（bīn）——代主人接客人的人。
③ 酒胾（zì）雾霈——美酒佳肴，热气蒸腾。
④ 瓯（ōu）——茶、酒器具。
⑤ 璆（qiú）然——玉器相互撞击声。
⑥ 珰——珍珠做成的耳饰。
⑦ 内——通“纳”。
⑧ 肥丘——地名，今属山东。
⑨ 巨觥（gōng）——大酒杯。
⑩ 细奴——小僮。
⑪ 京卿——京堂。

时,觅良工监制。此世传物,什袭①已久。缘明府②辱临,适取诸箱簏,仅存其七,疑家人所窃取;而十年尘封如故,殊不可解。”公笑曰:“金杯羽化③矣。然世守之珍不可失。仆有一具,颇近似之,当以奉赠。”终筵归署,拣爵驰送之。主人审视,骇绝。亲诣谢公,诘所自来。公乃历陈颠末。始知千里之物,狐能摄致,而不敢终留也。

娇 娜

孔生雪笠,圣裔④也。为人蕴藉⑤,工诗。有执友令天台⑥,寄函招之。生往,令适卒。落拓不得归,寓菩陀寺,佣为寺僧抄录。寺西百余步,有单先生第。先生故公子,以大讼萧条,眷口寡,移而乡居,宅遂旷焉。一日,大雪崩腾,寂无行旅。偶过其门,一少年出,丰采甚都。见生,趋与为礼,略致慰问,即屈降临。生爱悦之,慨然从入。屋宇都不甚广,处处悉悬锦幕,壁上多古人书画。案头书一册,签云⑦《琅嬛琐记》。翻阅一过,皆目所未睹。生以居单第,意为第主,即亦不审官阀⑧。少年细诘行踪,意怜之,劝设帐授徒。生叹曰:“羁旅之人,谁作曹丘⑨者?”少年曰:“倘不以驽骀⑩见斥,愿拜门墙⑪。”生喜,不敢当师,请为友。便问:“宅何久锢?”答曰:“此为单府,曩以公子乡居,是以久旷。仆皇甫氏,祖居陕,以

---

① 什袭——将物品重重叠叠包起来,意指珍藏。

② 明府——明代对郡守的尊称。

③ 羽化——道教徒成仙飞升称羽化,此戏指酒杯丢失。

④ 圣裔——孔子的后代。

⑤ 蕴藉——宽厚有涵养。

⑥ 天台——今浙江天台县。

⑦ 签云——书籍封面上的题字。

⑧ 官阀——官位和门第。

⑨ 曹丘——即曹丘生,汉初人,善推荐人。此指推荐人。

⑩ 驽骀(tái)——劣马。

⑪ 门墙——师门。

家宅焚于野火，暂借安顿。”生始知非单。当晚，谈笑甚欢，即留共榻。昧爽[①]，即有僮子炽炭火于室。少年先起入内，生尚拥被坐。僮入，白：“太公来。”生惊起。一叟入，鬓发皤然[②]，向生殷谢曰：“先生不弃顽儿，遂肯赐教。小子初学涂鸦，勿以友故，行辈[③]视之也。”已而进锦衣一袭，貂帽、袜、履各一事[④]。视生盥栉[⑤]已，乃呼酒荐馔[⑥]。几、榻、裙、衣，不知何名，光彩射目。酒数行，叟兴辞[⑦]，曳杖而去。餐讫，公子呈课业，类皆古文词，并无时艺[⑧]，问之。笑云：“仆不求进取也。”抵暮，更酌曰：“今夕尽欢，明日便不许矣。”呼僮曰：“视太公寝未？已寝，可暗唤香奴来。”僮去，先以绣囊将琵琶至。少顷，一婢入，红妆艳绝。公子命弹湘妃[⑨]。婢以牙拨[⑩]勾动，激扬哀烈，节拍不类夙闻。又命以巨觞[⑪]行酒，三更始罢。次日，早起共读。公子最惠，过目成咏，二三月后，命笔警绝。相约五日一饮，每饮必招香奴。一夕，酒酣气热，目注之。公子已会其意，曰：“此婢乃为老父所豢养。兄旷邈无家，我夙夜代筹久矣。行当为君谋一佳耦[⑫]。”生曰：“如果惠好，必如香奴者。”公子笑曰：“君诚‘少所见而多所怪’者矣。以此为佳，君愿亦易足也。”

居半载，生欲翱翔[⑬]郊郭，至门，则双扉外扃，问之。公子曰：“家君恐交游纷意念，故谢客耳。”生亦安之。时盛暑溽[⑭]热，移斋[⑮]园亭。生胸间

---

① 昧爽——拂晓。

② 皤(pó)然——白的样子。

③ 行辈——同辈人。

④ 一事——一件。

⑤ 盥栉(guàn zhì)——梳洗。

⑥ 荐馔——上菜。

⑦ 兴辞——起身告辞。

⑧ 时艺——明清科举时应试的八股文。

⑨ 湘妃——原指神话中舜的两个妃子娥皇、女英，此指乐曲名。

⑩ 牙拨——用象牙做成的拨弹乐器丝弦的工具。

⑪ 巨觞(shāng)——大酒杯。

⑫ 耦——通“偶”。

⑬ 翱翔——遨游。

⑭ 溽(rù)——湿润。

⑮ 斋——书房。

肿起如桃，一夜如碗，痛楚呻吟。公子朝夕省视，眠食都废。又数日，创剧，益绝食饮。太公亦至，相对太息。公子曰："儿前夜思先生清恙①，娇娜妹子能疗之。遣人于外祖处呼令归，何久不至？"俄，僮入白："娜姑至，姨与松姑同来。"父子疾趋入内。少间，引妹来视生。年约十三四，娇波流慧，细柳生姿。生望见颜色，嚬呻顿忘，精神为之一爽。公子便言："此兄良友，不啻胞也，妹子好医之。"女乃敛羞容，揄②长袖，就榻诊视，把握之间，觉芳气胜兰。女笑曰："宜有是疾，心脉动矣。然症虽危，可治；但肤块已凝，非伐皮削肉不可。"乃脱臂上金钏安患处，徐徐按下之。创突起寸许，高出钏外，而根际余肿，尽束在内，不似前如碗阔矣。乃一手启罗衿③，解佩刀，刃薄于纸，把钏握刃，轻轻附根而割。紫血流溢，沾染床席，而贪近娇姿，不惟不觉其苦，且恐速竣割事，偎傍不久。未几，割断腐肉，团团然如树上削下之瘿④。又呼水来，为洗割处。口吐红丸，如弹大，着肉上，按令旋转。才一周，觉热火蒸腾；再一周，习习作痒；三周已，遍体清凉，沁入骨髓。女收丸入咽，曰："愈矣！"趋步出。生跃起走谢，沉痼若失，而悬想容辉，苦不自已。自是废卷痴坐，无复聊赖。公子已窥之，曰："弟为兄物色，得一佳偶。"问："何人？"曰："亦弟眷属。"生凝思良久，但云："勿须。"面壁吟曰："曾经沧海难为水，除去巫山不是云。"公子会其指，曰："家君仰慕鸿才，常欲附为婚姻。但止一少妹，齿太稚。有姨女阿松，年十八矣，颇不粗陋。如不见信，松姊日涉园亭，伺前厢，可望见之。"生如其教，果见娇娜偕丽人来，画黛弯蛾，莲钩蹴凤，与娇娜相伯仲⑤也。生大悦，请公子作伐⑥。公子翼日自内出，贺曰："谐矣。"乃除别院，为生成礼。是夕，鼓吹阗咽⑦，尘落漫飞，以望中仙人，忽同衾幄⑧，遂疑广寒宫殿，未必在云霄矣。合卺之后，甚惬心怀。一夕，公子谓生曰："切磋之

---

① 清恙——对别人生病的婉称。
② 揄——挥。
③ 罗衿（jīn）——罗衣下摆。
④ 瘿（yǐng）——树瘤。
⑤ 伯仲——兄为伯，弟为仲。
⑥ 作伐——做媒。
⑦ 阗咽（tián yīn）——乐声大起。
⑧ 衾幄——锦被与罗帐。

惠,无日可以忘之。近单公子解讼归,索宅甚急,意将弃此而西,势难复聚,因而离绪萦怀。"生愿从之而去。公子劝还乡闾,生难之。公子曰:"勿虑,可即送君行。"无何,太公引松娘至,以黄金百两赠生。公子以左右手与生夫妇相把握,嘱闭眸勿视。飘然履空,但觉耳际风鸣,久之。曰:"至矣。"启目,果见故里,始知公子非人。喜叩家门,母出非望,又睹美妇,方共忻慰。及回顾,则公子逝矣。松娘事姑①孝,艳色贤名,声闻遐迩。

后生举进士,授延安司李②,携家之任。母以道远不行。松娘举一男,名小宦。生以迕直指③,罢官,罣④碍不得归。偶猎郊野,逢一美少年,跨骊驹,频频瞻顾。细看,则皇甫公子也。揽辔停骖⑤,悲喜交至。邀生去,至一村,树木浓昏,荫翳天日。入其家,则金沤浮钉⑥,宛然世族。问妹子,则嫁;岳母,已亡。深相感悼。经宿别去,偕妻同返。娇娜亦至,抱生子掇提而弄⑦曰:"姊姊乱吾种矣。"生拜谢曩德。笑曰:"姊夫贵矣。创口已合,未忘痛耶?"妹夫吴郎,亦来拜谒。信宿⑧乃去。

一日,公子有忧色,谓生曰:"天降凶殃,能相救否?"生不知何事,但锐自任。公子趋出,招一家俱入,罗拜堂上。生大骇,亟问。公子曰:"余非人类,狐也。今有雷霆之劫。君肯以身赴难,一门可望生全;不然,请抱子而行,无相累。"生矢共生死。乃使仗剑于门,嘱曰:"雷霆轰击,勿动也!"生如所教。果见阴云昼暝,昏黑如鷖⑨。回视旧居,无复闬闳⑩,惟见高冢岿然,巨穴无底。方错愕间,霹雳一声,摆簸山岳,急雨狂风,老树为拔。生目眩耳聋,屹不少动。忽于繁烟黑絮之中,见一鬼物,利喙长爪,

---

① 姑——公婆。
② 延安司李——延安府推官。
③ 直指——"直指使"略称,类似于御史。
④ 罣(guà)——羁留。
⑤ 骖——泛指马。
⑥ 金沤(ōu)浮钉——指大门上的装饰物。
⑦ 弄——逗弄。
⑧ 信宿——住两天。
⑨ 鷖(yī)——黑石。
⑩ 闬闳(hàn hóng)——里巷门。

自穴攫一人出，随烟直上。瞥睹衣履，念似娇娜。乃急跃离地，以剑击之，随手堕落。忽而崩雷暴裂，生仆，遂毙。少间，晴霁，娇娜已能自苏。见生死于旁，大哭曰："孔郎为我而死，我何生矣！"松娘亦出，共舁生归。娇娜使松娘捧其首，兄以金簪拨其齿，自乃撮其颐，以舌度红丸入，又接吻而呵之。红丸随气入喉，格格作响。移时，醒然而苏。见眷口满前，恍如梦寤。于是一门团圞①，惊定而喜。生以幽旷不可久居，议同旋里。满堂交赞，惟娇娜不乐。生请与吴郎俱，又虑翁媪不肯离幼子，终日议不果。忽吴家一小奴，汗流气促而至。惊致研诘，则吴郎家亦同日遭劫，一门俱没。娇娜顿足悲伤，涕不可止。共慰劝之。而同归之计遂决。生入城，勾当数日，遂连夜趣装②。既归，以闲园寓公子，恒反关之；生及松娘至，始发扃。生与公子兄妹，棋酒谈宴，若一家然。小宦长成，貌韶秀，有狐意，出游都市，共知为狐儿也。

异史氏曰："余于孔生，不羡其得艳妻，而羡其得腻友③也。观其容可以忘饥，听其声可以解颐④。得此良友，时一谈宴，则'色授魂与'⑤，尤胜于'颠倒衣裳'⑥矣。"

僧孽

张姓暴卒，随鬼使①去，见冥王②。王稽簿，怒鬼使误捉，责令送。张

---

① 团圞(luán)——团圆。
② 趣(cù)装——急忙准备行装。
③ 腻友——美丽亲密的女友。
④ 解颐——开口笑状。
⑤ 色授魂与——男女精神恋爱。
⑥ 颠倒衣裳——暗指男女性生活。
① 鬼使——迷信传说中到人世摄人魂魄的鬼卒。
② 冥王——传说中的阎罗王。

下，私浼[①]鬼使，求观冥狱[②]。鬼导历九幽[③]，刀山、剑树，一一指点。末至一处，有一僧孔股穿绳而倒悬之，号痛欲绝。近视，则其兄也。张见之惊哀，问："何罪至此？"鬼曰："是为僧，广募金钱，悉供淫赌，故罚之。欲脱此厄，须其自忏。"张既苏，疑兄已死。时其兄居兴福寺[④]，因往探之。入门，便闻其号痛声。入室，见疮生股间，脓血崩溃，挂足壁上，宛冥司倒悬状。骇问其故。曰："挂之稍可，不则痛彻心腑。"张因告以所见。僧大骇，乃戒荤酒，虔诵经咒。半月寻愈，遂为戒僧。

异史氏曰："鬼狱渺茫，恶人每以自解；而不知昭昭[⑤]之祸，即冥冥[⑥]之罚也。可勿惧哉！"

妖　术

于公者，少任侠，喜拳勇，力能持高壶[⑦]，作旋风舞。崇祯[⑧]间，殿试[⑨]在都，仆疫不起，患之。会市上有善卜者，能决人生死，将代问之。既至，未言。卜者曰："君莫欲问仆病乎？"公骇应之。曰："病者无害，君可危。"公乃自卜。卜者起卦，愕然曰："君三日当死！"公惊诧良久。卜者从容曰："鄙人有小术，报我十金，当代禳[⑩]之。"公自念，生死已定，术岂能解，不应而起，欲出。卜者曰："惜此小费，勿悔勿悔！"爱公者皆为公惧，劝罄橐以哀之。公不听。

倏忽至三日，公端坐旅舍，静以觇之，终日无恙。至夜，阖户挑灯，倚

---

① 浼——央求。
② 冥狱——地狱。
③ 九幽——九泉之下。
④ 兴福寺——佛寺，今位于淄博境内。
⑤ 昭昭——人世，阳世。
⑥ 冥冥——阴曹、地府。
⑦ 高壶——一种锻炼臂力的器械，又称"壶铃"。
⑧ 崇祯——明思宗朱由检的年号。
⑨ 殿试——廷试，举人进京参加会考。
⑩ 禳——驱除。

剑危坐。一漏向尽，更无死法。意欲就枕，忽闻窗隙窣窣有声。急视之，一小人荷戈入，及地，则高如人。公捉剑起，急击之，飘忽未中。遂遽小，复寻窗隙，意欲遁去。公疾斫之，应手而倒。烛之，则纸人，已腰断矣。公不敢卧，又坐待之。逾时，一物穿窗入，怪狞如鬼，才及地，急击之，断而为两，皆蠕动。恐其复起，又连击之，剑剑皆中，其声不耎。审视，则土偶，片片已碎。于是移坐窗下，目注隙中。久之，闻窗外如牛喘，有物推窗棂，房壁震摇，其势欲倾。公惧覆压，计不如出而斗之，遂剨然①脱扃，奔而出。见一巨鬼，高与檐齐。昏月中，见其面黑如煤，眼闪烁有黄光，上无衣，下无履，手弓而腰矢。公方骇，鬼则弯②矣。公以剑拨矢，矢堕，欲击之，则又关矣。公急跃避，矢贯于壁，战战有声。鬼怒甚，拔佩刀，挥如风，望公力劈。公猱进③，刀中庭石，石立断。公出其股间，削鬼中踝，铿然有声。鬼益怒，吼如雷，转身复剁。公又伏身入；刀落，断公裙。公已及胁下，猛斫之，亦铿然有声，鬼仆而僵。公乱击之，声硬如柝④。烛之，则一木偶，高大如人。弓矢尚缠腰际，刻画狰狞；剑击处，皆有血出。公因秉烛待旦，方悟鬼物皆卜人遣之，欲致人于死，以神其术也。

次日，遍告交知，与共诣卜所。卜人遥见公，瞥不可见。或曰：“皆翳形术也，犬血可破。”公如言，戒备而往。卜人又匿如前。急以犬血沃立处，但见卜人头面，皆为犬血模糊，且灼灼如鬼立，乃执付有司而杀之。

异史氏曰：“尝谓买卜为一痴。世之讲此道而不爽⑤于生死者几人？卜之而爽，犹不卜也。且即明明告我以死期之至，将复如何？况借人命以神其术者，其可畏尤甚耶！”

---

① 剨(huò)然——猛力拔关开门的声音。

② 弯——拉弓射箭。

③ 猱(náo)进——似猿一样敏捷进入。

④ 柝(tuò)——木梆。

⑤ 爽——差错、过失。

野狗

于七之乱[①],杀人如麻。乡民李化龙,自山中窜归。值大兵宵进,恐罹炎昆之祸[②],急无所匿,僵卧于死人之丛,诈作尸。兵过既尽,未敢遽出。忽见阙[③]头断臂之尸,起立如林。内一尸,断首犹连肩上,口中作语曰:"野狗子来,奈何?"群尸参差而应曰:"奈何!"俄顷,蹶然尽倒,遂寂无声。李方惊颤欲起,有一物来,兽首人身,伏啮人首,遍吸其脑。李惧,匿首尸下。物来拨李肩,欲得李首。李力伏,俾不可得。物乃推覆尸而移之,首见。李大惧,手索腰下,得巨石如碗,握之。物俯身欲龁。李骤起,大呼,击其首,中嘴。物嗥如鸱[④],掩口负痛而奔,吐血道上。就视之,于血中得二齿,中曲而端锐,长四寸余。怀归以示人,皆不知其何物也。

三生

刘孝廉[⑤],能记前身事[⑥]。与先文贲兄[⑦]为同年,尝历历言之:一世为缙绅[⑧],行多玷。六十二岁而殁。初见冥王,待如乡先生[⑨]礼,赐坐,饮以茶。觑冥王盏中,茶色清彻;己盏中,浊如醪[⑩]。暗疑迷魂汤得勿此耶?

---

① 于七之乱——指清初发生在山东半岛由于七领导的一次大规模反清暴动,长达15年(1648—1662)之久。

② 炎昆之祸——玉石俱焚之祸。

③ 阙——通"缺"。

④ 鸱——猫头鹰。

⑤ 孝廉——举人。

⑥ 前身事——前生的经历。

⑦ 先文贲兄——作者族兄蒲兆昌。

⑧ 缙绅——退职,乡居官员。

⑨ 乡先生——乡中有德望致仕后隐居的士大夫。

⑩ 醪(láo)——浊酒。

乘冥王他顾，以盏就案角泻之，伪为尽者。俄顷，稽前生恶录；怒，命群鬼捽下，罚作马。即有厉鬼絷去。行至一家，门限甚高，不可逾。方趑趄间，鬼力楚①之，痛甚而蹶。自顾，则身已在枥下矣。但闻人曰："骊马生驹矣，牡也。"心甚明了，但不能言。觉大馁，不得已，就牝马求乳。逾四五年，体修伟，甚畏挞楚，见鞭则惧而逸。主人骑，必覆障泥，缓辔徐徐，犹不甚苦。惟奴仆圉人②，不加鞯装③以行，两踝夹击，痛彻心腑。于是愤甚，三日不食，遂死。

至冥司，冥王查其罚限未满，责其规避，剥其皮革，罚为犬。意懊丧，不欲行。群鬼乱挞之，痛极而窜于野。自念不如死，愤投绝壁，颠莫能起。自顾，则身伏窦中，牝犬舐而腓字④之，乃知身已复生于人世矣。稍长，见便液亦知秽；然嗅之而香，但立念不食耳。为犬经年，常忿欲死，又恐罪其规避。而主人又豢养，不肯戮。乃故啮主人，脱股肉。主人怒，杖杀之。

冥王鞫状⑤，怒其狂猘⑥，笞数百，俾作蛇。囚于幽室，暗不见天。闷甚，缘壁而上，穴屋而出。自视，则伏身茂草，居然蛇矣。遂矢志不残生类，饥吞木实。积年余，每思自尽不可，害人而死又不可；欲求一善死之策而未得也。一日，卧草中，闻过车，遽出当路；车驰压之，断为两。

冥王讶其速至，因蒲伏自剖⑦。冥王以无罪见杀，原之，准其满限复为人，是为刘公。公生而能言，文章书史，过辄成诵。辛酉⑧举孝廉，每劝人：乘马必厚其障泥，股夹之刑，胜于鞭楚也。

异史氏曰："毛角之俦⑨，乃有王公大人在其中。所以然者，王公大人之内，原未必无毛角者在其中也。故贱者为善，如求花而种其树；贵者为

---

① 楚——刑杖，由荆木做成。

② 圉(yǔ)人——马伕。

③ 鞯装——骑具。

④ 腓(féi)字——爱抚喂养。

⑤ 鞫(jū)状——审问罪状。

⑥ 猘(zhì)——狂犬。

⑦ 剖——表白。

⑧ 辛酉——指明熹宗天启元年(1631 年)。

⑨ 俦——类、群。

善,如已花而培其木;种者可大,培者可久。不然,且将负盐车,受羁馽①,与之为马②;不然,且将啖便液,受烹割,与之为犬;又不然,且将披鳞介,葬鹤鹳③,与之为蛇。"

狐入瓶

万村石氏之妇,祟④于狐,患之,而不能遣。扉后有瓶,每闻妇翁来,狐辄遁匿其中。妇窥之熟,暗计而不言。一日,窜入,妇急以絮塞其口,置釜中,燂汤⑤而沸之。瓶热,狐呼曰:"热甚!勿恶作剧。"妇不语。号益急,久之无声。拔塞而验之,毛一堆,血数点而已。

鬼哭

谢迁之变⑥,宦第皆为贼窟。王学使七襄⑦之宅,盗聚尤众。城破兵入,扫荡群丑,尸填墀⑧,血至充门而流。公入城,扛尸涤血而居。往往白昼见鬼;夜则床下磷飞⑨,墙角鬼哭。

一日,王生皞迪,寄宿公家,闻床底小声连呼:"皞迪!皞迪!"已而声渐大,曰:"我死得苦!"因哭,满庭皆哭。公闻,仗剑而入,大言曰:"汝不

---

① 受羁馽(zhí)——受束缚控制。
② 与之为马——让他变成马。
③ 葬鹤鹳——葬身鹤、鹳之腹。
④ 祟——鬼神带给人的灾患。
⑤ 燂(tán)汤——烧热水。
⑥ 谢迁之变——指清初谢迁领导的一次农民起义。
⑦ 王学使七襄——学使,官名;王七襄,即王昌胤。
⑧ 墀(chí)——台阶上面的空地。
⑨ 磷飞——鬼火飞动。

识我王学院耶?”但闻百声嗤嗤,笑之以鼻。公于是设水陆道场①,命释道忏度之。夜抛鬼饭,则见燐火营营,随地皆出。先是,阍人王姓者疾笃②,昏不知人者数日矣。是夕,忽欠伸若醒。妇以食进。王曰:“适主人不知何事,施饭于庭,我亦随众啗噉③。食已方归,故不饥耳。”由此鬼怪遂绝。岂钹铙钟鼓④,焰口瑜伽⑤,果有益耶?

异史氏曰:“邪怪之物,惟德可以已之。当陷城之时,王公势正烜赫,闻声者皆股栗;而鬼且揶揄之,想鬼物逆知其不令终耶?普告天下大人先生:出人面犹不可以吓鬼,愿无出鬼面以吓人也!”

真定女

真定⑥界,有孤女,方六七岁,收养于夫家。相居一二年,夫诱与交而孕。腹膨膨而以为病也,告之母。母曰:“动否?”曰:“动。”又益异之。然以其齿太稚,不敢决。未几,生男。母叹曰:“不图拳母,竟生锥儿⑦!”

焦螟

董侍读默庵⑧家,为狐所扰,瓦砾砖石,忽如雹落。家人相率奔匿,待

---

① 水陆道场——原为佛教徒举办的法会,后演变为民间为超度亡灵而举办的一种仪式。

② 疾笃——病重。

③ 啗噉(dàn dàn)——吃。

④ 钹铙(bó náo)钟鼓——水陆法会上使用的四种打击乐器。

⑤ 焰口瑜伽——焰口,佛经中饿鬼名;瑜伽,指密宗僧侣。此指作佛事、超度亡灵。

⑥ 真定——旧县名,今河北正定县。

⑦ 不图拳母,竟生锥儿——想不到拳头大的母亲,竟生下锥子大的儿子。

⑧ 董侍读默庵——即董讷,字默庵,曾官至侍读学士。

其间歇,乃敢出操作。公患之,假怍庭孙司马[①]第移避之,而狐扰犹故。一日,朝中待漏[②],适言其异。大臣或言:关东[③]道士焦螟,居内城,总持敕勒之术[④],颇有效。公造庐而请之。道士朱书符[⑤],使归粘壁上。狐竟不惧,抛掷有加焉。公复告道士。道士怒,亲诣[⑥]公家,筑坛作法。俄见一巨狐,伏坛下。家人受虐已久,衔恨綦[⑦]深,一婢近击之。婢忽仆地气绝。道士曰:"此物猖獗,我尚不能遽服之,女子何轻犯尔尔[⑧]。"既而曰:"可借鞫狐词,亦得[⑨]。"戟指[⑩]咒移时,婢忽起,长跪。道士诘其里居。婢作狐言:"我西域产,入都者一十八辈。"道士曰:"辇毂下[⑪],何容尔辈久居?可速去!"狐不答。道士击案怒曰:"汝欲梗吾令耶?再若迁延,法不汝宥!"狐乃蹙怖作色,愿谨奉教。道士又速之。婢又仆绝,良久始甦。俄见白块四五团,滚滚如毬,附檐际而行,次第追逐,顷刻俱去。由是遂安。

叶　生

淮阳[⑫]叶生者,失其名字。文章词赋,冠绝当时,而所如不偶[⑬],困于名场[⑭]。会关东丁乘鹤来令是邑,见其文,奇之;召与语,大悦。使即官

---

① 怍庭孙司马——即孙光祀,字溯玉,号祚庭,曾官至司马。
② 待漏——等待早朝。
③ 关东——泛指山海关以外的东三省地区。
④ 总持敕勒之术——主管道教的符法之事。
⑤ 朱书符——用朱砂画符。
⑥ 诣——到。
⑦ 綦——极。
⑧ 尔尔——如此。
⑨ 亦得——也是个办法。
⑩ 戟指——以食指、中指指点,类戟状。
⑪ 辇毂(gǔ)下——皇帝车驾下。
⑫ 淮阳——今河南东部。
⑬ 不偶——运气不好。
⑭ 名场——科举考场。

署，受灯火①；时赐钱谷恤其家。值科试，公游扬于学使②，遂领冠军。公期望綦切。闱后③，索文读之，击节称叹。不意时数限人，文章憎命④，榜既放，依然铩羽⑤。生嗒丧⑥而归，愧负知己，形销骨立，痴若木偶。公闻，召之来而慰之。生零涕不已。公怜之，相期考满入都⑦，携与俱北。生甚感佩，辞而归，杜门不出。

无何，寝疾。公遗问不绝。而服药百裹⑧，殊罔所效。公适以忤上官免，将解任去，函致生，其略云："仆东归有日，所以迟迟者，待足下耳。足下朝至，则仆夕发矣。"传之卧榻，生持书啜泣，寄语来使："疾革难遽瘥⑨，请先发。"使人返白，公不忍去，徐待之。逾数日，门者忽通叶生至。公喜，逆而问之。生曰："以犬马病，劳夫子久待，万虑不宁。今幸可从杖履⑩。"公乃束装戒旦⑪。抵里，命子师事生，夙夜与俱。公子名再昌，时年十六，尚不能文，然绝慧，凡文艺三两过，辄无遗忘。居之期岁⑫，便能落笔成文。益之公力，遂入邑庠⑬。生以生平所拟举子业⑭，悉录授读。闱中七题⑮，并无脱漏，中亚魁⑯。公一日谓生曰："君出馀绪⑰，遂使孺子

---

① 受灯火——提供照明费用。
② 学使——提督学政。
③ 闱后——秋闱（乡试）之后。
④ 文章憎命——好文章会妨碍命运。
⑤ 铩（shā）羽——鸟羽凌落，喻指落榜。
⑥ 嗒（tà）丧——沮丧。
⑦ 考满入都——明清两代地方官员任职一定期限后，经考核政绩，或留任，或迁调，或降职，或革职。
⑧ 百裹——百副。
⑨ 疾革（jí）难遽瘥（chài）——病重难以速愈。
⑩ 从杖履——随侍身边。
⑪ 戒旦——准备早起。
⑫ 期（jī）岁——满一年。
⑬ 邑庠——县学。
⑭ 举子业——八股文。
⑮ 闱中七题——明清乡试、会试的头场试题多半是七题。
⑯ 亚魁——乡试第二名。
⑰ 馀绪——残余部分。

成名。然黄钟长弃①奈何?"生曰:"是殆有命。借福泽为文章吐气,使天下人知半生沦落,非战之罪②也,愿亦足矣。且士得一人知己,可无憾,何必抛却白纻,乃谓之利市③哉。"公以其久客,恐误岁试,劝令归省。生惨然不乐。公不忍强,嘱公子至都,为之纳粟。公子又捷南宫④,授部中主政⑤。携生赴监,与共晨夕。逾岁,生入北闱⑥,竟领乡荐⑦。会公子差南河典务⑧,因谓生曰:"此去离贵乡不远。先生奋迹云霄,锦还为快。"生亦喜,择吉就道。抵淮阳界,命仆马送生归。

归见门户萧条,意甚悲恻。逡巡至庭中,妻携簸具以出,见生,掷具骇走。生凄然曰:"我今贵矣。三四年不觌⑨,何遂顿不相识?"妻遥谓曰:"君死已久,何复言贵?所以久淹君柩者,以家贫子幼耳。今阿大亦已成立,将卜窀穸⑩,勿作怪异吓生人。"生闻之,怃然惆怅,逡巡入室,见灵柩俨然,扑地而灭。妻惊视之,衣冠履舄⑪如脱委焉。大恸,抱衣悲哭。子自塾中归,见结驷于门,审所自来,骇奔告母。母挥涕告诉。又细询从者,始得颠末。从者返,公子闻之,涕堕垂膺。即命驾哭诸其室,出橐营丧,葬以孝廉礼。又厚遗其子,为延师教读。言于学使,逾年游泮⑫。

异史氏曰:"魂从知己,竟忘死耶?闻者疑之,余深信焉。同心倩女,至离枕上之魂⑬;千里良朋,犹识梦中之路⑭。而况茧丝蝇迹,呕学士之心肝;流水高山,通我曹之性命者哉!嗟乎!遇合难期,遭逢不偶。行踪

---

① 黄钟长弃——喻贤才之士久被埋没。
② 非战之罪——命不好,非人力所为。
③ 利市——经商获利、发迹。
④ 捷南宫——考中进士。
⑤ 部中主政——中央六部之一的主事。
⑥ 北闱——在北京举行的乡试。
⑦ 乡荐——考中举人。
⑧ 南河典务——南河河道办理公务。
⑨ 觌——见面,通"睹"。
⑩ 卜窀穸(zhūn xī)——选择墓地。
⑪ 履舄——鞋子。
⑫ 游泮——考中秀才。
⑬ 同心倩女,至离枕上之魂——典出《离魂记》,指知心情侣可离魂相随。
⑭ 千里良朋,犹识梦中之路——指真挚的友谊可使远方的朋友在梦中相会。

落落，对影长愁；傲骨嶙嶙，搔头自爱。叹面目之酸涩，来鬼物之揶揄。频居康了之中，则须发之条条可丑；一落孙山之外，则文章之处处皆疵。古今痛哭之人，卞和①惟尔；颠倒逸群之物，伯乐②伊谁？抱刺于怀，三年灭字；侧身以望，四海无家。人生世上，只须合眼放步，以听造物之低昂而已。天下之昂藏③沦落如叶生其人者，亦复不少，顾安得令威④复来，而生死从之也哉？噫！"

四 十 千

新城⑤王大司马，有主计仆⑥，家称素封。忽梦一人奔入，曰："汝欠四十千⑦，今宜还矣。"问之，不答，径入内去。既醒，妻产男。知为夙孽⑧，遂以四十千捆置一室，凡儿衣食病药，皆取给焉。过三四岁，视室中钱，仅存七百。适乳媪抱儿至，调笑于侧。因呼之曰："四十千将尽，汝宜行矣。"言已，儿忽颜色蹙变，项折目张。再抚之，气已绝矣。乃以馀资置葬具而瘗⑨之。此可为负欠者戒也。

昔有老而无子者，问诸高僧。僧曰："汝不欠人者，人又不欠汝者，乌得子？"盖生佳儿，所以报我之缘；生顽儿，所以取我之债。生者勿喜，死者勿悲也。

---

① 卞和——相传春秋时楚人卞和献和氏璧于楚王，楚王不识货而刑罚献璧人。

② 伯乐——春秋时秦人，善识马。

③ 昂藏——气概不凡。

④ 令威——指淮阳县令丁令威，学道成仙，升天而去。

⑤ 新城——旧县名，今山东桓台县。

⑥ 主计仆——管家。

⑦ 四十千——旧时以文计算铜钱，一千文为一贯或一吊；四十千即四十贯或四十吊。

⑧ 夙孽——极深的前世罪孽果报。

⑨ 瘗——埋葬。

成仙

文登①周生，与成生少共笔砚，遂订为杵臼交②。而成贫，故终岁常依周。以齿则周为长，呼周妻以嫂。节序登堂，如一家焉。周妻生子，产后暴卒。继聘王氏。成以少故，未尝请见之也。一日，王氏弟来省姊，宴于内寝。成适至。家人通白，周坐命邀之。成不入，辞去。周移席外舍，追之而还。甫坐，即有人白别业③之仆，为邑宰重笞者。先是，黄吏部家牧佣，牛蹊④周田，以是相诟，牧佣奔告主，捉仆送官，遂被笞责。周诘得其故，大怒曰："黄家牧猪奴，何敢尔！其先世为大父服役；促得志，乃无人耶！"气填吭臆⑤，忿而起，欲往寻黄。成捺而止之，曰："强梁世界，原无皂白。况今日官宰半强寇不操矛弧者耶？"周不听。成谏止再三，至泣下，周乃止。怒终不释，转侧达旦，谓家人曰："黄家欺我，我仇也，姑置之。邑令为朝廷官，非势家官，纵有互争，亦须两造⑥，何至如狗之随嗾⑦者？我亦呈治其佣，视彼将何处分。"家人悉怂恿⑧之，计遂决。具状赴宰，宰裂而掷之。周怒，语侵宰。宰惭恚⑨，因逮系之。

辰⑩后，成往访周，始知入城讼理。急奔劝止，则已在囹圄⑪矣。顿足无所为计。时获海寇三名，宰与黄赂嘱之，使捏周同党。据词申黜顶

---

① 文登——今山东文登县。

② 杵臼交——不计贫富贵贱的朋友。

③ 别业——别墅。

④ 蹊——践越，穿行。

⑤ 吭臆——气愤填膺。

⑥ 两造——原告和被告。

⑦ 嗾（sǒu）——指挥狗咬人的声音。

⑧ 怂恿——怂恿。

⑨ 恚——气愤。

⑩ 辰——上午七点至九点。

⑪ 囹圄（líng yǔ）——牢狱。

衣[1]，搒掠[2]酷惨。成入狱，相顾凄酸，谋叩阙[3]。周曰："身系重犴[4]，如鸟在笼；虽有弱弟[5]，止足供囚饭耳。"成锐身自任，曰："是予责也。难而不急，乌用友也！"乃行。周弟赆[6]之，则去已久矣。至都，无门入控。相传驾将出猎，成预隐木市中；俄驾过，伏舞哀号，遂得准。驿送而下，着部院审奏。时阅十月余，周已诬服论辟[7]。院接御批，大骇，复提躬谳[8]。黄亦骇，谋杀周。因赂监者，绝其食饮；弟来馈问，苦禁拒之。成又为赴院声屈，始蒙提问。业已饥饿不起，院台怒，杖毙监者。黄大怖，纳数千金，嘱为营脱，以是得朦胧题免。宰以枉法拟流[9]。周放归，益肝胆成。

成自经讼系，世情尽灰，招周偕隐。周溺少妇，辄迂笑之。成虽不言，而意甚决，别后，数日不至。周使探诸其家，家人方疑其在周所。两无所见，始疑。周心知其异，遣人踪迹之，寺观壑谷，物色殆遍。时以金帛恤其子。又八九年，成忽自至，黄巾氅服[10]，岸然道貌。周喜把臂曰："君何往，使我寻欲遍？"笑曰："孤云野鹤，栖无定所。别后幸复顽健。"周命置酒，略道间阔[11]，欲为变易道装。成笑不语。周曰："愚哉！何弃妻孥犹敝屣也？"成笑曰："不然。人将弃予，其何人之能弃。"问所栖止，答在劳山之上清宫。既而抵足寝，梦成裸伏胸上，气不得息。讶问何为，殊不答。忽惊而寤，呼成不应；坐而索之，杳然不知所往。定移时，始觉在成榻，骇曰："昨不醉，何颠倒至此耶！"乃呼家人。家人火之，俨然成也。周固多髭，以手自捋，则疏无几茎。取镜自照，讶曰："成生在此，我何往？"已而大悟，知成以幻术招隐。意欲归内，弟以其貌异，禁不听前。周亦无以自明，

---

① 申黜顶衣——申请革去周生的功名。

② 搒掠——拷打。

③ 叩阙——告御状。

④ 重犴（chóng àn）——牢狱深处。

⑤ 弱弟——幼弟。

⑥ 赆（jìn）——赠送路费。

⑦ 辟——死刑。

⑧ 复提躬谳（yàn）——亲自重审案犯。

⑨ 流——流刑，流放。

⑩ 黄巾氅（chǎng）服——道士装束。

⑪ 间阔——久别之情。

即命仆马往寻成。数日，入劳山。马行疾，仆不能及。休止树下，见羽客①往来甚众。内一道人目周，周因以成问。道士笑曰："耳其名矣，似在上清。"言已，径去。周目送之，见一矢之外，又与一人语，亦不数言而去。与言者渐至，乃同社生②。见周，愕曰："数年不晤，人以君学道名山，今尚游戏人间耶？"周述其异。生惊曰："我适遇之，而以为君也。去无几时，或当不远。"周大异，曰："怪哉！何自己面目觌面而不之识？"仆寻至，急驰之，竟无踪兆。一望寥阔，进退难以自主。自念无家可归，遂决意穷追。而怪险不复可骑，遂以马付仆归，迤逦③自往。遥见一童独坐，趋近问程，且告以故。童自言为成弟子，代荷衣粮，导与俱行。星饭露宿，逴④行殊远，三日始至，又非世之所谓上清。时十月中，山花满路，不类初冬。童入报客，成即遽出，始认己形。执手入，置酒宴语。见异彩之禽，驯人不惊，声如笙簧，时来鸣于座上。心甚异之。然尘俗念切，无意留连。地下有蒲团二，曳与并坐。至二更后，万虑俱寂，忽似瞥然一盹，身觉与成易位。疑之，自捋颔下，则于思者如故矣。既曙，浩然思返。成固留之。越三日，乃曰："迄少寐息，早送君行。"甫交睫，闻成呼曰："行装已具矣。"遂起从之。

所行殊非旧途。觉无几时，里居已在望中。成坐候路侧，俾自归。周强之不得，因踽踽至家门。叩不能应。思欲越墙，觉身飘似叶，一跃已过。凡逾数重垣，始抵卧室。灯烛荧然，内人未寝，哝哝与人语。舐窗以窥，则妻与一厮仆同杯饮，状甚狎亵。于是怒火如焚，计将掩执，又恐孤力难胜，遂潜身脱扃而出，奔告成，且乞为助。成慨然从之，直抵内寝。周举石挝门，内张皇甚；擂愈急，内闭益坚。成拨以剑，划然顿辟。周奔入，仆冲户而走。成在门外，以剑击之，断其肩臂。周执妻拷讯，乃知被收时即与仆私。周借剑决其首，罥肠庭树间，乃从成出，寻途而返。蓦然忽醒，则身在卧榻，惊而言曰："怪梦参差，使人骇惧！"成笑曰："梦者兄以为真，真者乃以为梦。"周愕而问之。成出剑示之，溅血犹存。周惊怛⑤欲绝，窃疑成诪

---

① 羽客——道士的美称。
② 同社生——社学时的同学。
③ 迤逦(yǐ lǐ)——通"迤逦"，曲折连绵。
④ 逴(chuò)行——高一步低一步地走。
⑤ 怛(dá)——忧伤，悲苦。

张为幻[①]。成知其意,乃促装送之归。荏苒至里门,乃曰:“畴昔之夜,倚剑而相待者,非此处耶!吾厌见恶浊,请还待君于此;如过晡[②]不来,予自去。”周至家,门户萧索,似无居人,还入弟家。弟见兄,双泪遽堕,曰:“兄去后,盗夜杀嫂,刳肠去,酷惨可悼。于今官捕未获。”周如梦醒,因以情告,戒勿究。弟错愕良久。周问其子,乃命老媪抱至。周曰:“此襁褓物[③],宗绪所关[④],弟好视之。兄欲辞人世矣。”遂起,径出。弟涕泗追挽,笑行不顾。至野外,见成,与俱行。遥回顾曰:“忍事最乐。”弟欲有言,成阔袖一举,即不可见。怅立移时,痛哭而返。

周弟朴拙,不善治家人生产,居数年,家益贫。周子渐长,不能延师,因自教读。一日,早至斋,见案头有函书,缄封甚固,签题“仲氏启[⑤]”。审之,为兄迹;开视,则虚无所有,只见爪甲一枚,长二指许。心怪之,以甲置砚上,出问家人所自来,并无知者。回视,则砚石灿灿,化为黄金,大惊,以试铜铁,皆然。由此大富。以千金赐成氏子,因相传两家有点金术[⑥]云。

新　郎

江南[⑦]梅孝廉耦长,言其乡孙公,为德州宰[⑧],鞫一奇案。

初,村人有为子娶妇者,新人入门,戚里毕贺。饮至更余,新郎出,见新妇炫装,趋转舍后,疑而尾之。宅后有长溪,小桥通之。见新妇渡桥径去,益疑。呼之不应。遥以手招婿。婿急趁之,相去盈尺,而卒不可及。行数里,入村落。妇止,谓婿曰:“君家寂寞,我不惯住。请与郎暂居妾家数日,便同归省。”言已,抽簪叩扉,轧然有女童出应门。女先入。不得

① 诪(zhōu)张为幻——施弄幻术骗人。

② 晡(bū)——申时,下午三点至五点。

③ 襁褓物——乳婴。

④ 宗绪所关——关联宗族的延续。

⑤ 仲氏启——二弟启。

⑥ 点金术——道教所谓点化他物成金银的法术。

⑦ 江南——清代泛指今江苏、安徽省地区。

⑧ 德州宰——今山东德州市;宰,州县长官通称。

已,从之。既入,则岳父母俱在堂上。谓婿曰:"我女少娇惯,未尝一刻离膝下,一旦去故里,心辄戚戚。今同郎来,甚慰系念。居数日,当送两人归。"乃为除室,床褥备具,遂居之。

家中客见新郎久不至,共索之。室中惟新妇在,不知婿之所往。由此遐迩访问,并无耗息。翁媪零涕,谓其必死。将半载,妇家悼女无偶,遂请于村人父,欲别醮女①。村人父益悲,曰:"骸骨衣裳无可验证,何知吾儿遂为异物②?纵其奄丧,周岁而嫁当亦未晚,胡为如是急也?"妇父益衔之,讼于庭。孙公怪疑,无所措力,断令待以三年,存案遣去。

村人子居女家,家人亦大相忻待。每与妇议归,妇亦诺之,而因循不即行。积半年余,中心徘徊,万虑不安。欲独归,而妇固留之。一日,合家惶遽,似有急难。仓卒谓婿曰:"本拟三二日遣夫妇偕归,不意仪装未备,忽遘闵凶③;不得已,即先送郎还。"于是送出门,旋踵急返,周旋言动,颇甚草草。方欲觅途行,回视院宇无存,但见高冢。大惊,寻路急归。至家,历言端末,因与投官陈诉。孙公拘妇父谕之,送女于归④,始合卺焉。

灵　官

朝天观⑤道士某,喜吐纳之术⑥。有翁假寓观中,适同所好,遂为玄友⑦。居数年,每至郊祭⑧时,辄先旬日而去,郊后乃返。道士疑而问之。翁曰:"我两人莫逆,可以实告:我狐也。郊期至,则诸神清秽,我无所容,故行遁耳。"又一年,及期而去,久不复返。疑之。一日忽至,因问其故。

---

① 醮(jiào)女——已婚妇女再嫁。

② 异物——死的婉转说法。

③ 忽遘闵凶——遘,遭遇;忽遇忧患。

④ 于归——本指女子出嫁,此指重返夫家。

⑤ 朝天观——指北京朝天宫,今已不存。

⑥ 吐纳之术——原是中国古代的一种养生术,后被道教用作修炼成仙的法术之一。

⑦ 玄友——道友。

⑧ 郊祭——古代帝王祭祀天地的一种典礼。

答曰:“我几不复见子矣!曩欲远避,心颇怠,视阴沟甚隐,遂潜伏卷瓮下。不意灵官①粪除至此,瞥为所睹,愤欲加鞭。余惧而逃。灵官追逐甚急。至黄河上,濒将及矣。大窘无计,窜伏溷中。神恶其秽,始返身去。既出,臭恶沾染,不可复游人世,乃投水自濯讫。又蛰隐穴中几百日,垢浊始净。今来相别,兼以致嘱:君亦宜隐身他去,大劫将来,此非福地也。”言已,辞去。道士依言别徙。未几而有甲申之变②。

王 兰

利津③王兰暴病死。阎王覆勘,乃鬼卒之误勾也。责送还生,则尸已败。鬼惧罪,谓王曰:“人而鬼也则苦,鬼而仙也则乐。苟乐矣,何必生?”王以为然。鬼曰:“此处一狐,金丹成矣。窃其丹吞之,则魂不散,可以长存。但凭所之,罔不如意。子愿之否?”王从之。鬼导去,入一高第,见楼阁渠然④,而悄无一人。有狐在月下,仰首望空际。气一呼,有丸自口中出,直上入于月中;一吸,辄复落,以口承之,则又呼之,如是不已。鬼潜伺其侧,俟其吐,急掇⑤于手,付王吞之。狐惊,盛气相向。见二人在,恐不敌,愤恨而去。王与鬼别,至其家。妻子见之,咸惧却走。王告以故,乃渐集。由此在家,寝处如平时。

其友张姓者,闻而省之,相见话温凉。因谓张曰:“我与若家夙贫,今有术,可以致富。子能从我游乎?”张唯唯。曰:“我能不药而医,不卜而断。我欲现身,恐识我者相惊以怪。附子而行,可乎?”张又唯唯。于是即日趣装,至山西界。富室有女,得暴疾,眩然瞀瞑⑥。前后药禳既穷,张

---

① 灵官——即王灵官,相传宋代人,名善,死后被玉皇大帝封为执掌上天、人间纠察之职的“先天主将”。

② 甲申之变——指明崇祯十七年(1644 年),李自成入京、明朝灭亡和清军入关。

③ 利津——今山东利津县。

④ 渠然——高大深广状。

⑤ 掇(duō)——拾取。

⑥ 瞀(mào)瞑——闭目昏死。

造其庐，以术自炫。富翁止此女，常珍惜之，能医者，愿以千金为报。张请视之。从翁入室，见女瞑卧；启其衾，抚其体，女昏不觉。王私告张曰："此魂亡也，当为觅之。"张乃告翁："病虽危，可救。"问："需何药？"俱言不须，"女公子魂离他所，业遣神觅之矣。"约一时许，王忽来，具言已得。张乃请翁再入，又抚之。少顷，女欠伸，目遽张。翁大喜，抚问。女言："向戏园中，见一少年郎，挟弹弹雀，数人牵骏马，从诸其后。急欲奔避，横被阻止。少年以弓授儿，教儿弹。方羞诃之，便携儿马上，累骑①而行。笑曰：'我乐与子戏，勿羞也。'数里，入山中，我马上号且骂；少年怒，推堕路旁，欲归无路。适有一人至，捉儿臂，疾若驰，瞬息至家，忽若梦醒。"翁神之，果贻千金。王夜与张谋，留二百金作路用，余尽摄去，款门而付其子；又命以三百馈张氏，乃复还。次日，与翁别，不见金藏何所，益异之，厚礼而送之。

逾数日，张于郊外遇同乡人贺才。才饮博不事生产，奇贫如丐。闻张得异术，获金无算，因奔寻之。王劝薄赠令归。才不改故行，旬日荡尽，将复觅张。王已知之，曰："才狂悖②，不可与处，只宜赂之使去，纵祸犹浅。"逾日，才果至，强从与俱。张曰："我固知汝复来。日事酗赌，千金何能满无底窦？诚改若所为，我百金相赠。"才诺之。张泻囊授之。才去，以百金在橐，赌益豪；益之狭邪游③，挥洒如土。邑中捕役疑而执之，质于官，拷掠酷惨。才实告金所自来。乃遣隶押才捉张。数日，创剧，毙于途。魂不忘张，复往依之，因与王会。一日，聚饮于烟墩④，才大醉狂呼，王止之不听。适巡方御史⑤过，闻呼搜之，获张。张惧，以实告。御史怒，笞而牒于神。夜梦金甲人告曰："查王兰无辜而死，今为鬼仙。医亦仁术，不可律以妖魅。今奉帝命，授为清道使⑥。贺才邪荡，已罚窜铁围山⑦。张某无罪，当宥之。"御史醒而异之，乃释张。张治装旋里。囊中存数百金，敬

---

① 累骑——同骑一马。

② 悖(bèi)——违背常理。

③ 狭邪游——逛妓院。

④ 烟墩——明清用于防卫报警的设施。

⑤ 巡方御史——即巡按御史，职掌各地巡察。

⑥ 清道使——此指为尊神清路的下级神官。

⑦ 铁围山——传说中极为遥远的边塞之地。

以半送王家。王氏子孙,以此致富焉。

鹰 虎 神

郡城①东岳庙②,在南郭。大门左右,神高丈余,俗名"鹰虎神",狰狞可畏。庙中道士任姓,每鸡鸣,辄起焚诵。有偷儿预匿廊间,伺道士起,潜入寝室,搜括财物。奈室无长物,惟于荐底得钱三百,纳腰中,拔关而出,将登千佛山③。南窜许时,方至山下。见一巨丈夫,自山上来,左臂苍鹰,适与相遇。近视之,面铜青色,依稀似庙门中所习见者。大恐,蹲伏而战。神诧曰:"盗钱安往?"偷儿益惧,叩不已。神揪令还,入庙,使倾所盗钱,跪守之。道士课毕,回顾骇愕。盗历历自述。道士收其钱而遣之。

王 成

王成,平原④故家子,性最懒。生涯日落,惟剩破屋数间,与妻卧牛衣⑤中,交谪⑥不堪。时盛夏燠热,村外故有周氏园,墙宇尽倾,惟存一亭。村人多寄宿其中,王亦在焉。既晓,睡者尽去;红日三竿,王始起,逡巡欲归。见草际金钗一股,拾视之,镌有细字云:"仪宾⑦府造。"王祖为衡府⑧仪宾,家中故物,多此款式,因把钗踌躇。欻一妪来寻钗。王虽故贫,然性介,遽出授之。妪喜,极赞盛德,曰:"钗值几何,先夫之遗泽⑨也。"

---

① 郡城——府治所在地。
② 东岳庙——道教所奉泰山神所居地,因泰山神称"东岳天齐仁圣大帝"。
③ 千佛山——即历山,距济南城南五里。
④ 平原——今山东平原县。
⑤ 牛衣——一种以草、麻编织而成的御寒物。
⑥ 交谪——妻子责怨。
⑦ 仪宾——明代亲王或郡王之女婿称"仪宾"。
⑧ 衡府——指青州衡王府。
⑨ 遗泽——遗物。

问:“夫君伊谁?”答云:“故仪宾王柬之也。”王惊曰:“吾祖也。何以相遇?”妪亦惊曰:“汝即王柬之之孙耶?我乃狐仙。百年前,与君祖缱绻①。君祖殁,老身遂隐,过此遗钗,适入子手,非天数耶!”王亦曾闻祖有狐妻,信其言,便邀临顾。妪从之。王呼妻出见,负败絮,菜色黯焉。妪叹曰:“嘻!王柬之孙子,乃一贫至此哉!”又顾败灶无烟,曰:“家计若此,何以聊生?”妻因细述贫状,呜咽饮泣。妪以钗授妇,使姑质钱市米,三日外请复相见。王挽留之。妪曰:“汝一妻犹不能自存活;我在,仰屋而居②,复何裨益?”遂径去。王为妻言其故,妻大怖。王诵其义,使姑事之,妻诺。逾三日,果至。出数金,籴③粟麦各一石。夜与妇共短榻。妇初惧之,然察其意殊拳拳,遂不之疑。

翌日,谓王曰:“孙勿惰,宜操小生业,坐食乌可长也!”王告以无资。曰:“汝祖在时,金帛凭所取,我以世外人,无需是物,故未尝多取,积花粉之金四十两,至今犹存。久贮亦无所用,可将去悉以市葛,刻日④赴都,可得微息。”王从之,购五十余端⑤以归。妪命趣装,计六七日可达燕都⑥。嘱曰:“宜勤勿懒,宜急勿缓;迟之一日,悔之已晚!”王敬诺,囊货就路。中途遇雨,衣履浸濡。王生平未历风霜,委顿不堪,因暂休旅舍。不意淙淙彻暮,檐雨如绳。过宿,泞益甚。见往来行人,践淖没胫,心畏苦之。待至亭午,始渐燥,而阴云复合,雨又大作。信宿乃行。将近京,传闻葛价翔贵,心窃喜。入都,解装客店,主人深惜其晚。先是,南道初通,葛至绝少。贝勒府购致甚急,价顿昂,较常可三倍。前一日方购足,后来者并皆失望。主人以故告王,王郁郁不得志。越日,葛至愈多,价益下。王以无利不肯售,迟十余日,计食耗烦多,倍益忧闷。主人劝令贱鬻,改而他图。从之。亏资十余两,悉脱去。早起,将作归计,遍视囊中,则金亡矣。惊告主人。主人无所为计。或劝鸣官,责主人偿。王叹曰:“此我数也,于主人何

---

① 缱绻(qiǎn quǎn)——情意深厚,难舍难分。
② 仰屋而居——愁苦无计之状。
③ 籴(dí)——买进粮食。
④ 刻日——严限日期。
⑤ 端——旧时布的计量单位,二丈为一端。
⑥ 燕都——今北京市。

尤?”主人闻而德之,赠金五两,慰之使归。自念无以见祖母,蹀躞①内外,进退维谷。

适见斗鹑者,一赌辄数千;每市一鹑,恒百钱不止。意忽动,计囊中资,仅足贩鹑,以商主人。主人亟怂恿之,且约假寓饮食,不取其直。王喜,遂行。购鹑盈儋②,复入都。主人喜,贺其速售。至夜,大雨彻曙。天明,衢水如河,淋零犹未休也。居以待晴。连绵数日,更无休止。起视笼中,鹑渐死。王大惧,不知计之所出。越日,死愈多;仅余数头,并一笼饲之;经宿往窥,则一鹑仅存。因告主人,不觉涕堕。主人亦为扼腕。王自度金尽罔归,但欲觅死。主人劝慰之。共往视鹑。审谛之曰:“此似英物。诸鹑之死,未必非此之斗杀之也。君暇亦无所事,请把之;如其良也,赌亦可以谋生。”王如其教。既驯,主人令持向街头,赌酒食。鹑健甚,辄赢。主人喜,以金授王,使复与子弟决赌,三战三胜。半年许,积二十金。心益慰,视鹑如命。先是,大亲王好鹑,每值上元,辄放民间把鹑者入邸相角。主人谓王曰:“今大富宜可立致;所不可知者,在子之命矣。”因告以故,导与俱往。嘱曰:“脱败,则丧气出耳。倘有万分一,鹑斗胜,王必欲市之,君勿应;如固强之,惟予首是瞻,待首肯而后应之。”王曰:“诺。”至邸,则鹑人肩摩于墀下。顷之,王出御殿。左右宣言:“有愿斗者上。”即有一人把鹑,趋而进。王命放鹑,客亦放;略一腾踔③,客鹑已败。王大笑。俄顷,登而败者数人。主人曰:“可矣。”相将俱登。王相之,曰:“睛有怒脉④,此健羽⑤也,不可轻敌。”命取铁喙者当之。一再腾跃,而王鹑铩羽。更选其良,再易再败。王急命取宫中玉鹑。片时把出,素羽如鹭,神骏不凡。王成意馁,跪而求罢,曰:“大王之鹑,神物也,恐伤吾禽,丧吾业矣。”王笑曰:“纵之。脱斗而死,当厚尔偿。”成乃纵之。玉鹑直奔之。而玉鹑方来,则伏如怒鸡以待之;玉鹑健啄,则起如翔鹤以击之;进退颉

---

① 蹀躞(dié duó)——踱来踱去。

② 儋——通“担”。

③ 腾踔(zhuó)——跳跃。

④ 怒脉——突起的脉络。

⑤ 健羽——善斗之鸟。

颃[1]，相持约一伏时[2]。玉鹑渐懈，而其怒益烈，其斗益急。未几，雪毛摧落，垂翅而逃。观者千人，罔不叹羡。王乃索取而亲把之，自喙至爪，审周一过，问成曰："鹑可货否？"答云："小人无恒产，与相依为命，不愿售也。"王曰："赐尔重值，中人之产可致。颇愿之乎？"成俯思良久，曰："本不乐置；顾大王既爱好之，苟使小人得衣食业，又何求？"王请直，答以千金。王笑曰："痴男子！此何珍宝，而千金直也？"成曰："大王不以为宝，臣以为连城之璧不过也。"王曰："如何？"曰："小人把向市厘，日得数金，易升斗粟，一家十余食指，无冻馁忧，是何宝如之？"王言："予不相亏，便与二百金。"成摇首，又增百数。成目视主人，主人色不动。乃曰："承大王命，请减百价。"王曰："休矣！谁肯以九百易一鹑者！"成囊鹑欲行。王呼曰："鹑人来，鹑人来！实给六百。肯则售，否则已耳。"成又目主人，主人仍自若。成心愿盈溢，惟恐失时，曰："以此数售，心实怏怏；但交而不成，则获戾滋[3]大。已无，即如王命。"王喜，即秤付之。成囊金，拜赐而出。主人怼[4]曰："我言如何，子乃急自鬻也？再少靳[5]之，八百金在掌中矣。"成归，掷金案上，请主人自取之，主人不受。又固让之，乃盘计饭直而受之。

王治装归，至家，历述所为，出金相庆。妪命置良田三百亩，起屋作器，居然世家。妪早起，使成督耕，妇督织；稍惰，辄诃之。夫妇相安，不敢有怨词，过三年，家益富。妪辞欲去。夫妻共挽之，至泣下。妪亦遂止。旭旦[6]候之，已杳矣。

异史氏曰："富皆得于勤；此独得于惰，亦创闻也。不知一贫彻骨，而至性不移，此天所以始弃之而终怜之也。懒中岂果有富贵乎哉！"

---

① 颉颃(jié háng)——跳跃搏击。
② 一伏时——屏息一次的时间。
③ 戾(lì)——罪过。
④ 怼(duì)——埋怨。
⑤ 靳——坚持要价。
⑥ 旭旦——清早。

青凤

太原①耿氏，故大家，第宅弘阔。后凌夷，楼舍连亘，半旷废之。因生怪异，堂门辄自开掩，家人恒中夜骇哗。耿患之，移居别墅，留老翁门焉。由此荒落益甚，或闻笑语歌吹声。耿有从子去病，狂放不羁，嘱翁有所闻见，奔告之。至夜，见楼上灯光明灭，走报生。生欲入觇其异。止之，不听。门户素所习识，竟拨蒿蓬，曲折而入。登楼，殊无少异。穿楼而过，闻人语切切。潜窥之，见巨烛双烧，其明如昼。一叟儒冠南面坐，一媪相对，俱年四十余。东向一少年，可二十许；右一女郎，裁及笄②耳。酒胾满案，团坐笑语。生突入，笑呼曰："有不速之客一人来！"群惊奔匿。独叟出，叱问："谁何入人闺闼③?"生曰："此我家闺闼，君占之，旨酒自饮，不邀一主人，毋乃太吝?"叟审睇之，曰："非主人也。"生曰："我狂生耿去病，主人之从子耳。"叟致敬曰："久仰山斗④!"乃揖生入，便呼家人易馔。生止之。叟乃酌客。生曰："吾辈通家⑤，座客无庸见避，还祈招饮。"叟呼："孝儿!"俄少年自外入。叟曰："此豚儿⑥也。"揖而坐。略审门阀。叟自言："义君姓胡。"生素豪，谈议风生，孝儿亦倜傥；倾吐间，雅相爱悦。生二十一，长孝儿二岁，因弟之。叟曰："闻君祖纂《涂山外传》⑦，知之乎?"答："知之。"叟曰："我涂山氏之苗裔⑧也。唐以后，谱系犹能忆之；五代⑨而上无传焉。幸公子一垂教也。"生略述涂山女佐禹之功⑩，粉饰多词，妙

---

① 太原——今山西太原市。

② 及笄(jī)——古人以女子十五岁为成年，始可议婚。

③ 闺闼——内寝、私室。

④ 山斗——泰斗，大名。

⑤ 通家——有累世之好的世家。

⑥ 豚儿——对人称己子的谦虚说法。

⑦ 涂山外传——狐叟杜撰的书名。

⑧ 苗裔——后代子孙。

⑨ 五代——指唐、虞、夏、商、周五个朝代。

⑩ 涂山女佐禹之功——传说大禹娶涂山女为妻，涂山女乃助禹治水成功。

绪泉涌。叟大喜，谓子曰："今幸得闻所未闻。公子亦非他人，可请阿母及青凤来，共听之，亦令知我祖德也。"孝儿入帏中。少时，媪偕女郎出。审顾之，弱态生娇，秋波流慧，人间无其丽也。叟指妇云："此为老荆。"又指女郎："此青凤，鄙人之犹女①也。颇惠，所闻见辄记不忘，故唤令听之。"生谈竟而饮，瞻顾女郎，停睇不转。女觉之，辄俯其首。生隐蹑莲钩，女急敛足，亦无愠怒。生神志飞扬，不能自主，拍案曰："得妇如此，南面王不易也！"媪见生渐醉，益狂，与女俱起，遽搴帏去。生失望，乃辞叟出，而心萦萦，不能忘情于青凤也。

至夜，复往，则兰麝犹芳，而凝待终宵，寂无声咳。归与妻谋，欲携家而居之，冀得一遇。妻不从，生乃自往，读于楼下。夜方凭几，一鬼披发入，面黑如漆，张目视生。生笑，染指研墨自涂，灼灼然相与对视。鬼惭而去。次夜，更既深，灭烛欲寝，闻楼后发扃，辟之闸然②。急起窥觇，则扉半启，俄闻履声细碎，有烛光自房中出，视之，则青凤也。骤见生，骇而却退，遽阖双扉。生长跽③而致词曰："小生不避险恶，实以卿故。幸无他人，得一握手为笑，死不憾耳。"女遥语曰："惓惓深情，妾岂不知？但吾叔闺训严，不敢奉命。"生固哀之，云："亦不敢望肌肤之亲，但一见颜色足矣。"女似肯可，启关出，捉之臂而曳之。生狂喜，相将入楼下，拥而加诸膝。女曰："幸有夙分④。过此一夕，即相思无用矣。"问："何故？"曰："阿叔畏君狂，故化厉鬼以相吓，而君不动也。今已卜居他所，一家皆移什物赴新居，而妾留守，明日即发矣。"言已，欲去，云："恐叔归。"生强止之，欲与为欢。方持论间，叟掩入。女羞惧无以自容，俯首倚床，拈带不语。叟怒曰："贱辈辱吾门户！不速去，鞭挞且从其后！"女低头急去，叟亦出。尾而听之，诃诟万端，闻青凤嘤嘤啜泣，生心意如割，大声曰："罪在小生，于青凤何与？倘宥凤也，刀锯铁钺⑤，小生愿身受之！"良久寂然，生乃归寝。自此第内绝不复声息矣。生叔闻而奇之，愿售以居，不较直。生喜，携家口

① 犹女——侄女。
② 闸(pēng)然——门扇撞击声。
③ 长跽(jì)——长跪。
④ 夙分(sù fèn)——早有缘分。
⑤ 𫓧钺(fǔ yuè)——𫓧，同"斧"；钺，大斧。

而迁焉。居逾年,甚适,而未尝须臾忘凤也。

会清明上墓归,见小狐二,为犬逼逐。其一投荒窜去,一则皇急道上。望见生,依依哀啼,阘耳辑首①,似乞其援。生怜之,启裳衿,提抱以归。闭门,置床上,则青凤也。大喜,慰问。女曰:“适与婢子戏,遘此大厄。脱非郎君,必葬犬腹。望无以非类见憎。”生曰:“日切怀思,系于魂梦。见卿如获异宝,何憎之云!”女曰:“此天数也,不因颠覆②,何得相从?然幸矣,婢子必以妾为已死,可与君坚永约耳。”生喜,另舍舍之。积二年余,生方夜读,孝儿忽入。生辍读,讶诘所来。孝儿伏地,怆然曰:“家君有横难,非君莫拯。将自诣恳,恐不见纳,故以某来。”问:“何事?”曰:“公子识莫三郎否?”曰:“此吾年家子③也。”孝儿曰:“明日将过,倘携有猎狐,望君之留之也。”生曰:“楼下之羞,耿耿在念,他事不敢预闻。必欲仆效绵薄,非青凤来不可!”孝儿零涕曰:“凤妹已野死三年矣!”生拂衣曰:“既尔,则恨滋深耳!”执卷高吟,殊不顾瞻。孝儿起,哭失声,掩面而去。生如青凤所,告以故。女失色曰:“果救之否?”曰:“救则救之;适不之诺者,亦聊以报前横耳。”女乃喜曰:“妾少孤,依叔成立。昔虽获罪,乃家范④应尔。”生曰:“诚然,但使人不能无介介⑤耳。卿果死,定不相援。”女笑曰:“忍哉!”次日,莫三郎果至,镂膺虎韔⑥,仆从甚赫。生门逆之,见获禽甚多。中一黑狐,血殷毛革,抚之,皮肉犹温。便托裘敝,乞得缀补。莫慨然解赠。生即付青凤,乃与客饮。客既去,女抱狐于怀,三日而苏,展转复化为叟。举目见凤,疑非人间。女历言其情。叟乃下拜,惭谢前愆⑦。喜顾女曰:“我固谓汝不死,今果然矣。”女谓生曰:“君如念妾,还乞以楼宅相假,使妾得以申返哺之私⑧。”生诺之。叟赧然谢别而去。入夜,果举

---

① 阘(tā)耳辑首——畏惧驯服之状。

② 颠覆——严重的挫折、灾患。

③ 年家子——科举同年的晚辈子侄。

④ 家范——家规。

⑤ 介介——耿耿。

⑥ 镂膺虎韔(chàng)——喻主人和坐骑的英武华贵。

⑦ 愆(qiān)——过失。

⑧ 申返哺之私——报答对长辈的恩德。

家来。由此如家人父子，无复猜忌矣。生斋居，孝儿时共谈宴。生嫡出子[1]渐长，遂使傅之[2]；盖循循善教，有师范[3]焉。

画　皮

太原王生，早行，遇一女郎，抱襆[4]独奔，甚艰于步。急走趁之，乃二八姝丽[5]。心相爱乐，问："何夙夜踽踽独行？"女曰："行道之人，不能解愁忧，何劳相问。"生曰："卿何愁忧？或可效力，不辞也。"女黯然曰："父母贪赂，鬻妾朱门。嫡妒甚，朝詈[6]而夕楚辱之，所弗堪也，将远遁耳。"问："何之？"曰："在亡之人，乌有定所。"生言："敝庐不远，即烦枉顾。"女喜，从之。生代携襆物，导与同归。女顾室无人，问："君何无家口？"答云："斋[7]耳。"女曰："此所良佳。如怜妾而活之，须秘密勿泄。"生诺之。乃与寝合。使匿密室，过数日而人不知也。生微告妻。妻陈，疑为大家媵妾[8]，劝遣之。生不听。

偶适市，遇一道士，顾生而愕。问："何所遇？"答言："无之。"道士曰："君身邪气萦绕，何言无？"生又力白。道士乃去，曰："惑哉！世固有死将临而不悟者。"生以其言异，颇疑女，转思明明丽人，何至为妖，意道士借魇禳以猎食者。无何，至斋门，门内杜，不得入。心疑所作，乃逾垝垣[9]，则室门亦闭，蹑迹而窗窥之，见一狞鬼，面翠色，齿巉巉[10]如锯。铺人皮于榻上，执彩笔而绘之；已而掷笔，举皮，如振衣状，披于身，遂化为女子。睹

① 嫡出子——正妻所生之子。
② 傅之——当孩子的老师。
③ 师范——老师的风度。
④ 襆(fú)——以被单包扎的包袱。
⑤ 姝丽——美丽。
⑥ 詈——同“骂”。
⑦ 斋——书房。
⑧ 媵(yìng)妾——通房丫头。
⑨ 垝(guǐ)垣——残缺的院墙。
⑩ 巉巉(chán chán)——喻女鬼牙齿长而尖利。

此状,大惧,兽伏而出。急追道士,不知所往。遍迹之,遇于野,长跪乞救。道士曰:“请遣除之。此物亦良苦,甫能觅代者,予亦不忍伤其生。”乃以蝇拂①授生,令挂寝门。临别,约会于青帝庙②。生归,不敢入斋,乃寝内室,悬拂焉。一更许,闻门外戢戢③有声,自不敢窥,使妻窥之。但见女子来,望拂子不敢进;立而切齿,良久乃去。少时复来,骂曰:“道士吓我,终不然宁入口而吐之耶!”取拂碎之,坏寝门而入。径登生床,裂生腹,掬生心而去。妻号,婢入烛之。生已死,腔血狼藉。陈骇涕不敢声。明日,使弟二郎奔告道士。道士怒曰:“我固怜之,鬼子乃敢尔!”即从生弟来。女子已失所在。既而仰首四望,曰:“幸遁未远。”问:“南院谁家?”二郎曰:“小生所舍也。”道士曰:“现在君所。”二郎愕然,以为未有。道士问曰:“曾否有不识者一人来?”答曰:“仆早赴青帝庙,良不知。当归问之。”去少顷而返,曰:“果有之。晨间一妪来,欲佣为仆家操作,室人止④之,尚在也。”道士曰:“即是物矣。”遂与俱往。仗木剑,立庭心,呼曰:“孽魅!偿我拂子来!”妪在室,惶遽无色,出门欲遁。道士逐击之。妪仆,人皮划然而脱,化为厉鬼,卧嗥如猪。道士以木剑枭⑤其首,身变作浓烟,匝地作堆。道士出一葫芦,拔其塞置烟中,飗飗然⑥如口吸气,瞬息烟尽。道士塞口入囊。共视人皮,眉目手足,无不备具。道士卷之,如卷画轴声,亦囊之,乃别欲去,陈氏拜迎于门,哭求回生之法。道士谢不能。陈益悲,伏地不起。道士沉思曰:“我术浅,诚不能起死。我指一人,或能之,往求必合有效。”问:“何人?”曰:“市上有疯者,时卧粪土中。试叩而哀之。倘狂辱夫人,夫人勿怒也。”二郎亦习知之,乃别道士,与嫂俱往。

见乞人颠歌道上,鼻涕三尺,秽不可近。陈膝行而前。乞人笑曰:“佳人爱我乎?”陈告以故。又大笑曰:“人尽夫⑦也,活之何为?”陈固哀

---

① 蝇拂——拂尘,驱蝇用。

② 青帝庙——神话中祭祀主宰东方的天帝,即青帝庙。

③ 戢戢(jí jí)——小心翼翼时所发出的轻微声。

④ 止——留下。

⑤ 枭——砍。

⑥ 飗飗(liú liú)然——微风轻轻吹动之状。

⑦ 人尽夫——人人都能成为你的丈夫。

之。乃曰："异哉！人死而乞活于我。我阎摩①耶?"怒以杖击陈,陈忍痛受之。市人渐集如堵。乞人咯痰唾盈把,举向陈吻曰："食之!"陈红涨于面,有难色,既思道士之嘱,遂强啖焉。觉入喉中,硬如团絮,格格而下,停结胸间。乞人大笑曰："佳人爱我哉!"遂起,行已不顾。尾之,入于庙中。追而求之,不知所在;前后冥搜,殊无端兆,惭恨而归。既悼夫亡之惨,又悔食唾之羞,俯仰哀啼,但愿即死。方欲展血敛尸,家人伫望,无敢近者。陈抱尸收肠,且理且哭,哭极声嘶,顿欲呕,觉鬲中结物,突奔而出,不及回首,已落腔中。惊而视之,乃人心也。在腔中突突犹跃,热气腾蒸如烟然。大异之,急以两手合腔,极力抱挤。少懈,则气氤氲自缝中出。乃裂缯帛急束之。以手抚尸,渐温。覆以衾裯②。中夜启视,有鼻息矣。天明,竟活。为言："恍惚若梦,但觉隐痛耳。"视破处,痂结如钱,寻愈。

异史氏曰："愚哉世人！明明妖也,而以为美。迷哉愚人！明明忠也,而以为妄。然爱人之色而渔之,妻亦将食人之唾而甘之矣。天道好还③,但愚而迷者不悟耳。可哀也夫!"

贾儿

楚某翁,贾于外。妇独居,梦与人交;醒而扪之,小丈夫④也。察其情,与人异,知为狐。未几,下床去,门未开而已逝矣。入暮,邀庖媪伴焉。有子十岁,素别榻卧,亦招与俱。夜既深,媪儿皆寐,狐复来。妇喃喃如梦语。媪觉,呼之,狐遂去。自是,身忽忽若有亡。至夜,不敢息烛,戒子睡勿熟。夜阑,儿及媪倚壁少寐。既醒,失妇,意其出遗⑤;久待不至,始疑。媪惧,不敢往觅。儿执火遍烛之,至他室,则母裸卧其中;近扶之,亦不羞缩。自是遂狂,歌哭叫詈,日万状。夜厌与人居,另榻寝,儿、媪亦遣去。

---

① 阎摩——即阎罗。

② 衾裯(qīn chóu)——被子。

③ 天道好(hào)还——天道善恶相报,勿作恶。

④ 小丈夫——短小男子。

⑤ 出遗——外出便溺。

儿每闻母笑语，辄起火之。母反怒诃儿，儿亦不为意，因共壮儿胆①。然嬉戏无节，日效杇者②，以砖石叠窗上，止之不听。或去其一石，则滚地作娇啼，人无敢气触之③。过数日，两窗尽塞，无少明。已乃合泥涂壁孔，终日营营，不惮其劳。涂已，无所作，遂把厨刀霍霍磨之。见者皆憎其顽，不以人齿。

儿宵分隐刀于怀，以瓢覆灯，伺母呓语，急启灯，杜门声喊。久之无异，乃离门扬言，诈作欲搜状。欻有一物，如狸，突奔门隙。急击之，仅断其尾，约二寸许，湿血犹滴。初，挑灯起，母便诟骂。儿若弗闻，击之不中，懊恨而寝。自念虽不即戮，可以幸其不来。及明，视血迹逾垣而去。迹之，入何氏园中。至夜果绝，儿窃喜。但母痴卧如死。未几，贾人归，就榻问讯。妇嫚骂，视若仇。儿以状对。翁惊，延医药之。妇泻药诟骂。潜以药入汤水杂饮之，数日渐安。父子俱喜。一夜睡醒，失妇所在；父子又觅得于别室。由是复颠，不欲与夫同室处。向夕，竟奔他室。挽之，骂益甚。翁无策，尽扃他扉。妇奔去，则门自辟。翁患之，驱禳备至，殊无少验。

儿薄暮潜入何氏园，伏莽中，将以探狐所在。月初升，乍闻人语，暗拨蓬科④，见二人来饮，一长鬣⑤奴捧壶，衣老棕色。语俱细隐，不甚可辨。移时，闻一人曰："明日可取白酒一瓻⑥来。"顷之，俱去，惟长鬣奴独留，脱衣卧庭石上。审顾之，四肢皆如人，但尾垂后部。儿欲归，恐狐觉，遂终夜伏。未明，又闻二人以次复来，哝哝入竹丛中，儿乃归。翁问所往。答："宿阿伯家。"适从父入市，见帽肆挂狐尾，乞翁市之。翁不顾。儿牵父衣，娇聒之。翁不忍过拂⑦，市焉。父贸易廛中，儿戏弄其侧，乘父他顾，盗钱去，沽白酒，寄肆廊⑧。有舅氏城居，素业猎。儿奔其家。舅他出，

---

① 共壮儿胆——都称赞贾儿胆大。

② 杇(wū)者——泥瓦匠。

③ 气触之——言语、面色上稍有触犯贾儿之母。

④ 蓬科——野生的杂草。

⑤ 鬣——胡须。

⑥ 瓻(chī)——盛酒器。

⑦ 拂——违拗。

⑧ 肆廊——店铺的廊檐下。

妗①诘母疾，答云："连朝稍可②。又以耗子啮衣，怒涕不解，故遣我乞猎药③耳。"妗捡椟④，出钱许，裹付儿。儿少之。妗欲作汤饼啖儿。儿觑室无人，自发药裹，窃盈掬而怀之，乃趋告妗，俾勿举火⑤，"父待市中，不遑食也。"遂径出，隐以药置酒中，遨游市上，抵暮方归。父问所在，托在舅家。儿自是日游廛肆间。

一日，见长鬣人亦杂俦中。儿审之确，阴缀系之。渐与语，诘其居里。答言："北村。"亦询儿，儿伪云："山洞。"长鬣怪其洞居。儿笑曰："我世居洞府，君固否耶？"其人益惊，便诘姓氏。儿曰："我胡氏子。曾在何处，见君从两郎，顾忘之耶？"其人熟审之，若信若疑。儿微启下裳，少少露其假尾，曰："我辈混迹人中，但此物犹存，为可恨耳。"其人问："在市欲何作？"儿曰："父遣我沽。"其人亦以沽告。儿问："沽未？"曰："吾侪多贫，故常窃时多。"儿曰："此役亦良苦，耽惊忧。"其人曰："受主人遣，不得不尔。"因问："主人伊谁？"曰："即曩所见两郎兄弟也。一私北郭王氏妇，一宿东村某翁家。翁家儿大恶，被断尾，十日始瘥⑥，今复往矣。"言已，欲别，曰："勿误我事。"儿曰："窃之难，不若沽之易。我先沽寄廊下，敬以相赠。我囊中尚有余钱，不愁沽也。"其人愧无以报。儿曰："我本同类，何靳些须⑦？暇时，尚当与君痛饮耳。"遂与俱去，取酒授之，乃归。

至夜，母竟安寝，不复奔。心知有异，告父同往验之，则两狐毙于亭上，一狐死于草中，喙津津尚有血出。酒瓶犹在，持而摇之，未尽也。父惊问："何不早告？"曰："此物最灵，一泄，则彼知之。"翁喜曰："我儿，讨狐之陈平⑧也。"于是父子荷狐归。见一狐秃尾，刀痕俨然。自是遂安。而妇瘠殊甚，心渐明了，但益之嗽⑨，呕痰辄数升，寻愈。北郭王氏妇，向祟于

---

① 妗(jìn)——舅母。
② 连朝稍可——近日稍稍好转。
③ 猎药——狩猎时拌和诱饵用的毒药。
④ 椟——木箱。
⑤ 举火——生火做饭。
⑥ 瘥——病愈。
⑦ 何靳些须——那里吝惜这点东西。
⑧ 陈平——汉初人，善用奇计，有大功于汉室。
⑨ 嗽——咳嗽病。

狐,至是问之,则狐绝而病亦愈。翁由此奇儿,教之骑射,后至总戎①。

蛇 癖

予乡王蒲令之仆吕奉宁,性嗜蛇。每得小蛇,则全吞之,如啖葱状。大者,以刀寸寸断之,始掬以食。嚼之铮铮,血水沾颐②。且善嗅,尝隔墙闻蛇香,急奔墙外,果得蛇盈尺。时无佩刀,先噬其头,尾尚蜿蜒于口际。

---

① 总戎——官名,即总兵。

② 颐——两腮。

卷　二

金世成

金世成,长山人。素不检。忽出家作头陀①。类颠②,啖不洁以为美。犬羊遗秽于前,辄伏啖之。自号为佛。愚民妇异其所为,执弟子礼者以千万计。金诃使食矢③,无敢违者。创殿阁,所费不赀④,人咸乐输之。邑令南公⑤恶其怪,执而笞之,使修圣庙⑥。门人竞相告曰:“佛遭难!”急募救之。宫殿旬月而成,其金钱之集,尤捷于酷吏之追呼也。

异史氏曰:“予闻金道人,人皆就其名而呼之,谓为‘金世成佛⑦’。品至啖秽,极矣。笞之不足辱,罚之适有济⑧,南令公处法何良也！然学宫圮而烦妖道,亦士大夫之羞矣。”

董　生

董生,字遐思,青州之西鄙⑨人。冬月薄暮,展被于榻而炽炭焉。方将篝灯⑩,适友人招饮,遂扃户去。至友人所,座有医人,善太素脉⑪,遍

---

① 头陀——和尚,此指行脚僧。
② 颠——疯颠。
③ 食矢——吃屎。
④ 不赀——钱财不可计算。
⑤ 邑令南公——即南之杰,清康熙年间人,曾任长山知县。
⑥ 圣庙——又称“文庙”,即孔庙。
⑦ 金世成佛——“今世成佛”的谐音。
⑧ 适有济——恰能成事。
⑨ 青州之西鄙——青州,今山东青州市;西鄙,青州最西部边远地带。
⑩ 篝灯——点灯夜读。
⑪ 太素脉——据考为北宋后流传的一种荒谬的切脉术。

诊诸客。末顾王生九思及董曰:“余阅人多矣,脉之奇无如两君者:贵脉而有贱兆,寿脉而有促征。此非鄙人所敢知也。然而董君实甚。”共惊问之。曰:“某至此亦穷于术,未敢臆决。愿两君自慎之。”二人初闻甚骇,既以为模棱语,置不为意。

半夜,董归,见斋门虚掩,大疑。醺中自忆,必去时忙促,故忘扃键。入室,未遑爇火,先以手入衾中,探其温否。才一探入,则腻有卧人。大愕,敛手。急火之,竟为姝丽,韶颜稚齿,神仙不殊。狂喜。戏探下体,则毛尾修然①。大惧,欲遁。女已醒,出手捉生臂,问:“君何往?”董益惧,战栗哀求:“愿仙人怜恕!”女笑曰:“何所见而畏我?”董曰:“我不畏首而畏尾。”女又笑曰:“君误矣。尾于何有?”引董手,强使复探,则髀②肉如脂,尻骨童童③。笑曰:“何如?醉态蒙瞳,不知所见伊何,遂诬人若此。”董固喜其丽,至此益惑,反自咎适然之错④,然疑其所来无因。女曰:“君不忆东邻之黄发女乎?屈指移居者,已十年矣。尔时我未笄,君垂髫也。”董恍然曰:“卿周氏之阿琐耶?”女曰:“是矣。”董曰:“卿言之,我仿佛忆之。十年不见,遂苗条如此!然何遽能来?”女曰:“妾适痴郎四五年,翁姑相继逝,又不幸为文君⑤。剩妾一身,茕⑥无所依。忆孩时相识者惟君,故来相见就。入门已暮,邀饮者适至,遂潜隐以待君归。待之既久,足冰肌粟,故借被以自温耳,幸勿见疑。”董喜,解衣共寝,意殊自得。月余,渐羸瘦,家人怪问,辄言不自知。久之,面目益支离,乃惧,复造善脉者诊之。医曰:“此妖脉也。前日之死征验矣,疾不可为也。”董大哭,不去。医不得已,为之针手灸脐,而赠以药。嘱曰:“如有所遇,力绝之。”董亦自危,既归,女笑要⑦之。佛然⑧曰:“勿复相纠缠,我行且死!”走不顾。女大惭,亦怒曰:“汝尚俗生耶!”至夜,董服药独寝,甫交睫,梦与女交,醒已遗

① 修然——长长的样子。

② 髀(bì)——大腿。

③ 尻(kāo)骨童童——没有尾巴。

④ 适然之错——偶然弄错。

⑤ 文君——指卓文君,喻指新寡。

⑥ 茕(qióng)——孤单。

⑦ 要——通“邀”。

⑧ 佛然——愤怒状。

矣。益恐，移寝于内，妻子火守①之。梦如故。窥女子已失所在。积数日，董吐血斗余而死。

王九思在斋中，见一女子来，悦其美而私之。诘所自②，曰："妾遐思之邻也。渠③旧与妾善，不意为狐惑而死。此辈妖气可畏，读书人宜慎相防。"王益佩之，遂相欢待。居数日，迷罔病瘠。忽梦董曰："与君好者，狐也，杀我矣，又欲杀我友。我已诉之冥府，泄此幽愤。七日之夜，当炷香室外，勿忘却！"醒而异之。谓女曰："我病甚，恐将委沟壑，或劝勿室④也。"女曰："命当寿，室亦生；不寿，勿室亦死也。"坐与调笑。王心不能自持，又乱之。已而悔之，而不能绝。及暮，插香户上。女来，拔弃之。夜又梦董来，让其违嘱。次夜，暗嘱家人，俟寝后潜炷之。女在榻上，忽惊曰："又置香耶？"王言不知。女急起得香，又折灭之。入曰："谁教君为此者？"王曰："或室人忧病，信巫家作厌禳⑤耳。"女彷徨不乐。家人潜窥香灭，又炷之。女忽叹曰："君福泽良厚。我误害遐思而奔⑥子，诚我之过。我将与彼就质于冥曹。君如不忘夙好，勿坏我皮囊也。"逡巡下榻，仆地而死。烛之，狐也。犹恐其活，遽呼家人，剥其革而悬焉。王病甚，见狐来曰："我诉诸法曹。法曹谓董君见色而动，死当其罪；但咎我不当惑人，追金丹去，复令还生。皮囊何在？"曰："家人不知，已脱之矣。"狐惨然曰："余杀人多矣，今死已晚；然忍哉君乎！"恨恨而去。王病几危，半年乃瘥。

---

① 火守——点灯守候。

② 所自——从哪儿来。

③ 渠——他。

④ 勿室——不要娶妻，此指勿近女色。

⑤ 厌禳（yā ráng）——以法术或祭祀祛恶除邪。

⑥ 奔——私奔。

龁 石[①]

新城王钦文[②]太翁家，有圉人王姓，幼入劳山学道。久之，不火食[③]，惟啖松子及白石，遍体生毛。既数年，念母老归里，渐复火食，犹啖石如故。向日视之，即知石之甘苦酸咸，如啖芋[④]然。母死，复入山，今又十七八年矣。

庙 鬼

新城诸生王启后者，方伯中宇公象坤[⑤]曾孙。见一妇人入室，貌肥黑不扬，笑近坐榻，意甚亵。王拒之，不去。由此坐卧辄见之，而意坚定，终不摇。妇怒，批其颊，有声，而亦不甚痛。妇以带悬梁上，捽[⑥]与并缢。王不觉自投梁下，引项作缢状。人见其足不履地，挺然立空中，即亦不能死。自是病颠。忽曰："彼将与我投河矣。"望河狂奔，曳之乃止。如此百端，日常数作，术药罔效。一日，忽见有武士绾[⑦]锁而入，怒叱曰："朴诚者汝何敢扰！"即縶妇项，自棂中出。才至窗外，妇不复人形，目电闪，口血赤如盆。忆城隍庙门中有泥鬼四，绝类[⑧]其一焉。于是病若失。

---

① 龁(hé)石——吃石头。

② 王钦文——清著名诗人王士禛之父。

③ 不火食——生吃食物。

④ 芋——芋头。

⑤ 方伯中宇公象坤——方伯，明清时对布政使的尊称；中宇公象坤，王象坤，字中宇，明代人，官至山西左布政使。

⑥ 捽(zuó)——揪住头发。

⑦ 绾(wǎn)——盘握。

⑧ 类——像。

陆判

陵阳①朱尔旦,字小明。性豪放。然素钝,学虽笃,尚未知名。一日,文社②众饮。或戏之云:"君有豪名,能深夜赴十王殿③,负得左廊判官④来,众当醵⑤作筵。"盖陵阳有十王殿,神鬼皆以木雕,妆饰如生。东庑⑥有立判,绿面赤须,貌尤狞恶。或夜闻两廊拷讯声。入者,毛皆森竖。故众以此难朱。朱笑起,径去。居无何,门外大呼曰:"我请髯宗师⑦至矣!"众皆起。俄负判入,置几上,奉觞,酹⑧之三。众睹之,瑟缩不安于座,仍请负去。朱又把酒灌地,祝曰:"门生狂率不文,大宗师谅不为怪。荒舍匪遥,合乘兴来觅饮,幸勿为畛畦⑨。"乃负之去。

次日,众果招饮。抵暮,半醉而归,兴未阑,挑灯独酌。忽有人搴帘入,视之,则判官也。朱起曰:"意吾殆将死矣!前夕冒渎,今来加斧锁⑩耶!"判启浓髯,微笑曰:"非也。昨蒙高义相订,夜偶暇,敬践达人⑪之约。"朱大悦,牵衣促坐,自起涤器爇火。判曰:"天道温和,可以冷饮。"朱如命,置瓶案上,奔告家人治肴果。妻闻,大骇,戒勿出。朱不听,立俟治具以出。易盏交酬,始询姓氏。曰:"我陆姓,无名字。"与谈古曲,应答如响。问:"知制艺⑫否?"曰:"妍媸亦颇辨之。阴司诵读,与阳世略同。"陆

---

① 陵阳——旧县名,今属安徽青阳县。
② 文社——科举时代士子们讲学作文而结社。
③ 十王殿——佛教教义中十个主管地狱的阎王总称。
④ 判官——传说中为阎王主管簿册的佐吏。
⑤ 醵(jù)——凑钱饮酒。
⑥ 东庑(wǔ)——东廊。
⑦ 宗师——代指陆判。
⑧ 酹(lèi)——以酒浇地祭鬼神。
⑨ 畛畦(zhěn qí)——田间小路。
⑩ 斧锁——古时杀人刑具。
⑪ 达人——豁达之人。
⑫ 制艺——八股文。

豪饮,一举十觥。朱因竟日饮,遂不觉玉山倾颓①,伏几醺睡。比醒,则残烛昏黄,鬼客已去。

自是三两日辄一来,情益洽,时抵足卧。朱献窗稿②,陆辄红勒③之,都言不佳。一夜,朱醉,先寝,陆犹自酌。忽醉梦中,觉脏腹微痛;醒而视之,则陆危坐床前,破腔出肠胃,条条整理。愕曰:"夙无仇怨,何以见杀?"陆笑云:"勿惧,我为君易慧心耳。"从容纳肠已,复合之,末以裹足布束朱腰。作用毕,视榻上亦无血迹。腹间觉少麻木。见陆置肉块几上。问之,曰:"此君心也。作文不快,知君之毛窍塞耳。适在冥间,于千万心中,拣得佳者一枚,为君易之,留此以补阙数。"乃起,掩扉去。天明解视,则创缝已合,有线而赤者存焉。自是文思大进,过眼不忘。数日,又出文示陆。陆曰:"可矣。但君福薄,不能大显贵,乡、科④而已。"问:"何时?"曰:"今岁必魁⑤。"未几,科试冠军,秋闱⑥果中经元⑦。同社生素揶揄之;及见闱墨⑧,相视而惊,细询始知其异。共求朱先容⑨,愿纳交陆。陆诺之。众大设以待之。更初,陆至,赤髯生动,目炯炯如电。众茫乎无色,齿欲相击;渐引去。

朱乃携陆归饮。既醺,朱曰:"湔肠伐胃⑩,受赐已多。尚有一事欲相烦,不知可否?"陆便请命。朱曰:"心肠可易,而目想亦可更。山荆⑪,予结发人⑫,下体颇亦不恶,但头面不甚佳丽。尚欲烦君刀斧,如何?"陆笑曰:"诺,容徐图之。"过数日,半夜来叩关。朱急起延入。烛之,见襟裹一

① 玉山倾颓——喻酒醉。
② 窗稿——平日习作。
③ 红勒——批阅。
④ 乡、科——乡试、科试略称。
⑤ 魁——第一名。
⑥ 秋闱——乡试。
⑦ 经元——即经魁。
⑧ 闱墨——清代科试后将中式试卷编辑成书,称"闱墨"。
⑨ 先容——事先介绍。
⑩ 湔(jiān)肠伐胃——洗肠剖胃。
⑪ 山荆——对己妻的谦称。
⑫ 结发人——元配妻子。

物。诘之,曰:“君曩所嘱,向艰物色。适得一美人首,敬报君命。”朱拨视,颈血犹湿。陆立促急入,勿惊禽犬。朱虑门户夜扃。陆至,一手推扉,扉自辟。引至卧室,见夫人侧身眠。陆以头授朱抱之;自于靴中出白刃如匕首,按夫人项,着力如切腐状,迎刃而解,首落枕畔;急于生怀,取美人首合项上,详审端正,而后按捺。已而移枕塞肩际,命朱瘗首静所,乃去。朱妻醒,觉颈间微麻,面颊甲错①;搓之,得血片,甚骇。呼婢汲盥;婢见面血狼藉,惊绝。濯之,盆水尽赤。举首则面目全非,又骇极。夫人引镜自照,错愕不能自解。朱入告之;因反覆细视,则长眉掩鬓,笑靥承颧,画中人也。解领验之,有红线一周,上下肉色,判然而异。

先是,吴侍御②有女甚美,未嫁而丧二夫,故年十九犹未醮③也。上元游十王殿,时游人甚杂,内有无赖贼窥而艳之,遂阴访居里,乘夜梯入,穴寝门,杀一婢于床下,逼女与淫;女力拒声喊,贼怒,亦杀之。吴夫人微闻闹声,呼婢往视,见尸骇绝。举家尽起,停尸堂上,置首项侧,一门啼号,纷腾终夜。诘旦启衾,则身在而失其首。遍挞侍女,谓所守不恪④,致葬犬腹。侍御告郡⑤。郡严限捕贼,三月而罪人弗得。渐有以朱家换头之异闻吴公者。吴疑之,遣媪探诸其家;入见夫人,骇走以告吴公。公视女尸故存,惊疑无以自决,猜朱以左道⑥杀女,往诘朱。朱曰:“室人梦易其首,实不解其何故;谓仆杀之,则冤也。”吴不信,讼之。收家人鞫之,一如朱言。郡守不能决。朱归,求计于陆。陆曰:“不难,当使伊女⑦自言之。”吴夜梦女曰:“儿为苏溪杨大年所贼,无与朱孝廉。彼不艳于其妻,陆判官取儿头与之易之。是儿身死而头生也。愿勿相仇。”醒告夫人,所梦同。乃言于官。问之,果有杨大年;执而械之,遂伏其罪。吴乃诣朱,请见夫人,由此为翁婿。乃以朱妻首合女尸而葬焉。

---

① 甲错——指血污结成鱼鳞状痂。

② 侍御——御史的别称。

③ 醮(jiào)——女子再嫁。

④ 不恪(kè)——不谨慎。

⑤ 告郡——向郡衙告状。

⑥ 左道——邪术。

⑦ 伊女——他的女儿。

朱三入礼闱[1],皆以场规[2]被放。于是灰心仕进,积三十年。一夕,陆告曰:“君寿不永矣。”问其期,对以五日。“能相救否?”曰:“惟天所命,人何能私?且自达人观之,生死一耳,何必生之为乐,死之为悲?”朱以为然。即治衣衾棺椁;既竟,盛服而没。

翌日,夫人方扶柩哭,朱忽冉冉自外至。夫人惧。朱曰:“我诚鬼,不异生时,虑尔寡母孤儿,殊恋恋耳。”夫人大恸,涕垂膺[3];朱依依慰解之,夫人曰:“古有还魂之说,君既有灵,何不再生?”朱曰:“天数不可违也。”问:“在阴司作何务?”曰:“陆判荐我督案务[4],授有官爵,亦无所苦。”夫人欲再语,朱曰:“陆公与我同来,可设酒馔。”趋而出。夫人依言营备。但闻室中笑饮,亮气高声,宛若生前。半夜窥之,窅然[5]已逝。自是三数日辄一来,时而留宿缱绻,家中事就便经纪[6]。子玮方五岁,来辄捉抱;至七八岁,则灯下教读。子亦慧,九岁能文,十五入邑庠,竟不知无父也。从此来渐疏,日月至焉[7]而已。又一夕来,谓夫人曰:“今与卿永诀矣。”问:“何往?”曰:“承帝命为太华卿[8],行将远赴,事烦途隔,故不能来。”母子持之哭,曰:“勿尔!儿已成立,家计尚可存活,岂有百岁不拆之鸾凤耶!”顾子曰:“好为人,勿堕父业。十年后一相见耳。”径出门去,于是遂绝。

后玮二十五举进士,官行人[9]。奉命祭西岳[10],道经华阴[11],忽有舆从羽葆[12],驰冲卤簿[13]。讶之。审视车中人,其父也。下车哭伏道左。父停

---

① 礼闱——会试。
② 场规——考场规矩。
③ 膺——胸。
④ 案务——案牍方面事务。
⑤ 窅(yǎo)然——深远不可见状。
⑥ 经纪——代理。
⑦ 日月至焉——偶而来一次。
⑧ 太华卿——华山山神。
⑨ 行人——明代官职,职责颁诏、祭祀一类事务。
⑩ 西岳——即华山,今位于陕西境内。
⑪ 华阴——县名,今属陕西省。
⑫ 舆从羽葆——车马仪仗。
⑬ 卤簿——达官显贵出行时的仪仗。

舆曰："官声好，我目瞑矣。"玮伏不起；朱促舆行，火驰不顾。去数步，回望，解佩刀遣人持赠。遥语曰："佩之当贵。"玮欲追从，见舆马人从，飘忽若风，瞬息不见。痛恨良久；抽刀视之，制极精工，镌①字一行，曰："胆欲大而心欲小，智欲圆而行欲方。"玮后官至司马②。生五子，曰沉，曰潜，曰沕，曰浑，曰深。一夕，梦父曰："佩刀宜赠浑也。"从之。浑仕为总宪③，有政声。

异史氏曰："断鹤续凫，矫作者妄；移花接木，创始者奇；而况加凿削于肝肠，施刀锥于颈项者哉！陆公者，可谓媸皮裹妍骨矣。明季至今，为岁不远，陵阳陆公犹存乎？尚有灵焉否也？为之执鞭，所忻慕焉。"

婴宁

王子服，莒④之罗店人。早孤。绝惠，十四入泮⑤。母最爱之，寻常不令游郊野。聘萧氏，未嫁而夭，故求凰未就也。会上元⑥，有舅氏子吴生，邀同眺瞩⑦。方至村外，舅家有仆来，招吴去。生见游女如云，乘兴独遨。有女郎携婢，拈梅花一枝，容华绝代，笑容可掬。生注目不移，竟忘顾忌。女过去数武，顾婢曰："个儿郎目灼灼似贼！"遗花地上，笑语自去。

生拾花怅然，神魂丧失，怏怏遂返。至家，藏花枕底，垂头而睡，不语亦不食。母忧之。醮禳⑧益剧，肌革锐减。医师诊视，投剂发表⑨，忽忽若迷。母抚问所由，默然不答。适吴生来，嘱密诘之。吴至榻前，生见之泪下。吴就榻慰解，渐致研诘。生具吐其实，且求谋画。吴笑曰："君意

① 镌——刻。

② 司马——武官名。

③ 总宪——明清都察院左都御史的别称。

④ 莒——古国名，今山东莒县一带。

⑤ 泮——县学。

⑥ 上元——旧历正月十五日。

⑦ 眺瞩——登高望远。

⑧ 醮禳（jiào ráng）——祈福消灾。

⑨ 投剂发表——中医治病方法之一。

亦复痴！此愿有何难遂？当代访之。徒步于野，必非世家。如其未字①，事固谐矣；不然，拚以重赂，计必允遂。但得痊瘳，成事在我。"生闻之，不觉解颐。吴出告母，物色女子居里，而探访既穷，并无踪绪。母大忧，无所为计。然自吴去后，颜顿开，食亦略进。数日，吴复来。生问所谋。吴绐②之曰："已得之矣。我以为谁何人，乃我姑氏女，即君姨妹行，今尚待聘。虽内戚有婚姻之嫌，实告之，无不谐者。"生喜溢眉宇，问："居何里？"吴诡曰："西南山中，去此可三十余里。"生又付嘱再四，吴锐身自任而去。

生由是饮食渐加，日就平复。探视枕底，花虽枯，未便雕落。凝思把玩，如见其人。怪吴不至，折柬招之。吴支托不肯赴招。生恚③怒，悒悒不欢。母虑其复病，急为议姻；略与商确，辄摇首不愿，惟日盼吴。吴迄无耗，益怨恨之。转思三十里非遥，何必仰息④他人？怀梅袖中，负气自往，其家人不知也。伶仃独步，无可问程，但望南山行去。约三十余里，乱山合沓⑤，空翠爽肌，寂无人行，止有鸟道⑥。遥望谷底，丛花乱树中，隐隐有小里落。下山入村，见舍宇无多，皆茅屋，而意甚修雅。北向一家，门前皆丝柳，墙内桃杏尤繁，间以修竹；野鸟格磔⑦其中。意其园亭，不敢遽入。回顾对户，有巨石滑洁，因据坐少憩⑧。俄闻墙内有女子，长呼"小荣"，其声娇细。方伫听间，一女郎由东而西，执杏花一朵，俯首自簪。举头见生，遂不复簪，含笑拈花而入。审视之，即上元途中所遇也。心骤喜，但念无以阶进，欲呼姨氏，顾从无还往，惧有讹误。门内无人可问。坐卧徘徊，自朝至于日昃⑨，盈盈望断，并忘饥渴。时见女子露半面来窥，似讶其不去者。忽一老媪扶杖出，顾生曰："何处郎君，闻自辰刻便来，以至于

---

① 字——女子许婚。

② 绐——说谎话骗人。

③ 恚——恼怒、气愤。

④ 仰息——依赖。

⑤ 合沓(tà)——重叠。

⑥ 鸟道——喻山路狭窄而险峻。

⑦ 格磔(zhé)——鸟鸣声。

⑧ 憩——休息。

⑨ 日昃(zè)——太阳偏西。

今。意将何为？得勿饥耶？”生急起揖之，答云：“将以盼亲①。”媪聋聩不闻。又大言之。乃问：“贵戚何姓？”生不能答。媪笑曰：“奇哉！姓名尚自不知，何亲可探？我视郎君，亦书痴耳。不如从我来，啖以粗粝②，家有短榻可卧。待明朝归，询知姓名，再来探访，不晚也。”生方腹馁思啖，又从此渐近丽人，大喜。从媪入，见门内白石砌路，夹道红花，片片堕阶上；曲折而西，又启一关，豆棚花架满庭中。肃客③入舍，粉壁光明如镜；窗外海棠枝朵，探入室中；裀藉④几榻，罔不洁泽。甫坐，即有人自窗外隐约相窥。媪唤：“小荣！可速作黍⑤。”外有婢子噭声而应。坐次⑥，具展宗阀⑦。媪曰：“郎君外祖，莫姓吴否？”曰：“然。”媪惊曰：“是吾甥也！尊堂，我妹子。年来以家窭贫⑧，又无三尺男⑨，遂至音问梗塞。甥长成如许，尚不相识。”生曰：“此来即为姨也，匆遽遂忘姓氏。”媪曰：“老身秦姓，并无诞育；弱息⑩仅存，亦为庶产⑪。渠母改醮，遗我鞠养。颇亦不钝，但少教训，嬉不知愁，少顷，使来拜识。”

未几，婢子具饭，雏尾⑫盈握。媪劝餐已，婢来敛具。媪曰：“唤宁姑来。”婢应去。良久，闻户外隐有笑声。媪又唤曰：“婴宁，汝姨兄在此。”户外嗤嗤笑不已。婢推之以入，犹掩其口，笑不可遏。媪嗔目⑬曰：“有客在，咤咤叱叱，是何景像？”女忍笑而立，生揖之。媪曰：“此王郎，汝姨子。一家尚不相识，可笑人也。”生问：“妹子年几何矣？”媪未能解。生又言

---

① 盼亲——探亲。
② 粗粝(lì)——糙米饭。
③ 肃客——请客人入内。
④ 裀(yīn)藉——垫席。
⑤ 作黍——作饭。
⑥ 坐次——依次坐定。
⑦ 宗阀——宗族门第。
⑧ 窭(jù)贫——极贫。
⑨ 三尺男——喻指男人。
⑩ 弱息——女儿。
⑪ 庶产——由妾生下的孩子。
⑫ 雏尾——雏鸡。
⑬ 嗔目——生气地看对方。

之。女复笑,不可仰视。媪谓生曰:“我言少教诲,此可见矣。年已十六,呆痴裁[1]如婴儿。”生曰“小于甥一岁。”曰:“阿甥已十七矣,得非庚午属马者[2]耶?”生首应之。又问:“甥妇阿谁?”答云:“无之。”曰:“如甥才貌,何十七岁犹未聘?婴宁亦无姑家,极相匹敌;惜有内亲之嫌。”生无语,目注婴宁,不遑他瞬。婢向女小语云:“目灼灼,贼腔未改!”女又大笑。顾婢曰:“视碧桃开未?”遽起,以袖掩口,细碎连步而出。至门外,笑声始纵。媪亦起,唤婢襆被,为生安置。曰:“阿甥来不易,宜留三五日,迟迟送汝归。如嫌幽闷,舍后有小园,可供消遣;有书可读。”次日,至舍后,果有园半亩,细草铺毡,杨花糁径[3];有草舍三楹[4],花木四合其所。穿花小步,闻树头苏苏有声,仰视,则婴宁在上。见生来,狂笑欲堕。生曰:“勿尔,堕矣!”女且下且笑,不能自止。方将及地,失手而堕,笑乃止。生扶之,阴捘[5]其腕。女笑又作,倚树不能行,良久乃罢。生俟其笑歇,乃出袖中花示之。女接之,曰:“枯矣。何留之?”曰:“此上元妹子所遗,故存之。”问:“存之何意?”曰:“以示相爱不忘也。自上元相遇,凝思成病,自分化为异物[6];不图得见颜色,幸垂怜悯。”女曰:“此大细事[7]。至戚何所靳惜[8]?待郎行时,园中花,当唤老奴来,折一巨捆负送之。”生曰:“妹子痴耶?”女曰:“何便是痴?”生曰:“我非爱花,爱拈花之人耳。”女曰:“葭莩[9]之情,爱何待言。”生曰:“我所谓爱,非瓜葛之爱[10],乃夫妻之爱。”女曰:“有以异乎?”曰:“夜共枕席耳。”女俯思良久,曰:“我不惯与生人睡。”语未已,婢潜至,生惶恐遁去。少时,会母所。母问:“何往?”女答以

---

① 裁——通“才”。

② 庚午属马者——庚午年生人,应属马。

③ 糁(sǎn)径——像碎米屑撒在小路上。

④ 楹——间。

⑤ 捘(zùn)——捏。

⑥ 异物——死亡的婉称。

⑦ 大细事——极小事。

⑧ 靳惜——吝惜。

⑨ 葭莩(jiā fú)之情——亲戚情谊。

⑩ 瓜葛之爱——亲戚间的爱情。

园中共话。媪曰："饭熟已久，有何长言，周遮①乃乐。"女曰："大哥欲我共寝。"言未已，生大窘，急目瞪之。女微笑而止。幸媪不闻，犹絮絮究诘。生急以他词掩之，因小语责女，女曰："适此语不应说耶？"生曰："此背人语。"女曰："背他人，岂得背老母。且寝处亦常事，何讳之？"生恨其痴，无术可以悟之。食方竟，家中人捉双卫②来寻生。

先是，母待生久不归，始疑；村中搜觅几遍，竟无踪兆。因往询吴。吴忆曩言，因教于西南山村行觅。凡历数村，始至于此。生出门，适相值，便入告媪，且请偕女同归。媪喜曰："我有志，匪伊朝夕③。但残躯不能远涉，得甥携妹子去，识认阿姨，大好！"呼婴宁。宁笑至。媪曰："有何喜，笑辄不辍？若不笑，当为全人。"因怒之以目。乃曰："大哥欲同汝去，可便装束。"又饷家人酒食，始送之出，曰："姨家田产丰裕，能养冗人。到彼且勿归，小学诗礼，亦好事翁姑。即烦阿姨，为汝择一良匹。"二人遂发。至山坳，回顾，犹依稀见媪倚门北望也。

抵家，母睹姝丽，惊问为谁。生以姨女对。母曰："前吴郎与儿言者，诈也。我未有姊，何以得甥？"问女，女曰："我非母出。父为秦氏，没时，儿在襁中，不能记忆。"母曰："我一姊适秦氏，良确；然殂谢④已久，那得复存？"因审诘面庞、志赘⑤，一一符合。又疑曰："是矣。然亡已多年，何得复存？"疑虑间，吴生至，女避入室。吴询得故，惘然久之。忽曰："此女名婴宁耶？"生然之。吴亟称怪事。问所自知，吴曰："秦家姑去世后，姑丈鳏居⑥，祟于狐，病瘠死。狐生女名婴宁，绷卧床上，家人皆见之。姑丈没，狐犹时来；后求天师符粘壁上，狐遂携女去。将勿此耶？"彼此疑参⑦，但闻室中吃吃皆婴宁笑声。母曰："此女亦太憨。"吴请面之。母入室，女犹浓笑不顾。母促令出，始极力忍笑，又面壁移时，方出。才一展拜，翻然

---

① 周遮——言词啰嗦。
② 双卫——两头驴子。
③ 匪伊朝夕——不止一日。
④ 殂谢——去世。
⑤ 志赘——身体上的特征或标记。
⑥ 鳏居——男人无妻独居。
⑦ 疑参——疑惑讯问。

遽入，放声大笑。满室妇女，为之粲然。吴请往觇其异，就便执柯[①]。寻至村所，庐舍全无，山花零落而已。吴忆姑葬处，仿佛不远；然坟垅湮没，莫可辨识，诧叹而返。母疑其为鬼。入告吴言，女略无骇意；又吊其无家，亦殊无悲意，孜孜憨笑而已。众莫之测。母令与少女同寝止。昧爽即来省问，操女红精巧绝伦。但善笑，禁之亦不可止；然笑处嫣然，狂而不损其媚，人皆乐之。邻女少妇，争承迎之。母择吉日，将为合卺，而终恐为鬼物。窃于日中窥之，形影殊无少异。至日，使华装行新妇礼；女笑极不能俯仰，遂罢。生以其憨痴，恐泄漏房中隐事；而女殊密秘，不肯道一语。每值母忧怒，女至，一笑即解。奴婢小过，恐遭鞭楚，辄求诣母共话；罪婢投见，恒得免。而爱花成癖，物色遍戚党；窃典金钗，购佳种，数月，阶砌藩溷，无非花者。

庭后有木香一架，故邻西家。女每攀登其上，摘供簪玩。母时遇见，辄诃之。女卒不改。一日，西人子见之，凝注倾倒。女不避而笑。西人子谓女意已属，心益荡。女指墙底，笑而下，西人子谓示约处，大悦。及昏而往，女果在焉。就而淫之，则阴如锥刺，痛彻于心，大号而踣。细视非女，则一枯木卧墙边，所接乃水淋窍也。邻父闻声，急奔研问，呻而不言。妻来，始以实告。爇火烛窍，见中有巨蝎，如小蟹然。翁碎木捉杀之，负子至家，半夜寻卒。邻人讼生，讦[②]发婴宁妖异。邑宰素仰生才，稔知其笃行士，谓邻翁讼诬，将杖责之。生为乞免，逐释而出。母谓女曰："憨狂尔尔，早知过喜而伏忧也。邑令神明，幸不牵累；设鹘突[③]官宰，必逮妇女质公堂，我儿何颜见戚里？"女正色，矢不复笑。母曰："人罔不笑，但须有时。"而女由是竟不复笑，虽故逗，亦终不笑，然竟日未尝有戚容。

一夕，对生零涕。异之。女哽咽曰："曩以相从日浅，言之恐致骇怪。今日察姑及郎，皆过爱无有异心，直告或无妨乎？妾本狐产。母临去，以妾托鬼母，相依十余年，始有今日。妾又无兄弟，所恃者惟君。老母岑寂

---

① 执柯——做媒。

② 讦(jié)——攻击，揭发。

③ 鹘(hú)突——糊涂。

山阿①,无人怜而合厝②之,九泉辄为悼恨。君倘不惜烦费,使地下人消此怨恫,庶养女者不忍溺弃。"生诺之,然虑坟冢迷于荒草。女但言无虑。刻日,夫妻舆榇③而往。女于荒烟错楚④中,指示墓处,果得媪尸,肤革犹存。女抚哭哀痛。舁归,寻秦氏墓合葬焉。是夜,生梦媪来称谢,寤而述之。女曰:"妾夜见之,嘱勿惊郎君耳。"生恨不邀留。女曰:"彼鬼也。生人多,阳气胜,何能久居?"生问小荣,曰:"是亦狐,最黠。狐母留以视妾,每摄饵相哺⑤,故德之常不去心。昨问母,云已嫁之。"由是岁值寒食,夫妻登秦墓,拜扫无缺。女逾年,生一子。在怀抱中,不畏生人,见人辄笑,亦大有母风云。

异史氏曰:"观其孜孜憨笑,似全无心肝者;而墙下恶作剧,其黠孰甚焉。至凄恋鬼母,反笑为哭,我婴宁殆隐于笑者矣。窃闻山中有草,名'笑矣乎'。嗅之,则笑不可止。房中植此一种,则合欢、忘忧⑥,并无颜色矣。若解语花⑦,正嫌其作态⑧耳。

聂小倩

宁采臣,浙人。性慷爽,廉隅⑨自重。每对人言:"生平无二色⑩。"适赴金华⑪,至北郭,解装兰若。寺中殿塔壮丽;然蓬蒿没人,似绝行踪。东

---

① 山阿——山中曲坳处。
② 合厝(cuò)——合葬。
③ 舆榇——以车载柩。
④ 错楚——荒芜的树丛。
⑤ 相哺——喂养。
⑥ 合欢、忘忧——合欢,即合欢花;忘忧,即忘忧草。
⑦ 解语花——喻指善于迎合人意的美女。
⑧ 作态——装模作样。
⑨ 廉隅——喻品行端正。
⑩ 无二色——男子不娶妾、不嫖妓。
⑪ 金华——府名,今浙江金华县。

西僧舍，双扉虚掩；惟南一小舍，扃键如新。又顾殿东隅，修竹拱把①；阶下有巨池，野藕已花。意甚乐其幽杳。会学使②案临，城舍价昂，思便留止，遂散步以待僧归。日暮，有士人来，启南扉。宁趋为礼，且告以意。士人曰："此间无房主，仆亦侨居。能甘荒落，旦暮惠教，幸甚。"宁喜，藉藁代床，支板作几，为久客计。是夜，月明高洁，清光似水，二人促膝殿廊，各展姓字。士人自言："燕姓，字赤霞。"宁疑为赴试诸生，而听其音声，殊不类浙。诘之，自言："秦人③。"语甚朴诚。既而相对词竭，遂拱别归寝。

宁以新居，久不成寐。闻舍北喁喁④，如有家口。起伏北壁石窗下，微窥之。见短墙外一小院落，有妇可四十余；又一媪衣黦绯⑤，插蓬沓⑥，鲐背龙钟⑦，偶语⑧月下。妇曰："小倩何久不来？"媪曰："殆好至矣。"妇曰："将无向姥姥有怨言否？"曰："不闻，但意似蹙蹙⑨。"妇曰："婢子不宜好相识。"言未已，有一十七八女子来，仿佛艳绝。媪笑曰："背地不言人，我两个正谈道，小妖婢悄来无迹响。幸不訾⑩着短处。"又曰："小娘子端好是画中人，遮莫⑪老身是男子，也被摄魂去。"女曰："姥姥不相誉，便阿谁道好？"妇人女子又不知何言。宁意其邻人眷口，寝不复听。又许时，始寂无声。方将睡去，觉有人至寝所。急起审顾，则北院女子也。惊问之。女笑曰："月夜不寐，愿修燕好⑫。"宁正容曰："卿防物议，我畏人言；略一失足，廉耻道丧。"女云："夜无知者。"宁又咄之。女逡巡若复有词。宁叱："速去！不然，当呼南舍生知。"女惧，乃退。至户外复返，以黄金一

---

① 拱把——一手满握。
② 学使——提督学政。
③ 秦人——今陕西人。
④ 喁喁（yú yú）——低语声。
⑤ 黦绯（yè fēi）——褪色的红衣。
⑥ 蓬沓——古时妇女的头饰。
⑦ 鲐（tái）背龙钟——驼背，行动迟缓。
⑧ 偶语——相对私语。
⑨ 蹙蹙——忧愁状。
⑩ 訾——指责他人短处。
⑪ 遮莫——如果。
⑫ 修燕好——结为夫妻。

锭置褥上。宁掇掷庭墀，曰："非义之物，污吾囊橐！"女惭，出，拾金自言曰："此汉当是铁石。"

诘旦，有兰溪生携一仆来候试，寓于东厢，至夜暴亡。足心有小孔，如锥刺者，细细有血出。俱莫知故。经宿，一仆死，症亦如之。向晚，燕生归，宁质之。燕以为魅。宁素抗直，颇不在意。宵分，女子复至，谓宁曰："妾阅人多矣，未有刚肠如君者。君诚圣贤，妾不敢欺。小倩，姓聂氏，十八夭殂，葬寺侧，辄被妖物威胁，历役贱务；觍颜①向人，实非所乐。今寺中无可杀者，恐当以夜叉②来。"宁骇求计。女曰："与燕生同室可免。"问："何不惑燕生？"曰："彼奇人也，不敢近。"问："迷人若何？"曰："狎昵我者，隐以锥刺其足，彼即茫若迷，因摄血以供妖饮；又或以金，非金也，乃罗刹鬼③骨，留之能截取人心肝。二者，凡以投时好耳。"宁感谢。问戒备之期，答以明宵。临别泣曰："妾堕玄海④，求岸不得。郎君义气干云，必能拔生救苦。倘肯囊妾朽骨，归葬安宅，不啻再造。"宁毅然诺之。因问葬处，曰："但记取白杨之上，有乌巢者是也。"言已出门，纷然而灭。

明日，恐燕他出，早诣邀致。辰后具酒馔，留意察燕。既约同宿，辞以性癖耽寂。宁不听，强携卧具来。燕不得已，移榻从之，嘱曰："仆知足下丈夫，倾风良切⑤。某有微衷，难以遽白。幸勿翻窥箧襆，违之两俱不利。"宁谨受教。既而各寝，燕以箱箧置窗上，就枕移时，齁⑥如雷吼。宁不能寐。近一更许，窗外隐隐有人影。俄而近窗来窥，目光睒闪。宁惧，方欲呼燕，忽有物裂箧而出，耀若匹练，触折窗上石棂，飙然一射，即遽敛入，宛如电灭。燕觉而起，宁伪睡以觇之。燕捧箧检征⑦，取一物，对月嗅视，白光晶莹，长可二寸，径韭叶许。已而数重包固，仍置破箧中。自语曰："何物老魅，直尔大胆，致坏箧子。"遂复卧。宁大奇之，因起问之，且告以所见。燕曰："既相知爱，何敢深隐。我，剑客也。若非石棂，妖当立

---

① 觍颜——无颜。

② 夜叉——恶鬼。

③ 罗刹鬼——佛经故事中食人血肉的恶鬼。

④ 玄海——佛教用语，苦海。

⑤ 倾风良切——十分倾慕。

⑥ 齁——鼾声。

⑦ 征——痕迹。

毙;虽然,亦伤。”问:“所缄何物?”曰:“剑也。适嗅之,有妖气。”宁欲观之。慨出相示,荧荧然一小剑也。于是益厚重燕。明日,视窗外,有血迹。遂出寺北,见荒坟累累,果有白杨,乌巢其颠。迨营谋既就,趣装欲归。燕生设祖帐,情义殷渥①。以破革囊赠宁,曰:“此剑袋也。宝藏可远魑魅。”宁欲从授其术。曰:“如君信义刚直,可以为此。然君犹富贵中人,非此道中人也。”宁乃托有妹葬此,发掘女骨,敛以衣衾,赁舟而归。

宁斋临野,因营坟葬诸斋外。祭而祝曰:“怜卿孤魂,葬近蜗居,歌哭相闻,庶不见陵②于雄鬼。一瓯浆水饮,殊不清旨,幸不为嫌!”祝毕而返。后有人呼曰:“缓待同行!”回顾,则小倩也。欢喜谢曰:“君信义,十死不足以报。请从归,拜识姑嫜③,媵④御无悔。”审谛之,肌映流霞,足翘细笋,白昼端相,娇艳尤绝。遂与俱至斋中。嘱坐少待,先入白母。母愕然。时宁妻久病,母戒勿言,恐所骇惊。言次,女已翩然入,拜伏地下。宁曰:“此小倩也。”母惊顾不遑。女谓母曰:“儿飘然一身,远父母兄弟。蒙公子露覆⑤,泽被发肤⑥,愿执箕帚,以报高义。”母见其绰约可爱,始敢与言,曰:“小娘子惠顾吾儿,老身喜不可已。但生平止此儿,用承祧绪⑦,不敢令有鬼偶。”女曰:“儿实无二心。泉下人,既不见信于老母,请以兄事,依高堂,奉晨昏,如何?”母怜其诚,允之。即欲拜嫂,母辞以疾,乃止。女即入厨下,代母尸饔⑧,入房穿榻,似熟居者。日暮,母畏惧之,辞使归寝,不为设床褥。女窥知母意,即竟去。过斋欲入,却退,徘徊户外,似有所惧。生呼之。女曰:“室有剑气畏人。向道途中不奉见者,良以此故。”宁悟为革囊,取悬他室,女乃入,就烛下坐。移时,殊不一语。久之,问:“夜读否?妾少诵《楞严经》⑨,今强半遗忘。浼求一卷,夜暇,就兄正之。”宁

---

① 殷渥——情谊深厚。
② 陵——通“凌”,欺凌。
③ 姑嫜——公婆。
④ 媵(yìng)——泛指婢妾。
⑤ 露覆——恩泽所惠。
⑥ 发肤——全部身体。
⑦ 承祧(tiāo)绪——传宗接代。
⑧ 尸饔(yōng)——料理饮食。
⑨ 《楞严经》——佛教经典之一。

诺。又坐，默然，二更向尽，不言去。宁促之。愀然曰："异域孤魂，殊怯荒墓。"宁曰："斋中别无床寝，且兄妹亦宜远嫌。"女起，眉颦①蹙而欲啼，足佢儴②而懒步，从容出门，涉阶而没。宁窃怜之，欲留宿别榻，又惧母嗔。女朝旦朝母，捧匜③沃盥，下堂操作，无不曲承母志。黄昏告退，辄过斋头，就烛诵经。觉宁将寝，始惨然去。

先是，宁妻病废，母劬④不堪；自得女，逸甚，心德之。日渐稔，亲爱如己出，竟忘其为鬼；不忍晚令去，留与同卧起。女初来未尝饮食，半年渐啜稀饱⑤。母子皆溺爱之，讳言其鬼，人亦不之辨也。无何，宁妻亡。母隐有纳女意，然恐于子不利。女微窥之，乘间告母曰："居年余，当知儿肝膈。为不欲祸行人，故从郎君来。区区无他意，止以公子光明磊落，为天人所钦瞩，实欲依赞三数年，借博封诰⑥，以光泉壤。"母亦知无恶，但惧不能延宗嗣。女曰："子女惟天所授。郎君注福籍⑦，有亢宗子⑧三，不以鬼妻而遂夺也。"母信之，与子议。宁喜，因列筵告戚党。或请觌⑨新妇，女慨然华妆出，一堂尽眙⑩，反不疑其鬼，疑为仙。由是五党⑪诸内眷，咸执贽以贺，争拜识之。女善画兰梅，辄以尺幅酬答，得者藏什袭，以为荣。

一日，俯颈窗前，怊怅⑫若失。忽问："革囊何在？"曰："以卿畏之，姑缄置他所。"曰："妾受生气已久，当不复畏，宜取挂床头。"宁诘其意，曰："三日来，心怔忡⑬无停息，意金华妖物，恨妾远遁，恐旦晚寻及也。"宁果

---

① 颦——皱眉头。
② 佢儴(kuāng ráng)——急迫胆怯。
③ 匜(yí)——盛水的盥器。
④ 劬——辛苦。
⑤ 饱(yì)——稀粥。
⑥ 封诰——皇帝授予的荣誉职称。
⑦ 福籍——地狱记录人间福禄的簿册。
⑧ 亢宗子——兴盛宗族之子。
⑨ 觌——通"睹"。
⑩ 眙(chì)——喻惊诧得目瞪口呆。
⑪ 五党——五服内的亲族。
⑫ 怊(chāo)怅——恍恍忽忽。
⑬ 怔忡(zhēng chōng)——恐惧不安。

携革囊来。女反复审视，曰："此剑仙将盛人头者也。敝败至此，不知杀人几何许！妾今日视之，肌犹粟慄①。"乃悬之。次日，又命移悬户上。夜对烛坐，约宁勿寝。欻有一物，如飞鸟堕。女惊匿夹幕②间。宁视之，物如夜叉状，电目血舌，睒闪攫拿而前。至门却步；逡巡久之，渐近革囊，以爪摘取，以将抓裂。囊忽格然一响，大可合蒉③；恍惚有鬼物，突出半身，揪夜叉入，声遂寂然，囊亦顿缩如故。宁骇诧。女亦出，大喜曰："无恙矣！"共视囊中，清水数斗而已。后数年，宁果登进士。女举一男。纳妾后，又各生一男，皆仕进有声。

义 鼠

杨天一言：见二鼠出，其一为蛇所吞；其一瞪目如椒④，似甚恨怒，然遥望不敢前。蛇果腹⑤，蜿蜒入穴；方将过半，鼠奔来，力嚼其尾。蛇怒，退身出。鼠故⑥便捷，欻然遁去。蛇追不及而返。及入穴，鼠又来，嚼如前状。蛇入则来，蛇出则往，如是者久。蛇出，吐死鼠于地上。鼠来嗅之，啾啾如悼息⑦，衔之而去。友人张历友⑧为作《义鼠行》。

---

① 粟慄——因恐惧而起鸡皮疙瘩。

② 夹幕——帷幕。

③ 大可合蒉(kuì)——相当于两个竹筐合起来那样大。

④ 椒——花椒粒。

⑤ 果腹——吃饱。

⑥ 故——本来。

⑦ 悼息——悲伤叹息。

⑧ 张历友——蒲松龄的诗友。

地震

康熙七年①六月十七日戌刻②，地大震。余适客稷下③，方与表兄李笃之对烛饮。忽闻有声如雷，自东南来，向西北去。众骇异，不解其故。俄而几案摆簸，酒杯倾覆；屋梁椽柱，错折有声。相顾失色。久之，方知地震，各疾趋出。见楼阁房舍，仆而复起；墙倾屋塌之声，与儿啼女号，喧如鼎沸。人眩晕不能立，坐地上，随地转侧。河水倾泼丈余，鸭鸣犬吠满城中。逾一时许，始稍定。视街上，则男女裸聚，竞相告语，并忘其未衣也。后闻某处井倾仄，不可汲；某家楼台南北易向；栖霞山④裂；沂水⑤陷穴，广数亩。此真非常之奇变也。

有邑人妇，夜起溲溺⑥，回则狼衔其子。妇急与狼争。狼一缓颊⑦，妇夺儿出，携抱中。狼蹲不去。妇大号。邻人奔集，狼乃去。妇惊定作喜，指天画地，述狼衔儿状，己夺儿状。良久，忽悟一身未着寸缕，乃奔。此与地震时男妇两忘者，同一情状也。人之惶急无谋，一何⑧可笑！

海公子

东海古迹岛，有五色耐冬花，四时不凋。而岛中古无居人，人亦罕到之。登州⑨张生，好奇，喜游猎。闻其佳胜，备酒食，自棹扁舟而往。至则

---

① 康熙七年——即1668年。
② 戌刻——晚七点至九点。
③ 稷(jì)下——此指临淄。
④ 栖霞山——今属山东省。
⑤ 沂水——县名，今属山东省。
⑥ 溲溺(sōu niào)——小便。
⑦ 缓颊——松嘴。
⑧ 一何——多么。
⑨ 登州——今山东蓬莱县。

花正繁,香闻数里;树有大至十余围者。反复留连,甚慊①所好。开尊自酌,恨无同游。忽花中一丽人来,红裳眩目,略无伦比。见张,笑曰:“妾自谓兴致不凡,不图先有同调②。”张惊问:“何人?”曰:“我胶娼③也。适从海公子来。彼寻胜翱翔,妾以艰于步履,故留此耳。”张方苦寂,得美人,大悦,招坐共饮。女言词温婉,荡人神志。张爱好之。恐海公子来,不得尽欢,因挽与乱。女忻从之。相狎未已,忽闻风肃肃,草木偃折有声。女急推张起,曰:“海公子至矣。”张束衣愕顾,女已失去。旋见一大蛇,自丛树中出,粗于巨筒。张惧,幛身大树后,冀蛇不睹。蛇近前,以身绕人并树,纠缠数匝;两臂直束胯间,不可少屈。昂其首,以舌刺张鼻。鼻血下注,流地上成洼,乃俯就饮之。张自分④必死,忽忆腰中佩荷囊,有毒狐药,因以二指夹出,破裹堆掌中;又侧颈自顾其掌,令血滴药上,顷刻盈把。蛇果就掌吸饮。饮未及尽,遽伸其体,摆尾若霹雳声,触树,树半体崩落,蛇卧地如梁而毙矣。张亦眩莫能起,移时方苏,载蛇而归,大病月余,疑女子亦蛇精也。

丁　前　溪

丁前溪,诸城⑤人。富有钱谷。游侠好义,慕郭解⑥之为人。御史行台按访之⑦。丁亡去。至安丘⑧,遇雨,避身逆旅。雨日中不止。有少年

---

① 慊(qiè)——满足。

② 同调——曲调相同。

③ 胶娼——胶州(今山东胶县)的娼妓。

④ 自分——自料。

⑤ 诸城——县名,今属山东省。

⑥ 郭解(xiè)——汉代轵(今河南济源县)人,以任侠著称于世,后被杀。

⑦ 御史行台按访之——御史,官名;行台,临时派出机构;按访之,微服私访,调查案情。

⑧ 安丘——县名,今属山东省。

来，馆谷[①]丰隆。既而昏暮，止宿其家；莝[②]豆饲畜，给食周至。问其姓字，少年云："主人杨姓，我其内侄也。主人好交游，适他出，家惟娘子在。贫不能厚客给，幸能垂谅。"问主人何业，则家无资产，惟日设博场，以谋升斗[③]。次日，雨仍不止，供给弗懈。至暮，剉[④]刍；刍束湿，颇极参差。丁怪之。少年曰："实告客：家贫无以饲畜，适娘子撤屋上茅耳。"丁益异之，谓其意在得直[⑤]。天明，付之金，不受；强付，少年持入。俄出，仍以返客，云："娘子言，我非业此猎食者。主人在外，尝数日不携一钱；客至吾家，何遂索偿乎？"丁赞叹而别。嘱曰："我诸城丁某，主人归，宜告之。暇幸见顾。"

数年无耗[⑥]。值岁大饥，杨困甚，无所为计。妻漫劝诣丁，从之。至诸，通姓名于门者。丁茫不忆；申言始忆之。蹑[⑦]履而出，揖客入。见其衣敝踵决[⑧]，居之温室，设筵相款，宠礼异常。明日，为制冠服，表里温暖。杨义之[⑨]；而内顾增忧，褊心[⑩]不能无少望。居数日，殊不言赠别，杨意甚亟，告丁曰："顾不敢隐：仆来时，米不满升。今过蒙推解[⑪]，固乐，妻子如何矣！"丁曰："是无烦虑，已代经纪矣。幸舒意少留，当助资斧。"走伻[⑫]招诸博徒，使杨坐而乞头[⑬]，终夜得百金，乃送之还。归见室人[⑭]，衣履鲜整，小婢侍焉。惊问之。妻言："自若去后，次日即有车徒赍送布帛菽粟，

---

① 馆谷——供给客人食宿。
② 莝(cuò)——铡。
③ 升斗——微薄收入。
④ 剉(cuò)——铡。
⑤ 直——通"值"。
⑥ 无耗——没有音讯。
⑦ 蹑——趿拉。
⑧ 踵决——脚后跟露出鞋子外。
⑨ 义之——认为他讲义气。
⑩ 褊(biǎn)心——心胸狭隘。
⑪ 推解——推食解衣，至诚相待。
⑫ 走伻(bēng)——派人前往。
⑬ 乞头——抽头为利。
⑭ 室人——妻子。

堆积满屋，云是丁客所赠。又婢十指①，为妾驱使。”杨感不自已。由此小康，不屑旧业矣。

异史氏曰：“贫而好客，饮博浮荡者优为之；最异者，独其妻耳。受之施而不报，岂人也哉？然一饭之德不忘，丁其有焉。”

海　大　鱼

海滨故无山。一日，忽见峻岭重迭，绵亘数里，众悉骇怪。又一日，山忽他徙，化而乌有。相传海中大鱼②，值清明节，则携眷口③往拜其墓，故寒食④时多见之。

张老相公

张老相公，晋⑤人。适将嫁女，携眷至江南，躬市奁妆⑥。舟抵金山⑦，张先渡江，嘱家人在舟，勿爇⑧膻腥。盖江中有鼋怪⑨，闻香辄出，坏舟吞行人，为害已久。张去，家人忘之，炙肉舟中。忽巨浪覆舟，妻女皆没。张回棹⑩，悼恨欲死。因登金山，谒寺僧，询鼋之异，将以仇鼋。僧闻

① 十指——即一个人。
② 大鱼——指鲸鱼。
③ 眷口——家眷。
④ 寒食——清明节前两天，称“寒食节”。
⑤ 晋——今山西一带。
⑥ 奁(lián)妆——嫁妆。
⑦ 金山——在今江苏镇江市西北。
⑧ 爇(bó)——煎炒。
⑨ 鼋(yuán)怪——大龟精。
⑩ 棹——桨。

之,骇言:“吾侪[①]日与习近,惧为祸殃,惟神明奉之,祈勿怒;时斩牲牢[②],投以半体[③],则跃吞而去。谁复能相仇哉!”张闻,顿思得计。便招铁工,起炉山半,冶赤铁,重百余斤。审知所常伏处,使二三健男子,以大箝举投之。鼋跃出,疾吞而下。少时,波涌如山。顷之浪息,则鼋死,已浮水上矣。行旅寺僧并快之,建张老相公祠,肖像其中,以为水神,祷之辄应。

水莽草

水莽,毒草也。蔓生似葛,花紫,类扁豆。悮[④]食之,立死,即为水莽鬼。俗传此鬼不得轮回[⑤],必再有毒死者,始代之。以故楚中桃花江一带,此鬼尤多云。

楚人以同岁生者为同年,投刺相谒[⑥],呼庚兄庚弟[⑦],子侄呼庚伯,习俗然也。有祝生造[⑧]其同年某,中途燥渴思饮。俄见道旁一媪,张棚施饮,趋之。媪承迎入棚,给奉甚殷。嗅之有异味,不类茶茗,置不饮,起而出。媪急止客,便唤:“三娘,可将好茶一杯来。”俄有少女,捧茶自棚后出。年约十四五,姿容艳绝,指环臂钏[⑨],晶莹鉴影。生受盏神驰;嗅其茶,芳烈无伦。吸尽再索。觑媪出,戏捉纤腕,脱指环一枚。女赪[⑩]颊微笑,生益惑。略诘门户[⑪],女曰:“郎暮来,妾犹在此也。”生求茶叶一撮,并

---

① 吾侪(chái)——吾辈。
② 牲牢——以牛、羊、豕祭祀。
③ 投以半体——把牲体一半投下去。
④ 悮——同“误”。
⑤ 轮回——佛教用语,指人像车轮一样生死相续、流转不停。
⑥ 谒——拜访。
⑦ 庚兄庚弟——以年龄大小论兄弟。
⑧ 造——登门拜访。
⑨ 钏(chuàn)——手镯。
⑩ 赪(chēng)——红色,指因羞而脸红。
⑪ 略诘门户——询问夜间住何处。

藏指环而去。至同年家,觉心头作恶,疑茶为患,以情告某。某骇曰:"殆①矣!此水莽鬼也。先君死于是。是不可救,且为奈何?"生大惧,出茶叶验之,真水莽草也。又出指环,兼述女子情状。某悬想②曰:"此必寇三娘也。"生以其名确符,问:"何故知?"曰:"南村富室寇氏女,夙有艳名。数年前,误食水莽而死,必此为魅。"或言受魅者,若知鬼姓氏,求其故裆③,煮服可痊。某急诣寇所,实告以情,长跪哀恳;寇以其将代女死,故靳④不与。某忿而返,以告生。生亦切齿恨之,曰:"我死,必不令彼女脱生!"某舁送之,将至家门而卒。母号涕葬之。遗一子,甫周岁。妻不能守柏舟节⑤,半年改醮去。母留孤自哺,劬瘁不堪,朝夕悲啼。一日,方抱儿哭室中,生悄然忽入。母大骇,挥涕问之。答云:"儿地下闻母哭,甚怆于怀,故来奉晨昏耳。儿虽死,已有家室,即同来分母劳,母其勿悲。"母问:"儿妇何人?"曰:"寇氏坐听儿死,儿甚恨之。死后欲寻三娘,而不知其处;近遇其庚伯,始相指示。儿往,则三娘已投生任侍郎⑥家;儿驰去,强捉之来。今为儿妇,亦相得,颇无苦。"移时,门外一女子入,华妆艳丽,伏地拜母。生曰:"此冠三娘也。"虽非生人,母视之,情怀差慰⑦。生便遣三娘操作。三娘雅不习惯,然承顺殊怜人。由此居故室,遂留不去。女请母告诸家。生意勿告;而母承女意,卒告之。寇家翁媪,闻而大骇,命车疾至。视之,果三娘。相向哭失声,女劝止之。媪视生家良贫,意甚忧悼。女曰:"人已鬼,又何厌贫?祝郎母子,情义拳拳,儿固已安之矣。"因问:"茶媪谁也?"曰:"彼倪姓,自惭不能惑行人,故求儿助之耳。今已生于郡城卖浆者之家。"因顾生曰:"既婿矣,而不拜岳,妾复何心?"生乃投拜。女便入厨下,代母执炊,供翁媪。媪视之凄心。既归,即遣两婢来,为之服役;金百斤、布帛数十匹;酒胾不时馈送,小阜⑧祝母矣。冠亦时招归

---

① 殆——危险。
② 悬想——猜测。
③ 故裆——穿用过的裤裆。
④ 靳——吝啬。
⑤ 柏舟节——指妻子在丈夫死后矢志不嫁。
⑥ 侍郎——官名。
⑦ 差慰——稍微得到安慰。
⑧ 小阜——稍稍富裕。

宁。居数日，辄曰："家中无人，宜早送儿还。"或故稽之，则飘然自归。翁乃代生起夏屋①，营备臻至。然生终未尝至翁家。

一日，村中有中水莽毒者，死而复苏，相传为异。生曰："是我活之也。彼为李九所害，我为之驱其鬼而去之。"母曰："汝何不取人以自代？"曰："儿深恨此等辈，方将尽驱除之，何屑此为！且儿事母最乐，不愿生也。"由是中毒者，往往具丰筵，祷诸其庭，辄有效。

积十余年，母死。生夫妇亦哀毁，但不对客，惟命儿缞麻②擗踊，教以礼仪而已。葬母后，又二年余，为儿娶妇。妇，任侍郎之孙女也。先是，任公妾生女，数月而殇③。后闻祝生之异，遂命驾其家，订翁婿焉。至是，遂以孙女妻其子，往来不绝矣。一日，谓子曰："上帝以我有功人世，策为四渎牧龙君④，今行矣。"俄见庭下有四马，驾黄幨车⑤，马四股皆鳞甲⑥。夫妻盛装出，同登一舆。子及妇皆泣拜，瞬息而渺。是日，寇家见女来，拜别翁媪，亦如生言。媪泣挽留，女曰："祝郎先去矣。"出门遂不复见。

其子名鹗，字离尘，请诸寇翁，以三娘骸骨，与生合葬焉。

造畜

魇昧⑦之术，不一其道，或投美饵，绐⑧之食之，则为迷罔，相从而去，俗名曰"打絮巴"，江南谓之"扯絮"。小儿无知，辄受其害。又有变人为畜者，名曰"造畜"。此术江北犹少，河⑨以南辄有之。扬州⑩旅店中，有

---

① 夏屋——大房子。
② 缞(cuī)麻擗(bì)踊——身穿丧服，极度悲哀。
③ 殇——夭折。
④ 四渎牧龙君——四渎之神，指长江、黄河、淮水、济水。
⑤ 幨(chān)——车帷。
⑥ 马四股皆鳞甲——传说中的神马。
⑦ 魇昧——以迷信方法害人。
⑧ 绐(dài)——欺骗。
⑨ 河——黄河。
⑩ 扬州——今江苏扬州市。

一人牵驴五头，暂絷枥下，云："我少选①即返。"兼嘱："勿令饮啖。"遂去。驴暴日中，蹄啮殊喧②。主人牵着③凉处。驴见水，奔之，遂纵饮之，一滚尘，化为妇人。怪之，诘其所由，舌印强而不能答。乃匿诸室中。既而驴主至，驱五羊于院中，惊问驴之所在。主人曳客坐，便进餐饮，且云："客姑饭，驴即至矣。"主人出，悉饮五羊④，辗转皆为童子。阴报郡，遣役捕获，遂械杀之。

凤阳士人

凤阳⑤一士人，负笈远游。谓其妻曰："半年当归。"十余月，竟无耗问。妻翘盼綦切。一夜，才就枕，纱月摇影，离思萦怀。方反侧间，有一丽人，珠鬟绛帔⑥，搴帷而入，笑问："姊姊，得无欲见郎君乎？"妻急起应之。丽人邀与共往。妻惮修阻，丽人但请勿虑。即挽女手出，并踏月色，约行一矢⑦之远。觉丽人行迅速，女步履艰涩，呼丽人少待，将归着复履⑧。丽人牵坐路侧，自乃捉足，脱履相假。女喜着之，幸不凿枘⑨，复起从行，健步如飞。移时，见士人跨白骡来。见妻大惊，急下骑，问："何往？"女曰："将以探君。"又顾问丽者伊谁。女未及答，丽人掩口笑曰："且勿问讯。娘子奔波匪易；郎君星驰夜半，人畜想以俱殆。妾家不远，且请息驾，早旦而行，不晚也。"顾数武⑩之外，即有村落，遂同行。入一庭院，丽人促

---

① 少选——一小会儿。

② 蹄啮（niè）殊喧——又踢又咬，叫闹异常。

③ 着——拴。

④ 饮（yìn）五羊——给五只羊喝水。

⑤ 凤阳——今安徽凤阳县西。

⑥ 帔（pèi）——披肩。

⑦ 一矢——一箭。

⑧ 复履——夹底鞋。

⑨ 凿枘——喻不合脚。

⑩ 武——通"步"。

睡婢起供客，曰：“今夜月色皎然，不必命烛，小台石榻可坐。”士人絷蹇檐梧①，乃即坐。丽人曰：“履大不适于体，途中颇累赘否？归有代步，乞赐还也。”女称谢付之。

俄顷，设酒果，丽人酌曰：“鸾凤久乖②，圆在今夕；浊醪一觞，敬以为贺。”士人亦执盏酬报。主客笑言，履舄交错③。士人注视丽者，屡以游词④相挑。夫妻乍聚，并不寒暄一语。丽人亦美目流情，妖言隐谜。女惟默坐，伪为愚者。久之渐醺，二人语益狎。又以巨觥劝客，士人以醉辞。劝之益苦，士人笑曰：“卿为我度一曲⑤，即当饮。”丽人不拒，即以牙拨抚提琴而歌曰：“黄昏卸得残妆罢，窗外西风冷透纱。听蕉声，一阵一阵细雨下。何处与人闲磕牙？望穿秋水，不见还家，潸潸⑥泪似麻。又是想他，又是恨他，手拿着红绣鞋儿占鬼卦⑦。”歌竟，笑曰：“此市井里巷之谣，不足污君听。然因流俗所尚，姑效颦耳。”音声靡靡⑧，风度狎亵。士人摇惑，若不自禁。

少间，丽人伪醉离席；士人亦起，从之而去。久之不至，婢子乏疲，伏睡廊下。女独坐，块然无侣，中心愤恚，颇难自堪，思欲遁归，而夜色微茫，不忆道路，辗转无以自主，因起而觇之。裁近其窗，则断云零雨之声，隐约可闻。又听之，闻良人与己素常猥亵之状，尽情倾吐。女至此，手颤心摇，殆不可遏，念不如出门窜沟壑以死。愤然方行，忽见弟三郎乘马而至，遽便下问。女具以告。三郎大怒，立与姊回，直入其家，则室门扃闭，枕上之语犹喁喁也。三郎举巨石如斗，抛击窗棂，三五碎断。内大呼曰：“郎君脑破矣！奈何？”女闻之，愕然，大哭，谓弟曰：“我不谋与汝杀郎君，今且若何？”三郎撑目⑨曰：“汝呜呜促我来，甫能消此胸中恶，又护男儿、怨弟

---

① 絷(zhí)蹇檐梧——将驴拴在檐前柱上。

② 鸾凤久乖——夫妻久离。

③ 履舄(xì)交错——鞋子乱放，喻客人之多。

④ 游词——嬉戏轻薄之语。

⑤ 度(duó)一曲——按曲谱弹一支曲子。

⑥ 潸潸(shān shān)——流泪状。

⑦ 占鬼卦——妇思夫归的占卜游戏。

⑧ 靡靡——柔细委靡。

⑨ 撑目——瞪眼。

兄,我不惯与婢子供指使!”返身欲去,女牵衣曰:“汝不携我去,将何之?”三郎挥姊仆地,脱体而去。女顿惊寤,始知其梦。

越日,士人果归,乘白骡。女异之而未言。士人是夜亦梦,所见所遭,述之悉符,互相骇怪。既而三郎闻姊夫远归,亦来省问。语次,谓士人曰:“昨宵梦君归,今果然,亦大异。”士从笑曰:“幸不为巨石所毙。”三郎愕然问故,士以梦告。三郎大异之。盖是夜,三郎亦梦遇姊泣诉,愤激投石也。三梦相符,但不知丽人何许耳。

耿十八

新城耿十八,病危笃,自知不起,谓妻曰:“永诀在旦晚耳。我死后,嫁守由汝,请言所志。”妻默不语。耿固问之,且云:“守固佳,嫁亦恒情。明言之,庸何伤!行①与子诀,子守,我心慰;子嫁,我意断也。”妻乃惨然曰:“家无儋石②,君在犹不给,何以能守?”耿闻之,遽握妻臂,作恨声曰:“忍哉!”言已而没,手握不可开。妻号,家人至。两人攀指,力擘③之,始开。

耿不自知其死,出门,见小车十余两④,两各十人,即以方幅书名字,粘车上。御人见耿,促登车。耿视车中已有九人,并己而十。又视粘单上,己名最后。车行咋咋⑤,响震耳际,亦不自知何往。俄至一处,闻人言曰:“此思乡地也。”闻其名,疑之。又闻御人偶语云:“今日剸⑥三人。”耿又骇。及细听其言,悉阴间事,乃自悟曰:“我岂不作鬼物耶?”顿念家中,无复可悬念,惟老母腊高⑦,妻嫁后,缺于奉养;念之,不觉涕涟。又移时,

---

① 行——即将。

② 儋(dàn)石——口粮。

③ 擘(bāi)——分开。

④ 两——通“辆”。

⑤ 咋咋(zē zē)——喻车声。

⑥ 剸(cuì)——铡断。

⑦ 腊高——年老。

见有台，高可数仞，游人甚夥①；囊头械足之辈，呜咽而下上，闻人言为“望乡台②”。诸人至此，俱踏辕下，纷然竞登。御人或挞之，或止之，独至耿，则促令登。登数十级，始至颠顶。翘首一望，则门闾庭院，宛在目中。但内室隐隐，如笼烟雾。凄恻不自胜，回顾，一短衣人立肩下，即以姓氏问耿。耿具以告。其人亦自言为东海③匠人。见耿零涕，问：“何事不了于心？”耿又告之。匠人谋与越台而遁。耿惧冥追，匠人固言无妨。耿又虑台高倾跌，匠人但令从己。遂先跃，耿果从之。及地，竟无恙，喜无觉者。视所乘车，犹在台下。二人急奔。数武，忽自念名字粘车上，恐不免执名之追；遂反身近车，以手指染唾，涂去己名，始复奔，哆口坌息④，不敢少停。少间，入里门，匠人送诸其室。蓦睹己尸，醒然而苏。

觉乏疲躁渴，骤呼水。家人大骇，与之水，饮至石余。乃骤起，作揖拜伏；既而出门拱谢，方归。归则僵卧不转。家人以其行异，疑非真活；然渐觇之，殊无他异。稍稍近问，始历历言其本末。问：“出门何故？”曰：“别匠人也。”“饮水何多？”曰：“初为我饮，后乃匠人饮也。”投之汤羹，数日而瘥。由此厌薄其妻，不复共枕席云。

珠　儿

常州⑤民李化，富有田产。年五十余，无子。一女名小惠，容质秀美，夫妻最怜爱之。十四岁，暴病夭殂，冷落庭帏，益少生趣。始纳婢，经年余，生一子，视如拱璧⑥，名之珠儿。儿渐长，魁梧可爱。然性绝痴，五六岁尚不辨菽麦，言语蹇涩⑦。李亦好而不知其恶。会有眇⑧僧，募缘于

---

① 夥——通“伙”。
② 望乡台——传说中可以望见阳世的阴间之地。
③ 东海——郡名，今山东郯城县。
④ 哆(chǐ)口坌(bèn)息——张口喘粗气。
⑤ 常州——府名，今江苏常州市。
⑥ 拱璧——泛指珍宝。
⑦ 蹇涩——不连贯。
⑧ 眇——一目失明。

市,辄知人闺闼,于是相惊以神,且云,能生死祸福人。几十百千,执名以索,无敢违者。诣李募百缗[①]。李难之。给十金,不受;渐至三十金。僧厉色曰:“必百缗,缺一文不可!”李亦怒,收金遽去。僧忿然而起曰:“勿悔,勿悔!”无何,珠儿心暴痛,巴刮[②]床席,色如土灰。李惧,将八十金诣僧乞救。僧笑曰:“多金大不易!然山僧何能为?”李归而儿已死。李恸甚,以状诉邑宰。宰拘僧讯鞫,亦辨给无情词[③]。笞之,似击鞔革[④]。令搜其身,得木人二、小棺一、小旗帜五。宰怒,以手叠诀举示之。僧乃惧,自投无数[⑤]。宰不听,杖杀之。李叩谢而归。

时已曛暮[⑥],与妻坐床上。忽一小儿,偃儴入室,曰:“阿翁行何疾?极力不能得追。”视其体貌,当得七八岁。李惊,方将诘问,则见其若隐若现,恍惚如烟雾,宛转间,已登榻坐。李推下之,堕地无声。曰:“阿翁何乃尔!”瞥然复登。李惧,与妻俱奔。儿呼阿父、阿母,呕哑不休。李入妾室,急阖[⑦]其扉;还顾,儿已在膝下。李骇,问何为。答曰:“我苏州[⑧]人,姓詹氏。六岁失怙恃[⑨],不为兄嫂所容,逐居外祖家。偶戏门外,为妖僧迷杀桑树下,驱使如伥鬼[⑩],冤闭穷泉[⑪],不得脱化。幸赖阿翁昭雪,愿得为子。”李曰:“人鬼殊途,何能相依?”儿曰:“但除斗室[⑫],为儿设床褥,日浇一杯冷浆粥,余都无事。”李从之。儿喜,遂独卧室中。晨来出入闺阁,如家生。闻妾哭子声,问:“珠儿死几日矣?”答以七日。曰:“天严寒,尸当不腐。试发冢启视,如未损坏,儿当得活。”李喜,与儿去,开穴验之,躯

---

① 缗(mín)——穿钱用的绳子,一千文为一缗。
② 巴刮——抓挠。
③ 辨给(jǐ)无情词——多方巧辩而不讲实话。
④ 鞔(mán)革——蒙鼓的皮革。
⑤ 自投无数——叩头无数。
⑥ 曛(xūn)暮——黄昏。
⑦ 阖——关门。
⑧ 苏州——府名,今江苏苏州市。
⑨ 怙恃——指父母。
⑩ 伥鬼——传说中的一种鬼,据说它被虎咬死,又助虎吃人。
⑪ 穷泉——指墓中。
⑫ 斗室——小室。

壳如故。方此忉怛①,回视,失儿所在。异之,舁尸归。方置榻上,目已瞥动;少顷呼汤,汤已而汗,汗已遂起。

群喜珠儿复生,又加之慧黠便利,迥异曩昔。但夜间僵卧,毫无气息,共转侧之,冥然若死。众大愕,谓其复死;天将明,始若梦醒。群就问之。答云:"昔从妖僧时,有儿等二人,其一名哥子。昨追阿父不及,盖在后与哥子作别耳。今在冥间,与姜员外作义嗣②,亦甚优游。夜分,固来邀儿戏。适以白鼻騧③送儿归。"母因问:"在阴司见珠儿否?"曰:"珠儿已转生矣。渠与阿翁无父子缘,不过金陵④严子方,来讨百十千债负耳。"初,李贩于金陵,欠严货价未偿,而严翁死,此事无知者。李闻之,大骇。母问:"儿见惠姊否?"儿曰:"不知。再去当访之。"

又二三日,谓母曰:"惠姊在冥中大好,嫁得楚江王小郎子,珠翠满头髻;一出门,便十百作呵殿声。"母曰:"何不一归宁?"曰:"人既死,都与骨肉无关切。倘有人细述前生,方豁然动念耳。昨托姜员外,夤缘⑤见姊,姊姊呼我坐珊瑚床上,与言父母悬念,渠都如眠睡。儿云:'姊在时,喜绣并蒂花,剪刀刺手爪,血涴⑥绫子上,姊就刺作赤水云。今母犹挂床头壁,顾念不去心,姊忘之乎?'姊始凄感,云:'会须白郎君,归省阿母。'"母问其期,答言不知。

一日谓母:"姊行且至,仆从大繁,当多备浆酒。"少间,奔入室曰:"姊来矣!"移榻中堂,曰:"姊姊且憩坐,少悲啼。"诸人悉无所见。儿率人焚纸酹饮于门外,返曰:"驺从⑦暂令去矣。姊言:'昔日所覆绿锦被,曾为烛花烧一点如豆大,尚在否?'"母曰:"在。"即启笥出之。儿曰:"姊命我陈旧闺中。乏疲,且小卧,翌日再与阿母言。"

东邻赵氏女,故与惠为绣阁交。是夜,忽梦惠幞头紫帔来相望,言笑

---

① 忉怛(dāo dá)——悲痛。
② 义嗣——义子。
③ 白鼻騧(guā)——白鼻黑嘴的黄马。
④ 金陵——今江苏南京市。
⑤ 夤缘——攀附关系。
⑥ 涴(wò)——污染。
⑦ 驺从(zōu zòng)——古时达官贵人出行时的卫队。

如平生。且言:“我今异物,父母觌面,不啻①河山。将借妹子与家人共话,勿须惊恐。”质明②,方与母言,忽仆地闷绝,逾刻始醒,向母曰:“小惠与阿婶别几年矣,顿鬖鬖③白发生!”母骇曰:“儿病狂耶?”女拜别即出。母知其异,从之。直达李所,抱母哀啼。母惊不知所谓。女曰:“儿昨归,颇委顿,未遑一言。儿不孝,中途弃高堂,劳父母哀念,罪何可赎!”母顿悟,乃哭。已而问曰:“闻儿今贵,甚慰母心。但汝栖身王家,何遂能来?”女曰:“郎君与儿极燕好,姑舅亦相抚爱,颇不谓妒丑。”惠生时,好以手支颐;女言次,辄作故态,神情宛似。未几,珠儿奔入曰:“接姊者至矣。”女乃起,拜别泣下,曰:“儿去矣。”言讫,复踣,移时乃苏。

后数月,李病剧,医药罔效。儿曰:“旦夕恐不救也!二鬼坐床头,一执铁杖子,一挽苎麻绳,长四五尺许,儿昼夜哀之不去。”母哭,乃备衣衾。既暮,儿趋入曰:“杂人妇,且避去,姊夫来视阿翁。”俄顷,鼓掌而知。母问之,曰:“我笑二鬼,闻姊夫来,俱匿床下如龟鳖。”又少时,望空道寒暄,问姊起居。既而拍手曰:“二鬼奴哀之不去,至此大快!”乃出至门外,却回,曰:“姊夫去矣。二鬼被锁马鞅④上。阿父当即无恙。姊夫言:‘归白大王,为父母乞百年寿也。’”一家俱喜。至夜,病良已,数日寻瘥。

延师教儿读。儿甚慧,十八入邑庠,犹能言冥间事。见里中病中者,辄指鬼祟所在,以火爇之,往往得瘳。后暴病,体肤青紫,自言鬼神责我绽露⑤,由是不复言。

---

① 不啻(chì)——不止。

② 质明——天刚亮。

③ 鬖鬖(sān sān)——毛发下垂状。

④ 马鞅——套在马脖子上的皮带。

⑤ 绽露——泄露。

小官人

太史①某公,忘其姓氏。昼卧斋中,忽有小卤簿②,出自堂陬③。马大如蛙,人细如指。小仪仗以数十队;一官冠皂纱,着绣襆,乘肩舆④,纷纷出门而去。公心异之,窃疑睡眠之讹。顿见一小人,返入舍,携一毡包,大如拳,竟造床下。自言:"家主人有不腆之仪⑤,敬献太史。"言已,对立,即又不陈其物。少间,又自笑曰:"医药费戋戋⑥微物,想太史亦无所用,不如即赐小人。"太史颔之⑦。欣然携之而去。后不复见。惜太史中馁⑧,不曾诘所自来。

胡四姐

尚生,太山⑨人。独居清斋。会值秋夜,银河高耿,明月在天,徘徊花阴,颇存遐想。忽一女子逾垣来,笑曰:"秀才何思之深?"生就视,容华若仙。惊喜拥入,穷极狎昵。自言:"胡氏,名三姐。"问其居第,但笑不言。生亦不复置问,惟相期永好而已。自此,临无虚夕。

一夜,与生促膝灯幕,生爱之,瞩盼不转。女笑曰:"眈眈视妾何为?"曰:"我视卿如红药碧桃⑩,即竟夜视,不为厌也。"三姐曰:"妾陋质,遂蒙

① 太史——官名,后亦称翰林为太史。
② 卤簿——旧时官员的仪仗。
③ 陬(zōu)——角落。
④ 肩舆——轿子。
⑤ 不腆(tiǎn)之仪——薄礼。
⑥ 戋戋(jiān jiān)——微少状。
⑦ 颔(hàn)之——点头同意。
⑧ 中馁——内心害怕。
⑨ 太山——郡名,今山东泰安市。
⑩ 红药碧桃——红药,芍药花;碧桃,碧桃花,此喻女子美艳。

青盼①如此;若见吾家四妹,不知如何颠倒。"生益倾动,恨不一见颜色,长跽②哀请。逾夕,果偕四姐来。年方及笄,荷粉露垂,杏花烟润,嫣然含笑,媚丽欲绝。生狂喜,引坐。三姐与生同笑语,四姐惟手引绣带,俯首而已。未几,三姐起别,妹欲从行。生曳之不释,顾三姐曰:"卿卿③烦一致声。"三姐乃笑曰:"狂郎情急矣!妹子一为少留。"四姐无语,姊遂去。二人备尽欢好,既而引臂替枕,倾吐生平,无复隐讳。四姐自言为狐。生依恋其美,亦不之怪。四姐因言:"阿姊狠毒,业杀三人矣。惑之,罔不毙者。妾幸承溺爱,不忍见灭亡,当早绝之。"生惧,求所以处。四姐曰:"妾虽狐,得仙人正法,当书一符粘寝门,可以却之。"遂书之。既晓,三姐来,见符却退,曰:"婢子负心,倾意新郎,不忆引线人矣。汝两人合有夙分④,余亦不相仇,但何必尔?"乃径去。

数日,四姐他适,约以隔夜。是日,生偶出门眺望,山下故有槲林⑤,苍莽中,出一少妇,亦颇风韵。近谓生曰:"秀才何必日沾沾恋胡家姊妹?渠又不能以一钱相赠。"即以一贯授生,曰:"先持归,贳⑥良酝;我即携小肴馔来,与君为欢。"生怀钱归,果如所教。少间,妇果至,置几上燔鸡⑦、咸彘肩⑧各一,即抽刀子缕切为脔⑨;酾⑩酒调谑,欢洽异常。继而灭烛登床,狎情荡甚。既曙始起。方坐床头,捉足易舄,忽闻人声;倾听,已入帏幕,则胡姊妹也。妇乍睹,仓惶而遁,遗舄于床。二女遂叱曰:"骚狐!何敢与人同寝处!"追去,移时始返。四姐怨生曰:"君不长进,与骚狐相匹偶,不可复近!"遂悻悻欲去。生惶恐自投,情词哀恳。三姊从旁解免,四姐怒稍释,由此相好如初。

---

① 青盼——垂青。
② 跽(jì)——跪。
③ 卿卿——男女间爱称。
④ 夙分——生前注定的缘分。
⑤ 槲(hú)林——槲树林。
⑥ 贳(shì)——买。
⑦ 燔鸡——烧鸡。
⑧ 咸彘肩——咸猪肘。
⑨ 脔(luán)——小块。
⑩ 酾(shī)——斟酒。

一日,有陕人骑驴造门曰:“吾寻妖物,匪伊朝夕,乃今始得之。”生父以其言异,讯所由来。曰:“小人日泛烟波,游四方,终岁十余月,常八九离桑梓①,被妖物蛊杀吾弟。归甚悼恨,誓必寻而殄②灭之。奔波数千里,殊无迹兆。今在君家。不剪,当有继吾弟而亡者。”时生与女密迩,父母微察之,闻客言,大惧,延入,令作法。出二瓶,列地上,符咒良久。有黑雾四团,分投瓶中。客喜曰:“全家都到矣。”遂以猪脬③裹瓶口,缄封甚固。生父亦喜,坚留客饭。生心恻然,近瓶窃视,闻四姐在瓶中言曰:“坐视不救,君何负心?”生益感动,急启所封,而结不可解。四姐又曰:“勿须尔,但放倒坛上旗,以针刺脬作空,予即出矣。”生如其请。果见白气一丝,自孔中出,凌霄而去。客出,见旗横地,大惊曰:“遁矣!”此必公子所为。”摇瓶俯听,曰:“幸止亡其一。此物合不死,犹可赦。”乃携瓶别去。

后生在野,督佣刈麦,遥见四姐坐树下。生近就之,执手慰问。且曰:“别后十易春秋,今大丹④已成。但思君之念未忘,故复一拜问。”生欲与偕归,女曰:“妾今非昔比,不可以尘情染,后当复见耳。”言已,不知所在。又二十年余,生适独居,见四姐自外至。生喜与语。女曰:“我今名列仙籍,本不应再履尘世。但感君情,敬报撤瑟之期⑤。可早处分后事,亦勿悲忧,妾当度君为鬼仙,亦无苦也。”乃别而去。至日,生果卒。尚生乃友人李文玉之戚好,尝亲见之。

祝翁

济阳⑥祝村有祝翁者,年五十余,病卒。家人入室理缞绖,忽闻翁呼甚急。群奔集灵寝,则见翁已复活。群喜慰问。翁但谓媪曰:“我适去,

---

① 桑梓——代指家乡。
② 殄(tiǎn)——灭绝。
③ 猪脬(pāo)——猪膀胱。
④ 大丹——道教修炼成仙的法术之一。
⑤ 撤瑟之期——死期。
⑥ 济阳——县名,今属山东。

拚不复返。行数里，转思抛汝一副老皮骨在儿辈手，寒热仰人，亦无复生趣，不如从我去。故复归，欲偕尔同行也。”咸以其新苏妄语，殊未深信。翁又言之。媪云：“如此亦复佳。但方生，如何便得死？”翁挥之曰：“是不难。家中俗务，可速作料理。”媪笑不去。翁又促之。乃出户外，延数刻而入，绐①之曰：“处置安妥矣。”翁命速妆。媪不去，翁催益急。媪不忍拂其意，遂裙妆以出。媳女皆匿笑。翁移首于枕，手拍令卧。媪曰：“子女皆在，双双挺卧，是何景像？”翁捶床曰：“并死有何可笑！”子女见翁躁急，共劝媪姑从其意。媪如言，并枕僵卧。家人又共笑之。俄视，媪笑容忽敛，又渐而两眸俱合，久之无声，俨如睡去。众始近视，则肤已冰而鼻无息矣，试翁亦然，始共惊怛②。康熙二十一年③，翁弟妇佣于毕刺史④之家，言之甚悉。

异史氏曰：“翁其夙有畸行⑤与？泉路茫茫⑥，去来由尔，奇矣！且白头者欲其去，则呼令去，抑何其暇也！人当属纩⑦之时，所最不忍诀者，床头之昵人⑧耳。苟广其术，则卖履分香⑨，可以不事矣。”

---

① 绐——欺骗。

② 怛(dá)——悲痛。

③ 康熙二十一年——即1682年。

④ 毕刺史——即毕际有，淄川（今山东淄博市）人，曾官至知州（清代称知州为刺史）。

⑤ 畸行——与常人不同的美德。

⑥ 泉路茫茫——阴世之路漫漫。

⑦ 纩（kuàng）——新丝棉，古人验明人是否断气时，将新丝棉放在病人鼻端，称“属纩”。

⑧ 昵人——此指妻子。

⑨ 卖履分香——指人临终时念念不忘妻妾。

猪 婆 龙

猪婆龙[1]，产于西江[2]。形似龙而短，能横飞；常出，沿江岸扑食鹅鸭。或猎得之，则货其肉于陈、柯。此二姓皆友谅[3]之裔，世食婆龙肉，他族不敢食也。一客自江右[4]来，得一头，絷舟中。一日，泊舟钱塘，缚稍懈，忽跃入江。俄顷，波涛大作，估舟[5]倾沉。

某 公

陕右[6]某公，辛丑[7]进士，能记前身。尝言前生为士人[8]，中年而死，死后见冥王判事，鼎铛油镬[9]，一如世传。殿东隅，设数架，上搭猪羊犬马诸皮。簿吏呼名，或罚作马，或罚作猪；皆裸之，于架上取皮被之。俄至公，闻冥王曰："是宜作羊。"鬼取一白羊皮来，捺覆公体。吏白："是曾拯一人死。"王检籍覆视，示曰："免之。恶虽多，此善可赎。"鬼又褫[10]其毛革。革已粘体，不可复动。两鬼捉臂按胸，力脱之，痛苦不可名状；皮片片断裂，不得尽净。既脱，近肩处犹粘羊皮大如掌。公既生，背上有羊毛丛生，剪去复出。

---

① 猪婆龙——即"扬子鳄"。
② 西江——长江下游以西地区。
③ 友谅——即陈友谅，元末人，反元暴动领袖之一，后陆续被徐寿辉、朱元璋消灭。
④ 江右——长江下游以西地区。
⑤ 估舟——商船。
⑥ 陕右——陕原（今河南陕县西南）以西地区。
⑦ 辛丑——清顺治十八年（1661 年）。
⑧ 士人——读书人。
⑨ 鼎铛（dāng）油镬（huò）——古代酷刑之一。
⑩ 褫（chǐ）——剥除。

快 刀

明末，济属①多盗。邑各置兵，捕得辄杀之。章丘盗尤多。有一兵佩刀甚利，杀辄导窾②。一日，捕盗十余名，押赴市曹。内一盗识兵，逡巡告曰："闻君刀最快，斩首无二割。求杀我！"兵曰："诺，其谨依我，无离也。"盗从之刑处，出刀挥之，豁然头落。数步之外，犹圆转而大赞曰："好快刀！"

侠 女

顾生，金陵人。博于才艺，而家綦贫。又以母老，不忍离膝下，惟日为人书画，受贽以自给。行年二十有五，伉俪③犹虚。对户旧有空第，一老妪及少女税居其中。以其家无男子，故未问其谁何。一日，偶自外入，见女郎自母房中出，年约十八九，秀曼都雅，世罕其匹，见生甚避，而意凛如也。生入问母。母曰："是对户女郎，就吾乞刀尺。适言其家亦止一母。此女不似贫家产。问其何为不字，则以母老为辞。明日当往拜其母，便风以意；倘所望不奢，儿可代养其母。"明日造其室，其母一聋媪耳。视其室，并无隔宿粮。问所业，则仰女十指④。徐以同食之谋试之，媪意似纳，而转商其女；女默然，意殊不乐。母乃归。详其状而疑之曰："女子得非嫌吾贫乎？为人不言亦不笑，艳如桃李，而冷如霜雪，奇人也！"母子猜叹而罢。

一日，生坐斋头，有少年来求画。姿容甚美，意颇儇佻⑤，诘所自，以

① 济属——济南府所辖地区。

② 窾（kuǎn）——空处，穴位。

③ 伉俪——配偶，此指妻子。

④ 十指——即双手。

⑤ 儇（xuān）佻——轻薄。

"邻村"对。嗣后三两日辄一至,稍稍稔熟,渐以嘲谑。生狎抱之,亦不甚拒,遂私焉。由此往为昵甚。会女郎过,少年目送之,问为谁,对以"邻女"。少年曰:"艳丽如此,神情何可畏?"少间,生入内。母曰:"适女子来乞米,云不举火者经日矣。此女至孝,贫极可悯,宜少周恤之。"生从母言,负斗粟,款门而达母意。女受之,亦不申谢。日尝至生家,见母作衣履,便代缝纫;出入堂中,操作如妇。生益德之。每获馈饵,必分给其母,女亦略不置齿颊①。母适疽生隐处,宵旦号咷。女时就榻省视,为之洗创敷药,日三四作,母意甚不自安,而女不厌其秽。母曰:"唉!安得新妇如儿,而奉老身以死也!"言讫,悲哽。女慰之曰:"郎子大孝,胜我寡母孤女什百矣。"母曰:"床头蹀躞之役②,岂孝子所能为者?且身已向暮,旦夕犯雾露③,深以祧续为忧耳。"言间,生入,母泣曰:"亏娘子良多,汝无忘报德。"生伏拜之。女曰:"君敬我母,我勿谢也,君何谢焉?"于是益敬爱之,然其举止生硬,毫不可干。

一日,女出门,生目注之。女忽回首,嫣然而笑。生喜出意外,趋而从诸其家。挑之,亦不拒,欣然交欢。已,戒生曰:"事可一而不可再!"生不应而归。明日,又约之。女厉色不顾而去。日频来,时相遇,并不假④以词色。少游戏之,则冷语冰人。忽于空处问生:"日来少年谁也?"生告之。女曰:"彼举止态状,无礼于妾频矣。以君之狎昵,故置之。请更寄语:再复尔,是不欲生也已!"生至夕,以告少年,且曰:"子必慎之,是不可犯!"少年曰:"既不可犯,君何私犯之?"生白其无。曰:"如其无,则猥亵之语,何以达君听哉?"生不能答。少年曰:"亦烦寄告:假惺惺勿作态;不然,我将遍播扬。"生甚怒之,情见于色,少年乃去。一夕,方独坐,女忽至,笑曰:"我与君情缘未断,宁非天数。"生狂喜而抱于怀。欻闻履声籍籍,两人惊起,则少年推扉入矣。生惊问:"子胡为者?"笑曰:"我来观贞洁人耳。"顾女曰:"今日不怪人耶?"女眉竖颊红,默不一语,急翻上衣,露一革囊,应手而出,则尺许晶莹匕首也。少年见之,骇而却走,追出户外,

---

① 略不置齿颊——不说感激话。
② 床头蹀躞(dié xiè)之役——床前侍奉其母的杂活。
③ 犯雾露——此指外感风寒而死。
④ 假——给予。

四顾渺然。女以匕首望空抛掷,戛然有声,灿若长虹,俄一物堕地作响。生急烛之,则一白狐,身首异处矣。大骇。女曰:“此君之娈童[①]也。我固恕之,奈渠定不欲生何!”收刃入囊。生曳令入。曰:“适妖物败意,请来宵。”出门径去。次夕,女果至,遂共绸缪。诘其术,女曰:“此非君所知。宜须慎秘,泄恐不为君福。”又订以嫁娶,曰:“枕席[②]焉,提汲[③]焉,非妇伊何也?业夫妇矣,何必复言嫁娶乎?”生曰:“将勿憎吾贫耶?”曰:“君固贫,妾富耶?今宵之聚,正以怜君贫耳。”临别嘱曰:“苟且之行[④],不可以屡。当来,我自来;不当来,相强无益。”后相值,每欲引与私语,女辄走避,然衣绽炊薪,悉为纪理,不啻妇也。

积数月,其母死,生竭力葬之。女由是独居。生意孤寝可乱,逾垣入,隔窗频呼,迄不应。视其门,则空室扃焉。窃疑女有他约,夜复往,亦如之。遂留佩玉于窗间而去之。越日,相遇于母所。既出,而尾其后曰:“君疑妾耶?人各有心,不可以告人。今欲使君无疑,乌得可?然一事烦急为谋。”问之。曰:“妾体孕已八月矣,恐旦晚临盆。‘妾身未分明’[⑤],能为君生之,不能为君育之。可密告母,觅乳媪,伪为讨螟蛉[⑥]者,勿言妾也。”生诺,以告母。母笑曰:“异哉此女!聘之不可,而顾私于我儿。”喜从其谋,以待之。又月余,女数日不至。母疑之,往探其门,萧萧闭寂。叩良久,女始蓬头垢面自内出。启而入之,则复阖之。入其室,则呱呱者在床上矣。母惊问:“诞几时矣?”答云:“三日。”捉绷席[⑦]而视之,则男也,且丰颐而广额。喜曰:“儿已为老身育孙子,伶仃一身,将焉所托?”女曰:“区区隐衷,不敢掬示老母。俟夜无人,可即抱儿去。”母归与子言,窃共异之,夜往抱子归。

更数夕,夜将半,女忽款门入,手提革囊,笑曰:“我大事已了,请从此别。”急询其故,曰:“养母之德,刻刻不去诸怀。向云‘可一而不可再’者,

---

① 娈(luán)童——古代被当成女性玩弄的漂亮男孩。

② 枕席——指男女同居。

③ 提汲——喻做家务。

④ 苟且之行——男女私会。

⑤ 妾身未分明——此指两人未正式结为夫妻。

⑥ 螟蛉(míng líng)——养子。

⑦ 绷席——襁褓。

以相报不在床第[①]也。为君贫不能婚,将为君延一线之续。本期一索而得[②],不意信水[③]复来,遂至破戒而再。今君德既酬,妾志亦遂,无憾矣。”问:“囊中何物?”曰:“仇人头耳。”检而窥之,须发交而血模糊。骇绝,复致研诘。曰:“向不与君言者,以机事不密,惧有宣泄。今事已成,不妨相告:妾,浙人。父官司马,陷于仇,彼籍[④]吾家。妾负老母出,隐姓名,埋头项[⑤],已三年矣。所以不即报者,徒以有母在;母去,又一块肉累腹中,因而迟之又久。曩夜出非他,道路门户未稔,恐有讹误耳。”言已,出门。又嘱曰:“所生儿,善视之。君福薄无寿,此儿可光门闾。夜深不得惊老母,我去矣!”方凄然欲询所之,女一闪如电,瞥尔间遂不复见。生叹惋木立,若丧魂魄,明以告母,相为叹异而已。后三年,生果卒。子十八举进士,犹奉祖母以终老云。

异史氏曰:“人必室有侠女,而后可以畜娈童也。不然,尔爱其艾豭,彼爱尔娄猪矣[⑥]!”

酒　友

车生者,家不中资,而耽饮,夜非浮[⑦]三白[⑧]不能寝也,以故床头樽[⑨]常不空。一夜睡醒,转侧间,似有人共卧者,意是覆裳堕耳。摸之,则茸茸有物,似猫而巨;烛之,狐也,酣醉而犬卧。视其瓶,则空矣。因笑曰:“此我酒友也。”不忍惊,覆衣加臂,与之共寝。留烛以观其变。半夜,狐欠伸。生笑曰:“美哉睡乎!”启覆视之,儒冠之俊人也。起拜榻前,谢不杀

---

① 床第(zǐ)——指男女同居。
② 一索而得——初次性交而怀孕。
③ 信水——月经。
④ 籍——抄没。
⑤ 埋头项——隐姓埋名。
⑥ 尔爱其艾豭,彼爱尔娄猪矣——你爱他这个公猪,他就爱你的那个母猪。
⑦ 浮——原是一种罚酒令,此指满饮。
⑧ 白——一种酒杯,供罚酒用。
⑨ 樽——通“尊”,酒杯。

之恩。生曰:“我癖于曲蘖①,而人以为痴;卿,我鲍叔②也。如不见疑,当为糟丘③之良友。”曳登榻,复寝。且言:“卿可常临,无相猜。”狐诺之。生既醒,则狐已去,乃治旨酒一盛④,专伺狐。

抵夕,果至,促膝欢饮。狐量豪,善谐,于是恨相得晚。狐曰:“屡叨良酝,何以报德?”生曰:“斗酒之欢,何置齿颊!”狐曰:“虽然,君贫士,杖头钱大不易。当为君少谋酒资。”明夕,来告曰:“去此东南七里,道侧有遗金,可早取之。”诘旦而往,果得二金,乃市佳肴,以佐夜饮。狐又告曰:“院后有窖藏,宜发之。”如其言,果得钱百余千。喜曰:“囊中已自有,莫漫愁沽⑤矣。”狐曰:“不然,辙中水胡可以久掬?合更谋之。”异日,谓生曰:“市上荞价廉,此奇货可居。”从之,收荞四十余石。人咸非笑之。未几,大旱,禾豆尽枯,惟荞可种;售种,息十倍。由此益富,治沃田二百亩。但问狐,多种麦则麦收,多种黍则黍收,一切种植之早晚,皆取决于狐。日稔⑥密,呼生妻以嫂,视子犹子焉。后生卒,狐遂不复来。

莲 香

桑生,名晓,字子明,沂州⑦人。少孤,馆于红花埠。桑为人静穆自喜,日再出⑧,就食东邻,余时坚坐而已。东邻生偶至,戏曰:“君独居不畏鬼狐耶?”笑答曰:“丈夫何畏鬼狐?雄来吾有利剑,雌者尚当开门纳之。”邻生归,与友谋,梯妓于垣而过之,弹指叩扉。生窥问其谁,妓自言为鬼。生大惧,齿震震有声。妓逡巡自去。邻生早至生斋,生述所见,且告将归。邻生鼓掌曰:“何不开门纳之?”生顿悟其假,遂安居如初。

---

① 癖于曲蘖(niè)——嗜酒成癖。
② 鲍叔——春秋时齐国人,与管仲是知己。
③ 糟丘——此代指酒。
④ 一盛(chéng)——一杯。
⑤ 莫漫愁沽——不要为酒发愁。
⑥ 稔(rěn)——熟悉。
⑦ 沂州——州名,治所在今山东临沂县。
⑧ 日再出——每日出去两次。

积半年，一女子夜来叩斋。生意友人之复戏也，启门延入，则倾国之姝。惊问所来，曰："妾莲香，西家妓女。"埠上青楼①故多，信之。息烛登床，绸缪甚至。自此三五宿辄一至。

一夕，独坐凝思，一女子翩然入。生意其莲，承逆与语。觌面殊非：年仅十五六，亸袖垂髫②，风流秀曼，行步之间，若还若往。大愕，疑为狐。女曰："妾，良家女，姓李氏。慕君高雅，幸能垂盼。"生喜。握其手，冷如冰，问："何凉也？"曰："幼质单寒，夜蒙霜露，那得不尔！"既而罗襦衿解，俨然处子。女曰："妾为情缘，葳蕤之质③，一朝失守，不嫌鄙陋，愿常侍枕席。房中得无有人否？"生曰；"无他，止一邻娼，顾亦不常。"女曰："当谨避之。妾不与院中人④等，君秘勿泄。彼来我往，彼往我来可耳。"鸡鸣欲去，赠绣履一钩⑤，曰："此妾下体所著，弄之足寄思慕。然有人慎勿弄也！"受而视之，翘翘如解结锥。心甚爱悦。越夕无人，便出审玩。女飘然忽至，遂相款昵。自此每出履，则女必应念而至。异而诘之，笑曰："适当其时耳。"

一夜莲来，惊曰："郎何神气萧索？"生言："不自觉。"莲便告别，相约十日。去后，李来恒无虚夕。问："君情人何久不至？"因以相约告。李笑曰："君视妾何如莲香美？"曰："可称两绝。但莲卿肌肤温和。"李变色曰："君谓双美，对妾云尔。渠必月殿仙人⑥，妾定不及。"因而不欢。乃屈指计，十日之期已满，嘱勿漏，将窃窥之。

次夜，莲香果至，笑语甚洽。及寝，大骇曰："殆矣！十日不见，何益惫损？保无有他遇否？"生询其故。曰："妾以神气验之，脉析析如乱丝，鬼症也。"次夜，李来，生问："窥莲香何似？"曰："美矣。妾固谓世间无此佳人，果狐也。去，吾尾之，南山而穴居。"生疑其妒，漫应之。

逾夕，戏莲香曰："余固不信，或谓卿狐者。"莲亟问："是谁所云？"笑

---

① 青楼——妓院。

② 亸(duǒ)袖垂髫(tiáo)——双肩削瘦，头发下垂，此指未成年少女。

③ 葳蕤(wēi ruí)之质——葳蕤，草名，也称"丽草"、"女草"、"娃草"；此指少女的娇嫩柔弱。

④ 院中人——指妓女。

⑤ 一钩——一只。

⑥ 月殿仙人——即嫦娥，喻此女美丽。

曰:“我自戏卿。”莲曰:“狐何异于人?”曰:“惑之者病,甚则死,是以可惧。”莲香曰:“不然。如君之年,房后三日,精气可复,纵狐何害?设旦旦而伐之①,人有甚于狐者矣。天下痨尸瘵鬼②,宁皆狐蛊死耶?虽然,必有议我者。”生力白其无,莲诘益力。生不得已,泄之。莲曰;“我固怪君惫也。然何遽至此?得勿非人乎?君勿言,明宵,当如渠窥妾者。”是夜,李至,才三数语,闻窗外嗽声,急亡去。莲入曰:“君殆矣!是真鬼物!昵其美而不速绝,冥路近矣!”生意其妒,默不语。莲曰:“固知君不忘情,然不忍视君死。明日,当携药饵,为君以除阴毒。幸病蒂犹浅,十日恙当已。请同榻以视痊可。”次夜,果出刀圭药③啖生。顷刻,洞下三两行④,觉脏腑清虚,精神顿爽,心虽德之,然终不信为鬼。

莲香夜夜同衾偎生;生欲与合,辄止之。数日后,肤革充盈。欲别,殷殷嘱绝李。生谬应之。及闭户挑灯,辄捉履倾想。李忽至。数日隔绝,颇有怨色。生曰:“彼连宵为我作巫医,请勿为怼⑤,情好在我。”李稍怿⑥。生枕上私语曰:“我爱卿甚,乃有谓卿鬼者。”李结舌良久,骂曰:“必淫狐之惑君听也!若不绝之,妾不来矣!”遂呜呜饮泣。生百词慰解,乃罢。隔宿,莲香至,知李复来,怒曰:“君必欲死耶!”生笑曰:“卿何相妒之深?”莲益怒曰:“君种死根,妾为若除之,不妒者将复何如?”生托词以戏曰:“彼云前日之病,为狐祟耳。”莲乃叹曰:“诚如君言,君迷不悟,万一不虞⑦,妾百口何以自解?请从此辞。百日后,当视君于卧榻中。”留之不可,怫然⑧径去。由是与李夙夜必偕。约两月余,觉大困顿。初犹自宽解;日渐羸瘠,惟饮饘粥⑨一瓯,欲归就奉养,尚恋恋不忍遽去,因循数日,沉绵不可复起。邻生见其病惫,日遣馆僮馈给食饮。生至是疑李,因谓李

---

① 旦旦而伐之——天天砍伐树木,此指天天放纵淫欲。

② 痨尸瘵(zhài)鬼——指患肺病而死的人。

③ 刀圭药——一小匙药。

④ 洞下三两行——泻了两三次。

⑤ 怼(duì)——怨恨。

⑥ 怿(yì)——喜欢,高兴。

⑦ 不虞——想不到。

⑧ 怫(fú)然——气恼状。

⑨ 饘(zhān)粥——稀粥。

曰:“吾悔不听莲香之言,以至于此!”言讫而瞑。移时复苏,张目四顾,则李已去,自是遂绝。

生羸卧空斋,思莲香如望岁。一日,方凝想间,忽有搴帘入者,则莲香也。临榻哂①曰:“田舍郎②,我岂妄哉!”生哽咽良久,自言知罪,但求拯救。莲曰:“病入膏肓,实无救法。姑来永诀,以明非妒。”生大悲曰:“枕底一物,烦代碎之。”莲搜得履,持就灯前,反复展玩。李女欻入,猝见莲香,返身欲遁。莲以身蔽门,李窘急不知所出。生责数之,李不能答。莲笑曰:“妾今始得与阿姊面相质。昔谓郎君旧疾,未必非妾致,今竟何如?”李俯首谢过。莲曰:“佳丽如此,乃以爱结仇耶?”李即投地陨泣③,乞垂怜救。莲遂扶起,细诘生平。曰:“妾,李通判④女,早夭,瘗于墙外。已死春蚕,遗丝未尽。与郎偕好,妾之愿也;致郎于死,良非素心。”莲曰:“闻鬼利人死,以死后可常聚,然否?”曰:“不然。两鬼相逢,并无乐处;如乐也,泉下少年郎岂少哉!”莲曰:“痴哉!夜夜为之,人且不堪,而况于鬼!”李问:“狐能死人,何术独否?”莲曰:“是采补者流,妾非其类。故世有不害人之狐,断无不害人之鬼,以阴气盛也。”生闻其语,始知狐鬼皆真。幸习常见惯,颇不为骇,但念残息如丝,不觉失声大痛。莲顾问:“何以处郎君者?”李赧然逊谢。莲笑曰:“恐郎强健,醋娘子要食杨梅也。”李敛衽⑤曰:“如有医国手,使妾得无负郎君,便当埋首地下,敢复靦然于人世耶!”莲解囊出药,曰:“妾早知有今,别后采药三山⑥,凡三阅⑦月,物料始备,瘵蛊⑧至死,投之无不苏者。然症何由得,仍以何引,不得不转求效力。”问:“何需?”曰:“樱口中一点香唾耳。我一丸进,烦接口而唾之。”李晕生颐颊,俯首转侧而视其履。莲戏曰:“妹所得意惟履耳!”李益惭,俯仰若无所容。莲曰:“此平时熟技,今何吝焉?”遂以丸纳生吻,转促逼之。

---

① 哂(shěn)——微笑。
② 田舍郎——农家子,乡巴佬。
③ 陨泣——落泪。
④ 通判——官名,明清时职掌粮运、督捕、农田水利等事务。
⑤ 衽(rèn)——衣襟。
⑥ 三山——神话中的三神山:方丈、蓬莱、瀛洲。
⑦ 阅——经历。
⑧ 瘵蛊(zhài gǔ)——即“色痨”,指纵欲过度而患不治之症。

李不得已，唾之。莲曰："再！"又唾之。凡三四唾，丸已下咽。少间，腹殷然如雷鸣。复纳一丸，自乃接唇而布以气。生觉丹田①火热，精神焕发。莲曰；"愈矣！"李听鸡鸣，彷徨别去。莲以新瘥，尚须调摄②，就食非计；因将户外反关，伪示生归，以绝交往，日夜守护之。李亦每夕必至，给奉殷勤，事莲犹姊。莲亦深怜爱之。居三月，生健如初。李遂数夕不至；偶至，一望即去。相对时，亦悒悒不乐。莲常留与共寝，必不肯。生追出，提抱以归，身轻若刍灵③。女不得遁，遂着衣偃卧，踡其体不盈二尺。莲益怜之，阴使生狎抱之，而撼摇亦不得醒。生睡去；觉而索之，已杳。后十余日，更不复至。生怀思殊切，恒出履共弄。莲曰："窈娜如此，妾见犹怜，何况男子。"生曰："昔日弄履则至，心固疑之，然终不料其鬼。今对履思容，实所怆恻④。"因而泣下。

先是，富室张姓有女字燕儿，年十五，不汗而死。终夜复苏，起顾欲奔。张扃户，不得出。女自言："我通判女魂，感桑郎眷注⑤，遗舄犹存彼处。我真鬼耳，锢我何益？"以其言有因，诘其至此之由。女低徊反顾，茫不自解。或有言桑生病归者，女执辨其诬。家人大疑。东邻生闻之，逾垣往窥，见生方与美人对语；掩入逼之，张皇间已失所在。邻生骇诘。生笑曰："向固与君言，雌者则纳之耳。"邻生述燕儿之言。生乃启关，将往侦探，苦无由。张母闻生果未归，益奇之。故使佣媪索履，生遂出以授。燕儿得之喜。试着之，鞋小于足者盈寸，大骇。揽镜自照，忽恍然悟己之借躯以生也者，因陈所由。母始信之。女镜面大哭曰："当日形貌，颇堪自信，每见莲姊，犹增惭怍。今反若此，人也不如其鬼也！"把履号咷，劝之不解。蒙衾僵卧。食之，亦不食，体肤尽肿；凡七日不食，卒不死，而肿渐消；觉饥不可忍，乃复食。数日，遍体瘙痒，皮尽脱。晨起，睡舄遗堕，索着之，则硕大无朋矣。因试前履，肥瘦吻合，乃喜。复自镜，则眉目颐颊，宛

---

① 丹田——人身脐下三寸处。

② 调摄——调理保养。

③ 刍灵——古时为送葬而扎的稻草人。

④ 怆恻——伤心。

⑤ 眷注——眷恋垂爱。

肖生平，益喜。盥栉见母，见者尽眙①。莲香闻其异，劝生媒通之；而以贫富悬邈，不敢遽进。会媪初度②，因从其子婿行，往为寿。媪睹生名，故使燕儿窥帘志客③。生最后至，女骤出，捉袂，欲从与俱归。母诃谯④之，始惭而入。生审视宛然，不觉零涕，因拜伏不起。媪扶之，不以为侮。生出，浼女舅执柯⑤。媪议择吉赘⑥生。

生归告莲香，且商所处。莲怅然良久，便欲别去。生大骇泣下。莲曰："君行花烛于人家，妾从而往，亦何形颜？"生谋先与旋里⑦，而后迎燕，莲乃从之。生以情白张。张闻其有室，怒加诮让。燕儿力白之，乃如所请。至日，生往亲迎。家中备具，颇甚草草；及归，则自门达堂，悉以罽⑧毯贴地，百千笼烛，灿列如锦。莲香扶新妇入青庐⑨，搭面既揭，欢若生平。莲陪卺饮，因细诘还魂之异。燕曰："尔日抑郁无聊，徒以身为异物，自觉形秽。别后愤不归墓，随风漾泊。每见生人则羡之，昼凭草木，夜则信足浮沉。偶至张家，见少女卧床上，近附之，未知遂能活也。"莲闻之，默默若有所思。逾两月，莲举一子。产后暴病，日就沉绵。捉燕臂曰："敢以孽种相累，我儿即若儿。"燕泣下，姑慰藉之。为召巫医，辄却之。沉痼弥留，气如悬丝。生及燕儿皆哭。忽张目曰："勿尔！子乐生，我乐死。如有缘，十年后可复得见。"言讫而卒。启衾将敛，尸化为狐。生不忍异视，厚葬之。子名狐儿，燕抚如己出。每清明，必抱儿哭诸其墓。

后生举于乡，家渐裕。而燕苦不育。狐儿颇慧，然单弱多疾。燕每欲生置媵。一日，婢忽白："门外一妪，携女求售。"燕呼入，卒见，大惊曰："莲姊复出耶！"生视之，真似，亦骇。问："年几何？"答云："十四。""聘金几何？"曰："老身止此一块肉，但俾得所，妾亦得啖饭处，后日老骨不至委

---

① 眙(chì)——惊视。

② 初度——生日。

③ 志客——辨识客人。

④ 诃谯——呵斥。

⑤ 浼(měi)女舅执柯——请女方的舅父做媒人。

⑥ 赘——男方就女家成婚，即民间的"倒插门"。

⑦ 旋里——回家乡。

⑧ 罽(jì)——一种珍贵的毛织品。

⑨ 青庐——古时北方举行婚礼的场所。

沟壑，足矣。"生优价而留之。燕握女手，入密室，撮其颔而笑曰："汝识我否？"答言："不识。"诘其姓氏，曰："妾韦姓。父徐城卖浆者，死三年矣。"燕屈指停思，莲死恰十有四载。又审视女，仪容态度，无一不神肖者。乃拍其顶而呼曰："莲姊，莲姊！十年相见之约，当不欺吾！"女忽如梦醒，豁然曰："咦！"熟视燕儿。生笑曰："此'似曾相识燕归来'也。女泫然[①]曰："是矣。闻母言，妾生时便能言，以为不祥，犬血饮之，遂昧宿因[②]。今日始如梦寤。娘子其耻于为鬼之李妹耶？"共话前生，悲喜交至。

一日，寒食，燕曰："此每岁妾与郎君哭姊日也。"遂与亲登其墓，荒草离离[③]，木已拱[④]矣。女亦太息。燕谓生曰："妾与莲姊，两世情好，不忍相离，宜令白骨同穴。"生从其言，启李冢得骸，舁归而合葬之。亲朋闻其异，吉服临穴，不期而会者数百人。余庚戌[⑤]南游至沂，阻雨，休于旅舍。有刘生子敬，其中表亲，出同社王子章所撰桑生传，约万余言，得卒读。此其崖略[⑥]耳。

异史氏曰："嗟乎！死者而求其生，生者又求其死，天下所难得者，非人身哉？奈何具此身者，往往而置之，遂至觍然而生不如狐，泯然而死不如鬼。"

阿　宝

粤西[⑦]孙子楚，名士也。生有枝指[⑧]。性迂讷，人诳之，辄信为真。或值座有歌妓，则必遥望却走。或知其然，诱之来，使妓狎逼之，则赪颜[⑨]

① 泫然——流涕状。
② 宿因——佛教用语，前世因缘。
③ 离离——高高状。
④ 拱——两手相握那般粗。
⑤ 庚戌——康熙九年（1670 年）。
⑥ 崖略——梗概，大略。
⑦ 粤西——相当于今天的广西。
⑧ 枝指——骈指。
⑨ 赪（chēng）颜——脸红。

彻颈,汗珠珠下滴。因共为笑。遂貌其呆状,相邮传作丑语,而名之“孙痴”。

邑大贾某翁,与王侯埒①富。姻戚皆贵胄。有女阿宝,绝色也。日择良匹,大家儿争委禽妆②,皆不当翁意。生时失俪③,有戏之者,劝其通媒。生殊不自揣,果从其教。翁素耳其名,而贫之。媒媪将出,适遇宝,问之,以告女戏曰:“渠去其枝指,余当归之。”媪告生。生曰:“不难。”媒去,生以斧自断其指,大痛彻心,血益倾注,滨死。过数日,始能起,往见媒而示之。媪惊,奔告女。女亦奇之,戏请再去其痴。生闻而哗辨,自谓不痴;然无由见而自剖。转念阿宝未必美如天人,何遂高自位置如此?由是曩念顿冷。

会值清明,俗于是日,妇女出游,轻薄少年,亦结队随行,恣其月旦④。有同社数人,强邀生去。或嘲之曰:“莫欲一观可人⑤否?”生亦知其戏己;然以受女揶揄故,亦思一见其人,忻然随众物色之。遥见有女子憩树下,恶少年环如墙堵。众曰:“此必阿宝也。”趋之,果宝也。审谛之,娟丽无双。少顷,人益稠。女起,遽去。众情颠倒,品头题足,纷纷若狂。生独默然。及众他适,回视,生犹痴立故所,呼之不应。群曳之曰:“魂随阿宝去耶?”亦不答。众以其素讷,故不为怪,或推之、或挽之以归。至家,直上床卧,终日不起,冥如醉,唤之不醒。家人疑其失魂,招于旷野,莫能效。强拍问之,则蒙眬应云:“我在阿宝家。”及细诘之,又默不语。家人惶惑莫解。初,生见女去,意不忍舍,觉身已从之行,渐傍其衿带间,人无呵者。遂从女归,坐卧依之,夜辄与狎,甚相得;然觉腹中奇馁,思欲一返家门,而迷不知路。女每梦与人交,问其名,曰:“我孙子楚也。”心异之,而不可以告人。生卧三日,气休休若将澌灭。家人大恐,托人婉告翁,欲一招魂其家。翁笑曰:“平昔不相往还,何由遗魂吾家?”家人固哀之,翁始允。巫执故服、草荐以往。女诘得其故,骇极,不听他往,直导入室,任招呼而去。

---

① 埒(liè)——相等。

② 委禽妆——送订婚聘礼。

③ 失俪——丧妻。

④ 恣其月旦——肆意评论。

⑤ 可人——意中人。

巫归至门，生榻上已呻。既醒，女室之香奁什具，何色何名，历言不爽①。女闻之，益骇，阴感其情之深。

生既离床寝，坐立凝思，忽忽若忘，每伺察阿宝，希幸一再遘之。浴佛节②，闻将降香水月寺，遂早旦往候道左，目眩睛劳。日涉午，女始至，自车中窥见生，以掺手③搴帘，凝睇不转。生益动，尾从之。女忽命青衣来诘姓字。生殷勤自展，魂益摇。车去，始归。归复病，冥然绝食，梦中辄呼宝名。每自恨魂不复灵。家旧养一鹦鹉，忽毙，小儿持弄于床。生自念：倘得身为鹦鹉，振翼可达女室。心方注想，身已翩然鹦鹉，遽飞而去，直达宝所。女喜而扑之，锁其肘，饲以麻子。大呼曰："姐姐勿锁！我孙子楚也！"女大骇，解其缚，亦不去。女祝曰："深情已篆中心。今已人禽异类，姻好何可复圆？"鸟云："得近芳泽，于愿已足。"他人饲之，不食；女自饲之，则食。女坐，则集其膝；卧，则依其床。如是三日。女甚怜之，阴使人瞷④生，生则僵卧，气绝已三日，但心头未冰耳。女又祝曰："君能复为人，当誓死相从。"鸟云："诳我！"女乃自矢。鸟侧目若有所思。少间，女束双弯⑤，解履床下，鹦鹉骤下，衔履飞去。女急呼之，飞已远矣。女使妪往探，则生已寤。家人见鹦鹉衔绣履来，堕地死，方共异之。生既苏，即索履。众莫知故。适妪至，入视生，问履所在。生曰："是阿宝信誓物。借口相覆：小生不忘金诺也。"妪反命。女益奇之，故使婢泄其情于母。母审之确，乃曰："此子才名亦不恶，但有相如⑥之贫。择数年得婿若此，恐将为显者⑦笑。"女以履故，矢不他。翁媪从之。驰报生。生喜，疾顿瘳。翁议赘诸家。女曰："婿不可久处岳家。况郎又贫，久益为人贱。儿既诺之，处蓬茅而甘藜藿⑧，不怨也。"生乃亲迎成礼，相逢如隔世欢。

---

① 不爽——无差错。

② 浴佛节——佛诞节，即佛祖释迦牟尼诞生的日子，以农历四月初八日为佛诞。

③ 掺（shàn）手——纤手。

④ 瞷（jiàn）——看望。

⑤ 束双弯——指缠足。

⑥ 相如——即司马相如，汉代人，有才名；此喻贫穷而有才华。

⑦ 显者——富贵之人。

⑧ 处蓬茅而甘藜藿——蓬茅，草屋；藜藿，野菜；此指心甘情愿受穷。

自是家得奁妆，小阜，颇增物产。而生痴于书，不知理家人生业；女善居积，亦不以他事累生。居三年，家益富。生忽病消渴，卒。女哭之痛，泪眼不晴，至绝眠食。劝之不纳，乘夜自经。婢觉之，急救而醒，终亦不食。三日，集亲党，将以殓生。闻棺中呻以息，启之，已复活。自言："见冥王，以生平朴诚，命作部曹。忽有人白：'孙部曹之妻将至。'王稽鬼录，言：'此未应便死。'又白：'不食三日矣。'王顾谓：'感汝妻节义，姑赐再生。'因使驭卒控马送余还。"由此体渐平。值岁大比①，入闱之前，诸少年玩弄之，共拟隐僻之题七，引生僻处与语，言："此某家关节②，敬秘相授。"生信之，昼夜揣摩，制成七艺③。众隐笑之。时典试者，虑熟题有蹈袭弊，力反常经④。题纸下，七艺皆符。生以是抡魁⑤。明年，举进士，授词林⑥。上闻异，召问之。生具启奏。上大嘉悦，后召见阿宝，赏赉有加焉。

异史氏曰："性痴则其志凝，故书痴者文必工，艺痴者技必良；世之落拓而无成者，皆自谓不痴者也。且如粉花荡产，卢雉倾家⑦，顾痴人事哉！以是知慧黠而过，乃是真痴，彼孙子何痴乎！"

集痴类十："窖镪食贫。对客辄夸儿慧。爱儿不忍教读。讳病恐人知。出资赚人嫖。窃赴饮会赚人赌。倩人作文欺父兄。父子帐目太清。家庭用机械。喜弟子善赌。"

九 山 王

曹州⑧李姓者，邑诸生。家素饶，而居宅故不甚广，舍后有园数亩，荒置之。一日，有叟来税屋，出直百金。李以无屋为辞。叟曰："请受之，但

---

① 大比——明清两代每三年举行一次乡试，称"大比"。
② 关节——考生行贿主考官。
③ 七艺——七篇应试文章。
④ 常经——常规。
⑤ 抡魁——被选为第一。
⑥ 授词林——授官翰林。
⑦ 粉花荡产，卢雉倾家——因嫖妓、赌博而倾家荡产。
⑧ 曹州——州名，治所在今山东菏泽县。

无烦虑。”李不喻其意，姑受之，以觇其异。

越日，村人见舆马眷口入李家，纷纷甚夥，共疑李第无安顿所。问之，李殊不自知；归而察之，并无迹响。过数日，叟忽来谒，且云：“庇宇下已数晨夕。事事都草创，起炉作灶，未暇一修客子[①]礼。今遣小女辈作黍，幸一垂顾。”李从之。则入园中，欻见舍宇华好，崭然一新。入室，陈设芳丽。酒鼎沸于廊下，茶烟袅于厨中。俄而行酒荐馔，备极甘旨。时见庭下少年人，往来甚众。又闻儿女喁喁，幕中作笑语声。家人婢仆，似有数十百口。李心知其狐，席终而归，阴怀杀心。每入市，市硝硫[②]，积数百斤，暗布园中殆满。骤火之，焰亘霄汉，如黑灵芝[③]，燔臭灰眯不可近；但闻鸣啼嗥动之声，嘈杂聒耳。既熄入视，则死狐满地，焦头烂额者，不可胜计。方阅视间，叟自外来，颜色惨恸，责李曰：“夙无嫌怨，荒园报岁百金，非少；何忍遂相族灭？此奇惨之仇，无不报者！”忿然而去。疑其掷砾为殃，而年余无少怪异。

时顺治初年[④]，山中群盗窃发，啸聚万余人，官莫能捕。生以家口多，日忧离乱。适村中来一星者[⑤]，自号“南山翁”，言人休咎[⑥]，了若目睹，名大噪[⑦]。李召至家，求推甲子[⑧]。翁愕然起敬，曰：“此真主[⑨]也！”李闻大骇，以为妄。翁正容固言之。李疑信半焉，乃曰：“岂有白手受命而帝者乎？”翁谓：“不然。自古帝王，类多起于匹夫，谁是生而天子者？”生惑之，前席而请。翁毅然以“卧龙”[⑩]自任，请先备甲胄数千具、弓弩数千事[⑪]。

---

① 客子——旅居异地的人。

② 硝硫——火药。

③ 如黑灵芝——喻火焰燃腾形成烟雾如灵芝状。

④ 顺治初年——即 1644 年。

⑤ 星者——算命先生。

⑥ 休咎——吉凶。

⑦ 噪——喧嚷。

⑧ 推甲子——推生辰八字。

⑨ 真主——真龙天子。

⑩ 卧龙——即诸葛亮，代指军师。

⑪ 事——件。

李虑人莫之归。翁曰："臣请为大王连诸山，深相结。使讹言者①谓大王真天子，山中士卒，宜必响应。"李喜，遣翁行。发藏镪②，造甲胄。翁数日始还，曰："借大王威福，加臣三寸舌，诸山莫不愿执鞭靮③，从戏下④。"浃旬⑤之间，果归命者数千人。于是拜翁为军师；建大纛⑥，设彩帜若林；据山立栅，声势震动。邑令率兵来讨，翁指挥群寇，大破之。令惧，告急于兖⑦。兖兵远涉而至，翁又伏寇进击，兵大溃，将士杀伤者甚众。势益震，党以万计，因自立为"九山王"。翁患马少，会都中解马赴江南，遣一旅要路篡取之。由是"九山王"之名大噪。加翁为"护国大将军"。高卧山巢，公然自负，以为黄袍之加⑧，指日可俟矣。东抚⑨以夺马故，方将进剿；又得兖报，乃发精兵数千，与六道合围而进。军旅旌旗，弥满山谷。"九山王"大惧，召翁谋之，则不知所往。"九山王"窘急无术，登山而望曰："今而知朝廷之势大矣！"山破，被擒，妻孥戮之。始悟翁即老狐，盖以族灭报李也。

异史氏曰："夫人拥妻子，闭门科头⑩，何处得杀？即杀，亦何由族哉？狐之谋亦巧矣。而壤无其种者，虽溉不生；彼其杀狐之残，方寸⑪已有盗根，故狐得长其萌而施之报。今试执途人而告之曰：'汝为天子！'未有不骇而走者。明明导以族灭之为，而犹乐听之，妻子为戮，又何足云？然人听匪言也，始闻之而怒，继而疑，又既而信；迨至身名俱殒，而始悟其误也，大率类此矣。"

---

① 讹言者——爱传播流言之人。
② 镪（qiǎng）——此指钱。
③ 靮（dí）——马缰绳。
④ 戏（huī）下——同"麾下"，部下。
⑤ 浃（jiā）旬——十日。
⑥ 大纛（dào）——大旗，主帅的标志。
⑦ 兖——府名，治所在今山东兖州县。
⑧ 黄袍之加——指做皇帝。
⑨ 东抚——山东巡抚。
⑩ 科头——闲散。
⑪ 方寸——心。

遵化署狐

诸城①邱公为遵化道②,署中故多狐。最后一楼,绥绥者族而居之,以为家。时出殃人,遣之益炽。官此者惟设牲祷之,无敢迕。邱公莅任,闻而怒之。狐亦畏公刚烈,化一妪告家人曰:"幸白大人:勿相仇。容我三日,将携细小避去。"公闻,亦默不言。次日,阅兵已,戒勿散,使尽扛诸营巨炮骤入,环楼千座并发;数仞之楼,顷刻摧为平地,革肉毛血,自天雨而下。但见浓尘毒雾之中,有白气一缕,冒烟冲空而去。众望之曰:"逃一狐矣。"而署中自此平安。

后二年,公遣干仆③赍银如干数赴都,将谋迁擢④。事未就,姑窖藏于班役⑤之家。忽有一叟诣阙声屈,言妻子横被杀戮;又讦公克削军粮,夤缘当路⑥,现顿⑦某家,可以验证。奉旨押验,至班役家,冥搜不得。叟惟以一足点地。悟其意,发之,果得金;金上镌有"某郡解"字。已而觅叟,则失所在。执乡里乡名以求其人,竟亦无之。公由此罹难,乃知叟即逃狐也。

异史氏曰:"狐之祟人,可诛甚矣。然服而舍之,亦以全吾仁。公可云'疾之已甚'者矣。抑使关西⑧为此,岂百狐所能仇哉!"

---

① 诸城——县名,今属山东省。

② 遵化道——遵化,州名,治所在今河北遵化县;道,官名,省以下、州以上一级官员。

③ 干仆——精干的仆役。

④ 迁擢——提升。

⑤ 班役——衙役。

⑥ 当路——当权。

⑦ 顿——暂存。

⑧ 关西——指杨震,东汉人,以"关西孔子"著称于世。

张诚

豫①人张氏者,其先齐②人。明末齐大乱,妻为北兵③掠去。张常客豫,遂家焉。娶于豫,生子讷。无何,妻卒,又娶继室,生子诚。继室牛氏悍,每嫉讷,奴畜之,啖以恶草具④。使樵,日责柴一肩;无则挞楚诟诅,不可堪。隐畜甘脆饵诚,使从塾师读。诚渐长,性孝友,不忍兄劬,阴劝母,母弗听。一日,讷入山樵,未终,值大风雨,避身岩下,雨止而日已暮。腹中大馁,遂负薪归。母验之少,怒不与食;饥火烧心,入室僵卧。诚自塾中来,见兄嗒然⑤,问:"病乎?"曰:"饿耳。"问其故,以情告。诚愀然便去,移时,怀饼来饵兄。兄问其所自来,曰:"余窃面倩⑥邻妇为之,但食勿言也。"讷食之,嘱弟曰:"后勿复然,事泄累弟。且日一啖,饥当不死。"诚曰:"兄故弱,乌能多樵!"次日,食后,窃赴山,至兄樵处。兄见之,惊问:"将何作?"答曰:"将助樵采。"问:"谁之遣?"曰:"我自来耳。"兄曰:"无论弟不能樵,纵或能之,且犹不可。"于是速之归。诚不听,以手足断柴助兄,且云:"明日当以斧来。"兄近止之。见其指已破,履已穿,悲曰:"汝不速归,我即以斧自刭死!"诚乃归。兄送之半途,方复回。樵既归,诣塾,嘱其师曰:"吾弟年幼,宜闭之。山中虎狼多。"师曰:"午前不知何往,业夏楚之⑦。"归谓诚曰:"不听吾言,遭笞责矣。"诚笑曰:"无之。"明日,怀斧又去。兄骇曰:"我固谓子勿来,何复尔?"诚不应,刈薪且急,汗交颐不少休。约足一束,不辞而返。师又责之,乃实告之。师叹其贤,遂不之禁。兄屡止之,终不听。

一日,与数人樵山中,欻有虎至。众惧而伏。虎竟衔诚去。虎负人行

① 豫——今河南省。
② 齐——今山东省。
③ 北兵——指清八旗兵。
④ 恶草具——粗劣食物。
⑤ 嗒(tà)然——沮丧状。
⑥ 倩——请。
⑦ 业夏(jiǎ)楚之——已体罚了他。

缓，为讷追及。讷力斧之，中胯。虎痛狂奔，莫可寻逐，痛哭而返。众慰解之，哭益悲，曰："吾弟，非犹夫人之弟①；况为我死，我何生焉！"遂以斧自刎其项。众急救之，入肉者已寸许，血溢如涌，眩瞀殒绝②。众骇，裂之衣而约之，群扶而归。母哭骂曰："汝杀吾儿，欲劙③项以塞责耶！"讷呻云："母勿烦恼。弟死，我定不生！"置榻上，疮痛不能眠，惟昼夜依壁坐哭。父恐其亦死，时就榻少哺之，牛辄诟责。讷遂不食，三日而毙。村中有巫走无常者④，讷途遇之，缅诉曩苦。因询弟所，巫言不闻。遂反身导讷去。至一都会，见一皂衫人，自城中出。巫要遮⑤代问之。皂衫人于佩囊中检牒审顾，男妇百余，并无犯而张者。巫疑在他牒。皂衫人曰："此路属我，何得差逮。"讷不信，强巫入内城。城中新鬼、故鬼往来憧憧⑥，亦有故识，就问，迄无知者。忽共哗言："菩萨至！"仰见云中，有伟人，毫光彻上下，顿觉世界通明。巫贺曰："大郎有福哉！菩萨几十年一入冥司，拔诸苦恼，今适值之。"便捽讷跪。众鬼囚纷纷籍籍，合掌齐诵慈悲救苦之声，哄腾震地。菩萨以杨柳枝遍洒甘露，其细如尘。俄而雾收光敛，遂失所在。讷觉颈上沾露，斧处不复作痛。巫仍导与俱归。望见里门，始别而去。讷死二日，豁然竟苏，悉述所遇，谓诚不死。母以为撰造之诬，反诟骂之。讷负屈无以自伸，而摸创痕良瘥。自力起，拜父曰："行将穿云入海往寻弟，如不可见，终此身勿望返也。愿父犹以儿为死。"翁引空处与泣，无敢留之。

讷乃去，每于冲衢⑦访弟耗⑧，途中资斧断绝，丐而行。逾年，达金陵，悬鹑⑨百结，伛偻道上。偶见十余骑过，走避道侧。内一人如官长，年四十已来，健卒怒马，腾踔前后。一少年乘小驷，屡视讷。讷以其贵公子，

---

① 非犹夫人之弟——不同于别人家的弟弟。

② 眩瞀（mào）殒绝——昏死过去。

③ 劙（lí）——浅割。

④ 走无常者——指传说中阴间勾摄阳间人代服鬼役。

⑤ 要遮——中途拦截。

⑥ 憧憧（chōng chōng）——形影摇晃状。

⑦ 冲衢——四通八达的要道。

⑧ 耗——音讯。

⑨ 悬鹑——喻衣衫褴褛。

未敢仰视。少年停鞭少驻，忽下马，呼曰："非吾兄耶！"讷举首审视，诚也。握手大痛，失声。诚亦哭曰："兄何漂落以至于此？"讷言其情，诚益悲。骑者并下问故，以白官长。官命脱骑载讷，连辔归诸其家，始详诘之。初，虎衔诚去，不知何时置路侧，卧途中经宿。适张别驾①自都中来，过之，见其貌文，怜而抚之，渐苏。言其里居，则相去已远。因载与俱归。又药敷伤处，数日始痊。别驾无长君②，子之。盖适从游瞩也。诚具为兄告。言次，别驾入，讷拜谢不已。诚入内，捧帛衣出，进兄，乃置酒燕叙。别驾问："贵族在豫，几何丁壮？"讷曰："无有。父少齐人，流寓于豫。"别驾曰："仆亦齐人。贵里何属？"答曰："曾闻父言，属东昌③辖。"惊曰："我同乡也！何故迁豫？"讷曰："明季清兵入境，掠前母去。父遭兵燹④，荡无家室。先贾于西道，往来颇稔，故止焉。"又惊问："君家尊何名？"讷告之。别驾瞠而视，俯首若疑，疾趋入内。无何，太夫人出。共罗拜，已，问讷曰："汝是张炳之之孙耶？"曰："然。"太夫人大哭，谓别驾曰："此汝弟也。"讷兄弟莫能解。太夫人曰："我适汝父三年，流离北去，身属黑固山⑤半年，生汝兄。又半年，固山死，汝兄补秩旗下迁此官。今解任矣。每刻刻念乡井，遂出籍⑥，复故谱⑦。屡遣人至齐，殊无所觅耗，何知汝父西徙哉！"乃谓别驾曰："汝以弟为子，折福死矣！"别驾曰："曩问诚，诚未尝言齐人，想幼稚不忆耳。"乃以齿序⑧：别驾四十有一，为长；诚十六，最少；讷二十二，则伯而仲矣。别驾得两弟，甚欢，与同卧处，尽悉离散端由，将作归计。太夫人恐不见容，别驾曰："能容则共之，否则析之。天下岂有无父之国？"于是鬻宅办装，刻日西发。

既抵里，讷及诚先驰报父。父自讷去，妻亦寻卒，块然一老鳏，形影自吊。忽见讷入，暴喜，恍恍以惊；又睹诚，喜极，不复作言，潸潸以涕。又告

---

① 别驾——官名，州官佐吏。
② 长君——成年的公子。
③ 东昌——府名，治所在今山东聊城县。
④ 兵燹（xiǎn）——战争灾难。
⑤ 黑固山——黑，满族姓氏；固山，即旗主，后改为"都统"。
⑥ 出籍——脱离旗籍。
⑦ 复故谱——恢复原来的宗族。
⑧ 齿序——长幼次序。

以别驾母子至，翁辍辍泣愕然，不能喜，亦不能悲，蚩蚩[①]以立。未几，别驾入，拜已；太夫人把翁相向哭。既见婢媪厮卒，内外盈塞，坐立不知所为。诚不见母，问之，方知已死，号嘶气绝，食顷始苏。别驾出资，建楼阁，延师教两弟，马腾于槽，人喧于室，居然大家矣。

异史氏曰："余听此事至终，涕凡数堕：十余岁童子，斧薪助兄，慨然曰：'王览[②]固再见乎！'于是一堕。至虎衔诚去，不禁狂呼曰：'天道愦愦[③]如此！'于是一堕。及兄弟猝遇，则喜而亦堕；转增一兄，又益一悲，则为别驾堕。一门团圞，惊出不意，喜出不意，无从之涕，则为翁堕也。不知后世，亦有善涕如某者乎？"

汾州狐

汾州[④]判[⑤]朱公者，居廨[⑥]多狐。公夜坐，有女子往来灯下。初谓是家人妇，未遑顾瞻；及举目，竟不相识，而容光艳艳。心知其狐，而爱好之，遽呼之来。女停履笑曰："厉声加人，谁是汝婢媪耶？"朱笑而起，曳坐谢过。遂与款密，久如夫妻之好。忽谓曰："君秩当迁，别有日矣。"问："何时？"答曰："目前。但贺者在门，吊者即在闾，不能官也。"

三日，迁报果至。次日，即得太夫人讣音[⑦]。公解任，欲与偕旋，狐不可。送之河上，强之登舟。女曰："君自不知，狐不能过河也。"朱不忍别，恋恋河畔。女忽出，言将一谒故旧。移时归，即有客来答拜。女别室与语。客去乃来，曰："请便登舟，妾送君渡。"朱曰："向言不能渡，今何以云？"曰："曩所谒非他，河神也。妾以君故，特请之。彼限我十天往复，故可暂依耳。"遂同济。至十日，果别而去。

---

① 蚩蚩——痴呆状。

② 王览——晋人，其经历与张诚相似。

③ 愦愦——糊涂。

④ 汾州——府名，在今山西汾阳县。

⑤ 判——通判，官名。

⑥ 廨(xiè)——官署。

⑦ 讣音——报丧的音讯。

巧娘

广东①有搢绅②傅氏，年六十余。生一子，名廉。甚慧，而天阉③，十七岁，阴才如蚕。遐迩闻知，无以女女④者。自分宗绪已绝，昼夜忧怛，而无如何。廉从师读。师偶他出，适门外有猴戏者，廉视之，废学焉。度师将至而惧，遂亡去。离家数里，见一素衣女郎，偕小婢出其前。女一回首，妖丽无比。莲步蹇缓，廉趋过之。女回顾婢曰："试问郎君，得无欲如琼⑤乎？"婢果呼问。廉诘其何为。女曰："倘之琼也，有尺一书⑥，烦便道寄里门⑦。老母在家，亦可为东道主。"廉出本无定向，念浮海亦得，因诺之。女出书付婢，婢转付生。问其姓名居里，云："华姓，居秦女村，去北郭三四里。"生附舟便去。

至琼州北郭，日已曛暮。问秦女村，迄无知者。望北行四五里，星月已灿，芳草迷目，旷无逆旅，窘甚。见道侧一墓，思欲傍坟栖止，大惧虎狼。因攀树猱升⑧，蹲踞其上。听松声谡谡⑨，宵虫哀奏，中心忐忑，悔至如烧。忽闻人声在下，俯瞰之，庭院宛然；一丽人坐石上，双鬟⑩挑画烛，分侍左右。丽人左顾曰："今夜月白星疏，华姑所赠团茶⑪，可烹一盏，赏此良夜。"生意其鬼魅，毛发森竖，不敢少息。忽婢子仰视曰："树上有人！"女惊起曰："何处大胆儿，暗来窥人！"生大惧，无所逃隐，遂盘旋下，伏地

---

① 广东——略与今同。
② 搢(jìn)绅——仕宦之家，此指离职乡居的官员。
③ 天阉——先天无生殖力的男子。
④ 女女——女，将女嫁与他为妻；女，女儿。
⑤ 琼——琼州，今海南省。
⑥ 尺一书——尺一牍。
⑦ 里门——此指族居地。
⑧ 猱(náo)升——像猴攀缘而升。
⑨ 谡谡(sù sù)——风声。
⑩ 鬟——丫环。
⑪ 团茶——宋代的一种茶。

乞宥。女近临一睇①,反恚为喜,曳与并坐。睨之,年可十七八,姿态丰绝。听其言,亦非土音②。问:"郎何之?"答云:"为人作寄书邮。"女曰:"野多暴客,露宿可虞。不嫌蓬荜③,愿就税驾④。"邀生入。室惟一榻,命婢展两被其上。生自惭形秽,愿在下床。女笑曰:"佳客相逢,女元龙⑤何敢高卧?"生不得已,遂与共榻,而惶恐不敢自舒。未几,女暗中以纤手探入,轻捻胫股。生伪寐,若不觉知。又未几,启衾入,摇生,迄不动。女便下探隐处,乃停手怅然,悄悄出衾去。俄闻哭声。生惶愧无以自容,恨天公之缺陷而已。女呼婢篝灯。婢见啼痕,惊问所苦。女摇首曰:"我自叹吾命耳。"婢立榻前,耽望颜色。女曰:"可唤郎醒,遣放去。"生闻之,倍益惭怍;且惧宵半,茫茫无所复之。

筹念间,一妇人排闼⑥入。婢白:"华姑来。"微窥之,年约五十余,犹风格⑦。见女未睡,便致诘问。女未答。又视榻上有卧者,遂问:"共榻何人?"婢代答:"夜一少年郎寄此宿。"妇笑曰:"不知巧娘谐花烛。"见女啼泪未干,惊曰:"合卺之夕,悲啼不伦;将勿郎君粗暴也?"女不言,益悲。妇欲捋衣视生,一振衣,书落榻上。妇取视,骇曰:"我女笔意也!"拆读叹咤。女问之。妇云:"是三姐家报,言吴郎已死,茕无所依,且为奈何?"女曰:"彼固云为人寄书,幸未遣之去。"妇呼生起,究询书所自来。生备述之。妇曰:"远烦寄书,当何以报?"又熟视生,笑问:"何迕巧娘?"生言:"不自知罪。"又诘女。女叹曰:"自怜生适阉寺⑧,没奔椓人⑨,是以悲耳。"妇顾生曰:"慧黠儿,固雄而雌者耶?是我之客,不可久溷他人。"遂导生入东厢,探手于裤而验之。笑曰:"无怪巧娘零涕。然幸有根蒂,犹

---

① 睇——倾视。
② 土音——本地口音。
③ 蓬荜(bì)——草舍。
④ 税驾——停车,留宿。
⑤ 元龙——即陈元龙,三国时人,以豪气著称。
⑥ 闼(tà)——小门。
⑦ 风格——风韵。
⑧ 阉寺——宦官,代指傅廉。
⑨ 椓(zhuó)人——阉人。

可为力。”挑灯遍翻箱簏，得黑丸，授生，令即吞下，秘嘱勿吪①，乃出。生独卧筹思，不知药医何症。将比五更，初醒，觉脐下热气一缕，直冲隐处，蠕蠕然似有物垂股际；自探之，身已伟男。心惊喜，如乍膺九锡②。棂色才分，妇即入，以炊饼纳生室，叮嘱耐坐，反关其户。出语巧娘曰：“郎有寄书劳，将留招三娘来，与订姊妹交。且复闭置，免人厌恼。”乃出门去。生回旋无聊，时近门隙，如鸟窥笼。望见巧娘，辄欲招呼自呈，惭讷而止。延及夜分，妇始携女归。发扉曰：“闷煞郎君矣！三娘可来拜谢。”途中人逡巡入，向生敛衽。妇命相呼以兄妹。巧娘笑曰：“姊妹亦可。”并出堂中，团坐置饮。饮次，巧娘戏问：“寺人亦动心佳丽否？”生曰：“跛者不忘履，盲者不忘视。”相与粲然。

巧娘以三娘劳顿，迫令安置。妇顾三娘，俾与生俱。三娘羞晕，不行。妇曰：“此丈夫而巾帼者，何畏之？”敦促偕去。私嘱生曰：“阴为吾婿，阳为吾子，可也。”生喜，捉臂登床，发硎③新试，其快可知。既于枕上问女：“巧娘何人？”曰：“鬼也。才色无匹，而时命蹇落。适毛家小郎子，病阉，十八岁而不能人，因悒悒不畅，赍恨如冥。”生惊，疑三娘亦鬼。女曰：“实告君，妾非鬼，狐耳。巧娘独居无偶，我母子无家，借庐栖止。”生大愕。女云：“无惧，虽故鬼狐，非相祸者。”由此日共谈宴。虽知巧娘非人，而心爱其娟好，独恨自献无隙。生蕴藉④，善诙噱⑤，颇得巧娘怜。一日，华氏母子将他往，复闭生室中。生闷气，绕室隔扉呼巧娘。巧娘命婢历试数钥，乃得启。生附耳请间。巧娘遣婢去。生挽就寝榻，偎向之。女戏掬脐下，曰：“惜可儿此处阙然。”未竟，触手盈握。惊曰：“何前之渺渺，而遽累然！”生笑曰：“前羞见客，故缩；今以诮谤难堪，聊作蛙怒耳。”遂相绸缪。已而恚曰：“今乃知闭户有因。昔母子流荡栖无所，假庐居之。三娘从学刺绣，妾曾不少秘惜。乃妒忌如此！”生劝慰之，且以情告。巧娘终衔之。生曰：“密之，华姑嘱我严。”语未及已，华姑掩入。二人皇遽方起。

① 勿吪（é）——勿动。

② 如乍膺九锡——像刚得到九锡封赠一样兴奋。

③ 硎（xíng）——磨刀石。

④ 蕴藉——宽和，有修养。

⑤ 诙噱（jué）——以逗乐使别人高兴。

华姑嗔目，问："谁启扉？"巧娘笑逆自承。华益怒，聒絮不已。巧故哂曰："阿姥亦大笑人！是丈夫而巾帼者，何能为？"三娘见母与巧娘苦相抵①，意不自安，以一身调停两间，始各拗怒②为喜。巧娘言虽愤烈，然自是屈意事三娘。但华姑昼夜闲防，两情不得自展，眉目含情而已。

一日，华姑谓生曰："吾儿姊妹皆已奉事君。念居此非计，君宜归告父母，早订永约。"即治装促生行。二女相向，容颜悲恻；而巧娘尤不可堪，泪滚滚如断贯珠，殊无已时。华姑排③止之，便曳生出。至门外，则院宇无存，但见荒冢。华姑送至舟上，曰："君行后，老身携两女僦④屋于贵邑。倘不忘夙好，李氏废园中，可待亲迎。"生乃归。

时傅父觅子不得，正切焦虑，见子归，喜出非望。生略述崖末⑤，兼至华氏之订。父曰："妖言何足听信？汝尚能生还者，徒以庵废故；不然，死矣！"生曰："彼虽异物，情亦犹人，况又慧丽，娶之亦不为戚党笑。"父不言，但嗤之。生乃退而技痒，不安其分，辄私婢，渐至白昼宣淫，意欲骇闻翁媪。一日，为小婢所窥，奔告母。母不信，薄观之，始骇。呼婢研究，尽得其状。喜极，逢人宣暴，以示子不阉，将论婚于世族。生私白母："非华氏不娶。"母曰："世不乏美妇人，何必鬼物？"生曰："儿非华姑，无以知人道，背之不祥。"傅父从之，遣一仆一妪往觇之。出东郭四五里，寻李氏园。见败垣竹树中，缕缕有炊烟。妪下乘，直造其闼，则母子拭几濯溉，似有所伺。妪拜致主命。见三娘，惊曰："此即吾家小主妇耶？我见犹怜，何怪公子魂思而梦绕之。"便问阿姊。华姑叹曰："是我假女⑥。三日前，忽殂谢去。"因以酒食饷妪及仆。妪归，备道三娘容止，父母皆喜。末陈巧娘死耗，生恻恻欲涕。至亲迎之夜，见华姑亲问之。答云："已投生北地矣。"生欷歔久之。迎三娘归，而终不能忘情巧娘，凡有自琼来者，必召见问之。或言秦女墓夜闻鬼哭。生诧其异，入告三娘。三娘沉吟良久，泣

---

① 抵(zhǐ)——攻击，通"诋"。

② 拗怒——抑制愤怒。

③ 排——劝解。

④ 僦(jiù)——租赁。

⑤ 崖末——首尾。

⑥ 假女——义女。

下曰:“妾负姊矣!”诘之,答云:“妾母子来时,实未使闻。兹之怨啼,将无是?向欲相告,恐彰母过。”生闻之,悲已而喜。即命舆,宵昼兼程,驰诣其墓。叩墓木而呼曰:“巧娘,巧娘!某在斯。”俄见女郎捧婴儿,自穴中出,举首酸嘶,怨望无已。生亦涕下。探怀问谁氏子,巧娘曰:“是君之遗孽也,诞三月矣。”生叹曰:“误听华姑言,使母子埋忧地下,罪将安辞!”乃与同舆,航海而归。抱子告母。母视之,体貌丰伟,不类鬼物,益喜。二女谐和,事姑孝。后傅父病,延医来。巧娘曰:“疾不可为,魂已离舍。”督治冥具,既竣而卒。儿长,绝肖父;尤慧,十四游泮。高邮翁紫霞,客于广而闻之。地名遗脱,亦未知所终矣。

吴　令

吴令①某公,忘其姓字。刚介有声。吴俗最重城隍之神,木肖之②,衣以锦,藏机如生。值神寿节,则居民敛资为会,辇游通衢;建诸旗幢③,杂卤簿④,森森部列,鼓吹行且作,阗阗咽咽然⑤,一道相属⑥也。习以为俗,岁无敢懈。公出,适相值,止而问之。居民以告。又诘知所费颇奢。公怒,指神而责之曰:“城隍实主一邑。如冥顽无灵,则淫昏之鬼,无足奉事;其有灵,则物力宜惜,何得以无益之费,耗民脂膏?”言已,曳神于地,笞之二十。从此习俗顿革。公清正无私,惟少年好戏。居年余,偶于廨中梯檐探雀鷇⑦,失足而堕,折股,寻卒。人闻城隍祠中,公大声喧怒,似与神争,数日不止。吴人不忘公德,群集祝而解之,别建一祠祠公,声乃息。祠亦以城隍名,春秋祀之,较故神尤著。吴至今有二城隍云。

---

① 吴令——吴县(今江苏苏州市)县令。
② 木肖之——用木头雕刻成城隍神的肖像。
③ 幢——仪仗用的旗。
④ 卤簿——官员仪仗。
⑤ 阗阗咽咽(yuān yuān)然——鼓乐声。
⑥ 相属(zhǔ)——相连。
⑦ 雀鷇(kòu)——幼雀。

口 技

村中来一女子,年二十有四五。携一药囊,售①其医。有问病者,女不能自为方,俟暮夜问诸神。晚洁斗室,闭置其中。众绕门窗,倾耳寂听,但窃窃语,莫敢咳。内外动息俱冥。至半更许,忽闻帘声。女在内曰:"九姑来耶?"一女子答云:"来矣。"又曰:"腊梅从九姑耶?"似一婢答云:"来矣。"三人絮语间杂,刺刺不休。俄闻帘钩复动,女曰:"六姑至矣。"乱言曰:"春梅亦抱小郎子来耶?"一女曰:"拗②哥子!呜之不睡,定要从娘子来。身如百钧重,负累煞人!"旋闻女子殷勤声,九姑问讯声,六姑寒暄声,二婢慰劳声,小儿嬉笑声,猫子声,一齐嘈杂。即闻女子笑曰:"小郎君亦大好耍,远迢迢抱猫儿来。"既而声渐疏,帘又响,满室俱哗,曰:"四姑来何迟也?"有一小女子细声答曰:"路有千里且溢③,与阿姑走尔许时始至。阿姑行且缓。"遂各各道温凉声,并移座声,唤添座声,参差并作,喧繁满室,食顷始定。即闻女子问病。九姑以为宜得参④,六姑以为宜得芪⑤,四姑以为宜得术⑥。参酌移时,即闻九姑唤笔砚。无何,折纸戢戢然,拔笔掷帽丁丁然,磨墨隆隆然,既而投笔触几,震笔作响,便闻撮药包裹苏苏然。顷之,女子推帘,呼病者授药并方。反身入室,即闻三姑作别,三婢作别,小儿哑哑,猫儿唔唔,又一时并起。九姑之声清以越,六姑之声缓以苍,四姑之声娇以婉,以及三婢之声,各有态响,听之了了可辨。群讶以为真神。而试其方,亦不甚效。此即所谓口技,特借之以售其术耳。然亦奇矣!

---

① 售——行。

② 拗——倔犟。

③ 溢——超出。

④ 参——人参。

⑤ 芪(qí)——黄芪。

⑥ 术(zhú)——白术、苍术,中药。

昔王心逸[①]尝言：在都偶过市廛[②]，闻弦歌声，观者如堵。近窥之，则见一少年曼声度曲[③]，并无乐器，惟以一指捺颊际，且捺且讴；听之铿铿，与弦索[④]无异。亦口技之苗裔[⑤]也。

狐联

焦生，章丘石虹先生[⑥]之叔弟也。读书园中，宵分[⑦]，有二美人来，颜色双绝。一可十七八，一约十四五，抚几展笑。焦知其狐，正色拒之。长者曰："君髯如戟[⑧]，何无丈夫气？"焦曰："仆生平不敢二色[⑨]。"女笑曰："迂哉！子尚守腐局[⑩]耶？下无鬼神，凡事皆以黑为白，况床笫间琐事乎？"焦又咄之。女知不可动，乃云："君名下士[⑪]，妾有一联，请为属对[⑫]，能对我自去：'戊戌同体，腹中止欠一点。'"焦凝思不就。女笑曰："名士固如此乎？我代对之可矣：'己巳连踪，足下何不双挑。'"一笑而去。

---

① 王心逸——清顺治进士。

② 市廛(chán)——集市。

③ 曼声度曲——舒缓歌唱。

④ 弦索——指弦乐器。

⑤ 苗裔——后世子孙。

⑥ 石虹先生——即焦毓瑞，清顺治年间进士。

⑦ 宵分——子夜。

⑧ 君髯如戟——暗指南朝褚彦回绝山阴公主的典故。

⑨ 二色——娶妾，有外遇或去妓院。

⑩ 腐局——迂腐的规矩。

⑪ 名下士——负有盛名的士人。

⑫ 属(zhǔ)对——对句。

潍 水 狐

潍邑①李氏有别第②。忽一翁来税居,岁出直金五十,诺之。既去无耗,李嘱家人别租。翌日,翁至,曰:"租宅已有关说③,何欲更僦他人?"李白所疑。翁曰:"我将久居是;所以迟迟者,以涓吉④在十日之后耳。"因先纳一岁之直,曰:"终岁空之,勿问也。"李送出,问期,翁告之。过期数日,亦竟渺然。及往觇之,则双扉内闭,炊烟起而人声杂矣。讶之,投刺往谒。翁趋出,逆而入,笑语可亲。既归,遣人馈遗其家;翁犒赐丰隆。又数日,李设筵邀翁,款洽甚欢。问其居里,以秦中⑤对。李讶其远。翁曰:"贵乡福地也。秦中不可居,大难将作。"时方承平⑥,置未深问。越日,翁折柬报居停之礼,供帐饮食,备极侈丽。李益惊,疑为贵官。翁以交好,因自言为狐。李骇绝,逢人辄道。

邑搢绅闻其异,日结驷于门⑦,愿纳交翁,翁无不伛偻⑧接见。渐而郡官亦时还往。独邑令求通,辄辞以故。令又托主人先容,翁辞。李诘其故。翁离席近客而私语曰:"君自不知,彼前身为驴,今虽俨然民上,乃饮糙而亦醉者也⑨。仆固异类,羞与为伍。"李乃托词告令,谓狐畏其神明,故不敢见。令信之而止。此康熙十一年⑩事。未几,秦罹兵燹⑪。狐能前知,信矣。

---

① 潍邑——潍县,今属山东潍坊市。
② 别第——别墅。
③ 关说——彼此协商过。
④ 涓吉——选择吉日。
⑤ 秦中——今陕西中部。
⑥ 承平——太平。
⑦ 结驷于门——喻门庭若市。
⑧ 伛偻——恭敬状。
⑨ 饮糙(duī)而亦醉者——吃蒸饼也会醉的人。
⑩ 康熙十一年——即1672年。
⑪ 兵燹(xiǎn)——战争灾难,此指康熙年间陕西提督王辅臣叛乱一事。

异史氏曰："驴之为物，庞然也。一怒则踶趹①嗥嘶，眼大于盎，气粗于牛；不惟声难闻，状亦难见。倘执束刍而诱之，则帖耳辑首，喜受羁勒矣。以此居民上，宜其饮糙而亦醉也。愿临民者②，以驴为戒，而求齿于狐，则德日进矣。"

红 玉

广平③冯翁有一子，字相如。父子俱诸生。翁年近六旬，性方鲠④，而家屡空。数年间，媪与子妇又相继逝，井臼⑤自操之。一夜，相如坐月下，忽见东邻女自墙上来窥。视之，美；近之，微笑。招以手，不来亦不去。固请之，乃梯而过，遂共寝处。问其姓名，曰："妾邻女红玉也。"生大爱悦，与订永好。女诺之。夜夜往来，约半年许。翁夜起，闻子舍笑语，窥之，见女。怒，唤出，骂曰："畜产所为何事！如此落寞，尚不刻苦，乃学浮荡耶？人知之，丧汝德；人不知，促汝寿！"生跪自投，泣言知悔。翁叱女曰："女子不守闺戒，既自玷，而又以玷人。倘事一发，当不仅贻寒舍羞！"骂已，愤然归寝。女流涕曰："亲庭罪责，良足愧辱！我二人缘分尽矣！"生曰："父在不得自专。卿如有情，尚当含垢为好。"女言辞决绝，生乃洒涕。女止之曰："妾与君无媒妁之言，父母之命，逾墙钻隙，何能白首？此处有一佳耦，可聘也。"告以贫。女曰："来宵相俟，妾为君谋之。"次夜，女果至，出白金四十两赠生。曰："此去六十里，有吴村卫氏，年十八矣，高其价，故未售也。君重啖之⑥，必合谐允。"言已，别去。

生乘间语父，欲往相之，而隐馈金不敢告。翁自度无资，以是故，止之。生又婉言："试可乃已。"翁颔之。生遂假仆马，诣卫氏。卫故田舍

---

① 踶趹(dì jué)——前踢后蹶。
② 临民者——地方官。
③ 广平——县名，今属河北省。
④ 方鲠——耿直。
⑤ 井臼——指家务。
⑥ 重啖之——以重金行贿。

翁。生呼出，引与间语。卫知生望族，又见仪采轩豁，心许之，而虑其靳于资。生听其词意吞吐，会其旨，倾囊陈几上。卫乃喜，浼邻生居间，书红笺而盟焉。生入拜媪。居室偪①侧，女依母自幛。微睨之，虽荆布②之饰，而神情光艳，心窃喜。卫借舍款婿，便言："公子无须亲迎。待少作衣妆，即合舁送去。"生与期而归。诡告翁，言卫爱清门③，不责资。翁亦喜。至日，卫果送女至。女勤俭，有顺德，琴瑟甚笃。逾二年，举一男，名福儿。会清明抱子登墓，遇邑绅宋氏。宋官御史④，坐行赇⑤免，居林下，大煽威虐。是日亦上墓归，见女艳之。问村人，知为生配。料冯贫士，诱以重赂，冀可摇，使家人风示之。生骤闻，怒形于色，即思势不敌，敛怒为笑，归告翁。翁大怒奔出，对其家人，指天画地，诟骂万端。家人鼠窜而去。宋氏亦怒，竟遣数人入生家，殴翁及子，汹若沸鼎。女闻之，弃儿于床，披发号救。群篡⑥舁之，哄然便去。父子伤残，吟呻在地，儿呱呱啼室中。邻人共怜之，扶之榻上。经日，生杖而能起。翁忿不食，呕血寻毙。生大哭，抱子兴词，上至督抚，讼几遍，卒不得直。后闻妇不屈死，益悲。冤塞胸吭，无路可伸。每思要路刺杀宋，而虑其扈从繁，儿又罔托，日夜哀思，双睫为不交。

忽一丈夫吊诸其室，虬髯阔颔，曾与无素⑦。挽坐，欲问邦族。客遽曰："君有杀父之仇，夺妻之恨，而忘报乎？"生疑为宋人之侦，姑伪应之。客怒眦⑧欲裂，遽出曰："仆以君人也，今乃知不足齿之伧⑨！"生察其异，跪而挽之，曰："诚恐宋人餂⑩我。今实布腹心：仆之卧薪尝胆者，固有日

---

① 偪(bī)——狭窄。
② 荆布——荆钗布裙，喻贫寒。
③ 清门——清白人家。
④ 御史——官名。
⑤ 赇(qiú)——贿赂。
⑥ 篡——抢夺。
⑦ 无素——无旧交。
⑧ 眦——愤怒状。
⑨ 伧——无能之辈。
⑩ 餂(tiǎn)——勾取，此指引诱上当。

矣。但怜此褓中物，恐坠宗祧。君义士，能为我杵臼[①]否？”客曰：“此妇人女子之事，非所能。君所欲托诸人者，请自任之；所欲自任者，愿得而代庖[②]焉。”生闻，崩角[③]在地。客不顾而出。生追问姓字，曰：“不济[④]，不任受怨；济，亦不任受德。”遂去。生惧祸及，抱子亡去。至夜，宋家一门俱寝，有人越重垣入，杀御史父子三人，及一媳一婢。宋家具状告官。官大骇。宋执谓相如，于是遣役捕生，生遁不知所之，于是情益真。宋仆同官役诸处冥搜。夜至南山，闻儿啼，踪得之，系缧[⑤]而行。儿啼愈嗔，群夺儿抛弃之。生冤愤欲绝。见邑令，问：“何杀人？”生曰：“冤哉！某以夜死，我以昼出，且抱呱呱者，何能逾垣杀人？”令曰：“不杀人，何逃乎？”生词穷，不能置辩，乃收诸狱。生泣曰：“我死无足惜，孤儿何罪？”令曰：“汝杀人子多矣，杀汝子，何怨？”生既褫革，屡受梏惨，卒无词。令是夜方卧，闻有物击床，震震有声，大惧而号。举家惊起，集而烛之，一短刀，铦利[⑥]如霜，剁床入木者寸余，牢不可拔。令睹之，魂魄丧失，荷戈遍索，竟无踪迹。心窃馁，又以宋人死，无可畏惧，乃详诸宪[⑦]，代生解免，竟释生。

生归，瓮无升斗，孤影对四壁。幸邻人怜馈食饮，苟且自度。念大仇已报，则辗然喜；思惨酷之祸，几于灭门，则泪潸潸堕；及思半生贫彻骨，宗支不续，则于无人处大哭失声，不复能自禁。如此半年，捕禁益懈。乃哀邑令，求判还卫氏之骨。及葬而归，悲怛欲死，辗转空床，竟无生路。忽有款门者，凝神寂听，闻一人在门外，哝哝与小儿语。生急起窥觇，似一女子。扉初启，便问：“大冤昭雪，可幸无恙！”其声稔熟，而仓卒不能追忆。烛之，则红玉也。挽一小儿，嬉笑跨下。生不暇问，抱女呜哭。女亦惨然，既而推儿曰：“汝忘尔父耶？”儿牵女衣，目灼灼视生。细审之，福儿也。

---

① 杵臼——指公孙杵臼，春秋时人，为晋大夫赵朔的门客，朔后被权臣所杀，满门抄斩，杵臼与程婴定计救出赵氏孤儿，并将其抚养成人，终报冤仇。此指为冯相如代保其子。

② 代庖——代替别人做事。

③ 崩角——叩头如山响。

④ 济——成功。

⑤ 缧——此指抓获。

⑥ 铦（xiān）利——锋利。

⑦ 详诸宪——将案情呈报上级。

大惊,泣问:“儿那得来?”女曰:“实告君:昔言邻女者,妾也。妾实狐。适宵行,见儿啼谷口,抱养于秦。闻大难既息,故携来与君团聚耳。”生挥涕拜谢。儿在女怀,如依其母,竟不复能识父矣。天未明,女即遽起。问之,答曰:“奴欲去。”生裸跪床头,涕不能仰。女笑曰:“妾诳君耳。今家道新创,非夙兴夜寐不可。”乃剪莽拥篲①,类男子操作。生忧贫乏,不自给。女曰:“但请下帷读,勿问盈歉,或当不殍饿死。”遂出金治织具;租田数十亩,雇佣耕作。荷镵诛茅,牵萝补屋,日以为常。里党闻妇贤,益乐资助之。约半年,人烟腾茂,类素封家。生曰:“灰烬之余,卿白手再造矣。然一事未就安妥,如何?”诘之,答曰:“试期已迫,巾服尚未复也。”女笑曰:“妾前以四金寄广文②,已复名在案。若待君言,误之已久。”生益神之。是科遂领乡荐,时年三十六。腴田连阡,夏屋渠渠矣。女袅娜如随风欲飘去,而操作过农家妇;虽严冬自苦,而手腻如脂。自言二十八岁,人视之,常若二十许人。

异史氏曰:“其子贤,其父德,故其报之也侠。非特人侠,狐亦侠也。遇亦奇矣!然官宰悠悠③,竖人毛发④,刀震震入木,何惜不略移床上半尺许哉?使苏子美读之,必浮白曰:‘惜乎击之不中!’”

龙

北直界有堕龙入村。其行重拙,入某绅家。其户仅可容躯,塞而入。家人尽奔。登楼哗噪,铳⑤炮轰然。龙乃出。门外停贮潦水⑥,浅不盈尺。龙入,转侧其中,身尽泥涂;极力腾跃,尺余辄堕。泥蟠三日,蝇集鳞甲。忽大雨,乃霹雳挐空⑦而去。

---

① 剪莽拥篲(huì)——铲杂草,清扫庭院。

② 广文——指广文馆的学官。

③ 悠悠——荒谬之极。

④ 竖人毛发——令人发指。

⑤ 铳(chòng)——火枪。

⑥ 潦(lǎo)水——积水,死水。

⑦ 挐空——凌空。

房生与友人登牛山，入寺游瞩。忽椽间一黄砖堕，上盘一小蛇，细裁如蚓。忽旋一周，如指；又一周，已如带。共惊，知为龙，群趋而下。方至山半，闻寺中霹雳一声，震动山谷。天上黑云如盖，一巨龙夭矫①其中，移时而没。

章丘小相公庄，有民妇适野，值大风，尘沙扑面。觉一目眯，如含麦芒，揉之吹之，迄不愈。启睑而审视之，睛固无恙，但有赤线蜿蜒于肉分。或曰："此蛰龙也。"妇忧惧待死。积三月余，天暴雨，忽巨霆一声，裂眦而去，妇无少损。

袁宣四②言："在苏州，值阴晦，霹雳大作。众见龙垂云际，鳞甲张动，爪中抟一人头，须眉毕见，移时，入云而没。亦未闻有失其头者。"

林四娘

青州道③陈公宝钥④，闽人。夜独坐，有女子搴帏入。视之，不识；而艳绝，长袖宫装。笑云："清夜兀坐，得勿寂耶？"公惊问："何人？"曰："妾家不远，近在西邻。"公意其鬼，而心好之，捉袂挽坐，谈词风雅，大悦。拥之，不甚抗拒。顾曰："他无人耶？"公急阖户，曰："无。"促其缓裳，意殊羞怯。公代为之殷勤。女曰："妾年二十，犹处子也，狂将不堪。"狎亵既竟，流丹浃席。既而枕边私语，自言"林四娘"。公详诘之。曰："一世坚贞，业为君轻薄殆尽矣。有心爱妾，但图永好可耳，絮絮何为？"无何，鸡鸣，遂起而去。由此夜夜必至。每与阖户雅饮。谈及音律，辄能剖悉宫商⑤。公遂意其工于度曲。曰："儿时之所习也。"公请一领雅奏。女曰："久矣不托于音，节奏强半⑥遗忘，恐为知者笑耳。"再强之，乃俯首击节，唱伊凉

① 夭矫——屈伸自如。

② 袁宣四——淄川人，有文名。

③ 青州道——青州巡道。

④ 陈公宝钥——福建人，清康熙二年(1663 年)出任青州道佥事。

⑤ 宫商——引申为乐理。

⑥ 强半——多半。

之调,其声哀婉。歌已,泣下。公亦为酸恻,抱而慰之曰:“卿勿为亡国之音,使人悒悒。”女曰:“声以宣意,哀者不能使乐,亦犹乐者不能使哀。”两人燕昵,过于琴瑟。

既久,家人窃听之,闻其歌者,无不流涕。夫人窥见其容,疑人世无此妖丽,非鬼必狐;惧为厌蛊,劝公绝之。公不能听,但固诘之。女愀然曰:“妾,衡府①宫人也。遭难而死,十七年矣。以君高义,托为燕婉,然实不敢祸君。倘见疑畏,即从此辞。”公曰:“我不为嫌,但燕好若此,不可不知其实耳。”乃问宫中事。女缅述②,津津可听。谈及式微之际③,则哽咽不能成语。女不甚睡,每夜辄起诵准提、金刚④诸经咒。公问:“九原⑤能自忏耶?”曰:“一也。妾思终身沦落,欲度来生耳。”又每与公评骘诗词,瑕辄疵之;至好句,则曼声娇吟。意绪风流,使人忘倦。以问:“工诗乎?”曰:“生时亦偶为之。”公索其赠。笑曰:“儿女之语,乌足为高人道。”

居三年。一夕,忽惨然告别。公惊问之。答云:“冥王以妾生前无罪,死犹不忘经咒,俾生王家。别在今宵,永无见期。”言已,怆然,公亦泪下。乃置酒相与痛饮。女慷慨而歌,为哀曼之音,一字百转;每至悲处,辄便呜咽。数停数起,而后终曲,饮不能畅。乃起,逡巡欲别。公固挽之,又坐少时。鸡声忽唱,乃曰:“必不可以久留矣。然君每怪妾不肯献丑;今将长别,当率成一章。”索笔构成,曰:“心悲意乱,不能推敲,乖音错节,慎勿出以示人。”掩袖而去。公送诸门外,湮然没。公怅悼良久,视其诗,字态端好,珍而藏之。诗曰:“静镇深宫十七年,谁将故国问青天?闲看殿宇封乔木,泣望君王化杜鹃。海国波涛斜夕照,汉家箫鼓静烽烟。红颜力弱难为厉,惠质心悲只问禅。日诵菩提千百句,闲看贝叶两三篇。高唱梨园歌代哭,请君独听亦潸然。”诗中重复脱节,疑有错误。

---

① 衡府——指明代衡王朱祐楎的封地。

② 缅述——追述。

③ 式微之际——衰落之时。

④ 准提、金刚——准提,佛教密宗莲花部所尊奉的六观音之一,主破众生惑业;金刚,佛经名,即《金刚般若经》。

⑤ 九原——九泉之下。

卷　三

江　中

王圣俞南游，泊舟江心。既寝，视月明如练①，未能寐，使童仆为之按摩。忽闻舟顶如小儿行，踏芦席作响，远自舟尾来，渐近舱户。虑为盗，急起问童。童亦闻之。问答间，见一人伏舟顶上，垂首窥舱内。大愕，按剑呼诸仆，一舟俱醒。告以所见。或疑错误。俄响声又作。群起四顾，渺然无人，惟疏星皎月，漫漫江波而已。众坐舟中，旋见青火如灯状，突出水面，随水浮游；渐近舡②，则火顿灭。即有黑人骤起，屹立水上，以手攀舟而行。众噪曰："必此物也！"欲射之。方开弓，则遽伏水中，不可见矣。问舟人。舟人曰："此古战场，鬼时出没，其无足怪。"

鲁　公　女

招远③张于旦，性疏狂不羁。读书萧寺④。时邑令鲁公，三韩⑤人。有女好猎。生适遇诸野，见其风姿娟秀，着锦貂裘，跨小骊驹，翩然若画。归忆容华，极意钦想。后闻女暴卒，悼叹欲绝。鲁以家远，寄灵寺中，即生读所。生敬礼如神明，朝必香，食必祭。每酹而祝曰："睹卿半面，长系梦魂；不图玉人⑥，奄然物化。今近在咫尺，而邈若河山，恨如何也！然生有拘束，死无禁忌，九泉有灵，当珊珊而来，慰我倾慕。"日夜祝之，几半月。

---

① 练——白色熟绢。

② 舡（chuán）——船。

③ 招远——县名，今山东招远县。

④ 萧寺——佛寺。

⑤ 三韩——朝鲜。

⑥ 玉人——貌美之人。

一夕，挑灯夜读，忽举首，则女子含笑立灯下。生惊起致问。女曰："感君之情，不能自已，遂不避私奔之嫌。"生大喜，遂共欢好。自此无虚夜。谓生曰："妾生好弓马，以射獐杀鹿为快，罪孽深重，死无归所。如诚心爱妾，烦代诵《金刚经》一藏数①，生生世世不忘也。"生敬受教，每夜起，即柩前捻珠讽诵。偶值节序，欲与偕归。女忧足弱，不能跋履。生请抱负以行，女笑从之。如抱婴儿，殊不重累。遂以为常。考试亦载与俱。然行必以夜。生将赴秋闱，女曰："君福薄，徒劳驰驱。"遂听其言而止。积四五年，鲁罢官，贫不能舆其榇②，将就窆③之，苦无葬地。生乃自陈："某有薄壤近寺，愿葬女公子。"鲁公喜。生又力为营葬。鲁德之，而莫解其故。鲁去，二人绸缪如平日。

一夜，侧倚生怀，泪落如豆，曰："五年之好，于今别矣！受君恩义，数世不足以酬！"生惊问之。曰："蒙惠及泉下人，经咒藏满，今得生河北卢户部家。如不忘今日，过此十五年，八月十六日，烦一往会。"生泣下曰："生三十余年矣，又十五年，将就木焉，会将何为？"女亦泣曰："愿为奴婢以报。"少间曰："君送妾六七里。此去多荆棘，妾衣长难度。"乃抱生项。生送至通衢，见路傍车马一簇，马上或一人，或二人；车上或三人、四人、十数人不等；独一钿车④，绣缨朱幰，仅一老媪在焉。见女至，呼曰："来乎？"女应曰："来矣。"乃回顾生云："尽此，且去；勿忘所言。"生诺。女行近车，媪引手上之，展軨⑤即发，车马阗咽⑥而去。

生怅怅而归，志时日于壁。因思经咒之效，持诵益虔。梦神人告曰："汝志良嘉。但须要到南海⑦去。"问："南海多远？"曰："近在方寸地。"醒而会其旨，念切菩提⑧，修行倍洁。三年后，次子明、长子政，相继擢高科。生虽暴贵，而善行不替。夜梦青衣人邀去，见宫殿中坐一人，如菩萨状，逆

---

① 一藏数——五千零四十八遍。
② 榇——棺材。
③ 窆(biǎn)——下葬。
④ 钿(diàn)车——镶有金属饰物的车。
⑤ 展軨——车轮转动。
⑥ 阗咽(tián yè)——喻车马多。
⑦ 南海——指观世音菩萨的所居地。
⑧ 念切菩提——渴望领悟佛理。

之曰:"子为善可喜,惜无修龄,幸得请于上帝矣。"生伏地稽首。唤起,赐坐;饮以茶,味芳如兰。又令童子引去,使浴于池。池水清洁,游鱼可数,入之而温,掬之有荷叶香。移时,渐入深处,失足而陷,过涉灭顶。惊寤,异之。由此身益健,目益明。自捋其须,白者尽簌簌落,又久之,黑者益落。面纹亦渐舒。至数月后,颔秃面童,宛如十五六时。辄兼好游戏事,亦犹童。过饰边幅①;二子辄匡救②之。未几,夫人以老病卒。子欲为求继室于朱门。生曰:"待吾至河北,来而后娶。"

屈指已及约期,遂命仆马至河北。访之,果有卢户部。先是,卢公生一女,生而能言,长益慧美,父母最钟爱之。贵家委禽,女辄不欲。怪问之,具述生前约。共计其年,大笑曰:"痴婢!张郎计今年已半百,人事变迁,其骨已朽;纵其尚在,发童而齿豁矣。"女不听。母见其志不摇,与卢公谋,戒阍人勿通客,过期以绝其望。未几,生至,阍人拒之。退返旅舍,怅恨无所为计。闲游郊郭,因循而暗访之。女谓生负约,涕不食。母言:"渠不来,必已殂谢;即不然,背盟之罪,亦不在汝。"女不语,但终日卧。卢患之,亦思一见生之为人,乃托游遨,遇生于野。视之,少年也,讶之。班荆③略谈,甚倜傥。公喜,邀至其家。方将探问,卢即遽起,嘱客暂独坐,匆匆入内告女。女喜,自力起。窥审其状不符,零涕而返,怨父欺罔。公力白其是。女无言,但泣不止。公出,意绪懊丧,对客殊不款曲④。生问:"贵族有为户部者乎?"公漫应之。首他顾,似不属客。生觉其慢,辞出。女啼数日而卒。生夜梦女来,曰:"下顾者果君耶?年貌舛异⑤,觌面遂致违隔。妾已忧愤死。烦向土地祠速招我魂,可得活,迟则无及矣。"既醒,急探卢氏之门,果有女,亡二日矣。生大恸,进而吊诸其室。已而以梦告卢。卢从其言,招魂而归。启其衾,抚其尸,呼而视之。俄闻喉中咯咯有声。忽见朱樱乍启,坠痰块如冰。扶移榻上,渐复吟呻。卢公悦,肃

① 过饰边幅——过于修饰打扮。

② 匡救——矫正。

③ 班荆——席草而坐。

④ 款曲——热情招待。

⑤ 年貌舛异——年岁与相貌不符。

客①出,置酒宴会。细展官阀,知其巨家,益喜。择吉成礼。居半月,携女而归。卢送至家,半年乃去。夫妇居室,俨如小耦②,不知者多误以子妇为姑嫜焉。卢公逾年卒。子最幼,为豪强所中伤,家产几尽。生迎养之,遂家焉。

道 士

韩生,世家也。好客。同村徐氏,常饮于其座。会宴集,有道士托钵门上。家人投钱及粟,皆不受;亦不去。家人怒,归不顾。韩闻击剥之声甚久,询之,家人以情告。言未已,道士竟入。韩招之坐。道士向主客皆一举手,即坐。略致研诘,始知其初居村东破庙中。韩曰:"何日栖鹤③东观,竟不闻知,殊缺地主之礼。"答曰:"野人新至,无交游。闻居士挥霍,深愿求饮焉。"韩命举觞。道士能豪饮。徐见其衣服垢敝,颇偃蹇,不甚为礼。韩亦海客④遇之。道士倾饮二十余杯,乃辞而去。

自是每宴会,道士辄至,遇食则食,遇饮则饮,韩亦稍厌其频。饮次,徐嘲之曰:"道长日为客,宁不一作主?"道士笑曰:"道人与居士等,惟双肩承一喙耳。"徐惭不能对。道士曰:"虽然,道人怀诚久矣,会当竭力作杯水之酬。"饮毕,嘱曰:"翌午幸赐光宠⑤。"次日,相邀同往,疑其不设。行去,道士已候于途;且语且步,已至寺门。入门,则院落一新,连阁云蔓。大奇之,曰:"久不至此,创建何时?"道士答:"竣工未久。"比入其室,陈设华丽,世家所无。二人肃然起敬。甫坐,行酒下食,皆二八狡童⑥,锦衣朱履,酒馔芳美,备极丰渥。饭已,另有小进⑦。珍果多不可名,贮以水晶玉石之器,光照几榻。酌以玻璃盏,围尺许。道士曰:"唤石家姊妹来。"童

① 肃客——领客人走。
② 小耦——少年夫妻。
③ 栖鹤——道士住宿。
④ 海客——流浪四方的人。
⑤ 幸赐光宠——希望赐宠光临,客套用语。
⑥ 狡童——聪明、善解人意的年幼童仆。
⑦ 小进——小吃。

去少时,二美人入。一细长,如张柳;一身短,齿最稚;媚曼双绝。道士即使歌以侑①酒。少者拍板而歌,长者和以洞箫,其声清细。既阕②,道士悬爵促釂③,又命遍酌。顾问美人:"久不舞,尚能之否?"遂有僮仆展氍毹④于筵下,两女对舞,长衣乱拂,香尘四散;舞罢,斜倚画屏。二人心旷神飞,不觉醺醉。

道士亦不顾客,举杯饮尽,起谓客曰:"姑烦自酌,我稍憩,即复来。"即去。南屋壁下,设一螺钿⑤之床,女子为施锦裀,扶道士卧。道士乃曳长者共寝,命少者立床下为之爬搔⑥。二人睹此状,颇不平。徐乃大呼:"道士不得无礼!"往将挠⑦之。道士急起而遁。见少女犹立床下,乘醉拉向北榻,公然拥卧。视床上美人,尚眠绣榻。顾韩曰:"君何太迂?"韩乃径登南榻;欲与狎亵,而美人睡去,拨之不转。因抱与俱寝。天明,酒梦俱醒,觉怀中冷物冰人;视之,则抱长石,卧青阶下。急视徐,徐尚未醒;见其枕遗屙之石⑧,酣寝败厕中。蹴起⑨,互相骇异。四顾,则一庭荒草,两间破屋而已。

胡 氏

直隶⑩有巨家,欲延师。忽一秀才,踵门自荐。主人延入。词语开爽,遂相知悦。秀才自言胡氏,遂纳贽馆之。胡课业良勤,淹洽⑪非下士

---

① 侑——劝。
② 既阕——已吹打、歌唱完毕。
③ 釂(jiào)——干杯。
④ 氍毹(qú shū)——毛织物,地毯。
⑤ 螺钿——金银一类的饰片。
⑥ 爬搔——挠痒。
⑦ 挠——阻止。
⑧ 遗屙之石——粪坑旁的垫脚石。
⑨ 蹴起——踢起。
⑩ 直隶——清代省名,今河北省。
⑪ 淹洽——学识渊博贯通。

等。然时出游，辄昏夜始归；扃闭俨然，不闻款叩而已在室中矣，遂相惊以狐。然察胡意固不恶，优重之，不以怪异废礼。

胡知主人有女，求为姻好，屡示意，主人伪不解。一日，胡假而去。次日，有客来谒，絷黑卫①于门。主人逆而入。年五十余，衣履鲜洁，意甚恬雅。既坐，自达②，始知为胡氏作冰③。主人默然，良久曰："仆与胡先生，交已莫逆，何必婚姻？且息女已许字矣。烦代谢先生。"客曰："确知令媛待聘，何拒之深？"再三言之，而主人不可。客有惭色，曰："胡赤世族，何遽不如先生？"主人直告曰："实无他意，但恶非其类耳。"客闻之怒；主人亦怒，相侵益亟。客起，抓主人。主人命家人杖逐之，客乃遁。遗其驴，视之，毛黑色，批耳修尾④，大物也。牵之不动，驱之则随手而蹶，嘤嘤⑤然草虫耳。

主人以其言忿，知必相仇，戒备之。次日，果有狐兵大至：或骑或步，或戈或弩，马嘶人沸，声势汹汹。主人不敢出。狐声言火屋，主人益惧。有健者，率家人噪出，飞石施箭，两相冲击，互有夷伤。狐渐靡，纷纷引去。遗刀地上，亮如霜雪；近拾之，则高粱叶也。众笑曰："技止此耳。"然恐其复至，益备之。明日，众方聚语，忽一巨人自天而降：高丈余，身横数尺；挥大刀如门，逐人而杀。群操矢石乱击之，颠踣而毙，则刍灵⑥耳。众益易之。狐三日不复来，众亦少懈。主人适登厕，俄见狐兵，张弓挟矢而至，乱射之；集矢于臀。大惧，急喊众奔斗，狐方去。拔矢视之，皆蒿梗。如此月余，去来不常，虽不甚害，而日日戒严，主人患苦之。

一日，胡生率众至。主人身出，胡望见，避于众中。主人呼之，不得已，乃出。主人曰："仆自谓无失礼于先生，何故兴戎？"群狐欲射，胡止之。主人近握其手，邀入故斋，置酒相款。从容曰："先生达人，当相见谅。以我情好，宁不乐附婚姻？但先生车马、宫室，多不与人同，弱女相

---

① 黑卫——黑驴。

② 自达——自述来意。

③ 作冰——做媒。

④ 批耳修尾——尖耳长尾。

⑤ 嘤嘤——蝈蝈的叫声。

⑥ 刍灵——草扎的送葬物。

从,即先生当知其不可。且谚云:'瓜果之生摘者,不适于口。'先生何取焉?"胡大惭。主人曰:"无伤,旧好故在。如不以尘浊见弃,在门墙①之幼子,年十五矣,愿得坦腹床下②。不知有相若者否?"胡喜曰:"仆有弱妹,少公子一岁,颇不陋劣。以奉箕帚,如何?"主人起拜,胡答拜。于是酬酢甚欢,前郤③俱忘。命罗酒浆,遍犒从者,上下欢慰。乃详问居里,将以奠雁④。胡辞之,日暮继烛,醺醉乃去。由是遂安。

年余,胡不至。或疑其约妄,而主人坚持之。又半年,胡忽至。既道温凉已,乃曰:"妹子长成矣。请卜良辰,遣侍翁姑。"主人喜,即同定期而去。至夜,果有舆马送新妇至。奁妆丰盛,设室中几满。新妇见姑嫜,温丽异常。主人大喜。胡生与一弟来送女,谈吐俱风雅,又善饮。天明乃去。新妇且能预知年岁丰凶,故谋生之计,皆取则⑤焉。胡生兄弟以及胡媪,时来望女,人人皆见之。

戏术

有桶戏者,桶可容升;无底,中空,亦如俗戏⑥。戏人以二席置街上,挂一升入桶中;旋出,即有白米满升,倾注席上;又取又倾,顷刻两席皆满。然后一一量入,毕而举之,犹空桶。奇在多也。

利津⑦李见田⑧,在颜镇⑨闲游陶场,欲市巨瓮,与陶人争直,不成而去。至夜,窑中未出者六十余瓮,启视一空。陶人大惊,疑李,踵门求之。李谢不知。固哀之,乃曰:"我代汝出窑,一瓮不损,在魁星楼下非与?"如

---

① 在门墙——在师门。
② 坦腹床下——做某家女婿。
③ 郤——嫌隙。
④ 奠雁——献雁,指迎亲。
⑤ 取则——据为标准。
⑥ 俗戏——魔术,戏法。
⑦ 利津——县名,今山东利津县。
⑧ 李见田——利津人,以占卜最为灵验而著称,号为"李神仙"。
⑨ 颜镇——镇名,今属淄博市。

言往视，果一一俱在。楼在镇之南山①，去场三里馀。佣工运之，三日乃尽。

丐 僧

济南一僧，不知何许人。赤足衣百衲②，日于芙蓉、明湖诸馆③，诵经抄募④。与以酒食、钱、粟，皆弗受；叩所需，又不答。终日未尝见其餐饭。或劝之曰："师既不茹⑤荤酒，当募山村僻巷中，何日日往来于膻闹⑥之场？"僧合眸讽诵⑦，睫毛长指许，若不闻。少旋，又语之。僧遽张目厉声曰："要如此化！"又诵不已。久之，自出而去。或从其后，固诘其必如此之故，走不应。叩之数四，又厉声曰："非汝所知！老僧要如此化！"积数日，忽出南城，卧道侧如僵，三日不动。居民恐其饿死，贻累近郭，因集劝他徙，欲饭饭之，欲钱钱之。僧瞑然不动。群摇而语之。僧怒，于衲中出短刀，自剖其腹；以手入内，理肠于道，而气随绝。众骇告郡，藁葬之。异日为犬所穴，席见。踏之似空；发视之，席封如故，犹空茧然。

伏 狐

太史⑧某，为狐所魅，病瘠。符禳既穷，乃乞假归，冀可逃避。太史

---

① 南山——位于颜镇之南。
② 百衲——僧服。
③ 芙蓉、明湖诸馆——芙蓉街、大明湖是济南旧城的繁华场所。
④ 抄募——零星化缘。
⑤ 茹——吃。
⑥ 膻闹——膻腥喧闹。
⑦ 讽诵——念佛号、诵经文。
⑧ 太史——翰林的别称。

行,而狐从之。大惧,无所为谋。一日,止于涿①。门外有铃医②,自言能伏狐。太史延之入。投以药,则房中术③也。促令服讫,入与狐交,锐不可当。狐辟易④,哀而求罢;不听,进益勇。狐展转营脱,苦不得去。移时无声,视之,现狐形而毙矣。

昔余乡某生者,素有嫪毒⑤之目,自言生平未得一快意。夜宿孤馆,四无邻。忽有奔女,扉未启而已入;心知其狐,亦欣然乐就狎之。衿襦甫解,贯革直入。狐惊痛,啼声吱然,如鹰脱韝⑥,穿窗而去。某犹望窗外作狎昵声,哀唤之,冀其复回,而已寂然矣。此真讨狐之猛将也!宜榜门"驱狐",可以为业。

蛰龙

於陵⑦曲银台⑧公,读书楼上。值阴雨晦暝,见一小物,有光如萤,蠕蠕而行。过处,则黑如蚰⑨迹。渐盘卷上,卷亦焦。意为龙,乃捧卷送之。至门外,持立良久,蠖⑩曲不少动。公曰:"将无谓我不恭?"执卷返,仍置案上,冠带长揖送之。方至檐下,但见昂首乍伸,离卷横飞,其声嗤然,光一道如缕;数步外,回首向公,则头大于瓮,身数十围矣;又一折反,霹雳震惊,腾霄而去。回视所行处,盖曲曲自书笥⑪中出焉。

---

① 涿——州名,今河北涿县。

② 铃医——江湖郎中。

③ 房中术——男女阳阴交合之术。

④ 辟易——躲避。

⑤ 嫪毒(lào ǎi)——战国时秦相吕不韦的舍人,与秦太后私通,秉持朝政,后被诛。此为淫徒的代称。

⑥ 脱韝(gōu)——韝,架鹰用的皮制臂衣;脱韝,放鹰飞捉。

⑦ 於(wū)陵——长山县(今属山东邹平县)的别称。

⑧ 银台——通政使的别称。

⑨ 蚰——俗名鼻涕虫。

⑩ 蠖——虫名,即尺蠖。

⑪ 笥——方形竹制的盛物。

苏 仙

高公明图知郴州①时,有民女苏氏,浣衣于河。河中有巨石,女踞其上。有苔一缕,绿滑可爱,浮水漾动,绕石三匝。女视之,心动。即归而娠,腹渐大。母私诘之,女以情告。母不能解。数月,竟举②一子。欲置隘巷,女不忍也,藏诸椟③而养之。遂矢志不嫁,以明其不二也。然不夫而孕,终以为羞。儿至七岁,未尝出以见人。儿忽谓母曰:"儿渐长,幽禁何可长也?去之,不为母累。"问所之。曰:"我非人种,行将腾霄昂壑耳。"女泣询归期。答曰:"待母属纩④,儿始来。去后,倘有所需,可启藏儿椟索之,必能如愿。"言已,拜母竟去。出而望之,已杳矣。女告母,母大奇之。

女坚守旧志,与母相依,而家益落。偶缺晨炊,仰屋无计。忽忆儿言,往启椟,果得米,赖以举火。由是有求辄应。逾三年,母病卒;一切葬具,皆取给于椟。既葬,女独居三十年,未尝窥户⑤。一日,邻妇乞火者,见其兀坐空闺,语移时始去。居无何,忽见彩云绕女舍,亭亭如盖,中有一人盛服立,审视,则苏女也。回翔久之,渐高不见。邻人共疑之。窥诸其室,见女靓妆⑥凝坐,气则已绝。众以其无归,议为殡殓。忽一少年入,丰姿俊伟,向众申谢。邻人向亦窃知女有子,故不之疑。少年出金葬母,植二桃于墓,乃别而去。数步之外,足下生云,不可复见。后,桃结实甘芳,居人谓之"苏仙桃",树年年华茂,更不衰朽。官是地者,每携实以馈亲友。

---

① 郴(chēn)州——清代州名,今湖南郴州市。
② 举——生育。
③ 椟——木柜或木匣。
④ 属(zhǔ)纩——将死。
⑤ 窥户——出屋门。
⑥ 靓妆——盛妆。

李伯言

李生伯言，沂水人。抗直有肝胆。忽暴病，家人进药，却之曰："吾病非药饵可疗。阴司阎罗缺，欲吾暂摄其篆①耳。死勿埋我，宜待之。"是日果死。

驺从②导去，入一宫殿，进冕服③；隶胥祗候甚肃。案上簿书丛沓。一宗，江南某，稽生平所私④良家女八十二人。鞫之，佐证不诬。按冥律，宜炮烙⑤。堂下有铜柱，高八九尺，围可一抱；空其中而炽炭焉，表里通赤。群鬼以铁蒺藜挞驱使登，手移足盘而上。甫至顶，则烟气飞腾，崩然一响如爆竹，人乃堕；团伏移时，始复苏。又挞之，爆堕如前。三堕，则匝地如烟而散，不复能成形矣。

又一起，为同邑王某，被婢父讼盗占生女。王即生姻家⑥。先是，一人卖婢。王知其所来非道，而利其直廉，遂购之。至是王暴卒。越日，其友周生遇于途，知为鬼，奔避斋中。王亦从入。周惧而祝，问所欲为。王曰："烦作见证于冥司耳。"惊问："何事？"曰："余婢实价购之，今被误控。此事君亲见之，惟借季路一言⑦，无他说也。"周固拒之。王出曰："恐不由君耳。"未几，周果死，同赴阎罗质审。李见王，隐存左袒意⑧。忽见殿上火生，焰烧梁栋。李大骇，侧足立。吏急进曰："阴曹不与人世等，一念之私不可容。急消他念，则火自熄。"李敛神寂虑，火顿灭。已而鞫状，王与婢父反复相苦。问周，周以实对。王以故犯论⑨笞，笞讫，遣人俱送回生。

---

① 篆——印信。

② 驺从（zōu zòng）——达贵出行时的卫队。

③ 冕服——指阎罗冠服。

④ 私——奸污。

⑤ 炮烙——古酷刑之一。

⑥ 姻家——亲家。

⑦ 惟借季路一言——只借重你一句诚实话。

⑧ 左袒意——偏护一方的想法。

⑨ 论——判罪。

周与王皆三日而甦。

李视事毕，舆马而返。中途见阙头断足者数百辈，伏地哀鸣。停车研诘，则异乡之鬼，思践故土，恐关隘阻隔，乞求路引。李曰："余摄任三日，已解任矣，何能为力？"众曰："南村胡生，将建道场，代嘱可致。"李诺之。至家，驺从都去，李乃甦。

胡生字水心，与李善，闻李再生，便诣探省。李遽问："清醮①何时？"胡讶曰："兵燹之后，妻孥瓦全，向与室人作此愿心，未向一人道也。何知之？"李具以告。胡叹曰："闺房一语，遂播幽冥，可惧哉！"乃敬诺而去。次日，如王所，王犹惫卧。见李，肃然起敬，申谢佑庇。李曰："法律不能宽假。今幸无恙乎？"王云："已无他症，但笞疮脓溃耳。"又二十余日始痊；臂肉腐落，瘢痕如杖者。

异史氏曰："阴司之刑，惨于阳世；责亦苛于阳世。然关说不行，则受残酷者不怨也。谁谓夜台无天日哉？第②恨无火烧临民之堂廨③耳！"

黄 九 郎

何师参，字子萧，斋于苕溪④之东，门临旷野。薄暮偶出，见妇人跨驴来，少年从其后。妇约五十许，意致清越。转视少年，年可十五六，丰采过于姝丽。何生素有断袖之癖⑤，睹之，神出于舍；翘足目送，影灭方归。次日，早伺之。落日暝闬⑥，少年始过。生曲意承迎，笑问所来。答以"外祖家"。生请过斋少憩，辞以不暇；固曳之，乃入。略坐兴辞，坚不可挽。生挽手送之，殷嘱便道相过⑦。少年唯唯而去。生由是凝思如渴，往来眺注，足无停趾。

---

① 醮——祭祀神灵。

② 第——只。

③ 堂廨——官署。

④ 苕(tiáo)溪——苕水，在今浙江吴县境内。

⑤ 断袖之癖——有男宠癖好。

⑥ 暝闬——幽暗昏沉。

⑦ 过——拜访。

一日,日衔半规①,少年欻至。大喜,要入,命馆童行酒。问其姓字,答曰:“黄姓,第九。童子无字。”问:“过往何频?”曰:“家慈②在外祖家,常多病,故数省之。”酒数行,欲辞去。生捉臂遮留,下管钥③。九郎无如何,赪颜复坐。挑灯共语,温若处子④;而词涉游戏⑤,便含羞,面向壁。未几,引与同衾。九郎不许,坚以睡恶⑥为辞。强之再三,乃解上下衣,着裤卧床上。何灭烛;少时,移与同枕,曲肘加髀而狎抱之,苦求私昵。九郎怒曰:“以君风雅士,故与流连;乃此之为,是禽处而兽爱之也!”未几,晨星荧荧,九郎径去。生恐其遂绝,复伺之,蹀躞⑦凝盼,目穿北斗。过数日,九郎始至。喜逆谢过;强曳入斋,促坐笑语,窃幸其不念旧恶。无何,解履登床,又抚哀之。九郎曰:“缠绵之意,已镂肺鬲,然亲爱何必在此?”生甘言纠缠,但求一亲玉肌。九郎从之。生俟其睡寐,潜就轻薄。九郎醒,揽衣遽起,乘夜遁去。生邑邑若有所失,忘啜废枕,日渐委悴,惟日使斋童逻侦焉。

一日,九郎过门,即欲径去。童牵衣入之。见生清癯,大骇,慰问。生实告以情,泪涔涔随声零落。九郎细语曰:“区区之意,实以相爱无益于弟,而有害于兄,故不为也。君既乐之,仆何惜焉?”生大悦。九郎去后,病顿减,数日平复。九郎果至,遂相缱绻。曰:“今勉承君意,幸勿以此为常。”既而曰:“欲有所求,肯为力乎?”问之,答曰:“母患心痛,惟太医齐野王先天丹可疗。君与善,当能求之。”生诺之。临去又嘱。生入城求药,及暮付之。九郎喜,上手称谢。又强与合。九郎曰:“勿相纠缠。谨为君图一佳人,胜弟万万矣。”生问谁。九郎曰:“有表妹,美无伦。倘能垂意,当报柯斧⑧。”生微笑不答。九郎怀药便去。三日乃来,复求药。生恨其迟,词多诮让。九郎曰:“本不忍祸君,故疏之;既不蒙见谅,请勿悔焉。”

---

① 日衔半规——太阳半落西山。
② 家慈——家母。
③ 下管钥——关门上锁。
④ 处子 ——处女。
⑤ 游戏——调戏。
⑥ 睡恶——睡相不雅。
⑦ 蹀躞——徘徊。
⑧ 报柯斧——以做媒报答。

由是燕会无虚夕。

凡三日必一乞药。齐怪其频,曰:“此药未有过三服者,胡久不瘥?”因裹三剂并授之。又顾生曰:“君神色黯然,病乎?”曰:“无。”脉之,惊曰:“君有鬼脉①,病在少阴②,不自慎者殆矣!”归语九郎。九郎叹曰:“良医也!我实狐,久恐不为君福。”生疑其诳,藏其药,不以尽予,虑其弗至也。居无何,果病。延齐诊视,曰:“曩不实言,今魂气已游墟莽③,秦缓④何能为力?”九郎日来省侍,曰:“不听吾言,果至于此!”生寻死。九郎痛哭而去。

先是,邑有某太史,少与生共笔砚⑤;十七岁擢翰林。时秦藩⑥贪暴,而赂通朝士⑦,无有言者。公抗疏劾其恶,以越俎免。藩升是省中丞⑧,日伺公隙。公少有英称,曾邀叛王青盼⑨,因购得旧所往来札,胁公。公惧,自经。夫人亦投缳⑩死。公越宿忽醒,曰:“我何子萧也。”诘之,所言皆何家事,方悟其借躯返魂。留之不可,出奔旧舍。抚疑其诈,必欲排陷之,使人索千金于公。公伪诺,而忧闷欲绝。忽通九郎至,喜共话言,悲欢交集。既欲复狎。九郎曰:“君有三命⑪耶?”公曰:“余悔生劳,不如死逸。”因诉冤苦。九郎悠忧以思。少间曰:“幸复生聚。君旷⑫无偶,前言表妹,慧丽多谋,必能分忧。”公欲一见颜色。曰:“不难。明日将取伴老母,此道所经。君伪为弟也兄者⑬,我假渴而求饮焉。君曰‘驴子亡’⑭,

---

① 鬼脉——将死的征兆。

② 少阴——肾经。

③ 墟莽——荒陇、丘坟。

④ 秦缓——春秋时秦国名医。

⑤ 共笔砚——指共桌同塾的同学。

⑥ 秦藩——陕西省布政使。

⑦ 朝士——京官。

⑧ 中丞——明清巡抚的代称。

⑨ 青盼——青眼、看重。

⑩ 投缳(huán)——上吊。

⑪ 三命——迷信说法,人有三条命。

⑫ 旷——男子中年无妻为“旷”。

⑬ 伪为弟也兄者——假称是我的哥哥。

⑭ 驴子亡——驴子跑了。

则诺也。"计已而别。

明日亭午，九郎果从女郎经门外过。公拱手絮絮与语。略睨女郎，娥眉秀曼，诚仙人也。九郎索茶，公请入饮。九郎曰："三妹勿讶，此兄盟好，不妨少休止。"扶之而下，系驴于门而入。公自起瀹茗①。因目九郎曰："君前言不足以尽②。今得死所矣！"女似悟其言之为己者，离榻起立，嘤喔③而言曰："去休！"公外顾曰："驴子其亡！"九郎火急驰出。公拥女求合。女颜色紫变，窘若囚拘，大呼九兄，不应。曰："君自有妇，何丧人廉耻也？"公自陈无室。女曰："能矢山河④，勿令秋扇见捐⑤，则惟命是听。"公乃誓以皦日⑥。女不复拒。事已，九郎至。女色然怒让之。九郎曰："此何子萧，昔之名士，今之太史。与兄最善，其人可依。即闻诸妗氏，当不相见罪。"日向晚，公邀遮不听去。女恐姑母骇怪。九郎锐身自任，跨驴径去。居数日，有妇携婢过，年四十许，神情意致，雅似三娘。公呼女出窥，果母也。瞥睹女，怪问："何得在此？"女惭不能对。公邀入，拜而告之。母笑曰："九郎稚气，胡再不谋⑦？"女自入厨下，设食供母，食已乃去。

公得丽偶，颇快心期；而恶绪萦怀，恒蹙蹙有忧色。女问之，公缅述颠末。女笑曰："此九兄一人可得解，君何忧？"公诘其故。女曰："闻抚公溺声歌而比顽童⑧，此皆九兄所长也。投所好而献之，怨可消，仇亦可复。"公虑九郎不肯。女曰："但请哀之。"越日，公见九郎来，肘行而逆之。九郎惊曰："两世之交，但可自效，顶踵所不敢惜⑨。何忽作此态向人？"公具以谋告。九郎有难色。女曰："妾失身于郎，谁实为之？脱令中途雕丧⑩，

---

① 瀹(yuè)茗——烹茶。
② 尽——尽致。
③ 嘤喔——鸟鸣声，喻女子声音娇美。
④ 矢山河——对山河发誓。
⑤ 捐——弃，赠送。
⑥ 誓以皦日——指着太阳发誓。
⑦ 胡再不谋——为何不与我商量。
⑧ 比(pì)顽童——亲近娈童。
⑨ 顶踵所不敢惜——全力以赴。
⑩ 脱令中途雕丧——如果让翰林半路而死。

焉置妾也?”九郎不得已,诺之。公族[①]与谋,驰书与所善之王太史,而致[②]九郎焉。王会其意,大设,招抚公饮。命九郎饰女郎,作天魔舞[③],宛然美女。抚惑之,亟请于王,欲以重金购九郎,惟恐不得当。王故沉思以难之。迟之又久,始将公命以进。抚喜,前郤顿释。自得九郎,动息不相离;侍妾十余,视同尘土。九郎饮食供具如王者,赐金万计。半年,抚公病。九郎知其去冥路近也,遂辇金帛,假归公家[④]。既而抚公薨。九郎出资,起屋置器,畜婢仆,母子及妗并家焉。九郎出,舆马甚都[⑤],人不知其狐也。余有“笑判”[⑥],并志之:

男女居室,为夫妇之大伦;燥湿互通,乃阴阳之正窍[⑦]。迎风待月,尚有荡检之讥[⑧];断袖分桃,难免掩鼻之丑[⑨]。人必力士,鸟道乃敢生开[⑩];洞非桃源,渔篙宁许误入[⑪]?今某从下流而忘返,舍正路而不由。云雨未兴,辄尔上下其手;阴阳反背,居然表里为奸。华池置无用之乡,谬说老僧入定[⑫];蛮洞乃不毛之地,遂使眇帅称戈[⑬]。系赤兔于辕门,如将射戟;探大弓于国库,直欲斩关[⑭]。或是监内黄鳣,访知交于昨夜[⑮];分明王家朱

---

① 族——聚。

② 致——奉献。

③ 天魔舞——元末盛行的一种宫廷舞。

④ 假归公家——告假回翰林家。

⑤ 都——华美。

⑥ 笑判——开玩笑的判词。

⑦ 阴阳之正窍——男女性器官。

⑧ 荡检之讥——指唐元稹《莺莺传》中的莺莺邀张生私会,有逾礼法。

⑨ 掩鼻之丑——指汉哀帝宠幸男宠董贤、战国时卫国国君宠幸男宠弥子瑕,丑恶不堪。

⑩ 鸟道乃敢生开——指男性的性关系,今男同性恋。

⑪ 宁许误入——喻男性间发生不正当关系。

⑫ 老僧入定——指喜好男宠者假称清心寡欲。

⑬ 眇帅称戈——指倾心于同性苟合。

⑭ 直欲斩关——砍断关隘大门的横闩,即破门入关。

⑮ 访知交于昨夜——男色故事。

李,索钻报于来生①。彼黑松林戎马顿来,固相安矣②;设黄龙府潮水忽至,何以御之③? 宜断其钻刺之根,兼塞其送迎之路④。

金陵女子

沂水居民赵某,以故自城中归,见女子白衣哭路侧,甚哀。睨之,美。悦之,凝注不去。女垂涕曰:"夫夫也,路不行而顾我⑤!"赵曰:"我以旷野无人,而子哭之恸,实怆于心。"女曰:"夫死无路,是以哀耳。"赵劝其复择良匹。曰:"渺此一身,其何能择? 如得所托,媵之可也。"赵忻然自荐,女从之。赵以去家远,将觅代步。女曰:"无庸。"乃先行,飘若仙奔。至家,操井臼甚勤。积二年余,谓赵曰:"感君恋恋,猥相从⑥,忽已三年。今宜且去。"赵曰:"曩言无家,今焉往?"曰:"彼时漫为是言耳,何得无家? 身父货药金陵。倘欲再晤,可载药往,可助资斧。"赵经营,为贳⑦舆马。女辞之,出门径去;追之不及,瞬息遂杳。

居久之,颇涉怀想,因市药诣金陵。寄货旅邸,访诸衢市。忽药肆一翁望见,曰:"婿至矣。"延入之。女方浣裳庭中,见之不言亦不笑,浣不辍。赵衔恨遽出。翁又曳之返。女不顾如初。翁命治具作饭。谋厚赠之,女止之曰:"渠⑧福薄,多将不任;宜少慰其苦辛,再检十数医方与之,便吃著不尽矣。"翁问所载药。女云:"已售之矣,直在此。"翁乃出方付金,送赵归。试其方,有奇验。沂水尚有能知其方者。以蒜臼接茅檐雨

---

① 索钻报于来生——指同性相交,两世也不会有后代子嗣。

② 固相安矣——指爱男宠者。

③ 何以御之——指男宠。

④ 送迎之路——指对爱男宠者应当判处阉割之罚,对男宠应当判处堵塞肛门之罚。

⑤ 夫夫也,路不行而顾我——一个男人家,不走你的路,看我干什么。

⑥ 猥相从——苟且跟了你。

⑦ 贳(shì)——租赁。

⑧ 渠——他。

水,洗瘰赘①,其方之一也,良效。

汤 公

汤公名聘②,辛丑进士。抱病弥留。忽觉下部热气,渐升而上:至股,则足死;至腹,则股又死;至心,心之死最难。凡自童稚以及琐屑久忘之事,都随心血来,一一潮过。如一善,则心中清净宁帖;一恶,则懊侬烦燥,似油沸鼎中,其难堪之状,口不能肖似之。犹忆七八岁时,曾探雀雏而毙之,只此一事,心头热血潮涌,食顷方过。直待平生所为,一一潮尽,乃觉热气缕缕然,穿喉入脑,自顶颠出,腾上如炊,逾数十刻期,魂乃离窍,忘躯壳矣。

而渺渺无归,漂泊郊路间。一巨人来,高几盈寻③,掇拾之,纳诸袖中。入袖,则叠肩压股,其人甚伙,薅脑④闷气,殆不可过。公顿思惟佛能解厄,因宣佛号⑤,才三四声,飘堕袖外。巨人复纳之。三纳三堕,巨人乃去之。公独立徬徨,未知何往之善。忆佛在西土,乃遂西。无何,见路侧一僧趺坐,趋拜问途。僧曰:"凡士子生死录,文昌⑥及孔圣司之,必两处销名,乃可他适。"公问其居,僧示以途,奔赴。

无几,至圣庙,见宣圣⑦南面坐。拜祷如前。宣圣言:"名籍之落,仍得帝君。"因指以路。公又趋之。见一殿阁,如王者居。俯身入,果有神人,如世所传帝君像。伏祝之。帝君检名曰:"汝心诚正,宜复有生理。但皮囊腐矣,非菩萨莫能为力。"因指示令急往。公从其教。俄见茂林修竹,殿宇华好。入,见螺髻庄严,金容满月;瓶浸杨柳,翠碧垂烟。公肃然

---

① 瘰赘——瘰子。

② 汤公名聘——汤聘,清顺治年间进士,曾官至知县。

③ 寻——八尺为一寻。

④ 薅(hāo)脑——烦闷。

⑤ 宣佛号——高诵佛的名号。

⑥ 文昌——即文昌帝君,旧时传说为主宰天下文教之神。

⑦ 宣圣——即孔子。

稽首,拜述帝君言。菩萨难之。公哀祷不已。旁有尊者①白言:"菩萨施大法力,撮土可以为肉,折柳可以为骨。"菩萨即如所请,手断柳枝,倾瓶中水,合净土为泥,拍附公体,使童子携送灵所,推而合之。棺中呻动,霍然病已。家人骇然集,扶而出之,计气绝已断七②矣。

阎 罗

莱芜③秀才李中之,性直谅不阿。每数日,辄死去,僵然如尸,三四日始醒。或问所见,则隐秘不泄。时邑有张生者,亦数日一死。语人曰:"李中之,阎罗也。余至阴司,亦其属曹④。"其门殿⑤对联,俱能述之。或问:"李昨赴阴司何事?"张曰:"不能具述,惟提勘曹操⑥,笞二十。"

异史氏曰:"阿瞒⑦一案,想更⑧数十阎罗矣。畜道、剑山,种种具在⑨,宜得何罪,不劳挹取⑩;乃数千年不决,何也?岂以临刑之囚,快于速割⑪,故使之求死不得也?异已⑫!"

---

① 尊者——德行兼备的僧人。
② 断七——人死后七七四十九天,招佛道超度,称"断七"。
③ 莱芜——县名,今山东莱芜县。
④ 属曹——属官。
⑤ 门殿——大门和正殿。
⑥ 曹操——代指奸臣。
⑦ 阿瞒——曹操的小名。
⑧ 更——经历。
⑨ 畜道、剑山,种种具在——指地狱里如罚恶人为畜、赴剑山受刑之类的规定均十分清楚。
⑩ 挹取——斟酌量刑。
⑪ 快于速割——以速死为快。
⑫ 异已——真奇怪。

连 琐

杨于畏，移居泗水[①]之滨。斋临旷野，墙外多古墓，夜闻白杨萧萧，声如涛涌。夜阑秉烛，方复凄断。忽墙外有人吟曰："玄夜凄风却倒吹，流萤惹草复沾帏[②]。"反复吟诵，其声哀楚。听之，细婉似女子。疑之。明日，视墙外，并无人迹。惟有紫带一条，遗荆棘中；拾归，置诸窗上。向夜二更许，又吟如昨。杨移杌[③]登望，吟顿辍。悟其为鬼，然心向慕之。

次夜，伏伺墙头。一更向尽，有女子珊珊自草中出，手扶小树，低首哀吟。杨微嗽，女忽入荒草而没。杨由是伺诸墙下，听其吟毕，乃隔壁而续之曰："幽情苦绪何人见？翠袖单寒月上时。"久之，寂然。杨乃入室。方坐，忽见丽者自外来，敛衽曰："君子固风雅士，妾乃多所畏避。"杨喜，拉坐。瘦怯凝寒，若不胜衣。问："何居里，久寄此间？"答曰："妾陇西[④]人，随父流寓。十七暴疾殂谢，今二十余年矣。九泉荒野，孤寂如鹜[⑤]。所吟，乃妾自作，以寄幽恨者。思久不属[⑥]；蒙君代续，欢生泉壤。"杨欲与欢。蹙然曰："夜台朽骨，不比生人，如有幽欢，促人寿数。妾不忍祸君子也。"杨乃止。戏以手探胸，则鸡头之肉[⑦]，依然处子。又欲视其裙下双钩。女俯首笑曰："狂生太罗唣[⑧]矣！"杨把玩之，则见月色锦袜，约彩线一缕。更视其一，则紫带系之。问："何不俱带？"曰："昨宵畏君而避，不知遗落何所。"杨曰："为卿易之。"遂即窗上取以授女。女惊问何来，因以实告。女乃去线束带。既翻案上书，忽见《连昌宫词》[⑨]，慨然曰："妾生时

---

① 泗水——泗河，源出今山东泗水县。

② 沾帏——附着裙的正前方。

③ 杌(wù)——短凳。

④ 陇西——县名，今甘肃陇西县。

⑤ 鹜(wù)——野鸭。

⑥ 思久不属(zhǔ)——文思不畅通。

⑦ 鸡头之肉——女子乳头。

⑧ 罗唣——纠缠。

⑨ 《连昌宫词》——唐代元稹的七言长篇叙事诗。

最爱读此。今视之,殆如梦寐!"与谈诗文,慧黠可爱,剪烛西窗①,如得良友。自此每夜但闻微吟,少顷即至。辄嘱曰:"君秘勿宣。妾少胆怯,恐有恶客见侵。"杨诺之。两人欢同鱼水,虽不至乱,而闺阁之中,诚有甚于画眉者②。女每于灯下为杨写书,字态端媚。又自选宫词百首,录诵之。使杨治棋枰③,购琵琶。每夜教杨手谈④,不则挑弄弦索⑤。作"蕉窗零雨"之曲⑥,酸人胸臆;杨不忍卒听,则为"晓苑莺声"之调⑦,顿觉心怀畅适。挑灯作剧⑧,乐辄忘晓。视窗上有曙色,则张皇遁去。

一日,薛生造访,值杨昼寝。视其室,琵琶、棋枰俱在,知非所善。又翻书得宫词,见字迹端好,益疑之。杨醒,薛问:"戏具何来?"答:"欲学之。"又问诗卷,托以假诸友人。薛反复检玩,见最后一页细字一行云:"某月日连琐书。"笑曰:"此是女郎小字⑨,何相欺之甚?"杨大窘,不能置词。薛诘之益苦,杨不以告。薛卷挟⑩,杨益窘,遂告之。薛求一见。杨因述所嘱。薛仰慕殷切;杨不得已,诺之。夜分,女至,为致意焉。女怒曰:"所言伊何?乃已喋喋向人!"杨以实情自白。女曰:"与君缘尽矣!"杨百词慰解,终不欢,起而别去,曰:"妾暂避之。"明日,薛来,杨代致其不可。薛疑支托,暮与窗友⑪二人来,淹留不去,故挠⑫之;恒终夜哗,大为杨生白眼,而无如何。众见数夜杳然,浸有去志,喧嚣渐息。忽闻吟声,共听之,凄婉欲绝。薛方倾耳神注,内一武生王某,掇巨石投之,大呼曰:"作态不见客,那得好句?呜呜恻恻,使人闷损!"吟顿止。众甚怨之。杨

---

① 剪烛西窗——夜深灯前,亲切对语。
② 甚于画眉者——感情亲密比东汉时张敞为妻描眉还要深。
③ 棋枰——围棋棋盘。
④ 手谈——下围棋。
⑤ 弦索——弦乐器。
⑥ "蕉窗零雨"之曲——指声情凄惋的曲子。
⑦ "晓苑莺声"之调——指声情欢快的曲子。
⑧ 剧——游戏。
⑨ 小字——乳名。
⑩ 卷挟——卷起诗书,夹于腋下。
⑪ 窗友——同学。
⑫ 挠——扰乱。

恚愤见于词色。次日，始共引去。杨独宿空斋，冀女复来，而殊无影迹。逾二日，女忽至，泣曰："君致恶宾，几吓煞妾！"杨谢过不遑。女遽出，曰："妾固谓缘分尽也，从此别矣。"挽之已渺。由是月余，更不复至。杨思之，形销骨立，莫可追挽。

一夕，方独酌，忽女子搴帏入。杨喜极，曰："卿见宥耶？"女涕垂膺，默不一言。亟问之，欲言复忍，曰："负气去，又急而求人，难免愧恧。"杨再三研诘，乃曰："不知何处来一龌龊隶①，逼充媵妾。顾念清白裔②，岂屈身舆台③之鬼？然一线弱质，乌能抗拒？君如齿妾在琴瑟之数④，必不听自为生活⑤。"杨大怒，愤将致死；但虑人鬼殊途，不能为力。女曰："来夜早眠，妾邀君梦中耳。"于是复共倾谈，坐以达曙。女临去，嘱勿昼眠，留待夜约。杨诺之。因于午后薄饮，乘醺登榻，蒙衣偃卧。忽见女来，授以佩刀，引手去。至一院宇，方阖门语，闻有人掿石⑥挝门。女惊曰："仇人至矣！"杨启户骤出，见一人赤帽青衣，猬毛绕喙⑦。怒咄之。隶横目相仇，言词凶谩。杨大怒，奔之。隶捉石以投，骤如急雨，中杨腕，不能握刃。方危急所，遥见一人，腰矢野射⑧。审视之，王生也。大号乞救。王生张弓急至，射之中股；再射之，殪⑨。杨喜感谢。王问故，具告之。王自喜前罪可赎，遂与共入女室。女战惕羞缩，遥立不作一语。案上有小刀，长仅尺余，而装以金玉；出诸匣，光芒鉴影。王叹赞不释手。与杨略话，见女惭惧可怜，乃出，分手去。杨亦自归，越墙而仆，于是惊寤，听村鸡已乱鸣矣。觉腕中痛甚；晓而视之，则皮肉赤肿。

停时⑩，王生来，便言夜梦之奇。杨曰："未梦射否？"王怪其先知。杨

---

① 龌龊(wò chuò)隶——下贱衙役。
② 清白裔——清白人家的子孙。
③ 舆台——舆和台，同是奴隶。
④ 琴瑟之数——夫妻缘分。
⑤ 生活——求生存。
⑥ 掿石——拿石头。
⑦ 绕喙——围在嘴四周。
⑧ 腰矢野射——腰佩弓箭，郊外狩猎。
⑨ 殪——死。
⑩ 停时——过了一会儿。

出手示之，且告以故。王忆梦中颜色，恨不真见；自幸有功于女，复请先容①。夜间，女来称谢。杨归功王生，遂达诚恳。女曰："将伯之助②，义不敢忘。然彼赳赳③，妾实畏之。"既而曰："彼爱妾佩刀。刀实妾父出使粤中④，百金购之。妾爱而有之，缠以金丝，瓣以明珠。大人怜妾夭亡，用以殉葬。今愿割爱相赠，见刀如见妾也。"次日，杨致此意。王大悦。至夜，女果携刀来，曰："嘱伊珍重，此非中华⑤物也。"由是往来如初。

积数月，忽于灯下笑而向杨，似有所语，面红而止者三。生抱问之。答曰："久蒙眷爱，妾受生人气，日食烟火，白骨顿有生意。但须生人精血，可以复活。"杨笑曰："卿自不肯，岂我故惜之？"女云："交接后，君必有念余日大病，然药之可愈。"遂与为欢。既而着衣起，又曰："尚须生血一点，能拼痛以相爱乎？"杨取利刃刺臂出血；女卧榻上，便滴脐中。乃起曰："妾不来矣。君记取百日之期，视妾坟前，有青鸟⑥鸣于树头，即速发冢。"杨谨受教。出门又嘱曰："慎记勿忘，迟速皆不可！"乃去。越十余日，杨果病，腹胀欲死。医师投药，下恶物如泥，浃辰⑦而愈。计至百日，使家人荷插⑧以待。日既夕，果见青鸟双鸣。杨喜曰："可矣。"乃斩荆发圹。见棺木已朽，而女貌如生。摩之微温。蒙衣舁归，置暖处，气咻咻然，细于属丝。渐进汤酏⑨，半夜而苏。每谓杨曰："二十余年，如一梦耳。"

---

① 先容——事先介绍。
② 将(qiāng)伯之助——他人对自己的帮助。
③ 赳赳——威武状。
④ 粤中——泛指今广东、广西。
⑤ 中华——中国。
⑥ 青鸟——传说是西王母的使者，传递男女相爱的音讯。
⑦ 浃辰——十二天。
⑧ 插——通"锸"，铁锹。
⑨ 酏(yí)——米汤、稀粥。

单 道 士

韩公子，邑世家。有单道士，工作剧①，公子爱其术，以为座上客。单与人行坐，辄忽不见。公子欲传其法，单不肯。公子固恳之。单曰："我非吝吾术，恐坏吾道也。所传而君子则可；不然，有借此以行窃者矣。公子固无虑此，然或出见美丽而悦，隐身入人闺闼，是济恶而宣淫也。不敢从命。"公子不能强，而心怒之，阴与仆辈谋挞辱之。恐其遁匿，因以细灰布麦场上，思：左道②能隐形，而履处必有印迹，可随印处急击之。于是诱单往，使人执牛鞭立挞之。单忽不见，灰上果有履迹，左右乱击，顷刻已迷。公子归，单亦至。谓诸仆曰："吾不可复居矣！向劳服役，今且别，当有以报。"袖中出旨酒一盛③，又探得肴一簋④，并陈几上。陈已，复探；凡十余探⑤，案上已满。遂邀众饮，俱醉；一一仍内袖中。韩闻其异，使复作剧。单于壁上画一城，以手推挝，城门顿阙。因将囊衣箧物，悉掷门内，乃拱别曰："我去矣！"跃身入城，城门遂合，道士顿杳。后闻在青州市上，教儿童画墨圈于掌，逢人戏抛之，随所抛处，或面或衣，圈辄脱去，落印其上。又闻其善房中术，能令下部吸烧酒，尽一器。公子尝面试之。

白 于 玉

吴青庵，筠，少知名。葛太史见其文，每嘉叹之。托相善者邀至其家，领⑥其言论风采。曰："焉有才如吴生，而长贫贱者乎？"因俾邻好致之⑦

---

① 剧——此指幻术。
② 左道——邪门歪道。
③ 盛(chéng)——容器。
④ 簋(guǐ)——古盛器。
⑤ 探——掏取。
⑥ 领——领略。
⑦ 致之——传话给吴生。

曰："使青庵奋志云霄①，当以息女奉巾栉②。"时太史有女绝美。生闻大喜，确自信。既而秋闱被黜，使人谓太史："富贵所固有，不可知者迟早耳。请待我三年，不成而后嫁。"于是刻志益苦。

一夜，月明之下，有秀才造谒，白晰短须，细腰长爪。诘所来，自言："白氏，字于玉。"略与倾谈，豁人心胸。悦之，留同止宿。迟明欲去，生嘱便道频过。白感其情殷，愿即假馆，约期而别。至日，先一苍头送炊具来。少间，白至，乘骏马如龙。生另舍舍之。白命奴牵马去。遂共晨夕，忻然相得。生视所读书，并非常所见闻，亦绝无时艺。讶而问之。白笑曰："士各有志，仆非功名中人也。"夜每招生饮，出一卷授生，皆吐纳之术③，多所不解，因以迂缓置之。他日谓生曰："曩所授，乃'黄庭'④之要道，仙人之梯航⑤。"生笑曰："仆所急不在此。且求仙者必断绝情缘，使万念俱寂，仆病未能也。"白问："何故？"生以宗嗣为虑。白曰："胡久不娶？"笑曰："'寡人有疾，寡人好色⑥。'"白亦笑曰："'王请无好小色。'所好何如？"生具以情告。白疑未必真美。生曰："此遐迩所共闻，非小生之目贱也。"白微哂而罢。次日，忽促装言别。生凄然与语，刺刺不能休。白乃命童子先负装行。两相依恋。俄见一青蝉鸣落案间，白辞曰："舆已驾矣，请自此别。如相忆，拂我榻而卧之。"方欲再问，转瞬间，白小如指，翩然跨蝉背上，嘲哳⑦而飞，杳入云中。生乃知其非常人，错愕良久，怅怅自失。

逾数日，细雨忽集，思白綦切。视所卧榻，鼠迹碎琐；慨然⑧扫除，设席即寝。无何，见白家童来相招，忻然从之。俄有桐凤⑨翔集，童捉谓生曰："黑径难行，可乘此代步。"生虑细小不能胜任。童曰："试乘之。"生如

① 奋志云霄——指科举求功名。

② 奉巾栉——指女子许婚。

③ 吐纳之术——古养生术之一。

④ 黄庭——即《黄庭经》，道教徒养生修炼的经典之一。

⑤ 梯航——梯子和渡船，成仙的凭借。

⑥ 寡人有疾，寡人好色——借用齐宣王搪塞孟子的话以拒之。

⑦ 嘲哳（zhāo zhā）——蝉叫声。

⑧ 慨然——叹悔状。

⑨ 桐凤——鸟名，即桐花凤。

所请，宽然殊有余地，童亦附其尾上；戛然一声，凌升空际。未几，见一朱门。童先下，扶生亦下。问："此何所？"曰："此天门也。"门边有巨虎蹲伏。生骇惧，童一身障之。见处处风景，与世殊异。童导入广寒宫①，内以水晶为阶，行人如在镜中。桂树两章②，参空合抱；花气随风，香无断际。亭宇皆红窗，时有美人出入，冶容秀骨，旷世并无其俦。童言："王母宫佳丽尤胜。"然恐主人伺久，不暇留连，导与趋出。移时，见白生候于门。握手入，见檐外清水白沙，涓涓流溢；玉砌雕阑，殆疑桂阙③。甫坐，即有二八妖鬟，来荐香茗。少间，命酌。有四丽人，敛衽鸣珰④，给事左右。才觉背上微痒，丽人即纤指长甲，探衣代搔。生觉心神摇曳，罔所安顿。既而微醺，渐不自持，笑顾丽人，兜搭⑤与语。美人辄笑避。白令度曲侑⑥觞。一衣绛绡者，引爵向客，便即筵前，宛转清歌。诸丽者笙管敖曹⑦，呜呜杂和。既阕，一衣翠裳者，亦酌亦歌。尚有一紫衣人，与一淡白软绡者，吃吃笑暗中，互让不肯前。白令一酌一唱。紫衣人便来把盏。生托接杯，戏挠纤腕。女笑失手，酒杯倾堕。白谯诃之。女拾杯含笑，俯首细语云："冷如鬼手馨，强来捉人臂⑧。"白大笑，罚令自歌且舞。舞已，衣淡白者又飞一觥⑨。生辞不能釂⑩。女捧酒有愧色，乃强饮之。细视四女，风致翩翩，无一非绝世者。遽谓主人曰："人间尤物⑪，仆求一而难之；君集群芳，能令我真个销魂否？"白笑曰："足下意中自有佳人，此何足当巨眼之顾⑫？"生曰："吾今乃知所见之不广也。"白乃尽招诸女，俾自择。

---

① 广寒宫——月宫。
② 章——株。
③ 桂阙——月宫。
④ 鸣珰——腰间玉饰物相撞击的音响。
⑤ 兜搭——搭讪。
⑥ 侑（yòu）——劝酒。
⑦ 敖曹——嘈杂声。
⑧ 冷如鬼手馨，强来捉人臂——手凉如鬼，强要抓人的胳臂。
⑨ 觥——一杯酒。
⑩ 釂（jiào）——饮酒。
⑪ 尤物——绝色美女。
⑫ 巨眼之顾——恭维词，远见卓识的眼光。

生颠倒不能自决。白以紫衣人有把臂之好,遂使襆被奉客。既而衾枕之爱,极尽绸缪。生索赠,女脱金腕钏付之。忽童入曰:“仙凡路殊,君宜即去。”女急起,遁去。生问主人,童曰:“早诣待漏①,去时嘱送客耳。”生怅然从之,复寻旧途。将及门,回视童子,不知何时已去。虎哮骤起,生惊窜而去。望之无底,而足已奔堕。一惊而寤,则朝暾②已红。方将振衣,有物腻然坠褥间,视之,钏也。心益异之。由是前念灰冷,每欲寻赤松③游,而尚以胤续④为忧。过十余月,昼寝方酣,梦紫衣姬自外至,怀中绷婴儿⑤曰:“此君骨肉。天上难留此物,敬持送君。”乃寝诸床,牵衣覆之,匆匆欲去。生强与为欢。乃曰:“前一度为合卺,今一度为永诀,百年夫妇,尽于此矣。君倘有志,或有见期。”生醒,见婴儿卧襆褥间,绷以告母。母喜,佣媪哺之,取名梦仙。生于是使人告太史,自己将隐,令别择良匹。太史不肯。生固以为辞。太史告女,女曰:“远近无不知儿身许吴郎矣。今改之,是二天⑥也。”因以此意告生。生曰:“我不但无志于功名,兼绝情于燕好。所以不即入山者,徒以有老母在。”太史又以商女。女曰:“吴郎贫,我甘其藜藿;吴郎去,我事其姑嫜:定不他适。”使人三四返,迄无成谋⑦,遂诹⑧日备车马妆奁,嫔⑨于生家。生感其贤,敬爱臻至。女事姑孝,曲意承顺,过贫家女。逾二年,母亡,女质奁作具⑩,罔不尽礼。生曰:“得卿如此,吾何忧!顾念一人得道,拔宅飞升⑪。余将远逝,一切付之于卿。”女坦然,殊不挽留。生遂去。

---

① 待漏——百官等待早朝。
② 朝暾(tūn)——朝阳。
③ 赤松——即赤松子,传说中的仙人。
④ 胤续——后代。
⑤ 绷婴儿——用布幅束裹着幼婴。
⑥ 二天——两个丈夫。
⑦ 成谋——协议。
⑧ 诹(zōu)——咨询。
⑨ 嫔(pīn)——新妇嫁往夫家。
⑩ 质奁作具——典押妆奁,为婆母治葬具。
⑪ 一人得道,拔宅飞升——传说中东晋道士许逊成仙后,全家42口人随之成仙。

女外理生计，内训孤儿，井井有法。梦仙渐长，聪慧绝伦。十四岁，以神童领乡荐；十五入翰林。每褒封，不知母姓氏，封葛母一人而已。值霜露之辰①，辄问父所，母具告之。遂欲弃官往寻。母曰："汝父出家，今已十有余年，想已仙去，何处可寻？"后奉旨祭南岳②，中途遇寇。窘急中，一道人仗剑入，寇尽披靡，围始解。德之，馈以金，不受。出书一函，付嘱曰："余有故人，与大人同里，烦一致寒暄。"问："何姓名？"答曰："王林。"因忆村中无此名。道士曰："草野微贱，贵官自不识耳。"临行，出一金钏曰："此闺阁物，道人拾此，无所用处，即以奉报。"视之，嵌镂精绝。怀归以授夫人。夫人爱之，命良工依式配造，终不及其精巧。遍问村中，并无王林其人者。私发其函，上云："三年鸾凤，分拆各天；葬母教子，端赖卿贤。无以报德，奉药一丸；剖而食之，可以成仙。"后书"琳娘夫人妆次③"。读毕，不解何人，持以告母。母执书以泣，曰："此汝父家报④也。琳，我小字。"始恍然悟"王林"为拆白谜⑤也。悔恨不已。又以钏示母。母曰："此汝母遗物。而翁在家时，尝以相示。"又视丸，如豆大。喜曰："我父仙人，啖此必能长生。"母不遽吞，受而藏之。会葛太史来视甥，女诵吴生书，便进丹药为寿。太史剖而分食之。顷刻，精神焕发。太史时年七旬，龙钟颇甚；忽觉筋力溢于肤革，遂弃舆而步，其行健速，家人坌息⑥始能及焉。逾年，都城有回禄⑦之灾，火终日不熄。夜不敢寐，毕集庭中。见火热拉杂，侵及邻舍。一家徊徨，不知所计。忽夫人臂上金钏，戛然有声，脱臂飞去。望之，大可数亩；团覆宅上，形如月阑⑧；口降⑨东南隅，历历可见。众大愕。俄顷，火自西来，近阑则斜越而东。迨火势既远，窃意钏亡不可复得；忽见红火乍敛，钏铮然堕足下。都中延烧民舍数万间，左右前

① 霜露之辰——祭祖日。
② 南岳——指安徽天柱山，为南岳神所居地。
③ 妆次——奉达妆台左右。
④ 家报——家信。
⑤ 拆白谜——拆白道字，一种修辞格式。
⑥ 坌息——呼吸急促。
⑦ 回禄——火神。
⑧ 月阑——月晕。
⑨ 降——坐落。

后,并为灰烬,独吴第无恙,惟东南一小阁,化为乌有,即钏口漏覆处也。葛母年五十余,或见之,犹似二十许人。

夜叉国

交州①徐姓,泛海为贾。忽被大风吹去。开眼至一处,深山苍莽。冀有居人,遂缆船而登,负糗腊②焉。

方入,见两崖皆洞口,密如蜂房;内隐有人声。至洞外,伫足一窥,中有夜叉③二,牙森列戟,目闪双灯,爪劈生鹿而食。惊散魂魄,急欲奔下,则夜叉已顾见之,辍食执入。二物相语,如鸟兽鸣,争裂徐衣,似欲啗噉。徐大惧,取囊中糗糒④,并牛脯⑤进之。分啖甚美。复翻徐橐,徐摇手以示其无。夜叉怒,又执之。徐哀之曰:"释我。我舟中有釜甑⑥,可烹饪。"夜叉不解其语,仍怒。徐再与手语,夜叉似微解。从至舟,取具入洞,束薪燃火,煮其残鹿,熟而献之。二物啖之喜。夜以巨石杜门,似恐徐遁。徐曲体遥卧,深惧不免。天明,二物出,又杜之。少顷,携一鹿来付徐。徐剥革,于深洞处流水,汲煮数釜。俄有数夜叉至,群集吞啖讫,共指釜,似嫌其小。过三四日,一夜叉负一大釜来,似人所常用者。于是群夜叉各致狼麇⑦。既熟,呼徐同啖。居数日,夜叉渐与徐熟,出亦不施禁锢,聚处如家人。徐渐能察声知意,辄效其音,为夜叉语。夜叉益悦,携一雌来妻徐。徐初畏惧,莫敢伸;雌自开其股就徐,徐乃与交。雌大欢悦。每留肉饵徐,若琴瑟之好。

一日,诸夜叉早起,项下各挂明珠一串,更番出门,若伺贵客状,命徐

---

① 交州——古地名,相当于今广东、广西至印度支那半岛一带。
② 糗腊(xī)——干粮、肉干。
③ 夜叉——传说中能吃、善跑的怪物。
④ 糗糒——干粮。
⑤ 牛脯——牛肉干。
⑥ 釜甑——炊具,锅、蒸笼。
⑦ 狼麇——狼、麇鹿一类动物。

多煮肉。徐以问雌。雌云:“此天寿节①。”雌出,谓众夜叉曰:“徐郎无骨突子②。”众各摘其五,并付雌。雌又自解十枚,共得五十之数,以野苎为绳,穿挂徐项。徐视之,一珠可直百十金。俄顷俱出。徐煮肉毕,雌来邀去,云:“接天王。”至一大洞,广阔数亩。中有石,滑平如几;四围俱有石坐;上一坐蒙一豹革,余皆以鹿。夜叉二三十辈,列坐满中。少顷,大风扬尘,张皇都出。见一巨物来,亦类夜叉状,竟奔入洞,踞坐鹗③顾。群随入,东西列立,悉仰其首,以双臂作十字交。大夜叉按头点视,问:“卧眉山④众,尽于此乎?”群闵⑤应之。顾徐曰:“此何来?”雌以“婿”对。众又赞其烹调。即有二三夜叉,奔取熟肉陈几上。大夜叉掬啖尽饱,极赞嘉美,且责常供。又顾徐云:“骨突子何短?”众白:“初来未备。”物于项上摘取珠串,脱十枚付之,俱大如指顶,圆如弹丸。雌急接,代徐穿挂。徐亦交臂作夜叉语谢之。物乃去,蹑风而行,其疾如飞。众始享其余食而散。

居四年余,雌忽产,一胎而生二雄一雌,皆人形,不类其母。众夜叉皆喜其子,辄共拊⑥弄。一日,皆出攫食,惟徐独坐。忽别洞来一雌,欲与徐私。徐不肯,夜叉怒,扑徐踣地上。徐妻自外至,暴怒相搏,龁断其耳。少顷,其二亦归,解释令去。自此雌每守徐,动息不相离。又三年,子女俱能行步。徐辄教以人言,渐能语,啁啾⑦之中,有人气焉。虽童也,而奔山如履坦途;依依有父子意。一日,雌与一子一女出,半日不归。而北风大作。徐恻然念故乡,携子至海岸,见故舟犹存,谋与同归。子欲告母,徐止之。父子登舟,一昼夜达交。至家,妻已醮。出珠二枚,售金盈兆⑧,家颇丰。

---

① 天寿节——指夜叉王的生日。

② 骨突子——类似珍珠状的珠串。

③ 鹗——雀鹰。

④ 卧眉山——位于卧眉国(夜叉国之一)的山。

⑤ 闵——同“哄”。

⑥ 拊——同“抚”。

⑦ 啁啾(zhōu jiū)——鸟鸣声,喻小儿学语。

⑧ 盈兆——极多,一兆为一百万,十万为亿,十亿为兆。

子取名彪。十四五岁,能举百钧①,粗莽好斗。交帅②见而奇之,以为千总③。值边乱,所向有功,十八为副将④。

时一商泛海,亦遭风飘至卧眉。方登岸,见一少年,视之而惊。知为中国人,便问居里。商以告。少年曳入幽谷一小石洞,洞外皆丛棘;且嘱勿出。去移时,挟鹿肉来啖商。自言:"父亦交人。"商问之,而知为徐,商在客中尝识之。因曰:"我故人也。今其子为副将。"少年不解何名。商曰:"此中国之官名。"又问:"何以为官?"曰:"出则舆马,入则高堂;上一呼而下百诺;见者侧目视,侧足立:此名为官。"少年甚歆⑤动。商曰:"既尊君在交,何久淹此?"少年以情告。商劝南旋。曰:"余亦常作是念。但母非中国人,言貌殊异;且同类觉之,必见残害:因是辗转。"乃出曰:"待北风起,我来送汝行。烦于父兄处,寄一耗问。"商伏洞中几半年。时自棘中外窥,见山中辄有夜叉往还;大惧,不敢少动。一日,北风策策⑥,少年忽至,引与急窜。嘱曰:"所言勿忘却。"商应之。又以肉置几上,商乃归。

敬抵交,达副总府,备述所见。彪闻而悲,欲往寻之。父虑海涛妖薮⑦,险恶难犯,力阻之。彪抚膺痛哭,父不能止。乃告交帅,携两兵至海内。逆风阻舟,摆簸海中者半月。四望无涯,咫尺迷闷,无从辨其南北。忽而涌波接汉,乘舟倾覆。彪落海中,逐浪浮沉。久之,被一物曳去;至一处,竟有舍宇。彪视之。一物如夜叉状。彪乃作夜叉语。夜叉惊讯之,彪乃告以所往。夜叉喜曰:"卧眉,我故里也。唐突⑧可罪!君离故道⑨已八千里。此去为毒龙国,向卧眉非路。"乃觅舟来送彪。夜叉在水中推行如矢,瞬息千里,过一宵,已达北岸。见一少年,临流瞻望。彪知山无人

---

① 钧——三十斤为一钧。
② 交帅——交州军事统领。
③ 千总——武官名。
④ 副将——副总兵。
⑤ 歆——兴奋。
⑥ 策策——风吹枯草声。
⑦ 妖薮——怪异聚集地。
⑧ 唐突——冒犯。
⑨ 故道——原来的航道。

类,疑是弟;近之,果弟。因执手哭。既而问母及妹,并云健安。彪欲偕往,弟止之,仓忙便去。回谢夜叉,则已去。未几,母妹俱至,见彪俱哭。彪告其意。母曰:“恐去为人所凌。”彪曰:“儿在中国甚荣贵,人不敢欺。”归计已决,苦逆风难渡。母子方徊徨间,忽见布帆南动,其声瑟瑟。彪喜曰:“天助吾也!”相继登舟,波如箭激;三日抵岩。见者皆奔。彪向三人脱分袍裤。抵家,母夜叉见翁怒骂,恨其不谋。徐谢过不遑。家人拜见家主母,无不战栗。彪劝母学作华言,衣锦,厌粱肉,乃大欣慰。

母女皆男儿装,类满制①。数月稍辨语言,弟妹亦渐白晰。弟曰豹,妹曰夜儿,俱强有力。彪耻不知书,教弟读。豹最慧,经史一过辄了②,又不欲操儒业③,仍使挽强弩,驰怒马,登武进士弟④,聘阿游击⑤女,夜儿以异种,无与为婚。会标下袁守备失偶,强妻之。夜儿开百石弓⑥,百余步射小鸟,无虚落。袁每征,辄与妻俱。历任同知将军,奇勋半出于闺门。豹三十四岁挂印⑦。母尝从之南征,每临巨敌,辄擐甲执锐⑧,为子接应,见者莫不辟易⑨。诏封男爵⑩。豹代母疏辞,封夫人。

异史氏曰:“夜叉夫人,亦所罕闻,然细思之而不罕也:家家床头有个夜叉⑪在。”

---

① 类满制——颇像满族服制。
② 了——通晓。
③ 儒业——读书习文,科举以求功名。
④ 登武进士弟——考中武进士。
⑤ 游击——武官名。
⑥ 开百石弓——极言勇猛有力。
⑦ 挂印——挂印将军。
⑧ 擐(guān)甲执锐——穿甲胄,拿武器。
⑨ 辟易——躲避。
⑩ 男爵——特例授与女子和男人同样的爵位。
⑪ 夜叉——此指悍妇。

小髻

长山居民某，暇居，辄有短客①来，久与扳谈②。素不识其生平，颇注疑念。客曰："三数日将便徙居，与君比邻矣。"过四五日，又曰："今已同里，旦晚可以承教。"问："乔居何所？"亦不详告，但以手北指。自是，日辄一来。时向人假器具；或吝不与，则自失之。群疑其狐。村北有古冢，陷不可测，意必居此。共操兵杖往。伏听之，久无少异。一更向尽，闻穴中戢戢然，似数十百人作耳语。众寂不动。俄而尺许小人，连遻③而出，至不可数。众噪起，并击之。杖杖皆火，瞬息四散。惟遗一小髻，如胡桃壳然，纱饰而金线。嗅之，骚臭不可言。

西僧

两僧自西域④来，一赴五台⑤，一卓锡⑥泰山⑦。其服色言貌，俱与中国殊异。自言："历火焰山⑧，山重重，气熏腾若炉灶。凡行必于雨后，心凝目注，轻迹步履之；误蹴山石，则飞焰腾灼焉。又经流沙河⑨，河中有水晶山，峭壁插天际，四面莹澈，似无所隔。又有隘，可容单车；二龙交角对口把守之。过者先拜龙；龙许过，则口角自开。龙色白，鳞鬣⑩皆如晶

① 短客——身材矮小的客人。
② 扳(pān)谈——主动找人聊天。
③ 连遻(lóu)——络绎不绝。
④ 西域——玉门关以西、巴尔喀什湖以东的广大地区。
⑤ 五台——即五台山，佛教四大名山之一。
⑥ 卓锡——悬挂锡杖。
⑦ 泰山——即山东泰安境内的泰山。
⑧ 火焰山——吴承恩《西游记》中的西土地名。
⑨ 流沙河——同⑤。
⑩ 鬣(liè)——鱼鳍。

然。”僧言:“途中历十八寒暑矣。离西土者十有二人,至中国仅存其二。西土①传中国名山四:一泰山,一华山②,一五台,一落伽③也。相传山上遍地皆黄金,观音、文殊④犹生。能至其处,则身便是佛,长生不死。”听其所言状,亦犹世人之慕西土⑤也。倘有西游人⑥,与东渡者⑦中途相值,各述所有,当必相视失笑,两免跋涉矣。

老 饕

邢德,泽州⑧人,绿林之杰也。能挽强弩,发连矢,称一时绝技。而生平落拓,不利营谋,出门辄亏其资。两京大贾,往往喜与邢俱,途中恃以无恐。会冬初,有二三估客,薄假以资⑨,邀同贩鬻;邢复自罄其囊,将并居货。有友善卜,因诣之。友占曰:“此爻为‘悔’⑩,所操之业,即不母⑪而子⑫亦有损焉。”邢不乐,欲中止,而诸客强速之行。至都,果符所占,腊将半,匹马出都门。自念新岁无资,倍益怏闷。

时晨雾闬闬,暂趋临路店,解装觅饮。见一颁白叟⑬,共两少年,酌北牖下。一僮侍,黄发蓬蓬然。邢于南座,对叟休止⑭。僮行觞,误翻柈

---

① 西土——西域。
② 华山——即今陕西华阴县境内的华山。
③ 落伽——即今浙江普陀县境内的普陀山。
④ 观音、文殊——菩萨名。
⑤ 西土——指佛国。
⑥ 西游人——赴西土礼佛求经的僧人。
⑦ 东渡者——西土东来的僧人。
⑧ 泽州——州名,故治在今山西晋城县。
⑨ 薄假以资——少量借给本钱。
⑩ 悔——易经卦名,不吉。
⑪ 母——本钱。
⑫ 子——利息。
⑬ 颁白叟——须发参白的老人。
⑭ 休止——坐下。

具①，污叟衣。少年怒，立摘②其耳。捧巾持帨，代叟揩试。既见僮手拇俱有铁箭镮③，厚半寸；每一镮，约重二两余。食已，叟命少年，于革囊中探出镪物，堆累几上，称秤握算，可饮数杯时，始缄裹完好。少年于枥中牵一黑跛骡来，扶叟乘之；僮亦跨羸马相从，出门去。两少年各腰弓矢，捉马俱出。邢窥多金，穷睛旁睨，馋焰若炙。辍饮，急尾之。视叟与僮犹款段于前，乃下道斜驰出叟前，紧啣④关弓，怒相向。叟俯脱左足靴，微笑云："而不识得老饕⑤也?"邢满引一矢去。叟仰卧鞍上，伸其足，开两指如箝，夹矢住。笑曰："技但止此，何须而翁手敌?"邢怒，出其绝技，一矢刚发，后矢继至。叟手掇一，似未防其连珠；后矢直贯其口，踣然而堕，啣矢僵眠。僮亦下。邢喜，谓其已毙，近临之。叟吐矢跃起，鼓掌曰："初会面，何便作此恶剧?"邢大惊，马亦骇逸。以此知叟异，不敢复返。

走三四十里，值方面纲纪⑥，囊物赴都；要取之，略可千金，意气始得扬。方疾骛间，闻后有蹄声；回首，则僮易跛骡来，驶若飞。叱曰："男子勿行！猎取之货，宜少瓜分。"邢曰："汝识'连珠箭邢某'否?"僮云："适已承教矣。"邢以僮貌不扬，又无弓矢，易之。一发三矢，连遝不断，如群隼⑦飞翔。僮殊不忙迫，手接二，口衔一。笑曰："如此技艺，辱寞煞人！乃翁偬遽⑧，未暇寻得弓来；此物亦无用处，请即掷还。"遂于指上脱铁镮，穿矢其中，以手力掷，呜呜风鸣。邢急拨以弓；弦适触铁镮，铿然断绝，弓亦绽裂。邢惊绝。未及觑避，矢过贯耳，不觉翻坠。僮下骑，便将搜括。邢以弓卧挞之。僮夺弓去，拗折为两；又折为四，抛置之。已，乃一手握邢两臂，一足踏邢两股；臂若缚，股若压，极力不能少动。腰中束带双叠，可骈三指许；僮以一手捏之，随手断如灰烬。取金已，乃超乘，作一举手，致

---

① 柈具——盘中菜肴。
② 摘——揪。
③ 箭镮——以骨或象牙制作，戴在拇指上，用于射箭时拉弓。
④ 啣——勒紧马勒。
⑤ 老饕(tāo)——老财迷、老馋鬼。
⑥ 方面纲纪——地方大员的仆人。
⑦ 隼(sǔn)——即鹘。
⑧ 偬遽——匆忙。

声“孟浪①”,霍然径去。

邢归,卒为善士。每向人述往事不讳。此与刘东山②事,盖仿佛焉。

连 城

乔生,晋宁③人。少负才名。年二十余,犹淹蹇。为人有肝胆。与顾生善;顾卒,时恤其妻子。邑宰以文相契重;宰终于任,家口淹滞不能归,生破产扶柩,往返二千余里。以故士林益重之,而家由此益替④。史孝廉有女,字连城,工刺绣,知书。父娇保之。出所刺“倦绣图”,征少年题咏,意在择婿。生献诗云:“慵鬟高髻绿婆娑,早向兰窗绣碧荷;刺到鸳鸯魂欲断,暗停针线蹙双蛾。”又赞挑绣之工云:“绣线挑来似写生,幅中花鸟自天成;当年织锦非长技,幸把回文⑤感圣明。”女得诗喜,对父称赏。父贫之。女逢人辄称道;又遣媪娇父命,赠金以助灯火。生叹曰:“连城我知己也!”倾怀结想,如饥思啗。

无何,女许字于鹾贾⑥之子王化成,生始绝望;然梦魂中犹佩戴之。未几,女病瘵,沉痼不起。有西域头陀,自谓能疗;但须男子膺肉一钱,捣合药屑。史使人诣王家告婿。婿笑曰:“痴老翁,欲我剜心头肉也!”使返。史乃言于人曰:“有能割肉者,妻之。”生闻而往,自出白刃,刲⑦膺授僧。血濡袍裤,僧敷药始止。合药三丸。三日服尽,疾若失。史将践其言,先告王。王怒,欲讼官。史乃设筵招生,以千金列几上,曰:“重负大德,请以相报。”因具白背盟之由。生怫然曰:“仆所以不爱膺肉者,聊以报知己耳,岂货肉哉!”拂袖而归。女闻之,意良不忍,托媪慰谕之。且云:“以彼才华,当不久落。天下何患无佳人?我梦不祥,三年必死,不必

① 孟浪——莽撞。
② 刘东山——明人,自号连珠箭,擅捕盗。
③ 晋宁——州县名,州治在今云南晋宁县。
④ 替——衰败。
⑤ 回文——指连城刺绣之美超过晋人苏蕙将回文图诗织在锦缎上的技巧。
⑥ 鹾(cuó)贾——盐商。
⑦ 刲(kuí)——割。

与人争此泉下物也。”生告媪曰：“‘士为知己者死’，不以色也。诚恐连城未必真知我；不谐何害？”媪代女郎矢诚自剖。生曰：“果尔，相逢时，当为我一笑，死无憾！”媪既去，逾数日，生偶出，遇女自叔氏归，睨之。女秋波转顾，启齿嫣然。生大喜曰：“连城真知我者！”会王氏来议吉期，女前症又作，数月寻死。生往临吊，一痛而绝。史舁送其家。

生自知已死，亦无所戚。出村去，犹冀一见连城。遥望南北一道，行人连续如蚁，因亦混身杂迹其中。俄顷，入一廨署，值顾生，惊问：“君何得来？”即把手将送令归。生太息，言：“心事殊未了。”顾曰：“仆在此典牍①，颇得委任。倘可效力，不惜也。”生问连城。顾即导生旋转多所，见连城与一白衣女郎，泪睫惨黛，藉坐廊隅。见生至，骤起似喜，略问所来。生曰：“卿死，仆何敢生！”连城泣曰：“如此负义人，尚不吐弃之，身殉何为？然已不能许君今生，原矢来世耳。”生告顾曰：“有事君自去，仆乐死不愿生矣。但烦稽连城托生何里，行与俱去耳。”顾诺而去。白衣女郎问生何人，连城为缅述之。女郎闻之，若不胜悲。连城告生曰：“此妾同姓，小字宾娘，长沙②史太守女。一路同来，遂相怜爱。”生视之，意态怜人。方欲研问，而顾已反，向生贺曰：“我为君平章已确③，即教小娘子从君返魂，好否？”两人各喜。方将拜别，宾娘大哭曰：“姊去，我安归？乞垂怜救，妾为姊捧帨耳。”连城凄然，无所为计，转谋生。生又哀顾。顾难之，峻辞以为不可。生固强之。乃曰：“试妄为之。”去食顷而返，摇手曰：“何如！诚万分不能为力矣？”宾娘闻之，宛转娇啼，惟依连城肘下，恐其即去。惨怛无术，相对默默；而睹其愁颜戚容，使人肺腑酸柔。顾生愤然曰：“请携宾娘去。脱有愆尤④，小生拚身受之！”宾娘乃喜，从生出。生忧其道远无侣。宾娘曰：“妾从君去，不愿归也。”生曰：“卿大痴矣。不归，何以得活也？他日至湖南，勿复走避，为幸多矣。”适有两媪摄牒赴长沙，生属之，宾娘泣别而去。

途中，连城行蹇缓，里余辄一息；凡十余息，始见里门。连城曰；“重

---

① 典牍——主管文书案卷。

② 长沙——略与今同。

③ 平章已确——商办已妥。

④ 愆尤——过失。

生后，惧有反覆。请索妾骸骨来，妾以君家生，当无悔也。”生然之。偕归生家。女惕惕若不能步，生伫待之。女曰：“妾至此，四肢摇摇，似无所主。志恐不遂，尚宜审谋；不然，生后何能自由？”相将入侧厢中。默定少时，连城笑曰：“君憎妾耶？”生惊问其故。赧然曰：“恐事不谐，重负君矣。请先以鬼报也。”生喜，极尽欢恋。因徘徊不敢遽生，寄厢中者三日。连城曰：“谚有之：‘丑妇终须见姑嫜。’戚戚于此，终非久计。”乃促生入。才至灵寝①，豁然顿苏。家人惊异，进以汤水。生乃使人要史来，请得连城之尸，自言能活之。史喜，从其言。方舁入室，视之已醒。告父曰：“儿已委身乔郎矣，更无归理。如有变动，但仍一死！”史归，遣婢往役给奉。王闻，具词申理。官受赂，判归王。生愤懑欲死，亦无之奈何。连城至王家，忿不饮食，惟乞速死。室无人，则带悬梁上。越日，益惫，殆将奄逝。王惧，送归史。史复舁归生。王知之，亦无如何，遂安焉。连城起，每念宾娘，欲遣信往侦之，以道远而艰于往。一日，家人进曰：“门有车马。”夫妇出视，则宾娘已至庭中矣。相见悲喜。太守亲诣送女，生延入。太守曰：“小女子赖君复生，誓不他适，今从其志。”生叩谢如礼。孝廉亦至，叙宗好②焉。生名年，字大年。

异史氏曰：“一笑之知，许之以身，世人或议其痴；彼田横五百人③，岂尽愚哉！此知希之贵④，贤豪所以感结而不能自已也。顾茫茫海内，遂使锦绣才人，仅倾心于蛾眉之一笑也，亦可慨矣！”

霍　生

文登⑤霍生，与严生少相狎，长相谑也。口给交御⑥，惟恐不工。霍

---

① 灵寝——灵床。

② 叙宗好——叙同宗族之谊。

③ 彼田横五百人——以秦末齐人田横因耻于向刘邦称臣而逃往海岛，与岛上五百人自杀的故事说明“士为知己者死”。

④ 此知希之贵——知己难求，所以特别珍惜。

⑤ 文登——县名，今属山东烟台市。

⑥ 口给交御——斗嘴，开玩笑。

有邻妪，曾与严妻导产。偶与霍妇语，言其私处有赘疣。妇以告霍。霍与同党者谋，窥严将至，故窃语云："某妻与我最昵。"众不信。霍因捏造端末，且云："如不信，其阴侧有双疣。"严止窗外，听之既悉，不入径去。至家，苦掠其妻；妻不伏，搒益残。妻不堪虐，自经死。霍始大悔，然亦不敢向严而白其诬矣。

严妻既死，其鬼夜哭，举家不得宁焉。无何，严暴卒，鬼乃不哭。霍妇梦女子披发大叫曰："我死得良苦，汝夫妻何得欢乐耶！"既醒而病，数日寻卒。霍亦梦女子指数诟骂，以掌批其吻。惊而寤，觉唇际隐痛，扪之高起，三日而成双疣，遂为痼疾。不敢大方笑；启吻太骤，则痛不可忍。

异史氏曰："死能为厉，其气冤也。私病加于唇吻，神而近于戏矣。"

邑王氏，与同窗某狎。其妻归宁①，王知其驴善惊，先伏丛莽中，伺妇至，暴出；驴惊妇堕，惟一僮从，不能扶妇乘。王乃殷勤抱控②甚至，妇亦不识谁何。王扬扬以此得意，谓僮逐驴去，因得私其妇于莽中，述衵裤履③甚悉。某闻，大惭而去。少间，自窗隙中见某一手握刃，一手捉妻来，意甚怒恶。大惧，逾垣而逃。某从之，追二三里地不及，始返。王尽力极奔，肺叶开张，以是得吼疾，数年不愈焉。

汪士秀

汪士秀，庐州④人。刚勇有力，能举石舂⑤。父子善蹴鞠⑥。父四十余，过钱塘没焉。积八九年，汪以故诣⑦湖南，夜泊洞庭⑧。时望月东升，澄江如练。方眺瞩间，忽有五人自湖中出，携大席，平铺水面，略可半亩。

---

① 归宁——回娘家看望。
② 抱控——扶某妻上车。
③ 衵(nì)裤履——内衣和鞋。
④ 庐州——府名，今安徽合肥市。
⑤ 石舂——捣米的石臼。
⑥ 蹴鞠——类似踢球。
⑦ 诣——抵达。
⑧ 洞庭——今湖南洞庭湖。

纷陈酒馔，馔器磨触作响，然声温厚，不类陶瓦①。已而三人践席坐，二人侍饮。坐者一衣黄，二衣白；头上巾皆皂色，峨峨然②下连肩背，制绝奇古，而月色微茫，不甚可晰。侍者俱褐衣；其一似童，其一似叟也。但闻黄衣人曰："今夜月色大佳，足供快饮。"白衣者曰："此夕风景，大似广利王③宴梨花岛时。"三人互劝，引釂竞浮白④。但语略小，即不可闻。舟人隐伏，不敢动息。

汪细审侍者，叟酷类父；而听其言，又非父声。二漏将残，忽一人曰："趁此明月，宜一击毬为乐。"即见僮没水中，取一圆⑤出，大可盈抱，中如水银满贮，表里通明。坐者尽起。黄衣人呼叟共蹴之。蹴起丈余，光摇摇射人眼。俄而䃔然⑥远起，飞堕舟中。汪技痒，极力踏去，觉异常轻耎。踏猛似破，腾寻丈⑦；中有漏光，下射如虹；蚩然⑧疾落，又如经天之彗⑨，直投水中，滚滚作沸泡声而灭。席中共怒曰："何物生人，败我清兴！"叟笑曰："不恶不恶，此吾家流星拐⑩也。"白衣人嗔其语戏，怒曰："都方厌恼，老奴何得作欢？便同小乌皮⑪捉得狂子来；不然，胫股当有椎⑫吃也！"汪计无所逃，即亦不畏，捉刀立舟中。

倏见僮叟操兵来。汪注视，真其父也，疾呼："阿翁！儿在此。"叟大骇，相顾凄断⑬。僮即反身去。叟曰："儿急作匿。不然，都死矣！"言未已，三人忽已登舟。面皆漆黑，睛大于榴，攫叟出。汪力与夺，摇舟断缆。

---

① 陶瓦——陶器。
② 峨峨然——高大状。
③ 广利王——南海神的封号。
④ 浮白——用大杯罚酒。
⑤ 圆——形状类似毬状物。
⑥ 䃔(hōng)然——声音大状。
⑦ 寻丈——一丈左右。
⑧ 蚩然——嗤嗤声。
⑨ 彗——流星，彗星。
⑩ 流星拐——蹴鞠的一种玩法。
⑪ 小乌皮——侍者的绰号。
⑫ 椎(chuí)——棒槌。
⑬ 凄断——极度伤心。

汪以刀截其臂落，黄衣者乃逃。一白衣人奔汪；汪剁其颅，堕水有声；闽然俱没。方谋夜渡，旋见巨喙出水面，深若井，四面湖水奔注，砰砰作响。俄一喷涌，则浪接星斗，万舟簸荡。湖人大恐。舟上有石鼓①二，皆重百斤。汪举一以投，激水雷鸣，浪渐消；又投其一，风波悉平。

汪疑父为鬼。叟曰："我固未尝死也。溺江者十九人，皆为妖物所食；我以蹋圆得全。物得罪于钱塘君②，故移避洞庭耳。三人鱼精，所蹴鱼胞③也。"父子聚喜，中夜击棹而去。天明，见舟中有鱼翅④，径四五尺许，乃悟是夜间所断臂也。

商 三 官

故诸葛城⑤，有商士禹者，士人也。以醉谑忤邑豪。豪嗾⑥家奴乱捶之。舁归而死。禹二子，长曰臣，次曰礼。一女曰三官。三官年十六，出阁⑦有期，以父故不果。两兄出讼，终岁不得结。婿家遣人参母⑧，请从权⑨毕姻事。母将许之。女进曰："焉有父尸未寒而行吉礼者？彼独无父母乎？"婿家闻之，惭而止。无何，两兄讼不得直，负屈归。举家悲愤。兄弟谋留父尸，张再讼之本⑩。三官曰："人被杀而不理，时事可知矣。天将为汝兄弟专生一阎罗包老⑪耶？骨骸暴露，于心何忍矣。"二兄服其言，乃葬父。葬已，三官夜遁，不知所往。母惭怍，惟恐婿家知，不敢告族党，但

① 石鼓——此指石墩。
② 钱塘君——钱塘江神。
③ 鱼胞(pāo)——鱼脬。
④ 鱼翅——鱼鳍。
⑤ 故诸葛城——疑指山东诸城县旧治。
⑥ 嗾——指使。
⑦ 出阁——出嫁。
⑧ 参母——拜见母亲。
⑨ 从权——变通行事。
⑩ 张再讼之本——作为第二次向官府申诉的凭证。
⑪ 包老——即包拯。

嘱二子冥冥①侦察之。几半年,杳不可寻。

会豪诞辰,招优②为戏。优人孙淳,携二弟子往执役。其一王成,姿容平等,而音词清彻,群赞赏焉。其一李玉,貌韶秀如好女。呼令歌,辞以不稔③;强之,所度曲半杂儿女俚谣,合座为之鼓掌。孙大惭,白主人:"此子从学未久,只解行觞耳。幸勿罪责。"即命行酒。玉往来给奉,善觑主人意向。豪悦之。酒阑人散,留与同寝。玉代豪拂榻解履,殷勤周至。醉语狎之,但有展笑④。豪惑益甚,尽遣诸仆去,独留玉。玉伺诸仆去,阖扉下楗⑤焉。诸仆就别室饮。移时,闻厅事中格格有声。一仆往觇之,见室内冥黑,寂不闻声。行将旋踵,忽有响声甚厉,如悬重物而断其索。亟问之,并无应者。呼众排阖入,则主人身首两断;玉自经死,绳绝堕地上,梁间颈际,残绠俨然。众大骇,传告内闼⑥,群集莫解。众移玉尸于庭,觉其袜履虚若无足;解之,则素舄⑦如钩,盖女子也。益骇。呼孙淳诘之。淳骇极,不知所对。但云:"玉月前投作弟子,愿从寿主人,实不知从来。"以其服凶,疑是商家刺客。暂以二人逻守之。女貌如生;抚之,肢体温耎。二人窃谋淫之。一人抱尸转侧,方将缓其结束⑧,忽脑如物击,口血暴注,顷刻已死。其一大惊,告众。众敬若神明焉,且以告郡。郡官问臣及礼,并言:"不知。但妹亡去,已半载矣。"俾往验视,果三官。官奇之,判二兄领葬,敕豪家勿仇。

异史氏曰:"家有女豫让⑨而不知,则兄之为丈夫者可知矣。然三官之为人,即萧萧易水,亦将羞而不流;况碌碌与世浮沉者耶!愿天下闺中人,买丝绣之,其功德当不减于奉壮缪⑩也。"

---

① 冥冥——暗地里。
② 优——优伶。
③ 稔——熟悉。
④ 展笑——微笑。
⑤ 楗——门闩。
⑥ 内闼——内宅,指内眷。
⑦ 素舄——白鞋。
⑧ 结束——解开带子。
⑨ 女豫让——女刺客。
⑩ 壮缪(móu)——即关羽,死后被追封为壮缪侯,后世称"关圣"。

于江

乡民于江,父宿田间,为狼所食。江时年十六,得父遗履,悲恨欲死。夜俟母寝,潜持铁槌①去,眠父所,冀报父仇。少间,一狼来,逡巡嗅之。江不动。无何,摇尾扫其额,又渐俯首舐②其股。江迄不动。既而欢跃直前,将龁其领。江急以锤击狼脑,立毙。起置草中。少间,又一狼来,如前状。又毙之。以至中夜,杳无至者。忽小睡,梦父曰:"杀二物,足泄我恨。然首杀我者,其鼻白;此都非是。"江醒,坚卧以伺之。既明,无所复得。欲曳狼归,恐惊母,遂投诸眢井③而归。至夜复往,亦无至者。如此三四夜。忽一狼来,啮④其足,曳之以行。行数步,棘刺肉,石伤肤。江若死者。狼乃置之地上,意将龁腹。江骤起锤之,仆;又连锤之,毙。细视之,真白鼻也。大喜,负之以归,始告母。母泣从去,探眢井,得二狼焉。

异史氏曰:"农家者流,乃有此英物⑤耶?义烈发于血诚⑥,非直⑦勇也,智亦异焉。"

小二

滕邑⑧赵旺,夫妻奉佛,不茹荤血,乡中有"善人"之目⑨。家称小

---

① 槌——同"锤"。
② 舐(shì)——舔。
③ 眢(yuān)井——枯井。
④ 啮(niè)——啃。
⑤ 英物——杰出人物。
⑥ 发于血诚——出于父子天性。
⑦ 直——只。
⑧ 滕邑——今山东滕县。
⑨ 目——名声。

有[①]。一女小二，绝慧美，赵珍爱之。年六岁，使与兄长春，并从师读，凡五年而熟五经焉。同窗丁生，字紫陌，长于女三岁，文采风流，颇相倾爱。私以意告母，求婚赵氏。赵期以女字大家，故弗许。未几，赵惑于白莲教；徐鸿儒[②]既反，一家俱陷为贼。小二知书善解，凡纸兵豆马[③]之术，一见辄精。小女子师事徐者六人，惟二称最，因得尽传其术。赵以女故，大得委任。

时丁年十八，游滕泮[④]矣，而不肯论婚，意不忘小二也。潜亡去，投徐麾下。女见之喜，优礼逾于常格。女以徐高足，主军务；昼夜出入，父母不得闲[⑤]。丁每宵见，尝斥绝诸役，辄至三漏。丁私告曰："小生此来，卿知区区之意否？"女云："不知。"丁曰："我非妄意攀龙，所以故，实为卿耳。左道无济，止取灭亡。卿慧人，不念此乎？能从我亡，则寸心诚不负矣。"女怃然为间[⑥]，豁然梦觉，曰："背亲而行，不义，请告。"二人入陈利害，赵不悟，曰："我师神人，岂有舛错？"女知不可谏，乃易髫而髻[⑦]。出二纸鸢[⑧]，与丁各跨其一；鸢肃肃展翼，似鹣鹣[⑨]之鸟，比翼而飞。质明，抵莱芜[⑩]界。女以指拈鸢项，忽即敛堕。遂收鸢。更以双卫，驰至山阴里，托为避乱者，僦屋[⑪]而居。

二人草草出，啬于装[⑫]，薪储不给。丁甚忧之。假粟比舍[⑬]，莫肯贷以升斗。女无愁容，但质簪珥。闭门静对，猜灯谜，忆亡书[⑭]，以是角低

---

① 小有——小康。
② 徐鸿儒——山东巨野人，明后期反明暴动首领，后遭镇压被杀。
③ 纸兵豆马——剪纸为兵，撒豆成马，以邪术被纳入传说中。
④ 游滕泮——为滕县县学生员。
⑤ 闲——同"间"，参与。
⑥ 怃(wǔ)然为间——茫然自失，停顿无语。
⑦ 易髫(tiáo)而髻——指少女已经出嫁。
⑧ 纸鸢——鹞鹰状风筝。
⑨ 鹣鹣(jiān jiān)——鸟名，比翼鸟。
⑩ 莱芜——县名。
⑪ 僦屋——租屋。
⑫ 啬于装——行装不多。
⑬ 比舍——邻居。
⑭ 亡书——指读过而今失落的书籍。

昂;负者,骈二指击腕臂焉。西邻翁姓,绿林之雄也。一日,猎归,女曰:"'富以其邻[①]',我何忧?暂假千金,其与我乎!"丁以为难。女曰:"我将使彼乐输[②]也。"乃剪纸作判官状,置地下,覆以鸡笼。然后握丁登榻,煮藏酒,检《周礼》为觞政[③]:任言[④]是某册第几叶,第几人,即共翻阅。其人得食旁、水旁、酉旁者饮,得酒部者倍之[⑤]。既而女适得"酒人"[⑥],丁以巨觥引满促釂。女乃祝曰:"若借得金来,君当得饮部。"丁翻卷,得"鳖人"[⑦]。女大笑曰:"事已谐矣!"滴沥授爵。丁不服。女曰:"君是水族,宜作鳖饮。"方喧竞所,闻笼中戛戛。女起曰:"至矣。"启笼验视,则布囊中有巨金,累累充溢。丁不胜愕喜。后翁家媪抱儿来戏,窃言:"主人初归,篝灯夜坐。地忽暴裂,深不可底。一判官自内出,言:'我地府司隶[⑧]也。太山帝君[⑨]会诸冥曹,造暴客恶箓[⑩],须银灯千架,架计重十两;施百架,则消灭罪愆。'主人骇惧,焚香叩祷,奉以千金。判官荏苒而入,地亦遂合。"夫妻听其言,故啧啧[⑪]诧异之。而从此渐购牛马,蓄厮婢,自营宅第。

里无赖子窥其富,纠诸不逞[⑫],逾垣劫丁。丁夫妇始自梦中醒,则编菅[⑬]爇照,寇集满屋。二人执丁;又一人探手女怀。女袒而起,戟指而呵曰:"止,止!"盗十三人,皆吐舌呆立,痴若木偶。女始着裤下榻,呼集家

---

① 富以其邻——因邻人致富。
② 乐输——自愿拿出。
③ 觞政——行酒令。
④ 任言——随便说出。
⑤ 其人得食旁、水旁、酉旁者饮,得酒部者倍之——随意翻《周礼》,翻得以"食"、"水"、"酉"偏旁的字的人,罚饮酒;翻到"酒"部的字的人,加倍罚饮酒。
⑥ "酒人"——《周礼》篇名。
⑦ "鳖人"——《周礼·天官》篇名。
⑧ 司隶——负责督捕盗贼的官吏。
⑨ 太山帝君——泰山神。
⑩ 暴客恶箓——犯有暴行的人的罪恶簿。
⑪ 啧啧(zé zé)——惊叹声。
⑫ 不逞——为非作歹。
⑬ 编菅(jiān)——用茅草编的草苫。

人，一一反接其臂①，逼令供吐明悉。乃责之曰："远方人埋头②涧谷，冀得相扶持；何不仁至此！缓急③人所时有，窘急者不妨明告，我岂积殖自封④者哉？豺狼之行，本合尽诛；但吾所不忍，姑释去，再犯不宥！"诸盗叩谢而去。居无何，鸿儒就擒，赵夫妇妻子俱被夷诛。生赍金往赎长春之幼子以归。儿时三岁，养为己出，使从姓丁，名之承祧。于是里中人渐知为白莲教戚裔⑤。适蝗害稼，女以纸鸢数百翼放田中，蝗远避，不入其陇，以是得无恙。里人共嫉之，群首于官⑥，以为鸿儒余党。官瞰其富，肉视之，收丁。丁以重赂啖令，始得免。女曰："货殖之来也苟⑦，固宜有散亡。然蛇蝎之乡，不可久居。"因贱售其业而去之，止于益都⑧之西鄙。

女为人灵巧，善居积。经纪过于男子。常开琉璃厂⑨，每进⑩工人而指点之，一切棋灯，其奇式幻采，诸肆莫能及，以故直昂得速售。居数年，财益称雄。而女督课婢仆严，食指数百无冗口⑪。暇辄与丁烹茗着棋，或观书史为乐。钱谷出入，以及婢仆业，凡五日一课；女自持筹，丁为之点籍唱名数焉。勤者赏赉有差，惰者鞭挞罚膝立。是日，给假不夜作，夫妻设肴酒，呼婢辈度俚曲为笑。女明察如神，人无敢欺。而赏辄浮于其劳，故事易办。村中二百余家，凡贫者俱量给资本，乡以此无游惰。值大旱，女令村人设坛于野，乘舆野出，禹步⑫作法，甘霖倾注，五里内悉获沾足。人益神之。女出未尝障面，村人皆见之。或少年群居，私议其美；及觌面逢

---

① 反接其臂——将双臂交叉绑在身后。
② 埋头——隐居。
③ 缓急——窘困。
④ 积殖自封——积财自富。
⑤ 戚裔——亲属和后代。
⑥ 群首于官——集体向官府告发。
⑦ 苟——不正当。
⑧ 益都——县名，今属山东省。
⑨ 琉璃厂——烧制琉璃器皿的手工作坊。
⑩ 进——传唤。
⑪ 冗（rǒng）口——闲人。
⑫ 禹步——巫师、道士作法时的一种步态。

之,俱肃肃无敢仰视者。每秋日,村中童子不能耕作者,授以钱,使采荼蓟①,几二十年,积满楼屋。人窃非笑之。会山左②大饥,人相食;女乃出菜,杂粟赡饥者,近村赖以全活,无逃亡焉。

异史氏曰:"二所为,殆天授,非人力也。然非一言之悟,骈死③已久。由是观之,世抱非常之才,而误入匪僻④以死者,当亦不少。焉知同学六人,遂无其人乎?使人恨不遇丁生耳。"

庚 娘

金大用,中州⑤旧家子也。聘尤太守⑥女,字庚娘,丽而贤。逑好甚敦⑦。以流寇之乱⑧,家人离逷⑨。金携家南窜。途遇少年,亦偕妻以逃者,自言广陵⑩王十八,愿为前驱。金喜,行止与俱。至河上,女隐告金曰:"勿与少年同舟。彼屡顾我,目动而色变,中叵测也。"金诺之。王殷勤觅巨舟,代金运装,劬劳臻至。金不忍却。又念其携有少妇,应亦无他。妇与庚娘同居,意度亦颇温婉。王坐舡⑪头上,与橹人倾语,似甚熟识戚好。未几,日落,水程迢递⑫,漫漫不辨南北。金四顾幽险,颇涉疑怪。顷之,皎月初升,见弥望皆芦苇。既泊,王邀金父子出户一豁⑬,乃乘间挤金

① 荼蓟——苦菜和蓟菜。
② 山左——山东省旧称。
③ 骈死——一同被杀死。
④ 匪僻——邪僻,歧途。
⑤ 中州——指河南省。
⑥ 太守——明清知州、知府的别称。
⑦ 逑好甚敦——夫妻感情极好。
⑧ 流寇之乱——指明末李自成义军由陕入豫。
⑨ 离逷(tì)——远离家乡。
⑩ 广陵——郡名,今江苏扬州市。
⑪ 舡(chuán)——船。
⑫ 迢递——遥远。
⑬ 一豁——望远散心。

入水。金有老父,见之欲号。舟人以篙筑之,亦溺。生母闻声出窥,又筑溺之。王始喊救。母出时,庚娘在后,已微窥之。既闻一家尽溺,即亦不惊,但哭曰:"翁姑俱没,我安适归!"王入劝:"娘子勿忧,请从我至金陵。家中田庐,颇足赡给,保无虞也。"女收涕曰:"得如此,愿亦足矣。"王大悦,给奉良殷。既暮,曳女求欢。女托体姅①,王乃就妇宿。初更既尽,夫妇喧竞,不知何由。但闻妇曰:"若所为,雷霆恐碎汝颅矣!"王乃挞妇。妇呼云:"便死休!诚不愿为杀人贼妇!"王吼怒,捽妇出。便闻骨董一声,遂哗言妇溺矣。

未几,抵金陵,导庚娘至家,登堂见媪。媪讶非故妇。王言:"妇堕水死,新娶此耳。"归房,又欲犯。庚娘笑曰:"三十许男子,尚未经人道②耶?市儿初合卺,亦须一杯薄浆酒;汝家沃饶,当即不难。清醒相对,是何体段③?"王喜,具酒对酌。庚娘执爵,劝酬殷恳。王渐醉,辞不饮。庚娘引巨碗,强媚劝之。王不忍拒,又饮之。于是酣醉,裸脱促寝。庚娘撤器烛,托言溲溺;出房,以刀入,暗中以手索王项,王犹捉臂作昵声。庚娘力切之,不死,号而起;又挥之,始殪。媪仿佛有闻,趋问之,女亦杀之。王弟十九觉焉。庚娘知不免,急自刎;刀钝缺不可入,启户而奔。十九逐之,已投池中矣;呼告居人,救之已死,色丽如生。共验王尸,见窗上一函,开视,则女备述其冤状。群以为烈,谋敛资作殡。天明,集视者数千人;见其容,皆朝拜之。终日间,得金百,于是葬诸南郊。好事者为之珠冠袍服,瘗藏丰满焉。

初,金生之溺也,浮片板上,得不死。将晓,至淮上,为小舟所救。舟盖富民尹翁专设以拯溺者。金既苏,诣翁申谢。翁优厚之,留教其子。金以不知亲耗,将往探访,故不决。俄白:"捞得死叟及媪。"金疑是父母,奔验果然。翁代营棺木。生方哀恸,又白:"拯一溺妇,自言金生其夫。"生挥涕惊出,女子已至,殊非庚娘,乃十八妇也。向金大哭,请勿相弃。金曰:"我方寸已乱,何暇谋人?"妇益悲。尹审其故,喜为天报,劝金纳妇。

① 体姅(bàn)——月经期内。
② 人道——指男女性交之事。
③ 体段——体统。

金以居丧为辞，“且将复仇，惧细弱[①]作累。”妇曰：“如君言，脱庚娘犹在，将以报仇居丧去之耶？”翁以其言善，请暂代收养，金乃许之。卜葬翁媪，妇缞绖哭泣，如丧翁姑。既葬，金怀刃托钵，将赴广陵。妇止之曰：“妾唐氏，祖居金陵，与豺子同乡，前言广陵者，诈也。且江湖水寇，半伊同党，仇不能复，只取祸耳。”金徘徊不知所谋。忽传女子诛仇事，洋溢河渠，姓名甚悉。金闻之一快，然益悲，辞妇曰：“幸不污辱。家有烈妇如此，何忍负心再娶？”妇以业有成说[②]，不肯中离，愿自居于媵妾。会有副将军[③]袁公，与尹有旧，适将西发，过尹；见生，大相知爱，请为记室[④]。无何，流寇犯顺[⑤]，袁有大勋；金以参机务，叙劳，授游击以归。夫妇始成合卺之礼。居数日，携妇诣金陵，将以展庚娘之墓。暂过镇江，欲登金山[⑥]。漾舟中流，欻一艇过，中有一妪及少妇，怪少妇颇类庚娘。舟疾过，妇自窗中窥金，神情益肖。惊疑不敢追问，急呼曰：“看群鸭儿飞上天耶！”少妇闻之，亦呼云：“馋猧[⑦]儿欲吃猫子腥[⑧]耶！”盖当年闺中之隐谑也。金大惊，反棹近之，真庚娘。青衣[⑨]扶过舟，相抱哀哭，伤感行旅。唐氏以嫡礼见庚娘。庚娘惊问，金始备述其由。庚娘执手曰：“同舟一话，心常不忘，不图吴越一家[⑩]矣。蒙代葬翁姑，所当首谢，何以此礼相向？”乃以齿序，唐少庚娘一岁，妹之。

先是，庚娘既葬，自不知历几春秋。忽一人呼曰：“庚娘，汝夫不死，尚当重圆。”遂如梦醒。扪之，四面皆壁，始悟身死已葬。只觉闷闷，亦无所苦。有恶少窥其葬具丰美，发冢破棺，方将搜括，见庚娘犹活，相共骇惧。庚娘恐其害己，哀之曰：“幸汝辈来，使我得睹天日。头上簪珥，悉将

---

① 细弱——妇孺家小。
② 业有说成——将夫妻关系确定。
③ 副将军——副总兵。
④ 记室——官名，职掌文秘事务。
⑤ 犯顺——造反。
⑥ 金山——山名，在今镇江境内。
⑦ 猧(wō)——狗。
⑧ 腥——鱼。
⑨ 青衣——侍女。
⑩ 吴越一家——原是仇人，今合一家。

去。愿鬻我为尼，更可少得直。我亦不泄也。”盗稽首曰：“娘子贞烈，神人共钦。小人辈不过贫乏无计，作此不仁。但无漏言，幸矣，何敢鬻作尼！”庚娘曰：“此我自乐之。”又一盗曰：“镇江耿夫人，寡而无子，若见娘子，必大喜。”庚娘谢之。自拔珠饰，悉付盗。盗不敢受；固与之，乃共拜受。遂载去，至耿夫人家，托言舡风所迷①。耿夫人，巨家，寡媪自度②，见康娘大喜，以为己出。适母子自金山归也。庚娘缅述其故。金乃登舟拜母，母款之若婿。邀至家，留数日始归。后往来不绝焉。

异史氏曰：“大变当前，淫者生之，贞者死焉。生者裂人眦③，死者雪人涕耳。至如谈笑不惊，手刃仇雠，千古烈丈夫中，岂多匹俦哉！谁谓女子，遂不可比踪④彦云⑤也？”

宫 梦 弼

柳芳华，保定⑥人。财雄一乡，慷慨好客，座上常百人。急人之急，千金不靳。宾友假贷常不还。惟一客宫梦弼，陕人，生平无所乞请。每至，辄经岁。词旨清洒，柳与寝处时最多。柳子名和，时总角⑦，叔之⑧。宫亦喜与和戏。每和自塾归，辄与发贴地砖⑨，埋石子，伪作埋金为笑。屋五架，掘藏几遍。众笑其行稚，而和独悦爱之，尤较诸客昵。后十余年，家渐虚，不能供多客之求，于是客渐稀；然十数人彻宵谈讌⑩，犹是常也。年

---

① 舡风所迷——船遇风迷路。
② 寡媪自度——老寡妇一人独自生活。
③ 眦——眼眶，喻愤怒。
④ 比踪——并驾。
⑤ 彦云——即王凌，三国末年人，因反对司马氏专权被杀，借喻庚娘英烈，可与男子相比。
⑥ 保定——府名，今河北保定市。
⑦ 总角——指儿时。
⑧ 叔之——称宫为叔父。
⑨ 发贴地砖——揭开房内铺地的砖。
⑩ 谈讌——设宴畅谈。

既暮，日益落，尚割亩得直，以备鸡黍。和亦挥霍，学父结小友，柳不之禁。无何，柳病卒，至无以治凶具。宫乃自出囊金，为柳经纪。和益德之。事无大小，悉委宫叔。宫时自外入，必袖瓦砾，至室则抛掷暗陬[①]，更不解其何意。和每对宫忧贫。宫曰："子不知作苦之难。无论无金；即授汝千金，可立尽也。男子患不自立，何患贫？"一日，辞欲归。和泣嘱速返，宫诺之，遂去。和贫不自给，典质渐空。日望宫至，以为经理，而宫灭迹匿影，去如黄鹤矣。

先是，柳生时，为和论亲于无极[②]黄氏，素封也。后闻柳贫，阴有悔心。柳卒，讣告之，即亦不吊；犹以道远曲原之。和服除，母遣自诣岳所，定婚期，冀黄怜顾。比至，黄闻其衣履穿敝，斥门者不纳。寄语云："归谋百金，可复来；不然，请自此绝。"和闻言痛哭。对门刘媪，怜而进之食，赠钱三百，慰令归。母亦哀愤无策。因念旧客负欠者十常八九，俾诣富贵者求助焉。和曰："昔之交我者，为我财耳。使儿驷马高车，假千金，亦即匪难。如此景象，谁犹念曩恩、忆故好耶？且父与人金资，曾无契保，责负亦难凭也。"母固强之。和从教。凡二十余日，不能致一文；惟优人李四，旧受恩恤，闻其事，义赠一金。母子痛哭，自此绝望矣。

黄女年已及笄，闻父绝和，窃不直之。黄欲女别适。女泣曰："柳郎非生而贫者也。使富倍他日，岂仇我者所能夺乎？今贫而弃之，不仁！"黄不悦，曲谕百端。女终不摇。翁妪并怒，旦夕唾骂之，女亦安焉。无何，夜遭寇劫，黄夫妇炮烙几死，家中席卷一空。荏苒三载，家益零替。有西贾闻女美，愿以五十金致聘。黄利而许之，将强夺其志。女察知其谋，毁装涂面，乘夜遁去。丐食于途，阅两月，始达保定，访和居址，直造其家。母以为乞人妇，故咄之。女呜咽自陈。母把手泣曰："儿何形骸至此耶！"女又惨然而告以故。母子俱哭。便为盥沐，颜色光泽，眉目焕映。母子俱喜。然家三口，日仅一啗。母泣曰："吾母子固应尔；所怜者，负吾贤妇！"女笑慰之曰："新妇在乞人中，稔其况味，今日视之，觉有天堂地狱之别。"母为解颐。

女一日入闲舍中，见断草丛丛，无隙地；渐入内室，尘埃积中，暗陬有

---

① 陬——角落。

② 无极——县名，今河北无极县。

物堆积，蹴之迕足，拾视皆朱提①。惊走告和。和同往验视，则宫往日所抛瓦砾，尽为白金②。因念儿时常与瘗石室中，得毋皆金？而故第已典于东家。急赎归。断砖残缺，所藏石子俨然露焉，颇觉失望；及发他砖，则灿灿皆白镪也。顷刻间，数巨万矣。由是赎田产，市奴仆，门庭华好过昔日。因自奋曰："若不自立，负我宫叔！"刻志下帷，三年中乡选。乃躬赍白金，往酬刘媪。鲜衣射目；仆十余辈，皆骑怒马如龙。媪仅一屋，和便坐榻上。人哗马腾，充溢里巷。黄翁自女失亡，西贾逼退聘财，业已耗去殆半，售居宅，始得偿。以故困窘如和曩日。闻旧婿烜耀，闭户自伤而已。媪沽酒备馔款和，因述女贤，且惜女遁。问和："娶否？"和曰："娶矣。"食已，强媪往视新妇，载与俱归。至家，女华妆出，群婢簇拥若仙。相见大骇，遂叙往旧，殷问父母起居。居数日，款洽优厚，制好衣，上下一新，始送令返。

媪诣黄许，报女耗，兼致存问。夫妇大惊。媪劝往投女，黄有难色。既而冻馁难堪，不得已如保定。既到门，见闬闳峻丽，阍人怒目张，终日不得通。一妇人出，黄温色卑词，告以姓氏，求暗达女知。少间，妇出，导入耳舍③，曰："娘子极欲一觐；然恐郎君知，尚候隙也。翁几时来此？得毋饥否？"黄因诉所苦。妇人以酒一盛、馔二簋，出置黄前。又赠五金，曰："郎君宴房中，娘子恐不得来。明旦，宜早去，勿为郎闻。"黄诺之。早起趣装，则管钥未启，止于门中，坐襆囊以待。忽哗主人出。黄将敛避，和已睹之，怪问谁何，家人悉无以应。和怒曰："是必奸宄④！可执赴有司。"众应声，出短绠，绷系树间。黄惭惧不知置词。未几，昨夕妇出，跪曰："是某舅氏。以前夕来晚，故未告主人。"和命释缚。妇送出门，曰："忘嘱门者，遂致参差。娘子言：相思时，可使老夫人伪为卖花者，同刘媪来。"黄诺，归述于妪。妪念女若渴，以告刘媪，媪果与俱至和家。凡启十余关，始达女所。女着帔顶髻，珠翠绮纨，散香气扑人；嘤咛一声，大小婢媪，奔入

---

① 朱提（shí）——山名，在今云南昭通境内，因此山出产优质白银，后遂以"朱提"代指优质银。

② 白金——白银。

③ 耳舍——正屋两旁的小屋，又称"耳房"。

④ 奸宄（guǐ）——歹徒。

满侧。移金椅床，置双夹膝。慧婢瀹茗[①]；各以隐语道寒暄，相视泪荧。至晚，除室安二媪；裀褥温耎，并昔年富时所未经。居三五日，女义殷渥。媪辄引空处，泣白前非。女曰："我子母有何过不忘？但郎忿不解，妨他闻也。"每和至，便走匿。一日，方促膝，和遽入，见之，怒诟曰："何物村妪，敢引身与娘子接坐！宜撮鬓毛令尽！"刘媪急进曰："此老身瓜葛，王嫂卖花者。幸勿罪责。"和乃上手谢过。即坐曰："姥来数日，我大忙，未得展叙。黄家老畜产尚在否？"笑云："都佳。但是贫不可过。官人大富贵，何不一念翁婿情也？"和击桌曰："曩年非姥怜，赐一瓯粥，更何得旋乡土！今欲得而寝处之[②]，何念焉！"言至忿际，辄顿足起骂。女恚曰："彼即不仁，是我父母。我迢迢远来，手皴瘃[③]，足趾皆穿，亦自谓无负郎君。何乃对子骂父，使人难堪？"和始敛怒，起身去。

黄妪愧丧无色，辞欲归。女以二十金私付之。既归，旷绝音问，女深以为念。和乃遣人招之。夫妻至，惭怍无以自容。和谢曰："旧岁辱临，又不明告，遂是开罪良多。"黄但唯唯。和为更易衣履。留月余，黄心终不自安，数告归。和遗白金百两，曰："西贾五十金，我今倍之。"黄汗颜受之。和以舆马送还，暮岁称小丰焉。

异史氏曰："雍门泣后[④]，珠履杳然，令人愤气杜门，不欲复交一客。然良朋葬骨，化石成金，不可谓非慷慨好客之报也。闺中人坐享高奉，俨然如嫔嫱，非贞异如黄卿，孰克当此而无愧者乎？造物之不妄降福泽也如是。"

乡有富者，居积取盈，搜算入骨。窖镪数百，惟恐人知，故衣败絮、啖糠秕以示贫。亲友偶来，亦曾无作鸡黍之事。或言其家不贫，便嗔目作怒，其仇如不共戴天。暮年，日餐榆屑[⑤]一升，臂上皮摺垂一寸长，而所窖终不肯发。后渐尪羸[⑥]。濒死，两子环问之，犹未遽告；迨觉果危急，欲告

---

① 瀹(yuè)茗——烹茶。

② 寝处之——剥其皮而坐卧之上。

③ 皴瘃(cūn zhú)——冻疮、皴裂。

④ 雍门泣后——富贵人家衰败以后。

⑤ 榆屑——榆树皮末。

⑥ 尪羸(wāng léi)——瘦弱。

子,子至,已舌蹇不能声,惟爬抓心头,呵呵而已。死后,子孙不能具棺木,遂藁葬焉。呜呼!若窖金而以为富,则大帑①数千万,何不可指为我有哉?愚已!

鸲 鹆

王汾滨言:其乡有养八哥②者,教以语言,甚狎习,出游必与之俱,相将数年矣。一日,将过绛州③,而资斧已罄,其人愁苦无策。鸟云:“何不售我?送我王邸④,当得善价,不愁归路无资也。”其人云:“我安忍。”鸟言:“不妨。主人得价疾行,待我城西二十里大树下。”其人从之。携至城,相问答,观者渐众。有中贵⑤见之,闻诸王。王召入,欲买之。其人曰:“小人相依为命,不愿卖。”王问鸟:“汝愿往否?”言:“愿往。”王喜。鸟又言:“给价十金,勿多予。”王益喜,立畀⑥十金。其人故作懊恨状而去。王与鸟言,应对便捷。呼肉啖之。食已,鸟曰:“臣要浴。”王命金盆贮水,开笼令浴。浴已,飞檐间,梳翎抖羽,尚与王喋喋不休。顷之,羽燥,翩跹而起,操晋声曰:“臣去呀!”顾盼已失所在。王及内侍,仰面咨嗟。急觅其人,则已渺矣。后有往秦中者,见其人携鸟在西安市上。毕载积⑦先生记。

---

① 大帑(tǎng)——储藏金帛的国库。

② 八哥——鸲鹆(qú yù)的别名。

③ 绛州——州名,今山西新绛县。

④ 王邸——指明代灵丘王朱荣顺在绛州的王府。

⑤ 中贵——灵丘王府内的宦官。

⑥ 畀(bì)——给予。

⑦ 毕载积——即毕际有,淄川人,为作者友人。

刘 海 石

刘海石，蒲台①人，避乱于滨州②。时十四岁，与滨州生刘沧客同函丈③，因相善，订为昆季④。无何，海石失怙恃，奉丧而归，音问遂阙。沧客家颇裕。年四十，生二子：长子吉，十七岁，为邑名士；次子亦慧。沧客又内邑中倪氏女，大嬖之。后半年，长子患脑痛卒，夫妻大惨。无几何，妻病又卒；逾数月，长媳又死；而婢仆之丧亡，且相继也：沧客哀悼，殆不能堪。

一日，方坐愁间，忽阍人通海石至。沧客喜，急出门迎以入。方欲展寒温，海石忽惊曰："兄有灭门之祸，不知耶？"沧客愕然，莫解所以。海石曰："久失闻问，窃疑近况未必佳也。"沧客泫然，因以状对。海石欷歔。既而笑曰；"灾殃未艾，余初为兄吊也。然幸而遇仆，请为兄贺。"沧客曰："久不晤，岂近精'越人术⑤'耶？"海石曰："是非所长。阳宅风鉴⑥，颇能习之。"沧客喜，便求相宅。

海石入宅，内外遍观之。已而请睹诸眷口；沧客从其教，使子媳婢妾，俱见于堂。沧客一一指示。至倪，海石仰天而视，大笑不已。众方惊疑，但见倪女战慄无色，身暴缩，短仅二尺余。海石以界方⑦击其首，作石缶声。海石揪其发，检脑后，见白发数茎，欲拔之。女缩项跪啼，言即去，但求勿拔。海石怒曰："汝凶心尚未死耶？"就项后拔去之。女随手而变，黑色如狸。众大骇。

海石掇纳袖中，顾子妇曰："媳受毒已深，背上当有异，请验之。"妇羞，不肯袒示。刘子固强之，见背上白毛，长四指许。海石以针挑出，曰：

---

① 蒲台——县名，今属山东博兴县。
② 滨州——州名，今山东滨州市。
③ 同函丈——同学。
④ 昆季——兄弟的代称。
⑤ 越人术——医术。
⑥ 阳宅风鉴——看风水、相面。
⑦ 界方——界尺。

"此毛已老，七日即不可救。"又视刘子，亦有毛，才二指，曰："似此可月余死耳。"沧客以及婢仆，并刺之。曰："仆适不来，一门无噍类①矣。"问："此何物？"曰："亦狐属。吸人神气以为灵，最利人死。"沧客曰："久不见君，何能神异如此！无乃仙乎？"笑曰："特从师习小技耳，何遽云仙。"问其师，答云："山石道人。适此物，我不能死之，将归献俘于师。"

言已，告别。觉袖中空空，骇曰："忘之矣！尾末有大毛未去，今已遁去。"众俱骇然。海石曰："领毛已尽，不能化人，止能化兽，遁当不远。"于是入室而相其猫，出门而嗾其犬，皆曰无之。启圈②笑曰："在此矣。"沧客视之，多一豕。闻海石笑，遂伏，不敢少动。提耳捉出，视尾上白毛一茎，硬如针。方将检拔，而豕转侧哀鸣，不听拔。海石曰："汝造孽既多，拔一毛犹不肯耶？"执而拔之，随手复化为狸。

纳袖欲出。沧客苦留，乃为一饭。问后会，曰："此难预定。我师立愿弘，常使我等遨世上，拔救众生，未必无再见时。"及别后，细思其名，始悟曰："海石殆仙矣！'山石'合一'岩'字，盖吕仙③讳也。"

谕　鬼

青州石尚书茂华④为诸生时，郡门外有大渊⑤，不雨亦不涸。邑⑥中获大寇数十名，刑于渊上。鬼聚为祟，经过者辄被曳入。一日，有某甲正遭困厄，忽闻群鬼惶窜曰："石尚书至矣！"未几，公至，甲以状告。公以垩灰⑦题壁示云："石某为禁约事：照得厥念无良，致婴雷霆之怒；所谋不轨，

---

① 无噍(jiào)类——无活人。

② 圈——猪圈。

③ 吕仙——即吕洞宾，传说中的八仙之一。

④ 石尚书茂华——石茂华，青州益都（今山东益都县）人，累官至三边总督、兵部尚书等职。

⑤ 渊——水塘。

⑥ 邑——指益都县。

⑦ 垩灰——白石灰粉。

遂遭鈇钺之诛。只宜返魍魉之心，争相忏悔；庶几洗髑髅[①]之血，脱此沉沦。尔乃生已极刑，死犹聚恶。跳踉[②]而至，披发成群；踯躅[③]以前，搏膺作厉。黄泥塞耳，辄逞鬼子之凶；白昼为妖，几断行人之路！彼丘陵[④]三尺外，管辖由人；岂乾坤两大中[⑤]，凶顽任尔？谕后各宜潜踪，勿犹怙恶。无定河[⑥]边之骨，静待轮回；金闺梦里之魂，还践乡土。如蹈前愆，必贻后悔！”自此鬼患遂绝，渊亦寻干。

泥　鬼

余乡唐太史济武[⑦]，数岁时，有表亲某，相携戏寺中。太史童年磊落，胆气最豪。见庑[⑧]中泥鬼，睁琉璃眼，甚光而巨；爱之，阴以指抉取[⑨]，怀之而归。既抵家，某暴病，不语移时。忽起，厉声曰：“何故掘我睛！”噪叫不休。众莫之知，太史始言所作。家人乃祝曰：“童子无知，戏伤尊目，行[⑩]奉还也。”乃大言曰：“如此，我便当去。”言讫，仆地遂绝。良久而甦；问其所言，茫不自觉。乃送睛仍安鬼眶中。

异史氏曰：“登堂索睛，土偶何其灵也。顾太史抉睛，而何以迁怒于同游？盖以玉堂[⑪]之贵，而且至性觥觥[⑫]，观其上书北阙，拂袖南山[⑬]，神

---

① 髑髅（dú lóu）——死人头骨。
② 跳踉（liáng）——跳跃。
③ 踯躅（zhí zhú）——徘徊。
④ 丘陵——坟堆。
⑤ 乾坤两大中——人间。
⑥ 无定河——原指位于陕北的无定河，此指地狱中的河名。
⑦ 唐太史济武——即唐梦赉，淄川人，曾官至翰林。
⑧ 庑（wǔ）——走廊或廊屋。
⑨ 抉（jué）取——挖取。
⑩ 行——即将。
⑪ 玉堂——宋代以后翰林院的别称。
⑫ 觥觥（gōng gōng）——刚直的样子。
⑬ 上书北阙，拂袖南山——指唐上书言朝政而辞官归隐。

且惮之,而况鬼乎?”

梦 别

王春李先生①之祖,与先叔祖玉田公②交最善。一夜,梦公至其家,黯然相语。问:“何来?”曰:“仆将长往,故与君别耳。”问:“何之?”曰:“远矣。”遂出。送至谷中,见石壁有裂罅③,便拱手作别,以背向罅,逡巡倒行而入;呼之不应,因而惊寤。及明,以告太公敬一④,且使备弔具,曰:“玉田公捐舍⑤矣!”太公请先探之,信,而后弔之。不听,竟以素服往。至门,则提旛⑥挂矣。呜呼!古人于友,其死生相信如此;丧舆待巨卿⑦而行,岂妄哉!

犬 灯

韩光禄大千⑧之仆,夜宿厦⑨间,见楼上有灯,如明星。未几,荧荧飘落,及地化为犬。睨之,转舍后去。急起,潜尾之,入园中,化为女子。心知其狐,还卧故所。俄,女子自后来,仆阳寐⑩以观其变。女俯而撼之。仆伪作醒状,问其为谁。女不答。仆曰:“楼上灯光,非子也耶?”女曰:“既知之,何问焉?”遂共宿止。昼别宵会,以为常。

---

① 王春李先生——即李宪,字王春,淄川人,作者挚友李尧臣之父。
② 先叔祖玉田公——即蒲生汶,作者叔祖。
③ 裂罅(xià)——裂缝。
④ 太公敬一——李宪之父。
⑤ 捐舍——死的讳称。
⑥ 提旛——丧家门前所挂的纸旛。
⑦ 巨卿——指东汉人范式,字巨卿;此指范为挚友张劭送葬。
⑧ 韩光禄大千——即韩茂椿,字大千,淄川人。
⑨ 厦——房廊。
⑩ 阳寐——假装睡着。

主人知之,使二人夹仆卧;二人既醒,则身卧床下,亦不知堕自何时。主人益怒,谓仆曰:"来时,当捉之来;不然,则有鞭楚!"仆不敢言,诺而退。因念:捉之难;不捉,惧罪。展转无策。忽忆女子一小红衫,密着其体,未肯暂脱,必其要害,执此可以胁之。夜分,女至,问:"主人嘱汝捉我乎?"曰:"良有之。但我两人情好,何肯此为?"及寝,阴掬其衫。女急啼,力脱而去。从此遂绝。

后仆自他方归,遥见女子坐道周①;至前,则举袖障面。仆下骑,呼曰:"何作此态?"女乃起,握手曰:"我谓子已忘旧好矣。既恋恋有故人意,情尚可原。前事出于主命,亦不汝怪也。但缘分已尽,今设小酌,请入为别。"时秋初,高粱正茂。女携与俱入,则中有巨第。系马而入,厅堂中酒肴已列。甫坐,群婢行炙②。日将暮,仆有事,欲覆主命,遂别。既出,则依然田陇耳。

番 僧

释体空③言:"在青州,见二番僧,像貌奇古;耳缀双环,被黄布,须发鬈如。自言从西域来。闻太守重佛,谒之。太守④遣二隶,送诣丛林⑤。和尚灵辔,不甚礼之。执事者见其人异,私款之。止宿焉。或问:'西域多异人,罗汉得无有奇术否?'其一辗然笑,出手于袖,掌中托小塔,高裁盈尺,玲珑可爱。壁上最高处,有小龛⑥,僧掷塔其中,矗然端立,无少偏倚。视塔上有舍利⑦放光,照耀一室。少间,以手招之,仍落掌中。其一僧乃袒臂,伸左肱,长可六七尺,而右肱缩无有矣;转伸右肱,亦如左状。"

---

① 道周——路旁。
② 行炙——斟酒摆菜。
③ 释体空——即体空和尚,法名体空。
④ 太守——指青州知府。
⑤ 丛林——指寺院。
⑥ 小龛(kān)——供奉佛像的小阁。
⑦ 舍利——即舍利子,泛指释迦牟尼佛或有大德的和尚遗体火化后结成的珠状物。

狐　妾

莱芜①刘洞九，官汾州②。独坐署中，闻亭外笑语渐近。入室，则四女子：一四十许，一可三十，一二十四五已来，末后一垂髫者。并立几前，相视而笑。刘固知官署多狐，置不顾。少间，垂髫者出一红巾，戏抛面上。刘拾掷窗间，仍不顾。四女一笑而去。一日，年长者来，谓刘曰："舍妹与君有缘，愿无弃葑菲③。"刘漫应之。女遂去。俄偕一婢，拥垂髫儿来，俾与刘并肩坐。曰："一对好凤侣，今夜谐花烛。勉事刘郎，我去矣。"刘谛视，光艳无俦，遂与燕好。诘其行踪，女曰："妾固非人，而实人也。妾，前官之女，蛊于狐，奄忽以死，窆园内。众狐以术生我，遂飘然若狐。"刘因以手探尻际。女觉之，笑曰："君将无谓狐有尾耶？"转身云："请拭扪之。"自此，遂留不去。每行坐，与小婢俱。家人俱尊以小君④礼。婢媪参谒，赏赉甚丰。

值刘寿辰，宾客烦多，共三十余筵，须庖人甚众；先期牒拘⑤，仅一二到者。刘不胜恚。女知之，便言："勿忧。庖人既不足用，不如并其来者遣之。妾固短于才，然三十席亦不难办。"刘喜，命以鱼肉姜桂，悉移内署。家中人但闻刀砧声，繁碎不绝。门内设一几，行炙者置柈其上；转视，则肴俎已满。托去复来，十余人络绎于道，取之不竭。末后，行炙人来索汤饼。内言曰："主人未尝预嘱，咄嗟⑥何以办？"既而曰："无已，其假之。"少顷，呼取汤饼。视之，三十余碗，蒸腾几上。客既去，乃谓刘曰："可出金资，偿某家汤饼。"刘使人将直去。则其家失汤饼，方共惊异；使至，疑始解。一夕，夜酌，偶思山东苦醁⑦。女请取之。遂出门去，移时返

① 莱芜——今山东莱芜县。
② 汾州——府名，今山西汾阳县。
③ 葑菲——蔓菁和萝卜。
④ 小君——原为诸侯夫人之称，此指仆人以夫人之礼对待狐妾。
⑤ 先期牒拘——事先发文征调。
⑥ 咄嗟——命令声。
⑦ 苦醁——略带苦味的家酿甜酒。

曰："门外一罂①，可供数日饮。"刘视之，果得酒，真家中瓮头春也。

越数日，夫人遣二仆如汾。途中一仆曰："闻狐夫人犒赏优厚，此去得赏金，可买一裘。"女在署已知之，向刘曰："家中人将至。可恨伧奴②无礼，必报之。"明日，仆甫入城，头大痛，至署，抱首号呼。共拟进医药。刘笑曰："勿须疗，时至当自瘥。"众疑其获罪小君。仆自思：初来未解装，罪何由得？无所告诉，漫膝行而哀之。帘中语曰："尔谓夫人，则亦已耳，何谓'狐'也？"仆乃悟，叩不已。又曰："既欲得裘，何得复无礼？"已而曰："汝愈矣。"言已，仆病若失。仆拜欲出，忽自帘中掷一裹出，曰："此一羔羊裘也，可将去。"仆解视，得五金。刘问家中消息，仆言，都无事，惟夜失藏酒一罂。稽其时日，即取酒夜也。群惮其神，呼之"圣仙"。刘为绘小像。

时张道一为提学使③，闻其异，以桑梓谊④诣刘，欲乞一面。女拒之。刘示以像，张强携而去。归悬座右，朝夕祝之云："以卿丽质，何之不可？乃托身于鬖鬖⑤之老！下官殊不恶于洞九，何不一惠顾？"女在署，忽谓刘曰："张公无礼，当小惩之。"一日，张方祝，似有人以界方击额，崩然甚痛。大惧，反卷⑥。刘诘之，使隐其故而诡对之。刘笑曰："主人额上得毋痛否？"使不能欺，以实告。

无何，婿亓⑦生来，请觐之。女固辞。亓请之坚。刘曰："婿非他人，何拒之深？"女曰："婿相见，必当有以赠之。渠望我奢，自度不能满其志，故适不欲见耳。既固请之，乃许以十日见。"及期，亓入，隔帘揖之，少致存问。仪容隐约，不敢审谛；既退，数步之外，辄回眸注盼。但闻女言曰："阿婿回首矣！"言已，大笑，烈烈如鸮鸣。亓闻之，胫股皆软，摇摇然若丧魂魄。既出，坐移时，始稍定。乃曰："适闻笑声，如听霹雳，竟不觉身为己有。"少顷，婢以女命，赠亓二十金。亓受之，谓婢曰："圣仙日与丈人

---

① 罂——一种酒坛子。

② 伧(chēng)奴——下贱奴才。

③ 提学使——学官。

④ 桑梓谊——老乡的身份。

⑤ 鬖鬖(sān sān)——白发下垂状。

⑥ 反卷——归还画卷。

⑦ 亓(qí)——姓。

居，宁不知我素性挥霍，不惯使小钱耶？”女闻之曰：“我固知其然。囊底适罄；向结伴至汴梁①，其城为河伯②占据，库藏皆没水中，入水各得些须，何能饱无餍之求？且我纵能厚馈，彼福薄，亦不能任。”

女凡事能先知，遇有疑难，与议，无不剖。一日，并坐，忽仰天大惊曰：“大劫将至，为之奈何！”刘惊问家口，曰：“余悉无恙，独二公子可虑。此处不久将为战场，君当求差远去，庶免于难。”刘从之，乞于上官，得解饷云贵间③。道里辽远，闻者弔之，而女独贺。无何，姜瓖④叛，汾州没为贼窟。刘仲子自山东来，适遭其变，遂被害。城陷，官僚皆罹于难，惟刘公以出得免。盗平，刘始归。寻以大案罣误⑤，贫至饔飧⑥不给；而当道者又多所需索，因而窘忧欲死。女曰：“勿忧，床下三千金，可资用度。”刘大喜，问：“窃之何处？”曰：“天下无主之物，取之不尽，何庸窃乎。”刘借谋得脱归，女从之。后数年忽去，纸裹数事留赠，中有丧家挂门之小旛，长二寸许，群以为不祥。刘寻卒。

雷 曹

乐云鹤、夏平子，二人少同里，长同斋，相交莫逆。夏少慧，十岁知名。乐虚心事之，夏亦相规不倦，乐文思日进，由是名并著。而潦倒场屋⑦，战辄北。无何，夏遘疫，卒，家贫不能葬，乐锐身自任之。遗襁褓子及未亡人，乐以时恤诸其家；每得升斗，必析而二之，夏妻子赖以活。于是士大夫益贤乐。乐恒产无多，又代夏生忧，内顾家计日蹙，乃叹曰：“文如平子，尚碌碌以殁，而况于我！人生富贵须及时，戚戚终岁，恐先狗马填沟壑，负此生矣，不如早自图也。”于是去读而贾，操业半年，家资小泰。

---

① 汴梁——今河南开封市。
② 河伯——传说中的黄河之神。
③ 云贵间——云南、贵州一带。
④ 姜瓖——明末清初人，官至大同总兵，先降清，后复叛，兵败被杀。
⑤ 罣误——因他人他事而被贬官。
⑥ 饔飧（yōng sūn）——三餐不继。
⑦ 场屋——科举考场。

一日，客金陵，休于旅舍。见一人颀然而长，筋骨隆起，徬徨坐侧，色黯淡，有戚容。乐问："欲得食耶？"其人亦不语。乐推食食之；则以手掬啗，顷刻已尽。乐又益以兼人之馔，食复尽。遂命主人割豚肩，堆以蒸饼；又尽数人之餐，始果腹而谢曰："三年以来，未尝如此饫饱。"乐曰："君固壮士，何飘泊若此？"曰："罪膺天谴，不可说也。"问其里居，曰："陆无屋，水无舟，朝村而暮郭耳。"乐整装欲行，其人相从，恋恋不去。乐辞之。告曰："君有大难，吾不忍忘一饭之德。"乐异之，遂与偕行。途中曳与同餐。辞曰："我终岁仅数餐耳。"益奇之。次日，渡江，风涛暴作，估舟尽覆，乐与其人悉没江中。俄风定，其人负乐踏波出，登客舟，又破浪去；少时，挽一船至，扶乐入，嘱乐卧守，复跃入江，以两臂夹货出，掷舟中；又入之。数入数出，列货满舟。乐谢曰："君生我亦良足矣，敢望珠还哉！"检视货财，并无亡失。益喜，惊为神人。放舟欲行；其人告退，乐苦留之，遂与共济。乐笑云："此一厄也，止失一金簪耳。"其人欲复寻之。乐方劝止，已投水中而没。惊愕良久。忽见含笑而出，以簪授乐曰："幸不辱命。"江上人罔不骇异。

乐与归，寝处共之。每十数日始一食，食则啖嚼无算。一日，又言别，乐固挽之。适昼晦欲雨，闻雷声。乐曰："云间不知何状？雷又是何物？安得至天上视之，此疑乃可解。"其人笑曰："君欲作云中游耶？"少时，乐倦甚，伏榻假寐。既醒，觉身摇摇然，不似榻上；开目，则在云气中，周身如絮。惊而起，晕如舟上。踏之，耎无地。仰视星斗，在眉目间。遂疑是梦。细视星箝天上，如老莲实之在蓬也，大者如瓮，次如瓿①，小如盎盂。以手撼之，大者坚不可动；小星动摇，似可摘而下者。遂摘其一，藏袖中。拨云下视，则银海苍茫，见城郭如豆。愕然自念：设一脱足，此身何可复问。俄见二龙夭矫②，驾缦车③来。尾一掉，如鸣牛鞭。车上有器，围皆数丈，贮水满之。有数十人，以器掬水，遍洒云间。忽见乐，共怪之。乐审所与壮士在焉，语众曰："是吾友也。"因取一器，授乐令洒。时苦旱，乐接器排

---

① 瓿——比瓮小的盛器。

② 夭矫——屈伸自如状。

③ 缦车——无装饰物的车子。

云，约望故乡，尽情倾注。未几，谓乐曰："我本雷曹①。前误行雨，罚谪三载；今天限已满，请从此别。"乃以驾车之绳万尺掷前，使握端缒下。乐危之。其人笑言："不妨。"乐如其言，飗飗然瞬息及地。视之，则堕立村外；绳渐收入云中，不可见矣。时久旱，十里外，雨仅盈指，独乐里沟浍②皆满。

归探袖中，摘星仍在。出置案上，黯黝如石；入夜，则光明焕发，映照四壁。益宝之，什袭而藏。每有佳客，出以照饮。正视之，则条条射目。一夜，妻坐对握发③，忽见星光渐小如萤，流动横飞。妻方怪咤，已入口中，咯之不出，竟已下咽。愕奔告乐，乐亦奇之。既寝，梦夏平子来，曰："我少微星④也。君之惠好，在中不忘。又蒙自天上携归，可云有缘。今为君嗣，以报大德。"乐三十无子，得梦甚喜。自是，妻果娠；及临蓐，光耀满室，如星在几上时，因名"星儿"。机警非常。十六岁，及进士第。

异史氏曰："乐子文章名一世，忽觉苍苍之位置我者不在是，遂弃毛锥⑤如脱屣，此与燕颔投笔⑥者，何以少异？至雷曹感一饭之德，少微酬良友之知，岂神人之私报恩施哉，乃造物之公报贤豪耳。"

赌　符

韩道士，居邑中之天齐庙⑦。多幻术，共名之"仙"。先子⑧与最善，每适城，辄造之。一日，与先叔赴邑，拟访韩，适遇诸途。韩付钥曰："请先往启门坐，少旋我即至。"乃如其言。诣庙发扃，则韩已坐室中。诸如此类。

---

① 雷曹——此指雷神。
② 沟浍(kuài)——沟渠。
③ 握发——梳理头发。
④ 少微星——又称处士星，象征士大夫命运之星。
⑤ 毛锥——毛笔。
⑥ 燕颔投笔——燕颔，指东汉人班超，曾有过一段投笔从戎的经历。
⑦ 天齐庙——供奉泰山神的庙宇。
⑧ 先子——指作者父亲蒲槃。

先是,有敝族人嗜博赌,因先子亦识韩。值大佛寺来一僧,专事樗蒱①,赌甚豪。族人见而悦之,罄资往赌,大亏;心益热,典质田产复往,终夜尽丧。邑邑②不得志,便道诣韩,精神惨澹,言语失次。韩问之,具以实告。韩笑云:"常赌无不输之理。倘能戒赌,我为汝复之③。"族人曰:"倘得珠还合浦④,花骨头⑤当铁杵碎之!"韩乃以纸书符,授佩衣带间。嘱曰:"但得故物即已,勿得陇复望蜀也。"又付千钱,约赢而偿之。

族人大喜而往。僧验其资,易之,不屑与赌。族人强之,请以一掷为期。僧笑而从之。乃以千钱为孤注。僧掷之无所胜负,族人接色,一掷成采;僧复以两千为注,又败;渐增至十余千,明明枭色,呵之,皆成卢雉⑥:计前所输,顷刻尽复。阴念再赢数千亦更佳,乃复博,则色渐劣;心怪之,起视带上,则符已亡矣,大惊而罢。载钱归庙,除偿韩外,追而计之,并末后所失,适符原数也,已乃愧谢失符之罪。韩笑曰:"已在此矣。固嘱勿贪,而君不听,故取之。"

异史氏曰:"天下之倾家者,莫速于博;天下之败德者,亦莫甚于博。入其中者,如沉迷海,将不知所底⑦矣。夫商农之人,俱有本业;诗书之士,尤惜分阴。负耒横经⑧,固成家之正路;清谈薄饮,犹寄兴之生涯。尔乃狎比淫朋,缠绵永夜。倾囊倒箧,悬金于崄巇⑨之天;呵雉呼卢,乞灵于淫昏之骨。盘旋五木⑩,似走圆珠⑪;手握多章,如擎团扇⑫。左觑人而右顾己,望穿鬼子之睛;阳示弱而阴用强,费尽魍魉之技。门前宾客待,犹恋

---

① 樗蒱(chū pú)——掷色子赌博。

② 邑邑——通"悒悒",不快活。

③ 复之——赢回输的钱。

④ 珠还合浦——同⑦。

⑤ 花骨头——指色子。

⑥ 明明枭色,呵之,皆成卢雉——明明可得上彩,一报,却成了中下彩。

⑦ 所底(zhǐ)——所终。

⑧ 负耒横经——勤学不倦。

⑨ 崄巇(xiǎn xī)——艰险莫测。

⑩ 五木——赌博用具。

⑪ 圆珠——珍珠,喻指赌具。

⑫ 多章、团扇——多章,纸牌;团扇,如宫女手持圆扇一样顾盼得意。

恋于场头；舍上火烟生，尚眈眈于盆里。忘餐废寝，则久入成迷；舌敝唇焦，则相看似鬼。

“迨夫全军尽没，热眼空窥。视局中则叫号浓焉，技痒英雄之臆；顾橐底而贯索空矣，灰寒壮士之心。引颈徘徊，觉白手之无济；垂头萧索，始玄夜以方归。幸交谪之人①眠，恐惊犬吠；苦久虚之腹饿，敢怨羹残。既而鬻子质田，冀珠还于合浦；不意火灼毛尽，终捞月于沧江。及遭败后我方思，已作下流之物；试问赌中谁最善，群指无裤之公。甚而枵腹②难堪，遂栖身于暴客；搔头莫度，至仰给于香奁③。呜呼！败德丧行，倾产亡身，孰非博之一途致之哉！”

阿 霞

文登景星者，少有重名。与陈生比邻而居，斋隔一短垣。一日，陈暮过荒落之墟，闻女子啼松柏间；近临，则树横枝有悬带，若将自经。陈诘之，挥涕而对曰：“母远去，托妾于外兄④。不图狼子野心，畜我不卒⑤。伶仃如此，不如死！”言已，复泣。陈解带，劝令适人。女虑无可托者。陈请暂寄其家，女从之。既归，挑灯审视，丰韵殊绝。大悦，欲乱之。女厉声抗拒，纷纭之声，达于间壁。景生逾垣来窥，陈乃释女。女见景，凝目停睇，久乃奔去。二人共逐之，不知去向。

景归，阖门欲寝，则女子盈盈自房中出。惊问之，答曰：“彼德薄福浅，不可终托。”景大喜，诘其姓氏。曰：“妾祖居于齐。为齐姓，小字阿霞。”入以游词，笑不甚拒，遂与寝处。斋中多友人来往，女恒隐闭深房。过数日，曰：“妾姑去。此处烦杂，困人甚。继今，请以夜卜⑥。”问：“家何

---

① 交谪之人——指妻子。
② 枵腹——饿肚子。
③ 香奁——妻子的陪嫁物品。
④ 外兄——表哥。
⑤ 卒——终。
⑥ 夜卜——选定某夜。

所?”曰:“正不远耳。”遂早去。夜果复来,欢爱綦笃。又数日,谓景曰:“我两人情好虽佳,终属苟合。家君宦游西疆①,明日将从母去,容即乘间禀命,而相从以终焉。”问:“几日别?”约以旬终。既去,景思斋居不可常;移诸内,又虑妻妒。计不如出妻。志既决,妻至辄诟詈。妻不堪其辱,涕欲死。景曰:“死恐见累,请蚤归。”遂促妻行。妻啼曰:“从子十年,未尝有失德,何决绝如此!”景不听,逐愈急。妻乃出门去。自是垩壁清尘,引领翘待;不意信杳青鸾②,如石沉海。妻大归后,数浼知交,请复于景,景不纳;遂适夏侯氏。夏侯里居与景接壤,以田畔之故,世有郤③。景闻之,益大恚恨。然犹冀阿霞复来,差足自慰。越年余,并无踪绪。

会海神寿,祠内外士女云集,景亦在。遥见一女,甚似阿霞。景近之,入于人中;从之,出于门外;又从之,飘然竟去。景追之不及,恨悒而返。后半载,适行于途,见一女郎,着朱衣,从苍头,鞚④黑卫来。望之,霞也。因问从人:“娘子为谁?”答曰:“南村郑公子继室。”又问:“娶几时矣?”曰:“半月耳。”景思,得毋误耶?女郎闻语,回眸一睇,景视,真霞。见其已适他姓,愤填胸臆,大呼:“霞娘!何忘旧约?”从人闻呼主妇,欲奋老拳。女急止之,启幛纱谓景曰:“负心人何颜相见?”景曰:“卿自负仆,仆何尝负卿?”女曰:“负夫人甚于负我!结发者如是,而况其他?向以祖德厚,名列桂籍⑤,故委身相从;今以弃妻故,冥中削尔禄秩,今科亚魁⑥王昌,即替汝名者也。我已归郑君,无劳复念。”景俯首贴耳,口不能道一词,视女子,策蹇去如飞,怅恨而已。

是科,景落第,亚魁果王氏昌名。郑亦捷。景以是得薄倖名。四十无偶,家益替,恒趁食于亲友家。偶诣郑,郑款之,留宿焉。女窥客,见而怜之,问郑曰:“堂上客,非景庆云⑦耶?”问所自识,曰:“未适君时,曾避难

---

① 宦游西疆——在西部省份做官。
② 信杳青鸾——杳无音信。
③ 郤(xì)——仇怨。
④ 鞚——骑。
⑤ 桂籍——科举及第人员的名籍。
⑥ 亚魁——乡举第二名。
⑦ 景庆云——景星,字庆云。

其家,亦深得其豢养。彼行虽贱,而祖德未斩①;且与君为故人,亦宜有绨袍之义②。”郑然之,易其败絮,留以数日。夜分欲寝,有婢持廿余金赠景。女在窗外言曰:“此私贮,聊酬夙好,可将去,觅一良匹。幸祖德厚,尚足及子孙。无复丧检③,以促余龄。”景感谢之。既归,以十余金买搢绅家婢,甚丑悍。举一子,后登两榜。郑官至吏部郎。既没,女送葬归,启舆则虚无人矣,始知其非人也。噫!人之无良,舍其旧而新是谋,卒之卵覆而鸟亦飞,天之所报亦惨矣!

李司鉴

李司鉴,永年④举人也。于康熙四年⑤九月二十八日,打死其妻李氏。地方⑥报广平⑦,行永年查审。司鉴在府前,忽于肉架下夺一屠刀,奔入城隍庙,登戏台上,对神而跪。自言:“神责我不当听信奸人,在乡党颠倒是非,着我割耳。”遂将左耳割落,抛台下。又言:“神责我不应骗人银钱,着我剁指。”遂将左指剁去。又言:“神责我不当奸淫妇女,使我割肾。”遂自阉,昏迷僵仆。时总督朱云门⑧题参革褫究拟,已奉俞旨⑨,而司鉴已伏冥诛矣。邸抄⑩。

---

① 斩——断绝。
② 绨袍之义——扶贫济弱的仁义之举。
③ 丧检——行为不端。
④ 永年——今河北永年县。
⑤ 康熙四年——即 1665 年。
⑥ 地方——里长。
⑦ 广平——府名。
⑧ 朱云门——即朱昌祚,官至直隶、山东、河南三省总督。
⑨ 俞旨——允准的圣旨。
⑩ 邸抄——摘自邸报。

五羖大夫

河津[①]畅体元[②]，字汝玉。为诸生时，梦人呼为"五羖大夫[③]"，喜为佳兆。及遇流寇之乱，尽剥其衣，夜闭置空室。时冬月，寒甚，暗中摸索，得数羊皮护体，仅不至死。质明，视之，恰符五数。哑然自笑神之戏己也。后以明经[④]授雒南[⑤]知县。毕载积先生志。

毛　狐

农子[⑥]马天荣，年二十余。丧偶，贫不能娶。偶芸[⑦]田间，见少妇盛妆，践禾越陌而过，貌赤色，致亦风流。马疑其迷途，顾四野无人，戏挑之。妇亦微纳。欲与野合。笑曰："青天白日，宁宜为此。子归，掩门相候，昏夜我当至。"马不信，妇矢之。马乃以门户向背具告之，妇乃去。夜分，果至，遂相悦爱。觉其肤肌嫩甚；火之，肤赤薄如婴儿，细毛遍体，异之。又疑其踪迹无据，自念得非狐耶？遂戏相诘。妇亦自认不讳。

马曰："既为仙人[⑧]，自当无求不得。既蒙缱绻，宁不以数金济我贫？"妇诺之。次夜来，马索金。妇故愕曰："适忘之。"将去，马又嘱。至夜，问："所乞或勿忘耶？"妇笑，请以异日。逾数日，马复索。妇笑向袖中出白金二铤[⑨]，约五六金，翘边细纹，雅可爱玩。马喜，深藏于椟。积半岁，

---

① 河津——今山西河津县。
② 畅体元——清初人，科贡出身，官至知县，有政绩。
③ 五羖大夫——指春秋时秦国大夫百里奚，助秦称霸，此借指升官的好兆头。
④ 明经——贡生。
⑤ 雒南——县名，今属陕西省。
⑥ 农子——农家子弟。
⑦ 芸——除草。
⑧ 仙人——指狐精。
⑨ 铤(dìng)——通"锭"。

偶需金,因持示人。人曰:“是锡也。”以齿龁之,应口而落。马大骇,收藏而归。至夜,妇至,愤致诮让。妇笑曰:“子命薄,真金不能任也。”一笑而罢。

马曰:“闻狐仙皆国色,殊亦不然。”妇曰:“吾等皆随人现化。子且无一金之福,落雁沉鱼,何能消受?以我蠢陋,固不足以奉上流;然较之大足驼背者,即为国色。”过数月,忽以三金赠马,曰:“子屡相索,我以子命不应有藏金。今媒聘有期,请以一妇之资相馈,亦借以赠别。”马自白无聘妇之说。妇曰:“一二日,自当有媒来。”马问:“所言姿貌如何?”曰:“子思国色,自当是国色。”马曰:“此即不敢望。但三金何能买妇?”妇曰:“此月老①注定,非人力也。”马问:“何遽言别?”曰:“戴月披星,终非了局。‘使君自有妇②’,搪塞③何为?”天明而去,授黄末一刀圭④,曰:“别后恐病,服此可疗。”

次日,果有媒来。先诘女貌,答:“在妍媸之间。”“聘金几何?”“约四五数。”马不难其价,而必欲一亲见其人。媒恐良家子不肯衒露⑤。既而约与俱去,相机因便。既至其村,媒先往,使马待诸村外。久之,来曰:“谐矣。余表亲与同院居,适往,见女坐室中。请即伪为谒表亲者而过之,咫尽可相窥也。”马从之。果见女子坐堂中,伏体于床,倩人爬背⑥。马趋过,掠之以目,貌诚如媒言。及议聘,并不争直,但求得一二金,装女出阁。马益廉之,乃纳金;并酬媒氏及书券者,计三两已尽,亦未多费一文。择吉迎女归,入门,则胸背皆驼,项缩如龟,下视裙底,莲舡⑦盈尺,乃悟狐言之有因也。

异史氏曰:“随人现化,或狐女之自为解嘲;然其言福泽,良可深信。余每谓:非祖宗数世之修行,不可以博高官;非本身数世之修行,不可以得

---

① 月老——月下老人,即媒人。

② 使君自有妇——你(指马氏)命中注定另有其妇。

③ 搪塞——敷衍。

④ 刀圭——量药物用具,容量很少。

⑤ 衒露——抛头露面。

⑥ 爬背——搔痒。

⑦ 莲舡(chuán)——戏称女鞋。

佳人。信因果[1]者，必不以我言为河汉[2]也。”

翩 翩

罗子浮，邠[3]人。父母俱蚤[4]世。八九岁，依叔大业。业为国子左厢[5]，富有金缯而无子，爱子浮若己出。十四岁，为匪人诱去作狭邪游[6]。会有金陵娼，侨寓郡中，生悦而惑之。娼返金陵，生窃从遁去。居娼家半年，床头金尽，大为姊妹行[7]齿冷。然犹未遽绝之。无何，广疮[8]溃臭，沾染床席，遂逐而出。丐于市，市人见辄遥避。自恐死异域，乞食西行；日三四十里，渐至邠界。又念败絮脓秽，无颜入里门，尚趑趄近邑间。

日既暮，欲趋山寺宿。遇一女子，容貌若仙。近问：“何适？”生以实告。女曰：“我出家人，居有山洞，可以下榻，颇不畏虎狼。”生喜，从去。入深山中，见一洞府。入则门横溪水，石梁驾之。又数武，有石室二，光明彻照，无须灯烛。命生解悬鹑[9]，浴于溪流。曰：“濯之，疮当愈。”又开幛拂褥促寝，曰：“请即眠，当为郎作裤。”乃取大叶类芭蕉，剪缀作衣。生卧视之。制无几时，折叠床头，曰：“晓取着之。”乃与对榻寝。生浴后，觉疮疡无苦。既醒，摹之，则痂厚结矣。诘旦，将兴，心疑蕉叶不可着。取而审视，则绿锦滑绝。少间，具餐。女取山叶呼作饼，食之，果饼；又剪作鸡、鱼烹之，皆如真者。室隅一罂，贮佳酝，辄复取饮；少减，则以溪水灌益之。数日，疮痂尽脱，就女求宿。女曰：“轻薄儿！甫能安身，便生妄想！”生云：“聊以报德。”遂同卧处，大相欢爱。

---

① 因果——佛教因果报应说。
② 河汉——银河，喻迂阔渺茫。
③ 邠——州名，治今在陕西彬县。
④ 蚤——早。
⑤ 国子左厢——明清时国子祭酒的别称。
⑥ 狭邪游——嫖妓。
⑦ 姊妹行(háng)——妓女间的互称。
⑧ 广疮——梅毒。
⑨ 悬鹑——喻破衣。

一日，有少妇笑入，曰："翩翩小鬼头快活死！薛姑子好梦，几时做得？"女迎笑曰："花城娘子，贵趾久弗涉，今日西南风紧，吹送来也！小哥子抱得未？"曰："又一小婢子。"女笑曰："花娘子瓦窑①哉！那弗将②来？"曰："方呜之，睡却矣。"于是坐以款饮。又顾生曰："小郎君焚好香也。"生视之，年廿有三四，绰有余妍。心好之。剥果误落案下，俯假拾果，阴捻翘凤。花城他顾而笑，若不知者。生方怳然③神夺，顿觉袍裤无温；自顾所服，悉成秋叶。几骇绝。危坐移时，渐变如故。窃幸二女之弗见也。少顷，酬酢间，又以指搔纤掌；城坦然笑谑，殊不觉知。突突怔忡④间，衣已化叶，移时始复变。由是惭颜息虑，不敢妄想。城笑曰："而家小郎子，大不端好！若弗是醋葫芦娘子⑤，恐跳迹入云霄去⑥。"女亦哂曰："薄倖儿，便直得寒冻杀！"相与鼓掌。花城离席曰："小婢醒，恐啼肠断矣。"女亦起曰："贪引他家男儿，不忆得小江城啼绝矣。"花城既去，惧贻诮责；女卒晤对如平时。

居无何，秋老风寒，霜零木脱，女乃收落叶，蓄旨御冬。顾生肃缩，乃持襆掇拾洞口白云为絮复衣，着之温暖如襦，且轻松常如新绵。逾年，生一子，极惠美。日在洞中弄儿为乐。然每念故里，乞与同归。女曰："妾不能从；不然，君自去。"因循二三年，儿渐长，遂与花城订为姻好。生每以叔老为念。女曰："阿叔腊⑦故大高，幸复强健，无劳悬耿⑧。待保儿婚后，去住由君。"女在洞中，辄取叶写书教儿读，儿过目即了。女曰："此儿福相，放教入尘寰，无忧至台阁⑨。"未几，儿年十四。花城亲诣送女。女华妆至，容光照人。夫妻大悦，举家谯集。翩翩扣钗而歌曰："我有佳儿，不羡贵官。我有佳妇，不羡绮纨。今夕聚首，皆当欢喜。为君行酒，劝君加餐。"既而花城去。与儿夫妇对室居。新妇孝，依依膝下，宛如所生。生又言归。女曰：

---

① 瓦窑——喻指专生女孩的妇女。

② 将——携带。

③ 怳(huǎng)然——恍忽状。

④ 突突怔忡(zhēng chōng)——惊惧不安。

⑤ 醋葫芦娘子——戏指妒妇。

⑥ 跳迹入云霄——想入非非。

⑦ 腊——年岁。

⑧ 悬耿——耿耿悬念。

⑨ 台阁——宰相、尚书类大官

"子有俗骨，终非仙品。儿亦富贵中人，可携去，我不误儿生平。"新妇思别其母，花城已至。儿女恋恋，涕各满眶。两母慰之曰："暂去，可复来。"翩翩乃剪叶为驴，令三人跨之以归。大业已老归林下①，意侄已死，忽携佳孙美妇归，喜如获宝。入门，各视所衣，悉蕉叶；破之，絮蒸蒸腾去。乃并易之。后生思翩翩，偕儿往探之，则黄叶满径，洞口路迷，零涕而返。

异史氏曰："翩翩、花城，殆仙者耶？餐叶衣云，何其怪也！然帏幄诽谑②，狎寝生雏，亦复何殊于人世？山中十五载，虽无'人民城郭'之异③；而云迷洞口，无迹可寻，睹其景况，真刘阮返棹时④矣。"

黑兽

闻李太公敬一言："某公在沈阳⑤，宴集山颠。俯瞰山下，有虎啣物来，以爪穴地，瘗之而去。使人探所瘗，得死鹿。乃取鹿而虚掩其穴。少间，虎导一黑兽至，毛长数寸。虎前驱，若邀尊客。既至穴，兽眈眈蹲伺。虎探穴失鹿，战伏⑥不敢少动。兽怒其诳，以爪击虎额，虎立毙。兽亦径去。"

异史氏曰："兽不知何名。然问其形，殊不大于虎，而何延颈受死，惧之如此其甚哉？凡物各有所制⑦，理不可解。如猕⑧最畏狨；遥见之，则百十成群，罗而跪，无敢遁者。凝睛定息，听狨至，以爪遍揣其肥瘠；肥者

---

① 林下——喻归隐乡下。
② 帏幄诽谑——指闺房内的玩笑。
③ '人民城郭'之异——古事沧桑，人事变迁。
④ 真刘阮返棹时——刘，即刘晨；阮，即阮肇。二人均为东汉人，入山采药迷路，遇二仙女，滞留半年方归，而此时子孙已历七代，复访仙女，已无踪迹。
⑤ 沈阳——今辽宁沈阳市。
⑥ 战伏——颤抖着趴在地上。
⑦ 制——制约。
⑧ 猕(mí)畏狨(róng)——猕猴怕金丝猴。

则以片石志颠顶①。猕戴石而伏，悚②若木鸡，惟恐堕落。狨揣志已，乃次第按石取食，馀始闵散。余尝谓贪吏似狨，亦且揣民之肥瘠而志之，而裂食之；而民之戢耳听食，莫敢喘息，蚩蚩之情，亦犹是也。可哀也夫！”

① 志颠顶——将石片放在头顶作记号。

② 悚(sǒng)——惊恐。

卷 四

余 德

武昌尹图南，有别第，尝为一秀才税居。半年来，亦未尝过问。一日，遇诸其门，年最少，而容仪裘马，翩翩甚都。趋与语，即又蕴藉可爱。异之。归语妻。妻遣婢托遗问以窥其室。室有丽姝，美艳逾于仙人；一切花石服玩，俱非耳目所经。尹不测其何人，诣门投谒，适值他出。翼日，即来答拜。展其刺呼①，始知余姓德名。语次，细审官阀，言殊隐约。固诘之，则曰："欲相还往，仆不敢自绝。应知非寇窃逋逃者，何须逼知来历。"尹谢之。命酒款宴，言笑甚欢。向暮，有昆仑②捉马挑灯，迎导以去。

明日，折简报主人。尹至其家，见屋壁俱用明光纸裱，洁如镜。金狻猊③爇异香。一碧玉瓶，插凤尾孔雀羽各二，各长二尺余。一水晶瓶，浸粉花一树，不知何名，亦高二尺许，垂枝覆几外；叶疏花密，含苞未吐；花状似湿蝶敛翼；蒂④即如须。筵间不过八簋，而丰美异常。既，命童子击鼓催花为令。鼓声既动，则瓶中花颤颤欲拆⑤；俄而蝶翅渐张；既而鼓歇，渊然一声，蒂须顿落，即为一蝶，飞落尹衣。余笑起，飞一巨觥；酒方引满，蝶亦飏去。顷之，鼓又作，两蝶飞集余冠。余笑云："作法自弊矣。"亦引二觥。三鼓既终，花乱堕，翩翻而下，惹袖沾衿。鼓僮笑来指数：尹得九筹⑥，余四筹。尹已薄醉，不能尽筹，强引三爵，离席亡去。由是益奇之。

然其为人寡交与，每阖门居，不与国人⑦通吊庆。尹逢人辄宣播；闻

---

① 展其刺呼——打开他的名帖。
② 昆仑——奴仆的代称。
③ 狻猊——动物名，狮子，此指熏香炉。
④ 蒂——花蒂。
⑤ 拆——开放。
⑥ 筹——一种饮酒计数的器具。
⑦ 国人——指社会上的人们。

其异者，争交欢余，门外冠盖常相望。余颇不耐，忽辞主人去。去后，尹入其家，空庭洒扫无纤尘；烛泪堆掷青阶下；窗间零帛断线，指印宛然。惟舍后遗一小白石缸，可受石许。尹携归，贮水养朱鱼。经年，水清如初贮。后为佣保移石，误碎之。水蓄并不倾泻。视之，缸宛在，扪之虚耎。手入其中，则水随手泄；出其手，则复合。冬月亦不冰。一夜，忽结为晶，鱼游如故。尹畏人知，常置密室，非子婿不以示也。久之渐播，索玩者纷错于门。腊夜，忽解为水，荫湿满地，鱼亦渺然。其旧缸残石犹存。忽有道士踵门求之。尹出以示。道士曰："此龙宫蓄水器也。"尹述其破而不泄之异。道士曰："此缸之魂也。"殷殷然乞得少许。问其何用，曰："以屑合药①，可得永寿。"予一片，欢谢而去。

杨 千 总

毕民部公②即家起备兵洮岷③时，有千总④杨化麟来迎。冠盖在途，偶见一人遗便路侧。杨关弓欲射之，公急呵止。杨曰："此奴无礼，合小怖之。"乃遥呼曰："遗屙者！奉赠一股会稽籐簪绾⑤髻子。"即飞矢去，正中其髻。其人急奔，便液污地。

瓜 异

二十六年六月⑥，邑⑦西村民圃中，黄瓜上复生蔓，结西瓜一枚，大如碗。

---

① 合药——配药。

② 毕民部公——即毕自严，毕际有之父，官至户部（也称民部）尚书。

③ 洮岷——洮水、岷山，今属甘肃省。

④ 千总——下级武官。

⑤ 绾（wǎn）——挽结。

⑥ 二十六年六月——指康熙年。

⑦ 邑——指淄川县城。

青梅

白下①程生,性磊落,不为畛畦②。一日,自外归,缓其束带,觉带端沉沉,若有物堕。视之,无所见。宛转间,有女子从衣后出,掠发微笑,丽绝。程疑其鬼,女曰:"妾非鬼,狐也。"程曰:"倘得佳人,鬼且不惧,而况于狐。"遂与狎。二年,生一女,小字青梅。每谓程:"勿娶,我且为君生男。"程信之,遂不娶。戚友共诮姗之。程志夺,聘湖东王氏。狐闻之怒,就女乳之,委于程曰:"此汝家赔钱货,生之杀之,俱由尔。我何故代人作乳媪乎!"出门径去。

青梅长而慧;貌韶秀,酷肖其母。既而程病卒,王再醮去。青梅寄食于堂叔;叔荡无行,欲鬻以自肥。适有王进士者,方候铨③于家,闻其慧,购以重金,使从女阿喜服役。喜年十四,容华绝代。见梅忻悦,与同寝处。梅亦善候伺,能以目听,以眉语,由是一家俱怜爱之。

邑有张生,字介受。家窭贫,无恒产,税居王第。性纯孝,制行不苟④,又笃于学。青梅偶至其家,见生据石啖糠粥;入室与生母絮语,见案上具豚蹄焉。时翁卧病,生入,抱父而私⑤。便液污衣,翁觉之而自恨;生掩其迹,急出自濯,恐翁知。梅以此大异之。归述所见,谓女曰:"吾家客,非常人也。娘子不欲得良匹则已;欲得良匹,张生其人也。"女恐父厌其贫。梅曰:"不然,是在娘子。如以为可,妾潜告,使求伐⑥焉。夫人必召商之;但应之曰'诺'也,则谐矣。"女恐终贫为天下笑。梅曰:"妾自谓能相天下士,必无谬误。"明日,往告张媪。媪大惊,谓其言不祥。梅曰:"小姐闻公子而贤之也,妾故窥其意以为言。冰人往,我两人袒焉,计合

---

① 白下——古地名,今南京市西北。

② 畛畦——界域、规范。

③ 候铨——等待铨选。

④ 苟——品行端正。

⑤ 私——指便溺。

⑥ 求伐——请人做媒。

允遂。纵其否也，于公子何辱乎？”媪曰：“诺。”乃托侯氏卖花者往。夫人闻之而笑，以告王。王亦大笑。唤女至，述侯氏意。女未及答，青梅亟赞其贤，决其必贵。夫人又问曰：“此汝百年事。如能啜糠覈①也，即为汝允之。”女俛首久之，顾壁而答曰：“贫富命也。倘命之厚，则贫无几时；而不贫者无穷期矣。或命之薄，彼锦绣王孙，其无立锥者岂少哉，是在父母。”初，王之商女也；将以博笑；及闻女言，心不乐曰：“汝欲适张氏耶？”女不答；再问，再不答。怒曰：“贱骨，了不长进！欲携筐作乞人妇，宁不羞死！”女涨红气结，含涕引去。媒亦遂奔。

青梅见不谐，欲自谋。过数日，夜诣生。生方读，惊问所来；词涉吞吐。生正色却之。梅泣曰：“妾良家子，非淫奔者；徒以君贤，故愿自托。”生曰：“卿爱我，谓我贤也。昏夜之行，自好者不为，而谓贤者为之乎？夫始乱之而终成之，君子犹曰不可；况不能成，彼此何以自处？”梅曰：“万一能成，肯赐援拾②否？”生曰：“得人如卿，又何求？但有不可如何者三，故不敢轻诺耳。”曰：“若何？”曰：“不能自主，则不可如何；即能自主，我父母不乐，则不可如何；即乐之，而卿之身直必重，我贫不能措，则尤不可如何。卿速退，瓜李之嫌③可畏也！”梅临去，又嘱曰：“君倘有意，乞共图之。”生诺。梅归，女诘所往，遂跪而自投。女怒其淫奔，将施扑责。梅泣白无他，因而实告。女叹曰：“不苟合，礼也；必告父母，孝也；不轻然诺，信也；有此三德，天必祐之，其无患贫也已。”既而曰：“子将若何？”曰：“嫁之。”女笑曰：“痴婢能自主耶？”曰：“不济，则以死继之。”女曰：“我必如所愿。”梅稽首而拜之。又数日，谓女曰：“曩而言之戏乎，抑果欲慈悲耶？果尔，尚有微情，并祈垂怜焉。”女问之，答曰：“张生不能致聘，婢又无力可以自赎，必取盈④焉，嫁我犹不嫁也。”女沉吟曰：“是非我之能为力矣。我曰嫁汝，且恐不得当；而曰必无取直焉，是大人所必不允，亦余所不敢言也。”青梅闻之，泣数行下，但求怜拯。女思良久，曰：“无已，我私蓄数金，当倾囊相助。”梅拜谢，因潜告张。张母大喜，多方乞贷，共得如干数，藏待好

---

① 糠覈（hé）——粗劣食物。

② 援拾——收留。

③ 瓜李之嫌——涉嫌的处境。

④ 取盈——取满所定的限量。

音。会王授曲沃宰①,喜乘间告母曰:“青梅年已长,今将莅任,不如遣之。”夫人固以青梅太黠,恐导女不义,每欲嫁之,而恐女不乐也,闻女言甚喜。逾两日,有佣保妇白张氏意。王笑曰:“是只合偶婢子,前此何妄也!然鬻媵高门,价当倍于曩昔。”女急进曰:“青梅侍我久,卖为妾,良不忍。”王乃传语张氏,仍以原金署券②,以青梅嫔于生。入门,孝翁姑,曲折承顺,尤过于生;而操作更勤,餍糠秕不为苦。由是家中无不爱重青梅。梅又以刺绣作业,售且速,贾人候门以购,惟恐弗得。得资稍可御穷。且劝勿以内顾误读,经纪皆自任之。因主人之任③,往别阿喜。喜见之,泣曰:“子得所④矣,我固不如。”梅曰:“是何人之赐,而敢忘之?然以为不如婢子,恐促婢子寿。”遂泣相别。

王如晋,半载,夫人卒,停柩寺中。又二年,王坐行赇免,罚赎万计,渐贫不能自给,从者逃散。是时,疫大作,王染疾亦卒。惟一媪从女。未几,媪又卒。女伶仃益苦。有邻妪劝之嫁,女曰:“能为我葬双亲者,从之。”媪怜之,赠以斗米而去。半月复来,曰:“我为娘子极力,事难合也:贫者不能为葬,富者又嫌子为陵夷⑤嗣。奈何!尚有一策,但恐不能从也。”女曰:“若何?”曰:“此间有李郎,欲觅侧室⑥,倘见姿容,即遣厚葬,必当不惜。”女大哭曰:“我搢绅裔而为人妾耶!”媪无言,遂去。日仅一餐,延息待价。居半年,益不可支。一日,媪至。女泣告曰:“困顿如此,每欲自尽;犹恋恋而苟活者,徒以有两柩在。己将转沟壑,谁收亲骨者?故思不如依汝言也。”媪于是导李来,微窥女,大悦。即出金营葬,双槥⑦具举。已,乃载女去,入参冢室⑧。冢室故悍妒,李初未敢言妾,但托买婢。乃见女,暴怒,杖逐而出,不听入门。女披发零涕,进退无所。

---

① 曲沃宰——曲沃(今属山西)县令。

② 署券——签署契约。

③ 之任——赴任。

④ 得所——如愿。

⑤ 陵夷——衰落。

⑥ 侧室——妾。

⑦ 槥——薄棺材。

⑧ 冢室——正妻。

有老尼过，邀与同居，喜从之。至庵中，拜求祝发①。尼不可，曰："我视娘子，非久卧风尘者。庵中陶器脱粟②，粗可自支，姑寄此以待之。时至，子自去。"居无何，市中无赖窥女美，辄打门游语为戏，尼不能制止。女号泣欲自尽。尼往求吏部某公揭示③严禁，恶少始稍敛迹。后有夜穴寺壁者，尼惊呼始去。因复告吏部，捉得首恶者，送郡笞责，始渐安。又年余，有贵公子过庵，见女惊绝，强尼通殷勤，又以厚赂啖尼。尼婉语之曰："渠簪缨胄④，不甘媵御。公子且归，迟迟当有以报命。"既去，女欲乳药死。夜梦父来，疾首曰："我不从汝志，致汝至此，悔之已晚。但缓须臾勿死，夙愿尚可复酬。"女异之。天明，盥已，尼望之而惊曰："睹子面，浊气尽消，横逆不足忧也。福且至，勿忘老身矣。"语未已，闻叩户声。女失色，意必贵家奴。尼启扉，果然。骤问所谋。尼甘语承迎，但请缓以三日。奴述主言，事若无成，俾尼自复命。尼唯唯敬应，谢令去。女大悲，又欲自尽。尼止之，女虑三日复来，无词可应。尼曰："有老身在，斩杀自当之。"次日，方晡，暴雨翻盆，忽闻数人挝户大哗。女意变作，惊怯不知所为。尼冒雨启关，见有肩舆停驻；女奴数辈，捧一丽人出；仆从煊赫，冠盖甚都。惊问之，云："是司李内眷，暂避风雨。"导入殿中，移榻肃坐。家人妇群奔禅房，各寻休憩。入室见女，艳之，走告夫人。无何，雨息，夫人起，请窥禅室。尼引入，睹女艳绝，凝眸不瞬。女亦顾盼良久。夫人非他；盖青梅也。各失声哭，因道行踪。盖张翁病故，生起复⑤后，连捷授司理⑥。生先奉母之任，后移诸眷口。女叹曰："今日相看，何啻霄壤！"梅笑曰："幸娘子挫折无偶，天正欲我两人完聚耳。倘非阻雨，何以有此邂逅？此中具有鬼神，非人力也。"乃取珠冠锦衣，催女易妆。女俛首徘徊。尼从中赞劝之。女虑同居其名不顺，梅曰："昔日自有定分，婢子敢忘大德！试思张郎，岂负义者？"强妆之。别尼而去。

---

① 祝发——削发为尼姑。
② 陶器脱粟——指简朴的生活。
③ 揭示——张贴告示。
④ 缨胄——名门之后。
⑤ 起复——守父母丧制期限满后应召任职。
⑥ 司理——主狱讼之官。

抵住，母子皆喜。女拜曰："今无颜见母。"母笑慰之。因谋涓吉合卺。女曰："庵中但有一丝生路，亦不肯从夫人至此。倘念旧好，得受一庐，可容蒲团足矣。"梅笑而不言。及期，抱艳妆来。女左右不知所可。俄闻乐鼓大作，女亦无以自主。梅率婢媪强衣之，挽扶而出。见生朝服而拜，遂不觉盈盈而亦拜也。梅曳入洞房，曰："虚此位以待君久矣。"又顾生曰："今夜得报恩，可好为之。"返身欲去。女捉其裾，梅笑曰："勿留我，此不能相代也。"解指脱去。青梅事女谨，莫敢当夕①。而女终惭沮不自安。于是母命相呼以夫人。梅终执婢妾礼，罔敢懈。三年，张行取②入都，过庵，以五百金为尼寿。尼不受。强之，乃受二百金，起大士③祠，建王夫人碑。后张仕至侍郎④。程夫人举二子一女，王夫人四子一女。张上书陈情，俱封夫人。

异史氏曰："天生佳丽，固将以报名贤；而世俗之王公，乃留以赠纨袴。此造物所必争也。而离离奇奇，致作合者无限经营，化工亦良苦矣。独是青夫人能识英雄于尘埃，誓嫁之志，期以必死；曾俨然而冠裳也者，顾弃德行而求膏粱，何智出婢子下哉！"

罗刹海市

马骥，字龙媒，贾人子。美丰姿。少倜傥，喜歌舞。辄从梨园子弟⑤，以锦帕缠头，美如好女，因复有"俊人"之号。十四岁，入郡庠，即知名。父衰老，罢贾而居。谓生曰："数卷书，饥不可煮，寒不可衣。吾儿可仍继父贾。"马由是稍稍权子母⑥。

从人浮海，为飓风引去，数昼夜至一都会。其人皆奇丑；见马至，以为

---

① 当夕——值夕，指青梅视阿喜为正妻。
② 行取——有政绩的官员被选作京官。
③ 大士——即菩萨。
④ 侍郎——官名，中央各部的副长官。
⑤ 梨园子弟——戏曲艺人。
⑥ 权子母——指经商。

妖,群哗而走。马初见其状,大惧;迨知国中之骇己也,遂反以此欺国人。遇饮食者,则奔而往;人惊遁,则啜其余。久之,入山村。其间形貌亦有似人者,然褴褛如丐。马息树下,村人不敢前,但遥望之。久之,觉马非噬人者,始稍稍近就之。马笑与语。其言虽异,亦半可解。马遂自陈所自。村人喜,遍告邻里,客非能搏噬者。然奇丑者望望即去,终不敢前;其来者,口鼻位置,尚皆与中国同。共罗浆酒奉马。马问其相骇之故,答曰:"尝闻祖父言:西去二万六千里,有中国,其人民形象率诡异。但耳食之,今始信。"问其何贫。曰:"我国所重,不在文章,而在形貌。其美之极者,为上卿①;次任民社②;下焉者,亦邀贵人宠,故得鼎烹③以养妻子。若我辈初生时,父母皆以为不祥,往往置弃之;其不忍遽弃者,皆为宗嗣耳。"问:"此名何国?"曰:"大罗刹国④。都城在北去三十里。"马请导往一观。于是鸡鸣而兴,引与俱去。天明,始达都。都以黑石为墙,色如墨,楼阁近百尺。然少瓦,覆以红石;拾其残块磨甲上,无异丹砂。时值朝退,朝中有冠盖出,村人指曰:"此相国⑤也。"视之,双耳皆背生,鼻三孔,睫毛覆目如帘。又数骑出,曰:"此大夫⑥也。"以次各指其官职,率鬇鬡怪异;然位渐卑,丑亦渐杀⑦。无何,马归,街衢人望见之,噪奔跌蹶,如逢怪物。村人百口解说,市人始敢遥立。既归,国中咸知村有异人,于是搢绅大夫,争欲一广见闻,遂令村人要马。然每至一家,阍人辄阖户,丈夫女子窃窃自门隙中窥语;终一日,无敢延见者。村人曰:"此间一执戟郎⑧,曾为先王出使异国,所阅人多,或不以子为惧。"造郎门。郎果喜,揖为上客。视其貌,如八九十岁人。目睛突出,须卷如猬。曰:"仆少奉王命,出使最多;独未尝至中华。今一百二十余岁,又得睹上国人物,此不可不上闻于天子。然臣卧林下,十余年不践朝阶,早旦,为君一行。"乃具饮馔,修主客

① 上卿——最尊贵的诸侯。
② 民社——人民和社稷。
③ 鼎烹——美食。
④ 罗刹——佛教用语,恶鬼;此指国名。
⑤ 相国——宰相。
⑥ 大夫——比相国官位低的高级官员。
⑦ 杀——减。
⑧ 执戟郎——警卫宫门的官员。

礼。酒数行，出女乐十余人，更番歌舞。貌类夜叉，皆以白锦缠头，拖朱衣及地。扮唱不知何词，腔拍恢诡[1]。主人顾而乐之，问："中国亦有此乐乎？"曰："有。"主人请拟其声，遂击桌为度一曲。主人喜曰："异哉！声如凤鸣龙啸，从未曾闻。"翼日，趋朝，荐诸国王。王忻然下诏。有二三大夫，言其怪状，恐惊圣体。王乃止。郎出告马，深为扼腕。居久之，与主人饮而醉，把剑起舞，以煤涂面作张飞。主人以为美，曰："请君以张飞见宰相，宰相必乐用之，厚禄不难致。"马曰："嘻！游戏犹可，何能易面目图荣显？"主人固强之，马乃诺。主人设筵，邀当路者饮，令马绘面以待。未几，客至，呼马出见客。客讶曰："异哉！何前媸而今妍也！"遂与共饮，甚欢。马婆娑歌"弋阳曲[2]"，一座无不倾倒。明日，交章[3]荐马。王喜，召以旌节。既见，问中国治安之道，马委曲上陈，大蒙嘉叹，赐宴离宫。酒酣，王曰："闻卿善雅乐，可使寡人得而闻之乎？"马即起舞，亦效白锦缠头，作靡靡之音。王大悦，即日拜下大夫[4]。时与私宴[5]，恩宠殊异。久而官僚百执事颇觉其面目之假；所至，辄见人耳语，不甚与款洽。马至是孤立，惆然不自安。遂上疏乞休致，不许；又告休沐[6]，乃给三月假。于是乘传载金宝，复归山村。村人膝行以迎。马以金资分给旧所与交好者，欢声雷动。村人曰："吾侪小人受大夫赐，明日赴海市，当求珍玩，用报大夫。"问："海市何地？"曰："海中市，四海鲛人[7]，集货珠宝；四方十二国，均来贸易。中多神人游戏。云霞障天，波涛间作。贵人自重，不敢犯险阻，皆以金帛付我辈，代购异珍。今其期不远矣。"问所自知，曰："每见海上朱鸟来往，七日，即市。"马问行期，欲同游瞩。村人劝使自贵。马曰："我顾沧海客，何畏风涛？"

未几，果有踵门寄资者，遂与装资入船。船容数十人，平底高栏。十人摇橹，激水如箭。凡三日，遥见水云幌漾之中，楼阁层叠；贸迁之舟，纷

---

① 恢诡——离奇。
② 弋阳曲——南曲腔调的一种。
③ 交章——纷纷上奏章。
④ 下大夫——古官名。
⑤ 与私宴——参加皇帝的家宴。
⑥ 休沐——休息、沐浴。
⑦ 鲛人——神话中人物，居南海，善纺织，常哭泣，泪凝为珠。

集如蚁。少时,抵城下。视墙上砖,皆长与人等。敌楼高接云汉。维舟而入,见市上所陈,奇珍异宝,光明射目,多人世所无。一少年乘骏马来,市人尽奔避,云是“东洋三世子①”。世子过,目生曰:“此非异域人?”即有前马者来诘乡籍。生揖道左,具展邦族。世子喜曰:“既蒙辱临,缘分不浅!”于是授生骑,请与连辔。乃出西城。方至岛岸,所骑嘶跃入水。生大骇失声。则见海水中分,屹如壁立。俄睹宫殿,玳瑁②为梁,鲂鳞作瓦;四壁晶明,鉴影炫目。下马揖入。仰视龙君在上,世子启奏:“臣游市廛,得中华贤士,引见大王。”生前拜舞。龙君乃言:“先生文学士,必能衙官屈、宋③。欲烦椽笔赋‘海市④’,幸无吝珠玉。”生稽首受命。授以水精⑤之砚,龙鬣⑥之毫,纸光似雪,墨气如兰。生立成千余言,献殿上。龙君击节曰:“先生雄才,有光水国矣!”遂集诸龙族,宴集采霞宫。酒炙数行,龙君执爵而向客曰:“寡人所怜女,未有良匹,愿累先生。先生倘有意乎?”生离席愧荷⑦,唯唯而已。龙君顾左右语。无何,宫人数辈,扶女郎出。珮环声动,鼓吹暴作。拜竟,睨之,实仙人也。女拜已而去。少时,酒罢,双鬟挑画灯,导生入副宫。女浓妆坐伺。珊瑚之床,饰以八宝⑧;帐外流苏⑨,缀明珠如斗大;衾褥皆香耎。天方曙,则雏女妖鬟,奔入满侧。生起,趋出朝谢。拜为驸马都尉⑩。以其赋驰传诸海。诸海龙君,皆耑员⑪来贺;争折简招驸马饮。生衣绣裳,驾青虬⑫,呵殿⑬而出。武士数十骑,

---

① 世子——帝王或诸侯的嫡妻所生之子。

② 玳瑁——龟类动物。

③ 屈、宋——即屈原、宋玉。

④ 海市——海中的都市。

⑤ 水精——水晶。

⑥ 龙鬣(liè)——龙鬣毛。

⑦ 愧荷——心怀惭愧的感谢。

⑧ 八宝——泛指各种珍宝。

⑨ 流苏——以彩丝或鸟羽制成的垂缨。

⑩ 驸马都尉——官名,由皇帝女婿担任的非实职性闲官。

⑪ 耑员——专人。

⑫ 青虬(qiú)——传说中的神物,与龙相似,无角。

⑬ 呵殿——前后随从的吆喝声。

背雕弧，荷白梏，晃耀填拥。马上弹筝，车中奏玉。三日间，遍历诸海。由是“龙媒”之名，噪于四海。宫中有玉树一株，围可合抱；本莹澈，如白琉璃，中有心，淡黄色，稍细于臂；叶类碧玉，厚一钱许，细碎有浓阴。常与女啸咏其下。花开满树，状类薝蔔①。每一瓣落，锵然作响。拾视之，如赤瑙雕镂，光明可爱。时有异鸟来鸣，毛金碧色，尾长于身，声等哀玉，恻人肺腑。生闻之，辄念乡土。因谓女曰：“亡出三年，恩慈间阻，每一念及，涕膺汗背。卿能从我归乎？”女曰：“仙尘路隔，不能相依。妾亦不忍以鱼水之爱②，夺膝下之欢③。容徐谋之。”生闻之，涕不自禁。女亦叹曰：“此势之不能两全者也！”明日，生自外归。龙君曰：“闻都尉有故土之思，诘旦趣装，可乎？”生谢曰：“逆旅孤臣，过蒙优宠，啣报之诚，结于肺肝。容暂归省，当图复聚耳。”入暮，女置酒话别。生订后会。女曰：“情缘尽矣。”生大悲，女曰：“归养双亲，见君之孝。人生聚散，百年犹旦暮耳，何用作儿女哀泣？此后妾为君贞，君为妾义，两地同心，即伉俪也，何必旦夕相守，乃谓之偕老乎？若渝此盟，婚姻不吉。倘虑中馈乏人④，纳婢可耳。更有一事相嘱：自奉衣裳⑤，似有佳朕⑥，烦君命名。”生曰：“其女耶，可名龙宫；男耶，可名福海。”女乞一物为信。生在罗刹国所得赤玉莲花一对，出以授女。女曰：“三年后四月八日，君当泛舟南岛，还君体胤。”女以鱼革为囊，实以珠宝，授生曰：“珍藏之，数世吃著不尽也。”天微明，王设祖帐，馈遗甚丰。生拜别出宫。女乘白羊车，送诸海涘⑦。生上岸下马。女致声珍重，回车便去，少顷便远。海出复合，不可复见。

生乃归。自浮海去，咸谓其已死；及至家，家人无不诧异。幸翁媪无恙，独妻已他适。乃悟龙女“守义”之言，盖已先知也。父欲为生再婚；生不可，纳婢焉。谨志三年之期，泛舟岛中。见两儿坐浮水面，拍流嬉笑，不动亦不沉。近引之，儿哑然捉生臂，跃入怀中。其一大啼，似嗔生之不援

---

① 薝(zhān)蔔——栀子花。

② 鱼水之爱——喻夫妻之爱。

③ 膝下之欢——父子之情。

④ 中馈乏人——无人持家。

⑤ 自奉衣裳——自结婚以来。

⑥ 佳朕——佳兆，怀孕。

⑦ 涘(sì)——海边。

己者。亦引上之。细审之，一男一女，貌皆婉秀。额上花冠缀玉，则赤莲在焉。背有锦囊，拆视，得书云："翁姑计各无恙。忽忽三年，红尘永隔；盈盈一水，青鸟①难通。结想为梦，引领②成劳，茫茫蓝蔚，有恨如何也！顾念奔月姮娥，且虚桂府③；投梭织女，犹怅银河④。我何人斯⑤，而能永好？兴思及此，辄复破涕为笑。别后两月，竟得孪生。今已啁啾怀抱，颇解言笑；觅枣抓梨，不母可活。敬以还君。所贻赤玉莲花，饰冠作信。膝头抱儿时，犹妾在左右也。闻君克践旧盟，意愿斯慰。妾此生不二，之死靡他。奁中珍物，不蓄兰膏；镜里新妆，久辞粉黛。君似征人，妾作荡妇⑥，即置而不御⑦，亦何得谓非琴瑟⑧哉？独计翁姑亦既抱孙，曾未一觌新妇，揆之情理，亦属缺然。岁后阿姑窀穸⑨，当往临穴⑩，一尽妇职。过此以往，则'龙宫'无恙，不少把握⑪之期；'福海'长生，或有往还之路。伏惟珍重，不尽欲言。"生反覆省书揽涕。两儿抱颈曰："归休乎！"生益恸，抚之曰："儿知家在何许？"儿啼，呕哑言归。生视海水茫茫，极天无际；雾鬟人渺，烟波路穷。抱儿返棹，怅然遂归。生知母寿不永，周身物悉为预具，墓中植松檟⑫百余。逾岁，媪果亡。灵舆至殡宫⑬，有女子缞绖临穴。众方惊顾，忽而风激雷轰，继以急雨，转瞬已失所在。松柏新植多枯，至是皆活。福海稍长，辄思其母，忽自投入海，数日始还。龙宫以女子不得往，时掩户泣。一日，昼暝，龙女忽入，止之曰："儿自成家，哭泣何

① 青鸟——借指使者。
② 引领——殷切盼望。
③ 桂府——传说中月宫的别称。
④ 银河——天河。
⑤ 斯——语气词。
⑥ 荡妇——出游不归的妻子。
⑦ 置而不御——两地远隔，仍保持夫妻名义。
⑧ 琴瑟——喻夫妇。
⑨ 窀穸(zhūn xī)——墓穴，下葬。
⑩ 临穴——亲临墓地。
⑪ 把握——握手，指见面。
⑫ 檟——楸树。
⑬ 殡宫——停放棺材的墓穴。

为?”乃赐八尺珊瑚一树,龙脑香一帖①,明珠百颗,八宝嵌金合一双,为嫁资。生闻之突入,执手啜泣。俄顷,疾雷破屋,女已无矣。

异史氏曰:“花面逢迎,世情如鬼。嗜痂之癖,举世一辙。‘小惭小好,大惭大好’②。若公然带须眉以游都市,其不骇而走者盖几希矣。彼陵阳痴子,将抱连城玉③向何处哭也? 呜呼! 显荣富贵,当于蜃楼海市中求之耳!”

田七郎

武承休,辽阳④人。喜交游,所与皆知名士。夜梦一人告之曰:“子交游遍海内,皆滥交耳。惟一人可共患难,何反不识?”问:“何人?”曰:“田七郎非与?”醒而异之。诘朝,见所与游,辄问七郎。客或识为东村业猎者。武敬谒诸家,以马箠挝门。未几,一人出,年二十余,貙⑤目蜂腰,着腻帢⑥,衣皂犊鼻⑦,多白补缀。拱手于额而问所自。武展姓氏;且托途中不快,借庐憩息。问七郎,答曰:“我即是也。”遂延客入。见破屋数椽,木岐支壁。入一小室,虎皮狼蜕⑧,悬布楹间,更无机榻可坐。七郎就地设皋比⑨焉。武与语,言词朴质,大悦之。遽贻金作生计,七郎不受。固予之,七郎受以白母。俄顷将还,固辞不受。武强之再四。母龙钟而至,厉色曰:“老身止此儿,不欲令事贵客!”武惭而退。归途展转,不解其意。适从人于舍后闻母言,因以告武。先是,七郎持金白母,母曰:“我适睹公子,有晦纹⑩,必罹奇祸,闻之:受人知者分人忧,受人恩者急人难。富人

① 一帖——一包。
② 小惭小好,大惭大好——指世人的虚假逢迎。
③ 连城玉——指价值连城的稀世之宝。
④ 辽阳——州名,今辽宁辽阳市辽阳县。
⑤ 貙(chū)——兽名。
⑥ 腻帢(qià)——油污的便帽。
⑦ 皂犊鼻——黑色遮膝围裙。
⑧ 狼蜕——狼皮。
⑨ 皋比——虎皮。
⑩ 晦纹——晦气的纹理。

报人以财，贫人报人以义。无故而得重赂，不祥，恐将取死报于子 矣。”武闻之，深叹母贤；然益倾慕七郎。

翼日，设筵招之，辞不至。武登其堂，坐而索饮。七郎自行酒，陈鹿脯，殊尽情礼。越日，武邀酬之，乃至。款洽甚欢。赠以金，即不受。武托购虎皮，乃受之。归视所蓄，计不足偿，思再猎而后献之。入山三日，无所猎获。会妻病，守视汤药，不遑操业。浃①旬，妻淹忽以死。为营斋葬，所受金稍稍耗去。武亲临唁送，礼仪优渥。既葬，负弩山林，益思所以报武，而迄无所得。武探得其故，辄劝勿亟。切望七郎姑一临存；而七郎终以负债为憾，不肯至。武因先索旧藏，以速其来。七郎检视故革，则蠹蚀殃败，毛尽脱，懊丧益甚。武知之，驰行其庭，极意慰解之。又视败革，曰：“此亦复佳。仆所欲得，原不以毛。”遂轴鞹②出，兼邀同往。七郎不可，乃自归。七郎念终以不足报武，裹粮入山，凡数夜，得一虎，全而馈之。武喜，治具，请三日留。七郎辞之坚。武键庭户，使不得出。宾客见七郎朴陋，窃谓公子妄交。而武周旋七郎，殊异诸客。为易新服，却不受；承其寐而潜易之，不得已而受之。既去，其子奉媪命，返新衣，索其敝裰③。武笑曰：“归语老媪，故衣已拆作履衬矣。”自是，七郎日以兔鹿相贻，召之即不复至。武一日诣七郎，值出猎未返。媪出，踦④门语曰：“再勿引致吾儿，大不怀好意！”武敬礼之，惭而退。

半年许，家人忽白：“七郎为争猎豹，殴死人命，捉将官里去。”武大惊，驰视之，已械收在狱。见武无言，但云：“此后烦恤老母。”武惨然出，急以重金赂邑宰；又以百金赂仇主。月余无事，释七郎归。母慨然曰：“子发肤⑤受之武公子，非老身所得而爱惜者矣。但祝公子终百年无灾患，即儿福。”七郎欲诣谢武，母曰：“往则往耳，见公子勿谢也。小恩可谢，大恩不可谢。”七郎见武；武温言慰藉，七郎唯唯。家人咸怪其疏；武喜其诚笃，益厚遇之。由是恒数日留公子家。馈遗辄受，不复辞，亦不

---

① 浃——圆满。

② 轴鞹(kuò)——鞹，去毛的皮革；将皮革卷起来。

③ 敝裰——破衣。

④ 踦——通“倚”，倚靠。

⑤ 发肤——代指身体。

言报。

会武初度①，宾从烦多，夜舍屦满。武偕七郎卧斗室中，三仆即床下藉刍藁。二更向尽，诸仆皆睡去，两人犹剌剌②语。七郎佩刀挂壁间，忽自腾出匣数寸许，铮铮作响，光闪烁如电。武惊起。七郎亦起，问："床下卧者何人？"武答："皆厮仆。"七郎曰："此中必有恶人。"武问故，七郎曰："此刀购诸异国，杀人未尝濡缕③。迄今佩三世矣。决首至千计，尚如新发于硎④。见恶人则鸣跃，当去杀人不远矣。公子宜亲君子，远小人，或万一可免。"武颔之。七郎终不乐，辗转床席。武曰："灾祥数耳，何忧之深？"七郎曰："我诸无恐怖，徒以有老母在。"武曰："何遽至此？"七郎曰："无则便佳。"盖床下三人：一为林儿，是老弥子⑤，能得主人欢；一僮仆，年十二三，武所常役者；一李应，最拗拙，每因细事与公子裂眼争，武恒怒之。当夜默念，疑必此人。诘旦，唤至，善言绝令去。武长子绅，娶王氏。一日，武他出，留林儿居守。斋中菊花方灿。新妇意翁出，斋庭当寂，自诣摘菊。林儿突出勾戏。妇戏遁，林儿强挟入室。妇啼拒，色变声嘶。绅奔入，林儿始释手逃去。武归闻之，怒觅林儿，竟已不知所之。过二三日，始知其投身某御史家。某官都中，家务皆委决于弟。武以同袍⑥义，致书索林儿，某弟竟置不发。武益恚，质词邑宰。勾牒虽出，而隶不捕，官亦不问。武方愤怒，适七郎至。武曰："君言验矣。"因与告愬。七郎颜色惨变，终无一语，即迳去。武嘱干仆逻察林儿。林儿夜归，为逻者所获，执见武。武掠楚之。林儿语侵武。武叔恒，故长者，恐侄暴怒致祸，劝不如治以官法。武从之，絷赴公庭。而御史家刺书邮至；宰释林儿，付纪纲以去。林儿意益肆，倡言丛众中，诬主人妇与私。武无奈之，忿塞欲死。驰登御史门，俯仰叫骂。里舍慰劝令归。逾夜，忽有家人白："林儿被人脔割，抛尸旷野间。"武惊喜，意稍得伸。俄闻御史家讼其叔侄，遂偕叔赴质。宰

---

① 初度——生日。

② 剌剌——话多不休。

③ 濡缕——沾湿衣服。

④ 硎——磨刀石。

⑤ 老弥子——久受宠爱的娈童。

⑥ 同袍——同事。

不听辨，欲笞恒。武抗声曰："杀人莫须有！至辱詈搢绅，则生实为之，无与叔事。"宰置不闻。武裂眦欲上，群役禁捽之。操杖隶皆绅家走狗，恒又老耄，签数①未半，奄然已死。宰见武叔垂毙，亦不复究。武号且骂，宰亦若弗闻也者。遂舁叔归，哀愤无所为计。因思欲得七郎谋，而七郎更不一吊问。窃自念：待七郎不薄，何遽如行路人？亦疑杀林儿必七郎。转念：果尔，胡得不谋？于是遣人探索其家，至则扃鐍寂然，邻人并不知耗。一日，某弟方在内廨，与宰关说。值晨进薪水，忽一樵人至前，释担抽利刃，直奔之。某惶急，以手格刃，刃落断腕；又一刀，始决其首。宰大惊，窜去。樵人犹张皇四顾。诸役吏急阖署门，操杖疾呼。樵人乃自刭死。纷纷集认，识者知为田七郎也。宰惊定，始出复验。见七郎僵卧血泊中，手犹握刃。方停盖审视，尸忽崛然跃起，竟决宰首，已而复踣。衙官捕其母、子，则亡去已数日矣。武闻七郎死，驰哭尽哀。咸谓其主使七郎。武破产夤缘当路②，始得免。七郎尸弃原野三十余日，禽犬环守之。武取而厚葬。其子流寓于登③，变姓为佟。起行伍，以功至同知将军④。归辽，武已八十余，乃指示其父墓焉。

异史氏曰："一钱不轻受，正一饭不敢忘者也。贤哉母乎！七郎者，愤未尽雪，死犹伸之，抑何其神？使荆卿⑤能尔，则千载无遗恨矣。苟有其人，可以补天网之漏；世道茫茫，恨七郎少也。悲夫！"

产　龙

壬戌⑥间，邑邢村⑦李氏妇，良人⑧死，有遗腹，忽胀如瓮，忽束如握。

---

① 签数——杖刑的杖数。
② 夤缘当路——经关系，行贿赂，买通当权者。
③ 登——州名，今山东弁平县。
④ 同知将军——副将军。
⑤ 荆卿——即荆轲，战国末年人，为燕太子丹刺杀秦王，未果，被杀。
⑥ 壬戌——指康熙二十一年(1682 年)。
⑦ 邢村——位于淄川县。
⑧ 良人——丈夫。

临蓐，一昼夜不能产。视之，见龙首，一见辄缩去。家人大惧，不敢近。有王媪者，焚香禹步①，且捺且咒。未几，胞堕，不复见龙；惟数鳞，皆大如盏。继下一女，肉莹澈如晶，脏腑可数。

保 住

吴藩②未叛时，尝谕将士：有独力能擒一虎者，优以廪禄③，号"打虎将"。将中一人，名保住，健捷如猱。邸中建高楼，梁木初架。住沿楼角而登，顷刻至颠；立脊檩上，疾趋而行，凡三四返；已，乃踊身跃下，直立挺然。

王有爱姬，善琵琶。所御琵琶，以暖玉为牙柱④，抱之一室生温。姬宝藏，非王手谕，不出示人。一夕宴集，客请一观其异。王适惰，期以翼日。时住在侧，曰："不奉王命，臣能取之。"王使人驰告府中，内外戒备，然后遣之。

住逾十数重垣，始达姬院。见灯辉室中，而门扃锢，不得入。廊下有鹦鹉宿架上。住乃作猫子叫；既而学鹦鹉鸣，疾呼"猫来"。摆扑之声且急。闻姬云："绿奴可急视，鹦鹉被扑杀矣！"住隐身暗处。俄一女子挑灯出，身甫离门，住已塞入。见姬守琵琶在几上，径携趋出。姬愕呼"寇至"，防者尽起。见住抱琵琶走，逐之不及，攒矢如雨。住跃登树上。墙下故有大槐三十余章，住穿行树杪，如鸟移枝；树尽登屋，屋尽登楼；飞奔殿阁，不啻翅翎，瞥然间不知所在。客方饮，住抱琵琶飞落筵前，门扃如故，鸡犬无声。

---

① 禹步——行巫术时的一种步法。
② 吴藩——指吴三桂的藩地云南。
③ 廪禄——官俸。
④ 牙柱——乐器上的弦枕。

公孙九娘

于七①一案，连坐被诛者，栖霞、莱阳两县最多。一日，俘数百人，尽戮于演武场中。碧血满地，白骨撑天。上官慈悲，捐给棺木，济城工肆，材木一空。以故伏刑东鬼②，多葬南郊。甲寅③间，有莱阳生至稷下④，有亲友二三人亦在诛数，因市楮帛⑤，酹奠榛墟⑥。就税舍于下院之僧。明日，入城营干，日暮未归。忽一少年，造室来访。见生不在，脱帽登床，着履仰卧。仆人问其谁何，合眸不对。既而生归，则暮色朦胧，不甚可辨。自诣床下问之。瞠目曰："我候汝主人，絮絮逼问，我岂暴客耶！"生笑曰："主人在此。"少年即起着冠，揖而坐，极道寒暄。听其音，似曾相识。急呼灯至，则同邑朱生，亦死于七之难者。大骇却走。朱曳之云："仆与君文字交，何寡于情？我虽鬼，故人之念，耿耿不去心。今有所渎，愿无以异物遂猜薄之⑦。"生乃坐，请所命。曰："令女甥寡居无偶，仆欲得主中馈。屡通媒妁，辄以无尊长之命为辞。幸无惜齿牙余惠⑧。"先是，生有女甥，早失恃，遗生鞠养，十五始归其家。俘至济南，闻父被刑，惊恸而绝。生曰："渠自有父，何我之求？"朱曰："其父为犹子启榇⑨去，今不在此。"问："女甥向依阿谁？"曰："与邻媪同居。"生虑生人不能作鬼媒。朱曰："如蒙金诺，还屈玉趾。"遂起握生手。生固辞，问："何之？"曰："第行！"勉从与去。北行里许，有大村落，约数十百家。至一第宅，朱叩扉，即有媪出。豁开二扉，问朱："何为？"曰："烦达娘子，阿舅至。"媪旋反，顷复出，邀生入。

---

① 于七——山东人，清初举行反清暴动，后遭镇压，被杀。
② 东鬼——指栖霞、莱阳两地受牵连被杀者。
③ 甲寅——指康熙十三年(1674 年)。
④ 稷下——今山东淄博市临淄区。
⑤ 楮帛——纸钱。
⑥ 酹奠榛墟——在杂草丛生的坟地祭奠亡灵。
⑦ 猜薄之——猜疑、轻视我。
⑧ 齿牙余惠——赞扬人的好话。
⑨ 启榇——迁葬。

顾朱曰："两椽茅舍子大隘，劳公子门外少坐候。"生从之入。见半亩荒庭，列小室二。女甥迎门啜泣，生亦泣。室中灯火荧然。女貌秀洁如生时。凝眸含涕，遍问妗姑。生曰："具各无恙，但荆人物故矣。"女又呜咽曰："儿少受舅妗抚育，尚无寸报，不图先葬沟渎，殊为恨恨。旧年，伯伯家大哥迁父去，置儿不一念；数百里外，伶仃如秋燕。舅不以沉魂可弃，又蒙赐金帛，儿已得之矣。"生乃以朱言告，女俛首无语。媪曰："公子曩托杨姥三五返。老身谓是大好；小娘子不肯自草草，得舅为政，方此意慊得。"言次，一十七八女郎，从一青衣，遽掩入；瞥见生，转身欲遁。女牵其裾曰："勿须尔！是阿舅，非他人。"生揖之。女郎亦敛衽。甥曰："九娘，栖霞公孙氏。阿爹故家子，今亦'穷波斯'①，落落不称意。旦晚与儿还往。"生睨之，笑弯秋月，羞晕朝霞，实天人也。曰："可知是大家，蜗庐人那如此娟好。"甥笑曰："且是女学士，诗词俱大高。昨儿稍得指教。"九娘微哂曰："小婢无端败坏人，教阿舅齿冷也。"甥又笑曰："舅断弦未续，若个小娘子，颇能快意否？"九娘笑奔出，曰："婢子颠疯作也！"遂去。言虽近戏，而生殊爱好之。甥似微察，乃曰："九娘才貌无双，舅倘不以粪壤致猜，儿当请诸其母。"生大悦。然虑人鬼难匹。女曰："无伤，彼与舅有夙分。"生乃出。女送之，曰："五日后，月明人静，当遣人往相迓。"生至户外，不见朱。翘首西望，月啣半规，昏黄中犹认旧径。见南面一第，朱坐门石上，起逆曰："相待已久，寒舍即劳垂顾。"遂携手入，殷殷展谢。出金爵一、晋珠百枚，曰："他无长物，聊代禽仪。"既而曰："家有浊醪，但幽室之物，不足款嘉宾，奈何！"生㧑谢而退。朱送至中途，始别。生归，僧仆集问。隐之曰："言鬼者，妄也。适赴友人饮耳。"后五日，果见朱来，整履摇箑②，意甚欣适。才至户庭，望尘即拜。少间，笑曰："君嘉礼既成，庆在今夕，便烦枉步。"生曰："以无回音，尚未致聘，何遽成礼？"朱曰："仆已代致之矣。"生深感荷，从与俱去。直达卧所，则女甥华妆迎笑。生问："何时于归？"女曰："三日矣。"生乃出所赠珠，为甥助妆。女三辞乃受，谓生曰："儿以舅意白公孙老夫人，夫人作大欢喜。但言老耄无他骨肉，不欲九娘远嫁，期今夜舅往赘诸其家。伊家无男子，便可同郎往也。"朱乃导去。

---

① 穷波斯——穷而胡乱奔忙。

② 箑(jié)——扇子。

村将尽，一第门开，二人登其堂。俄白："老夫人至。"有二青衣，扶妪升阶。生欲展拜，夫人云："老朽龙钟，不能为礼，当即脱边幅①。"乃指画青衣，进酒高会。朱乃唤家人，另出肴俎，列置生前；亦别设一壶，为客行觞。筵中进馔，无异人世。然主人自举，殊不劝进。既而席罢，朱归。青衣导生去。入室，则九娘华烛凝待。邂逅含情，极尽欢昵。初，九娘母子，原解赴都。至郡，母不堪困苦死，九娘亦自刭。枕上追述往事，哽咽不成眠。乃口占两绝云："昔日罗裳化作尘，空将业果恨前身。十年露冷枫林月，此夜初逢画阁春。""白杨风雨绕孤坟，谁想阳台更作云？忽启镂金箱里看，血腥犹染旧罗裙。"天将明，即促曰："君宜且去，勿惊厮仆。"自此昼来宵往，嬖惑殊甚。一夕，问九娘："此村何名？"曰："莱霞里②。里中多两处新鬼③，因以为名。"生闻之欷歔。女悲曰："千里柔魂，蓬游无底；母子零孤，言之怆恻。幸念一夕恩义，收儿骨归葬墓侧，使百年得所依栖，死且不朽。"生诺之。女曰："人鬼路殊，君不宜久滞。"乃以罗袜赠生，挥泪促别。生凄然出，忉怛不忍归。因过拍朱氏之门。朱白足出逆；甥亦起，云鬓鬅鬆，惊来省问。生惆怅移时，始述九娘语。女曰："妗氏不言，儿亦夙夜图之。此非人世，久居诚非所宜。"于是相对汍澜④，生亦含涕而别。叩寓归寝，展转申旦。欲觅九娘之墓，则忘问志表。及夜复往，则千坟累累，竟迷村路，叹恨而返。展视罗袜，着风寸断，腐如灰烬，遂治装东旋。

半载不能自释，复如稷门，冀有所遇。及抵南郊，日势已晚，息驾庭树，趋诣丛葬所。但见坟兆万接，迷目榛荒；鬼火狐鸣，骇人心目。惊悼归舍。失意遨游，返辔遂东。行里许，遥见女郎独行丘墓间，神情意致，怪似九娘。挥鞭就视，果九娘。下与语，女竟走，若不相识；再逼近之，色作怒，举袖自障。顿呼"九娘"，则烟然灭矣。

异史氏曰："香草沉罗，血满胸臆；东山佩玦，泪渍泥沙：古有孝子忠臣，至死不谅于君父者。公孙九娘岂以负骸骨之托，而怨怼不释于中耶？脾鬲间物，不能掬以相示，冤乎哉！"

---

① 边幅——指人的一举一动合乎礼仪。

② 莱霞里——借指因于七案受牵连的众人被杀之地。

③ 两处新鬼——指莱阳、栖霞两地新死的人。

④ 汍澜——流泪状。

促织

宣德①间，宫中尚促织②之戏，岁征民间。此物故非西产③；有华阴④令欲媚上官，以一头进，试使斗而才，因责常供。令以责之里正⑤。市中游侠儿，得佳者笼养之，昂其直，居为奇货。里胥猾黠，假此科敛丁口，每责一头，辄倾数家之产。邑有成名者，操童子业⑥，久不售。为人迂讷，遂为猾胥报充里正役，百计营谋不能脱。不终岁，薄产累尽。会征促织，成不敢敛户口，而又无所赔偿，忧闷欲死。妻曰："死何裨益？不如自行搜觅，冀有万一之得。"成然之。早出暮归，提竹筒铜丝笼，于败堵丛草处探石发穴，靡计不施，迄无济；即捕得三两头，又劣弱不中于款。宰严限追比⑦；旬余，杖至百，两股间脓血流离，并虫亦不能行捉矣。转侧床头，惟思自尽。

时村中来一驼背巫，能以神卜。成妻具资诣问。见红女白婆，填塞门户。入其舍，则密室垂帘，帘外设香几。问者爇香于鼎，再拜。巫从旁望空代祝，唇吻翕辟，不知何词。各各竦立以听。少间，帘内掷一纸出，即道人意中事，无毫发爽⑧。成妻纳钱案上，焚拜如前人。食顷，帘动，片纸抛落。拾视之，非字而画：中绘殿阁，类兰若；后小山下，怪石乱卧，针针丛棘，青麻头⑨伏焉；旁一蟆⑩，若将跳舞。展玩不可晓。然睹促织，隐中胸怀。摺藏之，归以示成。成反复自念，得无教我猎虫所耶？细瞻景状，与

---

① 宣德——明宣宗朱瞻基年号（1426—1435）。
② 促织——蟋蟀。
③ 西产——指陕西出产。
④ 华阴——今陕西华阴县。
⑤ 里正——最基层的地方官。
⑥ 童子业——读书欲考秀才。
⑦ 追比——按期检查催逼。
⑧ 爽——差错。
⑨ 青麻头——蟋蟀上品的一种。
⑩ 蟆——虾蟆。

村东大佛阁真逼似。乃强起扶杖,执图诣寺后。有古陵蔚起;循陵而走,见蹲石鳞鳞,俨然类画。遂于蒿莱中,侧听徐行,似寻针芥;而心目耳力俱穷,绝无踪响。冥搜未已,一癞头蟆①猝然跃去。成益愕,急逐趁之。蟆入草间。蹑迹披求,见有虫伏棘根;遽扑之,入石穴中。掭②以尖草,不出;以筒水灌之,始出。状极俊健,逐而得之。审视,巨身修尾,青项金翅。大喜笼归,举家庆贺,虽连城拱璧不啻也。土于盆而养之,蟹白栗黄③,备极护爱,留待限期,以塞官责。

成有子九岁,窥父不在,窃发盆,虫跃掷径出,迅不可捉,及扑入手,已股落腹裂,斯须就毙。儿惧,啼告母。母闻之,面色灰死,大骂曰:“业根④!死期至矣!而翁归,自与汝复算耳!”儿涕而出。未几成归,闻妻言,如被冰雪。怒索儿,儿渺然不知所往。既得其尸于井,因而化怒为悲,抢呼欲绝。夫妻向隅,茅舍无烟,相对默然,不复聊赖。日将暮,取儿藁葬。近抚之,气息惙然⑤。喜置榻上,半夜复苏。夫妻心稍慰。但蟋蟀笼虚,顾之则气断声吞,亦不敢复究儿。自昏达曙,目不交睫。

东曦既驾,僵卧长愁。忽闻门外虫鸣,惊起觇视,虫宛然尚在。喜而捕之。一鸣辄跃去,行且速。覆之以掌,虚若无物;手才举,则又超忽而跃。急趁之。折过墙隅,迷其所往。徘徊四顾,见虫伏壁上。审谛之,短小,黑赤色,顿非前物。成以其小,劣之。惟彷徨瞻顾,寻所逐者。壁上小虫,忽跃落衿袖间,视之,形若土狗,梅花翅,方首长胫,意似良。喜而收之。将献公堂,惴惴恐不当意,思试之斗以觇之。村中少年好事者,驯养一虫,自名“蟹壳青”,日与子弟角,无不胜。欲居之以为利,而高其直,亦无售者。径造庐访成。视成所蓄,掩口胡卢而笑。因出己虫,纳比笼中。成视之,庞然修伟,自增惭怍,不敢与较。少年固强之。顾念蓄劣物终无所用,不如拚博一笑。因合纳斗盆。小虫伏不动,蠢若木鸡。少年又大笑。试以猪鬣毛,撩拨虫须,仍不动。少年又笑。屡撩之,虫暴怒,直奔,

---

① 癞头蟆——癞虾蟆。
② 掭(tiàn)——轻微拨动。
③ 蟹白栗黄——蟹肉、栗子仁。
④ 业根——佛教用语,此借指祸根。
⑤ 啜(chuò)然——呼吸微弱状。

遂相腾击，振奋作声。俄见小虫跃起，张尾伸须，直龁敌领。少年大骇，解令休止。虫翘然矜鸣，似报主知。成大喜。方共瞻玩，一鸡瞥来，径进以啄。成骇立愕呼。幸啄不中，虫跃去尺有咫；鸡健进，逐逼之，虫已在爪下矣。成仓猝莫知所救，顿足失色。旋见鸡伸颈摆扑；临视，则虫集冠上，力叮不释。成益惊喜，掇置笼中。

翼日进宰。宰见其小，怒诃成。成述其异，宰不信。试与他虫斗，虫尽靡；又试之鸡，果如成言。乃赏成。献诸抚军①。抚军大悦，以金笼进上，细疏其能。既入宫中，举天下所贡蝴蝶、螳螂、油利挞、青丝额②……一切异状，遍试之，无出其右者。每闻琴瑟之声，则应节而舞。益奇之。上大嘉悦，诏赐抚臣名马衣缎。抚军不忘所自；无何，宰以“卓异”③闻。宰悦，免成役。又嘱学使，俾入邑庠。由此以善养虫名，屡得抚军殊宠。不数岁，田百顷，楼阁万椽，牛羊蹄躈各千计。一出门，裘马过世家焉。

异史氏曰：“天子偶用一物，未必不过此已忘；而奉行者即为定例。加之官贪吏虐，民日贴妇卖儿，更无休止。故天子一跬步④，皆关民命，不可忽也。独是成氏子以蠹贫，以促织富，裘马扬扬。当其为里正、受扑责时，岂意其至此哉！天将以酬长厚者，遂使抚臣、令尹，并受促织恩荫。闻之：一人飞升，仙及鸡犬。信夫！”

柳秀才

明季，蝗生青兖间⑤，渐集于沂。沂令忧之。退卧署幕，梦一秀才来谒，峨冠绿衣，状貌修伟。自言御蝗有策。询之，答云：“明日西南道上，有妇跨硕腹牝驴子⑥，蝗神也。哀之，可免。”令异之，治具出邑南。伺良

---

① 抚军——明清时巡抚的别称。
② 蝴蝶、螳螂、油利挞、青丝额——均为蟋蟀上品。
③ 卓异——突出贡献。
④ 跬(kuǐ)步——指一举一动。
⑤ 青兖间——青州、兖州府一带。
⑥ 牝(pìn)驴子——母驴。

久，果有妇高髻褐帔，独控老苍卫，缓蹇北度①。即爇香，捧卮酒，迎拜道左，捉驴不令去。妇问："大夫将何为？"令便哀恳："区区小治，幸悯脱蝗口。"妇曰："可恨柳秀才饶舌，泄我密机！当即以其身受，不损禾稼可耳。"乃尽三卮，瞥不复见。后蝗来，飞蔽天日，然不落禾田，但集杨柳，过处柳叶都尽。方悟秀才柳神也。或云："是宰官忧民所感。"诚然哉！

水　　灾

康熙二十一年，苦旱，自春徂夏，赤地无青草。六月十三日小雨，如有种粟者。十八日大雨沾足②，乃种豆。一日，石门庄有老叟，暮见二牛斗山上，谓村人曰："大水将至矣！"遂携家播迁。村人共笑之。无何，雨暴注，彻夜不止，平地水深数尺，居庐尽没。一农人弃其两儿，与妻扶老母奔避高阜③。下视村中，已为泽国，并不复念及儿矣。水落归家，见一村尽成墟墓。入门视之，则一屋仅存，两儿并坐床头，嬉笑无恙。咸谓夫妻之孝报云。此六月二十二日事。

康熙三十四年，平阳④地震，人民死者十之七八。城郭尽墟；仅存一屋，则孝子某家也。茫茫大劫中，惟孝嗣无恙，谁谓天公无皂白耶？

诸城某甲

学师孙景夏⑤先生言：其邑中某甲者，值流寇乱，被杀，首坠胸前。寇退，家人得尸，将舁瘗之。闻其气缕缕然；审视之，咽不断者盈指。遂扶其头，荷之以归。经一昼夜始呻，以匕箸稍稍哺饮食，半年竟愈。又十余年，

① 缓骞北度——艰难迟缓向北走。

② 沾足——沾润、充足。

③ 阜——土丘。

④ 平阳——府名，今山西临汾市。

⑤ 孙景夏——即孙瑚，字景夏，山东诸城人，曾任淄川县儒学教谕。

与二三人聚谈，或作一解颐语，众为閧堂。甲亦鼓掌。一俯仰间，刀痕暴裂，头堕血流。共视之，气已绝矣。父讼笑者。众敛金赂之，又葬甲，乃解。

异史氏曰："一笑头落，此千古第一大笑也。颈连一线而不死，直待十年后成一笑狱，岂非二三邻人负债前生者耶！"

库 官

邹平张华东公①，奉旨祭南岳。道出江淮间，将宿驿亭。前驱白："驿中有怪异，宿之必致纷纭。"张弗听。宵分，冠剑而坐。俄闻靴声入，则一颁白叟，皂纱黑带。怪而问之。叟稽首曰："我库官也。为大人典藏有日矣。幸节钺遥临，下官释此重负。"问："库存几何？"答言："二万三千五百金。"公虑多金累缀，约归时盘验。叟唯唯而退。

张至南中②，馈遗颇丰。及还，宿驿亭，叟乖复出谒。及问库物，曰："已拨辽东兵饷矣。"深讶其前后之乖。叟曰："人世禄命，皆有额数，锱铢不能增损。大人此行，应得之数已得矣，又何求？"言已，竟去。张乃计其所获，与所言库数适相吻合。方叹饮啄有定，不可以妄求也。

酆都御史

酆都县③外有洞，深不可测，相传阎罗天子署。其中一切狱具，皆借人工。桎梏朽败，辄掷洞口，邑宰即以新者易之，经宿失所在。供应度支，载之经制④。

① 张华东公——即张延登，号华东，山东邹平人。

② 南中——南方一带。

③ 酆都县——今四川丰都县。

④ 经制——巧立名目以收取附加税。

明有御史行台①华公，按及酆都，闻其说，不以为信，欲入洞以决其惑。人辄言不可。公弗听，秉烛而入，以二役从。深抵里许，烛暴灭。视之，阶道阔朗，有广殿十余间，列坐尊官，袍笏俨然；惟东首虚一坐。尊官见公至，降阶而迎，笑问曰："至矣乎！别来无恙否？"公问："此何处所？"尊官曰："此冥府也。"公愕然告退。尊官指虚坐曰："此为君坐，那可复还。"公益惧，固请宽宥。尊官曰："定数何可逃也！"遂检一卷示公，上注云："某月日，某以肉身归阴。"公览之，战栗如濯冰水。念母老子幼，泫然涕流。俄有金甲神人，捧黄帛书至。群拜舞启读已，乃贺公曰："君有回阳之机矣。"公喜致问。曰："适接帝诏，大赦幽冥，可为君委折，原例②耳。"乃示公途而出。

数武之外，冥黑如漆，不辨行路。公甚窘苦。忽一神将，轩然而入，赤面长髯，光射数尺。公迎拜而哀之。神人曰："诵佛经可出。"言已而去。公自计经咒多不记忆，惟《金刚经》颇曾习之，遂乃合掌而诵，顿觉一线光明，映照前路。忽有遗忘之句，则目前顿黑；定想移时，复诵复明。乃始得出。其二从人，则不可问矣。

龙无目

沂水大雨，忽堕一龙，双睛俱无，奄有余息。邑令公③以八十席覆之，未能周身。又为设野祭。犹反复以尾击地，其声堛然④。

---

① 御史行台——又称行台御史，元以后代表御史台巡察地方。

② 委折，原例——援引旧例，委曲折免华御史之罪。

③ 邑令公——沂水知县。

④ 堛（bì）然——土块坠地声。

狐谐

万福，字子祥，博兴①人也。幼业儒。家少有而运殊蹇，行年二十有奇，尚不能掇一芹②。乡中浇俗，多报富户役，长厚者至碎破其家。万适报充役，惧而逃，如③济南，税居逆旅。夜有奔女，颜色颇丽。万悦而私之，请其姓氏。女自言："实狐，但不为君祟耳。"万喜而不疑。女嘱勿与客共，遂日至，与共卧处。凡日用所需，无不仰给于狐。

居无何，二三相识，辄来造访，恒信宿不去。万厌之，而不忍拒；不得已，以实告客。客愿一睹仙容。万白于狐。狐谓客曰："见我何为哉？我亦犹人耳。"闻其声，呖呖在目前，四顾即又不见。客有孙得言者，善俳谑，固请见，且谓："得听娇音，魂魄飞越；何吝容华，徒使人闻声相思？"狐笑曰："贤哉孙子！欲为高曾母作行乐图④耶？"诸客俱笑。狐曰："我为狐，请与客言狐典，颇愿闻之否？"众唯唯。狐曰："昔某村旅舍，故多狐，辄出祟行客。客知之，相戒不宿其舍，半年，门户萧索。主人大忧，甚讳言狐。忽有一远方客，自言异国人，望门休止。主人大悦。甫邀入门，即有途人阴告曰：'是家有狐。'客惧，白主人，欲他徙。主人力白其妄，客乃止。入室方卧，见群鼠出于床下。客大骇，骤奔，急呼：'有狐！'主人惊问。客怨曰：'狐巢于此，何诳我言无？'主人又问：'所见何状？'客曰：'我今所见，细细幺幺，不是狐儿，必当是狐孙子！'"言罢，座客为之粲然。孙曰："既不赐见，我辈留宿，宜勿去，阻其阳台。"狐笑曰："寄宿无妨；倘小有迕犯，幸勿滞怀。"客恐其恶作剧，乃共散去。然数日必一来，索狐笑骂。狐谐甚，每一语，即颠倒宾客，滑稽者不能屈也。群戏呼为"狐娘子"。

一日，置酒高会，万居主人位，孙与二客分左右座，上设一榻屈狐。狐

---

① 博兴——县名。

② 掇一芹——取得秀才资格。

③ 如——往。

④ 行乐图——指个人画像。

辞不善酒。咸请坐谈，许之。酒数行，众掷骰为瓜蔓之令①。客值瓜色，会当饮，戏以觥移上座曰："狐娘子大清醒，暂借一觞②。"狐笑曰："我故不饮。愿陈一典，以佐诸公饮。"孙掩耳不乐闻。客皆言曰："骂人者当罚。"狐笑曰："我骂狐何如？"众曰："可。"于是倾耳共听。狐曰："昔一大臣，出使红毛国③，着狐腋冠④，见国王。王见而异之，问：'何皮毛，温厚乃尔？'大臣以狐对。王言：'此物生平未曾得闻。狐字字画⑤何等？'使臣书空而奏曰：'右边是一大瓜⑥，左边是一小犬。'"主客又复哄堂。二客，陈氏兄弟，一名所见，一名所闻。见孙大窘，乃曰："雄狐何在，而纵雌流毒若此？"狐曰："适一典，谈犹未终，遂为群吠所乱，请终之。国王见使臣乘一骡，甚异之。使臣告曰：'此马之所生。'又大异之。使臣曰：'中国马生骡，骡生驹驹⑦。'王细问其状。使臣曰："'马生骡，乃臣所见；骡生驹驹，是臣所闻。'"举坐又大笑。众知不敌，乃相约：后有开谑端者，罚作东道主。顷之，酒酣，孙戏谓万曰："一联请君属之。"万曰："何如？"孙曰："妓者出门访情人，来时'万福'，去时'万福'⑧。"合座属思不能对。狐笑曰："我有之矣。"众共听之。曰："龙王下诏求直谏，鳖也'得言'，龟也'得言⑨'。"四座无不绝倒。孙大恚曰："适与尔盟，何复犯戒？"狐笑曰："罪诚在我；但非此，不成确对耳。明旦设席，以赎吾过。"相笑而罢。狐之诙谐，不可殚述。

居数月，与万偕归。及博兴界，告万曰："我此处有葭莩亲⑩，往来久梗，不可不一讯。日且暮，与君同寄宿，待旦而行可也。"万询其处，指言："不远。"万疑前此故无村落，姑从之。二里许，果见一庄，生平所未历。

---

① 瓜蔓之令——一种酒令。

② 觞——杯。

③ 红毛国——明清人称荷兰为红毛国。

④ 狐腋冠——以狐腋下的皮毛缝制的名贵帽子。

⑤ 字画——笔画。

⑥ 大瓜——山东方言，妓女。

⑦ 驹驹——狐女编造的一种畜牲名。

⑧ 万福——旧时女子向客人行礼时的祝福语。

⑨ 得言——可以讲话。

⑩ 葭莩亲——远亲。

狐往叩关，一苍头出应门。入则重门叠阁，宛然世家。俄见主人，有翁与媪，揖万而坐。列筵丰盛，待万以姻娅，遂宿焉。狐早谓曰："我遽偕君归，恐骇闻听。君宜先往，我将继至。"万从其言，先至，预白于家人。未几，狐至，与万言笑，人尽闻之，而不见其人。逾年，万复事于济，狐又与俱。忽有数人来，狐从与语，备极寒暄，乃语万曰："我本陕中人，与君有夙因，遂从尔许时。今我兄弟至矣，将从以归，不能周事。"留之不可，竟去。

雨　钱

滨州一秀才，读书斋中。有款门者，启视，则皤然①一翁，形貌甚古。延之入，请问姓氏。翁自言："养真，姓胡，实乃狐仙。慕君高雅，愿共晨夕。"秀才故旷达，亦不为怪。遂与评驳今古。翁殊博洽，镂花雕缋②，粲于牙齿③；时抽经义④，则名理湛深，尤觉非意所及。秀才惊服，留之甚久。一日，密祈翁曰："君爱我良厚。顾我贫若此，君但一举手，金钱宜可立致。何不小周给？"翁默然，似不以为可。少间，笑曰："此大易事。但须得十数钱作母⑤。"生如其请。翁乃与共入密室中，禹步⑥作咒。俄顷，钱有数十百万，从梁间锵锵而下，势如骤雨，转瞬没膝；拔足而立，又没踝。广丈之舍，约深三四尺已来。乃顾语秀才："颇厌⑦君意否？"曰："足矣。"翁一挥，钱即画然而止。乃相与扃户出。秀才窃喜，自谓暴富。顷之，入室取用，则满室阿堵物皆为乌有，惟母钱十余枚寥寥尚在。秀才失望，盛气向翁，颇怼其诳。翁怒曰："我本与君文字交，不谋与君作贼！便如秀

① 皤(pó)然——须发皆白状。
② 雕缋(huì)——彩饰锦绣。
③ 粲于牙齿——谈吐优雅。
④ 抽经义——阐发儒学经书的义理。
⑤ 母——本钱。
⑥ 禹步——行巫术时的一种步态。
⑦ 厌——满足。

才意，只合寻梁上君①交好得，老夫不能承命！"遂拂衣去。

妾 击 贼

益都②西鄙之贵家某者，富有巨金，蓄一妾，颇婉丽。而冢室③凌折之，鞭挞横施。妾奉事之惟谨。某怜之，往往私语慰抚。妾殊未尝有怨言。一夜，数十人逾垣入，撞其屋扉几坏。某与妻惶遽丧魄，摇战不知所为。妾起，默无声息，暗摸屋中，得挑水木杖④一，拔关遽出。群贼乱如蓬麻。妾舞杖动，风鸣钩响，击四五人仆地；贼尽靡，骇愕乱奔墙，急不得上，倾跌咿哑，亡魂失命。妾拄杖于地，顾笑曰："此等物事，不直下手插打⑤得，亦学作贼！我不汝杀，杀嫌辱我。"悉纵之逸去。某大惊，问："何自能尔？"则妾父故枪棒师⑥，妾得尽传其术，殆不啻百人敌也。妻尤骇甚，悔向之迷于物色。由是善颜视妾，妾终无纤毫无礼。邻妇或谓妾："嫂击贼若豚犬，顾奈何俯首受挞楚？"妾曰："是吾分耳，他何敢言。"闻者益贤之。

异史氏曰："身怀绝技，居数年而人莫之知，而卒之捍患御灾，化鹰为鸠⑦。呜呼！射雉既获，内人展笑⑧；握槊方胜，贵主同车⑨。技之不可以已也如是夫！"

---

① 梁上君——即梁上君子，指陈寔，东汉人，夜间发现藏于屋顶的小偷，以此教育子女应做好人，否则和小偷一样；小偷闻言后，自己下来请罪。

② 益都——县名。

③ 冢室——正妻。

④ 挑水木杖——扁担。

⑤ 插打——亲与厮打。

⑥ 枪棒师——武师。

⑦ 化鹰为鸠——使正妻由悍恶而变温柔。

⑧ 展笑——露出笑容。

⑨ 贵主同车——指妻子自豪。

驱 怪

长山徐远公，故明诸生也。鼎革①后，弃儒访道，稍稍学敕勒之术②，远近多耳其名。某邑一巨公，具币，致诚款书，招之以骑。徐问："召某何意？"仆辞以不知，"但嘱小人务屈临降耳"。徐乃行。

至则中庭宴馔，礼遇甚恭；然终不道其所以致迎之旨。徐不耐，因问曰："实欲可为？幸祛疑抱。"主人辄言："无何也。"但劝杯酒。言辞闪烁，殊所不解。言话之间，不觉向暮。邀徐饮园中。园构造颇佳胜，而竹树蒙翳③，景物阴森，杂花丛丛，半没草莱中。抵一阁，覆板④上悬蛛错缀，大小上下，不可以数。酒数行，天色曛暗，命烛复饮。徐辞不胜酒，主人即罢酒呼茶。诸仆仓皇撤肴器，尽纳阁之左室几上。茶啜未半，主人托故竟去。仆人便持烛引宿左室。烛置案上，遽返身去，颇甚草草。徐疑或携襆被来伴，久之，人声殊杳。即自起扃户寝。窗外皎月，入室侵床；夜鸟秋虫，一时啾唧。心中怛然，不成梦寝。

顷之，板上橐橐，似踏蹴声，甚厉。俄下护梯⑤，俄近寝门。徐骇，毛发蝟立，急引被覆首，而门已豁然顿开。徐展被角微伺之，则一物，兽首人身；毛周其体，长如马鬐⑥，深黑色；牙粲群峰，目炯双炬。及几，伏饫器中剩肴；舌一过，连数器辄净如扫。已而趋近榻，嗅徐被。徐骤起，翻被幂⑦怪头，按之狂喊。怪出不意，惊脱，启外户窜去。徐披衣起遁，则园门外扃，不可得出。缘墙而走，择短垣逾，则主人马厩也。厩人惊；徐告以故，即就乞宿。

将旦，主人使伺徐，失所在，大骇。已而得之厩中。徐出，大恨，怒曰：

---

① 鼎革——清取代明。

② 敕勒之术——道术之一。

③ 蒙翳——遮蔽。

④ 覆板——顶阁盖板。

⑤ 护梯——有扶手的楼梯。

⑥ 马鬐——马颈鬃毛。

⑦ 幂——覆盖。

“我不惯作驱怪术；君遣我，又秘不一言；我橐中蓄如意钩①一，又不送达寝所：是死我也！”主人谢曰：“拟即相告，虑君难之。初亦不知橐有藏钩。幸宥十死！”徐终怏怏，索骑归。自是而怪遂绝。主人宴集园中，辄笑向客曰：“我不忘徐生功也。”

异史氏曰：“‘黄狸黑狸，得鼠者雄②。’此非空言也。假令翻被狂喊之后，隐其所骇惧，而公然以怪之遁为己能，天下必将谓徐生真神人不可及。”

姊妹易嫁

掖县相国毛公③，家素微。其父常为人牧牛。时邑世族张姓者，有新阡④在东山之阳。或经其侧，闻墓中叱咤声曰：“若等速避去，勿久溷贵人宅！”张闻，亦未深信。既又频得梦，警曰：“汝家墓地，本是毛公佳城⑤，何得久假⑥此？”由是家数不利。客劝徙葬吉，张听之，徙焉。一日，相国父牧，出张家故墓，猝遇雨，匿身废圹中。已而雨益倾盆，潦水奔穴，崩渹⑦灌注，遂溺以死。相国时尚孩童。母自诣张，愿丐咫尺地，掩儿父。张徵知其姓氏，大异之。行视溺死所，俨当置棺处，又益骇。乃使就故圹窆⑧焉。且令携若儿来。葬已，母偕儿诣张谢。张一见，辄喜，即留其家，教之读，以齿子弟行。又请以长女妻儿。母不敢应。张妻云：“既已有言，奈何中改！”卒许之。

然此女甚薄毛家，怨惭之意，形于言色。有人或道及，辄掩其耳；每向人曰：“我死不从牧牛儿！”及亲迎，新郎入宴，彩舆在门，而女掩袂向隅而

---

① 如意钩——如船锚状的可攀墙登高用的工具。

② 黄狸黑狸，得鼠者雄——黄狸黑狸，捉住老鼠才是好狸。

③ 毛公——即毛纪，山东掖县人，明代官至大学士。

④ 新阡——新墓。

⑤ 佳城——指墓地。

⑥ 假——通“借”，此指占有。

⑦ 崩渹（hōng）——浪涛冲击声。

⑧ 窆（biǎn）——下葬。

哭。催之妆，不妆；劝亦不解。俄而新郎告行①，鼓乐大作，女犹眼零雨而首飞蓬也。父止婿自入劝女，女涕若罔闻。怒而逼之，益哭失声。父无奈之。又有家人传白：新郎欲行。父急出，言："衣妆未竟，乞郎少停待。"即又奔入视女。往来者，无停履。迁延少时，事愈急，女终无回意。父无计，周张欲自死。其次女在侧，颇非其姊，苦逼劝之。姊怒曰："小妮子，亦学人喋聒！尔何不从他去？"妹曰："阿爷原不曾以妹子属毛郎；若以妹子属毛郎，何烦姊姊劝驾也？"父以其言慷爽，因与伊母窃议，以次易长。母即向女曰："忤逆婢不遵父母命，今欲以儿代若姊，儿肯之否？"女慨然曰："父母教儿往，即乞丐不敢辞；且何以见毛家郎便终身饿莩②死乎？"父母闻其言，大喜，即以姊妆妆女，仓猝登车而去。入门，夫妇雅敦逑好。然女素病赤鬝③，稍稍介公意。久之浸知易嫁之说，益以知己德女。居无何，公补博士弟子④，应秋闱试。道经王舍人店⑤，店主人先一夕梦神曰："旦夕当有毛解元⑥来，后且脱汝于厄。"以故晨起，耑⑦伺察东来客。及得公，甚喜。供具殊丰善，不索直。特以梦兆厚自托。公亦颇自负；私以细君发鬑鬑⑧，虑为显者笑，富贵后念当易之。已而晓榜既揭，竟落孙山，咨嗟蹇步，懊惋丧志。心赧⑨旧主人，不敢复由王舍，以他道归。后三年，再赴试，店主人延候如初。公曰："尔言初不验，殊惭祇奉。"主人曰："秀才以阴欲易妻，故被冥司黜落，岂妖梦⑩不足以践？"公愕而问故。盖别后复梦而云。公闻之，惕然悔惧，木立若偶。主人谓："秀才宜自爱，终当作解

---

① 告行——请行。
② 饿莩(piǎo)——饿死。
③ 赤鬝(qiān)——头发稀秃。
④ 博士弟子——指秀才。
⑤ 王舍人店——今济南市东郊。
⑥ 解元——乡试第一名。
⑦ 耑——通"专"。
⑧ 鬑鬑(lián lián)——头发稀秃。
⑨ 赧(nǎn)——羞愧。
⑩ 妖梦——指前店主人所梦。

首[①]。"未几，果举贤书第一人[②]。夫人发亦寻长，云鬟委绿，转更增媚。

姊适里中富室儿，意气颇自高。夫荡惰，家渐陵夷，空舍无烟火。闻妹为孝廉妇，弥增惭怍。姊妹辄避路而行。又无何，良人卒，家落。顷之，公又擢进士。女闻，刻骨自恨，遂忿然废身为尼。及公以宰相归，强遣女行者[③]诣府谒问，冀有所贻。比至，夫人馈以绮縠罗绢若干疋，以金纳其中，而行者不知也。携归见师。师失所望，恚曰："与我金钱，尚可作薪米费；此等仪物我何须尔！"遂令将回。公及夫人疑之。启视而金具在，方悟见却之意。发金笑曰："汝师百余金尚不能任，焉有福泽从我老尚书也。"遂以五十金付尼去，曰："将去作尔师用度。多恐福薄人难承荷耳。"行者归，具以告。师嘿然自叹，念平生所为，辄自颠倒，美恶避就[④]，繄[⑤]岂由人耶？后店主人以人命逮系囹圄，公为力解释罪。

异史氏曰："张家故墓，毛氏佳城，斯已奇矣。余闻时人有'大姨夫作小姨夫[⑥]，前解元为后解元[⑦]'之戏，此岂慧黠者所能较计耶？呜呼！彼苍者天，久不可问，何至毛公，其应如响？"

续　黄　粱

福建曾孝廉，高捷南宫[⑧]时，与二三新贵，遨游郊郭。偶闻毗卢禅院[⑨]，寓一星者[⑩]，因并骑往诣问卜。入揖而坐。星者见其意气，稍佞谀[⑪]

---

① 解首——同"解元"。
② 贤书第一人——乡试第一名，即举人。
③ 女行者——女尼姑。
④ 美恶避就——避美就恶。
⑤ 繄(yì)——语气助词。
⑥ 大姨夫作小姨夫——指毛纪娶张家小女儿为妻。
⑦ 前解元为后解元——指毛纪考中后届解元。
⑧ 南宫——古称尚书省为南宫，此指礼部主会试。
⑨ 毗卢禅院——佛寺。
⑩ 星者——算命人。
⑪ 佞谀——巧言奉承、恭维。

之。曾摇箑[①]微笑，便问："有蟒玉分[②]否？"星者正容，许二十年太平宰相。曾大悦，气益高。值小雨，乃与游侣避雨僧舍。舍中一老僧，深目高鼻，坐蒲团上，淹蹇不为礼。众一举手，登榻自话，群以宰相相贺。曾心气殊高，指同游曰："某为宰相时，推张年丈[③]作南抚，家中表为参、游[④]，我家老苍头亦得小千把[⑤]，于愿足矣。"一坐大笑。

俄闻门外雨益倾注，曾倦伏榻间。忽见有二中使[⑥]，赍[⑦]天子手诏，召曾太师决国计。曾得意，疾趋入朝。天子前席，温语良久。命三品以下，听其黜陟。赐蟒玉名马。曾被服稽拜以出。入家，则非旧所居第，绘栋雕榱，穷极壮丽。自亦不解，何以遽至于此。然拈须微呼，则应诺雷动。俄而公卿赠海物[⑧]，伛偻足恭[⑨]者，叠出其门。六卿[⑩]来，倒屣而迎[⑪]；侍郎辈，揖与语；下此者，颔之而已。晋抚[⑫]馈女乐十人，皆是好女子。其尤者[⑬]为袅袅，为仙仙，二人尤蒙宠顾。科头休沐[⑭]，日事声歌。一日，念微时尝得邑绅王子良周济，我今置身青云，渠尚蹉跎仕路，何不一引手？早旦一疏，荐为谏议[⑮]，即奉俞旨，立行擢用。又念郭太仆曾睚眦[⑯]我，即传

① 箑——扇子。
② 分——缘分。
③ 年丈——同科考中的同学的父辈或父辈的同学。
④ 参、游——参将、游击，中级武官。
⑤ 小千把——低级武官。
⑥ 中使——太监。
⑦ 赍——持奉。
⑧ 海物——海外珍宝。
⑨ 伛偻足(jù)恭——巴结奉承。
⑩ 六卿——中央六部的尚书。
⑪ 倒屣而迎——急起迎接尊贵之客。
⑫ 晋抚——山西巡抚。
⑬ 其尤者——其中最美的。
⑭ 科头休沐——家居休假。
⑮ 谏议——官名。
⑯ 睚眦——怒目而视。

吕给谏[1]及侍御[2]陈昌等，授以意旨；越日，弹章[3]交至，奉旨削职以去。恩怨了了，颇快心意。偶出郊衢，醉人适触卤簿，即遣人缚付京尹[4]，立毙杖下。接第连阡者，皆畏势献沃产。自此，富可埒国。无何而嫋嫋、仙仙，以次殂谢，朝夕遐想。忽忆曩年见东家女绝美，每思购充媵御，辄以绵薄违宿愿，今日幸可适志。乃使干仆数辈，强纳资于其家。俄顷，藤舆舁至，则较昔之望见时，尤艳绝也。自顾生平，于愿斯足。

又逾年，朝士[5]窃窃，似有腹非之者。然各为立仗马[6]；曾亦高情盛气，不以置怀。有龙图学士包[7]上疏，其略曰："窃以曾某，原一饮赌无赖，市井小人。一言之合，荣膺圣眷，父紫儿朱，恩宠为极。不思捐躯摩顶，以报万一；反恣胸臆，擅作威福。可死之罪，擢发难数！朝廷名器，居为奇货，量缺肥瘠，为价重轻。因而公卿将士，尽奔走于门下，估计夤缘，俨如负贩，仰息望尘，不可算数。或有杰士贤臣，不肯阿附，轻则置之闲散[8]，重则褫[9]以编氓。甚且一臂不袒，辄迕鹿马之奸；片语方干，远窜豺狼之地。朝士为之寒心，朝廷因而孤立。又且平民膏腴，任肆蚕食；良家女子，强委禽妆。沴气[10]冤氛，暗无天日！奴仆一到，则守、令[11]承颜；书函一投，则司、院[12]枉法。或有厮养之儿，瓜葛之亲，出则乘传[13]，风行雷动。地方之供给稍迟，马上之鞭挞立至。荼毒人民，奴隶官府，扈从所临，野无青草。而某方炎炎赫赫，怙宠无悔。召对方承于阙下，萋菲辄进于君前；

---

① 给谏——官名。
② 侍御——官名。
③ 弹章——弹劾的奏章。
④ 京尹——京城行政长官。
⑤ 朝士——朝廷官员。
⑥ 立仗马——喻贪鄙朝臣，如皇帝临朝时立于宫门外的八匹马一样安静。
⑦ 龙图学士包——即包拯，此指刚直的朝臣。
⑧ 闲散——闲置不用，挂起来。
⑨ 褫——剥夺。
⑩ 沴(lì)气——灾害恶气。
⑪ 守、令——太守、县令，此指地方官员。
⑫ 司、院——法司、部院，泛指朝廷高级官员。
⑬ 乘传(zhuàn)——乘公家的车马。

委蛇才退于自公，声歌已起于后苑。声色狗马，昼夜荒淫；国计民生，罔存念虑。世上宁有此宰相乎！内外骇讹，人情汹汹。若不急加斧锧之诛，势必酿成操、莽之祸①。臣夙夜祗惧，不敢宁处，冒死列款，仰达宸听②。伏祈断奸佞之头，籍贪冒之产，上回天怒，下快舆情。如果臣言虚谬，刀锯鼎镬，即加臣身。”云云。疏上，曾闻之，气魄悚骇，如饮冰水。幸而皇上优容，留中不发。又继而科、道、九卿③，交章劾奏；即昔之拜门墙、称假父者，亦反颜相向。奉旨籍家，充云南军。子任平阳太守，已差员前往提问。曾方闻旨惊怛，旋有武士数十人，带剑操戈，直抵内寝，褫其衣冠，与妻并系。俄见数夫运资于庭，金银钱钞以数百万，珠翠瑙玉数百斛，幄幕帘榻之属，又数千事，以至儿襁女舄，遗坠庭阶。曾一一视之，酸心刺目。又俄而一人掠美妾出，披发娇啼，玉容无主。悲火烧心，含愤不敢言。俄楼阁仓库，并已封志。立叱曾出。监者牵罗曳而出。夫妻吞声就道，求一下驷劣车，少作代步，亦不得。十里外，妻足弱，欲倾跌，曾时以一手相攀引。又十余里，已亦困惫。欻见高山，直插霄汉，自忧不能登越，时挽妻相对泣。而监者狞目来窥，不容稍停驻。又顾斜日已坠，无可投止，不得已，参差蹩躠④而行。比至山腰，妻力已尽，泣坐路隅。曾亦憩止，任监者叱骂。忽闻百声齐噪，有群盗各操利刃，跳梁而前。监者大骇，逸去。曾长跪，言：“孤身远谪，橐中无长物。”哀求宥免。群盗裂眦宣言：“我辈皆被害冤民，只乞得佞贼头，他无索取。”曾叱怒曰：“我虽待罪，乃朝廷命官，贼子何敢尔！”贼亦怒，以巨斧挥曾项。觉头堕地作声，魂方骇疑，即有二鬼来，反接其手，驱之行。

行逾数刻，入一都会。顷之，睹宫殿；殿上一丑形王者，凭几决罪福。曾前，匍匐请命。王者阅卷，才数行，即震怒曰：“此欺君误国之罪，宜置油鼎！”万鬼群和，声如雷霆。即有巨鬼捽至墀下。见鼎高七尺已来，四围炽炭，鼎足尽赤。曾觳觫哀啼，窜迹无路。鬼以左手抓发，右手握踝，抛置鼎中。觉块然一身，随油波而上下；皮肉焦灼，痛彻于心；沸油入口，煎

① 操、莽之祸——指曹操代汉、王莽篡汉之事。

② 宸听——皇帝所听所闻。

③ 科、道、九卿——泛指全体朝臣。

④ 参差蹩躠(bié xiè)——前后匍匐而行。

烹肺腑。念欲速死,而万计不能得死。约食时,鬼方以巨叉取曾出,复伏堂下。王又检册籍,怒曰:"倚势凌人,合受刀山狱!"鬼复捽去。见一山,不甚广阔;而峻峭壁立,利刃纵横,乱如密笋。先有数人刳肠刺腹于其上,呼号之声,惨绝心目。鬼促曾上,曾大哭退缩。鬼以毒锥刺脑,曾负痛乞怜。鬼怒,捉曾起,望空力掷。觉身在云霄之上,晕然一落,刃交于胸,痛苦不可言状。又移时,身躯重赘,刀孔渐阔;忽焉脱落,四支蠖屈。鬼又逐以见王。王命会计生平卖爵鬻名,枉法霸产,所得金钱几何。即有髯须人持筹握算,曰:"三百二十一万。"王曰:"彼既积来,还令饮去!"少间,取金钱堆阶上,如丘陵。渐入铁釜,熔以烈火。鬼使数辈,更以杓灌其口,流颐则皮肤臭裂,入喉则脏腑腾沸。生时患此物之少,是时患此物之多也。半日方尽。王者令押去甘州①为女。

行数步,见架上铁梁,围可数尺,绾一火轮,其大不知几百由旬②,焰生五采,光耿云霄。鬼挞使登轮。方合眼跃登,则轮随足转,似觉倾坠,遍体生凉。开目自顾,身已婴儿,而又女也。视其父母,则悬鹑败絮。土室之中,瓢杖犹存。心知为乞人子。日随乞儿托钵,腹辘辘然常不得一饱。着败衣,风常刺骨。十四岁,鬻与顾秀才备媵妾,衣食粗足自给。而冢室悍甚,日以鞭箠从事,辄用赤铁烙胸乳。幸良人颇怜爱,稍自宽慰。东邻恶少年,忽逾墙来逼与私。乃自念前身恶孽,已被鬼责,今那得复尔。于是大声疾呼。良人与嫡妇尽起,恶少年始窜去。居无何,秀才宿诸其室,枕上喋喋,方自诉冤苦。忽震厉一声,室门大辟,有两贼持刀入,竟决秀才首,囊括衣物。团伏被底,不敢复作声。既而贼去,乃喊奔嫡室。嫡大惊,相与泣验。遂疑妾以奸夫杀良人,因以状白刺史。刺史严鞫,竟以酷刑诬服,依律凌迟③处死。絷赴刑所,胸中冤气扼塞,距踊声屈,觉九幽十八狱④,无此黑黯也。

正悲号间,闻游者呼曰:"兄梦魇耶?"豁然而寤,见老僧犹跏趺座上。同侣竞相谓曰:"日暮腹枵,何久酣睡?"曾乃惨淡而起。僧微笑曰:"宰相

---

① 甘州——府名,今甘肃张掖市。

② 由旬——古印度计里程单位,言极远。

③ 凌迟——古酷刑之一。

④ 九幽十八狱——即阴间十八层地狱。

之占验否?"曾益惊异,拜而请教。僧曰:"修德行仁,火坑中有青莲①。山僧何知焉。"曾胜气而来,不觉丧气而返。台阁之想,由此淡焉。入山不知所终。

异史氏曰:"福善祸淫,天之常道。闻作宰相而忻然于中者,必非喜其鞠躬尽瘁可知矣。是时方寸中,宫室妻妾,无所不有。然而梦固为妄,想亦非真。彼以虚作,神以幻报。黄粱将熟,此梦在所必有,当以附之邯郸②之后。"

龙取水

俗传,龙取江河之水以为雨,此疑似之说耳。徐东痴③南游,泊舟江岸,见一苍龙自云中垂下,以尾搅江水,波浪涌起,随龙身而上。遥望水光睒烱④,阔于三疋练⑤。移时,龙尾收去,水亦顿息;俄而大雨倾注,渠道皆平。

小猎犬

山右卫中堂⑥为诸生时,厌冗扰,徙斋僧院。苦室中蜚虫⑦蚊蚤甚多,竟夜不成寝。

---

① 火坑中有青莲——应修仁行德以求佛祐。

② 邯郸——唐小说《枕中记》中卢生在邯郸旅店梦仙人吕翁,吕翁给他一枕头,在梦中享尽荣华富贵,醒时却子虚乌有,店主人的饭尚未熟。此指应将这篇文章当作黄粱梦的续编。

③ 徐东痴——即徐元善,明清之际人,隐士。

④ 睒(shǎn)烱——闪烁。

⑤ 练——白色熟绢。

⑥ 山右卫中堂——山西太行山右侧的卫周祚,曾官内阁大学士。

⑦ 蜚(féi)虫——臭虫。

食后，偃息在床。忽一小武士，首插雉尾，身高两寸许；骑马大如蜡①；臂上青鞲②，有鹰如蝇；自外而入，盘旋室中，行且驶。公方凝注，忽又一人入，装亦如前，腰束小弓矢，牵猎犬如巨蚁。又俄顷，步者骑者，纷纷来以数百辈，鹰亦数百臂③，犬亦数百头。有蚊蝇飞起，纵鹰腾击，尽扑杀之。猎犬登床缘壁，搜噬虱蚤，凡罅隙之所伏藏，嗅之无不出者。顷刻之间，决杀殆尽。公伪睡睨之。鹰集犬窜于其身。既而一黄衣人，着平天冠④，如王者，登别榻，系驷苇篾⑤间。从骑皆下，献飞献走⑥，纷集盈侧，亦不知作何语。无何，王者登小辇，卫士仓皇，各命鞍马；万蹄攒奔，纷如撒菽，烟飞雾腾，斯须散尽。

公历历在目，骇诧不知所由。蹑履外窥，渺无迹响。反身周视，都无所见；惟壁砖上遗一细犬。公急捉之，且驯。置砚匣中，反覆瞻玩。毛极细茸，项上有小环。饲以饭颗，一嗅辄弃去。跃登床榻，寻衣缝，啮杀虮虱。旋复来伏卧。逾宿，公疑其已往；视之，则盘伏如故。公卧，则登床箦⑦，遇虫辄啖毙，蚊蝇无敢落者。公爱之，甚于拱璧。一日，昼卧，犬潜伏身畔。公醒转侧，压于腰底。公觉有物，固疑是犬，急起视之，已匾⑧而死，如纸剪成者然。然自是壁虫无噍类⑨矣。

---

① 蜡（zhà）——蚂蚱。

② 鞲——停猎鹰于胳臂上的皮制臂衣。

③ 数百臂——数百只鹰。

④ 平天冠——皇帝的冠冕。

⑤ 苇篾（miè）——以苇片、竹篾编成的炕席。

⑥ 献飞献走——献纳飞禽走兽。

⑦ 箦——卧席。

⑧ 匾——扁。

⑨ 噍类——存活者。

棋　鬼

扬州督同将军①梁公，解组②乡居，日携棋酒，游翔林丘间。会九日③登高，与客弈。忽有一人来，逡巡局侧，耽玩不去。视之，面目寒俭，悬鹑结焉。然而意态温雅，有文士风。公礼之，乃坐。亦殊㧑谦④。公指棋谓曰："先生当必善此，何勿与客对垒？"其人逊谢移时，始即局。局终而负，神情懊热⑤，若不自已。又着又负，益惭愤。酌之以酒，亦不饮，惟曳客弈。自晨至于日昃⑥，不遑溲溺。

方以一子争路，两互喋聒，忽书生离席悚立，神色惨沮。少间，屈公座，败颡⑦乞救。公骇疑，起扶之曰："戏耳，何至是？"书生曰："乞付嘱圉人⑧，勿缚小生颈。"公又异之，问："圉人谁？"曰："马成。"先是，公圉役马成者，走无常⑨，常十数日一入幽倲，摄牒作勾役。公以书生言异，遂使人往视成，则僵卧已二日矣。公乃叱成不得无礼。瞥然间，书生即地而灭。公叹咤良久，乃悟其鬼。

越日，马成寤，公召诘之。成曰："书生湖襄⑩人，癖嗜弈，产荡尽。父忧之，闭置斋中。辄逾垣出，窃引空处，与弈者狎。父闻诟詈，终不可制止。父愤恚赍恨而死。阎摩王⑪以书生不德，促其年寿，罚入饿鬼狱⑫，

---

① 督同将军——即都督同知，副总兵。

② 解组——被罢官。

③ 九日——即重阳节，农历九月九日。

④ 㧑(huī)谦——谦逊。

⑤ 懊热——虽懊丧却不罢手。

⑥ 日昃——太阳偏西。

⑦ 败颡——叩头出血。

⑧ 圉人——马伕。

⑨ 走无常——临时代替阴间鬼使的阳世人。

⑩ 湖襄——即洞庭湖、襄江一带。

⑪ 阎摩王——阎王。

⑫ 饿鬼狱——传说中地狱之一。

于今七年矣。会东岳凤楼成，下牒诸府，征文人作碑记。王出之狱中，使应召自赎。不意中道迁延，大愆限期。岳帝使直曹问罪于王。王怒，使小人辈罗搜之。前承主人命，故未敢以缧绁系之。”公问：“今日作何状？”曰：“仍付狱吏，永无生期矣。”公叹曰：“癖之误人也，如是夫！”

异史氏曰：“见弈遂忘其死；及其死也，见弈又忘其生。非其所欲有甚于生者哉？然癖嗜如此，尚未获一高着①，徒令九泉下，有长生不死之弈鬼也。可哀也哉！”

辛十四娘

广平②冯生，正德③间人。少轻脱，纵酒。昧爽偶行，遇一少女，着红帔，容色娟好。从小奚奴④，蹑露奔波，履袜沾濡。心窃好之。薄暮醉归，道侧故有兰若，久芜废，有女子自内出，则向丽人也。忽见生来，即转身入。阴念：丽者何得在禅院中？絷驴于门，往觇其异。入则断垣零落，阶上细草如毯。彷徨间，一斑白叟出，衣帽整洁，问：“客何来？”生曰：“偶过古刹，欲一瞻仰。翁何至此？”叟曰：“老夫流寓无所，暂借此安顿细小。既承宠降，有山茶可以当酒。”乃肃宾入。见殿后一院，石路光明，无复榛莽。入其室，则帘幌床幕，香雾喷人。坐展姓字，云：“蒙叟姓辛。”生乘醉遂问曰：“闻有女公子，未遭良匹⑤。窃不自揣，愿以镜台自献⑥。”辛笑曰：“容谋之荆人。”生即索笔为诗曰：“千金觅玉杵，殷勤手自将。云英如有意，亲为捣元霜。”主人笑付左右。少间，有婢与辛耳语。辛起慰客耐坐，牵幕入。隐约三数语，即趋出。生意必有佳报；而辛乃坐与嘔噱⑦，不

① 高着——高明的弈法。
② 广平——县名，今属河北省。
③ 正德——明武宗朱厚照年号（1506—1521 年）。
④ 奚奴——指婢女。
⑤ 良匹——佳偶。
⑥ 镜台自献——自媒求婚。
⑦ 嘔噱——谈笑。

复有他言。生不能忍，问曰："未审意旨，幸释疑抱。"辛曰："君卓荦士[①]，倾风已久。但有私衷，所不敢言耳。"生固请之。辛曰："弱息[②]十九人，嫁者十有二。醮[③]命任之荆人，老夫不与焉。"生曰："小生只要得今朝领小奚奴带露行者。"辛不应，相对默然。闻房内嘤嘤腻语，生乘醉搴帘曰："伉俪既不可得，当一见颜色，以消吾憾。"内闻钩动，群立愕顾。果有红衣人，振袖倾鬟，亭亭拈带。望见生入，遍室张皇。辛怒，命数人捽生出。酒愈涌上，倒榛芜中。瓦石乱落如雨，幸不着体。

卧移时，听驴子犹龁草路侧，乃起跨驴，踉跄而行。夜色迷闷，误入涧谷，狼奔鸱[④]叫，竖毛寒心。踟蹰四顾，并不知其何所。遥望苍林中，灯火明灭，疑必村落，竟驰投之。仰见高闳，以策[⑤]挝门。内有问者曰："何处郎君，半夜来此？"生以失路告，问者曰："待达主人。"生累足鹄俟[⑥]。忽闻振管阙扉，一健仆出，代客捉驴。生入，见室甚华好，堂上张灯火。少坐。有妇人出，问客姓氏。生以告。逾刻，青衣数人，扶一老妪出，曰："郡君[⑦]至。"生起立，肃身欲拜。妪止之，坐谓生曰："尔非冯云子之孙耶？"曰："然。"妪曰："子当是我弥甥[⑧]。老身钟漏并歇[⑨]，残年向尽，骨肉之间，殊所乖阔。"生曰："儿少失怙，与我祖父处者，十不识一焉。素未拜省，乞便指示。"妪曰："子自知之。"生不敢复问，坐对悬想。妪曰："甥深夜何得来此？"生以胆力自矜诩，遂一一历陈所遇。妪笑曰："此大好事。况甥名士，殊不玷于姻娅，野狐精何得强自高？甥勿虑，我能为若致之。"生谢唯唯。妪顾左右曰："我不知辛家女儿，遂如此端好。"青衣人曰："渠有十九女，都翩翩有风格，不知官人所聘行几？"生曰："年约十五余矣。"青衣曰："此是十四娘。三月间，曾从阿母寿郡君，何忘却？"妪笑曰："是

---

① 卓荦士——卓越的士子。
② 弱息——此称女儿。
③ 醮——许婚。
④ 鸱——雀鹰，一种猛禽。
⑤ 策——马鞭。
⑥ 累足鹄俟——驻足等候。
⑦ 郡君——妇人封号。
⑧ 弥甥——外甥的儿子。
⑨ 钟漏并歇——暗喻死亡。

非刻莲瓣为高履①,实以香屑,蒙纱而步者乎?"青衣曰:"是也。"妪曰:"此婢大会作意②,弄媚巧。然果窕窈,阿甥赏鉴不谬。"即请青衣曰:"可遣小狸奴③唤之来。"青衣应诺去。移时,入白:"呼得辛家十四娘至矣。"旋见红衣女子,望妪俯拜。妪曳之曰:"后为我家甥妇,勿得修婢子礼。"女子起,娉娉而立,红袖低垂。妪理其鬓发,捻其耳环,曰:"十四娘近在闺中作么生④?"女低应曰:"闲来只挑绣。"回首见生,羞缩不安。妪曰:"此吾甥也。盛意与儿作姻好,何便教迷途,终夜窜溪谷?"女俛首无语。妪曰:"我唤汝非他,欲为吾甥作伐耳。"女默默而已。妪命扫榻展裀褥,即为合卺。女觍然曰:"还以告之父母。"妪曰:"我为汝作冰⑤,有何舛谬?"女曰:"郡君之命,父母当不敢违。然如此草草,婢子即死,不敢奉命!"妪笑曰:"小女子志不可夺,真吾甥妇也!"乃拔女头上金花一朵,付生收之。命归家检历,以良辰为定。乃使青衣送女去。听远鸡已唱,遣人持驴送生出。数步外,欻一回顾,则村舍已失;但见松楸浓黑,蓬颗蔽冢而已。定想移时,乃悟其处为薛尚书墓。薛故生祖母弟,故相呼以甥。心知遇鬼,然亦不知十四娘何人。咨嗟而归,漫检历以待之,而心恐鬼约难恃。再往兰若,则殿宇荒凉。问之居人,则寺中往往见狐狸云。阴念:若得丽人,狐亦自佳。至日,除舍扫途,更仆眺望,夜半犹寂。生已无望。顷之,门外哗然。蹝屣⑥出窥,则绣幰⑦已驻于庭,双鬟扶女坐青庐⑧中。妆奁亦无长物,惟两长鬣奴⑨扛一扑满⑩,大如瓮,息肩置堂隅。生喜得佳丽偶,并不疑其异类。问女曰:"一死鬼,卿家何帖服之甚?"女曰:"薛尚书,

---

① 刻莲瓣为高履——将莲瓣花纹刻在鞋的木底上。
② 作意——花样,别出心裁。
③ 小狸奴——即小猫,指精灵演化成的奴婢。
④ 作么生——山东方言,干什么。
⑤ 作冰——做媒人。
⑥ 蹝(xǐ)屣——匆促急迫。
⑦ 绣幰——花轿。
⑧ 青庐——代指新房。
⑨ 长鬣奴——满脸胡须的仆人。
⑩ 扑满——储钱用的器皿。

今作五都巡环使，数百里鬼狐皆备扈从，故归墓时常少。"生不忘蹇修①，翼日，往祭其墓。归见二青衣，持贝锦②为贺，竟委几上而去。生以告女，女视之曰："此郡君物也。"

邑有楚银台③之公子，少与生共笔砚，相狎。闻生得狐妇，馈遗为餪④，即登堂称觞。越数日，又折简来招饮。女闻，谓生曰："曩公子来，我穴壁窥之，其人猿睛鹰準⑤，不可与久居也。宜勿往。"生诺之。翼日，公子造门，问负约之罪，且献新什⑥。生评涉嘲笑，公子大惭，不欢而散。生归，笑述于房。女惨然曰："公子豺狼，不可狎也！子不听吾言，将及于难！"生笑谢之。后与公子辄相谀噱，前郤渐释。会提学试⑦，公子第一，生第二。公子沾沾自喜，走伻⑧来邀生饮。生辞，频招乃往。至则知为公子初度，客从满堂，列筵甚盛。公子出试卷示生。亲友叠肩叹赏。酒数行，乐奏于堂，鼓吹伧伫⑨，宾主甚乐。公子忽谓生曰："谚云：'场中莫论文⑩。'此言今知其谬。小生所以忝出君上者，以起处⑪数语，略高一筹耳。"公子言已，一座尽赞。生醉不能忍，大笑曰："君到于今，尚以为文章至是耶！"生言已，一座失色。公子惭忿气结。客渐去，生亦遁。醒而悔之，因以告女。女不乐曰："君诚乡曲之儇子⑫也！轻薄之态，施之君子，则丧吾德；施之小人，则杀吾身。君祸不远矣！我不忍见君流落，请从此辞。"生惧而涕，且告之悔。女曰："如欲我留，与君约：从今闭户绝交游，勿浪饮。"生谨受教。十四娘为人勤俭洒脱，日以纴织为事。时自归宁，

---

① 蹇修——代指媒人。
② 贝锦——一种织有贝形花纹的锦锻。
③ 银台——官名，通政使的别称。
④ 餪（nuǎn）——女子出嫁后三日得到母家或亲友送来的食物。
⑤ 準——鼻梁。
⑥ 新什——新作诗或文。
⑦ 提学试——此指岁试或科试，由提督学政主持。
⑧ 伻（bēng）——使者。
⑨ 伧伫——喻音调嘈杂浑浊。
⑩ 场中莫论文——考场中不靠文章，靠命运。
⑪ 起处——八股文正式议论前的过渡部分。
⑫ 乡曲之儇（xuān）子——识见寡陋的轻薄子弟。

未尝逾夜。又时出金帛作生计。日有赢余,辄投扑满。日杜门户,有造访者辄嘱苍头谢去。一日,楚公子驰函来,女焚爇不以闻。翼日,出吊于城,遇公子于丧者之家,捉臂苦邀。生辞以故。公子使圉人挽辔,拥之以行。至家,立命洗腆①。继辞夙退。公子要遮②无已,出家姬弹筝为乐。生素不羁,向闭置庭中,颇觉闷损;忽逢剧饮,兴顿豪,无复萦念。因而酣醉,颓卧席间。公子妻阮氏,最悍妒,婢妾不敢施脂泽③。日前,婢人斋中,为阮掩执,以杖击首,脑裂立毙。公子以生嘲慢故衔生,日思所报,遂谋醉以酒而诬之。乘生醉寐,扛尸床间,合扉径去。生五更酲解④,始觉身卧几上;起寻枕榻,则有物腻然,绁绊⑤步履;摸之,人也:意主人遗僮伴睡。又蹴之不动而僵。大骇,出门怪呼。厮役尽起,爇之,见尸,执生怒闹。公子出验之,诬生逼奸杀婢,执送广平。隔日,十四娘始知,潸然曰:“早知今日矣!”因按日以金钱遗生。生见府君,无理可伸,朝夕搒掠,皮肉尽脱。女自诣问。生见之,悲气塞心,不能言说。女知陷阱已深,劝令诬服,以免刑宪⑥。生泣听命。女还往之间,人咫尺不相窥。归家咨惋,遽遣婢子去。独居数日,又托媒媪购良家女,名禄儿,年及笄,容华颇丽;与同寝食,抚爱异于群小⑦。生认误杀拟绞⑧。苍头得信归,恸述不成声。女闻,坦然若不介意。既而秋决⑨有日,女始皇皇躁动,昼去夕来,无停履。每于寂所,於邑悲哀,至损眠食。一日,日晡,狐婢忽来。女顿起,相引屏语。出则笑色满容,料理门户如平时。翼日,苍头至狱,生寄语娘子一往永诀。苍头复命。女漫应之,亦不怆恻,殊落落置之。家人窃议其忍。忽道路沸传:楚银台革爵;平阳观察⑩奉特旨治冯生案。苍头闻之,喜告主母。女亦

---

① 腆(tiǎn)——丰盛。
② 要(yāo)遮——阻拦。
③ 脂泽——化妆用的脂粉、头油等。
④ 酲解——酒醒。
⑤ 绁(xiè)绊——缠绕阻拦。
⑥ 刑宪——刑法,刑罚。
⑦ 群小——一般婢妾。
⑧ 拟绞——绞死。
⑨ 秋决——秋季处决犯人。
⑩ 平阳观察——平阳,府名;观察,道员的别称。

喜，即遣入府探视，则生已出狱，相见悲喜。俄捕公子至，一鞫，尽得其情。生立释宁家，归见闺中人，泫然流涕，女亦相对怆楚，悲已而喜。然终不知何以得达上听。女笑指婢曰："此君之功臣也。"生愕问故。先是，女遣婢赴燕都，欲达宫闱，为生陈冤。婢至，则宫中有神守护，徘徊御沟间①，数月不得入。婢惧误事，方欲归谋，忽闻今上将幸大同②，婢乃预往，伪作流妓。上至构栏③，极蒙宠眷。疑婢不似风尘人④，婢乃垂泣。上问："有何冤苦？"婢对："妾原籍隶广平，生员冯某之女。父以冤狱将死，遂鬻妾构栏中。"上惨然，赐金百两。临行，细问颠末，以纸笔记姓名；且言欲与共富贵。婢言："但得父子团聚，不愿华膴⑤也。"上颔之，乃去。婢以此情告生。生急拜，泪眥双荧⑥。

居无几何，女忽谓生曰："妾不为情缘，何处得烦恼？君被逮时，妾奔走戚眷间，并无一人代一谋者。尔时酸衷，诚不可以告愬。今视尘俗益厌苦。我已为君蓄良偶，可从此别。"生闻，泣伏不起。女乃止。夜遣禄儿侍生寝，生拒不纳。朝视十四娘，容光顿减；又月余，渐以衰老；半载，黯黑如村妪：生敬之，终不替。女忽复言别，且曰："君自有佳侣，安用此鸠盘⑦？"生哀泣如前日。又逾月，女暴疾，绝饮食，羸卧闺闼。生侍汤药，如奉父母。巫医无灵，竟以溘逝。生悲怛欲绝。即以婢赐金，为营斋葬。数日，婢亦去，遂以禄儿为室。逾年，举一子。然比岁⑧不登，家益落。夫妻无计，对影长愁。忽忆堂陬扑满，常见十四娘投钱于中，不知尚在否。近临之，则豉具盐盎⑨，罗列殆满。头头置去⑩，箸探其中，坚不可入；扑而

---

① 御沟间——环绕宫墙的河沟一带。
② 大同——今山西大同。
③ 构栏——妓馆。
④ 风尘人——妓女。
⑤ 华膴(wǔ)——华服美味。
⑥ 泪眥双荧——双眼闪烁泪光。
⑦ 鸠盘——佛教用语，冬瓜鬼，后喻指丑妇。
⑧ 比岁——连年。
⑨ 豉(chǐ)具盐盎——器皿类用具。
⑩ 头头置去——一件件移走。

碎之,金钱溢出。由此顿大充裕。后苍头至太华①,遇十四娘,乘青骡,婢子跨蹇以从,问:"冯郎安否?"且言:"致意主人,我已名列仙籍矣。"言讫,不见。

异史氏曰:"轻薄之词,多出于士类,此君子所悼惜也。余尝冒不韪之名,言冤则已迂;然未尝不刻苦自励,以勉附于君子之林,而祸福之说不与焉。若冯生者,一言之微,几至杀身,苟非室有仙人,亦何能解脱囹圄,以再生于当世耶?可惧哉!"

白　莲　教

白莲教某者,山西人,忘其姓名,大约徐鸿儒②之徒。左道惑众,慕其术者多师之。

某一日将他往,堂中置一盆,又一盆覆之,嘱门人坐守,戒勿启视。去后,门人启之,视盆贮清水,水上编草为舟,帆樯具焉。异而拨以指,随手倾侧;急扶如故,仍覆之。俄而师来,怒责:"何违吾命?"门人立白其无。师曰:"适海中舟覆,何得欺我?"又一夕,烧巨烛于堂上,戒恪守,勿以风灭。漏二滴③,师不至。儽然而殆④,就床暂寐;及醒,烛已意灭,急起爇之。既而师入,又责之。门人曰:"我固不曾睡,烛何得息?"师怒曰:"适使我暗行十余里,尚复云云耶?"门人大骇。如此奇行,种种不胜书。

后有爱妾与门人通。觉之,隐而不言。遣门人饲豕;门人入圈,立地化为豕。某即呼屠人杀之,货其肉。人无知者。门人父以子不归,过问之,辞以久弗至。门人家诸处探访,绝无消息。有同师者,隐知其事,泄诸门人父。门人父告之邑宰。宰恐其遁,不敢捕治;达于上官,请甲士千人,围其第,妻子皆就执。闭置樊笼,将以解都。途经太行山,山中出一巨人,高与树等,目如盎,口如盆,牙长尺许。兵士愕立不敢行。某曰:"此妖

---

① 太华——即西岳华山。

② 徐鸿儒——山东钜野人,明末白莲教首领。

③ 漏二滴——二更时分。

④ 儽(lěi)然而殆——十分困倦。

也，吾妻可以却之。"乃如其言，脱妻缚。妻荷戈往。巨人怒，吸吞之。从愈骇。某曰："既杀吾妻，是须吾子。"乃复出其子，又被吞，如前状。众各对觑，莫知所为。某泣且怒曰："既杀我妻，又杀吾子，情何以甘！然非某自往不可也。"众果出诸笼，授之刃而遣之。巨人盛气而逆。格斗移时，巨人抓攫入口，伸颈咽下，从容竟去。

双 灯

魏运旺，益都[①]之盆泉人，故世族大家也。后式微，不能供读。年二十余，废学，就岳业酤[②]。

一夕，魏独卧酒楼上，忽闻楼下踏蹴声。魏惊起悚听。声渐近，寻梯而上，步步繁响。无何，双婢挑灯，已至榻下。后一年少书生，导一女郎，近榻微笑。魏大愕怪。转知为狐，发毛森竖，俯首不敢睨。书生笑曰："君勿见猜。舍妹与有前因，便合奉事。"魏视书生，锦貂炫目，自惭形秽，靦颜不知所对。书生率婢子遗灯竟去。

魏细瞻女郎，楚楚若仙，心甚悦之。然惭怍不能作游语[③]。女郎顾笑曰："君非抱本头者[④]，何作措大[⑤]气？"遽近枕席，暖手于怀。魏始为之破颜，捋裤相嘲，遂与狎昵。晓钟未发，双鬟即来引去。复订夜约。至晚，女果至，笑曰："痴郎何福，不费一钱，得如此佳妇，夜夜自投到也。"魏喜无人，置酒与饮，赌藏枚[⑥]。女子十有九赢。乃笑曰："不如妾约[⑦]枚子，君自猜之，中则胜，否则负。若使妾猜，君当无赢时。"遂如其言，通夕为乐。即而将寝，曰："昨宵衾褥涩冷，令人不可耐。"遂唤婢襆被来，展布榻间，

① 益都——今山东益都县。
② 就岳业酤——随岳父卖酒。
③ 游语——戏谑语。
④ 抱本头者——死读书的呆子。
⑤ 措大——贫困失意的读书人。
⑥ 藏枚——旧时猜赌的一种游戏。
⑦ 约——握。

绮縠香奁。顷之，缓带交偎，口脂浓射，真不数汉家温柔乡①也。自此，遂以为常。

后半年，魏归家。适月夜与妻话窗间，忽见女郎华妆坐墙头，以手相招。魏近就之。女援之，逾垣而出，把手而告曰："今与君别矣。请送我数武，以表半载绸缪之义②。"魏惊叩其故，女曰："姻缘自有定数，何待说也。"语次，至村外，前婢挑双灯以待；竟赴南山，登高处，乃辞魏言别。魏留之不得，遂去。魏伫立徬徨，遥见双灯明灭，渐远不可睹，怏郁而反。是夜山头灯火，村人悉望见之。

捉鬼射狐

李公著明，睢宁令襟卓先生③公子也。为人豪爽无馁怯。为新城王季良先生内弟。先生家多楼阁，往往睹怪异。公常暑月寄宿，爱阁上晚凉。或告之异，公笑不听，固命设榻。主人如请。嘱仆辈伴公寝，公辞，言："喜独宿，生平不解怖。"主人乃使炷息香④于炉，请衽何趾⑤，始息烛覆扉而去。公即枕移时，于月色中，见几上茗瓯，倾侧旋转，不堕亦不休。公咄之，铿然立止。即若有人拔香炷，炫摇空际，纵横作花缕。公起叱曰："何物鬼魅敢尔！"裸裼⑥下榻，欲就捉之。以足觅床下，仅得一履；不暇冥搜，赤足挝摇处，炷顿插炉，竟寂无兆。公俯身遍摸暗陬，忽一物腾击颊上，觉似履状；索之，亦殊不得。乃启覆下楼，呼从人爇火以烛，空无一物，乃复就寝。既明，使数人搜屦，翻席倒榻，不知所在。主人为公易屦。越日，偶一仰首，见一履夹塞椽间；挑拨而下，则公履也。

公益都人，侨居于淄⑦之孙氏第。第綦阔，皆置闲旷，公仅居其半。

① 汉家温柔乡——美女迷人的境界。
② 绸缪之义——夫妻之情。
③ 襟卓先生——即李襟卓，山东益都人，曾任睢宁(今江苏睢宁县)县令。
④ 息香——一种据说能辟邪的香。
⑤ 请衽何趾——客套话，即如何睡觉休息。
⑥ 裸裼(xī)——光着身子。
⑦ 淄——即淄川(今山东淄博市)县。

南院临高阁，止隔一堵。时见阁扉自启闭，公亦不置念。偶与家人话于庭，阁门开，忽有一小人，面北而坐，身不盈三尺，绿袍白袜。众指顾之，亦不动。公曰："此狐也。"急取弓矢，对关①欲射。小人见之，哑哑作揶揄声，遂不复见。公捉刀登阁，且骂且搜，竟无所睹，乃返。异遂绝。公居数年，安妥无恙。公长公②友三，为余姻家，其所目触。

异史氏曰："予生也晚，未得奉公杖屦，然闻之父老，大约慷慨刚毅丈夫也。观此二事，大概可睹。浩然中存，鬼狐何为乎哉！"

蹇偿债

李公著明，慷慨好施。乡人某，佣居公室。其人少游惰，不能操农业，家窭贫。然小有技能，常为役务，每赉之厚。时无晨炊，向公哀乞，公辄给以升斗。一日，告公曰："小人日受厚恤，三四口幸不殍饿；然曷可以久？乞主人贷我菉豆③一石作资本。"公忻然立命授之。某负去，年余，一无所偿。及问之，豆资已荡然矣。公怜其贫，亦置不索。

公读书于萧寺④。后三年余，忽梦某来曰："小人负主人豆直，今来投偿。"公慰之曰："若索尔偿，则平日所负欠者，何可算数？"某愀然曰："固然。凡人有所为而受人千金，可不报也。若无端受人资助，升斗且不容昧，况其多哉！"言已，竟去。公愈疑。既而家人白公："夜牝驴产一驹，且修伟。"公忽悟曰："得毋驹为某耶？"越数日归，见驹，戏呼其名。驹奔赴，如有知识。自此遂以为名。

公乘赴青州，衡府⑤内监见而悦之，愿以重价购之，议直未定。适公以家中急务不及待，遂归。又逾岁，驹与雄马同枥，龁折胫骨，不可疗。有

---

① 关——此指阁门。
② 长公——长子。
③ 菉豆——绿豆。
④ 萧寺——佛寺。
⑤ 衡府——指明宪宗第七子衡恭王朱祐楎的王府。

牛医[1]至公家,见之,谓公曰:"乞以驹付小人,朝夕疗养,需以岁月。万一得痊,得直与公剖分之。"公如所请。后数月,牛医售驹,得钱千八百,以半献公。公受钱,顿悟,其数适符豆价也。噫!昭昭之债,而冥冥之偿,此足以劝[2]矣。

头滚

苏孝廉贞下[3]封公[4]昼卧,见一人头从地中出,其大如斛,在床下旋转不已。惊而中疾,遂以不起。后其次公[5]就荡妇宿,罹杀身之祸,其兆于此耶?

鬼作筵

杜秀才九畹,内人病。会重阳[6],为友人招作茱萸会[7]。早兴,盥已,告妻所往。冠服欲出,忽见妻昏愦,絮絮若与人言。杜异之,就问卧榻。妻辄"儿"呼之。家人心知其异。时杜有母柩未殡,疑其灵爽[8]所凭。杜视曰:"得勿吾母耶?"妻骂曰:"畜产!何不识尔父?"杜曰:"既为吾父,何乃归家祟儿妇?"妻呼小字[9]曰:"我专为儿妇来,何反怨恨?儿妇应即死;有四人来勾致[10],首者张怀玉。我万端哀乞,甫能得允遂。我许小馈送,

① 牛医——兽医。
② 劝——鼓励人向上。
③ 苏孝廉贞下——即苏贞下,清初举人。
④ 封公——指苏父曾受封赠。
⑤ 次公——即二公子,苏之弟。
⑥ 重阳——即重阳节,农历九月九日。
⑦ 茱萸(zhū yú)会——指人们在重阳节这一天登山饮菊花酒。
⑧ 灵爽——此指鬼魂。
⑨ 小字——乳名或小名。
⑩ 勾致——拘捕。

便宜付之。”杜如言，于门外焚钱纸。妻又言曰：“四人去矣。彼不忍违吾面目，三日后，当治具酬之。尔母老，龙钟不能料理中馈①。及期，尚烦儿妇一往。”杜曰：“幽冥殊途，安能代庖？望父恕宥。”妻曰：“儿勿惧，去去即复返。此为渠事，当毋惮劳。”言已，即冥然，良久乃苏。杜问所言，茫不记忆。但曰：“适见四人来，欲捉我去。幸阿翁哀请，且解囊赂之，始去。我见阿翁镪袱尚余二铤，欲窃取一铤来，作糊口计。翁窥见，叱曰：‘尔欲何为！此物岂尔所可用耶！’我乃敛手未敢动。”杜以妻病革②，疑信参半。越三日，方笑语间，忽瞪目久之，语曰：“尔妇綦贪，曩见我白金，便生觊觎③。然大要④以贫故，亦不足怪。将以妇去，为我敦庖务⑤，勿虑也。”言甫毕，奄然竟毙。约半日许，始醒，告杜曰：“适阿翁呼我去，谓曰：‘不用尔操作，我烹调自有人，只须坚坐指挥足矣。我冥中喜丰满，诸物馔都覆器外，切宜记之。’我诺。至厨下，见二妇操刀砧于中，俱绀帔而绿缘之⑥，呼我以嫂。每盛炙于簋，必请觇视。曩四人都在筵中。进馔既毕，酒具已列器中，翁乃命我还。”杜大愕异，每语同人。

胡四相公

莱芜⑦张虚一者，学使张道一之仲兄也。性豪放自纵。闻邑中某氏宅，为狐狸所居，敬怀刺往谒，冀一见之。投刺⑧隙中。移时，扉自辟。仆者大愕，却退。张肃衣敬入，见堂中几榻宛然，而阒寂⑨无人，揖而祝曰：“小生斋宿而来，仙人既不以门外见斥，何不竟赐光霁？”忽闻虚室中有人

---

① 中馈——家庭饮食之事。
② 病革(jí)——病危。
③ 觊觎(jì yú)——非分企图。
④ 大要——大概。
⑤ 敦(duī)庖务——照管吃喝事。
⑥ 绀(gàn)帔而绿缘之——天青色帔肩，嵌以绿边。
⑦ 莱芜——县名，今属山东省。
⑧ 刺——名帖。
⑨ 阒(qù)寂——寂静无声。

言曰："劳君枉驾，可谓跫然足音①矣。请坐赐教。"即见两座自移相向。甫坐，即有镂漆硃盘，贮双茗盏，悬目前。各取对饮，吸呖有声，而终不见其人。茶已，继之以酒。细审官阀，曰："弟姓胡氏，于行为四；曰相公②，从人所呼也。"于是酬酢议论，意气颇洽。鳖羞鹿脯，杂以芗蓼③。进酒行炙者，似小辈④甚伙。酒后颇思茶，意才少动，香茗已置几上。凡有所思，无不应念而至。张大悦，尽醉始归。自是三数日必一访胡，胡亦时至张家，并如主客往来礼。

一日，张问胡曰："南城中巫媪，日托狐神渔病家利⑤。不知其家狐，君识之否？"曰："彼妄耳，实无狐。"少间，张起溲溺，闻小语曰："适所言南城狐巫，未知何如人。小人欲从先生往观之，烦一言请于主人。"张知为小狐，乃应曰："诺。"即席而请于狐曰："我欲得足下服役者一二辈，往探狐巫，敬请君命。"狐固言不必，张言之再三，乃许之。既而张出，马自至，如有控者。即骑而行，狐相语于途，谓张曰："后先生于道途间，觉有细沙散落衣襟上，便是吾辈从也。"语次入城，至巫家。巫见张至，笑逆曰："贵人何忽得临？"张曰："闻尔家狐子大灵应，果否？"巫正容曰："若个蹀躞⑥语，不宜贵人出得！何便言狐子？恐吾家花姊不欢！"言未已，空中发半砖来，中巫臂，踉蹡欲跌。惊谓张曰："官人何得抛击老身也？"张笑曰："婆子盲也！几曾见自己额颅破，冤诬袖手者？"巫错愕不知所出。正回惑间，又一石子落，中巫，颠蹶；秽泥乱坠，涂巫面如鬼。惟哀号乞命。张请恕之，乃止。巫急起奔，遁房中，阖户不敢出。张呼与语曰："尔狐如我狐否？"巫惟谢过。张仰首望空中，戒勿复伤巫，巫始惕惕而出。张笑谕之，乃还。

由是每独行于途。觉尘沙淅淅然，则呼狐语，辄应不讹。虎狼暴客，恃以无恐。如是年余，愈与胡莫逆。尝问其甲子⑦，殊不自记忆，但言：

---

① 跫(qióng)然足音——因听到脚步声而兴奋。
② 相公——年轻人的尊称。
③ 芗蓼——香料，调味用。
④ 小辈——小厮。
⑤ 渔病家利——向病人家勒索财物。
⑥ 蹀躞——同"媟亵"，狎侮。
⑦ 甲子——年龄。

"见黄巢①反,犹如昨日。"一夕共话,忽墙头苏然作响,其声甚厉。张异之,胡曰:"此必家兄。"张言:"何不邀来共坐?"曰:"伊道颇浅,只好攫鸡啖,便了足耳。"张谓狐曰:"交情之好,如吾两人,可云无憾;终未一见颜色,殊属恨事。"胡曰:"但得交好足矣,见面何为?"一日,置酒邀张,且告别。问:"将何往?"曰:"弟陕中产,将归去矣。君每以对面不觌为憾,今请一识数岁之友,他日可相认耳。"张四顾都无所见。胡曰:"君试开寝室门,则弟在焉。"张即推扉一觑,则内有美少年,相视而笑。衣裳楚楚,眉目如画,转瞬之间,不复睹矣。张反身而行,即有履声藉藉随其后,曰:"今日释君憾矣。"张依恋不忍别。狐曰:"离合自有数,何容介介。"乃以巨觥劝酒。饮至中夜,始以纱烛导张归。及明往探,则空屋冷落而已。

后道一先生为西川学使②。张清贫犹昔,因往视弟,愿望颇奢。月余而归,甚违初意,咨嗟马上,嗒丧若偶。忽一少年骑青驹,蹑其后。张回顾,见裘马甚丽,意亦骚雅,遂与语间,少年察张不豫,诘之。张因欷歔而告以故。少年亦为慰藉。同行里许,至歧路中,少年乃拱手而别,曰:"前途有一人,寄君故人一物,乞笑纳也。"复欲询之,驰马径去。张莫解所由。又二三里许,见一苍头,持小簏③子,献于马前,曰:"胡四相公敬致先生。"张豁然顿悟。受而开视,则白镪满中。及顾苍头,不知所之矣。

念秧

异史氏曰:人情鬼蜮④,所在皆然;南北冲衢⑤,其害尤烈。如强弓怒马,御人于国门之外者⑥,夫人而知之矣。或有劙⑦囊刺橐,攫货于市,行人回首,财货已空,此非鬼蜮之尤者耶?乃又有萍水相逢,甘言如醴,其来

---

① 黄巢——唐末农民暴动首领。

② 西川学使——即四川学使。

③ 簏——圆形小筐。

④ 鬼蜮——传说中伏在水中含沙射影以害人的一种动物。

⑤ 冲衢——交通要道。

⑥ 御人于国门之外者——在郊野以武力打劫。

⑦ 劙(lí)——割。

也渐,其入也深。误认倾盖之交①,遂罹丧资之祸。随机设阱,情状不一;俗以其言辞浸润,名曰"念秧"。今北途多有之,遭其害者尤众。

余乡王子巽②者,邑诸生。有族先生在都为旗籍太史③,将往探讯。治装北上,出济南,行数里,有一人跨黑卫,驰与同行。时以闲语相引,王颇与问答。其人自言:"张姓,为栖霞④隶,被令公差赴都。"称谓㧑卑⑤,祗奉殷勤。相从数十里,约以同宿。王在前,则策蹇追及;在后,则祗候道左。仆疑之,因厉色拒去,不使相从。张颇自惭,挥鞭遂去。既暮,休于旅舍,偶步门庭,则见张就外舍饮。方惊疑间,张望见王,垂手拱立,谦若厮仆,稍稍问讯。王亦以泛泛适相值,不为疑,然王仆终夜戒备之。鸡既唱,张来呼与同行。仆咄绝之,乃去。

朝暾已上,王始就道。行半日许,前一人跨白卫,年四十已来,衣帽整洁;垂首蹇分,盹寐欲堕。或先之,或后之,因循十数里。王怪问:"夜何作,致迷顿乃尔?"其人闻之,猛然欠伸,言:"我青苑⑥人,许姓。临淄令高檠⑦是我中表。家兄设帐于官署,我往探省,少获馈贻。今夜旅舍,误同念秧者宿,惊惕不敢交睫,遂致白昼迷闷。"王故问:"念秧何说?"许曰:"君客时少,未知险诈。今有匪类,以甘言诱行旅,夤缘⑧与同休止,因而乘机骗赚。昨有葭莩亲,以此丧资斧。吾等皆宜警备。"王颔之。先是,临淄宰与王有旧,王曾入其幕,识其门客果有许姓,遂不复疑。因道温凉,兼询其兄况。许约暮共主人⑨,王诺之。仆终疑其伪,阴与主人谋,迟留不进,相失,遂杳。

翼日,日卓午⑩,又遇一少年,年可十六七,骑健骡,冠服秀整,貌甚

---

① 倾盖之交——交往不深,指误将初交视为知己。

② 王子巽——即王敏入,淄川人,有孝名。

③ 旗籍太史——隶籍八旗的翰林院官员。

④ 栖霞——县名,今属山东省。

⑤ 㧑(huī)卑——谦卑。

⑥ 青苑——即清苑(今河北清苑县)。

⑦ 高檠——清苑人,曾官至知县。

⑧ 夤缘——拉关系。

⑨ 共主人——同宿一店。

⑩ 卓午——正午。

都。同行久之，未尝交一言。日既西，少年忽言曰：“前去曲律店①不远矣。”王微应之。少年因咨嗟欷歔，如不自胜。王略致诘问。少年叹曰：“仆江南金姓。三年膏火，冀博一第，不图竟落孙山！家兄为部中主政②，遂载细小来，冀得排遣。生平不习跋涉，扑面尘沙，使人薅恼③。”因取红巾拭面，叹咤不已。听其语，操南音，娇婉若女子。王心好之，稍稍慰藉。少年曰：“适先驰出，眷口久望不来，何仆辈亦无至者？日已将暮，奈何！”迟留瞻望，行甚缓。王遂先驱，相去渐远。

晚投旅邸，既入舍，则壁下一床，先有客解装其上。王问主人。即有一人入，携之而出，曰：“但请安置，当即移他所。”王视之，则许也。王止与同舍，许遂止。因与坐谈。少间，又有携装入者，见王、许在舍，返身遽出，曰：“已有客在。”王审视，则途中少年也。王未言，许急起曳留之，少年遂坐。许乃展问邦族，少年又以途中言为许告。俄顷，解囊出资，堆累颇重；秤两余，付主人，嘱治肴酒，以供夜话。二人争劝止之，卒不听。俄而酒炙并陈。筵间，少年论文甚风雅。王问江南闱中题，少年悉告之。且自诵其承破④，及篇中得意之句。言已，意甚不平。共扼腕之。少年又以家口相失，夜无仆役，患不解牧圉⑤。王因命仆代摄莝豆⑥。少年深感谢。

居无何，忽蹴然曰：“生平蹇滞，出门亦无好况。昨夜逆旅与恶人居，掷骰叫呼，聒耳沸心，使人不眠。”南音呼骰为兜，许不解，固问之。少年手摹其状。许乃笑，于橐中出色一枚，曰：“是此物否？”少年诺。许乃以色⑦为令，相欢饮。酒既阑，许请共掷，赢一东道主。王辞不解。许乃与少年相对呼卢，又阴嘱王曰：“君勿漏言。蛮公子颇充裕，年又雏，未必深解五木诀⑧。我赢些须，明当奉屈耳。”二人乃入隔舍。旋闻轰赌甚闹，王潜窥之，见栖霞隶亦在其中。大疑，展衾自卧。又移时，众共拉王赌。王

---

① 曲律店——地名。

② 主政——主事。

③ 薅(hāo)恼——烦恼。

④ 承破——承，即承题；破，即破题，均指八股文。

⑤ 不解牧圉(yǔ)——不懂喂马。

⑥ 莝(cuò)豆——牲畜草料。

⑦ 色——赌具，即色子。

⑧ 五木诀——赌博技巧。

坚辞不解。许愿代辨枭雉①,王又不肯,遂强代王掷。少间,就榻报王曰:“汝赢几筹矣。”王睡梦应之。

忽数人排闼而入,番语啁嗻②。前者言佟姓,为旗下逻捉赌者。时赌禁甚严,各大惶恐。佟大声吓王,王亦以太史旗号相抵。佟怒解,与王叙同籍,笑请复博为戏。众果复赌,佟亦赌。王谓许曰:“胜负我不预闻。但愿睡,无相溷。”许不听,仍往来报之。既散局,各计筹马,王负欠颇多。佟遂搜王装橐取偿。王愤起相急。金捉王臂,阴告曰:“彼都匪人,其情叵测。我辈乃文字交,无不相顾。适局中我赢得如干数,可相抵;此当取偿许君者,今请易之:便令许偿佟,君偿我。弗过暂掩人耳目,过此仍以相还。终不然,以道义之友,遂实取君偿耶?”王故长厚,亦遂信之。少年出,以相易之谋告佟。乃对众发王装物,估入己橐。佟乃转索许、张而去。

少年遂襆被来,与王连枕;衾褥皆精美。王亦招仆人卧榻上,各默然安枕。久之,少年故作转侧,以下体暱就仆。仆移身避之;少年又近就之,肤着股际,滑腻如脂。仆心动,试与狎;而少年殷勤甚至,衾息鸣动。王颇闻之,虽甚骇怪,而终不疑其有他也。昧爽,少年即起,促与早行。且云:“君蹇疲殆,夜所寄物,前途请相授耳。”王尚无言,少年已加装登骑。王不得已,从之。骡行驶,去渐远。王料其前途相待,初不为意。因以夜间所闻问仆,仆实告之。王始惊曰:“今被念秧者骗矣!焉有宦室名士,而毛遂③于圉仆者?”又转念其谈词风雅,非念秧者所能。急追数十里,踪迹殊杳。始悟张、许、佟皆其一党,一局不行,又易一局,务求其必入也。偿责易装,已伏一图赖之机;设其携装之计不行,亦必执前说篡夺而去。为数十金,委缀数百里;恐仆发其事,而以身交欢之,其术亦苦矣。

后数年,而有吴生之事。

邑有吴生,字安仁。三十丧偶,独宿空斋。有秀才来与谈,遂相知悦。从一小奴,名鬼头,亦与吴僮报儿善。久而知其为狐。吴远游,必与俱。同室之中,人不能睹。吴客都中,将旋里,闻王生遭念秧之祸,因戒僮警备。狐笑言:“勿须,此行无不利。”

---

① 枭雉——赌采名,代指输赢。

② 番语啁嗻(zhāo zhà)——呜哩哇啦的满语。

③ 毛遂——借指主动亲昵仆人。

至涿①，一人系马坐烟肆②，裘服济楚③。见吴过，亦起，超乘从之。渐与吴语，自言："山东黄姓，提堂户部④。将东归，且喜同途不孤寂。"于是吴止亦止；每共食，必代吴偿值。吴阳感而阴疑之。私以问狐，狐但言："不妨。"吴意乃释。及晚，同寻寓所，先有美少年坐其中。黄入，与拱手为礼。喜问少年："何时离都？"答云："昨日。"黄遂拉与共寓。向吴曰："此史郎，我中表弟，亦文士，可佐君子谈骚雅⑤，夜话当不寥落。"乃出金资，治具共饮。少年风流蕴藉，遂与吴大相爱悦。饮间，辄目示吴作觞弊⑥，罚黄，强使釂，鼓掌作笑。吴益悦之。既而史与黄谋博赌，共牵吴，遂各出橐金为质。狐嘱报儿暗锁板扉，嘱吴曰："倘闻人喧，但寐无吪⑦。"吴诺。吴每掷，小注则输，大注辄赢。更余，计得二百金。史、黄错囊垂罄，议质其马。忽闻挝门声甚厉，吴急起，投色于火，蒙被假卧。久之，闻主人觅钥不得，破扃起关，有数人汹汹入，搜捉博者。史、黄并言无有。一人竟捋吴被，指为赌者。吴叱咄之。数人强检吴装。方不能与之撑拒，忽闻门外舆马呵殿声。吴急出鸣呼，众始惧，曳入之，但求勿声。吴乃从容苞苴⑧付主人。卤簿⑨既远，众乃出门去。黄与史共作惊喜状，取次觅寝。黄命史与吴同榻。吴以腰橐⑩置枕头，方命被而睡。无何，史启吴衾，裸体入怀，小语曰："爱兄磊落，愿从交好。"吴心知其诈，然计亦良得，遂相偎抱。史极力周奉，不料吴固伟男，大为凿枘⑪，嚬呻殆不可任，窃窃哀免。吴固求讫事。手扪之，血流漂杵矣。乃释令归。及明，史惫不能起，托言暴病，但请吴、黄先发。吴临别，赠金为药饵之费。途中语狐，乃

---

① 涿——今河北涿县。

② 烟肆——烟店。

③ 济楚——整齐鲜明。

④ 提堂户部——受本省督抚委派赴户部送公文的专使。

⑤ 骚雅——代指诗文。

⑥ 作觞弊——喝酒时舞弊。

⑦ 吪——喊叫。

⑧ 苞苴——指包袱、行李。

⑨ 卤簿——官员的侍从。

⑩ 橐——此指钱袋。

⑪ 凿枘——难以相容纳。

知夜来卤簿，皆狐为也。

黄于途，益谄事吴。暮复同舍，斗室甚隘，仅容一榻；颇暖洁，而吴狭之。黄曰："此卧两人则隘，君自卧则宽，何妨?"食已，径去。吴亦喜独宿可接狐友。坐良久，狐不至。倏闻壁上小扉，有指弹声。吴拔关探视，一少女艳妆遽入，自扃门户，向吴展笑，佳丽如仙。吴喜致研诘，则主人之子妇也。遂与狎，大相爱悦。女忽潸然泣下。吴惊问之，女曰："不敢隐匿，妾实主人遣以饵君者。曩时入室，即被掩执；不知今宵何久不至?"又呜咽曰："妾良家女，情所不甘。今已倾心于君，乞垂拔救!"吴闻骇惧，计无所出，但遣速去。女惟俯首泣。忽闻黄与主人搥[①]阖鼎沸。但闻黄曰："我一路祗奉，谓汝为人，何遂诱我弟室[②]!"吴惧，逼女令去。闻壁扉外亦有腾击声。吴仓卒汗如流沛，女亦伏泣。又闻有人劝止主人。主人不听，椎[③]门愈急。劝者曰："请问主人，意将胡为?如欲杀耶，有我等客数辈，必不坐视凶暴。如两人中有一逃者，抵罪安所辞?如欲质之公庭耶，帷薄不修[④]，适以取辱。且尔宿行旅，明明陷诈，安保女子无言?"主人张目不能语。吴闻，窃感佩，而不知其谁。初，肆门将闭，即有秀才共一仆来，就外舍宿。携有香酝，遍酌同舍，劝黄及主尤殷。两人辞欲起，秀才牵裾，苦不令去。后乘间得遁，操杖奔吴所。秀才闻喧，始入劝解。吴伏窗窥之，则狐友也，心窃喜。又见主人意稍夺，乃大言以恐之。又谓女子："何默不一言?"女啼曰："恨不如人，为人驱役贱务!"主人闻之，面如死灰。秀才叱骂曰："尔辈禽兽之情，亦已毕露。此客子所共愤者!"黄及主人皆释刀杖，长跽而请。吴亦启户出，顿大怒詈。秀才又劝止吴，两始和解。女子又啼，宁死不归。内奔出妪婢，捽女令入。女子卧地，哭益哀。秀才劝主人重价货吴生。主人俯首曰："作老娘三十年，今日倒绷孩儿[⑤]，亦复何说。"遂依秀才言。吴固不肯破重资；秀才调停主客间，议定五十金。人财交付后，晨钟已动，乃共促装，载女子以行。

---

① 搥——通"敲"。
② 弟室——弟之妻。
③ 椎——同⑤。
④ 帷薄不修——家中性生活淫乱。
⑤ 作老娘三十年，今日倒绷孩儿——当时民谚，轻车熟路，谁料翻车。

女未经鞍马，驰驱颇殆。午间，稍休憩。将行，唤报儿，不知所往。日已西斜，尚无迹响，颇怀疑讶，遂以问狐。狐曰："无忧，将自至矣。"星月已出，报儿始至。吴诘之，报儿笑曰："公子以五十金肥奸伧①，窃所不平。适与鬼头计，反身索得。"遂以金置几上。吴惊问其故，盖鬼头知女止一兄，远出十余年不返，遂幻化作其兄状，使报儿冒弟行，入门索姊妹。主人惶恐，诡托病殂。二僮欲质官，主人益惧，啖之以金，渐增至四十，二僮乃行。报儿具述其故。吴即赐之。吴归，琴瑟綦笃。家益富。细诘女子，曩美少年即其夫，盖史即金也。袭一槲绸②帔，云是得之山东王姓者。盖其党与甚众，逆旅主人，皆其一类。何意吴生所遇，即王子巽连天叫苦之人，不亦快哉！旨哉古言③："骑者善堕④。"

蛙　曲

王子巽言："在都时，曾见一人作剧⑤于市。携木盒作格，凡十有二孔；每孔伏蛙。以细杖敲其首，辄哇然作鸣。或与金钱，则乱击蛙顶，如拊云锣⑥，宫商⑦词曲，了了可辨。"

鼠　戏

又言："一人在长安市上卖鼠戏⑧。背负一囊，中蓄小鼠十余头。每

---

① 奸伧——奸诈小人。
② 槲绸——以槲蚕织成的一种丝织品。
③ 旨哉古言——古语讲得好呀。
④ 骑者善堕——会骑马的人才挨摔。
⑤ 作剧——玩杂耍。
⑥ 如拊云锣——如敲云锣一般。
⑦ 宫商——代指声调。
⑧ 卖鼠戏——以耍鼠赚钱。

于稠人中，出小木架，置肩上，俨如戏楼状。乃拍鼓板，唱古杂剧①。歌声甫动，则有鼠自囊中出，蒙假面②，被小装服，自背登楼，人立而舞。男女悲欢，悉合剧中关目③。”

泥 书 生

罗村④有陈代者，少蠢陋。娶妻某氏，颇丽。自以婿不如人，郁郁不得志，然贞洁自持，婆媳亦相安。一夕独宿，忽闻风动扉开，一书生入，脱衣巾，就妇共寝。妇骇惧，苦相拒；而肌骨顿爽，听其狎亵而去。自是恒无虚夕。月余，形容枯瘁。母怪问之。初惭怍不欲言；固问，始以情告。母骇曰：“此妖也！”百术为之禁咒，终亦不能绝。乃使代伏匿室中，操杖以伺。夜分，书生果复来，置冠几上；又脱袍服，搭椸架⑤间。才欲登榻，忽惊曰：“咄咄！有生人气！”急复披衣。代暗中暴起，击中腰胁，塔然作声。四壁张顾，书生已渺。束薪爇照，泥衣一片堕地上，案头泥巾犹存。

土地夫人

窎桥⑥王炳者，出村，见土地神祠中出一美人，顾盼甚殷。挑以亵语，欢然乐受。狎昵无所，遂期夜奔。炳因告以居止。至夜，果至，极相悦爱。问其姓名，固不以告。由此往来不绝。时炳与妻共榻，美人亦必来与交，妻竟不觉其有人。炳讶问之。美人曰：“我土地夫人也。”炳大骇，亟欲绝之，而百计不能阻。因循半载，病惫不起。美人来更频，家人都能见之。

---

① 古杂剧——古代曲目。

② 假面——面具。

③ 关目——情节。

④ 罗村——今属淄博市。

⑤ 椸（yí）架——衣架。

⑥ 窎（diào）桥——村名，今属淄博市。

未几，炳果卒。美人犹日一至。炳妻叱之曰："淫鬼不自羞！人已死矣，复来何为？"美人遂去，不返。

土地虽小，亦神也，岂有任妇自奔者？愦愦①应不至此。不知何物淫昏，遂使千古下谓此村有污贱不谨之神。冤矣哉！

济南道人

济南道人者，不知何许人，亦不详其姓氏。冬夏着一单袷衣②，系黄绦③，无袴襦④。每用半梳梳发，即以齿衔髻际⑤，如冠状。日赤脚行市上；夜卧街头，离身数尺外，冰雪尽镕。初来，辄对人作幻剧，市人争贻⑥之。有井曲无赖子，遗以酒，求传其术，弗许。遇道人浴于河津，骤抱其衣以胁之。道人揖曰："请以赐还，当不吝术。"无赖者恐其绐⑦，固不肯释。道人曰："果不相授耶？"曰："然。"道人默不与语；俄见黄绦化为蛇，围可数握，绕其身六七匝，怒目昂首，吐舌相向。某大愕，长跪，色青气促，惟言乞命。道人乃竟取绦。绦竟非蛇；另有一蛇，蜿蜒入城去。由是道人之名益著。

缙绅家闻其异，招与游，从此往来乡先生⑧门。司、道⑨俱耳其名，每宴集，辄以道人从。一日，道人请于水面亭⑩报诸宪⑪之饮。至期，各于

---

① 愦愦——糊涂。
② 袷(jiá)衣——单衣。
③ 黄绦——黄色腰带。
④ 袴襦——套裤为袴，短袄为襦。
⑤ 以齿衔髻际——将梳子插在发髻上。
⑥ 贻——施舍，赠送。
⑦ 绐——欺骗。
⑧ 乡先生——年老辞官乡居之人。
⑨ 司、道——指布政司、按察司属下官员。
⑩ 水面亭——济南大明湖上。
⑪ 诸宪——指司、道官员。

案头得道人速客函,亦不知所由至。诸客赴宴所,道人伛偻[1]出迎。既入,则空亭寂然,榻几未设,或疑其妄。道人顾官宰曰:“贫道无僮仆,烦借诸扈从,少代奔走。”官宰共诺之。道人于壁上绘双扉,以手挝之。内有应门者,振管而启。共趋觇望,则见憧憧者往来于中;屏幔床几,亦复都有。即有人传送门外。道人命吏胥辈接列亭中,且嘱勿与内人[2]交语。两相授受,惟顾而笑。顷刻,陈设满亭,穷极奢丽。既而旨酒散馥,热炙腾熏,皆自壁中传递而出。座客无不骇异。亭故背湖水,每六月时,荷花数十顷,一望无际。宴时方凌冬,窗外茫茫,惟有烟绿[3]。一官偶叹曰:“此日佳集,可惜无莲花点缀!”众俱唯唯。少顷,一青衣吏奔白:“荷叶满塘矣!”一座皆惊。推窗眺瞩,果见弥望青葱,间以菡萏[4]。转瞬间,万枝千朵,一齐都开;朔风吹面,荷香沁脑。群以为异。遣吏人荡舟采莲。遥见吏人入花深处;少间返棹,素手来见。官诘之,吏曰:“小人乘舟去,见花在远际;渐至北岸,又转遥遥在南荡中。”道人笑曰:“此幻梦之空花耳。”无何,酒阑,荷亦凋谢;北风骤起,摧折荷盖,无复存矣。

济东观察[5]公甚悦之,携归署,日与狎玩。一日,公与客饮。公故有家传良酝,每以一斗为率,不肯供浪饮。是日,客饮而甘之,固索倾酿。公坚以既尽为辞。道人笑谓客曰:“君必欲满老饕[6],索之贫道而可。”客请之。道人以壶入袖中,少刻出,遍斟坐上,与公所藏,更无殊别。尽欢始罢。公疑焉,入视酒瓻[7],则封固宛然,而空无物矣。心窃愧怒,执以为妖,笞之。杖才加,公觉股暴痛;再加,臀肉欲裂。道人虽声嘶阶下,观察已血殷坐上。乃止不笞,逐令去。道人遂离济,不知所往。后有人遇于金陵,衣装如故,问之,笑不语。

---

① 伛偻——喻恭敬。
② 内人——指壁中人。
③ 烟绿——水雾笼罩绿波。
④ 菡萏(hàn dàn)——荷花。
⑤ 观察——道员。
⑥ 老饕(tāo)——指馋欲。
⑦ 瓻(chī)——酒具。

酒狂

缪永定，江西拔贡生①。素酗于酒，戚党多畏避之。偶适族叔家。缪为人滑稽善谑，客与语，悦之，遂共酣饮。缪醉，使酒骂坐，忤客。客怒，一坐大哗。叔以身左右排解。缪谓左袒客，又益迁怒。叔无计，奔告其家。家人来，扶捽以归。才置床上，四肢尽厥②；抚之，奄然气尽。

缪死，有皂帽人絷去。移时，至一府署，缥碧③为瓦，世间无其壮丽。至墀下，似欲伺见官宰。自思：我罪伊何，当是客讼斗殴。回顾皂帽人，怒目如牛，又不敢问。然自度：贡生与人角口，或无大罪。忽堂上一吏宣言，使讼狱者翼日早候。于是堂下人纷纷藉藉，如鸟兽散。缪亦随皂帽人出，更无归着，缩首立肆檐下。皂帽人怒曰："颠酒无赖子！日将暮，各去寻眠食，而何往？"缪战栗曰："我且不知何事，并未告家人，故毫无资斧，庸将焉归？"皂帽人曰："颠酒贼！若酤自啗，便有用度！再支吾④，老拳碎颠骨子⑤！"缪垂首不敢声。

忽一人自户内出，见缪，诧异曰："尔何来？"缪视之，则其母舅。舅贾氏，死已数载。缪视之，始恍然悟其已死，心益悲惧，向舅涕零曰："阿舅救我！"贾顾皂帽人曰："东灵非他⑥，屈临寒舍。"二人乃入。贾重揖皂帽人，且嘱青眼⑦。俄顷，出酒食，团坐相饮。贾问："舍甥何事，遂烦勾致？"皂帽人曰："大王⑧驾诣浮罗君⑨，遇令甥颠詈，使我捽得来。"贾问："见王未？"曰："浮罗君会花子案，驾未归。"又问："阿甥将得何罪？"答言："未

---

① 贡生——县学生员被选入京城者。
② 厥——僵直麻木。
③ 缥碧——淡青色。
④ 支吾——顶撞。
⑤ 颠骨子——醉鬼。
⑥ 东灵非他——东灵大王非同普通神。
⑦ 青眼——关照，垂青。
⑧ 大王——东灵大王神，道教所尊奉的男神。
⑨ 浮罗君——道教所尊奉之神。

可知也。然大王颇怒此等辈。"缪在侧,闻二人言,觳觫[①]汗下,杯箸不能举。无何,皂帽人起,谢曰:"叨盛酌,已经醉矣。即以令甥相付托。驾归,再容登访。"乃去。

贾谓缪曰:"甥别无兄弟,父母爱如掌上珠,常不忍一诃。十六七岁时,每三杯后,喃喃寻人疵;小不合,辄挞门裸骂。犹谓稚齿。不意别十余年,甥了不长进。今且奈何!"缪伏地哭,惟言悔无及。贾曳之曰:"舅在此业酤,颇有小声望,必合极力。适饮者乃东灵使者,舅常饮之酒,与舅颇相善。大王日万几[②],亦未必便能记忆。我委曲与言,浼以私意释甥去,或可允从。"即又转念曰:"此事担负颇重,非十万不能了也。"缪谢,锐然自任,诺之。缪即就舅氏宿。次日,皂帽人早来觇望。贾请间,语移时,来谓缪曰:"谐矣。少顷即复来。我先罄所有,用压契[③];余待甥归,从容凑致之。"缪喜曰:"共得几何?"曰:"十万。"曰:"甥何处得如许?"贾曰:"只金币钱纸百提[④],足矣。"缪喜曰:"此易办耳。"

待将亭午,皂帽人不至。缪欲出市上,少游瞩。贾嘱勿远荡,诺而出。见街里贸贩,一如人间。至一所,棘垣峻绝,似是囹圄。对门一酒肆,纷纷者往来颇伙。肆外一带长溪,黑潦[⑤]涌动,深不可底。方伫足窥探,闻肆内一人呼曰:"缪君何来?"缪急视之,则邻村翁生,故十年前文字交。趋出握手,欢若平生。即就肆内小酌,各道契阔。缪庆幸中,又逢故知,倾怀尽釂。酣醉,顿忘其死,旧态复作,渐絮絮瑕疵翁。翁曰:"数载不见,若复尔耶?"缪素厌人道其酒德[⑥],闻翁言,益愤,击桌顿骂。翁睨之,拂袖竟出。缪追至溪头,捋翁帽。翁怒曰:"是真妄人!"乃推缪颠堕溪中。溪水殊不甚深;而水中利刃如麻,刺穿胁胫,坚难动摇,痛彻骨脑。黑水半杂溲秽,随吸入喉,更不可过。岸上人观笑如堵,并无一引援者。时方危急,贾忽至。望见大惊,提携以归,曰:"子不可为也!死犹弗悟,不足复为人!

① 觳觫(hú sù)——恐惧状。
② 万几——通"万机",日理万机。
③ 压契——立文书所支付的费用。
④ 提——挂。
⑤ 潦——沟中流水。
⑥ 酒德——酒后的行为。

请仍从东灵受斧锧。”缪大惧，泣言：“知罪矣。”贾乃曰：“适东灵至，候汝为券，汝乃饮荡不归。渠忙迫不能待。我已立券，付千缗①令去；余者以旬尽为期。子归，宜急措置，夜于村外旷莽中，呼舅名焚之，此愿可结也。”缪悉应之。乃促之行。送之郊外，又嘱曰：“必勿食言累我。”乃示途令归。

时缪已僵卧三日，家人谓其醉死，而鼻息隐隐如悬丝。是日苏，大呕，呕出黑沈②数斗，臭不可闻。吐已，汗湿裀褥，身始凉爽。告家人以异。旋觉刺处痛肿，隔夜成疮，犹幸不大溃腐。十日渐能杖行。家人共乞偿冥负。缪计所费，非数金不能办，颇生吝惜，曰：“曩或醉梦之幻境耳。纵其不然，伊以私释我，何敢复使冥主知？”家人劝之，不听。然心惕惕然，不敢复纵饮。里党咸喜其进德，稍稍与共酌。年余，冥报渐忘，志渐肆，故状亦渐萌。一日，饮于子姓③之家，又骂主人座。主人摈斥出，阖户径去。缪噪逾时，其子方知，将扶而归。入室，面壁长跪，自投④无数，曰：“便偿尔负！便偿尔负！”言已，仆地。视之，气已绝矣。

---

① 缗——穿钱用的绳子。

② 沈——汁。

③ 子姓——同族晚辈。

④ 自投——自己趴下叩头。

中国古典文学名著丛书

聊斋志异

中

[清] 蒲松龄 著

華夏出版社
HUAXIA PUBLISHING HOUSE

中国古典文学名著丛书

聊斋志异

中

[清] 蒲松龄 著

華夏出版社
HUAXIA PUBLISHING HOUSE

卷　五

阳　武　侯

阳武侯薛公禄①，胶薛家岛人。父薛公最贫，牧牛乡先生②家。先生有荒田，公牧其处，辄见蛇兔斗草莱中，以为异；因请于主人为宅兆，构茅而居。后数年，太夫人临蓐，值雨骤至；适二指挥使③奉命稽海，出其途，避雨户中。见舍上鸦鹊群集，竞以翼覆漏处，异之。既而翁出，指挥问：“适何作？”因以产告。又询所产，曰：“男也。”指挥又益愕，曰：“是必极贵。不然，何以得我两指挥护守门户也？”咨嗟而去。

侯既长，垢面垂鼻涕，殊不聪颖。岛中薛姓，故隶军籍④。是年应翁家出一丁口戍辽阳，翁长子深以为忧。时侯十八岁，人以憨生，无与为婚。忽自谓兄曰：“大哥啾唧，得无以遣戍无人耶？”曰：“然。”笑曰：“若肯以婢子妻我，我当任此役。”兄喜，即配婢。侯遂携室赴戍所。行方数十里，暴雨忽集。途侧有危崖，夫妻奔避其下。少间，雨止，始复行。才及数武，崖石崩坠。居人遥望两虎跃出，逼附⑤两人而没。侯自此勇健非常，丰采顿异。后以军功封阳武侯世爵⑥。

至启、祯间⑦，袭侯某公薨⑧，无子，止有遗腹，因暂以旁支代。凡世封家进御者⑨，有娠即以上闻⑩，官遣媪伴守之，既产乃已。年余，夫人生

---

① 薛公禄——即薛禄，明初人，因军功授阳武侯。

② 乡先生——年老辞官乡居的人。

③ 指挥使——武官名。

④ 故隶军籍——原属军户。

⑤ 逼附——逼近依附。

⑥ 世爵——世代承袭爵位。

⑦ 启、祯间——明天启、崇祯年间。

⑧ 薨(hōng)——诸侯死称薨。

⑨ 世封家进御者——进奉给世代袭爵者的侍寝女子。

⑩ 上闻——奏报天子。

女。产后，腹犹震动，凡十五年，更数媪，又生男。应以嫡派赐爵。旁支噪之，以为非薛产。官收诸媪，械梏①百端，皆无异言。爵乃定。

赵城虎

赵城②妪，年七十余，止一子。一日入山，为虎所噬。妪悲痛，几不欲活，号啼而诉于宰。宰笑曰："虎何可以官法制之乎？"妪愈号咷，不能制之。宰叱之，亦不畏惧。又怜其老，不忍加威怒，遂诺为捉虎。媪伏不去，必待勾牒③出，乃肯行。宰无奈之，即问诸役，谁能往者。一隶名李能，醺醉，诣坐下，自言："能之。"持牒下，妪始去。隶醒而悔之；犹谓宰之伪局，姑以解妪扰耳，因亦不甚为意。持牒报缴④。宰怒曰："固言能之，何答复悔？"隶窘甚，请牒拘猎户⑤。宰从之。隶集诸猎人，日夜伏山谷，冀得一虎，庶可塞责。月余，受杖数百，冤苦罔控。遂诣东郭嶽庙，跪而祝之，哭失声。无何，一虎自外来。隶错愕，恐被咥⑥噬。虎入，殊不他顾，蹲立门中。隶祝曰："如杀某子者尔也，其俯听吾缚。"遂出缧索絷虎项，虎帖耳受缚。牵达县署，宰问虎曰："某子，尔噬之耶？"虎颔之。宰曰："杀人者死，古之定律。且妪止一子，而尔杀之，彼残年垂尽，何以生活？倘尔能为若子也，我将赦之。"虎又颔之。乃释缚令去。

媪方怨宰之不杀虎以偿子也，迟旦，启扉，则有死鹿；妪货其肉革，用以资度。自是以为常，时衔金帛掷庭中。妪从此致丰裕，奉养过于其子。心窃德虎。虎来，时卧檐下，竟日不去。人畜相安，各无猜忌。数年，妪死，虎来吼于堂中。妪素所积，绰可营葬，族人共瘗之。坟垒方成，虎骤奔来，宾客尽逃。虎直赴冢前，嗥鸣雷动，移时始去。土人立"义虎祠"于东

① 械梏(gù)——代指刑讯。
② 赵城——旧县名，治今山西洪洞县境内。
③ 勾牒——拘捕犯人的公文。
④ 持牒报缴——至期交回令牒复命。
⑤ 牒拘猎户——用公文招来猎户服役。
⑥ 咥(dié)——咬。

郊，至今犹存。

螳螂捕蛇

张姓者，偶行溪谷，闻崖上有声甚厉。寻途登觇①，见巨蛇围如碗，摆扑丛树中，以尾击柳，柳枝崩折。反侧倾跌之状，似有物捉制之。然审视殊无所见，大疑。渐近临之，则一螳螂据顶上，以刺刀攫其首，攧②不可去。久之，蛇竟死。视颏③上革肉，已破裂云。

武　技

李超，字魁吾，淄之西鄙人。豪爽，好施。偶一僧来托钵，李饱啖之。僧甚感荷，乃曰："吾少林出也。有薄技，请以相授。"李喜，馆之客舍，丰其给，旦夕从学。三月，艺颇精，意得甚。僧问："汝益乎？"曰："益矣。师所能者，我已尽能之。"僧笑，命李试其技。李乃解衣唾手，如猿飞，如鸟落，腾跃移时，诩诩然④交叉而立。僧又笑曰："可矣。子既尽吾能，请一角低昂⑤。"李忻然，即各交臂作势。既而支撑格拒，李时时蹈僧瑕；僧忽一脚飞掷，李已仰跌丈余。僧抚掌曰："子尚未尽吾能也。"李以掌致，惭沮请教。又数日，僧辞去。

李由此以武名，遨游南北，罔有其对。偶适历下，见一少年尼僧⑥，弄艺于场，观者填溢。尼告众客曰："颠倒一身⑦，殊大冷落。有好事者，不妨下场一扑为戏。"如是三言。众相顾，迄无应者。李在侧，不觉技痒，意

① 觇(chān)——窥视。
② 攧(diān)——左摇右摆。
③ 颏(è)——鼻根，即"眉心"。
④ 诩诩然——自得状
⑤ 低昂——高低。
⑥ 尼僧——尼姑。
⑦ 颠倒一身——一人单独表演技艺。

气而进。尼便笑与合掌。才一交手,尼便呵止曰:“此少林宗派也。”即问:“尊师何人?”李初不言。固诘之,乃以僧告。尼拱手曰:“憨和尚汝师耶? 若尔,不必交手,愿拜下风。”李请之再四,尼不可。众怂恿之,尼乃曰:“既是憨师弟子,同是个中人,无妨一戏。但两相会意可耳。”李诺之。然以其文弱故,易之;又年少喜胜,思欲败之,以要一日之名。方颉颃①间,尼即遽止。李问其故,但笑不言。李以为怯,固请再角。尼乃起。少间,李腾一踝②去。尼骈③五指下削其股;李觉膝下如中刀斧,蹶仆不能起。尼笑谢曰:“孟浪迕客,幸勿罪!”李舁归,月余始愈。

后年余,僧复来,为述往事。僧惊曰:“汝大卤莽! 惹他何为? 幸先以我名告之;不然,股已断矣!”

小 人

康熙间,有术人④携一榼⑤,榼中藏小人,长尺许。投一钱,则启榼令出,唱曲而退。至掖⑥,掖宰索榼入署,细审小人出处。初不敢言。固诘之。始自述其乡族。盖读书童子,自塾中归,为术人所迷,复投以药,四体暴缩;彼遂携之,以为戏具。宰怒,杀术人。留童子欲医之,尚未得其方也。

秦 生

莱州秦生,制药酒,误投毒味,未忍倾弃,封而置之。积年余,夜适思

---

① 颉颃(jié háng)——喻比武时动作状。
② 踝(huái)——脚跟。
③ 骈——并拢。
④ 术人——以幻术谋生之人。
⑤ 榼(kē)——古盛器。
⑥ 掖——县名,今山东掖县。

饮，而无所得酒。忽忆所藏，启封嗅之，芳烈喷溢，肠痒涎流，不可制止。取盏将尝，妻苦劝谏。生笑曰："快饮而死，胜于馋渴而死多矣。"一盏既尽，倒瓶再斟。妻覆其瓶。满屋流溢，生伏地而牛饮之。少时，腹痛口噤①，中夜而卒。妻号，为备棺木，行入殓。次夜，忽有美人入，身长不满三尺，径就灵寝，以瓯水灌之，豁然顿苏。叩而诘之，曰："我狐仙也。适丈夫入陈家，窃酒醉死，往救而归。偶过君家，彼怜君子与己同病，故使妾以余药活之也。"言讫，不见。

余友人丘行素②，贡士，嗜饮。一夜思酒，而无可行沽，辗转不可复忍，因思代以醋。谋诸妇，妇嗤之。丘固强之，乃煨醯③以进。壶既尽，始解衣甘寝。次日，竭壶酒之资，遣仆代沽。道遇伯弟④襄宸，诘知其故，因疑嫂不肯为兄谋酒。仆言："夫人云：'家中蓄醋无多，昨夜已尽其半；恐再一壶，则醋根断矣。'"闻者皆笑之。不知酒兴初浓，即毒药犹甘之，况醋乎？此亦可以传矣。

鸦　头

诸生王文，东昌⑤人，少诚笃。薄游⑥于楚，过六河⑦，休于旅舍，仍步门外。遇里戚赵东楼，大贾也。常数年不归。见王，相执甚欢，便邀临存⑧。至其所，有美人坐室中，愕怪却步。赵曳之，又隔窗呼妮子去，王乃入。赵具酒馔，话温凉。王问："此何处所？"答云："此是小勾栏。余因久客，暂假床寝。"话间，妮子频来出入。王跼促不安，离席告别。赵强捉令坐。俄见一少女，经门外过，望见王，秋波频顾，眉目含情，仪度娴婉，实神

---

① 口噤——口不能张。

② 丘行素——淄川人，曾官黄县训导。

③ 煨醯（xī）——烫醋。

④ 伯弟——大伯家的兄弟。

⑤ 东昌——旧县名，治今山东聊城县境内。

⑥ 薄游——游历。

⑦ 六河——地名。

⑧ 临存——看望。

仙也。王素方直，至此惘然若失，便问："丽者何人？"赵曰："此媪次女，小字鸦头，年十四矣。缠头者[①]屡以重金啖媪，女执不愿，致母鞭楚，女以齿稚哀免。今尚待聘耳。"王闻言，俯首默然痴坐，酬应悉乖。赵戏之曰："君倘垂意，当作冰斧。"王怃然曰："此念所不敢存。"然日向夕，绝不言去。赵又戏请之。王曰："雅意极所感佩，囊涩奈何！"赵知女性激烈，必当不允，故许以十金为助。王拜谢趋出，罄资而至，得五数，强赵致媪。媪果少之。鸦头言于母曰："母日责我不作钱树子[②]，今请得如母所愿。我初学作人，报母有日，勿以区区放却财神去。"媪以女性拗执，但得允从，即甚欢喜。遂诺之，使婢邀王郎。赵难中悔，加金付媪。王与女欢爱甚至。既，谓王曰："妾烟花下流，不堪匹敌；既蒙缱绻，义即至重。君倾囊博此一宵欢，明日如何？"王泫然悲哽。女曰："勿悲。妾委风尘，实非所愿。顾未有敦笃可托如君者。请以宵遁。"王喜，遽起；女亦起。听谯[③]鼓已三下矣。女急易男装，草草偕出，叩主人扉。王故从双卫，托以急务，命仆便发。女以符系仆股并驴耳上。纵辔极驰，目不容启，耳后但闻风鸣；平明至汉江口，税屋而止。王惊其异。女曰："言之，得无惧乎？妾非人，狐耳。母贪淫，日遭虐遇，心所积懑。今幸脱苦海。百里外，即非所知，可幸无恙。"王略无疑贰，从容曰："室对芙蓉，家徒四壁，实难自慰，恐终见弃置。"女曰："何为此虑。今市货皆可居，三数口，淡薄亦可自给。可鬻驴子作资本。"王如言，即门前设小肆，王与仆人躬同操作，卖酒贩浆其中。女作披肩[④]，刺荷囊[⑤]，日获赢余，顾赡甚优。积年余，渐能蓄婢媪。王自是不着犊鼻[⑥]，但课督而已。

女一日悄然忽悲，曰："今夜合有难作，奈何？"王问之，女曰："母已知妾消息，必见凌逼。若遣姊来，吾无忧；恐母自至耳。"夜已央，自庆曰："不妨，阿姊来矣。"居无何，妮子排闼入。女笑逆之。妮子骂曰："婢子不

---

① 缠头者——指嫖客。

② 钱树子——摇钱树。

③ 谯——谯楼。

④ 披肩——即"云肩"，与今"披巾"同。

⑤ 荷囊——荷包。

⑥ 不着犊鼻——代指不亲自操作。

羞,随人逃匿!老母令我缚去。”即出索子絷女颈子。女怒曰:“从一者得何罪?”妮子益忿,捽女断衿。家中婢媪皆集。妮子惧,奔出。女曰:“姊归,母必自至。大祸不远,可速作计。”乃急办装,将更播迁。媪忽掩入,怒容可掬,曰:“我固知婢子无礼,须自来也!”女迎跪哀啼。媪不言,揪发提去。王徘徊怆恻,眠食都废。急诣六河,冀得贿赎。至则门庭如故,人物已非。问之居人,俱不知其所徙。悼丧而返。于是俵散①客旅,囊资东归。

后数年,偶入燕都,过育婴堂②,见一儿,七八岁。仆人怪似其主,反复凝注之。王问:“看儿何说?”仆笑以对。王亦笑。细视儿,风度磊落。自念乏嗣,因其肖己,爱而赎之。诘其名,自称王孜。王曰:“子弃之襁褓,何知姓氏?”曰:“本师③尝言,得我时,胸前有字,书山东王文之子。”王大骇曰:“我即王文,乌得有子?”念必同己姓名者,心窃喜,甚爱惜之。及归,见者不问而知为王生子。孜渐长,孔武有力,喜田猎,不务生产,乐斗好杀。王亦不能箝制之。又自言能见鬼狐,悉不之信。会里中有患狐者,请孜往觇之。至则指狐隐处,令数人随指处击之,即闻狐鸣,毛血交落,自是遂安。由是人益异之。

王一日游市廛,忽遇赵东楼,巾袍不整,形色枯黯,惊问所来。赵惨然请间④。王乃偕归,命酒。赵曰:“媪得鸦头,横施楚掠。既北徙,又欲夺其志。女矢死不二,因囚置之。生一男,弃诸曲巷⑤;闻在育婴堂,想已长成。此君遗体也。”王出涕曰:“天幸孽儿已归。”因述本末。问:“君何落拓至此?”叹曰:“今而知青楼之好,不可过认真也。夫何言!”先是,媪北徙,赵以负贩从之。货重难迁者,悉以贱售。途中脚直供亿⑥,烦费不赀,因大亏损。妮子索取尤奢。数年,万金荡然。媪见床头金尽,旦夕加白眼。妮子渐寄贵家宿,恒数夕不归。赵愤激不可耐。然亦无奈之。适媪

---

① 俵散——解散。
② 育婴堂——收养被遗弃婴儿的机构。
③ 本师——代指抚养人员。
④ 间(jiàn)——私下交谈。
⑤ 曲巷——偏僻小巷。
⑥ 脚直供亿——运费和生活供应。

他出，鸦头自窗中呼赵曰："构栏中原无情好，所绸缪者，钱耳。君依恋不去，将掇奇祸。"赵惧，如梦初醒。临行，窃往视女。女授书使达王，赵乃归。因以此情为王述之，即出鸦头书。书云："知孜儿已在膝下矣。妾之厄难，东楼君自能缅悉。前世之孽，夫何可言！妾幽室之中，暗无天日，鞭创裂肤，饥火煎心，易一晨昏，如历年岁。君如不忘汉上①雪夜单衾迭互暖抱时，当与儿谋，必能脱妾于厄。母姊虽忍，要是骨肉，但嘱勿致伤残，是所愿耳。"王读之，泣不自禁。以金帛赠赵而去。时孜年十八矣。王为述前后，因示母书。孜怒，眦欲裂，即日赴都，询吴媪居，则车马方盈。孜直入，妮子方与湖客饮，望见孜，愕立变色。孜骤进杀之，宾客大骇，以为寇。及视女尸，已化为狐。孜持刃迳入，见媪督婢作羹。孜奔近室门，媪忽不见。孜四顾，急抽矢，望屋梁射之；一狐贯心而堕，遂决其首。寻得母所，投石破扃，母子各失声。母问媪，曰："已诛之。"母怨曰："儿何不听吾言！"命持葬郊野。孜伪诺之，剥其皮而藏之。检媪箱箧，尽卷金资，奉母而归。夫妇重谐，悲喜交至。既问吴媪，孜言："在吾囊中。"惊问之，出两革以献。母怒，骂曰："忤逆儿！何得此为！"号恸自挝，转侧欲死。王极力抚慰，叱儿瘗革。孜忿曰："今得安乐所，顿忘挞楚耶？"母益怒，啼不止。孜葬皮反报，始稍释。

王自女归，家益盛。心德赵，报以巨金。赵始知媪母子皆狐也。孜承奉甚孝；然误触之，则恶声暴吼。女谓王曰："儿有拗筋，不刺去之，终当杀人倾产。"夜伺孜睡，潜絷其手足。孜醒曰："我无罪。"母曰："将医尔虐，其勿苦。"孜大叫，转侧不可开。女以巨针刺踝骨侧，三四分许，用力掘断，崩然有声；又于肘间脑际并如之。已，乃释缚，拍令安卧。天明，奔候父母，涕泣曰："儿早夜忆昔所行，都非人类！"父母大喜，从此温和如处女，乡里贤之。

异史氏曰："妓尽狐也，不谓有狐而妓者；至狐而鸨②，则兽而禽矣。灭理伤伦，其何足怪？至百折千磨，之死靡他，此人类所难，而乃于狐也得之乎？唐君谓魏徵更饶斌媚③，吾于鸦头亦云。"

---

① 汉上——汉江口。

② 鸨(bǎo)——蓄女卖淫者。

③ 斌媚——通"妩媚"。

酒 虫

长山刘氏,体肥嗜饮。每独酌,辄尽一瓮。负①郭田三百亩,辄半种黍;而家豪富,不以饮为累也。一番僧见之,谓其身有异疾。刘答言:"无。"僧曰:"君饮尝不醉否?"曰:"有之。"曰:"此酒虫也。"刘愕然,便求医疗。曰:"易耳。"问:"需何药?"俱言不需。但令于日中俯卧,絷手足;去②首半尺许,置良酝一器。移时,燥渴,思饮为极。酒香入鼻,馋火上炽,而苦不得饮。忽觉咽中暴痒,哇有物出,直堕酒中。解缚视之,赤肉长三寸许,蠕动如游鱼,口眼悉备。刘惊谢。酬以金,不受,但乞其虫。问:"将何用?"曰:"此酒之精:瓮中贮水,入虫搅之,即成佳酿。"刘使试之,果然。刘自是恶酒如仇。体渐瘦,家亦日贫,后饮食至不能给。

异史氏曰:"日尽一石,无损其富;不饮一斗,适以益贫:岂饮啄固有数乎?或言:'虫是刘之福,非刘之病,僧愚之以成其术。'然欤否欤?"

木雕美人

商人白有功言:"在泺口河③上,见一人荷竹簏,牵巨犬二。于簏中出木雕美人,高尺余,手自转动,艳妆如生。又以小锦鞯④被犬身,便令跨坐。安置已,叱犬疾奔。美人自起,学解马⑤作诸剧,镫而腹藏⑥,腰而尾

---

① 负——靠近。
② 去——距离。
③ 泺(luò)口河——古泺水 ,至泺口北流入济水,今黄河河道。
④ 鞯——马鞍垫。
⑤ 解马——马戏。
⑥ 镫而腹藏——一种马戏名。

赘①,跪拜起立,灵变不讹②。又作昭君③出塞:别取一木雕儿,插雉尾④,披羊裘,跨犬从之。昭君频频回顾,羊裘儿扬鞭追逐,真如生者。”

封三娘

范十一娘,𬱖城祭酒⑤之女。少艳美,骚雅尤绝。父母钟爱之,求聘者辄令自择;女恒少可。会上元日⑥,水月寺中诸尼,作“盂兰盆会⑦”。是日,游女如云,女亦诣之。方随喜⑧间,一女子步趋相从,屡望颜色,似欲有言。审视之,二八绝代姝也。悦而好之,转用盼注。女子微笑曰:“姊非范十一娘乎?”答曰:“然。”女子曰:“久闻芳名,人言果不虚谬。”十一娘亦审里居。女笑言:“妾封氏,第三,近在邻村。”把臂欢笑,词致温婉,于是大相爱悦,依恋不舍。十一娘问:“何无伴侣?”曰:“父母早世,家中止一老妪,留守门户,故不得来。”十一娘将归,封凝眸欲涕,十一娘亦惘然,遂邀过从。封曰:“娘子朱门绣户,妾素无葭莩亲,虑致讥嫌。”十一娘固邀之。答:“俟异日。”十一娘乃脱金钗一股赠之,封亦摘髻上绿簪为报。十一娘既归,倾想殊切。出所赠簪,非金非玉,家人都不之识,甚异之,日望其来,怅然遂病。父母讯得故,使人于近村谘访,并无知者。

时值重九⑨,十一娘羸顿无聊,倩侍儿强扶窥园,设褥东篱下。忽一女子攀垣来窥,觇之,则封女也。呼曰:“接我以力?”侍儿从之,蓦然遂下。十一娘惊喜,顿起,曳坐褥间,责其负约,且问所来。答云:“妾家去此尚远,时来舅家作耍。前言近村者,缘舅家耳。别后悬思颇苦;然贫贱

---

① 腰而尾赘——从马腰滑至马尾,尔后抓马尾飞身上马。
② 讹(é)——误传。
③ 昭君——即王嫱,西汉人,奉诏出塞与匈奴和亲。
④ 雉(zhì)尾——野鸡尾羽毛。
⑤ 𬱖城祭酒——𬱖城,地名,不详;祭酒,明清太学主管官员。
⑥ 上元日——农历正月十五日,为“上元节”。
⑦ 盂兰盆会——佛教节日,又称“中元节”,农历七月十五日,后称“鬼节”。
⑧ 随喜——佛教用语,此指游览寺院。
⑨ 重九——即“重阳节”。

者与贵人交，足未登门，先怀惭怍，恐为婢仆下眼觑，是以不果来。适经墙外过，闻女子语，便一攀望，冀是小姐，今果如愿。”十一娘因述病源。封泣下如雨，因曰：“妾来当须秘密。造言生事者，飞短流长，所不堪受。”十一娘诺。偕归同榻，快与倾怀。病寻愈。订为姊妹，衣服履舄，辄互易着。见人来，则隐匿夹幕间。积五六月，公及夫人颇闻之。一日，两人方对弈，夫人掩入。谛视，惊曰：“真吾儿友也！”因谓十一娘：“闺中有良友，我两人所欢，胡不早白？”十一娘因达封意。夫人顾谓三娘：“伴吾儿，极所忻慰，何昧之？”封羞晕满颊，默然拈带而已。夫人去，封乃告别。十一娘苦留之，乃止。一夕，自门外匆匆皇奔入，泣曰：“我固谓不可留，今果遭此大辱！”惊问之。曰：“适出更衣，一少年丈夫，横来相干，幸而得逃。如此，复何面目！”十一娘细诘形貌，谢曰：“勿须怪，此妾痴兄。会告夫人，杖责之。”封坚辞欲去。十一娘请待天曙。封曰：“舅家咫尺，但须以梯度我过墙耳。”十一娘知不可留，使两婢逾垣送之。行半里许，辞谢自去。婢返，十一娘伏床悲惋，如失伉俪。

后数月，婢以故至东村，暮归，遇封女从老妪来。婢喜，拜问。封亦恻恻，讯十一娘兴居。婢捉袂曰：“三姑过我。我家姑姑盼欲死！”封曰：“我亦思之，但不乐使家人知。归启园门，我自至。”婢归告十一娘。十一娘喜，从其言，则封已在园中矣。相见，各道间阔，绵绵不寐。视婢子眠熟，乃起，移与十一娘同枕，私语曰：“妾固知娘子未字。以才色门地，何患无贵介婿；然纨袴儿，敖不足数。如欲得佳偶，请无以贫富论。”十一娘然之。封曰：“旧年邂逅处，今复作道场，明日再烦一往，当令见一如意郎君。妾少读相人书①，颇不参差。”昧爽，封即去，约俟兰若。十一娘果往，封已先在。眺览一周，十一娘便邀同车。携手出门，见一秀才，年可十七八，布袍不饰，而容仪俊伟。封潜指曰：“此翰苑才②也。”十一娘略睨之。封别曰：“娘子先归，我即继至。”入暮，果至，曰：“我适物色甚详，其人即同里孟安仁也。”十一娘知其贫，不以为可。封曰：“娘子何亦堕世情哉！此人苟长贫贱者，予当抉眸子，不复相天下士矣。”十一娘曰：“且为奈何？”曰：“愿得一物，持与订盟。”十一娘曰：“姊何草草？父母在，不遂如

① 相人书——占卜算卦以推断吉凶之书。

② 翰苑才——可入翰林院的人才。

何?”封曰:“妾此为,正恐其不遂耳。志若坚,生死何可夺也?”十一娘必不可。封曰:“娘子姻缘已动,而魔劫未消。所以故,来报前好耳。请即别,即以所赠金凤钗,矫命赠之。”十一娘方谋更商,封已出门去。时孟生贫而多才,意将择耦,故十八犹未聘也。是日,忽睹两艳,归涉冥想。一更向尽,封三娘款门入。烛之,识为日中所见,喜致诘问。曰:“妾封氏,范十一娘之女伴也。”生大悦,不暇细审,遽前拥抱。封拒曰:“妾非毛遂,乃曹丘生①。十一娘愿缔永好,请倩冰也。”生愕然不信。封乃以钗示生。生喜不自已,矢曰:“劳眷注若此,仆不得十一娘,宁终鳏耳。”封遂去。生诘旦,浼邻媪诣范夫人。夫人贫之,竟不商女,立便即去。十一娘知之,心失所望,深怨封之误己也;而金钗难返,只须以死矢之。又数日,有某绅为子求婚,恐不谐,浼邑宰作伐。时某方居权要,范公心畏之。以问十一娘,十一娘不乐。母诘之,嘿嘿不言,但有涕泪。使人潜告夫人,非孟生,死不嫁。公闻,益怒,竟许某绅家。且疑十一娘有私意于生,遂涓吉速成礼。十一娘忿不食,日惟耽卧。至亲迎之前夕,忽起,揽镜自妆。夫人窃喜。俄侍女奔白:“小姐自尽!”举宅惊涕,痛悔无所复及。三日遂葬。

孟生自邻媪反命,愤恨欲绝。然遥遥探访,妄冀复挽。察知佳人有主,忿火中烧,万虑俱断矣。未几,闻玉葬香埋,憰然②悲丧,恨不从丽人俱死。向晚出门,意将乘昏夜一哭十一娘之墓。欻有一人来,近之,则封三娘。向生曰:“喜姻好可就矣。”生泫然曰:“卿不知十一娘亡耶?”封曰:“我所谓就者,正以其亡。可急唤家人发冢,我有异药,能令苏。”生从之,发墓破棺,复掩其穴。生自负尸,与三娘俱归,置榻上;投以药,逾时而苏。顾见三娘,问:“此何所?”封指生曰:“此孟安仁也。”因告以故,始如梦醒。封惧漏泄,相将去五十里,避匿山村。封欲辞去,十一娘泣留作伴,使别院居。因货殉葬之饰,用为资度,亦称小有。封每遇生来,辄走避。十一娘从容曰:“吾姊妹骨肉不啻也。然终无百年聚。计不如效英、皇③。”封曰:“妾少得异诀,吐纳可以长生,故不愿嫁耳。”十一娘笑曰:“世传养生术,汗牛充栋,行而效者谁也?”封曰:“妾所得非世人所知。世传并非真诀,

① 曹丘生——汉人,善推荐人,后代指介绍人。

② 憰(sè)然——恨恨状。

③ 英、皇——即女英、娥皇,同为尧女,共嫁舜。

惟华佗五禽图差为不妄。凡修炼家，无非欲血气流通耳。若得厄逆症，作虎形立止，非其验耶?”十一娘阴与生谋，使伪为远出者。入夜，强劝以酒；既醉，生潜入污之。三娘醒曰：“妹子害我矣！倘色戒不破，道成当升第一天①。今堕奸谋，命耳！”乃起告辞。十一娘告以诚意而哀谢之。封曰：“实相告：我乃狐也。缘瞻丽容，忽生爱慕，如茧自缠，遂有今日。此乃情魔之劫，非关人力。再留，则魔更生，无底止矣。娘子福泽正远，珍重自爱。”言已而逝。夫妻惊叹久之。

逾年，生乡、会果捷，官翰林，投刺谒范公。公愧悔不见，固请之，乃见。生入，执子婿礼，伏拜甚恭。公愧怒，疑生儇薄。生请间，具道情事。公不深信，使人探诸其家，方大惊喜。阴戒勿宣，惧有祸变。又二年，某绅以关节②发觉，父子充辽海③军。十一娘始归宁焉。

狐梦

余友毕怡庵④，倜傥不群，豪纵自喜。貌丰肥，多髭。士林知名。尝以故至叔刺史⑤公之别业⑥，休憩楼上。传言楼中故多狐。毕每读青凤传⑦，心辄向往，恨不一遇。因于楼上，摄想凝思。既而归斋，日已寝暮。时暑月燠热，当户而寝。睡中有人摇之。醒而却视，则一妇人，年逾不惑⑧，而风雅犹存。毕惊起，问其谁何。笑曰：“我狐也。蒙君注念，心窃感纳。”毕闻而喜，投以嘲谑。妇笑曰：“妾齿加长矣。纵人不见恶，先自惭沮。有小女及笄，可侍巾栉。明宵，无寓人于室，当即来。”言已而去。至夜，焚香坐伺。妇果携女至。态度娴婉，旷世无匹。妇谓女曰：“毕郎

---

① 第一天——道教修炼的最高境界。

② 关节——暗中行贿、说人情。

③ 辽海——即辽海卫，今辽宁开原县境内。

④ 毕怡庵——毕际有的亲族，作者之友。

⑤ 刺史——清代“知州”的别称。

⑥ 别业——别墅。

⑦ 青凤传——指《聊斋志异·青凤》。

⑧ 逾不惑——超过四十岁。

与有夙缘，即须留止。明旦早归，勿贪睡也。”毕乃握手入帏，款曲备至。事已，笑曰：“肥郎痴重，使人不堪。”未明即去。

既夕自来，曰：“姊妹辈将为贺新郎，明日即屈同去。”问：“何所？”曰：“大姊作筵主，去此不远也。”毕果候之。良久不至，身渐倦惰。才伏案头，女忽入曰：“劳君久伺矣。”乃握手而行。奄至一处，有大院落。直上中堂，则见灯烛荧荧，灿若星点。俄而主人至，年近二旬，淡妆绝美。敛衽称贺已，将践席，婢入曰：“二娘子至。”见一女子入，年可十八九，笑向女曰：“妹子已破瓜①矣。新郎颇如意否？”女以扇击背，白眼视之。二娘曰：“记儿时与妹相扑②为戏，妹畏人数胁骨，遥呵手指，即笑不可耐。便怒我，谓我当嫁僬侥国③小王子。我谓婢子他日嫁多髭郎，刺破小吻，今果然矣。”大娘笑曰：“无怪三娘子怒诅也！新郎在侧，直尔憨跳！”顷之，合尊促坐，宴笑甚欢。忽一少女，抱一猫至，年可十一二，雏发未燥，而艳媚入骨。大娘曰：“四妹妹亦要见姊丈耶？此无坐处。”因提抱膝头，取肴果饵之。移时，转置二娘怀中，曰：“压我胫股痠痛！”二姊曰：“婢子许大，身如百钧重，我脆弱不堪。既欲见姊丈，姊丈故壮伟，肥膝耐坐。”乃捉置毕怀。入怀香耎，轻若无人。毕抱与同杯饮。大娘曰：“小婢勿过饮，醉失仪容，恐姊丈所笑。”少女孜孜展笑，以手弄猫，猫戛然鸣。大娘曰：“尚不抛却，抱走蚤虱矣！”二娘曰：“请以狸奴为令，执箸交传，鸣处则饮。”众如其教。至毕辄鸣。毕故豪饮，连举数觥。乃知小女子故捉令鸣也，因大喧笑。二姊曰：“小妹子归休！压杀郎君，恐三姊怨人。”小女郎乃抱猫去。大姊见毕善饮，乃摘髻子贮酒以劝。视髻仅容升许；然饮之，觉有数斗之多。比干视之，则荷盖也。二娘亦欲相酬。毕辞不胜酒。二娘出一口脂合子，大于弹丸，酌曰：“既不胜酒，聊以示意。”毕视之，一吸可尽；接吸百口，更无干时。女在傍以小莲杯易合子去，曰：“勿为奸人所弄。”置合案上，则一巨钵。二娘曰：“何预汝事！三日郎君，便如许亲爱耶！”毕持杯向口立尽。把之腻软；审之，非杯，乃罗袜一钩，衬饰工绝。二娘夺骂曰：“猾婢！何时盗人履子去，怪足冰冷也！”遂起，入室易舄。女约毕离席告

---

① 破瓜——处女破身称“破瓜”，此指已婚少女。

② 相扑——相互打闹。

③ 僬侥国——传说中的矮人国。

别。女送出村，使毕自归。瞥然醒寤，竟是梦景；而鼻口醺醺，酒气犹浓，异之。至暮，女来，曰："昨宵未醉死耶？"毕言："方疑是梦。"女曰："姊妹怖君狂噪，故托之梦，实非梦也。"

女每与毕弈，毕辄负。女笑曰："君日嗜此，我谓必大高着。今视之，只平平耳。"毕求指诲。女曰："弈之为术，在人自悟，我何能益君？朝夕渐染，或当有异。"居数月，毕觉稍进。女试之，笑曰："尚未，尚未。"毕出，与所尝共弈者游，则人觉其异，咸奇之。毕为人坦直，胸无宿物，微泄之。女已知，责曰："无惑乎同道者不交狂生也。屡嘱慎密，何尚尔尔！"佛然欲去。毕谢过不遑，女乃稍解；然由此来寖疏矣。

积年余，一夕来，兀坐相向。与之弈，不弈；与之寝，不寝。怅然良久，曰："君视我孰如青凤？"曰："殆过之。"曰："我自惭弗如。然聊斋①与君文字交，请烦作小传，未必千载下无爱忆如君者。"毕曰："夙有此志；曩遵旧嘱，故秘之。"女曰："向为是嘱，今已将别，复何讳？"问："何往？"曰："妾与四妹妹为西王母征作花鸟使②，不复得来。曩有姊行③，与君家叔兄，临别已产二女，今尚未醮；妾与君幸无所累。"毕求赠言。曰："盛气平，过自寡。"遂起，捉手曰："君送我行。"至里许，洒涕分手，曰："彼此有志，未必无会期也。"乃去。

康熙二十一年腊月十九日，毕子与余抵足④绰然堂，细述其异。余曰："有狐若此，则聊斋之笔墨有光荣矣。"遂志之。

布　　客

长清⑤某，贩布为业，客于泰安。闻有术人工星命之学⑥，诣问休

---

① 聊斋——代指作者本人。

② 花鸟使——唐天宝间曾征选风流艳丽女子入宫侍宴，称"花鸟使"。

③ 姊行(háng)——姐辈。

④ 抵足——足相接而眠。

⑤ 长清——今山东长清县。

⑥ 星命之学——以天体运转推占人的吉凶。

咎①。术人推之曰:“运数大恶,可速归。”某惧,囊资北下。途中遇一短衣人,似是隶胥。渐渍与语,遂相知悦。屡市餐饮,呼与共啜。短衣人甚德之。某问所干营②,答言:“将适长清,有所勾致。”问为何人,短衣人出牒,示令自审;第一即己姓名。骇曰:“何事见勾?”短衣人曰:“我非生人,乃蒿里山东四司③隶役。想子寿数尽矣。”某出涕求救。鬼曰:“不能。然牒上名多,拘集尚需时日。子速归,处置后事,我最后相招,此即所以报交好耳。”无何,至河际,断绝桥梁,行人艰涉。鬼曰:“子行死矣,一文亦将不去。请即建桥,利行人;虽颇烦费,然于子未必无小益。”某然之。

某归,告妻子作周身具④。克日⑤鸠工⑥建桥。久之,鬼竟不至。心窃疑之。一日,鬼忽来曰:“我已以建桥事上报城隍,转达冥司矣,谓此一节可延寿命。今牒名已除,敬以报命。”某喜感谢。后再至泰山,不忘鬼德,敬赍楮锭⑦,呼名酹奠。既出,见短衣人匆遽而来曰:“子几祸我!适司君方莅事,幸不闻知。不然,奈何!”送之数武,曰:“后勿复来。倘有事北往,自当迂道过访。”遂别而去。

农　人

有农人芸⑧于山下,妇以陶器为饷。食已,置器垄畔。向暮视之,器中余粥尽空。如是者屡。心疑之,因睨注以觇之。有狐来,探首器中。农人荷锄潜往,力击之。狐惊窜走。器囊头,苦不得脱;狐颠蹶,触器碎落,出首,见农人,窜益急,越山而去。

---

① 休咎——吉凶。
② 干营——办事。
③ 蒿里山东四司——蒿里山,传说中的冥府;东四司,泛指主管人生死轮回的冥府诸司。
④ 周身具——葬具。
⑤ 克日——定期。
⑥ 鸠工——招集工匠。
⑦ 赍(jī)楮锭——携带纸钱。
⑧ 芸——锄草。

后数年,山南有贵家女,苦狐缠祟,敕勒无灵。狐谓女曰:“纸上符咒,能奈我何!”女给之曰:“汝道术良深,可幸永好。顾不知生平亦有所畏者否?”狐曰:“我罔所怖。但十年前在北山时,尝窃食田畔,被一人戴阔笠①,持曲项兵②,几为所戮,至今犹悸。”女告父。父思投其所畏,但不知姓名、居里,无从问讯。

会仆以故至山村,向人偶道。旁一人惊曰:“此与吾曩年事适相符同,将无③向所逐狐,今能为怪耶?”仆异之,归告主人。主人喜,即命仆马招农人来,敬白所求。农人笑曰:“曩所遇诚有之,顾未必即为此物。且既能怪变,岂复畏一农人?”贵家固强之,使披戴如尔日状,入室以锄卓④地,咤曰:“我日觅汝不可得,汝乃逃匿在此耶!今相值,决杀不宥!”言已,即闻狐鸣于室。农人益作威怒。狐即哀言乞命。农人叱曰:“速去,释汝。”女见狐捧头鼠窜而去。自是遂安。

章阿端

卫辉⑤戚生,少年蕴藉,有气敢任。时大姓有巨第,白昼见鬼,死亡相继,愿以贱售。生廉其直,购居之。而第阔人稀,东院楼亭,蒿艾成林,亦姑废置。家人夜惊,辄相哗以鬼。两月余,丧一婢。无何,生妻以暮至楼亭,既归得疾,数日寻毙。家人益惧,劝生他徙。生不听。而块然无偶,憭慄⑥自伤。婢仆辈又时以怪异相聒。生怒,盛气襆被,独卧荒亭中,留烛以觇其异。久之无他,亦竟睡去。

忽有人以手探被,反复扪搎⑦。生醒视之,则一老大婢,挛耳蓬头,臃肿无度。生知其鬼,捉臂推之,笑曰:“尊范不堪承教!”婢惭,敛手蹀躞而

① 阔笠——宽沿草帽。

② 持曲项兵——拿锄头作兵器。

③ 将无——莫非。

④ 卓——竖立。

⑤ 卫辉——府名,今河南汲县。

⑥ 憭(liǎo)慄——凄凉忧伤。

⑦ 扪搎(sūn)——摸索。

去。少顷,一女郎自西北隅出,神情婉妙,闯然至灯下,怒骂:“何处狂生,居然高卧!”生起笑曰:“小生此间之第主,候卿讨房税耳。”遂起,裸而捉之。女急遁。生先趋西北隅,阻其归路。女既穷,便坐床上。近临之,对烛如仙;渐拥诸怀。女笑曰:“狂生不畏鬼耶?将祸尔死!”生强解裙襦,则亦不甚抗拒。已而自白曰:“妾章氏,小字阿端。误适荡子,刚愎不仁,横加折辱,愤悒夭逝,瘗此二十余年矣。此宅下皆坟冢也。”问:“老婢何人?”曰:“亦一故鬼,从妾服役。上有生人居,则鬼不安于夜室,适令驱君耳。”问:“扪挲何为?”笑曰:“此婢三十年未经人道,其情可悯;然亦太不自量矣。要之:馁怯者,鬼益侮弄之;刚肠者,不敢犯也。”听邻钟响断,着衣下床,曰:“如不见猜,夜当复至。”

入夕,果至,绸缪益欢。生曰:“室人不幸殂谢,感悼不释于怀。卿能为我致之否?”女闻之益戚,曰:“妾死二十年,谁一致念忆者!君诚多情,妾当极力。然闻投生有地矣,不知尚在冥司否。”逾夕,告生曰:“娘子将生贵人家。以前生失耳环,挞婢,婢自缢死,此案未结,以故迟留。今尚寄药王①廊下,有监守者。妾使婢往行贿,或将来也。”生问:“卿何闲散?”曰:“凡枉死鬼不自投见,阎罗天子不及知也。”二鼓向尽,老婢果引生妻而至。生执手大悲,妻含涕不能言。女别去,曰:“两人可话契阔,另夜请相见也。”生慰问婢死事。妻曰:“无妨,行结矣。”上床偎抱,款若平生之欢。由此遂以为常。后五日,妻忽泣曰:“明日将赴山东,乖离苦长,奈何!”生闻言,挥涕流离,哀不自胜。女劝曰:“妾有一策,可得暂聚。”共收涕询之。女请以钱纸十提②,焚南堂杏树下,持贿押生者,俾缓时日。生从之。至夕,妻至,曰:“幸赖端娘,今得十日聚。”生喜,禁女勿去,留与连床,暮以暨晓,惟恐欢尽。过七八日,生以限期将满,夫妻终夜哭。问计于女,女曰:“势难再谋。然试为之,非冥资百万不可。”生焚之如数。女来,喜曰:“妾使人与押生者关说,初甚难;既见多金,心始摇。今已以他鬼代生矣。”自此,白日亦不复去,令生塞户牖,灯烛不绝。

如是年余,女忽病,瞀闷懊侬③,恍惚如见鬼状。妻抚之曰:“此为鬼

① 药王——佛教菩萨名。

② 提——串。

③ 瞀(mào)闷懊侬(náog)——神志迷乱不清,烦躁不安。

病。"生曰："端娘已鬼，又何鬼之能病？"妻曰："不然。人死为鬼，鬼死为聻①。鬼之畏聻，犹人之畏鬼也。"生欲为聘巫医。曰："鬼何可以人疗？邻媪王氏，今行术于冥间，可往召之。然去此十余里，妾足弱不能行，烦君焚刍马②。"生从之。马方爇，即见女婢牵赤骝③，授绥庭下，转瞬已杳。少间，与一老妪叠骑而来，絷马廊柱。妪入，切④女十指。既而端坐，首㑳俕⑤作态。仆地移时，蹶而起曰："我黑山大王也。娘子病大笃，幸遇小神，福泽不浅哉！此业鬼为殃，不妨，不妨！但是病有瘳，须厚我供养，金百锭、钱百贯，盛筵一设，不得少缺。"妻一一嗷应⑥。妪又仆而苏，向病者呵叱。乃已。既而欲去。妻送诸庭外，赠之以马，欣然而去。入视女郎，似稍清醒。夫妻大悦，抚问之。女忽言曰："妾恐不得再履人世矣。合目辄见冤鬼，命也！"因泣下。越宿，病益沉殆，曲体战栗，妄有所睹。拉生同卧，以首入怀，似畏扑捉。生一起，则惊叫不宁。如此六七日，夫妻无所为计。会生他出，半日而归，闻妻哭声。惊问，则端娘已毙床上，委蜕⑦犹存。启之，白骨俨然。生大恸，以生人礼葬于祖墓之侧。一夜，妻梦中呜咽。摇而问之，答云："适梦端娘来，言其夫为聻鬼，怒其改节泉下，衔恨索命去，乞我作道场。"生早起，即将如教。妻止之曰："度鬼非君所可与力也。"乃起去。逾刻而来，曰："余已命人邀僧侣。当先焚纸钱作用度。"生从之。日方落，僧众毕集，金铙法鼓⑧，一如人世。妻每谓其聒耳，生殊不闻。道场既毕，妻又梦端娘来谢，言："冤已解矣，将生作城隍之女。烦为转致。"

居三年，家人初闻而惧，久之渐习。生不在，则隔窗启禀。一夜，向生啼曰："前押生者，今情弊漏泄，按责甚急，恐不能久聚矣。"数日，果疾，曰："情之所钟，本愿长死，不乐生也。今将永诀，得非数乎！"生皇遽求

---

① 聻（jiàn）——传说中鬼死为聻。
② 刍马——草扎的纸马。
③ 赤骝——红骏马。
④ 切——摸、按。
⑤ 㑳俕（dù sòu）——同"哆嗦"。
⑥ 嗷应——高声答应。
⑦ 委蜕——喻指遗留物。
⑧ 金铙法鼓——举行法会所用的打击乐器。

策。曰:“是不可为也。”问:“受责乎?”曰:“薄有所罚。然偷生罪大,偷死罪小。”言讫,不动。细审之,面庞形质,渐就澌灭矣。生每独宿亭中,冀有他遇,终亦寂然,人心遂安。

馎饦[1]媪

韩生居别墅半载,腊尽始返。一夜,妻方卧,闻人行声。视之,炉中煤火,炽耀甚明。见一媪,可[2]八九十,鸡皮橐背,衰发可数。向女曰:“食馎饦否?”女惧,不敢应。媪遂以铁箸拨火,加釜其上;又注以水。俄闻汤沸。媪撩襟启腰橐,出馎饦数十枚,投汤中,历历有声。自言曰:“待寻箸来。”遂出门去。女乘媪去,急起捉釜倾箦[3]后,蒙被而卧。少刻,媪至,逼问釜汤所在。女大惧而号。家人尽醒,媪始去,启箦照视,则土鳖虫数十,堆累其中。

金永年

利津[4]金永年,八十二岁无子。媪亦七十八岁,自分[5]绝望。忽梦神告曰:“本应绝嗣,念汝贸贩平准,赐予一子。”醒以告媪。媪曰:“此真妄想。两人皆将就木[6],何由生子?”无何,媪腹震动;十月,竟举一男。

---

① 馎饦(bó tuō)——即“汤饼”。
② 可——大约。
③ 箦(zé)——床席。
④ 利津——今山东利津县。
⑤ 自分——自料。
⑥ 就木——死亡。

花 姑 子

安幼舆，陕之拔贡，生为人挥霍好义，喜放生。见猎者获禽，辄不惜重直，买释之。会舅家丧葬，往助执绋①。暮归，路经华岳②，迷窜山谷中。心大恐。一矢之外，忽见灯火，趋投之。数武中，欻见一叟，伛偻曳杖，斜径疾行。安停足，方欲致问，叟先诘谁何。安以迷途告；且言灯火处必是山村，将以投止。叟曰："此非安乐乡。幸老夫来，可从去，茅庐可以下榻。"安大悦，从行里许，睹小村。叟扣荆扉，一妪出，启关曰："郎子来耶？"叟曰："诺。"既入，则舍宇湫隘③。叟挑灯促坐，便命随事具食。又谓妪曰："此非他，是吾恩主。婆子不能行步，可唤花姑子来酾酒。"俄，女郎以馔具入，立叟侧，秋波斜盼。安视之，芳容韶齿，殆类天仙。叟顾令煨酒。房西隅有煤炉，女即入房拨火。安问："此公何人？"答云："老夫章姓。七十年止有此女。田家少婢仆，以君非他人，遂敢出妻见子，幸勿哂也。"安问："婿家何里？"答言："尚未。"安赞其惠丽，称不容口。叟方谦挹，忽闻女郎惊号。叟奔入，则酒沸火腾。叟乃救止，诃曰："老大婢，濡④猛不知耶！"回首，见炉傍有薥心⑤插紫姑⑥未竟，又诃曰："发蓬蓬许，裁如婴儿！"持向安曰："贪此生涯，致酒腾沸。蒙君子奖誉，岂不羞死！"安审谛之，眉目袍服，制甚精工。赞曰："虽近儿戏，亦见慧心。"斟酌移时，女频来行酒，嫣然含笑，殊不羞涩。安注目情动。忽闻妪呼，叟便去。安觑无人，谓女曰："睹仙容，使我魂失。欲通媒妁，恐其不遂，如何？"女把壶向火，默若不闻；屡问不对。生渐入室。女起，厉色曰："狂郎入闼，将何为！"生长跽哀之。女夺门欲去。安暴起要遮。狎接臄䏿⑦。女颤声疾

---

① 执绋（fú）——指送葬。

② 华岳——西岳华山。

③ 湫隘——低湿狭小。

④ 濡——水泡，浸。

⑤ 薥心——高粱秆心。

⑥ 紫姑——传说中的女神，为厕神。

⑦ 臄䏿（jué qí）——接吻。

呼，叟忽遽入问。安释手而出，殊切愧惧。女从容向父曰："酒复涌沸，非郎君来，壶子融化矣。"安闻女言，心始安妥，益德之。魂魄颠倒，丧所怀来①。于是伪醉离席，女亦遂去。叟设裀褥，阖扉乃出。安不寐，未曙，呼别。

至家，即浼交好者造庐求聘，终日而返，竟莫得其居里。安遂命仆马，寻途自往。至则绝壁巉岩，竟无村落；访诸近里，则此姓绝少。失望而归，并忘食寝。由此得昏瞀②之疾：强啖汤粥，则喠嗡③欲吐；溃乱中，辄呼花姑子。家人不解，但终夜环伺之，气势阽危④。一夜，守者困怠并寐，生朦胧中，觉有人揣而抗⑤之。略开眸，则花姑子立床下，不觉神气清醒。熟视女郎，潸潸涕堕。女倾头笑曰："痴儿何至此耶？"乃登榻，坐安股上，以两手为按太阳穴。安觉脑麝奇香，穿鼻沁骨。按数刻，忽觉汗满天庭，渐达肢体。小语曰："室中多人，我不便住。三日当复相望。"又于绣袪中出数蒸饼置床头，悄然遂去。安至中夜，汗已思食，扪饼啖之。不知所苞何料，甘美非常，遂尽三枚。又以衣覆余饼，懵憕⑥酣睡，辰分始醒，如释重负。三日，饼尽，精神倍爽。乃遣散家人。又虑女来不得其门而入，潜出斋庭，悉脱扃键。未几，女果至，笑曰："痴郎子！不谢巫⑦耶？"安喜极，抱与绸缪，恩爱甚至。已而曰："妾冒险蒙垢，所以故，来报重恩耳。实不能永谐琴瑟，幸早别图。"安默默良久，乃问曰："素昧生平，何处与卿家有旧？实所不忆。"女不言，但云："君自思之。"生固求永好。女曰："屡屡夜奔，固不可；常谐伉俪，亦不能。"安闻言，邑邑而悲。女曰："必欲相谐，明宵请临妾家。"安乃收悲以忻，问曰："道路辽远，卿纤纤之步，何遂能来？"曰："妾固未归。东头聋媪我姨行，为君故，淹留至今，家中恐所疑怪。"安与同衾，但觉气息肌肤，无处不香。问曰："熏何芗⑧泽，致侵肌骨？"女曰：

---

① 丧所怀来——喻指对花姑子非礼行为的念头消失。

② 昏瞀——精神错乱。

③ 喠嗡（zhǒng yǒng）——喘息急促。

④ 阽危——极危。

⑤ 抗——通"吭"。

⑥ 懵憕（méng téng）——朦胧、迷乱。

⑦ 巫——女巫，此为花姑子自指。

⑧ 芗——通"香"。

“妾生来便尔，非由熏饰。”安益奇之。女早起言别。安虑迷途，女约相候于路。安抵暮驰去，女果伺待，偕至旧所。叟媪欢逆。酒肴无佳品，杂具藜藿。既而请客安寝。女子殊不瞻顾，颇涉疑念。更既深，女始至，曰：“父母絮絮不寝，致劳久待。”浃洽终夜，谓安曰：“此宵之会，乃百年之别。”安惊问之。答曰：“父以小地孤寂，故将远徙。与君好合，尽此夜耳。”安不忍释，俯仰悲怆。依恋之间，夜色渐曙。叟忽闯入，骂曰：“婢子玷我清门，使人愧怍欲死！”女失色，草草奔去。叟亦出，且行且詈。安惊孱遻①怯，无以自容，潜奔而归。

数日徘徊，心景殆不可过。因思夜往，逾墙以观其便。叟固言有恩，即令事泄，当无大谴。遂乘夜窜往，蹀躞山中，迷闷不知所往。大惧。方觅归途，见谷中隐有舍宇；喜诣之，则闬闳高壮，似是世家，重门尚未扃也。安向门者讯章氏之居。有青衣人出，问：“昏夜何人询章氏？”安曰：“是吾亲好，偶迷居向。”青衣曰：“男子无问章也。此是渠妗家，花姑即今在此，容传白之。”入未几，即出邀安。才登廊舍，花姑趋出迎，谓青衣曰：“安郎奔波中夜，想已困殆，可伺床寝。”少间，携手入帏。安问：“妗家何别无人？”女曰：“妗他出，留妾代守。幸与郎遇，岂非夙缘？”然偎傍之际，觉甚膻腥，心疑有异。女抱安颈，遽以舌舐鼻孔，彻脑如刺。安骇绝，急欲逃脱，而身若巨絙②之缚。少时，闷然不觉矣。

安不归，家中逐者穷人迹。或言暮遇于山径者。家人入山，则见裸死危崖下。惊怪莫察其由，舁归。众方聚哭，一女郎来吊，自门外嗷啕③而入。抚尸捺鼻，涕洟其中，呼曰：“天乎，天乎！何愚冥至此！”痛哭声嘶，移时乃已。告家人曰：“停以七日，勿殓也。”众不知何人，方将启问；女傲不为礼，含涕径出，留之不顾。尾其后，转眸已渺。群疑为神，谨遵所教。夜又来，哭如昨。至七夜，安忽苏，反侧以呻。家人尽骇。女子入，相向呜咽。安举手，挥众令去。女出青草一束，燂④汤升许，即床头进之，顷刻能言。叹曰：“再杀之惟卿，再生之亦惟卿矣！”因述所遇。女曰：“此蛇精冒

---

① 遻——通“愕”。

② 絙——通“绳”。

③ 嗷啕——放声痛哭。

④ 燂(xún)——煮。

妾也。前迷道时，所见灯光，即是物也。”安曰：“卿何能起死人而肉白骨也？勿乃仙乎？”曰：“久欲言之，恐致惊怪。君五年前，曾于华山道上买猎獐而放之否？”曰：“然，其有之。”曰：“是即妾父也。前言大德，盖以此故。君前日已生西村王主政[1]家。妾与父讼诸阎摩王，阎摩王弗善也。父愿坏道代郎死，哀之七日，始得当。今之邂逅，幸耳。然君虽生，必且痿痹[2]不仁；得蛇血合酒饮之，病乃可除。”生啣恨切齿，而虑其无术可以擒之。女曰：“不难。但多残生命，累我百年不得飞升。其穴在老崖中，可于晡时聚茅焚之，外以强弩戒备，妖物可得。”言已，别曰：“妾不能终身事，实所哀惨。然为君故，业行[3]已损其七，幸悯宥也。月来觉腹中微动，恐是孽根。男与女，岁后当相寄耳。”流涕而去。

安经宿，觉腰下尽死，爬抓无所痛痒。乃以女言告家人。家人往，如其言，炽火穴中。有巨白蛇冲焰而出。数弩齐发，射杀之。火熄入洞，蛇大小数百头，皆焦臭。家人归，以蛇血进。安服三日，两股渐能转侧，半年始起。后独行谷中，遇老媪以绷席抱婴儿授之，曰：“吾女致意郎君。”方欲问讯。瞥不复见。启褓视之，男也。抱归，竟不复娶。

异史氏曰：“人之所以异于禽兽者几希，此非定论也。蒙恩啣结，至于没齿，则人有惭于禽兽者矣。至于花姑，始而寄慧于憨，终而寄情于恝，乃知憨者慧之极，恝者情之至也。仙乎，仙乎！”

武孝廉

武孝廉[4]石某，囊资赴都，将求铨叙[5]。至德州，暴病，唾血不起，长卧舟中。仆篡金亡去。石大恚，病益加，资粮断绝，榜人[6]谋委弃之。会

---

① 主政——官名，即中央各部“主事”。

② 痿痹——肢体萎缩麻木。

③ 业行(xíng)——修行的道业。

④ 武孝廉——武举人。

⑤ 铨叙——清代科举取官的方法之一。

⑥ 榜人——船家。

有女子乘船，夜来临泊，闻之，自愿以舟载石。榜人悦，扶石登女舟。石视之，妇四十余，被服灿丽，神采犹都。呻以感谢。妇临审曰："君夙有瘵根①，今魂魄已游墟墓。"石闻之，嗷然哀哭。妇曰："我有丸药，能起死。苟病瘳，勿相忘。"石洒泣矢盟。妇乃以药饵石；半日，觉少痊。妇即榻供甘旨，殷勤过于夫妇。石益德之。月余，病良已。石膝行而前，敬之如母，妇曰："妾茕独②无依，如不以色衰见憎，愿侍巾栉。"时石三十余，丧偶经年，闻之，喜惬过望，遂相燕好。妇乃出藏金，使入都营干，相约返与同归。

石赴都夤缘③，选得本省司阃④；余金市鞍马，冠盖赫奕。因念妇腊⑤已高，终非良偶，因以百金聘王氏为继室。心中悚怯，恐妇闻知，遂避德州道，迂途履任。年余，不通音耗。有石中表⑥，偶至德州，与妇为邻。妇知之，诣问石况。某以实对。妇大骂，因告以情。某亦代为不平，慰解曰："或署中务冗，尚未暇遑。乞修尺一书，为嫂寄之。"妇如其言。某敬以达石，石殊不置意。又年余，妇自往归石，止于旅舍，托官署司宾者⑦通姓氏。石令绝之。一日，方燕饮，闻喧詈声；释杯凝听，则妇已搴帘入矣。石大骇，面色如土。妇指骂曰："薄情郎！安乐耶？试思富若贵，何所自来？我与汝情分不薄，即欲置婢妾，相谋何害？"石累足屏气，不能复作声。久之，长跽自投，诡辞求宥。妇气稍平。石与王氏谋，使以妹礼见妇。王氏雅不欲；石固哀之，乃往。王拜，妇亦答拜。曰："妹勿惧，我非悍妒者。曩事，实人情所不堪，即妹亦当不愿有是郎。"遂为王缅述本末。王亦愤恨，因与交詈石。石不能自为地，惟求自赎，遂相安帖。

初，妇之未入也，石戒阍人勿通。至此，怒阍人，阴诘让之。阍人固言管钥未发，无入者，不服。石疑之而不敢问妇，两虽言笑，而终非所好也。幸妇娴婉，不争夕。三餐后，掩闼早眠，并不问良人夜宿何所。王初犹自

---

① 瘵（zhài）根——肺痨病根。

② 茕（qióng）独——孤独。

③ 夤缘——攀附权要，求取官位。

④ 司阃（kǔn）——门卫武官。

⑤ 腊——年岁。

⑥ 中表——即姑（或姨）舅的兄弟。

⑦ 官署司宾者——门房值班人。

危；见其如此，益敬之。厌旦往朝，如事姑嫜。妇御下①宽和有体，而明察若神。一日，石失印绶，合署沸腾，屑屑②还往，无所为计。妇笑言："勿忧，竭井可得。"石从之，果得之。叩其故，辄笑不言。隐约间，似知盗者姓名，然终不肯泄。居之终岁，察其行多异。石疑其非人，常于寝后使人瞷③听之，但闻床上终夜作振衣声，亦不知其何为。妇与王极相怜爱。一夕，石以赴臬司④未归，妇与王饮，不觉过醉，就卧席间，化而为狐。王怜之，覆以锦褥。未几，石入，王告以异。石欲杀之。王曰："即狐，何负于君？"石不听，急觅佩刀。而妇已醒，骂曰："虺蝮⑤之行，而豺狼之心，必不可以久居！曩所啖药，乞赐还也！"即唾石面。石觉森寒如浇冰水，喉中习习作痒；呕出，则丸药如故。妇拾之，忿然迳出，追之已杳。石中夜旧症复作，血嗽不止，半载而卒。

异史氏曰："石孝廉，翩翩若书生。或言其折节能下士，语人如恐伤。壮年殂谢，士林悼之。至闻其负狐妇一事，则与李十郎⑥何以少异？"

西湖主

陈生弼教，字明允，燕⑦人也。家贫，从副将军贾绾作记室⑧，泊舟洞庭⑨，适猪婆龙⑩浮水面，贾射之中背。有鱼衔龙尾不去，并获之。锁置桅间，奄存气息；而龙吻张翕，似求援拯。生恻然心动。请于贾而释之。

---

① 御下——管理下人。
② 屑屑——不安。
③ 瞷(jiàn)——偷看。
④ 臬司——清代巡抚的属官。
⑤ 虺蝮(huǐ fù)——均为毒蛇。
⑥ 李十郎——唐人小说《霍小玉传》中人物，指李对霍始乱终弃。
⑦ 燕(yān)——相当于今河北省。
⑧ 记室——掌管文书的官。
⑨ 洞庭——湖南洞庭湖。
⑩ 猪婆龙——即"扬子鳄"。

携有金创药[①],戏敷患处,纵之水中,浮沉逾刻而没。

后年余,生北归,复经洞庭,大风覆舟。幸扳一竹簏,漂泊终夜,絓[②]木而止。援岸方升,有浮尸继至,则其僮仆。力引出之,已就毙矣。惨怛无聊,坐对憩息。但见小山耸翠,细柳摇青,行人绝少,无可问途。自迟明以至辰后,怅怅靡之。忽僮仆肢体微动,喜而扪之。无何,呕水数斗,醒然顿苏。相与曝衣石上,近午始燥可着。而枵肠[③]辘辘,饥不可堪。于是越山疾行,冀有村落。才至半山,闻鸣镝声[④]。方疑听所,有二女郎乘骏马来,骋如撒菽[⑤]。各以红绡抹额[⑥],髻插雉尾;着小袖紫衣,腰束绿锦;一挟弹,一臂青鞲[⑦]。度过岭头,则数十骑猎于榛莽,并皆姝丽,装束若一。生不敢前。有男子步驰,似是驭卒,因就问之。答曰:"此西湖主猎首山也。"生述所来,且告之馁。驭卒解裹粮授之,嘱云:"宜即远避,犯驾当死!"生惧,疾趋下山。

茂林中隐有殿阁,谓是兰若。近临之,粉垣围沓,溪水横流;朱门半启,石桥通焉。攀扉一望,则台榭环云,拟于上苑[⑧],又疑是贵家园亭。逡巡而入,横藤碍路,香花扑人。过数折曲栏,又是别一院宇,垂杨数十株,高拂朱檐。山鸟一鸣,则花片齐飞;深苑微风,则榆钱自落。怡目快心,殆非人世。穿过小亭,有秋千一架,上与云齐;而罥索[⑨]沉沉,杳无人迹。因疑地近闺闼[⑩],恇怯[⑪]未敢深入。俄闻马腾于门,似有女子笑语。生与僮潜伏丛花中。未几,笑声渐近,闻一女子曰:"今日猎兴不佳,获禽绝少。"又一女曰:"非是公主射得雁落,几空劳仆马也。"无何,红妆数辈,拥一女

---

① 金创药——治刀箭创伤的外用药。
② 絓——通"挂"。
③ 枵肠——饥肠。
④ 鸣镝声——箭飞行声。
⑤ 骋如撒菽——喻马蹄声如撒豆般急促。
⑥ 红绡抹额——头扎红巾。
⑦ 鞲(gōu)——皮质的箭袖。
⑧ 上苑——皇家园林。
⑨ 罥(juàn)索——悬挂秋千的绳索。
⑩ 闺闼——内室。
⑪ 恇怯——恐惧畏缩。

郎至亭上坐。秃袖①戎装,年可十四五。鬟多敛雾,腰细惊风,玉蕊琼英,未足方喻。诸女子献茗熏香,灿如堆锦。移时,女起,历阶而下。一女曰:“公主鞍马劳顿,尚能秋千否?”公主笑诺。遂有驾肩者,捉臂者,褰裙者,持履者,挽扶而上。公主舒皓腕,蹑利屣,轻如飞燕,蹴入云宵。已而扶下。群曰:“公主真仙人也!”嘻笑而去。生睨良久,神志飞扬。迨人声既寂,出诣秋千下,徘徊凝想。见篱下有红巾,知为群美所遗,喜纳袖中。登其亭,见案上设有文具,遂题巾曰:“雅戏何人拟半仙?分明琼女散金莲。广寒队里恐相妒,莫信凌波上九天。”题已,吟诵而出。复寻故径,则重门扃锢矣。踟蹰罔计,反而楼阁亭台,涉历几尽。一女掩入,惊问:“何得来此?”生揖之曰:“失路之人,幸能垂救。”女问:“拾得红巾否?”生曰:“有之。然已玷染,如何?”因出之。女大惊曰:“汝死无所矣!此公主所常御,涂鸦若此,何能为地?”生失色,哀求脱免。女曰:“窃窥宫仪,罪已不赦。念汝儒冠蕴藉,欲以私意相全;今孽乃自作,将何为计!”遂皇皇持巾去。生心悸肌栗,恨无翅翎,惟延颈俟死。迂久,女复来,潜贺曰:“子有生望矣!公主看巾三四遍,辗然无怒容,或当放君去。宜姑耐守,勿得攀树钻垣,发觉不宥矣。”日已投暮,凶祥不能自必;而饿焰中烧,忧煎欲死。无何,女子挑灯至。一婢提壶榼②,出酒食饷生。生急问消息,女云:“适我乘间言:‘园中秀才,可恕则放之;不然,饿且死。’公主沉思云:‘深夜教渠何之?’遂命馈君食。此非恶耗也。”生徨徊终夜,危不自安。辰刻向尽,女子又饷之。生哀求缓颊,女曰:“公主不言杀,亦不言放。我辈下人,何敢屑屑渎告?”既而斜日西转,眺望方殷,女子坌息③急奔而入,曰:“殆矣!多言者泄其事于王妃;妃展巾抵地,大骂狂伧,祸不远矣!”生大惊,面如灰土,长跽请教。忽闻人语纷挐④,女摇手避去。数人持索,汹汹入户。内一婢熟视曰:“将谓何人,陈郎耶?”遂止持索者,曰:“且勿且勿,待白王妃来。”返身急去。少间来,曰:“王妃请陈郎入。”生战惕从之。经数十门户,至一宫殿,碧箔银钩。即有美姬揭帘,唱:“陈郎至。”上一丽

① 秃袖——窄袖。
② 榼——通“盒”。
③ 坌(bèn)息——喘息急促。
④ 纷挐(ná)——杂乱。

者,袍服炫冶。生伏地稽首曰:“万里孤臣,幸恕生命。”妃急起自曳之,曰:“我非君子,无以有今日。婢辈无知,致迕佳客,罪何可赎!”即设华筵,酌以镂杯。生茫然不解其故。妃曰:“再造之恩,恨无所报。息女蒙题巾之爱,当是天缘,今夕即遣奉侍。”生意出非望,神惝恍[①]而无着。

日方暮,一婢前白:“公主已严妆讫。”遂引生就帐。忽而笙管敖曹,阶上悉践花罽[②];门堂藩溷,处处皆笼烛。数十妖姬,扶公主交拜。麝兰之气,充溢殿庭,既而相将入帏,两相倾爱。生曰:“羁旅之臣,生平不省拜侍。点污芳巾,得免斧锧,幸矣;反赐姻好,实非所望。”公主曰:“妾母,湖君妃子,乃扬江王女。旧岁归宁,偶游湖上,为流矢所中。蒙君脱免,又赐刀圭[③]之药,一门戴佩,常不去心。郎勿以非类见疑。妾从龙君得长生诀,愿与郎共之。”生乃悟为神人,因问:“婢子何以相识?”曰:“尔日洞庭舟上,曾有小鱼衔尾,即此婢也。”又问:“既不见诛,何迟迟不赐纵脱?”笑曰:“实怜君才,但不自主。颠倒终夜,他人不及知也。”生叹曰:“卿,我鲍叔[④]也。馈食者谁?”曰:“阿念,亦妾腹心。”生曰:“何以报德?”笑曰:“侍君有日,徐图塞责未晚耳。”问:“大王何在?”曰:“从关圣[⑤]征蚩尤[⑥]未归。”

居数日,生虑家中无耗,悬念綦切,乃先以平安书遣仆归。家中闻洞庭舟覆,妻子缞绖已年余矣。仆归,始知不死;而音问梗塞,终恐漂泊难返。又半载,生忽至,裘马甚都,囊中宝玉充盈。由此富有巨万,声色豪奢,世家所不能及。七八年间,生子五人。日日宴集宾客,宫室饮馔之奉,穷极丰盛。或问所遇,言之无少讳。

有童稚之交梁子俊者,宦游南服十余年。归过洞庭,见一画舫,雕槛朱窗,笙歌幽细,缓荡烟波。时有美人推窗凭眺。梁目注舫中,见一少年丈夫,科头叠股其上;傍有二八姝丽,挼莎交摩。念必楚襄贵官,而驺从殊

---

① 惝(chǎng)恍——恍惚。
② 花罽(jì)——花地毯。
③ 刀圭——借指药物。
④ 鲍叔——春秋齐人,与管仲为知己,此代指知己。
⑤ 关圣——即关羽。
⑥ 蚩尤——传说中的部落酋长。

少。凝眸审谛,则陈明允也。不觉凭栏酣叫。生闻呼罢棹,出临鹢首①,邀梁过舟。见残肴满案,酒雾犹浓。生立命撤去。顷之,美婢三五,进酒烹茗,山海珍错,目所未睹。梁惊曰:“十年不见,何富贵一至于此!”笑曰:“君小觑穷措大不能发迹耶?”问:“适共饮何人?”曰:“山荆耳。”梁又异之。问:“携家何往?”答:“将西渡。”梁欲再诘,生遽命歌以侑酒。一言甫毕,旱雷聒耳,肉竹②嘈杂,不复可闻言笑。梁见佳丽满前,乘醉大言曰:“明允公,能令我真个销魂否?”生笑云:“足下醉矣!然有一美妾之资,可赠故人。”遂命侍儿进明珠一颗,曰:“绿珠③不难购,明我非吝惜。”乃趣别曰:“小事忙迫,不及与故人久聚。”送梁归舟,开缆迳去。

梁归,探诸其家,则生方与客饮,益疑。因问:“昨在洞庭,何归之速?”答曰:“无之。”梁乃追述所见,一座尽骇。生笑曰:“君误矣,仆岂有分身术耶?”众异之,而究莫解其故。后八十一岁而终。迨殡,讶其棺轻;开之,则空棺耳。

异史氏曰:“竹簏不沉,红巾题句,此其中具有鬼神;而要皆恻隐之一念所通也。迨宫室妻妾,一身而两享其奉,即又不可解矣。昔有愿娇妻美妾、贵子贤孙,而兼长生不死者,仅得其半耳。岂仙人中亦有汾阳、季伦④耶?”

孝 子

青州东香山之前,有周顺亭者,事母至孝。母股生巨疽,痛不可忍,昼夜嚬呻。周抚肌进药,至忘寝食。数月不痊,周忧煎无以为计。梦父告曰:“母疾赖汝孝。然此疮非人膏涂之不能愈,徒劳焦恻也。”醒而异之。乃起,以利刃

---

① 鹢(yì)首——船头。

② 肉竹——歌乐声。

③ 绿珠——晋人,石崇的歌妓,此代指身价高的美女。

④ 汾阳、季伦——汾阳,即郭子仪,唐人,有军功,富贵至极,子孙绕膝,被封为汾阳郡王;季伦,即石崇,晋人,家巨富。此代指多子多孙、大富大贵之人。

割胁肉;肉脱落,觉不甚苦。急以布缠腰际,血亦不注。于是烹肉持膏,敷母患处,痛截然顿止。母喜问:“何药而灵效如此?”周诡对之。母疮寻愈。周每掩护割处,即妻子亦不知也。即痊,有巨痕如掌。妻诘之,始得其情。

异史氏曰:“刲股①为伤生之事,君子不贵。然愚夫妇何知伤生之为不孝哉?亦行其心之所不自已者而已。有斯人而知孝子之真,犹在天壤。司②风教者,重务良多,无暇彰表,则阐幽明微,赖兹刍荛③。”

狮 子

暹逻④贡狮,每止处,观者如堵。其形状与世传绣画者迥异,毛黑黄色,长数寸。或投以鸡,先以爪抟⑤而吹之;一吹,则毛尽落如扫,亦理之奇也。

阎 王

李久常,临朐⑥人。壶榼⑦于野,见旋风蓬蓬而来,敬酹奠之。后以故他适,路傍有广第,殿阁弘丽。一青衣人自内出,邀李。李固辞,青衣要遮甚殷。李曰:“素不识荆,得无误耶?”青衣云:“不误。”便言李姓字。问:“此谁家?”答云:“入自知之。”入,进一层门,见一女子手足钉扉上。近视之,其嫂也。大骇。李有嫂,臂生恶疽,不起者年余矣,因自念何得至此,转疑招致意恶,畏沮却步。青衣促之,乃入。至殿下,上一人。冠带如

---

① 刲(kuī)股——割股疗亲。

② 司——管理。

③ 刍荛——作者自谦词,谦喻文章浅陋。

④ 暹(xiān)逻——泰国的古称。

⑤ 抟——以双手捧持转动。

⑥ 临朐(qú)——今山东临朐县。

⑦ 壶榼——酒具。

王者，气像威猛。李跪伏，莫敢仰视。王者命曳起之，慰之曰："勿惧。我以曩昔扰子杯酌，欲一见相谢，无他故也。"李心始安，然终不知其故。王者又曰："汝不忆田野酹奠时乎？"李顿悟，知其为神，顿首曰："适见嫂氏，受此严刑，骨肉之情，实怆于怀。乞王怜宥！"王者曰："此甚悍妒，宜得是罚。三年前，汝兄妾盘肠而产，彼阴以针刺肠上，俾至今脏腑常痛。此岂有人理者！"李固哀之。乃是曰："便以子故宥之。归当劝悍妇改行。"李谢而出，则扉上无人矣。归视嫂，嫂卧榻上，创血殷席。时以妾拂意故，方致诟骂。李遽劝曰："嫂勿复尔！今日恶苦，皆平日忌嫉所致。"嫂怒曰："小郎若个好男儿；又房中娘子贤似孟姑姑①，任郎君东家眠，西家宿，不敢一作声。自当是小郎大好乾纲②，到不得代哥子降伏老媪！"李微哂曰："嫂勿怒，若言其情，恐欲哭不暇矣。"曰："便曾不盗得王母箩中线，又未与玉皇香案吏一眨眼，中怀坦坦，何处可用哭者！"李小语曰："针刺人肠，宜何罪？"嫂勃然色变，问此言之因。李告之故。嫂战惕不已，涕泗流离而哀鸣曰："吾不敢矣！"啼泪未乾，觉痛顿止，旬日而瘥。由是立改前辙，遂称贤淑。后妾再产，腹复堕，针宛然在焉。拔去之，肠痛乃瘳。

异史氏曰："或谓天下悍妒如某者，正复不少，恨阴网之漏多也。余谓不然，冥司之罚，未必无甚于钉扉者，但无回信耳。"

土　偶

沂水马姓者，娶妻王氏，琴瑟甚敦。马早逝，王父母欲夺其志，王矢不他。姑怜其少，亦劝之，王不听。母曰："汝志良佳；然齿太幼，儿又无出。每见有勉强于初，而贻羞于后者，固不如早嫁，犹恒情也。"王正容，以死自誓，母乃任之。女命塑工肖③夫像，每食酹献如生时。一夕，将寝，忽见土偶人欠伸而下。骇心愕顾，即已暴长如人，真其夫也。女惧，呼母。鬼止之曰："勿尔。感卿情好，幽壤酸辛。一门有忠贞，数世祖宗，皆有光

① 孟姑姑——指孟光，古时有名的贤妻，与梁鸿举案齐眉，成为千古美谈。
② 乾纲——夫权。
③ 肖——仿造。

荣。吾父生有损德,应无嗣,遂至促我茂龄[①]。冥司念尔苦节,故令我归,与汝生一子承祧绪。"女亦沾襟。燕好如平生。鸡鸣,即下榻去。如此月余,觉腹微动。鬼乃泣曰:"限期已满,从此永诀矣!"遂绝。女初不言;既而腹渐大,不能隐,阴以告母。母疑涉妄;然窥女无他,大惑不解。十月,果举一男。向人言之,闻者罔不匿笑;女亦无以自伸。有里正故与马有隙,告诸邑令。令拘讯邻人,并无异言。令曰:"闻鬼子无影,有影者伪也。"抱儿日中,影淡淡如轻烟然。又刺儿指血傅土偶上,立入无痕;取他偶涂之,一拭便去。以此信之。长数岁,口鼻言动,无一不肖马者。群疑始解。

长治女子

陈欢乐,潞之长治[②]人。有女慧美。有道士行乞,睨之而去。由是日持钵近廛间。适一瞽人[③]人自陈家出,道士追与同行,问何来。瞽云:"适过陈家推[④]造命。"道士曰:"闻其家有女郎,我中表亲欲求姻好,但未知其甲子。"瞽为之述之,道士乃别而去。

居数日,女绣于房,忽觉足麻痹,渐至股,又渐至腰腹;俄而晕然倾仆。定逾刻,始恍惚能立,将寻告母。及出门,则见茫茫黑波中,一路如线;骇而却退,门舍居庐,已被黑水淹没。又视路上,行人绝少,惟道士缓步于前,遂遥尾之,冀见同乡以相告语。走数里以来,忽睹里舍,视之,则己家门。大骇曰:"奔驰如许,固犹在村中。何向来迷惘若此!"欣然入门。父母尚未归。复仍至己房,所绣业履,犹在榻上。自觉奔波殆极,就榻憩坐。道士忽入,女大惊欲遁。道士捉而捺之。女欲号,则瘖[⑤]不能声。道士急以利刃剖女心。女觉魂飘飘离壳而立。四顾家舍全非,惟有崩崖若覆。

---

① 茂龄——壮年。

② 潞之长治——潞安府长治县,今山西长治市。

③ 瞽人——盲人。

④ 推——算。

⑤ 瘖(yīn)——哑。

视道士以己心血点木人上，又复叠指诅咒；女觉木人遂与己合。道士嘱曰："自兹当听差遣，勿得违误！"遂佩戴之。

陈氏失女，举家惶惑。寻至牛头岭，始闻村人传言，岭下一女子剖心而死。陈奔验，果其女也。泣以诉宰。宰拘岭下居人，拷掠几遍，迄无端绪。姑收群犯，以待覆勘。道士去数里外，坐路傍柳树下，忽谓女曰："今遣汝第一差，往侦邑中审狱状。去当隐身暖阁①上。倘见官宰用印，即当趋避，切记勿忘！限汝辰去巳来②。迟一刻，则以一针刺汝心中，令作急痛；二刻，刺二针；至三针，则使汝魂魄销灭矣。"女闻之，四体惊悚，飘然遂去。瞬息至官廨，如言伏阁上。时岭下人罗跪堂下，尚未讯诘。适将钤印③公牒，女未及避，而印已出匣。女觉身躯重耎④，纸格似不能胜，曝然作响。满堂愕顾。宰命再举，响如前；三举，翻坠地下。众悉闻之。宰起祝曰："如是冤鬼，当便直陈，为汝昭雪。"女哽咽而前，历言道士杀己状、遣己状。宰差役驰去，至柳树下，道士果在。捉还，一鞫而服。人犯乃释。宰问女："冤雪何归？"女曰："将从大人。"宰曰："我署中无处可容，不如暂归汝家。"女良久曰："官署即吾家，我将入矣。"宰又问，音响已寂。退入宅中，则夫人生女矣。

义犬

潞安某甲，父陷狱将死。搜括囊蓄，得百金，将诣郡关说。跨骡出，则所养黑犬从之。呵逐使退；既走，则又从之，鞭逐不返。从行数十里。某下骑，趋路侧私⑤焉。既，乃以石投犬，犬始奔去；某既行，则犬欻然复来，啮骡尾足。某怒鞭之，犬鸣吠不已。忽跃在前，愤龁骡首，似欲阻其去路。某以为不祥，益怒，回骑驰逐之。视犬已远，乃返辔疾驰，抵郡已暮。及扪

---

① 暖阁——古时官署大堂内的阁子。

② 辰去巳来——早晨7~9时去，上午9~11时来。

③ 钤(qián)印——加盖官印。

④ 耎——同"软"。

⑤ 私——小便。

腰橐,金亡其半。涔涔汗下,魂魄都失。辗转终夜,顿念犬吠有因。候关①出城,细审来途。又自计南北冲衢,行人如蚁,遗金宁有存理。逡巡至下骑所,见犬毙草间,毛汗湿如洗。提耳起视,则封金俨然。感其义,买棺葬之,人以为义犬冢云。

鄱阳神

翟湛持②,司理③饶州④,道经鄱阳湖。湖上有神祠,停盖游瞻。内雕丁普郎⑤死节臣像,翟姓一神,最居末座。翟曰:“吾家宗人,何得在下!”遂于上易一座。既而登舟,大风断帆,桅樯倾侧,一家哀号。俄一小舟,破浪而来;既近官舟,急挽翟登小舟,于是家人尽登。审视其人,与翟姓神无少异。无何,浪息,寻之已杳。

伍秋月

秦邮⑥王鼎,字仙湖。为人慷慨有力,广交游。年十八,未娶,妻殒。每远游,恒经岁不返。兄鼐,江北名士,友于甚笃。劝弟勿游,将为择偶。生不听,命舟抵镇江访友。友他出,因税居于逆旅阁上。江水澄波,金山⑦在目,心甚快之。次日,友人来,请生移居,辞不去。

居半月余,夜梦女郎,年可十四五,容华端妙,上床与合,既寤而遗。颇怪之,亦以为偶。入夜,又梦之。如是三四夜。心大异,不敢息烛,身虽

---

① 候关——守候城门开放。

② 翟湛持——清初山东人,曾任陕西韩城县知县。

③ 司理——官名,掌狱讼。

④ 饶州——府名,今江西鄱阳县。

⑤ 丁普郎——元末明初人,从朱元璋攻打陈友谅,战死于鄱阳湖,后追赠为济阳郡公。

⑥ 秦邮——今江苏高邮县。

⑦ 金山——位于今江苏镇江市西北。

偃卧，惕然自警。才交睫，梦女复来；方狎，忽自惊寤；急开目，则少女如仙，俨然犹在抱也。见生醒，顿自愧怯。生虽知非人，意亦甚得；无暇问讯，直与驰骤。女若不堪，曰："狂暴如此，无怪人不敢明告也。"生始诘之，答云："妾伍氏秋月。先父名儒，邃于易数①。常珍爱妾；但言不永寿，故不许字人。后十五岁果夭殁，即攒瘞②阁东，令与地平。亦无冢志③，惟立片石于棺侧，曰：'女秋月，葬无冢，三十年，嫁王鼎。'今已三十年，君适至。心喜，亟欲自荐；寸心羞怯，故假之梦寐耳。"王亦喜，复求讫事。曰："妾少须阳气，欲求复生，实不禁此风雨。后日好合无限，何必今宵。"遂起而去。次日，复至，坐对笑谑，欢若生平。灭烛登床，无异生人；但女既起，则遗泄流离，沾染裀褥。

一夕，月明莹彻，小步庭中。问女："冥中亦有城郭否？"答曰："等耳。冥间城府，不在此处，去此可三四里。但以夜为昼。"问："生人能见之否？"答云："亦可。"生请往观，女诺之。乘月去，女飘忽若风，王极力追随。欻至一处，女言："不远矣。"生瞻望殊罔所见。女以唾涂其两眥，启之，明倍于常，视夜色不殊白昼。顿见雉堞④在杳霭中；路上行人，如趋墟市。俄二皂絷三四人过，末一人怪类其兄。趋近视之，果兄。骇问："兄那里来？"兄见生，潸然零涕，言："自不知何事，强被拘囚。"王怒曰："我兄秉礼君子，何至缧绁⑤如此！"便请二皂，幸且宽释。皂不肯，殊大傲睨。生恚，欲与争。兄止之曰："此是官命，亦合奉法。但余乏用度，索贿良苦。弟归，宜措置。"生把兄臂，哭失声。皂怒，猛掣项索，兄顿颠蹶。生见之，忿火填胸，不能制止，即解佩刀，立决皂首。一皂喊嘶，生又决之。女大惊曰："杀官使，罪不宥！迟则祸及！请即觅舟北发，归家勿摘提旛⑥，杜门绝出入，七日保无虑也。"王乃挽兄夜买小舟，火急北渡。归见吊客在门，知兄果死。闭门下钥，始入。视兄已渺；入室，则亡者已苏，便

---

① 邃于易数——精通占卜术。

② 攒瘞(yì)——掩埋。

③ 冢志——坟墓的标志。

④ 雉堞——城墙的垛口。

⑤ 缧绁——此指捆绑。

⑥ 提旛——白色丧旛。

呼:"饿死矣!可急备汤饼。"时死已二日,家人尽骇。生乃备言其故。七日启关,去丧幡,人始知其复苏。亲友集问,但伪对之。

转思秋月,想念颇烦。遂复南下,至旧阁,秉烛久待,女竟不至。蒙眬欲寝,见一妇人来,曰:"秋月小娘子致意郎君:前以公役被杀,凶犯逃亡,捉得娘子去,见在监押,押役遇之虐。日日盼郎君,当谋作经纪。"王悲愤,便从妇去。至一城都,入西郭,指一门曰:"小娘子暂寄此间。"王入,见房舍颇繁,寄顿囚犯甚多,并无秋月。又进一小扉,斗室中有灯火。王近窗以窥,则秋月坐榻上,掩袖呜泣。二役在侧,撮颐捉履,引以嘲戏。女啼益急。一役挽颈曰:"既为罪犯,尚守贞耶?"王怒,不暇语,持刀直入,一役一刀,摧斩如麻,篡取女郎而出。幸无觉者。裁至旅舍,蓦然即醒。方怪幻梦之凶,见秋月含睇而立。生惊起曳坐,告之以梦。女曰:"真也,非梦也。"生惊曰:"且为奈何!"女叹曰:"此有定数。妾待月尽,始是生期;今已如此,急何能待!当速发瘗处,载妾同归,日频唤妾名,三日可活。但未满时日,骨耎足弱,不能为君任井臼①耳。"言已,草草欲出。又返身曰:"妾几忘之,冥追若何?生时,父传我符书,言三十年后,可佩夫妇。"乃索笔疾书两符,曰:"一君自佩,一粘妾背。"送之出,志其没处②,掘尺许,即见棺木,亦已败腐。侧有小碑,果如女言。发棺视之,女颜色如生。抱入房中,衣裳随风尽化。粘符已,以被褥严裹,负至江滨;呼拢泊舟,伪言妹急病,将送归其家。幸南风大竞,甫晓,已达里门。抱女安置,始告兄嫂。一家惊顾,亦莫敢直言其惑。生启衾,长呼秋月,夜辄拥尸而寝。日渐温暖。三日竟苏,七日能步;更衣拜嫂,盈盈然神仙不殊。但十步之外,须人而行!不则随风摇曳,屡欲倾侧。见者以为身有此病,转更增媚。每劝生曰:"君罪孽太深,宜积德诵经以忏之。不然,寿恐不永也。"生素不佞佛③,至此皈依甚虔。后亦无恙。

异史氏曰:"余欲上言定律:'凡杀公役者,罪减平人三等。'盖此辈无有不可杀者也。故能诛锄蠹役者,即为循良④;即稍苛之,不可谓虐。况

---

① 井臼——泛指家务。

② 志其没处——在其消失的地方。

③ 佞(nìng)佛——过分相信佛教。

④ 循良——此指奉公守法的官吏。

冥中原无定法,倘有恶人,刀锯鼎镬,不以为酷。若人心之所快,即冥王之所善也。岂罪致冥追,遂可倖而逃哉?"

莲花公主

胶州窦旭,字晓晖。方昼寝,见一褐衣人立榻前,逡巡惶顾,似欲有言。生问之,答云:"相公奉屈①。""相公何人?"曰:"近在邻境。"从之而出。转过墙屋,导至一处,叠阁重楼,万椽相接,曲折而行,觉万户千门,迥非人世。又见宫人女官,往来甚夥,都向褐衣人问曰:"窦郎来乎?"褐衣人诺。俄,一贵官出,迎见生甚恭。既登堂,生启问曰:"素既不叙,遂疏参谒。过蒙爱接,颇注疑念。"贵官曰:"寡君以先生清族世德,倾风结慕,深愿思晤焉。"生益骇,问:"王何人?"答云:"少间自悉。"无何,二女官至,以双旌导生行。入重门,见殿上一王者,见生入,降阶而迎,执宾主礼。礼已,践席,列筵丰盛。仰视殿上一扁曰"桂府"。生局蹙②不能致辞。王曰:"忝③近芳邻,缘即至深。便当畅怀,勿致疑畏。"生唯唯。酒数行,笙歌作于下,钲鼓不鸣,声音幽细。稍间,王忽左右顾曰:"朕一言,烦卿等属对:'才人登桂府。'"四座方思,生即应云:"君子爱莲花。"王大悦曰:"奇哉!莲花乃公主小字,何适合如此?宁非夙分?传语公主,不可不出一晤君子。"移时,珮环声近,兰麝香浓,则公主至矣。年十六七,妙好无双。王命向生展拜,曰:"此即莲花小女也。"拜已而去。生睹之,神情摇动,木坐凝思。王举觞劝饮,目竟罔睹。王似微察其意,乃曰:"息女宜相匹敌,但自惭不类,如何?"生怅然若痴,即又不闻。近坐者蹑之曰:"王揖君未见,王言君未闻耶?"生茫乎若失,懡㦬④自惭,离席曰:"臣蒙优渥,不觉过醉,仪节失次,幸能垂宥。然日旰⑤君勤,即告出也。"王起曰:"既见

① 奉屈——恭请光临。
② 局蹙——不安状。
③ 忝(tiǎn)——自称的谦词。
④ 懡㦬(mǒ luǒ)——羞惭。
⑤ 日旰(gàn)——日色已晚。

君子，实惬心好，何仓卒而便言离也？卿既不住，亦无敢于强。若烦萦念，更当再邀。”遂命内官导之出。途中，内官语生曰：“适王谓可匹敌，似欲附为婚姻，何默不一言？”生顿足而悔，步步追恨，遂已至家。忽然醒寤，则返照已残，冥坐观想，历历在目。

晚斋灭烛，冀旧梦可以复寻，而邯郸路渺[1]，悔叹而已。一夕，与友人共榻，忽见前内官来，传王命相召。生喜，从去。见王伏谒。王曳起，延止隅坐，曰：“别后知劳思眷。谬以小女子奉裳衣，想不过嫌也。”生即拜谢。王命学士[2]大臣，陪侍宴饮。酒阑，宫人前白：“公主妆竟。”俄见数十宫女，拥公主出。以红锦覆首，凌波微步，挽上氍毹[3]，与生交拜成礼。已而送归馆舍。洞房温清，穷极芳腻。生曰：“有卿在目，真使人乐而忘死。但恐今日之遭，乃是梦耳。”公主掩口曰：“明明妾与君，那得是梦？”诘旦方起，戏为公主匀铅黄[4]；已而以带围腰，布指度足[5]。公主笑问曰：“君颠耶？”曰：“臣屡为梦误，故细志之。倘是梦时，亦足动悬想耳。”

调笑未已，一宫女驰入曰：“妖入宫门，王避偏殿，凶祸不远矣！”生大惊，趋见王。王执手泣曰：“君子不弃，方图永好。讵期孽降自天，国祚将覆，且复奈何！”生惊问何说。王以案上一章，授生启读。章曰：“含香殿大学士臣黑翼，为非常怪异，祈早迁都，以存国脉事：据黄门[6]报称：自五月初六日，来一千丈巨蟒，盘踞宫外，吞食内外臣民一万三千八百余口；所过宫殿尽成丘墟，等因[7]。臣奋勇前窥，确见妖蟒：头如山岳，目等江海；昂首则殿阁齐吞，伸腰则楼垣尽覆。真千古未见之凶，万代不遭之祸！社稷宗庙，危在旦夕！乞皇上早率宫眷，速迁乐土”云云。生览毕，面如灰土。即有宫人奔奏：“妖物至矣！”合殿哀呼，惨无天日。王仓遽不知所为，但泣顾曰：“小女已累先生。”生坌息而返。公主方与左右抱首哀鸣，见生入，牵衿曰：“郎焉置妾？”生怆恻欲绝，乃捉腕思曰：“小生贫贱，惭无

---

① 邯郸路渺——喻指旧梦难寻。

② 学士——官名，多半为荣誉衔。

③ 氍毹（qú shū）——毛织地毯。

④ 铅黄——女子化妆品。

⑤ 布指度足——以手指量脚。

⑥ 黄门——代指宦官。

⑦ 等因——公文套语。

金屋①。有茅庐三数间,姑同窜匿可乎?”公主含涕曰:“急何能择,乞携速往。”生乃挽扶而出。未几,至家。公主曰:“此大安宅,胜故国多矣。然妾从君来,父母何依?请别筑一舍,当举国相从。”生难之。公主号咷曰:“不能急人之急,安用郎也!”生略慰解,即已入室。公主伏床悲啼,不可劝止。焦思无术,顿然而醒,始知梦也。而耳畔啼声,嘤嘤未绝,审听之,殊非人声,乃蜂子二三头,飞鸣枕上。大叫怪事。

友人诘之,乃以梦告。友人亦诧为异。共起视蜂,依依裳袂间,拂之不去。友人劝为营巢。生如所请,督工构造。方竖两堵,而群蜂自墙外来,络绎如绳。顶尖未合,飞集盈斗。迹所由来,则邻翁之旧圃也。圃中蜂一房,三十余年矣。生息颇繁。或以生事告翁。翁觇之,蜂户寂然。发其壁,则蛇据其中,长丈许。捉而杀之。乃知巨蟒即此物也。蜂入生家,滋息更盛,亦无他异。

绿衣女

于生名璟,字小宋,益都人。读书醴泉寺。夜方披诵,忽一女子在窗外赞曰:“于相公勤读哉!”因念:深山何处得女子?方疑思间,女已推扉笑入,曰:“勤读哉!”于惊起,视之,绿衣长裙,婉妙无比。于知非人,固诘里居。女曰:“君视妾当非能咋噬②者,何劳穷问?”于心好之,遂与寝处。罗襦既解,腰细殆不盈掬。更筹方尽,翩然遂去。由此无夕不至。

一夕共酌,谈吐间妙解音律。于曰:“卿声娇细,倘度一曲,必能消魂。”女笑曰:“不敢度曲,恐消君魂耳。”于固请之。曰:“妾非吝惜,恐他人所闻。君必欲之,请便献丑;但只微声示意可耳。”遂以莲钩③轻点足床④,歌云:“树上乌臼鸟⑤,赚奴中夜散。不怨绣鞋湿,只恐郎无伴。”声

---

① 金屋——供美人居住的华屋。
② 咋噬——吃人。
③ 莲钩——代指纤足。
④ 足床——床前的踏脚板。
⑤ 乌臼鸟——鸟名,即“鸦舅”,一种候鸟,黎明时啼叫。

细如蝇，才可辨认。而静听之，宛转滑裂，动耳摇心。歌已，启门窥曰："防窗外有人。"绕屋周视，乃入。生曰："卿何疑惧之深?"笑曰："谚云：'偷生鬼子常畏人。'妾之谓矣。"既而就寝，惕然不喜，曰："生平之分，殆止此乎?"于急问之，女曰："妾心动，妾禄①尽矣。"于慰之曰："心动眼瞤②，盖是常也，何遽此云?"女稍怿③，复相绸缪。更漏既歇，披衣下榻。方将启关，徘徊复返，曰："不知何故，惿𢥠④心怯。乞送我出门。"于果起，送诸门外。女曰："君伫望我；我逾垣去，君方归。"于曰："诺。"视女转过房廊，寂不复见。

方欲归寝，闻女号救甚急。于奔往，四顾无迹，声在檐间。举首细视，则一蛛大如弹，抟捉一物，哀鸣声嘶。于破网挑下，去其缚缠，则一绿蜂，奄然将毙矣。捉归室中，置案头。停苏移时，始能行步。徐登砚池，自以身投墨汁，出伏几上，走作"谢"字。频展双翼，已乃穿窗而去。自此遂绝。

黎 氏

龙门⑤谢中条者，佻达无行⑥。三十余丧妻，遗二子一女，晨夕啼号，萦累甚苦。谋聘继室，低昂未就。暂雇佣媪抚子女。一日，翔步山途，忽一妇人出其后。待以窥觇，是好女子，年二十许。心悦之，戏曰："娘子独行，不畏怖耶?"妇走不对。又曰："娘子纤步，山径殊难。"妇仍不顾，谢四望无人，近身侧，遽挐其腕，曳入幽谷，将以强合。妇怒呼曰："何处强人，横来相侵!"谢牵挽而行，更不休止。妇步履跌蹶，困窘无计，乃曰："燕婉之求，乃若此耶？缓我，当相就耳。"谢从之。偕入静壑，野合既已，遂相

---

① 禄——福分，暗指寿命。

② 瞤(shùn)——眼跳。

③ 怿(yì)——喜悦。

④ 惿𢥠(tí sī)——心中恐惧。

⑤ 龙门——古县名，治今山西河津县境内。

⑥ 佻达无行——轻薄，无德行。

欣爱。妇问其里居姓氏，谢以实告。既亦问妇，妇言："妾黎氏。不幸早寡，姑又殒殁，块然一身，无所依倚，故常至母家耳。"谢曰："我亦鳏也，能相从乎？"妇问："君有子女无也？"谢曰："实不相欺：若论枕席之事，交好者亦颇不乏，只是儿啼女哭，令人不耐。"妇踌躇曰："此大难事！观君衣服袜履款样，亦只平平，我自谓能办。但继母难作，恐不胜诮让也。"谢曰："请毋疑阻。我自不言，人何干与？"妇亦微纳，转而虑曰："肌肤已沾，有何不从。但有悍伯①，每以我为奇货，恐不允谐，将复如何？"谢亦忧皇，请与逃窜。妇曰："我亦思之烂熟。所虑家人一泄，两非所便。"谢云："此即细事。家中惟一孤媪，立便遣去。"妇喜，遂与同归。先匿外舍；即入遣媪讫，扫榻迎妇，倍极欢好。妇便操作，兼为儿女补缀，辛勤甚至。谢得妇，嬖爱②异常，日惟闭门相对，更不通客。月余，适以公事出，反关③乃去。及归，则中门严闭，扣之不应。排闼而入，渺无人迹。方至寝室，一巨狼冲门跃出，几惊绝。入视，子女皆无，鲜血殷地，惟三头存焉，返身追狼，已不知所之矣。

异史氏曰："士则无行，报亦惨矣。再娶者，皆引狼入室耳，况将于野合逃窜中求贤妇哉！"

荷花三娘子

湖州④宗湘若，士人也。秋日巡视田垄，见禾稼茂密处，振摇甚动。疑之，越陌往觇，则有男女野合。一笑将返。即见男子靦然结带，草草迳去。女子亦起。细审之，雅甚娟好。心悦之，欲就绸缪，实惭鄙恶。乃略近拂拭曰："桑中之游⑤乐乎？"女笑不语。宗近身启衣，肤腻如脂。于是挼莎上下几遍，女笑曰："腐秀才！要如何，便如何耳，狂探何为？"诘其姓

---

① 悍伯——凶悍的丈夫之兄。
② 嬖(bì)爱——宠爱。
③ 反关——自外关闭门户。
④ 湖州——府名，治今浙江吴兴县境内。
⑤ 桑中之游——男女幽会。

氏。曰:“春风一度①,即别东西,何劳审究?岂将留名字作贞坊②耶?”宗曰:“野田草露中,乃山村牧猪奴所为,我不习惯。以卿丽质,即私约亦当自重,何至屑屑如此?”女闻言,极意嘉纳。宗言:“荒斋不远,请过留连。”女曰:“我出已久,恐人所疑,夜分可耳。”问宗门户物志甚悉,乃趋斜径,疾行而去。更初,果至宗斋。殢雨尤云③,备极亲爱。积有月日,密无知者。

会一番僧卓锡④村寺,见宗惊曰:“君身有邪气,曾何所遇?”答言:“无之。”过数日,悄然忽病。女每夕携佳果饵之,殷勤抚问,如夫妻之好。然卧后,必强宗与合。宗抱病,颇不耐之。心疑其非人,而亦无术暂绝使去。因曰:“曩和尚谓我妖惑,今果病,其言验矣。明日屈之来,便求符咒。”女惨然色变。宗益疑之。次日,遣人以情告僧。僧曰:“此狐也。其技尚浅,易就束缚。”乃书符二道,付嘱曰:“归以净坛一事⑤置榻前,即以一符贴坛口。待狐窜入,急覆以盆。再以一符黏盆上,投釜汤烈火烹煮,少顷毙矣。”家人归,并如僧教。夜深,女始至,探袖中金橘,方将就榻问讯。忽坛口飕飗一声,女已吸入。家人暴起,覆口贴符,方欲就煮。宗见金橘散满地上,追念情好,怆然感动,遽命释之。揭符去覆,女子自坛中出,狼狈颇殆,稽首曰:“大道将成,一旦几为灰土!君仁人也,誓必相报。”遂去。

数日,宗益沉绵,若将陨坠。家人趋市,为购材木。途中遇一女子,问曰:“汝是宗湘若纪纲⑥否?”答云:“是。”女曰:“宗郎是我表兄。闻病沉笃,将便省视,适有故不得去。灵药一裹,劳寄致之。”家人受归。宗念中表迄无姊妹,知是狐报。服其药,果大瘳,旬日平复。心德之,祷诸虚空,愿一再觏。一夜,闭户独酌,忽闻 弹指敲窗。拔关出视,则狐女也。大悦,把手称谢,延止共饮。女曰:“别来耿耿,思无以报高厚。今为君觅一

---

① 春风一度——男女交合。

② 贞坊——贞节牌坊。

③ 殢(tì)雨尤云——喻男女交合,浸于欢爱中。

④ 卓锡——和尚外出居留称“卓锡”。

⑤ 净坛一事——干净的坛罐一件。

⑥ 纪纲——仆人。

良匹,聊足塞责否?”宗问:“何人?”曰:“非君所知。明日辰刻,早越南湖①,如见有采菱女,着冰縠帔②者,当急舟趁之。苟迷所往,即视堤边有短干莲花隐叶底,便采归,以蜡火爇其蒂,当得美妇,兼致修龄③。”宗谨受教。既而告别,宗固挽之。女曰:“自遭厄劫,顿悟大道。即奈何以衾裯之爱。取人仇怨?”厉色辞去。

宗如言,至南湖,见荷荡佳丽颇多。中一垂髫人,衣冰縠,绝代也。促舟劘逼④,忽迷所往。即拨荷丛,果有红莲一枝,干不盈尺,折之而归。入门置几上,削蜡于旁,将以爇火。一回头,化为姝丽。宗惊喜伏拜。女曰:“痴生!我是妖狐,将为君祟矣!”宗不听。女曰:“谁教子者?”答曰:“小生自能识卿,何待教?”捉臂牵之,随手而下,化为怪石,高尺许,面面玲珑。乃携供案上,焚香再拜而祝之。入夜,杜门塞窦,惟恐其亡。平旦视之,即又非石,纱帔一袭,遥闻芗泽⑤;展视领衿,犹存余腻。宗覆衾拥之而卧。暮起挑灯,既返,则垂髫人在枕上。喜极,恐其复化,哀祝而后就之。女笑曰:“孽障哉!不知何人饶舌,遂教风狂儿屑碎⑥死!”乃不复拒。而款洽间,若不胜任,屡乞休止。宗不听。女曰:“如此,我便化去!”宗惧而罢。由是两情甚谐。而金帛常盈箱箧,亦不知所自来。女见人喏喏,似口不能道辞;生亦讳言其异。怀孕十余月,计日当产。入室,嘱宗杜门禁款者,自乃以刀剖脐下,取子出,令宗裂帛束之,过宿而愈。又六七年,谓宗曰:“夙业偿满,请告别也。”宗闻泣下,曰:“卿归我时,贫苦不自立,赖卿小阜⑦,何忍遽离逷⑧?且卿又无邦族,他日儿不知母,亦一恨事。”女亦怅悒曰:“聚必有散,固是常也。儿福相,君亦期颐⑨,更何求?妾本何氏。倘蒙思眷,抱妾旧物而呼曰:‘荷花三娘子!’当有见耳。”言已解脱,

① 南湖——指湖州境内之湖。
② 冰縠(hú)帔——白绉纱披肩。
③ 修龄——长寿。
④ 劘(mó)逼——迫近。
⑤ 芗泽——香气。
⑥ 屑碎——纠缠。
⑦ 小阜——小富。
⑧ 离逷(tì)——远离。
⑨ 期(jī)颐——百岁。

曰:“我去矣。”惊顾间,飞去已高于顶。宗跃起,急曳之,捉得履。履脱及地,化为石燕①;色红于丹朱,内外莹彻,若水精然。拾而藏之。检视箱中,初来时所着冰縠帔尚在。每一忆念,抱呼“三娘子”,则宛然女郎,欢容笑黛,并肖生平;但不语耳。

骂 鸭

邑西白家庄居民某,盗邻鸭烹之。至夜,觉肤痒。天明视之,茸生鸭毛,触之则痛。大惧,无术可医。夜梦一人告之曰:“汝病乃天罚。须得失者骂,毛乃可落。”而邻翁素雅量,生平失物,未尝征②于声色。某诡告翁曰:“鸭乃某甲所盗。彼甚畏骂焉,骂之亦可警将来。”翁笑曰:“谁有闲气骂人。”卒不骂。某益窘,因实告邻翁。翁乃骂,其病良已。

异史氏曰:“甚矣,攘③者之可惧也:一攘而鸭毛生!甚矣,骂者之宜戒也:一骂而盗罪减!然为善有术,彼邻翁者,是以骂行其慈者也。”

柳 氏 子

胶州柳西川,法内史④之主计仆也。年四十余,生一子,溺爱甚至。纵任之,惟恐拂。既长,荡侈逾检,翁囊积为空。无何,子病。翁故蓄善骡。子曰:“骡肥可啖。杀啖我,我病可愈。”柳谋杀蹇劣者。子闻之,即大怒骂,疾益甚。柳惧,杀骡以进。子乃喜;然尝一脔⑤,便弃去。疾卒不减,寻毙。柳悼叹欲绝。

---

① 石燕——传说中遇风而飞遇雨而停的石头。

② 征——表现,表露。

③ 攘——偷窃。

④ 法内史——即法若真,清初胶州人,曾任中书舍人(习称“内史”)。

⑤ 脔(luán)——碎肉。

后三四年，村人以香社①登岱②。至山半，见一人乘骡驶行而来。怪似柳子。比至，果是。下骡遍揖，各道寒暄。村人共骇，亦不敢诘其死。但问："在此何作？"答云："亦无甚事，东西奔驰而已。"便问逆旅主人姓名，众具告之。柳子拱手曰："适有小故，不暇叙间阔。明日当相谒。"上骡遂去。众既归寓，亦谓其未必即来。厌旦伺之，子果至，系骡厩柱，趋进笑言。众谓："尊大人日切思慕，何不一归省侍？"子讶问："言者何人？"众以柳对。子神色俱变，久之曰："彼既见思，请归传语：我于四月七日，在此相候。"言讫，别去。

众归，以情致翁，翁大哭，如期而往，自以其故告主人。主人止之，曰："曩见公子，情神冷落，似未必有嘉意。以我卜也③，殆不可见。"柳涕泣不信。主人曰："我非阻君，神鬼无常，恐遭不善。如必欲见，请伏椟中，待其来，察其词色，可见则出。"柳如其言。既而子果至，问："柳某来否？"主人答云："无。"子盛气骂曰："老畜产那便不来！"主人惊曰："何骂父？"答曰："彼是我何父！初与义为客侣④，不图包藏祸心，隐我血赀⑤，悍不还。今愿得而甘心⑥，何父之有！"言已，出门，曰："便宜他！"柳在椟，历历闻之，汗流接踵，不敢出气。主人呼之，乃出，狼狈而归。

异史氏曰："暴得多金，何如其乐？所难堪者偿耳。荡费殆尽，尚不忘于夜台⑦，怨毒之于人甚矣！"

---

① 香社——结伴朝山进香、祭神。
② 岱——东岳泰山。
③ 以我卜也——据我估计。
④ 客侣——合伙在外经商。
⑤ 血赀——血本。
⑥ 得而甘心——得而杀之，以快心意。
⑦ 不忘于夜台——死后不能忘怀。

上　仙

癸亥[①]三月，与高季文[②]赴稷下[③]，同居逆旅。季文忽病。会高振美亦从念东先生[④]至郡，因谋医药。闻袁鳞公言：南郭梁氏家有狐仙，善"长桑之术[⑤]"。遂共诣之。

梁，四十以来女子也，致[⑥]绥绥有狐意。入其舍，复室[⑦]中挂红幕。探幕以窥，壁间悬观音像[⑧]；又两三轴，跨马操矛，驺从纷沓。北壁下有案；案头小座，高不盈尺，贴小锦褥，云仙人至，则居此。众焚香列揖。妇击磬三，口中隐约有词。祝已，肃客就外榻坐。妇立帘下，理发支颐与客语，具道仙人灵迹，久之，日渐曛[⑨]。众恐碍夜难归，烦再祝请。妇乃击磬重祷，转身复立，曰："上仙最爱夜谈，他时往往不得遇。昨宵有候试秀才，携肴酒来与上仙饮；上仙亦出良酝酬诸客，赋诗欢笑。散时，更漏向尽矣。"言未已，闻室中细细繁响，如蝙蝠飞鸣。方凝听间，忽案上若堕巨石，声甚厉。妇转身曰："几惊怖煞人！"便闻案上作叹咤声，似一健叟。妇以蕉扇隔小座。座上大言曰："有缘哉！有缘哉！"抗声让坐，又似拱手为礼。已而问客："何所谕教？"高振美遵念东先生意，问："见菩萨否？"答云："南海[⑩]是我熟径，如何不见。"又："阎罗亦更代否？"曰："与阳世等耳。""阎罗何姓？"曰："姓曹。"已乃为季文求药。曰："归当夜祀茶水，我

---

① 癸亥——即康熙二十二年(1683 年)。

② 高季文——清康熙年间教谕。

③ 稷下——古地名，此指济南府城。

④ 念东先生——即高珩，淄川人，能诗文。

⑤ 长桑之术——医术。

⑥ 致——情致、意态。

⑦ 复室——内室。

⑧ 观音像——菩萨像。

⑨ 曛——暮。

⑩ 南海——指浙江定海县海域中的普陀山，相传为观世音显灵说法处。

于大士①处讨药奉赠，何恙不已。”众各有问，悉为剖决。乃辞而归。过宿，季文少愈。余与振美治装先归，遂不暇造访矣。

侯静山

高少宰念东先生云：“崇祯间②，有猴仙，号静山。托神③于河间④之叟，与人谈诗文，决休咎，娓娓不倦。以肴核置案上，啖饮狼藉，但不能见之耳。”时先生祖寝疾。或致书云：“侯静山，百年人⑤也，不可不晤。”遂以仆马往招叟。叟至经日，仙犹未来。焚香祠之。忽闻屋上大声叹赞曰：“好人家！”众惊顾。俄檐间又言之。叟起曰：“大仙至矣。”群从叟岸帻⑥出迎。又闻作拱致声。既入室，遂大笑纵谈。时少宰兄弟尚诸生，方入闱归。仙言：“二公闱卷亦佳；但经不熟，再须勤勉，云路⑦亦不远矣。”二公敬问祖病，曰：“生死事大，其理难明。”因共知其不祥。无何，太先生⑧谢世。

旧有猴人，弄猴于村。猴断锁而逸，不可追，入山中。数十年，人犹见之。其走飘忽，见人则窜。后渐入村中，窃食果饵，人皆莫之见。一日，为村人所睹，逐诸野，射而杀之。而猴之鬼竟不自知其死也，但觉身轻如叶，一息⑨百里。遂往依河间叟，曰：“汝能奉我，我为汝致富。”因自号静山云。

---

① 大士——佛教中对菩萨的通称。

② 崇祯间——明崇祯年间(1628—1644年)。

③ 托神——传说中神灵托附人身，显现灵异。

④ 河间——今河北河间县。

⑤ 百年人——修道多年的高深之人。

⑥ 岸帻(zé)——巾高露额。

⑦ 云路——喻仕途。

⑧ 太先生——指高念东之父。

⑨ 一息——喘一口气工夫。

钱 流

沂水刘宗玉云:其仆杜和,偶在园中,见钱流如水,深广二三尺许。杜惊喜,以两手满掬,复偃卧其上。既而起视,则钱已尽去;惟握于手者尚存。

郭 生

郭生,邑之东山人。少嗜读,但山村无所就正,年二十余,字画多讹。先是,家中患狐,服食器用,辄多亡失,深患苦之。一夜读,卷置案头,被狐涂鸦;甚者,狼藉不辨行墨。因择其稍洁者辑读之,仅得六七十首。心甚恚愤而无如何。又积窗课①二十余篇,待质②名流。晨起,见翻摊案上,墨汁浓泚③殆尽。恨甚。会王生者,以故至山,素与郭善,登门造访。见污本,问之。郭具言所苦,且出残课示王。王谛玩之。其所涂留,似有春秋④;又复视涴卷⑤,类冗杂可删。讶曰:"狐似有意。不惟勿患,当即以为师。"过数月,回视旧作,顿觉所涂良确。于是改作两题,置案上,以觇其异。比晓,又涂之。积年余,不复涂;但以浓墨洒作巨点,淋漓满纸。郭异之,持以白王。王阅之曰:"狐真尔师也。佳幅可售⑥矣。"是岁,果入邑痒⑦。郭以是德狐,恒置鸡黍,备狐啖饮。每市房书名稿,不自选择,但决于狐。由是两试俱列前名,入闱中副车⑧。时叶、缪诸公稿,风雅艳丽,家

---

① 窗课——塾中的八股文习作。

② 质——就正。

③ 浓泚(cǐ)——以浓墨汁涂污。

④ 似有春秋——似乎有褒贬之道。

⑤ 涴(wò)卷——被涂抹的文卷。

⑥ 佳幅可售——佳作可考中。

⑦ 邑痒——县学。

⑧ 副车——副贡。

弦而户诵之。郭有抄本,爱惜臻至。忽被倾浓墨碗许于上,污荫几无余字;又拟题构作①,自觉快意,悉浪涂之:于是渐不信狐。无何,叶公以正文体被收,又稍稍服其先见。然每作一文,经营惨淡,辄被涂污。自以屡拔前茅②,心气颇高,以是益疑狐妄。乃录向之洒点烦多者试之,狐又尽泚之。乃笑曰:"是真妄矣!何前是而今非也?"遂不为狐设馔,取读本锁箱簏中。旦见封锢俨然,启视则卷面涂四画,粗于指;第一章画五,二章亦画五,后即无有矣。自是狐竟寂然。后郭一次四等③,两次五等,始知其兆已寓意于画也。

异史氏曰:"满招损,谦受益,天道也。名小立,遂自以为是,执叶、缪之余习,狃④而不变,势不至大败涂地不止也。满之为害如是夫!"

金生色

金生色,晋宁⑤人也。娶同村木姓女。生一子,方周岁。金忽病,自分必死,谓妻曰:"我死,子必嫁,勿守也!"妻闻之,甘词厚誓,期以必死。金摇手呼母曰:"我死,劳看阿保⑥,勿令守也。"母哭应之。既而金果死。木媪来吊,哭已,谓金母曰:"天降凶忧,婿遽遭命。女太幼弱,将何为计?"母悲悼中,闻媪言,不胜愤激,盛气对曰:"必以守!"媪惭而罢。夜伴女寝,私谓曰:"人尽夫也⑦。以儿好手足,何患无良匹?小儿女不早作人家,眈眈守此襁褓物,宁非痴子?倘必令守,不宜以面目好相向⑧。"金母过,颇闻余语,益恚。明日,谓媪曰:"亡人有遗嘱,本不教妇守也。今既急不能待,乃必以守!"媪怒而去。母夜梦子来,涕泣相劝,心异之。使人

① 构作——写作。
② 前茅——借指考试成绩优秀。
③ 一次四等——岁考时中第四等。
④ 狃(niǔ)——习以为常。
⑤ 晋宁——州县名,在今云南昆明市南郊。
⑥ 阿(ē)保——保护养育。
⑦ 人尽夫也——人人均可成为自己的丈夫。
⑧ 以面目好相向——以好脸相对待。

言于木,约殡后听妇所适①。而询诸术家②,本年墓向不利③。妇思自衒以售④,缞绖之中,不忘涂泽⑤。居家犹素妆;一归宁,则崭然新艳。母知之,心弗善也;以其将为他人妇,亦隐忍之。于是妇益肆。

村中有无赖子董贵者,见而好之,以金啖金邻妪,求通殷勤于妇。夜分,由妪家逾垣以达妇所,因与会合。往来积有旬日,丑声四塞,所不知者惟母耳。妇室夜惟一小婢,妇腹心也。一夕,两情方洽,闻棺木震响,声如爆竹。婢在外榻,见亡者自幛后出,戴剑入寝室去。俄闻二人骇诧声。少顷,董裸奔出。无何,金捽妇发亦出。妇大嗥。母惊起,见妇赤体走去,方将启关。问之不答。出门追视,寂不闻声,竟迷所往。入妇室,灯火犹亮。见男子履,呼婢;婢始战惕而出,具言其异,相与骇怪而已。

董窜过邻家,团伏墙隅。移时,闻人声渐息,始起。身无寸缕。苦寒甚战,将假衣于媪。视院中一室,双扉虚掩,因而暂入。暗摸榻上,触女子足,知为邻子妇。顿生淫心,乘其寝,潜就私之。妇醒,问:"汝来乎?"应曰:"诺。"妇竟不疑,狎亵备至。

先是,邻子以故赴北村,嘱妻掩户以待其归。既返,闻室内有声,疑而审听,音态绝秽。大怒,操戈入室。董惧,窜于床下。子就戮之。又欲杀妻;妻泣而告以误,乃释之。但不解床下何人。呼母起,共火之,仅能辨认。视之,奄有气息;诘其所来,犹自供吐。而刃伤数处,血溢不止,少顷已绝。妪仓皇失措,谓子曰:"捉奸而单戮之,子且奈何?"子不得已,遂又杀妻。

是夜,木翁方寝,闻户外拉杂之声;出窥,则火炽于檐,而纵火人犹彷徨未去。翁大呼,家人毕集。幸火初燃,尚易扑灭。命人操弓弩,逐搜纵火者。见一人矫捷如猿,竟越垣去。垣外乃翁家桃园,园中四缭周墉⑥皆峻固。数人梯登以望,踪迹殊杳;惟墙下块然微动,问之不应,射之而耎。

① 适——出嫁。
② 术家——指从事迷信活动为生的人。
③ 墓向不利——迷信中讲下葬的时间不对。
④ 自衒以售——即自我卖弄,想改嫁。
⑤ 涂泽——涂脂抹粉。
⑥ 四缭周墉(yōng)——四面环有围墙。

启扉往验，则女子白身卧，矢贯胸脑。细烛之，则翁女而金妇也。骇告主人。翁媪惊怛欲绝，不解其故。女合眸，面色灰败，口气细于属丝①。使人拔脑矢，不可出；足踏顶项而后出之。女嘤然一呻，血暴注，气亦遂绝。翁大惧，计无所出。

既曙，以实情白金母，长跽哀祈。而金母殊不怨怒，但告以故，令自营葬。金有叔兄生光，怒登翁门，诟数前非。翁惭沮，赂令罢归。而终不知妇所私者何人。俄邻子以执奸自首，既薄责释讫；而妇兄马彪素健讼，具词控妹冤。官拘妪；妪惧，悉供颠末。又唤金母；母托疾，遣生光代质，具陈底里。于是前状并发，牵木翁夫妇尽出，一切廉②得其情。木以诲女嫁，坐③纵淫，笞；使自赎，家产荡焉。邻妪导淫，杖之毙。案乃结。

异史氏曰："金氏子其神乎！谆嘱醮妇，抑何明也！一人不杀，而诸恨并雪，可不谓神乎！邻媪诱人妇，而反淫已妇；木媪爱女，而卒以杀女。呜呼！'欲知后日因，当前作者是④'，报更速于来生矣！"

彭海秋

莱州诸生彭好古，读书别业，离家颇远。中秋未归，岑寂无偶。念村中无可共语；惟丘生是邑名士，而素有隐恶⑤，彭常鄙之。月既上，倍益无聊，不得已，折简邀丘。饮次，有剥啄者⑥。斋僮出应门，则一书生，将谒主人。彭离席，肃客入。相揖环坐，便询族居。客曰："小生广陵⑦人，与君同姓，字海秋。值此良夜，旅邸倍苦。闻君高雅，遂乃不介而见。"视其人，布衣洁整，谈笑风流。彭大喜曰："是我宗人。今夕何夕，遘此嘉客！"

---

① 属丝——即将死。
② 廉——考查。
③ 坐——定罪。
④ 欲知后日因，当前作者是——今日所做所为就是未来的果因，即善有善报、恶有恶报。
⑤ 隐恶——隐藏的罪恶。
⑥ 剥啄者——敲门人。
⑦ 广陵——旧郡名，治今江苏扬州市。

即命酌，款若夙好。察其意，似甚鄙丘；丘仰与攀谈，辄傲不为礼。彭代为之惭，因挠乱其词，请先以俚歌侑饮。乃仰天再咳，歌"扶风豪士之曲①"。相与欢笑。客曰："仆不能韵②，莫报阳春③。倩代者可乎？"彭言："如教。"客问："莱城有名妓无也？"彭答云："无。"客默然良久，谓斋僮曰："适唤一人，在门外，可导入之。"僮出，果见一女子逡巡户外。引之入，年二八已来，宛然若仙。彭惊绝，掖坐。衣柳黄帔，香溢四座。客便慰问："千里颇烦跋涉也。"女含笑唯唯。彭异之，便致研诘。客曰："贵乡苦无佳人，适于西湖舟中唤得来。"谓女曰："适舟中所唱：'薄倖郎曲④'大佳。请再反之⑤。"女歌云："薄倖郎，牵马洗春沼⑥。人声远，马声杳；江天高，山月小。掉头去不归，庭中生白晓。不怨别离多，但愁欢会少。眠何处？勿作随风絮。便是不封侯，莫向临邛⑦去！"客于袜中出玉笛，随声便串。曲终笛止，彭惊叹不已，曰："西湖至此，何止千里，咄嗟⑧招来，得非仙乎？"客曰："仙何敢言，但视万里犹庭户耳。今夕西湖风月，尤盛曩时，不可不一观也，能从游否？"彭留心欲觇其异，诺言："幸甚。"客问："舟乎，骑乎？"彭思舟坐为逸，答言："愿舟。"客曰："此处呼舟较远，天河中当有渡者。"乃以手向空招曰："舡来！舡来！我等要西湖去，不吝偿也。"无何，彩船一只，自空飘落，烟云绕之。众俱登。见一人持短棹；棹末密排修翎，形类羽扇；一摇羽，清风习习。舟渐上入云霄，望南游行，其驶如箭。

逾刻，舟落水中。但闻弦管敖曹，鸣声喤聒。出舟一望，月印烟波，游船成市。榜人⑨罢棹，任其自流。细视，真西湖也。客于舱后，取异肴佳酿，欢然对酌。少间，一楼船渐近，相傍而行。隔窗以窥，中有二三人，围棋喧笑。客飞一觥向女曰："引此送君行。"女饮间，彭依恋徘徊，惟恐其

---

① 扶风豪士之曲——据唐人李白《扶风豪士歌》而谱曲。

② 不能韵——不能唱和。

③ 阳春——古乐曲名。

④ 薄倖郎曲——情郎曲。

⑤ 再反之——再唱一遍。

⑥ 薄倖郎，牵马洗春沼——情郎，牵着马在春季的沼池里洗马。

⑦ 临邛——今四川邛崃县，代指另觅新欢。

⑧ 咄嗟——呼吸之间。

⑨ 榜人——船家。

去，蹴之以足。女斜波送盼。彭益动，请要后期。女曰：“如相见爱，但问娟娘名字，无不知者。”客即以彭绫巾授女，曰：“我为若代订三年之约。”即起，托女子于掌中，曰：“仙乎，仙乎！”乃扳邻窗，捉女入；窗目如盘，女伏身蛇游而进，殊不觉隘。俄闻邻舟曰：“娟娘醒矣。”舟即荡去。遥见舟已就泊，舟中人纷纷并去，游兴顿消。遂与客言，欲一登岸，略同眺瞩。

才作商榷，舟已自拢。因而离舟翔步，觉有里余。客后至，牵一马来，令彭捉之。即复去，曰：“待再假两骑来。”久之不至。行人已稀；仰视斜月西转，天色向曙。丘亦不知何往。捉马营营，进退无主。振辔至泊舟所，则人船俱失。念腰橐空匮，倍益忧皇。天大明，见马上有小错囊①；探之，得白金三四两。买食凝待，不觉向午。计不如暂访娟娘，可以徐察丘耗。比讯娟娘名字，并无知者，兴转萧索。次日遂行，马调良，幸不蹇劣，半月始归。

方三人之乘舟而上也，斋僮归白：“主人已仙去。”举家哀涕，谓其不返。彭归，系马而入。家人惊喜集问，彭始具白其异。因念独还乡井，恐丘家闻而致诘，戒家人勿播。语次，道马所由来。众以仙人所遗，便悉诣厩验视。及至，则马顿渺，但有丘生，以草缰絷枥边。骇极，呼彭出视。见丘垂首栈下，面色灰死，问之不言，两眸启闭而已。彭大不忍，解扶榻上，若丧魂魄。灌以汤酏②，稍稍能咽。中夜少苏，急欲登厕；扶掖而往，下马粪数枚。又少饮啜，始能言。彭就榻研问之，丘云：“下船后，彼引我闲语。至空处，戏拍项领，遂迷闷颠踣。伏定少刻，自顾已马，心亦醒悟，但不能言耳。是大辱耻，诚不可以告妻子，乞勿泄也！”彭诺之，命仆马驰送归。

彭自是不能忘情于娟娘。又三年，以姊丈判③扬州，因往省视。州有梁公子，与彭通家④，开筵邀饮。即席有歌姬数辈，俱来祗谒。公子问娟娘，家人白以病。公子怒曰：“婢子声价自高，可将索子系之来！”彭闻娟娘名，惊问其谁。公子云：“此娼女，广陵第一人。缘有微名，遂倨而无

---

① 小错囊——金线绣制的小袋子。

② 酏（yí）——稀粥。

③ 判——出任通判。

④ 通家——世交。

礼。”彭疑名字偶同；然突突自急，极欲一见之。无何，娟娘至，公子盛气排数①。彭谛视，真中秋所见者也。谓公子曰：“是与仆有旧，幸垂原恕。”娟娘向彭审顾，似亦错愕。公子未遑深问，即命行觞。彭问：“‘薄倖郎曲’犹记之否？”娟娘更骇，目注移时，始度旧曲。听其声，宛似当年中秋时。酒阑，公子命侍客寝。彭捉手曰：“三年之约，今始践耶？”娟娘曰：“昔日从人泛西湖，饮不数卮，忽若醉。阁胧间，被一人携去，置一村中。一僮引妾入；席中三客，君其一焉。后乘舡至西湖，送妾自窗棂归，把手殷殷。每所凝念，谓是幻梦；而绫巾宛在，今犹什袭藏之。”彭告以故，相共叹咤。娟娘纵体入怀，哽咽而言曰：“仙人已作良媒，君勿以风尘②可弃，遂舍念此苦海人。”彭曰：“舟中之约，一日未尝去心。卿倘有意，则泻囊货马，所不惜耳。”诘旦，告公子；又称贷于别驾③，千金削其籍，携之以归。偶至别业，犹能识当年饮处云。

异史氏云：“马而人，必其为人而马者也④；使为马，正恨其不为人耳。狮象鹤鹏，悉受鞭策，何可谓非神人之仁爱之乎？即订三年约，亦度苦海也。”

堪　舆

沂州宋侍郎⑤君楚家，素尚堪舆⑥；即闺阁中亦能读其书，解其理。宋公卒，两公子各立门户，为父卜兆⑦。闻有善青乌之术⑧者，不惮千里，争

---

① 盛气排数——十分气愤地斥责。

② 风尘——代指妓女。

③ 别驾——明清时通判的尊称。

④ 马而人，必其为人而马者也——由马而变为人，就必须好好为人而不要像畜牲一样处事。

⑤ 宋侍郎——即宋之普，官至户部左侍郎。

⑥ 堪舆——看风水。

⑦ 卜兆——选择墓地。

⑧ 青乌之术——看风水之术。

罗致之。于是两门术士，召致盈百；日日连骑遍郊野，东西分道出入，如两旅①。经月余，各得牛眠地②，此言封侯，彼言拜相。兄弟两不相下，因负气不为谋，并营寿域③，锦棚彩幢④，两处俱备。灵舆至岐路，兄弟各率其属以争，自晨至于日昃⑤，不能决。宾客尽引去。舁夫凡十易肩，困惫不举，相与委柩路侧。因止不葬，鸠工构庐，以蔽风雨。兄建舍于旁，留役居守，弟亦建舍如兄；兄再建之，弟又建之：三年而成村焉。

积多年，兄弟继逝；嫂与娣⑥始合谋，力破前人水火之议⑦，并车入野，视所择两地，并言不佳，遂同修聘贽⑧，请术人另相之。每得一地，必具图呈闺闼，判其可否。日进数图，悉疵摘之。旬余，始卜一域。嫂览图，喜曰："可矣。"示娣。娣曰："是地当先发一武孝廉。"葬后三年，公长孙果以武庠⑨领乡荐⑩。

异史氏曰："青乌之术，或有其理；而癖而信之，则痴矣。况负气相争，委柩路侧，其于孝弟⑪之道不讲，奈何冀以地理福儿孙哉！如闺中宛若⑫，真雅而可传者矣。"

---

① 两旅——两支军队。
② 牛眠地——好风水的墓地。
③ 寿域——墓穴。
④ 锦棚彩幢(chuáng)——亲人为死者制作的彩棚、彩幡。
⑤ 日昃(zè)——太阳偏西。
⑥ 娣(dì)——弟妻。
⑦ 水火之议——截然对立的争论。
⑧ 聘贽——聘礼。
⑨ 武庠——武学，此指武秀才。
⑩ 领乡荐——考中武举。
⑪ 孝弟——幼尊长为孝，长爱幼为悌。
⑫ 宛(yuān)若——古女子名，后指妯娌。

窦 氏

南三复,晋阳①世家也。有别墅,去所居十里余,每驰骑日一诣之。适遇雨,途中有小村,见一农人家,门内宽敞,因投止焉。近村人固皆威重南。少顷,主人出邀,跼蹐②甚恭。入其舍,斗如③。客既坐,主人始操篲④,殷勤氾扫⑤。既而泼蜜为茶。命之坐,始敢坐。问其姓名,自言:"廷章,姓窦。"未几,进酒烹雏,给奉周至。有笄女行炙⑥,时止户外,稍稍露其半体,年十五六,端妙无比。南心动。雨歇既归,系念綦切⑦。越日,具粟帛往酬,借此阶进。是后常一过窦,时携肴酒,相与留连。女渐稔,不甚避忌,辄奔走其前。睨之,则低鬟微笑。南益惑焉,无三日不往者。一日,值窦不在,坐良久,女出应客。南捉臂狎之。女渐急,峻拒曰:"奴虽贫,要嫁,何贵倨凌人也!"时南失偶,便揖之曰:"倘获怜眷,定不他娶。"女要誓;南指矢天日,以坚永约,女乃允之。

自此为始,瞰窦他出,即过缱绻。女促之曰:"桑中之约,不可长也。日在帡幪⑧之下,倘肯赐以姻好,父母必以为荣,当无不谐。宜速为计!"南诺之。转念农家岂堪匹偶,姑假其词以因循之。会媒来为议姻于大家,初尚踌躇;既闻貌美财丰,志遂决。女以体孕,催并益急,南遂绝迹不往。无何,女临蓐,产一男。父怒搒⑨女。女以情告,且言:"南要我矣。"窦乃释女,使人问南;南立却不承。窦乃弃儿,益扑女。女暗哀邻妇,告南以

---

① 晋阳——古邑名,今山西太原市南古城营。

② 跼蹐——喻小心戒惧状。

③ 斗如——如斗大,喻狭小。

④ 篲(huì)——扫帚。

⑤ 氾(fàn)扫——洒扫。

⑥ 笄(jī)女行炙——成年女子正在烹饪。

⑦ 綦(qí)切——十分急切。

⑧ 帡幪(píng měng)——帷帐。

⑨ 搒(páng)——笞打。

苦。南亦置之。女夜亡，视弃儿犹活，遂抱以奔南。款关而告阍者①曰："但得主人一言，我可不死。彼即不念我，宁不念儿耶？"阍人具以达南，南戒勿内②。女倚户悲啼，五更始不复闻。质明视之，女抱儿坐僵矣。

窦忿，讼之上官，悉以南不义，欲罪南。南惧，以千金行赂得免。大家梦女披发抱子而告曰："必勿许负心郎；若许，我必杀之！"大家贪南富，卒许之。既亲迎，而奁妆丰盛。新人亦娟好。然善悲，终日未尝睹欢容；枕席之间，时复有涕洟③。问之，亦不言。过数日，妇翁来，入门便泪，南未遑问故，相将入室。见女而骇曰："适于后园，见吾女缢死桃树上；今房中谁也？"女闻言，色暴变，仆然而死。视之，则窦女。急至后园，新妇果自经死。骇极，往报窦。窦发女冢，棺启尸亡。前忿未蠲④，倍益惨怒，复讼于官。官以其情幻，拟罪未决。南又厚饵窦，哀令休结；官亦受其赇嘱，乃罢。而南家自此稍替⑤，又以异迹传播，数年无敢字者。

南不得已，远于百里外聘曹进士女。未及成礼，会民间讹传，朝廷将选良家女充掖庭⑥，以故有女者，悉送归夫家。一日，有妪导一舆至，自称曹家送女者。扶女入室，谓南曰："选嫔之事已急，仓卒不能如礼，且送小娘子来。"问："何无客？"曰："薄有奁妆，相从在后耳。"妪草草径去。南视女亦风致，遂与谐笑。女俯颈引带，神情酷类窦女。心中作恶，第未敢言。女登榻，引被幛首而眠。亦谓是新人常态，弗为意。日敛昏⑦曹人不至，始疑。捋⑧被问女，而女亦奄然冰绝。惊怪莫知其故，驰伻⑨告曹，曹竟无送女之事。相传为异，时有姚孝廉女新葬，隔宿为盗所发，破材失尸。闻其异，诣南所征之，果其女。启衾一视，四体裸然。姚怒，质状于官，官以南屡无行，恶之，坐发冢见尸，论死。

---

① 阍者——看门人。
② 内——同"纳"。
③ 涕洟——眼泪鼻涕。
④ 蠲（juān）——消除。
⑤ 替——衰落。
⑥ 掖庭——宫内旁舍，为妃嫔所居之地。
⑦ 日敛昏——天已黑。
⑧ 捋（luō）——揭，掀。
⑨ 伻（bēng）——传信人，使者。

异史氏曰:“始乱之而终成之,非德也;况誓于初而绝于后乎? 挞于室,听之;哭于门,仍听之:抑何其忍! 而所以报之者,亦比李十郎①惨矣!”

梁 彦

徐州梁彦,患鼽嚏②,久而不已。一日,方卧,觉鼻奇痒,遽起大嚏。有物突出落地,状类屋上瓦狗③,约指顶大。大嚏,又一枚落。四嚏凡落四枚。蠢然而动,相聚互嗅。俄而强者啮弱者以食,食一枚,则身顿长。瞬息吞并,止存其一,大于鼫鼠④矣。伸舌周匝⑤,自舐其吻。梁大愕,踏之。物缘袜而上,渐至股际。捉衣而撼摆之,粘据不可下。顷入衿底,爬搔腰胁。大惧,急解衣掷地。扪之,物已贴伏腰间。推之不动,掐之则痛,竟成赘疣⑥;口眼已合,如伏鼠然。

龙 肉

姜太史玉璇⑦言:“龙堆之下,掘地数尺,有龙肉充牣⑧其中。任人割取,但勿言‘龙’字。或言‘此龙肉也’,则霹雳震作,击人而死。”太史曾食其肉,实不谬也。

---

① 李十郎——唐人小说《霍小玉传》中始乱终弃的人物。
② 鼽(qiú)嚏——病名,伤风流鼻涕、打喷嚏。
③ 瓦狗——屋脊上似狗样的饰物,用以镇邪。
④ 鼫(shí)鼠——鼠名。
⑤ 周匝(zā)——转动。
⑥ 赘疣(yóu)——肉瘤。
⑦ 姜太史玉璇——即姜元衡,字玉璇,清初即墨(今山东即墨县)人,曾官至翰林(习称“太史”)。
⑧ 牣(rèn)——满。

卷　六

潞　令

宋国英，东平①人，以教习②授潞城令。贪暴不仁，催科尤酷，毙杖下者，狼藉于庭。余乡徐白山适过之，见其横，讽曰："为民父母，威焰固至此乎？"宋扬扬作得意之词曰："喏！不敢！官虽小，莅任百日，诛五十八人矣。"后半年，方据案视事③，忽瞪目而起，手足挠乱，似与人撑拒状。自言曰："我罪当死！我罪当死！"扶入署中，逾时寻卒。呜呼！幸有阴曹兼摄阳政；不然，颠越货多，则"卓异"声起矣，流毒安穷哉！

异史氏曰："潞子故区④，其人魂魄毅，故其为鬼雄。今有一官握篆于上，必有一二鄙流，风承而痔舐之。其方盛也，则竭攫未尽之膏脂，为之具锦屏；其将败也，则驱诛未尽之肢体，为之乞保留。官无贪廉，每莅一任，必有此两事。赫赫者一日未去，则蚩蚩者不敢不从。积习相传，沿为成规，其亦取笑于潞城之鬼也已！"

马　介　甫

杨万石，大名⑤诸生也。生平有"季常之惧⑥"。妻尹氏，奇悍，少迕

---

① 东平——州名，治今山东东平县境内。

② 教习——明清学官，多由进士出任。

③ 视事——办公。

④ 潞子故区——春秋时潞子封国故地；潞子，即潞子婴儿国，赤狄别族建，后为晋灭，即今山西潞城县东北。

⑤ 大名——府名，治今河北大名县境内。

⑥ 季常之惧——季常，即陈慥，字季常，宋人，有惧妻之名；此代指惧内。

之，辄以鞭挞从事。杨父年六十余而鳏，尹以齿①奴隶数。杨与弟万钟常窃饵翁，不敢令妇知。然衣败絮，恐贻讪笑，不令见客。万石四十无子，纳妾王，旦夕不敢通一语。兄弟候试郡中，见一少年，容服都雅。与语，悦之。询其姓字，自云："介甫，姓马。"由此交日密，焚香为昆季之盟②。

既别，约半载，马忽携僮仆过杨。值杨翁在门外，暴阳扪虱。疑为佣仆，通姓氏使达主人。翁披絮去。或告马："此即其翁也。"马方惊讶，杨兄弟岸帻出迎。登堂一揖，便请朝父。万石辞以偶恙。促坐笑语，不觉向夕。万石屡言具食，而终不见至。兄弟迭互出入，始有瘦奴持壶酒来。俄顷饮尽。坐伺良久，万石频起催呼，额颊间热汗蒸腾。俄瘦奴以馔具出，脱粟失饪③，殊不甘旨。食已，万石草草便去。万钟襆被来伴客寝。马责之曰："曩以伯仲高义，遂同盟好。今老父实不温饱，行道者羞之！"万钟泫然曰："在心之情，卒难申致，家门不吉，蹇遭悍嫂，尊长细弱，横被摧残。非沥血之好，此丑不敢扬也。"马骇叹移时，曰："我初欲早旦而行，今得此异闻，不可不一目见之。请假闲舍，就便自炊。"万钟从其教，即除室为马安顿。夜深窃馈蔬稻，惟恐妇知。马会其意，力却之。且请杨翁与同食寝。自诣城肆，市布帛，为易袍裤。父子兄弟皆感泣。万钟有子喜儿，方七岁，夜从翁眠。马抚之曰："此儿福寿，过于其父，但少年孤苦耳。"

妇闻老翁安饱，大怒，辄骂，谓马强预人家事。初恶声尚在闺闼，渐近马居，以示瑟歌之意④。杨兄弟汗体徘徊，不能制止；而马若弗闻也者。妾王，体妊五月，妇始知之，褫衣惨掠。已，乃唤万石跪受巾帼⑤，操鞭逐出。值马在外，惭愧不前。又追逼之，始出。妇亦随出，叉手顿足，观者填溢。马指妇叱曰："去，去！"妇即反奔，若被鬼逐。裤履俱脱，足缠萦绕于道上；徒跣⑥而归，面色灰死。少定，婢进袜履。着已，嗷啕大哭。家人无敢问者。马曳万石为解巾帼。万石耸身定息，如恐脱落；马强脱之。而坐

---

① 齿——列。

② 昆季之盟——结拜为兄弟。

③ 脱粟失饪——糙米饭，半生不熟。

④ 瑟歌之意——此指尹氏故意骂给马介甫听。

⑤ 巾帼——女人的头巾和发饰，此指男子无丈夫气。

⑥ 徒跣（xiǎn）——光着脚。

立不宁，犹惧以私脱加罪。探妇哭已，乃敢入，次且而前。妇殊不发一语，遽起，入房自寝。万石意始舒，与弟窃奇焉。家人皆以为异，相聚偶语。妇微有闻，益羞怒，遍挞奴婢。呼妾，妾伤剧不能起。妇以为伪，就榻搒之，崩注堕胎。万石于无人处，对马哀啼。马慰解之，呼僮具牢馔，更筹再唱，不放万石归。

妇在闺房，恨夫不归，方大恚忿；闻撬扉声，急呼婢，则室门已辟。有巨人入，影蔽一室，狰狞如鬼。俄又有数人入，各执利刃。妇骇绝欲号。巨人以刀刺颈曰："号便杀却！"妇急以金帛赎命。巨人曰："我冥曹使者，不要钱，但取悍妇心耳！"妇益惧，自投败颡①。巨人乃以利刃画妇心而数之曰："如某事，谓可杀否？"即以画。凡一切凶悍之事，责数殆尽，刀画肤革，不啻数十。末乃曰："妾生子，亦尔宗绪，何忍打堕？此事必不可宥！"乃令数人反接其手，剖视悍妇心肠。妇叩头乞命，但言知悔。俄闻中门启闭，曰："杨万石来矣。既已悔过，姑留余生。"纷然尽散。无何，万石入，见妇赤身绷系，心头刀痕，纵横不可数。解而问之，得其故，大骇，窃疑马。明日，向马述之。马亦骇。由是妇威渐敛，经数月不敢出一恶语。马大喜，告万石曰："实告君，幸勿宣泄：前以小术惧之。既得好合，请暂别也。"遂去。

妇每日暮，挽留万石作侣，欢笑而承迎之。万石生平不解此乐，遽遭之，觉坐立皆无所可。妇一夜忆巨人状，瑟缩摇战。万石思媚妇意，微露其假。妇遽起，苦致穷诘。万石自觉失言，而不可悔，遂实告之。妇勃然大骂。万石惧，长跽床下，妇不顾，哀至漏三下。妇曰："欲得我恕，须以刀画汝心头如干数，此恨始消。"乃起捉厨刀。万石大惧而奔，妇逐之。犬吠鸡腾，家人尽起。万钟不知何故，但以身左右翼兄。妇方诟詈，忽见翁来。睹袍服，倍益烈怒；即就翁身条条割裂，批颊而摘翁髭。万钟见之怒，以石击妇，中颅，颠蹶而毙。万钟曰："我死而父兄得生，何憾！"遂投井中，救之已死。移时妇苏，闻万钟死，怒亦遂解。既殡，弟妇恋儿，矢不嫁。妇唾骂不与食，醮去之。遗孤儿，朝夕受鞭楚。俟家人食讫，始啖以冷块。积半岁，儿尩羸②，仅存气息。

---

① 败颡（sǎng）——磕破额头。
② 尩羸（wāng léi）——瘦弱。

一日,马忽至。万石嘱家人,勿以告妇。马见翁褴褛如故,大骇;又闻万钟殒谢,顿足悲哀。儿闻马至,便来依恋,前呼马叔。马不能识,审顾始辨,惊曰:"儿何憔悴至此!"翁乃嗫嚅具道情事。马忿然谓万石曰:"我曩道兄非人,果不谬。两人止此一线①,杀之,将奈何?"万石不言,惟伏首帖耳而泣。坐语数刻,妇已知之,不敢自出逐客,但呼万石入,批②使绝马。含涕而出,批痕俨然。马怒之曰:"兄不能威,独不能'断出'③耶?殴父杀弟,安然忍受,何以为人!"万石欠伸,似有动容。马又激之曰:"如渠不去,理须威劫;即杀却,勿惧。仆有二三知交,都居要地,必合极力,保无亏也。"万石诺,负气疾行,奔而入。适与妇遇,叱问:"何为?"万石皇遽失色,以手据地曰:"马生教余出妇。"妇益恚,顾寻刀杖,万石惧而却走。马唾之曰:"兄真不可教也已!"遂开箧,出刀圭药,合水授万石饮。曰:"此丈夫再造散。所以不轻用者,以能病人故耳。今不得已,暂试之。"饮下,少顷,万石觉忿气填胸,如烈焰中烧,刻不容忍,直抵闺闼,叫喊雷动。妇未及诘,万石以足腾起,妇颠去数尺有咫。即复握石成拳,擂击无算,妇体几无完肤,嘲哳④犹骂。万石于腰中出佩刀。妇骂曰:"出刀子,敢杀我耶?"万石不语,割股上肉,大如掌,掷地下;方欲再割,妇哀鸣乞恕。万石不听,又割之。家人见万石凶狂,相集,死力掖出。马迎出,捉臂相用慰劳。万石余怒未息,屡欲奔寻,马止之。少间,药力渐消,嗒焉若丧。马嘱曰:"兄勿馁。乾纲之振,在此一举。夫人之所以惧者,非朝夕之故,其所由来者渐矣。譬昨死而今生,须从此涤故更新;再一馁,则不可为矣。"遣万石入探之。妇股栗心慑⑤,倩婢扶起,将以膝行。止之,乃已。出语马生,父子交贺。马欲去,父子共挽之。马曰:"我适有东海之行,故便道相过,还时可复会耳。"月余,妇起,宾事良人。久觉黔驴无技,渐狎,渐嘲,渐骂;居无何,旧态全作矣。翁不能堪,宵遁,至河南,隶道士籍。万石亦不敢寻。

---

① 一线——一脉单传。
② 批——扇耳光
③ 断出——决意休妻。
④ 嘲哳(zhāo zhā)——鸟鸣声,此指细碎杂乱声。
⑤ 心慑(shè)——心里害怕。

年余，马至，知其状，怫然责数已，立呼儿至，置驴子上，驱策径去。由此乡人皆不齿万石。学使案临，以劣行黜名。又四五年，遭回禄①，居室财物，悉为煨烬②；延烧邻舍。村人执以告郡，罚锾③烦苛。于是家产渐尽，至无居庐。近村相戒，无以舍舍万石。尹氏兄弟，怒妇所为，亦绝拒之。万石既穷，质妾于贵家，偕妻南渡。至河南界，资斧已绝。妇不肯从，聒夫再嫁。适有屠而鳏者，以钱三百货去。万石一身，丐食于远村近郭间。至一朱门，阍人诃拒不听前。少间，一官人出，万石伏地啜泣。官人熟视久之，略诘姓名，惊曰："是伯父也！何一贫至此？"万石细审，知为喜儿，不觉大哭。从之入，见堂中金碧焕映。俄顷，父扶童子出，相对悲哽。万石始述所遭。初，马携喜儿至此，数日，即出寻杨翁来，使祖孙同居。又延师教读。十五岁入邑庠，次年领乡荐，始为完婚。乃别欲去。祖孙泣留之。马曰："我非人，实狐仙耳。道侣相候已久。"遂去。孝廉言之，不觉恻楚，因念昔与庶伯母同受酷虐，倍益感伤，遂以舆马赍金赎王氏归。年余，生一子，因以为嫡。

尹从屠半载，狂悖犹昔。夫怒，以屠刀孔其股，穿以毛绠④，悬梁上，荷肉竟出。号极声嘶，邻人始知。解缚抽绠；一抽则呼痛之声，震动四邻。以是见屠来，则骨毛皆竖。后胫创虽愈，而断芒遗肉内，终不良于行；犹夙夜服役，无敢少懈。屠既横暴，每醉归，则挞詈不情。至此，始悟昔之施于人者，亦犹是也。

一日，杨夫人及伯母烧香普陀寺⑤，近村农妇并来参谒。尹在中怅立不前。王氏故问："此伊谁？"家人进白："张屠之妻。"便诃使前，与太夫人稽首。王笑曰："此妇从屠，当不乏肉食，何羸瘠乃尔？"尹愧恨，归欲自经，绠弱不得死。屠益恶之。岁余，屠死。途遇万石，遥望之，以膝行，泪下如縻⑥。万石碍仆，未通一言，归告侄，欲谋珠还。侄固不肯。妇为里

---

① 回禄——火神；火灾。

② 煨烬——灰烬。

③ 罚锾（huán）——罚金。

④ 毛绠（gěng）——粗绳。

⑤ 普陀寺——此指供奉观世音的寺院。

⑥ 縻（mí）——牛鼻绳，喻泪水下流如绳。

人所唾弃,久无所归。依群乞以食。万石犹时就尹废寺中。侄以为玷,阴教群乞窘辱之,乃绝。此事余不知其究竟,后数行,乃毕公权[①]撰成之。

异史氏曰:“惧内,天下之通病也。然不意天壤之间,乃有杨郎!宁非变异?余尝作妙音经之续言,谨附录以博一噱[②]:

‘窃以天道化生万物,重赖坤成;男儿志在四方,尤须内助。同甘独苦,劳尔十月呻吟;就湿移干,苦矣三年颦笑。此顾宗祧而动念,君子所以有伉俪之求;瞻井臼而怀思,古人所以有鱼水之爱也。第阴教之旗帜日立,遂乾纲之体统无存。始而不逊之声,或大施而小报;继则如宾之敬,竟有往而无来。只缘儿女深情,遂使英雄短气。床上夜叉坐,任金刚亦须低眉;釜底毒烟生,即铁汉无能强项。秋砧之杵可掬,不捣月夜之衣;麻姑之爪能搔,轻试莲花之面。小受大走,直将代孟母投梭;妇唱夫随,翻欲起周婆制礼。婆娑跳掷,停观满道行人;嘲哳鸣嘶,扑落一群娇鸟。恶乎哉!呼天吁地,忽尔披发向银床。丑矣夫!转目摇头,猥欲投缳延玉颈。当是时也:地下已多碎胆,天外更有惊魂。北宫黝未必不逃,孟施舍焉能无惧?将军气同雷电,一入中庭,顿归无何有之乡;大人面若冰霜,比到寝门,遂有不可问之处。岂果脂粉之气,不势而威?胡乃肮脏之身,不寒而栗?犹可解者:魔女翘鬟来月下,何妨俯伏皈依?最冤枉者:鸠盘蓬首到人间,也要香花供养。闻怒狮之吼,则双孔撩天;听牝鸡之鸣,则五体投地。登徒子淫而忘丑,回波词怜而成嘲。设为汾阳之婿,立致尊荣,媚卿卿良有故;若赘外黄之家,不免奴役,拜仆仆将何求?彼穷鬼自觉无颜,任其斫树摧花,止求包荒于悍妇;如钱神可云有势,乃亦婴鳞犯制,不能借助于方兄。岂缚游子之心,惟兹鸟道?抑消霸王之气,恃此鸿沟?然死同穴,生同衾,何尝教吟“白首”?而朝行云,暮行雨,辄欲独占巫山,恨煞“池水清”,空按红牙玉板;怜尔妾命薄,独支永夜寒更。蝉壳鹭滩,喜骊龙之方睡;犊车麈尾,恨驽马之不奔。榻上共卧之人,挞去方知为舅;床前久系之客,牵来已化为羊。需之殷者仅俄顷,毒之流者无尽藏。买笑缠头,而作自作之孽,太甲必曰难违;俯首帖耳,而受无妄之刑,李阳亦谓不可。酸风凛冽,吹残绮阁之春;醋海汪洋,淹断蓝桥之月。又或盛会忽逢,良朋即坐,斗酒

① 毕公权——淄川人,清初举人,有文名。

② 噱(jué)——笑。

藏而不设，且由房出逐客之书；故人疏而不来，遂自我广绝交之论。甚而雁影分飞，涕空沾于荆树；鸾胶再觅，变遂起于芦花。古饮酒阳城，一堂中惟有兄弟；吹竽商子，七旬余并无室家。古人为此，有隐痛矣。呜呼！百年鸳偶，竟成附骨之疽；五两鹿皮，或买剥床之痛。髯如戟者如是，胆似斗者何人？固不敢于马栈下断绝祸胎，又谁能向蚕室中斩除孽本？娘子军肆其横暴，苦疗妒之无方；胭脂虎啖尽生灵，幸渡迷之有楫。天香夜爇，全澄汤镬之波；花雨晨飞，尽灭剑轮之火。极乐之境，彩翼双栖；长舌之端，青莲并蒂。拔苦恼于优婆之国，立道场于爱河之滨。咦！愿此几章贝叶文，洒为一滴杨枝水①！’”

魁星

郓城②张济宇，卧而未寐，忽见光明满室。惊视之，一鬼执笔立，若魁星③状。急起拜叩。光亦寻灭。由此自负，以为元魁④之先兆也。后竟落拓无成；家亦雕落，骨肉相继死，惟生一人存焉。彼魁星者，何以不为福

---

① “异史氏曰”整段——大意：夫妻之乐，苦在女方；夫妻之爱，在于承嗣；悍妇作威，夫权扫地；丈夫懦弱，养成悍妇；男女性爱，男子气丧；悍妇凶妒，丈夫无奈；悍妇气长，硬汉低头；悍妇行泼，凶暴异常；悍妇教夫，如同教子；悍妇吵闹，如同耍猴；悍妇发怒，以死相胁；悍妇丑恶，矫情作态；悍妇胡闹，丈夫胆裂；勇猛之人，畏惧悍妇；文臣武将，威严扫地；何以如此，其因为何；绝代佳人，夫惧可解；丑女陋妇，丈夫最冤；丈夫惧内，跪伏听命；丈夫喜淫，遭人耻笑；妻贵夫显，情在利用；妻富夫赘，何图之有；夫卑自愧，任妻凶悍；权势之家，无奈悍妇；夫妇信誓，生死与共；朝朝暮暮，妒妇之愿；外出嫖妓，妒妇之恨；男子寻欢，胆战心寒；悍妒无限，不觉其羞；悍妒之爱，欢少害多；丈夫嫖妓，咎由自取；夫权沦丧，世人蒙羞；妻之悍妒，情爱顿减；妻之悍妒，没有朋友；悍妒之毒，惨毒无比；孤身不娶，难言之隐；惧内男儿，不齿于世；悍妇如虎，幸有佛法；悍妇自悟，免遭恶报；信佛修养，夫妻和好；超凡入境，去掉欲情；愿吾佛祖，规劝悍妇。

② 郓城——县名，今属山东省。

③ 魁星——即“奎星”，中国古代天文学中二十八星宿之一，掌文运之神。

④ 元魁——科举考试第一名。

而为祸也?

厍[①]将　军

厍大有,字君实,汉中洋县[②]人。以武举隶祖述舜麾下。祖厚遇之,屡蒙拔擢,迁伪周总戎[③]。后觉大势既去,潜以兵乘祖。祖格拒伤手,因就缚之,纳款于总督蔡。至都,梦至冥司,冥王怒其不义,命鬼以沸汤浇其足。既醒,足痛不可忍。后肿溃,指尽堕。又益之疟。辄呼曰:"我诚负义!"遂死。

异史氏曰:"事伪朝固不足言忠;然国士庸人,因知为报,贤豪之自命宜尔也。是诚可以惕天下之人臣而怀二心者矣。"

绛　妃

癸亥[④]岁,余馆于毕刺史公之绰然堂。公家花木最盛,暇辄从公杖履,得恣游赏。一日,眺览既归,倦极思寝,解屦登床。梦二女郎被服艳丽,近请曰:"有所奉托,敢屈移玉。"余愕然起,问:"谁相见召?"曰:"绛妃耳。"恍惚不解所谓,遽从之去。俄睹殿阁,高接云汉。下有石阶,层层而上,约尽百余级,始至颠头[⑤]。见朱门洞敞,又有二三丽者,趋入通客。无何,诣一殿外,金钩碧箔,光明射眼。内一女人降阶出,环珮锵然,状若贵嫔。方思展拜,妃便先言:"敬屈先生,理须首谢。"呼左右以毡贴地,若将行礼。余惶悚无以为地,因启曰:"草莽微贱,得辱宠召,已有余荣。况敢公庭抗礼,益臣之罪,折臣之福!"妃命撤毯设宴,对宴相向。酒数行,余

---

① 厍(shě)——姓。

② 洋县——今陕西洋县。

③ 伪周总戎——伪周,指明末清初吴三桂建立的地方政权;总戎,军事长官。

④ 癸亥——康熙二十二年(1683 年)。

⑤ 颠头——最高处。

辞曰:“臣饮少辄醉,惧有愆仪。教命云何?幸释疑虑。”妃不言,但以巨杯促饮。余屡请命。乃言:“妾,花神也。合家细弱,依栖于此,屡被封家婢子①,横见摧残。今欲背城借一②,烦君属檄草耳。”余惶然起奏:“臣学陋不文,恐负重托;但承宠命,敢不竭肝鬲之愚③。”妃喜,即殿上赐笔札。诸丽者拭案拂坐,磨墨濡④毫。又一垂髫人,折纸为范,置腕下。略写一两句,便二三辈叠背相窥。余素迟钝,此时觉文思若涌。少间,稿脱,争持去,启呈绛妃。妃展阅一过,颇谓不疵⑤,遂复送余归。醒而忆之,情事宛然。但檄词强半遗忘,固足而成之:

“谨按封氏:飞扬成性,忌嫉为心。济恶以才,妒同醉骨;射人于暗,奸类含沙。昔虞帝受其狐媚,英、皇不足解忧,反借渠以解愠;楚王蒙其蛊惑,贤才未能称意,惟得彼以称雄。沛上英雄,云飞而思猛士;茂陵天子,秋高而念佳人。从此怙宠日恣,因而肆狂无忌。怒号万窍,响碎玉于王宫;澎湃中宵,弄寒声于秋树。倏向山林丛里,假虎之威;时于滟滪堆中,生江之浪。且也,帘钩频动,发高阁之清商;檐铁忽敲,破离人之幽梦。寻帷下榻,反同入幕之宾,排闼登堂,竟作翻书之客。不曾于生平识面,直开门户而来;若非是掌上留裙,几掠妃子而去。吐虹丝于碧落,乃敢因月成阑;翻柳浪于青郊,谬说为花寄信。赋归田者,归途才就,飘飘吹薜荔之衣;登高台者,高兴方浓,轻轻落茱萸之帽。蓬梗卷兮上下,三秋之羊角抟空;筝声入乎云霄,百尺之鸢丝断系。不奉太后之召,欲速花开;未绝坐客之缨,竟吹灯灭。甚则扬尘播土,吹平李贺之山;叫雨呼云,卷破杜陵之屋。冯夷起而击鼓,少女进而吹笙。荡漾以来,草皆成偃;吼奔而至,瓦欲为飞。未施抟水之威,浮水江豚时出拜;陡出障天之势,书天雁字不成行。助马当之轻帆,彼有取尔;牵瑶台之翠帐,于意云何?至于海鸟有灵,尚依鲁门以避;但使行人无恙,愿唤尤郎以归。古有贤豪,乘而破者万里;世无高士,御以行者几人?驾炮车之狂云,遂以夜郎自大;恃贪狼之逆气,漫以

① 封家婢子——对封姨的蔑称,代指风神或风。
② 背城借一——在已方城下与敌人决一死战。
③ 肝鬲(gé)之愚——竭尽忠诚。
④ 濡——润。
⑤ 疵——缺点。

河伯为尊。姊妹俱受其摧残，汇族悉为其蹂躏。纷红骇绿，掩苒何穷？擘柳鸣条，萧骚无际。雨零金谷，缀为藉客之裀；露冷华林，去作沾泥之絮。埋香瘗玉，残妆卸而翻飞；朱榭雕阑，杂珮纷其零落。减春光于旦夕，万点正飘愁；觅残红于西东，五更非错恨。翩跹江汉女，弓鞋漫踏春园；寂寞玉楼人，珠勒徒嘶芳草。斯时也：伤春者有难乎为情之怨，寻胜者作无可奈何之歌。尔乃趾高气扬，发无端之踔厉；摧蒙振落，动不已之阑珊。伤哉绿树犹存，簌簌者绕墙自落；久矣朱旛不竖，娟娟者霣涕谁怜？堕溷沾篱，毕芳魂于一日；朝荣夕悴，免荼毒以何年？怨罗裳之易开，骂空闻于子夜；讼狂伯之肆虐，章未报于天庭。诞告芳邻，学作峨眉之阵；凡属同气，群兴草木之兵。莫言蒲柳无能，但须藩篱有志。且看莺俦燕侣，公覆夺爱之仇；请与蝶友蜂交，共发同心之誓。兰桡桂楫，可教战于昆明；桑盖柳旌，用观兵于上苑。东篱处士，亦出茅庐；大树将军，应怀义愤。杀其气焰，洗千年粉黛之冤；歼尔豪强，销万古风流之恨①！”

---

① 檄词段——大意：飞扬的风，妒忌成性；妒忌之性，已入骨髓；暗处伤人，堪称阴险；虞舜之时，欲借风利；楚王受惑，拒谏称雄；高祖刘邦，借风而歌；武帝刘彻，以风思人；风以是故，肆虐狂暴；狂风怒号，宫内不宁；秋风夜起，枯树作响；拂掠山林，假借虎威；风触礁石，浊浪冲天；秋风夜冷，惊散情梦；风入内室，如同幕僚；风乱书扉，意在擅专；此等作为，无礼之甚；横暴异常，卷人入空；狂妄无比，借月晕现；初春拂绿，谎报花开；辞官归隐，加以戏弄；游兴甚浓，吹人帽落；飞蓬不才，反旋高空；风筝翔飞，吹断筝线；违时背令，隆冬花开；宴中灯灭，助奸逞邪；狂风扬尘，移山倒海；携云挟雨，掀卷屋顶；微风鼓浪，兴云作雨；微风吹过，草皆低伏；狂风突至，屋瓦欲飞；掠江而过，江豚畏伏；扬沙遮天，群雁散乱；风助好人，是一善事；风助坏人，是一恶事；有灵之物，尽避风祸；若能平安，不惜捐躯；贤哲乘风，庸人借风；狂风乍起，妄自尊大；暴风之威，水涝为灾；百花凋零，皆是风害；百花摇荡，皆是风为；柳絮风落，污秽不堪；百花已凋，仍受其灾；一片花飞，播散春愁；花落遍地，风是祸首；削减春色，少女伤悲；花落春归，或怨或吟；花劫过后，余威尚存；花落枝存，空寥寂寂；花受风害，无人怜惜；随风荡落，命运堪悲；晨绽夕露，瞬间凋零；少女怀春，遭人嘲骂；狂风作恶，未加惩罚；众花联手，共敌恶风；凡属花草，与风搏击；薄柳虽弱，篱笆护花；蜂蝶觉醒，亦斗恶风；高洁之花，自担其任；桑柳为旗，观敌瞭阵；隐逸之花，亦应参战；大树将军，亦来敌风；齐心讨伐，歼击强暴，伸张正义，致力美好。

河间生

河间①某生，场中积麦穰②如丘，家人日取为薪，洞之。有狐居其中，常与主人相见，老翁也。一日，屈主人饮，拱生入洞。生难之，强而后入。入则廊舍华好，即坐，茶酒香烈。但日色苍皇，不辨中夕。筵罢既出，景物俱杳。翁每夜往夙归，人莫能迹。问之，则言友朋招饮。生请与俱，翁不可；固请之，翁始诺。挽生臂，疾如乘风，可炊黍时，至一城市。入酒肆，见坐客良多，聚饮颇哗，乃引生登楼上。下视饮者，几案柈③餐，可以指数④。翁自下楼。任意取案上酒果，抔⑤来供生。筵中人曾莫之禁。移时，生视一朱衣人前列金橘，命翁取之。翁曰："此正人⑥，不可近。"生默念："狐与我游，必我邪也。自今以往，我必正！"方一注想，觉身不自主，眩堕楼下。饮者大骇，相哗以妖。生仰视，竟非楼上，乃梁间耳。以实告众，众审其情确，赠而遣之。问其处，乃鱼台⑦，去河间千里云。

云翠仙

梁有才，故晋人，流寓于济，作小负贩。无妻子田产。从村人登岱。岱，四月交⑧，香侣⑨杂沓。又有优婆夷、塞⑩，率众男子以百十，杂跪神座

---

① 河间——府名，今河北河间县。
② 麦穰——麦杆垛。
③ 柈——通"盘"。
④ 指数——看清楚。
⑤ 抔(póu)——双手捧物。
⑥ 正人——品格端正之人。
⑦ 鱼台——县名，今属山东省。
⑧ 交——初。
⑨ 香侣——香客。
⑩ 优婆夷、塞——佛教用语，即女、男居士。

下，视香炷为度，名曰“跪香”。才视众中有女郎，年十七八而美，悦之。诈为香客，近女郎跪；又伪为膝困无力状，故以手据女郎足。女回首似嗔，膝行而远之。才又膝行近之；少间，又据之。女郎觉，遽起，不跪，出门去。才亦起，亦出，履其迹，不知其往，心无望，怏怏而行。途中见女郎从媪，似为女也母者。才趋之。媪女行且语。媪云：“汝能参礼娘娘①，大好事！汝又无弟妹，但获娘娘冥加护，护汝得快婿。但能相孝顺，都不必贵公子、富王孙也。”才窃喜，渐渍②诘媪。媪自言为云氏，女名翠仙，其出也，家西山四十里。才曰：“山路涩，母如此蹜蹜③，妹如此纤纤，何能便至？”曰：“日已晚，将寄舅家宿耳。”才曰：“适言相婿，不以贫嫌，不以贱鄙，我又未婚，颇当母意否？”媪以问女，女不应。媪数问，女曰：“渠寡福，又荡无行，轻薄之心，还易翻覆。儿不能为遢伎儿④作妇。”才闻，朴诚自表，切矢皦日⑤。媪喜，竟诺之。女不乐，勃然而已。母又强拍咻⑥之。才殷勤，手于橐，觅山兜二，舁媪及女。己步从，若为仆。过隘，辄诃兜夫不得颠摇动，良殷。俄抵村舍，便邀才同入舅家。舅出翁，妗出媪也。云兄之嫂之。谓：“才吾婿。日适良，不须别择，便取今夕。”舅亦喜，出酒肴饵才。既，严妆翠仙出，拂榻促眠。女曰：“我固知郎不义，迫母命，漫相随。郎若人也，当不须忧偕活。”才唯唯听受。明日早起，母谓才：“宜先去，我以女继至。”

才归，扫户闼。媪果送女至。入视室中，虚无有，便云：“似此何能自给？老身速归，当小助汝辛苦。”遂去，次日，有男女数辈，各携服食器具，布一室满之。不饭俱去，但留一婢。才由此坐温饱，惟日引里无赖朋饮竞赌，渐盗女郎簪珥佐博。女劝之，不听；颇不耐之，惟严守箱奁，如防寇。一日，博党款门访才，窥见女，适适⑦惊。戏谓才曰：“子大富贵，何忧贫耶？”才问故，答曰：“曩见夫人，实仙人也。适与子家道不相称。货为媵，

---

① 娘娘——指碧霞元君，传说为东岳大帝之女。

② 渍——浸渍。

③ 蹜蹜（sù sù）——脚步细碎而快。

④ 遢伎儿——行为轻薄而猥琐之人。

⑤ 切矢皦（jiǎo）日——手指太阳，恳切发誓。

⑥ 咻（xiū）——同“咻”，抚慰声。

⑦ 适适（tì tì）——吃惊状。

金可得百；为妓，可得千。千金在室，而听饮博无资耶？”才不言，而心然之。归，辄向女欷歔，时时言贫不可度。女不顾，才频频击桌，抛匕箸，骂婢，作诸态。

一夕，女沽酒与饮。忽曰：“郎以贫故，日焦心。我又不能御穷，分郎忧，中岂不愧怍？但无长物，止有此婢，鬻之，可稍稍佐经营。”才摇首曰：“其值几许！”又饮少时，女曰：“妾于郎，有何不相承？但力竭耳。念一贫如此，便死相从，不过均此百年苦，有何发迹？不如以妾鬻贵家，两所便益，得直或较婢多。”才故愕言：“何得至此！”女固言之，色作庄。才喜曰：“容再计之。”遂缘中贵人①，货隶乐籍②。中贵人亲诣才，见女大悦。恐不能即得，立券八百缗③，事滨④就矣。女曰：“母日以婿家贫，常常萦念，今意断矣，我将暂归省；且郎与妾绝，何得不告母？”才虑母阻。女曰：“我顾自乐之，保无差贷。”才从之。夜将半，始抵母家。挝阖入，见楼舍华好，婢仆辈往来憧憧。才日与女居，每请诣母，女辄止之，故为甥馆⑤年余，曾未一临岳家。至此大骇，以其家巨，恐媵妓不甘也。女引才登楼上。媪惊问：“夫妻何来？”女怨曰：“我固道渠不义，今果然。”乃于衣底出黄金二铤⑥，置几上，曰：“幸不为小人赚脱，今仍以还母。”母骇问故，女曰：“渠将鬻我，故藏金无用处。”乃指才骂曰：“豺鼠子！曩日负肩担，面沾尘如鬼。初近我，熏熏作汗腥，肤垢欲倾塌，足手皴一寸厚，使人终夜恶。自我归汝家，安坐餐饭，鬼皮始脱。母在前，我岂诬耶？”才垂首，不敢少出气。女又问：“自顾无倾城姿，不堪奉贵人；似若辈男子，我自谓犹相匹。有何亏负，遂无一念香火情⑦？我岂不能起楼宇、买良沃？念汝儇薄骨、乞丐相⑧，终不是白头侣！”言次，婢妪连衿臂，旋旋围绕之。闻女责数，便都唾骂，共言：“不如杀却，何须复云云。”才大惧，据地自投，但言知悔。

① 中贵人——受宠信的宫内宦官。
② 乐籍——乐户名籍，即官妓。
③ 八百缗——八百串，即八十万钱。
④ 滨——通“濒”，将要。
⑤ 为甥馆——代指做女婿。
⑥ 二铤（dìng）——二锭。
⑦ 香火情——此指夫妻情。
⑧ 儇薄骨、乞丐相——相貌轻薄无福。

女又盛气曰:“鬻妻子已大恶,犹未便是剧①;何忍以同衾人赚作娼!”言未已,从眦裂,悉以锐簪、剪刀股攒刺胁踝②。才号悲乞命。女止之,曰:“可暂释却。渠便无仁义,我不忍觳觫③。”乃率众下楼去。

才坐听移时,语声俱寂,思欲潜遁。忽仰视,见星汉,东方已白,野色苍莽;灯亦寻灭。并无屋宇,身坐削壁上。俯瞰绝壑,深无底。骇绝,惧堕。身稍移,塌然一声,堕石崩坠。壁半有枯横焉,罥④不得堕。以枯受腹,手足无着。下视茫茫,不知几何寻丈。不敢转侧,嗥怖声嘶,一身尽肿,眼耳鼻舌身力俱竭。日渐高,始有樵人望见之;寻绠来,缒而下,取置崖上,奄将溘毙。舁归其家。至则门洞敞,家荒荒如败寺,床鹿什器俱杳,惟有绳床败案,是己家旧物,零落犹存。嗒然自卧。饥时,日一乞食于邻。既而肿溃为癞。里党薄其行,悉唾弃之。才无计,货屋而穴居,行乞于道,以刀自随。或劝以刀易饵,才不肯,曰:“野居防虎狼,用自卫耳。”后遇向劝鬻妻者于途,近而哀语,遽出刀摮⑤而杀之,遂被收。官廉得其情,亦未忍酷虐之,系狱中,寻瘐死⑥。

异史氏曰:“得远山芙蓉⑦,与共四壁,与以南面王岂易哉!己则非人,而怨逢恶之友;故为友者不可不知戒也。凡狭邪子诱人淫博,为诸不义,其事不败,虽则不怨亦不德。迨于身无襦,妇无裤,千人所指,无疾将死,穷败之念,无时不萦于心;穷败之恨,无时不切于齿。清夜牛衣中⑧,辗转不寐。夫然后历历⑨想未落时,历历想将落时,又历历想致落之故,而因以及发端致落之人。至于此,弱者起,拥絮坐诅;强者忍冻裸行,篝火索刀,霍霍磨之,不待终夜矣。故以善规人,如赠橄榄⑩;以恶诱人,如馈

---

① 犹未便是剧——还不算最坏。
② 胁踝(lěi)——两胁突起处。
③ 觳觫(hú sù)——因恐惧而颤抖状。
④ 罥(juàn)——挂。
⑤ 摮(áo)——旁击。
⑥ 瘐(yǔ)死——经拷打、饥寒、疾病而死于狱中。
⑦ 远山芙蓉——喻女子貌美。
⑧ 清夜牛衣中——寒夜卧于牛衣中扪心自问。
⑨ 历历——一一分明。
⑩ 橄榄——果木名,又名“青果”。

漏脯①也。听者固当省,言者可勿惧哉!"

跳神

济俗:民间有病者,闺中以神卜②。倩老巫击铁环单面鼓,婆娑作态,名曰"跳神"。而此俗都中③尤盛。良家少妇,时自为之。堂中肉于案④,酒于盆,甚设⑤几上。烧巨烛,明于昼。妇束短幅裙,屈一足,作"商羊舞⑥"。两人捉臂,左右扶掖之。妇刺刺琐絮,似歌,又似祝;字多寡参差,无律带腔。室数鼓乱挝如雷,蓬蓬聒人耳。妇吻辟翕⑦,杂鼓声,不甚辨了。既而首垂,目斜睨;立全须人,失扶则仆。旋忽伸颈巨跃,离地尺有咫⑧。室中诸女子,凛然愕顾曰:"祖宗来吃食矣。"便一嘘,吹灯矣,内外冥黑。人慄息⑨立暗中,无敢交一语;语亦不得闻,鼓声乱也。食顷,闻妇厉声呼翁姑及夫嫂小字,始共爇烛,伛偻问休咎。视樽中、盎中、案中,都复空空。望颜色,察嗔喜。肃肃罗问之,答若响⑩。中有腹诽者⑪,神已知,便指某姗笑我,大不敬,将褫汝裤。诽者自顾,莹然已裸,辄于门外树头觅得之。满洲⑫妇女,奉事尤虔。小有疑,必以决。时严妆,骑假虎、假马,执长兵,舞榻上,名曰"跳虎神"。马、虎势作威怒,尸者⑬声伧伫。或

---

① 漏脯——变质的干肉。
② 闺中以神卜——闺中女子占卜吉凶。
③ 都中——指京都北京。
④ 肉于案——将肉放在盂内。
⑤ 甚设——设备非常齐全。
⑥ 商羊舞——传说中一种神鸟(商羊)的舞姿,即一足着地而舞。
⑦ 辟翕(xī)——一开一合。
⑧ 尺有咫(zhǐ)——一尺多。
⑨ 慄(dié)息——因畏惧而不敢出声。
⑩ 答若响——有问必答。
⑪ 腹诽者——心里不以为然的人。
⑫ 满洲——即满族。
⑬ 尸者——指跳大神者。

言关、张、玄坛[1]，不一号。赫气惨凛[2]，尤能畏怖人。有丈夫穴窗来窥，辄被长兵破窗刺帽，挑入去。一家媪媳姊若妹，森森蹜蹜[3]，雁行立，无岐念，无懈骨[4]。

铁布衫法

沙回子[5]得铁布衫大力法[6]。骈其指，力斫之，可断牛项；横搠[7]之，可洞牛腹。曾有仇公子彭三家，悬木于空，遣两健仆极力撑去，猛反之；沙裸腹受木，砰然一声，木去远矣。又出其势[8]即石上，以木椎力击之，无少损。但畏刀耳。

大力将军

查伊璜[9]，浙人，清明饮野寺中，见殿前有古钟，大于两石瓮；而上下土痕手迹，滑然如新。疑之，俯窥其下，有竹筐受八升许，不知所贮何物。使数人抠[10]耳，力掀举之，无少动。益骇。乃坐饮以伺其人。居无何，有乞儿入，携所得糗糒[11]，堆累钟下。乃以一手起钟，一手掬饵置筐内；往返数四，始尽。已，复合之，乃去。移时复来，探取食之。食已复探，轻若启

① 关、张、玄坛——关，关羽；张，张飞；玄坛，赵姓，名公明。
② 惨凛——阴冷状。
③ 森森蹜蹜(sù sù)——一个接一个紧靠在一起。
④ 无懈骨——挺直身躯站立。
⑤ 沙回子——姓沙的回族人。
⑥ 铁布衫大力法——一种武功。
⑦ 搠(shuò)——戳。
⑧ 势——男性生殖器。
⑨ 查伊璜——名继佐，明末清初人，有文名。
⑩ 抠(kōu)——抓牢。
⑪ 糗糒(qiǔ bèi)——干粮。

椟。一座尽骇。查问:“若男儿胡行乞?”答以:“啖噉多,无佣者。”查以其健,劝投行伍。乞人愀然虑无阶。查遂携归饵之;计其食,略倍五六人。为易衣履,又以五十金赠之行。

后十余年,查犹子①令于闽,有吴将军六一者,忽来通谒。款谈间,问:“伊璜是君何人?”答言:“为诸父行②。与将军何处有素?”曰:“是我师也。十年之别,颇复忆念。烦致先生一赐临也。”漫应之。自念:叔名贤,何得武弟子?会伊璜至,因告之。伊璜茫不记忆。因其问讯之殷,即命仆马,投刺于门。将军趋出,逆诸大门之外。视之,殊昧生平。窃疑将军误,而将军伛偻益恭。肃客入,深启三四关,忽见女子入来,知为私廨,屏足立。将军又揖之。少间登堂,则卷帘者、移座者,并皆少姬。既坐,方拟展问,将军颐少动,一姬捧朝服至,将军遽起更衣,查不知其何为。众姬捉袖整衿讫,先命数人捺查座上不使动,而后朝拜,如觐③君父。查大愕,莫解所以。拜已,以便服侍坐。笑曰:“先生不忆举钟之乞人耶?”查乃悟。既而华筵高列,家乐作于下。酒阑,群姬列侍。将军入室,请衽何趾④,乃去。查醉起迟,将军已于寝门外三问矣。查不自安,辞欲返。将军投辖下钥⑤,锢闭之。见将军日无他作,惟点数姬婢、养厮卒,及骡马服用器具,督造记籍,戒无亏漏。查以将军家政,故未深叩。一日,执籍谓查曰:“不才得有今日,悉出高厚之赐。一婢一物,所不敢私,敢以半奉先生。”查愕然不受。将军不听。出藏镪数万,亦两置之。按籍点照,古玩床几,堂内外罗列几满。查固止之,将军不顾。稽婢仆姓名已,即令男为治装,女为敛器,且嘱敬事先生。百声悚应。又亲视姬婢登舆,厩卒捉马骡,阗咽⑥并发,乃返别查。后查以修史一案⑦,株连被收,卒得免,皆将军力也。

---

① 犹子——侄子。

② 诸父行——伯父、叔父辈。

③ 觐(jìn)——晋见。

④ 请衽何趾——亲自为尊者安排住处。

⑤ 投辖下钥——去掉车轴的键,锁上门,坚意留客。

⑥ 阗咽——喻车声。

⑦ 修史一案——指顺治十八年(1661年),查继佐因庄廷钺集众编撰《明书》被人告发而被牵连入狱,后因狱初首告被免罪,余皆处死。

异史氏曰:“厚施而不问其名,真侠烈古丈夫哉!而将军之报,其慷慨豪爽,尤千古所仅见。如此胸襟,自不应老于沟渎。以是知两贤之相遇,非偶然也。”

白　莲　教

白莲①盗首徐鸿儒,得左道之书②,能役鬼神。小试之,观者尽骇,走门下者如鹜。于是阴怀不轨。因出一镜,言能鉴人终身。悬于庭,令人自照,或幞头,或纱帽,绣衣貂蝉,现形不一。人益怪愕。由是道路摇播,踵门求鉴者,挥汗相属。徐乃宣言:“凡镜中文武贵官,皆如来佛③注定龙华会④中人。各宜努力,勿得退缩。”因以对众自照,则冕旒龙衮⑤,俨然王者。众相视而惊,大众齐伏。徐乃建旂秉钺⑥,罔不欢跃相从,冀符所照。不数月,聚党以万计,滕、峄⑦一带,望风而靡。后大兵进剿,有彭都司者⑧,长山人,艺勇绝伦。寇出二垂髫女与战。女俱双刃,利如霜;骑大马,喷嘶甚怒。飘忽盘旋,自晨达暮,彼不能伤彭,彭亦不能捷也。如此三日,彭觉筋力俱竭,哮喘而卒。迨鸿儒既诛,捉贼党械问之,始知刃乃木刀,骑乃木凳也。假兵马死真将军,亦奇矣!

---

① 白莲——白莲教,杂佛教和民间信仰为一的宗派之一,元明清三代多以此聚众起事,深受官府打击。
② 左道之书——旁门邪道的方术。
③ 如来佛——即佛祖释迦牟尼。
④ 龙华会——龙华三会,中国民间宗教信奉的宇宙生灭所历经的三个阶段。
⑤ 冕旒(miǎn liú)龙衮(gǔn)——古帝王冠服。
⑥ 建旂秉钺——即自称王侯。
⑦ 滕、峄——滕、峄二县,今属山东省。
⑧ 彭都司者——彭姓的省级武官。

颜　氏

顺天某生，家贫。值岁饥，从父之洛。性钝，年十七，才不能成幅①。而丰仪秀美，能雅谑，善尺牍②。见者不知其中之无有也。无何，父母继殁，孑然一身，授童蒙于洛汭③。时村中颜氏有孤女，名士裔也。少惠。父在时，尝教之读，一过辄记不忘。十数岁，学父吟咏。父曰："吾家有女学士，惜不弁④耳。"钟爱之，期择贵婿。父卒，母执此志，三年不遂，而母又卒。或劝适佳士，女然之而未就也。适邻子妇逾垣来，就与攀谈。以字纸裹绣线，女启视，则某手翰⑤，寄邻生者，反复之而好焉。邻妇窥其意，私语曰："此翩翩一美少年，孤与卿等，年相若也。倘能垂意，妾嘱渠侬晒合⑥之。"女脉脉不语。妇归，以意授夫。邻生故与生善，告之，大悦。有母遗金鸦镮⑦，托委致焉。刻日成礼，鱼水甚欢。及睹生文，笑曰："文与卿似是两人，如此，何日可成？"朝夕劝生研读，严如师友。敛昏，先挑烛据案自哦，为丈夫率⑧，听漏三下，乃已。

如是年余，生制艺颇通；而再试再黜，身名蹇落，饔飧⑨不给，抚情寂漠，嗷嗷悲泣。女诃之曰："君非丈夫，负此弁耳！使我易髻而冠，青紫直芥视之！"生方懊丧，闻妻言，睒睗⑩而怒曰："闺中人，身不到场屋⑪，便以

---

① 成幅——成篇。

② 善尺牍——善写书信。

③ 洛汭（ruì）——洛河入黄河处，今河南巩县境。

④ 不弁（biàn）——不戴男冠。

⑤ 手翰——手笔。

⑥ 渠侬晒合——由他的邻妇之夫撮合成。

⑦ 金鸦镮——饰有金乌的指环。

⑧ 率——榜样，表率。

⑨ 饔飧（yōng sūn）——早晚餐。

⑩ 睒睗（shǎn shì）——目光闪烁。

⑪ 场屋——科举考场。

功名富贵似汝在厨下汲水炊白粥;若冠加于顶,恐亦犹人[1]耳!”女笑曰:“君勿怒。俟试期。妾请易装相代。倘落拓如君,当不敢复藐天下士矣。”生亦笑曰:“卿自不知蘖苦[2],真宜使请尝试之。但恐绽露,为乡邻笑耳。”女曰:“妾非戏语。君尝言燕有故庐,请男装从君归,伪为弟。君以襁褓出,谁得其辨非?”生从之。女入房,巾服而出,曰:“视妾可作男儿否?”生视之,俨然一顾影少年也。生喜,遍辞里社。交好者薄有馈遗,买一羸蹇,御妻而归。

生叔兄尚在,见两弟如冠玉[3],甚喜,晨夕恤顾之。又见宵旰[4]攻苦,倍益爱敬。雇一剪发雏奴,为供给使。暮后,辄遣去之。乡中吊庆,兄自出周旋,弟惟下帷读,居半年,罕有睹其面者。客或请见。兄辄代辞。读其文,瞲然[5]骇异。或排闼入而迫之,一揖便亡去。客睹丰采,又共倾慕。由此名大噪,世家争愿赘焉。叔兄商之,惟輾然笑。再强之,则言:“矢志青云,不及第,不婚也。”会学使案临,两人并出。兄又落。弟以冠军应试,中顺天第四;明年成进士;授桐城[6]令,有吏治[7];寻迁河南道掌印御史[8],富埒王侯。因托疾乞骸骨,赐归田里。宾客填门,迄谢不纳。又自诸生以及显贵,并不言娶,人无不怪之者。归后,渐置婢。或疑其私;嫂察之,殊无苟且。

无何,明鼎革[9],天下大乱。乃告嫂曰:“实相告:我小郎妇也。以男子阘茸[10],不能自立,负气自为之。深恐播扬,致天子召问,贻笑海内耳。”嫂不信,脱靴而示之足,始愕;视靴中,则败絮满焉。于是使生承其衔,仍闭门而雌伏矣,而生平不孕,遂出资购妾。谓生曰:“凡人置身通显,则买

---

① 犹人——和一般人一样。
② 蘖(bò)苦——指中药黄柏,味极苦。
③ 冠玉——喻指美男子。
④ 宵旰——日夜。
⑤ 瞲(xuè)然——惊视状。
⑥ 桐城——县名,今属安徽省。
⑦ 有吏治——有政绩。
⑧ 掌印御史——即道级的监察御史。
⑨ 鼎革——改朝换代。
⑩ 阘茸——平庸无能。

姬媵以自奉;我宦迹十年,犹一身耳。君何福泽,坐享佳丽?"生曰:"面首①三十人,请卿自置耳。"相传为笑。是时生父母,屡受覃恩②矣。缙绅拜往,尊生以侍御礼。生羞袭闺衔,惟以诸生自安,终身未尝舆盖云。

异史氏曰:"翁姑受封于新妇,可谓奇矣。然侍御而夫人也者,何时无之?但夫人而侍御者少耳。天下冠儒冠、称丈夫者,皆愧死矣!"

杜 翁

杜翁,沂水人。偶自市中出,坐墙下,以候同游。觉少倦,忽若梦,见一人持牒摄去。至一府署,从来所未经。一人戴瓦垄冠③,自内出,则青州张某,其故人也。见杜惊曰:"杜大哥何至此?"杜言:"不知何事,但有勾牒。"张疑其误,将为查验。乃嘱曰:"谨立此,勿他适。恐一迷失,将难救挽。"遂去,久之不出。惟持牒人来,自认其误,释令归。别杜而行。途中遇六七女郎,容色媚好,悦而尾之。下道,趋小径,行十数步,闻张在后大呼曰:"杜大哥,汝将何往?"杜迷恋不已。俄见诸女人入一圭窦④,心识为王氏卖酒者之家。不觉探身门内,略一窥瞻,即见身在苙⑤中,与诸小豭⑥同伏。豁然自悟,已化豕矣,而耳中犹闻张呼。大惧,急以首触壁。闻人言曰:"小豕颠痫矣。"还顾,已复为人。速出门,则张候于途。责曰:"固嘱勿他往,何不听信?几至坏事!"遂把手送至市门,乃去。杜忽醒,则身犹倚壁间。诣王氏问之,果有一豕自触死云。

---

① 面首——代指男宠。
② 覃恩——深恩,指朝廷赏赐厚恩。
③ 瓦垄冠——即瓦楞帽,为平民所戴。
④ 圭窦——墙上凿出的门。
⑤ 苙(lì)——猪圈。
⑥ 豭(jiā)——猪的别称。

小　谢

渭南①姜部郎第，多鬼魅，常惑人。因徙去。留苍头②门之而死。数易皆死。遂废之。里有陶生望三者，夙倜傥，好狎妓，酒阑辄去之。友人故使妓奔就之，亦笑内不拒；而实终夜无所沾染。常宿部郎家，有婢夜奔，生坚拒不乱，部郎以是契重之。家綦贫，又有"鼓盆之戚③"，茅屋数椽，溽暑不堪其热。因请部郎，假废第。部郎以其凶故，却之。生因作《续无鬼论》④献部郎，且曰："鬼何能为！"部郎以其请之坚，诺之。

生往除⑤厅事。薄暮，置书其中；返取他物，则书已亡。怪之。仰卧榻上，静息以伺其变。食顷，闻步履声，睨之，见二女自房中出，所亡书送还案上。一约二十，一可十七八，并皆姝丽。逡巡立榻下。相视而笑。生寂不动。长者翘一足踹生腹，少者掩口匿笑。生觉心摇摇若不自持，即急肃然端念，卒不顾。女近以左手捋髭，右手轻批颐颊，作小响。少者益笑。生聚起，叱曰："鬼物敢尔！"二女骇奔而散。生恐夜为所苦，欲移归，又耻其言不掩⑥，乃挑灯读。暗中鬼影憧憧，略不顾瞻。夜将半，烛而寝。始交睫，觉人以细物穿鼻，奇痒大嚏；但闻暗处隐隐作笑声。生不语，假寐以俟之。俄见少女以纸条拈细股，鹤行鹭伏⑦而至；生暴起诃之，飘窜而去。既寝，又穿其耳。终夜不堪其扰。鸡既鸣，乃寂无声，生始酣眠，终日无所睹闻。日既下，恍惚出现。生遂夜炊，将以达旦。长者渐曲肱几上，观生读；既而掩生卷。生怒捉之，即已飘散；少间，又抚之。生以手按卷读。少者潜于脑后，交两手掩生目，瞥然去，远立以哂。生指骂曰："小鬼头！捉得便都杀却！"女子即又不惧。因戏之曰："房中纵送，我都不解，缠我无

---

① 渭南——县名，今属陕西省。

② 苍头——仆人。

③ 鼓盆之戚——喻丧妻。

④ 《续无鬼论》——以续晋人阮瞻《无鬼论》自居。

⑤ 除——出任。

⑥ 不掩——不检点。

⑦ 鹤行鹭伏——如鹤似鹭行走，喻轻手轻脚。

益。”二女微笑，转身向灶，析薪溲米，为生执爨①。生顾而奖曰：“两卿此为，不胜憨跳耶？”俄顷，粥熟，争以匕、箸、陶碗置几上。生曰：“感卿服役，何以报德？”女笑云：“饭中溲合砒、酖②矣。”生曰：“与卿夙无嫌怨，何至以此相加。”啜已，复盛，争为奔走。生乐之，习以为常。日渐稔，接坐倾语，审其姓名。长者云：“妾秋容，乔氏；彼阮家小谢也。”又研问所由来。小谢笑曰：“痴郎！尚不敢一呈身，谁要汝问门第，作嫁娶耶？”生正容曰：“相对丽质，宁独无情，但阴冥之气，中人必死，不乐与居者，行可耳；乐与居者，安可耳。如不见爱，何必玷两佳人？如果见爱，何必死一狂生？”二女相顾动容，自此不甚虐弄之；然时而探手于怀，捋裤于地，亦置不为怪。

一日，录书未卒业而出，返则小谢伏案头，操管③代录。见生，掷笔睨笑。近视之，虽劣不成书，而行列疏整。生赞曰：“卿雅人也！苟乐此，仆教卿为之。”乃拥诸怀，把腕而教之画。秋容自外入，色乍变，意似妒。小谢笑曰：“童时尝从父学书，久不作，遂如梦寐。”秋容不语。生喻其意，伪为不觉者，遂抱而授以笔，曰：“我视卿能此否？”作数字而起，曰：“秋娘大好笔力！”秋容乃喜。生于是折两纸为范，俾共临摹；生另一灯读，窃喜其各有所事，不相侵扰。仿毕，祗立④几前，听生月旦⑤。秋容素不解读⑥，涂鸦不可辨认，花判⑦已，自顾不如小谢，有惭色。生奖慰之，颜始霁。二女由此师事生，坐为抓背，卧为按股，不惟不敢侮，争媚之。逾月，小谢书居然端好，生偶赞之。秋容大惭，粉黛淫淫，泪痕如线。生百端慰解之，乃已。因教之读，颖悟非常，指示一过，无再问者。与生竞读，常至终夜。小谢又引其弟三郎来，拜生门下。年十五六，姿容秀美。以金如意一钩为

---

① 执爨——烧火做饭。
② 砒、酖——砒霜、毒酒。
③ 操管——执笔。
④ 祗立——敬立。
⑤ 月旦——品评。
⑥ 解读——识字。
⑦ 花判——原指用骈体判案词，此指评阅意见。

贽[①];生令与秋容执一经[②]。满堂咿唔;生于此设鬼帐焉。部郎闻之喜,以时给其薪水。积数月,秋容与三郎皆能诗,时相酬唱。小谢阴嘱勿教秋容,生诺之;秋容阴嘱勿教小谢,生亦诺之。一日,生将赴试,二女涕泪持别。三郎曰:“此行可以托疾免;不然,恐履不吉。”生以告疾为辱,遂行。

先是,生好以诗词讥切时事,获罪于邑贵介,日思中伤之。阴赂学使,诬以行检,淹禁狱中。资斧绝,乞食于囚人,自分已无生理。忽一人飘忽而入,则秋容也。以馔具馈生。相向悲咽,曰:“三郎虑君不吉,今果不谬。三郎与妾同来,赴院[③]申理矣。”数语而出,人不之睹。越日,部院[④]出,三郎遮道声屈,收之。秋容入狱报生,返身往侦之,三日不返。生愁饿无聊,度一日如年岁。忽小谢至,怆惋欲绝,言:“秋容归,经由城隍祠,被西廊黑判强摄去,逼充御媵。秋容不屈,今亦幽囚。妾驰百里,奔波颇殆;至北郭。被老棘刺吾足心,痛彻骨髓,恐不能再至矣。”因示之足,血殷凌波焉。出金三两,跛踦[⑤]而没。部院勘三郎,素非瓜葛,无端代控,将杖之,扑地遂灭。异之。览其状,情词悲恻,提生面鞫,问:“三郎何人?”生伪为不知。部院悟其冤,释之。既归,竟夕无一人。更阑,小谢始至,惨然曰:“三郎在部院,被廨神押赴冥司;冥王以三郎义,令托生富贵家。秋容久锢,妾以状投城隍,又被按阁[⑥],不得入,且复奈何?”生忿然曰:“黑老魅何敢如此!明日仆其像,践踏为泥,数城隍而责之。案下吏暴横如此,渠在醉梦中耶!”悲愤相对,不觉四漏将残。秋容飘然忽至。两人惊喜,急问。秋容泣下曰:“今为郎万苦矣!判日以刀杖相逼,今夕忽放妾归,曰:‘我无他意,原以爱故;既不愿,固亦不曾污玷。烦告陶秋曹[⑦],勿见谴责。’”生闻少欢,欲与同寝,曰:“今日愿为卿死。”二女戚然曰:“向受开导,颇知义理,何忍以爱君者杀君乎?”执不可。然俯颈倾头,情均伉俪。二女以遭难故,妒念全消。

---

① 贽(zhì)——晋见的礼物。
② 执一经——学一种经书。
③ 院——指巡抚衙门。
④ 部院——指巡抚。
⑤ 跛踦——脚瘸行路状。
⑥ 按阁——按置、压下。
⑦ 秋曹——刑部官员的尊称。

会一道士途遇生，顾谓："身有鬼气。"生以其言异，具告之。道士曰："此鬼大好，不拟负他。"因书二符付生，曰："归授两鬼，任其福命：如闻门外有哭女者，吞符急出，先到者可活。"生拜受，归嘱二女。后月余，果闻有哭女者。二女争奔而去。小谢忙急，忘吞其符。见有丧舆过，秋容直出，入棺而没；小谢不得入，痛哭而返。生出视，则富室郝氏殡其女。共见一女子入棺而去，方共惊疑；俄闻棺中有声，息肩发验，女已顿苏。因暂寄生斋外，罗守之。忽开目问陶生。郝氏研诘之，答云："我非汝女也。"遂以情告。郝未深信，欲舁归；女不从，迳入生斋，偃卧不起。郝乃识婿而去。生就视之，面庞虽异，而光艳不减秋容，喜惬过望，殷叙平生。忽闻呜呜鬼泣，则小谢哭于暗陬。心甚怜之，即移灯往，宽譬哀情，而衿袖淋浪，痛不可解。近晓始去。天明，郝以婢媪赍送香奁，居然翁婿矣。暮入帷房，则小谢又哭。如此六七夜。夫妇俱为惨动，不能成合卺之礼。生忧思无策。秋容曰："道士，仙人也。再往求，倘得怜救。"生然之，迹道士所在，叩伏自陈。道士力言"无术"。生哀不已。道士笑曰："痴生好缠人。合与有缘，请竭吾术。"乃从生来，索静室，掩扉坐，戒勿相问。凡十余日，不饮不食。潜窥之，瞑若睡。一日晨兴，有少女搴帘入，明眸皓齿，光艳照人。微笑曰："跋履终日，惫极矣！被汝纠缠不了，奔驰百里外，始得一好庐舍，道人载与俱来矣。得见其人，便相交付耳。"敛昏，小谢至，女遽起迎抱之，翕然合为一体，仆地而僵。道士自室中出，拱手迳去。拜而送之。及返，则女已苏。扶置床上，气体渐舒，但把足呻言趾股痠痛，数日始能起。后生应试得通籍①。有蔡子经者与同谱②，以事过生，留数日。小谢自邻舍归，蔡望见之，疾趋相蹑；小谢侧身敛避，心窃怒其轻薄。蔡告生曰："一事深骇物听，可相告否？"诘之，答曰："三年前，少妹夭殒，经两夜而失其尸，至今疑念。适见夫人，何相似之深也？"生笑曰："山荆陋劣，何足以方君妹？然既系同谱，义即至切，何妨一献妻孥③。"乃入内，使小谢衣殉装出。蔡大惊曰："真吾妹也！"因而泣下。生乃具述其本末。蔡喜

---

① 通籍——通某人籍于朝，指仕宦新进。

② 同谱——同榜。

③ 孥——子女。

曰："妹子未死，吾将速归，用慰严慈①。"遂去。过数日，举家皆至。后往来如郝焉。

异史氏曰："绝世佳人，求一而难之，何遽得两哉！事千古而一见，惟不私奔女者能遘之也。道士其仙耶？何术之神也！苟有其术，丑鬼可交耳。"

缢　鬼

范生者，宿于逆旅。食后，烛而假寐。忽一婢来，襆衣置椅上；又有镜奁揥篋②，一一列案头，乃去。俄一少妇自房中出，发篋开奁，对镜栉掠③；已而髻，已而簪，顾影徘徊甚久。前婢来，进匜④沃盥。盥已捧帨，既，持沐汤去。妇解襆出裙帔，炫然新制，就着之。掩衿提领，结束周至。范不语，中心疑怪，谓必奔妇，将严装以就客也。妇装讫，出长带，垂诸梁而结焉。讶之。妇从容跂⑤双弯，引颈受缢。才一着带，目即合，眉即竖，舌出吻两寸许，颜色惨变如鬼。大骇奔出，呼告主人，验之已渺。主人曰："曩子妇经于是，毋乃此乎？"吁，异哉！既死犹作其状，此何说也？

异史氏曰："冤之极而至于自尽，苦矣！然前为人而不知，后为鬼而不觉，所最难堪者，束装结带时耳。故死后顿忘其他，而独于此际此境，犹历历一作，是其所极不忘者也。"

---

① 严慈——父、母。

② 镜奁（lián）揥（tì）篋——梳妆盒。

③ 栉掠——梳妆。

④ 匜（yí）——古盛水洗盥器具。

⑤ 跂（qǐ）——踮起。

吴门画工

吴门①画工某，忘其名，喜绘吕祖②，每想象而神会之，希幸一遇。虔结在念，靡刻不存。一日，值群丐饮郊郭间，内一人敝衣露肘，而神采轩豁。心忽动，疑为吕祖。谛视，觉愈确，遽捉其臂曰："君吕祖也。"丐者大笑。某坚执为是，伏拜不起。丐者曰："我即吕祖，汝将奈何?"某叩头，但祈指教。丐者曰："汝能相识，可谓有缘。然此处非语所，夜间当相见也。"再欲遮问，转盼已杳。骇叹而归。至夜，果梦吕祖来，曰："念子志虑专凝，特来一见。但汝骨气贪吝，不能为仙。我使子见一人可也。"即向空一招，遂有一丽人蹑空而下，服饰如贵嫔，容光袍仪，焕映一室。吕祖曰："此乃董娘娘③，子审志之。"既而又问："记得否?"答："已记之。"又曰："勿忘却。"俄而丽者去，吕祖亦去。醒而异之，即梦中所见，肖而藏之，终亦不解所谓。后数年，偶游于都，会董妃薨，上念其贤，将为肖像。诸工群集，口授心拟，终不能似。某忽触念梦中人，得无是耶？以图呈进。宫中传览，皆谓神肖。由是授官中书，辞不受；赐万金。于是名大噪。贵戚家争遗重币，乞为先人传影。但悬空摹写，罔不曲似。浃辰④之间，累数巨万。莱芜朱拱奎⑤曾见其人。

林　氏

济南戚安期，素佻达，喜狎妓。妻婉戒之，不听。妻林氏，美而贤。会

---

① 吴门——古吴县，今江苏苏州市。

② 吕祖——即道教八仙之一，吕洞宾。

③ 董娘娘——即董贵妃，清顺治初年受封。

④ 浃辰——古时记年法。

⑤ 朱拱奎——不详。

北兵①入境，被俘去。暮宿途中，欲相犯。林伪诺之。适兵佩刀系床头，急抽刀自刭死；兵举而委诸野。次日，拔舍去。有人传林死，戚痛悼而往。视之，有微息。负而归，目渐动；稍稍嚬呻；扶其项，以竹管滴沥灌饮，能咽。戚抚之曰："卿万一能活，相负者必遭凶折！"半年，林平复如故；但首为颈痕所牵，常若左顾。戚不以为丑，爱恋逾于平昔。曲巷②之游，从此绝迹。林自觉形秽，将为置媵，戚执不可。

居数年，林不育，因劝纳婢。戚曰："业誓不二，鬼神宁不闻之？即嗣续不承，亦吾命耳。若未应绝，卿岂老不能生者耶？"林乃托疾，使戚独宿；遣婢海棠，襆被卧其床下。既久，阴以宵情问婢。婢言无之。林不信，至夜，戒婢勿往，自诣婢所卧。少间，闻床上睡息已动。潜起，登床扪之。戚醒，问谁，林耳语曰："我海棠也。"戚却拒曰："我有盟誓，不敢更也。若似曩年，尚须汝奔就耶？"林乃下床出。戚自是孤眠。林使婢托己往就之。戚念妻生平曾未肯作不速之客，疑焉；摸其项，无痕，知为婢，又咄之。婢惭而退。既明，以情告林，使速嫁婢。林笑云："君亦不必过执。倘得一丈夫子，即亦幸甚。"戚曰："苟背盟誓，鬼责将及，尚望延宗嗣乎？"

林翼日笑语戚曰："凡农家者流，苗与秀不可知，播种常例不可违。晚间耕耨之期至矣。"戚笑会之。既夕，林灭烛呼婢，使卧己衾中。戚入就榻，戏曰："佃人③来矣。深愧钱镈④不利，负此良田。"婢不语。既而举事，婢小语曰："私处小肿，颠猛不任。"戚体意温恤之。事已，婢伪起溺，以林易之。自此时值落红，辄一为之，而戚不知也。

未几，婢腹震。林每使静坐，不令给役于前，故谓戚曰："妾劝内婢，而君弗听。设尔日冒妾时，君误信之，交而得孕，将复如何？"戚曰："留犊鬻母。"林乃不言。无何，婢举一子。林暗买乳媪，抱养母家。积四五年，又产一子一女。长子名长生，已七岁，就外祖家读。林半月辄托归宁，一往看视。婢年益长，戚时时促遣之。林辄诺。婢日思儿女，林从其愿，窃

---

① 北兵——即清兵。

② 曲巷——偏僻之巷，此指妓院。

③ 佃人——种田人。

④ 钱镈（jiǎn bó）——古农具中的两种。

为上鬟[1]，送诣母所。谓戚曰："日谓我不嫁海棠，母家有义男[2]，业配之。"

又数年，子女俱长成。值戚初度[3]，林先期治具，为候宾友。戚叹曰："岁月骛过，忽已半世。幸各强健。家亦不至冻馁。所阙者，膝下一点。"林曰："君执拗，不从妾言，夫谁怨？然欲得男，两亦非难，何况一也？"戚解颜曰："既言不难，明日便索两男。"林言："易耳，易耳！"早起，命驾至母家，严妆子女，载与俱归。入门，令雁行立，呼父叩祝千秋。拜已而起，相顾嬉笑。戚骇怪不解。林曰："君索两男，妾添一女。"始为详述本末。戚喜曰："何不早告？"曰："早告，恐绝其母。今子已成立，尚可绝乎？"戚感极，涕不自禁，乃迎婢归，偕老焉。古有贤姬，如林者，可谓圣矣！

胡大姑

益都[4]岳于九，家有狐祟，布帛器具，辄被抛掷邻堵。蓄细葛，将取作服；见捆卷如故，解视，则边实而中虚，悉被剪去。诸如此类，不堪其苦。乱诟骂之。岳戒止云："恐狐闻。"狐在梁上曰："我已闻之矣。"由是祟益甚。

一日，夫妻卧未起，狐摄衾服去。各白身蹲床上，望空哀祝之。忽见好女子自窗入，掷衣床头。视之，不甚修长；衣绛红，外袭雪花比甲[5]。岳着衣，揖之曰："上仙有意垂顾，即勿相扰。请以为女，如何？"狐曰："我齿较汝长，何得妄自尊？"又请为姊妹，乃许之。于是命家人皆呼以胡大姑。

时颜镇[6]张八公子家，有狐居楼上，恒与人语。岳问："识之否？"答云："是吾家喜姨，何得不识？"岳曰："彼喜姨曾不扰人，汝何不效之？"狐

---

① 上鬟——挽上发髻，指已出嫁女子的发式。
② 义男——养子。
③ 初度——生日。
④ 益都——县名，今属山东省。
⑤ 外袭雪花比甲——外套雪白的背心。
⑥ 颜镇——颜神镇，属山东淄博市。

不听,扰如故。犹不甚祟他人,而专祟其子妇:履袜簪珥,往往弃道上;每食,辄于粥碗中埋死鼠或粪秽。妇辄掷碗骂骚狐,并不祷免。岳祝曰:“儿女辈皆呼汝姑,何略无尊长体耶?”狐曰:“教汝子出若妇,我为汝媳,便相安矣。”子妇骂曰:“淫狐不自惭,欲与人争汉子耶?”时妇坐衣笥上,忽见浓烟出尻下,熏热如笼。启视,藏裳俱烬;剩一二事,皆姑服也。又使岳子出其妇,子不应。过数日,又促之,仍不应。狐怒以石击之,额破裂,血流,几毙。岳益患之。

西山李成爻,善符水。因币聘之。李以泥金写红绢作符,三日始成。又以镜缚梃[①]上,捉作柄。遍照宅中。使童子随视,有所见,即急告。至一处,童言:“墙上若犬伏。”李即戟手书符其处,既而禹[②]步庭中,咒移时,即见家中犬豕并来,帖耳戢尾,若听教诲。李挥曰:“去!”即纷然鱼贯而去。又咒,群鸭即来,又挥去之。已而鸡至。李指一鸡,大叱之。他鸡俱去。此鸡独伏,交翼长鸣,曰:“予不敢矣!”李曰:“此物是家中所作紫姑[③]也。”家人并言不曾作。李曰:“紫姑今尚在。”因共忆三年前,曾为此戏,怪异即自尔日始也。遍搜之,见刍偶在厩梁上。李投火中。乃出一酒瓻[④],三咒三叱,鸡起径去。闻瓻口言曰:“岳四狠哉!数年后,当复来。”岳乞付之汤火;李不可,携去。或见其壁间挂数十瓶,塞口者皆狐也。言其以次纵之,出为祟,因此获聘金,居为奇货云。

细 侯

昌化[⑤]满生,设帐于余杭[⑥]。偶涉廛市,经临街阁下,忽有荔壳坠肩头。仰视,一雏姬凭阁上,娇姿要妙,不觉注目发狂。姬俯哂而入。询之,

---

① 梃(tǐng)——木棒。
② 禹——通“踽”,跛行。
③ 紫姑——厕神名。
④ 瓻(chī)——古盛酒具。
⑤ 昌化——旧县名,今属浙江省。
⑥ 余杭——县名,今浙江富阳县北。

知为娼楼贾氏女细侯也。其声价颇高,自顾不能适愿。归斋冥想,终宵不枕。明日,往投以刺,相见,言笑甚欢,心志益迷。托故假贷同人,敛金如干①,携以赴女,款洽臻至。即枕上口占一绝赠之云:"膏腻铜盘夜未央②,床头小语麝兰香。新鬟明日重妆凤,无复行云梦楚王③。"细侯蹙然曰:"妾虽污贱,每愿得同心而事之。君既无妇,视妾可当家否?"生大悦,即叮咛,坚相约。细侯亦喜曰:"吟咏之事,妾自谓无难,每于无人处,欲效作一首,恐未能便佳,为观听所讥。倘得相从,幸教妾也。"因问生:"家田产几何?"答曰:"薄田半顷,破屋数椽而已。"细侯曰:"妾归君后,当长相守,勿复设帐为也。四十亩聊足自给,十亩可以种桑,织五匹绢,纳太平之税有余矣。闭户相对,君读妾织,暇则诗酒可遣,千户侯④何足贵!"生曰:"卿身价略可几多?"曰:"依媪贪志,何能盈也?多不过二百金足矣。可恨妾齿稚,不知重赀财,得辄归母,所私者区区无多。君能办百金,过此即非所虑。"生曰:"小生之落寞,卿所知也,百金何能自致。有同盟友,令于湖南,屡相见招,仆以道远,故惮于行。今为卿故,当往谋之。计三四月,可以归复,幸耐相候。"细侯诺之。

生即弃馆南游,至则令已免官,以罣误居民舍,宦囊空虚,不能为礼。生落魄难返。就邑中授徒焉。三年,莫能归。偶笞弟子,弟子自溺死。东翁⑤痛子而讼其师,因被逮囹圄。幸有他门人,怜师无过,时致馈遗,以是得无苦。

细侯自别生,杜门不交一客。母诘知故,不可夺,亦姑听之。有富贾慕细侯名,托媒于媪,务在必得,不靳直。细侯不可。贾以负贩诣湖南,敬侦生耗。时狱已将解,贾以金赂当事吏,使久锢之。归告媪云:"生已瘐死。"细侯疑其信不确。媪问:"无论满生已死,纵或不死,与其从穷措大以椎布⑥终也,何如衣锦而厌粱肉乎?"细侯曰:"满生虽贫,其骨清也;守

---

① 如干——若干。

② 膏腻铜盘夜未央——指夜色已深,灯光明亮。

③ 无复行云梦楚王——指喜新厌旧。

④ 千户侯——食邑千户的侯爵。

⑤ 东翁——受雇佣者对雇主的称谓。

⑥ 椎布——椎髻布裙,指贫家妇女。

龌龊商，诚非所愿。且道路之言，何足凭信！”贾又转嘱他商，假作满生绝命书寄细侯，以绝其望。细侯得书，惟朝夕哀哭。媪曰：“我自幼于汝，抚育良劬。汝成人二三年，所得报者，日亦无多。既不愿隶籍，即又不嫁，何以谋生活？”细侯不得已，遂嫁贾。贾衣服簪珥，供给丰侈。年余，生一子。

无何，生得门人力，昭雪而出，始知贾之锢己也。然念素无郤，反复不得其由。门人义助资斧以归。既闻细侯已嫁。心甚激楚，因以所苦，托市媪卖浆者达细侯。细侯大悲，方悟前此多端，悉贾之诡谋。乘贾他出，杀抱中儿，携所有以归满；凡贾家服饰，一无所取。贾归，怒质于官。官原其情，置不问。

呜呼！寿亭侯①之归汉，亦复何殊？顾杀子而行，亦天下之忍人②也！

狼　三　则

有屠人货肉归，日已暮。欻一狼来，瞰担中肉，似甚涎垂，步亦步，尾行数里。屠惧，示之以刃，则稍却；既走，又从之。屠无计，默念狼所欲者肉。不如姑悬诸树而蚤取之。遂钩肉，翘足挂树间，示以空空。狼乃止。屠即径归。昧爽③往取肉，遥望树上悬巨物，似人缢死状，大骇。逡巡近之，则死狼也。仰首审视，见口中含肉，肉钩刺狼腭，如鱼吞饵。时狼革价昂，直十余金，屠小裕焉。缘木求鱼，狼则罹之。亦可笑已！

一屠晚归，担中肉尽，止有剩骨。途中两狼，缀行甚远。屠惧，投以骨，一狼得骨止，一狼仍从；复投之，后狼止而前狼又至；骨已尽，而两狼之并驱如故。屠大窘，恐前后受其敌。顾野有麦场，场主积薪其中，苫蔽成丘。屠乃奔倚其下，弛担持刀。狼不敢前，眈眈相向。少时，一狼径去；其一犬坐于前④，久之，目似瞑，意暇甚。屠暴起，以刀劈狼首，又数刀毙之。

① 寿亭侯——即关羽，此指关羽由曹操处重回到刘备身边。

② 忍人——忍心之人。

③ 昧爽——黎明。

④ 犬坐于前——如犬一样蹲坐在面前。

方欲行，转视积薪后，一狼洞其中，意将隧入以攻其后也。身已半入，止露尻尾。屠自后断其股，亦毙之。乃悟前狼假寐，盖以诱敌。狼亦黠矣！而顷刻两毙，禽兽之变诈几何哉，止增笑耳！

一屠暮行，为狼所逼。道傍有夜耕者所遗行室①，奔入伏焉。狼自苫中探爪入。屠急捉之。令不可去。顾无计可以死之。惟有小刀不盈寸，遂割破爪下皮，以吹豕之法吹之。极力吹移时，觉狼不甚动，方缚以带。出视，则狼胀如牛，股直不能屈，口张不得合。遂负之以归。非屠，乌能作此谋也！三事皆出于屠；则屠人之残，杀狼亦可用也。

美人首

诸商寓居京舍。舍与邻屋相连，中隔板壁；板有松节脱处，穴如盏。忽女子探首入，挽凤髻，绝美；旋伸一臂，洁白如玉。众骇其妖，欲捉之，已缩去。少顷，又至，但隔壁不见其身。奔之②，则又去之。一商操刀伏壁下。俄首出，暴决之，应手而落，血溅尘土。众惊告主人。主人惧。以其首首焉③。逮诸商鞫之，殊荒唐。淹系半年，迄无情词，亦未有以人命讼者，乃释商，瘗女首。

刘亮采

闻济南怀利仁言：刘公亮采④，狐之后身也。初，太翁⑤居南山，有叟造其庐，自言胡姓。问所居，曰："只在此山中，闲处人少，惟我两人，可与

① 行室——即“窝棚”。

② 奔之——直扑向她。

③ 以其首首焉——带美人头向官府自首。

④ 刘公亮采——明末人，官至户部尚书，工诗，善书画，通音律，名噪一时。

⑤ 太翁——刘亮采之父。

数晨夕①,故来相拜识。"因与接谈,词旨便利,悦之。治酒相欢,醺而去。越日复来,愈益款厚。刘云:"自蒙下交,分即最深。但不识家何里,焉所问兴居?"胡曰:"不敢讳,实山中之老狐也。与若有夙因,故敢内②交门下。固不能为君福,亦不敢为君祸,幸相信勿骇。"刘亦不疑,更相契重。即叙年齿,胡作兄,往来如昆季。有小休咎,亦以告。时刘乏嗣,叟忽云:"公勿忧,我当为君后。"刘讶其言怪。胡曰:"仆算数已尽,投生有期矣。与其他适,何如生故人家?"刘曰:"仙寿万年,何遂及此?"叟摇首云:"非汝所知。"遂去。夜果梦叟来,曰:"我今至矣。"既醒,夫人生男,是为刘公。公既长,身短,言词敏谐,绝类胡。少有才名,壬辰成进士。为人任侠,急人之急,以故秦、楚、燕、赵之客,趾错于门;货酒卖饼者,门前成市焉。

蕙　芳

马二混,居青州东门内,以货面为业。家贫,无妇,与母共作苦。一日,媪独居,忽有美人来,年可十六七,椎布甚朴,而光华照人。媪惊顾穷诘,女笑曰:"我以贤郎诚笃,愿委身母家。"媪益惊曰:"娘子天人,有此一言,则折我母子数年寿!"女固请之。意必为侯门亡人③,拒益力。女乃去。越三日,复来,留连不去。问其姓氏。曰:"母肯纳我,我乃言;不然,固无庸问。"媪曰:"贫贱佣保骨,得妇如此,不称亦不祥。"女笑坐床头,恋恋殊殷。媪辞之,言:"娘子宜速去,勿相祸。"女乃出门,媪窥之西去。

又数日,西巷中吕媪来,谓母曰:"邻女董蕙芳,孤而无依,自愿为贤郎妇,胡弗纳?"母以所疑虑具白之。吕曰:"乌有此耶?如有乖谬,咎在老身。"母大喜,诺之。吕既去,媪扫室布席,将待子归往娶之。日将暮,女飘然自至。入室参母,起拜尽礼。告媪曰:"妾有两婢,未得母命,不敢进也。"媪曰:"我母子守穷庐,不解役婢仆。日得蝇头利,仅足自给。今

---

① 数(shuò)晨夕——朝夕相处在一起。

② 内——同"纳"。

③ 侯门亡人——公侯府中逃亡的人。

增新妇一人,娇嫩坐食,尚恐不充饱;益之二婢,岂吸风所能活耶?”女笑曰:“婢来,亦不费母度支,皆能自得食。”问:“婢何在?”女乃呼:“秋月、秋松!”声未及已,忽如飞鸟堕,二婢已立于前。即令伏地叩母。既而马归,母迎告之,马喜。入室,见翠栋雕梁,侔于宫殿;中之几屏帘幕,光耀夺视。惊极,不敢入。女下床迎笑,睹之若仙。益骇,却退。女挽之,坐与温语。马喜出非分,形神若不相属。即起,欲出行沽。女曰:“勿须。”因命二婢治具。秋月出一革袋,执向扉后,格格撼摆之。已而以手探入,壶盛酒,柈盛炙,触类熏腾。饮已而寝,则花罽锦裀①,温腻非常。天明出门,则茅庐依旧。母子共奇之。媪诣吕所,将迹所由。入门,先谢其媒合之德。吕讶云:“久不拜访,何邻女之曾托乎?”媪益疑,具言端委。吕大骇,即同媪来视新妇。女笑逆之,极道作合之义。吕见其惠丽,愕眙②良久,即亦不辨,唯唯而已。女赠白木搔具一事③,曰:“无以报德,姑奉此为姥姥爬背耳。”吕受以归,审视则化为白金。马自得妇,顿更旧业,门户一新。笥中貂锦无数,任马取着;而出室门,则为布素,但轻暖耳。女所自衣亦然。

积四五年,忽曰:“我谪降人间十余载,因与子有缘,遂暂留止。今别矣。”马苦留之。女曰:“请别择良偶,以承庐墓。我岁月当一至焉。”忽不见。马乃娶秦氏。后三年,七夕,夫妻方共语,女忽入,笑曰:“新偶良欢,不念故人耶?”马惊起,怆然曳坐,便道衷曲。女曰:“我适送织女渡河,乘间一相望耳。”两相依依,语无休止。忽空际有人呼“蕙芳”,女急起作别。马问其谁,曰:“余适同双成④姊来,彼不耐久伺矣。”马送之。女曰:“子寿八旬,至期,我来收尔骨。”言已,遂逝。今马六十余矣,其人但朴讷⑤,并无他长。

异史氏曰:“马生其名混,其业亵,蕙芳奚取哉?于此见仙人之贵朴讷诚笃也。余尝谓友人:若我与尔,鬼狐且弃之矣;所差不愧于仙人者,惟‘混’耳。”

---

① 花罽锦裀——花毛毯、锦垫褥。

② 愕眙——惊愕地注视。

③ 搔具一事——挠痒器具一件。

④ 双成——即董双成,传说中西王母的侍女。

⑤ 朴讷——诚实,不善言辞。

山 神

益都①李会斗,偶山行,值数人籍地饮。见李至,欢然并起,曳入坐,竞觞之。视其柈馔,杂陈珍错。移时,饮甚欢;但酒味薄涩。忽遥有一人来,面狭长,可二三尺许;冠之高细称是②。众惊曰:"山神至矣!"即都纷纷四去。李亦伏匿坎窞③中。既而起视,则肴酒一无所有,惟有破陶器贮溲浡④,瓦片上盛蜥蜴⑤数枚而已。

萧 七

徐继长,临淄人,居城东之磨房庄。业儒未成,去而为吏。偶适姻家⑥,道出于氏殡宫⑦。薄暮醉归,过其处,见楼阁繁丽,一叟当户坐。徐酒渴思饮,揖叟求浆。叟起,邀客入,升堂授饮。饮已,叟曰:"曛暮难行,姑留宿,早旦而发如何也?"徐亦疲殆,乐遵所请。叟命家具酒奉客,即谓徐曰:"老夫一言,勿嫌孟浪:郎君清门令望⑧,可附婚姻。有幼女未字,欲充下陈,幸垂援拾。"徐踧踖⑨不知所对。叟即遣伻⑩告其亲族,又传语令女郎妆束。顷之,峨冠博带者四五辈,先后并至。女郎亦炫妆出,姿容绝俗。于是交坐宴会。徐神魂眩乱,但欲速寝。酒数行,坚辞不任。乃使小

---

① 益都——县名,今山东青州市。

② 冠之高细称是——帽子的大小与其狭长面孔相称。

③ 坎窞(dàn)——深坑。

④ 溲浡(sōu bó)——小便。

⑤ 蜥蜴(xī yì)——爬行动物,如壁虎。

⑥ 姻家——亲家。

⑦ 殡宫——墓地。

⑧ 清门令望——门第清白,威议令人仰望。

⑨ 踧踖(cù jí)——恭敬不安状。

⑩ 伻(bēng)——使者。

鬟引夫妇入帏，馆同爰止①。徐问其族姓，女自言："萧姓，行七。"又细审门阀。女曰："身虽贱陋，配吏胥当不辱寞，何苦研穷？"徐溺其色，款昵备至，不复他疑。女曰："此处不可为家。审知汝家姊姊甚平善，或不拗阻，归除一舍，行将自至耳。"徐应之，既而加臂于身，奄忽就寐。

即觉，则抱中已空。天色大明，松阴翳晓，身下籍黍穰尺许厚，骇叹而归。告妻，妻戏为除馆，设榻其中，阖门出，曰："新娘子今夜至矣。"因与共笑。日既暮，妻戏曳徐启门，曰："新人得无已在室耶？"既入，则美人华妆坐榻上。见二人入，桥起②逆之。夫妻大愕。女掩口局局而笑，参拜恭谨。妻乃治具，为之合欢。女早起操作，不待驱使。一日谓徐："姊姨辈俱欲来吾家一望。"徐虑仓卒无以应客。女曰："都知吾家不饶，将先赍馔具来，但烦吾家姊姊烹饪而已。"徐告妻，妻诺之。晨饮后，果有人荷酒胾③来，释担而去。妻为职庖人之役。晡后，六七女郎至，长者不过四十以来，围坐并饮，喧笑盈室。徐妻伏窗以窥，惟见夫及七姐相向坐，他客皆不可睹。北斗挂屋角，欢然始去。女送客未返。妻入视案上，杯柈俱空。笑曰："诸婢想俱饿，遂如狗舐砧④。"少间，女还，殷殷相劳，夺器自涤，促嫡安眠。妻曰："客临吾家，使自备饮馔，亦大笑语。明日合另邀致。"

逾数日，徐从妻言，使女复召客。客至，恣意饮啖；惟留四簋⑤，不加匕箸。群笑曰："夫人谓吾辈恶，故留以待'调人⑥'。"座间一女，年十八九，素舄缟裳，云是新寡，女呼为六姊；情态妖艳，善笑能口。与徐渐洽，辄以谐语相嘲。行觞政，徐为录事⑦，禁笑谑。六姊频犯，连引十余爵，酡然⑧径醉。芳体娇懒，荏弱难持。无何，亡去。徐烛而觅之，则酣寝暗帏中。近接其吻，亦不觉。以手探裤，私处坟起。心旌方摇，席中纷唤徐郎；乃急理其衣，见袖中有绫巾，窃之而出。迨于夜央，众客离席，六姊未醒。

---

① 馆同爰止——居如凤凰双栖。

② 桥起——疾起。

③ 胾(zì)——大块肉。

④ 砧(zhēn)——案板。

⑤ 簋(guǐ)——古代食具。

⑥ 调人——调味人，即厨师。

⑦ 录事——监酒人。

⑧ 酡(tuó)然——饮酒脸红状。

七姐入摇之，始呵欠而起，系裙理发从众去。徐拳拳怀念，不释于心，将于空处展玩遗巾，而觅之已渺。疑送客时遗落途间，执灯细照阶除，都复乌有，意顼顼①不自得。女问之，徐漫应之。女笑曰："勿诳语，巾子人已将去，徒劳心目。"徐惊，以实告，且言怀思。女曰："彼与君无宿分，缘止此耳。"问其故，曰："彼前身曲中女②；君为士人，见而悦之，为两亲所阻，志不得遂，感疾阽危③。使人语之曰：'我已不起。但得若来，获一扪其肌肤，死无憾！'彼感此意，诺如所请。适以冗羁④，未遽往；过夕而至，则病者已殒：是前世与君有一扪之缘也。过此即非所望。"后设筵再招诸女，惟六姊不至。徐疑女妒，颇有怨怼。

女一日谓徐曰："君以六姊之故，妄相见罪。彼实不肯至，于我何尤？今八年之好，行将别矣，请为君极力一谋，用解从前之惑。彼虽不来，宁禁我不往？登门就之，或人定胜天，不可知。"徐喜，从之。女握手，飘若履虚，顷刻至其家。黄甓⑤广堂，门户曲折，与初见时无少异。岳父母并出，曰："拙女久蒙温煦。老身以残年衰慵，有疏省问，或当不怪耶？"即张筵作会。女便问诸姊妹。母云："各归其家，惟六姊在耳。"即唤婢请六娘子来。久之不出。女入，曳之以至。俯首简默，不似前此之谐。少时，叟媪辞去。女谓六姊曰："姐姐高自重，使人怨我！"六姊微哂曰："轻薄郎何宜相近！"女执两人残卮，强使易饮，曰："吻已接矣，作态何为？"少时，七姐亡去，室中止余二人。徐遽起相逼，六姊宛转撑拒。徐牵衣长跽而哀之，色渐和，相 携入室。裁缓襦结，忽闻喊嘶动地，火光射闼。六姊大惊，推徐起曰："祸事忽临，奈何！"徐忙迫不知所为，而女郎已窜避无迹矣。徐怅然少坐，屋宇并失。猎者十余人，按鹰操刃而至，惊问："何人夜伏于此？"徐托言迷途，因告姓字。一人曰："适逐一狐，见之否？"答云："不见。"细认其处，乃于氏殡宫也。怏怏而归，尤冀七姊复至，晨占雀喜，夕

---

① 顼顼（xū xū）——自失状。

② 曲中女——妓院中的妓女。

③ 阽（diàn）危——生命垂危。

④ 冗羁——为繁杂事牵扯。

⑤ 甓（pì）——砖。

卜灯花①,而竟无消息矣。董玉玹谈。

乱离二则

学师刘芳辉,京都人,有妹许聘戴生,出閤②有日矣。值北兵③入境,父兄恐细弱为累,谋妆送戴家。修饰未竟,乱兵纷入,父子分窜。女为牛录④俘去。从之数日,殊不少狎。夜则卧之别榻,饮食供奉甚殷。又掠一少年来,年与女相上下,仪采都雅。牛录谓之曰:"我无子,将以汝继统绪,肯否?"少年唯唯。又指女谓曰:"如肯,即以此为汝妇。"少年喜,愿从所命。牛录乃使同榻,浃洽甚乐。既而枕上各道姓氏,则少年即戴生也。

陕西某公,任盐秩⑤,家累不从。值姜瓖之变⑥,故里陷为盗薮,音信隔绝。后乱平,遣人探问,则百里绝烟,无处可询消息。会以复命入都,有老班役⑦丧偶,贫不能娶,公赉数金使买妇。时大兵凯旋,俘获妇口无算,插标市上,如卖牛马,遂携金就择之。自分金少,不敢问少艾⑧。中一媪甚整洁,遂赎以归。媪坐床上,细认曰:"汝非某班役耶?"问所自知,曰:"汝从我儿服役,胡不识!"役大骇,急告公。公视之,果母也。因而痛哭,倍偿之。班役以金多,不屑谋媪。见一妇年三十余,风范超脱,因赎之。既行,妇且走且顾,曰:"汝非某班役?"又惊问之,曰:"汝从我夫服役,如何不识!"班役益骇,导见公,公视之,真其夫人。又悲失声。一日而母妻重聚,喜不可已。乃以百金为班役娶美妇焉。意必公有大德,故鬼神为之感应。惜言者忘其姓字,秦中或有能道之者。

---

① 夕卜灯花——晚间灯芯燃出花的形状,以此来推断亲人归来的征兆。

② 閤——通"阁"。

③ 北兵——清兵。

④ 牛录——清代时始编三百人为一牛录。此指牛录章京,官名。

⑤ 盐秩——盐官。

⑥ 姜瓖之变——指清顺治五年(1684 年),大同总兵姜瓖领导的叛清暴动,后被镇清压。

⑦ 班役——服侍官员的差役。

⑧ 少艾——少女。

异史氏曰:“炎昆之祸,玉石不分①,诚然哉。若公一门,是以聚而传者也。董思白②之后,仅有一孙,今亦不得奉其祭祀,亦朝士之责也。悲夫!”

豢蛇

泗水③山中,旧有禅院,四无村落,人迹罕及,有道士栖止其中。或言内多大蛇,故游人益远之。一少年入山罗鹰。入既深,无所归宿;遥见兰若,趋投之。道士惊曰:“居士④何来?幸不为儿辈所见!”即命坐,具馏粥。食未已,一巨蛇入,粗十余围,昂首向客,怒目电瞛⑤。客大惧。道士以掌击其额,呵曰:“去!”蛇乃俯首入东室。蜿蜒移时,其躯始尽;盘伏其中,一室尽满。客大惧,摇战。道士曰:“此平时所豢养。有我在,不妨;所患者,客自遇之耳。”客甫坐,又一蛇入,较前略小,约可五六围。见客遽止,睒晌吐舌如前状。道士又叱之,亦入室去。室无卧处,半绕梁间,壁上土摇落有声。客益惧,终夜不寝。早起欲归,道士送之。出屋门,见墙上阶下,大如盎盏者,行卧不一。见生人,皆有吞噬状。客惧,依道士肘腋而行,使送出谷口,乃归。

余乡有客中州⑥者,寄居蛇佛寺。寺僧具晚餐,肉汤甚美,而段段皆圆,类鸡项。疑,问寺僧:“杀鸡几何遂得多项?”僧曰:“此蛇段耳。”客大惊,有出门而哇者。既寝,觉胸上蠕蠕;摸之,则蛇也。顿起骇呼。僧起曰:“此常事,乌足骇怪!”因以火照壁间,大小满墙,榻上下皆是也。次日,僧引入佛殿。佛座下有巨井,井中有蛇,粗如巨瓮,探首井边而不出。爇火下视,则蛇子蛇孙以数百万计,族居其中。僧云,“昔蛇出为害,佛坐

---

① 炎昆之祸,玉石不分——焚烧昆山,不分玉或石,即“玉石俱焚”。

② 董思白——即董其昌,号思白,明代著名书画家。

③ 泗水——县名,今属山东省。

④ 居士——佛教的居家弟子。

⑤ 瞛(cōng)——目光。

⑥ 中州——今河南一带。

其上以镇之,其患始平"云。

雷　公

亳州①民王从简,其母坐室中,值小雨冥晦,见雷公持锤,振翼而入。大骇,急以器中便溺倾注之。雷公沾秽,若中刀斧,返身疾逃;极力展腾,不得去。颠倒庭际,嗥声如牛。天上云渐低,渐与檐齐。云中萧萧如马鸣②,与雷公相应。少时,雨暴澍③,身上恶浊尽洗,乃作霹雳而去。

菱　角

胡大成,楚人。其母素奉佛。成从塾师读,道由观音祠,母嘱过必入叩。一日至祠,有少女挽儿遨戏其中,发才掩颈,而风致娟然。时成年十四,心好之。问其姓氏,女笑云:"我祠西焦画工女菱角也。问将何为?"成又问:"有婿家无?"女酡然④曰:"无也。"成言:"我为若婿,好否?"女惭云:"我不能自主。"而眉目澄澄,上下睨成,意似欣属焉。成乃出。女追而遥告曰:"崔尔诚,吾父所善,用为媒,无不谐。"成曰:"诺。"因念其慧而多情,益倾慕之。归,向母实白心愿。母止此儿,常恐拂之,即浼崔作冰⑤。焦责聘财奢,事已不就。崔极言成清族美才,焦始许之。

成有伯父,老而无子,授教职于湖北⑥。妻卒任所,母遣成往奔其丧。数月将归,伯又病,亦卒。淹留既久,适大寇据湖南,家耗遂隔。成窜民间,吊影孤惶而已。一日,有媪年四十八九,萦回村中,日昃不去。自言:

---

① 亳(bó)州——州名,治今安徽亳县。

② 云中萧萧如马鸣——喻施雨之龙。

③ 澍(zhù)——浇灌。

④ 酡(tuó)然——饮酒脸红状,指因害羞而脸红。

⑤ 作冰——做媒。

⑥ 湖北——略与今同。

"离乱罔归。将以自鬻。"或问其价,言:"不屑为人奴,亦不愿为人妇,但有母我者,则从之,不较直。"闻者皆笑。成往视之,面目间有一二颇肖其母,触于怀而大悲。自念只身无缝纫者,遂邀归,执子礼焉。媪喜,便为炊饭织屦,劬劳若母,拂意辄谴之;而少有疾苦,则濡煦过于所生。忽谓曰:"此处太平,幸可无虞。然儿长矣,虽在羁旅,大伦不可废。三两日,当为儿娶之。"成泣曰:"儿自有妇,但间阻南北耳。"媪曰:"大乱时,人事翻覆,何可株待?"成又泣曰:"无论结发之盟不可背,且谁以娇女付萍梗人①?"媪不答,但为治帘幌衾枕,甚周备,亦不识所自来。

一日,日既夕,戒成曰:"烛坐勿寐,我往视新妇来也未。"遂出门去。三更既尽,媪不返,心大疑。俄闻门外哗,出视,则一女子坐庭中,蓬首啜泣。惊问:"何人?"亦不语。良久,乃言曰:"娶我来,即亦非福,但有死耳!"成大惊,不知其故。女曰:"我少受聘于胡大成;不意胡北去,音信断绝。父母强以我归汝家。身可致,志不可夺也!"成闻而哭曰:"即我是胡某。卿菱角耶?"女收涕而骇,不信。相将入室,即灯审顾,曰:"得无梦耶?"于是转悲为喜,相道离苦。

先是乱后,湖南百里,涤地无类。焦携家窜长沙之东,又受周生聘。乱中不能成礼,期是夕送诸其家。女泣不盥栉,家中强置车中。至途次,女颠堕车下。遂有四人荷肩舆至,云是周家迎女者,即扶升舆,疾行若飞,至是始停。一老媪曳入,曰:"此汝夫家,但入勿哭。汝家婆婆,旦晚将至矣。"乃去,成诘知情事,始悟媪神人也。夫妻焚香共祷,愿得母子复聚。

母自戎马戒严,同侪人妇奔伏涧谷。一夜,噪言寇至,即并张皇四匿。有童子以骑授母。母急不暇问,扶肩而上,轻迅剽遬,瞬息至湖上。马踏水奔腾,蹄下不波。无何,扶下,指一户云:"此中可居。"母将启谢;回视其马,化为金毛犼②,高丈余,童子超乘而去。母以手挝门,豁然启扉。有人出问,怪其音熟,视之,成也。母子抱哭。妇亦惊起,一门欢慰。疑媪为大士③现身,由此持观音经咒益虔。遂流寓湖北,治田庐焉。

---

① 萍梗人——四处流浪之人。

② 金毛犼(hǒu)——佛教传说中菩萨的坐骑。

③ 大士——菩萨的称号。

饿 鬼

马永,齐人,为人贪,无赖,家卒屡空,乡人戏而名之"饿鬼"。年三十余,日益窭,衣百结鹑,两手交其肩,在市上攫食。人尽弃之,不以齿。

邑有朱叟者,少携妻居于五都之市①,操业不雅。暮岁归其乡,大为士类所口;而朱洁行为善,人始稍稍礼貌之。一日,值马攫食不偿,为肆人所苦。怜之,代给其直。引归,赠以数百,俾作本。马去,不肯谋业,坐而食。无何,资复匮,仍蹈旧辙。而常惧与朱遇,去之临邑。暮宿学宫②,冬夜凛寒,辄摘圣贤颠上旒③而煨④其板。学官知之,怒欲加刑。马哀免,愿为先生生财。学官喜,纵之去。马探某生殷富,登门强索资,故挑其怒;乃以刀自劙⑤,诬而控诸学。学官勒取重赂,始免申黜。诸生因而共愤,公质县尹⑥。尹廉得实,笞四十,梏其颈,三日毙焉。

是夜,朱叟梦马冠带而入,曰:"负公大德,今来相报。"既寤,妾举子。叟知为马,名以马儿。少不慧,喜其能读。二十余,竭力经纪,得入邑泮⑦。后考试寓旅邸,昼卧床上,见壁间悉糊旧艺⑧;视之,有"犬之性"四句题,心畏其难,读而志之。入场,适是其题,录之,得优等,食饩⑨焉。六十余,补临邑训导⑩。官数年,曾无一道义交。惟袖中出青蚨⑪,则作鸬

---

① 五都之市——五大城市,均为繁华之地。
② 学宫——孔庙。
③ 旒——玉串。
④ 煨——焚烧。
⑤ 劙(lí)——用刀割。
⑥ 县尹——县令。
⑦ 邑泮(pàn)——县学。
⑧ 旧艺——旧时的八股文。
⑨ 饩(xì)——饩廪,代指成为廪生。
⑩ 训导——县级学官。
⑪ 青蚨(fú)——传说中的虫名,此代指钱。

鹚①笑;不则睫毛一寸长,棱棱若不相识。偶大令以诸生小故,判令薄惩,辄酷掠如治盗贼。有讼士子者,即富来叩门矣。如此多端,诸生不复可耐。而年近七旬,臃肿聋聩,每向人物色乌须药。有狂生某,锉茜根②给之。天明共视,如庙中所塑灵官状。大怒,拘生;生已早夜亡去。以此愤气中结,数月而死。

考弊司

闻人生,河南人。抱病经日,见一秀才入,伏谒床下,谦抑尽礼。已而请生少步,把臂长语。刺刺且行,数里外犹不言别。生伫足,拱手致辞。秀才云:"更烦移趾,仆有一事相求。"生问之。答云:"吾辈悉属考弊司辖。司主名虚肚鬼王。初见之,例应割髀肉,浼③君一缓颊④耳。"生惊问:"何罪而至于此?"曰:"不必有罪,此是旧例。若丰于贿者,可赎也。然而我贫。"生曰:"我素不稔鬼王,何能效力?"曰:"君前世是伊大父行⑤,宜可听从。"言次,已入城郭。至一府署,廨宇不甚弘敞,惟一堂高广;堂下两碣东西立,绿书大于栲栳⑥,一云"孝弟忠信",一云"礼义廉耻"。躐⑦阶而进,见堂上一匾,大书"考弊司"。楹间,板雕翠字一联云:"曰校、曰序、曰庠,两字德行阴教化;上士、中士、下士,一堂礼乐鬼门生⑧。"游览未已,官已出,鬈发鲐背⑨,若数百年人;而鼻孔撩天,唇外倾,

---

① 鸬鹚(lú cí)——水鸟名,俗称"水老鸦",此指贪婪。
② 茜(qiàn)根——茜草根,用作大红染料。
③ 浼——请托。
④ 缓颊——婉言劝解。
⑤ 大父行(háng)——祖父辈。
⑥ 栲栳(kǎo lǎo)——柳制汲水器具。
⑦ 躐——越级。
⑧ 上士、中士、下士,一堂礼乐鬼门生——各类读书人聚于一堂学习,都是鬼王的门生。
⑨ 鬈发鲐(tái)背——喻老态龙钟。

不承其齿。从一主簿吏，虎首人身。又十余人列侍，半狞，恶若山精①。秀才曰："此鬼王也。"生骇极，欲却退。鬼王已睹，降阶揖生上，便问兴居。生但诺。又问："何事见临？"生以秀才意具白之。鬼王色变曰："此有成例，即父命所不敢承！"气像森凛，似不可入一词。生不敢言，骤起告别。鬼王侧行送之，至门外始返。

生不归，潜入以观其变。至堂下，则秀才已与同辈数人，交臂历指②，俨然在徽纆③中。一狞人持刀来，裸其股，割片肉，可骈三指许。秀才大嗥欲嗄④。生少年负义，愤不自持，大呼曰："惨惨如此，成何世界！"鬼王惊起，暂命止割，跻履⑤迎生。生忿然已出，遍告市人，将控上帝。或笑曰："迂哉！蓝蔚苍苍，何处觅上帝而诉之冤也？此辈惟与阎罗近，呼之或可应耳。"乃示之途。趋而往，果见殿陛威赫，阎罗方坐；伏阶号屈。王召诉已，立命诸鬼绾縶提锤而去。少顷，鬼王及秀才并至。审其情确，大怒曰："怜尔夙世攻苦，暂委此任，候生贵家；今乃敢尔！其去若善筋，增若恶骨，罚令生生世世不得发迹也！"鬼乃箠之，仆地，颠落一齿；以刀割指端，抽筋出，亮白如丝。鬼王呼痛，声类斩豕。手足并抽讫，有二鬼押去。

生稽首而出。秀才从其后，感荷殷殷。挽送过市，见一户垂朱帘，帘内一女子露半面，容妆绝美。生问："谁家？"秀才曰："此曲巷也。"既过，生低徊不能舍，遂坚止秀才。秀才曰："君为仆来，而令踽踽以去，心何忍。"生固辞，乃去。生望秀才去远，急趋入帘内。女接见，喜形于色。入室促坐，相道姓名。女自言："柳氏，小字秋华。"一妪出，为具肴酒。酒阑，入帷，欢爱殊浓，切切订婚嫁。既曙妪入曰："薪水告竭，要耗郎君金资，奈何！"生顿念腰橐空虚，惶愧无声。久之，曰："我实不曾携得一文，宜署券保⑥，归即奉酬。"妪变色曰："曾闻夜度娘⑦索逋欠耶？"秋华嚬蹙，

---

① 山精——即"枭阳"，传说中的山鬼。

② 交臂历指——反手捆绑，手指加以刑具。

③ 徽纆——捆绑犯人的绳索。

④ 嗄(shā)——大声嗥叫而使声音嘶哑。

⑤ 跻履——踮起脚走路。

⑥ 署券保——立下字据作担保。

⑦ 夜度娘——指娼妓。

不作一语。生暂解衣为质。妪持笑曰："此尚不能偿酒直耳。"呶呶不满志，与女俱入。生惭。移时，犹冀女出展别，再订前约；久久无音，潜入窥之，见妪与秋华，自肩以上化为牛鬼，目睒睒相对立。大惧，趋出；欲归，则百道岐出，莫知所从。问之市人，并无知其村名者。徘徊廛肆之间，历两昏晓，悽意含酸，响肠鸣饿，进退无以自决。忽秀才过，望见之，惊曰："何尚未归，而简亵若此？"生觍颜莫对。秀才曰："有之矣！得勿为花夜叉所迷耶？"遂盛气而往，曰："秋华母子，何遽不少施面目耶！"去少时，即以衣来付生曰："淫婢无礼，已叱骂之矣。"送生至家，乃别而去。生暴绝三日而苏，言之历历。

阎 罗

沂州徐公星，自言夜作阎罗王。州有马生亦然。徐公闻之，访诸其家，问马："昨夕冥中处分①何事？"马言，"无他事，但送左萝石②升天。天上堕莲花，朵大如屋"云。

大 人

长山李孝廉③质君诣青州，途中遇六七人，语音类燕④。审视两颊，俱有瘢，大如钱。异之，因问何病之同。客曰：旧岁客云南，日暮失道，入大山中，绝壑巉岩，不可得出。因共系马解装，傍树栖止。夜深，虎豹鸮鸱，次第嗥动，诸客抱膝相向。不能寐。忽见一大人来，高以丈许。客团伏，莫敢息。大人至，以手攫马而食，六七匹顷刻都尽。既而折树上长条，

---

① 处分——处理。

② 左萝石——即左懋第，自号萝石，明末人，保明败后，被清俘，不屈而死，时人以南宋文天祥誉之。

③ 李孝廉——李举人，即李斯义，清初人，官至福建巡抚。

④ 燕——古国名，今河北北部和辽宁一部。

捉人首穿腮，如贯鱼状。贯讫，提行数步，条毳[①]折有声。大人似恐坠落，乃屈条之两端，压以巨石而去。客觉其去远，出佩刀自断贯条，负痛疾走。见大人又导一人俱来。客惧，伏丛莽中。见后来者更巨，至树下，往来巡视，似有所求而不得。已乃声啁啾，似巨鸟鸣，意甚怒，盖怒大人之绐已也。因以掌批其颊，大人伛偻顺受，不敢少争。俄而俱去。诸客始仓皇出。

荒窜良久，遥见岭头有灯火，群趋之。至则一男子居石室中。客入环拜，兼告所苦。男子曳令坐，曰："此物殊可恨，然我亦不能箝制。待舍妹归，可与谋也。"无何，一女子荷两虎自外入，问客何来。诸客叩伏而告以故。女子曰："久知两个为孽，不图凶顽若此！当即除之。"于石室中出铜锤，重三四百斛，出门遂逝。男子煮虎肉饷客。肉未熟，女子已返，曰："彼见我欲遁，追之数十里，断其一指而还。"因以指掷地，大于胫骨焉。众骇极，问其姓氏，不答。少间，肉熟，客创痛不食。女以药屑遍糁之，痛顿止。天明，女子送客至树下，行李俱在。各负装行十余里，经昨夜斗处，女子指示之，石洼中残血尚存盆许。出山，女子始别而返。

向 杲

向杲，字初旦，太原人。与庶兄[②]晟，友于最敦。晟狎一妓，名波斯，有割臂之盟[③]；以其母取直奢，所约不遂。适其母欲从良，愿先遣波斯。有庄公子者，素善波斯，请赎为妾。波斯谓母曰："既愿同离水火，是欲出地狱而登天堂也。若妾媵之，相去几何矣！肯从奴志，向生其可。"母诺之，以意达晟。时晟丧偶未婚，喜，竭资聘波斯以归。庄闻，怒夺所好，途中偶逢，大加诟骂。晟不服，遂嗾从人折箠笞之，垂毙乃去。杲闻奔视，则兄已死，不胜哀愤，具造赴郡。庄广行贿赂，使其理不得伸。杲隐忿中结，莫可控诉，惟思要路刺杀庄，日怀利刃，伏于山径之莽。久之，机渐泄。庄

① 毳(cuì)——通"脆"。

② 庶兄——庶母所生的兄长。

③ 割臂之盟——男女私订婚约。

知其谋，出则戒备甚严；闻汾州①有焦桐者，勇而善射，以多金聘为卫。杲无计可施，然犹日伺之。

一日，方伏，雨暴作，上下沾濡，寒战颇苦。既而烈风四塞，冰雹继至，身忽然痛痒不能复觉。岭上旧有山神祠，强起奔赴。既入庙，则所识道士在内焉。先是，道士尝行乞村中，杲辄饭之，道士以故识杲。见杲衣服濡湿，乃以布袍授之，曰："姑易此。"杲易衣，忍冻蹲若犬，自视，则毛革顿生，身化为虎。道士已失所在。心中惊恨。转念得仇人而食其肉，计亦良得。下山伏旧处，见己尸卧丛莽中，始悟前身已死；犹恐葬于乌鸢②，时时逻守之。越日，庄始经此，虎暴出，于马上扑庄落，龁其首，咽之。焦桐返马而射，中虎腹，蹶然遂毙。杲在错楚中，恍若梦醒；又经宵，始能行步，厌厌以归。家人以其连夕不返，方共骇疑，见之，喜相慰问。杲但卧，蹇涩③不能语。少间，闻庄信，争即床头庆告之。杲乃自言："虎即我也。"遂述其异。由此传播。庄子痛父之死甚惨，闻而恶之，因讼杲。官以其诞而无据，置不理焉。

异史氏曰："壮士志酬，必不生返，此千古所悼恨也。借人之杀以为生，仙人之术亦神哉！然天下事足发指者④多矣。使怨者常为人，恨不令暂作虎！"

董公子

青州董尚书⑤可畏，家庭严肃，内外男女，不敢通一语。一日，有婢仆调笑于中门之外，公子见而怒叱之，各奔去。及夜，公子偕僮卧斋中。时方盛暑，室门洞敞。更深时，僮闻床上有声甚厉，惊醒。月影中，见前仆提一物出门去，以其家人故，弗深怪，遂复寐。忽闻靴声訇然，一伟丈夫赤面

---

① 汾州——州名，治今山西汾阳县。

② 葬于乌鸢——指尸首被乌鸢所食。

③ 蹇涩——迟钝。

④ 发指者——令人发指之事。

⑤ 董尚书——即董可威，明末人，官至工部尚书。

修髯,似寿亭侯①像,捉一人头人。僮惧,蛇行入床下。闻床上支支格格,如振衣,如摩腹,移时始罢。靴声又响,乃去。僮伸颈渐出,见窗棂上有晓色,以手扪床上,着手粘湿,嗅之血腥。大呼公子,公子方醒。告而火之,血盈枕席。大骇,不知其故。

忽有官役叩门。公子出见,役愕然,但言怪事。诘之,告曰:"适衙前一人神色迷罔,大声曰:'我杀主人矣!'众见其衣有血污,执而白之官。审知为公子家人。彼言已杀公子,埋首于关庙之侧。往验之,穴土犹新,而首则并无。"公子骇异,趋赴公庭,见其人即前狎婢者也。因述其异。官甚惶惑,重责而释之。公子不欲结怨于小人,以前婢配之,令去。积数日,其邻堵者②,夜闻仆房中一声震响若崩裂,急起呼之,不应。排闼入视,见夫妇及寝床,皆截然断而为两。木肉上俱有削痕,似一刀所断者。关公之灵迹最多,未有奇于此者也。

周　三

泰安张太华③,富吏也。家有狐扰,遣制罔效。陈其状于州尹④,尹亦不能为力。时州之东亦有狐居村民家,人共见为一白发叟。叟与居人通吊问,如世人礼。自云行二,都呼为胡二爷。适有诸生谒尹,间道其异。尹为吏策,使往问叟。时东村人有作隶者⑤,吏访之,果不诬,因与俱往。即隶家设筵招胡。胡至,揖让酬酢,无异常人。吏告所求,胡曰:"我固悉之,但不能为君效力。仆友人周三,侨居岳庙⑥,宜可降伏,当代求之。"吏喜,申谢。胡临别与吏约,明日张筵于岳庙之东。吏领教。胡果导周至。周虬髯铁面,服裤褶⑦。饮数行,向吏曰:"适胡二弟致尊意,事已尽悉。

① 寿亭侯——即关羽。
② 邻堵者——隔墙邻人。
③ 张太华——不详。
④ 州尹——知州。
⑤ 作隶者——当衙役的人。
⑥ 岳庙——东岳庙。
⑦ 裤褶(xí)——古代一种便于骑乘的服装。

但此辈实繁有徒①,不可善谕,难免用武。请即假馆君家,微劳所不敢辞。”吏转念:去一狐,得一狐,是以暴易暴也,游移不敢即应。周已知之,曰:“无畏。我非他比,且与君有喜缘,请勿疑。”吏诺之。周又嘱:“明日偕家人阖户坐室中,幸勿哗。”吏归,悉遵所教。俄闻庭中攻击刺斗之声,逾时始定。启关出视,血点点盈阶上。墀中有小狐首数枚,大如碗盏焉。又视所除舍,则周危坐其中,拱手笑曰:“蒙重托,妖类已荡灭矣。”自是馆于其家,相见如主客焉。

鸽 异

鸽类甚繁,晋有坤星②,鲁有鹤秀③,黔有腋蝶④,梁有翻跳⑤,越有诸尖⑥:皆异种也。又有靴头、点子、大白、黑石、夫妇雀、花狗眼之类,名不可屈以指,惟好事者能辨之也。邹平⑦张公子幼量,癖好之,按经而求,务尽其种。其养之也,如保婴儿;冷则疗以粉草⑧,热则投以盐颗⑨。鸽善睡,睡太甚,有病麻痹而死者。张在广陵⑩,以十金购一鸽,体最小,善走,置地上,盘旋无已时,不至于死不休也,故常须人把握之。夜置群中使惊诸鸽,可以免痹股之病,是名“夜游”。齐鲁养鸽家,无如公子最;公子亦以鸽自诩。

一夜,坐斋中,忽一白衣少年叩扉入,殊不相识。问之,答曰:“漂泊之人,姓名何足道。遥闻畜鸽最盛,此亦生平所好,愿得寓目。”张乃尽出

---

① 实繁有徒——实在是有很多党羽。
② 坤星——当时名鸽之一种。
③ 鹤秀——当时名鸽之一种。
④ 腋蝶——当时名鸽之一种。
⑤ 翻跳——当时名鸽之一种。
⑥ 诸尖——当时名鸽之一种。
⑦ 邹平——县名,今属山东省。
⑧ 粉草——中药名,粉甘草。
⑨ 盐颗——盐粒。
⑩ 广陵——古县名,治今江苏扬州市。

所有，五色俱备，灿若云锦。少年笑曰："人言果不虚，公子可谓养鸽之能事矣。仆亦携有一两头，颇愿观之否？"张喜，从少年去。月色冥漠，野圹萧条，心窃疑惧。少年指曰："请勉行，寓屋不远矣。"又数武，见一道院，仅两楹。少年握手入，昧无灯火。少年立庭中，口中作鸽鸣。忽有两鸽出：状类常鸽，而毛纯白；飞与檐齐，且鸣且斗，每一扑，必作觔斗。少年挥之以肱，连翼而去。复撮口①作异声。又有两鸽出：大者如鹜，小者才如拳，集阶上，学鹤舞。大者延颈立，张翼作屏，宛转鸣跳，若引之；小者上下飞鸣，时集其顶，翼翩翩如燕子落蒲叶上，声细碎，类鼗鼓②；大者伸颈不敢动，鸣愈急，声变如磬，两两相和，间杂中节③。既而小者飞起，大者又颠倒引呼之。张嘉叹不已，自觉望洋可愧。遂揖少年，乞求分爱；少年不许。又固求之。少年乃叱鸽去，仍作前声，招二白鸽来，以手把之，曰："如不嫌憎，以此塞责。"接而玩之：睛映月作琥珀色，两目通透，若无隔阂，中黑珠圆于椒粒；启其翼，胁肉晶莹，脏腑可数。张甚奇之，而意犹未足，诡求不已。少年曰："尚有两种未献，今不敢复请观矣。"方竞论间，家人燎麻炬④入寻主人。回视少年，化白鸽，大如鸡，冲霄而去。又目前院宇都渺，盖一小墓，树二柏焉。与家人抱鸽，骇叹而归。试使飞，驯异如初。虽非其尤，人世亦绝少矣。于是爱惜臻至。积二年，育雌雄各三，虽戚好求之，不得也。

有父执某公，为贵官。一日，见公子，问："畜鸽几许？"公子唯唯以退。疑某意爱好之也，思所以报而割爱良难；又念长者之求，不可重拂。且不敢以常鸽应，选二白鸽，笼送之，自以千金之赠不啻也。他日见某公，颇有德色；而其殊无一申谢语。心不能忍，问："前禽佳否？"答云："亦肥美。"张惊曰："烹之乎？"曰："然。"张大惊曰："此非常鸽，乃俗所言'靼鞑'者也！"某回思曰："味亦殊无异处。"张叹恨而返。至夜，梦白衣少年至，责之曰："我以君能爱之，故遂托以子孙。何以明珠暗投，致残鼎镬！今率儿辈去矣。"言已，化为鸽，所养白鸽皆从之，飞鸣径去。天明视之，

① 撮口——嘴唇聚合。

② 鼗（táo）鼓——俗称"拨浪鼓"。

③ 间杂中节——声音抑扬顿挫，合乎节拍。

④ 燎麻炬——点燃麻杆火把。

果俱亡矣。心甚恨之，遂以所畜，分赠知交，数日而尽。

异史氏曰："物莫不聚于所好，故叶公好龙，则真龙入室；而况学士之于良友，贤君之于良臣乎？而独阿堵之物，好者更多，而聚者特少，亦以见鬼神之怒贪，而不怒痴也。"

向有友人馈朱鲫于孙公子禹年①，家无慧仆，以老佣往。及门，倾水出鱼，索柈而进之。及达主所，鱼已枯毙。公子笑而不言，以酒犒佣，即烹鱼以飧。既归，主人问："公子得鱼颇欢慰否？"答曰："欢甚。"问："何以知？"曰："公子见鱼便欣然有笑容，立命赐酒，且烹数尾以犒小人。"主人骇甚，自念所赠，颇不粗劣，何至烹赐下人，因责之曰："必汝蠢顽无礼，故公子迁怒耳。"佣扬手力辩曰："我固陋拙，遂以为非人②也！登公子门，小心如许，犹恐筲斗不文③，敬索柈出，一一匀排而后进之，有何不周详也？"主人骂而遣之。

灵隐寺④僧某，以茶得名，铛臼⑤皆精，然所蓄茶有数等，恒视客之贵贱以为烹献。其最上者，非贵客及知味者，不一奉也。一日，有贵官至，僧伏谒甚恭，出佳茶，手自烹进，冀得称誉。贵官默然。僧惑甚，又以最上一等烹而进之。饮已将尽，并无赞语。僧急不能待，鞠躬曰："茶何如？"贵官执盏一拱曰："甚热。"此两事，可与张公子之赠鸽，同一笑也。

聂　政

怀庆潞王⑥，有昏德。时行民间，窥有好女子，辄夺之。有王生妻，为王所睹，遣舆马直入其家。女子号泣不伏，强舁而出。王亡去，隐身聂

① 孙公子禹年——即孙琰龄，淄川人。

② 非人——不干人事的人。

③ 筲(shāo)斗不文——小水桶盛鱼以献，不够体面。

④ 灵隐寺——佛寺名，今浙江杭州西湖畔。

⑤ 铛(chēng)臼——煎、碎茶用具。

⑥ 怀庆潞王——怀庆，府名，治今河南沁阳县；潞王，指明穆宗第四子朱翊镠受封为潞王，在怀庆府内。

政①之墓，冀妻经过，得一遥诀。无何，妻至，望见夫，大哭投地。王恻动心怀，不觉失声。从人知其王生，执之，将加搒掠。忽墓中一丈夫出，手握白刃，气象威猛，厉声曰："我聂政也！良家子岂可强占！念汝辈不能自由，姑且宥恕。寄语无道主：若不改行，不日将抉其首！"众大骇，弃车而走。丈夫亦入墓中而没。夫妻叩墓归，犹惧王命复临。过十余日，竟无消息，心始安。王自是淫威亦少杀云。

异史氏曰："余读刺客传②，而独服膺于轵③深井里也：其锐身而报知己也，有豫④之义；白昼而屠卿相，有鱄⑤之勇；皮面自刑，不累骨肉⑥，有曹⑦之智。至于荆轲⑧，力不足以谋无道秦，遂使绝裾而去，自取灭亡；轻借樊将军⑨之头，何日可能还也？此千古之所恨，而聂政之所嗤者矣。闻之野史：其坟见掘于羊⑩、左⑪之鬼。果尔，则生不成名，死犹丧义，其视聂之抱义愤而惩荒淫者，为人之贤不肖何如哉！噫！聂之贤，于此益信。"

---

① 聂政——战国时的刺客。
② 刺客传——指《史记·刺客列传》。
③ 轵(zhǐ)——车轴末端。
④ 豫——指豫让，春秋战国之交的刺客。
⑤ 鱄——即鱄诸，亦作"专诸"，春秋时吴国刺客。
⑥ 皮面自刑，不累骨肉——指聂政自杀前，自毁面容以不牵累其姐。
⑦ 曹——即曹沫，春秋时鲁国名刺客。
⑧ 荆轲——战国末燕国刺客。
⑨ 樊将军——即樊於(wū)期，秦国将军，获罪逃至燕，秦以千金购其头，荆轲为取秦王信任，使其自杀，割其头以献秦王。
⑩ 羊——即羊角哀，战国时人。
⑪ 左——即左伯桃，战国时人，相传与羊角哀为友，后因助羊而死，羊发迹后以上卿礼葬之。

冷　生

平城[1]冷生，少最钝，年二十余，未能通一经。忽有狐来，与之燕处。每闻其终夜语，即兄弟诘之，亦不肯泄。如是多日，忽得狂易病[2]：每得题为文，则闭门枯坐；少时，哗然大笑。窥之，则手不停草，而一艺[3]成矣。脱稿，又文思精妙。是年入泮，明年食饩[4]。每逢场作笑，响彻堂壁，由此"笑生"之名大噪。幸学使退休，不闻。后值某学使规矩严肃，终日危坐堂上。忽闻笑声，怒执之，将以加责。执事官代白其颠。学使怒稍息，释之，而黜其名。从此佯狂诗酒。著有"颠草"四卷，超拔可诵。

异史氏曰："闭门一笑，与佛家顿悟时何殊间哉！大笑成文，亦一快事，何至以此褫革[5]？如此主司，宁非悠悠！"

学师孙景夏，往访友人。至其窗外，不闻人语，但闻笑声嗤然，顷刻数作，意其与人戏耳。入视，则居之独也。怪之，始大笑曰："适无事，默熟笑谈耳。"

邑宫生，家畜一驴，性蹇劣。每途中逢徒步客，拱手谢曰："适忙，不遑下骑，勿罪！"言未已，驴已蹶然伏道上，屡试不爽。宫大惭恨，因与妻谋，使伪作客。己乃跨驴周于庭，向妻拱手，作遇客语。驴果伏。便以利锥毒刺之。适有友人相访，方欲款关，闻宫言于内曰："不遑下骑，勿罪！"少顷，又言之。心大怪异，叩扉问其故，以实告，相与捧腹。

此二则，可附冷生之笑以传矣。

---

① 平城——县名，今山西大同市东。
② 狂易病——精神失常。
③ 一艺——一篇八股文。
④ 饩——饩廪，代指成为廪生。
⑤ 褫革——革除其生员名籍。

狐惩淫

某生购新第，常患狐。一切服物，多为所毁，且时以尘土置汤饼①中。一日，有友过访，值生出，至暮不归。生妻备馔供客，已而偕婢啜食余饵。生素不羁，好蓄媚药，不知何时，狐以药置粥中，妇食之，觉有脑麝气，问婢，婢云不知。食讫，觉欲焰上炽，不可暂忍；强自按抑，燥渴愈急，筹思家中无可奔者，惟有客在，遂往叩斋。客问其谁，实告之。问何作，不答。客谢曰："我与若夫道义交，不敢为此兽行。"妇尚流连。客叱骂曰："某兄文章品行，被汝丧尽矣！"隔窗唾之。妇大惭，乃退。因自念：我何为若此？忽忆碗中香，得毋媚药也？检包中药，果狼藉满案，盎盏中皆是也。稔知冷水可解，因就饮之。顷刻，心下清醒，愧耻无以自容。展转既久，更漏已残，愈恐天晓难以见人，乃解带自经。婢觉救之，气已渐绝。辰后，始有微息。客夜间已遁。生晡②后方归，见妻卧，问之，不语，但含清涕。婢以状告。大惊，苦诘之。妻遣婢去，始以实告。生叹曰："此我之淫报也，于卿何尤③？幸有良友；不然，何以为人！"遂从此痛改往行，狐亦遂绝。

异史氏曰："居家者相戒勿蓄砒鸩，从无有相戒不蓄媚药者，亦犹人之畏兵刃而狎床第也。宁知其毒有甚于砒鸩者哉！顾蓄之不过以媚内耳！乃至见嫉于鬼神；况人之纵淫，有过于蓄药者乎？"

某生赴试，自郡中归，日已暮，携有莲实菱藕，入室，并置几上。又有藤津伪器一事④，水浸盎中。诸邻人以生新归，携酒登堂，生仓卒置床下而出，令内子经营供馔，与客薄饮。饮已，入内，急烛床下，盎水已空。问妇，妇曰："适与菱藕并出供客，何尚寻也？"生忆肴中有黑条杂错，举座不知何物。乃失笑曰："痴婆子！此何物事，可供客耶？"妇亦疑曰："我尚怨

---

① 汤饼——类似"面条"一类食物。
② 晡——黄昏时。
③ 尤——责怪。
④ 事——件。

子不言烹法,其状可丑,又不知何名,只得糊涂脔切[①]耳。”生乃告之,相与大笑。今某生贵矣,相狎者犹以为戏。

山 市

奂山[②]山市,邑景之一[③]也。数年恒不一见。孙公子禹年,与同人饮楼上,忽见山头有孤塔耸起,高插青冥。相顾惊疑,念近中无此禅院。无何,见宫殿数十所,碧瓦飞甍,始悟为山市。未几,高垣睥睨[④],连亘六七里,居然城郭矣。中有楼若者、堂若者、坊若者,历历在目,以亿万计。忽大风起,尘气莽莽然,城市依稀而已。既而风定天清,一切乌有;惟危楼一座,直接霄汉。五架窗扉皆洞开;一行有五点明处,楼外天也。层层指数:楼愈高,则明愈少;数至八层,裁如星点;又其上,则黯然缥缈,不可计其层次矣。而楼上人往来屑屑,或凭或立,不一状。逾时,楼渐低,可见其顶;又渐如常楼;又渐如高舍;倏忽如拳如豆,遂不可见。又闻有早行者,见山上人烟市肆,与世无别,故又名“鬼市”云。

江 城

临江[⑤]高蕃,少慧,仪容秀美。十四岁入邑庠。富室争女之;生选择良苛,屡梗父命。父仲鸿,年六十,止此子,宠惜之,不忍少拂。东村有樊翁者,授童蒙于市肆,携家僦生屋。翁有女,小字江城,与生同甲,时皆八九岁,两小无猜,日共嬉戏。后翁徙去,积四五年,不复闻问。一日,生于

---

① 脔(luán)切——切成小肉块。

② 奂山——山名,淄川旧城西。

③ 邑景之一——淄川八景(郑公书院、季子石桥、万山石桥、丰水牧唱、梵刹浮图、文庙古桧、般阳晓钟、昆仑山色、天奂山山市)之一。

④ 睥睨——有孔的城上矮墙。

⑤ 临江——府名,治今江西清江县。

隘巷中，见一女郎，艳美绝俗，从以小鬟，仅六七岁。不敢倾顾，但斜睨之。女停睇，若欲有言。细视之，江城也。顿大惊喜。各无所言，相视呆立，移时始别，两情恋恋。生故以红巾遗地而去。小鬟拾之，喜以授女。女入袖中，易以己巾，伪谓鬟曰："高秀才非他人，勿得讳其遗物，可追还之。"小鬟果追付生。生得巾大喜，归见母，请与论婚。母曰："家无半间屋，南北流寓，何足匹偶。"生曰："我自欲之，固当无悔。"母不能决，以商仲鸿；鸿执不可。

生闻之闷闷，嗌[1]不容粒。母大忧之，谓高曰："樊氏虽贫，亦非狙侩[2]无赖者比。我请过其家，倘其女可偶，当亦无害。"高曰："诺。"母托烧香黑帝祠[3]，诣之。见女明眸秀齿，居然娟好，心大爱悦。遂以金帛厚赠之，实告以意。樊媪谦抑而后受盟。归述其情，生始解颜为笑。逾岁，择吉迎女归，夫妻相得甚欢。而女善怒，反眼若不相识；词舌嘲啁[4]，常聒于耳。生以爱故，悉含忍之。翁媪闻之，心弗善也，潜责其子。为女所闻，大恚，诟骂弥加。生稍稍反其恶声，女益怒，挞逐出户，阖其扉。生噆噆[5]门外，不敢叩关，抱膝宿檐下。女从此视若仇。其初，长跪犹可以解；渐至屈膝无灵，而丈夫益苦矣。翁姑薄让之，女牴牾[6]不可言状。翁姑忿怒，逼令大归[7]。樊惭惧，浼交好者请于仲鸿；仲鸿不许。

年余，生出遇岳；岳邀归其家，谢罪不遑。妆女出见，夫妇相看，不觉恻楚。樊乃沽酒款婿，酬劝甚殷。日暮，坚止宿留，扫别榻，使夫妇并寝。既曙辞归，不敢以情告父母，掩饰弥缝。自此三五日，暂一寄岳家宿，而父母不知也。樊一日自诣仲鸿。初不见，迫而后见之。樊膝行而请。高不承，诿诸其子。樊曰："婿昨夜宿仆家，不闻有异言。"高惊问："何时寄宿？"樊具以告。高赧谢曰："我固不知。彼爱之，我独何仇乎？"樊既去，高呼子而骂。生但俯首，不少出气。言间，樊已送女至。高曰："我不能

---

① 嗌——咽喉。
② 狙侩——经纪人，此代指狡诈的市侩。
③ 黑帝祠——道教尊奉的主管北方的真武大帝（又称玄天大帝）。
④ 嘲啁——声音细碎状。
⑤ 噆噆（sǎ sǎ）——忍寒声。
⑥ 牴牾（dǐ wǔ）——顶撞。
⑦ 大归——彻底休妻。

为儿女任过，不如各立门户，即烦主析爨①之盟。”樊劝之，不听。遂别院居之，遣一婢给役焉。月余，颇相安，翁妪窃慰。未几，女渐肆，生面上时有指爪痕；父母明知之，亦忍不置问。一日，生不堪挞楚，奔避父所，芒芒然如鸟雀之被鹯②殴者。翁媪方怪问，女已横梃追入，竟即翁侧捉而箠之。翁姑涕噪，略不顾瞻，挞至数十，始悻悻以去。高逐子曰：“我惟避嚣，故析尔。尔固乐此，又焉逃乎？”生被逐，徙倚无所归。母恐其折挫行死，令独居而给之食。又招樊来，使教其女。樊入室，开谕万端，女终不听，反以恶言相苦。樊拂衣去，誓相绝。无何，樊翁愤生病，与妪相继死。女恨之，亦不临吊，惟日隔壁噪骂，故使翁姑闻。高悉置不知。

生自独居，若离汤火，但觉凄寂，暗以金啖媒媪李氏，纳妓斋中，往来皆以夜。久之，女微闻之，诣斋嫚骂。生力白其诬，矢以天日，女始归。自此，日伺生隙。李媪自斋中出，适相遇，急呼之；媪神色变异，女愈疑，谓媪曰：“明告所作，或可宥免；若有隐秘，撮毛③尽矣！”媪战而告曰：“半月来，惟构栏④李云娘过此两度耳。适公子言，曾于玉笥山⑤见陶家妇，爱其双翘⑥，嘱奴招致之。渠虽不贞，亦未便作夜度娘⑦，成否故未必也。”女以其言诚，姑从宽恕。媪欲去，又强止之。日既昏，呵之曰：“可先往灭其烛，便言陶家至矣。”媪如其言。女即遽入。生喜极，挽臂促坐，具道饥渴。女默不语。生暗中索其足，曰：“山上一觐仙容，介介独恋是耳。”女终不语。生曰：“夙昔之愿，今始得遂，何可觌面而不识也。”躬自促火一照，则江城也。大惧失色，堕烛于地，长跪觳觫，若兵在颈。女摘耳提归，以针刺两股殆遍，乃卧以下床，醒则骂之。生以此畏若虎狼；即偶假以颜色，枕席之上，亦震慑不能为人。女批颊而叱去之，益厌弃不以人齿。生日在兰麝之乡，如犴狴⑧中人，仰狱吏之尊也。

---

① 析爨（cuàn）——分家单过。

② 鹯（zhān）——鸷鸟。

③ 撮毛——拔头发。

④ 构栏——通“勾栏”，即妓院。

⑤ 玉笥山——位于清江县南。

⑥ 双翘——双脚。

⑦ 夜度娘——娼妓。

⑧ 犴狴（àn bì）——传说中的猛兽，代指牢狱。

女有两姊，俱适诸生。长姊平善，讷于口，常与女不相洽。二姊适葛氏，为人狡黠善辨，顾影弄姿，貌不及江城，而悍妒与埒①。姊妹相逢无他语，惟各以阃威自鸣得意，以故二人最善。生适戚友，女辄嗔怒；惟适葛所，知而不禁。一日，饮葛所。既醉，葛嘲曰："子何畏之甚?"生笑曰："天下事顾多不解：我之畏，畏其美也；乃有美不及内人，而畏甚于仆者，惑不滋甚哉！"葛大惭，不能对。婢闻，以告二姊。二姊怒，操杖遽出。生见其凶，蹶屣②欲走。杖起，已中腰膂；三杖三蹶而不能起。误中颅，血流如沛③。二姊去，生蹒跚而归。妻惊问之。初以连姨故，不敢遽告；再三研诘，始具陈之。女以帛束生首，忿然曰："人家男子，何烦他挞楚耶！"更短袖裳，怀木杵，携婢径去。抵葛家，二姊笑语承迎。女不语，以杵击之，仆；裂裤而痛楚焉，齿落唇缺，遗失溲便。女返，二姊羞愤，遣夫赴诉于高。生趋出，极意温恤。葛私语曰："仆此来，不得不尔。悍妇不仁，幸假手而惩创之，我两人何嫌焉。"女已闻之，遽出，指骂曰："龌龊贼！妻子亏苦，反窃窃与外人交好！此等男子，不宜打煞耶！"疾呼觅杖。葛大窘，夺门窜去。生由此往来全无一所。

同窗王子雅过之，宛转留饮。饮间，以闺阁相谑，颇涉狎亵。女适窥客，伏听尽悉，暗以巴豆④投汤中而进之。未几，吐利不可堪，奄存气息。女使婢问之曰："再敢无礼否?"始悟病之所自来，呻吟而哀之，则绿豆汤已储待矣。饮之乃止。从此同人相戒，不敢饮于其家。王有酤肆⑤，肆中多红梅，设宴招其曹侣。生托文社，禀白而往。日暮，既酣，王生曰："适有南昌名妓，流寓此间，可以呼来共饮。"众大悦。惟生离座，兴辞。群曳之曰："阃中耳目虽长，亦听睹不至于此。"因相矢缄口。生乃复坐。少间，妓果出。年十七八，玉珮丁冬，云鬟掠削。问其姓，云："谢氏，小字芳兰。"出词吐气，备极风雅，举座若狂。而芳兰犹属意生，屡以色授。为众所觉，故曳两人连肩坐。芳兰阴把生手，以指书掌作"宿"字。生于此时，

① 埒(liè)——相等。

② 蹶屣——急起迎客状。

③ 沛——汁。

④ 巴豆——植物名，主泻。

⑤ 酤肆——酒店。

欲去不忍，欲留不敢，心如乱丝，不可言喻，而倾头耳语，醉态益狂，榻上胭脂虎①，亦并忘之。少选，听更漏已动，肆中酒客愈稀；惟遥座一美少年，对烛独酌，有小僮捧巾侍焉。众窃议其高雅。无何，少年罢饮，出门去。僮返身入，向生曰："主人相候一语。"众则茫然，惟生颜色惨变，不遑告别，匆匆便去。盖少年乃江城，僮即其家婢也。生从至家，伏受鞭扑，从此禁锢益严，吊庆皆绝。文宗下学，生以误讲降为青②。一日，与婢语，女疑与私，以酒坛囊婢首而挞之。已而缚生及婢，以绣剪剪腹间肉互补之，释缚令其自束。月余，补处竟合为一云。女每以白足踏饼尘土中，叱生摭食之。如是种种。

母以忆子故，偶至其家，见子柴瘠，归而痛哭欲死。夜梦一叟告之曰："不须忧烦，此是前世因。江城原静业和尚所养长生鼠，公子前生为士人，偶游其地，误毙之。今作恶报，不可以人力回也。每早起，虔心诵观音咒一百遍，必当有效。"醒而述于仲鸿，异之。夫妻遵教，虔诵两月余，女横如故，益之狂纵。闻门外钲鼓，辄握发出③，憨然引眺，千人指视，恬不为怪。翁姑共耻之，而不能禁。忽有老僧在门外宣佛果，观者如堵。僧吹鼓上革作牛鸣。女奔出，见人众无隙，命婢移行床④，翘登其上。众目集视，女如弗觉。逾时，僧敷衍将毕，索清水一盂，持向女而宣言曰："莫要嗔，莫要嗔！前世也非假，今世也非真。咄！鼠子缩头去，勿使猫儿寻。"宣已，吸水噀⑤射女面，粉黛淫淫，下沾衿袖。众大骇，意女暴怒，女殊不语，拭面自归。僧亦遂去。女入室痴坐，嗒然若丧，终日不食，扫榻遽寝。中夜，忽唤生醒。生疑其将遗，捧进溺盆。女却之，暗把生臂，曳入衾。生承命，四体惊悚，若奉丹诏⑥。女慨然曰："使君如此，何以为人！"乃以手抚扪生体，每至刀杖痕，嘤嘤啜泣，辄以爪甲自掐，恨不即死。生见其状，意良不忍，所以慰藉之良厚。女曰："妾思和尚必是菩萨化身。清水一

① 榻上胭脂虎——床上的母老虎（悍妇）。
② 误讲降为青——因错讲考试内容而被革去功名。
③ 握发出——未梳妆完就跑出来。
④ 行床——椅凳一类坐具。
⑤ 噀（xùn）——喷。
⑥ 丹诏——圣旨。

洒,若更腑肺。今回忆曩昔所为,都如隔世。妾向时得毋非人耶?有夫妇而不能欢,有姑嫜而不能事,是诚何心!明日可移家去,仍与父母同居,庶便定省。"絮语终夜,如话十年之别。昧爽即起,折衣敛器,婢携簏,躬襆被,促生前往叩扉。母出骇问,告以意。母尚迟回有难色,女已偕婢入。母从入。女伏地哀泣,但求免死。母察其意诚,亦泣曰:"吾儿何遽如此?"生为细述前状,始悟曩昔之梦验也。喜,唤厮仆为除旧舍。女自是承颜顺志,过于孝子。见人,则觍如新妇。或戏述往事,则红涨于颊。且勤俭,又善居积;三年翁媪不问家计,而富称巨万矣。生是岁乡捷。每谓生曰:"当日一见芳兰,今犹忆之。"生以不受荼毒,愿已至足,妄念所不敢萌,唯唯而已。会以应举入都,数月乃返。入室,见芳兰方与江城对弈。惊而问之,则女以数百金出其籍矣。此事浙中王子雅言之甚详。

异史氏曰:"人生业果,饮啄必报,而惟果报之在房中者,如附骨之疽,其毒尤惨。每见天下贤妇十之一,悍妇十之九,亦以见人世之能修善业者少也。观自在愿力宏大,何不将盂中水洒大千世界也?"

孙　　生

孙生,娶故家①女辛氏。初入门,为穷袴②,多其带,浑身纠缠甚密,拒男子不与共榻,床头常设锥簪之器以自卫,孙屡被刺剟③,因就别榻眠。月余,不敢问鼎。即白昼相逢,女未尝假以言笑。同窗某知之,私谓孙曰:"夫人能饮否?"答云:"少饮。"某戏之曰:"仆有调停之法,善而可行。"问:"何法?"曰:"以迷药入酒,给使饮焉,则惟君所为矣。"孙笑之,而阴服其策良。询之医家,敬以酒煮乌头④,置案上。入夜,孙酾⑤别酒,独酌数觥而寝。如此三夕,妻终不饮。一夜,孙卧移时,视妻犹寂坐,孙故作齁

---

① 故家——世代仕宦之家。
② 穷袴——裤裆。
③ 刺剟(duō)——刺。
④ 乌头——中药名,有毒。
⑤ 酾——斟。

声;妻乃下榻,取酒煨炉上。孙窃喜。既而满饮一杯;又复酌,约尽半杯许,以其余仍内壶中,拂榻遂寝。久之无声,而灯煌煌尚未灭也。疑其尚醒,故大呼:"锡檠①熔化矣!"妻不应,再呼仍不应。白身往视,则醉睡如泥。启衾潜入,层层断其缚结。妻固觉之,不能动,亦不能言,任其轻薄而去。既醒,恶之,投缳自缢。孙梦中闻喘吼声,起而奔视,舌已出两寸许。大惊,断索,扶榻上,逾时始苏。孙自此殊厌恨之,夫妻避道而行,相逢则俯其首。积四五年,不交一语。妻或在室中,与他人嬉笑;见夫至,色则立变,凛如霜雪。孙尝寄宿斋中,经岁不归;即强之归,亦面壁移时,默然就枕而已。父母甚忧之。

一日,有老尼至其家,见妇,亟加赞誉。母不言,但有浩叹。尼诘其故,具以情告。尼曰:"此易事耳。"母喜曰:"倘能回妇意,当不靳酬也。"尼窥室无人,耳语曰:"购春宫一帧②,三日后,为若厌③之。"尼去,母即购以待之。三日,尼果来,嘱曰:"此须甚密,勿令夫妇知。"乃剪下图中人,又针三枚、艾一撮,并以素纸包固,外绘数画如蚓状,使母赚妇出,窃取其枕,开其缝而投之;已而仍合之,返归故处。尼乃去。至晚,母强子归宿。媪往窃听。二更将残,闻妇呼孙小字,孙不答。少间,妇复语,孙厌气作恶声。质明,母入其室,见夫妇面首相背,知尼之术诬也。呼子于无人处,委谕之。孙闻妻名,便怒,切齿。母怒骂之,不顾而去。越日,尼来,告之罔效。尼大疑。媪因述所听。尼笑曰:"前言妇憎夫,故偏厌之。今妇意已转,所未转者男耳。请作两制之法,必有验。"母从之,索子枕如前缄置讫,又呼令归寝。更余,犹闻两榻上皆有转侧声,时作咳,都若不能寐。久之,闻两人在一床上唧唧语,但隐约不可辨。将曙,犹闻嬉笑,吃吃不绝。媪以告母,母喜。尼来,厚馈之。孙由是琴瑟和好。生一男两女,十余年从无角口之事。同人私问其故,笑曰:"前此顾影生怒,后此闻声而喜,自亦不解其何心也。"

异史氏曰:"移憎而爱,术亦神矣。然能令人喜者,亦能令人怒,术人

---

① 锡檠(qíng)——锡质灯架。

② 帧(zhèng)——幅。

③ 厌——古代方术之一。

之神，正术人之可畏也。先哲云：'六婆①不入门。'有见矣夫！"

八 大 王

临洮②冯生，盖贵介裔而凌夷矣。有渔鳖者，负其债，不能偿，得鳖辄献之。一日，献巨鳖，额有白点。生以其状异，放之。后自婿家归，至恒河③之侧，日已就昏，见一醉者，从二三僮，颠跛而至。遥见生，便问："何人？"生漫应："行道者。"醉人怒曰："宁无姓名，胡言行道者？"生驰驱心急，置不答，径过之。醉人益怒，捉袂使不得行，酒臭熏人。生更不耐，然力解不能脱。问："汝何名？"呓然而对曰："我南都④旧令尹也。将何为？"生曰："世间有此等令尹，辱寞世界矣！幸是旧令尹；假新令尹，将无途人耶？"醉人怒甚，势将用武。生大言曰："我冯某非受人挝打者！"醉人闻之，变怒为欢，踉跄下拜曰："是我恩主，唐突勿罪！"起唤从人，先归治具。

生辞之不得。握手行数里，见一小村。既入，则廊舍华好，似贵人家。醉人酲⑤稍解，生始询其姓字。曰："言之勿惊，我洮水八大王也。适西山青童招饮，不觉过醉，有犯尊颜，实切愧悚。"生知其妖，以其情辞殷渥，遂不畏怖。俄而设筵丰盛，促坐欢饮。八大王最豪，连举数觥。生恐其复醉，再作萦扰，伪醉求寝。八大王已喻其意，笑曰："君得无畏我狂耶？但请勿惧。凡醉人无行，谓隔夜不复记者，欺人耳。酒徒之不德，故犯者十之九。仆虽不齿于侪偶，顾未敢以无赖之行施之长者，何遂见拒如此？"生乃复坐，正容而谏曰："既自知之，何勿改行？"八大王曰："老夫为令尹时，沉湎尤过于今日。自触帝⑥怒，谪⑦归岛屿，力返前辙者十余年矣。今老将就木，潦倒不

---

① 六婆——指虎婆（经纪人，又称"牙婆"）、媒婆、师婆、虔婆、药婆、稳婆（接生）。

② 临洮——县名，今属甘肃省。

③ 恒河——古水名，今河北曲阳县北横河。

④ 南都——南京，与今同。

⑤ 酲(chéng)——醉酒。

⑥ 帝——指玉帝。

⑦ 谪——贬谪。

能横飞，故态复作，我自不解耳。兹敬闻命矣。”

倾谈间，远钟已动。八大王起，捉臂曰：“相聚不久。蓄有一物，聊报厚德。此不可以久佩，如愿后，当见还也。”口中吐一小人，仅寸许。因以爪掐生臂，痛苦肤裂；急以小人按捺其上，释手已入革里，甲痕尚在，而漫漫坟起，类痰核状。惊问之，笑而不答。但曰：“君宜行矣。”送生出，八大王自返。回顾村舍全渺，惟一巨鳖，蠢蠢入水而没。错愕久之。自念所获，必鳖宝也。由此目最明，凡有珠宝之处，黄泉下皆可见；即素所不知之物，亦随口而知其名。于寝室中，掘得藏镪数百，用度颇充。后有货故宅者，生视其中有藏镪无算，遂以重金购居之。由此与王公埒富矣。火齐木难之类[①]皆蓄焉。得一镜，背有凤纽，环水云湘妃之图，光射里余，须眉皆可数。佳人一照，则影留其中，磨之不能灭也；若改妆重照，或更一美人，则前影消矣。

时肃府[②]第三公主绝美，雅慕其名。会主游崆峒[③]，乃往伏山中，伺其下舆，照之而归，设置案头。审视之，见美人在中，拈巾微笑，口欲言而波欲动。喜而藏之。年余，为妻所泄，闻之肃府。王怒，收之。追镜去，拟斩。生大赂中贵人[④]，使言于王曰：“王如见赦，天下之至宝，不难致也。不然，有死而已，于王诚无所益。”王欲籍其家而徙之。三公主曰：“彼已窥我，十死亦不足解此玷，不如嫁之。”王不许。公主闭户不食。妃子大忧，力言于王。王乃释生囚，命中贵以意示生。生辞曰：“糟糠之妻[⑤]不下堂，宁死不敢承命。王如听臣自赎，倾家可也。”王怒，复逮之。妃召生妻入宫，将鸩之。既见，妻以珊瑚镜台纳妃，词意温恻。妃悦之，使参公主。公主亦悦之，订为姊妹，转使谕生。生告妻曰：“王侯之女，不可以先后论嫡庶也。”妻不听，归修聘币纳王邸，赍送者迨千人。珍石宝玉之属，王家不能知其名。王大喜，释生归，以公主嫔焉。公主仍怀镜归。生一夕独寝，梦八大王轩然入曰：“所赠之物，当见还也。佩之若久，耗人精血，损人寿命。”生诺之，即留宴饮。八大王辞曰：“自聆药石，戒杯中物已三年

---

① 火齐木难之类——珍宝一类。

② 肃府——肃庄王府，明太祖朱元璋第十四子的王府。

③ 崆峒——山名，属六盘山。

④ 中贵人——宦官。

⑤ 糟糠之妻——结发患难之妻。

矣。”乃以口啮生臂，痛极而醒，视之，则核块消矣。后此遂如常人。

异史氏曰：“醒则犹人，而醉则犹鳖，此酒人之大都[1]也。顾鳖虽日习于酒狂乎，而不敢忘恩，不敢无礼于长者，鳖不过人远哉？若夫己氏则醒不如人，而醉不如鳖矣。古人有龟鉴[2]，盍以为鳖鉴乎？乃作‘酒人赋’。赋曰：

‘有一物焉，陶情适口；饮之则醺醺腾腾，厥名为“酒”。其名最多，为功已久：以宴嘉宾，以速父舅，以促膝而为欢，以合卺而成偶；或以为“钓诗钩”，又以为“扫愁帚”。故麴生频来，则骚客之金兰友；醉乡深处，则愁人之逋逃薮。糟丘之台既成，鸱夷之功不朽；齐臣遂能一石，学士亦称五斗。则酒固以人传，而人或以酒丑。若夫落帽之孟嘉，荷锸之伯伦，山公之倒其接，彭泽之漉以葛巾。酣眠乎美人之侧也，或察其无心；濡首于墨汁之中也，自以为有神。井底卧乘船之士，槽边缚珥玉之臣。甚至效鳖囚而玩世，亦犹非害物而不仁。至如雨宵雪夜，月旦花晨，风定尘短，客旧妓新，履舄交错，兰麝香沉，细批薄抹，低唱浅斟；忽清商兮一奏，则寂若兮无人。雅谑则飞花粲齿，高吟则戛玉敲金。总陶然而大醉，亦魂清而梦真。果尔，即一朝一醉，当亦名教之所不嗔。尔乃嘈杂不韵，俚词并进；坐起欢哗，呶呶成阵。涓滴忿争，势将投刃；伸颈攒眉，引杯若鸩；倾渖碎觥，拂灯灭烬。绿醑葡萄，狼藉不靳；病叶狂花，觞政所禁。如此情怀，不如弗饮。又有酒隔咽喉，间不盈寸；，呐呐呢呢，犹讥主吝。坐不言行，饮复不任：酒客无品，于斯为甚。甚有狂药下，客气粗；努石棱，磔挙须；袒两臂，跃双趺。尘蒙蒙兮满面，哇浪浪兮沾裾；口狺狺兮乱吠，发蓬蓬兮若奴。其吁地而呼天也，似李郎之呕其肝脏；其扬手而掷足也，如苏相之裂于牛车。舌底生莲者，不能穷其状；灯前取影者，不能为之图。父母前而受忤，妻子弱而难扶。或以父执之良友，无端而受骂于灌夫。婉言以警，倍益眩瞑。此名“酒凶”，不可救拯。惟有一术，可以解酩。厥术维何？只须一梃。絷其手足，与斩豕等。止困其臀，勿伤其顶；捶至百余，豁然顿醒[3]。’”

---

① 大都——大概。

② 龟鉴——龟镜，引申借鉴。

③ “酒人赋”的大意——酒的作用实在大，用途实在多；酒能成人之美，亦能现人之丑；饮酒之人应以此为借鉴。

戏 缢

邑人某,佻佻无赖。偶游村外,见少妇乘马来,谓同游者曰:“我能令其一笑。”众不信,约赌作筵。某遽奔去,出马前,连声哗曰:“我要死!”因于墙头抽粱䕸一本①,横尺许,解带挂其上,引颈作缢状。妇果过而哂之,众亦粲然。妇去既远,某犹不动,众益笑之。近视,则舌出目瞑,而气真绝矣。粱干自经,不亦奇哉?是可以为儇薄②者戒。

---

① 粱䕸(jiē)一本——高粱秸一根。

② 儇薄——轻薄。

卷　七

罗　祖

罗祖，即墨①人也。少贫。总族中应出一丁戍北边，即以罗往。罗居边数年，生一子。驻防守备雅厚遇之。会守备迁陕西参将②，欲携与俱去。罗乃托妻子于其友李某者，遂西。自此三年不得反。适参将欲致书北塞，罗乃自陈，请以便道省妻子。参将从之。

罗至家，妻子无恙，良慰。然床下有男子遗舄，心疑之。既而至李申谢。李致酒殷勤；妻又道李恩义，罗感激不胜。明日谓妻曰："我往致主命，暮不能归，勿伺也。"出门跨马而去。匿身近处，更定却归。闻妻与李卧语，大怒，破扉。二人惧，膝行乞死。罗抽刃出，已复韬之③曰："我始以汝为人也，今如此，杀之污吾刀耳！与汝约：妻子而④受之，籍名⑤亦而充之，马匹械器具在。我逝矣。"遂去。乡人共闻于官。官笞李，李以实告。而事无验见，莫可质凭，远近搜罗，则绝匿名迹。官疑其因奸致杀，益械李及妻；逾年，并桎梏以死。乃驿送其子归即墨。

后石匣营有樵人入山，见一道人坐洞中，未尝求食。众以为异，赍粮供之。或有识者，盖即罗也。馈遗满洞，罗终不食，意似厌嚣，以故来者渐寡。积数年，洞外蓬蒿成林。或潜窥之，则坐处不曾少移。又久之，见其出游山上，就之已杳；往瞰洞中，则衣上尘蒙如故。益奇之。更数日而往，则玉柱⑥

---

① 即墨——县名，今山东青岛市即墨县。

② 参将——清武官名，正三品。

③ 韬之——将刀插回刀鞘。

④ 而——通"尔"，你。

⑤ 籍名——军籍中的姓名。

⑥ 玉柱——佛道两教以人死后鼻孔流出的鼻涕为成道征兆。

下垂,坐化[①]已久。土人为之建庙;每三月间,香楮[②]相属于道。其子往,人皆呼以小罗祖,香税悉归之;今其后人,犹岁一往,收税金焉。沂水刘宗玉向予言之甚详。予笑曰:“今世诸檀越[③],不求为圣贤,但望成佛祖。请遍告之:若要立地成佛,须放下刀子去。”

刘 姓

邑刘姓,虎[④]而冠者也。后去淄居沂,习气不除,乡人咸畏恶之。有田数亩,与苗某连陇。苗勤,田畔多种桃。桃初实,子往攀摘;刘怒驱之,指为己有。子啼而告诸父。父方骇怪,刘已诟骂在门,且言将讼。苗笑慰之。怒不解,忿而去。

时有同邑李翠石作典商[⑤]于沂,刘持状入城,适与之遇。以同乡故相熟,问:“作何干?”刘以告。李笑曰:“子声望众所共知;我素识苗甚平善,何敢占骗。将毋反言之也!”乃碎其词纸,曳入肆,将与调停。刘恨恨不已,窃肆中笔,复造状,藏怀中,期以必告。未几,苗至,细陈所以,因哀李为之解免,言:“我农人,半世不见官长。但得罢讼,数株桃何敢执为己有。”李呼刘出,告以退让之意。刘又指天画地,叱骂不休;苗惟和色卑词,无敢少辨。

既罢,逾四五日,见其村中人,传刘已死,李为惊叹。异日他适,见杖而来者,俨然刘也。比至,殷殷问讯,且请顾临。李逡巡问曰:“日前忽闻凶讣,一何妄也?”刘不答,但挽入村,至其家,罗浆酒焉。乃言:“前日之传,非妄也。曩出门见二人来,捉见官府。问何事,但言不知。自思出入衙门数十年,非怯见官长者,亦不为怖。从去,至公廨,见南面者[⑥]有怒容

---

① 坐化——佛教用语,死的讳称。

② 香楮(chǔ)——香烛、纸锭。

③ 檀越——佛教用语,施主。

④ 虎——喻凶暴如虎。

⑤ 典商——典当、抵押商。

⑥ 南面者——指坐在正座上的官员。

曰:'汝即某耶?罪恶贯盈,不自悛悔①;又以他人之物,占为己有。此等横暴,合置铛鼎!'一人稽簿曰:'此人有一善,合不死。'南面者阅簿,其色稍霁。便云:'暂送他去。'数十人齐声呵逐。余曰:'因何事勾我来?又因何事遣我去?还祈明示。'吏持簿下,指一条示之。上记:崇祯十三年②,用钱三百,求一人夫妇完聚。吏曰:'非此,则今日命当绝,宜堕畜生道。'骇极,乃从二人出。二人索贿。怒告曰:'不知刘某出入公门二十年,专勒人财者,何得向老虎讨肉吃耶?'二人乃不复言。送至村,拱手曰:'此役不曾啖得一掬水。'二人既去,入门遂苏,时气绝已隔日矣。"

李闻而异之,因诘其善行颠末。初,崇祯十三年,岁大凶,人相食。刘时在淄,为主捕隶。适见男女哭甚哀,问之。答云:"夫妇聚裁年余,今岁荒,不能两全,故悲耳。"少时,油肆前复见之,似有所争。近诘之。肆主马姓者便云:"伊夫妇饿将死,日向我讨麻酱以为活。今又欲卖妇于我。我家中已买十余口矣。此何要紧?贱则售之,否则已耳。如此可笑,生来缠人!"男子因言:"今粟如珠,自度非得三百数,不足供逃亡之费。本欲两生,若卖妻而不免于死,何取焉?非敢言直,但求作阴骘③行之耳。"刘怜之,便问马出几何。马言:"今日妇口,止直百许耳。"刘请勿短其数,且愿助以半价之资。马执不可。刘少负气,便谓男子:"彼鄙琐不足道,我请如数相赠。若能逃荒,又全夫妇,不更佳耶?"遂发囊与之。夫妻泣拜而去。刘述此事,李大加奖叹。

刘自此前行顿改,今七旬犹健。去年,李诣④周村,遇刘与人争,众围劝不能解。李笑呼曰:"汝又欲讼桃树耶?"刘芒然改容,呐呐敛手而退。

异史氏曰:"李翠石兄弟,皆称素封。然翠石又醇谨,喜为善,未尝以富自豪,抑然诚笃君子也。观其解纷劝善,其生平可知矣。古云:'为富不仁。'吾不知翠石先仁而后富者耶?抑先富而后仁者耶?"

---

① 悛(quān)悔——改悔。
② 崇祯十三年——公元1640年。
③ 阴骘(zhì)——积阴德。
④ 诣——到,前往。

邵 九 娘

柴廷宾,太平①人。妻金氏,不育,又奇妒。柴百金买妾,金暴遇之,经岁而死。柴忿出,独宿数月,不践闺闼。一日,柴初度②,金卑词庄礼,为丈夫寿。柴不忍拒,始通言笑。金设筵内寝,招柴。柴辞以醉。金华妆自诣柴所,曰:"妾竭诚终日,君即醉,请一盏而别。"柴乃入,酌酒话言。妻从容曰:"前日误杀婢子,今甚悔之。何便仇忌,遂无结发情耶?后请纳金钗十二③,妾不汝瑕疵④也。"柴益喜,烛尽见跋⑤,遂止宿焉。由此敬爱如初。金便呼媒媪来,嘱为物色佳媵;而阴使迁延勿报,己则故督促之。如是年余。柴不能待,遍嘱戚好为之购致,得林氏之养女。金一见,喜形于色,饮食共之,脂泽花钏,任其所取。然林固燕产⑥,不习女红,绣履之外,须人而成。金曰:"我素勤俭,非似王侯家,买作画图看者。"于是授美锦,使学制,若严师诲弟子。初犹呵骂,继而鞭楚。柴痛切于心,不能为地⑦。而金之怜爱林,尤倍于昔,往往自为妆束,匀铅黄焉。但履跟稍有折痕,则以铁杖击双弯⑧;发少乱,则批两颊:林不堪其虐,自经死。柴悲惨心目,颇致怨怼⑨。妻怒曰:"我代汝教娘子,有何罪过?"柴始悟其奸,因复反目,永绝琴瑟之好。阴于别业修房闼,思购丽人而别居之。

荏苒半载,未得其人。偶会友人之葬,见二八女郎,光艳溢目,停睇神驰。女怪其狂顾,秋波斜转之。询诸人,知为邵氏。邵贫士,止此女,少聪

---

① 太平——府名,相当今安徽当涂、繁昌、芜湖等地。

② 初度——生日。

③ 金钗十二——喻姬妾众多。

④ 不汝瑕疵——不认为纳妾是缺点。

⑤ 跋——蜡烛燃尽的残余部分。

⑥ 燕产——燕地人。

⑦ 不能为地——指不能改变受虐待的处境。

⑧ 双弯——双脚。

⑨ 怨怼——怨恨。

慧,教之读,过目能了,尤喜读内经及冰鉴书①。父爱溺之,有议婚者,辄令自择,而贫富皆少所可,故十七岁犹未字也。柴得其端末,知不可图,然心低徊之。又冀其家贫,或可利动。谋之数媪,无敢媒者,遂亦灰心,无所复望。忽有贾媪者,以货珠过柴。柴告所愿,赂以重金,曰:"止求一通诚意,其成与否,所勿责也。万一可图,千金不惜。"媪利其有,诺之。登门,故与邵妻絮语,睹女,惊赞曰:"好个美姑姑! 假到昭阳院,赵家姊妹何足数得②!"又问:"婿家阿谁?"邵妻答:"尚未。"媪言:"若个娘子,何愁无王侯作贵客也。"邵妻叹曰:"王侯家所不敢望,只要个读书种子③,便是佳耳。我家小孽冤,翻复遴选,十无一当,不解是何意向。"媪曰:"夫人勿须烦怨。恁个丽人,不知前身修何福泽,才能消受得。昨一大笑事:柴家郎君云:于某家茔边,望见颜色,愿以千金为聘。此非饿鸱作天鹅想耶? 早被老身呵斥去矣!"邵妻微笑不答。媪曰:"便是秀才家,难与较计;若在别个,失尺而得丈,宜若可为矣。"邵妻复笑不言。媪抚掌曰:"果尔,则为老身计亦左④矣。日蒙夫人爱,登堂便促膝赐浆酒;若得千金,出车马,入楼阁,老身再到门,则阍者呵叱及之矣。"邵妻沉吟良久,起而去,与夫语;移时,唤其女;又移时,三人并出。邵妻笑曰:"婢子奇特,多少良匹悉不就,闻为贱媵则就之。但恐为儒林⑤笑也!"媪曰:"倘入门,得一小哥子,大夫人便如何耶!"言已,告以别居之谋。邵益喜,唤女曰:"试同贾姥言之。此汝自主张,勿后悔,致怼父母。"女腆然曰:"父母安享厚奉,则养有济矣。况自顾命薄,若得佳偶,必减寿数,少受折磨,未必非福。前见柴郎亦福相,子孙必有兴者。"媪大喜,奔告。

柴喜出非望,即置千金,备舆马,娶女于别业,家人无敢言者。女谓柴曰:"君之计,所谓燕巢于幕,不谋朝夕者也⑥。塞口防舌,以冀不漏,何可

---

① 内经及冰鉴书——泛指医书。

② 假到昭阳院,赵家姊妹何足数得——昭阳院,汉宫昭阳殿;赵家姊妹,汉名妃赵飞燕、其妹赵合德,同居昭阳殿。此指盛赞他人美貌。

③ 读书种子——读书根苗。

④ 计左——失当的计谋。

⑤ 儒林——读书人。

⑥ 所谓燕巢于幕,不谋朝夕者也——燕子筑巢天幕,不考虑旦夕危险。此指处境危险。

得乎？请不如早归，犹速发而祸小。”柴虑摧残。女曰：“天下无不可化之人。我苟无过，怒何由起？”柴曰：“不然。此非常之悍，不可情理动者。”女曰：“身为贱婢，摧折亦自分耳。不然，买日为活，何可长也？”柴以为是，终踌躇而不敢决。一日，柴他往。女青衣而出，命苍头控老牝马，一妪携襆从之，竟诣嫡所，伏地而陈。妻始而怒；既念其自首可原，又见容饰谦卑，气亦稍平。乃命婢子出锦衣衣之，曰：“彼薄幸人播恶于众，使我横被口语。其实皆男子不义，诸婢无行，有以激之。汝试念背妻而立家室，此岂复是人矣？”女曰：“细察渠似稍悔之，但不肯下气耳。谚云：‘大者不伏小。’以礼论：妻之于夫，犹子之于父，庶之于嫡也。夫人若肯假以词色，则积怨可以尽捐。”妻云：“彼自不来，我何与焉？”即命婢媪为之除舍。心虽不乐，亦暂安之。

柴闻女归，惊惕不已，窃意羊入虎群，狼藉已不堪矣。疾奔而至，见家中寂然，心始稳贴。女迎门而劝，令诣嫡所。柴有难色。女泣下，柴意少纳。女往见妻曰：“郎适归，自惭无以见夫人，乞夫人往一姗笑之也。”妻不肯行，女曰：“妾已言：夫之于妻，犹嫡之于庶。孟光①举案，而人不以为谄，何哉？分在则然耳。”妻乃从之，见柴曰：“汝狡兔三窟，何归为？”柴俯不对。女肘之，柴始强颜笑。妻色稍霁，将返。女推柴从之，又嘱庖人备酌。自是夫妻复和。女早起青衣往朝；盥已，授帨，执婢礼甚恭。柴入其室，苦辞之，十余夕始肯一纳。妻亦心贤之；然自愧弗如，积惭成忌，但女奉侍谨，无可蹈瑕，若薄施呵谴，女惟顺受。一夜，夫妇少有反唇，晓妆犹含盛怒。女捧镜，镜堕，破之。妻益恚，握发裂眦。女惧，长跪哀免。怒不解，鞭之至数十。柴不能忍，盛气奔入，曳女出。妻呶呶逐击之。柴怒，夺鞭反扑，面肤绽裂，始退。由是夫妻若仇。柴禁女无往。女弗听，早起，膝行伺幕外。妻搥床怒骂，叱去，不听前。日夜切齿，将伺柴出而后泄愤于女。柴知之，谢绝人事，杜门不通吊庆。妻无如何，惟日挞婢媪以寄其恨，下人皆不可堪。自夫妻绝好，女亦莫敢当夕，柴于是孤眠。妻闻之，意亦稍安。有大婢素狡黠，偶与柴语，妻疑其私，暴之尤苦。婢辄于无人处，疾首怨骂。一夕，轮婢值宿，女嘱柴，禁无往，曰：“婢面有杀机，叵测也。”柴如其言，招之来，诈问：“何作？”婢惊惧，无所措词。柴益疑，检其衣，得利

① 孟光——后汉梁鸿之妻，敬事丈夫，不耻其贫，传为千古美谈。

刃焉。婢无言,惟伏地乞死。柴欲挞之,女止之曰:“恐夫人所闻,此婢必无生理。彼罪固不赦,然不如鬻之,既全其生,我亦得直焉。”柴然之。会有买妾者,急货之。妻以其不谋故,罪柴,益迁怒女,诟骂益毒。柴忿,顾女曰:“皆汝自取。前此杀却,乌有今日!”言已而走。妻怪其言,遍诘左右,并无知者;问女,女亦不言。心益闷怒,捉裾浪骂。柴乃返,以实告。妻大惊,向女温语;而心转恨其言之不早。柴以为嫌欲尽释,不复作防。适远出,妻乃召女而数之曰:“杀主者罪不赦,汝纵之何心?”女造次不能以词自达。妻烧赤铁烙女面,欲毁其容。婢媪皆为之不平。每号痛一声,则家人皆哭,愿代受死。妻乃不烙,以针刺胁二十余下,始挥去之。柴归,见面创,大怒,欲往寻之。女捉襟曰:“妾明知火坑而固蹈之。当嫁君时,岂以君家为天堂耶?亦自顾薄命,聊以泄造化之怒耳。安心忍受,尚有满时;若再触焉,是坎已填而复掘之也。”遂以药糁患处,数日寻愈。忽揽镜喜曰:“君今日宜为妾贺,彼烙断我晦纹矣!”朝夕事嫡,一如往日。

金前见众哭,自知身同独夫,略有愧悔之萌,时时呼女共事,词色平善。月余,忽病逆,害饮食。柴恨其不死,略不顾问。数日,腹胀如鼓,日夜浸困。女侍伺不遑眠食,金益德之。女以医理自陈;金自觉畴昔过惨,疑其怨报,故谢之。金为人持家严整,婢仆悉就约束;自病后,皆散诞无操作者。柴躬自经理,劬劳甚苦,而家中米盐,不食自尽,由是慨然兴中馈①之思,聘医药之。金对人辄自言为“气蛊”②,以故医脉之,无不指为气郁者。凡易数医,卒罔效,亦滨危矣。又将烹药,女进曰:“此等药,百裹无益,只增剧耳。”金不信。女暗撮别剂易之。药下,食顷三遗,病若失,遂益笑女言妄,呻而呼之曰:“女华陀,今如何也?”女及群婢皆笑。金问故,始实告之,泣曰:“妾日受子之覆载而不知也!今而后,请惟家政,听子而行。”

无何,病痊,柴整设为贺。女捧壶侍侧;金自起夺壶,曳与连臂,爱异常情。更阑,女托故离席;金遣二婢曳还之,强与连榻。自此,事必商,食必偕,即姊妹无其和也。无何,女产一男。产后多病,金亲为调视,若奉老

① 中馈——指妇女在家主持饮食之事。
② “气蛊”——即“气鼓”,怒气郁结而腹胀。

母。后金患心痗①，痛起，则面目皆青，但欲觅死。女急取银针数枚，比至，则气息濒尽，按穴刺之，画然痛止。十余日复发，复刺；过六七日又发。虽应手奏效，不至大苦，然心常惴惴，恐其复萌。夜梦至一处，似庙宇，殿中鬼神皆动。神问："汝金氏耶？汝罪过多端，寿数合尽，念汝改悔，故仅降灾，以示微谴。前杀两姬，此其宿报。至邵氏何罪，而惨毒如此？鞭打之刑，已有柴生代报，可以相准；所欠一烙、二十三针，今三次止偿零数，便望病根除耶？明日又当作矣！"醒而大惧，犹冀为妖梦之诬。食后果病，其痛倍苦。女至，刺之，随手而瘥。疑曰："技止此矣，病本何以不拔？请再灼之。此非烂烧不可，但恐夫人不能忍受。"金忆梦中语，以故无难色。然呻吟忍受之际，默思欠此十九针，不知作何变症，不如一朝受尽，庶免后苦。炷尽，求女再针。女笑曰："针岂可以泛常施用耶？"金曰："不必论穴，但烦十九刺。"女笑不可。金请益坚，起跪榻上。女终不忍。实以梦告。女乃约略经络，刺之如数。自此平复，果不复病。弥自忏悔，临下亦无戾色。子名曰俊，秀惠绝伦。女每曰："此子翰苑相也。"八岁有神童之目，十五岁以进士授翰林。是时柴夫妇年四十，如夫人②三十有二三耳。舆马归宁，乡里荣之。邵翁自鬻女后，家暴富，而士林羞与为伍；至是，始有通往来者。

异史氏曰："女子狡妒，其天性然也。而为妾媵者，又复炫美弄机，以增其怒。呜呼！祸所由来矣。若以命自安，以分自守，百折而不移其志，此岂梃刃所能加乎？乃至于再拯其死，而始有悔悟之萌。呜呼！岂人也哉！如数以偿，而不增之息，亦造物之恕矣。顾以仁术作恶报，不亦傎③乎！每见愚夫妇抱疴终日，即招无知之巫，任其刺肌灼肤而不敢呻，心尝怪之，至此始悟。"

闽人有纳妾者，夕入妻房，不敢便去，伪解屦作登榻状。妻曰："去休！勿作态！"夫尚徘徊，妻正色曰："我非似他家妒忌者，何必尔尔。"夫乃去。妻独卧，辗转不得寐，遂起，往伏门外潜听之。但闻妾声隐约，不甚了了；惟"郎罢"二字，略可辨识。郎罢，闽人呼父也。妻听逾刻，痰厥而

---

① 痗（mèi）——心病。

② 如夫人——妾的别称。

③ 傎（diān）——颠倒。

踣，首触扉作声。夫惊起，启户，尸倒入。呼妾火之，则其妻也。急扶灌之。目略开，即呻曰："谁家郎罢被汝呼！"妒情可哂。

巩　仙

巩道人，无名字，亦不知何里人。尝求见鲁王①，阍人不为通。有中贵人出，揖求之。中贵见其鄙陋，逐去之；已而复来。中贵怒，且逐且扑。至无人处，道人笑出黄金二百两，烦逐者覆中贵："为言我亦不要见王；但闻后苑花木楼台，极人间佳胜，若能导我一游，生平足矣。"又以白金赂逐者。其人喜，反命②。中贵亦喜，引道人自后宰门③入，诸景俱历。又从登楼上。中贵方凭窗，道人一推，但觉身堕楼外，有细葛绷腰④，悬于空际；下视，则高深晕目，葛隐隐作断声。惧极，大号。无何，数监至，骇极。见其去地绝远，登楼共视，则葛端系棂上；欲解援之，则葛细不堪用力。遍索道人，已杳矣。束手无计，奏之鲁王。王诣视，大奇之。命楼下藉茅铺絮，将因而断之。甫毕，葛崩然自绝，去地乃不咫耳。相与失笑。

王命访道士所在。闻馆于尚秀才家，往问之，则出游未复。既，遇于途，遂引见王。王赐宴坐，便请作剧。道士曰："臣草野之夫，无他庸能。既承优宠，敢献女乐为大王寿。"遂探袖中出美人，置地上，向王稽拜已。道士命扮"瑶池宴"⑤本，祝王万年。女子吊场⑥数语。道士又出一人，自白"王母"。少间，董双成、许飞琼⑦，一切仙姬，次第俱出。末有织女⑧来谒，献天衣一袭，金彩绚烂，光映一室。王意其伪，索观之。道士急言："不可！"王不听，卒观之，果无缝之衣，非人工所能制也。道士不乐曰：

---

① 鲁王——指明太祖朱元璋第十子朱檀，受封鲁王。
② 反命——复报，回报。
③ 后宰门——鲁王府的后门。
④ 葛绷腰——藤本植物布缠腰。
⑤ 瑶池宴——传说中西王母的寿宴。
⑥ 吊场——戏曲术语，传奇折子戏的开头。
⑦ 董双成、许飞琼——传说中西王母的侍女。
⑧ 织女——神话中的"织女"，亦称"天孙"。

“臣谒诚以奉大王，暂而假诸天孙，今则浊气所染，何以还故主乎?”王又意歌者必仙姬，思欲留其一二；细视之，则皆宫中乐伎耳。转疑此曲，非所夙谙[1]，问之，果茫然不自知。道士以衣置火烧之，然后纳诸袖中，再搜之，则已无矣。王于是深重道士，留居府内。道士曰：“野人之性，视宫殿如藩笼，不如秀才家得自由也。”每至中夜，必还其所；时而坚留，亦遂宿止。辄于筵间，颠倒四时花木为戏。王问曰：“闻仙人亦不能忘情，果否?”对曰：“或仙人然耳；臣非仙人，故心如枯木矣。”一夜，宿府中，王遣少妓往试之。入其室，数呼不应；烛之，则瞑坐榻上。摇之，目一闪即复合；再摇之，齁声作矣。推之，则遂手而倒，酣卧如雷；弹其额，逆指作铁釜声。返以白王。王使刺以针，针弗入。推之，重不可摇；加十余人举掷床下，若千斤石堕地者。旦而窥之，仍眠地上。醒而笑曰：“一场恶睡，堕床下不觉耶!”后女子辈每于其坐卧时，按之为戏：初按犹软，再按则铁石矣。

道士舍秀才家，恒中夜不归。尚锁其户，及旦启扉，道士已卧室中。初，尚与曲妓[2]惠哥善，矢志嫁娶。惠雅善歌，弦索倾一时。鲁王闻其名，召入供奉，遂绝情好。每系念之，苦无由通。一夕，问道士：“见惠哥否?”答言：“诸姬皆见，但不知其惠哥为谁。”尚述其貌，道其年，道士乃忆之。尚求转寄一语。道士笑曰：“我世外人，不能为君塞鸿[3]。”尚哀之不已。道士展其袖曰：“必欲一见，请入此。”尚窥之，中大如屋。伏身入，则光明洞彻，宽若厅堂；几案床榻，无物不有。居其内，殊无闷苦。道士入府，与王对弈。望惠哥至，阳以袍袖拂尘，惠哥已纳袖中，而他人不之睹也。尚方独坐凝想时，忽有美人自檐间堕，视之，惠哥也。两相惊喜，绸缪臻至。尚曰：“今日奇缘，不可不志。请与卿联之[4]。”书壁上曰：“侯门似海久无踪。”惠续云：“谁识萧郎今又逢。”尚曰：“袖里乾坤真个大。”惠曰：“离人思妇尽包容。”书甫毕，忽有五人入，八角冠，淡红衣，认之，都与无素。默然不言，捉惠哥去。尚惊骇，不知所由。道士既归，呼之出，问其情事，隐

① 夙谙——以前熟悉。

② 曲妓——乐妓。

③ 塞鸿——唐传奇《无双传》中人物，曾为主人公王仙客和无双成就姻缘。

④ 联之——联句成诗。

讳不以尽言。道士微笑,解衣反袂示之。尚审视,隐隐有字迹,细裁如虮,盖即所题句也。后十数日,又求一人。前后凡三入。惠哥谓尚曰:“腹中震动,妾甚忧之,常以紧帛束腰际。府中耳目较多,倘一朝临蓐,何处可容儿啼。烦与巩仙谋,见妾三叉腰①时,便一拯救。”尚诺之。归见道士,伏地不起。道士曳之曰:“所言,予已了了。但请勿忧。君宗祧赖此一线,何敢不竭绵薄。但自此不必复入。我所以报君者,原不在情私也。”后数月,道士自外入,笑曰:“携得公子至矣。可速把襁褓来!”尚妻最贤,年近三十,数胎而存一子;适生女,盈月而殇。闻尚言,惊喜自出。道士探袖出婴儿,酣然若寐,脐梗犹未断也。尚妻接抱,始呱呱而泣。道士解衣曰:“产血溅衣,道家最忌。今为君故,二十年故物,一旦弃之。”尚为易衣。道士嘱曰:“旧物勿弃却,烧钱许,可疗难产,堕死胎。”尚从其言。

居之又久,忽告尚曰:“所藏旧衲,当留少许自用,我死后亦勿忘也。”尚谓其言不祥。道士不言而去。入见王曰:“臣欲死!”王惊问之,曰:“此有定数,亦复何言。”王不信,强留之。手谈②一局,急起;王又止之。请就外舍,从之。道士趋卧,视之已死。王具棺木,以礼葬之。尚临哭尽哀,始悟曩言盖先告之也。遗衲用催生,应如响,求者踵接于门。始犹以污袖与之;既而剪领衿,罔不效。及闻所嘱,疑妻必有产厄,断血布如掌,珍藏之。会鲁王有爱妃临盆,三日不下,医穷于术。或有以尚生告者,立召入,一剂而产。王大喜,赠白金、彩缎良厚,尚悉辞不受。王问所欲,曰:“臣不敢言。”再请之,顿首曰:“如推天惠,但赐旧妓惠哥足矣。”王召之来,问其年,曰:“妾十八入府,今十四年矣。”王以其齿加长,命遍呼群妓,任尚自择;尚一无所好。王笑曰:“痴哉书生!十年前定婚嫁耶?”尚以实对。乃盛备舆马,仍以所辞彩缎为惠哥作妆,送之出。惠所生子,名之秀生——秀者袖也——是时年十一矣。日念仙人之恩,清明则上其墓。

有久客川中者,逢道人于途,出书一卷曰:“此府中物,来时仓猝,未暇璧返,烦寄去。”客归,闻道人已死,不敢达王;尚代奏之。王展视,果道士所借。疑之,发其冢,空棺耳。后尚子少殇,赖秀生承继,益服巩之先知云。

---

① 三叉(chá)腰——腰围三叉。

② 手谈——下围棋。

异史氏曰："袖里乾坤，古人之寓言耳，岂真有之耶？抑何其奇也！中有天地、有日月，可以娶妻生子，而又无催科之苦，人事之烦，则袖中虮虱，何殊桃源鸡犬哉！设容人常住，老于是乡可耳。"

二 商

莒人商姓者，兄富而弟贫，邻垣而居。康熙间，岁大凶，弟朝夕不自给。一日，日向午，尚未举火，枵腹蹀躞，无以为计。妻令往告兄。商曰："无益。倘兄怜我贫也，当早有以处此矣。"妻固强之，商便使其子往。少顷，空手而返。商曰："何如哉！"妻详问阿伯云何，子曰："伯踌躇目视伯母；伯母告我曰：'兄弟析居，有饭各食，谁复能相顾也。'"夫妻无言，暂以残盎败榻①，少易糠秕而生。

里中三四恶少，窥大商饶足，夜逾垣入。夫妻警寤，鸣盥器而号。邻人共嫉之，无援者。不得已，疾呼二商。商闻嫂呜，欲趋救。妻止之，大声对嫂曰："兄弟析居，有祸各受，谁复能相顾也！"俄，盗破扉，执大商及妇，炮烙之，呼声綦惨。二商曰："彼固无情，焉有坐视兄死而不救者！"率子越垣，大声疾呼。二商父子故武勇，人所畏惧，又恐惊致他援，盗乃去。视兄嫂，两股焦灼。扶榻上，招集婢仆，乃归。大商虽被创，而金帛无所亡失，谓妻曰："今所遗留，悉出弟赐，宜分给之。"妻曰："汝有好兄弟，不受此苦矣！"商乃不言。二商家绝食，谓兄必有一报；久之，寂不闻。妇不能待，使子捉囊往从贷，得斗粟而返。妇怒其少，欲反之；二商止之。逾两月，贫馁愈不可支。二商曰："今无术可以谋生，不如鬻宅于兄。兄恐我他去，或不受券②而恤焉，未可知；纵或不然，得十余金，亦可存活。"妻以为然，遣子操券诣大商。大商告之妇，且曰："弟即不仁，我手足也。彼去则我孤立，不如反其券而周之。"妻曰："不然。彼言去，挟我也；果尔，则适堕其谋。世间无兄弟者，便都死却耶？我高葺墙垣，亦足自固。不如受其券，从所适，亦可以广吾宅。"计定，令二商押署券尾，付直而去。二商

---

① 残盎败榻——破瓦罐、破床，喻家具破烂。

② 不受券——不接受契约，指不愿卖宅。

于是徙居邻村。

乡中不逞之徒,闻二商去,又攻之。复执大商,搒楚并兼,梏毒惨至,所有金资,悉以赎命。盗临去,开廪呼村中贫者,恣所取,顷刻都尽。次日,二商始闻,及奔视,则兄已昏愦不能语;开目见弟,但以手抓床席而已。少顷遂死。二商忿诉邑宰。盗首逃窜,莫可缉获。盗粟者十余人,皆里中贫民,州守亦莫如何。大商遗幼子,才五岁,家既贫,往往自投叔所,数日不归;送之归,则啼不止。二商妇颇不加青眼。二商曰:“渠父不义,其子何罪?”因市蒸饼数枚,自送之。过数日,又避妻子,阴负斗粟于嫂,使养儿。如此以为常。又数年,大商卖其田宅,母得直足自给,二商乃不复至。

后岁大饥,道殣①相望,二商食指益烦,不能他顾。侄年十五,荏弱不能操业,使携篮从兄货胡饼②。一夜,梦兄至,颜色惨戚曰:“余惑于妇言,遂失手足之义。弟不念前嫌,增我汗羞。所卖故宅,今尚空闲,宜僦居之。屋后蓬颗下,藏有窖金,发之,可以小阜。使丑儿相从;长舌妇余甚恨之,勿顾也。”既醒,异之。以重直啗第主,始得就,果发得五百金。从此弃贱业,使兄弟设肆廛间,侄颇慧,记算无讹;又诚悫③,凡出入一锱铢,必告。二商益爱之。一日,泣为母请粟。商妻欲勿与;二商念其孝,按月廪给之。数年家益富。大商妇病死,二商亦老,乃析侄,家资割半与之。

异史氏曰:“闻大商一介不轻取与,亦狷洁自好者也。然妇言是听,愦愦不置一词,恝④情骨肉,卒以吝死。呜呼!亦何怪哉!二商以贫始,以素封终。为人何所长?但不甚遵阃教耳。呜呼!一行不同,而人品遂异。”

沂水秀才

沂水某秀才,课业山中。夜有二美人入,含笑不言,各以长袖拂榻,相

---

① 殣(jìn)——饿死。
② 胡饼——芝麻烧饼。
③ 诚悫(què)——忠厚。
④ 恝(jiá)——冷漠。

将坐,衣耎①无声。少间,一美人起,以白绫巾展几上,上有草书三四行,亦未尝审其何词。一美人置白金一铤,可三四两许;秀才掇内袖中。美人取巾,握手笑出,曰:"俗不可耐!"秀才扪金,则乌有矣。丽人在坐,投以芳泽,置不顾;而金是取,是乞儿相也,尚可耐哉!狐子可儿②,雅态可想。

友人言此,并思不可耐事,附志之:对酸俗客。市井人作文语。富贵态状。秀才装名士。旁观谄态。信口谎言不倦。揖坐苦让上下。歪诗文强人观听。财奴哭穷。醉人歪缠。作满洲调③。体气苦逼人语④。市井恶谑⑤。任憨儿登筵抓肴果。假人馀威装模样。歪科甲⑥谈诗文。语次⑦频称贵戚。

梅 女

封云亭,太行人。偶至郡,昼卧寓屋。时年少丧偶,岑寂之下,颇有所思。凝视间,见墙上有女子影,依稀如画。念必意想所致。而久之不动,亦不灭。异之。起视转真;再近之,俨然少女,容蹙舌伸,索环秀领。惊顾未已,冉冉欲下。知为缢鬼,然以白昼壮胆,不大畏怯。语曰:"娘子如有奇冤,小生可以极力。"影居然下,曰:"萍水之人,何敢遽以重务浼君子。但泉下槁骸,舌不得缩,索不得除,求断屋梁而焚之,恩同山岳矣。"诺之,遂灭。呼主人来,问所见状。主人言:"此十年前梅氏故宅,夜有小偷入室,为梅所执,送诣典史⑧。典史受盗钱五百,诬其女与通,将拘审验。女闻自经。后梅夫妻相继卒,宅归于余。客往往见怪异,而无术可以靖

---

① 耎——同"软"。
② 可儿——可意人儿。
③ 满洲调——满洲腔调说官话。
④ 体气苦逼人语——喻身有狐臭,但却紧挨人说话。
⑤ 恶谑——开有损人格的玩笑。
⑥ 歪科甲——无才却中第的坏文人。
⑦ 语次——谈话之间。
⑧ 典史——清代职掌缉捕、狱囚事的官。

之。"封以鬼言告主人。计毁舍易楹,费不赀[1],故难之;封乃协力助作。

既就而复居之。梅女夜至,展谢已,喜气充溢,姿态嫣然。封爱悦之,欲与为欢。瞒然而惭曰:"阴惨之气,非但不为君利;若此之为,则生前之垢,西江不可濯[2]矣。会合有时,今日尚未。"问:"何时?"但笑不言。封问:"饮乎?"答曰:"不饮。"封曰:"对佳人闷眼相看,亦复何味?"女曰:"妾生平戏技,惟谙打马[3]。但两人寥落,夜深又苦无局。今长夜莫遣,聊与君为交线之戏[4]。"封从之。促膝戟指,翻变良久,封迷乱不知所从;女辄口道而颐指之,愈出愈幻,不穷于术。封笑曰:"此闺房之绝技。"女曰:"此妾自悟,但有双线,即可成文[5],人自不之察耳。"更阑颇怠,强使就寝,曰:"我阴人不寐,请自休。妾少解按摩之术,愿尽技能,以侑清梦。"封从其请。女叠掌为之轻按,自顶及踵皆遍;手所经,骨若醉。既而握指细擂,如以团絮相触状,体畅舒不可言:擂至腰,口目皆慵;至股,则沉沉睡去矣。及醒,日已向巳,觉骨节轻和,殊于往日。心益爱慕,绕屋而呼之,并无响应。日夕,女始至。封曰:"卿居何所,使我呼欲遍?"曰:"鬼无所,要在地下。"问:"地下有隙可容身乎?"曰:"鬼不见地,犹鱼不见水也。"封握腕曰:"使卿而活,当破产购致之。"女笑曰:"无须破产。"戏至半夜,封苦逼之。女曰:"君勿缠我。有浙娼爱卿者,新寓北邻,颇极风致。明夕,招与俱来,聊以自代,若何?"封允之。次夕,果与一少妇同至,年近三十已来,眉目流转,隐含荡意。三人狎坐,打马为戏。局终,女起曰:"嘉会方殷,我且去。"封欲挽之,飘然已逝。两人登榻,于飞甚乐[6]。诘其家世,则含糊不以尽道,但曰:"郎如爱妾,当以指弹北壁,微呼曰'壶卢子',即至。三呼不应,可知不暇,勿更招也。"天晓,入北壁隙中而去。次日,女来。封问爱卿。女曰:"被高公子招去侑酒,以故不得来。"因而剪烛共话。女每欲有所言,吻已启而辄止;固诘之,终不肯言,唏嘘而已。封强与作戏,

---

① 赀——计量。
② 濯——洗涤。
③ 打马——古时闺中流行颇似棋类的博戏。
④ 交线之戏——俗称"翻线",小儿游戏。
⑤ 文——文采、纹理,此指翻线的花样。
⑥ 于飞甚乐——喻男女性爱情感相合。

四漏始去。自此二女频来，笑声彻宵旦，因而城社①悉闻。

典史某，亦浙之世族，嫡室以私仆被黜。继娶顾氏，深相爱好；期月夭殂，心甚悼之。闻封有灵鬼，欲以问冥世之缘，遂跨马造封，封初不肯承，某力求不已。封设筵与坐，诺为招鬼妓。日及曛，叩壁而呼，三声未已，爱卿即入。举头见客，色变欲走。封以身横阻之。某审视，大怒，投以巨碗，溘然而灭。封大惊，不解其故，方将致诘。俄暗室中一老妪出，大骂曰："贪鄙贼！坏我家钱树子！三十贯索要偿也！"以杖击某，中颅。某抱首而哀曰："此顾氏，我妻也。少年而殒，方切哀痛；不图为鬼不贞。于姥乎何与？"妪怒曰："汝本浙江一无赖贼，买得条乌角带，鼻骨倒竖矣！汝居官有何黑白？袖有三百钱，便而翁也！神怒人怨，死期已迫。汝父母代哀冥司，愿以爱媳入青楼，代汝偿贪债，不知耶？"言已，又击。某宛转哀鸣。方惊诧无从救解，旋见梅女自房中出，张目吐舌，颜色变异，近以长簪刺其耳。封惊极，以身幛客。女愤不已。封劝曰："某即有罪，倘死于寓所，则咎在小生。请少存投鼠之忌②。"女乃曳妪曰："暂假余息，为我顾封郎也。"某张皇鼠窜而去。至署，患脑痛，中夜遂毙。

次夜，女出笑曰："痛快！恶气出矣！"问："何仇怨？"女曰："曩已言之：受贿诬奸。啣恨已久，每欲浼君，一为昭雪。自愧无纤毫之德，故将言而辄止。适闻纷拏③，窃以伺听，不意其仇人也。"封讶曰："此即诬卿者耶？"曰："彼典史于此，十有八年；妾冤殁十六寒暑矣。"问："妪为谁？"曰："老娼也。"又问爱卿，曰："卧病耳。"因輾然曰："妾昔谓会合有期，今真不远矣。君尝愿破家相赎，犹记否？"封曰："今日犹此心也。"女曰："实告君：妾殁日，已投生延安展孝廉家。徒以大怨未伸，故迁延于是。请以新帛作鬼囊，俾妾得附君以往，就展氏求婚，计必允谐。"封虑势分悬殊，恐将不遂。女曰："但去无忧。"封从其言。女嘱曰："途中慎勿相唤；待合卺之夕，以囊挂新人首，急呼曰：'勿忘勿忘！'"封诺之。才启囊，女跳身已入。

携至延安，访之，果有展孝廉，生一女，貌极端好；但病痴，又常以舌出

① 城社——全城。

② 投鼠之忌——打鼠应避免砸烂器具。

③ 纷拏——纷乱。

唇外,类犬喘日。年十六岁,无问名者。父母忧念成痗[①]。封到门投刺,具通族阀。既退,托媒。展喜,赘封于家。女痴绝,不知为礼,便两婢扶曳归所。群婢既去,女解衿露乳,对封憨笑。封覆囊呼之。女停眸审顾,似有疑思。封笑曰:"卿不识小生耶?"举之囊而示之。女乃悟,急掩衿,喜共燕笑。诘旦,封入谒岳。展慰之曰:"痴女无知,既承青眷,君倘有意,家中慧婢不乏,仆不靳相赠。"封力辨其不痴。展疑之。无何,女至,举止皆佳,因大惊异。女但掩口微笑。展细诘之,女进退而惭于言;封为略述梗概。展大喜,爱悦逾于平时。使子大成与婿同学,供给丰备。年余,大成渐厌薄之,因而郎舅不相能;厮仆亦刻疵其短。展惑于浸润,礼稍懈。女觉之,谓封曰:"岳家不可久居;凡久居者,尽阘茸也。及今未大决裂,宜速归。"封然之,告展。展欲留女,女不可。父兄尽怒,不给舆马。女自出妆资贳马归。后展招令归宁,女固辞不往。后封举孝廉,始通庆好。

异史氏曰:"官卑者愈贪,其常情然乎?三百诬奸,夜气之牿亡尽[②]矣。夺嘉偶,入青楼,卒用暴死。吁!可畏哉!"

康熙甲子[③],贝丘[④]典史最贪诈,民咸怨之。忽其妻被狡者诱与偕亡。或代悬招状云:"某官因自己不慎,走失夫人一名。身无馀物,止有红绫七尺,包裹元宝一枚,翘边细纹,并无阙坏。"亦风流之小报。

郭秀才

东粤[⑤]士人郭某,暮自友人归,入山迷路,窜榛莽中。更许,闻山头笑语,急趋之。见十余人,藉地饮。望见郭,哄然曰:"坐中正欠一客,大佳,大佳!"郭既坐,见诸客半儒巾[⑥],便请指迷。一人笑曰:"君真酸腐!舍此

---

① 痗(mèi)——忧愁之病。

② 夜气之牿(gù)亡尽——喻丧尽天良。

③ 康熙甲子——即康熙二十三年(1648 年)。

④ 贝丘——古地名,今在山东博兴一带。

⑤ 东粤——即今广东省。

⑥ 半儒巾——多半是秀才。

明月不赏，何求道路？”即飞一觥来。郭饮之，芳香射鼻，一引遂尽。又一人持壶倾注。郭故善饮，又复奔驰吻燥，一举十觞。众人大赞曰：“豪哉！真吾友也！”

郭放达喜谑，能学禽语，无不酷肖。离坐起溲，窃作燕子鸣。众疑曰：“半夜何得此耶？”又效杜鹃，众益疑。郭坐，但笑不言。方纷议间，郭回首为鹦鹉鸣曰：“郭秀才醉矣，送他归也！”众惊听，寂不复闻。少顷，又作之。既而悟其为郭，始大笑，皆撮口从学，无一能者。一人曰：“可惜青娘子未至。”又一人曰：“中秋还集于此，郭先生不可不来。”郭敬诺。一人起曰：“客有绝技；我等亦献踏肩之戏，若何？”于是哗然并起。前一人挺身矗立；即有一人飞登肩上，亦矗立；累至四人，高不可登；继至者，攀肩踏臂，如缘梯状：十余人，顷刻都尽，望之可接霄汉。方惊顾间，挺然倒地，化为修道①一线。

郭骇立良久，遵道得归。翼日，腹大痛；溺绿色，似铜青，着物能染，亦无溺气，三日乃已。往验故处，则肴骨狼籍，四围丛莽，并无道路。至中秋，郭欲赴约，朋友谏止之。设斗胆再往一会青娘子，必更有异，惜乎其见之摇也！

死　僧

某道士，云游日暮，投止野寺②。见僧房扃闭，遂藉蒲团，趺坐廊下。夜既静，闻启阖声。旋见一僧来，浑身血污，目中若不见道士，道士亦若不见之。僧直入殿，登佛座，抱佛头而笑，久之乃去。及明，视室，门扃如故。怪之，入村道所见。众如寺，发扃验之，则僧杀死在地，室中席箧掀腾，知为盗劫。疑鬼笑有因；共验佛首，见脑后有微痕，刓③之，内藏三十余金。遂用以葬之。

---

① 修道——长路。

② 野寺——荒寺。

③ 刓(wán)——剜。

异史氏曰："谚有之：'财连于命。'不虚哉！夫人俭啬封殖①，以予所不知谁何之人，亦已痴矣；况僧并不知谁何之人而无之哉！生不肯享，死犹顾而笑之，财奴之可叹如此。佛云：'一文将不去，惟有孽②随身。'其僧之谓夫！'

阿英

甘玉，字璧人，庐陵③人。父母早丧。遗弟珏，字双璧，始五岁，从兄鞠养。玉性友爱，抚养如子。后珏渐长，丰姿秀出，又惠能文。玉益爱之，每曰："吾弟表表④，不可以无良匹。"然简拔过刻⑤，姻卒不就。适读书匡山⑥僧寺，夜初就枕，闻窗外有女子声。窥之，见三四女郎席地坐，数婢陈设酒，皆殊色也。一女曰："秦娘子，阿英何不来？"下坐者曰："昨自函谷⑦来，被恶人伤右臂，不能同游，方用恨恨。"一女曰："前宵一梦大恶，今犹汗悸。"下坐者摇手曰："莫道，莫道！今宵姊妹欢会，言之吓人不快。"女笑曰："婢子何胆怯尔尔！便有虎狼衔去耶？若要勿言，须歌一曲，为娘行侑酒。"女低吟曰："闲阶桃花取次⑧开，昨日踏青小约未应乖。嘱付东邻女伴少待莫相催，着得凤头鞋子即当来。"吟罢，一座无不叹赏。谈笑间，忽一伟丈夫岸然自外入，鹘睛荧荧⑨，其貌狞丑。众啼曰："妖至矣！"仓卒哄然，殆如鸟散。惟歌者婀娜不前，被执哀啼，强与支撑。丈夫吼怒，龁手断指，就便嚼食。女郎踣地若死。玉怜恻不可复忍，乃急抽剑拔关出，挥之，中股；股落，负痛逃去。扶女入室，面如尘土，血淋衿袖；验

① 俭啬封殖——节俭啬吝，聚敛财富。
② 有孽——有恶报。
③ 庐陵——郡名，治今江西吉安市。
④ 表表——卓异，非凡。
⑤ 过刻——过于苛刻。
⑥ 匡山——即今江西庐山。
⑦ 函谷——函谷关。
⑧ 取次——任意，随便。
⑨ 鹘睛荧荧——鹰样的眼睛闪闪发光。

其手,则右拇断矣。裂帛代裹之。女始呻曰:"拯命之德,将何以报?"玉自初窥时,心已隐为弟谋,因告以意。女曰:"狼疾之人①,不能操箕帚矣。当别为贤仲②图之。"诘其姓氏,答言:"秦氏。"玉乃展衾,俾暂休养;自乃襆被他所。晓而视之,则床已空,意其自归。而访察近村,殊少此姓;广托戚朋,并无确耗。归与弟言,悔恨若失。

珏一日偶游涂③野,遇一二八女郎,姿致娟娟,顾之微笑,似将有言。因以秋波四顾而后问曰:"君甘家二郎否?"曰:"然。"曰:"君家尊曾与妾有婚姻之约,何今日欲背前盟,另订秦家?"珏云:"小生幼孤,夙好都不曾闻,请言族阀,归当问兄。"女曰:"无须细道,但得一言,妾当自至。"珏以未禀兄命为辞。女笑曰:"骏④郎君!遂如此怕哥子耶?妾陆氏,居东山望村。三日,当候玉音。"乃别而去。珏归,述诸兄嫂。兄曰:"此大谬语!父殁时,我二十余岁,倘有是说,那得不闻?"又以其独行旷野,遂与男儿交语,愈益鄙之。因问其貌。珏红彻面颈,不出一言。嫂笑曰:"想是佳人。"玉曰:"童子何辨妍媸?纵美,必不及秦;待秦氏不谐,图之未晚。"珏默而退。逾数日,玉在途,见一女子零涕前行。垂鞭按辔而微睨之,人世殆无其匹。使仆诘焉,答曰:"我旧许甘家二郎;因家贫远徙,遂绝耗问。近方归,复闻郎家二三其德,背弃前盟。往问伯伯甘璧人,焉置妾也?"玉惊喜曰:"甘璧人,即我是也。先人曩约,实所不知。去家不远,请即归谋。"乃下骑授辔,步御⑤以归。女自言:"小字阿英,家无昆季⑥,惟外姊秦氏同居。"始悟丽者即其人也。玉欲告诸其家,女固止之。窃喜弟得佳妇,然恐其佻达招议。久之,女殊矜庄,又娇婉善言。母事嫂,嫂亦雅爱慕之。

值中秋,夫妻方狎宴,嫂招之。珏意怅惘。女遣招者先行,约以继至;而端坐笑言良久,殊无去志。珏恐嫂待久,故连促之。女但笑,卒不复去。

---

① 狼疾之人——喻指身体残疾之人。

② 贤仲——令弟。

③ 涂——同"途"。

④ 骏(ái)——痴呆。

⑤ 御——牵马。

⑥ 昆季——弟兄。

质旦，晨妆甫竟，嫂自来抚问："夜来相对，何尔怏怏[①]？"女微哂之。珏觉有异，质对参差。嫂大骇："苟非妖物，何得有分身术？"玉亦惧，隔帘而告之曰："家世积德，曾无怨仇。如其妖也，请速行，幸勿杀吾弟！"女靦然曰："妾本非人，只以阿翁夙盟，故秦家姊以此劝驾。自分不能育男女，尝欲辞去，所以恋恋者，为兄嫂待我不薄耳。今既见疑，请从此诀。"转眼化为鹦鹉，翩然逝矣。初，甘翁在时，蓄一鹦鹉甚慧，尝自投饵[②]。时珏四五岁，问："饲鸟何为？"父戏曰："将以为汝妇。"间鹦鹉乏食，则呼珏云："不将饵去，饿煞媳妇矣！"家人亦皆以此为戏。后断锁亡去。始悟旧约云即此也。然珏明知非人，而思之不置；嫂悬情犹切，旦夕啜泣。玉悔之而无如何。

后二年为弟聘姜氏女，意终不自得。有表兄为粤司李，玉往省之，久不归。适土寇为乱，近村里落，半为丘墟。珏大惧，率家人避山谷。山上男女颇杂，都不知其谁何。忽闻女子小语，绝类英。嫂促珏近验之，果英。珏喜极，捉臂不释。女乃谓同行者曰："姊且去，我望嫂嫂来。"既至，嫂望见悲哽。女慰劝再三，又谓："此非乐土。"因劝令归。众惧寇至，女固言："不妨。"乃相将俱归。女撮土拦户，嘱安居勿出，坐数语，反身欲去。嫂急握其腕，又令两婢捉左右足，女不得已，止焉。然不甚归私室；珏订之三四，始为之一往。嫂每谓新妇不能当叔意。女遂早起为姜理妆，梳竟，细匀铅黄，人视之，艳增数倍；如此三日，居然丽人。嫂奇之，因言："我又无子。欲购一妾，姑未遑暇。不知婢辈可涂泽否？"女曰："无人不可转移，但质美者易为力耳。"遂遍相诸婢，惟一黑丑者，有宜男相[③]。乃唤与洗濯，已而以浓粉杂药末涂之，如是三日，面色渐黄；四七日，脂泽沁入肌理，居然可观。日惟闭门作笑，并不计及兵火。一夜，噪声四起，举家不知所谋。俄闻门外人马鸣动，纷纷俱去。既明，始知村中焚掠殆尽；盗纵群队穷搜，凡伏匿岸穴者，悉被杀掳。遂益德女，目之以神。女忽谓嫂曰："妾此来，徒以嫂义难忘，聊分离乱之忧。阿伯行至，妾在此，如谚所云，非李

---

① 怏怏——郁闷不乐。

② 投饵——喂食。

③ 宜男相——有生育男孩的相貌。

非桃①,可笑人也。我姑去,当乘间一相望耳。”嫂问:“行人无恙乎?”曰:“近中有大难。此无与他人事,秦家姊受恩奢,意必报之,固当无妨。”嫂挽之过宿,未明已去。

玉自东粤归,闻乱,兼程进。途遇寇,主仆弃马,各以金束腰间,潜身丛棘中。一秦吉了②飞集棘上,展翼覆之。视其足,缺一指,心异之。俄而群盗四合,绕莽殆遍,似寻之。二人气不敢息。盗既散,鸟始翔去。既归,各道所见,始知秦吉了即所救丽者也。

后值玉他出不归,英必暮至;计玉将归而早出。珏或会于嫂所,间邀之,则诺而不赴。一夕,玉他往,珏意英必至,潜伏候之。未几,英果来,暴起,要遮③而归于室。女曰:“妾与君情缘已尽,强合之,恐为造物所忌。少留有余,时作一面之会,如何?”珏不听,卒与狎。天明,诣嫂,嫂怪之。女笑云:“中途为强寇所劫,劳嫂悬望矣。”数语趋出。居无何,有巨狸衔鹦鹉经寝门过。嫂骇绝,固疑是英。时方沐,辍洗急号,群起噪击,始得之。左翼沾血,奄存余息。把置膝头,抚摩良久,始渐醒。自以喙理其翼。少选,飞绕中室,呼曰:“嫂嫂,别矣!吾怨珏也!”振翼遂去,不复来。

橘 树

陕西④刘公,为兴化⑤令。有道士来献盆树,视之,则小橘,细裁如指,摈弗受。刘有幼女,时六七岁,适值初度。道士云:“此不足供大人清玩,聊祝女公子福寿耳。”乃受之。女一见,不胜爱悦。置诸闺闼,朝夕护之惟恐伤。刘任满,橘盈把矣。是年初结实。简装将行,以橘重赘,谋弃之。女抱树娇啼。家人绐之曰:“暂去,且将复来。”女信之,涕始止。又恐为大力者负之而去,立视家人移栽墀下,乃行。

---

① 非李非桃——不伦不类。
② 秦吉了——鸟名,类鹦鹉。
③ 要遮——拦截。
④ 陕西——略与今同。
⑤ 兴化——县名,治今福建莆田县。

女归，受庄氏聘。庄丙戌①登进士，释褐②为兴化令。夫人大喜。窃意十余年，橘不复存，及至，则橘已十围，实累累以千计。问之故役，皆云："刘公去后，橘甚茂而不实，此其初结也。"更奇之。庄任三年，繁实不懈；第四年，憔悴无少华。夫人曰："君任此不久矣。"至秋，果解任。

异史氏曰："橘其有夙缘于女与？何遇之巧也。其实也似感恩，其不华也似伤离。物犹如此，而况于人乎？"

赤　字

顺治乙未③冬夜，天上赤字如火。其文云："自苕代靖否复议朝冶驰。"

牛成章

牛成章，江西之布商也。娶郑氏，生子、女各一。牛三十三岁病死。子名忠，时方十二；女八九岁而已。母不能贞，货产入囊，改醮而去。遗两孤，难以存济。有牛从嫂④，年已六袠⑤，贫寡无归，遂与居处。

数年，妪死，家益替⑥。而忠渐长，思继父业而苦无资。妹适毛姓，毛富贾也。女哀婿假数十金付兄。兄从人适金陵，途中遇寇，资斧尽丧，飘荡不能归。偶趋典肆，见主肆者绝类其父；出而潜察之，姓字皆符。骇异不谕其故。惟日流连其傍，以窥意旨，而其人亦略不顾问。如此三日，觇其言笑举止，真父无讹。即又不敢拜识；乃自陈于群小，求以同乡之故，进

① 丙戌——即康熙四十五年（1706 年）。
② 释褐——脱去平民衣服，换上官服。
③ 顺治乙未——即清顺治十二年（1655 年）。
④ 从嫂——叔伯嫂。
⑤ 六袠（zhì）——六十岁，十岁为一袠。
⑥ 替——衰落。

身为佣。立券①已,主人视其里居、姓氏,似有所动,问所从来。忠泣诉父名。主人怅然若失。久之,问:“而母无恙乎?”忠又不敢谓父死,婉应曰:“我父六年前经商不返,母醮而去。幸有伯母抚育,不然,葬沟渎久矣。”主人惨然曰:“我即是汝父也。”于是握手悲哀。又导入参其后母。后母姬,年三十余,无出,得忠喜,设宴寝门。牛终欷歔不乐,即欲一归故里。妻虑肆中乏人,故止之。牛乃率子纪理肆务;居之三月,乃以诸籍②委子,取装西归。

既别,忠实以父死告母。姬乃大惊,言:“彼负贩于此,曩所与交好者,留作当商;娶我已六年矣。何言死耶?”忠又细述之。相与疑念,不谕其由。逾一昼夜,而牛已返,携一妇人,头如蓬葆。忠视之,则其所生母也。牛摘耳顿骂:“何弃吾儿!”妇慑伏不敢少动。牛以口龁其项。妇呼忠曰:“儿救吾!儿救吾!”忠大不忍,横身蔽鬲③其间。牛犹忿怒,妇已不见。众大惊,相哗以鬼。旋视牛,颜色惨变,委衣于地,化为黑气,亦寻灭矣。母子骇叹,举衣冠而瘗之。忠席④父业,富有万金。后归家问之,则嫁母于是日死,一家皆见牛成章云。

青　娥

霍桓,字匡九,晋人也。父官县尉⑤,早卒。遗生最幼,聪惠绝人。十一岁,以神童入泮。而母过于爱惜,禁不令出庭户,年十三尚不能辨叔伯甥舅焉。同里有武评事⑥者,好道,入山不返。有女青娥,年十四,美异常伦。幼时窃读父书,慕何仙姑⑦之为人。父既隐,立志不嫁。母无奈之。一日,生于门外瞥见之。童子虽无知,只觉爱之极,而不能言;直告母,使

① 立券——订立契约文书。
② 诸籍——各种账本。
③ 蔽鬲——遮挡。
④ 席——承受。
⑤ 县尉——官名,职掌刑狱缉捕。
⑥ 评事——官名,职掌评审刑狱。
⑦ 何仙姑——道教八仙之一。

委禽焉。母知其不可，故难之。生郁郁不自得。母恐拂儿意，遂托往来者致意武，果不谐。生行思坐筹，无以为计。

会有一道士在门，手握小镵①，长裁尺许。生借阅一过，问："将何用？"答云："此劚②药之具；物虽微，坚石可入。"生未深信。道士即以斫墙上石，应手落如腐。生大异之，把玩不释于手。道士笑曰："公子爱之，即以奉赠。"生大喜，酬之以钱，不受而去。持归，历试砖石，略无隔阂，顿念穴墙则美人可见，而不知其非法也。更定，逾垣而出，直至武第；凡穴两重垣，始达中庭。见小厢中，尚有灯火，伏窥之，则青娥卸晚装矣。少顷，烛灭，寂无声。穿墉③入，女已熟眠。轻解双履，悄然登榻；又恐女郎惊觉，必遭呵逐，遂潜伏绣被之侧，略闻香息，心愿窃慰。而半夜经营，疲殆颇甚，少一合眸，不觉睡去。女醒，闻鼻气休休；开目，见穴隙亮入。大骇，暗摇婢醒，拔关轻出，敲窗唤家人妇，共爇火操杖以往。则见一总角④书生，酣眠绣榻；细审，识为霍生。抗⑤之始觉，遽起，目灼灼如流星，似亦不大畏惧，但靦然不作一语。众指为贼，恐呵之。始出涕曰："我非贼，实以爱娘子故，愿以近芳泽耳。"众又疑穴数重垣，非童子所能者。生出镵以言异。共试之，骇绝，讶为神授。将共告诸夫人。女俯首沉思，意似不以为可。众窥知女意，因曰："此子声名门第，殊不辱玷。不如纵之使去，俾复求媒焉。诘旦，假盗以告夫人，如何也？"女不答。众乃促生行。生索镵。共笑曰："骙儿童！犹不忘凶器耶？"生觑枕边，有凤钗一股，阴纳袖中。已为婢子所窥，急白之。女不言亦不怒。一媪拍颈曰："莫道他骙，若小⑥意念乖绝⑦也。"乃曳之，仍自窦中出。既归，不敢实告母，但嘱母复媒致之。母不忍显拒，惟遍托媒氏，急为别觅良姻。青娥知之，中情皇急，阴使腹心者风示媪。媪悦，托媒往。会小婢漏泄前事，武夫人辱之，不胜恚愤。媒至，益触其怒，以杖画地，骂生并及其母。媒惧窜归，具述其状。生母亦

---

① 镵——铁铲。

② 劚(zhú)——掘，锄。

③ 墉(yōng)——墙壁。

④ 总角——未成年。

⑤ 抗(ruì)——揣动。

⑥ 若小——这小孩。

⑦ 乖绝——极为机灵。

怒曰："不肖儿所为，我都梦梦①。何遂以无礼相加！当交股时，何不将荡儿淫女一并杀却？"由是见其亲属，辄便披诉。女闻，愧欲死。武夫人大悔，而不能禁之使勿言也。女阴使人婉致生母，且矢之以不他②，其词悲切。母感之，乃不复言；而论亲之谋，亦遂辍矣。会秦中③欧公宰是邑，见生文，深器之，时召入内署，极意优宠。一日，问生："婚乎？"答言："未。"细诘之，对曰："夙与故武评事女小有盟约；后以微嫌，遂致中寝。"问："犹愿之否？"生靦然不言。"公笑曰："我当为子成之。"即委县尉教谕，纳币于武。夫人喜，婚乃定。逾岁，娶归。女入门，乃以馋掷地曰："此寇盗物，可将去！"生笑曰："勿忘媒妁。"珍佩之，恒不去身。

女为人温良寡默，一日三朝其母；余惟闭门寂坐，不甚留心家务。母或以吊庆他往，则事事经纪，罔不井井。年余，生一子孟仙。一切委之乳保④，似亦不甚顾惜。又四五年，忽谓生曰："欢爱之缘，于兹八载。今离长会短，可将奈何！"生惊问之，即已默默，盛妆拜母，返身入室。追而诘之，则仰眠榻上而气绝矣。母子痛悼，购良材而葬之。母已衰迈，每每抱子思母，如摧肺肝，由是遘⑤病，遂惫不起。逆害饮食，但思鱼羹，而近地则无，百里外始可购致。时厮骑皆被差遣；生性纯孝，急不可待，怀资独往，昼夜无停趾。返至山中，日已沉冥，两足跛踦，步不能咫。后一叟至，问曰："足得毋泡乎？"生唯唯。叟便曳坐路隅，敲石取火，以纸裹药末，熏生两足讫。试使行，不惟痛止，兼益矫健。感极申谢。叟问："何事汲汲⑥？"答以母病，因历道所由。叟问："何不另娶？"答云："未得佳者。"叟遥指山村曰："此处有一佳人，倘能从我去，仆当为君作伐。"生辞以母病待鱼，姑不遑暇。叟乃拱手，约以异日入村，但问老王，乃别而去。生归，烹鱼献母。母略进，数日寻瘳。乃命仆马往寻叟。

至旧处，迷村所在。周章⑦逾时，夕暾渐坠；山谷甚杂，又不可以极

---

① 梦梦——昏昧不明。
② 矢之以不他——矢志不嫁他人。
③ 秦中——陕西中部。
④ 乳保——乳娘、保姆。
⑤ 遘——患。
⑥ 汲汲——心情急切。
⑦ 周章——彷徨。

望。乃与仆上山头，以瞻里落；而山径崎岖，苦不可复骑，跋履而上，昧色笼烟矣。踝躞四望，更无村落。方将下山，而归路已迷。心中燥火如烧。荒窜间，冥堕绝壁。幸数尺下有一线荒台，坠卧其上，阔仅容身，下视黑不见底。惧极，不敢少动。又幸崖边皆生小树，约体如栏。移时，见足傍有小洞口；心窃喜，以背着石，螬①行而入。意稍稳，冀天明可以呼救。少顷，深处有光如星点。渐近之，约三四里许，忽睹廊舍，并无缸烛，而光明若昼。一丽人自房中出，视之，则青娥也。见生，惊曰："郎何能来。"生不暇陈，抱祛呜恻。女劝止之。问母及儿，生悉述苦况，女亦惨然。生曰："卿死年余，此得无冥间耶？"女曰："非也，此乃仙府。曩时非死，所瘗，一竹杖耳。郎今来，仙缘有分也。"因导令朝父，则一修髯丈夫，坐堂上；生趋拜。女白，"霍郎来。"翁惊起，握手略道平素。曰："婿来大好，分当留此。"生辞以母望，不能久留。翁曰："我亦知之。但迟三数日，即亦何伤。"乃饵以肴酒，即令婢设榻于西堂，施锦裀焉。生既退，约女同榻寝。女却之曰："此何处，可容狎亵？"生捉臂不舍。窗外婢子笑声嗤然，女益惭。方争拒间，翁入，叱曰："俗骨污吾洞府！宜即去！"生素负气，愧不能忍，作色曰："儿女之情，人所不免，长者何当伺我？无难即去，但令女须便将去。"翁无辞，招女随之，启后户送之；赚生离门，父子阖扉去。回首峭壁巉岩，无少隙缝，只影茕茕，罔所归适。视天上斜月高揭，星斗已稀。怅怅良久，悲已而恨，面壁叫号，迄无应者。愤极，腰中出馋，凿石攻进，瞬息洞入三四尺许。隐隐闻人语曰："孽障哉！"生奋力凿益急。忽洞底豁开二扉，推娥出曰："可去，可去！"壁即复合。女怨曰："既爱我为妇，岂有待丈人如此者？是何处老道士，授汝凶器，将人缠混欲死？"生得女，意愿已慰，不复置辨；但忧路险难归。女折两枝，各跨其一，即化为马，行且驶，俄顷至家。时失生已七日矣。

初，生之与仆相失也，觅之不得，归而告母。母遣人穷搜山谷，并无踪绪。正忧惶无所，闻子自归，欢喜承迎。举首见妇，几骇绝。生略述之，母益忻慰。女以形迹诡异，虑骇物听，求即播迁。母从之。异郡有别业，刻期徙往，人莫之知。偕居十八年，生一女，适同邑李氏。后母寿终。女谓

---

① 螬——蛴螬，爬行类软体动物。

生曰:“吾家茅田中,有雉菢八卵①,其地可葬。汝父子扶榇归窆。儿已成立,宜即留守庐墓,无庸复来。”生从其言,葬后自返。月途,孟仙往省之,而父母俱杳。问之老奴,则云:“赴葬未还。”心知其异,浩叹而已。孟仙文名甚噪,而困于场屋,四旬不售。后以拔贡入北闱,遇同号生,年可十七八,神采俊逸,爱之。视其卷,注顺天②廪生霍仲仙。瞪目大骇,因自道姓名。仲仙亦异之,便问乡贯,孟悉告之。仲仙喜曰:“弟赴都时,父嘱文场中如逢山右霍姓者,吾族也,宜与款接,今果然矣。顾何以名字相同如此?”孟仙因诘高、曾并严、慈姓讳③,已而惊曰:“是我父母也!”仲仙疑年齿之不类。孟仙曰:“我父母皆仙人,何可以貌信其年岁乎?”因述往迹,仲仙始信。场后不暇休息,命驾同归。才到门,家人迎告,是夜失太翁及夫人所在。两人大惊。仲仙入而询诸妇,妇言:“昨夕尚共杯酒,母谓:‘汝夫妇少不更事。明日大哥来,吾无虑矣。’早旦入室,则阒无人矣。”兄弟闻之,顿足悲哀。仲仙犹欲追觅;孟仙以为无益,乃止。是科仲领乡荐。以晋中祖墓所在,从兄而归。犹冀父母尚在人间,随在探访,而终无踪迹矣。

异史氏曰:“钻穴眠榻,其意则痴;凿壁骂翁,其行则狂;仙人之撮合之者,惟欲以长生报其孝耳。然既混迹人间,狎生子女,则居而终焉,亦何不可?乃三十年而屡弃其子,抑独何哉?异已!”

镜　听

益都郑氏兄弟,皆文学士。大郑早知名,父母尝过爱之,又因子并及其妇;二郑落拓,不甚为父母所欢,遂恶次妇,至不齿礼:冷暖相形,颇存芥蒂。次妇每谓二郑:“等男子耳,何遂不能为妻子争气?”遂摈,弗与同宿。于是二郑感愤,勤心锐思,亦遂知名。父母稍稍优顾之,然终杀④于兄。

---

① 雉菢(bào)八卵——野鸡抱八个蛋孵化。

② 顺天——今北京市。

③ 高、曾并严、慈姓讳——高祖、曾祖和父亲、母亲的姓名。

④ 杀——不如。

次妇望夫綦切，是岁大比①，窃于除夜以镜听卜②。有二人初起，相推为戏，云："汝也凉凉去！"妇归，凶吉不可解，亦置之。闱后，兄弟皆归。时暑气犹盛，两妇在厨下炊饭饷耕，其热正苦。忽有报骑登门，报大郑捷。母入厨唤大妇曰："大男中式矣！汝可凉凉去。"次妇忿恻，泣且炊。俄又有报二郑捷者。次妇力掷饼杖而起，曰："侬③也凉凉去！"此时中情所激，不觉出之于口；既而思之，始知镜听之验也。

异史氏曰："贫穷则父母不子，有以也哉！庭帏④之中，固非愤激之地；然二郑妇激发男儿，亦与怨望无赖者殊不同科。投杖而起，真千古之快事也！"

牛 癀⑤

陈华封，蒙山⑥人。以盛暑烦热，枕藉野树下。忽一人奔波而来，首着围领，疾趋树阴，掬石而座，挥扇不停，汗下如流渖。陈起坐，笑曰："若除围领，不扇可凉。"客曰："脱之易，再着难也。"就与倾谈，颇极蕴藉。既而曰："此时无他想，但得冰浸良酝，一道冷芳⑦，度下十二重楼⑧，暑气可消一半。"陈笑曰："此愿易遂，仆当为君偿之。"因握手曰："寒舍伊迩，请即迂步。"客笑而从之。

至家，出藏酒于石洞，其凉震齿。客大悦，一举十觥。日已就暮，天忽雨；于是张灯于室，客乃解除领巾，相与磅礴⑨。语次，见客脑后，时漏灯光，疑之。无何，客酩酊，眠榻上。陈移灯窃窥之，见耳后有巨穴，盏大；数

---

① 大比——明清时的乡试。

② 以镜听卜——镜卜，古人于除夕或岁首以镜占卜吉凶。

③ 侬——我。

④ 庭帏——家庭内室。

⑤ 牛癀(huáng)——牛瘟。

⑥ 蒙山——山名，在今山东境内。

⑦ 冷芳——冷香、清香。

⑧ 十二重(chóng)楼——指人咽喉管的十二节。

⑨ 磅礴——不拘形迹。

道膜间鬲如棂；棂外耎革垂蔽，中似空空。骇极，潜抽髻簪，拨膜觇之，有一物状类小牛，随手飞出，破窗而出。益骇，不敢复拨。方欲转步，而客已醒。惊曰："子窥见吾隐矣！放牛瘽出，将为奈何?"陈拜诘其故，客曰："今已若此，尚复何讳。实相告：我六畜瘟神耳。适所纵者牛瘽，恐百里内牛无种矣。"陈故以养牛为业，闻之大恐，拜求术解。客曰："余且不免于罪，其何术之能解？惟苦参散①最效，其广传此方，勿存私念可也。"言已，谢别出门。又掬土堆壁龛中，曰："每用一合②亦效。"拱不复见。

居无何，牛果病，瘟疫大作。陈欲专利，秘其方，不肯传；惟传其弟。弟试之神验。而陈自剉③啖牛，殊罔所效。有牛二百蹄躈，倒毙殆尽；遗老牝牛四五头，亦逡巡就死。中心懊恼，无所用力。忽忆龛中掬土，念未必效，姑妄投之。经夜，牛乃尽起。始悟药之不灵，乃神罚其私也。后数年，牝牛繁育，渐复其故。

金 姑 夫

会稽④有梅姑祠。神故马姓，族居东莞⑤，未嫁而夫早死，遂矢志不醮，三旬而卒。族人祠之，谓之梅姑。丙申⑥，上虞⑦金生，赴试经此，入庙徘徊，颇涉冥想。至夜，梦青衣来，传梅姑命招之。从去。入祠，梅姑立候檐下，笑曰："蒙君宠顾，实切依恋。不嫌陋拙，愿以身为姬侍。"金唯唯。梅姑送之曰："君且去。设座成，当相迓耳。"醒而恶之。是夜，居人梦梅姑曰："上虞金生，今为吾婿，宜塑其像。"诘村人语梦悉同。族长恐玷其贞，以故不从。未几，一家俱病。大惧，为肖像于左。既成，金生告妻子曰："梅姑迎我矣。"衣冠而死。妻痛恨，诣祠指女像秽骂；又升座批颊

① 苦参散——以苦参制作的方药。
② 一合(gě)——容量单位，十合为一升。
③ 剉——切，割。
④ 会稽——地名，今浙江绍兴市。
⑤ 东莞——古地名，不详。
⑥ 丙申——即清顺治十三年(1656 年)。
⑦ 上虞——县名，古属绍兴府。

数四，乃去。今马氏呼为金姑夫。

异史氏曰：“未嫁而守，不可谓不贞矣。为鬼数百年，而始易其操，抑何其无耻也？大抵贞魂烈魄，未必即依于土偶；其庙貌有灵，惊世而骇俗者，皆鬼狐凭之耳。”

梓潼令

常进士大忠，太原人。候选①在都。前一夜，梦文昌②投刺。拔签，得梓潼令。奇之，后丁艰③归，服阕候补，又梦如前。默思岂复任梓潼令？已而果然。

鬼津

李某昼卧，见一妇人自墙中出，蓬首如筐，发垂蔽面；至床前，始以手自分，露面出，肥黑绝丑。某大惧，欲奔。妇猝然登床，力抱其首，便与接唇，以舌度津，冷如冰块，浸浸入喉。欲不咽而气不得息，咽之稠粘塞喉。才一呼吸，而口中又满，气急复咽之。如此良久，气闭不可复忍。闻门外有人行走，妇始释手去。由此腹胀喘满，数十日不食。或教以参芦汤④探吐之，吐出物如卵清，病乃瘥。

---

① 候选——等待选用。

② 文昌——此指梓潼帝君。

③ 丁艰——为父或母服孝三年。

④ 参芦汤——人参和芦根调合而成的中药方剂。

仙 人 岛

王勉,字黾斋,灵山①人。有才思,屡冠文场,心气颇高;善诮骂,多所凌折。偶遇一道士,视之曰:"子相极贵,然被'轻薄孽'折除几尽矣。以子智慧,若反身修道,尚可登仙籍。"王嗤曰:"福泽诚不可知,然世上岂有仙人!"道士曰:"子何见之卑?无他求,即我便是仙耳。"王乃益笑其诬。道士曰:"我何足异。能从我去,真仙数十,可立见之。"问:"在何处?"曰:"咫尺耳。"遂以杖夹股间,即以一头授生,令如己状。嘱合眼,呵曰:"起!"觉杖粗如五斗囊,凌空翕飞②,潜扪之,鳞甲齿齿焉。骇惧,不敢复动。移时,又呵曰:"止!"即抽杖去,落巨宅中,重楼延阁,类帝王居。有台高丈余;台上殿十一楹,弘丽无比。道士曳客上,即命童子设筵招宾。殿上列数十筵,铺张炫目。道士易盛服以伺。少顷,诸客自空中来,所骑或龙、或虎、或鸾凤,不一类。又各携乐器。有女子,有丈夫,有赤其两足。中独一丽者,跨彩凤;宫样妆束,有侍儿代抱乐具,长五尺以来,非琴非瑟,不知其名。酒既行,珍肴杂错,入口甘芳,并异常馐。王默然寂坐,惟目注丽者;然心爱其人,而又欲闻其乐,窃恐其终不一弹。酒阑,一叟倡言曰:"蒙崔真人雅召,今日可云盛会,自宜尽欢。请以器之同者,共队为曲。"于是各合配旅③。丝竹之声,响彻云汉。独有跨凤者,乐伎无偶。群声既歇,侍儿始启绣囊,横陈几上。女乃舒玉腕,如搊筝④状,其亮数倍于琴,烈足开胸,柔可荡魄。弹半炊许,合殿寂然,无有咳者。既阕,铿尔一声,如击清磬。共赞曰:"云和夫人⑤绝技哉!"大众皆起告别,鹤唳龙吟,一时并散。

道士设宝榻锦衾,备生寝处。王初睹丽人,心情已动;闻乐之后,涉想

---

① 灵山——在今山东胶南县境内。

② 翕(xī)飞——敛翼飞行状。

③ 配旅——配合有序。

④ 搊(chōu)筝——以手弹筝弦。

⑤ 云和夫人——作者虚拟的善奏仙女名。

尤劳。念已才调，自合芥拾青紫[1]，富贵后何求弗得。顷刻百绪，乱如蓬麻。道士似已知之，谓曰："子前身与我同学，后缘意念不坚，遂坠尘网。仆不自他于君[2]，实欲拔出恶浊；不料迷晦已深，梦梦不可提悟。今当送君行。未必无复见之期，然作天仙，须再劫[3]矣。"遂指阶下长石，令闭目坐，坚嘱勿视。已，乃以鞭驱石。石飞起，风声灌耳，不知所行几许。忽念下方景界，未审何似；隐将两眸微开一线，则见大海茫茫，浑无边际。大惧，即复合，而身已随石俱堕，砰然一响，汩没若鸥。幸夙近海，略谙泅浮。闻人鼓掌曰："美哉跌乎！"危殆方急，一女子援登舟上，且曰："吉利，吉利，秀才'中湿[4]'矣！"视之，年可十六七，颜色艳丽。王出水寒栗，求火燎之。女子言："从我至家，当为处置。苟适意，勿相忘。"王曰："是何言哉！我中原才子，偶遭狼狈，过此图以身报，何但不忘！"女子以棹催艇，疾如风雨，俄已近岸。于舱中携所采莲花一握，导与俱去。半里许入村，见朱户南开，进历数重门，女子先驰入。少间，一丈夫出，是四十许人，揖王升阶，命侍者取袍袜履，为王更衣。既，询邦族。王曰："某非相欺，才名略可听闻。崔真人切切眷恋，招升天阙。自分功名反掌，以故不愿栖隐。"丈夫起敬曰："此名仙人岛，远绝人世。文若，姓桓。世居幽僻，何幸得近名流。"因而殷勤置酒。又从容而言曰："仆有二女，长者芳云，年十六矣，只今未遭良匹。欲以奉侍高人，如何？"王意必采莲人，离席称谢。桓命于邻党中，招二三齿德[5]来。顾左右，立唤女郎。无何，异香浓射。美姝十余辈，拥芳云出，光艳明媚，若芙蕖之映朝日。拜已，即坐。群姝列侍，则采莲人亦在焉。酒数行，一垂髫女自内出，仅十余龄，而姿态秀曼，笑依芳云肘下，秋波流动。桓曰："女子不在闺中，出作何务？"乃顾客曰："此绿云，即仆幼女。颇惠，能记典、坟[6]矣。"因令对客吟诗。遂诵竹枝

---

① 芥拾青紫——取高官如拾芥子般容易。

② 不自他——言不自外。

③ 劫——劫难。

④ 中湿——"中式"谐音。

⑤ 齿德——年高而有德望者。

⑥ 典、坟——五典、三坟，传说是中国最早的书籍，此泛指书籍。

词[①]三章，娇婉可听。便令傍姊隅坐。桓因谓："王郎天才，宿构[②]必富，可使鄙人得闻教乎？"王即慨然颂近体[③]一作，顾盼自雄。中二句云："一身剩有须眉在，小饮能令块磊消。"邻叟再三诵之。芳云低告曰："上句是孙行者离火云洞，下句是猪八戒过子母河也。"一座抚掌。桓请其他。王述水鸟诗云："潴头鸣格磔[④]……"忽忘下句。甫一沉吟，芳云向妹呫呫[⑤]耳语，遂掩口而笑。绿云告父曰："渠为姊夫续下句矣。云：'狗腚响弸巴[⑥]。'"合席粲然。王有惭色。桓顾芳云，怒之以目。王色稍定，桓复请其文艺[⑦]。王意世外人必不知八股业，乃炫其冠军之作，题为"孝哉闵子骞"[⑧]二句，破云："圣人赞大贤之孝……"绿云顾父曰："圣人无字门人者，'孝哉……'一句，即是人言。"王闻之，意兴索然。桓笑曰："童子何知！不在此，只论文耳。"王乃复诵。每数句，姊妹必相耳语，似是月旦之词[⑨]，但嗫嗫不可辨。王诵至佳处，兼述文宗[⑩]评语，有云："字字痛切。"绿云告父曰："姊云：'宜删"切"字。'"众都不解。桓恐其语嫚，不敢研诘。王诵毕，又述总评，有云："羯鼓一挝，则万花齐落。"芳云又掩口语妹，两人皆笑不可仰。绿云又告曰："姊云：'羯鼓当是四挝。'"众又不解。绿云启口欲言，芳云忍笑诃之曰："婢子敢言，打煞矣！"众大疑，互有猜论。绿云不能忍，乃曰："去'切'字，言'痛'则'不通'[⑪]。鼓四挝，其声云'不通又不通'也。"众大笑。桓怒诃之。因而自起泛卮[⑫]，谢过不遑。王

---

① 竹枝词——仿民歌"竹枝"写成的诗。

② 宿构——此指旧日所作文章。

③ 近体——近体诗，即讲究严格的格律诗。

④ 潴（zhū）头鸣格磔（gē zhé）——以谐音相调谑，意思是"猪头鸣叫，不是鹧鸪鸟叫"。

⑤ 呫呫（chè chè）——低声细语。

⑥ 狗腚响弸巴——与"潴头鸣格磔"相对仗，意思是"胡乱放狗屁"。

⑦ 文艺——此指八股文。

⑧ 闵子骞——孔子所盛赞的孝子。

⑨ 月旦之词——品评之语。

⑩ 文宗——提学官，即主考官。

⑪ 去'切'字，言'痛'，则'不通'——以此讽刺其文句不通。

⑫ 卮——酒杯。

初以才名自诩，目中实无千古；至此，神气沮丧，徒有汗淫①。桓谀而慰之曰："适有一言，请席中属对焉：'王子身边，无有一点不似玉。'"众未措想，绿云应声曰："黾翁头上，再着半夕即成龟。"芳云失笑，呵手扭胁肉数四。绿云解脱而走，回顾曰："何预汝事！汝骂之频频，不以为非；宁他人一句，便不许耶？"桓咄之，始笑而去。邻叟辞别。诸婢导夫妻入内寝，灯烛屏榻，陈设精备。又视洞房中，牙签满架，靡书不有。略致问难，响应无穷。王至此，始觉望洋堪羞。女唤"明珰"，则采莲者趋应，由是始识其名。屡受诮辱，自恐不见重于闺闼；幸芳云语言虽虐，而房帏之内，犹相爱好。王安居无事，辄复吟哦。女曰："妾有良言，不知肯嘉纳否？"问："何言？"曰："从此不作诗，亦藏拙之一法也。"王大惭，遂绝笔。久之，与明珰渐狎。告芳云曰："明珰与小生有拯命之德，愿少假以辞色。"芳云乃即许之。每作房中之戏，招与共事，两情益笃，时色授而手语之。芳云微觉，责词重叠；王惟喋喋，强自解免。一夕，对酌，王以为寂，劝招明珰。芳云不许。王曰："卿无书不读，何不记'独乐乐②'数语？"芳云曰："我言君不通，今益验矣。句读尚不知耶？'独要，乃乐于人要；问乐，孰要乎？曰：不③。'"一笑而罢。适芳云姊妹赴邻女之约，王得间，急引明珰，绸缪备至。当晚，觉小腹微痛；痛已，而前阴尽肿。大惧，以告芳云。笑曰："必明珰之恩报矣！"王不敢隐，实供之。芳云曰："自作之殃，实无可以方略④。既非痛痒，听之可矣。"数日不瘳，忧闷寡欢。芳云知其意，亦不问讯，但凝视之，秋水盈盈，朗若曙星。王曰："卿所谓'胸中正，则眸子瞭焉⑤'。"芳云笑曰："卿所谓'胸中不正，则瞭子眸焉⑥'。"盖"没有"之"没"，俗读似"眸"，故以此戏之也。王失笑，哀求方剂。曰："君不听良言，前此未必不疑妾为妒意。不知此婢，原不可近。曩实相爱，而君若东风之吹马耳，故唾弃不相怜。无已，为若治之。然医师必审患处。"乃探衣而咒曰：

① 汗淫——汗水涔涔。

② 独乐乐——语出《孟子》。

③ 独要，乃乐于人要；问乐，孰要乎？曰：不——此处芳云故意错断读错。

④ 方略——方法。

⑤ 胸中正，则瞭子眸焉——语出《孟子》，心术端正，则眼光明亮。

⑥ 胸中不正，则瞭子眸焉——借用山东方言"瞭子"（男性生殖器）来巧妙讽刺。

"'黄鸟黄鸟,无止于楚①!'"王不觉大笑,笑已而瘳。

逾数月,王以亲老子幼,每切怀忆,以意告女。女曰:"归即不难,但会合无日耳。"王涕下交颐,哀与同归。女筹思再三,始许之。桓翁张筵祖饯。绿云提篮入,曰:"姊姊远别,莫可持赠。恐至海南,无以为家,夙夜代营宫室,勿嫌草创。"芳云拜而受之。近而审谛,则用细草制为楼阁,大如橼②,小如橘,约二十余座,每座梁栋榱题③,历历可数;其中供帐床榻,类麻粒焉。王儿戏视之,而心窃叹其工。芳云曰:"实与君言:我等皆是地仙。因有夙分,遂得陪从。本不欲践红尘,徒以君有老父,故不忍违。待父天年,须复还也。"王敬诺。桓乃问:"陆耶?舟耶?"王以风涛险,愿陆。出则车马已候于门。谢别而迈,行踪骛驶。俄至海岸,王心虑其无途。芳云出素练一匹,望南抛去,化为长堤,其阔盈丈。瞬息驰过,堤亦渐收。至一处,潮水所经,四望辽邈。芳云止勿行,下车取篮中草具,偕明珰数辈,布置如法,转眼化为巨第。并入解装,则与岛中居无稍差殊,洞房内几榻宛然。时已昏暮,因止宿焉。早旦,命王迎养。王命骑趋诣故里,至则居宅已属他姓。问之里人,始知母及妻皆已物故,惟老父尚存。子善博,田产并尽,祖孙莫可栖止,暂僦居于西村。王初归时,尚有功名之念,不恝④于怀;及闻此况,沉痛大悲,自念富贵纵可携取,与空花何异。驱马至西村见父,衣服滓敝⑤,衰老堪怜。相见,各哭失声。问不肖子,则出赌未归。王乃载父而还。芳云朝拜已毕,燂汤⑥请浴,进以锦裳,寝以香舍。又遥致故老与谈宴,享奉过于世家。子一日寻至其处,王绝之,不听入,但予以廿金,使人传语曰:"可持此买妇,以图生业。再来,则鞭打立毙矣!"子泣而去。王自归,不甚与人通礼;然故人偶至,必延接盘桓,㧑抑⑦过于平时。独有黄子介,夙与同门学,亦名士之坎坷者,王留之甚久,时与秘

---

① 黄鸟黄鸟,无止于楚——黄鸟,暗指男性生殖器;楚,痛苦。语出《诗》,此处为戏语。

② 橼(yuán)——柠檬之一种。

③ 梁栋榱(cuī)题——高梁大屋,出檐。

④ 恝(jiá)——淡漠。

⑤ 滓敝——脏且旧。

⑥ 燂(qián)汤——烧热水。

⑦ 㧑抑——谦逊。

语，赂遗甚厚。居三四年，王翁卒，王万钱卜兆，营葬尽礼。时子已娶妇，妇束男子严，子赌亦少间矣；是日临丧，始得拜识姑嫜①。芳云一见，许其能家，赐三百金为田产之费。翼日，黄及子同往省视，则舍宇全渺，不知所在。

异史氏曰："佳丽所在，人且于地狱中求之，况享受无穷乎？地仙许携姝丽，恐帝阙下虚无人矣。轻薄减其禄籍，理固宜然，岂仙人遂不之忌哉？彼妇之口，抑何其虐也！"

阎罗薨

巡抚某公父，先为南服②总督，殂谢已久。公一夜梦父来，颜色惨栗，告曰："我生平无多孽愆③，只有镇师一旅④，不应调而误调之，途逢海寇，全军尽覆。今讼于阎君，刑狱酷毒，实可畏凛。阎罗非他，明日有经历⑤解粮至，魏姓者是也。当代哀之，勿忘！"醒而异之，意未深信。既寐，又梦父让之曰："父罹厄难，尚弗镂心，犹妖梦置之耶？"公大异之。

明日，留心审阅，果有魏经历，转运初至，即刻传入，使两人捺坐，而后起拜，如朝参礼。拜已，长跽涟洏⑥而告以故。魏不自任，公伏地不起。魏乃云："然，其有之。但阴曹之法，非若阳世懵懵⑦，可以上下其手，即恐不能为力。"公哀之益切。魏不得已，诺之。公又求其速理。魏筹回虑无静所。公请为粪除宾廨⑧，许之。公乃起。又求一往窥听，魏不可。强之再四，嘱曰："去即勿声。且冥刑虽惨，与世不同，暂置若死，其实非死。如有所见，无庸骇怪。"

---

① 姑嫜——公婆。
② 南服——南方。
③ 孽愆——罪过。
④ 镇师一旅——所属镇的五百人。
⑤ 经历——官名，职掌出纳等事。
⑥ 长跽连洏（ér）——挺直身子跪着，垂泪。
⑦ 懵懵（měng měng）——通"瞢瞢"，昏暗不明。
⑧ 宾廨——接待宾客的公廨。

至夜,潜伏廨侧,见阶下囚人,断头折臂者,纷杂无数。墀中置火铛油镬,数人炽薪其下。俄见魏冠带出,升座,气象威猛,迥与曩殊。群鬼一时都伏,齐鸣冤苦。魏曰:“汝等命戕于寇,冤自有主,何得妄告官长?”众鬼哗言曰:“例不应调,乃被妄檄前来,遂遭凶害,谁贻之冤?”魏又曲为解脱,众鬼嗥冤,其声讻动。魏乃唤鬼役:“可将某官赴油鼎,略入一煠①,于理亦当。”察其意,似欲借此以泄众忿。即有牛首阿旁②,执公父至,即以利叉刺入油鼎。公见之,中心惨怛③,痛不可忍,不觉失声一号,庭中寂然,万形俱灭矣。公叹咤而归。及明,视魏,则已死于廨中。松江④张禹定言之。以非佳名,故讳其人。

颠　道　人

颠道人,不知姓名,寓蒙山⑤寺。歌哭不常⑥,人莫之测,或见其煮石为饭者。会重阳,有邑贵载酒登临,舆盖而往,宴毕过寺,甫及门,则道人赤足着破衲⑦,自张黄盖,作警跸⑧声而出,意近玩弄。邑贵乃惭怒,挥仆辈逐骂之。道人笑而却走。逐急,弃盖,共毁裂之,片片化为鹰隼,四散群飞。众始骇。盖柄转成巨蟒,赤鳞耀目。众哗欲奔,有同游者止之曰:“此不过翳眼之幻术⑨耳,乌能噬人!”遂操刃直前。蟒张吻怒逆,吞客咽之。众骇,拥贵人急奔,息于三里之处。使数人逡巡往探,渐入寺,则人蟒俱无。方将返报,闻老槐内喘急如驴,骇甚。初不敢前;潜踪移近之,见树

---

① 煠(zhá)——食物放入油或汤中,一沸而出称“煠”,此谓将某公父放入油锅一炸。

② 牛首、阿旁——传说中阴间的二恶鬼。

③ 惨怛——悲痛。

④ 松江——县名,今属上海市。

⑤ 蒙山——在今山东蒙阴县境内。

⑥ 不常——不正常。

⑦ 破衲——破旧僧服。

⑧ 警跸(bì)——古时皇帝出行的前卫。

⑨ 翳(yì)眼之幻术——俗称“障眼法”。

朽中空,有窍如盘。试一攀窥,则斗蟒者倒植其中,而孔大仅容两手,无术可以出之。急以刀劈树,比树开而人已死。逾时少苏,舁归。道人不知所之矣。

异史氏曰:"张盖游山,厌气浃[1]于骨髓。仙人游戏三昧[2],一何可笑!余乡殷生文屏,毕司农[3]之妹夫也,为人玩世不恭。章丘[4]有周生者,以寒贱起家,出必驾肩[5]而行。亦与司农有瓜葛之旧[6]。值太夫人[7]寿,殷料其必来,先候于道,着猪皮靴,公服持手本。俟周至,鞠躬道左,唱曰:'淄川生员,接章丘生员!'周惭,下舆,略致数语而别。少间,同聚于司农之堂,冠裳满座,视其服色,无不窃笑;殷傲睨自若。既而筵终出门,各命舆马。殷亦大声呼:'殷老爷独龙车何在?'有二健仆,横扁杖[8]于前,腾身跨之。致声拜谢,飞驰而去。殷亦仙人之亚[9]也。"

胡 四 娘

程孝思,剑南[10]人。少惠能文。父母俱早丧,家赤贫,无衣食业,求佣为胡银台司笔札。胡公试使文,大悦之,曰:"此不长贫,可妻也。"银台有三子四女,皆褓中论亲于大家;止有少女四娘,孽出[11],母早亡,笄年未字,遂赘程。或非笑之,以为惛髦[12]之乱命,而公弗之顾也。除馆馆生,供备

---

① 浃——浸透。
② 三昧——佛教用语,心性专注的精神状态。
③ 司农——户部尚书的别称。
④ 章丘——县名,今属山东省。
⑤ 驾肩——坐轿子。
⑥ 瓜葛之旧——展转相连的远亲。
⑦ 太夫人——对毕母的尊称。
⑧ 扁杖——肩担。
⑨ 亚——类似。
⑩ 剑南——今四川剑阁以南的广大地区。
⑪ 孽出——庶出,妾生。
⑫ 惛髦——年老神志不清。

丰隆。群公子鄙不与同食，婢仆咸揶揄焉。生默默不较短长，研读甚苦。众从旁厌讥之，程读弗辍；群又以鸣钲锽[1]聒其侧，程携卷去，读于闺中。

初，四娘之未字也，有神巫知人贵贱，遍观之，都无谀词；惟四娘至，乃曰："此真贵人也！"乃赘程，诸姊妹皆呼之"贵人"以嘲笑之；而四娘端重寡言，若罔闻之。渐至婢媪，亦率相呼。四娘有婢名桂儿，意颇不平，大言曰："何知吾家郎君，便不作贵官耶？"二姊闻而嗤之曰："程郎如作贵官，当抉我眸子去！"桂儿怒而言曰："到尔时，恐不舍得眸子也！"二姊婢春香曰："二娘食言，我以两睛代之。"桂儿益恚，击掌为誓曰："管教两丁[2]盲也！"二姊忿其语侵，立批之。桂儿号哗。夫人闻知，即亦无所可否，但微哂焉。桂儿噪诉四娘；四娘方绩[3]，不怒亦不言，绩自若。会公初度，诸婿皆至，寿仪充庭。大妇嘲四娘曰："汝家祝仪何物？"二妇曰："两肩荷一口[4]！"四娘坦然，殊无惭怍。人见其事事类痴，愈益狎之。独有公爱妾李氏，三姊所自出也，恒礼重四娘，往往相顾恤。每谓三娘曰："四娘内慧外朴，聪明浑而不露，诸婢子皆在其包罗中，而不自知。况程郎昼夜攻苦，夫岂久为人下者？汝勿效尤，宜善之，他日好相见也。"故三娘每归宁，辄加意相欢。

是年，程以公力，得入邑庠。明年，学使科试士，而公适薨，程缞哀如子，未得与试。既离苫块[5]，四娘赠以金，使趋入遗才籍[6]。嘱曰："曩久居，所不被呵逐者，徒以有老父在；今万分不可矣！倘能吐气，庶回时尚有家耳。"临别，李氏、三娘赂遗优厚。程入闱，砥志研思，以求必售。无何，放榜，竟被黜。愿乖气结，难于旋里，幸囊资小泰，携卷入都。时妻党[7]多任京秩，恐见诮仙，乃易旧名，诡托里居，求潜身于大人之门。东海李兰

---

① 钲锽——钟鼓声。

② 两丁——指春香及二姊两人。

③ 绩——捻麻线。

④ 两肩荷一口——挖苦其穷而白吃白喝。

⑤ 既离苦块——指居丧期满。

⑥ 遗才籍——取得乡试资格。

⑦ 妻党——妻方的亲族。

台①见而器之，收诸幕中，资以膏火，为之纳贡②，使应顺天举；连战皆捷，授庶吉士③。自乃实言其故。李公假千金，先使纪纲赴剑南，为之治第。时胡大郎以父亡空匮，货其沃墅，因购焉。既成，然后贷舆马，往迎四娘。

先是，程擢第后，有邮报者④，举宅皆恶闻之；又审其名字不符，叱去之。适三郎完婚，戚眷登堂为馔⑤，姊妹诸姑咸在，惟四娘不见招于兄嫂。忽一人驰入，呈程寄四娘函信；兄弟发视，相顾失色。筵中诸眷客，始请见四娘。姊妹惴惴，惟恐四娘衔恨不至。无何，翩然竟来。申贺者，捉坐者，寒暄者，喧杂满屋。耳有听，听四娘；目有视，视四娘；口有道，道四娘也：而四娘凝重如故。众见其靡所短长，稍就安帖，于是争把盏酌四娘。方宴笑间，门外啼号甚急，群致怪问。俄见春香奔入，面血沾染。共诘之，哭不能对。二娘呵之，始泣曰："桂儿逼索眼睛，非解脱，几抉去矣！"二娘大渐，汗粉交下。四娘漠然。合坐寂无一语，各始告别。四娘盛妆，独拜李夫人及三姊，出门登车而去。众始知买墅者，即程也。四娘初至墅，什物多阙。夫人及诸郎各以婢仆、器具相赠遗，四娘一无所受；惟李夫人赠一婢，受之。

居无何，程假归展墓⑥，车马扈从如云。诣岳家，礼公柩，次参李夫人。诸郎衣冠既竟，已升舆矣。胡公殁，群公子日竞资财，柩之弗顾。数年，灵寝漏败，渐将以华屋作山丘⑦矣。程睹之悲，竟不谋于诸郎，刻期营葬，事事尽礼。殡日，冠盖相属，里中咸嘉叹焉。

程十余年历秩清显，凡遇乡党厄急，罔不极力。二郎适以人命被逮，直指⑧巡方者，为程同谱，风规⑨甚烈。大郎浼妇翁王观察⑩函致之，殊无

---

① 李兰台——即李御史；兰台，御史的别称。
② 纳贡——向政府交钱后，纳贡者有资格参加乡试。
③ 庶吉士——官名，隶属翰林院。
④ 邮报者——传喜送信人。
⑤ 馔(nuǎn)——旧时女儿嫁后三日，娘家送来的食物。
⑥ 假归展墓——告假回乡扫墓。
⑦ 以华屋作山丘——临时寄放灵柩的内堂，将毁败成为埋葬灵柩的荒丘。
⑧ 直指——官名，有权审判大狱，诛杀不法官员。
⑨ 风规——风教法规。
⑩ 观察——官名，观察使。

裁答①,益惧。欲往求妹,而自觉无颜,乃持李夫人手书往。至都,不敢遽进,觑程入朝,而后诣之。冀四娘念手足之义,而忘睚眦之嫌②。阍人既通,即有旧媪出,导入厅事,具酒馔,亦颇草草。食毕,四娘出,颜温霁,问:"大哥人事大忙,万里何暇枉顾?"大郎五体投地,泣述所来。四娘扶而笑曰:"大哥好男子,此何大事,直复尔尔?妹子一女流,几曾见呜呜向人?"大郎乃出李夫人书。四娘曰:"诸兄家娘子,都是天人③,各求父兄,即可了矣,何至奔波到此?"大郎无词,但顾哀之。四娘作色曰:"我以为跋涉来省妹子,乃以大讼求贵人④耶!"拂袖径入。大郎惭愤而出。归家详述,大小无不诟詈;李夫人亦谓其忍。逾数日,二郎释放宁家,众大喜,方笑四娘之徒取怨谤也。俄而四娘遣价⑤候李夫人。唤入,仆陈金币,言:"夫人为二舅事,遣发甚急,未遑字覆⑥。聊寄微仪,以代函信。"众始知二郎之归,乃程力也。后三娘家渐贫,程施报逾于常格。又以李夫人无子,迎养若母焉。

僧 术

黄生,故家子。才情颇赡,夙志高骞。村外兰若,有居僧某,素与分⑦深。既而僧云游,去十余年复归。见黄,叹曰:"谓君腾达已久,今尚白纻⑧耶?想福命固薄耳。请为君贿冥中主者。能置十千否?"答言:"不能。"僧曰:"请勉办其半,余当代假之。三日为约。"黄诺之,竭力典质⑨如数。

---

① 殊无裁答——一点回信的消息都没有。
② 睚眦之嫌——小的怨仇。
③ 天人——讽刺欺侮四娘夫妇的嫂子们。
④ 贵人——四娘自称"贵人"反讥胡家人。
⑤ 价(jiè)——送信、传话的仆人。
⑥ 未遑字覆——来不及写回信。
⑦ 分——情分。
⑧ 尚白纻——身穿白衣,即平民。
⑨ 典质——抵押物产。

三日，僧果以五千来付黄。黄家旧有汲水井，深不竭，云通河海。僧命束置井边，戒曰："约我到寺，即推堕井中。候半炊时，有一钱泛起，当拜之。"乃去。黄不解何术，转念效否未定，而十千可惜。乃匿其九，而以一千投之。少间，巨泡突起，铿然而破，即有一钱浮出，大如车轮。黄大骇。既拜，又取四千投焉。落下，击触有声，为大钱所隔，不得沉。日暮，僧至，谯让之曰："胡不尽投？"黄云："已尽投矣。"僧曰："冥中使者止将一千去，何乃妄言？"黄实告之，僧叹曰："鄙吝者必非大器。此子之命合以明经①终；不然，甲科②立致矣。"黄大悔，求再禳之。僧固辞而去。黄视井中钱犹浮，以绠约上，大钱乃沉。是岁，黄以副榜③准贡，卒如僧言。

异史氏曰："岂冥中亦开捐纳④之科耶？十千而得一第⑤，直亦廉矣。然一千准贡，犹昂贵耳。明经不第，何值一钱！"

禄　数

某显者多为不道，夫人每以果报劝谏之，殊不听信。适有方士，能知人禄数，诣之。方士熟视曰："君再食米二十石、面四十石，天禄乃终。"归语夫人。计一人终年仅食面二石，尚有二十余年天禄，岂不善所能绝耶？横如故。逾年，忽病"除中⑥"，食甚多而旋饥，一昼夜十余食。未及周岁，死矣。

---

① 明经——对贡生的敬称。
② 甲科——明清时指进士。
③ 副榜——乡试副榜。
④ 捐纳——指科举考试中，以捐资纳粟取得功名。
⑤ 一第——一次及第。
⑥ 除中——病名，中医为消渴疾，即糖尿病。

柳 生

周生，顺天宦裔[①]也。与柳生善。柳得异人之传，精袁许之术[②]。尝谓周曰："子功名无分；万钟[③]之资，尚可以人谋。然尊阃薄相，恐不能佐君成业。"未几，妇果亡。家室萧条，不可聊赖。因诣柳，将以卜姻。入客舍，坐良久，柳归内不出。呼之再三，始方出，曰："我日为君物色佳偶，今始得之。适在内作小术，求月老[④]系赤绳耳。"周喜，问之。答曰："甫有一人携囊出，遇之否？"曰："遇之。褴褛若丐。"曰："此君岳翁，宜敬礼之。"周曰："缘相交好，遂谋隐密，何相戏之甚也！仆即式微，犹是世裔，何至下昏[⑤]于市侩？"柳曰："不然。犁牛尚有子[⑥]，何害？"周问："曾见其女耶？"答曰："未也。我素与无旧，姓名亦问讯知之。"周笑曰："尚未知犁牛，何知其子？"柳曰："我以数[⑦]信之。其人凶而贱，然当生厚福之女。但强合之必有大厄，容复禳之。"周既归，未肯以其言为信，诸方觅之，迄无一成。

一日，柳生忽至，曰："有一客，我已代折简[⑧]矣。"问："为谁？"曰："且勿问，宜速作黍。"周不谕其故，如命治具。俄客至，盖傅姓营卒[⑨]也。心内不合，阳[⑩]浮道与之；而柳生承应甚恭。少间，酒肴既陈，杂恶草具进。柳起告客："公子向慕已久，每托某代访，曩夕始得晤。又闻不日远征，立

---

① 宦裔——世代官宦人家的子弟。

② 袁许之术——袁，袁天纲，唐人，精相术；许，许负，汉人，善相术；此泛指相人之术。

③ 万钟——喻资财极多。

④ 月老——主男女婚姻之神。

⑤ 昏——通"婚"。

⑥ 犁牛尚有子——人虽低贱，其子不一定不好。

⑦ 数——运数。

⑧ 代折简——代为邀请。

⑨ 营卒——营兵。

⑩ 阳——通"佯"。

刻相邀，可谓仓卒主人矣。"饮间，傅忧马病，不可骑。柳亦俯首为之筹思。既而客去，柳让周曰："千金不能买此友，何乃视之漠漠？"借马骑归，因假周命，登门持赠傅。周既知，稍稍不快，已无如何。过岁，将如江西，投臬司[1]幕。诣柳问卜。柳言："大吉！"周笑曰："我意无他，但薄有所猎，当购佳妇，几幸前言之不验也，能否？"柳云："并如君愿。"及至江西，值大寇叛乱，三年不得归。后稍平，选日遵路[2]，中途为土寇所掠，同难人七八位，皆劫其金资，释令去；惟周被掳至巢。盗首诘其家世，因曰："我有息女[3]，欲奉箕帚，当即无辞。"周不答。盗怒，立命枭斩。周惧，思不如暂从其请，因从容而弃之。遂告曰："小生所以踟蹰者，以文弱不能从戎，恐益为丈人累耳。如使夫妇得相将俱去，恩莫厚焉。"盗曰："我方忧女子累人，此何不可从也。"引入内，妆女出见，年可十八九，盖天人也。当夕合卺，深过所望。细审姓氏，乃知其父，即当年荷囊人也。因述柳言，为之感叹。

过三四日，将送之行，忽大军掩至，全家皆就执缚。有将官三员监视，已将妇翁斩讫，寻次及周。周自分已无生理。一员审视曰："此非周某耶？"盖傅卒已军功授副将军矣。谓僚曰："此吾乡世家名士，安得为贼。"解其缚，问所从来。周诡曰："适从江臬娶妇而归，不意途陷盗窟，幸蒙拯救，德戴二天！但室人离散，求借洪威，更赐瓦全。"傅命列诸俘，令其自认，得之。饷以酒食，助以资斧，曰："曩受解骖之惠[4]，旦夕不忘。但抢攘间，不遑修礼，请以马二匹、金五十两，助君北旋。"又遣二骑持信矢护送之。途中，女告周曰："痴父不听忠告，母氏死之。知有今日久矣。所以偷生旦暮者，以少时曾为相者所许，冀他日能收亲骨耳。某所窖藏巨金，可以发赎父骨；余者携归，尚足谋生产。"嘱骑者候于路，两人至旧处，庐舍已烬，于灰火中取佩刀掘尺许，果得金；尽装入橐，乃返。以百金赂骑者，使瘗翁尸；又引拜母冢，始行。至直隶界，厚赐骑者而去。

周久不归，家人谓其已死，恣意侵冒，粟帛器具，荡无存者。闻主人

---

① 臬司——按察使的别称。

② 遵路——循路而行。

③ 息女——亲生女。

④ 解骖之惠——指周生赠马救其困急事。

归,大惧,哄然尽逃;只有一妪、一婢、一老奴在焉。周以出死得生,不复追问。及访柳,则不知所适矣。女持家逾于男子,择醇笃者①授以资本,而均其息。每诸商会计于檐下,女垂帘听之;盘②中误下一珠,辄指其讹。内外无敢欺。数年,伙商盈百,家数十巨万矣。乃遣人移亲骨,厚葬之。

异史氏曰:"月老可以贿嘱,无怪媒妁之同于牙侩③矣。乃盗也而有是女耶? 培塿④无松柏,此鄙人之论耳。妇人女子犹失之,况以相天下士哉!"

冤 狱

朱生,阳谷⑤人。少年佻达,喜诙谑。因丧偶,往求媒媪。遇其邻人之妻,睨之美,戏谓媪曰:"适睹尊邻,雅少丽,若为我求凰,渠可也。"媪亦戏曰:"请杀其男子,我为若图之。"朱笑曰:"诺。"更月余,邻人出讨负,被杀于野。邑令拘邻保,血肤取实,究无端者;惟媒媪述相谑之词,以此疑朱。捕至,百口不承。令又疑邻妇与私,搒掠之,五毒参至。妇不能堪,诬伏。又讯朱,朱曰:"细嫩不任苦刑,所言皆妄。既是冤死,而又加以不节之名,纵鬼神无知,予心何忍乎? 我实供之可矣:欲杀夫而娶其妇,皆我之为,妇不知之也。"问:"何凭?"答言:"血衣可证。"及使人搜诸其家,竟不可得。又掠之,死而复苏者再。朱乃云:"此母不忍出证据死我耳,待自取之。"因押归告母曰:"予我衣,死也;即不予,亦死也:均之死,故迟也不如其速也。"母泣,入室移时,取衣出付之。令审其迹确,拟斩。再驳再审,无异词。

经年余,决有日矣。令方虑囚,忽一人直上公堂,努目视令而大骂曰:"如此愦愦,何足临民!"隶役数十辈,将共执之。其人振臂一挥,颓然并

---

① 醇笃者——朴实忠厚之人。

② 盘——算盘。

③ 牙侩——集市上的经纪人。

④ 培塿(pǒu lǒu)——小土丘。

⑤ 阳谷——县名,今属山东省。

仆。令惧，欲逃。其人大言曰："我关帝前周将军[①]也！昏官若动，即便诛却！"令战惧悚听。其人曰："杀人者乃宫标也，于朱某何与？"言已，倒地，气若绝。少顷而醒，面无人色。及问其人，则宫标[②]也。搒之，尽服其罪。盖宫素不逞[③]，知某讨负而归，意腰橐必富，及杀之，竟无所得。闻朱诬服，窃自幸。是日身入公门，殊不自知。令问朱血衣所自来，朱亦不知之。唤其母鞠之，则割臂所染；验其左臂刀痕，犹未平也。令亦愕然。后以此被参揭免官，罚赎羁留而死。年余，邻母欲嫁其妇；妇感朱义，遂嫁之。

异史氏曰："讼狱乃居官之首务，培阴骘，灭天理，皆在于此，不可不慎也。燥急污暴，固乖天和；淹滞因循，亦伤民命。一人兴讼，则数农违时；一案既成，则十家荡产：岂故之细哉！余尝谓为官者，不滥受词讼，即是盛德。且非重大之情，不必羁候；若无疑难之事，何用徘徊？即或乡里愚民，山村豪气，偶因鹅鸭之争，致起雀角之忿，此不过借官宰之一言，以为平定而已，无用全人，只须两造，笞杖立加，葛藤悉断，所谓神明之宰非耶？每见今之听讼者矣：一票既出，若故忘之。摄牒者入手未盈，不令消见官之票；承刑者润笔不饱，不肯悬听审之牌。蒙蔽因循，动经岁月，不及登长吏之庭，而皮骨已将尽矣！而俨然而民上也者，偃息在床，漠若无事。宁知水火狱中，有无数冤魂，伸颈延息，以望拔救耶！然在奸民之凶顽，固无足惜；而在良民株累，亦复何堪？况且无辜之干连，往往奸民少而良民多；而良民之受害，且更倍于奸民。何以故？奸民难虐，而良民易欺也。皂隶之所殴骂，胥徒之所需索，皆相良者而施之暴。自入公门，如蹈汤火。早结一日之案，则早安一日之生；有何大事，而顾奄奄堂上若死人！似恐溪壑之不遽饱，而故假之以岁时也者！虽非酷暴，而其实厥罪维均矣。尝见一词之中，其急要不可少者，不过三数人；其余皆无辜之赤子，妄被罗织者也。或平昔以睚眦开嫌，或当前以怀璧致罪，故兴讼者以其全力谋正案，而以其余毒复小仇。带一名于纸尾，遂成附骨之疽；受万罪于公门，竟属切肤之痛。人跪亦跪，状若乌集；人出亦出，还同猱系。而究之官问不及，吏诘不至，其实一无所用，只足以破产倾家，饱蠹役之贪囊；鬻子典妻，泄

---

① 周将军——周仓，传说中为关羽部将。

② 宫标——罪犯。

③ 不逞——为非作歹。

小人之私愤而已。深愿为官者,每投到时,略一审诘:当逐逐之,不当逐芟之。不过一濡毫、一动腕之间耳,便保全多少身家,培养多少元气。从政者曾不一念及于此,又何必桁杨刀锯能杀人哉!”①

鬼 令

教谕②展先生,洒脱有名士风。然酒狂,不持仪节。每醉归,辄驰马殿阶③。阶上多古柏。一日,纵马入,触树头裂,自言:“子路④怒我无礼,击脑破矣!”中夜遂卒。邑中某乙者,负贩其乡,夜宿古刹。更静人稀,忽见四五人携酒入饮,展亦在焉。酒数行,或以字为令曰:“田字不透风,十字在当中;十字推上去,古字赢一锺。”一人曰:“回字不透风,口字在当中;口字推上去,吕字赢一锺。”一人曰:“囹字不透风,令字在当中;令字推上去,含字赢一锺。”又一人曰:“困字不透风,木字在当中;木字推上去,杏字赢一锺。”末至展,凝思不得。众笑曰:“既不能令,须当受命。”飞一觥来。展即云:“我得之矣:曰字不透风,一字在当中;……”众又笑曰:“推作何物?”展吸尽曰:“一字推上去,一口一大锺!”相与大笑,未几出门去。某不知展死,窃疑其罢官归也。及归问之,则展死已久,始悟所遇者鬼耳。

甄 后

洛城⑤刘仲堪,少钝而淫于典籍,恒杜门攻苦,不与世通。一日,方

---

① “异史氏曰”整段——大意:治理狱讼的官吏一定应慎重断狱,断不可草率从事,或拖迟不决,也不可徇私舞弊,并提出一些审案的基本方法。

② 教谕——县级学官名。

③ 殿阶——指文庙殿阶。

④ 子路——即仲由,字子路,孔子弟子。

⑤ 洛城——今河南洛阳市。

读,忽闻异香满室;少间,珮声甚繁。惊顾之,有美人入,簪珥光采;从者皆宫妆。刘惊伏地下。美人扶之曰:“子何前倨而后恭也?”刘益惶恐,曰:“何处天仙,未曾拜识。前此几时有侮?”美人笑曰:“相别几何,遂尔梦梦!危坐磨砖①者,非子耶?”乃展锦荐,设瑶浆,捉坐对饮,与论古今事,博洽非常。刘茫茫不知所对。美人曰:“我止赴瑶池一回宴耳;子历儿生,聪明顿尽矣!”遂命侍者,以汤沃水晶膏进之。刘受饮讫,忽觉心神澄彻。既而曛黑,从者尽去,息烛解襦,曲尽欢好。未曙,诸姬已复集。美人起,妆容如故,鬓发修整,不再理也。刘依依苦诘姓字,答曰:“告郎不妨,恐益君疑耳。妾,甄氏;君,公干后身②。当日以妾故罹罪,心实不忍,今日之会,亦聊以报情痴也。”问“魏文③安在?”曰:“丕,不过贼父之庸子耳。妾偶从游嬉富贵者数载,过即不复置念。彼曩以阿瞒④故,久滞幽冥,今未闻知。反是陈思⑤为帝⑥典籍⑦,时一见之。”旋见龙舆⑧止于庭中,乃以玉脂合赠刘,作别登车,云推而去。

刘自是文思大进。然追念美人,凝思若痴。历数月,渐近羸殆。母不知其故,忧之。家一老妪,忽谓刘曰:“郎君意颇有思否?”刘以言隐中情,告之。妪曰:“郎试作尺一书⑨,我能邮致之。”刘惊喜曰:“子有异术,向日昧于物色⑩。果能之,不敢忘也。”乃折柬为函,付妪便去。半夜而返曰:“幸不误事。初至门,门者以我为妖,欲加缚絷。我遂出郎君书,乃将去。少顷唤入,夫人亦欷歔,自言不能复会。便欲裁答。我言:‘郎君羸惫,非一字所能瘳。’夫人沉思久,乃释笔云:‘烦先报刘郎,当即送一佳妇

---

① 危坐磨砖——喻指有冤而不得申。

② 妾,甄氏;君,公干后身——甄氏,三国时人,先为袁绍之子熙妻,后改嫁曹丕,丕称帝后被赐死;君,曹丕,曹操之子。

③ 魏文——魏文帝曹丕。

④ 阿瞒——曹操的小名。

⑤ 陈思——指曹植,曹操之子,有文名。

⑥ 帝——传说中的玉帝。

⑦ 典籍——掌管文籍。

⑧ 龙舆——帝后所乘之车。

⑨ 尺一书——书信。

⑩ 昧于物色——不曾访求。

去。’濒行,又嘱:‘适所言,乃百年计;但无泄,便可永久矣。’”刘喜,伺之。明日,果一老姥率女郎,诣母所,容色绝世,自言陈氏;女其所出①,名司香,愿求作妇。母爱之,议聘;更不索资,坐待成礼而去。惟刘心知其异,阴问女:“系夫人何人?”答云:“妾铜雀故妓②也。”刘疑为鬼。女曰:“非也。妾与夫人俱隶仙籍,偶以罪过谪人间。夫人已复旧位;妾谪限未满,夫人请之天曹③,暂使给役,去留皆在夫人,故得长侍床箦耳。”一日,有瞽媪牵黄犬丐食其家,拍板俚歌。女出窥,立未定,犬断索咋女。女骇走,罗衿断。刘急以杖击犬。犬犹怒,龁断幅,顷刻碎如麻,嚼吞之。瞽媪捉领毛,缚以去。刘入视女,惊颜未定,曰;“卿仙人,何乃畏犬?”女曰:“君自不知:犬乃老瞒所化,盖怒妾不守分香戒④也。”刘欲买犬杖毙。女不可,曰:“上帝所罚,何得擅诛?”

居二年,见者皆惊其艳,而审所从来,殊恍惚,于是共疑为妖。母诘刘,刘亦微道其异。母大惧,戒使绝之。刘不听。母阴觅术士来,作法于庭。方规地为坛⑤,女惨然曰:“本期白首;今老母见疑,分义绝矣。要我去,亦复非难,但恐非禁咒可遣耳!”乃束薪爇火,抛阶下。瞬息烟蔽房屋,对面相失。忽有声震如雷。已而烟灭,见术士七窍流血死矣。入室,女已渺。呼妪问之,妪亦不知所去。刘始告母。妪盖狐也。

异史氏曰:“始于袁,终于曹,而后注意于公干,仙人不应若是。然平心而论:奸瞒之篡子⑥,何必有贞妇哉?犬睹故妓,应大悟分香卖履之痴,固犹然妒之耶?呜呼!奸雄不暇自哀,而后人哀之已!”

宦 娘

温如春,秦之世家也。少癖嗜琴,虽逆旅未尝暂舍。客晋,经由古寺,

① 女其所出——此女为其所生。
② 铜雀故妓——曹操的姬妾。
③ 天曹——道教所尊奉的天上官府。
④ 分香戒——守节之戒。
⑤ 规地为坛——划地筑坛。
⑥ 奸瞒之篡子——指曹丕。

系马门外，暂憩止。入则有布衲道人，趺坐廊间，筇杖①倚壁，花布囊琴。温触所好，因问："亦善此也？"道人云："顾②不能工，愿就善者学之耳。"遂脱囊授温，视之，纹理佳妙，略一勾拨，清越异常。喜为抚一短曲。道人微笑，似未许可。温乃竭尽所长。道人哂曰："亦佳，亦佳！但未足为贫道师也。"温以其言夸，转请之。道人接置膝上，才拨动，觉和风自来；又顷之，百鸟群集，庭树为满。温惊极，拜请受业。道人三复之。温侧耳倾心，稍稍会其节奏。道人试使弹，点正疏节，曰："此尘间已无对矣。"温由是精心刻画，遂称绝技。

后归程，离家数十里，日已暮，暴雨莫可投止。路旁有小村，趋之。不遑审择，见一门，匆匆遽入。登其堂，阒无人。俄一女郎出，年十七八，貌类神仙。举首见客，惊而走入。温时未偶，系情殊深。俄一老妪出问客。温道姓名，兼求寄宿。妪言："宿当不妨，但少床榻；不嫌屈体，便可藉藳③。"少旋，以烛来，展草铺地，意良殷。问其姓氏，答云："赵姓。"又问："女郎何人？"曰："此宦娘，老身之犹子也。"温曰："不揣寒陋，欲求援系，如何？"妪颦蹙足："此即不敢应命。"温诘其故，但云难言，怅然遂罢。妪既去，温视藉草腐湿，不堪卧处，因危坐鼓琴，以消永夜。雨既歇，冒夜遂归。

邑有林下部郎④葛公，喜文士。温偶诣之，受命弹琴。帘内隐约有眷客窥听，忽风动帘开，见一及笄人，丽绝一世。盖公有一女，小字良工，善词赋，有艳名。温心动，归与母言，媒通之；而葛以温势式微，不许。然女自闻琴以后，心窃倾慕，每冀再聆雅奏；而温以姻事不谐，志乖意沮，绝迹于葛氏之门矣。一日，女于园中，拾得旧笺一折，上书《惜馀春》词云："因恨成痴，转思作想，日日为情颠倒。海棠带醉，杨柳伤春，同是一般怀抱。甚得新愁旧愁，刬尽还生，便如青草。自别离，只在奈何天里，度将昏晓。今日个蹙损春山，望穿秋水，道弃已拚弃了！芳衾妒梦，玉漏惊魂，要睡何能睡好？漫说长宵似年，侬视一年，比更犹少：过三更已是三年，更有何人

---

① 筇(qióng)杖——竹杖。
② 顾——只是。
③ 藉藳——摊草铺地代床。
④ 林下部郎——隐居在家的部郎官。

不老！”女吟咏数四，心悦好之。怀归，出锦笺，庄书①一通，置案间；逾时索之，不可得，窃意为风飘去。适葛经闺门过，拾之；谓良工作，恶其词荡，火之而未忍言，欲急醮之。临邑刘方伯之公子，适来问名，心善之，而犹欲一睹其人。公子盛服而至，仪容秀美。葛大悦，款延优渥。既而告别，坐下遗女舄一钩②。心顿恶其儇薄，因呼媒而告以故。公子亟辨其诬；葛弗听，卒绝之。

先是，葛有绿菊种，吝不传，良工以植闺中。温庭菊忽有一二株化为绿，同人闻之，辄造庐观赏；温亦宝之。凌晨趋视，于畦畔得笺写《惜馀春》词，反覆披读，不知其所自至。以“春”为己名，益惑之，即案头细加丹黄，评语亵嫚。适葛闻温菊变绿，讶之，躬诣其斋，见词便取展读。温以其评亵，夺而挼莎③之。葛仅读一两句，盖即闺门所拾者也。大疑，并绿菊之种，亦猜良工所赠。归告夫人，使逼诘良工。良工涕欲死，而事无验见，莫有取实。夫人恐其迹益彰，计不如以女归温。葛然之，遥致温。温喜极。是日，招客为绿菊之宴，焚香弹琴，良夜方罢。既归寝，斋童闻琴自作声，初以为僚仆之戏也；既知其非人，始白温。温自诣之，果不妄。其声梗涩，似将效己而未能者。爇火暴入，杳无所见。温携琴去，则终夜寂然。因意为狐，固知其愿拜门墙也者，遂每夕为奏一曲，而设弦任操若师，夜夜潜伏听之。至六七夜，居然成曲，雅足听闻。

温既亲迎，各述曩词，始知缔好之由，而终不知所由来。良工闻琴鸣之异，往听之，曰：“此非狐也，调凄楚，有鬼声。”温未深信。良工因言其家有古镜，可鉴魑魅。翊日，遣人取至，伺琴声既作，握镜遽入；火之，果有女子在，仓皇室隅，莫能复隐。细审之，赵氏之宦娘也。大骇，穷诘之。泫然曰：“代作蹇修④，不为无德，何相逼之甚也？”温请去镜，约勿避；诺之。乃囊镜。女遥坐曰：“妾太守之女，死百年矣。少喜琴筝；筝已颇能谙之，独此技未能嫡传，重泉犹以为憾。惠顾时，得聆雅奏，倾心向往；又恨以异

---

① 庄书——端端正正地书写。

② 女舄一钩——女鞋一只。

③ 挼莎(nuó suō)——以手揉搓。

④ 蹇修——媒人的代称。

物不能奉裳衣,阴为君圃合①佳偶,以报眷顾之情。刘公子之女舄,《惜馀春》之俚词,皆妾为之也。酬师者不可谓不劳矣。”夫妻咸拜谢之。宦娘曰:“君之业,妾思过半矣;但未尽其神理。请为妾再鼓之。”温如其请,又曲陈其法。宦娘大悦曰:“妾已尽得之矣!”乃起辞欲去。良工故善筝,闻其所长,愿以披聆。宦娘不辞,其调其谱,并非尘世所能。良工击节,转请受业。女命笔为绘谱十八章,又起告别。夫妻挽之良苦。宦娘凄然曰:“君琴瑟之好,自相知音;薄命人乌有此福。如有缘,再世可相聚耳。”因以一卷授温曰:“此妾小像。如不忘媒妁,当悬之卧室,快意时焚香一炷,对鼓一曲,则儿身受之矣。”出门遂没。

阿 绣

海州②刘子固,十五岁时,至盖③省其舅。见杂货肆中一女子,姣丽无双,心爱好之。潜至其肆,托言买扇。女子便呼父。父出,刘意沮,故折阅④之而退。遥睹其父他往,又诣之。女将觅父,刘止之曰:“无须,但言其价,我不靳⑤直耳。”女如言,固昂之。刘不忍争,脱贯竟去。明日复往,又如之。行数武,女追呼曰:“返来!适伪言耳,价奢过当。”因以半价返之。刘益感其诚,蹈隙辄往,由是日熟。女问:“郎居何所?”以实对。转诘之,自言:“姚氏。”临行,所市物,女以纸代裹完好,已而以舌舐粘之。刘怀归不敢复动,恐乱其舌痕也。积半月,为仆所窥,阴与舅力要之归。意惓惓不自得。以所市香帕脂粉等类,密置一箧,无人时,辄阖户自检一过,触类凝想。

次年,复至盖,装甫解,即趋女所;至则肆宇阖焉,失望而返。犹意偶

---

① 圃(ér)合——撮合。
② 海州——海州卫,治今辽宁海城县。
③ 盖——州名,今辽宁盖县。
④ 折阅——指压价出卖。
⑤ 不靳——不计较。

出未返，蚤又诣之，扃如故。问诸邻，始知姚原广宁①人，以贸易无重息，故暂归去；又不审何时可复来。神志乖丧。居数日，怏怏而归。母为议婚，屡梗之，母怪且怒。仆私以曩事告母，母益防闲之，盖之途由是绝。刘忽忽遂减眠食。母忧思无计，念不如从其志。于是刻日办装，使如盖，转寄语舅媒合之。舅即承命诣姚。逾时而返，谓刘曰："事不谐矣！阿绣已字广宁人。"刘低头丧气，心灰绝望。即归，捧箧啜泣，而徘徊顾念，冀天下有似之者。

适媒来，艳称复州②黄氏女。刘恐不确，命驾至复。入西门，见北向一家，两扉半开，内一女郎，怪似阿绣；再属目之，且行且盼而入，真是无讹。刘大动，因僦其东邻居，细诘知为李氏。反复疑念：天下宁有此酷肖者耶？居数日，莫可夤缘③，惟目眈眈候其门，以冀女或复出。一日，日方西，女果出。忽见刘，即返身走，以手指其后；又复掌及额，而入。刘喜极，但不能解。凝思移时，信步诣舍后，见芳园寥廓，西有短垣，略可及肩。豁然顿悟，遂蹲伏露草中。久之，有人自墙上露其首，小语曰："来乎？"刘诺而起，细视，真阿绣也。因大恫④，涕堕如绠。女隔堵探身，以巾拭其泪，深慰之。刘曰："百计不遂，自谓今生已矣，何期复有今夕？顾卿何以至此？"曰："李氏，妾表叔也。"刘请逾垣。女曰："君先归，遣从人他宿，妾当自至。"刘如言，坐伺之。少间，女悄然入，妆饰不甚炫丽，袍裤犹昔。刘挽坐，备道艰苦，因问："卿已字，何未醮也？"女曰："言妾受聘者，妄也。家君以道里赊远⑤，不愿附公子婚，此或托舅氏诡词，以绝君望耳。"既就枕席，宛转万态，款接之欢，不可言喻。四更遽起，过墙而去。刘自是不复措意黄氏矣。旅居忘返，经月不归。一夜，仆起饲马，见室中灯犹明；窥之，见阿绣，大骇，顾不敢诘主人。旦起，访市肆，始返而诘刘曰："夜与还往者，何人也？"刘初讳之。仆曰："此第岑寂，狐鬼之薮，公子宜自爱。彼姚家女郎，何为而至此？"刘始觍然曰："西邻是其表叔，有何疑沮？"仆言：

---

① 广宁——旧县名，治今辽宁北镇县。
② 复州——州名，治今辽宁复县西北。
③ 夤(yín)缘——攀附。
④ 大恫(dòng)——极为悲痛。
⑤ 赊远——遥远。

"我已访之审:东邻止一孤媪,西家一子尚幼,别无密戚。所遇当是鬼魅;不然,焉有数年之衣,尚未易者?且其面色过白,两颊少瘦,笑处无微涡,不如阿绣美。"刘反复思,乃大惧曰:"然且奈何?"仆谋伺其来,操兵人共击之。至暮,女至,谓刘曰:"知君见疑,然妾亦无他,不过了夙分耳。"言未已,仆排闼入。女呵之曰:"可弃兵!速具酒来,当与若主别。"仆便自投①,若或夺焉。刘益恐,强设酒馔。女谈笑如常,举手向刘曰:"君心事,方将图效绵薄,何竟伏戎?妾虽非阿绣,颇自谓不亚,君视之犹昔否耶?"刘毛发俱竖,噤不语。女听漏三下,把盏一呷,起立曰:"我且去,待花烛②后,再与新妇较优劣也。"转身遂杳。

刘信狐言,竟如盖。怨舅之诳己也,不舍其家;寓近姚氏,托媒自通,啖以重赂。姚妻乃言:"小郎为觅婿广宁,若翁以是故去,就否未可知。须旋日方可计校。"刘闻之,徬徨无以自主,惟坚守以伺其归。逾十余日,忽闻兵警,犹疑讹传;久之,信益急,乃趣装行。中途遇乱,主仆相失,为侦者所掠。以刘文弱,疏其防,盗马亡去。至海州界,见一女子,蓬鬓垢耳,出履蹉跌,不可堪。刘驰过之,女遽呼曰:"马上人非刘郎乎?"刘停鞭审顾,则阿绣也。心仍讶其为狐,曰:"汝真阿绣耶?"女问:"何为出此言?"刘述所遇。女曰:"妾真阿绣也。父携妾自广宁归,遇兵被俘,授马屡堕。忽一女子,握腕趣遁,荒窜军中,亦无诘者。女子健步若飞隼,苦不能从,百步而屦屡褪焉。久之,闻号嘶渐远,乃释手曰:'别矣!前皆坦途,可缓行,爱汝者将至,宜与同归。'"刘知其狐,感之。因述其留盖之故。女言其叔为择婿于方氏,未委禽而乱始作。刘始知舅言非妄。携女马上,叠骑归。入门则老母无恙,大喜。系马入,俱道所以。母亦喜,为女盥濯,竟妆,容光焕发。母抚掌曰:"无怪痴儿魂梦不置也!"遂设裀褥,使从己宿。又遣人赴盖,寓书于姚。不数日,姚夫妇俱至,卜吉成礼乃去。

刘出藏箧,封识俨然。有粉一函,启之,化为赤土。刘异之。女掩口曰:"数年之盗,今始发觉矣。尔日见郎任妾包裹,更不及审真伪,故以此相戏耳。"方嬉笑间,一人搴帘入曰:"快意如此,当谢蹇修③否?"刘视之,

---

① 自投——自动放下兵器。
② 花烛——代指结婚。
③ 蹇修——媒人的代称。

又一阿绣也,急呼母。母及家人悉集,无有能辨识者。刘回眸亦迷;注目移时,始揖而谢之。女子索镜自照,赧然趋出,寻之已杳。夫妇感其义,为位于室而祀之。一夕,刘醉归,室暗无人,方自挑灯,而阿绣至。刘挽问:"何之?"笑曰:"醉臭熏人,使人不耐!如此盘诘,谁作桑中逃①耶?"刘笑捧其颊。女曰:"郎视妾与狐姊孰胜?"刘曰:"卿过之。然皮相者不辨也。"已而合扉相狎。俄有叩门者,女起笑曰:"君亦皮相者也。"刘不解,趋启门,则阿绣入,大愕。始悟适与语者,狐也。暗中又闻笑声。夫妻望空而祷,祈求现像。狐曰:"我不愿见阿绣。"问:"何不另化一貌?"曰:"我不能。"问:"何故不能?"曰:"阿绣,吾妹也,前世不幸夭殂。生时,与余从母至天宫,见西王母,心窃爱慕,归则刻意效之。妹较我慧,一月神似;我学三月而后成,然终不及妹。今已隔世,自谓过之,不意犹昔耳。我感汝两人诚,故时复一至,今去矣。"遂不复言。自此三五日辄一来,一切疑难悉决之。值阿绣归宁,来常数日住,家人皆惧避之。每有亡失,则华妆端坐,插玳瑁簪长数寸,朝②家人而庄语之:"所窃物,夜当送至某所;不然,头痛大作,悔无及!"天明,果于某所获之。三年后,绝不复来。偶失金帛,阿绣效其妆,吓家人,亦屡效焉。

杨疤眼

一猎人,夜伏山中,见一小人,长二尺已来,踽踽③行涧底。少间,又一人来,高亦如之。适相值,交问何之。前者曰:"我将往望杨疤眼。前见其气色晦黯,多罹不吉。"后人曰:"我亦为此,汝言不谬。"猎者知其非人,厉声大叱,二人并无有矣。夜获一狐,左目上有瘢痕,大如钱。

---

① 作桑中逃——男女幽会。

② 朝(cháo)——召集。

③ 踽踽(jǔ jǔ)——孤独状。

小 翠

王太常①，越②人。总角时，昼卧榻上。忽阴晦，巨霆暴作，一物大于猫，来伏身下，展转不离。移时晴霁，物即径出。视之，非猫，始怖，隔房呼兄。兄闻，喜曰："弟必大贵，此狐来避雷霆劫也。"后果少年登进士，以县令入为侍御③。生一子，名元丰，绝痴，十六岁不能知牝牡④，因而乡党无与为婚。王忧之。适有妇人率少女登门，自请为妇。视其女，嫣然展笑，真仙品也。喜问姓名。自言："虞氏。女小翠，年二八矣。"与议聘金。曰："是从我糠覈⑤不得饱，一旦置身广厦，役婢仆，厌膏粱，彼意适，我愿慰矣，岂卖菜也而索直乎！"夫人大悦，优厚之。妇即命女拜王及夫人，嘱曰："此尔翁姑，奉侍宜谨。我大忙，且去，三数日当复来。"王命仆马送之。妇言："里巷不远，无烦多事。"遂出门去。小翠殊不悲恋，便即奁中翻取花样。夫人亦爱乐之。

数日，妇不至。以居里问女，女亦憨然不能言其道路。遂治别院，使夫妇成礼。诸戚闻拾得贫家儿作新妇，共笑姗之；见女皆惊，群议始息。女又甚慧，能窥翁姑喜怒。王公夫妇，宠惜过于常情，然惕惕焉，惟恐其憎子痴；而女殊欢笑，不为嫌。第善谑，刺布作圆⑥，蹋蹴为笑。着小皮靴，蹴去数十步，绐公子奔拾之，公子及婢恒流汗相属。一日，王偶过，圆礐然来，直中面目。女与婢俱敛迹去，公子犹踊跃奔逐之。王怒，投之以石，始伏而啼。王以告夫人；夫人往责女，女俯首微笑，以手刓⑦床。既退，憨跳如故，以脂粉涂公子，作花面如鬼。夫人见之，怒甚，呼女诟骂。女倚几弄带，不惧，亦不言。夫人无奈之，因杖其子。元丰大号，女始色变，屈膝乞

---

① 太常——官名，职掌宫中祭祀礼乐事。

② 越——今浙江地区。

③ 侍御——清代御史的别称。

④ 牝牡——雌雄，指男女性别。

⑤ 糠覈（hé）——粗饭。

⑥ 刺布作圆——缝布作球。

⑦ 刓（wán）——刻划。

宥。夫人怒顿解，释杖去。女笑拉公子入室，代扑衣上尘，拭眼泪，摩挲杖痕，饵以枣栗。公子乃收涕以忻。女阖庭户，复装公子作霸王，作沙漠人；己乃艳服，束细腰，婆娑作帐下舞；或髻插雉尾，拨琵琶，丁丁缕缕然①，喧笑一室，日以为常。王公以子痴，不忍过责妇；即微闻焉，亦若置之。

同巷有王给谏②者，相隔十余户，然素不相能。时值三年大计吏，忌公握河南道篆③，思中伤之。公知其谋，忧虑无所为计。一夕，早寝。女冠带，饰冢宰④状，剪素丝作浓髭，又以青衣饰两婢为虞候⑤，窃跨厩马而出，戏云："将谒王先生。"驰至给谏之门，即又鞭挞从人，大言曰："我谒侍御王⑥，宁谒给谏王⑦耶！"回辔而归。比至家门，门者误以为真，奔白王公。公急起承迎，方知为子妇之戏。怒甚，谓夫人曰："人方蹈我之瑕，反以闺阁之丑，登门而告之。余祸不远矣！"夫人怒，奔女室，诟让之。女惟憨笑，并不一置词。挞之，不忍；出之，则无家：夫妻懊怨，终夜不寝。时冢宰某公赫甚，其仪采服从，与女伪装无少殊别，王给谏亦误为真。屡侦公门，中夜而客未出，疑冢宰与公有阴谋。次日早朝，见而问曰："夜，相公至君家耶?"公疑其相讥，惭言唯唯，不甚响答。给谏愈疑，谋遂寝，由此益交欢公。公探知其情，窃喜，而阴嘱夫人，劝女改行⑧；女笑应之。

逾岁，首相⑨免，适有以私函致公者，误投给谏。给谏大喜，先托善公者往假万金，公拒之。给谏自诣公所。公觅巾袍，并不可得；给谏伺候久，怒公慢，愤将行。忽见公子衮衣旒冕，有女子自门内推之以出。大骇；已而笑抚之，脱其服冕而去。公急出，则客去远。闻其故，惊颜如土，大哭曰："此祸水也！指日赤吾族矣！"与夫人操杖往。女已知之，阖扉任其诟

---

① "丁丁缕缕然"——以上几句均描写扮演"霸王别姬"、"昭君出塞"嬉戏场景。

② 给谏——官名，给事中的别称。

③ 道篆——明代监察御史的别称。

④ 冢宰——明代吏部尚书的别称。

⑤ 虞候——此指侍卫、随从。

⑥ 侍御王——指王太常。

⑦ 给谏王——指王给谏。

⑧ 改行(xíng)——改变其行为。

⑨ 首相——同"冢宰"。

厉。公怒，斧其门。女在内含笑而告之曰："翁无烦怒。有新妇在，刀锯斧钺，妇自受之，必不令贻害双亲。翁若此，是欲杀妇以灭口耶？"公乃止。给谏归，果抗疏揭王不轨，衮冕作据。上惊验之，其旒冕乃梁䕸心所制，袍则败布黄袱也。上怒其诬。又召元丰至，见其憨状可掬，笑曰："此可以作天子耶？"乃下之法司。给谏又讼公家有妖人，法司严诘臧获[1]，并言无他，惟颠妇痴儿，日事戏笑；邻里亦无异词。案乃定，以给谏充云南军。王由是奇女。又以母久不至，意其非人。使夫人探诘之，女但笑不言。再复穷问，则掩口曰："儿玉皇女，母不知耶？"

无何，公擢京卿。五十余，每患无孙。女居三年，夜夜与公子异寝，似未尝有所私。夫人舁榻去，嘱公子与妇同寝。过数日，公子告母曰："借榻去，悍不还！小翠夜夜以足股加腹上，喘气不得；又惯掐人股里。"婢妪无不粲然。夫人呵拍令去。一日，女浴于室，公子见之，欲与偕；女笑止之，谕使姑待。既出，乃更泻热汤于瓮，解其袍裤，与婢扶之入。公子觉蒸闷，大呼欲出。女不听，以衾蒙之。少时，无声，启视，已绝。女坦笑不惊，曳置床上，拭体干洁，加复被焉。夫人闻之，哭而入，骂曰："狂婢何杀吾儿！"女辗然曰："如此痴儿，不如勿有。"夫人益恚，以首触女；婢辈争曳劝之。方纷噪间，一婢告曰："公子呻矣！"辍涕抚之，则气息休休，而大汗浸淫，沾浃裀褥。食顷，汗已，忽开目四顾，遍视家人，似不相识，曰："我今回忆往昔，都如梦寐，何也？"夫人以其言语不痴，大异之。携参其父，屡试之，果不痴。大喜，如获异宝。至晚，还榻故处，更设衾枕以觇之。公子入室，尽遣婢去。早窥之，则榻虚设。自此痴颠皆不复作，而琴瑟静好，如形影焉。

年余，公为给谏之党奏劾免官，小有罣误[2]。旧有广西中丞所赠玉瓶，价累千金，将出以贿当路。女爱而把玩之，失手堕碎，惭而自投。公夫妇方以免官不快，闻之，怒，交口呵骂。女忿而出，谓公子曰："我在汝家，所保全者不止一瓶，何遂不少存面目？实与君言：我非人也。以母遭雷霆之劫，深受而翁庇翼；又以我两人有五年夙分，故以我来报曩恩、了夙愿耳。身受唾骂，擢发不足以数，所以不即行者，五年之爱未盈。今何可以

---

① 臧获——奴婢。

② 罣误——受谴责。

暂止乎!”盛气而出,追之已杳。公爽然自失,而悔无及矣。公子入室,睹其賸粉遗钩,恸哭欲死;寝食不甘,日就羸瘁。公大忧,急为胶续①以解之,而公子不乐。惟求良工画小翠像,日夜浇祷其下,几二年。

偶以故自他里归,明月已皎,村外有公家亭园,骑马墙外过,闻笑语声,停辔,使厩卒捉鞚;登鞍一望,则二女郎游戏其中。云月昏蒙,不甚可辨,但闻一翠衣者曰:“婢子当逐出门!”一红衣者曰:“汝在吾家园亭,反逐阿谁?”翠衣人曰:“婢子不羞!不能作妇,被人驱遣,犹冒认物产也?”红衣者曰:“索胜②老大婢无主顾者!”听其音,酷类小翠,疾呼之。翠衣人去曰:“姑不与若争,汝汉子来矣。”既而红衣人来,果小翠。喜极。女令登垣承接而下之,曰:“二年不见,骨瘦一把矣!”公子握手泣下,具道相思。女言,“妾亦知之,但无颜复见家人。今与大姊游戏,又相邂逅,足知前因不可逃也。”请与同归,不可;请止园中,许之。公子遣仆奔白夫人。夫人惊起,驾肩舆而往,启钥入亭。女即趋下迎拜;夫人捉臂流涕,力白前过,几不自容,曰:“若不少记榛梗③,请偕归,慰我迟暮。”女峻辞不可。夫人虑野亭荒寂,谋以多人服役。女曰:“我诸人悉不愿见,惟前两婢朝夕相从,不能无眷注耳;外惟一老仆应门,余都无所复须。”夫人悉如其言。托公子养疴园中,日供食用而已。

女每劝公子别婚,公子不从。后年余,女眉目音声,渐与曩异,出像质之,迥若两人。大怪之。女曰:“视妾今日,何如畴昔美?”公子曰:“二十余岁,何得速老。”女笑而焚图,救之已烬。一日,谓公子曰:“昔在家时,阿翁谓妾抵死不作茧④。今亲老君孤,妾实不能产,恐误君宗嗣。请娶妇于家,旦晚侍奉公姑,君往来于两间,亦无所不便。”公子然之,纳币⑤于锺太史之家。吉期将近,女为新人制衣履,赍送母所。及新人入门,则言貌举止,与小翠无毫发之异。大奇之。往至园亭,则女亦不知所在。问婢,婢出红巾曰:“娘子暂归宁,留此贻公子。”展巾,则结玉玦一枚,心知其不

---

① 胶续——续娶。

② 索胜——总还胜过。

③ 榛梗——此指隔阂。

④ 抵死不作茧——至死不能生育。

⑤ 纳币——下聘礼。

返,遂携婢俱归。虽顷刻不忘小翠,幸而对新人如觌旧好焉。始悟锺氏之姻,女预知之,故先化其貌,以慰他日之思云。

异史氏曰:"一狐也,以无心之德,而犹思所报;而身受再造之福者,顾失声于破甑①,何其鄙哉! 月缺重圆,从容而去,始知仙人之情,亦更深于流俗也!"

金和尚

金和尚,诸城②人。父无赖,以数百钱鬻子五莲山③寺。小顽钝,不能肄清业,牧猪赴市,若佣保。后本师④死,稍有遗金,卷怀离寺,作负贩去。饮羊、登垄⑤,计最工,数年暴富,买田宅于水坡里。弟子繁有徒,食指日千计。绕里膏田千百亩。里中起第数十处,皆僧,无人⑥;即有,亦贫无业,携妻子,僦屋佃田者也。每一门内,四缭连屋,皆此辈列而居。僧舍其中:前有厅事⑦,梁楹节棁⑧,绘金碧,射人眼;堂上几屏,晶光可鉴;又其后为内寝,朱帘绣幕,兰麝充溢喷人;螺钿雕檀为床,床上锦茵褥,褶叠大尺有咫;壁上美人、山水诸名迹,悬粘几无隙处。一声长呼,门外数十人轰应如雷。细缨革靴者⑨,皆乌集鹄⑩立;受命皆掩口语,侧耳以听。客仓卒至,十余筵可咄嗟⑪办,肥醴蒸薰,纷纷狼藉如雾霈。但不敢公然蓄

---

① 失声于破甑——借喻指责王太常毫无涵养。
② 诸城——县名,今属山东省。
③ 五莲山——在今山东五莲、日照两县交界处。
④ 本师——指剃度、受戒的师父。
⑤ 饮羊、登垄——泛指欺行霸市的无赖行为。
⑥ 无人——没有俗家人。
⑦ 厅事——私宅所设处理家务的场所。
⑧ 梁楹节棁(zhuō)——屋梁、楹柱、柱端斗拱、梁上短柱。
⑨ 细缨革靴者——喻仆人妆束华丽。
⑩ 鹄——天鹅。
⑪ 咄嗟——喻时间短暂。

歌妓；而狡童①十数辈，皆慧黠能媚人，皂纱缠头，唱艳曲，听睹亦颇不恶。金若一出，前后数十骑，腰弓矢相摩戛。奴辈呼之皆以“爷”；即邑之人若民，或“祖”之，“伯、叔”之，不以“师”，不以“上人”，不以禅号也。其徒出，稍稍杀②于金，而风鬟云辔，亦略于贵公子等。金又广结纳，即千里外呼吸亦可通，以此挟方面短长，偶气触之，辄惕自惧。而其为人，鄙不文，顶趾③无雅骨。生平不奉一经，持一咒，迹不履寺院，室中亦未尝蓄铙鼓；此等物，门人辈弗及见，并弗及闻。凡僦屋者，妇女浮丽如京都，脂泽金粉，皆取给于僧；僧亦不之靳，以故里中不田而农者以百数。时而恶佃决僧首瘗床下，亦不甚穷诘，但逐去之，其积习然也。金又买异姓儿，私子之。延儒师，教帖括业④。儿聪慧能文，因令入邑庠；旋援例作太学生⑤；未几，赴北闱，领乡荐。由是金之名以“太公”噪。向之“爷”之者“太”之，膝席者皆垂手执儿孙礼。

无何，太公僧薨。孝廉衰绖卧苫块，北面称孤；诸门人释杖满床榻；而灵帏后嘤嘤细泣，惟孝廉夫人一而已。士大夫妇咸华妆来，搴帏吊唁，冠盖舆马塞道路。殡日，棚阁云连，旛幢⑥翳日。殉葬刍灵，饰以金帛；舆盖仪仗数十事；马千匹，美人百袂⑦，皆如生。方弼、方相⑧，以纸壳制巨人，皂帕金铠；空中而横以木架，纳活人内负之行。设机转动，须眉飞舞；目光铄闪，如将叱咤。观者惊怪，或小儿女遥望之，辄啼走。冥宅壮丽如宫阙，楼阁房廊连垣数十亩，千门万户，入者迷不可出。祭品像物，多难指名。会葬者盖相摩，上自方面，皆伛偻入，起拜如朝仪；下至贡监簿史⑨，则手据地以叩，不敢劳公子、劳诸师叔也。当是时，倾国瞻仰，男女喘汗属于

---

① 狡童——指美貌的少年。
② 杀——减。
③ 顶趾——从头到脚。
④ 帖括业——科举业。
⑤ 太学生——国子监监生的别称。
⑥ 旛幢(fān chuáng)——丧葬时用的旗。
⑦ 美人百袂(mèi)——美人五十多。
⑧ 方弼、方相——古驱邪的神像。
⑨ 贡监簿史——泛指府县的杂职官员。

道;携妇襁儿,呼兄觅妹者声鼎沸。杂以鼓乐喧豗①,百戏鞺鞳②,人语都不可闻。观者自肩以下皆隐不见,惟万顶攒动而已。有孕妇痛急欲产,诸女伴张裙为幄,罗守之;但闻儿啼,不暇问雌雄,断幅绷怀中,或扶之,或曳之,蹩躠③以去。奇观哉!葬后,以金所遗资产,瓜分而二之:子一,门人一。孝廉得半,而居第之南;之北、之西东,尽缁党。然皆兄弟叙,痛痒又相关云。

异史氏曰:"此一派也,两宗④未有,六祖⑤无传,可谓独辟法门者矣。抑闻之:五蕴⑥皆空,六尘⑦不染,是谓'和尚';口中说法,座上参禅⑧,是谓'和样';鞋香楚地,笠重吴天⑨,是谓'和撞';鼓钲锽聒,笙管敖曹,是谓'和唱';狗苟钻缘,蝇营淫赌,是谓'和幛'。金也者,'尚'耶?'样'耶?'唱'耶?'撞'耶?抑地狱之'幛'耶?"

龙戏蛛

徐公为齐东⑩令。署中有楼,用藏肴饵,往往被物窃食,狼藉于地。家人屡受谯责,因伏伺之。见一蜘蛛,大如斗。骇走白公。公以为异,日遣婢辈投饵焉。蛛益驯,饥辄出依人,饱而后去。积年余,公偶阅案牍,蛛忽来伏几上。疑其饥,方呼家人取饵;旋见两蛇夹蛛卧,细裁如箸,蛛爪踡腹缩,若不胜惧。转瞬间,蛇暴长,粗于卵。大骇,欲走。巨霆大作,合家

---

① 喧豗(huī)——喧闹声。

② 鞺鞳(tāng tà)——演戏时的锣鼓声。

③ 蹩躠(bié xiè)——喻歪歪倒倒状。

④ 两宗——中国佛教的两个宗派:南宗、北宗。

⑤ 六祖——禅宗六祖自达摩至慧能衣钵共传六世。

⑥ 五蕴——佛教用语,指色(形相)、受(情欲)、想(意念)、行(行为)、识(心灵)。

⑦ 六尘——佛教用语,指色、声、香、味、触、法。

⑧ 参禅——佛教修行方法,默坐静思、悟求佛理。

⑨ 鞋香楚地,笠重吴天——指僧人云游四方、寻师问道。

⑩ 齐东——县名,今山东济阳、章丘、高青三县之间。

震毙。移时，公苏；夫人及婢仆击死者七人。公病月余，寻卒。公为人廉正爱民，柩发之日，民敛钱以送，哭声满野。

异史氏曰：“龙戏蛛，每意是里巷之讹言耳，乃真有之乎？闻雷霆之击，必于凶人，奈何以循良之吏，罹此惨毒？天公之愦愦，不已多乎！”

商 妇

天津①商人某，将贾远方，往从富人贷资数百。为偷儿所窥，及夕，预匿室中以俟其归。而商以是日良，负资竟发。偷儿伏久，但闻商人妇转侧床上，似不成眠。既而壁上一小门开，一室尽亮。内门有女子出，容齿少好，手引长带一条，近榻授妇，妇以手却之。女固授之；妇乃受带，起悬梁上，引颈自缢。女遂去，壁扉亦阖。偷儿大惊，拔关遁去。既明，家人见妇死，质诸官。官拘邻人而锻炼之，诬服成狱，不日就决。偷儿愤其冤，自首于堂，告以是夜所见。鞫之情真，邻人遂免。问其里人，言宅之故主曾有少妇经死，年齿容貌，与盗言悉符，因知是其鬼也。俗传暴死②者必求代替，其然欤？

阎 罗 宴

静海③邵生，家贫。值母初度，备牲酒祀于庭；拜已而起，则案上肴馔皆空。甚骇，以情告母。母疑其困乏不能为寿，故诡言之。邵默然无以自白。无何，学使案临，苦无资斧，薄贷而往。途遇一人，伏候道左，邀请甚殷。从去，见殿阁楼台，弥亘街路④。既入，一王者坐殿上，邵伏拜。王者

---

① 天津——天津卫，今天津市。

② 暴死——突然死亡。

③ 静海——县名，今属天津市。

④ 弥亘街路——远接街路。

霁颜①命坐,即赐宴饮,因曰:“前过华居,厮仆辈道路饥渴,有叨盛馔。”邵愕然不解。王者曰:“我忤官王②也。不记尊堂设帨之辰③乎?”筵终,出白镪一裹④,曰:“豚蹄之扰,聊以相报。”受之而出,则宫殿人物,一时都渺;惟有大树数章⑤,萧然道侧。视所赠,则真金,秤之得五两。考终,止耗其半,犹怀归以奉母焉。

役　鬼

山西杨医,善针灸之术;又能役鬼。一出门,则捉骡操鞭者,皆鬼物也。尝夜自他归,与友人同行。途中见二人来,修伟异常。友人大骇。杨便问:“何人?”答云:“长脚王、大头李,敬迓⑥主人。”杨曰:“为我前驱。”二人旋踵而行,蹇缓⑦则立候之,若奴隶然。

细　柳

细柳娘,中都⑧之士人女也。若以其腰嫖嫋⑨可爱,戏呼之“细柳”云。柳少慧,解文字,喜读相人书⑩。而生平简默,未尝言人臧否⑪;但有问名者,必求一亲窥其人。阅人甚多,俱未可,而年十九矣。父母怒之曰:

---

① 霁颜——和颜悦色。
② 忤官王——俗称“十殿阎罗”之一。
③ 尊堂设帨之辰——指其母寿辰。
④ 白镪一裹——白金一包。
⑤ 数章——数棵。
⑥ 敬迓——敬迎。
⑦ 蹇缓——行走缓慢。
⑧ 中都——古邑名,今河南沁阳县东北。
⑨ 嫖嫋——轻捷嫋娜。
⑩ 相人书——算命类书籍。
⑪ 臧否(pǐ)——善恶得失。

“天下迄无良匹,汝将以丫角老①耶?”女曰:“我实欲以人胜天;顾久而不就,亦吾命也。今而后,请惟父母之命是听。”

时有高生者,世家名士,闻细柳之名,委禽焉。既醮,夫妇甚得。生前室遗孤,小字长福,时五岁,女抚养周至。女或归宁,福辄号啼从之,呵遣所不能止。年余,女产一子,名之长怙。生问名字之义,答言:“无他,但望其长依膝下耳。”女于女红疏略,常不留意;而于亩之东南②,税之多寡,按籍而问,惟恐不详。久之,谓生曰:“家中事请置勿顾,待妾自为之,不知可当家否?”生如言,半载而家无废事,生亦贤之。

一日,生赴邻村饮酒,适有追逋赋者③,打门而谇④;遣奴慰之,弗去。乃趣童召生归。隶既去,生笑曰:“细柳,今始知慧女不若痴男耶?”女闻之,俯首而哭。生惊挽而劝之,女终不乐。生不忍以家政累之,仍欲自任,女又不肯。晨兴夜寐,经纪弥勤。每先一年,即储来岁之赋,以故终岁未尝见催租者一至其门;又以此法计衣食,由此用度益纾⑤。于是生乃大喜,尝戏之曰:“细柳何细哉:眉细、腰细、凌波细⑥,且喜心思更细。”女对曰:“高郎诚高矣:品高、志高、文字高,但愿寿数尤高。”村中有货美材⑦者,女不惜重直致之;价不能足,又多方乞贷于戚里。生以其不急之物,固止之,卒弗听。蓄之年余,富室有丧者,以倍资赎诸其门。生因利而谋诸女,女不可。问其故,不语;再问之,荧荧欲涕。心异之,然不忍重拂焉,乃罢。

又逾岁,生年二十有五,女禁不令远游;归稍晚,僮仆招请者,相属于道。于是同人咸戏谤之。一日,生如友人饮,觉体不快而归,至中途堕马,遂卒。时方溽暑,幸衣衾皆所夙备。里中始共服细娘智。福年十岁,始学为文。父既殁,娇惰不肯读,辄亡去从牧儿遨。谯诃不改,继以夏楚⑧,而顽冥如故。母无奈之,因呼而谕之曰:“既不愿读,亦复何能相强?但贫

① 以丫角老——终身当老处女。

② 亩之东南——耕种田地事。

③ 追逋(bū)赋者——追讨拖欠赋税者。

④ 谇(suì)——叫骂。

⑤ 益纾——越来越宽裕。

⑥ 凌波细——喻脚小。

⑦ 美材——上等棺木。

⑧ 夏(jiǎ)楚——鞭打。

家无冗人①，便更若衣，使与僮仆共操作。不然，鞭挞勿悔！”于是衣以败絮，使牧豕；归则自掇陶器，与诸仆啖饭粥。数日，苦之，泣跪庭下，愿仍读。母返身面壁，置不闻。不得已，执鞭啜泣而出。残秋向尽，桁②无衣，足无履，冷雨沾濡，缩头如丐。里人见而怜之，纳继室者，比引细娘为戒，啧有烦言。女亦稍稍闻之，而漠不为意。福不堪其苦，弃豕逃去；女亦任之，殊不追问。积数月，乞食无所，憔悴自归；不敢遽入，哀求邻媪往白母。女曰：“若能受百杖，可来见；不然，早复去。”福闻之，骤入，痛哭愿受杖。母问：“今知改悔乎？”曰：“悔矣。”曰：“既知悔，无须挞楚，可安分牧豕，再犯不宥！”福大哭曰：“愿受百杖，请复读。”女不听。邻妪怂恿之，始纳焉。濯发授衣，令与弟怙同师。勤身锐虑，大异往昔，三年游泮。中丞③杨公，见其文而器之，月给常廪，以助灯火。怙最钝，读数年不能记姓名。母令弃卷而农。怙游闲惮于作苦。母怒曰：“四民④各有本业，既不能读，又不能耕，宁不沟瘠死耶？”立杖之。由是率奴辈耕作，一朝晏起，则诟骂从之；而衣服饮食，母辄以美者归兄。怙虽不敢言，而心窃不能平。农工既毕，母出资使学负贩。怙淫赌，入手丧败，诡托盗贼运数，以欺其母。母觉之，杖责濒死。福长跪哀乞，愿以身代，怒始解。自是一出门，母辄探察之。怙行稍敛，而非其心之所得已也。

一日，请母，将从诸贾入洛；实借远游，以快所欲，而中心惕惕，惟恐不遂所请。母闻之，殊无疑虑，即出碎金三十两，为之具装；末又以铤金一枚付之，曰：“此乃祖宦囊之遗，不可用去，聊以压装，备急可耳。且汝初学跋涉，亦不敢望重息，只此三十金得无亏负足矣。”临又嘱之。怙诺而出，欣欣意自得。至洛，谢绝客侣，宿名娼李姬之家。凡十余夕，散金渐尽。自以巨金在橐，初不意空匮在虑；及取而斫之，则伪金耳。大骇，失色。李媪见其状，冷语侵客。怙心不自安，然囊空无所向往，犹冀姬念夙好，不即绝之。俄有二人握索入，骤絷项领。惊惧不知所为。哀问其故，则姬已窃伪金去首公庭矣。至官，不能置辞，梏掠几死。收狱中，又无资斧，大为狱

① 冗人——闲散人。

② 桁(héng)——衣架。

③ 中丞——指巡抚。

④ 四民——士、农、工、商。

吏所虐,乞食于囚,苟延余息。初,怙之行也,母谓福曰:“记取廿日后,当遣汝之洛。我事烦,恐忽忘之。”福不知所谓,黯然欲悲,不敢复请而退。过二十日而问之。叹曰:“汝弟今日之浮荡,犹汝昔日之废学也。我不冒恶名,汝何以有今日?人皆谓我忍,但泪浮枕簟,而人不知耳!”因泣下。福侍立敬听,不敢研诘。泣已,乃曰:“汝弟荡心不死,故授之伪金以挫折之,今度已在缧绁中矣。中丞待汝厚,汝往求焉,可以脱其死难,而生其愧悔也。”福立刻而发。比入洛,则弟被逮三日矣。即狱中而望之,怙奄然面目如鬼,见兄涕不可仰。福亦哭。时福为中丞所宠异,故遐迩皆知其名。邑宰知为怙兄,急释之。怙至家,犹恐母怒,膝行而前。母顾曰:“汝愿遂耶?”怙零涕不敢复作声,福亦同跪,母始叱之起。由是痛自悔,家中诸务,经理维勤;即偶惰,母亦不呵问之。凡数月,并不与言商贾,意欲自请而不敢,以意告兄。母闻而喜,并力质贷而付之,半载而息倍焉。是年,福秋捷①,又三年登第;弟货殖累巨万矣。邑有客洛者,窥见太夫人,年四旬,犹若三十许人,而衣妆朴素,类常家云。

异史氏曰:“《黑心符》出,芦花变生,古与今如一丘之貉,良可哀也!或有避其谤者,又每矫枉过正,至坐视儿女之放纵而不一置问,其视虐遇者几何哉?独是日挞所生,而人不以为暴;施之异腹儿,则指摘从之矣。夫细柳固非独忍于前子也;然使所出贤,亦何能出此心以自白于天下?而乃不引嫌,不辞谤,卒使二子一富一贵,表表于世。此无论闺闼,当亦丈夫之铮铮者矣!”

---

① 秋捷——考中举人。

卷　八

画　马

临清①崔生，家窭贫。围垣不修。每晨起，辄见一马卧露草间，黑质白章；惟尾毛不整，似火燎断者。逐去，夜又复来，不知所自。崔有好友，官于晋，欲往就之，苦无健步②，遂捉马施勒乘去，嘱属家人曰："倘有寻马者，当如晋以告。"

既就途，马骛驶，瞬息百里。夜不甚啖③刍豆，意其病。次日紧衔不令驰，而马蹄嘶喷沫，健怒如昨。复纵之，午已达晋。时骑入市廛，观者无不称叹。晋王闻之，以重直购之。崔恐为失者所寻，不敢售。居半年，无耗，遂以八百金货于晋邸，乃自市健骡归。

后王以急务，遣校尉骑赴临清。马逸，追至崔之东邻，入门，不见。索诸主人。主曾姓，实莫之睹。及入室，见壁间挂子昂④画马一帧，内一匹毛色浑似，尾处为香炷所烧，始知马，画妖也。校尉难复王命，因讼曾。时崔得马资，居积盈万，自愿以直贷曾，付校尉去。曾甚德之，不知崔即当年之售主也。

局　诈

某御史家人，偶立市间，有一人衣冠华好，近与攀谈。渐问主人姓字、官阀，家人并告之。其人自言："王姓，贵主家之内使也。"语渐款洽，因

① 临清——县名，今山东临清市。

② 健步——可供骑乘的大牲口如马、骡之类。

③ 啖(dàn)——同"啖"，吃。

④ 子昂——即赵孟頫，字子昂，号松雪道人、水精宫道人，元代湖州(今浙江吴兴)人，著名书画家、诗人。

曰:“宦途险恶,显者皆附贵戚之门,尊主人所托何人也?”答曰:“无之。”王曰:“此所谓惜小费而忘大祸者也。”家人曰:“何托而可?”王曰:“公主待人以礼,能覆翼①人。某侍郎系仆阶进。倘不惜千金贽,见公主当亦不难。”家人喜,问其居止。便指其门户曰:“日同巷不知耶?”家人归告侍御。侍御喜,即张盛筵,使家人往邀王。王欣然来。筵间道公主情性及起居琐事甚悉,且言:“非同巷之谊,赐即百金赏,不肯效牛马。”御史益佩戴之。临别,订约,王曰:“公但备物,仆乘间言之,旦晚当有报命。”

越数日始至,骑骏马甚都,谓侍御曰:“可速治装行。公主事大烦,投谒者踵相接,自晨及夕,不得一间。今得一间,宜急往,误则相见无期矣。”侍御乃出兼金②重币,从之去。曲折十余里,始至公主第,下骑祗候。王先持贽入。久之,出,宣言:“公主召某御史。”即有数人接递传呼。侍御伛偻而入,见高堂上坐丽人,姿貌如仙,服饰炳耀;侍姬皆着锦绣,罗列成行。侍御伏谒尽礼,传命赐坐檐下,金碗进茗。主略致温旨,侍御肃而退。自内传赐缎靴、貂帽。

既归,深德王,持刺谒谢,则门阖无人。疑其侍主未复。三日三诣,终不复见。使人询诸贵主之门,则高扉扃锢。访之居人,并言:“此间曾无贵主。前有数人僦屋而居,今去已三日矣。”使反命,主仆丧气而已。

副将军某,负资入都,将图握篆③,苦无阶。一日,有裘马者谒之,自言:“内兄为天子近侍。”茶已,请间云:“目下有某处将军缺,倘不吝重金,仆嘱内兄游扬圣主之前,此任可致,大力者不能夺也。”某疑其妄。其人曰:“此无须踟蹰。某不过欲抽小数于内兄,于将军锱铢无所望。言定如干数,署券为信。待召见后,方求实给;不效,则汝金尚在,谁从怀中而攫之耶?”某乃喜,诺之。次日,复来引某去,见其内兄,云:“姓田。”煊赫如侯家。某参谒,殊傲睨不甚为礼。其人持券向某曰:“适与内兄议,率非万金不可,请即署尾。”某从之。田曰:“人心叵测,事后虑有反复。”其人笑曰:“兄虑之过矣。既能予之,宁不能夺之耶?且朝中将相,有愿纳交

① 覆翼——荫护。

② 兼金——精金。

③ 将图握篆——将要图谋做将军。

而不可得者。将军前程方远，应不丧心至此。”某亦力矢而去。其人送之，曰：“三日即复公命。”

逾两日，日方西，数人吼奔而入，曰：“圣上坐待矣！”某惊甚，疾趋入朝。见天子坐殿上，爪牙森立。某拜舞已。上命赐坐，慰问殷勤，顾左右曰：“闻某武烈非常，今见之，真将军才也！”因曰：“某处险要地，今以委卿，勿负朕意，侯封有日耳。”某拜恩出。即有前日裘马者从至客邸，依券兑付而去。于是高枕待绶①，日夸荣于亲友。过数日，探访之，则前缺已有人矣。大怒，忿争于兵部之堂②，曰：“某承帝简，何得授之他人？”司马③怪之。及述宠遇，半如梦境。司马怒，执下廷尉④。始供其引见者之姓名，则朝中并无此人。又耗万金，始得革职而去。异哉！武弁虽骙⑤，岂朝门亦可假耶？疑其中有幻术存焉，所谓“大盗不操矛弧”⑥者也。

嘉祥⑦李生，善琴。偶适东郊，见工人掘土得古琴，遂以贱直得之。拭之有异光；安弦而操，清烈非常。喜极，若获拱璧，贮以锦囊，藏之密室，虽至戚不以示也。

邑丞⑧程氏，新莅任，投刺谒李。李故寡交游，以其先施故，报之。过数日，又招饮，固请乃往。程为人风雅绝伦，议论潇洒，李悦焉。越日，折柬酬之，欢笑益洽。从此月夕花晨，未尝不相共也。年余，偶于丞廨中，见绣囊裹琴置几上，李便展玩。程问：“亦谙此否？”李曰：“生平最好。”程讶曰：“知交非一日，绝技胡不一闻。”拨炉爇沉香⑨，请为小奏。李敬如教。程曰：“大高手！愿献薄技，勿笑小巫也。”遂鼓“御风曲”⑩，其声泠泠，有

---

① 待绶——等待任命。
② 兵部之堂——兵部的办公场所。
③ 司马——兵部尚书的别称。
④ 廷尉——官名，职掌刑狱。
⑤ 骙(ái)——痴呆。
⑥ 大盗不操矛弧——善偷之人不拿武器。
⑦ 嘉祥——县名，今属山东省。
⑧ 邑丞——县丞。
⑨ 沉香——一种香木料。
⑩ 御风曲——杜撰的琴曲。

绝世出尘之意。李更倾倒,愿师事之。

自此二人以琴交,情分益笃。年余,尽传其技。然程每诣李,李以常琴供之,未肯泄所藏也。一夕,薄醉。丞曰:"某新肄一曲,亦愿闻之乎?"为奏"湘妃"①,幽怨若泣。李亟赞之。丞曰:"所恨无良琴;若得良琴,音调益胜。"李欣然曰:"仆蓄一琴,颇异凡品。今遇钟期②,何敢终密?"乃启椟负囊而出。程以袍袂拂尘,凭几再鼓,刚柔应节,工妙入神。李击节不置。丞曰:"区区拙技,负此良琴。若得荆人③一奏,当有一两声可听者。"李惊曰:"公闺中亦精之耶?"丞笑曰:"适此操乃传自细君④者。"李曰:"恨在闺阁,小生不得闻耳。"丞曰:"我辈通家⑤,原不以形迹相限。明日,请携琴去,当使隔帘为君奏之。"李悦,次日,抱琴而往。丞即治具欢饮。少间,将琴入,旋出即坐。俄见帘内隐隐有丽妆,顷之,香流户外。又少时,弦声细作,听之,不知何曲;但觉荡心媚骨,令人魂魄飞越。曲终便来窥帘,竟二十余绝代之姝也。丞以巨白劝釂,内复改弦为"闲情之赋⑥"。李形神益惑,倾饮过醉,离席兴辞,索琴。丞曰:"醉后防有蹉跌。明日复临,当令闺人尽其所长。"

李归。次日诣之,则廨舍寂然,惟一老隶应门。问之,云:"五更携眷去,不知何作,言往复可三日耳。"始期往伺之,日暮,并无音耗。吏皂皆疑,白令,破扃而窥其室;室尽空,惟几榻犹存耳。达之上台⑦,并不测其何故。李丧琴,寝食俱废,不远数千里访诸其家。程故楚产⑧,三年前,捐资授嘉祥⑨。执其姓名,询其居里,楚中并无其人。或云:"有程道士者,善鼓琴;又传其有点金术⑩。三年前,忽去不复见。疑即其人。"又细审其

---

① 湘妃——琴曲名,即"湘妃怨"。
② 钟期——即钟子期,春秋楚国人,精音律;此借指知音。
③ 荆人——对自己妻子的谦称。
④ 细君——原为诸侯妻之称,后为妻子的通称。
⑤ 通家——喻关系极为亲密。
⑥ 闲情之赋——即《闲情赋》,东晋诗人陶渊明所作。
⑦ 上台——上司。
⑧ 楚产——楚地人。
⑨ 捐资授嘉祥——捐资买得嘉祥县丞。
⑩ 点金术——道教所尊崇的一种法术。

年甲、容貌，吻合不谬。乃知道士之纳官，皆为琴也。知交年余，并不言及音律；渐而出琴，渐而献技，又渐而惑以佳丽；浸渍三年，得琴而去。道士之癖，更甚于李生也。天下之骗机多端，若道士，骗中之风雅者矣。

放蝶

长山王进士𡊮生①为令时，每听讼，按罪之轻重，罚令纳蝶自赎；堂上千百齐放，如风飘碎锦，王乃拍案大笑。一夜，梦一女子，衣裳华好，从容而入，曰："遭君虐政，姊妹多物故②。当使君先受风流之小谴耳。"言已，化为蝶，回翔而去。明日，方独酌署中，忽报直指使③至，皇遽而出，闺中戏以素花簪冠上，忘除之。直指见之，以为不恭，大受诟骂而返。由是罚蝶令遂止。

青城④于重寅，性放诞。为司理⑤时，元夕⑥以火花爆竹缚驴上，首尾并满，牵登太守⑦之门，击柝而请，自白："某献火驴，幸出一览。"时太守有爱子患痘，心绪方恶，辞之。于固请之。太守不得已，使阍人启钥。门甫辟，于火发机，推驴入。爆震驴惊，踶趹⑧狂奔；又飞火射人，人莫敢近。驴穿堂入室，破瓯毁甑，火触成尘，窗纱都烬。家人大哗。痘儿惊陷，终夜而死。太守痛恨，将揭劾。于浼诸司道⑨，登堂负荆，乃免。

---

① 王进士𡊮(dǒu)生——明末进士，曾官如皋县知县。

② 物故——死亡。

③ 直指使——官名，朝廷派到地方的特派员。

④ 青城——今山东高青县。

⑤ 司理——明清时的推官，职狱讼。

⑥ 元夕——农历正月十五日(元宵节)。

⑦ 太守——指知府。

⑧ 踶趹(tí jué)——驴疾行状。

⑨ 司道——指布政使、按察使司及道员。

男 生 子

福建总兵杨辅，有娈童，腹震动，十月既满，梦神人剖其两胁出之。及醒，两男夹左右啼。起视胁下，剖痕俨然。儿名之天舍、地舍云。

异史氏曰："按此吴藩①未叛前事也。吴既叛，闽抚②蔡公疑杨欲图之，而恐其为乱，以他故召之。杨妻夙智勇，疑之，沮杨行。杨不听。妻涕而送之。归则传矢诸将，披坚执锐，以待消息。少顷，闻夫被诛，遂反攻蔡。蔡仓皇不知所为，幸标卒③固守，不克乃去。去既远，蔡始戎装突出，率众大噪。人传为笑焉。后数年，盗乃就抚。未几，蔡暴亡。临卒，见杨操兵入，左右亦皆见之。呜呼！其鬼虽雄，而头不可复续矣！生子之妖，其兆于此耶？"

钟 生

钟庆余，辽东④名士。应济南乡试。闻藩邸有道士知人休咎，心向往之。二场后，至趵突泉⑤，适相值。年六十余，须长过胸，一皤然道人也。集问灾祥者如堵，道士悉以微词授之。于众中见生，忻然握手，曰："君心术德行，可敬也！"挽登阁上，屏人语，因问："莫欲知将来否？"曰："然。"曰："子福命至薄，然今科乡举可望。但荣归后，恐不复见尊堂矣。"生至孝，闻之泣下，遂欲不试而归。道士曰："若过此已往，一榜亦不可得矣。"生云："母死不见，且不可复为人，贵为卿相，何加焉？"道士曰："某夙世与君有缘，今日必合尽力。"乃以一丸授之曰："可遣人夙夜将去，服之可延

① 吴藩——指吴三桂，明末清初人，先降清，后复叛。
② 闽抚——福建巡抚。
③ 标卒——标，清军制，三营为一标；此指巡抚统属的士卒。
④ 辽东——郡名，今辽宁东南部。
⑤ 趵突泉——泉名，今在济南，有"天下第一泉"美誉。

七日。场毕而行,母子犹及见也。”生藏之,匆匆而出,神志丧失。因计终天有期,早归一日,则多得一日之奉养,携仆贳①驴,即刻东迈。驱里许,驴忽返奔,下之不驯,控之则蹶。生无计,燥汗如雨。仆劝止之,生不听。又贳他驴,亦如之。日已衔山,莫知为计。仆又劝曰:“明日即完场矣,何争此一朝夕乎?请即先主而行,计亦良得。”不得已,从之。

次日,草草竣事,立时遂发,不遑啜息②,星驰而归。则母病绵惙③,下丹药,渐就痊可。入视之,就榻泫泣。母摇首止之,执手喜曰:“适梦之阴司,见王者颜色和霁。谓稽尔生平,无大罪恶;今念汝子纯孝,赐寿一纪④。”生亦喜,历数日,果平健如故。未几,闻捷,辞母如济。因赂内监,致意道士。道士欣然出,生便伏谒。道士曰:“君既高捷,太夫人又增寿数,此皆盛德所致,道人何力焉!”生又讶其先知,因而拜问终身。道士云:“君无大贵,但得耄耋⑤足矣。君前身与我为僧侣,以石投犬,误毙一蛙,今已投生为驴。论前定数⑥,君当横折⑦;今孝德感神,已有解星入命,固当无恙。但夫人前世为妇不贞,数应少寡。今君以德延寿,非其所耦,恐岁后瑶台倾⑧也。”生恻然良久,问继室所在。曰:“在中州⑨,今十四岁矣。”临别嘱曰:“倘遇危急,宜奔东南。”

后年余,妻病果死。钟舅令于西江⑩,母遣往省,以便途过中州,将应继室之谶⑪。偶适一村,值临河优戏,士女甚杂。方欲整辔趋过,有一失勒牡驴,随之而行,致骡蹄趹⑫,生回首,以鞭击驴耳;驴惊,大奔。时有王

---

① 贳(shì)——租借。
② 啜息——休息。
③ 绵惙(chuò)——病垂危。
④ 一纪——十二年。
⑤ 耄耋(mào dié)——高寿。
⑥ 定数——注定的命运。
⑦ 横折——意外夭折。
⑧ 瑶台倾——妻死。
⑨ 中州——今河南大部。
⑩ 西江——今广东西部地区。
⑪ 谶——谶语,预言。
⑫ 蹄趹——骡马尥蹶子。

世子方六七岁，乳媪抱坐堤上；驴冲过，扈从皆不及防，挤堕河中。众大哗，欲执之。生纵骡绝驰，顿忆道士言，极力趋东南。约三十余里，入一山村，有叟在门，下骑揖之。叟邀入，自言"方姓"，便诘所来。生叩伏在地，具以情告。叟言："不妨。请即寄居此间，当使徼①者去。"至晚得耗，始知为世子，叟大骇曰："他家可以为力，此真爱莫能助矣！"生哀不已。叟筹思曰："不可为也。请过一宵，听其缓急，倘可再谋。"生愁怖，终夜不枕。次日侦听，则已行牒讥察②，收藏者弃市③。叟有难色，无言而入。生疑惧，无以自安。中夜叟来，入坐便问："夫人年几何矣？"生以鳏对。叟喜曰："吾谋济矣。"问之，答云："余姊夫慕道，挂锡南山④；姊又谢世。遗有孤女，从仆鞠养，亦颇慧。以奉箕帚如何？"生喜符道士之言，而又冀亲戚密迩，可以得其周谋，曰："小生诚幸矣。但远方罪人，深恐贻累丈人。"叟曰："此为君谋也。姊夫道术颇神，但久不与人事矣。合卺后，自与甥女筹之，必合有计。"生喜极，赘焉。

女十六矣，艳绝无双。生每对之欷歔。女云："妾即陋，何遂遽见嫌恶？"生谢曰："娘子仙人，相耦为幸。但有祸患，恐致乖违。"因以实告。女怨曰："舅乃非人！此弥天之祸，不可为谋，乃不明言，而陷我于坎窞⑤！"生长跪曰："是小生以死命哀舅，舅慈悲而穷于术，知卿能生死人而肉白骨也。某诚不足称好逑⑥，然家门幸不辱寞。倘得再生，香花供养有日耳。"女叹曰："事已至此，夫复何辞？然父自削发招提⑦，儿女之爱已绝。无已，同往哀之，恐担挫辱不浅也。"乃一夜不寐，以毡绵厚作蔽膝⑧，各以隐着衣底；然后唤肩舆，入南山十余里。山径拗折绝险，不复可乘。下舆，女跬步⑨甚艰，生挽臂拽扶之，竭蹶始得上达。不远，即见山门，共

① 徼(jiǎo)——巡捕。
② 行牒讥察——发公文，予以调查。
③ 弃市——问斩，杀头。
④ 挂锡南山——指出家人住在南山佛寺中。
⑤ 坎窞(dàn)——陷井。
⑥ 好逑——好配偶。
⑦ 削发招提——出家为僧。
⑧ 蔽膝——跪拜时用的护膝围裙。
⑨ 跬步——指行步。

坐少憩。女喘汗淫淫，粉黛交下。生见之，情不可忍，曰："为某事，遂使卿罹此苦！"女愀然曰："恐此尚未是苦！"困少苏，相将入兰若，礼佛而进。曲折入禅堂，见老僧趺坐，目若瞑，一僮执拂侍之。方丈①中，扫除光洁；而光前悉布沙砾，密如星宿。女不敢择，入跪其上；生亦从诸其后。僧开目一瞻，即复合去。女参曰："久不定省，今女已嫁，故偕婿来。"僧久之，启视曰："妮子大累人！"即不复言。夫妻跪良久，筋力俱殆，沙石将压入骨，痛不可支。又移时，乃言曰："将骡来未？"女答曰："未。"曰："夫妻即去，可速将来。"二人拜而起，狼狈而行。

既归，如命，不解其意，但伏听之。过数日，相传罪人已得，伏诛讫。夫妻相庆。无何，山中遣僮来，以断杖付生云："代死者，此君也。"便嘱瘗葬致祭，以解竹木之冤。生视之，断处有血痕焉。乃祝而葬之。夫妻不敢久居，星夜归辽阳。

鬼　妻

泰安聂鹏云，与妻某，鱼水甚谐。妻遘疾卒。聂坐卧悲思，忽忽若失。一夕独坐，妻忽排扉入。聂惊问："何来？"笑云："妾已鬼矣。感君悼念，哀白地下主者，聊与作幽会。"聂喜，携就床寝，一切无异于常。从此星离月会②，积有年余。聂亦不复言娶。伯叔兄弟惧堕宗主，私谋于族，劝聂鸾续；聂从之，聘于良家。然恐妻不乐，秘之。未几，吉期逼迩。鬼知其情，责之曰："我以君义，故冒幽冥之谴；今乃质盟不卒③，钟情者固如是乎？"聂述宗党之意。鬼终不悦，谢施而去。聂虽怜之，而计亦得也。迨合卺之夕，夫妇俱寝，鬼忽至，就床上挝新妇，大骂："何得占我床寝！"新妇起，方与挡拒。聂惕然赤蹲，并无敢左右袒。无何，鸡鸣，鬼乃去。新妇疑聂妻故并未死，谓其赚己，投缳欲自缢。聂为之缅述，新妇始知为鬼。日夕复来。新妇惧避之。鬼亦不与聂寝，但以指掐肤肉；已乃对烛目怒相

① 方丈——佛寺长老及住持说法的处所。
② 星离月会——离散或聚首均在夜间。
③ 质盟不卒——不能终守盟誓。

视，默默不语。如是数夕。聂患之。近村有良于术者，削桃为杙[①]，钉墓四隅，其怪始绝。

黄将军

黄靖南得功[②]微时，与二孝廉[③]赴都，途遇响寇[④]。孝廉惧，长跪献资。黄怒甚，手无寸兵，即以两手握骡足，举而投之。贼不及防，马倒人堕。黄拳之臂断，搜索而归。孝廉服其勇，资劝从军，后屡建奇勋，遂腰蟒玉[⑤]。

晋人某，有勇力，生平不屑格拒之术[⑥]，而搏击家当之尽靡。过中州，有少林弟子受其辱，忿告其师。群谋设席相邀，将以困之。既至，先陈茗果。胡桃连壳，坚不可食。某取就案边，伸食指敲之，应手而碎。寺众大骇，优礼而散。

三朝元老

某中堂[⑦]，故明相也。曾降流寇，世论非之。老归林下，享堂[⑧]落成，数人直宿其中。天明，见堂上一匾云："三朝元老。"一联云："一二三四五六七，孝弟忠信礼义廉。"不知何时所悬。怪之，不解其义。或测之云："首句隐亡八，次句隐无耻也。"

---

① 杙（yì）——小木桩。

② 黄靖南得功——黄靖南，名得功，号虎山，明末清初人，因镇压农民暴动受封靖南伯，后拥南明拒清，以勇猛著称，绰号"黄闯子"。

③ 孝廉——指举人。

④ 响寇——强盗。

⑤ 腰蟒玉——服蟒衣，腰玉带，喻成为将军，封为侯伯。

⑥ 格拒之术——拳击、技击之类。

⑦ 中堂——宰相。

⑧ 享堂——供奉祖先的祠堂。

洪经略①南征，凯旋。至金陵，醮荐阵亡将士。有旧门人谒见，拜已，即呈文艺。洪久厌文事，辞以昏眊②。其人云："但烦坐听，容某颂达上闻。"遂探袖出文，抗声朗读，乃故明思宗御制祭洪辽阳死难文③也。读毕，大哭而去。

医术

张氏者，沂之贫民。途中遇一道士，善风鉴④，相之曰："子当以术业富。"张曰："宜何从？"又顾之，曰："医可也。"张曰："我仅识'之无'耳，乌能是？"道士笑曰："迂哉！名医何必多识字乎？但行之耳。"

既归，贫无业，乃摭拾海上方⑤，即市廛中除地作肆，设鱼牙蜂房⑥，谋升斗于口舌之间，而人亦未之奇也。会青州太守病嗽，牒檄所属征医。沂固山僻，少医工；而令惧无以塞责，又责里中使自报。于是共举张。令立召之。张方痰喘，不能自疗，闻命大惧，固辞。令弗听，卒邮送去。路经深山，渴极，咳愈甚。入村求水，而山中水价与玉液等，遍乞之，无与者。见一妇漉⑦野菜，菜多水寡，盎中浓浊如涎。张燥急难堪，便乞余瀋饮之。少间，渴解，嗽亦顿止。阴念：殆良方也。

比至郡，诸邑医工，已先施治，并未痊减。张入，求得密所，伪出药目，传示内外；复遣人于民间索诸藜藿⑧，如法淘汰讫，以汁进太守。一服，病

① 洪经略——即洪承畴，明末清初人，后降清，官至武英殿大学士，七省经略。

② 昏眊——年老眼昏花。

③ 祭洪辽阳死难文——指明崇祯帝朱由检于崇祯十四年（1641 年）闻洪承畴死于宁锦之战的误报后，亲自撰文悼念。

④ 风鉴——相术。

⑤ 摭（zhí）拾海上方——搜集各地偏方。

⑥ 鱼牙蜂房——鱼牙，紬名；蜂房，如蜂房般；此指用鱼牙紬制作的如蜂房般分格的小地摊。

⑦ 漉（lù）——洗，过滤。

⑧ 藜藿（lí huò）——两种野菜，初生可食。

良已。太守大悦，赐赉甚厚，旌以金扁①。由此名大噪，门常如市，应手无不悉效。有病伤寒者，言症求方。张适醉，误以疟剂予之。醒而悟之，不敢以告人。三日后，有盛仪造门而谢者，问之，则伤寒之人，大吐大下而愈矣。此类甚多。张由此称素封，益以声价自重，聘者非重资安舆不至焉。

益都韩翁，名医也。其未著时，货药于四方。暮无所宿，投止一家，则其子伤寒将死，因请施治。韩思不治则去此莫适，而治之诚无术。往复跮踱②，以手搓体，而汗泥成片，捻之如丸。顿思以此绐③之，当亦无所害。晓而不愈，已赚得寝食安饱矣。遂付之。中夜，主人挝门甚急。意其子死，恐被侵辱，惊起，逾垣疾遁。主人追之数里，韩无所逃，始止。乃知病者汗出而愈矣。挽回，款宴丰隆；临行，厚赠之。

藏虱

乡人④某者，偶坐树下，扪得一虱，片纸裹之，塞树孔中而去，后二三年，复经其处，忽忆之，视孔中纸裹宛然。发而验之，虱薄如麸。置掌中审顾之。少顷，掌中奇痒，而虱腹渐盈矣。置之而归。痒处核起，肿痛数日，死焉。

梦狼

白翁，直隶人。长子甲，筮仕南服⑤，二年无耗。适有瓜葛⑥丁姓造谒，翁款之。丁素走无常⑦。谈次，翁辄问以冥事，丁对语涉幻；翁不深

① 扁——同“匾”。

② 跮踱(dié duó)——忽进、忽退。

③ 绐——欺骗。

④ 乡人——同乡人。

⑤ 筮(shì)仕南服——在南方做官。

⑥ 瓜葛——喻远亲。

⑦ 走无常——迷信所谓当阴差。

信，但微哂之。

别后数日，翁方卧，见丁方来，邀与同游。从之去，入一城阙。移时，丁指一门曰："此间君家甥也。"公翁有姊子为晋令，讶曰："乌在此？"丁曰："倘不信，入便知之。"翁入，果见甥，蝉冠豸绣①坐堂上，戟幢行列，无人可通。丁曳之出，曰："公子衙署，去此不远，亦愿见之否？"翁诺。少间，至一第，丁曰："入之。"窥其门，见一巨狼当道，大惧，不敢进。丁又曰："入之。"又入一门，见堂上、堂下，坐者、卧者，皆狼也。又视墀②中，白骨如山，益惧。丁乃以身翼翁而进。公子甲，方自内出，见父及丁良喜。少坐，唤侍者治肴蔌③。忽一巨狼，衔死人入。翁战惕而起，曰："此胡为者？"甲曰："聊充庖厨。"翁急止之。心怔忡不宁，辞欲出，而群狼阻道。进退方无所主，忽见诸狼纷然嗥避，或窜床下，或伏几底。错愕不解其故。俄有两金甲猛士怒目入，出黑索索甲。甲扑地化为虎，牙齿巉巉。一人出利剑，欲枭其首。一人曰："且勿，且勿，此明年四月间事，不如姑敲齿去。"乃出巨锤锤齿，齿零落堕地。虎大吼，声震山岳。翁大惧，忽醒，乃知其梦。心异之，遣人招丁，丁辞不至。

翁志其梦，使次子诣甲，函戒哀切。既至，见兄门齿尽脱；骇而问之，醉中坠马所折。考其时，则父梦之日也。益骇。出父书。甲读之变色，间曰："此幻梦之适符耳，何足怪。"时方赂当路者，得首荐，故不以妖梦为意。弟居数日，见其蠹役满堂，纳贿关说者中夜不绝，流涕谏止之。甲曰："弟日居衡茅④，故不知仕途之关窍耳。黜陟之权，在上台不在百姓。上台喜，便是好官；爱百姓，何术能令上台喜也？"弟知不可劝止，遂归，告父。翁闻之大哭。无可如何，惟捐家济贫，日祷于神，但求逆子之报，不累妻孥。次年，报甲以荐举作吏部，贺者盈门；翁惟欷歔，伏枕托疾不出。未几，闻子归途遇寇，主仆殒命。翁乃起，谓人曰："鬼神之怒，止及其身，佑我家者不可谓不厚也。"因焚香而报谢之。慰藉翁者，咸以为道路讹传，

---

① 蝉冠豸（zhì）绣——饰有貂尾蝉纹的帽子、绣有豸獬的官服，均为贵官所服。
② 墀（chí）——台阶。
③ 肴蔌（sù）——菜肴。
④ 衡茅——平民所居的陋室。

惟翁则深信不疑,刻日为之营兆①。而甲固未死。

先是,四月间,甲解任,甫离境,即遭寇,甲倾装以献之。诸寇曰:“我等来,为一邑之民泄冤愤耳,宁专为此哉!”遂决其首。又问家人:“有司大成者,谁是?”司故甲之腹心,助纣为虐者。家人共指之。贼亦杀之。更有蠹役四人,甲聚敛臣也,将携入都。——并搜决讫,始分资入囊,骛驰而去。甲魂伏道旁,见一宰官过,问:“杀者何人?”前驱者曰:“某县白知县也。”宰官曰:“此白某之子,不宜使老后见此凶惨,宜续其头。”即有一人掇头置腔上,曰:“邪人不宜使正,以肩承颔可也。”遂去。移时复苏。妻子往收其尸,见有余息,载之以行;从容灌之,以受饮。但寄旅邸,贫不能归。半年许,翁始得确耗,遣次子致之而归。甲虽复生,而目能自顾其背,不复齿人数矣。翁姊子有政声,是年行取为御史,悉符所梦。

异史氏曰:“窃叹天下之官虎而吏狼者,比比也。即官不为虎,而吏且将为狼,况有猛于虎者耶!夫人患不能自顾其后耳;苏而使之自顾,鬼神之教微矣哉!”

邹平②李进士匡九,居官颇廉明。常有富民为人罗织,役吓之曰:“官索汝二百金,宜速办;不然,败矣!”富民惧,诺备半数。役摇手不可。富民苦哀之,役曰:“我无不极力,但恐不允耳。待听鞫时,汝目睹我为若白之,其允与否,亦可明我意之无他也。”少间,公按是事。役知李戒烟,近问:“饮烟否?”李摇其首。役即趋下曰:“适言其数,官摇首不许,汝见之耶?”富民信之,惧,许如数。役知李嗜茶,近问:“饮茶否?”李颔之。役托烹茶,趋下曰:“谐矣!适首肯,汝见之耶?”既而审结,富民果获免,役即收其苞苴③,且索谢金。呜呼!官自以为廉,而骂其贪者载道焉,此又纵狼而不自知者矣。世之如此类者更多,可为居官者备一鉴也。

---

① 营兆——卜兆墓地。

② 邹平——县名,今属山东省。

③ 苞苴——行贿的财物。

夜明

有贾客泛于南海。三更时，舟中大亮似晓。起视，见一巨物，半身出水上，俨若山岳；目如两日初升，光明四射，大地皆明。骇问舟人，并无知者。共伏睹之。移时，渐缩入水，乃复晦。后至闽中[①]，俱言某夜明而复昏，相传为异。计其时，则舟中见怪之夜也。

夏雪

丁亥年[②]七月初六日，苏州[③]大雪。百姓皇骇，共祷诸大王之庙[④]。大王忽附人而言曰："如今称老爷者，皆增一大字；其以我神为小，消不得[⑤]一大字耶？"众悚然，齐呼"大老爷"，雪立止。由此观之，神亦喜谄，宜乎治下部者之得车多[⑥]矣。

异史氏曰："世风之变也，下者益谄，上者益骄。即康熙四十余年中[⑦]，称谓之不古，甚可笑也。举人称爷，二十年始；进士称老爷，三十年始；司、院[⑧]称大老爷，二十五年始。昔者大令[⑨]谒中丞[⑩]，亦不过老大人而止；今则此称久废矣。即有君子，亦素谄媚行乎谄媚，莫敢有异词也。

---

① 闽中——今福建一带地区。

② 丁亥年——清康熙四十六年(1707)。

③ 苏州——与今同。

④ 大王之庙——指金龙四大王庙。

⑤ 消不得——承受不起。

⑥ 治下部者之得车多——嘲讽献媚者，其品格低劣为人不齿，而得到好处却多。

⑦ 康熙四十余年中——即 1662 ~ 1722 年间。

⑧ 司、院——两司(布政使司、按察使司)、抚院(巡抚)。

⑨ 大令——对县令的敬称。

⑩ 中丞——明清时巡抚的别称。

若缙绅①之妻呼太太,裁数年耳。昔惟缙绅之母,始有此称;以妻而得此称者,惟淫史中有乔林耳,他未之见也。唐时,上欲加张说②大学士。说辞曰:'学士从无大名,臣不敢称。'今之大,谁大之?初由于小人之谄,而因得贵倨者之悦,居之不疑,而纷纷者遂遍天下矣。窃意数年以后,称爷者必进而老,称老爷者必进而大,但不知大上造何尊称?匪夷所思③已!"

丁亥年六月初三日,河南归德府④大雪尺余,禾皆冻死,惜乎其未知媚大王之术也。悲夫!

化 男

苏州木渎镇,有民女夜坐庭中,忽星陨中颃,仆地而死。其父母老而无子,止此女,哀呼急救。移时始苏,笑曰:"我今为男子矣!"验之,果然。其家不以为妖,而窃喜其得丈夫子也。此丁亥间⑤事。

禽 侠

天津某寺,鹳鸟巢于鸱尾⑥。殿承尘⑦上,藏大蛇如盆,每至鹳雏团翼时,辄出吞食净尽。鹳悲鸣数日乃去。如是三年,人料其必不复至,而次岁巢如故。约雏长成,即径去,三日始还。入巢哑哑,哺子如初。蛇又蜿蜒而上。甫近巢,两鹳惊,飞鸣哀急,直上青冥⑧。俄闻风声蓬蓬,一瞬

---

① 缙绅——退职乡居官员。

② 张说——唐代人,官至左丞相,封燕国公。

③ 匪夷所思——常理所不能思议的。

④ 归德府——府名,治今河南商丘市。

⑤ 丁亥间——概指康熙四十六年(1707 年)。

⑥ 鹳(guàn)鸟巢于鸱尾——鹳鸟将巢筑在屋脊一端的鸱(屋脊上一种镇邪饰物)尾上。

⑦ 承尘——天花板。

⑧ 青冥——青天。

间,天地似晦。众骇异,共视一大鸟翼蔽天日,从空疾下,骤如风雨,以爪击蛇,蛇首立堕,连摧殿角数尺许,振翼而去。鹳从其后,若将送之。巢既倾,两雏俱堕,一生一死。僧取生者置钟楼上。少顷,鹳返,仍就哺之,翼成而去。

异史氏曰:"次年复至,盖不料其祸之复也;三年而巢不移,则报仇之计已决;三日不返,其去作秦庭之哭①,可知矣。大鸟必羽族②之剑仙也,飙然而来,一击而去,妙手空空儿③何以加此?"

济南有营卒,见鹳鸟过,射之,应弦而落。喙中衔鱼,将哺子也。或劝拔矢放之,卒不听。少顷,带矢飞去。后往来郭间,两年余,贯矢如故。一日,卒坐辕门下,鹳过,矢坠地。卒拾视曰:"矢固无恙耶?"耳适痒,因以矢搔耳。忽大风摧门,门骤合,触矢贯脑而死。

鸿

天津弋人④得一鸿⑤。其雄者随至其家,哀鸣翱翔,抵暮始去。次日,弋人早出,则鸿已至,飞号从之;既而集其足下。弋人将并捉之。见其伸颈俯仰,吐出黄金半铤⑥。弋人悟其意,乃曰:"是将以赎妇也。"遂释雌。两鸿徘徊,若有悲喜,遂双飞而去。弋人称金,得二两六钱强。噫!禽鸟何知,而钟情若此!悲莫悲于生别离,物亦然耶?

---

① 秦庭之哭——借指哀求支援。
② 羽族——鸟类。
③ 妙手空空儿——唐人传奇小说中的剑客,剑术出神入化。
④ 弋(yì)人——射鸟的人。
⑤ 鸿——大雁。
⑥ 铤——锭。

象

粤中有猎兽者，挟矢如[①]山。偶卧憩息，不觉沉睡，被象来鼻摄而去。自分必遭残害。未几，释置树下，顿首一鸣，群象纷至，四面旋绕，若有所求。前象伏树下，仰视树而俯视人，似欲其登。猎者会意，即足踏象背，攀援而升。虽至树巅，亦不知其意向所存。少时，有狻猊[②]来，众象皆伏。狻猊择一肥者，意将捕噬。象战栗，无敢逃者，惟共仰树上，似求怜拯。猎者会意，因望狻猊发一弩，狻猊立殪。诸象瞻空，意若拜舞。猎者乃下，象复伏，以鼻牵衣，似欲其乘。猎者随跨身其上，象乃行。至一处，以蹄穴地，得脱牙无算[③]。猎人下，束治置象背。象乃负送出山，始返。

负　尸

有樵夫赴市，荷杖[④]而归，忽觉杖头如有重负。回顾，见一无头人悬系其上。大惊，脱杖乱击之，遂不复见。骇奔，至一村，时已昏暮，有数人爇火照地，似有所寻。近问讯，盖众适聚坐，忽空中堕一人头，须发蓬然，倏忽已渺。樵人亦言所见，合之适成一人，究不解其何来。后有人荷篮而行，忽见其中有人头，人讶诘之，始大惊，倾诸地上，宛转而没。

---

① 如——往。

② 狻猊（suān ní）——狮子。

③ 无算——无数。

④ 荷杖——肩扛扁担。

紫花和尚

诸城丁生,野鹤公[①]之孙也。少年名士,沉病而死,隔夜复苏,曰:“我悟道矣。”时有僧善参玄[②],遣人邀至,使就榻前讲《楞严》[③]。生每听一节,都言非是,乃曰:“使吾病痊,证道[④]何难。惟某生可愈吾疾,宜虔请之。”盖邑有某生者,精岐黄[⑤]而不以术行,三聘始至,疏方[⑥]下药,病愈。既归,一女子自外入,曰:“我董尚书[⑦]府中侍儿也。紫花和尚与妾有夙冤,今得追报,君又欲活之耶?再往,祸将及。”言已,遂没。某惧,辞丁。丁病复作,固要之,乃以实告。丁叹曰:“孽自前生,死吾分耳。”寻卒。后寻诸人,果有紫花和尚,高僧也,青州董尚书夫人尝供养家中;亦无有知其冤之所自结[⑧]者。

周克昌

淮上[⑨]贡生周天仪,年五旬,止一子,名克昌,爱昵之。至十三四岁,丰姿益秀;而性不喜读,辄逃塾,从群儿戏,恒终日不返。周亦听之。一日,既暮不归,始寻之,殊竟乌有。夫妻号咷,几不欲生。

年余,昌忽自至,言:“为道士迷去,幸不见害。值其他出,得逃归。”

---

① 野鹤公——指丁耀元,号野鹤,清初人,文学家,著有《续金瓶梅》。
② 参玄——参究玄理。
③ 《楞严》——佛教大乘教派经典之一。
④ 证道——验证佛道。
⑤ 岐黄——相传为医家之祖,此代指中医学。
⑥ 疏方——一条条地开药方。
⑦ 董尚书——董可威,曾官至工部尚书。
⑧ 冤之所自结——结冤的原由。
⑨ 淮上——淮水之滨。

周喜极,亦不追问。及教以读,慧悟倍于曩畴①。逾年,文思大进,既入郡庠试,遂知名。世族争婚,昌颇不愿。赵进士女有姿,周强为娶之。既入门,夫妻调笑甚欢;而昌恒独宿,若无所私。逾年。秋战而捷。周益慰。然年渐暮,日望抱孙,故常隐讽昌。昌漠若不解。母不能忍,朝夕多絮语。昌变色,出曰:"我久欲亡去,所不遽舍者,顾复之情②耳。实不能探讨房帷,以慰所望。请仍去,彼顺志者且复来矣。"追曳之,已踣,衣冠如蜕③。大骇,疑昌已死,是必其鬼也。悲叹而已。

次日,昌忽仆马而至,举家惶骇。近诘之,亦言:为恶人掠卖于富商之家;商无子,子焉。得昌后,忽生一子。昌思家,遂送之归。问所学,则顽钝如昔。乃知此为真昌;其入泮、乡捷者,鬼之假也。然窃喜其事未泄,即使袭孝廉之名。入房,妇甚狎熟;而昌靦然有怍色,似新婚。甫周年,生子矣。

异史氏曰:"古言庸福人④,必鼻口眉目之间具有少庸⑤,而后福随之;其精光陆离者⑥,鬼所弃也。庸之所在,桂籍可以不入闱而通,佳丽可以不亲迎而致;而况少有凭借,益之以钻窥者乎!"

嫦 娥

太原宗子美,从父游学,流寓广陵。父与红桥⑦下林妪有素。一日,父子过红桥,遇之,固请过诸其家,瀹茗⑧共话。有女在旁,殊色也。翁亟赞之。妪顾宗曰:"大郎温婉如处子,福相也。若不鄙弃,便奉箕帚,如何?"翁笑,促子离席,使拜媪曰:"一言千金矣!"先是,妪独居,女忽自至,

---

① 曩畴——昔日。
② 顾复之情——喻父母养育之情。
③ 蜕(tuì)——蝉、蛇类动物脱下的皮。
④ 庸福人——平庸而有福之人。
⑤ 少庸——有点平庸。
⑥ 精光陆离者——容貌卓秀,喻才智超常之人。
⑦ 红桥——桥名,在今江苏扬州市。
⑧ 瀹(yuè)茗——煮茶。

告诉孤苦。问其小字，则名嫦娥。妪爱而留之，实将奇货居之也。时宗年十四，睨女窃喜，意翁必媒定之；而翁归若忘。心灼热，隐以白母。翁笑曰："曩与贪婆子戏耳。彼不知将卖黄金几何矣，此何可易言！"

逾年，翁媪并卒。子美不能忘情嫦娥，服将阕①，托人示意林妪。妪初不承。宗忿曰："我生平不轻折腰，何媪视之不值一钱？若负前盟，须见还也！"妪乃云："曩或与而翁戏约，容有之。但无成言，遂都忘却。今既云云，我岂留嫁天王②耶？要日日装束，实望易千金；今请半焉，可乎？"宗自度难办，亦遂置之。适有寡媪僦居西邻，有女及笄，小名颠当。偶窥之，雅丽不减嫦娥。向慕之，每以馈遗阶进；久而渐熟，往往送情以目，而欲语无间。一夕，逾垣乞火。宗喜挽之，遂相燕好。约为嫁娶，辞以兄负贩未归。由此蹈隙往来，形迹周密。一日，偶经红桥，见嫦娥适在门内，疾趋过之。嫦娥望见，招之以手，宗驻足；女又招之，遂入。女以背约让宗，宗述其故。女入室，取黄金一铤付之。宗不受，辞曰："自分永与卿绝，遂他有所约。受金而为卿谋，是负人也；受金而不为卿谋，是负卿也：诚不敢有所负。"女良久曰："君所约，妾颇知之。其事必无成；即成之，妾不怨君之负心也。其速行，媪将至矣。"宗仓卒无以自主，受之而归。隔夜，告之颠当。颠当深然其言，但劝宗专心嫦娥。宗不语；愿下之③，而宗乃悦。即遣媒纳金林妪，妪无辞，以嫦娥归宗。入门后，悉述颠当言。嫦娥微笑，阳怂恿之。宗喜，急欲一白颠当，而颠当迹久绝。嫦娥知其为己，因暂归宁，故予之间④，嘱宗窃其佩囊。已而颠当果至，与商所谋，但言勿急。及解衿狎笑，胁下有紫荷囊，将便摘取。颠当变色，起曰："君与人一心，而与妾二！负心郎！请从此绝。"宗曲意挽解，不听，竟去。一日，过其门探察之，已另有吴客僦居其中；颠当子母迁去已久，影灭迹绝，莫可问讯。

宗自娶嫦娥，家暴富，连阁长廊，弥亘街路。嫦娥善谐谑，适见美人画卷，宗曰："吾自谓，如卿天下无两，但不曾见飞燕、杨妃⑤耳。"女笑曰：

---

① 阕——终了。

② 天王——皇帝。

③ 愿下之——愿意以妾的身份居下。

④ 故予之间——故意给予其间隙。

⑤ 飞燕、杨妃——赵飞燕、杨贵妃，此代指绝代佳人。

"若欲见之,此亦何难。"乃执卷细审一过,便趋入室,对镜修妆,效飞燕舞风,又学杨妃带醉。长短肥瘦,随时变更;风情态度,对卷逼真。方作态时,有婢自外至,不复能识,惊问其僚;复向审注,恍然始笑。宗喜曰:"吾得一美人,而千古之美人,皆在床闼矣!"

一夜,方熟寝,数人撬扉而入,火光射壁。女急起,惊言:"盗入!"宗初醒,即欲鸣呼。一人以白刃加颈,惧不敢喘。又一人掠嫦娥负背上,哄然而去。宗始号,家役毕集,室中珍玩,无少亡者。宗大悲,恇然失图①,无复情地。告官追捕,殊无音息。荏苒三四年,郁郁无聊,因假赴试入都。居半载,占验询察,无计不施。偶过姚巷,值一女子,垢面敝衣,偓儴②如丐。停趾相之,乃颠当也。骇曰:"卿何憔悴至此?"答云:"别后南迁,老母即世,为恶人掠卖旗下,挞辱冻馁,所不忍言。"宗泣下,问:"可赎否?"曰:"难矣。耗费烦多,不能为力。"宗曰:"实告卿:年来颇称小有,惜客中资斧有限,倾装货马,所不敢辞。如所需过奢,当归家营办之。"女约明日出西城,相会丛柳下;嘱独往,勿以人从。宗曰:"诺。"

次日,早往,则女先在,袿袿衣③鲜明,大非前状。惊问之,笑曰:"曩试君心耳,幸绨袍之意④犹存。请至敝庐,宜必得当以报。"北行数武,即至其家,遂出肴酒,相与谈宴。宗约与俱归。女曰:"妾多俗累,不能从。嫦娥消息,固颇闻之。"宗急询其何所,女曰:"其行踪缥缈,妾亦不能深悉。西山有老尼,一目眇,问之,当自知。"遂止宿其家。天明示以径。宗至其处,有古寺,周垣尽颓;丛竹内有茅屋半间,老尼缀衲⑤其中。见客至,漫不为礼。宗揖之,尼始举头致问。因告姓氏,即白所求。尼曰:"八十老瞽,与世睽绝,何处知佳人消息?"宗固求之。乃曰:"我实不知。有二三戚属,来夕相过,或小女子辈识之,未可知。汝明夕可来。"宗乃出。次日再至,则尼他出,败扉扃焉。伺之既久,更漏已催,明月高揭,徘徊无

① 恇(kuāng)然失图——惊吓得没了主意。
② 偓儴(kuāng ráng)——匆忙状。
③ 袿(guī)衣——妇女上衣。
④ 绨袍之意——故人之情意。
⑤ 缀衲——缝补僧衣。

计，遥见二三女郎自外入，则嫦娥在焉。宗喜极，突起，急揽其袪[1]。嫦娥曰："莽郎君！吓煞妾矣！可恨颠当饶舌，乃教情欲缠人。"宗曳坐，执手款曲，历诉艰难，不觉恻楚。女曰："实相告：妾实姮娥[2]被谪，浮沉俗间，其限已满，托为寇劫，所以绝君望耳。尼亦王母守府者，妾初谴时，蒙其收恤，故暇时常一临存。君如释妾，当为代致颠当。"宗不听，垂首陨涕。女遥顾曰："姊妹辈来矣。"宗方四顾，而嫦娥已杳。宗大哭失声，不欲复活，因解带自缢。恍惚觉魂已出舍，伥伥靡适[3]。俄见嫦娥来，捉而提之，足离于地；入寺，取树上尸推挤之，唤曰："痴郎，痴郎！嫦娥在此。"忽若梦醒。少定，女恚曰："颠当贱婢！害妾而杀郎君，我不能恕之也！"下山赁舆而归。既命家人治装，乃返身出西城，诣谢颠当；至则舍宇全非，愕叹而返。窃幸嫦娥不知。入门，嫦娥迎笑曰："君见颠当耶？"宗愕然不能答。女曰："君背嫦娥，乌得颠当？请坐待之，当自至。"未几，颠当果至，仓皇伏榻下。嫦娥叠指弹之曰："小鬼头陷人不浅！"颠当叩头，但求赊死[4]。嫦娥曰："推人坑中，而欲脱身天外耶？广寒十一姑[5]不日下嫁，须绣枕百幅、履百双，可从我去，相共操作。"颠当恭白："但求分工，按时赍送。"女不许，谓宗曰："君若缓颊，即便放却。"颠当目宗，宗笑不语。颠当目怒之。乃乞还告家人，许之，遂去。宗问其生平，乃知其西山狐也。买舆待之。次日，果来，遂俱归。

然嫦娥重来，恒持重不轻谐笑。宗强使狎戏，惟密教颠当为之。颠当慧绝，工媚。嫦娥乐独宿，每辞不当夕。一夜，漏三下，犹闻颠当房中，吃吃不绝。使婢窃听之。婢还，不以告，但请夫人自往。伏窗窥之，则见颠当凝妆作已状，宗拥抱，呼以嫦娥。女哂而退。未几，颠当心暴痛，急披衣，曳宗诣嫦娥所，入门便伏。嫦娥曰："我岂医巫厌胜者？汝欲自捧心效西子[6]耳。"颠当顿首，但言知罪。女曰："愈矣。"遂起，失笑而去。颠

---

① 袪(qū)——袖口，此指衣袖。
② 姮娥——即嫦娥。
③ 伥伥靡适——昏昏然不知所往。
④ 赊死——缓期处死，求饶语。
⑤ 广寒十一姑——传说中月宫女神之一。
⑥ 西子——西施，春秋越国美女。

当私谓宗:"吾能使娘子学观音。"宗不信,因戏相赌。嫦娥每趺坐,眸含若瞑。颠当悄以玉瓶插柳,置几上;自乃垂发合掌,侍立其侧,樱唇半启,瓠犀微露,睛不少瞬。宗笑之。嫦娥开目问之,颠当曰:"我学龙女侍观音耳。"嫦娥笑骂之,罚使学童子拜。颠当束发,遂四面朝参之,伏地翻转,逞诸变态,左右侧折,袜能磨乎其耳。嫦娥解颐,坐而蹴之。颠当仰首,口衔凤钩,微触以齿。嫦娥方嬉笑间,忽觉媚情一缕,自足趾而上,直达心舍,意荡思淫,若不自主。乃急敛神,呵曰:"狐奴当死!不择人而惑之耶?"颠当惧,释口投地。嫦娥又厉责之,众不解。嫦娥谓宗曰:"颠当狐性不改,适间几为所愚。若非夙根深者,堕落何难!"自是见颠当,每严御之。颠当惭惧,告宗曰:"妾于娘子一肢一体,无不亲爱;爱之极,不觉媚之甚。谓妾有异心,不惟不敢,亦不忍。"宗因以告嫦娥,嫦娥遇之如初。然以狎戏无节,数戒宗,宗不听;因而大小婢妇,竞相狎戏。

一日,二人扶一婢,效作杨妃。二人以目会意,赚婢懈骨作酣态,两手遽释;婢暴颠墀下,声如倾堵。众方大哗;近抚之,而妃子已作马嵬薨①矣。大众惧,急白主人。嫦娥惊曰:"祸作矣!我言如何哉!"往验之,不可救。使人告其父。父某甲,素无行,号奔而至,负尸入厅事,叫骂万端。宗闭户惴恐,莫知所措。嫦娥自出责之,曰:"主即虐婢至死,律无偿法;且邂逅暴殂,焉知其不再苏?"甲噪言:"四支已冰,焉有生理!"嫦娥曰:"勿哗。纵不活,自有官在。"乃入厅事抚尸,而婢已苏,抚之随手而起。"嫦娥返身怒曰:"婢幸不死,贼奴何得无状!可以草索縶送官府!"甲无词,长跪哀免。嫦娥曰:"汝既知罪,姑免究处。但小人无赖,反复何常,留汝女终为祸胎,宜即将去。原价如干数,当速措置来。"遣人押出,俾浼二三村老,券证署尾。已,乃唤婢至前,使甲自问之:"无恙乎?"答曰:"无恙。"乃付之去。已,遂召诸婢,数责遍扑。又呼颠当,为之厉禁。谓宗曰:"今而知为人上者,一笑嚬亦不可轻。谑端开之自妾,而流弊遂不可止。凡哀者属阴,乐者属阳;阳极阴生,此循环之定数。婢子之祸,是鬼神告之以渐也。荒迷不悟,则倾覆及之矣。"宗敬听之。颠当泣求拔脱。嫦娥乃掐其耳;逾刻释手,颠当怃然为间②,忽若梦醒,据地自投,欢喜欲舞。

---

① 马嵬薨——今陕西兴平县马嵬镇,此代指死。

② 怃然为间——惆怅若失,只一会儿。

由此闺阁清肃，无敢哗者。婢至其家，无疾暴死。甲以赎金莫偿，浼村老代求怜恕，许之。又以服役之情，施以材木而去。宗常患无子。嫦娥腹中忽闻儿啼，遂以刃破左胁出之，果男；无何，复有身，又破右胁而出一女。男酷类父，女酷类母，皆论昏于世家。

异史氏曰："阳极阴生，至言哉！然室有仙人，幸能极我之乐，消我之灾，长我之生，而不我之死。是乡乐，老焉可矣，而仙人顾忧之耶？天运循还之数，理固宜然；而世之长困而不亨者，又何以为解哉？昔宋人有求仙不得者，每曰：'作一日仙人，而死亦无憾。'我不复能笑之也。"

鞠乐如

鞠乐如，青州人。妻死，弃家而去。后数年，道服荷蒲团至①。经宿欲去，戚族强留其衣杖。鞠托闲步至村外；室中服具，皆冉冉飞出，随之而去。

褚生

顺天陈孝廉，十六七岁时，尝从塾师读于僧寺，徒侣綦②繁。内有褚生，自言山东人，攻苦讲求，略不暇息；且寄宿斋中，未尝一见其归。陈与最善，因诘之。答曰："仆家贫，办束金③不易，即不能惜寸阴，而加以夜半，则我之二日，可当人三日。"陈感其言，欲携榻来与共寝。褚止之曰："且勿，且勿！我视先生，学非吾师也。阜城门④有吕先生，年虽耄，可师，请与俱迁之。"盖都中设帐者多以月计，月终束金完，任其留止。于是两生同诣吕。吕，越之宿儒，落魄不能归，因授童蒙，实非其志也。得两生甚

---

① 道服荷蒲团至——身穿道服，肩背蒲团回家。

② 綦——极多。

③ 束金——同"束脩"，十条干肉脯作学费。

④ 阜城门——故北京城门之一。

喜;而褚又甚慧,过目辄了,故尤器重之。两人情好款密,昼同几,夜同榻。

月既终,褚忽假归,十余日不复至。共疑之。一日,陈以故至天宁寺①,遇褚廊下,劈檾淬硫②,作火具焉。见陈,忸怩不安。陈问:“何遽废读?”褚握手请间,戚然曰:“贫无以遗先生,必半月贩,始能一月读。”陈感慨良久,曰:“但往读,自合极力。”命从人收其业,同归塾。戒陈勿泄,但托故以告先生。陈父固肆贾,居物致富,陈辄窃父金,代褚遗师。父以亡金责陈,陈实告之。父以为痴,遂使废学。褚大惭,别师欲去。吕知其故,让之曰:“子既贫,胡不早告?”乃悉以金返陈父,止褚读如故,与共饔飧③,若子焉。陈虽不入馆,每邀褚过酒家饮。褚固以避嫌不往;而陈要之弥坚,往往泣下,褚不忍绝,遂与往来无间。

逾二年,陈父死,复求受业。吕感其诚,纳之;而废学既久,较褚悬绝矣。居半年,吕长子自越来,丐食寻父。门人辈敛金助装,褚惟洒涕依恋而已。吕临别,嘱陈师事褚。陈从之,馆褚于家。未几,入邑痒,以“遗才”应试。陈虑不能终幅④,褚请代之。至期,褚偕一人来,云是表兄刘天若,嘱陈暂从去。陈方出,褚忽自后曳之,身欲踣,刘急挽之而去。览眺一过,相携宿于其家。家无妇女,即馆客于内舍。居数日,忽已中秋。刘曰:“今日李皇亲园⑤中,游人甚伙,当往一豁积闷,相便送君归。”使人荷茶鼎、酒具而往。但见水肆梅亭,喧啾不得入。过水关,则老柳之下,横一画桡⑥,相将登舟。酒数行,苦寂。刘顾僮曰:“梅花馆近有新姬,不知在家否?”僮去少时,与姬俱至。盖构栏李遏云也。李,都中名妓,工诗善歌,陈曾与友人饮其家,故识之。相见,略道温凉。姬戚戚有忧容。刘命之歌,为歌《蒿里》⑦。陈不悦,曰:“主客即不当卿意,何至对生人歌死曲?”姬起谢,强颜欢笑,乃歌艳曲。陈喜,捉腕曰:“卿向日《浣溪纱》⑧读之数

---

① 天宁寺——位于北京市南。

② 劈檾(qíng)淬硫——劈檾(麻)成缕,淬以硫黄等类引火物。

③ 饔飧——早晚餐。

④ 终幅——终篇。

⑤ 李皇亲园——位于北京市南。

⑥ 画桡(ráo)——画舫,代指小船。

⑦ 《蒿里》——古乐府曲名,送葬时所用。

⑧ 《浣溪纱》——词牌名,此指用此词牌填写的词。

过，今并忘之。”姬吟曰：“泪眼盈盈对镜台，开帘忽见小姑来。低头转侧看弓鞋，强解绿蛾开笑面。频将红袖拭香腮，小心犹恐被人猜。”陈反复数四。已而泊舟，过长廊，见壁上题咏甚多，即命笔记词其上。日已薄暮，刘曰：“闱中人将出矣。”遂送陈归。入门，即别去。陈见室暗无人，俄延间，褚已入门；细审之，却非褚生。方疑，客遽近身而仆。家人曰：“公子惫矣！”共扶拽之。转觉仆者非他，即己也。既起，见褚生在旁，惚惚若梦。屏人而研究之。褚曰：“告之勿惊：我实鬼也。久当投生，所以因循于此者，高谊所不能忘，故附君体，以代捉刀；三场毕，此愿了矣。”陈复求赴春闱。曰：“君先世福薄，悭吝之骨，诰赠所不堪也。”问：“将何适？”曰：“吕先生与仆有父子之分，系念常不能置。表兄为冥司典簿，求白地府主者，或当有说。”遂别而去。

陈异之。天明，访李姬，将问以泛舟之事，则姬死数日矣。又至皇亲园，见题句犹存，而淡墨依稀，若将磨灭。始悟题者为魂，作者为鬼。至夕，褚喜而至，曰：“所谋幸成，敬与君别。”遂伸两掌，命陈书褚字于上以志之。陈将置酒为饯，摇首曰：“勿须。君如不忘旧好，放榜后，勿惮修阻。”陈挥涕送之。见一人伺候于门；褚方依依，其人以手按其项，随手而匾，掬入囊，负之而去。过数日，陈果捷。于是治装如越。吕妻断育几十年，五旬余，忽生一子，两手握固不可开。陈至，请相见，便谓掌中当有文曰“褚”。吕不深信。儿见陈，十指自开，视之果然。惊问其故，具告之。共相欢异。陈厚贻之，乃返。后吕以岁贡廷试入都，舍于陈；则儿十三岁，入泮矣。

异史氏曰：“吕老教门人，而不知自教其子。呜呼！作善于人，而降祥于己，一间①也哉！褚生者，未以身报师，先以魂报友，其志其行，可贯日月，岂以其鬼故奇之与！”

---

① 一间——所差无几。

盗　户

顺治间，滕、峄[1]之区，十人而七盗，官不敢捕。后受抚，邑宰别之为"盗户"。凡值与良民争，则曲意左袒之，盖恐其复叛也。后讼者辄冒称盗户，而怨家则力攻其伪；每两造具陈，曲直且置不辨，而先以盗之真伪，反复相苦，烦有司稽籍焉。适官署多狐，宰有女为所惑，聘术士来，符捉入瓶，将炽以火。狐在瓶内大呼曰："我盗户也！"闻者无不匿笑。

异史氏曰："今有明火劫人者，官不以为盗而以为奸；逾墙行淫者，每不自认奸而自认盗：世局又一变矣。设今日官署有狐，亦必大呼曰'吾盗'无疑也。"

章丘漕粮徭役，以及征收火耗，小民尝数倍于绅衿，故有田者争求托焉。虽于国课[2]无伤，而实于官橐有损。邑令钟，牒请厘弊[3]，得可。初使自首；既而奸民以此要士[4]，数十年鬻去之产，皆诬托诡挂，以讼售主。令悉左袒之，故良懦多丧其产。有李生亦为某甲所讼，同赴质审。甲呼之"秀才"；李厉声争辨，不居秀才之名。喧不已。令诘左右，共指为真秀才。令问："何故不承？"李曰："秀才且置高阁，待争地后，再作之不晚也。"噫！以盗之名，则争冒之；秀才之名，则争辞之：变异矣哉！有人投匿名状云："告状人原壤[5]，为抗法吞产事：身以年老不能当差，有负郭田五十亩，于隐公元年[6]，暂挂恶衿颜渊[7]名下。今功令森严，理合自首。讵恶久假不归，霸为己有。身往理说，被伊师率恶党七十二人，毒杖交加，伤残胫股；又将身锁置陋巷，日给箪食瓢饮，囚饿几死。互乡约地证，叩乞

---

① 滕、峄——今山东滕县、峄县。

② 国课——国家税收。

③ 牒请厘弊——发文书请求改革弊政。

④ 要士——要挟士人。

⑤ 原壤——春秋鲁国人，相传其母死而歌，被孔子杖击其胫。

⑥ 隐公元年——公元前722年，春秋时鲁国记年之始。

⑦ 颜渊——孔子名弟子，安贫乐道。

革顶严究，俾血产归主，上告。”此可以继柳跖之告夷、齐①矣。

某乙

邑西某乙，故梁上君子②也。其妻深以为惧，屡劝止之；乙遂翻然自改。居二三年，贫窭不能自堪，思欲一作冯妇③而后已之，乃托贸易，就善卜者，以决趋向。术者曰：“东南吉，利小人，不利君子。”兆隐与心合，窃喜。遂南行，抵苏、松④间，日游村郭，凡数月。偶入一寺，见墙隅堆石子二三枚，心知其异，亦以一石投之。径趋龛后卧。日既暮，寺中聚语，似有十余人。忽一人数石，讶其多，因共搜之，龛后得乙。问：“投石者汝耶？”乙诺。诘里居、姓名，乙诡对之。乃授以兵，率与俱去。至一巨第，出耎梯⑤，争逾垣入。以乙远至，径不熟，俾伏墙外，司传递、守囊橐焉。少顷，掷一裹下；又少顷，缒一箧下。乙举箧知有物，乃破箧，以手揣取，凡沉重物，悉纳一囊，负之疾走，竟取道归。由此建楼阁、买良田，为子纳粟⑥。邑扁⑦其门曰“善士”。后大案发，群寇悉获；惟乙无名籍，莫可查诘，得免。事寝既久，乙醉后时自述之。

曹⑧有大寇某，得重资归，肆然安寝。有二三小盗，逾垣入，捉之，索金。某不与；灼箠并施，罄所有，乃去。某向人曰：“吾不知炮烙之苦如此！”遂深恨盗，投充马捕⑨，捕邑寇殆尽。获曩寇，亦以所施者施之。

---

① 柳跖之告夷、齐——柳跖，春秋战国时人，为天下名盗；夷，伯夷，齐，叔齐，殷商末孤竹君二子，耻食周粟而死；此喻恶人先告状。

② 梁上君子——指窃贼。

③ 一作冯妇——代指再偷一次。

④ 苏、松——苏州府、松江府。

⑤ 耎梯——用绳索结成的梯形攀登用具。

⑥ 纳粟——捐资买官。

⑦ 扁——同“匾”。

⑧ 曹——曹州府，治今山东菏泽市。

⑨ 马捕——捕快。

霍 女

朱大兴，彰德①人。家富有而吝啬已甚，非儿女婚嫁，座无宾，厨无肉。然佻达喜渔色，色所在，冗费不惜。每夜，逾垣过村，从荡妇眠。一夜，遇少妇独行，知为亡者，强胁之，引与俱归。烛之，美绝。自言："霍氏。"细致研诘。女不悦，曰："既加收齿②，何必复盘察？如恐相累，不如早去。"朱不敢问，留与寝处。顾女不能安粗粝，又厌见肉臛③，必燕窝、鸡心、鱼肚白作羹汤，始能餍饱。朱无奈，竭力奉之。又善病，日须参汤一碗。朱初不肯。女呻吟垂绝，不得已，投之，病若失。遂以为常。女衣必锦绣，数日，即厌其故。如是月余，计费不赀，朱渐不供。女啜泣不食，求去。朱惧，又委曲承顺之。每苦闷，辄令十数日一招优伶为戏。戏时，朱设凳帘外，抱儿坐观之；女亦无喜容，数相诮骂，朱亦不甚分解。居二年，家渐落。向女婉言，求少减；女许之，用度皆损其半。久之，仍不给，女亦以肉糜相安；又渐而不珍④亦御矣。朱窃喜。忽一夜，启后扉亡去。朱怊怅若失，遍访之，乃知在邻村何氏家。

何大姓，世胄也，豪纵好客，灯火达旦。忽有丽人，半夜入闺闼。诘之，则朱家之逃妾也。朱为人，何素藐之；又悦女美，竟纳焉。绸缪数日，益惑之，穷极奢欲，供奉一如朱。朱得耗⑤，坐索之，何殊不为意。朱质于官。官以其姓名来历不明，置不理。朱货产行赇⑥，乃准拘质。女谓何曰："妾在朱家，原非采礼媒定者，胡畏之？"何喜，将与质成⑦。座客顾生谏曰："收纳逋逃，已干国纪；况此女入门，日费无度，即千金之家，何能久也？"何大悟，罢讼，以女归朱。过一二日，女又逃。

---

① 彰德——府名，治今河南安阳市。

② 收齿——收纳。

③ 肉臛（huò）——肉羹。

④ 不珍——不是珍馐美味之食。

⑤ 耗——消息。

⑥ 行赇——行贿。

⑦ 质成——争讼，对质于公堂之上。

有黄生者,故贫士,无偶。女扣扉入,自言所来。黄见艳丽忽投,惊惧不知所为。黄素怀刑①,固却之。女不去。应对间,娇婉无那。黄心动,留之,而虑其不能安贫。女早起,躬操家苦,劬劳过旧室焉。黄为人蕴藉潇洒,工于内媚,因恨相得之晚;止恐风声漏泄,为欢不久。而朱自讼后,家益贫;又度女不能安,遂置不究。

女从黄数岁,亲爱甚笃。一日,忽欲归宁,要黄御送之。黄曰:"向言无家,何前后之舛②?"曰:"曩漫言之。妾镇江人。昔从荡子,流落江湖,遂至于此。妾家颇裕,君竭资而往,必无相亏。"黄从其言,赁舆同去。至扬州境,泊舟江际。女适凭窗,有巨商子过,惊其艳,反舟缀③之,而黄不知也。女忽曰:"君家綦贫,今有一疗贫之法,不知能从否?"黄诘之,女曰:"妾相从数年,未能为君育男女,亦一不了事。妾虽陋,幸未老耄,有能以千金相赠者,便鬻妾去,此中妻室、田庐皆备焉。此计如何?"黄失色,不知何故。女笑曰:"君勿急,天下固多佳人,谁肯以千金买妾者?其戏言于外,以觇其有无。卖不卖,固自在君耳。"黄不肯。女自与榜人④妇言之,妇目黄,黄漫应焉。妇去无几,返言:"邻舟有商人子,愿出八百。"黄故摇首以难之。未几,复来,便言如命,即请过船交兑。黄微哂。女曰:"教渠姑待,我嘱黄郎,即令去。"女谓黄曰:"妾日以千金之躯事君,今始知耶?"黄问:"以何词遣之?"女曰:"请即往署券,去不去固自在我耳。"黄不可。女逼促之,黄不得已诣焉。立刻兑付。黄令封志之,曰:"遂以贫故,竟果如此,遽相割舍。倘室人必不肯从,仍以原金璧赵。"方运金至舟,女已从榜人妇从船尾登商舟,遥顾作别,并无凄恋。黄惊魂离舍,嗌⑤不能言。俄商舟解缆,去如箭激。黄大号,欲追傍之。榜人不从,开舟南渡矣。瞬息达镇江,运资上岸。榜人急解舟去。黄守装闷坐,无所适归,望江水之滔滔,如万镝之丛体⑥。方掩泣间,忽闻娇声呼"黄郎"。愕然回

---

① 怀刑——守法。

② 舛(chuǎn)——矛盾。

③ 缀——尾随。

④ 榜人——船伕。

⑤ 嗌(ài)——气结喉塞。

⑥ 如万镝之丛体——如万箭射身。

顾，则女已在前途。喜极，负装从之，问："卿何遽得来？"女笑曰："再迟数刻，则君有疑心矣。"黄乃疑其非常，固诘其情。女笑曰："妾生平于吝者则破之，于邪者则诳之也。若实与君谋，君必不肯，何处可致千金者？错囊充牣，而合浦珠还①，君幸足矣，穷问何为？"乃雇役荷囊，相将俱去。

至水门内，一宅南向，径入。俄而翁媪男妇，纷出相迎，皆曰："黄郎来也！"黄入参②公姥。有两少年揖坐与语，是女兄弟大郎、三郎也。筵间味无多品，玉柈四枚，方几已满。鸡蟹鹅鱼，皆脔切为箇。少年以巨碗行酒，谈吐豪放。已而导入别院，俾夫妇同处。衾枕滑奭，而床则以熟革代棕藤焉。日有婢媪馈致三餐，女或时竟日不出。黄独居闷苦，屡言归，女固止之。一日，谓黄曰："今为君谋：请买一人，为子嗣计。然买婢媵则价奢；当伪为妾也兄者，使父与论婚，良家子不难致。"黄不可。女弗听。有张贡士之女新寡，议聘金百缗，女强为娶之。新妇小名阿美，颇婉妙。女嫂呼之；黄瑟踧③不安，女殊坦坦。他日，谓黄曰："妾将与大姊至南海，一省阿姨④，月余可返，请夫妇安居。"遂去。

夫妻独居一院，按时给饮食，亦甚隆备。然自入门后，曾无一人复至其室。每晨，阿美入觐媪，一两言辄退。娣姒⑤在旁，惟相视一笑。既流连久坐，亦不款曲。黄见翁，亦如之。偶值诸郎聚语，黄至，既都寂然。黄疑闷莫可告语。阿美觉之，诘曰："君既与诸郎伯仲，何以月来都如生客？"黄仓猝不能对，吃吃而言曰："我十年于外，今始归耳。"美又细审翁姑阀阅，及妯娌里居。黄大窘，不能复隐，底里尽露。女泣曰："妾家虽贫，无作贱媵者，无怪诸宛若鄙不齿数矣！"黄惶怖莫知筹计，惟长跪一听女命。美收涕挽之，转请所处。黄曰："仆何敢他谋。计惟孑身自去耳。"女曰："既嫁复归，于情何忍？渠虽先从，私也；妾虽后至，公也。不如姑俟其归，问彼既出此谋，将何以置妾也？"居数月，女竟不返。一夜，闻客舍喧饮。黄潜往窥之，见二客戎装上座：一人裹豹皮巾，凛若天神；东首一

---

① 错囊充牣(rèn)，而合浦珠还——钱袋充盈，霍女去而复返。

② 参——拜见。

③ 瑟踧(cù)——惊异。

④ 阿姨——指霍女之母的姊妹。

⑤ 娣姒(sì)——妯娌。

人,以虎头革作兜牟①,虎口衔额,鼻耳悉具焉。惊异而返,以告阿美,竟莫测霍父子何人。夫妻疑惧,谋欲僦寓他所,又恐生其猜度。黄曰:“实告卿:即南海人还,折证②已定,仆亦不能家此也。今欲携卿去,又恐尊大人别有异言。不如姑别,二年中当复至。卿能待,待之;如欲他适,亦自任也。”阿美欲告父母而从之,黄不可。阿美流涕,要以信誓,乃别而归。黄入辞翁姑。时诸郎皆他出,翁挽留以待其归,黄不听而行。登舟凄然,形神丧失。至瓜州③,忽回首见片帆来,驶如飞;渐近,则船头按剑而坐者,霍大郎也。遥谓曰:“君欲遄④返,胡再不谋?遗夫人去,二三年谁能相待也?”言次,舟已逼近。阿美自舟中出,大郎挽登黄舟,跳身径去。先是,阿美既归,方向父母泣诉,忽大郎将舆登门,按剑相胁,逼女风走。一家慑息,莫敢遮问。女述其状,黄不解何意,而得美良喜,开舟遂发。

至家,出资营业,颇称富有。阿美常悬念父母,欲黄一往探之;又恐以霍女来,嫡庶复有参差。居无何,张翁访至,见屋宇修整,心颇慰,谓女曰:“汝出门后,遂诣霍家探问,见门户已扃,第主亦不之知,半年竟无消息。汝母日夜零涕,谓被奸人赚去,不知流离何所。今幸无恙耶?”黄实告以情,因相猜为神。后阿美生子,取名仙赐。至十余岁,母遣诣镇江,至扬州界,休于旅舍,从者皆出。有女子来,挽儿入他室,下帘,抱诸膝上,笑问何名。儿告之。问:“取名何义?”答云:“不知。”女曰:“归问汝父当自知。”乃为挽髻,自摘髻上花代簪之;出金钏束腕上。又以黄金内袖,曰:“将去买书读。”儿问其谁,曰:“儿不知更有一母耶?归告汝父:朱大兴死无棺木,当助之,勿忘也。”老仆归舍,失少主;寻至他室,闻与人语,窥之,则故主母。帘外微嗽,将有咨白。女推儿榻上,恍惚已杳。问之舍主,并无知者。数日,自镇江归,语黄,又出所赠。黄感叹不已。及询朱,则死才三日,露尸未葬,厚恤之。

异史氏曰:“女其仙耶?三易其主不为贞。然为吝者破其悭⑤,为淫

① 兜(dōu)牟——头盔。
② 折证——对证。
③ 瓜州——镇名,位于今镇江对岸。
④ 遄(chuán)——急速。
⑤ 悭(qiān)——吝啬。

者速其荡,女非无心者也。然破之则不必其怜之矣,贪淫鄙吝之骨,沟壑何惜焉?”

司 文 郎

平阳[①]王平子,赴试北闱,赁居报国寺[②]。寺中有余杭生先在,王以比屋居,投刺[③]焉。生不之答。朝夕遇之,多无状。王怒其狂悖,交往遂绝。一日,有少年游寺中,白服裙帽,望之傀然[④]。近与接谈,言语谐妙,心爱敬之。展问邦族,云:“登州宋姓。”因命苍头设座,相对噱谈[⑤]。余杭生适过,共起逊坐。生居然上座,更不㧑挹[⑥]。卒然问宋:“亦入闱者耶?”答曰:“非也。驽骀[⑦]之才,无志腾骧[⑧]久矣。”又问:“何省?”宋告之。生曰:“竟不进取,足知高明。山左、右[⑨]并无一字通者。”宋曰:“北人固少通者,而不通者未必是小生;南人固多通者,然通者亦未必是足下。”言已,鼓掌。王和之,因而哄堂。生惭忿,轩眉攘腕而大言曰:“敢当前命题,一校文艺乎?”宋他顾而哂曰:“有何不敢!”便趋寓所,出经授王。王随手一翻,指曰:“‘阙党童子将命[⑩]。”生起,求笔札。宋曳之曰:“口占可也。我破已成:‘于宾客往来之地,而见一无所知之人焉。’”王捧腹大笑。生怒曰:“全不能文,徒事嫚骂,何以为人!”王力为排难,请另命佳题。又

① 平阳——府名,治今山西临汾市。
② 报国寺——位于今北京市内。
③ 投刺——前去拜访。
④ 傀(guī)然——高大状。
⑤ 噱(jué)谈——谈笑。
⑥ 㧑(huī)挹——谦逊。
⑦ 驽骀(tái)——劣马,喻平庸。
⑧ 腾骧——马昂奔腾扬,喻为上进。
⑨ 山左、右——指今山东、山西两省。
⑩ 阙党童子将命——语出自《论语》,以此作考试题目,意谓“这个小老乡不努力攻读而是想走捷径。”

翻曰："'殷有三仁[①]焉。'"宋立应曰："三子者不同道，其趋一也。夫一者何也？曰：仁也。君子亦仁而已矣，何必同？"生遂不作，起曰："其为人也小有才。"遂去。

王以此益重宋。邀入寓室，款言移晷[②]，尽出所作质[③]宋。宋流览绝疾，逾刻已尽百首，曰："君亦沉深于此道者？然命笔时，无求必得之念，而尚有冀倖得之心，即此已落下乘。"遂取阅过者一一诠说。王大悦，师事之；使庖人以蔗糖作水角[④]。宋啖而甘之，曰："生平未解此味，烦异日更一作也。"从此相得甚欢。宋三五日辄一至，王必为之设水角焉。余杭生时一遇之，虽不甚倾谈，而傲睨之气顿减。一日，以窗艺示宋。宋见诸友圈赞已浓，目一过，推置案头，不作一语。生疑其未阅，复请之。答已览竟。生又疑其不解。宋曰："有何难解？但不佳耳！"生曰："一览丹黄，何知不佳？"宋便诵其文，如夙读者，且诵且訾。生跼蹐汗流，不言而去。移时，宋去；生入，坚请王作。王拒之。生强搜得，见文多圈点，笑曰："此大似水角子！"王故朴讷，觍然而已。次日，宋至，王具以告。宋怒曰："我谓'南人不复反矣[⑤]'，伧楚[⑥]何敢乃尔！必当有以报之！"王力陈轻薄之戒以劝之，宋深感佩。

既而场后，以文示宋，宋颇许。偶与涉历殿阁，见一瞽僧坐廊下，设药卖医。宋讶曰："此奇人也！最能知文，不可不一请教。"因命归寓取文。遇余杭生，遂与俱来。王呼师而参之。僧疑其问医者，便诘症候。王具白请教之意。僧笑曰："是谁多口？无目何以论文？"王请以耳代目。僧曰："三作两千余言，谁耐久听！不如焚之，我视以鼻可也。"王从之。每焚一作，僧嗅而颔之曰："君初法大家，虽未逼真，亦近似矣。我适受之以脾。"问："可中否？"曰："亦中得。"余杭生未深信，先以古大家文烧试之。僧再嗅曰："妙哉！此文我心受之矣，非归、胡[⑦]何解办此！"生大骇，始焚己作。

---

① 殷有三仁——指殷商末年的三位大臣：微子、箕子、比干。

② 晷（guǐ）——日影。

③ 质——请教。

④ 水角——水饺。

⑤ 南人不复反矣——语出《三国志》孟获言。

⑥ 伧楚——鄙陋之人。

⑦ 归、胡——指明代归有光、胡友信，以精于八股文著称于世。

僧曰："适领一艺，未窥全豹，何忽另易一人来也？"生托言："朋友之许，止此一首；此乃小生作也。"僧嗅其余灰，咳逆数声，曰："勿再投矣！格格而不能下，强受之以膈①；再焚，则作恶矣。"生惭而退。数日榜放，生竟领荐；王下第。生与王走告僧。僧叹曰："仆虽盲于目，而不盲于鼻；帘中人②并鼻盲矣。"俄余杭生至，意气发舒，曰："盲和尚，汝亦啖人水角耶？今竟何如？"僧曰："我所论者文耳，不谋与君论命。君试寻诸试官之文，各取一首焚之，我便知孰为尔师。"生与王并搜之，止得八九人。生曰："如有舛错，以何为罚？"僧愤曰："剜我盲瞳去！"生焚之，每一首，都言非是；至第六篇，忽向壁大呕，下气如雷。众皆粲然。僧拭目向生曰："此真汝师也！初不知而骤嗅之，棘于鼻，棘于腹，膀胱所不能容，直自下部出矣！"生大怒，去，曰："明日自见，勿悔，勿悔！"越二三日，竟不至；视之，已移去矣。乃知即某门生也。

宋慰王曰："凡吾辈读书人，不当尤人③，但当克己：不尤人则德益弘，能克己则学益进。当前踧落④，固是数之不偶；平心而论，文亦未便登峰，其由此砥砺，天下自有不盲之人。"王肃然起敬。又闻次年再行乡试，遂不归，止而受教。宋曰："都中薪桂米珠，勿忧资斧。舍后有窖镪，可以发用。"即示之处。王谢曰："昔窦、范⑤贫而能廉，今某幸能自给，敢自污乎？"王一日醉眠，仆及庖人窃发之。王忽觉，闻舍后有声；窃出，则金堆地上。情见事露，并相慑伏。方诃责间，见有金爵，类多镌款，审视，皆大父⑥字讳。盖王祖曾为南部郎⑦，入都寓此，暴病而卒，金其所遗也。王乃喜，秤得金八百余两。明日告宋，且示之爵，欲与瓜分，固辞乃已。以百金往赠瞽僧，僧已去。积数月，敦习益苦。及试，宋曰："此战不捷，始真是命矣！"

俄以犯规被黜。王尚无言；宋大哭，不能止。王反慰解之。宋曰：

---

① 膈(gé)——胸腔和腹腔间的膈膜。

② 帘中人——指阅卷官员。

③ 尤人——怨恨他人。

④ 踧落——失意。

⑤ 窦、范——指宋代窦仪、范仲淹，二人皆少贫，居官后廉洁自律。

⑥ 大父——祖父。

⑦ 南部郎——明初建都南京，指在南京当官。

"仆为造物所忌,困顿至于终身,今又累及良友。其命也夫!其命也夫!"王曰:"万事固有数在。如先生乃无志进取,非命也。"宋拭泪曰:"久欲有言,恐相惊怪。某非生人,乃飘泊之游魂也。少负才名,不得志于场屋。佯狂至都,冀得知我者,传诸著作。甲申之年①,竟罹于难,岁岁飘蓬。幸相知爱,故极力为'他山'之攻,生平未酬之愿,实欲借良朋一快之耳。今文字之厄若此,谁复能漠然哉!"王亦感泣,问:"何淹滞?"曰:"去年上帝有命,委宣圣及阎罗王核查劫鬼,上者备诸曹任用,余者即俾转轮。贱名已录,所未投到者,欲一见飞黄②之快耳。今请别矣!"王问:"所考何职?"曰:"樟潼府③中缺一司文郎④,暂令聋僮署篆,文运所以颠倒。万一倖得此秩,当使圣教昌明。"明日,忻忻而至,曰:"愿遂矣!宣圣命作'性道论'⑤,视之色喜,谓可司文。阎罗稽簿,欲以'口孽'⑥见弃。宣圣争之,乃得就。某伏谢已,又呼近案下,嘱云:'今以怜才,拔充清要;宜洗心供职,勿蹈前愆。'此可知冥中重德行更甚于文学也。君必修行未至,但积善勿懈可耳。"王曰:"果尔,余杭生其德行何在?"曰:"不知。要冥司赏罚,皆无少爽。即前日瞽僧,亦一鬼也,是前朝名家。以生前抛弃字纸过多,罚作瞽。彼自欲医人疾苦,以赎前愆,故托游廛肆耳。"王命置酒。宋曰:"无须。终岁之扰,尽此一刻,再为我设水角足矣。"王悲怆不食,坐令自啖。顷刻,已过三盛,捧腹曰:"此餐可饱三日,吾以志君德耳。向所食,都在舍后,已成菌矣。藏作药饵,可益儿慧。"王问后会,曰:"既有官责,当引嫌也。"又问:"梓潼祠中,一相酹祝,可能达否?"曰:"此都无益。九天甚远,但洁身力行,自有地司牒报,则某必与知之。"言已,作别而没。

王视舍后,果生紫菌⑦,采而藏之。旁有新土坟起,则水角宛然在焉。王归,弥自刻厉。一夜,梦宋舆盖而至,曰:"君向以小忿,误杀一婢,削去禄籍;今笃行已折除矣。然命薄不足任仕进也。"是年,捷于乡;明年,春

① 甲申之年——即明崇祯十七年(1644年),明亡。
② 飞黄——传说中的神马,飞黄腾达,此喻科举得志。
③ 樟潼府——指梓潼帝君府,主宰天下文教之神。
④ 司文郎——官名,此指职掌文运之神。
⑤ 性道论——人性、天道的论文,此为杜撰题目。
⑥ 口孽——佛教用语,也称"口业"。
⑦ 紫菌(jùn)——紫芝,菌类植物,古人以为仙药,服食可长寿。

闱又捷。遂不复仕。生二子，其一绝钝，啖以菌，遂大慧。后以故诣金陵，遇余杭生于旅次，极道契阔，深自降抑，然鬓毛斑矣。

异史氏曰："余杭生公然自诩，意其为文，未必尽无可观；而骄诈之意态颜色，遂使人顷刻不可复忍。天人之厌弃已久，故鬼神皆玩弄之。脱能增修厥德，则帘内之'刺鼻棘心'者，遇之正易，何所遭之仅也。"

丑　狐

穆生，长沙人。家清贫，冬无絮衣。一夕枯坐，有女子入，衣服炫丽而颜色黑丑，笑曰："得毋寒乎？"生惊问之，曰："我狐仙也。怜君枯寂，聊与共温冷榻耳。"生惧其狐，而厌其丑，大号。女以元宝置几上，曰："若相谐好，以此相赠。"生悦而从之。床无裀褥，女代以袍。将晓，起而嘱曰："所赠，可急市软帛作卧具；余者絮衣作馔，足矣。倘得永好，勿忧贫也。"遂去。生告妻，妻亦喜，即市帛为之缝纫。女夜至，见卧具一新，喜曰："君家娘子劬劳哉！"留金以酬之。从此至无虚夕。每去，必有所遗。

年余，屋庐修洁，内外皆衣文锦绣，居然素封。女赂贻渐少，生由此心厌之，聘术士至，画符于门。女啮折而弃之，入指生曰："背德负心，至君已极！然此奈何我！若相厌薄，我自去耳。但情义既绝，受于我者，须要偿也！"忿然而去。生惧，告术士。术士作坛，陈设未已，忽颠地下，血流满颊；视之，割去一耳。众大惧，奔散；术士亦掩耳窜去。室中掷石如盆，门窗釜甑，无复全者。生伏床下，蓄缩汗耸。俄见女抱一物入，猫首猧[①]尾，置床前，嗾之曰："嘻嘻！可嚼奸人足。"物即龁履，齿利于刃。生大惧，将屈藏之，四肢不能动。物嚼指，爽脆有声。生痛极，哀祝。女曰："所有金珠，尽出勿隐。"生应之。女曰："呵呵！"物乃止。生不能起，但告以处。女自往搜括，珠钿[②]衣服之外，止得二百余金。女少之。又曰："嘻嘻！"物复嚼。生哀鸣求恕。女限十日，偿金六百。生诺之，女乃抱物去。久之，家人渐聚，从床下曳生出，足血淋漓，丧其二指。视室中，财物尽空，

---

① 猫首猧尾——概指狸猫。

② 钿(diàn)——饰物。

惟当年破被存焉。遂以覆生，令卧。又惧十日复来，乃货婢鬻衣，以足其数。至期，女果至；急付之，无言而去。自此遂绝。

生足创，医药半年始愈，而家清贫如初矣。狐适近村于氏。于业农，家不中资；三年间，援例纳粟，夏屋连蔓，所衣华服，半生家物①。生见之，亦不敢问。偶适野，遇女于途，长跪道左。女无言，但以素巾裹五六金，遥掷之，反身径去。后于氏早卒，女犹时至其家，家中金帛辄亡去。于子睹其来，拜参之，遥祝："父即去世，儿辈皆若子，纵不抚恤，何忍坐令贫也？"女去，遂不复至。

异史氏曰："邪物之来，杀之亦壮；而既受其德，即鬼物不可负也。既贵而杀赵孟②，则贤豪非之矣。夫人非其心之所好，即万钟③何动焉？观其见金色喜，其亦利之所在，丧身辱行而不惜者欤？伤哉贪人，卒取残败！"

吕无病

洛阳孙公子，名麒，娶蒋太守女，甚相得。二十夭殂，悲不自胜。离家，居山中别业。适阴雨，昼卧，室无人。忽见复室帘下，露妇人足，疑而问之。有女子褰帘入，年约十八九，衣服朴洁，而微黑多麻，类贫家女。意必村中僦屋者，呵曰："所须宜白家人，何得轻入！"女微笑曰："妾非村中人，祖籍山东，吕姓。父文学士④。妾小字无病。从父客迁，早离顾复。慕公子世家名士，愿为康成文婢⑤。"孙笑曰："卿意良佳。但仆辈杂居，实所不便，容旋里后，当舆聘之。"女次且曰："自揣陋劣，何敢遂望敌体⑥？聊备案前驱使，当不至倒捧册卷。"孙曰："纳婢亦须吉日。"乃指架上，使

---

① 半生家物——多半是穆生家的东西。
② 赵孟——即赵盾，春秋时晋国大夫，曾执国政。
③ 万钟——喻指大量的粮食和财富。
④ 文学士——博学之士，泛指读书人。
⑤ 康成文婢——即东汉古文经学大师郑玄家的奴婢，此喻指孙生。
⑥ 敌体——处于对等地位的妻子。

取通书[①]第四卷——盖试之也。女翻检得之。先自涉览，而后进之，笑曰："今日河魁[②]不曾在房。"孙意少动，留匿室中。女闲居无事，为之拂几整书，焚香拭鼎，满室光洁。孙悦之。至夕，遣仆他宿。女俯眉承睫，殷勤臻至。命之寝，始持烛去，中夜睡醒。则床头似有卧人；以手探之，知为女，捉而撼焉。女惊起，立榻下。孙曰："何不别寝，床头岂汝卧处也?"女曰："妾善惧。"孙怜之，俾施枕床内。忽闻气息之来，清如莲蕊，异之；呼与共枕，不觉心荡；渐于同衾，大悦之。念避匿非策，又恐同归招议。孙有母姨，近隔十余门，谋令遁诸其家，而后再致之。女称善，便言："阿姨，妾熟识之，无容先达，请即去。"孙送之，逾垣而去。

孙母姨，寡媪也。凌晨起户，女掩入。媪诘之，答云："若甥遣问阿姨。公子欲归，路赊[③]乏骑，留奴暂寄此耳。"媪信之，遂止焉。孙归，矫谓姨家有婢，欲相赠，遣人舁之而还，坐卧皆以从。久益嬖之，纳为妾。世家论婚，皆勿许，殆有终焉之志。女知之，苦劝令娶；乃娶于许，而终嬖爱无病。许甚贤，略不争夕；无病事许益恭：以此嫡庶偕好。许举一子阿坚，无病爱抱如己出。儿甫三岁，辄离乳媪，从无病宿，许唤不去。无何，许病卒。临诀，嘱孙曰："无病最爱儿，即令子之可也；即正位焉亦可也。"即葬，孙将践其言，告诸宗党；佥谓不可；女亦固辞，遂止。

邑有王天官女，新寡，来求婚。孙雅不欲娶，王再请之。媒道其美，宗族仰其势，共怂恿之。孙惑焉，又娶之。色果艳；而骄已甚，衣服器用，多厌嫌，辄加毁弃。孙以爱敬故，不忍有所拂。入门数月，擅宠专房，而无病至前，笑啼皆罪。时怒迁夫婿，数相闹斗。孙患苦之，以多独宿。妇又怒。孙不能堪，托故之都[④]，逃妇难也。妇以远游咎无病。无病鞠躬屏气，承望颜色，而妇终不快。夜使直宿床下，儿奔与俱。每唤起给使，儿辄啼。妇厌骂之。无病急呼乳媪来抱之，不去；强之，益号。妇怒起，毒挞无算，始从乳媪去。儿以是病悸，不食。妇禁无病不令见之。儿终日啼，妇叱媪，使弃诸地。儿气竭声嘶，呼而求饮；妇戒勿与。日既暮，无病窥妇不

---

① 通书——指历书。
② 河魁——丛星名，月中凶神。
③ 路赊——路远。
④ 托故之都——借口有事赶赴京城。

在，潜饮儿。儿见之，弃水捉衿，号咷不止。妇闻之，意气汹汹而出。儿闻声辍涕，一跃遂绝。无病大哭。妇怒曰："贱婢丑态！岂以儿死胁我耶！无论孙家襁褓物，即杀王府世子，王天官女亦能任之！"无病乃抽息忍涕，请为葬具。妇不许，立命弃之。妇去，窃抚儿，四体犹温，隐语媪曰："可速将去，少待于野，我当继至。其死也，共弃之；活也，共抚之。"媪曰："诺。"无病入室，携簪珥出，追及之。共视之，已苏。二人喜，谋趋别业，往依姨。媪虑其纤步为累，无病乃先趋以俟之，疾若飘风，媪力奔始能及。约二更许，儿病危，不复可前。遂斜行入村，至田叟家，侍门待晓，扣扉借室，出簪珥易资，巫医并致，病卒不瘳。女掩泣曰："媪好视儿，我往寻其父也。"媪方惊其谬妄，而女已杳矣。骇诧不已。是日，孙在都，方憩息床上，女悄然入。孙惊起曰："才眠已入梦耶！"女握手哽咽，顿足不能出声。久之久之，方失声而言曰："妾历千辛，与儿逃于杨——"句未终，纵声大哭，倒地而灭。孙骇绝，犹疑为梦；唤从人共视之，衣履宛然，大异不解。即刻趣装，星驰而归。

既闻儿死妾遁，抚膺大悲。语侵妇，妇反唇相稽。孙忿，出白刃；婢妪遮救，不得近，遥掷之。刀脊中额，额破血流，披发嗥叫而出，将以奔告其家。孙捉还，杖挞无数，衣皆若缕，伤痛不可转侧。孙命舁诸房中护之，将待其瘥而后出之。妇兄弟闻之，怒，率多骑登门；孙亦集健仆械御之。两相叫骂，竟日始散。王未快意，讼之。孙捍卫①入城，自诣质审，诉妇恶状。宰不能屈，送广文②惩戒以悦王。广文朱先生，世家子，刚正不阿。廉得情，怒曰："堂上公以我为天下之龌龊教官，勒索伤天害理之钱，以吮人痈痔③者耶！此等乞丐相，我所不能！"竟不受命。孙公然归。王无奈之，乃示意朋好，为之调停，欲生谢过其家。孙不肯，十反不能决。妇创渐平，欲出之，又恐王氏不受，因循而安之。妾亡子死，夙夜伤心，思得乳媪，一问其情。因忆无病言"逃于杨"，近村有杨家疃，疑其在是；往问之，并无知者。或言五十里外有杨谷，遣骑诣讯，果得之。儿渐平复；相见各喜，载与俱归。儿望见父，嗷然大啼，孙亦泪下。妇闻儿尚存，盛气奔出，将致

---

① 捍卫——护卫。

② 广文——泛指儒学教官。

③ 吮人痈痔——喻为奉迎上官而做卑鄙下流之事。

诮骂。儿方啼，开目见妇，惊投父怀，若求藏匿。抱而视之，气已绝矣。急呼之，移时始苏。孙恚曰："不知如何酷虐，遂使吾儿至此！"乃立离婚书，送妇归。王果不受，又舁还孙。孙不得已，父子别居一院，不与妇通。乳媪乃备述无病情状，孙始悟其为鬼。感其义，葬其衣履，题碑曰"鬼妻吕无病之墓"。无何，妇产一男，交手于项而死之。孙益忿，复出妇；王以舁还之。孙乃具状，控诸上台，皆以天官故，置不理。后天官卒，孙控不已，乃判令大归。孙由此不复娶，纳婢焉。

妇既归，悍名噪甚，三四年无问名者。妇顿悔，而已不可复挽。有孙家旧媪，适至其家。妇优待之，对之流涕；揣其情，似念故夫。媪归告孙，孙笑置之。又年余，妇母又卒，孤无所依，诸娣姒颇厌嫉之；妇益失所，日辄涕零。一贫士丧偶，兄议厚其奁妆而遣之，妇不肯。每阴托往来者致意孙，泣告以悔，孙不听。一日，妇率一婢，窃驴跨之，竟奔孙。孙方自内出，迎跪阶下，泣不可止。孙欲去之，妇牵衣复跪之。孙固辞曰："如复相聚，常无间言则已耳；一朝有他，汝兄弟如虎狼，再求离逷，岂可复得！"妇曰："妾窃奔而来，万无还理。留则留之，否则死之！且妾自二十一岁从君，二十三岁被出，诚有十分恶，宁无一分情？"乃脱一腕钏，并两足而束之，袖覆其上，曰："此时香火之誓，君宁不忆之耶？"孙乃荧眦欲泪，使人挽扶入室；而犹疑王氏诈谖①，欲得其兄弟一言为证据。妇曰："妾私出，何颜复求兄弟？如不相信，妾藏有死具在此，请断指以自明。"遂于腰间出利刃，就床边伸左手一指断之，血溢如涌。孙大骇，急为束裹。妇容色痛变，而更不呻吟，笑曰："妾今日黄粱之梦已醒，特借斗室为出家计，何用相猜？"孙乃使子及妾另居一所，而己朝夕往来于两间。又日求良药医指创，月余寻愈。妇由此不茹荤酒，闭户诵佛而已。居久，见家政废弛，谓孙曰："妾此来，本欲置他事于不问；今见如此用度，恐子孙有饿莩者矣。无已，再腆颜②一经纪之。"乃集婢媪，按日责其绩织。家人以其自投也，慢之，窃相诮讪，妇若不闻。既而课工，惰者鞭挞不贷，众始惧之。又垂帘课主计仆，综理微密。孙乃大喜，使儿及妾皆朝见之。阿坚已九岁，妇加意温恤，朝入塾，常留甘饵以待其归；儿亦渐亲爱之。一日，儿以石投雀，妇

① 诈谖（xuān）——欺诈。

② 腆颜——厚颜。

适过，中颅而仆，逾刻不语。孙大怒，挞儿。妇苏，力止之，且喜曰："妾昔虐儿，中心每不自释，今幸销一罪案矣。"孙益嬖爱之，妇每拒，使就妾宿。居数年，屡产屡殇，曰："此昔日杀儿之报也。"阿坚既娶，遂以外事委儿，内事委媳。一日曰："妾某日当死。"孙不信。妇自理葬具，至日，更衣入棺而卒。颜色如生，异香满室；既殓，香始渐灭。

异史氏曰："心之所好，原不在妍媸[1]也。毛嫱、西施[2]，焉知非自爱之者美之乎？然不遭悍妒，其贤不彰，几令人与嗜痂者并笑矣。至锦屏之人[3]，其夙根原厚，故豁然一悟，立证菩提[4]；若地狱道中，皆富贵而不经艰难者矣。"

钱卜巫

夏商，河间[5]人。其父东陵，豪富侈汰，每食包子，辄弃其角，狼藉满地。人以其肥重，呼之"丢角太尉"。暮年，家綦贫，日不给餐；两肱瘦，垂革如囊，人又呼"募庄僧"[6]——谓其挂袋也。临终，谓商曰："余生平暴殄天物，上干天怒，遂至饥冻以死。汝当惜福力行，以盖父愆。"商恪遵治命，诚朴无二，躬耕自给。乡人咸爱敬之。富人某翁哀其贫，假以资，使学负贩，辄亏其母。愧无以偿，请为佣。翁不肯。商瞿然[7]不自安，尽货其田宅，往酬翁。翁诘得情，益怜之，强为赎还旧业；又益贷以重金，俾作贾。商辞曰："十数金尚不能偿，奈何结来世驴马债也？"翁乃招他贾与偕。数月而返，仅能不亏；翁不收其息，使复之。年余，货资盈辇[8]，归至江，遭飓，舟几覆，物半丧失。归计所有，略可偿主，遂语贾曰："天之所贫，谁能

① 妍媸——美丑。
② 毛嫱、西施——古代两个绝色美女。
③ 锦屏之人——泛指深闺女子。
④ 菩提——佛教用语，佛果、正觉，佛教真理。
⑤ 河间——府名，治今河北河间县。
⑥ 募庄僧——沿村庄募化之僧人。
⑦ 瞿然——吃惊状。
⑧ 辇——车。

救之？此皆我累君也！”乃稽簿付贾，奉身而退。翁再强之，必不可，躬耕如故。每自叹曰：“人生世上，皆有数年之享，何遂落拓如此？”

会有外来巫，以钱卜，悉知人运数。敬诣之。巫，老妪也。寓室精洁，中设神座，香气常熏。商入朝拜讫，巫便索资。商授百钱，巫尽内木筒中，执跪座下，摇响如祈祷状。已而起，倾钱入手，而后于案上次第摆之。其法以字为否，幕为亨[①]；数至五十八皆字，以后则尽幕矣。遂问：“庚甲[②]几何？”答：“二十八岁。”巫摇首曰：“早矣！早矣！官人现行者先人运，非本身运。五十八岁，方交本身运，始无盘错[③]也。”问：“何谓先人运？”曰：“先人有善，其福未尽，则后人享之；先人有不善，其祸未尽，则后人亦受之。”商屈指曰：“再三十年，齿已老耄，行就木矣。”巫曰：“五十八以前，便有五年回闰，略可营谋；然仅免饥寒耳。五十八之年，当有巨金自来，不须力求。官人生无过行，再世享之不尽也。”

别巫而返，疑信半焉。然安贫自守，不敢妄求。后至五十三岁，留意验之。时方东作[④]，病痁[⑤]不能耕。既痊，天大旱，早禾尽枯。近秋方雨，家无别种，田数亩悉以种谷。既而又旱，荞菽半死，惟谷无恙；后得雨勃发，其丰倍焉。来春大饥，得以无馁。商以此信巫，从翁贷资，小权子母，辄小获；或劝作大贾，商不肯。迨五十七岁，偶葺墙垣，掘地得铁釜；揭之，白气如絮，惧不敢发。移时，气尽，白镪满瓮。夫妻共运之，秤计一千三百二十五两。窃议巫术小舛[⑥]。邻人妻入商家，窥见之，归告夫。夫忌焉，潜告邑宰。宰最贪，拘商索金。妻欲隐其半，商曰：“非所宜得，留之贾[⑦]祸。”尽献之。宰得金，恐其漏匿，又追贮器，以金实之，满焉，乃释商。居无何，宰迁南昌同知[⑧]。逾岁，商以懋迁[⑨]至南昌，则宰已死。妻子将归，

---

① 亨——顺利通达。

② 庚甲——年岁。

③ 盘错——盘曲交替。

④ 时方东作——时值春耕。

⑤ 病痁(shān)——患疟疾。

⑥ 舛——差错。

⑦ 贾——招致。

⑧ 同知——知州、知府的佐官。

⑨ 懋迁——贸易。

货其粗重；有桐油若干篓，商以直贱，买之以归。既抵家，器有渗漏，泻注他器，则内有白金二铤；遍探皆然。兑之，适得前掘镪之数。商由此暴富，益赡贫穷，慷慨不吝。妻劝积贻子孙，商曰："此即所以遗子孙也。"邻人赤贫至为丐，欲有所求，而心自愧。商闻而告之曰："昔日事，乃我时数未至，故鬼神假子手以败之，于汝何尤？"遂周给之。邻人感泣。后商寿八十，子孙承继，数世不衰。

异史氏曰："汰侈已甚，王侯不免，况庶人乎！生暴天物，死无含饭，可哀矣哉！幸而鸟死鸣哀，子能干蛊①，穷败七十年，卒以中兴；不然，父孽累子，子复累孙，不至乞丐相传不止矣。何物老巫，遂发天之秘？呜呼！怪哉！"

姚 安

姚安，临洮人，美丰标②。同里宫姓，有女字绿娥，艳而知书，择偶不嫁。母语人曰："门族丰采，必如姚某始字之。"姚闻，绐③妻窥井，挤堕之，遂娶绿娥。雅甚亲爱。然以其美也，故疑之：闭户相守，步辄缀焉；女欲归宁，则以两肘支袍，覆翼以出，入舆封志④，而后驰随其后，越宿，促与俱归。女心不能善，忿曰："若有桑中约⑤，岂琐琐所能止也！"姚以故他往，则扃女室中。女益厌之，俟其去，故以他钥置门外以疑之。姚见大怒，问所自来。女愤言："不知！"姚愈疑，伺察弥严。

一日，自外至，潜听久之，乃开锁启扉，惟恐其响，悄然掩入。见一男子貂冠卧床上，忿怒，取刀奔入，力斩之。近视，则女昼眠畏寒，以貂覆面也。大骇，顿足自悔。宫翁忿质官。官收姚，褫衿苦械⑥。姚破产，以巨

① 干蛊——以子贤德掩父母之过。
② 丰标——风度仪态。
③ 绐——欺骗。
④ 入舆封志——待坐入轿中后，贴上封条。
⑤ 桑中约——男女幽会。
⑥ 褫衿苦械——扒掉学子衿服，动用酷刑。

金赂上下，得不死。由此精神迷惘，若有所失。适独坐，见女与髯[①]丈夫，狎亵榻上，恶之，操刀而往，则没矣；反坐，又见之。怒甚，以刀击榻，席褥断裂。愤然执刀，近榻以伺之，见女面立，视之而笑。遽斫之，立断其首；既坐，女不移处，而笑如故。夜间灭烛，则闻淫溺之声，亵不可言。日日如是，不复可忍，于是鬻其田宅，将卜居他所。至夜，偷儿穴壁入，劫金而去。自此贫无立锥，忿恚而死。里人藁葬[②]之。

异史氏曰："爱新而杀其旧，忍乎哉！人止知新鬼为厉，而不知故鬼之夺其魄也。呜呼！截指而适其屦[③]，不亡何待！"

采　薇　翁

明鼎革，干戈蜂起。于陵[④]刘芝生先生，聚众数万，将南渡。忽一肥男子诣栅门，敞衣露腹，请见兵主。先生延入与语，大悦之。问其姓名，自号采薇翁。刘留参帷幄，赠以刃。翁言："我自有利兵，无须矛戟。"问："兵何在？"翁乃捋衣露腹，脐大可容鸡子；忍气鼓之，忽脐中塞肤嗤然，突出剑跗[⑤]；握而抽之，白刃如霜。刘大惊，问："止此乎？"笑指腹曰："此武库也，何所不有。"命取弓矢，又如前状，出雕弓一具；略一闭息，则一矢飞堕，其出不穷。已而剑插脐中，即都不见。刘神之，与同寝处，敬礼甚备。

时营中号令虽严，而乌合之群，时出剽掠。翁曰："兵贵纪律；今统数万之众，而不能镇慑人心，此败亡之道也。"刘喜之，于是纠察卒伍，有掠取妇女财物者，枭以示众。军中稍肃，而终不能绝。翁不时乘马出，遨游部伍间，而军中悍将骄卒，辄首自堕地，不知何因。因共疑翁。前进严饬之策，兵士已畏恶之；至此益相憾怨。诸部领谮于刘曰："采微翁，妖术

---

① 髯——颊毛。

② 藁葬——裹以苇席埋葬。

③ 屦(jù)——鞋子。

④ 于(wū)陵——古地名，在今山东邹平县境。

⑤ 剑跗(fū)——剑把。

也。自古名将,止闻以智,不闻以术。浮云、白雀之徒①,终致灭亡。今无辜将士,往往自失其首,人情汹惧;将军与处,亦危道也,不如图之。"刘从其言,谋俟其寝而诛之。使觇翁,翁坦腹方卧,鼻息如雷。众大喜,以兵绕舍,两人持刀入,断其头;及举刀,头已复合,息如故,大惊。又砍其腹;腹裂无血,其中戈矛森聚,尽露其颖②。众益骇,不敢近;遥拨以矟③,而铁弩大发,射中数人。众惊散,白刘。刘急诣之,已杳矣。

崔猛

崔猛,字勿猛。建昌④世家子。性刚毅,幼在塾中,诸童稍有所犯,辄奋拳殴击,师屡戒不悛;名、字,皆先生所赐也。至十六七,强武绝伦,又能持长竿跃登夏屋。喜雪不平,以是乡人共服之,求诉禀白者盈阶满室。崔抑强扶弱,不避怨嫌;稍逆之,石杖交加,支体为残。每盛怒,无敢劝者。惟事母孝,母至则解。母谴责备至,崔唯唯听命,出门辄忘。比邻有悍妇,日虐其姑。姑饿濒死,子窃啖之;妇知,诟厉万端,声闻四院。崔怒,逾垣而过,鼻耳唇舌尽割之,立毙。母闻大骇,呼邻子极意温恤,配以少婢,事乃寝。母愤泣不食。崔惧,跪请受杖,且告以悔。母泣不顾。崔妻周,亦与并跪。母乃杖子,而又针刺其臂,作十字纹,朱涂之,俾勿灭。崔并受之。母乃食。

母喜饭僧道,往往餍饱之。适一道士在门,崔过之。道士目之曰:"郎君多凶横之气,恐难保其令终。积善之家,不宜有此。"崔新受母戒,闻之,起敬曰:"某亦自知;但一见不平,苦不自禁。力改之,或可免否?"道士笑曰:"姑勿问可免不可免,请先自问能改不能改。但当痛自抑;如有万分之一,我告君以解死之术。"崔生平不信厌禳,笑而不言。道士曰:

---

① 浮云、白雀之徒——指剑侠神仙。
② 颖——尖。
③ 矟(shuò)——同"槊",类似长茅。
④ 建昌——府名,今江西南城县。

“我固知君不信。但我所言，不类巫觋[①]，行之亦盛德；即或不效，亦无妨碍。”崔请教，乃曰：“适门外一后生，宜厚结之，即犯死罪，彼亦能活之也。”呼崔出，指示其人。盖赵氏儿，名僧歌。赵，南昌人，以岁祲[②]饥，侨寓建昌。崔由是深相结，请赵馆于其家，供给优厚。僧歌年十二，登堂拜母，约为弟昆。逾岁东作[③]，赵携家去。音问遂绝。

崔母自邻妇死，戒子益切，有赴诉者，辄摈斥之。一日，崔母弟卒，从母往吊。途遇数人，絷一男子，呵骂促步，加以捶扑。观者塞途，舆不得进。崔问之，识崔者竞相拥告。先是，有巨绅子某甲者，豪横一乡，窥李申妻有色，欲夺之，道无由[④]。因命家人诱与博赌，贷以资而重其息，要使署妻于券，资尽复给。终夜，负债数千；积半年，计子母三十余千。申不能偿，强以多人篡取其妻。申哭诸其门。某怒，拉系树上，榜笞刺剟，逼立“无悔状”。崔闻之，气涌如山，鞭马前向，意将用武。母搴帘而呼曰：“唶[⑤]！又欲尔耶！”崔乃止。既吊而归，不语亦不食，兀坐直视，或有所嗔。妻诘之，不答。至夜，和衣卧榻上，辗转达旦。次夜复然，忽启户出，辄又还卧。如此三四，妻不敢诘，惟慑息以听之。既而迟久乃反，掩扉熟寝矣。是夜，有人杀某甲于床上，刳腹流肠；申妻亦裸尸床下。官疑申，捕治之。横被残梏，踝骨皆见，卒无词。积年余，不堪刑，诬服，论辟[⑥]。会崔母死。既殡，告妻曰：“杀甲者，实我也。徒以有老母故，不敢泄。今大事已了，奈何以一身之罪殃他人？我将赴有司死耳！”妻惊挽之，绝裾而去，自首于庭。官愕然，械送狱，释申。申不可，坚以自承。官不能决，两收之。戚属皆诮让申。申曰：“公子所为，是我欲为而不能者也。彼代我为之，而忍坐视其死乎？今日即谓公子未出也可。”执不异词，固与崔争。久之，衙门皆知其故，强出之，以崔抵罪，濒就决矣。会恤刑官赵部郎，案临阅囚，至崔名，屏人而唤之。崔入，仰视堂上，僧歌也。悲喜实诉。赵徘

① 巫觋（xí）——巫师。

② 祲——浸，深。

③ 东作——春耕。

④ 道无由——找不到理由。

⑤ 唶（jiè）——斥责声。

⑥ 论辟——判处死刑。

徊良久,仍令下狱,嘱狱卒善视之。寻以自首减等,充云南军。申为服役而去。未期年,援赦而归:皆赵力也。

既归,申终从不去,代为纪理生业。予之资,不受。缘橦技击之术,颇以关怀。崔厚遇之,买妇授田焉。崔由此力改前行,每抚臂上刺痕,泫然流涕。以故乡邻有事,申辄矫命排解,不相禀白。有王监生者,家豪富,四方无赖不仁之辈,出入其门。邑中殷实者,多被劫掠;或迕之,辄遣盗杀诸途。子亦淫暴。王有寡婶,父子俱烝①之。妻仇氏,屡沮王,王缢杀之。仇兄弟质诸官,王赇属,以告者坐诬。兄弟冤愤莫伸,诣崔求诉。申绝之使去。过数日,客至,适无仆,使申瀹茗。申默然出,告人曰:“我与崔猛朋友耳,从徙万里,不可谓不至矣;曾无廪给,而役同厮养,所不甘也!”遂忿而去。或以告崔。崔讶其改节,而亦未之奇也。申忽讼于官,谓崔三年不给佣值。崔大异之,亲与对状,申忿相争。官不直之,责逐而去。又数日,申忽夜入王家,将其父子婶妇并杀之,粘纸于壁,自书姓名;及追捕之,则亡命无迹。王家疑崔主使,官不信。崔始悟前此之讼,盖恐杀人之累己也。关行附近州邑,追捕甚急。会闯贼犯顺,其事遂寝。

及明鼎革,申携家归,仍与崔善如初。时土寇啸聚,王有从子得仁,集叔所招无赖,据山为盗,焚掠村疃。一夜,倾巢而至,以报仇为名。崔适他出;申破扉始觉,越墙伏暗中。贼搜崔、李不得,掳崔妻,括财物而去。申归,止有一仆,忿极,乃断绳数十段,以短者付仆,长者自怀之。嘱仆越贼巢,登半山,以火爇绳,散挂荆棘,即反勿顾。仆应而去。申窥贼皆腰束红带,帽系红绢,遂效其装。有老牝马初生驹,贼弃诸门外。申乃缚驹跨马,衔枚而出,直至贼穴。贼据一大村,申絷马村外,逾垣入。见贼众纷纭,操戈未释。申窃问诸贼,知崔妻在王某所。俄闻传令,俾各休息,轰然噭应。忽一人报东山有火,众贼共望之;初犹一二点,既而多类星宿②。申坌息③急呼东山有警。王大惊,束装率众而出。申乘间漏出其右,返身入内。见两贼守帐,绐之曰:“王将军遗佩刀。”两贼竞觅。申自后斫之,一贼踣;其一回顾,申又斩之。竟负崔妻越垣而出。解马授辔,曰:“娘子不

---

① 烝(zhēng)——乱伦。

② 星宿——星星。

③ 坌(fén)息——大口喘息。

知途，纵马可也。”马恋驹奔驶，申从之。出一隘口，申灼火于绳，遍悬之，乃归。

次日，崔还，以为大辱，形神跳躁，欲单骑往平贼。申谏止之。集村人共谋，众恇怯莫敢应。解谕再四，得敢往二十余人，又苦无兵。适于得仁族姓家获奸细二，崔欲杀之，申不可；命二十人各持白梃，具列于前，乃割其耳而纵之。众怨曰：“此等兵旅，方惧贼知，而反示之。脱其倾队而来阖村①不保矣！”申曰：“吾正欲其来也。”执匿盗者诛之。遣人四出，各假弓矢火铳，又诣邑借巨炮二。日暮，率壮士至隘口，置炮当其冲②；使二人匿火而伏，嘱见贼乃发。又至谷东口，伐树置崖上。已而与崔各率十余人，分岸伏之。一更向尽，遥闻马嘶，贼果大至，繈③属不绝。俟尽入谷，乃推堕树木，断其归路。俄而炮发，喧腾号叫之声，震动山谷。贼骤退，自相践踏；至东口，不得出，集无隙地。两岸铳矢夹攻，势如风雨，断头折足者，枕藉沟中。遗二十余人，长跪乞命。乃遣人絷送以归。乘胜直抵其巢。守巢者闻风奔窜，搜其辎重而还。崔大喜，问其设火之谋。曰：“设火于东，恐其西追也；短，欲其速尽，恐侦知其无人也；既而设于谷口，口甚隘，一夫可以断之，彼即追来，见火必惧：皆一时犯险之下策也。”取贼鞫之，果追入谷，见火惊退。二十余贼，尽劓刖④而放之。由此威声大震，远近避乱者从之如市，得土团⑤三百余人。各处强寇无敢犯，一方赖之以安。

异史氏曰：“快牛必能破车⑥，崔之谓哉！志意慷慨，盖鲜俪矣。然欲天下无不平之事，宁非意过其通者与⑦？李申，一介细民，遂能济美。缘橦飞入，剪禽兽于深闺；断路夹攻，荡幺魔于隘谷。使得假五丈之旗⑧，为国效命，乌在不南面而王哉！”

---

① 阖村——全村。
② 冲——要冲之地。
③ 繈——拉箭弦声。
④ 劓刖（yì yuè）——割鼻、断足。
⑤ 土团——乡勇。
⑥ 快牛必能破车——刚勇之人一定招致灾祸。
⑦ 宁非意过其通者与——难道仅按常理就能想像的吗？
⑧ 五丈之旗——借指朝廷授予其军权。

诗　谳[1]

青州居民范小山，贩笔为业，行贾未归。四月间，妻贺氏独居，夜为盗所杀。是夜微雨，泥中遗诗扇一柄，乃王晟之赠吴蜚卿者。晟，不知何人；吴，益都之素封，与范同里，平日颇有佻达之行，故里党共信之。郡县拘质，坚不伏，惨被械梏，诬以成案；驳解往复，历十余官，更无异议。吴亦自分必死，嘱其妻罄竭所有，以济茕独。有向其门诵佛千者，给以絮裤；至万者絮袄：于是乞丐如市，佛号声闻十余里。因而家骤贫，惟日货田产以给资斧。阴赂监者使市鸩。夜梦神人告之："子勿死，曩日'外边凶'，目下'里边吉'矣。"再睡，又言，以是不果死。

未几，周元亮先生分守是道，录囚至吴，若有所思。因问："吴某杀人，有何确据？"范以扇对。先生熟视扇，便问："王晟何人？"并云不知。又将爰书细阅一过，立命脱其死械，自监移之仓[2]。范力争之。怒曰："尔欲妄杀一人便了却耶？抑将得仇人而甘心耶？"众疑先生私吴，俱莫敢言。先生标朱签[3]，立拘南郭某肆主人。主人惧，莫知所以。至则问曰："肆壁有东莞[4]李秀诗，何时题耶？"答云："旧岁提学案临，有日照[5]二三秀才，饮醉留题，不知所居何里。"遂遣役至日照，坐拘李秀。数日，秀至。怒曰："既作秀者，奈何谋杀人？"秀顿首错愕，曰："无之！"先生掷扇下，令其自视，曰："明系尔作，何诡托王晟？"秀审视，曰："诗真某作，字实非某书。"曰："既知汝诗，当即汝友。谁书者？"秀曰："迹似沂州王佐。"乃遣役关拘王佐。佐至，呵问如秀状。佐供："此益都铁商张成索某书者，云晟其表兄也。"先生曰："盗在此矣。"执成至，一讯遂伏。

先是，成窥贺美，欲挑之。恐不谐。念托于吴，必人所共信，故伪为吴

---

① 谳——狱，案。

② 自监移之仓——从内牢移至外监。

③ 朱签——红色竹签，拘捕犯人的凭证。

④ 东莞——古县名，治今山东莒县。

⑤ 日照——县名，今属山东莒县。

扇，执而往。谐则自认，不谐则嫁名于吴，而实不期至于杀也。逾垣入，逼妇。妇因独居，常以刃自卫。既觉，捉成衣，操刀而起。成惧，夺其刀。妇力挽，令不得脱，且号。成益窘，遂杀之，委①扇而去。三年冤狱，一朝而雪，无不诵神明者。吴始悟“里边吉”乃“周”字也。然终莫解其故。

后邑绅乘间请之，笑曰：“此最易知。细阅爰书，贺被杀在四月上旬；是夜阴雨，天气犹寒，扇乃不急之物，岂有忙迫之时，反携此以增累者，其嫁祸可知。向避雨南郭，见题壁诗与箑头②之作，口角相类，故妄度李生，果因是而得真盗。”闻者叹服。

异史氏曰：“入之深者，当其无有有之用③。词赋文章，华国之具也，而先生以相天下士，称孙阳④焉。岂非入其中深乎？而不谓相士之道，移于折狱⑤。《易》曰：‘知几其神。’⑥先生有之矣。”

鹿衔草

关外⑦山中多鹿。土人戴鹿首，伏草中，卷叶作声，鹿即群至。然牡少而牝多。牡交群牝，千百必遍，既遍遂死。众牝嗅之，知其死，分走谷中，衔异草置吻旁以熏之，顷刻复苏。急鸣金施铳，群鹿惊走。因取其草，可以回生。

---

① 委——丢弃。

② 箑(shà)头——扇子。

③ 当其无有有之用——深入事理之人，能于无用处发现有用的证据。

④ 孙阳——即伯乐，春秋时秦国人，善相马。

⑤ 移于折狱——体现在断案上。

⑥ 知几其神——了解事物的微妙变化而能把握其间道理。

⑦ 关外——山海关以外地区。

小棺

天津有舟人某，夜梦一人教之曰："明日有载竹笥①赁舟者，索之千金；不然，勿渡也。"某醒，不信。既寐，复梦，且书"⿸厂贝、⿸厂贝贝贝、⿸厂贝贝贝贝"三字于壁，嘱云："倘渠吝价，当即书此示之。"某异之。但不识其字，亦不解何意。

次日，留心行旅。日向西，果有一人驱骡载笥来，问舟。某如梦索价。其人笑之。反复良久，某牵其手，以指书前字。其人大愕，即刻而灭。搜其装载，则小棺数万余，每具仅长指许，各贮滴血而已。某以三字传示遐迩，并无知者。未几，吴逆②叛谋既露，党羽尽诛，陈尸几如棺数焉。徐白山说。

邢子仪

滕有杨某，从白莲教党，得左道之术。徐鸿儒诛后，杨幸漏脱，遂挟术以遨。家中田园楼阁，颇称富有。至泗上③某绅家，幻法为戏，妇女出窥。杨睨其女美，归谋摄取之。其继室朱氏，亦风韵，饰以华妆，伪作仙姬；又授木鸟，教之作用；乃自楼头推堕之。朱觉身轻如叶，飘飘然凌云而行。无何，至一处，云止不前，知已至矣。是夜，月明清洁，俯视甚了。取木鸟投之，鸟振翼飞去，直达女室。女见彩禽翔入，唤婢扑之，鸟已冲帘出。女追之，鸟堕地作鼓翼声；近逼之，扑入裙底；展转间，负女飞腾，直冲霄汉。婢大号。朱在云中言曰："下界人勿须惊怖，我月府姮娥也。渠是王母第九女，偶谪尘世。王母日切怀念，暂招去一相会聚，即送还耳。"遂与结襟而行。方及泗水之界，适有放飞爆者，斜触鸟翼；鸟惊堕，牵朱亦堕，落一秀才家。

---

① 竹笥——竹制方形盛器。

② 吴逆——指吴三桂。

③ 泗上——泗水之滨。

秀才邢子仪，家赤贫而性方鲠①。曾有邻妇夜奔，拒不纳。妇衔愤去，谮诸其夫，诬以挑引。夫固无赖，晨夕登门诟辱之。邢因货产，僦居别村。有相者顾某，善决人福寿，邢踵门叩之。顾望见笑曰："君富足千钟，何着败絮见人？岂谓某无瞳耶？"邢嗤妄之。顾细审曰："是矣。固虽萧索，然金穴不远矣。"邢又妄之。顾曰："不惟暴富，且得丽人。"邢终不以为信。顾推之出，曰："且去且去，验后方索谢耳。"是夜，独坐月下，忽二女自天降，视之，皆丽姝。诧为妖，诘问之，初不肯言。邢将号召乡里，朱惧，始以实告，且嘱勿泄，愿终从焉。邢思世家女不与妖人妇等，遂遣人告其家。其父母自女飞升，零涕惶惑；忽得报书，惊喜过望，立刻命舆马星驰而去。报邢百金，携女归。

邢得艳妻，方忧四壁，得金甚慰。往谢顾。顾又审曰："尚未尚未。泰运已交，百金何足言！"遂不受谢。先是，绅归，请于上官捕杨。杨预遁，不知所之，遂籍其家，发牒追朱。朱惧，牵邢饮泣。邢亦计窘，始赂承牒者，赁车骑携朱诣绅，哀求解脱。绅感其义，为竭力营谋，得赎免；留夫妻于别馆，欢如戚好。绅女幼受刘聘；刘，显秩②也，闻女寄邢家信宿③，以为辱，反婚书，与女绝姻。绅将议姻他族；女告父母，誓从邢。邢闻之喜；朱亦喜，自愿下之。绅忧邢无家，时杨居宅从官货，因代购之。夫妻遂归，出囊金，粗治器具，蓄婢仆，旬日耗费已尽。但冀女来，当复得其资助。一夕，朱谓邢曰："孽夫杨某，曾以千金埋楼下，惟妾知之。适视其处，砖石依然，或窖藏无恙。"往共发之，果得金。因信顾术之神，厚报之。后女于归④，妆资丰盛，不数年，富甲一郡矣。

异史氏曰："白莲歼灭而杨独不死，又附益⑤之，几疑恢恢者疏而且漏矣。孰知天留之，盖为邢也。不然，邢即否极而泰⑥，亦恶能仓卒起楼阁、累巨金哉？不爱一色，而天报之以两。呜呼！造物无言，而

---

① 方鲠(gěng)——正直刚介。

② 显秩——显要之官。

③ 信宿——两宿。

④ 于归——出嫁。

⑤ 附益——喻聚敛暴富。

⑥ 否(pǐ)极泰来——运气由最坏转为最好。

意可知矣。”

李　生

商河①李生，好道②。村外里余，有兰若；筑精舍③三楹④，趺坐其中。游食缁黄⑤，往来寄宿，辄与倾谈，供给不厌。一日，大雪严寒，有老僧担囊借榻，其词玄妙。信宿将行，固挽之，留数日。适生以他故归，僧嘱早至，意将别生。鸡鸣而往，扣关不应。逾垣入，见室中灯火荧荧，疑其有作，潜窥之。僧趣装矣，一瘦驴絷灯檠上。细审，不类真驴，颇似殉葬物；然耳尾时动，气咻咻然。俄而装成，启户牵出。生潜尾之。门外原有大池，僧系驴池树，裸入水中，遍体掬濯已；着衣牵驴入，亦濯之。既而加装超乘，行绝驶⑥。生始呼之。僧但遥拱致谢，语不及闻，去已远矣。王梅屋言：李其友人。曾至其家，见堂上额书："待死堂"，亦达士也。

陆　押　官

赵公，湖广武陵⑦人，官宫詹⑧，致仕⑨归。有少年伺门下，求司笔札。公召入，见其人秀雅；诘其姓名，自言陆押官。不索佣值。公留之，慧过凡仆。往来笺奏，任意裁答，无不工妙。主人与客弈，陆睨之，指点辄胜。赵益优宠之。

---

① 商河——县名，今属山东省。
② 道——此指佛法。
③ 精舍——居士诵经修行的斋舍。
④ 三楹——三间。
⑤ 游食缁黄——指四方云游的僧道。
⑥ 行绝驶——飞奔而去。
⑦ 武陵——县名，今湖南常德市。
⑧ 宫詹——詹事，职掌皇后、太子家事。
⑨ 致仕——告老还乡。

诸僚仆见其得主人青目，戏索作筵。押官许之，问："僚属几何？"会别业主计者[1]约三十余人，众悉告之数以难之。押官曰："此大易。但客多，仓卒不能遽办，肆中可也。"遂遍邀诸侣，赴临街店。皆坐。酒甫行，有按壶起者曰："诸君姑勿酌，请问今日谁作东道主？宜先出资为质，始可放情饮啖；不然，一举数千，哄然都散，向何取偿也？"众目押官。押官笑曰："得无谓我无钱耶？我固有钱。"乃起，向盆中捻湿面如拳，碎掐置几上；随掷，遂化为鼠，窜动满案。押官任捉一头，裂之，啾然腹破，得小金；再捉，亦如之。顷刻鼠尽，碎金满前，乃告众曰："是不足供饮耶？"众异之，乃共恣饮。既毕，会直三两余。众秤金，适符其数。众索一枚怀归，白其异于主人。主人命取金，搜之已亡。反质肆主，则偿资悉化蒺藜。仆白赵，赵诘之。押官曰："朋辈逼索酒食，囊空无资。少年学作小剧[2]，故试之耳。"众复责偿。押官曰："某村麦穰中，再一簸扬，可得麦二石，足偿酒价有余也。"因浼一人同去。某村主计者将归，遂与偕往。至则净麦数斛，已堆场中矣。众以此益奇押官。

一日，赵赴友筵，堂中有盆兰甚茂，爱之。归犹赞叹之。押官曰："诚爱此兰，无难致者。"赵犹未信。凌晨至斋，忽闻异香蓬勃，则有兰花一盆，箭叶多寡，宛如所见。因疑其窃，审之。押官曰："巨家所蓄，不下千百，何须窃焉？"赵不信。适某友至，见兰惊曰："何酷肖[3]寒家[4]物！"赵曰："余适购之，亦不识所自来。但君出门时，见兰花尚在否？"某曰："我实不曾至斋，有无固不可知。然何以至此？"赵视押官，押官曰："此无难辨：公家盆破，有补缀处；此盆无也。"验之始信。夜告主人曰："向言某家花卉颇多，今屈玉趾，乘月往观。但诸人皆不可从，惟阿鸭无害。"——鸭，宫詹僮也。遂如所请。公出，已有四人荷肩舆，伏候道左。赵乘之，疾于奔马。俄顷入山，但闻奇香沁骨。至一洞府，见舍宇华耀，迥异人间；随处皆设花石，精盆佳卉，流光散馥，即兰一种，约有数十余盆，无不茂盛。观已，如前命驾归。

---

① 主计者——管家。

② 小剧——小魔术。

③ 肖——像。

④ 寒家——贫寒之家。

押官从赵十余年。后赵无疾卒，遂与阿鸭俱出，不知所往。

蒋太史

蒋太史超①，记前世为峨嵋②僧，数梦至故居庵前潭边濯足。为人笃嗜内典③，一意台宗④，虽早登禁林⑤，常有出世之想。假归江南，抵秦邮⑥，不欲归。子哭挽之，弗听。遂入蜀，居成都金沙寺；久之，又之峨嵋，居伏虎寺，示疾怛化⑦。自书偈⑧云："翛然⑨猿鹤自来亲，老衲⑩无端堕业尘⑪。妄向镬汤求避热，那从大海去翻身⑫。功名傀儡场中物，妻子骷髅队里人。只有君亲无报答，生生常自祝⑬能仁。"

邵士梅

邵进士，名士梅⑭，济宁人。初授登州教授⑮，有二老秀才投刺，睹其

---

① 蒋太史超——蒋超，曾官至翰林修撰。
② 峨嵋——山名，在今四川境内，佛教四大名山之一。
③ 内典——泛指佛经。
④ 台宗——中国佛教天台宗，因居浙江天台山而得名。
⑤ 禁林——翰林院的别称。
⑥ 秦邮——地名，今江苏高邮县。
⑦ 示疾怛化——指佛家患病去世。
⑧ 偈(jì)——佛经中悟道的颂词。
⑨ 翛(xiāo)然——自然超脱。
⑩ 老衲——僧人自称。
⑪ 业尘——世间。
⑫ 翻身——解脱。
⑬ 祝——祈祷。
⑭ 士梅——邵士梅，清初山东济宁人，进士，虔信灵魂转世说。
⑮ 教授——明清府学学官。

名，似甚熟识；凝思良久，忽悟前身。便问斋夫①："某生居某村否？"又言其丰范，一一吻合。俄两生入，执手倾语，欢若平生。谈次，问高东海况。二生曰："犹死二十余年矣，今一子尚存。此乡中细民，何以见知？"邵笑曰："我旧戚也。"先是，高东海素无赖；然性豪爽，轻财好义。有负租而鬻女者，倾囊代赎之。私一媪，媪坐隐盗，官捕甚急，逃匿高家。官知之，收高，备极搒掠，终不服，寻死狱中。其死之日，即邵生辰。后邵至某村，恤其妻子，远近皆知其异。此高少宰②言之，即高公子冀良同年③也。

顾　生

江南顾生，客稷下，眼暴肿，昼夜呻吟，罔所医药。十余日，痛少减。乃合眼时，辄睹巨宅：凡四五进，门皆洞辟；最深处有人往来，但遥睹不可细认。一日，方凝神注之，忽觉身入宅中，三历门户，绝无人迹。有南北厅事④，内以红毡贴地。略窥之，见满屋婴儿，坐者、卧者、膝行者，不可数计。愕疑间，一人自舍后出，见之曰："小王子谓有远客在门，果然。"便邀之。顾不敢入，强之乃入。问："此何所？"曰："九王世子居。世子疟疾新瘥，今日亲宾作贺，先生有缘也。"言未已，有奔至者，督促速行。

俄至一处，雕榭朱栏，一殿北向，凡九楹。历阶而升，则客已满座。见一少年北面坐，知是王子，便伏堂下。满堂尽起。王子曳顾东向坐。酒既行，鼓乐暴作，诸妓升堂，演"华封祝"⑤。才过三折⑥，逆旅主人及仆唤进午餐，就床头频呼之。耳闻甚真，心恐王子知，遂托更衣而出。仰视日中夕，则见仆立床前，始悟未离旅邸。心欲急返，因遣仆阖扉去。甫交睫，见宫舍依然，急循故道而入。路经前婴儿处，并无婴儿，有数十媪蓬首驼背，

---

① 斋夫——学舍杂役。

② 少宰——吏部侍郎的别称。

③ 同年——同年考中进士。

④ 厅事——官府办公场所。

⑤ 华封祝——剧目名，华封人祝帝尧长寿、富有、多子孙。

⑥ 三折——三出，三段。

坐卧其中。望见顾,出恶声曰:“谁家无赖子,来此窥伺!”顾惊惧,不敢置辨,疾趋后庭,升殿即坐。见王子颔下添髭尺余矣。见顾,笑问:“何往?剧本过七折矣。”因以巨觥示罚。移时曲终,又呈诪目①。顾点“彭祖娶妇②”。妓即以椰瓢行酒,可容五斗许。顾离席辞曰:“臣目疾,不敢过醉。”王子曰:“君患目,有太医在此,便合诊视。”东座一客,即离坐来,两指启双眦,以玉簪点白膏如脂,嘱合目少睡。王子命侍儿导入复室,令卧;卧片时,觉床帐香软,因而熟眠。居无何,忽闻鸣钲锽聒,即复惊醒。疑是优戏未毕;开目视之,则旅舍中狗舐油铛也。然目疾若失。再闭眼,一无所睹矣。

陈锡九

陈锡九,邳③人。父子言,邑名士。富室周某,仰其声望,订为婚姻。陈累举不第,家业萧条,游学于秦,数年无信。周阴有悔心。以少女适王孝廉为继室;王聘仪丰盛,仆马甚都。以此愈憎锡九贫,坚意绝昏;问女,女不从。怒,以恶服饰遣归锡九。日不举火,周全不顾恤。一日,使佣媪以榼④饷女,入门向母曰:“主人使某视小姑姑饿死否。”女恐母惭,强笑以乱其词。因出榼中肴饵,列母前。媪止之曰:“无须尔!自小姑入人家,何曾交换出一杯温凉水?吾家物,料姥姥亦无颜啖噉得。”母大恚,声色俱变。媪不服,恶语相侵。纷纭间,锡九自外入,讯知大怒,撮毛批颊,挞逐出门而去。次日,周来逆女,女不肯归;明日又来,增其人数,众口呶呶,如将寻斗。母强劝女去。女潸然拜母,登车而去。过数日,又使人来逼索离婚书,母强锡九与之。惟望子言归,以图别处。周家有人自西安来,知子言已死,陈母哀愤成疾而卒。

锡九哀迫中,尚望妻归;久而渺然,悲愤益切。薄田数亩,鬻治葬具。

---

① 诪(chū)目——戏单。

② 彭祖娶妇——剧目名。

③ 邳(pī)——州名,治今江苏邳县境内。

④ 榼(kē)——食盒。

葬毕，乞食赴秦，以求父骨。至西安，遍访居人。或言数年前有书生死于逆旅，葬之东郊，今冢已没。锡九无策，惟朝丐市廛，暮宿野寺，冀有知者。会晚经丛葬处，有数人遮道，逼索饭价。锡九曰："我异乡人，乞食城郭，何处少人饭价？"共怒，捽之仆地，以埋儿败絮塞其口，力尽声嘶，渐就危殆。忽共惊曰："何处官府至矣！"释手寂然。俄有车马至，便问："卧者何人？"即有数人扶至车下。车中人曰："是吾儿也。孽鬼何敢尔！可悉缚来，勿致漏脱。"锡九觉有人去其塞，少定，细认，真其父也。大哭曰："儿为父骨良苦。今固尚在人间耶！"父曰："我非人，太行总管[①]也。此来亦为吾儿。"锡九哭益哀。父慰谕之。锡九泣述岳家离婚。父曰："无忧，今新妇亦在母所。母念儿甚，可暂一往。"遂与同车，驰如风雨。移时，至一官署，下车入重门，则母在焉。锡九痛欲绝，父止之。锡九啜泣听命。见妻在母侧，问母曰："儿妇在此，得毋亦泉下耶？"母曰："非也，是汝父接来，待汝归家，当便送去。"锡九曰："儿侍父母，不愿归矣。"母曰："辛苦跋涉而来，为父骨耳。汝不归，初志为何也？况汝孝行已达天帝，赐汝金万斤，夫妻享受正远，何言不归？"锡九垂泣。父数数[②]促行，锡九哭失声。父怒曰："汝不行耶！"锡九惧，收声，始询葬所。父挽之曰："子行，我告之：去丛葬处百余步，有子母白榆是也。"挽之甚急，竟不遑别母。门外有健仆，捉马待之。既超乘[③]，父嘱曰："日所宿处，有少资斧，可速办装归，向岳索妇；不得妇，勿休也。"锡九诺而行。马绝驶，鸡鸣至西安。仆扶下，方将拜致父母，而人马已杳。寻至旧宿处，倚壁假寐，以待天明。坐处有拳石碍股；晓而视之，白金也。市棺凭舆，寻双榆下，得父骨而归。合厝[④]既毕，家徒四壁 。幸里中怜其孝，共饭之。将往索妇，自度不能用武，与族兄十九往。及门，门者绝之。十九素无赖，出语秽亵。周使人劝锡九归，愿即送女去，锡九还。

初，女之归也，周对之骂婿及母，女不语，但向壁零涕。陈母死，亦不使闻。得离书，掷向女曰："陈家出汝矣！"女曰："我不曾悍逆，何为出

---

① 太行总管——此指阴间官。
② 数数——屡屡。
③ 超乘——跳上马。
④ 合厝(cuò)——合葬。

我?”欲归质其故,又禁闭之。后锡九如西安,遂造凶讣,以绝女志。此信一播,遂有杜中翰①来议姻,竟许之。亲迎有日,女始知,遂泣不食,以被韬②面,气如游丝。周正无法,忽闻锡九至,发语不逊,意料女必死,遂舁归锡九,意将待女死以泄其愤。锡九归,而送女者已至;犹恐锡九见其病而不内,甫入门,委之而去。邻里代忧,共谋舁还;锡九不听,扶置榻上,而气已绝。始大恐。正遑迫间,周子率数人持械入,门窗尽毁。锡九逃匿,苦搜之。乡人尽为不平;十九纠十余人锐身急难,周子兄弟皆被夷伤,始鼠窜而去。周益怒,讼于官,捕锡九、十九等。锡九将行,以女尸嘱邻媪。忽闻榻上若息,近视之,秋波微动矣;少时,已能转侧。大喜,诣官自陈。宰怒周讼诬。周惧,啖以重赂,始得免。

锡九归,夫妻相见,悲喜交并。先是,女绝食奄卧,自矢必死。忽有人捉起曰:“我陈家人也,速从我去,夫妻可以相见;不然无及矣!”不觉身已出门,两人扶登肩舆。顷刻至官廨,见翁姑③具在,问:“此何所?”母曰:“不必问,容当送汝归。”一日,见锡九至,甚喜。一见遽别,心颇疑怪。翁不知何事,恒数日不归。昨夕忽归,曰:“我在武夷④,迟归二日,难为保儿矣。可速送儿归去。”遂以舆马送女。忽见家门,遂如梦醒。女与锡九共述曩事,相与惊喜。从此夫妻相聚,但朝夕无以自给。

锡九于村中设童蒙帐⑤,兼自攻苦,每私语曰:“父言天赐黄金,今四堵空空,岂训读⑥所能发迹耶?”一日,自塾中归,遇二人,问之曰:“君陈某耶?”锡九曰:“然。”二人即出铁索絷之。锡九不解其故。少间,村人毕集,共诘之,始知郡盗所牵。众怜其冤,醵⑦钱赂役,途中得无苦。至郡见太守,历述家世。太守愕然曰:“此名士之子,温文尔雅,乌能作贼!”命脱缧绁,取盗严梏之,始供为周某贿嘱。锡九又诉翁婿反面之由,太守更怒,立刻拘提。即延锡九至署,与论世好,盖太守旧邳宰韩公之子,即子言受

---

① 中翰——清内阁中书别称。

② 韬——藏。

③ 翁姑——公婆。

④ 武夷——山名,位于今福建崇安县境内。

⑤ 童蒙帐——当启蒙教师。

⑥ 训读——讲解诵读。

⑦ 醵——聚。

业门人也。赠灯火之费以百金；又以二骡代步，使不时趋郡，以课文艺[①]。转于各上官游扬其孝，自总制[②]而下，皆有馈遗。锡九乘骡而归，夫妻慰甚。一日，妻母哭至，见女伏地不起。女骇问之，始知周已被械在狱矣。女哀哭自咎，但欲觅死。锡九不得已，诣郡为之缓颊[③]。太守释令自赎，罚谷一百石，批赐孝子陈锡九。放归，出仓粟，杂糠秕而辇运之。锡九谓女曰："尔翁以小人之心度君子矣。乌知我必受之，而琐琐杂糠覈[④]耶？"因笑却之。

锡九家虽小有，而垣墙陋蔽。一夜，群盗入。仆觉，大号，止窃两骡而去。后半年余，锡九夜读，闻挝门声，问之寂然。呼仆起视，则门一启，两骡跃入，乃向所亡也。直奔枥下，咻咻汗喘。烛之，各负革囊；解视，则白镪满中。大异，不知其所自来。后闻是夜大盗劫周，盈装出，适防兵追急，委其捆载而去。骡认故主，径奔至家。周自狱中归，刑创犹剧；又遭盗劫，大病而死。女夜梦父囚系而至，曰："吾生平所为，悔已无及。今受冥谴，非若翁莫能解脱，为我代求婿，致一函焉。"醒而呜泣。诘之，具以告。锡九久欲一诣太行，即日遂发。既至，备牲物酹[⑤]祝之，即露宿其处，冀有所见，终夜无异，遂归。周死，母子逾贫，仰给于次婿。王孝廉考补县尹[⑥]，以墨[⑦]败，举家徙沈阳[⑧]，益无所归。锡九时顾恤之。

异史氏曰："善莫大于孝，鬼神通之，理固宜然。使为尚德之达人也者，即终贫，犹将取之，乌论后此之必昌哉！或以膝下之娇女，付诸颁白之叟，而扬扬曰：'某贵官，吾东床也。'呜呼！宛宛婴婴者如故，而金龟婿以谕葬归，其惨已甚矣；而况以少妇从军乎？"

---

① 文艺——此指八股文。
② 总制——总督。
③ 缓颊——说情。
④ 糠覈(hé)——谷糠、米屑。
⑤ 酹(lèi)——祭奠。
⑥ 县尹——县令。
⑦ 墨——贪赃枉法。
⑧ 沈阳——与今同。

中国古典文学名著丛书

聊斋志异

下

[清] 蒲松龄 著

華夏出版社
HUAXIA PUBLISHING HOUSE

卷 九

邵临淄

临淄某翁之女，太学①李生妻也。未嫁时，有术士推其造②，决其必受官刑。翁怒之，既而笑曰："妄言一至于此！无论世家女必不至公庭，岂一监生不能庇一妇乎？"既嫁，悍甚，捶骂夫婿为常。李不堪其虐，忿鸣于官。邑宰邵公准其词，签役立勾③。翁闻之，大骇，率子弟登堂，哀求寝息。弗许。李亦自悔，求罢。公怒曰："公门内岂作辍④尽由尔耶？必拘审！"既到，略诘一二言，便曰："真悍妇！"杖责三十，臀肉尽脱。

异史氏曰："公岂有伤心于闺闼耶？何怒之暴也！然邑有贤宰，里无悍妇矣。志之，以补'循吏传'⑤之所不及者。"

于去恶

北平⑥陶圣俞，名下士⑦。顺治间，赴乡试，寓居郊郭。偶出户，见一人负笈怔儴⑧，似卜居未就者。略诘之，遂释负于道，相与倾语，言论有名士风。陶大说之，请与同居。客喜，携囊入，遂同栖止。客自言："顺天人，姓于，字去恶。"以陶差长，兄之。于性不喜游瞩，常独坐一室，而案头

---

① 太学——国子监的代称。

② 推其造——推算其生辰八字。

③ 签役立勾——得到签牌的衙役立即拘捕人犯。

④ 作辍——一举一动。

⑤ 循吏传——为奉职守法的官员作传，首创于《史记·循吏传》。

⑥ 北平——府名，顺天府的前身。

⑦ 名下士——有盛名之士。

⑧ 怔儴(kuāng ráng)——焦急不安。

无书卷。陶不与谈，则默卧而已。陶疑之，搜其囊箧，则笔研之外，更无长物。怪而问之，笑曰："吾辈读书，岂临渴始掘井耶？"一日，就陶借书去，闭户抄甚疾，终日五十余纸，亦不见其折叠成卷。窃窥之，则每一稿脱，则烧灰吞之，愈益怪焉，诘其故，曰："我以此代读耳。"便诵所抄书，顷刻数篇，一字无讹。陶悦，欲传其术；于以为不可。陶疑其吝，词涉诮让。于曰："兄诚不谅我之深矣。欲不言，则此心无以自剖；骤言之，又恐惊为异怪。奈何？"陶固谓："不妨。"于曰："我非人，实鬼耳。今冥中以科目授官，七月十四日奉诏考帘官①，十五日士子入闱，月尽榜放矣。"陶问："考帘官为何？"曰："此上帝慎重之意，无论乌吏鳖官，皆考之。能文者以内帘用，不通者不得与焉。盖阴之有诸神，犹阳之有守令也。得志诸公，目不睹坟典②，不过少年持敲门砖，猎取功名，门既开，则弃去；再司簿书十数年，即文学士，胸中尚有字耶！阳世所以陋劣幸进，而英雄失志者，惟少此一考耳。"陶深然之，由是益加敬畏。

一日，自外来，有忧色，叹曰："仆生而贫贱，自谓死后可免；不谓迍邅③先生，相从地下。"陶请其故，曰："文昌④奉命都罗国⑤封王，帘官之考遂罢。数十年游神耗鬼，杂入衡文⑥，吾辈宁有望耶？"陶问："此辈皆谁何人？"曰："即言之，君亦不识。略举一二人，大概可知：乐正师旷、司库和峤⑦是也。仆自念命不可凭，文不可恃，不如休耳。"言已怏怏，遂将治任，陶挽而慰之，乃止。至中元⑧之夕，谓陶曰："我将入闱。烦于昧爽时，持香炷于东野，三呼去恶，我便至。"乃出门去。陶沽酒烹鲜以待之。东方既白，敬如所嘱。无何，于偕一少年来。问其姓字，于曰："此方子晋，是

---

① 帘官——乡、会试贡院内的考官。
② 坟典——即三坟五典，最古的书名。
③ 迍邅(zhūn zhān)——迟缓难行，运气不佳。
④ 文昌——即梓潼帝君，职掌文运之神。
⑤ 都罗国——作者杜撰的国名。
⑥ 衡文——审卷。
⑦ 乐正师旷、司库和峤——师旷，春秋时晋国乐师，任乐正之职，精音律，先天目盲；和峤，晋人，家极富，但极吝啬，有钱癖。此喻主考官贪财受贿，装聋作哑。
⑧ 中元——农历七月十五日为中元节。

我良友,适于场中相邂逅。闻兄盛名,深欲拜识。”同至寓,秉烛为礼。少年亭亭似玉,意度谦婉。陶甚爱之,便问:“子晋佳作,当大快意。”于曰:“言之可笑!闱中七则①,作过半矣;细审主司②姓名,裹具径出。奇人也!”陶扇炉进酒,因问:“闱中何题?去恶魁解③否?”于曰:“书艺。经论各一,夫人而能之。策问④:‘自古邪僻固多,而世风至今日,奸情丑态,愈不可名,不惟十八狱所不得尽,抑非十八狱所能容。是果何术而可?或谓宜量加一二狱,然殊失上帝好生之心。其宜增与、否与,或别有道以清其源,尔多士其悉言勿隐。’弟策虽不佳,颇为痛快。表:‘拟天魔殄灭,赐群臣龙马天衣有差⑤。’次则,‘瑶台应制诗’⑥、‘西池桃花赋’⑦。此三种,自谓场中无两矣!”言已鼓掌。方笑曰:“此时快心,放兄独步⑧矣;数辰后,不痛哭始为男子也。”天明,方欲辞去。陶留与同寓,方不可,但期暮至。三日,竟不复来。陶使于往寻之。于曰:“无须。子晋拳拳,非无意者。”日既西,方果来。出一卷授陶,曰:“三日失约,敬录旧艺百余作,求一品题。”陶捧读大喜,一句一赞,略尽一二首,遂藏诸笥。谈至更深,方遂留与于共榻寝。自此为常。方无夕不至,陶亦无方不欢也。

一夕,仓皇而入,向陶曰:“地榜已揭,于五兄落第矣!”于方卧,闻言惊起,泫然流涕。二人极意慰藉,涕始止。然相对默默,殊不可堪。方曰:“适闻大巡环⑨张桓侯将至,恐失志者之造言也;不然,文场尚有翻覆。”于闻之,色喜。陶询其故,曰:“桓侯翼德,三十年一巡阴曹,三十五年一巡阳世,两间之不平,待此老而一消也。”乃起,拉方俱去。两夜始返,方喜谓陶曰:“君不贺五兄耶?桓侯前夕至,裂碎地榜,榜上名字,止存三之

---

① 闱中七则——考场中的条例,亦称“七艺”。
② 主司——主考官。
③ 魁解(jiè)——乡试第一名。
④ 策问——科举考试时史评或时政等问题的对答。
⑤ 差——等级。
⑥ 瑶台应制诗——意谓神仙也奉皇帝之命做的诗。
⑦ 西池桃花赋——写一篇瑶池蟠桃园中的桃花赋。
⑧ 放兄独步——任您领先。
⑨ 大巡环——虚拟的官名。

一。遍阅遗卷，得五兄甚喜，荐作交南巡海使①，旦晚舆马可到。”陶大喜，置酒称贺。酒数行，于问陶曰：“君家有闲舍否？”问：“将何为？”曰：“子晋孤无乡土，又不忍恝然②于兄。弟意欲假馆相依。”陶喜曰：“如此，为幸多矣。即无多屋宇，同榻何碍。但有严君，须先关白。”于曰：“审知尊大人慈厚可依。兄场闱有日，子晋如不能待，先归何如？”陶留伴逆旅，以待同归。次日，方暮，有车马至门，接于莅任。于起，握手曰：“从此别矣。一言欲告，又恐阻锐进之志。”问：“何言？”曰：“君命淹蹇，生非其时，此科之分十之一；后科桓侯临世，公道初彰，十之三；三科始可望也。”陶闻，欲中止。于曰：“不然，此皆天数。即明知不可，而注定之艰苦，亦要历尽耳。”又顾方曰：“勿淹滞，今朝年、月、日、时皆良，即以舆盖送君归。仆驰马自去。”方忻然拜别，陶中心迷乱，不知所嘱，但挥涕送之。见舆马分途，顷刻都散。始悔子晋北旋，未致一字，而已无及矣。

三场毕，不甚满志，奔波而归。入门问子晋，家中并无知者。因为父述之，父喜曰：“若然，则客至久矣。”先是陶翁昼卧，梦舆盖止于其门，一美少年自车中出，登堂展拜。讶问所来，答云：“大哥许假一舍，以入闱不得偕来。我先至矣。”言已，请入拜母。翁方谦却，适家媪入曰：“夫人产公子矣。”恍然而醒，大奇之。是日陶言，适与梦符，乃知儿即子晋后身也。父子各喜，名之小晋。儿初生，善夜啼，母苦之。陶曰：“倘是子晋，我见之，啼当止。”俗忌客忤，故不令陶见。母患啼不可耐，乃呼陶入。陶呜之曰：“子晋勿尔！我来矣！”儿啼正急，闻声辍止，停睇不瞬，如审顾状。陶摩顶而去。自是竟不复啼。数月后，陶不敢见之：一见，则折腰索抱；走去，则啼不可止。陶亦狎爱之。四岁离母，辄就兄眠；兄他出，则假寐以俟其归。兄于枕上教“毛诗”，诵声呢喃，夜尽四十余行。以子晋遗文授之，欣然乐读，过口成诵；试之他文，不能也。八九岁，眉目朗彻，宛然一子晋矣。陶两入闱，皆不第。丁酉，文场事发③，帘官多遭诛遣，贡举之

---

① 交南巡海使——交州（今广东、广西）巡海使。

② 恝然——淡漠。

③ 文场事发——指清顺治十四年（1657 年），乡试科场发生受贿事件而举子们大受牵累。

途一肃，乃张巡环力也。陶下科中副车①，寻贡②。遂灰志前途，隐居教弟。尝语人曰：“吾有此乐，翰苑③不易也。”

异史氏曰：“余每至张夫子④庙堂，瞻其须眉，凛凛有生气。以其生平暗哑如霹雳声，矛马所至，无不大快，出人意表。世以将军好武，遂置与绛、灌⑤伍；宁知文昌事繁，须侯固多哉！呜呼！三十五年，来何暮也！”

狂 生

刘学师言：“济宁有狂生某，善饮；家无儋石⑥，而得钱辄沽，初不以穷厄为意。值新刺史莅任，善饮无对。闻生名，招与饮而悦之，时共谈宴。生恃其狎，凡有小讼求直者，辄受薄贿为之缓颊；刺史每可其请。生习为常，刺史心厌之。一日早衙，持刺登堂。刺史览之微笑。生厉声曰：‘公如所请，可之；不如所请，否之。何笑也！闻之：士可杀而不可辱。他固不能相报，岂一笑不能报耶？言已，大笑，声震堂壁。刺史怒曰：‘何敢无礼！宁不闻灭门令尹⑦耶！’生掉臂竟下，大声曰：‘生员无门之可灭！’刺史益怒，执之。访其家居，则并无田宅，惟携妻在城堞上住。刺史闻而释之，但逐不令居城垣。朋友怜其狂，为买数尺地，购斗室焉。入而居之，叹曰：‘今而后畏令尹矣！’”

异史氏曰：“士君子奉法守礼，不敢劫人于市，南面者奈我何哉！然仇之犹得而加者，徒以有门在耳；夫至无门可灭，则怒者更无以加之矣。噫嘻！此所谓‘贫贱骄人’⑧者耶！独是君子虽贫，不轻干人，乃以口腹之累，喋喋公堂，品斯下矣。虽然，其狂不可及。”

---

① 副车——副榜。
② 寻贡——不久成为贡生。
③ 翰苑——翰林院。
④ 张夫子——指张飞。
⑤ 绛、灌——绛，周勃；灌，灌婴，均为汉初名将，但勇武无文。
⑥ 儋石(dàn shí)——储备的口粮。
⑦ 灭门令尹——灭门知县，喻其威虐。
⑧ 贫贱骄人——虽贫贱但不屈从于权贵。

徵俗

徵①人多化物类②，出院求食。有客寓旅邸，时见群鼠入米盎，驱之即遁。客伺其入，骤覆之，瓢水灌注其中，顷之尽毙。主人全家暴卒，惟一子在。讼官，官原而宥之。

凤仙

刘赤水，平乐③人，少颖秀。十五入郡庠。父母早亡，遂以游荡自废。家不中资，而性好修饰，衾榻皆精美。一夕，被人招饮，忘灭烛而去。酒数行，始忆之，急返。闻室中小语，伏窥之，见少年拥丽者眠榻上。宅临贵家废第，恒多怪异，心知其狐，亦不恐，入而叱曰："卧榻岂容鼾睡！"二人遑遽，抱衣赤身遁去。遗紫纨裤一，带上系针囊。大悦，恐其窃去，藏衾中而抱之。俄一蓬头婢自门罅④入，向刘索取。刘笑要偿。婢请遗以酒，不应；赠以金，又不应。婢笑而去。旋返曰："大姑言：'如赐还，当以佳偶为报。'"刘问："伊谁？"曰："吾家皮姓，大姑小字八仙，共卧者胡郎也；二姑水仙，适富川⑤丁官人；三姑凤仙，较两姑尤美，自无不当意者。"刘恐失信，请坐待好音。婢去复返曰"大姑寄语官人：好事岂能猝合？适与之言，反遭诟厉；但缓时日以待之，吾家非轻诺寡信者。"刘付之。过数日，渺无信息。薄暮，自外归，闭门甫坐，忽双扉自启，两人以被承女郎，手捉四角而入，曰："送新人至矣！"笑置榻上而去。近视之，酣睡未醒，酒气犹芳，赪颜醉态，倾绝人寰。喜极，为之捉足解袜，抱体缓裳。而女已微醒，

① 徵——不详。

② 物类——别的动物。

③ 平乐——古县名，今广西东部。

④ 门罅——门隙。

⑤ 富川——县名，在广西平乐县东北。

开目见刘，四肢不能自主，但恨曰："八仙淫婢卖我矣！"刘狎抱之。女嫌肤冰，微笑曰："今夕何夕，见此凉人！"刘曰："子兮子兮，如此凉人何！"遂相欢爱。既而曰："婢子无耻，玷人床寝，而以妾换裤耶！必小报之！"从此无夕不至，绸缪甚殷。袖中出金钏一枚，曰："此八仙物也。"又数日，怀绣履一双来，珠嵌金绣，工巧殊绝，且嘱刘暴扬①之。刘出夸示亲宾，求观者皆以资酒为贽，由此奇货居之。女夜来，作别语。怪问之，答云："姊以履故恨妾，欲携家远去，隔绝我好。"刘惧，愿还之。女云："不必。彼方以此挟妾，如还之，中其机矣。"刘问："何不独留？"曰："父母远去，一家十余口，俱托胡郎经纪，若不从去，恐长舌妇造黑白也"。从此不复至。

逾二年，思念綦切。偶在途中，遇女郎骑款段马，老仆鞚之，摩肩过；反启障纱相窥，丰姿艳绝。顷，一少年后至。曰："女子何人？似颇佳丽。"刘亟赞之。少年拱手笑曰："太过奖矣！此即山荆也。"刘惶愧谢过。少年曰："何妨。但南阳三葛，君得其龙②，区区者又何足道！"刘疑其言。少年曰："君不认窃眠卧榻者耶？"刘始悟为胡。叙僚婿③之谊，嘲谑甚欢。少年曰："岳新归，将以省觐，可同行否？"刘喜，从入萦山。山上故有邑人避乱之宅，女下马入。少间，数人出望，曰："刘官人亦来矣。"入门谒见翁妪。又一少年先在，靴袍炫美。翁曰："此富川丁婿。"并揖就坐。少时，酒炙纷纶，谈笑颇洽。翁曰："今日三婿并临，可称佳集。又无他人，可唤儿辈来，作一团圞之会。"俄，姊妹俱出。翁命设坐，各傍其婿。八仙见刘，惟掩口而笑；凤仙辄与嘲弄；水仙貌少亚，而沉重温克，满座倾谈，惟把酒含笑而已。于是履舄交错，兰麝熏人，饮酒乐甚。刘视床头乐具毕备，遂取玉笛，请为翁寿。翁喜，命善者各执一艺，因而合座争取；惟丁与凤仙不取。八仙曰："丁郎不谙可也，汝宁指屈不伸者？"因以拍板掷凤仙怀中。便串繁响。翁悦曰："家人之乐极矣！儿辈俱能歌舞，何不各尽所长？"八仙起，捉水仙曰："凤仙从来金玉其音，不敢相劳；我二人可歌'洛妃'④一

---

① 暴扬——极力宣扬。

② 南阳三葛，君得其龙——诸葛三兄弟，刘备得到最好的，即诸葛亮。

③ 僚婿——即俗称"连襟"。

④ 洛妃——洛水女神洛嫔，此指据其传说改编的戏剧。

曲。”二人歌舞方已，适婢以金盘进果，都不知其何名。翁曰：“此自真腊①携来，所谓‘田婆罗’②也。”因掬数枚送丁前。凤仙不悦曰：“婿岂以贫富为爱憎耶？”翁微哂不言。八仙曰：“阿爹以丁郎异县，故是客耳。若论长幼，岂独凤妹妹有拳大酸婿耶？”凤仙终不快，解华妆，以鼓拍授婢，唱“破窑”③一折，声泪俱下；既阕，拂袖径去，一座为之不欢。八仙曰：“婢子乔性犹昔。”乃追之，不知所往。刘无颜，亦辞而归。至半途，见凤仙坐路旁，呼与并坐，曰：“君一丈夫，不能为床头人吐气耶？黄金屋自在书中，愿好为之。”举足云：“出门匆遽，棘刺破复履矣。所赠物，在身边否？”刘出之。女取而易之。刘乞其敝者。辗然曰：“君亦大无赖矣！几见自己衾枕之物，亦要怀藏者？如相见爱，一物可以相赠。”旋出一镜付之曰：“欲见妾，当于书卷中觅之；不然，相见无期矣。”言已，不见，怊怅而归。

视镜，则凤仙背立其中，如望去人于百步之外者。因念所嘱，谢客下帷。一日，见镜中人忽现正面，盈盈欲笑，益重爱之。无人时，辄以共对。月余，锐志渐衰，游恒忘返。归见镜影，惨然若涕；隔日再视，则背立如初矣：始悟为己之废学也。乃闭户研读，昼夜不辍；月余，则影复向外。自此验之：每有事荒废，则其容戚；数日攻苦，则其容笑。于是朝夕悬之，如对师保④。如此二年，一举而捷。喜曰：“今可以对我凤仙矣！”揽镜视之，见画黛弯长，瓠犀微露，喜容可掬，宛在目前。爱极，停睇不已。忽镜中人笑曰：“‘影里情郎，画中爱宠⑤’，今之谓矣。”惊喜四顾，则凤仙已在座右。握手问翁媪起居，曰：“妾别后，不曾归家，伏处岩穴，聊与君分苦耳。”刘赴宴郡中，女请与俱；共乘而往，人对面不相窥。既而将归，阴与刘谋，伪为娶于郡也者。女既归，始出见客，经理家政。人皆惊其美，而不知其狐也。

刘属富川令门人，往谒之。遇丁，殷殷邀至其家，款礼优渥，言：“岳父母近又他徙。内人归宁，将复。当寄信往，并诣申贺。”刘初疑丁亦狐，

---

① 真腊——古国名，今柬埔寨。

② 田婆罗——菠萝蜜，水果，味甜美。

③ 破窑——戏曲名，据元杂剧改编。

④ 师保——此指老师。

⑤ 影里情郎，画中受宠——语出《西厢记》。

及细审邦族，始知富川大贾子也。初，丁自别业暮归，遇水仙独步，见其美，微睨之。女请附骥①以行。丁喜，载至斋，与同寝处。棂隙可入，始知为狐。女言："郎勿见疑。妾以君诚笃，故愿托之。"丁嬖之，竟不复娶。刘归，假贵家广宅，备客燕寝，洒扫光洁，而苦无供帐；隔夜视之，则陈设焕然矣。过数日，果有三十余人，赍旗采酒礼而至，舆马缤纷，填溢阶巷。刘揖翁及丁、胡入客舍，凤仙逆妪及两姨入内寝。八仙曰："婢子今贵，不怨冰人矣。钏履犹存否?"女搜付之，曰："履则犹是也，而被千人看破矣。"八仙以履击背，曰："挞汝寄于刘郎。"乃投诸火，祝曰："新时如花开，旧时如荼谢；珍重不曾着，姮娥来相借。"水仙亦代祝曰："曾经笼玉笋，着出万人称；若使姮娥见，应怜太瘦生。"凤仙拨火曰："夜夜上青天，一朝去所欢；留得纤纤影，遍与世人看。"遂以灰捻柈中，堆作十余分，望见刘来，托以赠之。但见绣履满柈，悉如故款。八仙急出，推柈堕地；地上犹有一二只存者，又伏吹之，其迹始灭。次日，丁以道远，夫妇先归。八仙贪与妹戏，翁及胡屡督促之，亭午②始出，与众俱去。

初来，仪从过盛，观者如市。有两寇窥见丽人，魂魄丧失，因谋劫诸途。侦其离村，尾之而去。相隔不盈一尺，马极奔，不能及。至一处，两崖夹道，舆行稍缓；追及之，持刀吼咤，人众都奔。下马启帘，则老妪坐焉。方疑误掠其母，才他顾，而兵伤右臂，顷已被缚。凝视之，崖并非崖，乃平乐城门也；舆中则李进士母，自乡中归耳。一寇后至，亦被断马足而絷之。门丁执送太守，一讯而伏。时有大盗未获，诘之，即其人也。明春，刘及第。凤仙以招祸，故悉辞内戚之贺。刘亦更不他娶。及为郎官，纳妾，生二子。

异史氏曰："嗟乎！冷暖之态，仙凡固无殊哉！'少不努力，老大徒伤'。惜无好胜佳人，作镜影悲笑耳。吾愿恒河③沙数仙人，并遣娇女婚嫁人间，则贫穷海中，少苦众生矣。"

---

① 附骥——追随。

② 亭午——中午。

③ 恒河——印度名河。

佟　客

董生，徐州①人。好击剑，每慷慨自负。偶于途中遇一客，跨蹇同行。与之语，谈吐豪迈。诘其姓字，云："辽阳②佟姓。"问："何往？"曰："余出门二十年，适自海外归耳。"董曰："君遨游四海，阅人綦多，曾见异人③否？"佟曰："异人何等？"董乃自述所好，恨不得异人之传。佟曰："异人何地无之，要必忠臣孝子，始得传其术也。"董又毅然自许；即出佩剑，弹之而歌；又斩路侧小树，以矜④其利。佟掀髯微笑，因便借观。董授之。展玩一过，曰："此甲铁⑤所铸，为汗臭所蒸，最为下品。仆虽未闻剑术，然有一剑，颇可用。"遂于衣底出短刃尺许，以削董剑，毳⑥如瓜瓠，应手斜断，如马蹄。董骇极，亦请过手，再三拂拭而后返之。邀佟至家，坚留信宿。叩以剑法，谢不知。董按膝雄谈，惟敬听而已。

更既深，忽闻隔院纷拏。隔院为生父居，心惊疑。近壁凝听，但闻人作怒声曰："教汝子速出即刑，便赦汝！"少顷，似加搒掠，呻吟不绝者，真其父也，生捉戈欲往。佟止之曰："此去恐无生理，宜审万全。"生皇然请教，佟曰："盗坐名相索，必将甘心焉。君无他骨肉，宜嘱后事于妻子；我启户，为君警厮仆。"生诺，入告其妻。妻牵衣泣，生壮念顿消，遂共登楼上，寻弓觅矢，以备盗攻。仓皇未已，闻佟在楼檐上笑曰："贼幸去矣。"烛之，已杳，逡巡出，则见翁赴邻饮，笼烛方归；惟庭前多编菅遗灰焉。乃知佟异人也。

异史氏曰："忠孝，人之血性；古来臣子而不能死君父者，其初岂遂无提戈壮往时哉，要皆一转念误之耳。昔解缙与方孝孺相约以死，而卒食其

---

① 徐州——州名，今江苏徐州市。
② 辽阳——府名，今辽宁辽阳市。
③ 异人——有奇技在身之人。
④ 矜——自负。
⑤ 甲铁——废旧铠甲之铁。
⑥ 毳（cuì）——通"脆"。

言;安知矢约归后,不听床头人呜泣哉?"

邑有快役①某,每数日不归,妻遂与里中无赖通。一日归,值少年自房中出,大疑,苦诘妻,妻不服。既于床头得少年遗物,妻窘无词,惟长跪哀乞。某怒甚,掷以绳,逼令自缢。妻请妆服而死,许之。妻乃入室理妆;某自酌以待之,呵叱频催。俄妻炫服出,含涕拜曰:"君果忍令奴死耶?"某盛气咄之。妻返走入房,方将结带,某掷盏呼曰:"咍②,返矣!一顶绿头巾③,或不能压人死耳。"遂为夫妇如初。此亦大绅者类也,一笑。

辽 阳 军

沂水某,明季充辽阳军。会辽城陷,为乱兵所杀;头虽断,犹不甚死。至夜,一人执簿来,按点诸鬼。至某,谓其不宜死,使左右续其头而送之。遂共取头按项上,群扶之,风声簌簌,行移时,置之而去。视其地,则故里也。沂令闻之,疑其窃逃。拘讯而得其情,颇不信,又审其颈无少断痕,将刑之。某曰:"言无可凭信,但请寄狱④中。断头可假,陷城不可假。设辽城无恙,然后受刑未晚也。"令从之。数日,辽信至,时日一如所言,遂释之。

张 贡 士

安邱⑤张贡士,寝疾,仰卧床头。忽见心头有小人出,长仅半尺;儒冠儒服,作俳优状。唱昆山曲⑥,音调清澈,说白自道名贯,一与己同;所唱

---

① 快役——即"捕快"。

② 咍(hāi)——叹词。

③ 一顶绿头巾——原指元明娼妓及乐人家的男子头戴青碧头巾,后指妻子有外遇,给丈夫戴"绿帽子"。

④ 寄狱——暂押在狱。

⑤ 安邱——县名,今山东安丘县。

⑥ 昆山曲——即昆曲。

节末,皆其生平所遭。四折[①]既毕,吟诗而没。张犹记其梗概,为人述之。

爱 奴

河间徐生,设教于恩[②]。腊初[③]归,途遇一叟,审视曰:"徐先生撤帐矣。明岁授教何所?"答曰:"仍旧。"叟曰:"敬业[④]姓施。有舍甥延求明师,适托某至东疃聘吕子廉,渠已受贽[⑤]稷门[⑥]。君如苟就,束仪[⑦]请倍于恩。"徐以成约为辞。叟曰:"信行君子也。然去新岁尚远,敬以黄金一两为贽,暂留教之,明岁另议何如?"徐可之。叟下骑呈礼函,且曰:"敝里不遥矣。宅綦隘,饲畜为艰,请即遣仆马去,散步亦佳。"徐从之,以行李寄叟马上。行三四里许,日既暮,始抵其宅,沤钉兽钚[⑧],宛然世家。呼甥出拜,十三四岁童子也。叟曰:"妹夫蒋南川,旧为指挥使。止遗此儿,颇不钝,但娇惯耳。得先生一月善诱,当胜十年。"未几,设筵,备极丰美;而行酒下食,皆以婢媪。一婢执壶侍立,年约十五六,风致韵绝,心窃动之。席既终,叟命安置床寝,始辞而去。天未明,儿出就学。徐方起,即有婢来捧巾侍盥,即执壶人也。日给三餐,悉此婢;至夕,又来扫榻。徐问:"何无僮仆?"婢笑不言,布衾径去。次夕复至。入以游语,婢笑不拒,遂与狎。因告曰:"吾家并无男子,外事则托施舅。妾名爱奴。夫人雅敬先生,恐诸婢不洁,故以妾来。今日但须缄密,恐发觉,两无颜也。"一夜,共寝忘晓,为公子所遭,徐惭怍不自安。至夕,婢来曰:"幸夫人重君,不然败矣!公子入告,夫人急掩其口,若恐君闻。但戒妾勿得久留斋馆而已。"言已,遂去。徐甚德之。然公子不善读,诃责之,则夫人辄为缓颊。初犹遣婢传

---

① 四折——四段。
② 恩——旧县名,治今山东省西北部。
③ 腊初——农历十二月初。
④ 敬业——施恩老者的名。
⑤ 贽——聘金。
⑥ 稷门——原指齐都临淄城西边南门,此代指临淄。
⑦ 束仪——束脩,即学费。
⑧ 沤钉兽钚——门饰,喻府第尊贵。

言;渐亲出,隔户与先生语,往往零涕。顾每晚必问公子日课。徐颇不耐。作色曰:“既从儿懒,又责儿工,此等师我不惯作!请辞。”夫人遣婢谢过,徐乃止。自入馆以来,每欲一出登眺,辄锢闭之。一日,醉中怏闷,呼婢问故。婢言:“无他,恐废学耳。如必欲出,但请以夜。”徐怒曰:“受人数金,便当淹禁死耶!教我夜窜何之乎?久以素食为耻,贽固犹在囊耳。”遂出金置几上,治装欲行。夫人出,脉脉不语,惟掩袂哽咽,使婢返金,启钥送之。徐觉门户偪侧①;走数步,日光射入,则身自陷冢中出,四望荒凉,一古墓也。大骇。然心感其义,乃卖所赐金,封堆植树而去。

过岁,复经其处,展拜而行。遥见施叟,笑致温凉,邀之殷切。心知其鬼,而欲一问夫人起居,遂相将入村,沽酒共酌。不觉日暮,叟起偿酒价,便言:“寒舍不远,舍妹亦适归宁,望移玉趾,为老夫祓除②不祥。”出村数武,又一里落。叩扉入,秉烛向客。俄,蒋夫人自内出,始审视之,盖四十许丽人也。拜谢曰:“式微之族,门户零落,先生泽及枯骨,真无计可以偿之。”言已,泣下。既而呼爱奴,向徐曰:“此婢,妾所怜爱,今以相赠,聊慰客中寂寞。凡有所须,渠亦略能解意。”徐唯唯。少间,兄妹俱去,婢留侍寝。鸡初鸣,叟即来促装送行;夫人亦出,嘱婢善事先生。又谓徐曰:“从此尤宜谨秘,彼此遭逢诡异,恐好事者造言也。”徐诺而别,与婢共骑。至馆,独处一室,与同栖止。或客至,婢不避,人亦不之见也。偶有所欲,意一萌,而婢已致之。又善巫,一挼挲③而痾立愈。清明归,至墓所,婢辞而下。徐嘱代谢夫人。曰:“诺。”遂没。数日返,方拟展墓④,见婢华妆坐树下,因与俱发。终岁往还,如此为常。欲携同归,执不可。岁杪⑤,辞馆归,相订后期。婢送至前坐处,指石堆曰:“此妾墓也。夫人未出阁时,便从服役,夭殂瘗此。如再过,以炷香相吊,当得复会。”

别归,怀思颇苦,敬往祝之,殊无影响。乃市榇发冢,意将载骨归葬,以寄恋慕。穴开自入,则见颜色如生。肤虽未朽,衣败若灰;头上玉饰金

---

① 偪侧——狭小。

② 祓(fú)除——年初举行的除灾祈福的祭仪。

③ 挼挲(ruó suō)——按摩。

④ 展墓——拜谒墓地。

⑤ 岁杪——年终。

钏，都如新制。又视腰间，裹黄金数铤，卷怀之。始解袍覆尸，抱入材内，赁舆载归；停诸别第，饰以绣裳，独宿其旁，冀有灵应。忽爱奴自外入，笑曰："劫坟贼在此耶！"徐惊喜慰问。婢曰："向从夫人往东昌①，三日既归，则舍宇已空。频蒙相邀，所以不肯相从者，以少受夫人重恩，不忍离逷耳。今既劫我来，即速瘗葬，便见厚德。"徐问："有百年复生者，今芳体如故，何不效之？"叹曰："此有定数。世传灵迹，半涉幻妄。要欲复起动履，亦复何难？但不能类生人，故不必也。"乃启棺入，尸即自起，亭亭可爱。探其怀，则冷若冰雪。遂将入棺复卧，徐强止之。婢曰："妾过蒙夫人庞，主人自异域来，得黄金数万，妾窃取之，亦不甚追问。后濒危，又无戚属，遂藏以自殉。夫人痛妾夭谢，又以宝饰入殓。身所以不朽者，不过得金宝之余气耳。若在人世，岂能久乎？必欲如此，切勿强以饮食；若使灵气一散，则游魂亦消矣。"徐乃构精舍，与共寝处。笑语一如常人；但不食不息，不见生人。年余，徐饮薄醉，执残沥强灌之；立刻倒地，口中血水流溢，终日而尸已变。哀悔无及，厚葬之。

异史氏曰："夫人教子，无异人世；而所以待师者何厚也！不亦贤乎！余谓艳尸不如雅鬼，乃以措大之俗莽②，致灵物不享其长年，惜哉！"

章丘朱生，素刚鲠，设帐于某贡士家。每谴弟子，内辄遣婢为乞免。不听。一日，亲诣窗外，与朱关说。朱怒，执界方③大骂而出。妇惧而奔；朱追之，自后横击臀股，锵然作皮肉声。令人笑绝！

长山某，每延师，必以一年束金，合终岁之虚盈，计每日得如干数；又以师离斋、归斋之日，详记为籍；岁终，则公同按日而乘除之。马生馆其家，初见操珠盘来，得故甚骇；既而暗生一术，反嗔为喜，听其复算不少校。翁大悦，坚订来岁之约。马辞以故。遂荐一生乖谬者自代。及就馆，动辄诟骂，翁无奈，悉含忍之。岁杪，携珠盘至。生勃然忿极，姑听其算。翁又以途中日，尽归于西，生不受，拨珠归东。两争不决，操戈相向，两人破头烂额而赴公庭焉。

---

① 东昌——府名，今山东聊城县。

② 措大之俗莽——措大，对贫寒读书人的蔑称；俗莽，粗俗鲁莽。

③ 界方——界尺。

单父宰

青州民某，五旬余，继娶少妇。二子恐其复育，乘父醉，潜割睾丸而药糁之。父觉，托病不言。久之，创渐平。忽入室，刀缝绽裂，血溢不止，寻毙。妻知其故，讼于官。官械其子，果伏。骇曰："余今为'单父宰'①矣！"并诛之。

邑有王生者，娶月余而出其妻。妻父讼之。时淄宰辛公②，问王："何故出妻？"答云："不可说。"固诘之，曰："以其不能产育耳。"公曰："妄哉！月余新妇，何知不产？"忸怩久之，告曰："其阴甚偏。"公笑曰："是则偏之为害，而家之所以不齐也。"此可与"单父宰"并传。一笑。

孙必振

孙必振③渡江，值大风雷，舟船荡摇，同舟大恐。忽见金甲神④立云中，手持金字牌下示；诸人共仰视之，上书"孙必振"三字，甚真。众谓孙："必汝有犯天谴，请自为一舟，勿相累。"孙尚无言，众不待其肯可，视旁有小舟，共推置其上。孙既登舟，回首，则前舟覆矣。

邑人

邑有乡人，素无赖。一日，晨起，有二人摄之去。至市头，见屠人以半猪悬架上，二人便极力推挤之，遂觉身与肉合，二人亦径去。少间，屠人卖

① 单（shàn）父宰——单父邑（今属山东）的邑令。

② 辛公——即辛民，曾任淄川知县，后以诗文自娱。

③ 孙必振——清初山东诸城县人，为官有政绩。

④ 金甲神——即"金刚力士"、"金刚"，佛、道中的护法神。

肉,操刀断割,遂觉一刀一痛,彻于骨髓。后有邻翁来市肉,苦争低昂,添脂搭肉,片片碎割,其苦更惨。肉尽,乃寻途归;归时,日已向辰①。家人谓其晏起②,乃细述所遭。呼邻问之,则市肉方归,言其片数、斤数,毫发不爽。崇朝③之间,已受凌迟④一度,不亦奇哉!

元宝

广东临江山崖巉岩⑤,常有元宝⑥嵌石上。崖下波涌,舟不可泊。或荡桨近摘之,则牢不可动;若其人数应得此,是一摘即落,回首已复生矣。

研石

王仲超言:"洞庭君山⑦间有石洞,高可容舟,深暗不测,湖水出入其中。尝秉烛泛舟而入,见两壁皆黑石,其色如漆,按之而软;出刀割之,如切硬腐⑧。随意制为研⑨。既出,见风则坚凝过于他石。试之墨,大佳。估舟游楫,往来甚从,中有佳石,不知取用,亦赖好奇者之品题⑩也。"

---

① 向辰——接近早晨七点到九点。
② 晏起——起床晚。
③ 崇朝——从天亮到早饭之间。
④ 凌迟——即剐刑,古酷刑之一。
⑤ 巉岩——险峻的山岩。
⑥ 元宝——马蹄形银锭。
⑦ 洞庭君山——即湘山,位于洞庭湖中,传说为湘君女神住处。
⑧ 硬腐——豆腐干。
⑨ 研——砚台。
⑩ 品题——称颂。

武 夷

武夷山①有削壁千仞，人每于下拾沉香②玉块焉。太守闻之，督数百人作云梯③，将造顶以觇其异，三年始成。太守登之，将及巅，见大足伸下，一拇粗于捣衣杵④，大声曰："不下，将堕矣！"大惊，疾下。才至地，则架木朽析，崩坠无遗。

大 鼠

万历间⑤，宫中有鼠，大与猫等，为害甚剧。遍求民间佳猫捕制之，辄被啖食。适异国来贡狮猫⑥，毛白如雪。抱投鼠屋，阖其扉，潜窥之。猫蹲良久，鼠逡巡自穴中出，见猫，怒奔之。猫避登几上，鼠亦登，猫则跃下。如此往复，不啻百次，众咸谓猫怯，以为是无能为者。既而鼠跳掷渐迟，硕腹似喘，蹲地上少休。猫即疾下，爪掬顶毛，口龁首领，辗转争持，猫声呜呜，鼠声啾啾。启扉急视，则鼠首已嚼碎矣。然后知猫之避，非怯也，待其惰也。彼出则归，彼归则复，用此智耳。噫！匹夫按剑，何异鼠乎！

张 不 量

贾人某，至直隶界，忽大雨雹，伏禾中。闻空中云："此张不量田，勿

---

① 武夷山——位于今福建境内。

② 沉香——香木名，入水能沉，故名。

③ 云梯——一种攀高用具。

④ 捣衣杵——洗衣时的工具。

⑤ 万历间——明神宗朱翊钧年号（1573－1619年）。

⑥ 狮猫——即狮子猫，类似今日波斯猫。

伤其稼。”贾私意张氏既云“不良”，何反祐护①。雹止，入村，访问其人，且问取名之义。盖张素封，积粟甚富。每春贫民就贷，偿时多寡不校，悉内之，未尝执概②取盈，故名“不量”，非不良也。众趋田中，见稞穗③摧折如麻，独张氏诸田无恙。

牧竖

两牧竖④入山至狼穴，穴有小狼二，谋分捉之。各登一树，相去数十步。少顷，大狼至，入穴失子，意甚仓皇。竖于树上扭小狼蹄耳故令嗥；大狼闻声仰视，怒奔树下，号且爬抓。其一竖又在彼树致小狼鸣急；狼辍声四顾，始望见之，乃舍此趋彼，跑号如前状。前树又鸣，又转奔之。口无停声，足无停趾，数十往复，奔渐迟，声渐弱；既而奄奄僵卧，久之不动。竖下视之，气已绝矣。今有豪强子⑤，怒目按剑，若将搏噬；为所怒者，乃阖扇去。豪力尽声嘶，更无敌者，岂不畅然自雄⑥？不知此禽兽之威，人故弄之以为戏耳。

富翁

富翁某，商贾多贷其资。一日出，有少年从马后，问之，亦假本⑦者。翁诺之。既至家，适几上有钱数十，少年即以手叠钱，高下堆垒之。翁谢去，竟不与资。或问故，翁曰：“此人必善博，非端人⑧也。所熟之技，不觉

---

① 祐护——降福荫护。
② 执概——手执尺状的量谷物的工具。
③ 稞穗——即“棵穗”。
④ 牧竖——牧童。
⑤ 豪强子——横行霸道之人。
⑥ 畅然自雄——得意地自视为英雄。
⑦ 假本——借本钱。
⑧ 端人——正派人。

形于手足矣。”访之果然。

王 司 马

新城王大司马霁宇①镇北边时，常使匠人铸一大杆刀，阔盈尺，重百钧。每按边，辄使四人扛之。卤簿②所止，则置地上，故令北人捉之，力撼不可少动。司马阴以桐木依样为刀，宽狭大小无异，贴以银箔，时于马上舞动。诸部落望见，无不震悚。又于边外埋苇薄③为界，横斜十余里，状若藩篱，扬言曰："此吾长城也。"北兵至，悉拔而火之。司马又置之。既而三火，乃以炮石伏机其下，北兵焚薄，药石尽发，死伤甚众。既遁去，司马设薄如前。北兵遥望皆却走，以故帖服若神。后司马乞骸归，塞上复警。召再起；司马时年八十有三，力疾陛辞。上慰之曰："但烦卿卧治耳。"于是司马复至边。每止处，辄卧幛中。北人闻司马至，皆不信，因假议和，将验真伪。启帘，见司马坦卧，皆望榻伏拜，挢舌④而退。

岳 神

扬州提同知⑤，夜梦岳神召之，词色愤怒。仰见一人侍神侧，少为缓颊。醒而恶之。早诣岳庙，默作祈禳。既出，见药肆一人，绝肖所见。问之，知为医生。及归，暴病。特遣人聘之。至则出方为剂，暮服之，中夜而卒。或言：阎罗王与东岳天子，日遣侍者男女十万八千众，分布天下作巫医，名"勾魂使者"。用药者不可不察也！

---

① 新城王大司马霁宇——即王象乾，明末山东新城人，字霁宇，官至兵部尚书，镇边有功。

② 卤簿——官员出行时的仪仗队。

③ 苇薄——以芦苇编成的席子。

④ 挢(jiǎo)舌——喻惊惧得舌头打卷，说不出话来。

⑤ 同知——府州佐官。

小　梅

蒙阴①王慕贞，世家子也。偶游江浙，见媪哭于途，诘之。言："先夫止遗一子，今犯死刑，谁有能出之者？"王素慷慨，志其姓名，出橐中金为之斡旋，竟释其罪。其人出，闻王之救己也，茫然不解其故，访诣旅邸，感泣谢问。王曰："无他，怜汝母老耳。"其人大骇曰："母故已久。"王亦异之。抵暮，媪来申谢，王咎其谬诬。媪曰："实相告：我东山老狐也。二十年前，曾与儿父有一夕之好，故不忍其鬼之馁也。"王悚然起敬，再欲诘之，已杳。

先是，王妻贤而好佛，不茹荤酒；治洁室，悬观音像，以无子，日日焚祷其中。而神又最灵，辄示梦，教人趋避，以故家中事皆取决焉。后有疾，綦笃，移榻其中；又别设锦裀于内室而扃其户，若有所伺。王以为惑，而以其疾势昏瞀，不忍伤之。卧病二年，恶嚣，常屏人独寝。潜听之，似与人语；启门视之，又寂然。病中他无所虑，有女十四岁，惟日催治装遣嫁。既醮，呼王至榻前，执手曰："今诀矣！初病时，菩萨告我命当速死；念不了者，幼女未嫁，因赐少药，俾延息以待。去岁，菩萨将回南海，留案前侍女小梅，为妾服役。今将死，薄命人又无所出。保儿，妾所怜爱，恐娶悍怒之妇，令其子母失所。小梅姿容秀美，又温淑，即以为继室可也。"盖王有妾，生一子，名保儿。王以其言荒唐，曰："卿素敬者神，今出此言，不已亵乎？"答云："小梅事我年余，相忘形骸，我已婉求之矣。"问："小梅何处？"曰："室中非耶？"方欲再诘，闭目已逝。

王夜守灵帏，闻室中隐隐啜泣，大骇，疑为鬼。唤诸婢妾启钥视之，则二八丽者，缞服在室。众以为神，共罗拜之。女敛涕扶掖。王凝注之，俯首而已。王曰："如果亡室之言非妄，请即上堂，受儿女朝谒；如其不可，仆亦不敢妄想，以取罪过。"女靦然出，竟登北堂②。王使婢为设座南向，王先拜，女亦答拜；下而长幼卑贱，以次伏叩，女庄容坐受；惟妾至，则挽

① 蒙阴——县名，明清属山东青州府。

② 北堂——正房。

之。自夫人卧病，婢惰奴偷，家久替。众参已，肃肃列侍。女曰："我感夫人盛意，羁留人间，又以大事相委，汝辈宜各洗心，为主效力，从前愆尤，悉不计校；不然，莫谓室无人也！"共视座上，真如悬观音图像，时被微风吹动。闻言悚惕[①]，阒然并诺。女乃排拨丧务，一切井井。由是大小无敢懈者。女终日经纪内外，王将有作，亦禀白而行；然虽一夕数见，并不交一私语。既殡，王欲申前约，不敢径告，嘱妾微示意。女曰："妾受夫人谆嘱，义不容辞；但匹配大礼，不得草草。年伯[②]黄先生，位尊德重，求使主秦晋之盟[③]，则惟命是听。"时沂水黄太仆，致仕闲居，于王为父执[④]，往来最善。王即亲诣，以实告。黄奇之，即与同来。女闻，即出展拜。黄一见，惊为天人，逊谢不敢当礼；既而助妆优厚，成礼乃去。女馈遗枕履，若奉舅姑，由此交益亲。合卺后，王终以神故，亵中带肃，时研诘菩萨起居。女笑曰："君亦太愚，焉有正直之神，而下婚尘世者?"王力审所自。女曰："不必研穷，既以为神，朝夕供养，自无殃咎。"女御下常宽，非笑不语；然婢贱戏狎时，遥见之，则默默无声。女笑谕曰："岂尔辈尚以我为神耶？我何神哉！实为夫人姨妹，少相交好；姊病见思，阴使南村王姥招我来。第以日近姊夫，有男女之嫌，故托为神道，闭内室中，其实何神。"众犹不信。而日侍边傍，见其举动，不少异于常人，浮言渐息。然即顽奴钝婢，王素挞楚所不能化者，女一言无不乐于奉命。皆云："并不自知。实非畏之；但睹其貌，则心自柔，故不忍拂其意耳。"以此百废具举。数年中，田地连阡，仓廪万石矣。

又数年，妾产一女。女生一子——子生，左臂有朱点，因字小红。弥月，女使王盛筵招黄。黄贺仪丰渥，但辞以耄，不能远涉；女遣两媪强邀之，黄始至。抱儿出，袒其左臂，以示命名之意。又再三问其吉凶。黄笑曰："此喜红也，可增一字，名喜红。"女大悦，更出展叩。是日，鼓乐充庭，贵戚如市。黄留三日始去。忽门外有舆马来，逆女归宁。向十余年，并无瓜葛，共议之，而女若不闻。理妆竟，抱子于怀，要王相送，王从之。至二

① 悚惕——恐惧状。

② 年伯——对父辈友人的尊称。

③ 秦晋之盟——借指两姓有世代联姻之好。

④ 父执——父亲的挚友。

三十里许，寂无行人，女停舆，呼王下骑，屏人与语，曰："王郎王郎，会短离长，谓可悲否？"王惊问故，女曰："君谓妾何人也？"答曰："不知。"女曰："江南拯一死罪，有之乎？"曰；"有。"曰："哭于路者吾母也；感义而思所报，乃因夫人好佛，附为神道，实将以妾报君也。今幸生此襁褓物，此愿已慰。妾视君晦运将来，此儿在家，恐不能育，故借归宁，解儿危难。君记取：家有死口时，当于晨鸡初唱，诣西河柳堤上，见有挑葵花灯来者，遮道苦求，可免灾难。"王曰："诺。"因讯归期。女云："不可预定。要当牢记吾言，后会亦不远也。"临别执手，怆然交涕。俄登舆，疾若风。王望之不见，始返。

经六七年，绝无音问。忽四乡瘟疫流行，死者甚众，一婢病三日死。王念囊嘱，颇以关心。是日与客饮，大醉而睡。既醒，闻鸡鸣，急起至堤头，见灯光闪烁，适已过去。急追之，止隔百步许，愈追愈远，渐不可见，懊恨而返，数日暴病，寻卒。王族多无赖，共凭陵其孤寡，田禾树木，公然伐取，家日陵替。逾岁，保儿又殇，一家更无所主。族人益横，割裂田产，厩中牛马俱空；又欲瓜分第宅，以妾居故，遂将数人来，强夺鬻之。妾恋幼女，母子环泣，惨动邻里。方危难间，俄闻门外有肩舆人，共觇，则女引小郎自车中出。四顾人纷如市，问："此何人？"妾哭诉其由。女颜色惨变，便唤从来仆役，关门下钥。众欲抗拒，而手足若痿。女令一一收缚，系诸廊柱，日与薄粥三瓯[1]。即遣老仆奔告黄公，然后入室哀泣。泣已，谓妾曰："此天数也。已期前月来，适以母病耽延，遂至于今。不谓转盼间已成丘墟！"问旧时婢媪，则皆被族人掠去，又益欷歔。越日，婢仆闻女至，皆自遁归，相见无不流涕。所絷族人，共譟儿非慕贞体胤[2]，女亦不置辨。既而黄公至，女引出迎。黄握儿臂，便捋左袂，见朱记宛然，因袒示众人，以证其确。乃细审失物，登簿记名，亲诣邑令。令拘无赖辈，各笞四十，械禁严追；不数日，田地马牛，悉归故主。黄将归，女引儿泣拜曰："妾非世间人，叔父所知也。今以此子委叔父矣。"黄曰："老夫一息尚在，无不为区处[3]。"黄去，女盘查就绪，托儿于妾，乃具馔为夫祭扫，半日不返。视

① 瓯——古盛具。
② 体胤——亲生骨肉。
③ 区处——安排料理。

之,则杯馔犹陈,而人杳矣。

异史氏曰:“不绝人嗣者,人亦不绝其嗣,此人也而实天也。至座有良朋,车裘可共;迨宿莽既滋,妻子陵夷,则车中人望望然去之矣。死友而不忍忘,感恩而思所报,独何人哉!狐乎!倘尔多财,吾为尔宰。”

药　僧

济宁某,偶于野寺外,见一游僧,向阳扪虱;杖挂葫芦,似卖药者。因戏曰:“和尚亦卖房中丹①否?”僧曰:“有。弱者可强,微者可巨,立刻见效,不俟经宿。”某喜,求之。僧解衲角,出药一丸,如黍②大,令吞之。约半炊时,下部暴长;逾刻自扪,增于旧者三之一。心犹未足,窥僧起遗,窃解衲,拈二三丸并吞之。俄觉肤若裂,筋若抽,项缩腰橐,而阴长不已。大惧,无法。僧返,见其状,惊曰:“子必窃吾药矣!”急与一丸,始觉休止。解衣自视,则几与两股鼎足而三矣。缩颈蹒跚而归,父母皆不能识。从此为废物,日卧街上,多见之者。

于　中　丞

于中丞成龙③,按部至高邮。适巨绅家将嫁女,装奁甚富,夜被穿窬④席卷而去。刺史⑤无术。公令诸门尽闭,止留一门放行人出入,吏目⑥守之,严搜装载。又出示,谕阖城户口各归第宅,候次日查点搜掘,务得赃物所在。乃阴嘱吏目:设有城门中出入至再者,捉之。过午得二人,

---

①　房中丹——春药。

②　黍(shǔ)——黏米。

③　于中丞成龙——即于成龙,明清之际山西人,曾官至兵部尚书,有“古今第一廉吏”之美誉。

④　穿窬(yú)——穿壁逾墙。

⑤　刺史——知州的别称。

⑥　吏目——官名,职掌缉捕等杂役。

一身之外,并无行装。公曰:“此真盗也。”二人诡辨不已。公令解衣搜之,见袍服内着女衣二袭,皆奁中物也。盖恐次日大搜,急于移置,而物多难携,故密着而屡出之也。

又公为宰①时,至邻邑。早旦,经郭外,见二人以床舁病人,覆大被;枕上露发,发上簪凤钗一股,侧眠床上。有三四健男夹随之,时更番以手拥被,令压身底,似恐风入。少顷,息肩路侧,又使二人更相为荷。于公过,遣隶回问之,云是妹子垂危,将送归夫家。公行二三里,又遣隶回,视其所入何村。隶尾之,至一村舍,两男子迎之而入。还以白公。公谓其邑宰:“城中得无有劫寇否?”宰曰:“无之。”时功令②严,上下讳盗,故即被盗贼劫杀,亦隐忍而不敢言。公就馆舍,嘱家人细访之,果有富室被强寇入家,炮烙而死。公唤其子来,诘其状。子固不承。公曰:“我已代捕大盗在此,非有他也。”子乃顿首哀泣,求为死者雪恨。公叩关往见邑宰,差健役四鼓出城,直至村舍,捕得八人,一鞫而伏。诘其病妇何人,盗供:“是夜同在勾栏,故与妓女合谋,置金床上,令抱卧至窝处③始瓜分耳。”共服于公之神。或问所以能知之故,公曰:“此甚易解,但人不关心耳。岂有少妇在床,而容入手衾底者?且易肩而行,其势甚重;交手护之,则知其中必有物矣。若病妇昏愦而至,必有妇人倚门而迎;止见男子,并不惊问一言,是以确知其为盗也。”

皂　隶

万历间,历城令梦城隍索人服役,即以皂隶八人书姓名于牒④,焚庙中;至夜,八人皆死。庙东有酒肆,肆主故与一隶有素。会夜来沽酒,问:“款何客?”答云:“僚友⑤甚多,沽一尊少叙姓名耳。”质明,见他役,始知

① 宰——知县。

② 功令——朝廷考核官员的有关条例。

③ 窝处——窝赃地。

④ 牒——录名簿。

⑤ 僚友——犹今“同事”。

其人已死。入庙启扉，则瓶在焉，贮酒如故。归视所与钱，皆纸灰也。令肖八像于庙。诸役得差，皆先酬之乃行；不然，必遭笞谴。

绩 女

绍兴有寡媪夜绩，忽一少女推扉入，笑曰："老姥①无乃劳乎？"视之，年十八九，仪容秀美，袍服炫丽。媪惊问："何来？"女曰："怜媪独居，故来相伴。"媪疑为侯门亡人②，苦相诘。女曰："媪勿惧。妾之孤，亦犹媪也。我爱媪洁，故相就。两免岑寂③，固不佳耶？"媪又疑为狐，默然犹豫。女竟升床代绩，曰："媪无忧，此等生活，妾优为④之，定不以口腹相累⑤。"媪见其温婉可爱，遂安之。

夜深，谓媪曰："携来衾枕，尚在门外，出溲时，烦捉⑥之。"媪出，果得衣一裹。女解陈榻上，不知是何等锦绣，香滑无比。媪亦设布被，与女同榻。罗衿甫解，异香满室。既寝，媪私念：遇此佳人，可惜身非男子。女子枕边笑曰："姥七旬，犹妄想耶？"媪曰："无之。"女曰："既不妄想，奈何欲作男子？"媪愈知为狐，大惧。女又笑曰："愿作男子，何心而又惧我耶？"媪益恐，股战摇床。女曰："嗟乎！胆如此大，还欲作男子！实相告：我真仙人⑦，然非祸汝者。但须谨言，衣食自足。"媪早起，拜于床下。女出臂挽之，臂腻如脂，热香喷溢；肌一着人，觉皮肤松快。媪心动，复涉遐想。女哂曰："婆子战慄才止，心又何处去矣！使作丈夫，当为情死。"媪曰："使是丈夫，今夜那得不死！"由是两心浃洽，日同操作。视所绩⑧，匀细生光；织为布，晶莹如锦，价较常三倍。媪出，则扃其户；有访媪者，辄于他室

---

① 老姥（mǔ）——对年老妇人的尊称。

② 侯门亡人——贵族家中逃出来的姬妾。

③ 岑寂——孤寂。

④ 优为——擅长。

⑤ 口腹相累——意谓供给饮食。

⑥ 捉——提。

⑦ 仙人——狐精的婉称。

⑧ 绩——同"织"。

应之。居半载,无知者。

后媪渐泄于所亲,里中姊妹行皆托媪以求见。女让曰:“汝言不慎,我将不能久居矣。”媪悔失言,深自责;而求见者日益众,至有以势迫媪者。媪涕泣自陈。女曰:“若诸女伴,见亦无妨;恐有轻薄儿,将见狎侮。”媪复哀恳,始许之。越日,老媪少女,香烟相属于道。女厌其烦,无贵贱,悉不交语;惟默然端坐,以听朝参而已。乡中少年闻其美,神魂倾动,媪悉绝之。

有费生者,邑之名士,倾其产,以重金啗媪。媪诺,为之请。女已知之,责曰:“汝卖我耶?”媪伏地自投。女曰:“汝贪其赂,我感其痴,可以一见。然而缘分尽矣。”媪又伏叩。女约以明日。生闻之,喜,具香烛而往,入门长揖。女帘内与语,问:“君破产相见,将何以教妾也?”生曰:“实不敢他有所干。只以王嫱、西子,徒得传闻;如不以冥顽见弃,俾得一阔眼界,下愿已足。若休咎自有定数,非所乐闻。”忽见布幕之中,容光射露,翠黛朱樱,无不皆现,似无帘幌之隔者。生意炫神驰,不觉倾拜。拜已而起,则厚幕沉沉,闻声不见矣。悒怅间,窃恨未睹下体①;俄见帘下绣履双翘,瘦不盈指。生又拜。帘中语曰:“君归休!妾体惰矣!”媪延生别室,烹茶为供。生题《南乡子》②一调于壁云:“隐约画帘前,三寸凌波玉笋尖;点地分明莲瓣落,纤纤,再着重台更可怜。花衬凤头弯,入握应知软似绵;但愿化为蝴蝶去,裙边,一嗅余香死亦甘。”题毕而去。女览题不悦,谓媪曰:“我言缘分已尽,今不妄矣。”媪伏地请罪。女曰:“罪不尽在汝。我偶堕情障,以色身示人,遂被淫词污亵,此皆自取,于汝何尤。若不速迁,恐陷身情窟,转劫难出矣。”遂襆被出。媪追挽之,转瞬已失。

红 毛 毡

红毛国③,旧许与中国相贸易。边帅见其众,不许登岸。红毛人固

---

① 下体——下身。

② 《南乡子》——词牌名。

③ 红毛国——指荷兰。

请:“赐一毡地足矣。”帅思一毡所容无几,许之。其人置毡岸上,仅容二人;拉之,容四五人;且拉且登,顷刻毡大亩许,已数百人矣。短刃并发,出于不意,被掠数里而去。

抽 肠

莱阳民某昼卧,见一男子与妇人握手入。妇黄肿,腰粗欲仰,意像愁苦。男子①促之曰;“来,来!”某意其苟合者,因假睡以窥所为。既入,似不见榻上有人。又促曰:“速之!”妇便自坦胸怀,露其腹,腹大始鼓。男子出屠刀一把,用力刺入,从心下直剖至脐,蚩蚩有声。某大惧,不敢喘息。而妇人攒眉忍受,未尝少呻。男子口衔刀,入手于腹,捉肠挂肘际;且挂且抽,顷刻满臂。乃以刀断之,举置几上,还复抽之。几既满,悬椅上;椅又满,乃肘数十盘,如渔人举网状,望某首边一掷。觉一阵热腥,面目喉膈覆压无缝。某不能复忍,以手推肠,大号起奔。肠堕榻前,两足被絷,冥然而倒。家人趋视,但见身绕猪脏;既入审顾,则初无所有。众各目谓目眩,未尝骇异。及某述所见,始共奇之。而室中并无痕迹,惟数日血腥不散。

张 鸿 渐

张鸿渐,永平②人。年十八,为郡名士,时卢龙令赵某贪暴,人民共苦之。有范生被杖毙,同学忿其冤,将鸣部院,求张为刀笔之词,约其共事。张许之。妻方氏,美而贤,闻其谋,谏曰:“大凡秀才作事,可以共胜,而不可以共败:胜则人人贪天功,一败则纷然瓦解,不能成聚。今势力世界,曲直难以理定;君又孤,脱有翻覆,急难者谁也!”张服其言,悔之,乃婉谢诸

---

① 意像——心绪和表情。

② 永平——府名,治今河北卢龙县。

生，但为创词①而去。质审一过，无所可否。赵以巨金纳大僚，诸生坐结党被收，又追捉刀人②。

张惧，亡去。至凤翔③界，资斧断绝。日既暮，踟躇旷野，无所归宿。欻睹小村，趋之。老妪方出阖扉，见生，问所欲为。张以实告，妪曰："饮食床榻，此都细事；但家无男子，不便留客。"张曰："仆亦不敢过望，但容寄宿门内，得避虎狼足矣。"妪乃令入，闭门，授以草荐，嘱曰："我怜客无归，私容止宿，未明宜早去，恐吾家小娘子闻知，将便怪罪。"妪去，张倚壁假寐。忽有笼灯晃耀，见妪导一女郎出。张急避暗处，微窥之，二十许丽人也。及门，见草荐，诘妪。妪实告之，女怒曰："一门细弱，何得容纳匪人④！"即问："其人焉往？"张惧，出伏阶下。女审诘邦族，色稍霁，曰："幸是风雅士，不妨相留。然老奴竟不关白，此等草草，岂所以待君子。"命妪引客入舍。俄顷，罗酒浆，品物精洁；既而设锦裀于榻。张甚德之，因私询其姓氏。妪曰："吾家施氏，太翁夫人俱谢世，止遗三女。适所见，长姑舜华也。"妪去。张视几上有《南华经》⑤注，因取就枕上，伏榻翻阅。忽舜华推扉入。张释卷，搜觅冠履。女即榻捺坐曰："无须，无须！"因近榻坐，腆然曰："妾以君风流才士，欲以门户相托⑥，遂犯瓜李之嫌⑦。得不相遐弃否？"张皇然不知所对，但云："不相诳，小生家中，固有妻耳。"女笑曰："此亦见君诚笃，顾亦不妨。既不嫌憎，明日当烦媒妁。"言已，欲去。张探身挽之，女亦遂留。未曙即起，以金赠张曰："君持作临眺之资⑧；向暮，宜晚来，恐傍人所窥。"张如其言，早出晏归，半年以为常。

一日，归颇早，至其处，村舍全无，不胜惊怪。方徘徊间，闻妪云："来何早也！"一转盼间，则院落如故，身固已在室中矣。益异之。舜华自内出，笑曰："君疑妾耶？实对君言：妾，狐仙也，与君固有夙缘。如必见怪，

---

① 创词——起草讼词。
② 捉刀人——代笔人。
③ 凤翔——府名，治今陕西凤翔县。
④ 匪人——不是亲近人。
⑤ 《南华经》——即《庄子》一书。
⑥ 以门户相托——代指招男入赘。
⑦ 瓜李之嫌——私自相会，惹人猜疑。
⑧ 临眺之资——游览费用。

请即别。”张恋其美，亦安之。夜谓女曰：“卿既仙人，当千里一息①耳。小生离家三年，念妻孥不去心，能携我一归乎？”女似不悦，曰：“琴瑟之情，妾自分②于君为笃；君守此念彼，是相对绸缪者，皆妄也！”张谢曰：“卿何出此言。谚云：‘一日夫妻，百日恩义。’后日归念卿时，亦犹今日之念彼也。设得新忘故，卿何取焉？”女乃笑曰：“妾有褊心：于妾，愿君之不忘；于人，愿君之忘之也。然欲暂归，此复何难：君家咫只耳。”遂把袂出门，见道路昏暗，张逡巡不前。女曳之走，无几时，曰：“至矣。君归，妾且去。”张停足细认，果见家门，逾垝垣③入，见室中灯火犹荧。近以两指弹扉。内问为谁，张具道所来。内秉烛启关，真方氏也。两相惊喜，握手入帷。见儿卧床上，慨然曰：“我去时儿才及膝，今身长如许矣！”夫妇依倚，恍如梦寐。张历述所遭。问及讼狱，始知诸生有瘐死者④，有远徙者，益服妻之远见。方纵体入怀，曰：“君有佳偶，想不复念孤衾中有零涕人矣！”张曰：“不念，胡以来也？我与彼虽云情好，终非同类；独其恩义难忘耳。”方曰：“君以我何人也？”张审视，竟非方氏，乃舜华也。以手探儿，一竹夫人⑤耳。大惭无语。女曰：“君心可知矣！分当⑥自此绝矣，犹幸未忘恩义，差足自赎。”

过二三日，忽曰：“妾思痴情恋人，终无意味。君日怨我不相送，今适欲至都，便道可以同去。”乃向床头取竹夫人共跨之，令闭两眸，觉离地不远，风声飕飕。移时，寻落。女曰：“从此别矣。”方将订嘱，女去已渺。怅立少时，闻村犬鸣吠，苍茫中见树木屋庐，皆故里景物，循途而归。逾垣叩户，宛若前状。方氏惊起，不信夫归；诘证确实，始挑灯呜咽而出。既相见，涕不可抑。张犹疑舜华之幻弄也；又见床卧一儿，如昨夕，因笑曰：“竹夫人又携入耶？”方氏不解，变色曰：“妾望君如岁，枕上啼痕固在也。甫能相见，全无悲恋之情，何以为心矣！”张察其情真，始执臂欷歔，具言

① 千里一息——呼吸之间行千里，喻极快。

② 自分——自认为。

③ 垝(guǐ)垣——倒坍的垣墙。

④ 瘐死者——病死狱中者。

⑤ 竹夫人——南方夏季床上用的取凉用具。

⑥ 分当——理应。

其详。问讼案所结，并如舜华言。方相感慨，闻门外有履声，问之不应。盖里中有恶少甲，久窥方艳，是夜自别村归，遥见一人逾垣去，谓必赴淫约者，尾之入。甲故不甚识张，但伏听之。及方氏亟问，乃曰："室中何人也？"方讳言："无之。"甲言："穿听已久，敬将以执奸也。"方不得已，以实告。甲曰："张鸿渐大案未消，即使归家，亦当缚送官府。"方苦哀之，甲词益狎逼。张忿火中烧，把刀直出，剁甲中颅。甲踣，犹号；又连剁之，遂死。方曰："事已至此，罪益加重。君速逃。妾请任其辜。"张曰："丈夫死则死耳，焉肯辱妻累子以求活耶！卿无顾虑，但令此子勿断书香，目即瞑矣。"天明，赴县自首。赵以钦案①中人，姑薄惩之。寻由郡解都，械禁颇苦。

途中遇女子跨马过，一老妪捉鞚，盖舜华也。张呼妪欲语，泪随声堕。女返辔，手启障纱，讶曰："表兄也，何至此？"张略述之。女曰："依兄平昔，便当掉头不顾；然予不忍也。寒舍不远，即邀公役同临，亦可少助资斧。"从去二三里，见一山村，楼阁高整。女下马入，令妪启舍延客。既而酒炙丰美，似所夙备。又使妪出曰："家中适无男子，张官人即向公役多劝数觞，前途倚赖多矣。遣人措办数十金为官人作费，兼酬两客，尚未至也。"二役窃喜，纵饮，不复言行。日渐暮，二役径醉矣。女出，以手指械，械立脱；曳张共跨一马，驶如龙。少时，促下，曰："君止此。妾与妹有青海之约②，又为君逗留一晌，久劳盼注矣。"张问："后会何时？"女不答，再问之，推堕马下而去。既晓，问其地，太原也。遂至郡，赁屋授徒焉。托名宫子迁。居十年，访知捕亡浸怠，乃复逡巡东向。既近里门，不敢遽入，俟夜深而后入。及门，则墙垣高固，不复可越，只得以鞭挝门。久之，妻始出问。张低语之。喜极，纳入，作呵叱声，曰："都中少用度，即当早归，何得遣汝半夜来？"入室，各道情事，始知二役逃亡未返。言次，帘外一少妇频来，张问伊谁，曰："儿妇耳。"问："儿安在？"曰："赴郡大比未归。"张涕下曰："流离数年，儿已成立，不谓能继书香，卿心血殆尽矣！"话未已，子妇已温酒炊饭，罗列满几。张喜慰过望。居数日，隐匿屋榻，惟恐人知。一夜，方卧，忽闻人语腾沸，捶门甚厉。大惧，并起。闻人言曰："有后门否？"益惧，急以门扇代梯，送张夜度垣而出；然后诣门问故，乃报新贵者

① 钦案——皇帝命办的案子。
② 青海之约——仙海之约。

也。方大喜,深悔张遁,不可追挽。

张是夜越莽穿榛,急不择途;及明,困殆已极。初念本欲向西,问之途人,则去京都通衢不远矣。遂入乡村,意将质衣而食。见一高门,有报条①粘壁上;近视,知为许姓,新孝廉也。顷之,一翁自内出,张迎揖而告以情。翁见仪容都雅,知非赚食者,延入相款。因诘所往,张托言:“设帐都门,归途遇寇。”翁留诲其少子。张略问官阀,乃京堂林下者②;孝廉,其犹子也。月余,孝廉偕一同榜归,云是永平张姓,十八九少年也。张以乡谱俱同,暗中疑是其子;然邑中此姓良多,姑默之。至晚解装,出“齿录”③,急借披读,真子也。不觉泪下。共惊问之,乃指名曰:“张鸿渐,即我是也。”备言其由。张孝廉抱父大哭。许叔侄慰劝,始收悲以喜。许即以金帛函字,致告宪台④,父子乃同归。方自闻报,日以张在亡为悲;忽白孝廉归,感伤益痛。少时,父子并入,骇如天降,询知其故,始共悲喜。甲父见其子贵,祸心不敢复萌。张益厚遇之,又历述当年情状,甲父感愧,遂相交好。

太　医

万历间,孙评事少孤,母十九岁守节。孙举进士,而母已死。尝语人曰:“我必博诰命⑤以光泉壤,始不负萱堂苦节⑥。”忽得暴病,綦笃。素与太医善,使人招之;使者出门,而疾益剧。张目曰:“生不能扬名显亲,何以见老母地下乎!”遂卒,目不瞑。

无何,太医至,闻哭声,即入临吊。见其状,异之。家人告以故,太医曰:“欲得诰赠,即亦不难。今皇后旦晚临盆矣。但活十余日,诰命可

---

① 报条——报喜的纸帖。

② 京堂林下者——退休居乡的京官。

③ 齿录——即“同年录”,指同年科举考中者。

④ 宪台——御史的别称,此指“上司”。

⑤ 诰命——帝王封赠的命令。

⑥ 萱堂苦节——母亲苦苦地守贞节。

得。"立命取艾①,灸尸一十八处。炷将尽,床上已呻;急灌以药,居然复生。嘱曰:"切记勿食熊虎肉。"共志之;然以此物不常有,颇不关意。既而三日平复,仍从朝贺②。

过六七日,果生太子,召赐群臣宴。中使出异品③,遍赐文武,白片朱丝④,甘美无比。孙啖之,不知何物。次日,访诸同僚,曰:"熊膰⑤也。"大惊失色;即刻而病,至家遂卒。

牛　飞

邑人某,购一牛,颇健。夜梦牛生两翼飞去,以为不祥,疑有丧失。牵入市损价售之。以巾裹金,缠臂上。归至半途,见有鹰食残兔,近之甚驯。遂以巾头絷股⑥,臂之⑦。鹰屡摆扑,把捉稍懈,带巾腾去。此虽定数,然不疑梦,不贪拾遗,则走者何遽能飞哉?

王　子　安

王子安,东昌⑧名士,困于场屋。入闱后,期望甚切。近放榜时,痛饮大醉,归卧内室。忽有人白:"报马来。"王踉跄起,曰:"赏钱十千!"家人因其醉,诳而安之曰:"但请睡,已赏矣。"王乃眠。俄又有入者曰:"汝中进士矣!"王自言:"尚未赴都,何得及第?"其人曰:"汝忘之耶?三场毕矣。"王大喜,起而呼曰:"赏钱十千!"家人又诳之如前。又移时,一人急

---

① 艾——艾炷,中医的灸法之一。
② 朝贺——入朝向皇帝贺喜。
③ 异品——珍异物品。
④ 白片朱丝——熊掌切片。
⑤ 熊膰(fān)——熊掌。
⑥ 絷股——拴住鹰腿。
⑦ 臂之——架鹰于臂上。
⑧ 东昌——府名,治今山东聊城县。

入曰:“汝殿试翰林,长班①在此。”果见二人拜床下,衣冠修洁。王呼赐酒食,家人又给之,暗笑其醉而已。久之,王自念不可不出耀乡里,大呼长班,凡数十呼,无应者。家人笑曰:“暂卧候,寻他去。”又久之,长班果复来。王捶床顿足,大骂:“钝奴②焉往!”长班怒曰:“措大③无赖!向与尔戏耳,而真骂耶?”王怒,骤起扑之,落其帽。王亦倾跌。妻入,扶之曰:“何醉至此!”王曰:“长班可恶,我故惩之,何醉也?”妻笑曰:“家中止有一媪,昼为汝炊,夜为汝温足耳。何处长班,伺汝穷骨?”子女皆笑。王醉亦稍解,忽如梦醒,始知前此之妄,然犹记长班帽落;寻至门后,得一缨帽如盏④大,共疑之。自笑曰:“昔人为鬼揶揄,吾今为狐奚落矣。”

异史氏曰:“秀才入闱,有七似焉。初入时,白足提篮⑤,似丐。唱名⑥时,官呵隶骂,似囚。其归号舍⑦也,孔孔伸头,房房露脚,似秋末之冷蜂。其出场也,神情惝恍⑧,天地异色,似出笼之病鸟。迨望报也,草木皆惊,梦想亦幻。时作一得志想,则顷而楼阁俱成;作一失志想,则瞬息而骸骨已朽。此际行坐难安,则似被絷之猱⑨。忽然而飞骑传人,报条无我,此时神色猝变,嗒然若死,则似饵毒之蝇,弄之亦不觉也。初失志,心灰意败,大骂司衡⑩无目,笔墨无灵,势必举案头物而尽炬之;炬之不已,而碎踏之;踏之不已,而投之浊流。从此披发入山,面向石壁,再有以‘且夫’、‘尝谓’⑪之文进我者,定当操戈逐之。无何,日渐远,气渐平,技又渐痒;遂似破卵之鸠,只得衔木营巢,从新另抱矣。如此情况,当局者痛哭

---

① 长班——官员身旁随叫随到的公役。

② 钝奴——蠢才。

③ 措大——对贫寒读书人的蔑称。

④ 盏——杯具。

⑤ 白足提篮——明清科举考场搜身以防挟带纸条的考场规则;白足,指考生按规定穿着;提篮,篮中只准带文具、食物。

⑥ 唱名——点名入场。

⑦ 号舍——标有序号的考场。

⑧ 惝恍(chǎng huǎng)——神志模糊。

⑨ 猱(náo)——猿猴。

⑩ 司衡——考官。

⑪ 且夫、尝谓——均为八股文常用套语。

欲死；而自旁观者视之，其可笑孰甚焉。王子安方寸之中，顷刻万绪，想鬼狐窃笑已久，故乘其醉而玩弄之。床头人①醒，宁不哑然失笑哉？顾得志之况味，不过须臾；词林诸公②，不过经两三须臾耳。子安一朝而尽尝之，则狐之恩与荐师③等。"

刁 姓

有刁姓者，家无生产。每出卖许负之术④——实无术也——数月一归，则金帛盈橐。共异之。

会里人有客于外者，遥见高门内一人，冠华阳巾⑤，言语啁嗻⑥，众妇丛绕之。近视，则刁也。因微窥所为。见有问者曰："吾等众人中，有一夫人⑦在，能辨之乎？"盖有一贵人妇微服其中，将以验其术也。里人代为刁窘。刁从容望空横指曰："此何难辨。试观贵人顶上，自有云气环绕。"众目不觉集视一人，觇其云气。刁乃指其人曰："此真贵人！"众惊以为神。

里人归，述其诈慧。乃知虽小道，亦必有过人之才；不然，乌能欺耳目、赚金钱，无本而殖哉！

---

① 床头人——指妻子。

② 词林诸公——翰林院的诸位先生。

③ 荐师——同考官在考卷上批"荐"字，推荐给主考官，考生称推荐人为"荐师"。

④ 许负之术——指相术。

⑤ 华阳巾——道士所着的头巾。

⑥ 啁嗻——此指别人听不懂他的话。

⑦ 夫人——古代有较高社会地位妇女的封号。

农 妇

邑西磁窑坞①有农人妇，勇健如男子，辄为乡中排难解纷。与夫异县而居。夫家高苑②，距淄百余里；偶一来，信宿③便去。妇自赴颜山④，贩陶器为业。有赢余，则施丐者。一夕与邻妇语，忽起曰："腹少微痛，想孽障⑤欲离身也。遂去。天明往探之，则见其肩荷酿酒巨瓮二，方将入门。随至其室，则有婴儿绷卧。骇问之，盖娩后已负重百里矣。故与北庵尼善，订为姊妹。后闻尼有秽行⑥，忿然操杖，将往挞楚，众苦劝乃止。一日，遇尼于途，遽批之。问："何罪？"亦不答。拳石交施，至不能号，乃释而去。

异史氏曰："世言女中丈夫，犹自知非丈夫也，妇并忘其为巾帼矣。其豪爽自快，与古剑仙无殊，毋亦其夫亦磨镜者⑦流耶？"

金 陵 乙

金陵卖酒人某乙，每酿成，投水置毒⑧焉；即善饮者，不过数盏，便醉如泥。以此得"中山"⑨之名，富致巨金。

早起，见一狐醉卧槽边；缚其四肢，方将觅刃，狐已醒，哀曰："勿见

---

① 磁窑坞——集镇名，位于淄川。
② 高苑——旧县名，今属山东省。
③ 信宿——再宿。
④ 颜山——山名。
⑤ 孽障——佛教用语，此指对腹中胎儿的昵称。
⑥ 秽行——男女性关系混乱。
⑦ 磨镜者——指唐人传奇小说《聂隐娘》中聂隐娘的剑客丈夫，具神秘色彩，而又无其他技艺，此指农妇之夫。
⑧ 投水而置毒——酒中掺水并下毒。
⑨ 中山——古名酒之一。

害，请如所求。”遂释之，辗转已化为人。时巷中孙氏，其长妇患狐为祟，因问之。答云：“是即我也。”乙窥妇娣①尤美，求狐携往。狐难之。乙固求之。狐邀乙去，入一洞中，取褐衣授之，曰：“此先兄所遗，着之当可去。”既服而归，家人皆不之见；袭衣裳而出，始见之。大喜，与狐同诣孙氏家。

见墙上贴巨符，画蜿蜒如龙，狐惧曰：“和尚大恶，我不往矣！”遂去，乙逡巡近之，则真龙盘壁上，昂首欲飞。大惧亦出。盖孙觅一异域僧，为之厌胜，授符先归，僧犹未至也。

次日，僧来，设坛作法。邻人共观之，乙亦杂处其中。忽变色急奔，状如被捉；至门外，踣②地化为狐，四体犹着人衣。将杀之。妻子叩请，僧命牵去，日给饮食，数月寻毙。

郭　安

孙五粒③，有僮仆独宿一室，恍惚被人摄去。至一宫殿，见阎罗在上，视之曰：“误矣，此非是。”因遣送还。既归，大惧，移宿他所；遂有僚仆④郭安者，见榻空闲，因就寝焉。又一仆李禄，与僮有夙怨，久将甘心，是夜操刀入，扪之，以为僮也，竟杀之。郭父鸣于官。时陈其善为邑宰，殊不苦之。郭哀号，言：“半生止此子，今将何以聊生！”陈即以李禄为之子。郭含冤而退。此不奇于僮之见鬼，而奇于陈之折狱也。

济之西邑有杀人者，其妇讼之。令怒，立拘凶犯至，拍案骂曰：“人家好好夫妇，直⑤令寡耶！即以汝配之，亦令汝妻寡守。”遂判合之。此等明决⑥，皆是甲榜所为⑦，他途不能也。而陈亦尔尔，何途无才！

---

① 娣——弟妻。

② 踣(bó)——仆倒在地。

③ 孙五粒——即孙秠，明清之际淄川人，官至通政使司左通政使。

④ 僚仆——同一主人家的仆人。

⑤ 直——竟然。

⑥ 明决——此处为讽刺语。

⑦ 甲榜所为——进士出身的官员所干的事。

折 狱

邑之西崖庄，有贾某被人杀于途；隔夜，其妻亦自经死。贾弟鸣于官。时浙江费公祎祉①令淄，亲诣验之。见布袱裹银五钱余，尚在腰中，知非为财也者。拘两村邻保审质一过，殊少端绪，并未搒掠，释散归农；但命约地细察，十日一关白而已。逾半年，事渐懈。贾弟怨公仁柔，上堂屡聒。公怒曰："汝既不能指名，欲我以桎梏加良民耶！"呵逐而出。贾弟无所伸诉，愤葬兄嫂。

一日，以逋赋②故，逮数人至。内一人周成，惧责，上言钱粮措办已足，即于腰中出银袱，禀公验视。验已，便问："汝家何里？"答云："某村。"又问："去西崖几里？"答云："五六里。""去年被杀贾某，系汝何亲？"答云："不识其人。"公勃然曰："汝杀之，尚云不识耶！"周力辨，不听；严梏之，果伏其罪。先是，贾妻王氏，将诣姻家，惭无钗饰，聒夫使假于邻。夫不肯；妻自假之，颇甚珍重。归途，卸而裹诸袱，内袖中；既至家，探之已亡。不敢告夫，又无力偿邻，懊恼欲死。是日，周适拾之，知为贾妻所遗，窥贾他出，半夜逾垣，将执以求合，时溽暑，王氏卧庭中，周潜就淫之。王氏觉，大号。周急止之，留袱纳钗③。事已，妇嘱曰："后勿来，吾家男子恶，犯恐俱死！"周怒曰："我挟勾栏数宿之资，宁一度可偿耶？"妇慰之曰："我非不愿相交，渠常善病，不如从容以待其死。"周乃去，于是杀贾，夜诣妇曰："今某已被人杀，请如所约。"妇闻大哭，周惧而逃，天明则妇死矣。公廉得情，以周抵罪。共服其神，而不知所以能察之故。公曰："事无难辨，要在随处留心耳。初验尸时，见银袱刺万字文，周袱亦然，是出一手也。及诘之，又云无旧④，词貌诡变，是以确知其真凶也。"

异史氏曰："世之折狱者，非悠悠置之，则缧系数十人而狼藉之耳。

---

① 浙江费公祎祉——即费祎祉，清初浙江人，曾为淄川县令。

② 逋赋——拖欠赋税。

③ 留袱纳钗——留下包袱，收纳王氏之钗。

④ 无旧——无旧交。

堂上肉鼓吹①,喧阗旁午②,遂嚬蹙③曰:‘我劳心民事也。’云板④三敲,则声色并进,难决之词,不复置念;专待升堂时,祸桑树以烹老龟耳⑤。呜呼!民情何由得哉!余每曰:‘智者不必仁,而仁者则必智;盖用心苦则机关⑥出也。’‘随在留心’之言,可以教天下之宰民社者⑦矣。”

邑人胡成,与冯安同里,世有郤⑧。胡父子强,冯屈意交欢,胡终猜之。一日,共饮薄醉,颇顷肝胆。胡大言:“勿忧贫,百金之产不难致也。”冯以其家不丰,故嗤之。胡正色曰:“实相告:昨途遇大商,载厚装来,我颠越于南山眢井⑨中矣。”冯又笑之。时胡有妹夫郑伦,托为说合田产,寄数百金于胡家,遂尽出以炫冯。冯信之。既散,阴以状报邑。公拘胡对勘,胡言其实,问郑及产主皆不讹。乃共验诸眢井。一役缒下,则果有无首之尸在焉。胡大骇,莫可置辨,但称冤苦。公怒,击喙⑩数十,曰:“确有证据,尚叫屈耶!”以死囚具禁制之。尸戒勿出,惟晓示诸村,使尸主投状。逾日,有妇人抱状,自言为亡者妻,言:“夫何甲,揭数百金作贸易,被胡杀死。”公曰:“井有死人,恐未必即是汝夫。”妇执言甚坚。公乃命出尸于井,视之,果不妄。妇不敢近,却立而号。公曰:“真犯已得,但骸躯未全。汝暂归,待得死者首,即招报令其抵偿。”遂自狱中唤胡出,呵曰:“明日不将头至,当械折股⑪!”押去终日而返,诘之,但有号泣。乃以梏具置前作刑势,却又不刑,曰:“想汝当夜扛尸忙迫,不知坠落何处,奈何不细寻之?”胡

---

① 肉鼓吹——堂上拷打犯人的声响。
② 喧阗旁午——哄闹、纷乱。
③ 嚬蹙——皱眉蹙容,装出忧心样子。
④ 云板——旧官员以此为报事工具,俗称“惊堂木”。
⑤ 祸桑树以烹老龟——桑树、老龟,喻原告和被告,意谓胡乱判案,滥施刑罚,殃及无辜。
⑥ 机关——计策。
⑦ 宰民社者——做地方官的人。
⑧ 郤——嫌隙。
⑨ 眢(yuān)井——枯井。
⑩ 喙(huì)——嘴巴。
⑪ 械折(shé)股——夹断腿。

哀祈容急觅。公乃问妇:“子女几何?”答曰:“无。”问:“甲有何戚属?”“但有堂叔一人。”慨然曰:“少年丧夫,伶仃如此,其何以为生矣!”妇乃哭,叩求怜悯。公曰:“杀人之罪已定,但得全尸,此案即结;结案后,速醮可也。汝少妇,勿复出入公门。”妇感泣,叩头而下。公即票①示里人,代觅其首。经宿,即有同村王五,报称已获。问验既明,赏以千钱。唤甲叔至,曰:“大案已成;然人命重大,非积岁不能成结。侄既无出,少妇亦难存活,早令适人。此后亦无他务,但有上台检驳,止须汝应声耳。”甲叔不肯,飞两签下②;再辩,又一签下。甲叔惧,应之而出。妇闻,诣谢公恩。公极意慰谕之。又谕:“有买妇者,当堂关白。”既下,即有投婚状者,盖即报人头之王五也。公唤妇上,曰:“杀人之真犯,汝知之乎?”答曰:“胡成。”公曰:“非也。汝与王五乃真犯耳。”二人大骇,力辨冤枉。公曰:“我久知其情,所以迟迟而发者,恐有万一之屈耳。尸未出井,何以确信为汝夫? 盖先知其死矣。且甲死犹衣败絮,数百金何所自来?”又谓王五曰:“头之所在,汝何知之熟也! 所以如此其急者,意在速合耳。”两人惊颜如土,不能强置一词。并械之,果吐其实。盖王五与妇私已久,谋杀其夫,而适值胡成之戏也。乃释胡。冯以诬告,重笞,徒三年。事结,并未妄刑一人。

异史氏曰:“我夫子③有仁爱名,即此一事,亦以见仁人之用心苦矣。方宰淄时,松④才弱冠⑤,过蒙器许,而驽钝不才,竟以不舞之鹤为羊公辱⑥。是我夫子有不哲⑦之一事,则某实贻之也。悲夫!”

---

① 票——官牌。

② 飞两签下——掷下两签,命令施刑。

③ 夫子——指费祎祉。

④ 松——作者本人。

⑤ 弱冠——未成年。

⑥ 竟以不舞之鹤为羊公辱——作者自愧无能,辜负了赏识者的厚望。

⑦ 不哲——不明智。

义　犬

周村有贾某,贸易芜湖①,获重资。赁舟将归,见堤上有屠人缚犬,倍价赎之,养豢舟上。舟人固积寇②也,窥客装,荡舟入莽,操刀欲杀。贾哀赐以全尸,盗乃以毡裹置江中。犬见之,哀嗥投水,口衔裹具,与共浮沉。流荡不知几里,达浅搁乃止。

犬泅出,至有人处,狺狺③哀吠。或以为异,从之而往,见毡束水中,引出断其绳。客固未死,始言其情。复哀舟人,载还芜湖,将以伺盗船之归。登舟失犬,心甚悼焉。抵关三四日,估楫④如林而盗船不见。

适有同乡估客将携俱归,忽犬自来,望客大嗥,唤之却走。客下舟趁之。犬奔上一舟,啮人胫股,挞之不解。客近呵之,则所啮即前盗也。衣服与舟皆易,故不得而认之矣。缚而搜之,则裹金犹在。呜呼!一犬也,而报恩如是。世无心肝者,其亦愧此犬也夫!

杨　大　洪

大洪杨先生涟⑤,微时为楚名儒,自命不凡,科试后,闻报优等者,时方食,含哺出问:“有杨某否?”答云:“无。”不觉嗒然自丧,咽食入鬲⑥,遂成病块,噎阻甚苦。众劝令录遗才⑦;公患无资,众醵⑧十金送之行,乃强

---

① 芜湖——县名,今安徽芜湖市。

② 积寇——惯匪。

③ 狺狺(yín yín)——犬吠声。

④ 估楫——商船。

⑤ 大洪杨先生涟——即杨涟,别字大洪,明末湖北人,官至左副都御史,为东林党首领之一,因与魏忠贤的阉党作对,而瘐死狱中。

⑥ 鬲——同“膈”。

⑦ 录遗才——录遗考试,获乡试资格。

⑧ 醵(jù)——凑钱。

就道。夜梦人告之云:“前途有人能愈君疾,宜苦求之。”临去,赠以诗,有“江边柳下三弄笛,抛向江心莫叹息”之句。明日途次,果见道士坐柳下,因便叩请。道士笑曰:“子误矣,我何能疗病?请为三弄可也。”因出笛吹之。公触所梦,拜求益切,且倾囊献之。道士接金,掷诸江流。公以所来不易,哑然惊惜。道士曰:“君未能恝然[①]耶?金在江边,请自取之。”公诣视果然。又益奇之,呼为仙。道士漫指曰:“我非仙,彼处仙人来矣。”赚公回顾,力拍其项曰:“俗哉!”公受拍,张吻作声,喉中呕出一物,堕地堛然[②],俯而破之,赤丝中裹饭犹存,病若失。回视道士已杳。

异史氏曰:“公生为河岳,没为日星[③],何必长生乃为不死哉!或以未能免俗,不作天仙,因而为公悼惜:余谓天上多一仙人,不如世上多一圣贤,解者必不议予说之傎[④]也。”

查牙山洞

章丘[⑤]查牙山,有石窟如井,深数尺许。北壁有洞门,伏而引领望见之。会近村数辈,九日登临[⑥],饮其处,共谋入探之。三人受灯,缒而下。

洞高敞与夏屋[⑦]等;入数武,稍狭,即忽见底。底际一窦[⑧],蛇行可入。烛之,漆漆然暗深不测。两人馁而却退;一人夺火而嗤之,锐身塞而进。幸隘处仅厚于堵,即又顿高顿阔,乃立,乃行。顶上石参差危耸,将坠不坠。两壁嶙嶙峋峋然,类寺庙山塑,都成鸟兽人鬼形:鸟若飞,兽若走,人若坐若立,鬼罔两示现忿怒;奇奇怪怪,类多丑少妍。心凛然作怖畏。

---

① 恝(jiá)然——淡漠。

② 堛(bì)然——坠地声,借作象声词用。

③ 日星——犹日月,指杨涟浩气长存。

④ 傎——同“颠”。

⑤ 章丘——县名,今属山东省。

⑥ 九日登临——重阳节登高。

⑦ 夏屋——大屋。

⑧ 窦——洞。

喜径夷，无少陂①。逡巡几百步，西壁开石室，门左一怪石鬼，面人而立，目努，口箕张，齿舌狞恶；左手作拳，触腰际；右手叉五指，欲扑人。心大恐，毛森森似立。遥望门中有爇灰，知有人曾至者，胆乃稍壮，强入之。见地上列碗盏，泥垢其中；然皆近今物，非古窑也。傍置锡壶四，心利之，解带缚项系腰间。即又旁瞩②，一尸卧西隅，两肱及股四布以横。骇极。渐审之，足蹑锐履③，梅花刻底犹存，知是少妇。人不知何里，毙不知何年。衣色黯败，莫辨青红；发蓬蓬似筐许，乱丝粘着髑髅上；目、鼻孔各二；瓠犀④两行，白巉巉，意是口也。存想首颠当有金珠饰，以火近脑，似有口气嘘灯，灯摇摇无定，焰纁黄⑤，衣动掀掀。复大惧，手摇颤，灯顿灭。忆路急奔，不敢手索壁，恐触鬼者物也。头触石，仆，即复起；冷湿浸颔颊，知是血，不觉痛，抑不敢呻；坌息奔至窦，方将伏，似有人捉发住，晕然遂绝。

众坐井上俟久，疑之，又缒二人下。探身入窦，见发罥石上，血淫淫已僵。二人失色，不敢入，坐愁叹。俄井上又使二人下；中有勇者，始健进，曳之以出。置山上，半日方醒，言之缕缕。所恨未穷其底极；穷之，必更有佳境。后章令闻之，以丸泥封窦，不可复入矣。

康熙二十六、七年间，养母峪之南石崖崩，现洞口；望之，钟乳林林如密笋。然深险，无人敢入。忽有道士至，自称钟离⑥弟子，言："师遣先至，粪除洞府。"居人供以膏火，道士携之而下，坠石笋上，贯腹而死。报令，令封其洞。其中必有奇境，惜道士尸解⑦，无回音耳。

---

① 陂（pō）——斜坡。

② 旁瞩——向旁边看。

③ 锐履——尖足女鞋。

④ 瓠犀——女性洁白细密的牙齿。

⑤ 焰纁黄——灯光暗淡。

⑥ 钟离——即钟离权，道教八仙之一。

⑦ 尸解——道士死的婉称。

安 期 岛

长山刘中堂鸿训①,同武弁②某使朝鲜。闻安期岛③神仙所居,欲命舟往游。国中臣僚佥谓不可,令待小张。盖安期不与世通,惟有弟子小张,岁辄一两至。欲至岛者,须先自白。如以为可,则一帆可至;否则飓风覆舟。逾一二日,国王召见。入朝,见一人佩剑,冠棕笠,坐殿上;年三十许,仪容修洁。问之,即小张也。刘因自述向往之意,小张许之。但言:“副使不可行。”又出,遍视从人,惟二人可以从游。遂命舟导刘俱往。

水程不知远近,但觉习习如驾云雾,移时已抵其境。时方严寒,既至,则气候温煦,山花遍岩谷。导入洞府,见三叟趺坐。东西者见客入,漠若罔知;惟中坐者起迎客,相为礼。既坐。呼茶。有僮将盘去。洞外石壁上有铁锥,锐没石中;僮拔锥,水即溢射,以盏承之;满,复塞之。既而托至,其色淡碧。试之,其凉震齿。刘畏寒不饮。叟顾僮颐示之。僮取盏去,呷其残者;仍于故处拔锥,溢取而返,则芳烈蒸腾,如初出于鼎。窃异之。问以休咎。笑曰:“世外人岁月不知,何解人事?”问以却老术④,曰:“此非富贵人所能为者。”刘兴辞,小张仍送之归。既至朝鲜,备述其异。国王叹曰:“惜未饮其冷者。此先天之玉液⑤,一盏可延百龄。”

刘将归,王赠一物,纸帛重裹,嘱近海勿开视。既离海,急取拆视,去尽数百重,始见一镜;审之,则鲛宫龙族,历历在目。方凝注间,忽见潮头高于楼阁,汹汹已近。大骇,极驰;潮从之,疾若风雨。大惧,以镜投之,潮乃顿落。

---

① 长山刘中堂鸿训——即刘鸿训,明长山县人,官至文渊阁大学士。

② 武弁——武官。

③ 安期岛——传说中的仙人岛。

④ 却老术——长生术。

⑤ 玉液——传说可助人长生不老的神液。

沅　俗

李季霖①摄篆沅江②，初莅任，见猫犬盈堂，讶之。僚属曰："此乡中百姓，瞻仰风采③也。"少间，人畜已半；移时，都复为人，纷纷并去。一日，出谒客，肩舆在途。忽一舆夫急呼曰："小人吃害矣！"即倩役代荷，伏地乞假。怒诃之，役不听，疾奔而去。遣人尾之。役奔入市。觅得一叟，便求按视。叟相之曰："是汝吃害矣。"乃以手揣其肤肉，自上而下力推之；推至少股，见皮内坟起，以利刃破之，取出石子一枚，曰："愈矣。"乃奔而返。后闻其俗有身卧室中，手即飞出，入人房闼，窃取财物。设被主觉，絷不令去，则此人一臂不用④矣。

云萝公主

安大业，卢龙⑤人。生而能言，母饮以犬血，始止。既长，韶秀，顾影无俦；慧而能读。世家争婚之。母梦曰："儿当尚主⑥。"信之。至十五六，迄无验，亦渐自悔。一日，安独坐，忽闻异香，俄一美婢奔入，曰："公主至。"即以长毡贴地，自门外直至榻前。方骇疑间，一女郎扶婢肩入；服色容光，映照四堵。婢即以绣垫设榻上，扶女郎坐。安仓皇不知所为，鞠躬便问："何处神仙，劳降玉趾？"女郎微笑，以袍袖掩口。婢曰："此圣后府中云萝公主也。圣后属意郎君，欲以公主下嫁，故使自来相宅。"安惊喜，不知置词；女亦俛首：相对寂然。安故好棋，楸枰⑦尝置坐侧。一婢以红

---

① 李季霖——清初人，进士，曾官沅江知县，有政声。
② 沅江——今湖南沅水。
③ 风采——风度、容色。
④ 不用——不听使唤。
⑤ 卢龙——今河北卢龙县。
⑥ 尚主——娶公主为妻。
⑦ 楸枰——围棋盘。

巾拂尘，移诸案上，曰："主日耽此，不知与粉侯孰胜？"安移坐近案，主笑从之。甫三十余着，婢竟乱之，曰："驸马负矣！"敛子入盒，曰："驸马当是俗间高手，主仅能让六子。"乃以六黑子实局中，主亦从之。主坐次，辄使婢伏座下，以背受足；左足踏地，则更一婢右伏。又两小鬟夹侍之；每值安凝思时，辄曲一肘伏肩上。局阑未结，小鬟笑云："驸马负一子。"进曰："主惰，宜且退。"女乃倾身与婢耳语。婢出，少顷而还，以千金置榻上，告生曰："适主言宅湫隘，烦以此少致修饰，落成相会也。"一婢曰："此月犯天刑[1]，不宜建造；月后吉。"女起；生遮止，闭门。婢出一物，状类皮排[2]，就地鼓之；云气突出，俄顷四合，冥不见物，索之已杳。母知之，疑以为妖。而生神驰梦想，不能复舍。急于落成，无暇忌；刻日敦迫，廊舍一新。

先是，有滦州[3]生袁大用，侨寓邻坊，投刺于门；生素寡交，托他出，又窥其亡而报之。后月余，门外适相值，二十许少年也。宫绢单衣，丝带乌履，意甚都雅。略与顷谈，颇甚温谨。悦之，揖而入。请与对弈，互有赢亏。已而设酒留连，谈笑大欢。明日，邀生至其寓所，珍肴杂进，相待殷渥。有小僮十二三许，拍板清歌，又跳掷作剧。生大醉，不能行，便令负之。生以其纤弱，恐不胜。袁强之。僮绰有余力，荷送而归。生奇之。次日，犒以金，再辞乃受。由此交情款密。三数日辄一过从。袁为人简默，而慷慨好施。市有负债鬻女者，解囊代赎，无吝色。生以此益重之。过数日，诣生作别，赠象箸、楠珠等十余事，白金五百，用助兴作。生反金受物，报以束帛。后月余，乐亭有仕宦而归者，橐资充牣。盗夜入，执主人，烧铁钳灼，劫掠一空。家人识袁，行牒追捕。邻院屠氏，与生家积不相能，因其土木大兴，阴怀疑忌。适有小仆窃象箸，卖诸其家，知袁所赠，因报大尹[4]。尹以兵绕舍，值生主仆他出，执母而去。母衰迈受惊，仅存气息，二三日不复饮食。尹释之。生闻母耗，急奔而归，则母病已笃，越宿遂卒。收殓甫毕，为捕役执去。尹见其少年温文，窃疑诬枉，故恐喝之。生实述

---

① 犯天刑——风水先生择日建宅的预言，主凶兆。

② 皮排——可吹火的皮囊。

③ 滦州——州名，今河北滦县。

④ 大尹——县令的尊称。

其交往之由。尹问:“何以暴富?”生曰:“母有藏镪,因欲亲迎,故治昏室①耳。”尹信之,具牒解郡。邻人知其无事,以重金赂监者,使杀诸途。路经深山,被曳近削壁,将推堕之。计逼情危,时方急难,忽一虎自丛莽中出,啮二役皆死,啣生去。至一处,重楼叠阁,虎入,置之。见云萝扶婢出,凄然慰吊:“妾欲留君,但母丧未卜窀穸②。可怀牒去,到郡自投,保无恙也。”因取生胸前带,连结十余扣,嘱云:“见官时,拈此结而解之,可以弭祸。”生如其教,诣郡自投。太守喜其诚信,又稽牒知其冤,销名令归。至中途,遇袁,下骑执手,备言情况。袁愤然作色,默不一语。生曰:“以君风采,何自污也?”袁曰:“某所杀皆不义之人,所取皆非义之财。不然,即遗于路者,不拾也。君教我固自佳,然如君家邻,岂可留在人间耶!”言已,超乘而去。生归,殡母已,杜门谢客。忽一日,盗入邻家,父子十余口,尽行杀戮,止留一婢。席卷资物,与僮分携之。临去,执灯谓婢:“汝认之,杀人者我也,与人无涉。”并不启关,飞檐越壁而去。明日,告官。疑生知情,又捉生去。邑宰词色甚厉。生上堂握带,且辨且解。宰不能诘,又释之。

既归,益自韬晦,读书不出,一跛妪执炊而已。服既阕,日扫阶庭,以待好音。一日,异香满院。登阁视之,内外陈设焕然矣。悄揭画帘,则公主凝妆坐,急拜之。女挽手曰:“君不信数,遂使土木为灾,又以苫块之戚,迟我三年琴瑟:是急之而反以得缓,天下事大抵然也。”生将出资治具。女曰:“勿复须。”婢探椟,有肴羹热如新出于鼎,酒亦芳洌。酌移时,日已投暮,足下所踏婢,渐都亡去。女四肢娇惰,足股屈伸,似无所着。生狎抱之。女曰:“君暂释手。今有两道,请君择之。”生揽项问故,曰:“若为棋酒之交,可得三十年聚首;若作床第之欢,可六年谐合耳。君焉取?”生曰:“六年后再商之。”女乃默然,遂相燕好。女曰:“妾固知君不免俗道,此亦数也。”因使生蓄婢媪,别居南院,炊爨纺织,以作生计。北院中并无烟火,惟棋枰、酒具而已。户常阖,生推之则自开,他人不得入也。然南院人作事勤惰,女辄知之,每使生往谴责,无不具服。女无繁言,无响笑,与有所谈,但俯首微哂。每骈肩坐,喜斜倚人。生举而加诸膝,轻如抱

① 昏室——即“洞房”。

② 未卜窀穸(zhūn xī)——未择墓地。

婴。生曰:“卿轻若此,可作掌上舞。”曰:“此何难! 但婢子之为,所不屑耳。飞燕①原九姊侍儿,屡以轻佻获罪,怒谪尘间,又不守女子之贞;今已幽之。”阁上以锦𫄧②布满,冬未尝寒,夏未尝热。女严冬皆着轻縠;生为制鲜衣,强使着之。逾时解去,曰:“尘浊之物,几于压骨成劳!”一日,抱诸膝上,忽觉沉倍曩昔,异之。笑指腹曰:“此中有俗种矣。”过数日,颦黛不食,曰:“近病恶阻,颇思烟火之味。”生乃为具甘旨。从此饮食遂不异于常人。一日曰:“妾质单弱,不任生产。婢子樊英颇健,可使代之。”乃脱衷服③衣英,闭诸室。少顷,闻儿啼,启扉视之,男也。喜曰:“此儿福相,大器也!”因名大器。绷纳生怀,俾付乳媪,养诸南院。女自免身,腰细如初,不食烟火矣。忽辞生,欲暂归宁。问返期,答以“三日”。鼓皮排如前状,遂不见。至期不来;积年余,音信全渺,亦已绝望。生键户下帏,遂领乡荐。终不肯娶;每独宿北院,沐其余芳。一夜,辗转在榻,忽见灯火射窗,门亦自辟,群婢拥公主入。生喜,起问爽约之罪。女曰:“妾未愆期,天上二日半耳。”生得意自诩,告以秋捷,意主必喜。女愀然曰:“乌用是傥来者为! 无足荣辱,止折人寿数耳。三日不见,入俗幛又深一层矣。”生由是不复进取。过数月,又欲归宁。生殊凄恋。女曰:“此去定早还,无烦穿望。且人生合离,皆有定数,撙节之则长,恣纵之则短也。”既去,月余即返。从此一年半岁辄一行,往往数月始还,生习为常,亦不之怪。又生一子。女举之曰:“豺狼也!”立命弃之。生不忍而止,名曰可弃。甫周岁,急为卜婚。诸媒接踵,问其甲子,皆谓不合。曰:“吾欲为狼子治一深圈,竟不可得,当令倾败六七年,亦数也。”嘱生曰:“记取四年后,侯氏生女,左胁有小赘疣,乃此儿妇。当婚之,勿较其门地也。”即令书而志之。后又归宁,竟不复返。

生每以所嘱告亲友。果有侯氏女,生有疣赘。侯贱而行恶,众咸不齿,生竟媒定焉。大器十七岁及第,娶云氏,夫妻皆孝友。父钟爱之。可弃渐长,不喜读,辄偷与无赖博赌,恒盗物偿戏债。父怒,挞之,卒不改。相戒提防,不使有所得。遂夜出,小为穿窬。为主所觉,缚送邑宰。宰审

---

① 飞燕——即赵飞燕。

② 锦𫄧——锦制的帷幕。

③ 衷服——贴身内衣。

其姓氏，以名刺送之归。父兄共縶之，楚掠惨棘，几于绝气。兄代哀免，始释之。父忿恚得疾，食锐减。乃为二子立析产书，楼阁沃田，尽归大器。可弃怨怒，夜持刀入室，将杀兄，误中嫂。先是，主有遗袴，绝轻耎，云拾作寝衣。可弃斫之，火星四射，大惧奔出。父知，病益剧，数月寻卒。可弃闻父死，始归。兄善视之，而可弃益肆。年余，所分田产略尽，赴郡讼兄。官审知其人，斥逐之。兄弟之好遂绝。又逾年，可弃二十有三，侯女十五矣。兄忆母言，欲急为完婚。召至家，除佳宅与居；迎妇入门，以父遗良田，悉登籍交之，曰："数顷薄产，为若蒙死守之，今悉相付。吾弟无行，寸草与之，皆弃也。此后成败，在于新妇：能令改行，无忧冻馁；不然，兄亦不能填无底壑也。"侯虽小家女，然固慧丽，可弃雅畏爱之，所言无敢违。每出，限以晷刻；过期，则诟厉不与饮食。可弃以此少敛。年余，生一子。妇曰："我以后无求于人矣。膏腴数顷，母子何患不温饱？无夫焉，亦可也。"会可弃盗粟出赌，妇笑之，弯弓①于门以拒之。大惧，避去。窥妇入，逡巡亦入。妇操刀起。可弃反奔，妇逐斫之，断幅伤臂，血沾袜履。忿极，往诉兄，兄不礼焉，冤惭而去。过宿复至，跪嫂哀泣，乞求先容于妇，妇决绝不纳。可弃怒，将往杀妇，兄不语。可弃忿起，操戈直出。嫂愕然，欲止之。兄目禁之。俟其去，乃曰："彼固作此态，实不敢归也。"使人觇之，已入家门。兄始色动，将奔赴之，而可弃已坌息入。盖可弃入家，妇方弄儿，望见之，掷儿床上，觅得厨刀；可弃惧，曳戈反走，妇逐出门外始返。兄已得其情，故诘之。可弃不言，惟向隅泣，目尽肿。兄怜之，亲率之去，妇乃内之。俟兄出，罚使长跪，要以重誓，而后以瓦盆赐之食。自此改行为善。妇持筹握算，日致丰盈，可弃仰成而已。后年七旬，子孙满前，妇犹时捋白须，使膝行焉。

异史氏曰："悍妻妒妇，遭之者如疽附于骨，死而后已，岂不毒哉！然砒、附②，天下之至毒也，苟得其用，瞑眩大瘳，非参、苓所能及矣。而非仙人洞见脏腑，又乌敢以毒药贻子孙哉！"

章丘李孝廉善迁，少倜傥不泥，丝竹词曲之属皆精之。两兄皆登甲榜，而孝廉益佻脱。娶夫人谢，稍稍禁制之。遂亡去，三年不返，遍觅不

---

① 弯弓——拉开弓箭。
② 砒、附——砒霜、附子，毒药。

得。后得之临清勾栏中。家人入,见其南向坐,少姬十数左右侍,盖皆学音艺而拜门墙者也。临行,积衣累笥,悉诸妓所贻。既归,夫人闭置一室,投书满案。以长绳拳榻足,引其端自棂内出,贯以巨铃,系诸厨下。凡有所需,则蹑绳;绳动铃响,则应之,夫人躬设典肆,垂帘纳物而估其直;左持筹,右握管;老仆供奔走而已:由此居积致富。每耻不及诸姒①贵。锢闭三年,而孝廉捷。喜曰:“三卵②两成,吾以汝为毈③矣,今亦尔耶?”

又,耿进士崧生,亦章丘人。夫人每以绩火佐读:绩者不辍,读者不敢息也。或朋旧相诣,辄窃听之:论文则瀹茗作黍;若恣谐谑,则恶声逐客矣。每试得平等,不敢入室门;超等,始笑逆之。设帐得金,悉内献,丝毫不敢隐匿。故东主馈遗,恒面较锱铢。人或非笑之,而不知其销算良难也。后为妇翁延教内弟。是年游泮,翁谢仪十金,耿受榼返金。夫人知之曰:“彼虽周亲,然舌耕④谓何也?”追之返而受之。耿不敢争,而心终歉焉,思暗偿之。于是每岁馆金,皆短其数以报夫人。积二年余,得如干数。忽梦一人告之曰:“明日登高,金数即满。”次日,试一临眺,果拾遗金,恰符缺数,遂偿岳。后成进士,夫人犹呵谴之。耿曰:“今一行作吏⑤,何得复尔?”夫人曰:“谚云:‘水长则船亦高。’即为宰相,宁便大耶?”

鸟 语

中州⑥境有道士,募食乡村。食已,闻鹂⑦鸣;因告主人使慎火。问故,答曰:“鸟云:‘大火难救,可怕!’”众笑之,竟不备。明日,果火,延烧数家,始惊其神。好事者追及之,称为仙。道士曰:“我不过知鸟语耳,何

---

① 姒(sì)——嫂,弟之妻称兄之妻。
② 三卵——指李氏三兄弟。
③ 毈(duàn)——未孵化成鸟,指科举无望。
④ 舌耕——教书谋生。
⑤ 一行作吏——一经当官。
⑥ 中州——今河南省。
⑦ 鹂——黄鹂鸟,善鸣。

仙也!”适有皂花雀[①]鸣树上,众问何语。曰:“雀言:‘初六养之,初六养之;十四、十六殇之。’想此家双生[②]矣。”今日为初十,不出五六日,当俱死也。”询之,果生二子;无何,并死,其日悉符。

邑令闻其奇,招之,延为客。时群鸭过,因问之。对曰:“明公[③]内室,必相争也。鸭云:‘罢罢!偏向他!偏向他!’”令大服,盖妻妾反唇,令适被喧聒而出也。因留居署中,优礼之。时辨鸟言,多奇中。而道士朴野,肆言辄无所忌。令最贪,一切供用诸物,皆折为钱以入之。一日,方坐,群鸭复来,令又诘之。答曰:“今日所言,不与前同,乃为明公会计[④]耳。”问:“何计?”曰:“彼云:“蜡烛一百八,银朱[⑤]一千八。”令惭,疑其相讥。道士求去,令不许。逾数日,宴客,忽闻杜宇[⑥]。客问之,答曰:“鸟云:‘丢官而去。’”众愕然失色。令大怒,立逐而出。未几,令果以墨败[⑦]。呜呼!此仙人儆戒之,惜乎危厉熏心者,不之悟也!

齐俗呼蝉曰“稍迁”,其绿色者曰“都了”。邑有父子,俱青、社生[⑧],将赴岁试,忽有蝉集襟上。父喜曰:“稍迁[⑨],吉兆也。”一僮视之,曰:“何物稍迁,都了而已[⑩]。”父子不悦。已而果皆被黜。

天　宫

郭生,京都[⑪]人。年二十余,仪容修美。一日,薄暮,有老妪贻尊酒。

---

① 皂花雀——麻雀。
② 双生——双胞胎。
③ 明公——对位尊者的尊称。
④ 会计——计算。
⑤ 银朱——丹砂类颜料,供官府批公文用。
⑥ 杜宇——杜鹃鸟的别称。
⑦ 以墨败——以贪赃被免职。
⑧ 青、社生——被降为青衣生员、被罚的“发社”生员。
⑨ 稍迁——稍微升官。
⑩ 都了而已——都了结罢了,此取谐音,为不祥征兆。
⑪ 京都——明代京都北京。

怪其无因。妪笑曰:“无须问。但饮之,自有佳境。”遂径去。揭尊微嗅,冽香肆射,遂饮之。

忽大醉,冥然罔觉。及醒,则与一人并枕卧。抚之,肤腻如脂,麝兰喷溢,盖女子也。问之,不答。遂与交。交已,以手扪壁,壁皆石,阴阴有土气,酷类坟冢。大惊,疑为鬼迷,因问女子:“卿何神也?”女曰:“我非神,乃仙耳。此是洞府。与有夙缘,勿相讶,但耐居之。再入一重门,有漏光处,可以溲便。”既而女起,闭户而去。久之,腹馁,遂有女僮来,饷以面饼、鸭臛①,使扪啖之。黑漆不知昏晓。无何,女子来寝,始知夜矣。郭曰:“昼无天日,夜无灯火,食炙不知口处;常常如此,则姮娥何殊于罗刹,天堂何别于地狱哉!”女笑曰:“为尔俗中人,多言喜泄,故不欲以形色相见。且暗中摸索,妍媸亦当有别,何必灯烛!”居数日,幽闷异常,屡请暂归。女曰:“来夕与君一游天宫,便即为别。”次日,忽有小鬟笼灯入,曰:“娘子伺郎久矣。”从之出。星斗光中,但见楼阁无数。经几曲画廊,始至一处,堂上垂珠帘,烧巨烛如昼。入,则美人华妆南向坐,年约二十许;锦袍炫目;头上明珠,翘颤四垂;地下皆设短烛,裙底皆照:诚天人也。郭迷乱失次,不觉屈膝。女令婢扶曳入坐。俄顷,八珍罗列。女行酒曰:“饮此以送君行。”郭鞠躬曰:“向觌面不识仙人,实所惶悔;如容自赎,愿收为没齿不二之臣。”女顾婢微笑,便命移席卧室。室中流苏绣帐,衾褥香软。使郭就榻坐。饮次,女屡言:“君离家久,暂归亦无所妨。”更尽一筹②,郭不言别。女唤婢笼烛送之。郭不言,伪醉眠榻上,抗之不动。女使诸婢扶裸之。一婢排私处曰:“个男子容貌温雅,此物何不文也!”举置床上,大笑而去。女亦寝,郭乃转侧。女问:“醉乎?”曰:“小生何醉!甫见仙人,神志颠倒耳。”女曰:“此是天宫。未明,宜早去。如嫌洞中怏闷,不如早别。”郭曰:“今有人夜得名花,闻香扪干,而苦无灯火,此情何以能堪?”女笑,允给灯火。漏下四点,呼婢笼烛,抱衣而送之。入洞,见丹垩精工,寝处褥革棕毡尺许厚。郭解屦拥衾,婢徘徊不去。郭凝视之,风致娟好,戏曰:“谓我不文者,卿耶?”婢笑,以足蹴枕曰:“子宜僵矣!勿复多言。”视履端嵌珠如巨菽。捉而曳之,婢仆于怀,遂相狎,而呻楚不胜。郭问:“年

---

① 鸭臛——鸭肠。

② 更尽一筹——一更已尽。

几何矣？”答云：“十七。”问：“处子①亦知情乎？”曰：“妾非处子，然荒疎已三年矣。”郭研诘仙人姓氏，及其清贯、尊行。婢曰：“勿问！即非天上，亦异人间。若必知其确耗，恐觅死无地矣。”郭遂不敢复问。次夕，女果以烛来，相就寝食，以此为常。一夜，女入曰：“期以永好；不意人情乖沮，今将粪除天宫，不能复相容矣。请以卮酒为别。”郭泣下，请得脂泽为爱。女不许，赠以黄金一斤、珠百颗。

三盏既尽，忽已昏醉。既醒，觉四体如缚，纠缠甚密，股不得伸，首不得出。极力转侧，晕堕床下。出手摸之，则锦被囊裹，细绳束焉。起坐凝思，略见床棂②，始知为己斋中。时离家已三月，家人谓其已死。郭初不敢明言，惧被仙谴，然心疑怪之。窃间一告知交，莫有测其故者。被置床头，香盈一室；拆视，则湖绵杂香屑为之，因珍藏焉。后某达官闻而诘之，笑曰：“此贾后之故智也。仙人乌得如此？虽然，此事亦宜慎秘，泄之，族矣！”有巫尝出入贵家，言其楼阁形状，绝似严东楼③家。郭闻之，大惧，携家亡去。未几，严伏诛，始归。

异史氏曰：“高阁迷离，香盈绣帐；雏奴蹀躞，履缀明珠：非权奸之淫纵，豪势之骄奢，乌有此哉？顾淫筹④一掷，金屋变而长门；唾壶未干，情田鞠为茂草。空床伤意，暗烛销魂。含颦玉台之前，凝眸宝幄之内。遂使糟丘⑤台上，路入天宫；温柔乡中，人疑仙子。伧楚⑥之帷薄固不足羞，而广田自荒者，亦足戒已！”

---

① 处子——处女。

② 床棂——床榻和窗棂。

③ 严东楼——即严世蕃，别号东楼，严嵩之子，明史上臭名昭著。

④ 淫筹——据说严世番喜淫，以白绫汗巾为秽巾，每与妇人性交一次，则丢弃一条，岁终计算，称为“淫筹”。

⑤ 糟丘——指纵酒放荡。

⑥ 伧楚——魏晋南北朝时吴人对楚人的鄙称，此借指严世蕃之辈。

乔　女

平原乔生，有女黑丑：壑一鼻①，跛一足。年二十五六，无问名者。邑有穆生，四十余，妻死，贫不能续，因聘焉。三年，生一子。未几，穆生卒，家益索；大困，则乞怜其母。母颇不耐之。女亦愤不复返，惟以纺织自给。有孟生丧耦，遗一子乌头，才周岁，以乳哺乏人，急于求配；然媒数言，辄不当意。忽见女，大悦之，阴使人风示女。女辞焉，曰："饥冻若此，从官人得温饱，夫宁不愿？然残丑不如人，所可自信者，德耳；又事二夫，官人何取焉！"孟益贤之，向慕尤殷，使媒者函金加币而说其母。母说，自诣女所，固要之；女志终不夺。母惭，愿以少女字孟；家人皆喜，而孟殊不愿。居无何，孟暴疾卒，女往临哭尽哀。

孟故无戚党，死后，村中无赖悉凭陵之，家具携取一空，方谋瓜分其田产。家人亦各草窃以去，惟一妪抱儿哭帷中。女问得故，大不平。闻林生与孟善，乃踵门而告曰："夫妇、朋友，人之大伦也。妾以奇丑，为世不齿，独孟生能知我；前虽固拒之，然固已心许之矣。今峰死子幼，自当有以报知己。然存孤易，御侮难；若无兄弟父母，遂坐视其子死家灭而不一救，则五伦中可以无朋友矣。妾无所多须于君，但以片纸告邑宰；抚孤，则妾不敢辞。"林曰："诺。"女别而归。林将如其所教；无赖辈怒，咸欲以白刃相仇。林大惧，闭户不敢复行。女听之数日，寂无音；及问之，则孟氏田产已尽矣。女忿甚，挺身自诣官。官诘女属孟何人，女曰："公宰一邑，所凭者理耳。如其言妄，即至戚无所逃罪；如非妄，则道路之人可听也。"官怒其言戆②，诃逐而出。女冤愤无以自伸，哭诉于搢绅之门。某先生闻而义之，代剖于宰。宰按之，果真，穷治诸无赖，尽反所取。

或议留女居孟第，抚其孤；女不肯。扃其户，使媪抱乌头，从与俱归，另舍之。凡乌头日用所需，辄同妪启户出粟，为之营辨；己锱铢无所沾染，抱子食贫，一如曩日。积数年，乌头渐长，为延师教读；己子则使学操作。

---

① 壑一鼻——鼻子一侧有残缺。

② 戆（zhuàng）——刚直而愚。

妪劝使并读,女曰:“乌头之费,其所自有;我耗人之财以教己子,此心何以自明?”又数年,为乌头积粟数百石,乃聘于名族,治其第宅,析令归。乌头泣要同居,女乃从之;然纺绩如故。乌头夫妇夺其具,女曰:“我母子坐食,心何安矣。”遂早暮为之纪理,使其子巡行阡陌,若为佣然。乌头夫妻有小过,辄斥谴不少贷;稍不悛①,则怫然②欲去。夫妻跪道悔词,始止。未几,乌头入泮,又辞欲归。乌头不可,捐聘币,为穆子完婚。女乃析子令归。乌头留之不得,阴使人于近村为市恒产百亩而后遣之。

后女疾求归。乌头不听。病益笃,嘱曰:“必以我归葬!”乌头诺。既卒,阴以金啗穆子,俾合葬于孟。及其,棺重,三十人不能举。穆子忽仆,七窍血出,自言曰:“不肖儿,何得遂卖汝母!”乌头惧,拜祝之,始愈,乃复停数日,修治穆墓已,始合厝③之。

异史氏曰:“知己之感,许之以身,此烈男子之所为也。彼女子何知,而奇伟如是?若遇九方皋④,直牡⑤视之矣。”

蛤

东海有蛤⑥,饥时浮岸边,两壳开张;中有小蟹出,赤线系之,离壳数尺,猎食既饱,乃归,壳始合。或潜⑦断其线,两物皆死。亦物理之奇也。

---

① 悛(quān)——改悔。
② 怫(fú)然——动怒状。
③ 合厝(cuò)——夫妻合葬。
④ 九方皋——春秋时人,善相马,与伯乐齐名。
⑤ 牡——雄,喻指男子。
⑥ 蛤(gé)——蛤蜊,即海蚌。
⑦ 潜——偷偷地。

刘 夫 人

廉生者，彰德①人。少笃学；然早孤，家綦贫。一日他出，暮归失途。入一村，有媪来谓曰："廉公子何之？夜得毋深乎？"生方皇惧，更不暇问其谁何，便求假榻。媪引去，入一大第。有双鬟笼灯，导一妇人出，年四十余，举止大家。媪迎曰："廉公子至。"生趋拜。妇喜曰："公子秀发，何但作富家翁乎！"即设筵，妇侧坐，劝釂甚殷，而自己举杯未尝饮，举箸亦未尝食。生惶惑，屡审阀阅。笑曰："再尽三爵告君知。"生如命已。妇曰："亡夫刘氏，客江右②，遭变遽殒。未亡人独居荒僻，日就零落。虽有两孙，非鸱鸮，即驽骀耳。公子虽异姓，亦三生骨肉也；且至性纯笃，故遂腼然相见。无他烦，薄藏数金，欲倩公子持泛江湖，分其赢余，亦胜案头萤枯死也。"生辞以少年书痴，恐负重托。妇曰："读书之计，先于谋生。公子聪明，何之不可？"遣婢运资出，交兑八百余两。生皇恐固辞。妇曰："妾亦知公子未惯懋迁③，但试为之，当无不利。"生虑重金非一人可任，谋合商侣。妇曰："勿须。但觅一仆悫谙练④之仆，为公子服役足矣。"遂轮纤指一卜之，曰："伍姓者吉。"命仆马囊金送生出，曰："腊尽涤盏，候洗宝装矣。"又顾仆曰："此马调良，可以乘御，即赠公子，勿须将回。"生归，夜才四鼓，仆系马自去。明日，多方觅役，果得伍姓，因厚价招之。伍老于行旅，又为人戆拙不苟，资财悉倚付之。往涉荆襄，岁杪始得归，计利三倍。生以得伍力多，于常格外，另有馈赏，谋同飞洒⑤，不令主知。甫抵家，妇已遣人将迎，遂与俱去。见堂上华筵已设；妇出，备极慰劳。生纳资讫，即呈簿籍；妇置不顾。少顷即席，歌舞鞺鞳，伍亦赐筵外舍，尽醉方归。因生无家室，留守新岁。次日，又求稽盘。妇笑曰："后无须尔，妾会计久矣。"

---

① 彰德——府名，治今河南安阳市。

② 江右——江西。

③ 懋迁——贸易。

④ 朴悫（què）谙练——忠厚可靠，熟悉商务。

⑤ 飞洒——原指官府将杂项税收分摊到正常项目下收缴，此指破格款待伍氏。

乃出册示生，登志甚悉，并给仆者，亦载其上。生愕然曰："夫人真神人也！"过数日，馆谷丰盛，待若子侄。

一日，堂上设席，一东面，一南面；堂下一筵西向。谓生曰："明日财星临照，宜可远行。今为主价粗设祖帐，以壮行色。"少间，伍亦呼至，赐坐堂下。一时鼓钲鸣聒。女优进呈曲目，生命唱"陶朱"①。妇笑曰："此先兆也，当得西施②作内助矣。"宴罢，仍以全金付生，曰："此行不可以岁月计，非获巨万勿归也。妾与公子，所凭者在福命，所信者在腹心。勿劳计算，远方之盈绌，妾自知之。"生唯唯而退。往客淮上，进身为鹾贾③，逾年，利又数倍。然生嗜读，操筹不忘书卷，所与游皆文士；所获既盈，隐思止足，渐谢任于伍④。桃源⑤薛生与最善；适过访之，薛一门俱适别业，昏暮无所复之，阍人延生入，扫榻作炊。细诘主人起居，盖是时方讹传朝廷欲选良家女，犒边庭，民间骚动。闻有少年无妇者，不通媒妁，竟以女送诸其家，至有一夕而得两妇者。薛亦新昏于大姓，犹恐舆马喧动，为大令所闻，故暂迁于乡。初更向尽，方将拂榻就寝，忽闻数人排闼入。阍人不知何语，但闻一人云："官人既不在家，秉烛者何人？"阍人答："是廉公子，远客也。"俄而问者已入，袍帽光洁，略一举手，即诘邦族。生告之。喜曰："吾同乡也。岳家谁氏？"答云："无之。"益喜，趋出，急招一少年同入，敬与为礼。卒然曰："实告公子：某慕姓。今夕此来，将送舍妹于薛官人，至此方知无益。进退维谷之际。适逢公子，宁非数乎！"生以未悉其人，故踌躇不敢应。慕竟不听其致词，急呼送女者。少间，二媪扶女郎入，坐生榻上。睨之，年十五六，佳妙无双。生喜，始整巾向慕展谢；又嘱阍人行沽，略尽款洽。慕言："先世彰德人；母族亦世家，今陵夷矣。闻外祖遗有两孙，不知家况何似。"生问："伊谁？"曰："外祖刘，字晖若，闻在郡北三十里。"生曰："仆郡城东南人，去北里颇远；年又最少，无多交知。郡中此姓

① 陶朱——陶朱公，即范蠡，助越王勾践灭吴后，为避祸，泛舟湖上经商致富，此指经商。

② 西施——春秋越国美女，后从范蠡。

③ 鹾（cuó）贾——盐商。

④ 谢任于伍——把经商转交给伍氏。

⑤ 桃源——县名，今属湖南省。

最繁，止知郡北有刘荆卿，亦文学士，未审是否，然贫矣。”慕曰：“某祖墓尚在彰郡，每欲扶两榇归葬故里，以资斧未办，姑犹迟迟。今妹子从去，归计益决矣。”生闻之，锐然自任。二慕俱喜。酒数行，辞去。生却仆移灯，琴瑟之爱，不可胜言。次日，薛已知之，趋入城，除别院馆生。生诣淮，交盘已，留伍居肆；装资返桃源，同二慕启岳父母骸骨，两家细小，载与俱归。入门安置已，囊金诣主。前仆已候于途。从去，妇逆见，色喜曰：“陶朱公载得西子来矣！前日为客，今日吾甥婿也。”置酒迎尘，倍益亲爱。生服其先知，因问：“夫人与岳母远近？”妇云：“勿问，久自知之。”乃堆金案上，瓜分为五；自取其二，曰：“吾无用处，聊贻长孙。”生以过多，辞不受。凄然曰：“吾家零落，宅中乔木，被人伐作薪；孙子去此颇远，门户萧条，烦公子一营办之。”生诺，而金止受其半。妇强内之。送生出，挥涕而返。生疑怪间，回视第宅，则为墟墓。始悟妇即妻之外祖母也。既归，赎墓田一顷，封植伟丽。

刘有二孙，长即荆卿，次玉卿，饮博无赖，皆贫。兄弟诣生申谢，生悉厚赠之。由此往来最稔。生颇道其经商之由，玉卿窃意冢中多金，夜合博徒数辈，发墓搜之，剖棺露胔①，竟无少获，失望而散。生知墓被发，以告荆卿。荆卿诣生同验之，入圹，见案上累累，前所分金具在。荆卿欲与生共取之。生曰：“夫人原留此以待兄也。”荆卿乃囊运而归。告诸邑宰，访缉甚严。后一人卖坟中玉簪，获之，穷讯其党，始知玉卿为首。宰将治以极刑；荆卿代哀，仅得赊死。墓内外两家并力营缮，较前益坚美。由此廉、刘皆富，惟玉卿如故。生及荆卿常河润②之，而终不足供其博赌。一夜，盗入生家，执索金资。生所藏金，皆以千五百为箇③，发示之。盗取其二，止有鬼马在厩，用以运之而去，使生送诸野，乃释之。村众望盗火未远，噪逐之；贼惊遁。共至其处，则金委路侧，马已倒为灰烬。始知马亦鬼也。是夜止失金钟一枚而已。先是，盗执生妻，悦其美，将就淫之。一盗带面具，力呵止之，声似玉卿。盗释生妻，但脱腕钏而去。生以是疑玉卿，然心窃德之。后盗以钏质赌，为捕役所获，诘其党，果有玉卿。宰怒，备极五

---

① 胔（zì）——腐肉。

② 河润——济助。

③ 箇（gè）——古计量单位，如“锭”。

毒。兄与生谋，欲以重贿脱之，谋未成而玉卿已死。生犹时恤其妻子。生后登贤书①，数世皆素封焉。呜呼！“贪”字之点画形象，甚近乎“贫”。如玉卿者，可以鉴矣！

陵县狐

陵县李太史家，每见瓶鼎古玩之物，移列案边，势危将堕。疑厮仆所为，辄怒谴之。仆辈称冤，而亦不知其由，乃严扃斋扉，天明复然。心知其异，暗觇②之。一夜，光明满室，讶为盗。两仆近窥，则一狐卧椟上，光自两眸出，晶莹四射。恐其遁，急入捉之。狐啮腕肉欲脱，仆持益坚，因共缚之。举视，则四足皆无骨，随手摇摇若带垂焉。太史念其通灵，不忍杀；覆以柳器③，狐不能出，戴器而走。乃数其罪而放之，怪遂绝。

---

① 贤书——乡试中举。

② 觇(chān)——窥视。

③ 柳器——用柳枝编制的盛器。

卷 十

王 货 郎

济南业酒人①某翁，遣子小二②如齐河索贳价③。出西门，见兄阿大。——时大死已久。二惊问："哥那得来？"答云："冥府一疑案，须弟一证之。"二作色怨讪。大指后一人如皂状者，曰："官役在此，我岂自由耶！"但引手招之，不觉从去，尽夜狂奔，至泰山下。忽见官衙，方将并入，见群众纷出。皂拱问："事何如矣？"一人曰："勿须复入，结矣。"皂乃释令归。大忧弟无资斧。皂思良久，即引二去，走二三十里，入村，至一家檐下，嘱云："如有人出，便使相送；如其不肯，便道王货郎言之矣。"遂去。二冥然而僵。既晓，第主④出，见人死门外，大骇。守移时，微苏；扶入饵之，始言里居，即求资送，主人难之。二如皂言，主人惊绝，急赁骑送之归。偿之，不受；问其故，亦不言，别而去。

罢 龙⑤

胶州王侍御，出使琉球⑥。舟行海中，忽自云际堕一巨龙，激水高数丈。龙半浮半沉；仰其首，以舟承颔；睛半含，嗒然若丧⑦。阖舟大恐，停

---

① 业酒人——以卖酒为业之人。

② 小二——山东方言，次子。

③ 贳(shì)价——赊酒钱。

④ 第主——房主。

⑤ 罢龙——疲惫之龙。

⑥ 琉球——古国名，今琉球群岛。

⑦ 嗒(tà)然若丧——喻极度疲惫。

桡不敢少动。舟人曰："此天上行雨之疲龙也。"王悬敕①于上，焚香共祝之。移时，悠然遂逝。舟方行，又一龙堕，如前状。日凡三四。又逾日，舟人命多备白米，戒曰："去清水潭不远矣。如有所见，但糁米于水，寂无哗。"俄至一处，水清澈底。下有群龙，五色，如盆如瓮，条条尽伏。有蜿蜒者，鳞鬣爪牙，历历可数。众神魂俱丧，闭息含眸，不惟不敢窥，并不能动。惟舟人握米自撒。久之，见海波深黑，始有呻者。因问掷米之故，答曰："龙畏蛆，恐入其甲。白米类蛆，故龙见辄伏，舟行其上，可无害也。"

真生

长安士人贾子龙，偶过邻巷，见一客风度洒如。问之则真生，咸阳僦②寓者也。心慕之。明日，往投刺，适值其亡；凡三谒，皆不遇。乃阴使人窥其在舍而后过之，真走避不出；贾搜之始出。促膝倾谈，大相知悦。贾就逆旅，遣僮行沽。真又善饮，能雅谑，乐甚。酒欲尽，真搜箧出饮器，玉卮无当③，注杯酒其中，盎然已满；以小盏挹取入壶，并无少减。贾异之，坚求其术。真曰："我不愿相见者，君无他短，但贪心未静耳。此乃仙家隐术，何能相授。"贾曰："冤哉！我何贪。间萌奢想者，徒以贫耳。"一笑而散。由是往来无间，形骸尽忘。每值乏窘，真辄出黑石一块，吹咒其上，以磨瓦砾，立刻化为白金，便以赠生；仅足所用，未尝赢余。贾每求益，真曰："我言君贪，如何，如何！"贾思明告必不可得，将乘其醉睡，窃石而要之。一日，饮既卧，贾潜起，搜诸衣底。真觉之，曰："子真丧心，不可处矣！"遂辞别，移居而去。

后年余，贾游河干，见一石莹洁，绝类真生物。拾之，珍藏若宝。过数日，真忽至，瞲然④若有所失。贾慰问之。真曰："君前所见，乃仙人点金

---

① 敕——圣旨。
② 僦——租赁。
③ 玉卮无当——无底酒杯。
④ 瞲(tǐ)然——失意状。

石也。曩从抱真子①游，彼怜我介，以此相贻。醉后失去，隐卜当在君所。如有还带之恩②，不敢忘报。”贾笑曰：“仆生平不敢欺友朋，诚如所卜。但知管仲③之贫者，莫如鲍叔④，君且奈何？”真请以百金为赠。贾曰：“百金非少，但授我口诀，一亲试之，无憾矣。”真恐其寡信。贾曰：“君自仙人，岂不知贾某宁失信于朋友者哉！”真授其诀。贾顾砌上有巨石，将试之。真掣其肘，不听前。贾乃俯掬甎⑤半置砧⑥上曰：“若此者，非多耶？”真乃听之。贾不磨甎而磨砧；真变色欲与争，而砧已化为浑金。反石于真。真叹曰：“业如此，复何言。然妄以福禄加人，必遭天谴。如逭⑦我罪，施材百具⑧、絮衣百领，肯之乎？”贾曰：“仆所以欲得钱者，原非欲窖藏之也。君尚视我为守财卤⑨耶？”真喜而去。

贾得金，且施且贾；不三年，施数已满。真忽至，握手曰：“君信义人也！别后被福神奏帝，削去仙籍；蒙君博施，今幸以功德消罪。愿勉之，勿替⑩也。”贾问真：“系天上何曹？”曰：“我乃有道之狐耳。出身綦微，不堪孽累，故生平自爱，一毫不敢妄作。”贾为设酒，遂与欢饮如初。贾至九十余，狐犹时至其家。

长山某，卖解信药⑪，即垂危，灌之无不活；然秘其方，即戚好不传也。一日，以株累被逮。妻弟饷食狱中，隐置信 焉。坐待食已，而后告之。某不信。少顷，腹中溃动，始大惊，骂曰：“畜产速行！家中虽有药末，恐道远难俟；急于城中物色薜荔⑫为末，清水一盏，速将来！”妻弟如其教。迨

---

① 抱真子——疑《抱朴子》。
② 还带之恩——归还珍贵失物之恩。
③ 管仲——春秋齐国人，与鲍叔友善相知。
④ 鲍叔——春秋齐国人，深知管仲之才华。
⑤ 甎——同“砖”。
⑥ 砧——捣衣石。
⑦ 逭(huàn)——躲过。
⑧ 施材百具——给百具棺材。
⑨ 守财卤——守财奴。
⑩ 替——懈怠。
⑪ 解信药——解毒药。
⑫ 薜荔——木莲，果实可入药。

觅至，某已呕泻欲死，急投之，立刻而安。其方自此遂传。此亦犹狐之秘其石也。

布　　商

布商某，至青州境，偶入废寺，见其院宇零落，叹悼不已。僧在侧曰："今如有善信，暂起山门①，亦佛面之光。"客慨然自任。僧喜，邀入方丈②，款待殷勤。既而举内外殿阁，并请装修；客辞以不能。僧固强之，词色悍怒。客惧，请即倾囊，于是倒装而出，悉授僧。将行，僧止之曰："君竭资实非所愿，得毋甘心于我乎③？不如先之。"遂握刀相向。客哀之切，弗听；请自经，许之。逼置暗室而迫促之。适有防海将军经寺外，遥自缺墙外望见一红裳女子入僧舍，疑之。下马入寺，前后冥搜，竟不得。至暗室所，严扃双扉，僧不肯开，托以妖异。将军怒，斩关④入，则见客缢梁上。救之，片时复苏，诘得其情。又械问女子所在，实则乌有，盖神佛现化也。杀僧，财物仍以归客。客益募修庙宇，由此香火大盛。赵孝廉丰原⑤言之最悉。

彭　二　挣

禹城⑥韩公甫自言："与邑人彭二挣并行于途，忽回首不见之，惟空蹇⑦随行。但闻号救甚急，细听则在被囊中。近视囊内累然，虽则偏重，亦不得堕。欲出之，则囊口缝纫甚密；以刀断线，始见彭犬卧其中。既出，

---

① 山门——佛寺大门。

② 方丈——佛寺中长老或主持的说法处。

③ 得毋甘心于我乎——难道莫不是以报复我而得心快意吧。

④ 关——门扇。

⑤ 赵孝廉丰原——即赵丰原，清初举人。

⑥ 禹城——县名，今属山东省。

⑦ 空蹇(jiǎn)——无人坐的驴或劣马。

问何以入，亦茫不自知。盖其家有狐为祟，事如此类甚多云。”

何 仙

长山王公子瑞亭，能以乩卜①。乩神自称何仙，乃纯阳弟子②，或谓是吕祖所跨鹤云。每降，辄与人论文作诗。李太史质君③师事之，丹黄课艺④，理绪明切；太史揣摩成，赖何仙力居多焉，因之文学士多皈依之。然为人决疑难事，多凭理，不甚言休咎。

辛未⑤，朱文宗⑥案临济南，试后，诸友请决等第。何仙索试艺，悉月旦之。座中有与乐陵⑦李忭相善者，李固好学深思之士，众属望之，因出其文，代为之请。乩注云：“一等。”少间，又书云：“适评李生，据文为断。然此生运数大晦，应犯夏楚⑧。异哉！文与数适相符，岂文宗不论文耶？诸公少待，试一往探之。”少顷，又书云：“我适至提学署中，见文宗公事旁午⑨，所焦虑者殊不在文也。一切置付幕客六七人，粟生、例监⑩，都在其中，前世全无根气，大半饿鬼道中游魂，乞食于四方者也。曾在黑暗狱中八百年，损其目之精气，如人久在洞中，乍出则天地异色，无正明也。中有一二为人身所化者，阅卷分曹，恐不能适相值耳。”众问挽回之术，书云：“其术至实，人所共晓，何必问？”众会其意，以告李。李惧，以文质孙太史子未，且诉以兆。太史赞其文，因解其惑。李以太史海内宗匠，心益壮，乩语不复置怀。后案发，竟居四等。太史大骇，取其文复阅之，殊无疵摘。

① 乩(jī)卜——扶乩问卜。
② 纯阳弟子——即吕洞宾之弟子 。
③ 李太史质君——李质君，清初进士，曾官庶吉士。
④ 丹黄课艺——评改八股文习作。
⑤ 辛未——清康熙三十年(1691 年)。
⑥ 朱文宗——即朱雯，清初进士，曾任山东提学使。
⑦ 乐陵——县名，今属山东省。
⑧ 夏(jiǎ)楚——代指岁考四等。
⑨ 旁午——繁杂。
⑩ 粟生、例监——廪生经捐纳而得到监生资格。

评云:"石门公祖①,素有文名,必不悠谬至此。是必幕中醉汉,不识句读者所为。"于是众益服何仙之神,共焚香祝谢之。乩书曰:"李生勿以暂时之屈,遂怀惭怍。当多写试卷,益暴之,明岁可得优等。"李如其教。久之署中颇闻,悬牌特慰之。次岁果列优等,其灵应如此。

异史氏曰:"幕中多此辈客,无怪京都丑妇巷中,至夕无闲床也。呜呼!"

牛同人

(上缺)牛过父室,则翁卧床上未醒,以知此为狐。怒曰:"狐可忍也,胡败我伦!关圣号为'伏魔'②,今何在,而任此类横行!"因作表上玉帝③,内微诉关帝之不职。

久之,忽闻空中喊嘶声,则关帝也。怒叱曰:"书生何得无礼!我岂专掌为汝家驱狐耶?若禀诉不行,咎怨何辞矣。"即令杖牛二十,股肉几脱。少间,有黑面将军④缚一狐至,牵之而去,其怪遂绝。

后三年,济南游击⑤女为狐所惑,百术不能遣。狐语女曰:"我生平所畏,惟牛同人而已。"游击亦不知牛何里,无可物色。适提学按临,牛赴试,在省偶被营兵迕辱,忿诉游击之门。游击一闻其名,不胜惊喜,伛偻甚恭。立捉兵至,捆责尽法。已,乃实告以情。牛不得已,为之呈告关帝。俄顷,见金甲神降于其家,狐方在室,颜猝变,现形如犬,绕屋嚎窜。旋出,自投阶下。神言:"前帝不忍诛,今再犯,不赦矣!"絷系马颈而去。

---

① 公祖——士绅对知府以上官员的尊称。

② 关圣号为'伏魔'——明万历三十三年(1605 年),明朝廷加封关羽为"三界伏魔大帝神威远震天尊关圣帝君。"

③ 玉帝——玉皇大帝。

④ 黑面将军——指传说中关羽部将周仓。

⑤ 游击——武官名。

神 女

米生者闽人，传者忘其名字、郡邑。偶入郡，醉过市廛，闻高门中箫鼓如雷。问之居人，云是开寿筵者，然门庭殊清寂。听之笙歌繁响，醉中雅爱乐之，并不问其何家，即街头市祝仪①，投晚生刺焉。或见其衣冠朴陋，便问："君系此翁何亲？"答言："无之。"或言："此流寓者侨居于此，不审何官，甚贵倨②也。既非亲属，将何求？"生闻而悔之，而刺已入矣。无何，两少年出逆客，华裳炫目，丰采都雅，揖生入。见一叟南向坐，东西列数筵，客六七人，皆似贵胄③；见生至，尽起为礼，叟亦杖而起。生久立，待与周旋，而叟殊不离席。两少年致词曰："家君衰迈，起拜良艰，予兄弟代谢高贤之见枉也。"生逊谢而罢。遂增一筵于上，与叟接席。未几，女乐作于下。座后设琉璃屏，以幛内眷。鼓吹大作，座客不复可以倾谈。筵将终，两少年起，各以巨杯劝客，杯可容三斗；生有难色，然见客受，亦受。顷刻四顾，主客尽釂，生不得已，亦强尽之。少年复斟；生觉惫甚，起而告退。少年强挽其裾。生大醉逷地④，但觉有人以冷水洒面，恍然若寤。起视，宾客尽散，惟一少年捉臂送之，遂别而归。后再过其门，则已迁去矣。

自郡归，偶适市，一人自肆中出，招之饮。视之不识；姑从之入，则座上先有里人鲍庄在焉。问其人，乃诸姓，市中磨镜者也。问："何相识？"曰："前日上寿者，君识之否？"生言："不识。"诸言："予出入其门最稔。翁，傅姓，不知其何省、何官。先生上寿时，我方在墀下，故识之也。"日暮，饮散。鲍庄夜死于途。鲍父不识诸，执名讼生。检得鲍庄体有重伤，生以谋杀论死，备历械梏；以诸未获，罪无申证，颂系之。年余，直指巡方⑤，廉知其冤，出之。

---

① 市祝仪——买贺礼。

② 贵倨——自贵倨傲。

③ 贵胄——贵族子弟。

④ 逷（dàng）地——跌倒在地。

⑤ 直指巡方——明清时的巡按御史，巡行地方考察。

家中田产荡尽，衣巾革褫①，冀其可以辨复，于是携囊入郡。日将暮，步履颇殆，休于路侧。遥见小车来，二青衣夹随之。既过，忽命停舆。车中不知何言，俄一青衣问生："君非米姓乎？"生惊起诺之。问："何贫窭若此？"生告以故。又问："安之？"又告之。青衣去，向车中语；俄复返，请生至车前。车中以纤手搴帘，微睨之，绝代佳人也。谓生曰："君不幸得无妄之祸，闻之太息。今日学使署中，非白手②可以出入者，途中无可解赠……"乃于髻上摘珠花一朵，授生曰："此物可鬻百金，请缄藏之。"生下拜，欲问官阀，车行甚疾，其去已远，不解何人。执花悬想，上缀明珠，非凡物也。珍藏而行。至郡，投状，上下勒索甚苦；出花展视，不忍置去，遂归。归而无家，依于兄嫂。幸兄贤，为之经纪，贫不废读。

过岁，赴郡应童子试③，误入深山。会清明节，游人甚众。有数女骑来，内一女郎，即曩年车中人也。见生停骖④，问其所往。生具以对。女惊曰："君衣顶⑤尚未复耶？"生惨然于衣下出珠花，曰："不忍弃此，故犹童子⑥也。"女郎晕红上颊，既嘱坐待路隅。款段而去。久之，一婢驰马来，以裹物授生，曰："娘子言：今日学使之门如市；赠白金二百，为进取之资。"生辞曰："娘子惠我多矣！自分掇芹⑦非难，重金所不敢受。但告以姓名，绘一小像，焚香供之，足矣。"婢不顾，委地下而去。生由此用度颇充，然终不屑夤缘⑧，后入邑庠第一。以金授兄；兄善居积，三年旧业尽复。

适闽中巡抚为生祖门人，优恤甚厚，兄弟称巨家矣。然生素清鲠，虽属大僚通家，而未尝有所干谒。一日，有客裘马至门，都无识者。出视，则傅公子也。揖而入，各道间阔。治具相款，客辞以冗，然亦不竟言去。已

① 革褫——革除功名。
② 白手——空手。
③ 童子试——初级考试，获生员资格。
④ 停骖（cān）——停马。
⑤ 衣顶——冠服，代指生员资格。
⑥ 童子——童生，未获任何资格的读书人。
⑦ 掇芹——考取秀才。
⑧ 夤缘——攀附关系。

而肴酒既陈，公子起而请间①；相将入内，拜伏于地。生惊问何事。怆然曰："家君适罹大祸，欲有求于抚台②，非兄不可。"生辞曰："渠虽世谊，而以私干人，生平所不为也。"公子伏地哀泣。生厉色曰："小生与公子，一饮之知交耳，何遂以丧节强人！"公子大惭，起而别去。越日，方独坐，有青衣人入，视之，即山中赠金者。生方惊起，青衣曰："君忘珠花耶？"生曰："唯唯，不敢忘。"曰："昨公子，即娘子胞兄也。"生闻之，窃喜，伪曰："此难相信。若得娘子亲见一言，则油鼎可蹈耳；不然，不敢奉命。"青衣出，驰马而去。更半复返，扣扉入曰："娘子来矣。"言未几，女郎惨然入，向壁而哭，不作一语。生拜曰："小生非卿，无以有今日。但有驱策，敢不惟命！"女曰："受人求者常骄人，求人者常畏人。中夜奔波，生平何解此苦，只以畏人故耳，亦复何言！"生慰之曰："小生所以不遽诺者，恐过此一见为难耳。使卿夙夜蒙露，吾知罪矣！"因挽其袪③，隐抑搔之。女怒曰："子诚敝人④也！不念畴昔之义，而欲乘人之厄。予过矣！予过矣！"忿然而出，登车欲去。生追出谢过，长跪而要遮之。青衣亦为缓颊。女意稍解，就车中谓生曰："实告君：妾非人，乃神女也。家君为南岳都理司⑤，偶失礼于地官⑥，将达帝⑦听；非本地都人官⑧印信，不可解也。君如不忘旧义，以黄纸一幅，为妾求之。"言已，车发遂去。生归，悚惧不已。乃假驱祟，言于巡抚。巡抚谓其事近巫蛊，不许。生以厚金赂其心腹，诺之，而未得其便。既归，青衣候门，生具告之，默然遂去，意似怨其不忠。生追送之曰："归语娘子：如事不谐，我以身命殉之！"既归，终夜辗转，不知计之所出。适院署有宠姬购珠，生乃以珠花献之。姬大悦，窃印为之嵌⑨之。怀归，青衣适至。笑曰："幸不辱命。但数年来贫贱乞食所不忍鬻者，今还

---

① 请间——请单独谈话。

② 抚台——巡抚的敬称。

③ 袪（qū）——衣袖。

④ 敝人——心术不正之人。

⑤ 南岳都理司——道教所尊奉的南岳衡山之神。

⑥ 地官——道教所尊奉的三官之一。

⑦ 帝——天帝。

⑧ 本地都人官——指当地巡抚。

⑨ 嵌——盖印。

为主人弃之矣!"因告以情。且曰:"黄金抛置,我都不惜。寄语娘子:珠花须要偿也。"

逾数日,傅公子登堂申谢,纳黄金百两。生作色曰:"所以然者,为令妹之惠我无私耳;不然,即万金岂足以易名节哉!"再强之,声色益厉。公子惭而去,曰:"此事殊未了!"翼日,青衣奉女郎命,进明珠百颗,曰:"此足以偿珠花否耶?"生曰:"重花者,非贵珠也。设当日赠我万镒①之宝,直须卖作富家翁耳;什袭而甘贫贱②,何为乎?娘子神人,小生何敢他望,幸得报洪恩于万一,死无憾矣!"青衣置珠案间,生朝拜而后却之。越数日,公子又至。生命治肴酒。公子使从人入厨下,自行烹调,相对纵饮,欢若一家。有客馈苦糯③,公子饮而美之,引尽百盏,面颊微赪④,乃谓生曰:"君贞介士,愚兄弟不能早知君,有愧裙钗⑤多矣。家君感大德,无以相报,欲以妹子附为婚姻,恐以幽明⑥见嫌也。"生喜惧非常,不知所对。公子辞而出,曰:"明夜七月初九,新月钩辰⑦,天孙⑧有少女下嫁,吉期也,可备青庐⑨。"次夕,果送女郎至,一切无异常人。三日后,女自兄嫂以及婢仆大小,皆有馈赏。又最贤,事嫂如姑。

数年不育,劝纳副室,生不肯。适兄贾于江淮,为买少姬而归。姬,顾姓,小字博士,貌亦清婉,夫妇皆喜。见髻上插珠花,甚似当年故物;摘视,果然。异而诘之,答云:"昔有巡抚爱妾死,其婢盗出鬻于市,先人廉其值,买而归。妾爱之,先父无子,生妾一人,故所求无不得。后父死家落,妾寄养于顾媪之家。顾,妾姨行,见珠,屡欲售去,妾投井觅死,故至今犹存也。"夫妇叹曰:"十年之物,复归故主,岂非数哉。"女另出珠花一朵,曰:"此物久无偶矣!"因并赐之,亲为簪于髻上。姬退,问女郎家世甚悉,

① 万镒(yì)——喻数不胜数的无价物。

② 什袭而甘贫贱——精心珍藏,甘愿贫贱,不忍变卖。

③ 苦糯——米酒之一。

④ 赪(chēng)——赤色。

⑤ 裙钗——代指神女。

⑥ 幽明——阴阳两世相隔。

⑦ 新月钩辰——佳兆。

⑧ 天孙——星名,织女星。

⑨ 青庐——新婚用房。

家人皆讳言之。阴语生曰："妾视娘子，非人间人也；其眉目间有神气。昨簪花时得近视，其美丽出于肌里，非若凡人以黑白位置中见长耳。"生笑之。姬曰："君勿言，妾将试之。如其神，但有所须，无人处焚香以求，彼当自知。"女郎绣袜精工，博士爱之，而未敢言，乃即闺中焚香祝之。女早起，忽检箧中，出袜，遣婢赠博士。生见而笑。女问故，以实告。女曰："黠哉婢乎！"因其慧，益怜爱之；然博士益恭，昧爽时，必薰沐以朝。后博士一举两男，两人分字①之。生年八十，女貌犹如处子。生抱病，女鸠②匠为材，令宽大倍于寻常。既死，女不哭；男女他适，女已入材中死矣。因并葬之。至今传为"大材冢"云。

异史氏曰："女则神矣，博士而能知之，是遵何术欤？乃知人之慧，固有灵于神者矣！"

湘　裙

晏仲，陕西延安③人。与兄伯同居，友爱敦笃。伯三十而卒，无嗣；妻亦继亡。仲痛悼之，每思生二子，则以一子为兄后。甫举一男，而仲妻又死。仲恐继室不恤其子，将购一妾。邻村有货婢者，仲往相之，略不称意，情绪无聊，被友人留酌醺醉而归。途中遇故窗友梁生，握手殷殷，邀过其家。醉中忘其已死，从之而去。入其门，并非旧第，疑而问之。答云："新移此耳。"入而谋酒，则家酿已竭，嘱仲坐待，挈瓶往沽。仲出立门外以俟之。见一妇人控驴而过，有童子随之，年可八九岁，面目神色，绝类其兄。心恻然动，急委缀之，便问："童子何姓？"答言："姓晏。"仲益惊，又问："汝父何名？"答言："不知。"言次，已至其门，妇人下驴入。仲执童子曰："汝父在家否？"童诺而入。顷之，一媪出窥，真其嫂也。讶叔何来④。仲大

① 字——哺育。

② 鸠——召集。

③ 延安——府名，今陕西延安市。

④ 讶叔何来——惊讶小叔子何以至此。

悲,随之而入。见庐落亦复整顿,因问:“兄何在?”曰:“责负①未归。”问:“跨驴何人?”曰:“此汝兄妾甘氏,生两男矣。长阿大,赴市未返;汝所见者阿小。”坐久,酒渐解,始悟所见皆鬼。以兄弟情切,即亦不惧。嫂温酒治具。仲急欲见兄,促阿小觅之。良久,哭而归曰:“李家负欠不还,反与父闹。”仲闻之,与阿小奔而去,见有两人方捽兄地上。仲怒,奋拳直入,当者尽踣。急救兄起,敌已俱奔。追捉一人,捶楚无算,始起。执兄手,顿足哀泣;兄亦泣。既归,举家慰问,乃具酒食,兄弟相庆。居无何,一少年入,年约十六七。伯呼阿大,令拜叔。仲挽之,哭向兄曰:“大哥地下有两男子,而坟墓不扫;弟又子少而鳏,奈何?”伯亦凄恻。嫂谓伯曰:“遣阿小从叔去,亦得。”阿小闻之,依叔肘下,眷恋不去。仲抚之,倍益酸辛。问:“汝乐从否?”答云:“乐从。”仲念鬼虽非人,慰情亦胜无也,因为解颜。伯曰:“从去,但勿娇惯,宜啖以血肉,驱向日中曝之,午过乃已。六七岁儿,历春及夏,骨肉更生,可以娶妻育子;但恐不寿耳。”言间,门外有少女窥听,意致温婉。仲疑为兄女,便以问兄。兄曰:“此名湘裙,吾妾妹也。孤而无归,寄养十年矣。”问:“已字否?”伯云:“尚未。近有媒议东村田家。”女在窗外小语曰:“我不嫁田家牧牛子。”仲颇有动于中,而未便明言。既而伯起,设榻于斋,止弟宿。

仲雅不欲留,而意恋湘裙,将设法以窥兄意,遂别兄就榻。时方初春,气候犹寒,斋中夙无烟火,森然起栗。对烛冷坐,思得小饮,俄而阿小推扉入,以杯羹斗酒置案上。仲喜极,问:“谁之为?”答云:“湘姨。”酒将尽,又以灰覆盆火,掷床下。仲问:“爷娘寝乎?”曰:“睡已久矣。”“汝寝何所?”曰:“与湘姨共榻耳。”阿小俟叔眠,乃掩门去。仲念湘裙惠而解意,益爱慕之;又以其能抚阿小,欲得之心益坚,辗转床头,终夜不寝。早起,告兄曰:“弟孑然无偶,烦大哥留意也。”伯曰:“吾家非一瓢一担者②,物色当自有人。地下即有佳丽,恐于弟无所利益。”仲曰:“古人亦有鬼妻,何害?”伯似会意,便言:“湘裙亦佳。但以巨针刺人迎③,血出不止者,便可为生人妻,何得草草。”仲曰:“得湘裙抚阿小,亦得。”伯但摇首。仲求之

---

① 责负——讨债。

② 一瓢一担——贫寒之家。

③ 人迎——穴位,在左手寸部。

不已，嫂曰："试捉湘裙强刺验之，不可乃已。"遂握针出门外，遇湘裙，急捉其腕，则血痕犹湿。盖闻伯言时，早自试之矣。嫂释手而笑，反告伯曰："渠作有意乔才①久矣，尚为之代虑耶？"妾闻之怒，趋近湘裙，以指刺匡②而骂曰："淫婢不羞！欲从阿叔奔去耶？我定不如其愿！"湘裙愧愤，哭欲觅死，举家腾沸。仲乃大惭，别兄嫂，率阿小而出。兄曰："弟姑去；阿小勿使复来，恐损其生气也。"仲诺之。

既归，伪增其年，托言兄卖婢之遗腹子。众以其貌酷类，亦信为伯遗体。仲教之读，辄遣抱一卷就日中诵之。初以为苦，久而渐安。六月中，几案灼人，而儿戏且读，殊无少怨。儿甚惠，日尽半卷，夜与叔抵足，恒背诵之。叔甚慰。又以不忘湘裙，故不复作"燕楼"③想矣。

一日，双媒来为阿小议姻，中馈无人④，心甚燥急。忽甘嫂自外入曰："阿叔勿怪，吾送湘裙至矣。缘婢子不识羞，我故挫辱之。叔如此表表，而不相从；更欲从何人者？"见湘裙立其后，心甚欢悦。肃嫂坐；具述有客在堂，乃趋出。少间复入，则甘氏已去。湘裙卸妆入厨下，刀砧盈耳矣。俄而肴胾罗列，烹饪得宜。客去，仲入，见湘裙凝妆坐室中，遂与交拜成礼。至晚，女仍欲与阿小共宿。仲曰："我欲以阳气温之，不可离也。"因置女别室，惟晚间杯酒一往欢会而已。湘裙抚前子如己出，仲益贤之。

一夕，夫妻款洽，仲戏问："阴世有佳人否？"女思良久，答言："未见。惟邻女葳灵仙，群以为美；顾貌亦犹人，要⑤善修饰耳。与妾往还最久，心中窃鄙其荡也。如欲见之，顷刻可致。但此等人，未可招惹。"仲急欲一见。女把笔似欲作书，既而掷管曰："不可，不可！"强之再四，乃曰："勿为所惑。"仲诺之。遂裂纸作数画若符，于门外焚之。少时，帘动钩鸣，吃吃作笑声。女起曳入，高髻云翘，殆类画图。扶坐床头，酌酒相叙间阔。初见仲，犹以红袖掩口，不甚纵谈；数盏后，嬉狎无忌，渐伸一足压仲衣。仲

---

① 乔才——坏坯子。
② 匡——眼眶。
③ 燕楼——燕子楼，位于今江苏徐州市，为唐人张建封为家妓关盼盼所建，此指蓄妓娶妾。
④ 无人——没有妻子。
⑤ 要——主要。

心迷乱，不知魂之所舍。目前唯碍湘裙；湘裙又故防之，顷刻不离于侧。葳灵仙忽起，搴帘而出；湘裙从之，仲亦从之。葳灵仙握仲，趋入他室。湘裙甚恨，而无可如何，愤然归室，听其所为而已。既而仲入，湘裙责之曰："不听我言，后恐却之不得耳。"仲疑其妒，不乐而散。次夕，葳灵仙不召自来。湘裙甚厌见之，傲不为礼；仙竟与仲相将而去。如此数夕。女望其来，则诟辱之，而亦不能却也。月余，仲病不起，始大悔，唤湘裙与共寝处，冀可避之；昼夜防稍懈，则人鬼已在阳台①。湘裙操杖逐之，鬼忿与争，湘裙荏弱，手足皆为所伤。仲寖以沉困。湘裙泣曰："吾何以见吾姊矣！"又数日，仲冥然遂死。

初见二隶执牒入，不觉从去。至途患无资斧，邀隶便道过兄所。兄见之，惊骇失色，问："弟近何作？"仲曰："无他，但有鬼病耳。"实告之。兄曰："是矣。"乃出白金一裹，谓隶曰："姑笑纳之。吾弟罪不应死，请释归，我使豚儿②从去，或无不谐。"便唤阿大陪隶饮。反身入家，遍告以故。乃令甘氏隔壁唤葳灵仙。俄至，见仲欲遁。伯揪返骂曰："淫婢！生为荡妇，死为贱鬼，不齿群众久矣；又祟吾弟耶！"立批之，云鬓蓬飞，妖容顿减。久之，一妪来，伏地哀恳。伯又责妪纵女宣淫，呵詈移时，始令与女俱去。伯乃送仲出，飘忽间已抵家门，直抵卧室，豁然若寤，始知适间之已死也。伯责湘裙曰："我与若姊，谓汝贤能，故使从吾弟；反欲促吾弟死耶！设非名分之嫌③，便当挞楚！"湘裙惭惧啜泣，望伯伏谢。伯顾阿小喜曰："儿居然生人矣！"湘裙欲出作黍，伯辞曰："弟事未办，我不遑暇。"阿小年十三，渐知恋父；见父出，零涕从之。父曰："从叔最乐，我行复来耳。"转身遂逝，自此不复通闻问矣。后阿小娶妇，生一子，亦年三十而卒。仲抚其孤，如侄生时。仲年八十，其子二十余矣，乃析之。湘裙无所出。一日，谓仲曰："我先驱狐狸于地下可乎④？"盛妆上床而殁。仲亦不哀，半年亦殁。

---

① 阳台——男女合欢之处。

② 豚儿——谦称自己的儿子。

③ 名分之嫌——大伯子过问弟媳事，有逾礼份。

④ 我先驱狐狸于地下可乎——我先为狐狸驱清圹墓，埋在地下可以吗？死的婉称。

异史氏曰："天下之友爱如仲，几人哉！宜其不死而益之以年也。阳绝阴嗣，此皆不忍死兄之诚心所格①；在人无此理，在天宁有此数乎？地下生子，愿承前业者，想亦不少；恐承绝产之贤兄贤弟，不肯收恤耳！"

三 生

湖南某，能记前生三世。一世为令尹，闱场入帘。有名士兴于唐被黜落，愤懑而卒，至阴司执卷讼之。此状一投，其同病死者以千万计，推兴为首，聚散成群。某被摄去，相与对质。阎王便问："某既衡文，何得黜佳士而进凡庸？"某辨言："上有总裁②，某不过奉行之耳。"阎罗即发一签，往拘主司。久之，勾至。阎罗即述某言。主司曰："某不过总其大成；虽有佳章，而房官不荐③，吾何由而见之也？"阎罗曰："此不得相诿④，其失职均也，例合笞。"方将施刑，兴不满志，戛然大号；两墀诸鬼，万声鸣和。阎罗问故，兴抗言曰："笞罪太轻，是必掘其双睛，以为不识文之报。"阎罗不肯，众呼益厉。阎罗曰："彼非不欲得佳文，特其所见鄙耳。"众又请剖其心。阎罗不得已，使人褫去袍服，以白刃劙⑤胸，两人沥血鸣嘶。众始大快，皆曰："吾辈抑郁泉下，未有能一伸此气者；今得兴先生，怨气都消矣。"哄然遂散。

某受剖已，押投陕西为庶人子。年二十余，值土寇大作，陷入贼中。有兵巡道往平贼，俘掳甚众，某亦在中。心犹自揣非贼，冀可辨释。及见堂上官，亦年二十余，细视，乃兴生也。惊曰："吾合尽矣！"既而俘者尽释，惟某后至，不容置辨，竟斩之。某至阴司投状讼兴。阎罗不即拘，待其禄⑥尽。迟之三十年，兴始至，面质之。兴以草菅人命，罚作畜。稽某所

---

① 格——致。

② 总裁——会试主考官。

③ 房官不荐——乡会试的同考官不向上推荐。

④ 相诿——相互推诿。

⑤ 劙（lí）——浅割，划破。

⑥ 禄——禄命。

为，曾挞其父母，其罪维均。某恐来生再报，请为大畜。阎罗判为大犬，兴为小犬。

某生于北顺天府市肆中。一日，卧街头，有客自南中①来，携金毛犬，大如狸。某视之，兴也。心易其小，龁之。小犬咬其喉下，系缀如铃；大犬摆扑嗥窜。市人解之不得，俄顷俱毙。并至冥司，互有争论。阎罗曰："冤冤相报，何时可已？今为若解之。"乃判兴来世为某婿。某生庆云②，二十八举于乡。生一女，娴静娟好，世族争委禽焉。某皆弗许。偶过临③郡，值学使发落诸生，其第一卷李姓——实兴也。遂挽至旅舍，优厚之。问其家，适无偶，遂订姻好。人皆谓某怜才，而不知有夙因也。既而娶女去，相得甚欢。然婿恃才辄侮翁，恒隔岁不一至其门。翁亦耐之。后婿中岁淹蹇，苦不得售④，翁为百计营谋，始得志于名场。由此和好如父子焉。

异史氏曰："一被黜而三世不解，怨毒之甚至此哉！阎罗之调停固善；然墀下千万众，如此纷纷，勿亦天下之爱婿，皆冥中之悲鸣号动者耶？"

长亭

石太璞，泰山人，好厌禳之术。有道士遇之，赏其慧，纳为弟子。启牙签⑤，出二卷——上卷驱狐，下卷驱鬼。乃以下卷授之，曰："虔奉此书，衣食佳丽皆有之。"问其姓名，曰："吾汴城⑥北村元帝⑦观王赤城也。"留数日，尽传其诀。石由此精于符箓，委贽者踵接于门。

一日，有叟来，自称翁姓，炫陈币帛，谓其女鬼病已殆，必求亲诣。石闻病危，辞不受贽，姑与俱往。十余里，入山村，至其家，廊舍华好。入室，

---

① 南中——泛指南方。
② 庆云——县名，今属山东省。
③ 临——通"邻"。
④ 不得售——没考中。
⑤ 启牙签——打开书函套上的牙签。
⑥ 汴城——今河南开封市。
⑦ 元帝——即玄帝，道教所尊奉的神祇。

见少女卧縠幛中，婢以钩挂幛。望之，年十四五许，支缀于床，形容已槁。近临之，忽开目云："良医至矣。"举家皆喜，谓其不语已数日矣。石乃出，因诘病状。叟曰："白昼见少年来，与共寝处，捉之已杳；少间复至，意其为鬼。"石曰："其鬼也，驱之匪难；恐其是狐，则非余所敢知矣。"叟云："必非必非。"石授以符，是夕宿于其家。夜分，有少年入，衣冠整肃。石疑是主人眷属，起而问之。曰："我鬼也。翁家尽狐。偶悦其女红亭，姑止焉。鬼为狐祟，阴骘①无伤，君何必离人之缘而护之也？女之姊长亭，光艳尤绝。敬留全璧②，以待高贤。彼如许字③，方可为之施治；尔时我当自去。"石诺之。是夜，少年不复至，女顿醒。天明，叟喜，以告石，请石入视。石焚旧符，乃坐诊之。见绣幕有女郎，丽若天人，心知其长亭也。诊已，索水洒幛。女郎急以碗水付之，蹀躞④之间，意动神流。石生此际，心殊不在鬼矣。出辞叟，托制药去，数日不返。鬼益肆，除长亭外，子妇婢女，俱被淫惑。又以仆马招石，石托疾不赴。明日，叟自至。石故作病股状，扶杖而出。叟拜已，问故，曰："此鳏之难也！曩夜婢子登榻，倾跌，堕汤夫人⑤泡两足耳。"叟问："何久不续？"石曰："恨不得清门如翁者。"叟默而出。石走送曰："病瘥当自至，无烦玉趾也。"又数日，叟复来，石跛而见之。叟慰问三数语，便曰："顷与荆人⑥言，君如驱鬼去，使举家安枕，小女长亭，年十七矣，愿遣奉事君子。"石喜，顿首于地。乃谓叟："雅意若此，病躯何敢复爱。"立刻出门，并骑而去。入视祟者既毕，石恐背约，请与媪盟。媪遽出曰："先生何见疑也？"即以长亭所插金簪，授石为信。石朝拜之，乃遍集家人，悉为祓除⑦。惟长亭深匿无迹；遂写一佩符，使人持赠之。是夜寂然，鬼影尽灭，惟红亭呻吟未已，投以法水，所患若失。石欲辞去，叟挽止殷恳。至晚，肴核罗列，劝酬殊切。漏二下，主人乃辞客去。石方就枕，闻叩扉甚急；起视，则长亭掩入，辞气仓皇，言："吾家欲以白刃

① 阴骘(zhì)——阴德。

② 全璧——完璧，喻保其贞节。

③ 许字——许嫁。

④ 蹀躞——踱来踱去。

⑤ 汤夫人——汤婆子，南方冬季放在被中暖脚用。

⑥ 荆人——谦称己妻。

⑦ 祓除——以祭祀驱邪的一种仪礼。

相仇,可急遁!”言已,径返身去。石战惧无色,越垣急窜。遥见火光,疾奔而往,则里人夜猎者也。喜。待猎毕,乃与俱归。心怀怨愤,无之可伸,思欲之[1]汴寻赤城。而家有老父,病废已久,日夜筹思,莫决进止。

忽一日,双舆至门,则翁媪送长亭至,谓石曰:“曩夜之归,胡再不谋?”石见长亭,怨恨都消,故亦隐而不发。媪促两人庭拜讫。石将设筵,辞曰:“我非闲人,不能坐享甘旨。我家老子昏髦[2],倘有不悉,郎肯为长亭一念老身,为幸多矣。”登车遂去。盖杀婿之谋,媪不之闻;及追之不得而返,媪始知之,颇不能平,与叟日相诟谇[3]。长亭亦饮泣不食。媪强送女来,非翁意也。长亭入门,诘之,始知其故。

过两三月,翁家取女归宁。石料其不返,禁止之。女自此时一涕零。年余,生一子,名慧儿,买乳媪哺之。然儿善啼,夜必归母。一日,翁家又以舆来,言媪思女甚。长亭益悲,石不忍复留之。欲抱子去,石不可,长亭乃自归。别时,以一月为期,既而半载无耗。遣人往探之,则向所僦宅久空。又二年余,望想都绝;而儿啼终夜,寸心如割。既而石父病卒,倍益哀伤;因而病惫,苫次[4]弥留,不能受宾朋之吊。方昏愦间,忽闻妇人哭入。视之,则缞绖者长亭也。石大悲,一恸遂绝。婢惊呼,女始辍泣,抚之良久,始渐苏。自疑已死,谓相聚于冥中。女曰:“非也。妾不孝,不能得严父心,尼归三载[5],诚所负心。适家人由海东经此,得翁凶问[6]。妾遵严命[7]而绝儿女之情,不敢循乱命[8]而失翁媳之礼。妾来时,母知而父不知也。”言间,儿投怀中。言已,始抚之,泣曰:“我有父,儿无母矣!”儿亦噭啕[9],一室掩泣。女起,经理家政,柩前牲盛洁备,石乃大慰。而病久,急

---

① 之——到,往。
② 昏髦——年老糊涂。
③ 诟谇——埋怨。
④ 苫次——居丧期间。
⑤ 三载——三年。
⑥ 凶问——凶信。
⑦ 严命——父命。
⑧ 乱命——指父将死之际胡乱说的话。
⑨ 噭啕(jiào táo)——啼哭不止。

切不能起。女乃请石外兄款洽吊客。丧既闭，石始杖而能起，相与营谋斋葬①。葬已，女欲辞归，以受背父之谴。夫挽儿号，隐忍而止。未几，有人来告母病，乃谓石曰："妾为君父来，君不为妾母放令去耶？"石许之。女使乳媪抱儿他适，涕洟出门而去。去后，数年不返。石父子渐亦忘之。

一日，昧爽启扉，则长亭飘入。石方骇问，女戚然坐榻上，叹曰："生长闺阁，视一里为遥；今一日夜而奔千里，殆矣！"细诘之，女欲言复止。请之不已，哭曰："今为君言，恐妾之所悲，而君之所快也。迩年徙居晋界，僦居赵缙绅之第。主客交最善，以红亭妻其公子。公子数逋荡②，家庭颇不相安。妹归告父；父留之，半年不令还。公子忿恨，不知何处聘一恶人来，遣神绾锁，缚老父去。一门大骇，顷刻四散矣。"石闻之，笑不自禁。女怒曰："彼虽不仁，妾之父也。妾与君琴瑟数年，止有相好而无相尤。今日人亡家败，百口流离，即不为父伤，宁不为妾吊乎！闻之忭舞③，更无片语相慰藉，何不义也！"拂袖而出。石追谢之，亦已渺矣。怅然自悔，拚④已决绝。过二三日，媪与女俱来，石喜慰问。母子俱伏。惊而询之，母子俱哭。女曰："妾负气而去，今不能自坚，又欲求人，复何颜矣！"石曰："岳固非人；母之惠，卿之情，所不忘也。然闻祸而乐，亦犹人情，卿何不能暂忍？"女曰："顷于途中遇母，始知絷吾父者，盖君师也。"石曰："果尔，亦大易。然翁不归，则卿之父子离散；恐翁归，则卿之夫泣儿悲也。"媪矢以自明，女亦誓以相报。石乃即刻治任如汴，询至元帝观，则赤城归未久。入而参之，便问："何来？"石视厨下一老狐，孔前股而系之，笑曰："弟子之来，为此老魅。"赤诚诘之，曰："是吾岳也。"因以实告。道士谓其狡诈，不肯轻释。固请，乃许之。石因备述其诈，狐闻之，塞身入灶，似有惭状。道士笑曰："彼羞恶之心，未尽亡也。"石起，牵之而出，以刀断索抽之。狐痛极，齿龈龈然⑤。石不遽抽，而顿挫之，笑问曰："翁痛之，勿抽可耶？"狐睛睒闪，似有愠色。既释，摇尾出观而去。

---

① 斋葬——祭祀下葬。

② 逋荡——在外吃喝嫖赌，放荡之极。

③ 忭(biàn)舞——欢欣鼓舞。

④ 拚(pàn)——舍弃。

⑤ 龈龈然——咬牙切齿声。

石辞归。三日前，已有人报叟信，媪先去，留女待石。石至，女逆而伏。石挽之曰："卿如不忘琴瑟之情，不在感激也。"女曰："今复迁还故居矣，村舍邻迩，音问可以不梗。妾欲归省，三日可旋。君信之否?"曰："儿生而无母，未便殇折。我日日鳏居，习已成惯。今不似赵公子，而反德报之，所以为卿者尽矣。如其不还，在卿为负义，道里虽近，当亦不复过问，何不信之与有?"女次日去，二日即返。问："何速?"曰："父以君在汴曾相戏弄，未能忘怀，言之絮絮；妾不欲复闻，故早来也。"自此闺中之往来无间，而翁婿间尚不通吊庆云。

异史氏曰："狐情反复，谲诈已甚。悔婚之事，两女而一辙，诡可知矣。然要而婚之，是启其悔者已在初也。且婿既爱女而救其父，止宜置昔怨而仁化之；乃复狎弄于危急之中，何怪其没齿不忘也！天下有冰玉①之不相能者，类如此。"

席方平

席方平，东安②人。其父名廉，性戆拙。因与里中富室羊姓有郤，羊先死；数年，廉病垂危，谓人曰："羊某今贿嘱冥使搒我矣。"俄而身赤肿，号呼遂死。席惨怛不食，曰："我父朴讷，今见陵于强鬼，我将赴地下，代伸冤气耳。"自此不复言，时坐时立，状类痴，盖魂已离舍矣。

席觉初出门，莫知所往，但见路有行人，便问城邑。少选③，入城。其父已收狱中。至狱门，遥见父卧檐下，似甚狼狈。举目见子，潸然流涕，便谓："狱吏悉受赇嘱，日夜搒掠，胫股摧残甚矣！"席怒，大骂狱吏："父如有罪，自有王章，岂汝等死魅所能操耶!"遂出，抽笔为词。值城隍早衙，喊冤以投。羊惧，内外贿通，始出质理。城隍以所告无据，颇不直席。席忿气无所复伸，冥行百余里，至郡，以官役私状，告之郡司。迟之半月，始得

① 冰玉——冰，冰清，代指岳父；玉，玉润，代指女婿。
② 东安——县名，此指山东沂水县。
③ 少选——一会儿。

质理。郡司扑席，仍批城隍复案①。席至邑，备受械梏，惨冤不能自舒。城隍恐其再讼，遣役押送归家。役至门辞去。席不肯入，遁赴冥府，诉郡邑之酷贪。冥王立拘质对。二官密遣腹心与席关说，许以千金。席不听。过数日，逆旅主人告曰："君负气已甚，官府求和而执不从，今闻于王前各有函进，恐事殆矣。"席以道路之口②，犹未深信。俄有皂衣人唤入。升堂，见冥王有怒色，不容置词，命笞二十。席厉声问："小人何罪？"冥王漠若不闻。席受笞，喊曰："受笞允当，谁教我无钱也！"冥王益怒，命置火床。两鬼捽席下，见东墀有铁床，炽火其下，床面通赤。鬼脱席衣，掬置其上，反复揉捺之。痛极，骨肉焦黑，苦不得死。约一时许，鬼曰："可矣。"遂扶起，促使下床着衣，犹幸跛而能行。复至堂上，冥王问："敢再讼乎？"席曰："大怨未伸，寸心不死，若言不讼，是欺王也。必讼！"王曰："讼何词？"席曰："身所受者，皆言之耳。"冥王又怒，命以锯解其体。二鬼拉去，见立木高八九尺许，有木板二，仰置其下，上下凝血模糊。方将就缚，忽堂上大呼"席某"，二鬼即复押回。冥王又问："尚敢讼否？"答曰："必讼！"冥王命捉去速解。既下，鬼乃以二板夹席，缚木上。锯方下，觉顶脑渐阙，痛不可禁，顾亦忍而不号。闻鬼曰："壮哉此汉！"锯隆隆然寻至胸下。又闻一鬼云："此人大孝无辜，锯令稍偏，勿损其心。"遂觉锯锋曲折而下，其痛倍苦。俄顷，半身阙矣。板解，两身俱仆。鬼上堂大声以报。堂上传呼，令合身来见。二鬼即推令复合，曳使行。席觉锯缝一道，痛欲复裂，半步而踣。一鬼于腰间出丝带一条授之，曰："赠此以报汝孝。"受而束之，一身顿健，殊无少苦。遂升堂而伏。冥王复问如前；席恐再罹酷毒，便答："不讼矣。"冥王立命送还阳界。

隶率出北门，指示归途，反身遂去。席念阴曹之暗昧尤甚于阳间，奈无路可达帝听。世传灌口二郎③为帝勋戚，其神聪明正直，诉之当有灵异。窃喜两隶已去，遂转身南向。奔驰间，有二人追至，曰："王疑汝不归，今果然矣。"捽回复见冥王。窃意冥王益怒，祸必更惨；而王殊无厉容，谓席曰："汝志诚孝。但汝父冤，我已为若雪之矣。今已往生富贵家，

---

① 复案——复审此案。

② 道路之口——道听途说之言。

③ 灌口二郎——疑秦蜀郡太守李冰之次子，后世误传为杨戬（玉帝之外甥）。

何用汝鸣呼为。今送汝归,予以千金之产、期颐之寿,于愿足乎?”乃注籍中,嵌以巨印,使亲视之。席谢而下。鬼与俱出,至途,驱而骂曰:“奸猾贼!频频翻复,使人奔波欲死!再犯,当捉入大磨中,细细研之!”席张目叱曰:“鬼子胡为者!我性耐刀锯,不耐挞楚。请反见王,王如令我自归,亦复何劳相送。”乃返奔。二鬼惧,温语劝回。席故蹇缓,行数步,辄憩路侧。鬼含怒不敢复言。约半日,至一村,一门半辟,鬼引与共坐;席便据门阈①。二鬼乘其不备,推入门中。惊定自视,身已生为婴儿。愤啼不乳,三日遂殇。魂摇摇不忘灌口,约奔数十里,忽见羽葆②来,旛戟横路。越道避之,因犯卤簿③,为前马所执,絷送车前。仰见车中一少年,丰仪瑰玮。问席:“何人?”席冤愤正无所出,且意是必巨官,或当能作威福,因缅诉毒痛。车中人命释其缚,使随车行。俄至一处,官府十余员,迎谒道左,车中人各有问讯。已而指席谓一官曰:“此下方人,正欲往愬,宜即为之剖决。”席询之从者,始知车中即上帝殿下九王,所嘱即二郎也。席视二郎,修躯多髯,不类世间所传。

九王既去,席从二郎至一官廨,则其父与羊姓并衙隶俱在。少顷,槛车中有囚人出,则冥王及郡司、城隍也。当堂对勘,席所言皆不妄。三官战栗,状若伏鼠。二郎援笔立判;顷之,传下判语,令案中人共视之。判云:“勘得冥王者:职膺王爵,身受帝恩。自应贞洁以率巨僚,不当贪墨以速官谤。而乃繁缨棨戟④,徒夸品秩之尊;羊狠狼贪,竟玷人臣之节。斧敲斫,斫入木,妇子之皮骨皆空;鲸吞鱼,鱼食虾,蝼蚁之微生可悯。当掬西江之水,为尔湔肠⑤;即烧东壁之床,请君入瓮。城隍、郡司,为小民父母之官,司上帝牛羊之牧。虽则职居下列,而尽瘁者不辞折腰;即或势逼大僚,而有志者亦应强项⑥。乃上下其鹰鸷之手,既罔念夫民贫;且飞扬其狙狯之奸⑦,更不嫌乎鬼瘦。惟受赃而枉法,真人面而兽心!是宜剔髓

① 门阈(yù)——门槛。
② 羽葆——以鸟羽制成的仪仗。
③ 卤簿——贵官出行时的护卫仪仗队。
④ 棨(qǐ)戟——附有套衣的木戟。
⑤ 湔(jiān)肠——洗肠,喻洗刷其罪。
⑥ 强项——不低头,刚直不阿。
⑦ 狙狯(jú kuài)之奸——狡诈的计谋。

伐毛[1]，暂罚冥死；所当脱皮换革，仍令胎生。隶役者：既在鬼曹，便非人类。只宜公门修行，庶还落蓐之身；何得苦海生波，益造弥天之孽？飞扬跋扈，狗脸生六月之霜；隳突叫号，虎威断九衢之路。肆淫威于冥界，咸知狱吏为尊；助酷虐于昏官，共以屠伯是惧。当以法场之内，剁其四肢；更向汤镬之中，捞其筋骨。羊某：富而不仁，狡而多诈。金光盖地，因使阎摩殿上尽是阴霾；铜臭熏天，遂教枉死城中全无日月。余腥犹能役鬼，大力直可通神。宜籍羊氏之家，以偿席生之孝。即押赴东岳施行。"又谓席廉："念汝子孝义，汝性良懦，可再赐阳寿三纪[2]。"因使两人送之归里。

席乃抄其判词，途中父子共读之。既至家，席先苏；令家人启棺视父，僵尸犹冰，俟之终日，渐温而活。及索抄词，则已无矣。自此，家道日丰，三年间良沃遍野；而羊氏子孙微矣，楼阁田产，尽为席有。里人或有买其田者，夜梦神人叱之曰："此席家物，汝乌得有之！"初未深信；既而种作，则终年升斗无所获，于是复鬻于席。席父九十余岁而卒。

异史氏曰："人人言净土[3]，而不知生死隔世，意念都迷，且不知其所以来，又乌知其所以去；而况死而又死，生而复生者乎？忠孝志定，万劫不移，异哉席生，何其伟也！"

素　　秋

俞慎，字谨庵，顺天旧家子。赴试入都，舍于郊郭。时见对户一少年，美如冠玉。心好之，渐近与语，风雅尤绝。大悦，捉臂邀至寓所，相与款宴。问其姓氏，自言金陵人，姓俞名士忱，字恂九。公子闻与同姓，又益亲洽，因订为昆仲[4]；少年遂以名减字为忱[5]。明日，过其家，书舍光洁；然

---

① 剔髓伐毛——脱胎换骨，改恶从善。
② 三纪——三十六年。
③ 净土——佛教尊奉的西天极乐世界。
④ 昆仲——兄弟。
⑤ 忱——减去原名中"士"字。

门庭踧落①,更无厮仆。引公子入内,呼妹出拜,年约十三四,肌肤莹澈,粉玉无其白也。少顷,托茗献客,家中亦无婢媪。公子异之,数语遂出。由是友爱如胞。恂九无日不来寓所,或留共宿,则以弱妹无伴为辞。公子曰:"吾弟留寓千里,曾无应门之僮,兄妹纤弱,何以为生矣?计不如从我去,有斗舍可共栖止,如何?"恂九喜,约以闱后。试毕,恂九邀公子去,曰:"中秋月明如昼,妹子素秋,具有蔬酒,勿违其意。"竟挽入内。素秋出,略道温凉,便入复室,下帘治具。少间,自出行炙。公子起曰:"妹子奔波,情何以忍!"素秋笑入。顷之,搴帘出,则一青衣婢捧壶;又一媪托柈进烹鱼。公子讶曰:"此辈何来?不早从事,而烦妹子?"恂九微哂曰:"素秋又弄怪矣。"但闻帘内吃吃作笑声,公子不解其故。既而筵终,婢媪撤器,公子适嗽,误堕婢衣;婢堕唾而倒,碎碗流炙。视婢,则帛剪小人,仅四寸许。恂九大笑。素秋笑出,拾之而去。俄而婢复出,奔走如故。公子大异之。恂九曰:"此不过妹子幼时,卜紫姑之小技②耳。"公子因问:"弟妹都已长成,何未婚姻?"答云:"先人即世,去留尚无定所,故此迟迟。"遂与商定行期,鬻宅,携妹与公子俱西。

既归,除舍舍之;又遣一婢为之服役。公子妻,韩侍郎之犹女③也,尤怜爱素秋,饮食共之。公子与恂九亦然。而恂九又最慧,目下十行,试作一艺,老宿不能及之。公子劝赴童试。恂九曰:"姑为此业者,聊与君分苦耳。自审福薄,不堪仕进;且一入此途,遂不能不戚戚于得失,故不为也。"居三年,公子又下第。恂九大为扼腕,奋然曰:"榜上一名,何遂艰难若此!我初不欲为成败所惑,故宁寂寂耳。今见大哥不能发舒,不觉中热,十九岁老童,当效驹驰也。"公子喜,试期送入场,邑、郡、道皆第一。益与公子下帷攻苦。逾年科试,并为郡、邑冠军。恂九名大噪,远近争婚之,恂九悉却去。公子力劝之,乃以场后为解。无何,试毕,倾慕者争录其文,相与传颂;恂九亦自觉第二人不屑居也。榜既放,兄弟皆黜。时方对酌,公子尚强作噱;恂九失色,酒盏倾堕,身仆案下。扶置榻上,病已困殆。

---

① 踧(cù)落——冷落。

② 卜紫姑之小技——民间祭祀紫姑之神的一种习俗。

③ 犹女——义女。

急呼妹至，张目谓公子曰："吾两人情虽如胞，实非同族，弟自分已登鬼箓①。衔恩无可相报，素秋已长成，既蒙嫂氏抚爱，媵之可也。"公子作色曰："是真吾弟之乱命也②！其将谓我人头畜鸣③者耶！"恂九泣下。公子即以重金为购良材。恂九命舁至，力疾而入，嘱妹曰："我没后，即阖棺，无令一人开视。"公子尚欲有言，而目已瞑矣。公子哀伤，如丧手足。然窃疑其嘱异，俟素秋他出，启而视之，则棺中袍服如蜕；揭之，有蠹鱼径尺，僵卧其中。骇异间，素秋促入，惨然曰："兄弟何所隔阂？所以然者，非避兄也；但恐传布飞扬，妾亦不能久居耳。"公子曰："礼缘情制，情之所在，异族何殊焉？妹宁不知我心乎？即中馈当无漏言，请勿虑。"遂速卜吉期，厚葬之。

初，公子欲以素秋论婚于世家，恂九不欲。既殁，公子以商素秋，素秋不应。公子曰："妹子年已二十矣，长而不嫁，人其谓我何？"对曰："若然，但惟兄命。然自顾无福相，不愿入侯门，寒士而可。"公子曰："诺。"不数日，冰媒相属，卒无所可。先是，公子之妻弟韩荃来吊，得窥素秋，心爱悦之，欲购作小妻。谋之姊，姊急戒勿言，恐公子知。韩去，终不能释，托媒风示公子，许为买乡场关节④。公子闻之，大怒诟骂，将致意者批逐出门，自此交往遂绝。适有故尚书之孙某甲，将娶而妇忽卒，亦遣冰来。其甲第云连，公子之所素识，然欲一见其人，因与媒约，使甲躬谒。及期，垂帘于内，令素秋自相之。甲至，裘马驺从。炫耀闾里；人又秀雅如处子。公子大悦，见者咸赞美之，而素秋殊不乐。公子不听，竟许之，盛备奁装，计费不赀，素秋固止之，但讨一老大婢，供给使而已。公子亦不之听，卒厚赠焉。既嫁，琴瑟甚敦。然兄嫂常系念之，每月辄一归宁。来时，奁中珠绣，必携数事，付嫂收贮。嫂未知其意，亦姑从之。甲少孤，有寡母溺爱过于寻常，日近匪人，渐诱淫赌，家传书画鼎彝，皆以鬻偿戏债。而韩荃与有瓜葛，因招饮而窃探之，愿以两妾及五百金易素秋。甲初不肯；韩固求之，甲意似摇，然恐公子不甘。韩曰："我与彼至戚，此又非其支系，若事已成，

---

① 鬼箓——死者名册。

② 乱命——病重昏乱时的遗言。

③ 人头畜鸣——长着人脑袋，像畜牲般做事。

④ 乡场关节——打通考场上的关系。

彼亦无如何；万一有他，我身任之。有家君在，何畏一俞谨庵哉！”遂盛妆两姬出行酒，且曰：“果如所约，此即君家人矣。”甲惑之，约期而去。至日，虑韩诈谖，夜候于途，果有舆来，启帘照验不虚，乃导去，姑置斋中。韩仆以五百金交兑俱明。甲奔入，伪告素秋，言：“公子暴病相呼。”素秋未遑理妆，草草遂出。舆既发，夜迷不知何所，遑行良远，殊不可到。忽见二巨烛来，众窃喜其可以问途。无何，至前，则巨蟒两目如灯。众大骇，人马俱窜，委舆路侧。将曙复集，则空舆存焉。意必葬于蛇腹，归告主人，垂首丧气而已。

数日后，公子遣人诣妹，始知为恶人赚去，初不疑其婿之伪也。取婢归，细诘情迹，微窥其变。忿甚，遍诉都邑。某甲惧，求救于韩。韩以金妾两亡，正复懊丧，斥绝不为力。甲呆憨无所复计，各处勾牒至，俱以赂嘱免行。月余，金珠服饰，典货一空。公子于宪府①究理甚急，邑官皆奉严令，甲知不可复匿，始出，至公堂实情尽吐。蒙宪票拘韩对质。韩惧，以情告父。父时已休致，怒其所为不法，执付隶。既见诸官府，言及遇蟒之变，悉谓其词枝②；家人搒掠殆遍，甲亦屡被敲楚。幸母日鬻田产，上下营救，刑轻得不死，而韩仆已瘐毙矣。韩久困囹圄，愿助甲赂公子千金，哀求罢讼。公子不许。甲母又请益以二姬，但求姑存疑案，以待寻访；妻又随叔母命，朝夕解免，公子乃许之。甲家綦贫，货宅办金，而急切不能得售，因先送姬来，乞其延缓。

逾数日，公子夜坐斋头，素秋偕一媪，蓦然忽入。公子骇问：“妹固无恙耶？”笑曰：“蟒变乃妹之小术耳。当夜窜入一秀才家，依于其母。彼自言识兄，今在门外。请入之也。”公子倒屣而出，烛之，非他，乃周生，宛平③之名士也，素以声气相善。把臂入斋，款洽臻至。倾谈既久，始知颠末。初，素秋昧爽款生门，母纳入，诘之，知为公子妹，便欲驰报。素秋止之，因与母居。慧能解意，母悦之。以子无妇，窃属意素秋，微言之。素秋以未奉兄命为辞。生亦以公子交契，故不肯作无媒之合，但频频侦听。知讼事已有关说，素秋乃告母欲归。母遣生率一媪送之，即嘱媪媒焉。公子

① 宪府——御史的别称。

② 词枝——瞎编说谎。

③ 宛平——旧县名，在今北京市南。

以素秋居生家久,窃有心而未言也;及闻媪言,大喜,即与生面订为好。先是,素秋夜归,将使公子得金而后宣之。公子不可,曰:"向愤无所泄,故索金以败之耳。今复见妹,万金何能易哉!"即遣人告诸两家,顿罢之①。又念生家故不甚丰,道赊远,亲迎殊艰,因移生母来,居以恂九旧第;生亦备币帛鼓乐,婚嫁成礼。一日,嫂戏素秋:"今得新婿,曩年枕席之爱,犹忆之否?"素秋笑,因顾婢曰:"忆之否?"嫂不解,研问之,盖三年床第,皆以婢代。每夕,以笔画其两眉,驱之去,即对烛独坐,婿亦不之辨也。益奇之,求其术,但笑不言。

次年大比,生将与公子偕往。素秋曰:"不必。"公子强挽之而去。是科,公子中式,生落第归,隐有退志。逾年,母卒,遂不复言进取矣。一日,素秋告嫂曰:"向问我术,固未肯以此骇物听也。今远别,行有日矣,请秘授之,亦可以避兵燹。"惊而问之。答曰:"三年后,此处当无人烟。妾荏弱不堪惊恐,将蹈海滨而隐。大哥富贵中人,不可以偕,故言别也。"乃以术悉授嫂。数日,又告公子。留之不得,至于泣下,问:"往何所?"即亦不言。鸡鸣早起,携一白须奴,控双卫②而去。公子阴使人尾送之,至胶莱之界,尘雾幛天,既晴,已迷所往。三年后,闯寇③犯顺,村舍为墟。韩夫人剪帛置门内,寇至,见云绕韦驮④高丈余,遂骇走,以是得保无恙焉。

后村中有贾客至海上,遇一叟似老奴,而髭发尽黑,猝不能认。叟停足笑曰:"我家公子尚健耶?借口寄语:秋姑亦甚安乐。"问其居何里,曰:"远矣,远矣!"匆匆遂去。公子闻之,使人于所在遍访之,竟无踪迹。

异史氏曰:"管城子无食肉相⑤,其来旧矣。初念甚明,而乃持之不坚。宁知糊眼主司⑥,固衡命不衡文耶?一击不中⑦,冥然遂死,蠹鱼之

---

① 罢之——指罢讼。

② 控双卫——牵两头驴。

③ 闯寇——对闯王李自成的蔑称。

④ 韦驮——佛教天神,为护法之神。

⑤ 管城子无食肉相——管城子,代指读书人,意谓读书人天生没有做官的福相。

⑥ 糊眼主司——瞎了眼的主管官员,喻无辨识力。

⑦ 一击不中——汉张良派人击杀秦始皇失败,喻乡试未中。

痴,一何可怜！伤哉雄飞,不如雌伏①。"

贾奉雉

贾奉雉,平凉②人。才名冠一时,而试辄不售。一日,途中遇一秀才,自言郎姓,风格洒然,谈言微中③。因邀俱归,出课艺就正。郎读罢,不甚称许,曰:"足下文,小试取第一则有余,闱场取榜尾则不足。"贾曰:"奈何?"郎曰:"天下事,仰而跂④之则难,俯而就之甚易,此何须鄙人言哉!"遂指一二人、一二篇以为标准,大率贾所鄙弃而不屑道者。闻之笑曰:"学者立言,贵乎不朽,即味列八珍,当使天下不以为泰⑤耳。如此猎取功名,虽登台阁,犹为贱也。"郎曰:"不然。文章虽美,贱则弗传⑥。君欲抱卷以终也则已;不然,帘内诸官,皆以此等物事进身⑦,恐不能因阅君文,另换一副眼睛肺肠也。"贾终默然。郎起笑曰:"少年盛气哉!"遂别去。是秋入闱复落,邑邑不得志,颇思郎言,遂取前所指示者强读之。未至终篇,昏昏欲睡,心惶惑无以自主。又三年,闱场将近,郎忽至,相见甚欢。出所拟七题,使贾作之。越日,索文而阅,不以为可,又令复作;作已,又訾之。贾戏于落卷⑧中,集其阘茸泛滥⑨、不可告人之句,连缀成文,俟其来而示之。郎喜曰:"得之矣!"因使熟记,坚嘱勿忘。贾笑曰:"实相告:此言不由中,转瞬即去,便受榎楚⑩,不能复忆之也。"郎坐案头,强令自诵一过;因使袒背,以笔写符而去,曰:"只此已足,可以束阁群书矣。"

① 伤哉雄飞,不如雌伏——与其奋发向上是可悲凉的,倒不如忍让不争。
② 平凉——县名,今属甘肃省。
③ 微中——委婉的言谈,切中事理。
④ 跂——踮脚尖。
⑤ 泰——过分。
⑥ 传——流传于世。
⑦ 物事进身——以陋劣的八股文升官。
⑧ 落卷——落选考卷。
⑨ 阘(tà)茸泛滥——格调低下的八股文。
⑩ 榎(jiǎ)楚——体罚学生的用具。

验其符，濯之不下，深入肌理。至场中，七题①无一遗者。回思诸作，茫不记忆，惟戏缀之文，历历在心。然把笔终以为羞；欲少窜易，而颠倒苦思，竟不能复更一字。日已西坠，直录而出。郎候之已久，问："何暮也？"贾以实告，即求拭符；视之，已漫灭矣。回忆场中文，遂如隔世。大奇之，因问："何不自谋？"笑曰："某惟不作此等想，故能不读此等文也。"遂约明日过诸其寓。贾诺之。郎既去，贾取文稿自阅之，大非本怀，怏怏不自得，不复访郎，嗒丧而归。未几，榜发，竟中经魁②。又阅旧稿一读一汗，读竟，重衣尽湿，自言曰："此文一出，何以见天下士矣！"方惭怍间，郎忽至，曰："求中既中矣，何其闷也？"曰："仆适自念，以金盆玉碗贮狗矢，真无颜出见同人。行将遁迹山丘，与世长绝矣。"郎曰："此亦大高，但恐不能耳。果能之，仆引见一人，长生可得，并千载之名，亦不足恋，况傥③来之富贵乎！"贾悦，留与共宿，曰："容某思之。"天明，谓郎曰："吾志决矣！"不告妻子，飘然遂去。

渐入深山，至一洞府。其中别有天地。叟坐堂上，郎使参之，呼以师。叟曰："来何早也？"郎白："此人道念已坚，望加收齿。"叟曰："汝既来，须将此身并置度外，始得。"贾唯唯听命。郎送至一院，安其寝处，又投以饵，始去。房亦精洁；但户无扉，窗无棂，内惟一几一榻。贾解屦登榻，月明穿射矣；觉微饥，取饵啖之，甘而易饱。窃意郎当复来。坐久寂然，杳无声响，但觉清香满室，脏腑空明，脉络皆可指数。忽闻有声甚厉，似猫抓痒，自牖睨之，则虎蹲檐下。乍见，甚惊；因忆师言，即复收神凝坐。虎似知其有人，寻入近榻，气咻咻，遍嗅足股。少倾，闻庭中嗥动，如鸡受缚，虎即趋出。又坐少时，一美人入，兰麝扑人，悄然登榻，附耳小言曰："我来矣。"一言之间，口脂散馥。贾瞑然不少动。又低声曰："睡乎？"声音颇类其妻，心微动。又念曰："此皆师相试之幻术也。"瞑如故。美人笑曰："鼠子动矣！"初，夫妻与婢同室，狎亵惟恐婢闻，私约一谜曰："鼠子动，则相欢好。"忽闻是语，不觉大动，开目凝视，真其妻也。问："何能来？"答云："郎生恐君岑寂思归，遣一妪导我来。"言次，因贾出门不相告语，偎傍之

① 七题——七艺，第一场试时文七篇（四书三篇，经书四篇）。

② 经魁——五经之首，乡试第一名。

③ 傥——不经意。

际，颇有怨怼。贾慰藉良久，始得嬉笑为欢。既毕，夜已向晨，闻叟谯呵声，渐远庭院。妻急起，无地自匿，遂越短墙而去。俄顷，郎从叟入。叟对贾杖郎，便令逐客。郎亦引贾自短墙出，曰："仆望君奢①，不免躁进；不图情缘未断，累受扑责。从此暂去，相见行有日也。"指示归途，拱手遂别。

贾俯视故村，故在目中。意妻弱步②，必滞途间。疾趋里余，已至家门，但见房垣零落，旧景全非，村中老幼，竟无一相识者，心始骇异。忽念刘、阮返自天台③，情景真似。不敢入门，于对户憩坐。良久，有老翁曳杖出。贾揖之，问："贾某家何所？"翁指其第曰："此即是也。得无欲问奇事耶？仆悉知之。相传此公闻捷即遁；遁时，其子才七八岁。后至十四五岁，母忽大睡不醒。子在时，寒暑为之易衣；迨殁，两孙穷踧，房舍拆毁，惟以木架苫覆蔽之。月前，夫人忽醒，屈指百余年矣。远近闻其异，皆来访视，近日稍稀矣。"贾豁然顿悟，曰："翁不知贾奉雉即某是也。"翁大骇，走报其家。时长孙已死；次孙祥，至五十余矣。以贾年少，疑有诈伪。少间，夫人出，始识之。双涕霪霪④，呼与俱去。苦无屋宇，暂入孙舍。大小男妇，奔入盈侧，皆其曾、玄⑤，率陋劣少文。长孙妇吴氏，沽酒具藜藿；又使少子杲及妇，与己共室，除舍舍祖翁姑。贾入舍，烟埃儿溺，杂气熏人。居数日，懊惋殊不可耐。两孙家分供餐饮，调饪尤乖⑥。里中以贾新归，日日招饮；而夫人恒不得一饱。吴氏故士人女，颇娴闺训⑦，承顺不衰。祥家给奉渐疏，或嘑尔⑧与之。贾怒，携夫人去，设帐东里。每谓夫人曰："吾甚悔此一返，而已无及矣。不得已，复理旧业，若心无愧耻，富贵不难致也。"居年余，吴氏犹时馈饷，而祥父子绝迹矣。

是岁，试入邑庠。邑令重其文，厚赠之，由此家稍裕。祥稍稍来近就之。贾唤入，计囊所耗费，出金偿之，斥绝令去。遂买新第，移吴氏共居

---

① 望君奢——对其期望过高。

② 弱步——行走迟缓。

③ 刘、阮返自天台——相传东汉人刘晨、阮肇入天台山遇见二仙女之事。

④ 霪霪（yín yín）——泪流不止。

⑤ 曾、玄——曾孙、玄孙。

⑥ 乖——不合意。

⑦ 闺训——闺中女子所应遵守的规范。

⑧ 嘑（fú）尔——呼你，对长辈不敬。

之。吴二子，长者留守旧业；次杲颇慧，使与门人辈共笔砚。贾自山中归，心思益明澈，遂连捷登进士第。又数年，以侍御出巡两浙，声名赫奕，歌舞楼台，一时称盛。贾为人鲠峭①，不避权贵，朝中大僚，思中伤之。贾屡疏恬退②，未蒙俞旨③，未几而祸作矣。先是，祥六子皆无赖，贾虽摈斥不齿，然皆窃余势以作威福，横占田宅，乡人共患之。有某乙娶新妇，祥次子篡娶为妾。乙故狙诈，乡人敛金助讼，以此闻于都。当道交章攻贾。贾殊无以自剖，被收经年。祥及次子皆瘐死。贾奉旨充辽阳军。时杲入泮已久，为人颇仁厚，有贤声。夫人生一子，年十六，遂以属杲，夫妻携一仆一媪而去。贾曰："十余年富贵，曾不如一梦之久。今始知荣华之场，皆地狱境界，悔比刘晨、阮肇④，多造一重孽案耳。"

数日抵海岸，遥见巨舟来，鼓乐殷作，虞侯⑤皆如天神。既近，舟中一人出，笑请侍御过舟少憩。贾见惊喜，踊身而过，押隶不敢禁。夫人急欲相从，而相去已远，遂愤投海中。漂泊数步，见一人垂练于水，引救而去。隶命篙师荡舟，且追且号，但闻鼓声如雷，与轰涛相间，瞬间遂杳。仆识其人，盖郎生也。

异史氏曰："世传陈大士⑥在闱中，书艺既成，吟诵数四，叹曰：'亦复谁人识得！'遂弃去更作，以故闱墨不及诸稿。贾生羞而遁去，此处有仙骨焉。乃再返人世，遂以口腹自贬，贫贱之中人甚矣哉！"

胭　脂

东昌⑦卞氏，业牛医者，有女小字胭脂，才姿惠丽。父宝爱之，欲占凤

---

① 鲠峭——耿直。
② 恬退——淡泊。
③ 俞旨——皇帝认可的旨意。
④ 刘晨、阮肇——见指二人入天台山遇见二仙女事。
⑤ 虞侯——指大船上的侍从人员。
⑥ 陈大士——明末人，进士，有文名。
⑦ 东昌——府名，治今山东聊城县。

于清门①,而世族鄙其寒贱,不屑缔盟,以故及笄未字。对户龚姓之妻王氏,佻脱善谑,女闺中谈友也。一日,送至门,见一少年过,白服裙帽,丰采甚都。女意似动,秋波萦转之。少年俯其首趋而去。去既远,女犹凝眺。王窥其意,戏之曰:"以娘子才貌,得配若人,庶可无恨。"女晕红上颊,脉脉不作一语。王问:"识得此郎否?"女曰:"不识。"王曰:"此南巷鄂秀才秋隼,故孝廉之子。妾向与同里,故识之。世间男子无其温婉,今衣素,以妻服未阕也。娘子如有意,当寄语使委冰焉。"女无言,王笑而去。

数日无耗,心疑王氏未暇即往,又疑宦裔不肯俯拾。邑邑徘徊,萦念颇苦,渐废饮食,寝疾惙顿。王氏适来省视,研诘病因。答言:"自亦不知。但尔日别后,即觉忽忽不快,延命假息,朝暮人也。"王小语曰:"我家男子,负贩未归,尚无人致声鄂郎。芳体违和,非为此否?"女赪颜良久。王戏之曰:"果为此者,病已至是,尚何顾忌?先令其夜来一聚,彼岂不肯可?"女叹息曰:"事至此,已不能羞。若渠不嫌寒贱,即遣媒来,疾当愈;若私约,则断断不可!"王颔之,遂去。王幼时与邻生宿介通,既嫁,宿侦夫他出,辄寻旧好。是夜宿适来,因述女言为笑,戏嘱致意鄂生。宿久知女美,闻之窃喜,幸其有机之可乘也。将与妇谋,又恐其妒,乃假无心之词②,问女家闺闼甚悉。次夜,逾垣入,直达女所,以指叩窗。内问:"谁何?"答以"鄂生。"女曰:"妾所以念君者,为百年,不为一夕。郎果爱妾,但宜速倩冰人;若言私合,不敢从命。"宿姑诺之,苦求一握纤腕为信。女不忍过拒,力疾启扉。宿遽入,即抱求欢。女无力撑拒,仆地上,气息不续。宿急曳之。女曰:"何来恶少,必非鄂郎;果是鄂郎,其人温驯,知妾病由,当相怜恤,何遂狂暴如此!若复尔尔,便当鸣呼,品行亏损,两无所益!"宿恐假迹败露,不敢复强,但请后会。女以亲迎为期。宿以为远,又请。女厌纠缠,约待病愈。宿求信物,女不许。宿捉足解绣履而出。女呼之返,曰:"身已许君,复何吝惜?但恐'画虎成狗',致贻污谤。今亵物已入君手,料不可反。君如负心,但有一死!"宿既出,又投宿王所。既卧,心不忘履,阴揣衣袂,竟已乌有。急起篝灯,振衣冥索。诘之,不应。疑妇藏匿,妇故笑以疑之。宿不能隐,实以情告。言已,遍烛门外,竟不可得。

① 占凤于清门——在清高自洁人家择婿。
② 无心之词——漫不经心的话。

懊恨归寝,犹意深夜无人,遗落当犹在途也。早起寻之,亦复杳然。

先是,巷中有毛大者,游手无籍。尝挑王氏不得,知宿与洽,思掩执以胁之。是夜,过其门,推之未扃,潜入。方至窗外,踏一物,耎若絮帛,拾视,则巾裹女舄。伏听之,闻宿自述甚悉,喜极,抽息而出。逾数夕,越墙入女家,门户不悉,误诣翁舍。翁窥窗,见男子,察其意迹,知为女来者。心忿怒,操刀直出。毛大骇,反走。方欲攀垣,而卞追已近,急无所逃,反身夺刀;媪起大呼,毛不得脱,因而杀之。女稍痊,闻喧始起。共烛之,翁脑裂不能言,俄顷已绝。于墙下得绣履,媪视之,胭脂物也。逼女,女哭而实告之;但不忍贻累王氏,言鄂生之自至而已。天明,讼于邑。邑宰拘鄂。鄂为人谨讷,年十九岁,见客羞涩如童子。被执,骇绝。上堂不知置词,惟有战慄。宰益信其情真,横加梏械。生不堪痛楚,以是诬服。既解郡,敲扑如邑。生冤气填塞,每欲与女面相质;及相遭,女辄诟詈,遂结舌不能自伸,由是论死。往来复讯,经数官无异词。

后委济南府复案。时吴公南岱①守济南,一见鄂生,疑其不类杀人者,阴使人从容私问之,俾得尽其词。公以是益知鄂生冤。筹思数日,始鞫之。先问胭脂:“订约后,有知者否?”答:“无之。”“遇鄂生时,别有人否?”亦答:“无之。”乃唤生上,温语慰之。生自言:“曾过其门,但见旧邻妇王氏与一少女出,某即趋避,过此并无一言。”吴公叱女曰:“适言侧无他人,何以有邻妇也?”欲刑之。女惧曰:“虽有王氏,与彼实无关涉。”公罢质,命拘王氏。数日已至,又禁不与女通,立刻出审,便问王:“杀人者谁?”王对:“不知。”公诈之曰:“胭脂供言,杀卞某汝悉知之,胡得隐匿?”妇呼曰:“冤哉!淫婢自思男子,我虽有媒合之言,特戏之耳。彼自引奸夫入院,我何知焉!”公细诘之,始述其前后相戏之词。公呼女上,怒曰:“汝言彼不知情,今何以自供撮合哉?”女流涕曰:“自己不肖,致父惨死,讼结不知何年,又累他人,诚不忍耳。”公问王氏:“既戏后,曾语何人?”王供:“无之。”公怒曰:“夫妻在床,应无不言者,何得云无?”王供:“丈夫久客未归。”公曰:“虽然,凡戏人者,皆笑人之愚,以炫己之慧,更不向一人言,将谁欺?”命梏十指。妇不得已,实供:“曾与宿言。”公于是释鄂拘宿。宿至,自供:“不知。”公曰:“宿妓者必非良士!”严械之。宿自供:“赚女是

---

① 吴公南岱——清初进士,曾任济南知府。

真。自失履后,未敢复往,杀人实不知情。”公怒曰:“逾墙者何所不至!”又械之。宿不任凌藉,遂以自承。招成报上,无不称吴公之神。铁案如山,宿遂延颈以待秋决矣。

然宿虽放纵无行,故东国①名士。闻学使施公愚山贤能称最,又有怜才恤士之德,因以一词控其冤枉,语言怆恻。公讨其招供,反复凝思之,拍案曰:“此生冤也!”遂请于院、司,移案再鞫。问宿生:“鞋遗何所?”供言:“忘之。但叩妇门时,犹在袖中。”转诘王氏:“宿介之外,奸夫有几?”供言:“无有。”公曰:“淫乱之人岂得专私一个?”供言:“身与宿介,稚齿交合,故未能谢绝;后非无见挑者,身实未敢相从。”因使指其人以实之,供云:“同里毛大,屡挑而屡拒之矣。”公曰:“何忽贞白如此?”命搒之。妇顿首出血,力辨无有,乃释之。又诘:“汝夫远出,宁无有托故而来者?”曰:“有之。某甲、某乙,皆以借贷馈赠,曾一二次入小人家。”盖甲、乙皆巷中游荡子,有心于妇而未发者也。公悉籍其名,并拘之。既集,公赴城隍庙,使尽伏案前。便谓:“曩梦神人相告,杀人者不出汝等四五人中。今对神明,不得有妄言。如肯自首,尚可原宥;虚者,廉得无赦!”同声言无杀人之事。公以三木②置地,将并加之;括发裸身③,齐鸣冤苦。公命释之,谓曰:“既不自招,当使鬼神指之。”使人以毡褥悉障殿窗,令无少隙;袒诸囚背,驱入暗中,始授盆水,一一命自盥讫;系诸壁下,戒令“面壁勿动,杀人者,当有神书其背”。少间,唤出验视,指毛曰:“此真杀人贼也!”盖公先使人以灰涂壁,又以烟煤濯其手:杀人者恐神来书,故匿背于壁而有灰色;临出,以手护背,而有烟色也。公固疑是毛,至此益信。旋以毒刑,尽吐其

① 东国——指齐鲁地区。
② 三木——加于犯人的颈、手、足上的木制刑具。
③ 括发裸身——将头发束起,剥掉上衣。

实。判曰①："宿介：蹈盆成括杀身之道，成登徒子好色之名。只缘两小无猜，遂野鹜如家鸡之恋；为因一言有漏，致得陇兴望蜀之心。将仲子而逾园墙，便如鸟堕；冒刘郎而至洞口，竟赚门开。感帨惊尨，鼠有皮胡若此？攀花折树，士无行其谓何！幸而听病燕之娇啼，犹为玉惜；怜弱柳之憔悴，未似莺狂。而释幺凤于罗中，尚有文人之意；乃劫香盟于袜底，宁非无赖之尤！蝴蝶过墙，隔窗有耳；莲花瓣卸，堕地无踪。假中之假以生，冤外之冤谁信？天降祸起，酷械至于垂亡；自作孽盈，断头几于不续。彼逾墙钻隙，固有玷夫儒冠；而僵李代桃，诚难消其冤气。是宜稍宽笞扑，折其已受之惨；姑降青衣，开其自新之路。若毛大者：刁猾无籍，市井凶徒。被邻女之投梭，淫心不死；伺狂童之入巷，贼智忽生。开户迎风，喜得履张生之迹；求浆值酒，妄思偷韩掾之香。何意魄夺自天，魂摄于鬼。浪乘槎木，直入广寒之宫；径泛渔舟，错认桃源之路。遂使情火息焰，欲海生波。刀横直前，投鼠无他顾之意；寇穷安往，急兔起反噬之心。越壁入人家，止期张有冠而李借；夺兵遗绣履，遂教鱼脱网而鸿离。风流道乃生此恶魔，温柔乡何有此鬼蜮哉！即断首领，以快人心。胭脂：身犹未字，岁已及笄。以月殿之仙人，自应有郎似玉；原霓裳之旧队，何愁贮屋无金？而乃感关雎而念好逑，竟绕春婆之梦；怨摽梅而思吉士，遂离倩女之魂。为因一线缠萦，致使群魔交至。争妇女之颜色，恐失'胭脂'；惹鸷鸟之纷飞，并托'秋隼'。莲钩摘去，难保一瓣之香；铁限敲来，几破连城之玉。嵌红豆于骰子，相思骨竟作厉阶；丧乔木于斧斤，可憎才真成祸水！葳蕤自守，幸白璧之无瑕；缧绁苦争，喜锦衾之可覆。嘉其入门之拒，犹洁白之情人；遂其掷果之心，亦风流之雅事。仰彼邑令，作尔冰人。"

---

① "判曰"——整段大意：宿介终以好色而致杀身。宿与王氏，虽是青梅竹马、两小无猜，但长大后一直私通，并视情妇王氏为正妻。宿冒充鄂生追求并赚得胭脂，是读书人的耻辱。庆幸的是，宿还能体恤胭脂病情和私衷，收敛淫念，可见文人的良心还未全泯灭，而强取订盟信物又无赖至极。宿介所为，被毛大窃知，结果形成宿介假冒鄂生、毛大假冒宿介的骗局，由此鄂生因宿介受冤、宿介又因毛大受冤。宿介代毛大受死，有些冤枉，对其实行降级处罚也就够了。毛大偷听宿介所为，生出诱骗胭脂的念头，却阴差阳错闯入卞翁家，杀死卞翁自保，致使鄂生、宿介蒙冤。胭脂天生丽质，怀春却招致灾祸。美丽的女人啊，可憎的情欲啊，真正是祸水。

案既结，遐迩传诵焉。自吴公鞫后，女始知鄂生冤。堂下相遇，靦然含涕，似有痛惜之词，而未可言也。生感其眷恋之情，爱慕殊切；而又念其出身微，且日登公堂，为千人所窥指，恐娶之为人姗笑，日夜萦回，无以自主。判牒既下，意始安帖。邑宰为之委禽，送鼓吹焉。

异史氏曰："甚哉！听讼之不可以不慎也！纵能知李代为冤，谁复思桃僵亦屈？然事虽暗昧，必有其间，要非审思研察，不能得也。呜呼！人皆服哲人之折狱明，而不知良工之用心苦矣。世之居民上者，棋局消日，紬被放衙，下情民艰，更不肯一劳方寸。至鼓动衙开，巍然坐堂上，彼哓哓者直以桎梏静之，何怪覆盆之下多沉冤哉！"

愚山先生，吾师也。方见知时，余犹童子。窃见其奖进士子，拳拳如恐不尽。小有冤抑，必委曲呵护之，曾不肯作威学校，以媚权要。真宣圣之护法[①]，不止一代宗匠衡文无屈士已也。而爱才如命，尤非后世学使虚应故事者所及。尝有名士入场，作"宝藏兴"[②]文，误记"水下"[③]；录毕而后悟之，料无不黜之理。作词曰："宝藏在山间，误认却在水边。山头盖起水晶殿，瑚长峰尖，珠结树颠；这一回崖中跌死撑船汉[④]！告苍天：留点蒂儿[⑤]，好与朋友看。"先生阅文至此而和之曰："宝藏将山夸，忽然见在水涯。樵夫漫说渔翁话。题目虽差，文字却佳，怎肯放在他人下。尝见他，登高怕险；那曾见，会水淹杀[⑥]？"此亦风雅之一斑、怜才之一事也。

---

① 宣圣之护法——保护儒教的人。

② 宝藏兴——考场上的试题，语出《中庸》，指山中宝藏。

③ 误记"水下"——山中的宝藏，却误记为水下的宝藏，二者不符。

④ 这一回崖中跌死撑船汉——指水下的宝藏被误记在山中，撑船汉拚死寻求，怎能不翻船呢？

⑤ 留点蒂儿——留点面子。

⑥ 会水淹杀——真正会游泳的人，不会被淹死；被淹死的，都是水性不好却自称不错的人。

阿　纤

奚山者，高密①人。贸贩为业，往往客蒙沂之间。一日，途中阻雨，及至所常宿处，而夜已深，遍叩肆门，无有应者，徘徊庑②下。忽二扉豁开，一叟出，便纳客入。山喜从之。絷蹇登堂，堂上迄无几榻。叟曰："我怜客无归，故相容纳。我实非卖食沽饮者。家中无多手指③，惟有老荆弱女，眠熟矣。虽有宿肴，苦少烹鬵④，勿嫌冷啜也。"言已，便入。少顷，以足床⑤来置地上，促客坐；又携一短足几至。拔来报往，蹀躞甚劳。山起坐不自安，曳令暂息。少间，一女郎出行酒。叟顾曰："我家阿纤兴⑥矣。"视之，年十六七，窈窕秀弱，风致嫣然。山有少弟未婚，窃属意焉。因问叟清贯尊阀，答云："士虚，姓古。子孙皆夭折，剩有此女。适不忍搅其酣睡，想老荆唤起矣。"问："婿家阿谁？"答言："未字。"山窃喜。既而品味杂陈，似所宿具。食已，致恭而言曰："萍水之人，遂蒙宠惠，没齿所不敢忘。缘翁盛德，乃敢遽陈朴鲁：仆有幼弟三郎，十七岁矣。读书肄业，颇不顽冥⑦。欲求援系，不嫌寒贱否？"叟喜曰："老夫在此，亦是侨寓。倘得相托，便假一庐，移家而往，庶免悬念。"山都应之，遂起展谢。叟殷勤安置而去。鸡既唱，叟已出，呼客盥沐。束装已，酬以饭金。固辞曰："客留一饭，万无受金之理；矧⑧附为婚姻乎？"

既别，客月余，乃返。去村里余，遇老媪率一女郎，冠服尽素。既近，疑似阿纤。女郎亦频转顾，因把媪袂，附耳不知何辞。媪便停步，向山曰："君奚姓乎？"山唯唯。媪惨然曰："不幸老翁压于败堵，今将上墓。家虚

---

① 高密——县名，今属山东省。
② 庑——屋檐。
③ 无多手指——没有更多的人。
④ 烹鬵(xín)——烹煮器具。
⑤ 足床——矮凳。
⑥ 兴——起床。
⑦ 顽冥——愚笨。
⑧ 矧(shěn)——何况。

无人,请少待路侧,行即还也。"遂入林去,移时始来。途已昏冥,遂与偕行。道其孤弱,不觉哀啼;山亦酸恻。媪曰:"此处人情大不平善,孤孀难以过度。阿纤既为君家妇,过此恐迟时日,不如早夜同归。"山可之。既至家,媪挑灯供客已,谓山曰:"意君将至,储粟都已粜去;尚存二十余石,远莫致之。北去四五里,村中第一门,有谈二泉者,是吾售主。君勿惮劳,先以尊乘运一囊去,叩门而告之,但道南村古姥有数石粟,粜作路用,烦驱蹄躈一致之也。"即以囊粟付山。山策蹇去,叩户,一硕腹男子出,告以故,倾囊先归。俄有两夫以五骡至。媪引山至粟所,乃在窖中。山下为操量执概,母放女收,顷刻盈装,付之以去。凡四返而粟始尽。既而以金授媪。媪留其一人二畜,治任遂东。行二十里,天始曙。至一市,市头赁骑,谈仆乃返。既归,山以情告父母。相见甚喜,即以别第馆媪,卜吉为三郎完婚。媪治奁装其备。阿纤寡言少怒,或与语,但有微笑;昼夜绩织,无停晷。以是上下悉怜悦之。嘱三郎曰:"寄语大伯;再过西道,勿言吾母子也。"居三四年,奚家益富,三郎入泮矣。

一日,山宿古之旧邻,偶及曩年无归,投宿翁媪之事。主人曰;"客误矣。东邻为阿伯别第,三年前,居者辄睹怪异,故空废甚久,有何翁媪相留?"山甚讶之,而未深信。主人又曰:"此宅向空十年,无敢入者。一日,第后墙倾,伯往视之,则石压巨鼠如猫,尾在外犹摇。急归,呼众共往,则已渺矣。群疑是物为妖。后十余日,复入视,寂无形声;又年余,始有居人。"山益奇之。归家私语,窃疑新妇非人,阴为三郎虑;而三郎笃爱如常。久之,家人纷相猜议。女微察之,至夜语三郎曰:"妾从君数哉,未尝少失妇德,今置之不以人齿,请赐离婚书,听君自择良偶。"因泣下。三郎曰:"区区寸心,宜所夙知。自卿入门,家日益丰,咸以福泽归卿,乌得有异言?"女曰:"君无二心,妾岂不知;但众口纷纭,恐不免秋扇之捐①。"三郎再四慰解,乃已。山终不释,日求善扑之猫,以觇其意。女虽不惧,然蹙蹙不快。一夕,谓媪小恙,辞三郎省侍之。天明,三郎往讯,则室内已空。骇极,使人于四途踪迹之,并无消息。中心营营,寝食都废。而父兄皆以为幸,交慰藉之,将为续婚;而三郎殊不怿②。俟之年余,音问已绝。父兄

① 秋扇之捐——喻妇女年老色衰而被遗弃。

② 怿(yì)——喜悦。

辄相诮责,不得已,以重金买妾;然思阿纤不衰。

又数年,奚家日渐贫,由是咸忆阿纤。有叔弟岚,以故至胶,迂道宿表戚陆生家。夜闻邻哭甚哀,未遑诘也。既返,复闻之,因问主人。答云:“数年前,有寡母孤女,僦居于此。于是月前,姥死,女独处,无一线之亲,是以哀耳。”问:“何姓?”曰:“姓古。尝闭户不与里社通,故未悉其家世。”岚惊曰:“是吾嫂也!”因往款扉。有人挥涕出,隔扉应曰:“客何人?我家故无男子。”岚隙窥而遥审之,果嫂,便曰:“嫂启关,我是叔家阿遂。”女闻之,拔关纳入,诉其孤苦,意凄怆悲怀。岚曰:“三兄忆念颇苦,夫妻即有乖迕,何遂远遁至此?”即欲赁舆同归。女怆然曰:“我以人不齿数故,遂与母偕隐;今又返而依人,谁不加白眼?如欲复还,当与大兄分炊;不然,行乳药①求死耳!”岚既归,以告三郎。三郎星夜驰去。夫妻相见,各有涕洟。次日,告其屋主。屋主谢监生,窥女美,阴欲图致为妾,数年不取其直,频风示媪,媪绝之。媪死,窃幸可谋,而三郎忽至。通计房租以留难之。三郎家故不丰,闻金多,颇有忧色。女曰:“不妨。”引三郎视仓储,约粟三十余石,偿租有余。三郎喜,以告谢。谢不受粟,故索金。女叹曰:“此皆妾身之恶幛也!”遂以其情告三郎。三郎怒,将讼于邑。陆氏止之,为散粟于里党,敛资偿谢,以车送两人归。

三郎实告父母,与兄析居。阿纤出私金,日建仓廪,而家中尚无儋石,共奇之。年余验视,则仓中盈矣。不数年,家中大富;而山苦贫。女移翁姑自养之;辄以金粟周兄,狃②以为常。三郎喜曰:“卿可云不念旧恶矣。”女曰:“彼自爱弟耳。且非渠,妾何缘识三郎哉?”后亦无甚怪异。

瑞 云

瑞云,杭之名妓,色艺无双。年十四岁,其母蔡媪,将使出应客。瑞云告曰:“此奴终身发轫之始③,不可草草。价由母定,客则听奴自择之。”媪

① 乳药——服毒药。

② 狃(niǔ)——习。

③ 终身发轫(rèn)之始——喻指妓女初次接客。

曰:“诺。”乃定价十五金,遂日见客。客求见者必以贽:贽厚者,接以弈,酬以画;薄者,留一茶而已。瑞云名噪已久,自此富商贵介,日接于门。

余杭贺生,才名夙著,而家仅中赀。素仰瑞云,固未敢拟同鸳梦,亦竭微贽,冀得一睹芳泽。窃恐其阅人既多,不以寒畯①在意;及至相见一谈,而款接殊殷。坐语良久,眉目含情,作诗赠生曰:“何事求浆者,蓝桥叩晓关?有心寻玉杵,端只在人间。”生得之狂喜。更欲有言,忽小鬟来白“客至”,生仓猝遂别。既归,吟玩诗词,梦魂萦扰。过一二日,情不自已,修贽复往。瑞云接见良欢。移坐近生,悄然谓:“能图一宵之聚否?”生曰:“穷踧之士,惟有痴情可献知己。一丝之贽,已竭绵薄。得近芳容,意愿已足;若肌肤之亲,何敢作此梦想。”瑞云闻之,戚然不乐,相对遂无一语。生久坐不出,媪频唤瑞云以促之,生乃归。心甚邑邑,思欲罄家以博一欢,而更尽而别,此情复何可耐?筹思及此,热念都消,由是音息遂绝。

瑞云择婿数月,更不得一当,媪颇恚,将强夺之,而未发也。一日,有秀才投贽,坐语少时,便起,以一指按女额曰:“可惜,可惜!”遂去。瑞云送客返,共视额上有指印黑如墨,濯之益真。过数日,墨痕渐阔;年余,连颧準彻②矣。见者辄笑,而车马之迹以绝。媪斥去妆饰,使与婢辈伍。瑞云又荏弱,不任驱使,日益憔悴。贺闻而过之,见蓬首厨下,丑状类鬼。起首见生,面壁自隐。贺怜之,便与媪言,愿赎作妇。媪许之。贺货田倾装,买之而归。入门,牵衣揽涕,不敢以伉俪自居,愿备妾媵,以俟来者。贺曰:“人生所重者知己:卿盛时犹能知我,我岂以衰故忘卿哉!”遂不复娶。闻者共姗笑之,而生情益笃。

居年余,偶至苏,有和生与同主人③,忽问:“杭有名妓瑞云,近如何矣?”贺以适人对。又问:“何人?”曰:“其人率与仆等④。”和曰:“若能如君,可谓得人矣。不知价几何许?”贺曰:“缘有奇疾,姑从贱售耳。不然,如仆者,何能于勾栏中买佳丽哉!”又问:“某人果能如君否?”贺以其问之异,因反诘之。和笑曰:“实不相欺:昔曾一觐其芳仪,甚惜其以绝世之

① 寒畯——贫穷的读书人。
② 连颧(quán)彻——墨痕遍布左右颧骨和上下鼻梁。
③ 与同主人——和旅居的房东同住一处。
④ 率(shuài)与仆等——和我差不多。

姿，而流落不偶，故以小术晦其光而保其璞，留待怜才者之真鉴耳。”贺急问曰：“君能点之，亦能涤之否？”和笑曰：“乌得不能，但须其人一诚求耳。”贺起拜曰：“瑞云之婿，即某是也。”和喜曰：“天下惟真才人为能多情，不以妍媸易念也。请从君归，便赠一佳人。”遂与同返。既至，贺将命酒。和止之曰：“先行吾法，当先令治具者①有欢心也。”即令以盥器贮水，戟指而书之，曰：“濯之当愈。然须亲出一谢医人也。”贺笑捧而去，立俟瑞云自靧②之，随手光洁，艳丽一如当年。夫妇共德之，同出展谢，而客已渺，遍觅之不得，意者其仙欤？

仇 大 娘

仇仲，晋人，忘其郡邑。值大乱，为寇俘去。二子福、禄俱幼；继室邵氏，抚双孤，遗业幸能温饱。而岁屡祲③，豪强者复凌藉之，遂至食息不保。仲叔尚廉利其嫁，屡劝驾④，而邵氏矢志不摇。廉阴券⑤于大姓，欲强夺之；关说已成，而他人不之知也。里人魏名，夙⑥狡狯，与仲家积不相能，事事思中伤之。因邵寡，伪造浮言以相败辱。大姓闻之，恶其不德而止。久之，廉之阴谋与外之飞语，邵渐闻之，冤结胸怀，朝夕陨涕，四体渐以不仁，委身床榻。福甫十六岁，因缝纫无人，遂急为毕姻。妇，姜秀才屺瞻之女，颇贤能，百事赖以经纪。由此用渐裕，仍使禄从师读。

魏忌嫉之，而阳与善，频招福饮，福倚为腹心交。魏乘间告曰：“尊堂病废，不能理家人生产；弟坐食，一无所操作。贤夫妇何为作马牛哉！且弟买妇，将大耗金钱。为君计，不如早析，则贫在弟而富在君也。”福归，谋诸妇；妇咄之。奈魏日以微言相渐渍，福惑焉，直以己意告母。母怒，诟

---

① 治具者——喻指瑞云。

② 靧(huì)——洗脸。

③ 祲(jìn)——受灾。

④ 劝驾——敦促。

⑤ 阴券——私下立契约，逼其强嫁。

⑥ 夙——一向。

骂之。福益恚，辄视金粟为他人之物而委弃之。魏乘机诱博赌，仓粟渐空，妇知而未敢言。既至粮绝，被母骇问，始以实告。母愤怒，而无如何，遂析之。幸姜女贤，旦夕为母执炊，奉事一如平日。福既析，益无顾忌，大肆淫赌。数月间，田屋悉偿戏债，而母与妻皆不及知。福资既罄，无所为计，因券妻贷资，苦无受者。邑人赵阎罗，原漏网之巨盗，武断一乡，固不畏福言之食也，慨然假资。福持去，数日复空。意踟蹰，将背券盟。赵横目相加。福惧，赚妻付之。魏闻窃喜，急奔告姜，实将倾败仇也。姜怒，讼兴。福惧甚，亡去。姜女至赵家，始知为婿所卖，大哭，但欲觅死。赵初慰谕之，不听；既而威逼之，益骂；大怒，鞭挞之，终不肯服。因拔笄自刺其喉，急救，已透食管，血溢出。赵急以帛束其项，犹冀从容而挫折焉。明日，拘牒已至，赵行行①不置意。官验女伤重，命笞之，隶相顾无敢用刑。官久闻其横暴，至此益信，大怒，唤家人出，立毙之。姜遂舁女归。

自姜之讼也，邵氏始知福不肖状，一号几绝，冥然大渐。禄时年十五，茕茕无以自主。先是，仲有前室女大娘，嫁于远郡，性刚猛，每归宁，馈赠不满其志，辄迕父母，往往以愤去，仲以是怒恶之；又因道远，遂数载已不一存问。邵氏垂危，魏欲招之来而启其争。适有贸贩者，与大娘同里，便托寄语大娘，且歆②以家之可图。数日，大娘果与少子至。入门，见幼弟侍病母，景象惨澹，不觉怆恻。因问弟福，禄备告之。大娘闻之，忿气塞吭，曰："家无成人，遂任人蹂躏至此！吾家田产，诸贼何得赚去！"因入厨下，爇火炊糜，先供母，而后呼弟及子啖之。啖已，忿出，诣邑投状，讼诸博徒。众惧，敛金赂大娘。大娘受其金，而仍讼之。官令拘甲、乙等，各加杖责，田产殊置不问。大娘愤不已，率子赴郡。郡守最恶博者。大娘力陈孤苦，及诸恶局骗之状，情词慷慨。守为之动，判令知县追田给主；仍惩仇福，以儆不肖。既归，邑宰奉令敲比③，于是故产尽反。大娘时已久寡，乃遣少子归，且嘱从兄务业，勿得复来。大娘由此止母家，养母教弟，内外有条。母大慰，病渐瘥，家务悉委大娘。里中豪强，少见陵暴，辄握刃登门，侃侃争论，罔不屈服。居年余，田产日增。时市药饵珍肴，馈遗姜女。又

① 行行（háng háng）——倔犟。

② 歆——引诱。

③ 敲比——敲剥追比。

见禄渐长成，频嘱媒为之觅姻。魏告人曰：“仇家产业，悉属大娘，恐将来不可复返矣。”人咸信之，故无肯与论婚者。

有范公子子文，家中名园，为晋第一。园中名花夹路，直通内室。或不知而误入之，值公子私宴，怒执为盗，杖几死。会清明，禄自塾中归，魏引与遨游，遂至园所。魏故与园丁有旧，放令入，周历亭榭。俄至一处，溪水汹涌，有画桥朱栏，通一漆门；遥望门内，繁花如锦，盖即公子内斋也。魏绐之曰：“君请先入，我适欲私①焉。”禄信之，寻桥入户，至一院落，闻女子笑声。方停步间，一婢出，窥见之，旋踵即返。禄始骇奔。无何，公子出，叱家人绾索逐之。禄大窘，自投溪中。公子反怒为笑，命诸仆引出。见其容裳都雅，便令易其衣履，曳入一亭，诘其姓氏。蔼容温语，意甚亲昵。俄趋入内；旋出，笑握禄手，过桥，渐达曩所。禄不解其意，逡巡不敢入。公子强曳入之，见花篱内隐隐有美人窥伺。既坐，则群婢行酒。禄辞曰：“童子无知，误践闺闼，得蒙赦宥，已出非望。但求释令早归，受恩匪浅。”公子不听。俄顷，肴炙纷纭。禄又起，辞以醉饱。公子捺坐，笑曰：“仆有一乐拍名，若能对之，即放君行。”禄唯唯请教。公子云：“拍名‘浑不似’②。”禄默思良久，对曰：“银成‘没奈何’③。”公子大笑曰：“真石崇④也！”禄殊不解。盖公子有女名蕙娘，美而知书，日择良偶。夜梦一人告之曰：“石崇，汝婿也。”问：“何在？”曰：“明日落水矣。”早告父母，共以为异。禄适符梦兆，故邀入内舍，使夫人女辈共觇之也。公子闻对而喜，乃曰：“拍名乃小女所拟，屡思而无其偶，今得属对，亦有天缘。仆欲以息女奉箕帚；寒舍不乏第宅，更无烦亲迎耳。”禄惶然逊谢，且以母病不能入赘为辞。公子姑令归谋，遂遣圉人负湿衣，送之以马。既归告母，母惊为不祥。于是始知魏氏险；然因凶得吉，亦置不仇，但戒子远绝而已。逾数日，公子又使人致意母，母终不敢应。大娘应之，即倩双媒纳采⑤焉。未几，禄赘入公子家。年余游泮，才名籍甚。妻弟长成，敬少弛；禄怒，携妇而

---

① 私——小便。
② 浑不似——乐器名，形似琵琶。
③ 没奈何——银块较大，贼也偷不去。
④ 石崇——晋人，巨富，代指豪富。
⑤ 纳采——男家备彩礼去女家缔结婚约。

归。母已杖而能行。频岁赖大娘经纪,第宅颇完好。新妇既归,仆从如云,宛然有大家风焉。

魏又见绝,嫉妒益深,恨无瑕之可蹈,乃引旗下逃人诬禄寄资①。国初立法最严,禄依令徙口外②。范公子上下贿托,仅以蕙娘免行;田产尽没入官。幸大娘执析产书,锐身告理,新增良沃如干顷,悉挂福名,母女始得安居。禄自分不返,遂书离婚字付岳家,伶仃自去。行数日,至都北,饭于旅肆。有丐子怔憧户外,貌绝类兄;近致讯诘,果兄。禄因自述,兄弟悲惨。禄解复衣,分数金,嘱令归。福泣受而别。禄至关外,寄将军帐下为奴。因禄文弱,俾主支籍③,与诸仆同栖止。仆辈研问家世,禄悉告之。内一人惊曰:"是吾儿也!"盖仇仲初为寇家牧马,后寇投诚,卖仲旗下,时从主屯关外。向禄缅述,始知真为父子,抱头悲哀,一室为之酸辛。已而愤曰:"何物逃东④,遂诈吾儿!"因泣告将军。将军即命禄摄书记;函致亲王,付仲诣都。仲伺车驾出,先投冤状。亲王为之婉转,遂得昭雪,命地方官赎业归仇。仲返,父子各喜。禄细问家口,为赎身计。乃知仲入旗下,两易配而无所出,时方鳏也。禄遂治任返。

初,福别弟归,蒲伏自投。大娘奉母坐堂上,操杖问之:"汝愿受扑责,便可姑留;不然,汝田产既尽,亦无汝啖饭之所,请仍去。"福涕泣伏地,愿受笞。大娘投杖曰:"卖妇之人,亦不足惩。但宿案未消,再犯首官⑤可耳。"即使人往告姜。姜女骂曰:"我是仇家何人,而相告耶!"大娘频述告福而揶揄之,福惭愧不敢出气。居半年,大娘虽给奉周备,而役同厮养。福操作无怨词,托以金钱辄不苟。大娘察其无他,乃白母,求姜女复归。母意其不可复挽。大娘曰:"不然。渠如肯事二主,楚毒岂肯自罹?要不能不有此忿耳。"率弟躬往负荆。岳父母诮让良切。大娘叱使长跪,然后请见姜女。请之再四,坚避不出;大娘搜捉以出。女乃指福唾骂,福惭汗无以自容。姜母始曳令起。大娘请问归期,女曰:"向受姊惠

① 寄资——窝赃。

② 口外——长城以北地区。

③ 主支籍——主管账目。

④ 逃东——逃人。

⑤ 首官——告官。

綦多，今承尊命，岂复敢有异言？但恐不能保其不再卖也！且恩义已绝，更何颜与黑心无赖子共生活哉？请别营一室，妾往奉事老母，较胜披削①足矣。”大娘代白其悔，为翌日之约而别。次朝，以乘舆取归，母逆于门而跪拜之。女伏地大哭。大娘劝止，置酒为欢，命福坐案侧，乃执爵而言曰："我苦争者，非自利也。今弟悔过，贞妇复还，请以簿籍交纳；我以一身来，仍以一身去耳。”夫妇皆兴席改容，罗拜哀泣，大娘乃止。

居无何，昭雪之命下，不数日，田宅悉还故主。魏大骇，不知其自，恨无术可以复施。适西邻有回禄之变②，魏托救焚而往，暗以编菅爇禄第，风又暴作，延烧几尽；止余福居两三屋，举家依聚其中。未几，禄至，相见悲喜。初，范公子得离书，持商蕙娘。蕙娘痛哭，碎而投诸地。父从其志，不复强。禄归，闻其未嫁，喜如岳所。公子知其灾，欲留之；禄不可，遂辞而退。大娘幸有藏金，出葺败堵。福负锸营筑，掘见窖镪，夜与弟共发之，石池盈丈，满中皆不动尊也。由是鸠工大作，楼舍群起，壮丽拟于世胄。禄感将军义，备千金往赎父。福请行，因遣健仆辅之以去。禄乃迎蕙娘归。未几，父兄同归，一门欢腾。大娘自居母家，禁子省视，恐人议其私也。父既归，坚辞欲去。兄弟不忍。父乃析产而三之：子得二，女得一也。大娘固辞。兄弟皆泣曰："吾等非姊，乌有今日！”大娘乃安之。遣人招子，移家共居焉。或问大娘："异母兄弟，何遂关切如此？”大娘曰："知有母而不知有父者，惟禽兽如此耳，岂以人而效之？”福禄闻之皆流涕，使工人治其第，皆与己等。

魏自计十余年，祸之而益以福之，深自愧悔。又仰其富，思交欢之，因以贺仲阶进，备物而往。福欲却之；仲不忍拂，受鸡酒焉。鸡以布缕缚足，逸入灶；灶火燃布，往栖积薪，僮婢见之而未顾也。俄而薪焚灾舍，一家惶骇。幸手指众多，一时扑灭，而厨中百物俱空矣。兄弟皆谓其物不祥。后值父寿，魏复馈牵羊。却之不得，系羊庭树。夜有僮被仆殴，忿趋树下，解羊索自经死。兄弟叹曰："其福之不如其祸之也！”自是魏虽殷勤，竟不敢受其寸缕，宁厚酬之而已。后魏老，贫而作丐，仇每周以布粟而德报之。

异史氏曰："噫嘻！造物之殊不由人也！益仇之而益福之，彼机诈者

---

① 披削——出家为尼。

② 回禄之变——火灾。

无谓甚矣。顾受其爱敬,而反以得祸,不更奇哉?此可知盗泉①之水,一掬亦污也。”

曹操冢

许城②外有河水汹涌,近崖深黯。盛夏时,有人入浴,忽然若被刀斧,尸断浮出;后一人亦如之。转相惊怪。邑宰闻之,遣多人闸断上流,竭其水。见崖下有深洞,中置转轮,轮上排利刃如霜。去轮攻入,有小碑,字皆汉篆③。细视之,则曹孟德④墓也。破棺散骨,所殉金宝尽取之。

异史氏曰:“后贤诗云:‘尽掘七十二疑冢,必有一冢葬君尸。’宁知竟在七十二冢之外乎?奸哉瞒也!然千余年而朽骨不保,变诈亦复何益?呜呼,瞒之智,正瞒之愚耳!”

龙飞相公

安庆⑤戴生,少薄行,无检幅⑥。一日,自他醉归,途中遇故表兄季生。醉后昏眊⑦,亦忘其死,问:“向在何所?”季曰:“仆已异物,君忘之耶?”戴始恍然,而醉亦不惧,问:“冥间何作?”答云:“近在转轮王殿下司录⑧。”戴曰:“人世祸福,当必知之?”季曰:“此仆职也,乌得不知。但过

---

① 盗泉——古泉名,故址位于今山东泗水县境内,后世以盗泉喻以非法手段获不义之财。

② 许城——许昌,今河南许昌市。

③ 汉篆——汉代通行的篆书。

④ 曹孟德——曹操。

⑤ 安庆——府名,治今安徽安庆市。

⑥ 无检幅——不修边幅。

⑦ 昏眊——双眼昏花。

⑧ 轮转王殿下司录——佛教中的转轮圣王以转轮降伏四方妖魔,指在转轮王手下主簿籍。

烦,非甚关切,不能尽记耳。三日前偶稽册,尚睹君名。”戴急问其何词,季曰:“不敢相欺,尊名在黑暗狱①中。”戴大惧,酒亦醒,苦求拯拔。季曰:“此非仆所能效力,惟善可以已之。然君恶籍盈指,非大善不可复挽。穷秀才有何大力?即日行一善,非年余不能相准②,今已晚矣。但从此砥行,则地狱或有出时。”戴闻之泣下,伏地哀恳;及仰首,而季已杳矣。悒悒而归。由此洗心改行,不敢差跌③。

先是,戴私其邻妇,邻人闻之而不肯发,思掩执之。而戴自改行,永与妇绝;邻人伺之不得,以为恨。一日,遇于田间,阳与语,绐窥眢井④,因而堕之。井深数丈,计必死。而戴中夜苏,坐井中大号,殊无知者。邻人恐其复生,过宿往听之;闻其声,急投石。戴移闭洞中,不敢复作声。邻人知其不死,斸⑤土填井,几满之。洞中冥黑,真与地狱无少异者。空洞无所得食,计无生理。蒲伏渐入,则三步外皆水,无所复之,还坐故处。初觉腹馁,久竟忘之。因思重泉下无善可行,惟长宣佛号而已。既见磷火浮游,荧荧满洞,因而祝之:“闻青磷悉为冤鬼;我虽暂生,固亦难反,如可共话,亦慰寂寞。”但见诸磷渐浮水来;磷中皆有一人,高约人身之半。诘所自来,答云:“此古煤井。主人攻煤,震动古墓,被龙飞相公决地海之水,溺死四十三人。我等皆鬼也。”问:“相公何人?”曰:“不知也。但相公文学士,今为城隍幕客,彼亦怜我等无辜,三五日辄一施水粥。思我辈冷水浸骨,超拔无日。君倘再履人世,祈捞残骨葬一义冢,则惠及泉下者多矣。”戴曰:“如有万分之一,此即何难。但深在九地,安望重睹天日乎!”因教诸鬼使念佛,捻块代珠,记其藏数⑥。不知时之昏晓:倦则眠,醒则坐而已。忽见深处有笼灯,众喜曰:“龙飞相公施食矣!”邀戴同往。戴虑水沮⑦,众强曳扶以行,飘若履虚。曲折半里许,至一处,众释令自行;步益上,如升数仞之阶。阶尽,睹房廊,堂上烧明烛一支,大如臂。戴久不见火

---

① 黑暗狱——传说地狱名。
② 相准——善恶相抵。
③ 差(cuō)跌——同“蹉跌”,差错。
④ 眢(yuān)井——枯井、废井。
⑤ 斸(zhú)——大锄,意掘土。
⑥ 藏数——指诵念佛经之数。
⑦ 沮——通“阻”。

光，喜极趋上。上坐一叟，儒服儒巾。戴辍步不敢前。叟已睹见，讶问："生人何来？"戴上，伏地自陈。叟曰："我耳孙①也。"因令起，赐之坐。自言："戴潜，字龙飞。向因不肖孙堂，连结匪类，近墓作井，使老夫不安于夜室，故以海水没之。今其后续如何矣？"盖戴近宗凡五支，堂居长。初，邑中大姓赂堂，攻煤于其祖茔之侧。诸弟畏其强，莫敢争。无何，地水暴至，采煤人尽死井中。诸死者家，群兴大讼，堂及大姓皆以此贫；堂子孙至无立锥。戴乃堂弟裔也。曾闻先人传其事，因告翁。翁曰："此等不肖，其后乌得昌！汝既来此，当勿废读。"因饷以酒馔，遂置卷案头，皆成、洪制艺，迫使研读。又命题课文，如师教徒。堂上烛常明，不剪亦不灭。倦时辄眠，莫辨晨夕。翁时出，则以一僮给役。历时觉有数年之久，然幸无苦。但无别书可读，惟制艺百首，首四千余遍矣。翁一日谓曰："子孽报已满，合还人世。余冢邻煤洞，阴风刺骨，得志后，当迁我于东原。"戴敬诺。翁乃唤集群鬼，仍送至旧坐处。群鬼罗拜再嘱。戴亦不知何计可出。

先是，家中失戴，搜访既穷，母告官，系缧多人，并少踪绪。积三四年，官离任，缉察亦弛。戴妻不安于室，遣嫁去。会里中人复治旧井，入洞见戴，抚之未死。大骇，报诸其家。舁归经日，始能言其底里。自戴入井，邻人殴杀其妇，为妇翁所讼，驳审年余，仅存皮骨而归。闻戴复生，大惧亡去。宗人议究治之，戴不许；且谓曩时实所自取，此冥中之谴，于彼何与焉。邻人察其意无他，始逡巡而归。井水既涸，戴买人入洞拾骨，俾各为具，市棺设地，葬丛冢焉。又稽宗谱名潜，字龙飞，先设品物祭诸其冢。学使闻其异，又赏其文，是科以优等入闱，遂捷于乡。既归，营兆东原②，迁龙飞厚葬之；春秋上墓，岁岁不衰。

异史氏曰："余乡有攻煤者，洞没于水，十余人沉溺其中。竭水求尸，两月余始得涸，而十余人并无死者。盖水大至时，共泅高处，得不溺。缒而上之，见风始绝，一昼夜乃渐苏。始知人在地下，如蛇鸟之蛰，急切未能死也。然未有至数年者。苟非至善，三年地狱中，乌复有生人哉！"

---

① 耳孙——远孙。

② 东原——县名，今属山东省。

珊 瑚

安生大成,重庆人。父孝廉,蚤①卒。弟二成,幼。生娶陈氏,小字珊瑚,性娴淑。而生母沈,悍谬不仁,遇之虐,珊瑚无怨色。每早旦,靓妆往朝。值生疾,母谓其诲淫,诟责之。珊瑚退,毁妆以进。母益怒,投颡自挝②。生素孝,鞭妇。母始少解。自此益憎妇。妇虽奉事惟谨,终不与交一语。生知母怒,亦寄宿他所,示与妇绝。久之,母终不快,触物类而骂之,意皆在珊瑚。生曰:“娶妻以奉姑嫜,今若此,何以妻为!”遂出珊瑚,使老妪送诸其家。方出里门,珊瑚泣曰:“为女子不能作妇,归何以见双亲?不如死!”袖中出剪刀刺喉。急救之,血溢沾衿。扶归生族婶家。婶王氏,寡居无耦,遂止焉。

媪归,生嘱隐其情,而心窃恐母知。过数日,探知珊瑚创渐平,登王氏门,使勿留珊瑚。王召生入;不入,但盛气逐珊瑚。无何,王率珊瑚出见生,便问:“珊瑚何罪?”生责其不能事母。珊瑚脉脉不作一言,惟俯首呜泣,泪皆赤,素衫尽染。生惨恻不能尽词而退。又数日,母已闻之,怒诣王,恶言诮让。王傲不相下,反数其恶,且言:“妇已出,尚属安家何人?我自留陈氏女,非留安氏妇也,何烦强与他家事!”母怒甚而穷于词,又见其意气匈匈,惭沮大哭而返。珊瑚意不自安,思他适。先是,生有母姨于媪,即沈姊也。年六十余,子死,止一幼孙及寡媳;又尝善视珊瑚。遂辞王,往投媪。媪诘得故,极道妹子昏暴,即欲送之还。珊瑚力言其不可,兼嘱勿言。于是与于媪居,如姑妇焉。珊瑚有两兄,闻而怜之,欲移之归而嫁之。珊瑚执不肯,惟从于媪纺绩以自度。

生自出妇,母多方为生谋婚,而悍声流播,远近无与为耦。积三四年,二成渐长,遂先为毕姻。二成妻臧姑,骄悍戾沓,尤倍于母。母或怒以色,则臧姑怒以声。二成又懦,不敢为左右袒。于是母威顿减,莫敢撄③,反

---

① 蚤——通“早”。

② 投颡(sǎng)自挝——以头撞地,自打嘴巴。

③ 撄(yīng)——触犯。

望色笑而承迎之，犹不能得臧姑欢。臧姑役母若婢；生不敢言，惟身代母操作，涤器洒扫之事皆与焉。母子恒于无人处，相对饮泣。无何，母以郁积病，委顿在床，便溺转侧皆须生；生昼夜不得寐，两目尽赤。呼弟代役，甫入门，臧姑辄唤去之。生于是奔告于媪，冀媪临存。入门，泣且诉。诉未毕，珊瑚自帏中出。生大惭，禁声欲出。珊瑚以两手叉扉。生窘极，自肘下冲出而归，亦不敢以告母。无何，于媪至，母喜止之。由此媪家无日不以人来，来辄以甘旨饷媪。媪寄语寡媳："此处不饿，后勿复尔。"而家中馈遗，卒无少间。媪不肯少尝食，缄留以进病者。母病亦渐瘥。媪幼孙又以母命将佳饵来问疾。沈叹曰："贤哉妇乎！姊何修者！"媪曰："妹以去妇何如人？"曰；"嘻！诚不至夫己氏①之甚也！然乌如甥妇贤。"媪曰："妇在，汝不知劳；汝怒，妇不知怨：恶乎弗如？"沈乃泣下，且告之悔，曰："珊瑚嫁也未者？"答云："不知，请访之。"又数日，病良已，媪欲别。沈泣曰："恐姊去，我仍死耳！"媪乃与生谋，析二成居。二成告臧姑。臧姑不乐，语侵兄，兼及媪。生愿以良田悉归二成，臧姑乃喜。立析产书已，媪始去。明日，以车来迎沈。沈至其家，先求见甥妇，亟道甥妇德。媪曰："小女子百善，何遂无一疵？余固能容之。子即有妇如吾妇，恐亦不能享也。"沈曰："呜呼冤哉！谓我木石鹿豕耶！具有口鼻，岂有触香臭而不知者？"媪曰："被出如珊瑚，不知念子作何语？"曰："骂之耳。"媪曰："诚反躬无可骂，亦恶乎而骂之？"曰："瑕疵人所时有，惟其不能贤，是以知其骂也。"媪曰："当怨者不怨，则德焉者可知；当去者不去，则抚焉者可知。向之所馈遗而奉事者，固非予妇也，而②妇也。"沈惊曰："如何？"曰："珊瑚寄此久矣。向之所供，皆渠夜绩之所贻也。"沈闻之，泣数行下，曰："我何以见我妇矣！"媪乃呼珊瑚。珊瑚含涕而出，伏地下。母惭痛自挞，媪力劝始止，遂为姑媳如初。

十余日偕归，家中薄田数亩，不足自给，惟恃生以笔耕，妇以针耨。二成称饶足，然兄不之求，弟亦不之顾也。臧姑以嫂之出也鄙之；嫂亦恶其悍，置不齿。兄弟隔院居。臧姑时有陵虐，一家尽掩其耳。臧姑无所用虐，虐夫及婢。婢一日自经死。婢父讼臧姑，二成代妇质理，大受扑责，仍

---

① 夫(fú)己氏——某人。

② 而——通"尔"，你。

坐拘臧姑。生上下为之营脱，卒不免。臧姑械十指，肉尽脱。官贪暴，索望良奢。二成质田贷资，如数内[①]入，始释归。而债家责负日亟，不得已，悉以良田鬻于村中任翁。翁以田半属大成所让，要生署券。生往，翁忽自言："我安孝廉也。任某何人，敢市吾业！"又顾生曰："冥中感汝夫妻孝，故使我暂归一面。"生出涕曰："父有灵，急救吾弟！"曰："逆子悍妇，不足惜也！归家速办金，赎吾血产[②]。"生曰："母子仅自存活，安得多金？"曰："紫薇树下有藏金，可以取用。"欲再问之，翁已不语；少时而醒，茫不自知。生归告母，亦未深信。臧姑已率人往发窖，坎地四五尺，止见砖石，并无所谓金者，失意而去。生闻其掘藏，戒母及妻勿往视。后知其无所获，母窃往窥之，见砖石杂土中，遂返。珊瑚继至，则见土内悉白镪；呼生往验之，果然。生以先人所遗，不忍私，召二成均分之。数适得揭取之二，各囊之而归。二成与臧姑共验之，启囊则瓦砾满中，大骇。疑二成为兄所愚，使二成往窥兄，兄方陈金几上，与母相庆。因实告兄，兄亦骇，而心甚怜之，举金而并赐之。二成乃喜，往酬责讫，甚德兄。臧姑曰："即此益知兄诈。若非自愧于心，谁肯以瓜分者复让人乎？"二成疑信半之。次日，债主遣仆来，言所偿皆伪金，将执以首官。夫妻皆失色。臧姑曰："何如！我固谓兄贤不至于此，是将以杀汝也！"二成惧，往哀责主；主怒不释。二成乃券田于主，听其自售，始得原金而归。细视之，见断金二锭，仅裹真金一韭叶许，中尽铜耳。臧姑因与二成谋：留其断者，余仍反诸兄以觇之。且教之言曰："屡承让德，实所不忍。薄留二铤，以见推施之义。所存物产，尚与兄等。余无庸多田也，业已弃之，赎否在兄。"生不知其意，固让之。二成辞甚决，生乃受。称之少五两余，命珊瑚质奁妆以满其数，携付债主。主疑似旧金，以剪刀夹验之，纹色俱足，无少差谬，遂收金，与生易券。二成还金后，意其必有参差[③]；既闻旧业已赎，大奇之。臧姑疑发掘时，兄先隐其真金，忿诣兄所，责数诟厉。生乃悟反金之故。珊瑚逆而笑曰："产固在耳，何怒为？"使生出券付之。二成一夜梦父责之曰："汝不孝不弟，冥限已迫，寸土皆非己有，占赖将以奚为！"醒告臧姑，欲以田归兄。

① 内——同"纳"。

② 血产——血汗挣来的产业。

③ 参差——意见不同而发生争讼。

臧姑嗤其愚。是时二成有两男，长七岁，次三岁。无何，长男病痘死。臧姑始惧，使二成退券于兄。言之再三，生不受。未几，次男又死，臧姑益惧，自以券置嫂所。春将尽，田芜秽不耕，生不得已，种治之。臧姑自此改行，定省如孝子；敬嫂亦至。未半年而母病卒。臧姑哭之恸，至勺饮不入口。向人曰："姑早死，使我不得事，是天不许我自赎也！"产十胎皆不育，遂以兄子为子。夫妻皆寿终。生三子举两进士，人以为孝友之报云。

异史氏曰："不遭跋扈之恶，不知靖献之忠，家与国有同情哉。逆妇化而母死，盖一堂孝顺，无德以戡[①]之也。臧姑自克，谓天不许其自赎，非悟道者何能为此言乎？然应迫死，而以寿终，天固已恕之矣。生于忧患，有以矣夫！"

五　通

南有五通[②]，犹北之有狐也。然北方狐祟，尚百计驱遣之；至于江浙五通，民家有美妇，辄被淫占，父母兄弟，皆莫敢息，为害尤烈。有赵弘者，吴之典商[③]也。妻阎氏，颇风格。一夜，有丈夫岸然自外入，按剑四顾，婢媪尽奔。阎欲出，丈夫横阻之，曰："勿相畏，我五通神四郎也。我爱汝，不为汝祸。"因抱腰如举婴儿，置床上，裙带自脱，遂狎之。而伟岸甚不可堪，迷惘中呻楚欲绝。四郎亦怜惜，不尽其器。即而下床，曰："我五日当复来。"乃去。弘于门外设典肆，是夜婢奔告之。弘知其五通，不敢问。质明视妻，惫不起，心甚羞之，戒家人勿播。妇三四日始就平复，而惧其复至。婢媪不敢宿内室，悉避外舍；惟妇对烛含愁以伺之。无何，四郎偕两人入，皆少年蕴藉。有僮列肴酒，与妇共饮。妇羞缩低头，强之饮亦不饮；心惕惕然，恐更番为淫，则命合尽矣。三人互相劝酬，或呼大兄，或呼三弟。饮至中夜，上座二客并起，曰："今日四郎以美人见招，会当邀二郎、

① 戡——克，胜。

② 五通——淫鬼，邪神，活动于南方，民间多祭祀此神。

③ 典商——开设当铺的商人。

五郎醵[1]酒为贺。”遂辞而去。四郎挽妇入帏,妇哀免;四郎强合之,血液流离,昏不知人,四郎始去。妇奄卧床榻,不胜羞愤,思欲自尽,而投缳则带自绝,屡试皆然,苦不得死。幸四郎不常至,约妇痊可始一来。积两三月,一家俱不聊生。

有会稽[2]万生者,赵之表弟,刚猛善射。一日过赵,时已暮,赵以客舍为家人所集,遂导客宿内院。万久不寐,闻庭中有人行声,伏窗窥之,见一男子入妇室。疑之,捉刀而潜视之,见男子与阎氏并肩坐,肴陈几上矣。忿火中腾,奔而入。男子惊起,急觅剑;刀已中颅,颅裂而踣。视之,则一小马,大如驴。愕问妇;妇具道之,且曰:“诸神将至,为之奈何!”万摇手,禁勿声。灭烛取弓矢,伏暗中。未几,有四五人自空飞堕。万急发一矢,首者殪。三人吼怒,拔剑搜射者。万握刃依扉后,寂不少动。一人入,剁颈亦殪。仍倚扉后,久之无声,乃出,叩关告赵。赵大惊,共烛之,一马两豕死室中。举家相庆。犹恐二物复仇,留万于家,炰[3]豕烹马而供之;味美,异于常馐。万生之名,由是大噪。居月余,其怪竟绝,乃辞欲去。有木商某苦要之。

先是,木有女未嫁,忽五通昼降,是二十余美丈夫,言将聘作妇,委金百两,约吉期而去。计期已迫,合家惶惧。闻万生名,坚请过诸其家。恐万有难词,隐其情不以告。盛筵既罢,妆女出拜客,年十六七,是好女子。万错愕不解其故,离坐伛偻。某捺坐而实告之。万初闻而惊,而生平意气自豪,故亦不辞。至日,某仍悬彩于门,使万坐室中。日昃不至,窃意新郎已在诛数。未几,见檐间忽如鸟堕,则一少年盛服入。见万,反身而奔。万追出,但见黑气欲飞,以刀跃挥之,断其一足,大嗥而去。俯视,则巨爪大如手,不知何物;寻其血迹,入于江中。某大喜,闻万无耦,是夕即以所备床寝,使与女合卺焉。于是素患五通者,皆拜请一宿其家。居年余,始携妻而去。自是吴中止有一通,不敢公然为害矣。

异史氏曰:“五通、青蛙[4],惑俗已久,遂至任其淫乱,无人敢私议一

---

① 醵(jú)——凑酒钱。

② 会稽——县名,今浙江绍兴市。

③ 炰(páo)——烧烤。

④ 青蛙——青蛙神,江南俗以此为淫邪之神。

语。万生真天下之快人也!”

又

金生,字王孙,苏州人。设帐于淮,馆缙绅园中。园中屋宇无多,花木丛杂。夜既深,僮仆散尽,孤影彷徨,意绪良苦。一夜,三漏将残,忽有人以指弹扉。急问之,对以“乞火”,音类馆童。启户内之,则二八丽者,一婢从诸其后。生意妖魅,穷诘甚悉。女曰:“妾以君风雅之士,枯寂可怜,不畏多露①,相与遣此良宵。恐言其故,妾不敢来,君亦不敢纳也。”生又以为邻之奔女,惧丧行检,敬谢之。女横波一顾,生觉魂魄都迷,忽颠倒不能自主。婢已知之,便云:“霞姑,我且去。”女颔之。既而呵曰:“去则去耳,甚得云耶、霞耶!”婢既去,女笑曰:“适室中无人,遂偕婢从来。无知如此,遂以小字令君闻矣。”生曰:“卿深细如此,故仆惧有祸机。”女曰:“久当自知,保不败君行止,勿忧也。”上榻缓其装束,见臂上腕钏,以条金贯火齐②,衔双明珠;烛既灭,光照一室。生益骇,终莫测其所自至。事甫毕,婢来叩窗。女起,以钏照径,入丛树而去。自此无夕不至。生于去时,遥尾之;女似已觉,遽蔽其光,树浓茂,昏不见掌而返。

一日,生诣河北,笠带断绝,风吹欲落,辄于马上以手自按。至河,坐扁舟上,飘风堕笠,随波竟去。意颇自失。既渡,见大风飘笠,团转空际;渐落,以手承之,则带已续矣。异之。归斋向女缅述;女不言,但微哂之。生疑女所为,曰:“卿果神人,当相明告,以祛烦惑。”女曰:“岑寂之中,得此痴情人为君破闷,妾自谓不恶。纵令妾能为此,亦相爱耳。苦致诘难,欲见绝耶?”生不敢复言。

先是,生养甥女。既嫁,为五通所惑,心忧之而未以告人。缘与女狎昵既久,肺膈无不倾吐。女曰:“此等物事,家君能驱除之。顾何敢以情人之私告诸严君③?”生苦哀求计。女沉思曰:“此亦易除,但须亲往。若

---

① 不畏多露——不怕劳苦。

② 火齐——宝珠之一。

③ 严君——父亲。

辈皆我家奴隶，若令一指得着肌肤，则此耻西江[①]不能濯[②]也。”生哀求无已。女曰：“当即图之。”次夕至，告曰：“妾为君遣婢南下矣。婢子弱，恐不能便诛却耳。”次夜方寝，婢来叩户。生急内入。女问：“如何？”答云：“力不能擒，已宫[③]之矣。”笑问其状。曰：“初以为郎家也；既到，始知其非。比至婿家，灯火已张，入见娘子坐灯下，隐几若寐。我敛魂覆瓿[④]中。少时，物至，入室急退，曰：‘何得寓生人！’审视无他，乃复入。我阳若迷。彼启衾入，又惊曰：‘何得有兵气！’本不欲以秽物污指，奈恐缓而生变，遂急捉而阉之。物惊嗥，遁去。乃起启瓿，娘子若醒，而婢子行矣。”生喜谢之，女与俱去。

后半月余，绝不复至，亦已绝望。岁暮，解馆欲归，女忽至。生喜逆之，曰：“卿久见弃，念必何处获罪；幸不终绝耶？”女曰：“终岁之好，分手未有一言，终属缺事。闻君卷帐[⑤]，故窃来一告别耳。”生请偕归。女叹曰：“难言之矣！今将别，情不忍昧：妾实金龙大王[⑥]之女，缘与君有夙分，故来相就。不合遣婢江南，致江湖流传，言妾为君阉割五通。家君闻之。以为大辱，忿欲赐死。幸婢以身自任，怒乃稍解；杖婢以百数。妾一跬步，皆以保母从之。投隙一至，不能尽此衷曲，奈何！”言已，欲别。生挽之而泣。女曰：“君勿尔，后三十年可复相聚。”生曰：“仆年三十矣；又三十年，皤然一老，何颜复见？”女曰：“不然，龙宫无白叟也。且人生寿夭，不在容貌，如徒求驻颜，固亦大易。”乃书一方[⑦]于卷头而去。生旋里，甥女始言其异，云：“当晚若梦，觉一人捉予塞盎中；既醒，则血殷床褥，而怪绝矣。”生曰：“我曩祷河伯[⑧]耳。”群疑始解。

后生六十余，貌犹类三十许人。一日，渡河，遥见上流浮莲叶，大如席，一丽人坐其上，近视，则神女也。跃从之，人随荷叶俱小，渐之如钱而

① 西江——泛指大江。
② 濯——洗清。
③ 宫——割除男性生殖器。
④ 瓿(bù)——盛酱用的瓦罐。
⑤ 卷帐——辞去教职。
⑥ 金龙大王——神名，因助朱元璋而受封。
⑦ 一方——一种延寿的药方。
⑧ 河伯——河神。

灭。此事与赵弘一则,俱明季事,不知孰前孰后。若在万生用武之后,则吴下仅遗半通,宜其不足为害也。

申　氏

泾河①之侧,有士人子申氏者,家窭贫,竟日恒不举火。夫妻相对,无以为计。妻曰:"无已,子其盗乎②!"申曰:"士人子,不能亢宗③,而辱门户、羞先人,跖而生,不如夷而死!"妻忿曰:"子欲活而恶辱耶?世不田而农者,止两途:汝既不能盗,我无宁娼耳!"申怒,与妻语相侵。妻含愤而眠。申念:为男子不能谋两餐,至使妻欲娼,固不如死!潜起,投缳庭树间。但见父来,惊曰:"痴儿,何至于此!"断其绳,嘱曰:"盗可以为,须择禾黍深处伏之。此行可富,无庸再矣。"妻闻堕地声,惊寤;呼夫不应;爇火觅之,见树上缳绝,申死其下。大骇。抚捺之,移时而苏,扶卧床上。妻忿气少平。既明,托夫病,乞邻得稀酏④饵申。申啜已,出而去。至午,负一囊米至。妻问所从来,曰:"余父执⑤皆世家,向以摇尾为羞⑥,故不屑以相求也。古人云:'不遭者可无不为⑦。'今且将作盗,何顾焉!可速炊,我将从卿言,往行劫。"妻疑其未忘前言之忿,含忍之。因淅米作糜。

申饱食讫,急寻坚木,斧作梃,持之欲出。妻察其意似真,曳而止之。申曰:"子教我为,事败相累,当无悔!"绝裾而去。日暮,抵邻村,违⑧村里许伏焉。忽暴雨,上下淋湿。遥望浓树,将以投止。而电光一照,已近村垣。远处似有行人,恐为所窥,见垣下有禾黍蒙密,疾趋而入,蹲避其中。无何,一男子来,躯甚壮伟,亦投禾中。申惧,不敢少动。幸男子斜行去。

---

① 泾河——泾水,源于平凉、华亭,汇入渭水。
② 无已,子其盗乎——没法办,你去抢劫吧!
③ 亢宗——光宗耀祖。
④ 稀酏(yǐ)——稀粥。
⑤ 父执——父亲的友人。
⑥ 以摇尾为羞——以摇尾乞食为羞耻。
⑦ 不遭者可无不为——不逢其时,授予何职均可接受。
⑧ 违——离,距。

微窥之,入于垣中。默忆垣内为富室亢氏第,此必梁上君子①,伺其重获而出,当合有分。又念:其人雄健,倘善取不予,必至用武。自度力不敌,不如乘其无备而颠之②。计已定,伏伺良专。直将鸡鸣,始越垣出。足未及地,申暴起,梃中腰膂③,踣然倾跌,则一巨龟,喙张如盆。大惊,又连击之,遂毙。先是,亢翁有女,绝惠美,父母皆怜爱之。一夜,有丈夫入室,狎逼为欢。欲号,则舌已入口,昏不知人,听其所为而去。羞以告人,惟多集婢媪,严扃门户而已。夜既寝,更不知扉何自而开;入室,则群众皆迷,婢媪遍淫之。于是相告各骇,以告翁;翁戒家人操兵环绣闼,室中人烛而坐。约近夜半,内外人一时都瞑,忽若梦醒,见女白身卧,状类痴,良久始寤。翁甚恨之,而无如何。积数月,女柴瘠颇殆。每语人:"有能驱遣者,谢金三百。"申平时亦悉闻之。是夜得龟,因悟祟翁女者,必是物也。遂叩门求赏。翁喜,延之上座,使人舁龟于庭,脔割之。留申过夜,其怪果绝,乃如数赠之。负金而归。

妻以其隔夜不还,方且忧盼;见申入,急问之。申不言,以金置榻上。妻开视,几骇绝,曰:"子真为盗耶!"申曰:"汝逼我为此,又作是言!"妻泣曰:"前特以相戏耳。今犯断头之罪,我不能受贼人累也。请先死!"乃奔。申逐出,笑曳而返之,具以实告,妻乃喜。自此谋生产,称素封焉。

异史氏曰:"人不患贫,患无行耳。其行端者,虽饿不死;不为人怜,亦有鬼佑也。世之贫者,利所在忘义,食所在忘耻,人且不敢以一文相托,而何以见谅于鬼神乎!"

邑有贫民某乙,残腊向尽,身无完衣。自念:何以卒岁?不敢与妻言,暗操白梃,出伏墓中,冀有孤身而过者,劫其所有。悬望甚苦,渺无人迹;而松风刺骨,不可复耐。意濒绝矣,忽见一人伛偻来。心窃喜,持梃遽出。则一叟负囊道左,哀曰:"一身实无长物。家绝食,适于婿家乞得五升米耳。"乙夺米,复欲褫其絮袄。叟苦哀之。乙怜其老,释之,负米而归。妻诘其自,诡以"赌债"对。阴念此策良佳。次夜复往。居无几时,见一人荷梃来,亦投墓中,蹲居眺望,意似同道。乙乃逡巡自冢后出。其人惊问:

① 梁上君子——窃贼。

② 颠之——将其打倒。

③ 腰膂(lǚ)——腰椎。

"谁何?"答云:"行道者。"问:"何不行?"曰:"待君耳。"其人失笑。各以意会,并道饥寒之苦。夜既深,无所猎获。乙欲归,其人曰:"子虽作此道,然犹雏也。前村有嫁女者,营办中夜,举家必殆。从我去,得当均之。"乙喜,从之。至一门,隔壁闻炊饼声,知未寝,伏伺之。无何,一人启关荷杖出行汲①,二人乘间掩入。见灯辉北舍,他屋皆暗黑。闻一媪曰:"大姐,可向东舍一瞩,汝奁妆悉在椟中,忘扃鐍②未也。"闻少女作娇惰声。二人窃喜,潜趋东舍,暗中摸索得卧椟;启覆探之,深不见底。其人谓乙曰:"入之!"乙果入,得一裹,传递而出。其人问:"尽矣乎?"曰:"尽矣。"又绐之曰:"再索之。"乃闭椟,加锁而去。乙在其中,窘急无计。未几,灯火亮入,先照椟。闻媪云:"谁已扃矣。"于是母及女上榻息烛。乙急甚,乃作鼠啮物声。女曰:"椟中有鼠!"媪曰:"勿坏而衣。我疲顿已极,汝宜自觇之。"女振衣起,发扃启椟。乙突出,女惊仆。乙拔关奔去,虽无所得,而窃幸得免。嫁女家被盗,四方流播。或议乙。乙惧,东遁百里,为逆旅主人赁作佣。年余,浮言稍息,始取妻同居,不业白梃矣。此其自述,因类申氏,故附志之。

恒 娘

洪大业,都中③人,妻朱氏,姿致颇佳,两相爱悦。后洪纳婢宝带为妾,貌远逊朱,而洪嬖之。朱不平,辄以此反目。洪虽不敢公然宿妾所,然益嬖宝带,疏朱。后徙其居,与帛商狄姓者为邻。狄妻恒娘,先过院谒朱。恒娘三十许,姿仅中人,言词轻倩④。朱悦之。次日,答其拜,见其室亦有小妻,年二十以来,甚娟好。邻居几半年,并不闻其诟谇一语;而狄独钟爱恒娘,副室则虚员而已。朱一日见恒娘而问之曰:"予向谓良人之爱妾,为其为妾也,每欲易妻之名呼作妾。今乃知不然。夫人何术?如可授,愿

---

① 行汲——挑水。
② 扃鐍(jué)——关锁。
③ 都中——指北京。
④ 轻倩——言词轻巧,情态动人。

北面为弟子。”恒娘曰:“嘻!子则自疏,而尤①男子乎?朝夕而絮聒之,是为丛驱雀②,其离滋甚耳!其归益纵之,即男子自来,勿纳也。一月后,当再为子谋之。”

朱从其言,益饰宝带,使从丈夫寝。洪一饮食,亦使宝带共之。洪时一周旋朱,朱拒之益力,于是共称朱氏贤。如是月余,朱往见恒娘。恒娘喜曰:“得之矣!子归毁若汝,勿华服,勿脂泽,垢面敝履,杂家人操作。一月后,可复来。”朱从之:衣敝补衣,故为不洁清,而纺绩外无他问。洪怜之,使宝带分其劳;朱不受,辄叱去之。如是者一月,又往见恒娘。恒娘曰:“孺子真可教也!后日为上巳节③,欲招子踏春园。子当尽去敝衣,袍裤袜履,崭然一新,早过我。”朱曰:“诺。”至日,揽镜细匀铅黄,一如恒娘教。妆竟,过恒娘。恒娘喜曰:“可矣!”又代挽凤髻,光可鉴影。袍袖不合时制,拆其线,更作之;谓其履样拙,更于笥中出业履,共成之,讫,即令易着。临别,饮以酒,嘱曰:“归去一见男子,即早闭户寝,渠来叩关,勿听也。三度呼,可一度纳。口索舌,手索足,皆吝之。半月后,当复来。”朱归,炫妆见洪。洪上下凝睇之,欢笑异于平时。朱少话游览,便支颐作情态;日未昏,即起入房,阖扉眠矣。未几,洪果来款关,朱坚卧不起,洪始去。次夕复然。明日,洪让之。朱曰:“独眠习惯,不堪复扰。”日既西,洪入闺坐守之。灭烛登床,如调新妇,绸缪甚欢。更为次夜之约,朱不可;长与洪约,以三日为率。

半月许,复诣恒娘。恒娘阖门与语曰:“从此可以擅专房矣。然子虽美,不媚也。子之姿,一媚可夺西施之宠,况下者乎!”于是试使睨,曰:“非也!病在外眦。”试使笑,又曰:“非也!病在左颐。”乃以秋波送娇,又辗然瓠犀④微露,使朱效之。凡数十作,始略得其仿佛。恒娘曰:“子归矣,揽镜而娴习之,术无余矣。至于床笫之间,随机而动之,因所好而投之,此非可以言传者也。”朱归,一如恒娘教。洪大悦,形神俱惑,惟恐见拒。日将暮,则相对调笑,跬步不离闺闼,日以为常,竟不能推之使去。朱

---

① 尤——责怪。

② 为丛驱雀——喻正妻粗暴使丈夫宠爱小妾。

③ 上巳节——农历三月初三,古代士女踏青节。

④ 瓠犀——美人牙齿。

益善遇宝带，每房中之宴，辄呼与共榻坐；而洪视宝带益丑，不终席，遣去之。朱赚夫入宝带房，扃闭之，洪终夜无所沾染。于是宝带恨洪，对人辄怨谤。洪益厌怨之，渐施鞭楚。宝带忿，不自修，拖敝垢履，头类蓬葆①，更不复可言人矣。

恒娘一日谓朱曰："我术如何矣？"朱曰："道则至妙；然弟子能由之，而终不能知之也。纵之，何也？"曰："子不闻乎：人情厌故而喜新，重难而轻易？丈夫之爱妾，非必其美也，甘其所乍获，而幸其所难遘也。纵而饱之，则珍错亦厌，况藜羹乎！""毁之而复炫之，何也？"曰："置不留目，则似久别；忽睹艳妆，则如新至：譬贫人骤得粱肉②，则视脱粟③非味矣。而又不易与之，则彼故而我新，彼易而我难，此即子易妻为妾之法也。"朱大悦，遂为闺中之密友。

积数年，忽谓朱曰："我两人情若一体，自当不昧生平。向欲言而恐疑之也；行相别，敢以实告：妾乃狐也。幼遭继母之变，鬻妾都中。良人遇我厚，故不忍遽绝，恋恋以至于今。明日老父尸解④，妾往省觐，不复还矣。"朱把手唏嘘。早旦往视，则举家惶骇，恒娘已杳。

异史氏曰："买珠者不贵珠而贵椟：新旧易难之情，千古不能破其惑；而变憎为爱之术，遂得以行乎其间矣。古佞臣事君，勿令见人，勿使窥书。乃知容身固宠，皆有心传也。"

葛巾

常大用，洛⑤人。癖好牡丹。闻曹州⑥牡丹甲齐、鲁，心向往之。适以他事如⑦曹，因假缙绅之园居焉。时方二月，牡丹未华，惟徘徊园中，目

---

① 蓬葆——蓬草。
② 粱肉——精米肥肉。
③ 脱粟——粗米饭。
④ 尸解——道教对死亡的婉称。
⑤ 洛——洛阳。
⑥ 曹州——州、府名，今山东荷泽县。
⑦ 如——往，到。

注句萌[①],以望其拆[②]。作怀牡丹诗百绝[③]。未几,花渐含苞,而资斧将匮;寻典春衣,流连忘返。

一日,凌晨趋花所,则一女郎及老妪在焉。疑是贵家宅眷,亦遂遄返。暮而往,又见之,从容避去。微窥之,宫妆艳绝。眩迷之中,忽转一想:此必仙人,世上岂有此女子乎!急反身而搜之,骤过假山,适与媪遇。女郎方坐石上,相顾失惊。妪以身幛女,叱曰:"狂生何为!"生长跪曰:"娘子必是神仙!"妪咄之曰:"如此妄言,自当縶送令尹!"生大惧。女郎微笑曰:"去之!"过山而去。生返,不能徙步,意女郎归告父兄,必有诟辱之来。偃卧空斋,自悔孟浪。窃幸女郎无怒容,或当不复置念。悔惧交集,终夜而病。日已向辰,喜无问罪之师,心渐宁帖。而回忆声容,转惧为想。如是三日,憔悴欲死。秉烛夜分,仆已熟眠。妪入,持瓯而进曰:"吾家葛巾娘子,手合鸩汤[④],其速饮!"生闻而骇,既而曰:"仆与娘子,夙无犯嫌,何至赐死?既为娘子手调,与其相思而病,不如仰药而死!"遂引而尽之。妪笑,接瓯而去。生觉药气香冷,似非毒者。俄觉肺膈宽舒,头颅清爽,酣然睡去。既醒,红日满窗。试起,病若失,心益信其为仙。无可夤缘,但于无人时,仿佛其立处、坐处,虔拜而默祷之。

一日,行去,忽于深树内,觌面遇女郎,幸无他人,大喜,投地[⑤]。女郎近曳之,忽闻异香竟体,即以手握玉腕而起。指肤软腻,使人骨节欲酥。正欲有言,老妪忽至。女令隐身石后,南指曰:"夜以花梯度墙,四面红窗者,即妾居也。"匆匆遂去。生怅然,魂魄飞散,莫能知其所往。至夜,移梯登南垣,则垣下已有梯在,喜而下,果有红窗。室中闻敲棋声,伫立不敢复前,姑逾垣归。少间,再过之,子声犹繁;渐近窥之,则女郎与一素衣美人相对着,老妪亦在坐,一婢侍焉。又返。凡三往复,三漏已催。生伏梯上,闻妪出云:"梯也,谁置此?"呼婢共移去之。生登垣,欲下无阶,恨悒而返。

---

① 句萌——草木的幼芽。

② 拆——开放。

③ 百绝——百首绝句。

④ 鸩汤——毒药。

⑤ 投地——伏地,行大礼。

次夕复往，梯先设矣。幸寂无人，入，则女郎兀坐，若有思者。见生惊起，斜立含羞。生揖曰："自谓福薄，恐于天人无分，亦有今夕也！"遂狎抱之。纤腰盈掬，吹气如兰，撑拒曰："何遽尔！"生曰："好事多磨，迟为鬼妒。"言未及已，遥闻人语。女急曰："玉版妹子来矣！君可姑伏床下。"生从之。无何，一女子入，笑曰："败军之将，尚可复言战否？业已烹茗，敢邀为长夜之欢。"女郎辞以困惰。玉版固请之，女郎坚坐不行。玉版曰："如此恋恋，岂藏有男子在室耶？"强拉之出门而去。生膝行而出，恨绝，遂搜枕簟，冀一得其遗物，而室内并无香奁，只床头有水精如意，上结紫巾，芳洁可爱。怀之，越垣归。自理衿袖，体香犹凝，倾慕益切。然因伏床之恐，遂有怀刑之惧，筹思不敢复往，但珍藏如意，以冀其寻。

隔夕，女郎果至，笑曰："妾向以君为君子，而不知寇盗也。"生曰："良有之。所以偶不君子①者，第望其如意也。"乃揽体入怀，代解裙结。玉肌乍露，热香四流，偎抱之间，觉鼻息汗熏，无气不馥。因曰："仆固意卿为仙人，今益知不妄。幸蒙垂盼，缘在三生。但恐杜兰香之下嫁，终成离恨耳。"女笑曰："君虑亦过。妾不过离魂之倩女②，偶为情动耳。此事要宜慎秘，恐是非之口，捏造黑白，君不能生翼，妾不能乘风，则祸离更惨于好别矣。"生然之，而终疑为仙，固诘姓氏。女曰："既以妾为仙，仙人何必以姓名传。"问："妪何人？"曰："此桑姥。妾少时受其露覆，故不与婢辈同。"遂起，欲去，曰："妾处耳目多，不可久羁，蹈隙当复来。"临别，索如意，曰："此非妾物，乃玉版所遗。"问："玉版为谁？"曰："妾叔妹也。"付钩乃去。

去后，衾枕皆染异香。由此三两夜辄一至。生惑之，不复思归。而囊橐既空，欲货马。女知之，曰："君以妾故，泻囊质衣，情所不忍。又去代步，千余里将何以归？妾有私蓄，聊可助装。"生辞曰："卿情好，抚臆誓肌③，不足论报；而又贪鄙，以耗卿财，何以为人矣！"女固强之，曰："姑假君。"遂捉生臂，至一桑树下，指一石，曰："转之！"生从之。又拔头上簪，刺土数十下，又曰："爬之。"生又从之。则瓮口已见。女探入，出白镪近五十两许；生把臂止之，不听，又出十余铤，生强反其半而后掩之。一夕，

---

① 偶不君子——偶而一次不当君子。

② 倩女——钟情少女。

③ 抚臆誓肌——竭诚图报，信誓旦旦状。

谓生曰:“近日微有浮言,势不可长,此不可不预谋也。”生惊曰:“且为奈何!小生素迂谨,今为卿故,如寡妇之失守,不复能自主矣。一惟卿命,刀锯斧钺,亦所不遑顾耳!”女谋偕亡,命生先归,约会于洛。生治任旋里,拟先归而后逆之;比至,则女郎车适已至门。登堂朝家人,四邻惊贺,而并不知其窃而逃也。生窃自危;女殊坦然,谓生曰:“无论千里外非逻察所及,即或知之,妾世家女,卓王孙当无如长卿何也①。”

生弟大器,年十七,女顾之曰:“是有惠根②,前程尤胜于君。”完婚有期,妻忽夭殒。女曰:“妾妹玉版,君固尝窥见之,貌颇不恶,年亦相若,作夫妇可称嘉偶。”生闻之而笑,戏请作伐。女曰:“必欲致之,即亦非难。”喜问:“何术?”曰:“妹与妾最相善。两马驾轻车,费一妪之往返耳。”生恐前情俱发,不敢从其谋。女固言:“不害。”即命车,遣桑妪去。数日,至曹。将近里门,媪下车,使御者止而候于途,乘夜入里。良久,偕女子来,登车遂发。昏暮即宿车中,五更复行。女郎计其时日,使大器盛服而逆之五十里许,乃相遇。御轮而归,鼓吹花烛,起拜成礼。由此兄弟皆得美妇,而家又日以富。

一日,有大寇数十骑,突入第。生知有变,举家登楼。寇入,围楼。生俯问:“有仇否?”答云:“无仇。但有两事相求:一则闻两夫人世间所无,请赐一见;一则五十八人,各乞金五百。”聚薪楼下,为纵火计以胁之。生允其索金之请;寇不满志,欲焚楼,家人大恐。女欲与玉版下楼,止之不听。炫妆而下,阶未尽者三级,谓寇曰:“我姊妹皆仙媛,暂时一履尘世,何畏寇盗!欲赐汝万金,恐汝不敢受也。”寇众一齐仰拜,喏声“不敢”。姊妹欲退,一寇曰:“此诈也!”女闻之,反身伫立,曰:“意欲何作,便早图之,尚未晚也。”诸寇相顾,默无一言。姊妹从容上楼而去。寇仰望无迹,哄然始散。

后二年,姊妹各举一子,始渐自言:“魏姓③,母封曹国夫人。”生疑曹无魏姓世家,又且大姓失女,何得一置不问?未敢穷诘,而心窃怪之。遂托故复诣曹,入境谘访,世族并无魏姓。于是仍假馆旧主人。忽见壁上有

---

① 卓王孙当无如长卿何也——世家之女私奔,其家不敢张扬,为难男方。

② 惠根——佛家用语,指通达道理,成就功德的根性。

③ 魏姓——隐指牡丹葛巾出于魏家。

赠曹国夫人诗，颇涉骇异，因诘主人。主人笑，即请往观曹夫人。至则牡丹一本，高与檐等。问所由名，则以其花为曹第一，故同人戏封之。问其“何种”，曰：“葛巾紫[1]也。”心益骇，遂疑女为花妖。既归，不敢质言，但述赠夫人诗以觇之。女蹙然变色，遽出呼玉版抱儿至，谓生曰：“三年前，感君见思，遂呈身相报；今见猜疑，何可复聚！”因与玉版皆举儿摇掷之，儿堕地并没。生方惊顾，则二女俱渺矣。悔恨不已。后数日，堕儿处生牡丹二株，一夜径尺，当年而花，一紫一白，朵大如盘，较寻常之葛巾、玉版[2]瓣尤繁碎。数年，茂荫成丛；移分他所，更变异种，莫能识其名。自此牡丹之盛，洛下无双焉。

异史氏曰：“怀之专一，鬼神可通，偏反者亦不可谓无情也。少府寂寞，以花当夫人，况真能解语，何必力究其原哉？惜常生之未达也！”

---

① 葛巾紫——牡丹品种名。

② 玉版——同②。

卷十一

冯木匠

抚军周有德①，改创故藩邸为部院衙署。时方鸠工，有木作匠冯明寰直②宿其中。夜方就寝，忽见纹窗半开，月明如昼。遥望短垣上，立一红鸡；注目间，鸡已飞抢至地。俄一少女，露半身来相窥。冯疑为同辈所私；静听之，众已熟眠。私心怔忡，窃望其误投也。少间，女果越窗过，径已入怀。冯喜，默不一言。欢毕，女亦遂去。自此夜夜至。初犹自隐，后遂明告。女曰："我非误就，敬相投耳。"两人情日密。既而工满，冯欲归，女已候于旷野。冯所居村，离郡固不甚远，女遂从去。既入室，家人皆莫之睹，冯始知其非人。迨数月，精神渐减，心益惧，延师镇驱，卒无少验。一夜，女艳妆来，向冯曰："世缘俱有定数：当来推不去，当去亦挽不住。今与子别矣。"遂去。

黄英

马子才，顺天人。世好菊，至才尤甚。闻有佳种，必购之，千里不惮。一日，有金陵客寓其家，自言其中表亲③有一二种，为北方所无。马欣动，即刻治装，从客至金陵。客多方为之营求，得两芽，裹藏如宝。归至中途，遇一少年，跨蹇从油碧车④，丰姿洒落。渐近与语。少年自言："陶姓。"谈言骚雅。因问马所自来，实告之。少年曰："种无不佳，培溉在人。"因与论艺菊之法。马大悦，问："将何往？"答云："姊厌金陵，欲卜居于河朔

---

① 抚军周有德——清初旗人，曾官山东巡抚，有政绩。

② 直——通"值"，值班。

③ 中表亲——姑、舅或姨之亲。

④ 油碧车——古时妇女所乘车壁油涂饰之车。

耳。”马欣然曰：“仆虽固贫，茅庐可以寄榻。不嫌荒陋，无烦他适。”陶趋车前，向姊咨禀。车中人推帘语，乃二十许绝世美人也。顾弟言：“屋不厌卑，而院宜得广。”马代诺之，遂与俱归。

第南有荒圃，仅小室三四椽，陶喜，居之。日过北院，为马治菊。菊已枯，拔根再植之，无不活。然家清贫，陶日与马共食饮，而察其家似不举火。马妻吕，亦爱陶姊，不时以升斗馈恤之。陶姊小字①黄英，雅善谈，辄过吕所，与共纫绩。陶一日谓马曰：“君家固不丰，仆日以口腹累知交，胡可为常。为今计，卖菊亦足谋生。”马素介，闻陶言，甚鄙之，曰：“仆以君风流高士，当能安贫；今作是论，则以东篱为市井，有辱黄花②矣。”陶笑曰：“自食其力不为贪，贩花为业不为俗。人固不可苟求富，然亦不必务求贫也。”马不语，陶起而出。自是，马所弃残枝劣种，陶悉掇拾而去。由此不复就马寝食，招之始一至。未几，菊将开，闻其门嚣喧如市。怪之，过而窥焉，见市人买花者，车载肩负，道相属也。其花皆异种，目所未睹。心厌其贪，欲与绝；而又恨其私秘佳本，遂款其扉，将就诮让。陶出，握手曳入。见荒庭半亩皆菊畦，数椽之外无旷土。劚③去者，则折别枝插补之；其蓓蕾在畦者，罔不佳妙：而细认之，尽皆向所拔弃也。陶入屋，出酒馔，设席畦侧，曰：“仆贫不能守清戒，连朝幸得微资，颇足供醉。”少间，房中呼“三郎”，陶诺而去。俄献佳肴，烹饪良精。因问：“贵姊胡以不字？”答云：“时未至。”问：“何时？”曰：“四十三月。”又诘：“何说？”但笑不言。尽欢始散。过宿，又诣之，新插者已盈尺矣。大奇之，苦求其术。陶曰：“此固非可言传；且君不以谋生，焉用此？”又数日，门庭略寂，陶乃以蒲席包菊，捆载数车而去。逾岁，春将半，始载南中④异卉而归，于都中设花肆，十日尽售，复归艺菊。问之去年买花者，留其根，次年尽变而劣，乃复购于陶。陶由此日富：一年增舍，二年起夏屋。兴作从心，更不谋诸主人。渐而旧日花畦，尽为廊舍。更于墙外买田一区，筑墉⑤四周，悉种菊。至秋，

---

① 小字——小名。

② 黄花——指菊花。

③ 劚(zhú)——掘。

④ 南中——泛指南方。

⑤ 墉——土墙。

载花去，春尽不归。而马妻病卒，意属黄英，微使人风示之。黄英微笑，意似允许，惟专候陶归而已。

年余，陶竟不至。黄英课仆种菊，一如陶。得金益合商贾，村外治膏田二十顷，甲第益壮。忽有客自东粤来，寄陶生函信，发之，则嘱姊归马。考其寄书之日，即妻死之日；回忆园中之饮，适四十三月也。大奇之。以书示英，请问"致聘何所"。英辞不受采。又以故居陋，欲使就南第居，若赘焉。马不可，择日行亲迎礼。黄英既适马，于间壁开扇通南第，日过课其仆。马耻以妻富，恒嘱黄英作南北籍①，以防淆乱。而家所需，黄英辄取诸南第。不半岁，家中触类皆陶家物。马立遣人一一赍还之，戒勿复取。未浃旬，又杂之。凡数更，马不胜烦。黄英笑曰："陈仲子②毋乃劳乎？"马惭，不复稽，一切听诸黄英。鸠工庀③料，土木大作，马不能禁。经数月，楼舍连亘，两第竟合为一，不分疆界矣。然遵马教，闭门不复业菊，而享用过于世家。马不自安，曰："仆三十年清德，为卿所累。今视息人间④，徒依裙带而食，真无一毫丈夫气矣。人皆祝富，我但祝穷耳！"黄英曰："妾非贪鄙；但不少致丰盈，遂令千载下人，谓渊明⑤贫贱骨，百世不能发迹，故卿为我家彭泽⑥解嘲耳。然贫者愿富，为难；富者求贫，固亦甚易。床头金任君挥去之，妾不靳也。"马曰："捐他人之金，抑亦良丑。"英曰："君不愿富，妾亦不能贫也。无已，析君居：清者自清，浊者自浊，何害？"乃于园中筑茅茨，择美婢往侍马。马安之。然过数日，苦念黄英。招之，不肯至；不得已，反就之。隔宿辄至，以为常。黄英笑曰："东食西宿，廉者当不如是。"马亦自笑，无以对，遂复合居如初。

会马以事客金陵，适逢菊秋。早过花肆，见肆中盆列甚烦，款朵佳胜，心动，疑类陶制。少间，主人出，果陶也。喜极，具道契阔，遂止宿焉。要之归。陶曰："金陵，吾故土，将婚于是。积有薄资，烦寄吾姊。我岁杪当

① 南北籍——南北两宅各立账簿。

② 陈仲子——战国时齐人，有气节。

③ 庀（pǐ）——备。

④ 视息人间——活在世上。

⑤ 渊明——即陶渊明，晋代诗人。

⑥ 彭泽——县名，陶渊明曾任该县令。

暂去。”马不听，请之益苦。且曰：“家幸充盈，但可坐享，无须复贾。”坐肆中，使仆代论价，廉其直，数日尽售。逼促囊装，赁舟遂北。入门，则姊已除舍，床榻裀褥皆设，若预知弟也归者。陶自归，解装课役，大修亭园，惟日与马共棋酒，更不复结一客。为之择婚，辞不愿。姊遣二婢侍其寝处，居三四年，生一女。

陶饮素豪，从不见其沉醉。有友人曾生，量亦无对。适过马，马使与陶相较饮。二人纵饮甚欢，相得恨晚。自辰①以迄四漏②，计各尽百壶。曾烂醉如泥，沉睡座间。陶起归寝，出门践菊畦，玉山倾倒，委衣于侧，即地化为菊，高如人；花十余朵，皆大于拳。马骇绝，告黄英。英急往，拔置地上，曰：“胡醉至此！”覆以衣，要马俱去，戒勿视。既明而往，则陶卧畦边。马乃悟姊弟菊精也，益敬爱之。而陶自露迹，饮益放，恒自折柬招曾，因与莫逆。值花朝③，曾乃造访，以两仆舁药浸白酒一坛，约与共尽。坛将竭，二人犹未甚醉。马潜以一瓻④续入之，二人又尽之。曾醉已惫，诸仆负之以去。陶卧地，又化为菊。马见惯不惊，如法拔之，守其旁以观其变。久之，叶益憔悴。大惧，始告黄英。英闻骇曰：“杀吾弟矣！”奔视之，根株已枯。痛绝，掐其梗，埋盆中，携入闺中，日灌溉之。马悔恨欲绝，甚怨曾。越数日，闻曾已醉死矣。盆中花渐萌，九月既开，短干粉朵，嗅之有酒香，名之“醉陶”，浇以酒则茂。后女长成，嫁于世家。黄英终老，亦无他异。

异史氏曰：“青山白云人，遂以醉死，世尽惜之，而未必不自以为快也。植此种于庭中，如见良友，如对丽人，不可不物色之也。”

---

① 辰——下午四至六点。

② 四漏——四更。

③ 花朝——农历二月十五日，花朝节，百花生日。

④ 瓻（chī）——古盛酒具。

书　痴

彭城①郎玉柱，其先世官至太守，居官廉，得俸不治生产，积书盈屋。至玉柱，尤痴：家苦贫，无物不鬻，惟父藏书，一卷不忍置。父在时，曾书《劝学篇》，粘其座右，郎日讽诵；又幛以素纱，惟恐磨灭。非为干禄，实信书中真有金粟。昼夜研读，无问寒暑。年二十余，不求婚配，冀卷中丽人自至。见宾亲不知温凉，三数语后，则诵声大作，客逡巡自去。每文宗临试，辄首拔之②，而苦不得售③。

一日，方读，忽大风飘卷去。急逐之，踏地陷足；探之，穴有腐草；掘之，乃古人窖粟，朽败已成粪土。虽不可食，而益信"千钟"之说④不妄，读益力。一日，梯登高架，于乱卷中得金辇径尺，大喜，以为"金屋"之验⑤。出以示人，则镀金而非真金。心窃怨古人之诳己也。居无何，有父同年，观察是道，性好佛。或劝郎献辇为佛龛。观察大悦，赠金三百、马二匹。郎喜，以为金屋、车马皆有验，因益刻苦。然行年已三十矣。或劝其娶，曰："'书中自有颜如玉'，我何忧无美妻乎？"又读二三年，迄无效，人咸揶揄之。时民间讹言：天上织女私逃。或戏郎："天孙⑥窃奔，盖为君也。"郎知其戏，置不辨。

一夕，读《汉书》至八卷，卷将半，见纱剪美人夹藏其中。骇曰："书中颜如玉，其以此应之耶？"心怅然自失。而细视美人，眉目如生；背隐隐有细字云："织女。"大异之。日置卷上，反复瞻玩，至忘食寝。一日，方注目间，美人忽折腰起，坐卷上微笑。郎惊绝，伏拜案下。既起，已盈尺矣。益骇，又叩之。下几亭亭，宛然绝代之姝。拜问："何神？"美人笑曰："妾颜

---

① 彭城——古县名，今江苏徐州市。

② 首拔之——以第一名居首。

③ 不得售——没考中乡试。

④ 千钟之说——钟，古量器，指《劝学篇》中"书中自有千钟粟"之说法。

⑤ 金屋之验——指"书中自有黄金屋"的验证，喻书生痴到极点。

⑥ 天孙——织女。

氏，字如玉，君固相知已久。日垂青盼，脱不一至，恐千载下无复有笃信古人者。”郎喜，遂与寝处。然枕席间亲爱倍至，而不知为人①。每读，必使女坐其侧。女戒勿读，不听。女曰：“君所以不能腾达者，徒以读耳。试观春秋榜上，读如君者几人？若不听，妾行去矣。”郎暂从之。少顷，忘其教，吟诵复起。逾刻，索女，不知所在。神志丧失，嘱而祷之，殊无影迹。忽忆女所隐处，取《汉书》细检之，直至旧所，果得之。呼之不动，伏以哀祝。女乃下曰：“君再不听，当相永绝！”因使治棋枰、樗蒲②之具，日与遨戏。而郎意殊不属。觑女不在，则窃卷流览。恐为女觉，阴取《汉书》第八卷，杂溷③他所以迷之。一日，读酣，女至，竟不之觉；忽睹之，急掩卷，而女已亡矣。大惧，冥搜诸卷，渺不可得；既，仍于《汉书》八卷中得之，叶数不爽。因再拜祝，矢不复读。女乃下，与之弈，曰：“三日不工④，当复去。”至三日，忽一局赢女二子。女乃喜，授以弦索，限五日工一曲。郎手营目注，无暇他及；久之，随指应节，不觉鼓舞。女乃日与饮博，郎遂乐而忘读。女又纵之出门，使结客，由此倜傥之名暴著。女曰：“子可以出而试矣。”

郎一夜谓女曰：“凡人男女同居则生子；今与卿居久，何不然也？”女笑曰：“君日读书，妾固谓无益。今即夫妇一章⑤，尚未了悟，枕席二字有工夫。”郎惊问：“何工？”女笑不言。少间，潜迎就之。郎乐极曰：“我不意夫妇之乐，有不可言传者。”于是逢人辄道，无有不掩口者。女知而责之。郎曰：“钻穴逾隙者，始不可以告人；天伦之乐⑥，人所皆有，何讳焉。”过八九月，女果举一男，买媪抚字之。

一日，谓郎曰：“妾从君二年，业生子，可以别矣。久恐为君祸，悔之已晚。”郎闻言，泣下，伏不起，曰：“卿不念呱呱者耶？”女亦悽然，良久曰：“必欲妾留，当举架上书尽散之。”郎曰：“此卿故乡，乃仆性命，何出此

---

① 为人——性生活。
② 樗(chū)蒲——赌具。
③ 溷——同“混”。
④ 工——精通。
⑤ 章——章节。
⑥ 天伦之乐——夫妇间的乐趣。

言！”女不之强，曰：“妾亦知其有数，不得不预告耳。”先是，亲族或窥见女，无不骇绝，而又未闻其缔姻何家，共诘之。郎不能作伪语，但默不言。人益疑，邮传几徧①，闻于邑宰史公。史，闽人，少年进士。闻声倾动，窃欲一睹丽容，因而拘郎及女。女闻知，遁匿无迹。宰怒，收郎，斥革衣衿，梏械备加，务得女所自往。郎垂死，无一言。械其婢，略得道其仿佛。宰以为妖，命驾亲临其家。见书卷盈屋，多不胜搜，乃焚之；庭中烟结不散，暝若阴霾。

郎既释，远求父门人书，得从辨复②。是年秋捷，次年举进士。而衔恨切于骨髓。为颜如玉之位，朝夕而祝曰：“卿如有灵，当佑我官于闽。”后果以直指巡闽③。居三月，访史恶款④，籍其家。时有中表为司理⑤，逼纳爱妾，托言买婢寄署中。案既结，郎即日自劾，取妾而归。

异史氏曰：“天下之物，积则招妒，好则生魔：女之妖，书之魔也。事近怪诞，治之未为不可；而祖龙之虐⑥，不已惨乎！其存心之私，更宜得怨毒之报也。呜呼！何怪哉！”

齐天大圣

许盛，兖⑦人。从兄成贾于闽，货未居积。客言大圣⑧灵著，将祷诸祠。盛未知大圣何神，与兄俱往。至则殿阁连蔓，穷极弘丽。入殿瞻仰，神猴首人身，盖齐天大圣孙悟空云。诸客肃然起敬，无敢有惰容。盛素刚直，窃笑世俗之陋。众焚尊叩祝，盛潜去之。

---

① 徧——同“遍。”
② 辨复——向上级官府申诉理由，请求恢复原职。
③ 以直指巡闽——以御史身份巡察福建。
④ 恶款——作恶的数量。
⑤ 司理——主管司法的州官。
⑥ 祖龙之虐——指秦始皇焚书坑儒，喻指邑宰火烧书痴的藏书。
⑦ 兖——今山东兖州市。
⑧ 大圣——《西游记》中的孙悟空。

既归，兄责其慢。盛曰："孙悟空乃丘翁①之寓言，何遂诚信如此？如其有神，刀槊雷霆，余自受之！"逆旅主人闻呼大圣名，皆摇手失色，若恐大圣闻。盛见其状，益哗辨之；听者皆掩耳而走。至夜，盛果病，头痛大作。或劝诣祠谢，盛不听。未几，头小愈，股又痛，竟夜生巨疽，连足尽肿，寝食俱废。兄代祷，迄无验。或言：神谴须自祝。盛卒不信。月余，疮渐敛，而又一疽生，其痛倍苦。医来，以刀割腐肉，血溢盈碗；恐人神其词，故忍而不呻。又月余，始就平复。而兄又大病。盛曰："何如矣！敬神者亦复如是，足征余之疾，非由悟空也。"兄闻其言，益恚，谓神迁怒，责弟不为代祷。盛曰："兄弟犹手足。前日支体糜烂而不之祷；今岂以手足之病，而易吾守乎？"但为延医剉药②，而不从其祷。药下，兄暴毙。盛惨痛结于心腹，买棺殓兄已，投祠指神而数之曰："兄病，谓汝迁怒，使我不能自白。倘尔有神，当令死者复生。余即北面称弟子，不敢有异词；不然，当以汝处三清之法③，还处汝身，亦以破吾兄地下之惑。"至夜，梦一人招之去，入大圣祠，仰见大圣有怒色，责之曰："因汝无状，以菩萨刀穿汝胫股；犹不自悔，啧有烦言。本宜送拔舌狱④，念汝一生刚鲠，姑置宥赦。汝兄病，乃汝以庸医夭其寿数，与人何尤？今不少施法力，益令狂妄者引为口实。"乃命青衣使请命于阎罗。青衣白："三日后，鬼籍已报天庭，恐难为力。"神取方版，命笔，不知何词，使青衣执之而去。良久乃返。成与俱来，并跪堂上。神问："何迟？"青衣白："阎摩不敢擅专，又持大圣旨上咨斗宿⑤，是以来迟。"盛趋上拜谢神恩。神曰："可速与兄俱去。若能向善，当为汝福。"兄弟悲喜，相将俱归。醒而异之。急起，启材视之，兄果已苏，扶出，极感大圣力。盛由此诚服，信奉更倍于流俗。而兄弟资本，病中已耗其半；兄又未健，相对长愁。

一日，偶游郊郭，忽一褐衣人相之曰："子何忧也？"盛方苦无所诉，因

---

① 丘翁——指金、元时全真道龙门派创始人丘处机。

② 剉药——制药。

③ 三清之法——指孙悟空在车迟国将元始天尊、灵宝道君、太上老君的圣像投入厕所。

④ 拔舌狱——传说中十八层地狱之一。

⑤ 斗宿——此指南斗星（主生）、北斗星（主死）。

而备述其遭。褐衣人曰："有一佳境，暂往瞻瞩，亦足破闷。"问："何所？"但云："不远。"从之。出郭半里许，褐衣人曰："予有小术，顷刻可到。"因命以两手抱腰，略一点头，遂觉云生足下，腾踔而上，不知几百由旬[①]。盛大惧，闭目不敢少启。顷之，曰："至矣。"忽见琉璃世界，光明异色，讶问："何处？"曰："天宫也。"信步而行，上上益高。遥见一叟，喜曰："适遇此老，子之福也！"举手相揖。叟邀过诸其所，烹茗献客；止两盏，殊不及盛。褐衣人曰："此吾弟子，千里行贾，敬造仙署，求少赠馈。"叟命僮出白石一柈[②]，状类雀卵，莹澈如冰，使盛自取之。盛念携归可作酒枚[③]，遂取其六。褐衣人以为过廉，代取六枚，付盛并裹之。嘱纳腰橐，拱手曰："足矣。"辞叟出，仍令附体而下，俄顷及地。盛稽首请示仙号。笑曰："适即所谓觔斗云[④]也。"盛恍然，悟为大圣，又求祐护。曰："适所会财星，赐利十二分[⑤]，何须他求。"盛又拜之，起视已渺。既归，喜而告兄。解取共视，则融入腰橐矣。后辇货而归，其利倍蓰。自此屡至闽，必祷大圣。他人之祷，时不甚验；盛所求无不应者。

异史氏曰："昔士人过寺，画琵琶于壁而去；比返，则其灵大著，香火相属焉。天下事固不必实有其人；人灵之，则既灵焉矣。何以故？人心所聚，物或托焉耳。若盛之方鲠，固宜得神明之佑；岂真耳内绣针、毫毛能变，足下觔斗、碧落可升哉！卒为邪惑，亦其见之不真也。"

青　蛙　神

江汉之间，俗事蛙神最虔。祠中蛙不知几百千万，有大如笼者。或犯神怒，家中辄有异兆：蛙游几榻，甚或攀缘滑壁不得堕，其状不一，此家当凶。人则大恐，斩牲禳祷之，神喜则已。楚有薛昆生者，幼惠，美姿容。六

---

① 由旬——古印度长度单位，或四十里，或三十里。
② 柈（pán）——盘、碟。
③ 酒枚——酒筹，饮酒量具。
④ 觔斗云——筋斗云，相传一纵十万八千里。
⑤ 十二分——十二分利市。

七岁时，有青衣媪至其家，自称神使，坐致神意，愿以女下嫁昆生。薛翁性朴拙，雅不欲，辞以儿幼。虽故却之，而亦未敢议婚他姓。迟数年，昆生渐长，委禽于姜氏。神告姜曰："薛昆生，吾婿也，何得近禁脔①！"姜惧，反其仪。薛翁忧之，洁牲往祷，自言不敢与神相匹偶。祝已，见肴酒中皆有巨蛆浮出，蠢然扰动；倾弃，谢罪而归。心益惧，亦姑听之。一日，昆生在途，有使者迎宣神命，苦邀移趾。不得已，从与俱往。入一朱门，楼阁华好。有叟坐堂上，类七八十岁人。昆生伏谒。叟命曳起之，赐坐案傍。少间，婢媪集视，纷纭满侧。叟顾曰："入言薛郎至矣。"数婢奔去。移时，一媪率女郎出，年十六七，丽绝无俦。叟指曰："此小女十娘，自谓与君可称佳偶；君家尊乃以异类见拒。此自百年事②，父母止主其半，是在君耳。"昆生目注十娘，心爱好之，默然不言。媪曰："我固知郎意良佳。请先归，当即送十娘往也。"昆生曰；"诺。"趋归告翁。翁仓遽无所为计，乃授之词，使返谢之，昆生不肯行。方诮让间，舆已在门，青衣成群，而十娘入矣。上堂朝拜翁姑，见之皆喜。即夕合卺，琴瑟甚谐。由此神翁神媪，时降其家。视其衣，赤为喜，白为财，必见，以故家日兴。

自婚于神，门堂藩溷皆蛙，人无敢诟蹴之。惟昆生少年任性，喜则忌，怒则践毙，不甚爱惜。十娘虽谦驯，但善怒，颇不善昆生所为；而昆生不以十娘故敛抑之。十娘语侵昆生，昆生怒曰："岂以汝家翁媪能祸人耶？丈夫何畏蛙也！"十娘甚讳言"蛙"，闻之恚甚，曰："自妾入门，为汝家田增粟，贾益价，亦复不少。今老幼皆已温饱，遂如鸮鸟生翼，欲啄母睛耶！"昆生益愤曰："君正嫌所增污秽，不堪贻子孙。请不如早别。"遂逐十娘。翁媪既闻之，十娘已去。呵昆生，使急往追复之。昆生盛气不屈。至夜，母子俱病，郁冒③不食。翁惧，负荆于祠，词义殷切。过三日，病寻愈。十娘亦自至，夫妻欢好如初。

十娘日辄凝妆坐，不操女红，昆生衣履，一委诸母。母一日忿曰："儿既娶，仍累媪！人家妇事姑，我家姑事妇！"十娘适闻之，负气登堂曰："儿妇朝侍食，暮问寝，事姑者，其道如何？所短者，不能吝佣钱，自作苦耳。"

---

① 禁脔——喻独占之物。

② 百年事——婚姻大事。

③ 郁冒——郁闷。

母无言，惭沮自哭。昆生入，见母涕痕，诘得故，怒责十娘。十娘执辨不屈。昆生曰："娶妻不能承欢，不如勿有！便触老蛙怒，不过横灾死耳！"复出十娘。十娘亦怒，出门径去。次日，居舍灾，延烧数屋，几案床榻，悉为煨烬。昆生怒，诣祠责数曰："养女不能奉翁姑，略无庭训，而曲护其短！神者至公，有教人畏妇者耶！且盎盂①相敲，皆臣所为，无所涉于父母。刀锯斧钺，即加臣身；如其不然，我亦焚汝居室，聊以相报。"言已，负薪殿下，爇火欲举。居人集而哀之，始愤而归。父母闻之，大惧失色。至夜，神示梦于近村，使为婿家营宅。及明，赍材鸠工，共为昆生建造，辞之不止；日数百人相属于道，不数日，第舍一新，床幕器具悉备焉。修除甫竟，十娘已至，登堂谢过，言词温婉。转身向昆生展笑，举家变怨为喜。自此十娘性益和，居二年，无间言。

十娘最恶蛇，昆生戏函②小蛇，绐使启之。十娘色变，诟昆生。昆生亦转笑生嗔，恶相抵。十娘曰："今番不待相迫逐，请从此绝。"遂出门去。薛翁大恐，杖昆生，请罪于神。幸不祸之，亦寂无音。积有年余，昆生怀念十娘，颇自悔，窃诣神所哀十娘，迄无声应。未几，闻神以十娘字袁氏，中心失望，因亦求婚他族；而历相数家，并无如十娘者，于是益思十娘。往探袁氏，则已垩壁涤庭，候鱼轩③矣。心愧愤不能自已，废食成疾。父母忧皇，不知所处。忽昏愦中有人抚之曰："大丈夫频欲断绝，又作此态！"开目，则十娘也。喜极，跃起曰："卿何来？"十娘曰："以轻薄人相待之礼，止宜从父命，另醮而去。固久受袁家采币，妾千思万思而不忍也。卜吉已在今夕，父又无颜反璧④，妾亲携而置之矣。适出门，父走送曰：'痴婢！不听吾言，后受薛家凌虐，纵死亦勿归也！'"昆生感其义，为之流涕。家人皆喜，奔告翁媪。媪闻之，不待往朝，奔入子舍，执手呜泣。

由此昆生亦老成，不作恶谑，于是情好益笃。十娘曰："妾向以君儇薄，未必遂能相白首，故不欲留孽根于人世；今已靡他，妾将生子。"居无何，神翁神媪着朱袍，降临其家。次日，十娘临蓐，一举两男。由此往来无

---

① 盎盂——盆碗类食具，喻口角、磨擦。

② 函——小匣子。

③ 鱼轩——古时贵夫人所乘以兽皮为饰的车子。

④ 反璧——退还聘礼。

间。居民或犯神怒，辄先求昆生；乃使妇女辈盛妆入闺，朝拜十娘，十娘笑则解。薛氏苗裔甚繁，人名之“薛蛙子家”。近人不敢呼，远人则呼之。

又

青蛙神，往往托诸巫以为言。巫能察神嗔喜：告诸信士曰“喜矣”，福则至；“怒矣”，妇子坐愁叹，有废餐者。流俗然哉？抑神实灵、非尽妄也？

有富贾周某，性吝啬。会居人敛金修关圣祠，贫富皆与有力，独周一毛所不肯拔。久之，工不就，首事者无所为谋。适众赛蛙神[1]，巫忽言：“周将军仓命小神司募政，其取簿籍来。”众从之。巫曰：“已捐者，不复强；未捐者，量力自注。”众唯唯敬听，各注已。巫视曰：“周某在此否？”周方混迹其后，惟恐神知，闻之失色，次且[2]而前。巫指籍曰：“注[3]金百。”周益窘。巫怒曰：“淫债尚酬二百，况好事耶！”盖周私一妇，为夫掩执，以金二百自赎，故讦之也。周益惭惧，不得已，如命注之。既归，告妻。妻曰：“此巫之诈耳。”巫屡索，卒弗与。一日，方昼寝，忽闻门外如牛喘。视之，则一巨蛙，室门仅容其身，步履蹇缓，塞两扉而入。既入，转身卧，以阈承颔[4]，举家尽惊。周曰：“此必讨募金也。”焚香而祝，愿先纳三十，其余以次赍送，蛙不动；请纳五十，身忽一缩，小尺许；又加二十，益缩如斗，请全纳，缩如拳，从容出，入墙罅而去。周急以五十金送监造所，人皆异之，周亦不言其故。

积数日，巫又言：“周某欠金五十，何不催并？”周闻之，惧，又送十金，意将以次完结。一日，夫妇方食，蛙又至，如前状，目作努。少间，登其床，床摇撼欲倾；加喙于枕而眠，腹隆起如卧牛，四隅皆满。周惧，即完百数与之。验之，仍不少动。半日间，小蛙渐集，次日益多，穴仓登榻，无处不至；大于碗者，升灶啜蝇，糜烂釜中，以致秽不可食；至三日，庭中蠢蠢，更无隙

---

① 蛙神——青蛙神。

② 次且——同“趑趄”，脚步不稳。

③ 注——捐资。

④ 以阈（yù）承颔——以门槛抵住下巴，惭愧状。

处。一家皇骇，不知计之所出。不得已，请教于巫。巫曰："此必少之也。"遂祝之，益以廿金，首始举；又益之，起一足；直至百金，四足尽起，下床出门，狼犺数步，复返身卧门内。周惧，问巫。巫揣其意，欲周即解囊。周无奈，如数付巫，蛙乃行，数步外，身暴缩，杂众蛙中，不可辨认，纷纷然亦渐散矣。

祠既成，开光祭赛，更有所需。巫忽指首事者曰："某宜出如干数。"共十五人，止遗二人。众祝曰："吾等与某某，已同捐过。"巫曰："我不以贫富为有无，但以汝等所侵渔之数为多寡。此等金钱，不可自肥，恐有横灾飞祸。念汝等首事勤劳，故代汝消之也。除某某廉正无苟且外，即我家巫，我亦不少私之，便令先出，以为众倡。"即奔入家，搜括籍椟。妻问之，亦不答，尽卷囊蓄而出，告众曰："某私克银八两，今使倾囊。"与众衡之，秤得六两余，使人志其欠数。众愕然，不敢置辨，悉如数纳入。巫过此茫不自知；或告之，大惭，质衣以盈之。惟二人亏其数，事既毕，一人病月余，一人患疔肿，医药之费，浮于所欠，人以为私克之报云。

异史氏曰："老蛙司募，无不可与为善之人，其胜刺钉拖索者，不既多乎？又发监守之盗，而消其灾，则其现威猛，正其行慈悲也。"

任　秀

任建之，鱼台①人，贩毡裘为业。竭资赴陕。途中逢一人，自言："申竹亭，宿迁②人。"话言投契，盟为弟昆，行止与俱。至陕，任病不起，申善视之。积十余日，疾大渐。谓申曰；"吾家故无恒产，八口衣食，皆恃一人犯霜露。今不幸，殂谢异域。君，我手足也，两千里外，更有谁何！囊金二百余金，一半君自取之，为我小备殓具，剩者可助资斧；其半寄吾妻子，俾辇吾榇而归。如肯携残骸旋故里，则装资勿计矣。"乃扶枕为书付申，至夕而卒。申以五六金为市薄材，殓已。主人催其移槥③，申托寻寺观，竟

① 鱼台——今山东鱼台县。

② 宿迁——今江苏宿迁县，距鱼台县较近。

③ 槥(huì)——小而薄的棺木。

遁不反。任家年余方得确耗。任子秀时年十七，方从师读，由此废学，欲往寻父柩。母怜其幼，秀哀涕欲死，遂典资治任，俾老仆佐之行，半年始还。殡后，家贫如洗。幸秀聪颖，释服，入鱼台泮[1]。而佻达善博，母教戒綦严，卒不改。一日，文宗案临，试居四等。母愤泣不食。秀惭惧，对母自矢。于是闭户年余，遂以优等食饩。母劝令设帐，而人终以其荡无检幅，咸诮薄之。

有表叔张某，贾京师，劝使赴都，愿携与俱，不耗其资。秀喜，从之。至临清[2]，泊舟关外[3]。时盐航舣集，帆樯如林。卧后，闻水声人声，聒耳不寐。更既静，忽闻邻舟骰声[4]清越，入耳萦心，不觉旧技复痒。窃听诸客，皆已酣寝，囊中自备千文，思欲过舟一戏。潜起解囊，捉钱踟蹰，回思母训，即复束置。既睡，心怔冲，苦不得眠；又起，又解：如是者三。兴勃发，不可复忍，携钱径去。至邻舟，则见两人对赌，钱注丰美。置钱几上，即求入局。二人喜，即与共掷。秀大胜。一客钱尽，即以巨金质舟主，渐以十余贯作孤注。赌方酣，又有一人登舟来，眈视良久，亦倾囊出百金质主人，入局共博。张中夜醒，觉秀不在舟，闻骰声，心知之，因诣邻舟，欲挠沮之。至，则秀胯侧积资如山，乃不复言，负钱数千而返。呼诸客并起，往来移运，尚存十余千。未几，三客俱败，一舟之钱尽空。客欲赌金，而秀欲已盈，故托非钱不博以难之。张在侧，又促逼令归。三客燥急。舟主利其盆头[5]，转贷他舟，得百余千。客得钱，赌更豪；无何，又尽归秀。天已曙，放晓关矣，共运资而返。三客亦去。主人视所质二百余金，尽箔灰[6]耳。大惊，寻至秀舟，告以故，欲取偿于秀。及问姓名、里居，知为建之之子，缩颈羞汗而退。过访榜人，乃知主人即申竹亭也。

秀至陕时，亦颇闻其姓字；至此鬼已报之，故不复追其前郄[7]矣。乃

---

① 泮——县学。
② 临清——今山东临清县。
③ 关外——关卡之外。
④ 骰声——掷骰子声。
⑤ 盆头——意指赌具之主向赢家抽头分利。
⑥ 箔灰——涂有金属粉的烧纸灰。
⑦ 前郄(xì)——前仇。

以资与张合业而北，终岁获息倍蓰①。遂援例②入监。益权子母，十年间，财雄一方。

晚　霞

五月五日，吴越间有斗龙舟之戏。刳木为龙，绘鳞甲，饰以金碧；上为雕甍朱槛；帆旌皆以锦绣；舟末为龙尾，高丈余。以布索引木板下垂，有童坐板上，颠倒滚跌，作诸巧剧；下临江水，险危欲堕。故其购是童也，先以金啖其父母，预调驯之，堕水而死，勿悔也。吴门则载美姬，较不同耳。

镇江有蒋氏童阿端，方七岁，便捷奇巧，莫能过，声价益起，十六岁犹用之。至金山③下，堕水死。蒋媪止此子，哀鸣而已。阿端不自知死，有两人导去，见水中别有天地；回视，则流波四绕，屹如壁立。俄入宫殿，见一人兜牟坐④。两人曰："此龙窝君也。"便使拜伏。龙窝君颜色和霁，曰："阿端伎巧可入柳条部。"遂引至一所，广殿四合。趋上东廊，有诸少年出与为礼，率十三四岁。即有老妪来，众呼解姥。坐令献技。已，乃教以钱塘飞霆之舞，洞庭和风之乐。但闻鼓钲喤聒，诸院皆响；既而诸院皆息。姥恐阿端不能即娴，独絮絮调拨之；而阿端一过，殊已了了。姥喜曰："得此儿，不让晚霞矣！"

明日，龙窝君按部，诸部毕集。首按夜叉部：鬼面鱼服；鸣大钲，围四尺许；鼓可四人合抱之，声如巨霆，叫噪不复可闻。舞起，则巨涛汹涌，横流空际，时堕一点星光，及着地消灭。龙窝君急止之，命进乳莺部：皆二八姝丽，笙乐细作，一时清风习习，波声俱静，水渐凝如水晶世界，上下通明。按毕，俱退立西墀下。次按燕子部：皆垂髫人，内一女郎，年十四五已来，振袖倾鬟，作散花舞；翩翩翔起，衿袖袜履间，皆出五色花朵，随风飏下，飘泊满庭。舞毕，随其部亦下西墀。阿端旁睨，雅爱好之。问之同部，即晚

---

① 倍蓰（xǐ）——加倍。

② 援例——捐资买官。

③ 金山——位于今江苏镇江市西北。

④ 兜牟坐——头戴着头盔坐着。

霞也。无何,唤柳条部。龙窝君特试阿端。端作前舞,喜怒随腔,俯仰中节。龙窝君嘉其惠悟,赐五文袴褶①,鱼须金束发,上嵌夜光珠。阿端拜赐下,亦趋西墀,各守其伍。端于众中遥注晚霞,晚霞亦遥注之。少间,端逡巡出部而北,晚霞亦渐出部而南;相去数武,而法严不敢乱部,相视神驰而已。既按蛱蝶部:童男女皆双舞,身长短、年大小、服色黄白,皆取诸同。诸部按已,鱼贯而出。柳条在燕子部后,端疾出部前,而晚霞已缓滞在后。回首见端,故遗珊瑚钗,端急内袖中。

既归,凝思成疾,眠餐顿废。解姥辄进甘旨,日三四省,抚摩殷切,病不少瘥。姥忧之,罔所为计,曰:"吴江王寿期已促②,且为奈何!"薄暮,一童子来,坐榻上与语,自言隶蛱蝶部。从容问曰:"君病为晚霞否?"端惊问:"何知?"笑曰:"晚霞亦如君耳。"端凄然起坐,便求方计。童问:"尚能步否?"答云:"勉强尚能自力。"童挽出,南启一户;折而西,又阚双扉。见莲花数十亩,皆生平地上;叶大如席,花大如盖,落瓣堆梗下盈尺。童引入其中,曰:"姑坐此。"遂去。少时,一美人拨莲花而入,则晚霞也。相见惊喜,各道相思,略述生平。遂以石压荷盖令侧,雅可幛蔽;又匀铺莲瓣而藉之,忻与狎寝。既,订后约,日以夕阳为候,乃别。端归,病亦寻愈。由此两人日一会于莲亩。

过数日,随龙窝君往寿吴江王。称寿已,诸部悉还,独留晚霞及乳莺部一人在宫中教舞。数月,更无音耗,端怅望若失。惟解姥日往来吴江府;端托晚霞为外妹③,求携去,冀一见之。留吴江门下数日,宫禁森严,晚霞苦不得出,怏怏而返。积月余,痴想欲绝。一日,解姥入,戚然相吊曰:"惜乎!晚霞投江矣!"端大骇,涕下不能自止。因毁冠裂服,藏金珠而出,意欲相从俱死。但见江水若壁,以首力触不得入。念欲复还,惧问冠服,罪将增重。意计穷蹙,汗流浃踵。忽睹壁下有大树一章,乃猱攀而上,渐至端杪;猛力跃堕,幸不沾濡,而竟已浮水上。不意之中,恍睹人世,遂飘然泅去。移时,得岸,少坐江滨,顿思老母,遂趁舟而去。抵里,四顾居庐,忽如隔世。次且至家,忽闻窗中有女子曰:"汝子来矣。"音声甚似

---

① 五文袴褶(zhě)——五彩军服。

② 促——逼近。

③ 外妹——表妹。

晚霞。俄，与母俱出，果霞。斯时两人喜胜于悲；而媪则悲疑惊喜，万状俱作矣。

初，晚霞在吴江，觉腹中震动，龙宫法禁严，恐旦夕身娩，横遭挞楚；又不得一见阿端，但欲求死，遂潜投江水。身泛起，沉浮波中，有客舟拯之，问其居里。晚霞故吴名妓，溺水不得其尸。自念衖院①不可复投，遂曰："镇江蒋氏，吾婿也。"客因代贳扁舟，送诸其家。蒋媪疑其错误，女自言不误，因以其情详告媪。媪以其风格韵妙，颇爱悦之；第虑年太少，必非肯终寡也者。而女孝谨，顾家中贫，便脱珍饰售数万。媪察其志无他，良喜。然无子，恐一旦临蓐，不见信于戚里，以谋女。女曰："母但得真孙，何必求人知。"媪亦安之。会端至，女喜不自已。媪亦疑儿不死；阴发儿冢，骸骨具存。因以此诘端。端始爽然自悟；然恐晚霞恶其非人，嘱母勿复言。母然之。遂告同里，以为当日所得非儿尸，然终虑其不能生子。未几，竟举一男，捉之无异常儿，始悦。久之，女渐觉阿端非人，乃曰："胡不早言！凡鬼衣龙宫衣，七七魂魄坚凝，生人不殊矣。若得宫中龙角胶，可以续骨节而生肌肤，惜不早购之也。"

端货其珠，有贾胡出资百万，家由此巨富。值母寿。夫妻歌舞称觞，遂传闻王邸。王欲强夺晚霞。端惧，见王自陈："夫妇皆鬼。"验之无影而信，遂不之夺。但遣宫人就别院传其技。女以龟溺毁容②，而后见之。教三月，终不能尽其技而去。

白　秋　练

直隶有慕生，小字蟾宫，商人慕小寰之子。聪惠喜读。年十六，翁以文业迂，使去而学贾，从父至楚。每舟中无事，辄便吟诵。抵武昌，父留居逆旅，守其居积。生乘父出，执卷哦诗，音节铿锵。辄见窗影憧憧，似有人窃听之，而亦未之异也。一夕，翁赴饮，久不归，生吟益苦。有人徘徊窗外，月映甚悉。怪之，遽出窥觇，则十五六倾城之姝。望见生，急避去。又

① 衖(háng)院——妓院。

② 龟溺毁容——以龟尿弄丑自己容貌。

二三日,载货北旋,暮泊湖滨。父适他出,有媪入曰:“郎君杀吾女矣!”生惊问之,答云:“妾白姓。有息女秋练,颇解文字。言在郡城,得听清吟,于今结想,至绝眠餐。意欲附为婚姻,不得复拒。”生心实爱好,第虑父嗔,因直以情告。媪不实信,务要盟约。生不肯。媪怒曰:“人世姻好,有求委禽而不得者。今老身自媒,反不见内,耻孰甚焉!请勿想北渡矣!”遂去。少间,父归,善其词以告之,隐冀垂纳。而父以涉远,又薄女子之怀春也,笑置之。

泊舟处,水深没棹;夜忽沙碛拥起,舟滞不得动。湖中每岁客舟必有留住守洲者,至次年桃花水[1]溢,他货未至,舟中物当百倍于原直也,以故翁未甚忧怪。独冀明岁南来,尚须揭资[2],于是留子自归。生窃喜,悔不诘媪居里。日既暮,媪与一婢扶女郎至,展衣卧诸榻上,向生曰:“人病至此,莫高枕作无事者!”遂去。生初闻而惊;移灯视女,则病态含娇,秋波自流。略致讯诘,嫣然微笑。生强其一语。曰:“‘为郎憔悴却羞郎’,可为妾咏。”生狂喜,欲近就之,而怜其荏弱。探手于怀,接脗[3]为戏。女不觉欢然展谑,乃曰:“君为妾三吟王建‘罗衣叶叶[4]’之作,病当愈。”生从其言。甫两过,女揽衣起坐曰:“妾愈矣!”再读,则娇颤相和。生神志益飞,遂灭烛共寝。女未曙已起,曰:“老母将至矣。”未几,媪果至。见女凝妆欢坐,不觉欣慰;邀女去,女俯首不语。媪即自去,曰:“汝乐与郎君戏,亦自任也。”于是生始研问居止。女曰:“妾与君不过倾盖之交[5],婚嫁尚不可必,何须令知家门。”然两人互相爱悦,要誓良坚。女一夜早起挑灯,忽开卷凄然泪莹,生急起问之。女曰:“阿翁行且至。我两人事,妾适以卷卜,展之得李益《江南曲》[6],词意非祥。”生慰解之,曰:“首句‘嫁得瞿塘贾’,即已大吉,何不祥之与有!”女乃少欢,起身作别曰:“暂请分手,天明则千人指视矣。”生把臂哽咽,问:“好事如谐,何处可以相报?”曰:“妾

---

① 桃花水——桃花汛。
② 揭资——筹措资金。
③ 接脗(hàn)——脗,下唇;即接吻。
④ 罗衣叶叶——指唐诗人王建《宫词》中的一句。
⑤ 倾盖之交——偶遇的朋友。
⑥ 江南曲——指唐诗人李益《江南曲》,有“嫁于弄潮儿”句,此指吉利。

常使人侦探之，谐否无不闻也。”生将下舟送之，女力辞而去。无何，慕果至。生渐吐其情。父疑其招妓，怒加诟厉。细审舟中财物，并无亏损。谯呵乃已。一夕，翁不在舟，女忽至，相见依依，莫知决策。女曰：“低昂有数①，且图目前。姑留君两月，再商行止。”临别，以吟声作为相会之约。由此值翁他出，遂高吟，则女自至。四月行尽，物价失时，诸贾无策，敛资祷湖神之庙。端阳②后，雨水大至，舟始通。

生既归，凝思成疾。慕忧之，巫医并进。生私告母曰：“病非药禳可痊，惟有秋练至耳。”翁初怒之；久之，支离益惫，始惧，赁车载子，复入楚，泊舟故处。访居人，并无知白媪者。会有媪操柁湖滨，即出自任。翁登其舟，窥见秋练，心窃喜，而审诘邦族，则浮家泛宅③而已。因实告子病由，冀女登舟，姑以解其沉痼。媪以婚无成约，弗许。女露半面，殷殷窥听，闻两人言，眦泪欲堕。媪视女面，因翁哀请，即亦许之。至夜，翁出，女果至，就榻呜泣曰：“昔年妾状，今到君耶！此中况味，要不可不使君知。然羸顿如此，急切何能便瘳？妾请为君一吟。”生亦喜。女亦吟王建前作。生曰：“此卿心事，医二人何得效？然闻卿声，神已爽矣。试为我吟‘杨柳千条尽向西④’。”女从之。生赞曰：“快哉！卿昔诵诗余，有《采莲子》⑤云：‘菡萏香连十顷陂。’心尚未忘，烦一曼声度之。”女又从之。甫阕，生跃起曰：“小生何尝病哉！”遂相狎抱，沉痾若失。既而问：“父见媪何词？事得谐否？”女已察知翁意，直对“不谐”。既而女去，父来，见生已起，喜甚，但慰勉之。因曰：“女子良佳。然自总角⑥时，把柁棹歌⑦，无论微贱，抑亦不贞。”生不语。翁既出，女复来，生述父意。女曰：“妾窥之审矣：天下事，愈急则愈远，愈迎则愈拒。当使意自转，反相求。”生问计，女曰：“凡商贾之志在利耳。妾有术知物价。适视舟中物，并无少息。为我告翁：居某物，利三之；某物，十之。归家，妾言验，则妾为佳妇矣。再来时，君十

① 低昂有数——成败均有定数。
② 端阳——端阳节，农历五月初五。
③ 浮家泛宅——水上人家，飘泊不定。
④ 杨柳千条尽向西——唐诗人刘方平《代春怨》诗中的一句，喻离愁别苦。
⑤ 采莲子——词调名。
⑥ 总角——童年。
⑦ 棹(zhào)歌——古乐府中的一首，此指摇桨唱歌。

八，妾十七，相欢有日，何忧为！"生以所言物价告父。父颇不信，姑以余资半从其教。既归，所自置货，资本大亏；幸少从女言，得厚息，略相准。以是服秋练之神。生益夸张之，谓女自言，能使己富。翁于是益揭资而南。至湖，数日不见白媪；过数日，始见其泊舟柳下，因委禽焉。媪悉不受，但涓吉送女过舟。翁另赁一舟，为子合卺。女乃使翁益南，所应居货，悉籍付之。媪乃邀婿去，家于其舟。翁三月而返。物至楚，价已倍蓰。将归，女求载湖水。既归，每食必加少许，如用醯酱[1]焉。由是每南行，必为致数坛而归。

后三四年，举一子。一日，涕泣思归。翁乃偕子及妇俱如楚。至湖，不知媪之所在。女扣舷呼母，神形丧失。促生沿湖问讯。会有钓鲟鳇[2]者，得白骥[3]。生近视之，巨物也，形全类人，乳阴毕具。奇之，归以告女。女大骇，谓夙有放生愿，嘱生赎放之。生往商钓者，钓者索直昂。女曰："妾在君家，谋金不下巨万，区区者何遂靳直也！如必不从，妾即投湖水死耳！"生惧，不敢告父，盗金赎放之。既返，不见女，搜之不得，更尽始至。问："何往？"曰："适至母所。"问："母何在？"觍然曰："今不得不实告矣：适所赎，即妾母也。向在洞庭，龙君命司行旅[4]。近宫中欲选嫔妃，妾被浮言者所称道，遂敕妾母，坐相索。妾母实奏之。龙君不听，放母于南滨，饿欲死，故罹前难。今难虽免，而罚未释。君如爱妾，代祷真君[5]可免。如以异类见憎，请以儿掷还君。妾自去，龙宫之奉，未必不百倍君家也。"生大惊，虑真君不可得见。女曰："明日未刻[6]，真君当至。见有跛道士，急拜之，入水亦从之。真君喜文士，必合怜允。"乃出鱼腹绫一方，曰："如问所求，即出此，求书一'免'字。"生如言候之。果有道士蹩躠[7]而至，生伏拜之。道士急走，生从其后。道士以杖投水，跃登其上。生竟从之而登，则非杖也，舟也。又拜之。道士问："何求？"生出罗求书。道士

① 醯(xī)酱——醋、酱。

② 鲟鳇(xún huáng)——鱼名，类鲟鱼。

③ 白骥——淡水海豚。

④ 司行旅——主管行旅。

⑤ 真君——修炼成仙者的尊称。

⑥ 未刻——下午一点至三点。

⑦ 蹩躠(bié xiè)——走路时一瘸一拐。

展视曰："此白骥翼也，子何遇之？"蟾宫不敢隐，详陈巅末。道士笑曰："此物殊风雅，老龙何得荒淫！"遂出笔草书"免"字，如符形，返舟令下。则见道士踏杖浮行，顷刻已渺。归舟，女喜，但嘱勿泄于父母。

归后二三年，翁南游，数月不归。湖水既罄，久待不至。女遂病，日夜喘急，嘱曰："如妾死，勿瘗，当于卯、午、酉[①]三时，一吟杜甫梦李白诗[②]，死当不朽。候水至，倾注盆内，闭门缓妾衣，抱入浸之，宜得活。"喘息数日，奄然遂毙。后半月，慕翁至，生急如其教，浸一时许，渐甦。自是每思南旋。后翁死，生从其意，迁于楚。

王　者

湖南巡抚某公，遣州佐押解饷金六十万赴京。途中被雨，日暮愆程，无所投宿，远见古刹，因诣栖止。天明，视所解金，荡然无存。众骇怪，莫可取咎。回白抚公，公以为妄，将置之法。及诘众役，并无异词。公责令仍反故处，缉察端绪。

至庙前，见一瞽者，形貌奇异，自榜云："能知心事。"因求卜筮。瞽曰："是为失金者。"州佐曰："然。"因诉前苦。瞽者便索肩舆[③]，云："但从我去，当自知。"遂如其言，官役皆从之。瞽曰："东。"东之。瞽曰："北。"北之。凡五日，入深山，忽睹城郭，居人辐辏[④]。入城，走移时，瞽曰："止。"因下舆，以手南指："见有高门西向，可款关自问之。"拱手自去。

州佐如其教，果见高门，渐入之。一人出，衣冠汉制，不言姓名。州佐述所自来。其人云："请留数日，当与君谒当事者。"遂导去，令独居一所，给以食饮。暇时闲步，至第后，见一园亭，入涉之。老松翳日，细草如毡。数转廊榭，又一高亭，历阶而入，见壁上挂人皮数张，五官俱备，腥气流熏。

---

① 卯、午、酉——早、中、晚。

② 杜甫梦李白诗——指李白晚年被流放时，杜甫作《梦李白二首》，以示对其深深怀念之情。

③ 肩舆——轿子。

④ 辐辏——喻密集。

不觉毛骨森竖，疾退归舍。自分留鞹[①]异域，已无生望，因念进退一死，亦姑听之。明日，衣冠者召之去，曰："今日可见矣。"州佐唯唯。衣冠者乘怒马甚驶，州佐步驰从之。俄，至一辕门，俨如制府衙署，皂衣人罗列左右，规模凛肃。衣冠者下马，导入。又一重门，见有王者，珠冠绣绂，南面坐。州佐趋上，伏谒。王者问："汝湖南解官耶？"州佐诺。王者曰："银俱在此。是区区者，汝抚军即慨然见赠，未为不可。"州佐泣诉："限期已满，归必就刑，禀白何所申证？"王者曰："此即不难。"遂付以巨函云："以此复之，可保无恙。"又遣力士送之。州佐慑息，不敢辨，受函而返。山川道路，悉非来时所经。既出山，送者乃去。

数日，抵长沙，敬白抚公。公益妄之，怒不容辨，命左右者飞索以缚[②]。州佐解襆出函，公拆视未竟，面如灰土。命释其缚，但云："银亦细事，汝姑出。"于是急檄属官，设法补解讫。数日，公疾，寻卒。先是，公与爱姬共寝，既醒，而姬发尽失。阖署惊怪，莫测其由。盖函中即其发也。外有书云："汝自起家守令，位极人臣。赇赂贪婪，不可悉数。前银六十万，业已验收在库。当自发贪囊，补充旧额。解官无罪，不得加谴责。前取姬发，略示微警。如复不遵教令，旦晚取汝首领。姬发附还，以作明信。"公卒后，家人始传其书。后属员遣人寻其处，则皆重岩绝壑，更无径路矣。

异史氏曰："红线金合[③]，以儆贪婪，良亦快异。然桃源仙人[④]，不事劫掠；即剑客所集[⑤]，乌得有城郭衙署哉！呜呼！是何神欤？苟得其地，恐天下之赴愬[⑥]者无已时矣。"

---

① 鞹(kuò)——本为去毛皮革，代指死。

② 缚(tà)——捆绑。

③ 红线金合——指唐人袁郊《甘泽谣·红线》中的故事，红线女夜盗金盒，儆戒为官者。

④ 桃源仙人——指晋人陶渊明《桃花源记》中所写的桃源中人。

⑤ 剑客所集——侠客聚居处。

⑥ 愬——同"诉"。

某　甲

某甲私其仆妇，因杀仆纳妇，生二子一女。阅十九年，巨寇破城，劫掠一空。一少年贼，持刀入甲家。甲视之，酷类死仆。自叹曰："吾今休矣！"倾囊赎命。迄不顾，亦不一言，但搜人而杀，共杀一家二十七口而去。甲头未断，寇去少苏，犹能言之。三日寻毙。呜呼！果报不爽①，可畏也哉！

衢州三怪

张握仲从戎衢州②，言："衢州夜静时，人莫敢独行。钟楼上有鬼，头上一角，像貌狞恶，闻人行声即下。人骇而奔，鬼亦遂去。然见之辄病，且多死者。又城中一塘，夜出白布一匹，如匹练横地。过者拾之，即卷入水。又有鸭鬼，夜既静，塘边并寂无一物，若闻鸭声，人即病。"

拆　楼　人

何冏卿③，平阴人。初令秦中④，一卖油者有薄罪，其言戆⑤，何怒，杖杀之。后仕至铨司⑥，家资富饶。建一楼，上梁日，亲宾称觞为贺。忽见卖油者入，阴自骇疑。俄报妾生子。愀然曰："楼工未成，拆楼人已至

---

① 不爽——一点不差。
② 衢州——旧府名，治今浙江衢县。
③ 何冏(jiǒng)卿——即何海晏，明末进士，曾官太仆寺少卿。
④ 秦中——今陕西中部。
⑤ 戆——愚直。
⑥ 铨司——指吏部文选清吏司。

矣!”人谓其戏,而不知其实有所见也。后子既长,最顽,荡其家。佣为人役,每得钱数文,辄买香油食之。

异史氏曰:“常见富贵家楼第连亘,死后,再过已墟。此必有拆楼人降生其家也。身居人上,乌可不早自惕哉!”

大蝎

明彭将军宏,征寇入蜀。至深山中,有大禅院,云已百年无僧。询之土人,则曰:“寺中有妖,入者辄死。”彭恐伏寇,率兵斩茅而入。前殿中,有皂雕①夺门飞去;中殿无异;又进之,则佛阁,周视亦无所见,但入者皆头痛不能禁。彭亲入,亦然。少顷,有大蝎如琵琶,自板上蠢蠢而下。一军惊走。彭遂火其寺。

陈云栖

真毓生,楚夷陵②人,孝廉之子。能文,美丰姿,弱冠知名。儿时,相者曰:“后当娶女道士为妻。”父母共以为笑。而为之论婚,低昂苦不能就。

生母臧夫人,祖居黄冈③,生以故诣外祖母。闻时人语曰:“黄州④‘四云’,少者无伦。”盖郡有吕祖⑤庵,庵中女道士皆美,故云。庵去臧氏村仅十余里,生因窃往。扣其关,果有女道士三四人,谦喜承迎,仪度皆雅洁。中一最少者,旷世真无其俦,心好而目注之。女以手支颐,但他顾。诸道士觅盏烹茶。生乘间问姓字,答云:“云栖,姓陈。”生戏曰:“奇矣!

---

① 皂雕——黑色雕。
② 夷陵——州名,治今湖北宜昌市。
③ 黄冈——县名,今湖北黄冈县。
④ 黄州——府名,府治在黄冈。
⑤ 吕祖——吕洞宾。

小生适姓潘①。"陈赪颜发赪，低头不语，起而去。少间，瀹茗，进佳果。各道姓字：一，白云深，年三十许；一，盛云眠，二十已来；一梁云栋，约二十有四五，却为弟②。而云栖不至。生殊怅惘，因问之。白曰："此婢惧生人。"生乃起别，白力挽之，不留而出。白曰："而欲见云栖，明日可复来。"生归，思恋綦切。次日，又诣之。诸道士俱在，独少云栖，未便遽问。诸道士治具留餐，生力辞，不听。白拆饼授箸，劝进良殷。既问："云栖何在？"答云："自至。"久之，日势已晚，生欲归。白捉腕留之，曰："姑止此，我捉婢子来奉见。"生乃止。俄，挑灯具酒，云眠亦去。酒数行，生辞已醉。白曰："饮三觥，则云栖出矣。"生果饮如数。梁亦以此挟劝之，生又尽之，覆盏告辞。白顾梁曰："吾等面薄，不能劝饮。汝往曳陈婢来，便道潘郎待③妙常已久。"梁去，少时而返，具言："云栖不至。"生欲去，而夜已深，乃佯醉仰卧。两人代裸之，迭就淫焉。终夜不堪其扰。天既明，不睡而别。数日不敢复往，而心念云栖不忘也，但不时于近侧探侦之。一日，既暮，白出门，与少年去。生喜，不甚畏梁，急往款关。云眠出应门。问之，则梁亦他适。因问云栖。盛导去，又入一院，呼曰："云栖！客至矣。"但见室门闸然而合。盛笑曰："闭扉矣。"生立窗外，似将有言，盛乃去。云栖隔窗曰："人皆以妾为饵，钓君也。频来，身命殆矣。妾不能终守清规，亦不敢遂乖④廉耻，欲得如潘郎者事之耳。"生乃以白头相约。云栖曰；"妾师抚养，即亦非易。果相见爱，当以二十金赎妾身。妾候君三年。如望为桑中之约⑤，所不能也。"生诺之。方欲自陈，而盛复至，从与俱出，遂别归。中心怊怅，思欲委曲夤缘，再一亲其娇范，适有家人报父病，遂星夜而还。

无何，孝廉卒。夫人庭训最严，心事不敢使知，但刻减金资，日积之。有议婚者，辄以服阕为辞。母不听。生婉告曰："曩在黄冈，外祖母欲以婚陈氏，诚心所愿。今遭大故，音耗遂梗，久不如黄省问；旦夕一往，如不果谐，从母所命。"夫人许之。乃携所积而去。至黄，诣庵中，则院宇荒

---

① 奇矣，小生适姓潘——此指真毓生以言词挑逗潘生。

② 弟——师弟。

③ 待——等。

④ 乖——违背。

⑤ 桑中之约——男女私会。

凉,大异畴昔。渐入之,惟一老尼炊灶下,因就问。尼曰:“前年老道士死,‘四云’星散矣。”问:“何之?”曰:“云深、云栋,从恶少去;向闻云栖寓居郡北;云眠消息不知也。”生闻之,悲叹。命驾即诣郡北,遇观[①]辄询,并少踪绪。怅恨而归,伪告母曰:“舅言:陈翁如岳州[②],待其归,当遣伻[③]来。”逾半年,夫人归宁,以事问母,母殊茫然。夫人怒子诳;媪疑甥与舅谋,而未以闻也。幸舅远出,莫从稽其妄。

夫人以香愿登莲峰[④],斋宿山下。既卧,逆旅主人扣扉,送一女道士寄宿同舍,自言:“陈云栖。”闻夫人家夷陵,移坐就榻,告诉坷坎,词旨悲恻。末言:“有表兄潘生,与夫人同籍,烦嘱子侄辈一传口语,但道某暂寄鹤栖观师叔王道成所,朝夕厄苦,度日如岁。令早一临存;恐过此以往,未之或知也。”夫人审名字,即又不知,但云:“既在学宫,秀才辈想无不闻也。”未明早别,殷殷再嘱。夫人既归,向生言及。生长跪曰:“实告母:所谓潘生,即儿也。”夫人既知其故,怒曰:“不肖儿!宣淫寺观,以道士为妇,何颜见亲宾乎!”生垂头,不敢出词。会生以赴试入郡,窃命舟访王道成。至,则云栖半月前出游不返。既归,悒悒而病。

适臧媪卒,夫人往奔丧,殡后迷途,至京氏家,问之,则族妹也。相便邀入。见有少女在堂,年可十八九,姿容曼妙,目所未睹。夫人每思得一佳妇,俾子不怼,心动,因诘生平。妹云:“此王氏女也,京氏甥也。怙恃俱失,暂寄此耳。”问:“婿家谁?”曰:“无之。”把手与语,意致娇婉,母大悦,为之过宿,私以己意告妹。妹曰:“良佳。但其人高自位置;不然,胡蹉跎至今也。容商之。”夫人招与同榻,谈笑甚欢;自愿母夫人[⑤]。夫人悦,请同归荆州[⑥];女益喜。次日,同舟而还。既至,则生病未起。母慰其沉疴,使婢阴告曰:“夫人为公子载丽人至矣。”生未信,伏窗窥之,较云栖尤艳绝也。因念:三年之约已过;出游不返,则玉容必已有主。得此佳丽,

---

① 观——道教寺观。

② 岳州——府名,治今湖南岳阳市。

③ 伻——送信传话的使者。

④ 莲峰——指五祖山山峰。

⑤ 母夫人——认夫人为母。

⑥ 荆州——州名,治今湖北江陵县。

心怀颇慰。于是輾然动色,病亦寻瘳。母乃招两人相拜见。生出,夫人谓女:“亦知我同归之意乎?”女微笑曰:“妾已知之。但妾所以同归之初志,母不知也。妾少字夷陵潘氏,音耗阔绝,必已另有良匹。果尔,则为母也妇;不尔,则终为母也女,报母有日也。”夫人曰:“既有成约,即亦不强。但前在五祖山①时,有女冠问潘氏,今又潘氏,固知夷陵世族无此姓也。”女惊曰:“卧莲峰下者母耶?询潘者,即我是也。”母始恍然悟,笑曰:“若然,则潘生固在此矣。”女问:“何在?”夫人命婢导去问生。生惊曰:“卿云栖耶?”女问:“何知?”生言其情,始知以潘郎为戏。女知为生,羞与终谈,急返告母。母问其何复姓王。答云:“妾本姓王。道师见爱,遂以为女,从其姓耳。”夫人亦喜,涓吉为之成礼。先是,女与云眠俱依王道成。道成居隘,云眠遂去之汉口。女娇痴不能作苦,又羞出操道士业,道成颇不善之。会京氏如黄冈,女遇之流涕,因与俱去,俾改女子装,将论婚士族,故讳其曾隶道士籍。而问名者,女辄不愿,舅及姑妗皆不知意向,心厌嫌之。是日,从夫人归,得所托,如释重负焉。合卺后,各述所遭,喜极而泣。女孝谨,夫人雅怜爱之;而弹琴好弈,不知理家人生业,夫人颇以为忧。

积月余,母遣两人如京氏,留数日而归。泛舟江流,欻一舟过,中一女冠,近之,则云眠也。云眠独与女善。女喜,招与同舟,相对酸辛。问:“将何之?”盛云:“久切悬念。远至鹤栖观,则闻依京舅矣。故将诣黄冈,一奉探耳。竟不知意中人已得相聚。今视之如仙,剩此漂泊人,不知何时已矣!”因而欷歔。女设一谋:令易道装,伪作姊,携伴夫人,徐择佳偶。盛从之。

既归,女先白夫人,盛乃入。举止大家;谈笑间,练达世故。母既寡,苦寂,得盛良欢,惟恐其去。盛早起代母劬劳,不自作客。母益喜,阴思纳女姊,以掩女冠之名,而未敢言也。一日,忘某事未作,急问之,则盛代备已久。因谓女曰:“画中人不能作家,亦复何为。新妇若大姊者,吾不忧也。”不知女存心久,但恐母嗔。闻母言,笑对曰:“母既爱之,新妇欲效英、皇②,何如?”母不言,亦輾然笑。女退,告生曰:“老母首肯矣。”乃另洁一室,告曰:“昔在观中共枕时,姊言:‘但得一能知亲爱之人,我两人当

① 五祖山——位于今湖北蕲州境内,相传宋代名僧法演禅师曾居此山。

② 英、皇——女英、娥皇,同嫁于舜。

共事之。'犹忆之否?"盛不觉双眦莹莹,曰:"妾所谓亲爱者,非他:如日日经营,曾无一人知其甘苦;数日来,略有微劳,即烦老母恤念,则中心冷暖顿殊矣。若不下逐客令,俾得长伴老母,于愿斯足,亦不望前言之践也。"女告母。母令姊妹焚香,各矢无悔词,乃使生与行夫妇礼。将寝,告生曰:"妾乃二十三岁老处女也。"生犹未信。既而落红殷褥,始奇之。盛曰:"妾所以乐得良人者,非不能甘岑寂也;诚以闺阁之身,觍然酬应如勾栏,所不堪耳。借此一度,挂名君籍,当为君奉事老母,作内纪纲①。若房闱之乐,请别与人探讨之。"三日后,襆被从母,遣之不去。女早诣母所,占其床寝,不得已,乃从生去。由是三两日辄一更代,习为常。

夫人故善弈,自寡居,不暇为之。自得盛,经理井井,昼日无事,辄与女弈。挑灯瀹茗,听两妇弹琴,夜分始散。每与人曰:"儿父在时,亦未能有此乐也。"盛司出纳,每纪籍报母。母疑曰:"儿辈常言幼孤,作字弹棋,谁教之?"女笑以实告。母亦笑曰:"我初不欲为儿娶一道士,今竟得两矣。"忽忆童时所卜,始信定数不可逃也。生再试不第。夫人曰:"吾家虽不丰,薄田三百亩,幸得云眠纪理,日益温饱。儿但在膝下,率两妇与老身共乐,不愿汝求富贵也。"生从之。后云眠生男女各一,云栖女一男三。母八十余岁而终。孙皆入泮;长孙,云眠所出,已中乡选②矣。

司 札 吏

游击官某,妻妾甚多。最讳其小字,呼年曰岁,生曰硬,马曰大驴;又讳败曰胜,安为放。虽简札往来,不甚避忌,而家人道之,则怒。一日,司札吏白事,误犯;大怒,以研③击之,立毙。三日后,醉卧,见吏持刺④入,问:"何为?"曰:"'马子安'来拜。"忽悟其鬼,急起,拔刀挥之。吏微笑,

① 内纪纲——内室管家。

② 乡选——乡试。

③ 研——同"砚"。

④ 刺——名帖。

揶刺几上,泯然而没。取刺视之,书云:"岁家眷硬大驴子放胜①。"暴谬之夫,为鬼揶揄,可笑甚已!

牛首山②僧,自名铁汉,又名铁屎。有诗四十首,见者无不绝倒。自镂印章二:一曰"混帐行子",一曰"老实泼皮"。秀水③王司直梓其诗,名曰"牛山四十屁"。款云:"混帐行子、老实泼皮放。"不必读其诗,标名已足解颐。

蚰 蜒

学使朱矞三④家,门限下有蚰蜒,长数尺。每遇风雨即出,盘旋地上如白练。按蚰蜒形若蜈蚣,昼不能见,夜则出,闻腥辄集。或云:蜈蚣无目而多贪也。

司 训⑤

教官某,甚聋,而与一狐善;狐耳语之,亦能闻。每见上官,亦与狐俱,人不知其重听⑥也。积五六年,狐别而去,嘱曰:"君如傀儡,非挑弄之,则五官俱废。与其以聋取罪,不如早自高⑦也。"某恋禄,不能从其言,应对屡乖。学使欲逐之,某又求当道者为之缓颊。一日,执事文场。唱名毕,

---

① 岁家眷硬大驴子放胜——指鬼揶揄此游击官而故意写的拜帖,正确写法为"年家眷生马子安拜"。

② 牛首山——位于今南京附近。

③ 秀水——今浙江嘉兴县。

④ 朱矞三——即朱雯,清初进士,曾官山东提学使。

⑤ 司训——府、州、县一类学官。

⑥ 重听——听力差。

⑦ 自高——辞官。

学使退与诸教官燕坐①。教官各扪籍靴中②，呈进关说。已而学使笑问："贵学何独无所呈进？"某茫然不解。近坐者肘之，以手入靴，示之势。某为亲戚寄卖房中伪器③，辄藏靴中，随在求售。因学使笑语，疑索此物，鞠躬起对曰："有八钱者最佳，下官不敢呈进。"一座匿笑。学使叱出之，遂免官。

异史氏曰："平原④独无，亦中流之砥柱也。学使而求呈进，固当奉之以此。由是得免，冤哉！"

朱公子子青⑤《耳录》云："东莱⑥一明经⑦迟，司训沂水⑧。性颠痴，凡同人咸集时，皆默不语；迟坐片时，不觉五官俱动，笑啼并作，旁若无人焉者。若闻人笑声，顿止。日俭鄙自奉，积金百余两，自埋斋房，妻子亦不使知。一日，独坐，忽手足动，少刻云：'作恶结怨，受冻忍饥，好容易积蓄者，今在斋房。倘有人知，竟如何？'如此再四。一门斗⑨在旁，殊亦不觉。次日，迟出，门斗入，掘取而去。过二三日，心不自宁，发穴验视，则已空空。顿足拊膺，叹恨欲死。"教职中可云千态百状矣。

黑　　鬼

胶州⑩李总镇，买二黑鬼，其黑如漆。足革粗厚，立刃为途，往来其上，毫无所损。总镇配以娼，生子而白，僚仆戏之，谓非其种。黑鬼亦疑，因杀其子，检骨尽黑，始悔焉。公每令两鬼对舞，神情亦可观也。

---

① 燕坐——闲坐。
② 扪籍靴中——从靴子中摸出事先准备好为某考生说情的名籍。
③ 房中伪器——房中有助于性生活的工具。
④ 平原——指东汉人史弼，任平原相，为政清廉。
⑤ 朱公子子青——即朱缃，字子青，作者的友人，曾撰有《耳录》一书。
⑥ 东莱——古郡名，治今山东掖县。
⑦ 明经——贡生。
⑧ 沂水——今山东沂水县。
⑨ 门斗——学官的侍役。
⑩ 胶州——州名，今山东胶县。

织　成

洞庭湖中，往往有水神借舟。遇有空船，缆忽自解，飘然游行。但闻空中音乐并作，舟人蹲伏一隅，瞑目听之，莫敢仰视，任所往。游毕，仍泊旧处。

有柳生，落第归，醉卧舟上。笙乐忽作。舟人摇生不得醒，急匿艎[①]下。俄有人捽生。生醉甚，随手堕地，眠如故，即亦置之。少间，鼓吹鸣聒。生微醒，闻兰麝充盈，睨之，见满船皆佳丽。心知其异，目若瞑。少间，传呼织成。即有侍儿来，立近颊际，翠袜紫舄，细瘦如指。心好之，隐以齿啮其袜。少间，女子移动，牵曳倾踣。上问之，因白其故。在上者怒，命即行诛。遂有武士入，捉缚而起。见南面一人，冠类王者。因行且语，曰："闻洞庭君为柳氏[②]，臣亦柳氏；昔洞庭落第，今臣亦落第；洞庭得遇龙女而仙，今臣醉戏一姬而死：何幸不幸之悬殊也！"王者闻之，唤回，问："汝秀才下第者乎？"生诺。便授笔札，令赋"风鬟雾鬓"[③]。生固襄阳[④]名士，而构思颇迟，捉笔良久。上诮让曰："名士何得尔？"生释笔自白："昔《三都赋》[⑤]十稔而成，以是知文贵工、不贵速也。"王者笑听之。自辰至午，稿始脱。王者览之，大悦曰；"真名士也！"遂赐以酒。顷刻，异馔纷纶。方问对间，一吏捧簿进白："溺籍[⑥]告成矣。"问："人数几何？"曰："一百二十八人。"问："签差[⑦]何人矣？"答云："毛、南二尉。"生起拜辞，王者赠黄金十斤，又水晶界方一握[⑧]，曰："湖中小有劫数，持此可免。"忽见羽葆人马，纷立水面，王者下舟登舆，遂不复见，久之寂然。

---

① 艎(huáng)——大船。

② 柳氏——指柳毅，唐人李朝威《柳毅传》中传主，相传为洞庭君。

③ 风鬟雾鬓——喻指龙女放牧时的苦难。

④ 襄阳——今湖北襄阳县。

⑤ 三都赋——晋人左思所作。

⑥ 溺籍——淹死者的名册。

⑦ 签差——派遣。

⑧ 一握——一柄。

舟人始自艎下出，荡舟北渡，风逆不得前。忽见水中有铁猫浮出。舟人骇曰："毛将军①出现矣！"各舟商人俱伏。又无何，湖中一木直立，筑筑摇动。益惧曰："南将军又出矣！"少时，波浪大作，上翳天日，四顾湖舟，一时尽覆。生举界方危坐舟中，万丈洪涛，至舟顿灭，以是得全。

既归，每向人语其异，言："舟中侍儿，虽未悉其容貌，而裙下双钩，亦人世所无。"后以故至武昌，有崔媪卖女，千金不售；蓄一水晶界方，言有能配此者，嫁之。生异之，怀界方而往。媪忻然承接，呼女出见，年十五六已来，媚曼风流，更无伦比，略一展拜，反身入帏。生一见魂魄动摇，曰："小生亦蓄一物，不知与老姥家藏颇相称否？"因各出相较，长短不爽毫厘。媪喜，便问寓所，请生即归命舆，界方留作信。生不肯留，媪笑曰："官人亦太小心！老身岂为一界方抽身窜去耶？"生不得已，留之。出则赁舆急返，而媪室已空。大骇。遍问居人，迄无知者。日已向西，形神懊丧，邑邑而返。中途，值一舆过，忽搴帘曰："柳郎何迟也？"视之，则崔媪，喜问："何之？"媪笑曰："必将疑老身拐骗者矣。别后，适有便舆，顷念官人亦侨寓，措办良艰，故遂送女归舟耳。"生邀回车，媪必不可。生仓皇不能确信，急奔入舟，女果及一婢在焉。见生入，含笑承迎。生见翠袜紫履，与舟中侍儿妆饰，更无少别。心异之，徘徊凝注。女笑曰："眈眈注目，生平所未见耶？"生益俯窥之，则袜后齿痕宛然，惊曰："卿织成耶？"女掩口微哂。生长揖曰："卿果神人，早请直言，以祛烦惑。"女曰："实告君：前舟中所遇，即洞庭君也。仰慕鸿才，便欲以妾相赠；因妾过为王妃所爱，故归谋之。妾之来，从妃命也。"生喜，沐手焚香，望湖朝拜，乃归。

后诣武昌，女求同去，将便归宁。既至洞庭，女拔钗掷水，忽见一小舟自湖中出，女跃登，如飞鸟集，转瞬已杳。生坐船头，于没处凝盼之。遥遥一楼船至，既近窗开，忽如一彩禽翔过，则织成至矣。一人自窗中递掷金珠珍物甚多，皆妃赐也。自是，岁一两觐②以为常。故生家富有珠宝，每出一物，世家所不识焉。

相传唐柳毅遇龙女，洞庭君以为婿。后逊位于毅。又以毅貌文，不能摄服水怪，付以鬼面，昼戴夜除；久之渐习忘除，遂与面合而为一。毅览镜

---

① 毛将军——即猫将军，不详。

② 觐——拜见。

自惭。故行人泛湖,或以手指物,则疑为指己也;以手覆额,则疑其窥己也:风波辄起,舟多覆。故初登舟,舟人必以此告戒之。不则设牲牢祭享,乃得渡。许真君①偶至湖,浪阻不得行。真君怒,执毅付郡狱。狱吏检囚,恒多一人,莫测其故。一夕,毅示梦郡伯②,哀求拔救。伯以幽明异路,谢辞之。毅云:"真君于某日临境,但为求恳,必合有济。"既而真君果至,因代求之,遂得释。嗣后湖禁稍平。

竹　青

鱼客,湖南人,忘其郡邑。家贫,下第归,资斧断绝。羞于行乞,饿甚,暂憩吴王③庙中,拜祷神座。出卧廊下,忽一人引去,见王,跪白曰:"黑衣队尚缺一卒,可使补缺。"王曰:"可。"即授黑衣。既着身,化为乌,振翼而出。见乌友群集,相将俱去,分集帆樯。舟上客旅,争以肉向上抛掷。群于空中接食之。因亦尤效,须臾果腹。翔栖树杪,意亦甚得。逾二三日,吴王怜其无偶,配以雌,呼之"竹青"。雅相爱乐。鱼每取食,辄驯无机④。竹青恒劝谏之,卒不能听。一日,有满兵过,弹之中胸。幸竹青衔去之,得不被擒。群乌怒,鼓翼搧波,波涌起,舟尽覆。竹青仍投饵哺鱼。鱼伤甚,终日而毙。忽如梦醒,则身卧庙中。先是,居人见鱼死,不知谁何,抚之未冷,故不时令人逻察之。至是,讯知其由,敛资送归。

后三年,复过故所,参谒吴王。设食,唤乌下集群啖,祝曰:"竹青如在,当止。"食已,并飞去。后领荐⑤归,复谒吴王庙,荐以少牢⑥。已,乃大设以飨乌友,又祝之。是夜宿于湖村,秉烛方坐,忽几前如飞鸟飘落;视之,则二十许丽人,冁然曰:"别来无恙乎?"鱼惊问之,曰:"君不识竹青

---

① 许真君——东晋道士许逊,相传成仙得道。

② 郡伯——郡守。

③ 吴王——即三国时吴国大将甘宁,宋代追赠为吴王。

④ 无机——不机灵。

⑤ 领荐——中乡试。

⑥ 少牢——以猪、羊祭祀。

耶?”鱼喜,诘所来。曰;“妾今为汉江神女,返故乡时常少。前乌使两道君情,故来一相聚也。”鱼益欣感,宛如夫妻之久别,不胜欢恋。生将偕与俱南,女欲邀与俱西,两谋不决。寝初醒,则女已起。开目,见高堂中巨烛荧煌,竟非舟中。惊起,问:“此何所?”女笑曰:“此汉阳①也。妾家即君家,何必南!”天渐晓,婢媪纷集,酒炙已进。就广床上设矮几,夫妇对酌。鱼问:“仆何在?”答:“在舟上。”生虑舟人不能久待。女言:“不妨,妾当助君报之。”于是日夜谈谯,乐而忘归。舟人梦醒,忽见汉阳,骇绝。仆访主人,杳无音信。舟人欲他适,而缆结不解,遂共守之。积两月余,生忽忆归,谓女曰:“仆在此,亲戚断绝。且卿与仆,名为琴瑟,而不一认家门,奈何?”女曰:“无论妾不能往;纵往,君家自有妇,将何以处妾乎?不如置妾于此,为君别院②可耳。”生恨道远,不能时至。女出黑衣,曰:“君向所著旧衣尚在。如念妾时,衣此可至;至时,为君解之。”乃大设肴珍,为生祖饯。即醉而寝,醒则身在舟中。视之,洞庭旧泊处也。舟人及仆俱在,相视大骇,诘其所往。生故怅然自惊。枕边一襆,检视,则女赠新衣袜履,黑衣亦折置其中。又有绣橐维絷腰际,探之,则金资充牣焉。于是南发,达岸,厚酬舟人而去。

归家数月,苦忆汉水,因潜出黑衣着之,两胁生翼,翕然凌空,经两时许,已达汉水。回翔下视,见孤屿中,有楼舍一簇,遂飞堕。有婢子已望见之,呼曰:“官人至矣!”无何,竹青出,命众手为缓结,觉羽毛划然尽脱。握手入舍,曰:“郎来恰好,妾旦夕临蓐矣。”生戏问曰:“胎生乎?卵生乎?”女曰:“妾今为神,则皮骨已更,应与曩异。”越数日,果产,胎衣厚裹,如巨卵然,破之,男也。生喜,名之“汉产”。三日后,汉水神女皆登堂,以服食珍物相贺。并皆佳妙,无三十以上人。俱入室就榻,以拇指按儿鼻,名曰“增寿”。既去,生问:“适来者皆谁何?”女曰:“此皆妾辈。其末后着藕白者,所谓‘汉皋解珮’③,即其人也。”居数月,女以舟送之,不用帆楫,飘然自行。抵陆,已有人絷马道左,遂归。由此往来不绝。

积数年,汉产益秀美,生珍爱之。妻和氏,苦不育,每思一见汉产。生

① 汉阳——县名,今属湖北省。
② 别院——别庄。
③ 汉皋解珮——出自《韩诗外传》,喻指有艳福。

以情告女。女乃治任,送儿从父归,约以三月。既归,和爱之过于己出,过十余月,不忍令返。一日,暴病而殇,和氏悼痛欲死。生乃诣汉告女。入门,则汉产赤足卧床上,喜以问女。女曰:“君久负约。妾思儿,故招之也。”生因述和氏爱儿之故。女曰:“待妾再育,令汉产归。”又年余,女双生男女各一:男名“汉生”,女名“玉珮”。生遂携汉产归。然岁恒三四往,不以为便,因移家汉阳。汉产十二岁,入郡庠。女以人间无美质①,招去,为之娶妇,始遣归。妇名“卮娘”,亦神女产也。后和氏卒,汉生及妹皆来擗踊②。葬毕,汉生遂留;生携玉珮去,自此不返。

段 氏

段瑞环,大名③富翁也。四十无子。妻连氏最妒,欲买妾而不敢。私一婢,连觉之,挞婢数百,鬻诸河间栾氏之家。段日益老,诸侄朝夕乞贷,一言不相应,怒徵声色。段思不能给其求,而欲嗣一侄,则群侄阻挠之,连氏悍亦无所施,始大悔。愤曰:“翁年六十余,安见不能生男!”遂买两妾,听夫临幸,不之问。居年余,二妾皆有身。举家皆喜。于是气息渐舒,凡诸侄有所强取,辄恶声梗拒之。无何,一妾生女,一妾生男而殇。夫妻失望。又将年余,段中风④不起,诸侄益肆,牛马什物,竞自取去。连诟斥之,辄反辱相稽,无所为计,朝夕呜哭。段病益剧,寻死。诸侄集柩前,议析遗产。连虽痛切,然不能禁止之。但留沃墅⑤一所,赡养老稚,侄辈不肯。连曰:“汝等寸土不留,将令老妪及呱呱者饿死耶!”日不决,惟忿哭自挝。忽有客入吊,直趋灵所,俯仰尽哀。哀已,便就苫次⑥。众诘为难,客曰:“亡者吾父也。”众益骇。客从容自陈。

---

① 美质——好女子。

② 擗踊(pǐ yǒng)——为双亲送葬,悲痛时捶胸顿足。

③ 大名——府名,治今河北大名县。

④ 中风——因脑血管意外而突然昏厥。

⑤ 沃墅——肥沃的田庄。

⑥ 苫次——指守丧。

先是，婢嫁栾氏，逾五六月，生子怀，栾抚之等诸男①。十八岁入泮。后栾卒，诸兄析产，置不与诸栾齿②。怀问母，始知其故，曰："既属两姓，各有宗祐，何必在此承人百亩田哉！"乃命骑诣段，而段已死。言之凿凿，确可信据。连方忿痛，闻之大喜，直出曰："我今亦复有儿！诸所假去牛马什物，可好自送还；不然，有讼兴也！"诸侄相顾失色，渐引去。怀乃携妻来，共居父忧。诸段不平，共谋逐怀。怀知之，曰："栾不以为栾，段复不以为段，我安适归乎！"忿欲质官，诸戚党为之排解，群谋亦寝。而连以牛马故，不肯已。怀劝置之。连曰："我非为牛马也，杂气集满胸，汝父以愤死，我所以吞声忍泣者，为无儿耳。今有儿，何畏哉！前事汝不知状，待予自质审③。"怀固止之，不听，具词赴宰控。宰拘诸段，审状，连气直词恻，吐陈泉涌。宰为动容，并惩诸段，追物给主。既归，其兄弟之子，招之来，因其不与党谋者，所以追物尽散给之。连七十余岁，将死，呼女及孙媳属曰："汝等志之：如三十不育，便当典质钗珥，为夫纳妾。无子之情状，实难堪也！"

异史氏曰："连氏虽妒，而能疾转，宜天以有后伸其气也。观其慷慨激发，吁！亦杰矣哉！"

济南蒋稼，其妻毛氏，不育而妒。嫂每劝谏，不听，曰："宁绝嗣，不令送眼流眉者忿气人也！"年近四旬，颇以嗣续为念。欲继兄子，兄嫂俱诺，而故悠忽之。儿每至叔所，夫妻饵以甘脆，问曰："肯来吾家乎？"儿亦应之。兄私嘱儿曰："倘彼再问，答以不肯。如问何故不肯，答云：'待汝死后，何愁田产不为吾有。'"一日，稼出远贾，儿复来。毛又问，儿即以父言对。毛大怒曰："妻孥在家，固日日盘算吾田产耶！其计左矣！"逐儿出，立招媒媪，为夫买妾。时有卖婢者，其价昂，倾资不能取盈，势将难成。其兄恐迟而变悔，遂暗以金付媪，伪称为媪转贷者玉成之。毛大喜，遂买婢归。毛以情告夫，夫怒，与兄绝。年余，妾生子。夫妻大喜。毛曰："媪不知假贷何人，年余竟不置问。此德不可忘。今子已生，尚不偿母价也！"稼乃囊金诣媪。媪笑曰："当大谢大官人。老身一贫如洗，谁敢贷一金

① 等诸男——将其与其他儿子等同看待。

② 齿——并列。

③ 质审——向官府申诉。

者。”具以实告。稼感悟，归告其妻，相为感泣。遂治具邀兄嫂至，夫妇皆膝行，出金偿兄，兄不受，尽欢而散。后稼生三子。

狐　女

伊衮，九江①人。夜有女来，相与寝处。心知为狐，而爱其美，秘不告人，父母亦不知也。久而形体支离。父母穷诘，始实告之。父母大忧，使人更代伴寝，卒不能禁。翁自与同衾，则狐不至；易人，则又至。伊问狐，狐曰：“世俗符咒，何能制我。然俱有伦理，岂有对翁行淫者！”翁闻之，益伴子不去，狐遂绝。后值叛寇横恣，村人尽窜，一家相失。伊奔入昆仑山②，四顾荒凉。日既暮，心恐甚。忽见一女子来，近视之，则狐女也。离乱之中，相见忻慰。女曰：“日已西下，君姑止此。我相佳地，暂创一室，以避虎狼。”乃北行数武，遂蹲莽中，不知何作。少顷返，拉伊南去；约十余步，又曳之回。忽见大木千章③，绕一高亭，铜墙铁柱，顶类金箔；近视，则墙可及肩，四围并无门户，而墙上密排坎窞④。女以足踏之而过，伊亦从之。既入，疑金屋非人工可造，问所自来。女笑曰：“君子居之，明日即以相赠。金铁各千万计，半生吃着不尽矣。”既而告别。伊苦留之，乃止。曰：“被人厌弃，已拚永绝；今又不能自坚矣。”及醒，狐女不知何时已去。天明，逾垣而出。回视卧处，并无亭屋，惟四针插指环内，覆脂合⑤其上；大树，则丛荆老棘也。

---

① 九江——今江西九江市。

② 昆仑山——位于今安徽潜山县东北。

③ 章——大树。

④ 坎窞(dàn)——洞穴。

⑤ 脂合——胭脂盒。

张氏妇

凡大兵①所至，其害甚于盗贼：盖盗贼人犹得而仇之，兵则人所不敢仇也。其少异于盗者，特不敢轻于杀人耳。甲寅岁，三藩作反②，南征之士，养马兖郡③，鸡犬庐舍一空，妇女皆被淫污。时遭霪雨，田中潴水④为湖，民无所匿，遂乘桴入高粱丛中。兵知之，裸体乘马，入水搜淫，鲜有遗脱。惟张氏妇不伏，公然在家。有厨舍一所，夜与夫掘坎深数尺，积茅焉；覆以薄，加席其上，若可寝处。自炊灶下。有兵至，则出门应给之。二蒙古兵强与淫。妇曰："此等事，岂可对人行者！"其一微笑，啁嗻⑤而出。妇与入室，指席使先登。薄折，兵陷。妇又另取席及薄覆其上，故立坎边，以诱来者。少间，其一复入。闻坎中号，不知何处。妇以手笑招之曰："在此处。"兵踏席，又陷。妇乃益投以薪，掷火其中。火大炽，屋焚。妇乃呼救。火既熄，燔尸焦臭。人问之，妇曰："两猪恐害于兵，故纳坎中耳。"由此离村数里，于大道旁并无树木处，携女红往坐烈日中。村去郡远，兵来率乘马，顷刻数至。笑语啁嗻，虽多不解，大约调弄之语。然去道不远，无一物可以蔽身，辄去，数日无患。一日，一兵至，甚无耻，就烈日中欲淫妇。妇含笑不甚拒，隐以针刺其马，马辄喷嘶，兵遂絷马股际⑥，然后拥妇。妇出巨锥猛刺马项，马负痛奔骇。缰系股不得脱，曳驰数十里，同伍始代捉之。首躯不知处，缰上一股，俨然在焉。

异史氏曰："巧计六出⑦，不失身于悍兵。贤哉妇乎，慧而能贞！"

---

① 大兵——指清兵。
② 三藩作反——指清初三藩之乱。
③ 兖郡——兖州府，今山东兖州市。
④ 潴(zhū)水——积水。
⑤ 啁嗻(zhāo zhē)——鸟鸣声，形容番语。
⑥ 絷马股际——将马缰绳拴在自己大腿根上。
⑦ 巧计六出——汉陈平助刘邦曾六度出奇计取胜，此指张氏妇屡用巧计。

于 子 游

海滨人说:“一日,海中忽有高山出,居人大骇。一秀才寄宿渔舟,沽酒独酌。夜阑①,一少年人,儒服儒冠,自称:‘于子游’。言词风雅。秀才悦,便与欢饮。饮至中夜,离席言别,秀才曰:‘君家何处?元夜茫茫,亦太自苦。’答云:‘仆非土著,以序近清明,将随大王上墓。眷口先行,大王姑留憩息,明日辰刻发矣。宜归,早治任也。’秀才亦不知大王何人。送至鹢首②,跃身入水,拨剌而去,乃知为鱼妖也。次日,见山峰浮动,顷刻已没。始知山为大鱼,即所云大王也。”俗传清明前,海中大鱼携儿女往拜其墓,信有之乎?

康熙初年,莱郡③潮出大鱼,鸣号数日,其声如牛。既死,荷担割肉者,一道相属。鱼大盈亩,翅尾皆具;独无目珠。眶深如井,水满之,割肉者误堕其中,辄溺死。或云,“海中贬大鱼,则去其目,以目即夜光珠”云。

男 妾

一官绅在扬州买妾,连相④数家,悉不当意。惟一媪寄居卖女,女十四五,丰姿姣好,又善诸艺。大悦,以重价购之。至夜,入衾,肤腻如脂。喜扪私处,则男子也。骇极,方致穷诘。盖买好僮,加意修饰,设局以骗人耳。黎明,遣家人寻媪,则已遁去无踪。中心懊丧,进退莫决。适浙中同年某来访,因为告诉。某便索观,一见大悦,以原价赎之而去。

异史氏曰:“苟遇知音,即与以南威⑤不易。何事无知婆子,多作一伪

---

① 夜阑——夜深 。

② 鹢(yì)首——船头。

③ 莱郡——莱州府,治今山东掖县。

④ 相(xiàng)——相看。

⑤ 南威——春秋时晋之美女。

境哉!”

汪可受

湖广黄梅县①汪可受②,能记三生:一世为秀才,读书僧寺。僧有牝马产骡驹,爱而夺之。后死,冥王稽籍,怒其贪暴,罚使为骡偿寺僧。既生,僧爱护之,欲死无间。稍长,辄思投身涧谷,又恐负豢养之恩,冥罚益甚,遂安之。数年,孽满自毙。生一农人家。堕蓐能言,父母以为怪,杀之,乃生汪秀才家。秀才近五旬,得男甚喜。汪生而了了③;但忆前生以早言死,遂不敢言。至三四岁,人皆以为哑,一日,父方为文,适有友人过访,投笔出应客。汪入见父作,不觉技痒,代成之。父返见之,问:“何人来?”家人曰:“无之。”父大疑。次日,故书一题置几上,旋出;少间即返,翳行悄步而入。则见儿伏案间,稿已数行,忽睹父至,不觉出声,跪求免死。父喜,握手曰:“吾家止汝一人,既能文,家门之幸也,何自匿为?”由是益教之读。少年成进士,官至大同巡抚。

牛犊

楚中一农人赴市归,暂休于途。有术人④后至,止与倾谈。忽瞻农人曰:“子气色不祥,三日内当退财,受官刑。”农人曰:“某官税已完,生平不解争斗,刑何从至?”术人曰:“仆亦不知。但气色如此,不可不慎之也!”农人颇不深信,拱别而归。次日,牧犊于野,有驿马过,犊望见,误以为虎,直前触之,马毙。役报农人至官,官薄惩之,使偿其马。盖水牛见虎必斗,故贩牛者露宿,辄以牛自卫;遥见马过,急驱避之,恐其误触也。

---

① 黄梅县——今湖北黄梅县。
② 汪可受——明末进士,曾官兵部侍郎。
③ 了了——聪明晓事。
④ 术人——指相士。

王 大

李信，博徒也。昼卧，忽见昔年博友王大、冯九来，邀与遨戏。李亦忘其为鬼，忻然从之。既出，王大往邀村中周子明，冯乃导李先行，入村东庙中。少顷，周果同王至。冯出叶子①，约与撩零②。李曰："仓卒无博资，辜负盛邀，奈何？"周亦云然。王云："燕子谷黄八官人放利债，同往贷之，宜必诺允。"于是四人并去。飘忽间，至一大村，村中甲第连垣，王指一门，曰："此黄公子家。"内一老仆出，王告以意。仆即入白。旋出，奉公子命，请王、李相会。入见公子，年十八九，笑语蔼然。便以大钱一提③付李，曰："知君悫直④，无妨假贷。周子明我不能信之也。"王委曲代为请。公子要李署保，李不肯。王从旁怂恿之，李乃诺。亦授一千而出。便以付周，且述公子之意，以激其必偿。

出谷，见一妇人来，则村中赵氏妻，素喜争善骂。冯曰："此处无人，悍妇宜小祟⑤之。"遂与捉返入谷。妇大号，冯掬土塞其口。周赞曰："此等妇，只宜椓杙⑥阴中！"冯乃捋裤，以长石强纳之。妇若死。众乃散去，复入庙，相与赌博。

自午至夜分，李大胜，冯、周资皆空。李因以厚资增息悉付王，使代偿黄公子；王又分给周、冯，局复合。居无何，闻人声纷拏，一人奔入曰："城隍老爷亲捉博者，今至矣！"众失色。李舍钱逾垣而逃。众顾资，皆被缚。既出，果见一神人坐马上，马后絷博徒二十余人。天未明，已至邑城，门启而入。至衙署，城隍南面坐，唤人犯上，执籍呼名。呼已，并令以利斧斫去将指⑦，乃以墨朱各涂两目，游市三周讫。押者索贿而后去其墨朱，众皆

---

① 叶子——纸牌。

② 撩零——赌博。

③ 提——串。

④ 悫(què)直——憨直。

⑤ 小祟——稍稍给予她点灾祸。

⑥ 椓杙(zhuó yì)——敲入木橛。

⑦ 将指——中指。

赂之。独周不肯，辞以囊空；押者约送至家而后酬之，亦不许。押者指之曰："汝真铁豆，炒之不能爆也！"遂拱手去。周出城，以唾湿袖，且行且拭。及河自照，墨朱未去；掬水盥之，坚不可下，悔恨而归。

先是，赵氏妇以故至母家，日暮不归。夫往迎之，至谷口，见妇卧道周。睹状，知其遇鬼，去其泥塞，负之而归。渐醒能言，始知阴中有物，宛转抽拔而出。乃述其遭。赵怒，遽赴邑宰，讼李及周。牒下，李初醒；周尚沉睡，状类死。宰以其诬控，笞赵械妇，夫妻皆无理以自申。越日，周醒，目眶忽变一赤一黑，大呼指痛。视之，筋骨已断，惟皮连之，数日寻堕。目上墨朱，深入肌理。见者无不掩笑。一日，见王大来索负。周厉声但言无钱，王忿而去。家人问之，始知其故。共以神鬼无情，劝偿之。周龂龂①不可，且曰："今日官宰皆左袒赖债者，阴阳应无二理，况赌债耶！"次日，有二鬼来，谓黄公子具呈在邑，拘赴质审；李信亦见隶来，取作间证：二人一时并死。至村外相见，王、冯俱在。李谓周曰："君尚带赤墨眼，敢见官耶？"周仍以前言告。李知其吝，乃曰："汝既昧心，我请见黄八官人，为汝还之。"遂共诣公子所。李入而告以故，公子不可，曰："负欠者谁，而取偿于子？"出以告周，因谋出资，假周进之。周益忿，语侵公子。鬼乃拘与俱行。无何，至邑，入见城隍。城隍呵曰："无赖贼！涂眼犹在，又赖债耶！"周曰："黄公子出利债，诱某博赌，遂被惩创。"城隍唤黄家仆上，怒曰："汝主人开场诱赌，尚讨债耶！"仆曰："取资时，公子不知其赌。公子家燕子谷，捉获博徒在观音庙，相去十余里。公子从无设局场之事。"城隍顾周曰："取资悍不还，反被捏造！人之无良，至汝而极！"欲笞之。周又诉其息重。城隍曰："偿几分矣？"答云："实尚未有所偿。"城隍怒曰："本资尚欠，而论息耶？"笞三十，立押偿主。二鬼押至家，索贿，不令即活，缚诸厕内，令示梦家人。家人焚楮锭二十提，火既灭，化为金二两、钱二千。周乃以金酬债，以钱赂押者，遂释令归。既苏，臀疮坟起，脓血崩溃，数月始痊。后赵氏妇不敢复骂；而周以四指带赤墨眼，赌如故。此以知博徒之非人矣！

异史氏曰："世事之不平，皆由为官者矫枉之过正也。昔日富豪以倍

---

① 龂龂（yín yín）——争辩貌。

称之息折夺[①]良家子女,人无敢息[②]者;不然,函刺一投,则官以三尺法[③]左袒之。故昔之民社官[④],皆为势家役耳。迨后贤者鉴其弊,又悉举而大反之。有举人重资作巨商者,衣锦厌粱肉,家中起楼阁、买良沃,而竟忘所自来。一取偿,则怒目相向。质诸官,官则曰:'我不为人役也。'是何异懒残和尚[⑤],无工夫为俗人拭泪哉!余尝谓昔之官谄,今之官谬;谄者固可诛,谬者亦可恨也。放资而薄其息,何尝专有益于富人乎?"

张石年宰淄川,最恶博。其涂面游城,亦如冥法,刑不至堕指,而赌以绝。盖其为官,甚得钩距法[⑥]。方簿书旁午时[⑦],每一人上堂,公偏暇,里居、年齿、家口、生业,无不絮絮问。问已,始劝勉令去。有一人完税缴单,自分无事,呈单欲下。公止之,细问一过,曰:"汝何博也?"其人力辩生平不解博。公笑曰:"腰中尚有博具。"搜之,果然。人以为神,而并不知其何术。

乐　仲

乐仲,西安人。父早丧,遗腹生仲。母好佛,不茹荤酒。仲既长,嗜饮善啖,窃腹诽母,每以肥甘劝进。母咄之。后母病,弥留,苦思肉。仲急无所得肉,刲左股献之。病稍瘥,悔破戒,不食而死。仲哀悼益切,以利刃益刲右股见骨。家人共救之,裹帛敷药,寻愈。心念母苦节,又恸母愚,遂焚所供佛像,立主[⑧]祀母。醉后,辄对哀哭。年二十始娶,身犹童子。娶三日,谓人曰:"男女居室,天下之至秽,我实不为乐!"遂去妻。妻父顾文渊,浼戚求返,请之三四,仲必不可。迟半年,顾遂醮女。仲鳏居二十年,

---

① 折夺——抢掠。
② 息——呼吸。
③ 三尺法——法律。
④ 民社官——地方官。
⑤ 懒残和尚——指唐高僧明瓒禅师,曾居衡岳寺,因懒而吃剩食而得名。
⑥ 钩距法——调查疑情的方法。
⑦ 旁午时——繁忙时。
⑧ 主——神主,木制牌位。

行益不羁：奴隶优伶皆与饮；里党乞求，不靳与①；有言嫁女无釜者，揭灶头举赠之。自乃从邻借釜炊。诸无行者知其性，朝夕骗赚之。或以博赌无赀，对之欷歔，言追呼急，将鬻其子。仲措税金如数，倾囊遗之；及租吏登门，自始典质营办。以故，家日益落。

先是仲殷饶，同堂子弟，争奉事之，凡有任其取携，莫与较；及仲蹇落，存问绝少。仲旷达，不为意。值母忌辰，仲适病，不能上墓，欲遣子弟代祀；诸子弟皆谢以故。仲乃酹诸室中，对主号痛；无嗣之戚，颇萦怀抱。因而病益剧。瞀乱中②，觉有人抚摩之；目微启，则母也。惊问："何来？"母曰："缘家中无人上墓，故来就享，即视汝病。"问："母向居何所？"母曰："南海③。"抚摩既已，遍体生凉。开目四顾，渺无一人，病瘥。

既起，思朝南海。会邻村有结香社者，即卖田十亩，挟赀求偕。社人嫌其不洁，共摈绝之。乃随从同行。途中牛酒薤蒜④不戒，众更恶之，乘其醉睡，不告而去。仲即独行。至闽，遇友人邀饮，有名妓琼华在座。适言南海之游，琼华愿附以行。仲喜，即待趋装，遂与俱发；虽寝食与共，而毫无所私。及至南海，社中人见其载妓而至，更非笑之，鄙不与同朝。仲与琼华知其意，乃俟其先拜而后拜之。众拜时，恨无现示。及二人拜，方投地，忽见遍海皆莲花，花花璎珞垂珠；琼华见为菩萨，仲见花朵上皆其母。因急呼奔母，跃入从之。众见万朵莲花，悉变霞彩，障海如锦。少间，云静波澄，一切都杳，而仲犹身在海岸。亦不自解其何以得出，衣履并无沾濡。望海大哭，声震岛屿。琼华挽劝之，怆然下刹，命舟北渡。途中有豪家招琼华去，仲独憩逆旅。有童子方八九岁，丐食肆中，貌不类乞儿。细诘之，则被逐于继母。心怜之。儿依依左右，苦求拔拯，仲遂携与俱归。问其姓氏，则曰："阿辛，姓雍，母顾氏。尝闻母言：适雍六月，遂生余。余本乐姓。"仲大惊。自疑生平一度⑤，不应有子。因问乐居何乡，答云："不知。但母没时，付一函书，嘱勿遗失。"仲急索书。视之，则当年与顾家离

① 不靳与——不吝赠送。
② 瞀（mào）乱中——昏迷中。
③ 南海——相传观世音菩萨的居处。
④ 薤（xiè）蒜——葱韭蒜之类，为斋戒者所忌。
⑤ 生平一度——平生只和妻子性交一次。

婚书也。惊曰:“真吾儿也!”审其年月良确,颇慰心愿。然家计日疏,居二年,割亩渐尽,竟不能畜僮仆。

一日,父子方自炊,忽有丽人入,视之,则琼华也。惊问:“何来?”笑曰:“业作假夫妻,何又问也?向不即从者,徒以有老妪在;今已死。顾念不从人,无以自庇;从人,则又无以自洁:计两全者,无如从君,是以不惮千里。”遂解装代儿炊。仲良喜。至夜,父子同寝如故,另治一室居琼华。儿母之。琼华亦善抚儿。戚党闻之,皆馃[1]仲,两人皆乐受之。客至,琼华悉为治具,仲亦不问所自来。琼华渐出金珠赎故产,广置婢仆牛马,日益繁盛。仲每谓琼华曰:“我醉时,卿当避匿,勿使我见。”华笑诺之。一日,大醉,急唤琼华。华艳妆出。仲睨之良久,大喜,蹈舞若狂,曰:“吾悟矣!”顿醒。觉世界光明,所居庐舍,尽为琼楼玉宇,移时始已。从此不复饮市上,惟日对琼华饮。华茹素,以茶茗侍。一日,微醺,命琼华按股,见股上刲痕,化为两朵赤菡萏[2],隐起肉际。奇之。仲笑曰:“卿视此花放后,二十年假夫妻分手矣。”琼华信之。既为阿辛完婚。琼华渐以家付新妇,与仲别院居。子妇三日一朝,事非疑难不以告。役二婢:一温酒,一瀹茗而已。一日,琼华至儿所,儿媳咨白良久,共往见父。入门,见父白足坐榻上。闻声,开眸微笑曰:“母子来大好!”即复瞑。琼华大惊曰:“君欲何为?”视其股上,莲花大放。试之,气已绝。即以两手捻合其花,且祝曰:“妾千里从君,大非容易。为君教子训妇,亦有微劳。即差二三年,何不一少待也?”移时,仲忽开眸笑曰:“卿自有卿事,何必又牵一人作伴也?无已,姑为卿留。”琼华释手,则花已复合。于是言笑如初。积三年余,琼华年近四旬,犹如二十许人。忽谓仲曰:“凡人死后,被人捉头舁足,殊不雅洁。”遂命工治双槥[3]。辛骇问之,答云:“非汝所知。”工既竣,沐浴妆竟,命子及妇曰:“我将死矣。”辛泣曰:“数年赖母经纪,始不冻馁。母尚未得一享安逸,何遂舍儿而去?”曰:“父种福而子享,奴婢牛马,皆骗债者填偿尔父,我无功焉。我本散花天女[4],偶涉凡念,遂谪人间三十余年,今

---

① 馃(nuǎn)——娘家在女儿婚后三日送去的礼物。

② 菡萏(hàn dàn)——荷花。

③ 双槥(huì)——两口棺材。

④ 散花天女——佛教中的天女名。

限已满。"遂登木自入。再呼之,双目已含。辛哭告父,父不知何时已僵,衣冠俨然。号恸欲绝。入棺,并停堂中,数日未殓,冀其复返。光明生于股际,照彻四壁。琼华棺内,则香雾喷溢,近舍皆闻。棺既合,香光遂渐减。

既殡,乐氏诸子弟觊觎①其有,共谋逐辛,讼诸官。官莫能辨,拟以田产半给诸乐。辛不服,以词质郡,久不决。初,顾嫁女于雍,经年余,雍流寓于闽,音耗遂绝。顾老无子,苦忆女,诣婿,则女死甥逐。告官。雍惧,赂顾,不受,必欲得甥。穷觅不得。一日,顾偶于途中,见彩舆过,避道左。舆中一美人呼曰:"若非顾翁耶?"顾诺。女子曰:"汝甥即吾子,现在乐家,勿讼也。甥方有难,宜急往。"顾欲详诘,舆已去远。顾乃受赂入西安。至,则讼方沸腾。顾自投官,言女大归②日、再醮日,及生子年月,历历甚悉。诸乐皆被杖逐,案遂结。及归,述其见美人之日,即琼华没日也。辛为顾移家,授庐赠婢。六十余生一子,辛顾恤之。

异史氏曰:"断荤远室,佛之似也。烂熳天真,佛之真也。乐仲对丽人,直视之为香洁道伴,不作温柔乡观也。寝处三十年,若有情,若无情,此为菩萨真面目,世中人乌得而测之哉!"

香　玉

劳山下清宫③,耐冬④高二丈,大数十围,牡丹高丈余,花时璀璨似锦。胶州黄生,舍读其中。一日,自窗中见女郎,素衣掩映花间。心疑观中焉得此。趋出,已遁去。自此屡见之。遂隐身丛树中,以伺其至。未几,女郎又偕一红裳者来,遥望之,艳丽双绝。行渐近,红裳者却退,曰:"此处有生人!"生暴起。二女惊奔,袖裙飘拂,香风洋溢,追过短墙,寂然

---

① 觊觎(jì yú)——非分的企图。
② 大归——彻底被休离夫家。
③ 下清宫——道观名。
④ 耐冬——木本植物,初夏开花。

已杳。爱慕弥切,因题句树下云:“无限相思苦,含情对短缸[①]。恐归沙吒利[②],何处觅无双[③]?”归斋冥思。女郎忽入,惊喜承迎。女笑曰:“君汹汹似强寇,令人恐怖;不知君乃骚雅士,无妨相见。”生叩生平,曰:“妾小字香玉,隶籍平康巷。被道士闭置山中,实非所愿。”生问:“道士何名?当为卿一涤此垢。”女曰:“不必,彼亦未敢相逼。借此与风流士,长作幽会,亦佳。”问:“红衣者谁?”曰:“此名绛雪,乃妾义姊。”遂相狎。及醒,曙色已红。女急起,曰:“贪欢忘晓矣。”着衣易履,且曰:“妾酬君作,勿笑:‘良夜更易尽,朝暾已上窗。愿如梁上燕,栖处自成双。’”生握腕曰:“卿秀外惠中,令人爱而忘死。顾一日之去,如千里之别。卿乘间当来,勿待夜也。”女诺之。由此夙夜必偕。每使邀绛雪来,辄不至,生以为恨。女曰:“绛姐性殊落落,不似妾情痴也。当从容劝驾,不必过急。”

一夕,女惨然入曰:“君陇不能守,尚望蜀耶[④]?今长别矣。”问:“何之?”以袖拭泪,曰:“此有定数,难为君言。昔日佳作,今成谶语矣。‘佳人已属沙吒利,义士今无古押衙’[⑤],可为妾咏。”诘之,不言,但有呜咽。竟夜不眠,早旦而去。生怪之。次日,有即墨[⑥]蓝氏,入宫游瞩,见白牡丹,悦之,掘移径去。生始悟香玉乃花妖也,怅惋不已。过数日,闻蓝氏移花至家,日就萎悴。恨极,作哭花诗五十首,日日临穴涕洟。一日,凭吊方返,遥见红衣人挥涕穴侧。从容近就,女亦不避。生因把袂,相向汍澜。已而挽请入室,女亦从之。叹曰:“童稚姊妹,一朝断绝!闻君哀伤,弥增妾恸。泪堕九泉,或当感诚再作;然死者神气已散,仓卒何能与吾两人共谈笑也。”生曰:“小生薄命,妨害情人,当亦无福可消双美。曩频烦香玉,道达微忱,胡再不临?”女曰:“妾以年少书生,什九薄幸;不知君固至情人也。然妾与君交,以情不以淫。若昼夜狎昵,则妾所不能矣。”言已,告别。生曰:“香玉长离,使人寝食俱废。赖卿少留,慰此怀思,何决绝如

---

① 短缸——短灯。

② 沙吒利——唐人许尧佐《柳氏传》中的番将,曾劫走柳氏,后在人相助下,柳氏与其心爱人重新团聚。

③ 无双——刘无双,唐人薛调《无双传》之传主。

④ 陇不能守,尚望蜀——“得陇望蜀”的反用,连我都守不住,还想得到绛雪。

⑤ 古押衙——《无双传》中人物。

⑥ 即墨——县名,今属山东青岛市。

此！"女乃止，过宿而去。数日不复至。冷雨幽窗，苦怀香玉，辗转床头，泪凝枕席。揽衣更起，挑灯复踵前韵①曰："山院黄昏雨，垂帘坐小窗。相思人不见，中夜泪双双。"诗成自吟。忽窗外有人曰："作者不可无和。"听之，绛雪也。启户内之。女视诗，即续其后曰："连袂人何处？孤灯照晚窗。空山人一个，对影自成双。"生读之泪下，因怨相见之疏。女曰："妾不能如香玉之热，但可少慰君寂寞耳。"生欲与狎。曰："相见之欢，何必在此。"于是至无聊时，女辄一至。至则宴饮唱酬，有时不寝遂去，生亦听之。谓曰："香玉吾爱妻，绛雪吾良友也。"每欲相问："卿是院中第几株？乞早见示，仆将抱植家中，免似香玉被恶人夺去，贻恨百年。"女曰："故土难移，告君亦无益也。妻尚不能终从，况友乎！"生不听，捉臂而出，每至牡丹下，辄问："此是卿否？"女不言，掩口笑之。

旋生以腊归过岁。至二月间，忽梦绛雪至，愀然曰："妾有大难！君急往，尚得相见；迟无及矣。"醒而异之，急命仆马，星驰至山。是道士将建屋，有一耐冬，碍其营造，工师将纵斤矣。生急止之。入夜，绛雪来谢。生笑曰："向不实告，宜遭此厄！今已知卿；如卿不至，当以炷艾②相炙。"女曰："妾固知君如此，曩故不敢相告也。"坐移时，生曰："今对良友，益思艳妻。久不哭香玉，卿能从我哭乎？"二人乃往，临穴洒涕。更余，绛雪收泪劝止。又数夕，生方寂坐，绛雪笑入曰："报君喜信：花神感君至情，俾香玉复降宫中。"生问："何时？"答曰："不知，约不远耳。"天明下榻，生嘱曰："仆为卿来，勿长使人孤寂。"女笑诺。两夜不至。生往抱树，摇动抚摩，频唤无声。乃返，对灯团艾，将往灼树。女遽入，夺艾弃之，曰："君恶作剧，使人创痏③，当与君绝矣！"生笑拥之。坐未定，香玉盈盈而入。生望见，泣下流离，急起把握。香玉以一手握绛雪，相对悲哽。及坐，生把之觉虚，如手自握，惊问之。香玉泫然曰："昔妾，花之神，故凝；今妾，花之鬼，故散也。今虽相聚，勿以为真，但作梦寐观可耳。"绛雪曰："妹来大好！我被汝家男子纠缠死矣。"遂去。

香玉款笑如前；但偎傍之间，仿佛一身就影。生悒悒不乐。香玉亦俯

---

① 斤——斧头。

② 炷艾——中医用艾绒团，点燃熏灸经洛穴位。

③ 创痏（wěi）——创伤而致疤痕。

仰自恨，乃曰："君以白蔹屑①，少杂硫黄，日酹妾一杯水，明年此日报君恩。"别去。明日，往观故处，则牡丹萌生矣。生乃日加培植，又作雕栏以护之。香玉来，感激倍至。生谋移植其家，女不可，曰："妾弱质，不堪复戕。且物生各有定处，妾来原不拟生君家，违之反促年寿。但相怜爱，合好自有日耳。"生恨绛雪不至。香玉曰："必欲强之使来，妾能致之。"乃与生挑灯至树下，取草一茎，布掌作度，以度树本②，自下而上，至四尺六寸，按其处，使生以两爪齐搔之。俄见绛雪从背后出，笑骂曰："婢子来，助桀为虐耶！"牵挽并入。香玉曰："姊勿怪！暂烦陪侍郎君。一年后不相扰矣。"从此遂以为常。

生视花芽，日益肥茂，春尽，盈二尺许。归后，以金遗道士，嘱令朝夕培养之。次年四月至宫，则花一朵，含苞未放；方流连间，花摇摇欲拆；少时已开，花大如盘，俨然有小美人坐蕊中，才三四指许；转瞬飘然欲下，则香玉也。笑曰："妾忍风雨以待君，君来何迟也！"遂入室。绛雪亦至，笑曰："日日代人作妇，今幸退而为友。"遂相谈谎。至中夜，绛雪乃去。二人同寝，款洽一如从前。

后生妻卒，生遂入山不归。是时，牡丹已大如臂。生每指之曰："我他日寄魂于此，当生卿之左。"二女笑曰："君勿忘之。"后十余年，忽病。其子至，对之而哀。生笑曰："此我生期，非死期也，何哀为！"谓道士曰："他日牡丹下有赤芽怒生，一放五叶者，即我也。"遂不复言。子舆之归家，即卒。次年，果有肥芽突出，叶如其数。道士以为异，益灌溉之。三年，高数尺，大拱把，但不花。老道士死，其弟子不知爱惜，斫去之。白牡丹亦憔悴死；无何，耐冬亦死。

异史氏曰："情之至者，鬼神可通。花以鬼从，而人以魂寄，非其结于情者深耶？一去而两殉之，即非坚贞，亦为情死矣。人不能贞，亦其情之不笃耳。仲尼读唐棣而曰'未思'③，信矣哉！"

---

① 白蔹（liǎn）——中草药名。

② 度树本——量树干。

③ 仲尼读唐棣而曰'未思'——仲尼，孔子；唐棣，树名；意指忠贞相爱，必得至情。

三 仙

一士人赴试金陵[①],经宿迁[②],遇三秀才,谈论超旷,遂与沽酒款洽。各表姓字:一介秋衡,一常丰林,一麻西池。纵饮甚乐,不觉日暮。介曰:“未修地主之仪,忽叨盛馔,于理不当。茅茨不远,可便下榻。”常、麻并起,捉襟唤仆,相将俱去。至邑北山,忽睹庭院,门绕清流。既入,舍宇清洁。呼童张灯,又命安置从人。麻曰:“昔日以文会友,今场期伊迩,不可虚此良夜。请拟四题合阄,各拈其一,文成方饮。”众从之。各拟一题,写置几上,拾得者就案构思。二更未尽,皆已脱稿,迭相传视。秀才读三作,深为倾倒,草录而怀藏之。主人进良酝,巨杯促釂[③],不觉醺醉。主人乃导客就别院寝。客醉,不暇解履,和衣而卧。乃醒,红日已高,四顾并无院宇,主仆卧山谷中。大骇。见傍有一洞,水涓涓流。自讶迷惘。探怀中,则三作俱存。下问土人,始知为“三仙洞”。中有蟹、蛇、虾蟆三物,最灵,时出游,人常见之。士人入闱,三题即仙作,以是擢解[④]。

鬼 隶

历城县二隶,奉邑令韩承宣[⑤]命,营干[⑥]他郡,岁暮方归。途遇二人,装饰亦类公役,同行话言。二人自称郡役。隶曰:“济城快皂[⑦],相识十有八九,二君殊昧生平。”二人云:“实相告,我城隍鬼隶也。今将以公文投东岳。”隶问:“公文何事?”答云:“济南大劫,所报者,杀人之名数也。”惊

---

① 金陵——今南京市。

② 宿迁——今江苏宿迁县。

③ 釂(jiào)——干杯。

④ 擢解——考中举人。

⑤ 韩承宣——明末进士,曾官淄川、历城县令。

⑥ 营干——办事。

⑦ 快皂——捕快。

问其数。曰："亦不甚悉，约近百万。"隶问其期，答以"正朔"①。二隶惊顾，计到郡正值岁除②，恐罹于难；迟留恐贻谴责。鬼曰："违误限期罪小，入遭劫数祸大。宜他避，姑勿归。"隶从之。未几，北兵③大至，屠济南，扛尸百万。二人亡匿得免。

王　十

高苑④民王十，负盐于博兴⑤。夜为二人所获。意为土商⑥之逻卒也，舍盐欲遁；足苦不前，遂被缚。哀之。二人曰："我非盐肆中人，乃鬼卒也。"十惧，乞一至家，别妻子。不许，曰："此去亦未便即死，不过暂役耳。"十问："何事？"曰："冥中新阎王到任，见奈河⑦淤平，十八狱坑厕俱满，故捉三种人淘河：小偷、私铸、私盐；又一等人使涤厕：乐户也。"

十从去，入城郭，至一官署，见阎罗在上，方稽名籍。鬼禀曰："捉一私贩王十至。"阎罗视之，怒曰："私盐者，上漏国税，下蠹民生者也。若世之暴官奸商所指为私盐者，皆天下之良民。贫人揭锱铢之本，求升斗之息，何为私哉！"罚二鬼市盐四斗，并十所负，代运至家。留十，授以蒺藜骨朵⑧，令随诸鬼督河工。鬼引十去，至奈河边，见河内人夫，繦续⑨如蚁。又视河水浑赤，臭不可闻。淘河者皆赤体持畚锸，出没其中。朽骨腐尸，盈筐负异而出；深处则灭顶求之。惰者辄以骨朵击背股。同监者以香绵丸如巨菽，使含口中，乃近岸。见高苑肆商，亦在其中。十独苛遇之：入河楚背，上岸敲股。商惧，常没身水中，十乃已。经三昼夜，河夫半死，河

---

① 正朔——正月初一。

② 岁除——除夕。

③ 北兵——清兵。

④ 高苑——旧县名，治今属山东博兴县。

⑤ 博兴——今山东博兴县。

⑥ 土商——当地盐商。

⑦ 奈河——迷信所传地狱中的河名。

⑧ 蒺藜骨朵——缀有铁质或硬木质蒜头形的古兵器。

⑨ 繦续——人群不断。

工亦竣。前二鬼仍送至家，豁然而苏。先是，十负盐未归，天明，妻启户，则盐两囊置庭中，而十久不至。使人遍觅之，则死途中。舁之而归，奄有微息，不解其故。及醒，始言之。肆商亦于前日死，至是始苏。骨朵击处，皆成巨疽，浑身腐溃，臭不可近。十故诣之。望见十，犹缩首衾中，如在奈河状。一年，始愈，不复为商矣。

异史氏曰："盐之一道，朝廷之所谓私，乃不从乎公者也；官与商之所谓私，乃不从其私者也。近日齐、鲁新规，土商随在设肆，各限疆域。不惟此邑之民，不得去之彼邑；即此肆之民，不得去之彼肆。而肆中则潜设饵以钓他邑之民：其售于他邑，则廉其直；而售诸土人，则倍其价以昂之。而又设逻于道，使境内之人，皆不得逃吾昂。其有境内冒他邑以来者，法不宥。彼此之相钓，而越肆假冒之愚民益多。一被逻获，则先以刀杖残其胫股，而后送诸官；官则桎梏之，是名'私盐'。呜呼！冤哉！漏数万之税非私，而负升斗之盐则私之；本境售诸他境非私，而本境买诸本境则私之，冤矣！律中'盐法'最严，而独于贫难军民[①]，背负易食者，不之禁，今则一切不禁，而专杀此贫难军民！且夫贫难军民，妻子嗷嗷，上守法而不盗，下知耻而不娼；不得已，而揭十母而求一子[②]。使邑尽此民，即'夜不闭户'可也。非天下之良民乎哉！彼肆商者，不但使之淘奈河，直当使涤狱厕耳！而官于春秋节[③]，受其斯须之润[④]，遂以三尺法助使杀吾良民。然则为贫民计，莫若为盗及私铸耳：盗者白昼劫人，而官若聋；铸者炉火烜天，而官若瞽；即异日淘河，尚不至如负贩者所得无几，而官刑立至也。呜呼，上无慈惠之师，而听奸商之法，日变日诡，奈何不顽民日生，而良民日死哉！"

各邑肆商，旧例以若干石盐资，岁奉本县，名曰"食盐"。又逢节序，具厚仪。商以事谒官，官则礼貌之，坐与语，或茶焉。送盐贩至，重惩不遑。张公石年宰淄，肆商来见，循旧规，但揖不拜。公怒曰："前令受汝贿，故不得不隆汝礼；我市盐而食，何物商人，敢公堂抗礼乎！"捋裤将笞。商叩头谢过，乃释之。后肆中获二负贩者，其一逃去，其一被执到官。公

---

① 贫难军民——贫困的军户和民户。

② 揭十母而求一子——持十本而求一利。

③ 春秋节——一年四季。

④ 斯须之润——指贿赂。

问:“贩者二人,其一焉往?”贩者曰:“逃去矣。”公曰:“汝腿病不能奔耶?”曰:“能奔。”公曰:“既被捉,必不能奔;果能,可起试奔,验汝能否。”其人奔数步欲止。公曰:“奔勿止!”其人疾奔,竟出公门而去。见者皆笑。公爱民之事不一,此其闲情,邑人犹乐诵之。

大　男

奚成列,成都①士人也。有一妻一妾。妾何氏,小字昭容。妻早没,继娶申氏,性妒,虐遇何,且并及奚;终日哓聒②,恒不聊生。奚怒,亡去。去后,何生一子大男。奚去不返,申摈何不与同炊,计日授粟。大男渐长,用不给,何纺绩佐食。大男见塾中诸儿吟诵,亦欲读。母以其太稚,姑送诣读。大男慧,所读倍诸儿。师奇之,愿不索束脩。何乃使从师,薄相酬。积二三年,经书全通。一日归,谓母曰:“塾中五六人,皆从父乞钱买饼,我何独无?”母曰:“待汝长,告汝知。”大男曰:“今方七八岁,何时长也?”母曰:“汝往塾,路经关帝庙,当拜之,祐汝速长。”大男信之,每过必入拜。母知之,问曰:“汝所祝何词?”笑云:“但祝明年便使我十六七岁。”母笑之。然大男学与躯长并速:至十岁,便如十三四岁者;其所为文竟成章。一日,谓母曰:“昔谓我壮大,当告父处,今可矣。”母曰:“尚未,尚未。”又年余,居然成人,研诘益频,母乃缅述之。大男悲不自胜,欲往寻父。母曰:“儿太幼,汝父存亡未知,何遽可寻?”大男无言而去,至午不归。往塾问师,则辰餐未复。母大惊,出资佣役,到处冥搜,杳无踪迹。

大男出门,循途奔去,茫然不知何往。适遇一人将如夔州③,言姓钱。大男丐食相从。钱病其缓④,为赁代步,资斧耗竭。至夔,同食,钱阴投毒食中,大男瞑不觉。钱载至大刹,托为己子,偶病绝资,卖诸僧。僧见其丰

---

① 成都——今四川成都市。

② 哓聒——吵嚷。

③ 夔(kuí)州——旧府名,治今四川奉节县。

④ 病其缓——以大男行走迟缓而厌烦。

姿秀异，争购之。钱得金竟去。僧饮之，略醒。长老①知而诣视，奇其相，研诘，始得颠末。甚怜之，赠资使去。有泸州②蒋秀才，下第归，途中问得故，嘉其孝，携与同行。至泸，主其家。月余，遍加咨访。或言闽商有奚姓者，乃辞蒋，欲之闽。蒋赠以衣履，里党皆敛资助之。途遇二布客，欲往福清③，邀与同侣。行数程，客窥囊金，引至空所，挚其手足，解夺而去。适有永福④陈翁过其地，脱其缚，载归其家。翁豪富，诸路商贾，多出其门，翁嘱南北客代访奚耗。留大男伴诸儿读。大男遂住翁家，不复游。然去家愈远，音梗矣。

何昭容孤居三四年，申氏减其费，抑勒令嫁。何志不摇。申强卖于重庆贾，贾劫取而去。至夜，以刀自劙⑤。贾不敢逼，俟创瘥，又转鬻于盐亭⑥贾。至盐亭，自刺心头，洞见脏腑。贾大惧，敷以药，创平，求为尼。贾曰："我有商侣，身无淫具，每欲得一人主缝纫。此与作尼无异，亦可少偿吾值。"何诺。贾舆送去。入门，主人趋出，则奚生也。盖奚已弃儒为商，贾以其无妇，故赠之也。相见悲骇，各述苦况，始知有儿寻父未归。奚乃嘱诸客旅，侦察大男。而昭容遂以妾为妻矣。然自历艰苦，痼痛多疾，不能操作，劝奚纳妾。奚鉴前祸，不从所请。何曰："妾如争床笫者，数年来固已从人生子，尚得与君有今日耶？且人加我者，隐痛在心，岂及诸身而自蹈之⑦？"奚乃嘱客侣，为买三十余老妾。逾半年，客果为买妾归。入门，则妻申氏。各相骇异。先是，申独居年余，兄苞劝令再适。申从之，惟田产为子侄所阻，不得售。鬻诸所有，积数百金，携归兄家，有保宁⑧贾，闻其富有奁资，以多金啖苞，赚娶之。而贾老废不能人⑨。申怨兄，不安于室，悬梁投井，不堪其扰。贾怒，搜括其资，将卖作妾。闻者皆嫌其老。

---

① 长老——主持僧人。
② 泸州——今四川泸州市。
③ 福清——今福建福清县。
④ 永福——今福建永福县。
⑤ 自劙(lí)——自割。
⑥ 盐亭——今四川盐亭县。
⑦ 自蹈之——自己承袭他人以前的做法。
⑧ 保宁——府名，治今四川阆中县。
⑨ 老废不能人——因年老残废而不能过性生活。

贾将适夔，乃载与俱去。遇奚同肆，适中其意，遂货之而去。既见奚，惭惧不出一语。奚问同肆商，略知梗概，因曰："使遇健男，则在保宁，无再见之期，此亦数也。然今日我买妾，非娶妻，可先拜昭容，修嫡庶礼。"申耻之。奚曰："昔日汝作嫡，何如哉！"何劝止之。奚不可，操杖临逼。申不得已，拜之，然终不屑承奉，但操作别室。何悉优容之，亦不忍课其勤惰。奚每与昭容谈宴，辄使役使其侧；何更代以婢，不听前①。

会陈公嗣宗宰②盐亭。奚与里人有小争，里人以逼妻作妾揭讼奚。公不准理，叱逐之。奚喜，方与何窃颂公德。一漏既尽，僮呼叩扉，入报曰："邑令公至。"奚骇极，急觅衣履，则公已至寝门；益骇，不知所为。何审之，急出曰："是吾儿也！"遂哭。公乃伏地悲咽。盖大男从陈公姓，业为官矣。初，公至自都，迂道过故里，始知两母皆醮，伏膺哀痛。族人知大男已贵，反其田庐。公留仆营造，冀父复还。既而授任盐亭，又欲弃官寻父，陈翁苦劝止之。会有卜者，使筮焉。卜者曰："小者居大，少者为长；求雄得雌，求一得两：为官吉。"公乃之任。为不得亲，居官不茹荤酒。是日，得里人状，睹奚姓名，疑之。阴遣内使细访，果父。乘夜微行而出。见母，益信卜者之神。临去，嘱勿播，出金二百，启父办装归里。父抵家，门户一新，广畜仆马，居然大家矣。申见大男贵盛，益自敛。兄苞不愤，讼官，为妹争嫡。官廉得其情，怒曰："贪资劝嫁，已更二夫，尚何颜争昔年嫡庶耶！"重笞苞。由此名分益定。而申姊何，何亦姊之。衣服饮食，悉不自私。申初惧其复仇，今益愧悔。奚亦忘其旧恶，俾内外皆呼以太母③，但诰命④不及耳。

异史氏曰："颠倒众生，不可思议，何造物之巧也！奚生不能自立于妻妾之间，一碌碌庸人耳。苟非孝子贤母，乌能有此奇合，坐享富贵以终身哉！"

---

① 不听前——不用申氏在面前服侍。

② 宰——当知县。

③ 太母——仆人其官员主人嫡母的敬称。

④ 诰命——朝廷授予五品以上官夫人的封赠。

外国人

己巳秋，岭南从外洋飘一巨艘来。上有十一人，衣鸟羽，文采璀璨。自言："吕宋国①人。遇风覆舟，数十人皆死；惟十一人附巨木，飘至大岛得免。凡五年，日攫鸟虫而食；夜伏石洞中，织羽为帆。忽又飘一舟至，橹帆皆无，盖亦海中碎于风者，于是附之将返。又被大风引至澳门。"巡抚题疏②，送之还国。

韦公子

韦公子，咸阳③世家。放纵好淫，婢妇有色，无不私者。尝载金数千，欲尽览天下名妓，凡繁丽之区，无不至。其不甚佳者，信宿④即去；当意，则作百日留。叔亦名宦，休致归，怒其行，延明师，置别业，使与诸公子键户读。公子夜伺师寝，逾垣归，迟明而返。一夜，失足折肱，师始知之。告公，公益施夏楚，俾不能起而怒药之。及愈，公与之约：能读倍诸弟，文字佳，出勿禁；若私逸，挞如前。然公子最慧，读常过程。数年，中乡榜。欲自败约，公箝制之。赴都，以老仆从，授日记籍，使志其言动，故数年无过行。后成进士，公乃稍弛其禁。公子或将有作，惟恐公闻，入曲巷⑤中，辄托姓魏。

一日，过西安，见优僮⑥罗惠卿，年十六七，秀丽如好女，悦之。夜留缱绻，赠贻丰隆。闻其新娶妇尤韵妙，私示意惠卿。惠卿无难色，夜果携

---

① 吕宋国——今菲律宾群岛。

② 题疏——奏闻皇帝。

③ 咸阳——今陕西咸阳市。

④ 信宿——再宿。

⑤ 曲巷——妓女所居地。

⑥ 优僮——年轻漂亮的演唱艺人。

女至，三人共一榻。留数日，眷爱臻至。谋与俱归。问其家口，答云："母早丧，父存。某原非罗姓。母少服役于咸阳韦氏，卖至罗家，四月即生余。倘得从公子去，亦可察其音耗。"公子惊问母姓，曰："姓吕。"生骇极，汗下浃体，盖其母即生家婢也。生无言。时天已明，厚赠之，劝令改业。伪托他适，约归时召致之，遂别去。后令苏州，有乐伎沈韦娘，雅丽绝伦，爱留与狎。戏曰："卿小字取'春风一曲杜韦娘'①耶？"答曰："非也。妾母十七为名妓，有咸阳公子与公同姓，留三月，订盟婚娶。公子去，八月生妾，因名韦，实妾姓也。公子临别时，赠黄金鸳鸯，今尚在。一去竟无音耗，妾母以是愤悒死。妾三岁，受抚于沈媪，姑从其姓。"公子闻言，愧恨无以自容。默移时，顿生一策。忽起挑灯，唤韦娘饮，暗置鸩毒杯中。韦娘才下咽，溃乱呻嘶。众集视，见已毙矣。呼优人至，付以尸，重赂之。而韦娘所与交好者尽势家，闻之皆不平，贿激优人，讼于上官。生惧，泻橐弥缝，卒以浮躁免官。

归家，年才三十八，颇悔前行。而妻妾五六人，皆无子。欲继公孙②；公以门内无行，恐儿染习气，虽许过嗣，必待其老而后归之。公子愤欲招惠卿，家人皆以为不可，乃止。又数年，忽病，辄挝心曰："淫婢宿妓者，非人也！"公闻而叹曰："是殆将死矣！"乃以次子之子，送诣其家，使定省之。月余果死。

异史氏曰："盗婢私娼，其流弊殆不可问。然以己之骨血，而谓他人父，亦已羞矣。乃鬼神又侮弄之，诱使自食便液。尚不自剖其心，自断其首，而徒流汗投鸩，非人头而畜鸣者耶！虽然，风流公子所生子女，即在风尘中，亦皆擅场③。"

石清虚

邢云飞，顺天人。好石，见佳石，不惜重直。偶渔于河，有物挂网，沉

① 春风一曲杜韦娘——语出刘禹锡赠李绅的《歌妓诗》。

② 继公孙——以叔父之孙为嗣。

③ 擅场——技艺高超。

而取之,则石径尺,四面玲珑,峰峦叠秀。喜极,如获异珍。既归,雕紫檀为座,供诸案头。每值天欲雨,则孔孔生云,遥望如塞新絮。

有势豪某,踵门求观。既见,举付健仆,策马径去。邢无奈,顿足悲愤而已。仆负石至河滨,息肩桥上,忽失手堕诸河。豪怒,鞭仆。即出金雇善泅者,百计冥搜,竟不可见。乃悬金署约而去。由是寻石者日盈于河,迄无获者。后邢至落石处,临流於邑①,但见河水清澈,则石固在水中。邢大喜,解衣入水,抱之而出。携归,不敢设诸厅所,洁治内室供之。

一日,有老叟款门而请。邢托言石失已久。叟笑曰:"客舍非耶?"邢便请入舍,以实其无。及入,则石果陈几上。愕不能言。叟抚石曰:"此吾家故物,失去已久,今固在此耶。既见之,请即赐还。"邢窘甚,遂与争作石主。叟笑曰:"既汝家物,有何验证?"邢不能答。叟曰:"仆则故识之。前后九十二窍,孔中五字云:'清虚天石供。'②"邢审视,孔中果有小字,细如粟米,竭目力才可辨认;又数其窍,果如所言。邢无以对,但执不与。叟笑曰:"谁家物,而凭君作主耶!"拱手而出。邢送至门外;既还,已失石所在。邢急追叟,则叟缓步未远,奔牵其袂而哀之。叟曰:"奇哉!经尺之石,岂可以手握袂藏者耶?"邢知其神,强曳之归,长跽请之。叟乃曰:"石果君家者耶、仆家者耶?"答曰:"诚属君家,但求割爱耳。"叟曰:"既然,石固在是。"入室,则石已在故处。叟曰:"天下之宝,当与爱惜之人。此石,能自择主,仆亦喜之。然彼急于自见③,其出也早,则魔劫未除。实将携去,待三年后,始以奉赠。既欲留之,当减三年寿数,乃可与君相终始。君愿之乎?"曰:"愿。"叟乃以两指捏一窍,窍软如泥,随手而闭。闭三窍,已,曰:"石上窍数,即君寿也。"作别欲去。邢苦留之,辞甚坚,问其姓字,亦不言,遂去。

积年余,邢以故他出,夜有贼入室,诸无所失,惟窃石而去。邢归,悼丧欲死。访察购求,全无踪迹。积有数年,偶入报国寺④,见卖石者,则故物也,将便认取。卖者不服,因负石至官。官问:"何所质验?"卖石者能

---

① 临流於(wū)邑——面对河水悲泣。
② 清虚天石供——月宫石制供品。
③ 自见(xiàn)——自现于世。
④ 报国寺——位于今北京市内。

言窍数。邢问其他，则茫然矣。”邢乃言窍中五字及三指痕，理遂得伸。官欲杖责卖石者，卖石者自言以二十金买诸市，遂释之。邢得石归，裹以锦，藏椟中，时出一赏，先焚异香而后出之。

有尚书某，购以百金。邢曰：“虽万金不易也。”尚书怒，阴以他事中伤之。邢被收，典质田产。尚书托他人风示其子。子告邢，邢愿以死殉石。妻窃与子谋，献石尚书家。邢出狱始知，骂妻殴子，屡欲自经，家人觉救，得不死。夜梦一丈夫来，自言：“石清虚。”戒邢勿戚：“特与君年余别耳。明年八月二十日，昧爽时，可诣海岱门①，以两贯相赎。”邢得梦，喜，谨志其日。其石在尚书家，更无出云之异，久亦不甚贵重之。明年，尚书以罪削职，寻死。邢如期至海岱门，则其家人窃石出售，因以两贯市归。

后邢至八十九岁，自治葬具；又嘱子，必以石殉。及卒，子遵遗教，瘗石墓中。半年许，贼发墓，劫石去。子知之，莫可追诘。越二三日，同仆在道，忽见两人奔踬②汗流，望空投拜，曰：“邢先生，勿相逼！我二人将③石去，不过卖四两银耳。”遂絷送到官，一讯即伏。问石，则鬻宫氏。取石至，官爱玩，欲得之，命寄诸库，吏举石，石忽堕地，碎为数十余片。皆失色。官乃重械两盗论死。邢子拾碎石出，仍瘗墓中。

异史氏曰：“物之尤者祸之府。至欲以身殉石，亦痴甚矣！而卒之石与人相终始，谁谓石无情哉？古语云：‘士为知己者死。’非过也！石犹如此，何况于人！”

曾友于

曾翁，昆阳④故家也。翁初死未殓，两眶中泪出如瀋，有子六，莫解所以。次子悌，字友于，邑名士，以为不祥，戒诸兄弟各自惕，勿贻痛于先人；而兄弟半迂笑之。先是，翁嫡配生长子成，至七八岁，母子为强寇掳去。

---

① 海岱门——今北京崇文门。

② 奔踬(zhì)——跌跌撞撞地跑。

③ 将——拿取。

④ 昆阳——州名，今属云南归宁县。

娶继室，生三子：曰孝，曰忠，曰信。妾生三子：曰悌，曰仁，曰义。孝以悌等出身贱，鄙不齿，因连结忠、信为党。即与客饮，悌等过堂下，亦傲不为礼。仁、义皆忿，与友于谋，欲相仇。友于百词宽譬①，不从所谋；而仁、义年最少，因兄言亦遂止。孝有女，适邑周氏，病死。纠悌等往挞其姑，悌不从。孝愤然，令忠、信合族中无赖子，往捉周妻，搒掠无算，抛粟毁器，盎盂无存。周告官。官怒，拘孝等囚系之，将行申黜。友于惧，见宰自投。友于品行，素为宰重，诸兄弟以是得无苦。友于乃诣周所负荆，周亦器重友于，讼遂止。

孝归，终不德友于。无何，友于母张夫人卒，孝等不为服，宴饮如故。仁、义益忿。友于曰："此彼之无礼，于我何损焉。"及葬，把持墓门，不使合厝②。友于乃瘗母隧道中。未几，孝妻亡，友于招仁、义同往奔丧。二人曰："'期'且不论，'功'于何有③！"再劝之，哄然散去。友于乃自往，临哭尽哀，隔墙闻仁、义鼓且吹，孝怒，纠诸弟往殴之。友于操杖先从。入其家，仁觉先逃。义方逾垣，友于自后击仆之。孝等拳杖交加，殴不止。友于横身障阻之。孝怒，让④友于。友于曰："责之者，以其无礼也，然罪固不至死。我不怙⑤弟恶，亦不助兄暴。如怒不解，身代之。"孝遂反杖挞友于，忠、信亦相助殴兄，声震里党，群集劝解，乃散去。友于即扶杖诣兄请罪。孝逐去之，不令居丧次⑥。而义创甚，不复食饮。仁代具词讼官，诉其不为庶母行服。官签拘孝、忠、信，而令友于陈状。友于以面目损伤，不能诣署，但作词禀白，哀求寝息，宰遂消案。义亦寻愈。由是仇怨益深。仁、义皆幼弱，辄被敲楚，怨友于曰："人皆有兄弟，我独无！"友于曰："此两语，我宜言之，两弟何云！"因苦劝之，卒不听。友于遂扃户，携妻子借寓他所，离家五十余里，冀不相闻。

友于在家虽不助弟，而孝等尚稍有顾忌；既去，诸兄一不当，辄叫骂其

---

① 宽譬——宽慰。
② 合厝(cuò)——合葬。
③ '期'且不论，'功'于何有——指古葬礼，期服之亲还不奉礼，功服之亲还奔丧做什么？
④ 让——责怪。
⑤ 怙(hù)——放任。
⑥ 丧次——吊丧者的排列顺序。

门,辱侵母讳。仁、义度不能抗,惟杜门思乘间刺杀之,行则怀刀。一日,寇所掠长兄成,忽携妇亡归。诸兄弟以家久析,聚谋三日,竟无处可以置之。仁、义窃喜,招去共养之。往告友于。友于喜,归,共出田宅居成。诸兄怒其市惠①,登门窘辱。而成久在寇中,习于威猛,大怒曰:“我归,更无人肯置一屋;幸三弟念手足,又罪责之。是欲逐我耶!”以石投孝,孝仆。仁、义各以杖出,捉忠、信,挞无数。成乃讼宰,宰又使人请教友于。友于诣宰,俯首不言,但有流涕。宰问之,曰:“惟求公断。”宰乃判孝等各出田产归成,使七分相准②。自此仁、义与成倍加爱敬。谈及葬母事,因并泣下。成恚曰“如此不仁,真禽兽也!”遂欲启圹,更为改葬。仁奔告友于。友于急归谏止。成不听,刻期发墓,作斋于茔。以刀削树,谓诸弟曰:“所不衰麻相从者,有如此树!”众唯唯。于是一门皆哭临,安厝尽礼。自此兄弟相安。而成性刚烈,辄批挞诸弟,于孝尤甚。惟重友于,虽盛怒,友于至,一言即解。孝有所行,成辄不平之,故孝无一日不至友于所,潜对友于诟诅。友于婉谏,卒不纳。友于不堪其扰,又迁居三泊③,去家益远,音迹遂疏。

又二年,诸弟皆畏成,久亦相习。而孝年四十六,生五子:长继业、三继德,嫡出;次继功、四继绩,庶出;又婢生继祖。皆成立。效父旧行,各为党,日相竞,孝亦不能呵止。惟祖无兄弟,年又最幼,诸兄皆得而诟厉之。岳家近三泊,会诣岳,迂道诣叔。入门,见叔家两兄一弟,弦诵怡怡,乐之,久居不言归。叔促之,哀求寄居。叔曰:“汝父母皆不知,我岂惜瓯饭瓢饮乎!”乃归。过数月,夫妻往寿岳母。告父曰:“儿此行不归矣。”父诘之,因吐微隐。父虑与叔有夙隙,计难久居。祖曰:“父虑过矣。二叔,圣贤也。”遂去,携妻之三泊。友于除舍居之,以齿儿行④,使执卷从长子继善。祖最慧,寄籍三泊年余,入云南郡庠。与善闭户研读,祖又讽诵最苦。友于甚爱之。

自祖居三泊,家中兄弟益不相能。一日,微反唇,业诟辱庶母。功怒,

① 市惠——买好。

② 七分相准——将全部财产分成七份,每人各占一份。

③ 三泊——县名,今属云南省。

④ 齿儿行(háng)——列入儿辈行列。

刺杀业。官收功，重械之，数日死狱中。业妻冯氏，犹日以骂代哭。功妻刘闻之，怒曰："汝家男子死，谁家男子活耶！"操刀入，击杀冯，自投井死。冯父大立，悼女死惨，率诸子弟，藏兵衣底，往捉孝妾，裸挞道上以辱之。成怒曰："我家死人如麻，冯氏何得复尔！"吼奔而出。诸曾从之，诸冯尽靡。成首捉大立，割其两耳。其子护救，继绩以铁杖横击，折其两股。诸冯各被夷伤，哄然尽散。惟冯子犹卧道周。成夹之以肘，置诸冯村而还。遂呼绩诣官自首。冯状亦至，于是诸曾被收。惟忠亡去，至三泊，徘徊门外。适友于率一子一侄乡试归，见忠，惊曰："弟何来？"忠未语先泪，长跪道左。友于握手拽入，诘得其情，大惊曰："似此奈何！然一门乖戾，逆知奇祸久矣；不然，我何以窜迹至此。但我离家久，与大令[1]无声气之通，今即蒲伏而往，徒取辱耳。但得冯父子伤重不死，吾三人中幸有捷者，则此祸或可少解。"乃留之，昼与同餐，夜与共寝。忠颇感愧。居十余日，见其叔侄如父子，兄弟如同胞，凄然下泪曰："今始知从前非人也。"友于喜其悔悟，相对酸恻。俄报友于父子同科[2]，祖亦副榜[3]。大喜。不赴鹿鸣[4]，先归展墓。明季科甲最重[5]，诸冯皆为敛息。友于乃托亲友赂以金粟，资其医药，讼乃息。

举家泣感友于，求其复归。友于乃与兄弟焚香约誓，俾各涤虑自新，遂移家还。祖从叔不愿归其家。孝乃谓友于曰："我不德，不应有亢宗之子[6]；弟又善教，俾姑为汝子。有寸进时，可赐还也。"友于从之。又三年，祖果举于乡。使移家，夫妻皆痛哭而去。不数日，祖有子方三岁，亡归友于家，藏伯继善室，不肯返；捉去辄逃。孝乃令祖异居，与友于邻。祖开户通叔家，两间定省如一焉。时成渐老，家事皆取决于友于。从此门庭雍穆称孝友焉。

异史氏曰："天下惟禽兽止知母而不知父，奈何诗书之家，往往蹈之

---

① 大令——县令的尊称。

② 同科——同榜中举。

③ 副榜——意指准贡生。

④ 鹿鸣——鹿鸣宴，宴请主考官和新进举人。

⑤ 科甲最重——以科举出身进入仕途，称之为"正途"。

⑥ 亢宗之子——光宗耀祖之子。

也！夫门内之行[①]，其渐渍子孙者，直入骨髓。古云：其父盗，子必行劫，其流弊然也。孝虽不仁，其报亦惨；而卒能自知乏德，托子于弟，宜其有操心虑患之子也。若论果报，犹迂也。”

嘉平公子

嘉平[②]某公子，风仪秀美。年十七八，入郡赴童子试。偶过许娼之门，见内有二八丽人，因目注之。女微笑点首，公子近就与语。女问：“寓居何处？”具告之。问：“寓中有人否？”曰：“无。”女云：“妾晚间奉访，勿使人知。”公子归，及暮，屏去僮仆。女果至，自言：“小字温姬。”且云：“妾慕公子风流，故背媪而来。区区之意，愿奉终身。”公子亦喜。自此三两夜辄一至。一夕，冒雨来，入门解去湿衣，罥诸椸上[③]；又脱足上小靴，求公子代去泥涂。遂上床以被自覆。公子视其靴，乃五文新锦[④]，沾濡殆尽，惜之。女曰：“妾非敢以贱物相役，欲使公子知妾之痴于情也。”听窗外雨声不止。遂吟曰：“凄风冷雨满江城。”求公子续之。公子辞以不解。女曰：“公子如此一人，何乃不知风雅！使妾清兴消矣！”因劝肄习，公子诺之。

往来既频，仆辈皆知。公子姊夫宋氏，亦世家子，闻之，窃求公子一见温姬。公子言之，女必不可。宋隐身仆舍，伺女至，伏窗窥之，颠倒欲狂，急排闼。女起，逾垣而去。宋向往甚殷，乃修贽[⑤]见许媪，指名求之。媪曰：“果有温姬，但死已久。”宋愕然退，告公子，公子始知为鬼。至夜，因以宋言告女。女曰：“诚然。顾君欲得美女子，妾亦欲得美丈夫。各遂所愿足矣，人鬼何论焉？”公子以为然。

试毕而归，女亦从之。他人不见，惟公子见之。至家，寄诸斋中。公

---

① 门内之行——家门内的德行。

② 嘉平——古县名，治今属安徽全椒县。

③ 罥(juàn)诸椸(yí)上——将衣物挂在衣架上。

④ 五文新锦——崭新的五彩织锦。

⑤ 修贽——备办礼品。

子独宿不归。父母疑之。女归宁,始隐以告母。母大惊,戒公子绝之。公子不能听,父母深以为忧,百术驱之不能去。一日,公子有谕仆帖[1],置案上,中多错谬:"椒"讹"菽","姜"讹"江","可恨"讹"可浪"。女见之,书其后:"何事'可浪'?'花菽生江'。有婿如此,不如为娼!"遂告公子曰:"妾初以公子世家文人,故蒙羞自荐[2]。不图虚有其表!以貌取人,毋乃为天下笑乎!"言已而没。公子虽愧恨,犹不知所题,折帖示仆。闻者传为笑谈。

异史氏曰:"温姬可儿!翩翩公子,何乃苛[3]其中之所有哉!遂至悔不如娼,则妻妾羞泣矣。顾百计遣之不去,而见帖浩然,则'花菽生江',何殊于杜甫之'子章髑髅'哉[4]!"

《耳录》[5]云:道傍设浆者,榜云:"施'恭'[6]结缘。"讹茶为恭,亦可一笑。

有故家子,既贫,榜于门曰:"卖古淫器。"讹磘为淫云:"有要宣淫、定淫[7]者,大小皆有,入内看物论价。"崔卢[8]之子孙如此甚众,何独"花菽生江"哉!

---

① 谕仆帖——谕告仆人的便条。

② 自荐——主动同公子睡觉。

③ 苛——刻求。

④ 则'花菽生江',何殊于杜甫之'子章髑髅'哉——杜甫曾有《戏作花卿歌》一诗,盛赞花敬定在平定段子璋叛乱中体现出的勇猛,此处意谓像'花菽生江'这样的错句,同杜甫的这首诗吟诵起来,一样也有驱邪作用。

⑤ 《耳录》——作者友人朱缃所著。

⑥ 恭——大小便。

⑦ 宣淫、定淫——"淫"字类"磘"("磘"同"窑")字,所以将宣窑、定窑故意错写成宣淫、定淫。

⑧ 崔卢——崔姓、卢姓,均为魏晋以来两大世族,此借指大姓贵族之家。

卷十二

二　班

殷元礼，云南人，善针灸之术。遇寇乱，窜入深山。日既暮，村舍尚远，惧遭虎狼。遥见前途有两人，疾趁之。既至，两人问客何来，殷乃自陈族贯①。两人拱敬曰："是良医殷先生也，仰山斗②久矣！"殷转诘之。二人自言班姓，一为班爪，一为班牙。便谓："先生，予亦避难，石室幸可栖宿，敢屈玉趾，且有所求。"殷喜从之。俄至一处，室傍岩谷。爇柴代烛，始见二班容躯威猛，似非良善。计无所之，亦即听之。又闻榻上呻吟，细审，则一老妪僵卧，似有所苦。问："何恙？"牙曰："以此故，敬求先生。"乃束火照榻，请客逼视。见鼻下口角有两赘瘤，皆大如碗。且云："痛不可触，妨碍饮食。"殷曰："易耳。"出艾团之，为灸数十壮③，曰："隔夜愈矣。"二班喜，烧鹿饷客；并无酒饭，惟肉一品。爪曰："仓猝不知客至，望勿以䌌④亵为怪。"殷饱餐而眠，枕以石块。二班虽诚朴，而粗莽可惧，殷转侧不敢熟眠。天未明，使呼妪，问所患。妪初醒，自扪，则瘤破为创。殷促二班起，以火就照，敷以药屑，曰："愈矣。"拱手遂别。班又以烧鹿一肘赠之。

后三年无耗。殷适以故入山，遇二狼当道，阻不得行。日既西，狼又群至，前后受敌。狼扑之，仆；数狼争啮，衣尽碎。自分必死。忽两虎骤至，诸狼四散。虎怒，大吼，狼惧尽伏。虎悉扑杀之，竟去。殷狼狈而行，惧无投止。遇一媪来，睹其状，曰："殷先生吃苦矣！"殷戚然诉状，问何见识。媪曰："余即石室中灸瘤之病妪也。"殷始恍然，便求寄宿。媪引去，入一院落，灯火已张，曰："老身伺先生久矣。"遂出袍裤，易其敝败。罗浆

---

① 族贯——姓氏、籍贯。
② 山斗——泰斗，喻德高望重。
③ 壮——中医艾灸一灼为一壮。
④ 䌌(yóu)——犹言简慢，喻招待不周。

具酒，酬劝谆切。媪亦以陶碗自酌，谈饮俱豪，不类巾帼。殷问："前日两男子，系老姥何人？胡以不见？"媪曰："两儿遣逆先生，尚未归复，必迷途矣。"殷感其义，纵饮，不觉沉醉，酣眠座间。既醒，已曙，四顾竟无庐，孤坐岩上。闻岩下喘息如牛，近视，则老虎方睡未醒。喙间有二瘢痕，皆大如拳。骇极，惟恐其觉，潜踪而遁。始悟两虎即二班也。

车　　夫

有车夫载重登坡，方极力时，一狼来啮其臀。欲释手，则货敝①身压，忍痛推之。既上，则狼已龁片肉而去。乘其不能为力之际，窃尝一脔，亦黠而可笑也。

乩　　仙

章丘米步云，善以乩卜②。每同人③雅集，辄召仙相与赓和④。一日，友人见天上微云，得句，请以属对，曰："羊脂白玉天。"乩批云："问城南老董。"众疑其妄。后以故偶适城南，至一处，土如丹砂，异之。见一叟牧豖其侧，因问之。叟曰："此'猪血红泥地'也。"忽忆乩词，大骇。问其姓，答云："我老董也。"属对不奇，而预知遇城南老董，斯亦神矣！

---

① 敝——损坏。

② 乩(jī)卜——又称"扶乩"、"扶鸾"，求神问事的一种迷信方法。

③ 同人——志同道合者。

④ 赓和——唱和。

苗 生

龚生，岷州①人。赴试西安，憩于旅舍，沽酒自酌。一伟丈夫入，坐与语。生举卮劝饮，客亦不辞。自言苗姓，言噱粗豪。生以其不文，偃蹇②遇之。酒尽，不复沽。苗生曰："措大③饮酒，使人闷损！"起向垆头④沽，提巨瓻而入。生辞不饮，苗捉臂劝釂，臂痛欲折。生不得已，为尽数觞。苗以羹碗⑤自吸，笑曰："仆不善劝客，行止惟君所便。"生即治装行。约数里，马病卧于途，坐待路侧。行李重累，正无方计，苗寻至。诘知其故，遂谢装付仆，己乃以肩承马腹而荷之，趋二十余里，始至逆旅，释马就枥。移时，生主仆方至。生乃惊为神，相待优渥，沽酒市饭，与共餐饮。苗曰："仆善饭，非君所能饱，饫饮可也。"引尽一瓻，乃起而别曰："君医马尚须时日，余不能待，行矣。"遂去。

后生场事毕，三四友人邀登华山⑥，藉地作筵。方共宴笑，苗忽至，左携巨尊，右提豚肘，掷地曰："闻诸君登临，敬附骥尾。"众起为礼，相并杂坐，豪饮甚欢。众欲联句。苗争曰："纵饮甚乐，何苦愁思。"众不听，设"金谷之罚"⑦。苗曰："不佳者，当以军法从事！"众笑曰："罪不至此。"苗曰："如不见诛，仆武夫亦能之也。"首座靳生曰："绝巘⑧凭临眼界空。"苗信口续曰："唾壶击缺⑨剑光红。"下座沉吟既久，苗遂引壶自倾。移时，以次属句，渐涉鄙俚。苗呼曰："只此已足，如赦我者，勿作矣！"众弗听。苗不可复忍，遽效作龙吟，山谷响应；又起俯仰作狮子舞。诗思既乱，众乃罢

---

① 岷州——古州名，治今甘肃岷县。

② 偃蹇——傲慢。

③ 措大——对读书人的蔑称。

④ 垆头——酒店。

⑤ 羹碗——汤碗。

⑥ 华山——今陕西华山阴县。

⑦ 金谷之罚——作诗不成，罚酒三杯。

⑧ 绝巘（yǎn）——山峰高险处。

⑨ 唾壶击缺——语出《世说新语》，喻武夫豪情激发，方显本色。

吟,因而飞觞再酌。时已半酣,客又互诵闱中作①,迭相赞赏。苗不欲听,牵生豁拳。胜负屡分,而诸客诵赞未已。苗厉声曰:"仆听之已悉。此等文只宜向床头对婆子读耳,广众中刺刺者可厌也!"众有惭色,更恶其粗莽,遂益高吟。苗怒甚,伏地大吼,立化为虎,扑杀诸客,咆哮而去。所存者,惟生及靳。

靳是科领荐。后三年,再经华阴,忽见嵇生,亦山上被噬者。大恐欲驰,嵇捉鞚使不得行。靳乃下马,问其何为。答曰:"我今为苗氏之伥②,从役良苦。必再杀一士人,始可相代。三日后,应有儒服儒冠者见噬于虎,然必在苍龙岭③下,始是代某者。君于是日,多邀文士于此,即为故人谋也。"靳不敢辨,敬诺而别。至寓,筹思终夜,莫知为谋,自拚背约,以听鬼责。适有表戚蒋生来,靳述其异。蒋名下士,邑④尤生考居其上,窃怀忌嫉。闻靳言,阴欲陷之。折简邀尤,与共登临,自乃着白衣⑤而往,尤亦不解其意。至岭半,肴酒并陈,敬礼臻至。会郡守登岭上,与蒋为通家,闻蒋在下,遣人召之。蒋不敢以白衣往,遂与尤易冠服。交着未完,虎骤至,衔蒋而去。

异史氏曰:"得意津津者,捉衿袖,强人听闻;闻者欠伸屡作,欲睡欲遁,而诵者足蹈手舞,茫不自觉。知交者亦当从旁肘之蹑之,恐座中有不耐事之苗生在也。然嫉忌者易服而毙,则知苗亦无心者耳。故厌怒者苗也——非苗也。"

蝎客

南商贩蝎者,岁至临朐⑥,收买甚多。土人持木钳入山,探穴发石搜

---

① 闱中作——考场上所做的八股文。
② 伥(chāng)——传说中引虎吃人的鬼。
③ 苍龙岭——通往华山北峰的岭名。
④ 邑——县。
⑤ 白衣——布衣。
⑥ 临朐——今山东临朐县。

捉之。一岁,商复来,寓客肆。忽觉心动,毛发森悚,急告主人曰:"伤生既多,今见怒于虿[①]鬼,将杀我矣!急垂拯救!"主人顾室中有巨瓮,乃使蹲伏,以瓮覆之。移时,一人奔入,黄发狞丑。问主人:"南客安在?"答曰:"他出。"其人入室四顾,鼻作嗅声者三,遂出门去。主人曰:"可幸无恙矣。"及启瓮视客,客已化为血水。

杜小雷

杜小雷,益都[②]之西山人。母双盲。杜事之孝,家虽贫,甘旨无缺。一日,将他适,市肉付妻,令作馎饦[③]。妻最忤逆,切肉时杂蜣螂[④]其中。母觉臭恶不可食,藏以待子。杜归,问:"馎饦美乎?"母摇首,出示子。杜裂视,见蜣螂,怒甚。入室,欲挞妻,又恐母闻。上榻筹思,妻问之,不语。妻自馁,彷徨榻下。久之,喘息有声。杜叱曰:"不睡,待敲扑耶!"亦觉寂然。起而烛之,但见一豕,细视,则两足犹人,始知为妻所化。邑令闻之,絷去,使游四门,以戒众人。谭薇臣曾亲见之。

毛大福

太行毛大福,疡医[⑤]也。一日,行术归,道遇一狼,吐裹物,蹲道左。毛拾视,则布裹金饰数事[⑥]。方怪异间,狼前欢跃,略曳袍服,即去。毛行,又曳之。察其意不恶,因从之去。未几,至穴,见一狼病卧,视顶上有巨疮,溃腐生蛆。毛悟其意,拨剔净尽,敷药如法,乃行。日既晚,狼遥送

---

① 虿(chài)——蝎类毒虫。

② 益都——今山东益都县。

③ 馎饦(bó tuō)——又称"不托",面食名,类水饺。

④ 蜣螂(qiāng láng)——俗称"屎蜣螂"。

⑤ 疡(yáng)医——治肿毒疮痛类病的医生。

⑥ 事——件。

之。行三四里，又遇数狼，咆哮相侵，惧甚。前狼急入其群，若相告语，众狼悉散去。毛乃归。

先是，邑有银商宁泰，被盗杀于途，莫可追诘。会毛货金饰，为宁氏所认，执赴公庭。毛诉所从来，官不信，械之。毛冤极不能自伸，惟求宽释，请问诸狼。官遣两役押入山，直抵狼穴。值狼未归，及暮不至，三人遂反。至半途，遇二狼，其一疮痕犹在。毛识之，向揖而祝曰："前蒙馈赠，今遂以此被屈。君不为我昭雪，回去搒掠死矣！"狼见毛被絷，怒奔隶。隶拔刀相向。狼以喙拄地大嗥；嗥两三声，山中百狼群集，围旋隶。隶大窘。狼竞前啮絷索，隶悟其意，解毛缚，狼乃俱去。归述其状，官异之，未遽释毛。后数日，官出行，一狼衔敝履委道上。官过之，狼又衔履奔前置于道。官命收履，狼乃去。官归，阴遣人访履主。或传某村有丛薪者，被二狼迫逐，衔其履而去。拘来认之，果其履也。遂疑杀宁者必薪，鞫之果然。盖薪杀宁，取其巨金，衣底藏饰，未遑收括，被狼衔去也。

昔一稳婆①出归，遇一狼阻道，牵衣若欲召之。乃从去，见雌狼方娩不下。妪为用力按捺，产下放归。明日，狼衔鹿肉置其家以报之。可知此事从来多有。

雹神

唐太史济武②，适日照③，会安氏葬。道经雹神李左车④祠，入游眺。祠前有池，池水清澈，有朱鱼数尾游泳其中。内一斜尾鱼，唼呷⑤水面，见人不惊。太史拾小石将戏击之。道士急止勿击。问其故，言："池鳞皆龙族，触之必致风雹。"太史笑其附会之诬，竟掷之。既而升车东行，则有黑

---

① 稳婆——接生婆。

② 唐太史济武——唐梦赉，字济武，清初进士，曾官翰林院检讨（官名，尊称"太史"）。

③ 日照——今山东日照县。

④ 李左车——秦末谋士，相传死后为雹神。

⑤ 唼呷——鱼类吞食吸饮声。

云如盖，随之以行。簌簌雹落，大如绵子①。又行里余，始霁。太史弟凉武在后，追及与语，则竟不知有雹也。问之前行者亦云。太史笑曰：“此岂广武君作怪耶！”犹未深异。安村外有关圣祠②，适有稗③贩客，释肩门外，忽弃双篚，趋祠中，拔架上大刀旋舞，曰：“我李左车也。明日将陪从淄川唐太史一助执绋④，敬先告主人。”数语而醒，不自知其所言，亦不识唐为何人。安氏闻之，大惧。村去祠四十余里，敬修楮帛⑤祭具，诣祠哀祷，但求怜悯，不敢枉驾。太史怪其敬信之深，问诸主人。主人曰：“雹神灵迹最著，常托生人以为言，应验无虚语。若不虔祝以尼⑥其行，则明日风雹立至矣。”

异史氏曰：“广武君在当年，亦老谋壮事者流也。即司雹于东，或亦其不磨之气，受职于天。然业已神矣，何必翘然自异哉！唐太史道义文章，天人之钦瞩已久，此鬼神之所以必求信于君子也。”

李八缸

太学⑦李月生，升宇翁之次子也。翁最富，以缸贮金，里人称之“八缸”。翁寝疾，呼子分金：兄八之，弟二之。月生觖望⑧。翁曰：“我非偏有爱憎，藏有窖镪，必待无多人时，方以畀⑨汝，勿急也。”过数日，翁益弥留。月生虑一旦不虞，觑无人，就床头秘讯之。翁曰：“人生苦乐，皆有定数。汝方享妻贤之福，故不宜再助多金，以增汝过。”盖月生妻车氏，最贤，有

---

① 绵子——棉子。
② 关圣祠——关帝庙。
③ 稗（bài）——小。
④ 执绋（fú）——送葬。
⑤ 楮（chǔ）帛——纸钱。
⑥ 尼——阻止。
⑦ 太学——国子监。
⑧ 觖（jué）望——愿望未能满足。
⑨ 畀（bì）——给予。

桓、孟①之德，故云。月生固哀之。怒曰："汝尚有二二余年坎壈②未历，即予千金，亦立尽耳。苟不至山穷水尽时，勿望给与也！"月生孝友敦笃，亦即不敢复言。无何，翁大渐，寻卒。幸兄贤，斋葬之谋，勿与校计。月生又天真烂漫，不较锱铢，且好客善饮，炊黍治具，日促妻三四作，不甚理家人生产。里中无赖窥其懦，辄鱼肉之。逾数年，家渐落。窘急时，赖兄小周给，不至大困。无何，兄以老病卒，益失所助，至绝粮食。春贷秋偿，田所出，登场辄尽。乃割亩为活，业益消减。又数年，妻及长子相继殂谢，无聊益甚。寻买贩羊者之妻徐，冀得其小阜；而徐性刚烈，日凌藉之，至不敢与亲朋通吊庆礼。忽一夜梦父曰："今汝所遭，可谓山穷水尽矣。尝许汝窖金，今其可矣。"问；"何在？"曰："明日畀汝。"醒而异之，犹谓是贫中之积想也。次日，发土葺墉③，掘得巨金。始悟向言"无多人"，乃死亡将半也。

异史氏曰："月生，余杵臼交④，为人相诚无伪。余兄弟与交，哀乐辄相共。数年来，村隔十余里，老死竟不相闻。余偶过其居里，因亦不敢过问之，则月生之苦况，盖有不可明言者矣。忽闻暴得千金，不觉为之鼓舞。呜呼！翁临终之治命⑤，昔习闻之，而不意其言言皆谶⑥也。抑何其神哉！"

老龙船户

朱公徽荫巡抚粤东⑦时，往来商旅，多告无头冤状。千里行人，死不见尸，数客同游，全无音信，积案累累，莫可究诘。初告，有司尚发牒行缉；迨投状既多，竟置不问。公莅任，历稽旧案，状中称死者不下百余，其千里无主，更不知凡几。公骇异恻怛，筹思废寝，遍访僚属，迄少方略，于是洁

① 桓、孟——桓，桓少君，东汉鲍宣之妻；孟，孟光，东汉梁鸿之妻，均为贤惠之妻。

② 坎壈(lǎn)——困顿。

③ 葺(qì)墉——修理围墙。

④ 杵臼交——贫贱之交。

⑤ 治命——临终前清醒的遗嘱。

⑥ 谶(chèn)——预言。

⑦ 粤东——泛指今广东。

诚熏沐，致檄城隍之神①。已而斋寝，恍惚见一官僚，搢笏②而入。问："何官？"答云："城隍刘某。""将何言？"曰："鬓边垂雪，天际生云，水中漂木，壁上安门。"言已退。既醒，隐谜不解。辗转终宵，忽悟曰："垂雪者，老也；生云者，龙也；水上木为舡③；壁上门为户：岂非'老龙舡户'耶！"盖省之东北，曰小岭，曰蓝关，源自老龙津以达南海④，每由此入粤。公遣武弁，密授机谋，捉龙津驾舟者，次第擒获五十余名，皆不械而服。盖此等贼以舟渡为名，赚客登舟，或投蒙药⑤，或烧闷香⑥，致客沉迷不醒；而后剖腹纳石，以沉水底。冤惨极矣！自昭雪后，遐迩欢腾，谣颂成集焉。

异史氏曰："剖腹沉石，惨冤已甚，而木雕之有司，绝不少关痛痒，岂特粤东之暗无天日哉！公至则鬼神效灵，覆盆⑦俱照，何其异哉！然公非有四目两口，不过痌瘝之念⑧，积于中者至耳。彼巍巍然，出则刀戟横路，入则兰麝熏心，尊优虽至，究何异于老龙舡户哉！"

青 城 妇

费邑⑨高梦说为成都⑩守，有一奇狱。先是，有西商客成都，娶青城山⑪寡妇。既而以故西归，年余复返。夫妻一聚，而商暴卒。同商疑而告官，高亦疑妇有私，苦讯之。横加酷掠，卒无词。牒解上司，并少实情，淹系狱底，积有时日。后高署有患病者，延一老医，适相言及。医闻之，遽

---

① 城隍之神——当地土地神。
② 搢笏——指身着公服。
③ 舡(chuán)——船。
④ 南海——相传为观世音菩萨居处。
⑤ 蒙药——蒙汗药，投入酒中，饮后使人昏迷沉睡。
⑥ 闷香——迷魂香，点燃后使人麻醉。
⑦ 覆盆——覆置的盆，喻沉冤莫申。
⑧ 痌瘝(tōng guān)之念——对民众疾苦犹如自己有病在身的想法一样。
⑨ 费邑——县名，今山东费县。
⑩ 成都——与今略同。
⑪ 青城山——在四川灌县。

曰:“妇尖嘴否?”问:“何说?”初不言,诘再三,始曰:“此处绕青城山有数村落,其中妇女多为蛇交,则生女尖喙,阴中有物类蛇舌。至淫纵时,则舌或出,一入阴管,男子阳脱[①]立死。”高闻之骇,尚未深信。医曰:“此处有巫媪,能内药[②]使妇意荡,舌自出,是否可以验见。”高即如言,使媪治之,舌果出,疑始解。牒报郡。上官皆如法验之,乃释妇罪。

鸮鸟

长山杨令,性奇贪。康熙乙亥间,西塞用兵[③],市民间骡马运粮。杨假此搜括,地方头畜一空。周村为商贾所集,趁墟者[④]车马辐辏。杨率健丁悉篡夺之,不下数百余头。四方估客[⑤],无处控告。时诸令皆以公务在省。适益都令董、莱芜令范、新城令孙,会集旅舍。有山西二商,迎门号诉。诉有健骡四头,俱被抢掠,道远失业,不能归,哀求诸公为缓颊也。三公怜其情,许之。遂共诣杨。杨治具相款。酒既行,众言来意。杨不听。众言之益切。杨举酒促釂以乱之,曰:“某有一令[⑥],不能者罚。须一天上、一地下、一古人,左右问所执何物,口道何词,随问答之。”便倡[⑦]云:“天上有月轮,地下有昆仑,有一古人刘伯伦[⑧]。左问所执何物,答云:‘手执酒杯。’右问口道何词,答云:‘道是酒杯之外,不须提。’”范公云:“天上有广寒宫,地下有乾清宫,有一古人姜太公[⑨]。手执钓鱼竿,道是‘愿者上

---

① 阳脱——男子耗尽精液,虚脱而死。

② 内药——一种置于女阴中能诱发性欲的房中药,类春药。

③ 西塞用兵——指清康熙三十四年(1689年),清军平定新疆噶尔丹叛乱。

④ 趁墟者——赶集人。

⑤ 估客——商人。

⑥ 令——酒令。

⑦ 倡——首先提议。

⑧ 刘伯伦——刘伶,字伯伦,晋人,竹林七贤之一,纵酒放达,传世有《酒德颂》。

⑨ 姜太公——即太公望吕尚,又名姜子牙,助武王伐纣,受封于齐,为齐国之始。

钩’。”孙云：“天上有天河，地下有黄河，有一古人是萧何①。手执一本大清律，他道是‘赃官赃吏’。”杨有惭色，沉吟久之，曰：“某又有之。天上有灵山，地下有太山，有一古人是寒山②。手执一帚，道是‘各人自扫门前雪’。”众相视觍然。忽一少年傲岸而入，袍服华整，举手作礼。共挽坐，酌以大斗。少年笑曰：“酒且勿饮。闻诸公雅令，愿献刍荛③。”众请之。少年曰：“天上有玉帝，地下有皇帝，有一古人洪武朱皇帝④。手执三尺剑，道是‘贪官剥皮’。”众大笑。杨恚骂曰：“何处狂生敢尔！”命隶执之。少年跃登几上，化为鸮⑤，冲帘飞出，集庭树间，回顾室中，作笑声。主人击之，且飞且笑而去。

异史氏曰：“市马之役⑥，诸大令健畜盈庭者十之七，而千百为群，作骡马贾者，长山外不数数⑦见也。圣明天子爱惜民力，取一物必偿其值，焉知奉行者流毒若此哉！鸮所至，人最厌其笑，儿女共唾之，以为不祥。此一笑，则何异于凤鸣哉！”

古　瓶

淄邑北村井涸，村人甲、乙缒入淘之。掘尺余，得髑髅。误破之，口含黄金，喜纳腰橐。复掘，又得髑髅六七枚。悉破之，无金。其旁有磁瓶二、铜器一。器大可合抱，重数十斤，侧有双环，不知何用，班驳陆离。瓶亦古，非近款⑧。既出井，甲、乙皆死。移时乙苏，曰：“我乃汉人。遭新莽之

① 萧何——汉初人，助刘邦建汉，律令多出其手。

② 寒山——唐中后期僧人，天台宗，有诗名。

③ 刍荛——打柴草之人，对自己谦称。

④ 洪武朱皇帝——明太祖朱元璋，年号洪武。

⑤ 鸮(xiāo)——俗称“猫头鹰”。

⑥ 市马之役——指康熙三十四年(1689年)，对新疆准噶尔部用兵向民间征马事件。

⑦ 数数(shuò shuò)——屡屡。

⑧ 近款——近代款式。

乱①,全家投井中。适有少金,因内口中。实非含敛之物②,人人都有也。奈何遍碎头颅?情殊可恨!"众香楮共祝之,许为殡葬,乙乃愈;甲则不能复生矣。颜镇孙生闻其异,购铜器而去。袁孝廉宣四③得一瓶,可验阴晴:见有一点润处,初如粟米,渐阔渐满,未几雨至;润退,则云开天霁。其一入张秀才家,可志朔望④:朔则黑起如豆,与日俱长;望则一瓶遍满;既望⑤,又以次而退,至晦⑥则复其初。以埋土中久,瓶口有小石粘口上,刷剔不可下。敲去之,石落而口微缺,亦一憾事。浸花其中,落花结实,与在树者无异云。

元少先生

韩元少⑦先生为诸生时,有吏突至,白主人欲延作师,而殊无名刺。问其家阀,含糊对之。束帛缄贽,仪礼优渥。先生许之,约期而去。至日,果以舆来。迤逦⑧而行,道路皆所未经。忽睹殿阁,下车入,气像类藩邸。既就馆,酒炙纷罗,劝客自进,并无主人。筵既撤,则公子出拜;年十五六,姿表秀异。展礼罢,趋就他舍,请业⑨始至师所。公子甚慧,闻义辄通。先生以不知家世,颇怀疑闷。馆有二僮给役,私诘之,皆不对。问:"主人何在?"答以事忙。先生求导窥之,僮不可。屡求之,乃导至一处,闻拷楚声。自门隙目注之,见一王者坐殿上,阶下剑树刀山,皆冥中事。大骇。方将却步,内已知之,因罢政。叱退诸鬼,疾呼僮。僮变色曰:"我为先生,祸及身矣!"战惕奔入。王者怒曰:"何敢引人私窥!"即以巨鞭重笞

---

① 新莽之乱——指公元八年,王莽改汉为新,自立为帝,在位十八年。

② 含敛之物——下葬时死者口中的金玉之物。

③ 袁孝廉宣四——袁宣四,清初举人。

④ 朔望——阴历每月初一称"朔",每月十五称"望"。

⑤ 既望——阴历每月十六。

⑥ 晦——阴历每月最后一天。

⑦ 韩元少——清初状元,官至礼部尚书,有文名。

⑧ 迤逦——曲折行走。

⑨ 请业——请教学业。

讫。乃召先生入，曰："所以不见者，以幽明异路。今已知之，势难再聚。"因赠束金使行，曰："君天下第一人①，但坎壈未尽耳。"使青衣捉骑送之。先生疑身已死。青衣曰："何得便尔！先生食御②一切，置自俗间，非冥中物也。"既归，坎坷数年，中会、状③，其言皆验。

薛慰娘

丰玉桂，聊城④儒生也。贫无生业。万历间，岁大祲⑤，孑然南遁。及归，至沂而病。力疾行数里，至城南丛葬处，益惫，因傍冢卧。忽如梦，至一村，有叟自门中出，邀生入。屋两楹，亦殊草草。室内一女子，年十六七，仪容慧雅。叟使瀹⑥柏枝汤，以陶器供客。因诘生里居、年齿，既已，乃曰："洪都姓李，平阳族⑦。流寓此间，今三十二年矣。君志此门户，余家子孙如见探访，即烦指示之。老夫不敢忘义。义女慰娘，颇不丑，可配君子。三豚儿⑧到日，即遣主盟⑨。"生喜，拜曰："犬马齿⑩二十有二，尚少良配。惠以眷好，固佳；但何处得翁之家人而告诉也？"叟曰："君但住北村中，相待月余，自有来者，止求不惮烦耳。"生恐其言不信，要之曰："实告翁：仆故家徒四壁，恐后日不如所望，中道之弃，人所难堪。即无姻好，亦不敢不守季路之诺⑪，即何妨质言⑫之也？"叟笑曰："君欲老夫旦旦耶？

---

① 天下第一人——指考中状元。
② 食御——食用。
③ 会、状——会元、状元。
④ 聊城——今山东聊城县。
⑤ 祲(jìn)——灾荒。
⑥ 瀹(yuè)——泡、煮。
⑦ 平阳族——平阳(今属山西临汾)氏族，名门望族。
⑧ 豚儿——谦称自己的儿子。
⑨ 主盟——主婚。
⑩ 犬马齿——自称年龄的谦词。
⑪ 季路之诺——季路，孔门弟子，以诚信著称，此指允婚。
⑫ 质言——实言。

我稔知君贫。此订非专为君，慰娘孤而无倚，相托已久，不忍听其流落，故以奉君子耳。何见疑！”即捉臂送生出，拱手合扉而去。

生觉，则身卧冢边，日已将午。渐起，次且入村。村人见之皆惊，谓其已死道旁经日矣。顿悟叟即冢中人也，隐而不言，但求寄寓。村人恐其复死，莫敢留。村有秀才与同姓，闻之，趋诘家世，盖生缌服叔①也。喜导至家，饵治之，数日寻愈。因述所遇，叔亦惊异，遂坐待以觇其变。居无何，果有官人至村，访父墓址，自言平阳进士李叔向。先是，其父李洪都，与同乡某甲行贾，死于沂，某因瘗诸丛葬处。既归，某亦死。是时翁三子皆幼。长伯仁，举进士，令淮南②。数遣人寻父墓，迄无知者。次仲道，举孝廉。叔向最少，亦登第。于是亲求父骨，至沂遍访。是日至，村人皆莫识。生乃引至墓所，指示之。叔向未敢信，生为具陈所遇。叔向奇之。审视两坟相接，或言三年前有宦者，葬少妾于此。叔向恐误发他冢，生遂以所卧处示之。叔向命舁材其侧，始发冢。冢开，则见女尸，服妆黯败，而粉黛如生。叔向知其误，骇极，莫知所为。而女已顿起，四顾曰：“三哥来耶？”叔向惊，就问之，则慰娘也。乃解衣蔽覆，舁归逆旅。急发傍冢，冀父复活。既发，则肤革犹存，抚之僵燥，悲哀不已。装敛入材，清醮③七日；女亦缞绖若女。忽告叔向曰：“曩阿翁有黄金二锭，曾分一为妾作奁。妾以孤弱无藏所，仅以丝线絷腰，而未将去，兄得之否？”叔向不知，乃使生反求诸圹，果得之，一如女言。叔向仍以线志者分赠慰娘。暇乃审其家世。

先是，女父薛寅侯无子，止生慰娘，甚钟爱之。一日，女自金陵舅氏归，将媪问渡。操舟者乃金陵媒也。适有宦者，任满赴都，遣觅美妾，凡历数家，无当意者，将为扁舟诣广陵④。忽遇女，隐生诡谋，急招附渡。媪素识之，遂与共济。中途，投毒食中，女妪皆迷。推妪堕江；载女而返，以重金卖诸宦者。入门，嫡始知，怒甚。女又惘然，莫知为礼，遂挞楚而囚禁之。北渡三日，女方醒。婢言始末，女大泣。一夜，宿于沂，自经死，乃瘗诸乱冢中。女在墓，为群鬼所凌，李翁时呵护之，女乃父事翁。翁曰：“汝

---

① 缌（sī）服叔——远房叔父。

② 淮南——今安徽寿县。

③ 清醮（jiào）——古时请僧道诵经礼神以超度死者亡灵的一种仪礼。

④ 广陵——今江苏扬州市。

命合不死，当为择一快婿。”前生既见而出，反谓女曰：“此生品谊可托。待汝三兄至，为汝主婚。”一日曰：“汝可归候，汝三兄将来矣。”盖即发墓之日也。

女于丧次[①]，为叔向缅述之。叔向叹息良久，乃以慰娘为妹，俾从李姓。略买衣妆，遣归生，且曰：“资斧无多，不能为妹子办妆。意将偕归，以慰母心，何如？”女亦欣然。于是夫妻从叔向，輂柩并发。及归，母诘得其故，爱逾所生，馆诸别院。丧次，女哀悼过于儿孙。母益怜之，不令东归，嘱诸子为之买宅。适有冯氏卖宅，直六百金。仓猝未能取盈，暂收契券，约日交兑。及期，冯早至；适女亦从别院入省母，突见之，绝似当年操舟人。冯见亦惊。女趋过之。两兄亦以母小恙，俱集母所。女问：“厅前跮踱[②]者为谁？”钟道曰：“此必前日卖宅者也。”即起欲出。女止之，告以所疑，使诘难之。仲道诺而出，则冯已去，而巷南塾师薛先生在焉。因问：“何来？”曰：“昨夕冯某浼早[③]登堂，一署券保。适途遇之，云偶有所忘，暂归便返，使仆坐以待之。”少间，生及叔向皆至，遂相攀谈。慰娘以冯故，潜来屏后窥客，细视之，则其父也。突出，持抱大哭。翁惊涕曰：“吾儿何来！”众始知薛即寅侯也。仲道虽与街头常遇，初未悉其名字。至是共喜，为述前因，设酒相庆。因留信宿，自道行踪。盖失女后，妻以悲死，鳏居无依，故游学至此也。生约买宅后，迎与同居。翁次日往探，冯则举家遁去，乃知杀媪卖女者，即其人也。冯初至平阳，贸易成家；比年赌博，日就消乏，故货居宅，卖女之资，亦濒尽矣。

慰娘得所，亦不甚仇之，但择日徙居，更不追其所往。李母馈遗不绝，一切日用皆供给之。生遂家于平阳，但归试甚苦。幸于是科得举孝廉。慰娘富贵，每念媪为己死，思报其子。媪夫姓殷，一子名富，好博，贫无立锥。一日，博局争注，殴杀人命，亡归平阳，远投慰娘。生遂留之门下。研诘所杀姓名，盖即操舟冯某也。骇叹久之，因为道破，乃知冯即杀母仇人也。益喜，遂役生家。薛寅侯就养于婿，婿为买妇，生子女各一焉。

---

① 丧次——居丧期间。

② 跮（dié）踱——踱来踱去，焦急不安状。

③ 浼（měi）——拜托。

田子成

江宁①田子成，过洞庭，舟覆而没。子良耜，明季进士，时在抱中。妻杜氏，闻讣，仰药而死。良耜受庶祖母抚养成立，筮仕②湖北。年余，奉宪命③营务湖南。至洞庭，痛哭而返。自告才力不及，降县丞，隶汉阳，辞不就。院司强督促之，乃就。辄放荡江湖间，不以官职自守。

一夕，舣舟江岸，闻洞箫声，抑扬可听。乘月步去，约半里许，见旷野中茅屋数椽，荧荧灯火；近窗窥之，有三人对酌其中。上座一秀才，年三十许；下座一叟；侧座吹箫者，年最少。吹竟，叟击节赞佳。秀才面壁吟思，若罔闻。叟曰："卢十兄必有佳作，请长吟，俾得共赏之。"秀才乃吟曰："满江风月冷凄凄，瘦草零花化作泥。千里云山飞不到，梦魂夜夜竹桥西。"吟声怆恻。叟笑曰："卢十兄故态作矣！"因酌以巨觥，曰："老夫不能属和，请歌以侑酒。"乃歌"兰陵美酒"之什④。歌已，一座解颐。少年起曰："我视月斜何度矣。"突出见客，拍手曰："窗外有人，我等狂态尽露也！"遂挽客入，共一举手。叟使与少年相对坐。试其杯皆冷酒，辞不饮。少年起，以苇炬燎壶而进之。良耜亦命从者出钱行沽，叟固止之。因讯邦族，良耜具道生平。叟致敬曰："吾乡父母⑤也。少君姓江，此间土著⑥。"指少年曰："此江西杜野侯。"又指秀才："此卢十兄，与公同乡。"卢自见良耜，殊偃蹇不甚为礼。良耜因问："家居何里？如此清才，殊早不闻。"答曰："流寓已久，亲族恒不相识，可叹人也！"言之哀楚。叟摇手乱之曰："好客相逢，不理觞政⑦，聒絮如此，厌人听闻！"遂把杯自饮，曰："一令请

① 江宁——府名，治今南京市。
② 筮仕——外出作官。
③ 宪命——上司之命。
④ "兰陵美酒"之什——指李白《客中作》一诗。
⑤ 父母——父母官。
⑥ 土著——当地人。
⑦ 觞政——指饮酒。

共行之，不能者罚。每掷三色，以相逢为率①，须一古典相合②。”乃掷得幺二三，唱曰：“三加幺二点相同③，鸡黍三年约范公④：朋友喜相逢。”次少年，掷得双二单四⑤，曰：“不读书人，但见俚典，勿以为笑。四加双二点相同，四人聚义古城中：兄弟喜相逢。”卢得双幺单二⑥，曰：“二加双幺点相同，吕向两手抱老翁⑦：父子喜相逢。”良耜掷，复与卢同，曰：“二加双幺点相同，茅容二簋款林宗⑧：主客喜相逢。”令毕，良耜兴辞。卢始起，曰：“故乡之谊，未遑倾吐，何别之遽？将有所问，愿少留也。”良耜复坐，问：“何言？”曰：“仆有老友某，没于洞庭，与君同族否？”良耜曰：“是先君⑨也，何以相识？”曰：“少时相善。没日，惟仆见之，因收其骨，葬江边耳。”良耜出涕下拜，求指墓所。卢曰：“明日来此，当指示之。要亦易辨，去此数武，但见坟上有丛芦十茎者是也。”良耜洒涕，与众拱别。

至舟，终夜不寝，念卢情词似皆有因。昧爽而往，则舍宇全无，益骇。因遵所指处寻墓，果得之。丛芦其上，数之，适符其数。恍然悟卢十兄之称，皆其寓言；所遇，乃其父之鬼也。细问土人，则二十年前，有高翁富而好善，溺水者皆拯其尸而埋之，故有数坟在焉。遂发冢负骨，弃官而返。归告祖母，质其状貌皆确。江西杜野侯，乃其表兄，年十九，溺于江；后其父流寓江西。又悟杜夫人殁后，葬竹桥之西，故诗中忆之也。但不知叟何人耳。

---

① 率（lǜ）——标准。

② 须一古典相合——所掷点数与一典故相合。

③ 三加幺二点相同——一、二相加为三，与三点相同。

④ 鸡黍三年约范公——典出《后汉书》，喻为朋友约期相会。

⑤ 双二单四——两个二点，一个四点。

⑥ 双幺单二——两个一点，一个二点。

⑦ 两手抱老翁——典出《陕西通志》，指父子相逢。

⑧ 茅容二簋（guǐ）款林宗——典出《后汉书》，指主客相逢。

⑨ 先君——已死的父亲。

王桂庵

王樨,字桂庵,大名世家子。适南游,泊舟江岸。临舟有榜人女,绣履其中,风姿韶绝。王窥既久,女若不觉。王朗吟"洛阳女儿对门居①",故使女闻。女似解其为己者,略举首一斜瞬之,俯首绣如故。王神志益驰,以金一锭投之,堕女襟上。女拾弃之,金落岸边。王拾归,益怪之,又以金钏掷之,堕足下;女操业不顾。无何,榜人自他归。王恐其见钏研诘,心急甚;女从容以双钩覆蔽之。榜人解缆,径去。王心情丧惘,痴坐凝思。时王方丧偶,悔不即媒定之。乃询舟人,皆不识其何姓。返舟急追之,杳不知其所往。不得已,返舟而南。务毕,北旋,又沿江细访,并无音耗。抵家;寝食皆萦念之。

逾年,复南,买舟江际,若家焉。日日细数行舟,往来者帆楫皆熟,而囊舟殊杳。居半年,资罄而归。行思坐想,不能少置。一夜,梦至江村,过数门,见一家柴扉南向,门内疏竹为篱,意是亭园,径入。有夜合②一株,红丝满树。隐念:诗中"门前一树马缨花③",此其是矣。过数武,苇笆光洁。又入之,见北舍三楹,双扉阖焉。南有小舍,红蕉蔽窗。探身一窥,则椸架④当门,罥画裙其上,知为女子闺闼,愕然却退;而内亦觉之,有奔出瞰客者,粉黛微呈,则舟中人也。喜出望外,曰:"亦有相逢之期乎!"方将狎就,女父适归,倏然惊觉,始知是梦。景物历历,如在目前。秘之,恐与人言,破此佳梦。

又年余,再适镇江⑤。郡南有徐太仆⑥,与有世谊,招饮。信马而去,误入小村,道途景象,仿佛平生所历。一门内,马缨一树,梦境宛然。骇

① 洛阳女儿对门居——唐诗人王维《洛阳女儿行》一诗,王桂庵借此诗暗指舟家女。

② 夜合——马缨花,夜合花。

③ 门前一树马缨花——元代虞集《水仙神》一诗末句,意指欢迎男子来家。

④ 椸(yí)架——衣架。

⑤ 镇江——旧府名,今江苏镇江市。

⑥ 太仆——太仆寺卿。

极,投鞭而入。种种物色,与梦无别。再入,则房舍一如其数。梦既验,不复疑虑,直趋南舍,舟中人果在其中。遥见王,惊起,以扉自幛,叱问:“何处男子?”王逡巡间,犹疑是梦。女见步趋甚近,闸然扃户。王曰:“卿不忆掷钏者耶!”备述相思之苦,且言梦征。女隔窗审其家世,王具道之。女曰:“既属宦裔,中馈必有佳人,焉用妾?”王曰:“非以卿故,婚娶固已久矣。”女曰:“果如所云,足知君心。妾此情难告父母,然亦方命①而绝数家。金钏犹在,料钟情者必有耗闻耳。父母偶适外戚,行且至。君姑退,倩冰委禽,计无不遂;若望以非礼成耦,则用心左矣。”王仓卒欲出。女遥呼王郎曰:“妾芸娘,姓孟氏。父字江蓠。”王记而出。罢筵早返,谒江蓠。江迎入,设坐篱下。王自道家阀,即致来意,兼纳百金为聘。翁曰:“息女已字矣。”王曰:“讯之甚确,固待聘耳,何见绝之深?”翁曰:“适间所说,不敢为诳。”王神情俱失,拱别而返。当夜辗转,无人可媒。向欲以情告太仆,恐娶榜人女为先生笑;今情急,无可为媒,质明,诣太仆,实告之。太仆曰:“此翁与有瓜葛,是祖母嫡孙,何不早言?”王始吐隐情。太仆疑曰:“江蓠固贫,素不以操舟为业,得毋误乎?”乃遣子大郎诣孟,孟曰:“仆虽空匮,非卖婚者。曩公子以金自媒,谅仆必为利动,故不敢附为婚姻。既承先生命,必无错谬。但顽女颇恃娇爱,好门户辄便拗却,不得不与商榷,免他日怨婚也。”遂起,少入而返,拱手一如尊命,约期乃别。大郎复命,王乃盛备禽妆,纳采于孟,假馆太仆之家,亲迎成礼。

居三日,辞岳北归。夜宿舟中,问芸娘曰:“何于此处遇卿,固疑不类舟人子。当日泛舟何之?”答云:“妾叔家江北,偶借扁舟一省视耳。妾家仅可自给,然傥来物②颇不贵视之。笑君双瞳如豆,屡以金赀动人。初闻吟声,知为风雅士,又疑为儇薄子作荡妇挑之也。使父见金钏,君死无地矣。妾怜才心切否?”王笑曰:“卿固黠甚,然亦堕吾术矣!”女问:“何事?”王止而不言。又固诘之,乃曰:“家门日近,此亦不能终秘。实告卿:我家中固有妻在,吴尚书女也。”芸娘不信,王故壮其词以实之。芸娘色变,默移时,遽起,奔出;王蹝履③追之,则已投江中矣。王大呼,诸船惊闹,夜色

① 方命——违命。
② 傥来物——不意而来之物。
③ 蹝履——来不及穿好鞋。

昏闭，惟有满江星点而已。王悼痛终夜，沿江而下，以重价觅其骸骨，亦无见者。邑邑①而归，忧痛交集。又恐翁来视女，无词可对。有姊丈官河南，遂命驾造之。

年余始归。途中遇雨，休装民舍，见房廊清洁，有老妪弄儿厦间。儿见王入，即扑求抱，王怪之。又视儿秀婉可爱，揽置膝头。妪唤之，不去。少顷，雨霁，王举儿付妪，下堂趣装。儿啼曰："阿爹去矣！"妪耻之，呵之不止，强抱而去。王坐待治任，忽有丽者自屏后抱儿出，则芸娘也。方诧异间，芸娘骂曰："负心郎！遗此一块肉，焉置之？"王乃知为己子。酸来刺心，不暇问其往迹，先以前言之戏，矢日自白。芸娘始反怒为悲，相向涕零。先是，第主②莫翁，六旬无子，携媪往朝南海③。归途泊江际，芸娘随波下，适触翁舟。翁命从人拯出之，疗控终夜，始渐苏。翁媪视之，是好女子，甚喜，以为己女，携归。居数月，欲为择婿，女不可。逾十月，生一子，名曰寄生。王避雨其家，寄生方周岁也。王于是解装，入拜翁媪，遂为岳婿。居数日，始举家归。至，则孟翁坐待，已两月矣。翁初至，见仆辈情词恍惚，心颇疑怪；既见，始共欢慰。历述所遭，乃知其枝梧者有由也。

寄　生 附

寄生，字王孙，郡中名士。父母以其襁褓认父，谓有夙惠，钟爱之。长益秀美，八九岁能文，十四入郡庠。每自择偶。父桂庵有妹二娘，适郑秀才子侨，生女闺秀，慧艳绝伦。王孙见之，心切爱慕。积久，寝食俱废。父母大忧，苦研诘之，遂以实告。父遣冰于郑；郑性方谨，以中表为嫌，却之。王孙益病，母计无所出，阴婉致二娘，但求闺秀一临存之。郑闻，益怒，出恶声焉。父母既绝望，听之而已。

郡有大姓张氏，五女皆美；幼者名五可，尤冠诸姊，择婿未字。一日，上墓，途遇王孙，自舆中窥见，归以白母。母探知其意，见媒媪于氏，微示

---

① 邑邑——同"悒悒"，忧闷不乐。

② 第主——宅主。

③ 南海——传说观世音菩萨居处。

之。媪遂诣王所。时王孙方病，讯知笑曰："此病老身能医之。"芸娘问故。媪述张氏意，极道五可之美。芸娘喜，使媪往候王孙。媪入，抚王孙而告之。王孙摇首曰："医不对症，奈何！"媪笑曰："但问医良否耳：其良也，召和而缓①至，可矣；执其人以求之，守死而待之，不亦痴乎？"王孙欷歔曰："但天下之医，无愈和者。"媪曰："何见之不广也？"遂以五可之容颜发肤，神情态度，口写而手状之。王孙又摇首曰："媪休矣！此余愿所不及也。"反身向壁，不复听矣。媪见其志不移，遂去。一日，王孙沉痼中，忽一婢入曰："所思之人至矣！"喜极，跃然而起。急出舍，则丽人已在庭中。细认之，却非闺秀，着松花色细褶绣裙，双钩微露，神仙不啻也。拜问姓名，答曰："妾，五可也。君深于情者，而独钟闺秀，使人不平。"王孙谢曰："生平未见颜色，故目中止一闺秀。今知罪矣！"遂与要誓。方握手殷殷，适母来抚摩，遽然而觉，则一梦也。回思声容笑貌，宛在目中。阴念：五可果如所梦，何必求所难遘。因而以梦告母。母喜其念少夺，急欲媒之。王孙恐梦见不的，托邻妪素识张氏者，伪以他故诣之，嘱其潜相五可。妪至其家，五可方病，靠枕支颐，婀娜之态，倾绝一世。近问："何恙？"女默然弄带，不作一语。母代答曰："非病也。连日与爹娘负气耳！"妪问故。曰："诸家问名，皆不愿，必如王家寄生者方嫁。是为母者劝之急，遂作意不食数日矣。"妪笑曰："娘子若配王郎，真是玉人成双也。渠若见五娘，恐又憔悴死矣！我归，即令倩冰，如何？"五可止之曰："姥勿尔！恐其不谐，益增笑耳！"妪锐然以必成自任，五可方微笑。妪归，复命，一如媒媪言。王孙详问衣履，亦与梦合，大悦。意虽稍舒，然终不以人言为信。过数日，渐瘳，秘招于媪来，谋以亲见五可。媪难之，姑应而去。久之，不至。方欲觅问，媪忽忻然来曰："机幸可图。五娘向有小恙，因令婢辈将扶，移过对院。公子往伏伺之。五娘行缓涩，委曲可以尽睹矣。"王孙喜，明日，命驾早往，媪先在焉。即令絷马村树，引入临路舍，设座掩扉而去。少间，五可果扶婢出。王孙自门隙②目注之。女从门外过，媪故指挥云树以迟纤步，王孙窥觇尽悉，意颤不能自持。未几，媪至，曰："可以代闺秀否？"王孙申谢而返，始告父母，遣媒要盟。以妁往，则五可已别字矣。王

---

① 和而缓——和、缓，均为春秋时名医。

② 门隙（xì）——门缝。

孙失意，悔闷欲死，即刻复病。父母忧甚，责其自误。王孙无词，惟日饮米汁一合①。积数日，鸡骨支床②，较前尤甚。媪忽至，惊曰："何惫之甚?"王孙涕下，以情告。媪笑曰："痴公子！前日人趁汝来，而故却之；今日汝求人，而能必遂耶？虽然，尚可为力。早与老身谋，即许京都皇子，能夺还也。"王孙大悦，求策。媪命函启伻③约次日候于张所。桂庵恐以唐突见拒。媪曰："前与张公业有成言，延数日而遽悔之；且彼字他家，尚无函信。谚云：'先炊者先餐。'何疑也！"桂庵从之。次日，二仆往，并无异词，厚犒而归。王孙病顿起。由此闺秀之想遂绝。

初，郑子侨却聘，闺秀颇不怿；及闻张氏婚成，心愈抑郁，遂病，日就支离。父母诘之，不肯言。婢窥其意，隐以告母。郑闻之，怒不医，以听其死。二娘怼曰："吾侄亦殊不恶，何守头巾戒④，杀吾娇女！"郑恚曰："若所生女，不如早亡，免贻笑柄！"以此夫妻反目。二娘与女言，将使仍归王孙，若为媵⑤。女俯首不言，意若甚愿。二娘商郑，郑更怒，一付二娘，置女度外，不复预闻。二娘爱女切，欲实其言。女乃喜，病渐瘥。窃探王孙，亲迎有日矣。及期，以侄完婚，伪欲归宁，昧旦，使人求仆舆于兄。兄最友爱，又以居村邻近，遂以所备，亲迎车马，先迎二娘。既至，则妆女入车，使两仆两媪护送之。到门，以毡贴地而入。时鼓乐已集，从仆叱令吹擂，一时人声沸聒。王孙奔视，则女子以帕蒙首，骇极，欲奔；郑仆夹扶，便令交拜。王孙不知何由，即便拜讫。二媪扶女，径坐青庐⑥，始知其闺秀也。举家皇乱，莫知所为。时渐濒暮，王孙不复敢行亲迎之礼。桂庵遣仆以情告张；张怒，遂欲断绝。五可不肯，曰："彼虽先至，未受雁采⑦；不如仍使亲迎。"父纳其言，以对来使。使归，桂庵终不敢从。相对筹思，喜怒俱无所施。张待之既久，知其不行，遂亦以舆马送五可至，因另设青帐于别室。王孙周旋两间，蹀躞无以自处。母乃调停于中，使序行以齿。二女皆诺。

---

① 一合(gě)——十合为升，一合约为一小碗。

② 鸡骨支床——喻病体瘦弱之极。

③ 伻(bēng)约——派人约定。

④ 头巾戒——迂腐儒生的清规戒律。

⑤ 媵(yìng)——妾。

⑥ 青庐——新婚之室。

⑦ 雁采——婚礼的六礼之一。

及五可闻闺秀差长，称“姊”有难色。母甚虑之。比三朝公会①，五可见闺秀风致宜人，不觉右之，自是始定。然父母恐其积久不相能，而二女却无间言，衣履易着，相爱如姊妹焉。王孙始问五可却媒之故。笑曰：“无他，聊报君之却于媪耳。尚未见妾，意中止有闺秀；即见妾，亦略靳②之，以觇君之视妾，较闺秀何如也。使君为伊病，而不为妾病，则亦不必强求容矣。”王孙笑曰：“报亦惨矣！然非于媪，何得一觏芳容。”五可曰：“是妾自欲见君，媪何能为。过舍门时，岂不知眈眈者在内耶。梦中业相要，何尚未知信耶？”王孙惊问：“何知？”曰：“妾病中梦至君家，以为妄；后闻君亦梦，妾乃知魂魄真到此也。”王孙异之，遂述所梦，时日悉符。父子之良缘，皆以梦成，亦奇情也。故并志之。

异史氏曰：“父痴于情，子遂几为情死。所谓情种，其王孙之谓欤？不有善梦之父，何生离魂之子哉！”

周　生

周生，淄邑③之幕客。令公出④，夫人徐，有朝碧霞元君之愿，以道远故，将遣仆赍仪代往。使周为祝文。周作骈词⑤，历叙平生，颇涉狎谑。中有云：“栽般阳满县之花，偏怜断袖；置夹谷弥山之草，惟爱余桃⑥。”此诉夫人所愤也，类此甚多。脱稿，示同幕凌生。凌以为亵，戒勿用。弗听，付仆而去。未几，周生卒于署；既而仆亦死；徐夫人产后，亦病卒。人犹未之异也。周生子自都来迎父榇⑦，夜与凌生同宿。梦父戒之曰：“文字不可不慎也！我不听凌君言，遂以亵词，致干神怒，遽夭天年；又贻累徐夫人，且殃及焚文之仆：恐冥罚尤不免也！”醒而告凌，凌亦梦同，因述其文。

---

① 三朝公会——婚后第三日婆家、娘家人相互见面。

② 靳——吝惜。

③ 淄邑——淄川县。

④ 令公出——县令因公外出。

⑤ 骈词——盛行于南北朝时的一种讲究对偶和韵律的文体。

⑥ 余桃——代指县令宠爱男色，而不好女色，实际上是对碧霞元君的侮弄。

⑦ 榇(chèn)——棺木。

周子为之惕然。

异史氏曰："恣情纵笔，辄洒洒自快，此文客之常也。然淫嫚之词，何敢以告神明哉！狂生无知，冥谴其所应尔。但使贤夫人及千里之仆，骈死而不知其罪，不亦与刑律中分首从者，殊多愦愦耶？冤已！"

褚遂良

长山赵某，税屋①大姓。病症结②，又孤贫，奄然就毙。一日，力疾就凉，移卧檐下。及醒，见绝代丽人坐其傍。因诘问之，女曰："我特来为汝作妇。"某惊曰："无论贫人不敢有妄想；且奄奄一息，有妇何为！"女曰："我能治之。"某曰："我病非仓猝可除；纵有良方，其如无资买药何！"女曰："我医疾不用药也。"遂以手按赵腹，力摩之。觉其掌热如火。移时，腹中痞块，隐隐作解拆③声。又少时，欲登厕。急起，走数武，解衣大下，胶液流离，结块尽出，觉通体爽快。返卧故处，谓女曰："娘子何人？祈告姓氏，以便尸祝④。"答云："我狐仙也。君乃唐朝褚遂良⑤，曾有恩于妾家，每铭心欲一图报。日相寻觅，今始得见，夙愿可酬矣。"某自惭形秽，又虑茅屋灶煤，玷染华裳。女但请行。赵乃导入家，土莝⑥无席，灶冷无烟，曰："无论光景如此，不堪相辱；即卿能甘之，请视瓮底空空，又何以养妻子？"女但言："无虑。"言次⑦，一回头，见榻上毡席衾褥已设；方将致诘，又转瞬，见满室皆银光纸裱贴如镜，诸物已悉变易，几案精洁，肴酒并陈矣。遂相欢饮。日暮，与同狎寝，如夫妇。主人闻其异，请一见之。女即出见，无难色。由此四方传播，造门者甚伙。女并不拒绝。或设筵招之，女必与夫俱。一日，座中一孝廉，阴萌淫念。女已知之，忽加诮让。即

---

① 税屋——租房而居。

② 病症结——腹中有痞块之病。

③ 解拆——裂解。

④ 尸祝——设位祈祷。

⑤ 褚遂良——唐初大臣、书法家。

⑥ 土莝(cuò)——土炕上铺着碎草。

⑦ 言次——言语之间。

以手推其首；首过棂外，而身犹在室，出入转侧，皆所不能。因共哀免，方曳出之。积年余，造请者日益烦，女颇厌之。被拒者辄骂赵。值端阳①，饮酒高会，忽一白兔跃入。女起曰："春药翁②来见召矣！"谓兔曰："请先行。"兔趋出，径去。女命赵取梯。赵于舍后负长梯来，高数丈。庭有大树一章，便倚其上；梯更高于树杪。女先登，赵亦随之。女回首曰："亲宾有愿从者，当即移步。"众相视不敢登。惟主人一僮，踊跃从其后。上上益高，梯尽云接，不可见矣。共视其梯，则多年破扉，去其白板耳。群入其室，灰壁败灶依然，他无一物。犹意僮返可问，竟终杳已。

刘　全

邹平③牛医侯某，荷饭饷耕者。至野，有风旋其前，侯即以杓掬浆祝奠之。尽数杓，风始去。一日，适城隍庙，闲步廊下，见内塑刘全献瓜④像，被鸟雀遗粪，糊蔽目睛。侯曰："刘大哥何遂受此玷污！"因以爪甲为除去之。后数年，病卧，被二皂⑤摄去。至官衙前，逼索财贿甚苦。侯方无所为计，忽自内一绿衣人出，见之讶曰："侯翁何来？"侯便告诉。绿衣人责二皂曰："此汝侯大爷，何得无礼！"二皂喏喏，逊谢不知。俄闻鼓声如雷。绿衣人曰："早衙矣。"遂与俱入，令立墀下，曰："姑立此，我为汝问之。"遂上堂点手，招一吏人下，略道数语。吏人见侯，拱手曰："侯大哥来耶？汝亦无甚大事。有一马相讼，一质便可复返。"遂别而去。少间，堂上呼侯名。侯上跪，一马亦跪。官问侯："马言被汝药死，有诸？"侯曰："彼得瘟症，某以瘟方治之。既药不瘳⑥，隔日而死，与某何涉？"马作人言，两相苦。官命稽籍，籍注马寿若干，应死于某年月日，数确符。因呵

---

① 端阳——农历五月初五。

② 春药翁——指传说中月宫里的玉兔。

③ 邹平——今山东邹平县。

④ 刘全献瓜——典出《西游记》，指唐均州人刘全曾替唐太宗李世民赴阴曹进奉瓜果。

⑤ 二皂——二鬼吏。

⑥ 瘳（chōu）——治愈。

曰:"此汝大数已尽,何得妄控!"叱之而去。因谓侯曰:"汝存心方便,可以不死。"仍命二皂送回。前二人亦与俱出,又嘱途中善相视。侯曰:"今日虽蒙覆庇,生平实未识荆。乞示姓字,以图衔报。"绿衣人曰:"三年前,仆从泰山来,焦渴欲死。经君村外,蒙以杓浆见饮,至今不忘。"吏人曰:"某即刘全。曩被雀粪之污,闷不可耐。君手为涤除,是以耿耿。奈冥间酒馔,不可以奉宾客,请即别矣。"侯始悟,乃归。既至家,款留二皂,皂并不敢饮其杯水。侯苏,盖死已逾两日矣。从此益修善。每逢节序,必以浆酒酬刘全。年八旬,尚强健,能超乘驰走。一日,途间见刘全骑马来,若将远行。拱手道温凉毕,刘曰:"君数已尽,勾牒出矣。勾役欲相招,我禁使弗须①。君可归治后事,三日后,我来同君行。地下代买小缺②,亦无苦也。"遂去。侯归告妻子,招别戚友,棺衾俱备。第四日日暮,对众曰:"刘大哥来矣。"入棺遂殁。

土 化 兔

靖逆侯张勇③镇兰州④时,出猎获兔甚多,中有半身或两股尚为土质。一时秦中争传土能化兔。此亦物理之不可解者。

鸟 使

苑城⑤史乌程家居,忽有鸟集屋上,香色⑥类鸦。史见之,告家人曰:"夫人遣鸟使召我矣。急备后事,某日当死。"至日果卒。殡日,鸦复至,

① 弗须——不必。

② 小缺——小官职。

③ 张勇——明清之际人,因平三藩之乱有功,授靖逆侯。

④ 兰州——与今略同。

⑤ 苑城——县名,今属山东省。

⑥ 香色——样子、声色。

随槥①缓飞，由苑之新②。及殡，鸦始不见。长山吴木欣目睹之。

姬 生

南阳③鄂氏，患狐，金钱什物，辄被窃去。迕之，祟益甚。鄂有甥姬生，名士不羁，焚香代为祷免，卒不应；又祝舍外祖使临己家，亦不应。众笑之。生曰："彼能幻变，必有人心。我固将引之，俾入正果。"数日辄一往祝之。虽不见验，然生所至，狐遂不扰。以故，鄂常止生宿。生夜望空请见，邀益坚。一日，生归，独坐斋中，忽房门缓缓自开。生起，致敬曰："狐兄来耶！"殊寂无声。又一夜，门自开。生曰："倘是狐兄降临，固小生所祷祝而求者，何妨即赐光霁④？"却又寂然。案头有钱二百，及明失之。生至夜，增以数百。中宵，闻布幄铿然。生曰："来耶？敬具时铜数百备用。仆虽不充裕，然非鄙吝者。若缓急有需，无妨质言，何必盗窃？"少间，视钱，脱去二百。生仍置故处，数夜不复失。有熟鸡，欲供客而失之。生至夕，又益以酒。而狐从此绝迹矣。鄂家祟如故。生又往祝曰："仆设钱而子不取，设酒而子不饮；我外祖衰迈，无为久祟之。仆备有不腆⑤之物，夜当凭汝自取。"乃以钱十千、酒一罇，两鸡皆聂切⑥，陈几上，生卧其傍，终夜无声，钱物如故。狐怪从此亦绝。

生一日晚归，启斋门，见案上酒一壶，燂鸡⑦盈盘；钱四百，以赤绳贯之，即前日所失物也。知狐之报。嗅酒而香，酌之色碧绿，饮之甚醇。壶尽半酣，觉心中贪念顿生，蓦然欲作贼。便启户出。思村中一富室，遂往越其墙。墙虽高，一跃上下，如有翅翎。入其斋，窃取貂裘、金鼎而出。归置床头，始就枕眠。天明，携入内室。妻惊问之，生嗫嚅而告，有喜色。妻

---

① 槥(huì)——棺木。

② 新——新城，今山东桓台县。

③ 南阳——府名，治今河南南阳市。

④ 光霁——光风霁月，喻人美丽。

⑤ 不腆(tiǎn)——不够丰美。

⑥ 聂(zhě)切——切成薄片。

⑦ 燂(xún)鸡——烧鸡。

骇曰:“君素刚直,何忽作贼!”生恬然不为怪,因述狐之有情。妻恍然悟曰:“是必酒中之狐毒也。”因念丹砂可以却邪,遂研入酒,饮生。少顷,生忽失声曰:“我奈何做贼!”妻代解其故,爽然自失。又闻富室被盗,噪传里党。生终日不食,莫知所处。妻为之谋,使乘夜抛其墙内。生从之。富室复得故物,事亦遂寝。生岁试冠军,又举行优,应受倍赏。及发落之期①,道署梁上粘一帖云:“姬某作贼,偷某家裘、鼎,何为行优?”梁最高,非跂足②可粘。文宗疑之,执帖问生。生愕然,思此事除妻外无知者;况署中深密,何由而至?”因悟曰:“此必狐之为也。”遂缅述无讳,文宗赏礼有加焉。生每自念:无取罪于狐,所以屡啗③之者,亦小人之耻独为小人耳④。

异史氏曰:“生欲引邪入正,而反为邪惑。狐意未必大恶,或生以谐引之,狐亦以戏弄之耳。然非身有夙根,室有贤助,几何不如原涉所云,家人寡妇一为盗污,遂行淫⑤哉!吁!可惧也!”

吴木欣云:“康熙甲戌,一乡科⑥令浙中,点稽囚犯。有窃盗,已刺字讫,例应逐释。令嫌‘窃’字减笔从俗,非官板正字⑦,使刮去之;候创平,依字汇⑧中点画形象另刺之。盗口占一绝云:‘手把菱花仔细看,淋漓鲜血旧痕斑。早知面上重为苦,窃物先防识字官。’禁卒笑之曰:‘诗人不求功名,而乃为盗?’盗又口占答之云:‘少年学道志功名,只为家贫误一生。冀得资财权子母,囊游燕市博恩荣。’”即此观之,秀才为盗,亦仕进之志也。狐授姬生以进取之资,而返悔为所误,迂哉!一笑。

---

① 发落之期——科举考试根据成绩优劣而赏罚。
② 跂足——踮起脚尖。
③ 啗(dàn)——诱惑。
④ 小人之耻独为小人——小人为遮羞而拉别人一同做小人。
⑤ 一为盗污,遂行淫——一旦失足,便不能自止。
⑥ 乡科——举人。
⑦ 官板正字——官板书所用的正体字。
⑧ 字汇——字典类图书。

果 报

安丘①某生，通卜筮之术②。其为人邪荡不检，每有钻穴逾墙之行，则卜之。一日忽病，药之不愈，曰："吾实有所见。冥中怒我狎亵天数，将重谴矣，药何能为！"亡何，目暴瞽，两手无故自折。

某甲者，伯无嗣。甲利其有，愿为之后。伯既死，田产悉为所有，遂背前盟。又有叔，家颇裕，亦无子。甲又父之。死，又背之。于是併三家之产，富甲一乡。一日，暴病若狂，自言曰："汝欲享富厚而生耶！"遂以利刃自割肉，片片掷地。又曰："汝绝人后，尚欲有后耶！"剖腹流肠，遂毙。未几，子亦死，产业归人矣。果报如此，可畏也夫！

公 孙 夏

保定③有国学生某，将入都纳资④，谋得县尹。方趣装而病，月余不起。忽有僮入曰："客至。"某亦忘其疾，趋出迎客。客华服类贵者。三揖入舍，叩所自来。客曰："仆，公孙夏，十一皇子座客⑤也。闻治装将图县秩，既有是志，太守不更佳耶？"某逊谢，但言："资薄，不敢有奢愿。"客请效力，俾出半资，约于任所取盈。某喜求策。客曰："督抚皆某昆季之交⑥，暂得五千缗，其事济矣。目前真定⑦缺员，便可急图。"某讶其本

---

① 安丘——今山东安丘县。
② 卜筮之术——占卜之术。
③ 保定——府名，治今河北保定市。
④ 纳资——捐钱买官。
⑤ 座客——座上客。
⑥ 昆季之交——兄弟之交。
⑦ 真定——府名，治今河北正定县。

省①。客笑曰："君迂矣！但有孔方②在，何问吴越、桑梓③耶？"某终踌躇，疑其不经。客曰："无须疑惑。实相告：此冥中城隍缺也。君寿尽，已注死籍。乘此营办，尚可以致冥贵。"即起告别，曰："君且自谋，三日当复会。"遂出门跨马去。某忽开眸，与妻子永诀。命出藏镪，市楮锭万提，郡中是物为空。堆积庭中，杂刍灵鬼马，日夜焚之，灰高如山。三日，客果至。某出资交兑，客即导至部署，见贵官坐殿上，某便伏拜。贵官略审姓名，便勉以"清廉谨慎"等语，乃取凭文④，唤至案前与之。

某稽首出署。自念监生卑贱，非车服炫耀，不足震慑曹属。于是益市舆马；又遣鬼役以彩舆迓其美妾。区画方已，真定卤簿⑤已至。途中里途，一道相属，意得甚。忽前导者钲息旗靡。惊疑间，见骑者尽下，悉伏道周；人小径尺，马大如狸。车前者骇曰："关帝至矣！"某惧，下车亦伏。遥见帝君从四五骑，缓辔而至。面多绕颊，不似世所模肖者；而神采威猛，目长几近耳际。马上问："此何官？"从者笑："真定守。"帝君曰："区区一郡，何直得如此张皇！"某闻之，洒然毛悚；身暴缩，自顾如六七岁儿。帝君命起，使随马蹄行。道旁有殿宇，帝君入，南向坐，命以笔札授某，俾自书乡贯姓名。某书已，呈进。帝君视之，怒曰："字讹误不成形象！此市侩耳，何足以任民社⑥！"又命稽其德籍。旁一人跪奏，不知何词。帝君厉声曰："干进罪小，卖爵罪重！"旋见金甲神绾锁去。遂有二人捉某，褫去冠服，笞五十，臀肉几脱，逐出门外。四顾车马尽空，痛不能步，偃息草间。

细认其处，离家尚不甚远。幸身轻如叶，一昼夜始抵家。豁若梦醒，床上呻吟。家人集问，但言股痛。盖瞑然若死者，已七日矣，至是始寤。便问："阿怜何不来？"——盖妾小字也。先是，阿怜方坐谈，忽曰："彼为真定太守，差役来接我矣。"乃入室严妆，妆竟而卒，才隔夜耳。家人述其异。某悔恨爬胸，命停尸勿葬，冀其复还。数日杳然，乃葬之。某病渐瘳，

---

① 本省——清代规定，本省人不许在本省做官。

② 孔方——指铜钱。

③ 吴越、桑梓——代指外地、家乡。

④ 凭文——捐钱所得官职的证书。

⑤ 卤簿——贵官出行时的仪仗队。

⑥ 任民社——任地方官。

但股疮大剧,半年始起。每曰:"官资尽耗,而横被冥刑,此尚可忍;但爱妾不知舁向何所,清夜所难堪耳。"

异史氏曰:"嗟夫！市侩固不足南面哉！冥中既有线索,恐夫子马迹所不及至,作威福者,正不胜诛耳。吾乡郭华野先生传有一事,与此颇类,亦人中之神也。先生以清鲠受主知①,再起总制荆楚。行李萧然,惟四五人从之,衣履皆敝陋。途中人竟不知为贵官也。适有新令赴任,道与相值。驼车二十余乘,前驱数十骑,驺从以百计。先生亦不知其何官,时先之,时后之,时以数骑杂其伍。彼前马者怒其扰,辄呵却之;先生亦不顾瞻。亡何,至一巨镇,两俱休止。乃使人潜访之,则一国学生,加纳赴任湖南者也。乃遣一介召之使来。令闻呼骇疑,反诘官阀,始知为先生,悚惧无以为地。冠带匍伏而前。先生问:'汝即某县县尹?'答曰:'然。'先生曰:'蕞尔②一邑,何能养如许驺从？履任,则一方涂炭矣！不可使殃民社,可即旋归,勿前矣。'令叩首曰:'下官尚有文凭。'先生即令取凭,审验已,曰:'此亦细事,代若缴之可耳。'令伏拜而出。归途不知何以为情,而先生行矣。世有未莅任而已受考成者③,实所创闻④。先生奇人,故有此快事耳。"

韩　　方

明季,济郡⑤以北数州县,邪疫大作,比户皆然。齐东⑥农民韩方,性至孝。父母皆病,因具楮帛⑦,哭祷于孤石大夫⑧之庙。归途零涕。遇一人,衣冠清洁,问:"何悲?"韩具以告。其人曰:"孤石之神,不在于此,祷

---

① 受主知——得到皇帝的赏识。
② 蕞(zuì)尔——微小。
③ 考成者——考核官吏政绩。
④ 创闻——往昔所无的我闻。
⑤ 济郡——今山东济南市。
⑥ 齐东——旧县名,今属山东省。
⑦ 楮帛——纸线。
⑧ 孤石大夫——传说中的神医。

之何益？仆有小术，可以一试。”韩喜，诘其姓字。其人曰：“我不求报，何必通乡贯乎？”韩敦请临其家。其人曰：“无须。但归，以黄纸置床上，厉声言：‘我明日赴都，告诸岳帝①！’病当已。”韩恐不验，坚求移趾。其人曰：“实告子：我非人也。巡环使者②以我诚笃，俾为南县土地③。感君孝，指授此术。目前岳帝举④枉死之鬼，其有功人民，或正直不作邪祟者，以城隍、土地用。今日殃入者，皆郡城北兵所杀之鬼，急欲赴都自投，故沿途索赂，以谋口食耳。言告岳帝，则彼必惧，故当已。”韩悚然起敬，伏地叩谢。及起，其人已渺。惊叹而归。遵其教，父母皆愈。以传邻村，无不验者。

异史氏曰：“沿途祟人而告往，以求不作邪祟之用，此与策马应‘不求闻达之科’⑤者何殊哉！天下事大率类此。犹忆甲戌、乙亥之间⑥，当事者使民捐谷，具疏谓民乐输。于是各州县如数取盈，甚费敲扑。时郡北七邑被水，岁祲，催办尤难。唐太史偶至利津，见系逮者十余人。因问：‘为何事？’答曰：‘官捉吾等赴城，比追乐输耳。’农民不知‘乐输’二字作何解，遂以为徭役敲比之名，岂不可叹而可笑哉！”

纫　针

虞小思，东昌⑦人。居积为业。妻夏，归宁而返，见门外一妪，偕少女哭甚哀。夏诘之，妪挥泪相告。乃知其夫王心斋，亦宦裔也。家中落，无衣食业，浼中保⑧贷富室黄氏金，作贾。中途遭寇，丧资，幸不死。至家，黄索偿，计子母不下三十金，实无可准抵。黄窥其女纫针美，将谋作妾。

---

① 岳帝——东岳大帝。

② 巡环使者——巡视人间生死祸福之鬼。

③ 土地——乡神名。

④ 举——推举。

⑤ 不求闻达之科——热衷于功名，而又自称不求闻达。

⑥ 甲戌、乙亥之间——指康熙三十三、三十四年间对新疆准噶尔部用兵事。

⑦ 东昌——府名，治今山东聊城县。

⑧ 中保——保人。

使中保质告之：如肯，可折债外，仍以廿金压券。王谋诸妻。妻泣曰："我虽贫，固簪缨之胄①。彼以执鞭②发迹，何敢遂媵吾女！况纫针固自有婿，汝何得擅作主！"先是，同邑傅孝廉之子，与王投契，生男阿卯，与襁中论婚。后孝廉官于闽，年余而卒。妻子不能归，音耗俱绝，以故纫针十五，尚未字也。妻言及此，王无词，但谋所以为计。妻曰："不得已，其试谋诸两弟。"盖妻范氏，其祖曾任京职，两孙田产尚多也。次日，妻携女归告两弟。两弟任其涕泪，并无一词肯为设处。范乃号啼而归。适逢夏诘，且诉且哭。

夏怜之，视其女，绰约可爱，益为哀楚。遂邀入其家，款以酒食，慰之曰："母子勿戚，妾当竭力。"范未遑谢，女已哭伏在地，益加惋惜。筹思曰："虽有薄蓄，然三十金亦复大难。当典质相付。"母女拜谢。夏以三日为约。别后，百计为之营谋，亦未敢告诸其夫。三日，未满其数，又使人假诸其母。范母女已至，因以实告。又订次日，抵暮，假金至，合裹并置床头。至夜，有盗穴壁，以火入。夏觉，睨之，见一人臂挎短刀，状貌凶恶。大惧，不敢作声，伪为睡者。盗近箱，意将发扃。回顾，夏枕边有裹物，探身攫去，就灯解视；乃入腰橐，不复胠箧③而去。夏乃起呼。家中唯一小婢，隔墙呼邻，邻人集而盗已远。夏乃对灯啜泣。见婢睡熟，乃引带自经于棂间。天曙婢觉，呼人解救，四肢冰冷。虞闻奔至，诘婢始得其由，惊涕营葬。时方夏，尸不僵，亦不腐。过七日，乃殓之。既葬，纫针潜出，哭于其墓。暴雨忽集，霹雳大作，发墓，纫针震死。虞闻，奔验，则棺木已启，妻呻嘶其中，抱出之。见女尸，不知为谁。夏审视，始辨之。方相骇怪。未几，范至，见女已死，哭曰："固疑其在此，今果然矣！闻夫人自缢，日夜不绝声。今夜语我，欲哭于殡宫，我未之应也。"夏感其义，遂与夫言，即以所葬材穴葬之。范拜谢。虞负妻归，范亦归告其夫。闻村北一人被雷击死于途，身有字云："偷夏氏金贼。"俄闻邻妇哭声，乃知雷击者即其夫马大也。村人白于官，官拘妇械鞫，则范氏以夏之措金赎女，对人感泣，马大赌博无赖，闻之而盗心遂生也。官押妇搜赃，则止存二十数；又检马尸得

① 簪缨之胄——贵族后裔。
② 执鞭——职务微贱。
③ 胠箧（qū qiè）——撬开箱子。

四数。官判卖妇偿补责还虞。夏益喜，全金悉仍付范，俾偿债主。

葬女三日，夜大雷电以风，坟复发，女亦顿活。不归其家，往挝夏氏之门，盖认其墓，疑其复生也。夏惊起，隔扉问之，女曰："夫人果生耶！我纫针耳。"夏骇为鬼，呼邻媪诘之，知其复活，喜内入室。女自言："愿从夫人服役，不复归矣。"夏曰："得无谓我损金为买婢耶？汝葬后，债已代偿，可勿见猜。"女益感泣，愿以母事。夏不允。女曰："儿能操作，亦不坐食。"天明告范，范喜，急至，亦从女意，即以属夏。范去，夏强送女归。女啼思夏。王心斋自负女来，委诸门内而去。夏见惊问，始知其故，遂亦安之。女见虞至。急下拜，呼以父。虞固无子女，又见女依依怜人，颇以为欢。女纺绩缝纫，勤劳臻至。夏偶病剧，女昼夜给役。见夏不食，亦不食；面上时有啼痕，向人曰："母有万一，我誓不复生！"夏少瘳，始解颜为欢。夏闻流涕，曰："我四十无子，但得生一女如纫针亦足矣。"夏从不育；逾年忽生一男，人以为行善之报。

居二年，女益长。虞与王谋，不能坚守旧盟。王曰："女在君家，婚姻惟君所命。"女十七，惠美无双。此言出，问名者趾错于门，夫妻为拣富室。黄某亦遣媒来，虞恶其为富不仁，力却之。为择于冯氏。冯，邑名士，子慧而能文。将告于王；王出负贩未归，遂径诺之。黄以不得于虞，亦托作贾，迹王所在，设馔相邀，更复助以资本，渐渍习洽①。因自言其子慧以自媒。王感其情，又仰其富，遂与订盟。既归，诣虞，则虞昨日已受冯氏婚书。闻王所言，不悦，呼女出，告以情。女怫然曰："债主，吾仇也！以我事仇，但有一死！"王无颜，托人告黄以冯氏之盟。黄怒曰："女姓王，不姓虞。我约在先，彼约在后，何得背盟！"遂控于邑宰，宰意以先约判归黄。冯曰："王某以女付虞，固言婚嫁不复预闻，且某有定婚书，彼不过杯酒之谈耳。"宰不能断，将惟女愿从之。黄又以金赂官，求其左袒，以此月余不决。

一日，有孝廉北上，公车过东昌，使人问王心斋。适问于虞，虞转诘之，盖孝廉姓傅，即阿卯也。入闽籍，十八已乡荐矣。以前约未婚。其母嘱令便道访王，问女曾否另字也。虞大喜，邀傅至家，历述所遭。然婿远来数千里，患无凭据。傅启箧，出王当日允婚书。虞招王至，验之果真，乃

---

① 渐渍习洽——逐渐熟悉融洽。

共喜。是日当官覆审，傅投刺谒宰，其案始销。涓吉约期乃去。会试后，市币帛而还，居其旧第，行亲迎礼。进士报已到闽，又报至东，傅又捷南宫①。复入都观政②而返。女不乐南渡，傅亦以庐墓在，遂独往扶父柩，载母俱归。又数年，虞卒，子才七八岁，女抚之过于其弟。使读书，得入邑庠，家称素封，皆傅力也。

异史氏曰："神龙中亦有游侠耶？彰善瘅恶③，生死皆以雷霆，此'钱塘破阵舞'④也。轰轰屡击，皆为一人，焉知纫针非龙女谪降者耶？"

桓　侯

荆州⑤彭好士，友家饮归。下马溲便，马龁草路傍。有细草一丛，蒙茸可爱，初放黄花，艳光夺目，马食已过半矣。喜拔其余茎，嗅之有异香，因纳诸怀。超乘复行，马骛驶绝驰，颇觉快意，竟不计算归途，纵马所之。忽见夕阳在山，始将旋辔。但望乱山丛沓，并不知其何所。一青衣人来，见马方喷嘶，代为捉衔，曰："天已近暮，吾家主人便请宿止。"彭问："此属何地？"曰："阆中⑥也。"彭大骇，盖半日已千余里矣，因问："主人为谁？"曰："到彼自知。"又问："何在？"曰："咫尺耳。"遂代鞚疾行，人马若飞。过一山头，见半山中屋宇重叠，杂以屏幔，遥睹衣冠一簇，若有所伺。彭至下马，相向拱敬。俄，主人出，气象刚猛，巾服都异人世。拱手向客，曰："今日客，莫远于彭君。"因揖彭，请先行。彭谦谢，不肯遽先。主人捉臂行之。彭觉捉处如被械梏，痛欲折，不敢复争，遂行。下此者，犹相推让，主人或推之，或挽之，客皆呻吟倾跌，似不能堪，一依主命而行。登堂，则陈设炫丽，两客一筵。彭暗问接坐者："主人何人？"答云："此张桓侯⑦

① 捷南宫——考中进士。

② 观政——初入仕途，在京供职，类见习期。

③ 彰善瘅(dàn)恶——奖善憎恶。

④ 钱塘破阵舞——指唐人李朝威《柳毅传》中，钱塘君救龙女后，演此乐舞。

⑤ 荆州——府名，治今湖北江陵县。

⑥ 阆(làng)中——县名，今属四川阆中县。

⑦ 张桓侯——张飞。

也。”彭愕然，不敢复咳。合座寂然。酒既行，桓侯曰：“岁岁叨扰亲宾，聊设薄酌，尽此区区之意。值远客辱临，亦属喜遇。仆窃妄有干求①，如少存爱恋，即亦不强。”彭起问：“何物？”曰：“尊乘已有仙骨，非尘世所能驱策。欲市马相易，如何？”彭曰：“敬以奉献，不敢易也。”桓侯曰：“当报以良马，且将赐以万金。”彭离席伏谢。桓侯命人曳起之。俄顷，酒馔纷纶。日落，命烛。众起辞，彭亦告别。桓侯曰：“君远来焉归？”彭顾同席者曰：“已求此公作居停主人②矣。”桓侯乃遍以巨觞酌客，谓彭曰：“所怀香草，鲜者可以成仙，枯者可以点金；草七茎，得金一万。”即命僮出方授彭。彭又拜谢。桓侯曰：“明日造市，请于马群中任意择其良者，不必与之论价，吾自给之。”又告众曰：“远客归家，可少助以资斧。”众唯唯。觞尽，谢别而出。途中始诘姓字，同座者为刘子翚。同行二三里，越岭即睹村舍。众客陪彭并至刘所，始述其异。

先是，村中岁岁赛社③于桓侯之庙，斩牲优戏，以为成规，刘其首善者也。三日前，赛社方毕。是午，各家皆有一人邀请过山。问之，言殊恍惚，但敦促甚急。过山见亭舍，相共骇疑。将至门，使者始实告之；众亦不敢却退。使者曰：“姑集此，邀一远客行至矣。”盖即彭也。众述之惊怪。其中被把握者，皆患臂痛；解衣烛之，肤肉青黑。彭自视亦然。众散，刘即襆被供寝。既明，村中争延客；又彭入市相马。十余日，相数十匹，苦无佳者；彭亦拚苟就之。又入市，见一马骨相似佳；骑试之，神骏无比。径骑入村，以待鬻者；再往寻之，其人已去。遂别村人欲归。村人各馈金资，遂归。马一日行五百里。抵家，述所自来，人不之信。囊中出蜀物，始共怪之。香草久枯，恰得七茎，遵方点化，家以暴富。遂敬诣故处，独祀桓侯之祠，优戏三日而返。

异史氏曰：“观桓侯燕宾，而后信武夷幔亭④非诞也。然主人肃客，遂使蒙爱者几欲折肱，则当年之勇力可想。”

---

① 干求——求取。

② 居停主人——寄宿的房主。

③ 岁岁赛社——年年秋收后，以酒食祭祀土地神的一种仪式。

④ 武夷幔亭——出自唐人陆羽《武夷山记》，言秦始皇置幔亭于武夷山，化虹桥通天地，大宴乡人。

吴木欣①言："有李生者，唇不掩其门齿，露于外盈指。一日，于某所宴集，二客逊②上下，其争甚苦。一力挽使前，一力却向后。力猛肘脱，李适立其后，肘过触喙，双齿并堕，血下如涌。众愕然，其争乃息。"此与桓侯之握臂折肱，同一笑也。

粉　蝶

阳曰旦，琼州③士人也。偶自他郡归，泛舟于海，遭飓风，舟将覆；忽飘一虚舟④来，急跃登之。回视，则同舟尽没。风愈狂，瞑然任其所吹。亡何，风定。开眸，忽见岛屿，舍宇连亘。把棹近岸，直抵村门。村中寂然，行坐良久，鸡犬无声。见一门北向，松竹掩蔼。时已初冬，墙内不知何花，蓓蕾满树。心爱悦之，逡巡遂入。遥闻琴声，步少停。有婢自内出，年约十四五，飘洒艳丽。睹阳，返身遽入。俄闻琴声歇，一少年出，讶问客所自来。阳具告之。转诘邦族，阳又告之。少年喜曰："我姻亲也。"遂揖请入院。院中精舍⑤华好，又闻琴声。既入舍，则一少妇危坐⑥，朱弦方调，年可十八九，风采焕映。见客入，推琴欲逝。少年止之曰："勿遁，此正卿家瓜葛。"因代溯⑦所由。少妇曰："是吾侄也。"因问其"祖母尚健否？父母年几何矣？"阳曰："父母四十余，都各无恙；惟祖母六旬，得疾沉痼，一步履须人耳。侄实不省姑系何房，望祈明告，以便归述。"少妇曰："道途辽阔，音问梗塞久矣。归时但告而父，'十姑问讯矣'，渠自知之。"阳问："姑丈何族？"少年曰："海屿姓晏。此名神仙岛，离琼三千里，仆流寓亦不久也。"十娘趋入，使婢以酒食饷客，鲜蔬香美，亦不知其何名。饭已，引与瞻眺，见园中桃杏含苞，颇以为怪。晏曰："此处夏无大暑，冬无大寒，

---

① 吴木欣——长山(今山东邹平县)人。

② 逊——谦让。

③ 琼州——府名，位于今海南琼山市。

④ 虚舟——空船。

⑤ 精舍——代指书房、学舍。

⑥ 危坐——端坐。

⑦ 溯——通"诉"，追诉。

花无断时。”阳喜曰：“此乃仙乡。归告父母，可以移家作邻。”晏但微笑。

还斋炳烛，见琴横案上，请一聆其雅操。晏乃抚弦捻柱。十娘自内出，晏曰：“来，来！卿为若侄鼓之。”十娘即坐，问侄：“愿何闻？”阳曰：“侄素不读《琴操》①，实无所愿。”十娘曰：“但随意命题，皆可成调。”阳笑曰：“海风引舟，亦可作一调否？”十娘曰：“可。”即按弦挑动，若有旧谱，意调崩腾；静会之②，如身仍在舟中，为飓风之所摆簸。阳惊叹欲绝，问：“可学否？”十娘授琴，试使勾拨，曰：“可教也。欲何学？”曰：“适所奏‘飓风操’，不知可得几日学？请先录其曲，吟诵之。”十娘曰：“此无文字，我以意谱之耳。”乃别取一琴，作勾剔之势，使阳效之。阳习至更余，音节粗合，夫妻始别去。阳目注心凝，对烛自鼓；久之，顿得妙悟，不觉起舞。举首，忽见婢立灯下，惊曰：“卿固犹未去耶？”婢笑曰：“十姑命待安寝，掩户移檠③耳。”审顾之，秋水澄澄，意态媚绝。阳心动，微挑之；婢俯首含笑。阳益惑之，遽起挽颈。婢曰：“勿尔！夜已四漏，主人将起，彼此有心，来宵未晚。”方狎抱间，闻晏唤“粉蝶”。婢作色曰：“殆矣！”急奔而去。阳潜往听之。但闻晏曰：“我固谓婢子尘缘未灭，汝必欲收录之。今如何矣？宜鞭三百！”十娘曰：“此心一萌，不可给使，不如为吾侄遣之。”阳甚惭惧，返斋灭烛自寝。天明，有童子来侍盥沐，不复见粉蝶矣。心惴惴恐见遣逐。俄晏与十姑并出，似无所介于怀，便考所业。阳为一鼓。十娘曰：“虽未入神，已得什九，肄熟可以臻妙。”阳复求别传。晏教以“天女谪降”之曲，指法拗折，习之三日，始能成曲。晏曰：“梗概已尽，此后但须熟耳。娴此两曲，琴中无硬调矣。”

阳颇忆家，告十娘曰：“吾居此，蒙姑抚养甚乐；顾家中悬念。离家三千里，何日可能还也！”十娘曰：“此即不难。故舟尚在，当助一帆风。子无家室，我已遣粉蝶矣。”乃赠以琴，又授以药曰：“归医祖母，不惟却病，亦可延年。”遂送至海岸，俾登舟。阳觅楫，十娘曰：“无须此物。”因解裙作帆，为之萦系。阳虑迷途，十娘曰：“勿忧，但听帆漾耳。”系已，下舟。阳凄然，方欲拜谢别，而南风竞起，离岸已远矣。视舟中糗粮已具，然止足

---

① 《琴操》——相传东汉人蔡邕所著的解说琴曲之书。

② 会之——领会这个曲子。

③ 移檠(qíng)——端灯。

供一日之餐，心怨其吝。腹馁不敢多食，惟恐遽尽，但啖胡饼①一枚，觉表里甘芳。余六七枚，珍而存之，即亦不复饥矣。俄见夕阳欲下，方悔来时未索膏烛。瞬息，遥见人烟；细审，则琼州也。喜极。旋已近岸，解裙裹饼而归。

入门，举家惊喜，盖离家已十六年矣，始知其遇仙。视祖母老病益惫；出药投之，沉痾立除。共怪问之，因述所见。祖母泫然曰："是汝姑也。"初，老夫人有少女，名十娘，生有仙姿。许字晏氏。婿十六岁，入山不返。十娘待至二十余，忽无疾自殂，葬已三十余年。闻旦言，共疑其未死。出其裙，则犹在家所素着也。饼分啖之，一枚终日不饥，而精神倍生。老夫人命发冢验视，则空棺存焉。

旦初聘吴氏女未娶。旦数年不还，遂他适。共信十娘言，以俟粉蝶之至；既而年余无音，始议他图。临邑②钱秀才，有女名荷生，艳名远播。年十六，未嫁而三丧其婿。遂媒定之，涓吉成礼。既入门，光艳绝代。旦视之，则粉蝶也。惊问曩事，女茫乎不知。盖被逐时，即降生之辰也。每为之鼓"天女谪降"之操，辄支颐凝想，若有所会。

李 檀 斯

长山李檀斯，国学生也。其村中有媪走无常③，谓人曰："今夜与一人舁檀老投生淄川柏家庄一新门中，身躯重赘，几被压死。"时李方与客欢饮，悉以媪言为妄。至夜，无疾而卒。天明，如所言往问之，则其家夜生女矣。

---

① 胡饼——芝麻烧饼。

② 临邑——邻县。

③ 走无常——民间传说中替鬼卒办事的阳间人。

锦瑟

沂人王生,少孤,自为族①。家清贫;然风标修洁,洒然裙屐少年也。富翁兰氏,见而悦之,妻以女,许为起屋治产。娶未几而翁死。妻兄弟鄙不齿数。妇尤骄倨,常佣奴其夫;自享馐馔,生至,则脱粟瓢饮,折稊为匕②,置其前。王悉隐忍之。年十九,往应童试,被黜。自郡中归,妇适不在室,釜中烹羊臛熟,就啖之。妇入,不语,移釜去。生大惭,抵箸地上,曰:"所遭如此,不如死!"妇恚,问死期,即授索为自经之具。生忿投羹碗,败妇颡③。生含愤出,自念良不如死,遂怀带入深壑。

至丛树下,方择枝系带,忽见土崖间,微露裙幅;瞬息,一婢出,睹生急返,如影就灭,土壁亦无绽痕。固知妖异;然欲觅死,故无畏怖,释带坐觇之。少间,复露半面,一窥即缩去。念此鬼物,从之必有死乐。因抓石叩壁曰:"地如可入,幸示一途! 我非求欢,乃求死者。"久之,无声。王又言之。内云:"求死请姑退,可以夜来。"音声清锐,细如游蜂。生曰:"诺。"遂退以待夕。未几,星宿已繁,崖间忽成高第,静敞双扉。生拾级而入。才数武,有横流涌注,气类温泉。以手探之,热如沸汤;不知其深几许。疑即鬼神示以死所,遂踊身入。热透重衣,肤痛欲糜;幸浮不沉。泅没良久,热渐可忍,极力爬抓,始登南岸,一身幸不泡伤。行次④,遥见厦屋中有灯火,趋之。有猛犬暴出,龁衣败袜。摸石以投,犬稍却。又有群犬要吠,皆大如犊。危急间,婢出叱退,曰:"求死郎来耶? 吾家娘子悯君厄穷,使妾送君入安乐窝,从此无灾矣。"挑灯导之。启后门,黯然行去。入一家,明烛射窗,曰:"君自入,妾去矣。"

生入室四瞻,盖已入己家矣。反奔而出。遇妇所役老媪曰:"终日相觅,又焉往!"反曳入。妇帕裹伤处,下床笑逆,曰:"夫妻年余,狎谑顾不

---

① 自为族——只有王姓一人。

② 折稊(tí)为匕——折断草茎当筷子。

③ 颡(sǎng)——额头。

④ 行次——摸索着行走。

识耶？我知罪矣。君受虚诮①,我被实伤,怒亦可以少解。”乃于床头取巨金二铤置生怀,曰:“以后衣食,一惟君命,可乎?”生不语,抛金夺门而奔,仍将入壑,以叩高第之门。既至野,则婢行缓弱,挑灯尤遥望之。生急奔且呼,灯乃止。既至,婢曰:“君又来,负娘子苦心矣。”王曰:“我求死,不谋与卿复求活。娘子巨家,地下亦应需人。我愿服役,实不以有生为乐。”婢曰:“乐死不如苦生,君设想何左也！吾家无他务,惟淘河、粪除、饲犬、负尸,作不如程②,则刵耳劓鼻③、敲肘刖趾④。君能之乎?”答曰:“能之。”又入后门,生问:“诸役可也。适言负尸,何处得如许死人?”婢曰:“娘子慈悲,设‘给孤园’⑤,收养九幽横死⑥无归之鬼。鬼以千计,日有死亡,须负瘗之耳。请一过观之。”移时,入一门,署“给孤园”。入,见屋宇错杂,秽臭熏人。园中鬼见烛群集,皆断头缺足,不堪入目。回首欲行,见尸横墙下;近视之,血肉狼藉。曰:“半日未负,已被狗咋⑦。”即使生移去之。生有难色。婢曰:“君如不能,请仍归享安乐。”生不得已,负置秘处。乃求婢缓颊,幸免尸污。婢诺。行近一舍,曰:“姑坐此,妾入言之。饲狗之役较轻,当代图之,庶几得当以报。”去少顷,奔出,曰:“来,来！娘子出矣。”生从入。见堂上笼烛四悬,有女郎近户坐,乃二十许天人也。生伏阶下。女郎命曳起之,曰:“此一儒生,乌能饲犬;可使居西堂,主簿。”生喜,伏谢。女曰:“汝以朴诚,可敬乃事。如有舛错,罪责不轻也!”生唯唯。婢导至西堂,见栋壁清洁,喜甚,谢婢。始问娘子官阀。婢曰:“小字锦瑟,东海薛侯女⑧也。妾名春燕。旦夕所需,幸相闻。”婢去,旋以衣履衾褥来,置床上。生喜得所。黎明,早起视事,录鬼籍。一门仆役,尽来参谒,馈酒送脯甚多。生引嫌,悉却之。日两餐,皆自内出。娘

① 虚诮——诮让无实际损害。

② 作不如程——不能按规定完成定额。

③ 刵(èr)耳劓(yì)鼻——割去耳、鼻,古酷刑。

④ 敲肘刖趾——敲碎臂肘,砍断脚趾。

⑤ 给孤园——据传中印度侨萨罗国舍卫城长者,施给佛祖释迦弁尼的修道庄园。

⑥ 横死——暴亡。

⑦ 咋(zé)——咬。

⑧ 东海薛侯女——东海郡(相当今山东枣庄一带)薛侯之女。

子察其廉谨,特赐儒巾鲜衣。凡有赍赉①,皆遣春燕。婢颇风格,既熟,颇以眉目送情。生斤斤自守,不敢少致差跌,但伪作騃钝。积二年余,赏给倍于常廪,而生谨抑如故。

一夜,方寝,闻内第喊噪。急起,捉刀出,见炬火光天。入窥之,则群盗充庭,厮仆骇窜。一仆促与偕遁,生不肯,涂面束腰,杂盗中呼曰:"勿惊薛娘子!但当分括财物,勿使遗漏。"时诸舍群贼方搜锦琴不得,生知未为所获,潜入第后独觅之。遇一伏妪,始知女与春燕皆越墙矣。生亦过墙,见主婢伏于暗陬②。生曰:"此处乌可自匿?"女曰:"吾不能复行矣!"生弃刀负之。奔二三里许,汗流竟体,始入深谷,释肩令坐。歘一虎来。生大骇,欲迎当之,虎已衔女。生急捉虎耳,极力伸臂入虎口,以代锦瑟。虎怒,释女,嚼生臂,脆然有声。臂断落地,虎亦返去。女泣曰:"苦汝矣!苦汝矣!"生忙遽未知痛楚,但觉血溢如水,使婢裂衿裹断处。女止之,俯觅断臂,自为续之;乃裹之。东方渐白,始缓步归。登堂如墟。天既明,仆媪始渐集。女亲诣西堂,问生所苦。解裹,则臂骨已续;又出药糁其创,始去。由此益重生,使一切享用,悉与已等。臂愈,女置酒内室以劳之。赐之坐 ,三让而后隅坐③。女举爵如让宾客。久之,曰:"妾身已附君体,意欲效楚王女之于臣建④。但无媒,羞自荐耳。"生惶恐曰:"某受恩重,杀身不足酬。所为非分,惧遭雷殛⑤,不敢从命。苟怜无室,赐婢已过。"一日,女长姊瑶台至,四十许佳人也。至夕,招生入,瑶台命坐,曰:"我千里来,为妹主婚,今夕可配君子。"生又起辞。瑶台遽命酒,使两人易盏。生固辞,瑶台夺易之。生乃伏地谢罪,受饮之。瑶台出,女曰:"实告君:妾乃仙姬,以罪被谪。自愿居地下,收养冤魂,以赎帝谴。适遭天魔之劫,遂与君有附体之缘。远邀大姊来,固主婚嫁,亦使代摄家政,以便从君归耳。"生起敬曰:"地下最乐!某家有悍妇,且室宇隘陋;势不能员园委曲,以

---

① 赍赉(jī lài)——奉送赏赐。

② 暗陬(zōu)——昏暗的角落。

③ 隅坐——坐在偏座上。

④ 楚王女之于臣建——春秋时楚国大夫钟建负楚平王之女随君出逃避祸,后楚王女主动向钟建求婚,结为夫妻。

⑤ 雷殛——雷击。

每①其生。”女笑曰：“不妨。”既醉，归寝，欢恋臻至。过数日，谓生曰：“冥会不可长，请郎归。君干理家事毕，妾当自至。”以马授生，启扉自出，壁复合矣。

生骑马入村，村人尽骇。至家门，则高庐焕映矣。先是，生去，妻召两兄至，将箠楚报之；至暮，不归，始去。或于沟中得生履，疑其已死。既而年余无耗。有陕中贾某，媒通兰氏，遂就生第与妇合。半年中，修建连亘。贾出经商，又买妾归，自此不安其室。贾亦恒数月不归。生讯得其故，怒，系马而入。见旧媪，媪惊伏地。生叱骂久，使导诣妇所，寻之已遁；既于舍后得之，已自经死。遂使人舁归兰氏。呼妾出，年十八九，风致亦佳，遂与寝处。贾托村人，求反其妾，妾哀号不肯去。生乃具状，将讼其霸产占妻之罪。贾不敢复言，收肆西去。方疑锦瑟负约；一夕，正与妾饮，则车马扣门而女至矣。女但留春燕，余即遣归。入室，妾朝拜之。女曰：“此有宜男相②，可以代妾苦矣。”即赐以锦裳珠饰。妾拜受，立侍之；女挽坐，言笑甚欢。久之，曰：“我醉欲眠。”生亦解履登床，妾始出；入房，则生卧榻上；异而反窥之，烛已灭矣。生夜不宿妾室。一夜，妾起，潜窥女所，则生及女方共笑语。大怪之。急反告生，则床上无人矣。天明，阴告生；生亦不自知，但觉时留女所、时寄妾宿耳。生嘱隐其异。久之，婢亦私生，女若不知之。婢忽临蓐难产，但呼“娘子”。女入，胎即下；举之，男也。为断脐置婢怀，笑曰：“婢子勿复尔！业多③，则割爱④难矣。”自此，婢不复产。妾出五男二女。居三十年，女时返其家，往来皆以夜。一日，携婢去，不复来。生年八十，忽携老仆夜出，亦不返。

太　原　狱

太原有民家，姑妇皆寡。姑中年，不能自洁，村无赖频频就之。妇不

---

① 每——贪。

② 宜男相——能生男孩的体貌。

③ 业多——佛教用语，此指多产子女。

④ 割爱——割断情爱。

善其行，阴于门户墙垣阻拒之。姑惭，借端出妇①；妇不去，颇有勃谿②。姑益恚，反相诬，告诸官。官问奸夫姓名。媪曰："夜来宵去，实不知其阿谁，鞫女自知。"因唤妇。妇果知之，而以奸情归媪，苦相抵。拘无赖至，又哗辨③："两无所私，彼姑妇不相能，故妄言相诋毁耳。"官曰："一村百人，何独诬汝？"重笞之。无赖叩乞免责，自认与妇通。械妇，妇终不承，逐去之。妇忿告宪院，仍如前，久不决。时淄邑孙进士柳下令临晋④，推折狱才，遂下其案于临晋。人犯到，公略讯一过，寄监讫，便命隶人备砖石刀锥，质理⑤听用。共疑曰："严刑自有桎梏。何将以非刑折狱耶？"不解其意，姑备之。明日，升堂，问知诸具已备，命悉置堂上。乃唤犯者，又一一略鞫之。乃谓姑妇："此事亦不必甚求清析。淫妇虽未定，而奸夫则确。汝家本清门，不过一时为匪人所诱，罪全在某。堂上刀石具在，可自取击杀之。"姑妇趑趄，恐邂逅抵偿⑥，公曰："无虑，有我在。"于是媪妇并起，掇石交投。妇衔恨已久，两手举巨石，恨不即立毙之；媪惟以小石击臀腿而已。又命用刀。妇把刀贯胸膺，媪犹逡巡未下。公止之曰："淫妇我知之矣。"命执媪严梏之，遂得其情。笞无赖三十，其案始结。

附记：公一日遣役催租，租户他出，妇应之。役不得贿，拘妇至。公怒曰："男子自有归时，何得扰人家室！"遂笞役，遣妇去。乃命匠多备手械，以备敲比⑦。明日，合邑传颂公仁。欠赋者闻之，皆使妻出应，公尽拘而械之。余尝谓：孙公才非所短，然如得其情，则喜而不暇哀矜矣。

---

① 借端出妇——找借口休妻。
② 勃谿——指婆媳争吵。
③ 哗辨——高声争辩。
④ 临晋——旧县名，今属山西省。
⑤ 质理——审讯案件。
⑥ 邂逅抵偿——碰巧将人打死而抵死罪。
⑦ 敲比——敲扑追比。

新 郑 讼

长山石进士宗玉①,为新郑②令。适有远客张某,经商于外,因病思归,不能骑步,赁禾车一辆,携资五千,两夫挽载以行。至新郑,两夫往市饮食,张守资独卧车中。有某甲过,睨之,见旁无人,夺资去。张不能御,力疾起,遥尾缀之,入一村中;又从之,入一门内。张不敢入,但自短垣窥觇之。甲释所负,回首见窥者,怒执为贼,缚见石公,因言情状。问张,备述其冤。公以无质实,叱去之。二人下,皆以官无皂白。公置若不闻。颇忆甲久有逋赋③,遣役严追之。逾日,即以银三两投纳。石公问金所自来。甲云:"质衣鬻物。"皆指名以实之。石公遣役令视纳税人,有与甲同村者否。适甲邻人在,唤入问之:"汝既为某甲近邻,金所从来,尔当知之。"邻曰:"不知。"公曰:"邻家不知,其来暧昧。"甲惧,顾邻曰:"我质某物、鬻某器,汝岂不知?"邻急曰:"然,固有之矣。"公怒曰:"尔必与甲同盗,非刑询不可!"命取梏械。邻人惧曰:"吾以邻故,不敢招怨;今刑及己身,何讳乎。彼实劫张某钱所市也。"遂释之。时张以丧资未归,乃责甲押偿之。此亦见石之能实心为政也。

异史氏曰:"石公为诸生时,恂恂雅饬④,意其人翰苑⑤则优,簿书则诎⑥。乃一行作吏⑦,神君之名,噪于河朔。谁谓文章无经济哉!故志之以风⑧有位者。"

---

① 石进士宗玉——石日琮,字宗玉,清初进士。

② 新郑——今河南新郑县。

③ 逋赋——拖欠赋税。

④ 恂恂雅饬——文雅端方,恭恭敬敬。

⑤ 翰苑——翰林院。

⑥ 诎——短。

⑦ 一行作吏——初次做官。

⑧ 风——讽谏。

李象先

李象先，寿光①之闻人②也。前世为某寺执爨③僧，无疾而化。魂出栖坊上，下见市上行人，皆有火光出颠上④，盖体中阳气也。夜既昏，念坊上不可久居，但诸舍暗黑，不知所之。唯一家灯火犹明，飘赴之。及门，则身已婴儿。母乳之。见乳恐惧；腹不胜饥，闭目强吮。逾三月余，即不复乳；乳之，则惊惧而啼。母以米沛间枣栗哺之，得长成。是为象先。儿时至某寺，见寺僧，皆能呼其名。至老犹畏乳。

异史氏曰："象先学问渊博，海岱清士⑤。子早贵，身仅以文学⑥终，此佛家所谓有福业未修者耶？弟亦名士，生有隐疾，数月始一动⑦；动时急起，不顾宾客，自外呼而入，于是婢媪尽避；使及门复痿⑧，则不入室而反。兄弟皆奇人也。"

房文淑

开封⑨邓成德，游学至兖⑩，寓败寺中，佣为造齿籍⑪者缮写。岁暮，僚役各归家，邓独炊庙中。黎明，有少妇叩门而入，艳绝，至佛前焚香叩拜

---

① 寿光——今山东寿光县。
② 闻人——有声望之人。
③ 执爨——烧火。
④ 颠上——头顶上。
⑤ 海岱清士——东海、泰山一带的高洁之士。
⑥ 以文学终——以生员（秀才）而终老。
⑦ 动——性欲冲动。
⑧ 痿——阳痿。
⑨ 开封——府名，治今河南开封市。
⑩ 兖——州名，治今山东兖州市。
⑪ 告齿籍——编制户口名册。

而去。次日，又如之。至夜，邓起挑灯，适有所作，女至益早。邓曰："来何早也？"女曰："明则人杂，故不如夜。太早，又恐扰君清睡。适望见灯光，知君已起，故至耳。"生戏曰："寺中无人，寄宿可免奔波。"女哂曰："寺中无人，君是鬼耶？"邓见其可狎，俟拜毕，曳坐求欢。女曰："佛前岂可作此。身无片椽，尚作妄想！"邓固求不已。女曰："去此三十里某村，有六七童子，延师未就。君往访李前川，可以得之。托言携有家室，令别给一舍，妾便为君执炊，此长策也。"邓虑事发获罪。女曰："无妨。妾房氏，小名文淑，并无亲属，恒终岁寄居舅家，有谁知。"邓喜。既别女，即至某村，谒见李前川，谋果遂。约岁前即携家至。既反，告女。女约候于途中。邓告别同党，借骑而去。女果待于半途，乃下骑以辔授女，御之而行。至斋，相得甚欢。积六七年，居然琴瑟，并无追逋逃者。女忽生一子。邓以妻不育，得之甚喜，名曰"兖生"。女曰："伪配终难作真。妾将辞君而去，又生此累人物何为！"邓曰："命好，倘得余钱，拟与卿遁归乡里，何出此言？"女曰："多谢，多谢！我不能胁肩谄笑①，仰大妇眉睫，为人作乳媪，呱呱者难堪也！"邓代妻明不妒，女亦不言。月余，邓解馆，谋与前川子同出经商。告女："我思先生设帐，必无富有之期。今学负贩，庶有归时。"女亦不答。至夜，女忽抱子起。邓问："何作？"女曰："妾欲去。"邓急起，追问之，门未启，而女已杳。骇极，始悟其非人也。邓以形迹可疑，故亦不敢告人，托之归宁而已。

初，邓离家，与妻娄约，年终必返；既而数年无音，传其已死。兄以其无子，欲改醮之。娄更以三年为期，日惟以纺绩自给。一日，既暮，往扃外户，一女子掩入，怀中绷儿，曰："自母家归，适晚，知姊独居，故求寄宿。"娄内之。至房中，视之，二十余丽者也。喜与共榻，同弄其儿，儿白如瓠。叹曰："未亡人②遂无此物！"女曰："我正嫌其累人，即嗣为姊后，何如？"娄曰："无论娘子不忍割爱；即忍之，妾亦无乳能活之也。"女曰："不难。当儿生时，患无乳，服药半剂而效。今余药尚存，即以奉赠。"遂出一裹③，置窗间。娄漫应之，未遽怪也。既寝，及醒呼之，则儿在而女已启门去矣。

---

① 胁肩谄笑——强装欢颜。

② 未亡人——寡妇自称。

③ 裹——包。

骇极。日向辰①,儿啼饥。娄不得已,饵其药,移时湩流②,遂哺儿。积年余,儿益丰肥,渐学语言,爱之不啻己出,由是再醮之心遂绝,但早起抱儿,不能操作谋衣食,益窘。

一日,女忽至。娄恐其索儿,先问其不谋而去之罪,后叙其鞠养之苦。女笑曰:"姊告诉艰难,我遂置儿不索耶?"遂招儿。儿啼入娄怀。女曰:"犊子不认其母矣!此百金不能易,可将金来,署立券保。"娄以为真,颜作赪,女笑曰:"姊勿惧,妾来正为儿也。别后虑姊无豢养之资,因多方措十余金来。"乃出金授娄。娄恐受其金,索儿有词,坚却之。女置床上,出门径去。抱子追之,其去已远,呼亦不顾。疑其意恶。然得金,少权子母,家以饶足。又三年,邓贾有赢余,治装归。方共慰藉,睹儿问谁氏子。妻告以故。问:"何名?"曰:"渠母呼之,'兖生。'"生惊曰:"此真吾子也!"问其时日,即夜别之日。邓乃历叙与房文淑离合之情,益共欣慰。犹望女至,而终渺矣。

秦 桧

青州冯中堂③家,杀一豕,焊④去毛鬣,肉内有字云:"秦桧⑤七世身。"烹而啖之。其肉臭恶,因投诸犬。呜呼!桧之肉,恐犬亦不当食之矣!

闻益都⑥人说:中堂之祖,前身在宋朝为桧所害,故生平最敬岳武穆⑦。于青州城北通衢旁建岳王殿,秦桧、万俟卨⑧伏跪地下。往来行人瞻礼岳王,则投石桧、卨,香火不绝。后大兵征于七之年⑨,冯氏子孙毁岳

---

① 辰——辰时,七时至九时。
② 湩(zhòng)——乳汁。
③ 冯中堂——冯溥,清初进士,官至内阁大学士。
④ 焊(qián)——烧烫后拔其毛。
⑤ 秦桧——宋代奸臣。
⑥ 益都——县名,分属山东省。
⑦ 岳武穆——即岳飞,南宋抗金将领,死后被追封为鄂王,谥武穆。
⑧ 万俟卨(mó qí xiè)——南宋奸臣,与秦桧狼狈为奸。
⑨ 于七之年——指清初于七领导的反清暴动。

王像。数里外,有俗祠“子孙娘娘”,因舁桧、禼其中,使朝跪焉。百世下,必有杜十姨、伍髭须[①]之误,甚可笑也。

又青州城内,旧有澹台子羽[②]祠。当魏珰[③]烜赫时,世家中有媚之者,就子羽毁冠去须,改作魏监。此亦骇人听闻者也。

浙东生

浙东生房某,客于陕,教授生徒。尝以胆力自诩。一夜,裸卧,忽有毛物从空堕下,击胸有声;觉大如犬,气咻咻然,四足挠动。大惧,欲起;物以两足扑倒之,恐极而死。经一时许,觉有人以尖物穿鼻,大嚏[④],乃苏。见室中灯火荧荧,床边坐一美人,笑曰:“好男子!胆气固如此耶!”生知为狐,益惧。女渐与戏,胆始放,遂共狎昵。积半年,如琴瑟之好。一日,女卧床头,生潜以猎网蒙之。女醒,不敢动,但哀乞。生笑不前。女忽化白气,从床下出,恚[⑤]曰:“终非好相识!可送我去。”以手曳[⑥]之,身不觉自行。出门,凌空翕飞[⑦]。食顷,女释手,生晕然坠落。适世家园中有虎阱[⑧],揉木为圈,绳作网以覆其口。生坠网上,网为之侧[⑨];以腹受网,身半倒悬。下视,虎蹲阱中,仰见卧人,跃上,近不盈尺,心胆俱碎。园丁来饲虎,见而怪之。扶上,已死;移时,渐苏,备言其故。其地乃浙界,离家止四百余里矣。主人赠以资遣归。归告人曰:“虽得两次死,然非狐则贫不

① 杜十姨、伍髭须——杜十姨,杜十娘,与杜拾遗(杜甫)无关,以讹传讹,杭州的蠢才竟误以杜十娘像配祀刘伶;伍髭须,伍子胥,本为春秋时吴国大夫,而蠢才却以为有五处胡须的“五髭须”。

② 澹台子羽——春秋时鲁国人,孔门弟子,貌丑而有德行。

③ 魏珰——魏忠贤,明后期大宦官,为害甚烈。

④ 嚏(tì)——打喷嚏。

⑤ 恚(huì)——愤怒。

⑥ 曳——拉,拖。

⑦ 翕(xī)飞——二人合飞。

⑧ 虎阱——捕捉老虎的陷阱。

⑨ 侧——倾斜。

能归也。”

博兴女

博兴①民王某，有女及笄。势豪某窥其姿，伺女出，掠去，无知者。至家逼淫，女号嘶撑拒，某缢杀之。门外故有深渊，遂以石系尸，沉其中。王觅女不得，计无所施。天忽雨，雷电绕豪家，霹雳一声，龙下攫豪首去。天晴，渊中女尸浮出，一手捉人头，审视，则豪头也。官知，鞫其家人，始得其情。龙其女之所化与？不然，何以能尔也？奇哉！

一员官

济南同知②吴公，刚正不阿。时有陋规，凡贪墨者亏空犯赃罪，上官辄庇之，以赃分摊属僚，无敢梗者。以命公，不受；强之不得，怒加叱骂。公亦恶声还报之，曰："某官虽微，亦受君命。可以参处③，不可以骂詈也！要死便死，不能损朝廷之禄，代人上枉法赃耳！"上官乃改颜温慰之。人皆言斯世不可以行直道；人自无直道耳，何反咎斯世之不可行哉！会高苑④有穆情怀者，狐附之，辄慷慨与人谈论，音响在坐上，但不见其人。适至郡⑤，宾客谈次，或诘之曰："仙固无不知，请问郡中官共几员？"应声答曰："一员。"共笑之。复诘其故，曰："通郡官僚虽七十有二，其实可称为官者，吴同知一人而已。"

是时泰安知州张公，人以其木强⑥，号之"橛子"。凡贵官大僚登岱

---

① 博兴——今山东博兴县。

② 同知——官员，知府的副职。

③ 参处——弹劾处分。

④ 高苑——旧县名，今属山东省。

⑤ 郡——府城，指统辖高苑的济南府。

⑥ 木强——朴实、倔犟。

者,夫马兜舆之类,需索烦多,州民苦于供亿。公一切罢之。或索羊豕,公曰:"我即一羊也,一豕也,请杀之以犒驺从。"大僚亦无奈之。公自远宦,别妻子者十二年。初莅泰安,夫人及公子自都中来省之,相见甚欢。逾六七日,夫人从容曰:"君尘甑犹昔,何老诗①不念子孙耶?"公怒,大骂,呼杖,逼夫人伏受。公子覆母号泣,求代。公横施挞楚,乃已。夫人即偕公子命驾归,矢曰:"渠即死于是,吾亦不复来矣!"逾年,公卒。此不可谓非今之强项令②也。然以久离之琴瑟,何至以一言而躁怒至此,岂人情哉!而威福能行床第③,事更奇于鬼神矣。

丐仙

高玉成,故家子,居金城④之广里。善针灸,不择贫富辄医之。里中来一丐者,胫有废疮,卧于道,脓血狼藉,臭不可近。居人恐其死,日一饴⑤之。高见而怜焉,遣人扶归,置于耳舍⑥。家人恶其臭,掩鼻遥立,高出艾亲为之灸,日饷以疏食。数日,丐者索汤饼。仆人怒诃之。高闻,即命仆赐以汤饼。未几,又乞酒肉。仆走告曰:"乞人可笑之甚!方其卧于道也,日求一餐不可得;今三饭犹嫌粗粝,既与汤饼,又乞酒肉。此等贪饕⑦,只宜仍弃之道上耳!"高问其疮,曰:"痂渐脱落,似能步履,顾假呻嗄作呻楚状。"高曰:"所费几何!即以酒食馈之,待其健,或不吾仇也。"仆伪诺之,而竟不与;且与诸曹偶语,共笑主人痴。次日,高亲诣视丐,丐跛而起,谢曰:"蒙君高义,生死人而肉白骨,惠深覆载。但新瘥未健,妄思馋嚼耳。"高知前命不行,呼仆痛笞之,立命持酒炙饵丐者。仆衔之,夜分,纵火焚耳舍,乃故呼号。高起视,舍已烬,叹曰:"丐者休矣!"督众救

① 老诗(bèi)——年老昏痴糊涂。
② 强项令——不肯低头的倔犟县令。
③ 床第(zǐ)——床席,代指夫妻性生活。
④ 金城——古郡名。
⑤ 饴(sì)——喂。
⑥ 耳舍——偏屋,正门两旁的屋舍。
⑦ 贪饕(tāo)——极度贪食。

灭。见丐者酣卧火中，齁声雷动。唤之起，故惊曰："屋何往？"群始惊其异。高弥重之，卧以客舍，衣以新衣，日与同坐处。问其姓名，自言："陈九。"居数日，容益光泽，言论多风格。又善手谈①，高与对局，辄败；乃日从之学，颇得其奥秘。如此半年，丐者不言去，高亦一时少之不乐也。即有贵客来，亦必偕之同饮。或掷骰为令，陈每代高呼采，雉卢②无不如意。高大奇之。

每求作剧，辄辞不知。一日，语高曰："我欲告别。向受君惠且深，今薄设相邀，勿以人从也。"高曰："相得甚欢，何遽诀绝？且君杖头空虚，亦不敢烦作东道主。"陈固邀之曰："杯酒耳，亦无所费。"高曰："何处？"答云："园中。"时方严冬，高虑园亭苦寒。陈固言："不妨。"乃从如③园中。觉气候顿暖，似三月初。又至亭中，益暖。异鸟成群，乱哢清咮④，仿佛暮春时。亭中几案，皆镶以瑙玉。有一水晶屏，莹澈可鉴：中有花树摇曳，开落不一；又有白禽似雪，往来鸼⑤于其上。以手抚之，殊无一物。高愕然良久。坐，见鸜鹆⑥栖架上，呼曰："茶来！"俄见朝阳丹凤⑦，衔一赤玉盘，上有玻璃琖二，盛香茗，伸颈屹立。饮已，置琖其中，凤衔之，振翼而去。鸜鹆又呼曰："酒来！"即有青鸾黄鹤⑧，翩翩自日中来，衔壶衔杯，纷置案上。顷之，则诸鸟进馔，往来无停翅；珍错杂陈，瞬息满案，肴香酒冽，都非常品。陈见高饮甚豪，乃曰："君宏量，是得大爵。"鸜鹆又呼曰："取大爵来！"忽见日边炯炯，有巨蝶攫鹦鹉杯，受斗许，翔集案间。高视蝶大于雁，两翼绰约，文采灿丽，亟加赞叹。陈唤曰："蝶子劝酒！"蝶展然一飞，化为丽人，绣衣翩跹，前而进酒。陈曰："不可无以佐觞。"女乃仙仙而舞。舞到酣际，足离于地者尺余，辄仰折其首，直与足齐，倒翻身而起立，身未尝着于尘埃。且歌曰："连翩笑语踏芳丛，低亚花枝拂面红。曲折不知金钿

① 手谈——下围棋。

② 雉卢——代指赌博。

③ 如——到，往。

④ 乱哢(lòng)清咮(zhòu)——群鸟杂乱鸣叫。

⑤ 句辀(gōu zhōu)——鸟鸣声。

⑥ 鸜鹆(qú yù)——即"八哥"。

⑦ 朝阳丹凤——凤凰。

⑧ 青鸾黄鹤——传说中的神鸟。

落，更随蝴蝶过篱东。”余音嫋嫋，不啻绕梁。高大喜，拉与同饮。陈命之坐，亦饮之酒。高酒后，心摇意动，遽起狎抱。视之，则变为夜叉，睛突于眥，牙出于喙，黑肉凹凸，怪恶不可状。高惊释手，伏几战栗。陈以箸击其喙，诃曰：“速去！”随击而化，又为蝴蝶，飘然飏去。高惊定，辞出。见月色如洗，漫语陈曰：“君旨酒嘉肴，来自空中，君家当在天上。盍携故人一游？”陈曰：“可。”即与携手跃起。遂觉身在空冥，渐与天近。见有高门，口园如井，入则光明似昼。阶路皆苍石砌成，滑洁无纤翳。有大树一株，高数丈；上开赤花，大如莲，纷纭满树。下一女子，捣绛红之衣于砧[①]上，艳丽无双。高木立睛停，竟忘行步。女子见之，怒曰：“何处狂郎，妄来此处！”辄以杵投之，中其背。陈急曳于虚所[②]，切责之。高被杵，酒亦顿醒，殊觉汗愧。乃从陈出，有白云接于足下。陈曰：“从此别矣。有所嘱，慎志勿忘：君寿不永，明日速避西山中，当可免。”高欲挽之，反身竟去。

高觉云渐低，身落园中，则景物大非。归与妻子言，共相骇异。视衣上着杵处，异红如锦，有奇香。早起，从陈言，裹粮入山。大雾障天，茫茫然不辨径路。蹑荒急奔，忽失足，堕云窟中，觉深不可测；而身幸不损。定醒良久，仰见云气如笼。乃自叹曰：“仙人令我逃避，大数终不能免，何时出此窟耶！”又坐移时，见深处隐隐有光，遂起而渐入，则别有天地。有三老方对弈，见高至，亦不顾问，棋不辍。高蹲而观焉。局终，敛子入盒，方问客何得至此。高言：“迷堕失路。”老者曰：“此非人间，不宜久淹。我送君归。”乃导至窟下，觉云气拥之以升，遂履平地。见山中树叶深黄，萧萧木落，似是秋杪[③]。大惊曰；“我以冬来，何变暮秋？”奔赴家中，妻子尽惊，相聚而泣。高讶问之，妻曰：“君去三年不返，皆以为异物矣。”高曰：“异哉，才顷刻耳。”于腰中出其糗粮，已若灰烬。相与诧异。妻曰：“君行后，我梦二人皂衣闪带[④]，似谇赋者[⑤]，汹汹然入室张顾，曰：‘彼何往？’我诃之曰：‘彼已外出。尔即官差，何得入闺闼中！’二人乃出，且行且语云‘怪

---

① 砧——捣衣石。

② 虚所——无人之处。

③ 秋杪——晚秋季节。

④ 闪带——闪光的腰带。

⑤ 谇（suì）赋者——追逼赋税的人。

事怪事'而去。"乃悟已所遇者,仙也;妻所梦者,鬼也。高每对客,衷杵衣①于内,满座皆闻其香,非麝非兰,着汗弥盛。

人　妖

马生万宝者,东昌②人,疏狂不羁。妻田氏,亦放诞风流,伉俪③甚敦。有女子来,寄居邻人某媪家,言为翁姑所虐,暂出亡。其缝纫绝巧,便为媪操作,媪喜而留之。逾数日,自言能于宵分④按摩,愈女子瘵蛊。媪常至生家,游扬其术,田亦未尝着意。生一日于墙隙窥见女,年十八九已来,颇风格,心窃好之。私与妻谋,托疾以招之。媪先来,就榻抚问已,言:"蒙娘子招,便将来。但渠畏男子,请勿以郎君入。"妻曰:"家中无广舍,渠侬⑤时复出入,可复奈何?"已又沉思曰:"晚间西村阿舅家招渠饮,即嘱令勿归亦大易。"媪诺而去。妻与生用拔赵帜易汉帜计⑥,笑而行之。

日曛黑,媪引女子至,曰:"郎君晚回家否?"田曰:"不回矣。"女子喜曰:"如此方好。"数语,媪别去。田便燃烛展衾,让女子先上床,已亦脱衣隐烛。忽曰:"几忘却,厨舍门未关,防狗子偷吃也。"便下床启门易生,生窸窣入,上床与女共枕卧。女颤声曰:"我为娘子医清恙⑦也。"间以昵词。生不语。女即抚生腹,渐至脐下。停手不摩,遽探其私,触腕崩腾。女惊怖之状,不啻误捉蛇蝎,急起欲遁。生沮⑧之,以手入其股际,则擂垂盈掬,亦伟器也。大骇呼火。生妻谓事决裂,急燃灯至,欲为调停。则见女赤身投地乞命,妻羞惧趋出。生诘之。云是谷城⑨人王二喜,以兄大喜为

---

① 衷杵衣——将被捣过的衣服贴身穿上。
② 东昌——府名,治今山东聊城县。
③ 伉俪——夫妻。
④ 宵分——深夜。
⑤ 渠侬——古吴地方言,此代指其夫。
⑥ 拔赵帜易汉帜计——指汉赵井陉之战中,韩信诱赵军出营后,以轻骑入越营,拔赵帜,立汉帜,大破赵军。此指夫妻调包,欺骗对方。
⑦ 清恙——敬称他人患病。
⑧ 沮(jǔ)——阻止。
⑨ 谷城——古县名,今属山东省。

桑冲门人①,因得转传其术。又问:“玷几人矣?”曰:“身出行道不久,只得十六人耳。”生以其行可诛,思欲告郡,而怜其美,遂反接而宫之②,血溢殒绝。食顷复苏,卧之榻,覆之衾,而嘱曰:“我以药医汝,创痏③平,从我终焉可也,不然事发不赦。”王诺之。

明日,媪来。生绐之曰:“伊是我表侄女王二姐也,以天阉为夫家所逐,夜为我家言其由,始知之。忽小不康,将为市药饵,兼请诸其家,留与荆人作伴。”媪入室,视王,见其面色败如尘土,即榻问之。曰:“隐所暴肿,恐是恶疽。”媪信之去。生饵以汤,糁④以散,日就平复。夜辄引与狎处,早起则为田提汲补缀,洒扫执炊,如媵婢然。

居无何,桑冲伏诛⑤,同恶者七人并弃市⑥,惟二喜漏网。檄各属严缉。村人窃共疑之,集村媪隔裳而探其隐,群疑乃释。王自是德生,遂从马以终焉。后卒,即葬府西马氏墓侧,今依稀在焉。

异史氏曰:“马万宝可谓善于用人者矣。儿童喜蟹可把玩,而又畏其钳,因断其钳而蓄之。呜呼,苟得此意,以治天下可也。”

---

① 桑冲门人——桑冲弟子。桑冲,明石州人,以男饰女,巧习女红,以接近妇女,暗中奸污,明成化年间事发被诛。

② 宫之——将其男性生殖器割掉。

③ 创痏(wěi)——创伤。

④ 糁——撒上药粉。

⑤ 伏诛——被处决正法。

⑥ 弃市——杀人示众。

附 录

蛰 蛇

予邑郭生，设帐于东山之和庄，蒙童五六人，皆初入馆者也。书室之南为厕所，乃一牛栏；靠山石壁，壁上多杂草蓁莽。童子入厕，多历时刻而后返。郭责之。则曰："予在厕中腾云。"郭疑之。童子入厕，从旁睨之，见其起空中二三尺，倏起倏堕；移时不动。郭进而细心审，见壁缝中一蛇，昂首大于盆，吸气而上。遂遍告庄人共视之。以炬火焚壁，蛇死壁裂。蛇不甚长，而粗则如巨桶。盖蛰于内而不能出，已历多年者也。

龙

博邑有乡民王茂才，早赴田。田畔拾一小儿，四五岁，貌丰美而言笑巧妙。归家子之，灵通非常。至四五年后，有一僧至其家。儿见之，惊避无迹。僧告乡民曰："此儿乃华山池中五百小龙之一，窃逃于此。"遂出一钵，注水其中，宛一小白蛇游衍于内，袖钵而去。

爱 才

仕宦中有妹养宫中而字贵人者，有将官某代作启，中警句云："令弟从长，奕世近龙光，貂珥曾参于画室；舍妹夫人，十年陪凤辇，霓裳遂灿于朝霞。寒砧之杵可掬，不捣夜月之霜；御沟之水可托，无劳云英之捣。"当事者奇其才，遂以文阶换武阶，后至通政使。

梦　狼 附则二

又邑宰杨公,性刚鲠,撄其怒者必死。尤恶隶皂,小过不宥。每凛坐堂上,胥吏之属,无敢咳者。此属间有所白,必反而用之。适有邑人犯重罪,惧死。一吏索重赂,为之缓颊。邑人不信,且曰:“若能之,我何靳报焉。”乃与要盟。少顷,公鞫是事。邑人不肯服。吏在侧呵语曰:“不速实供,大人械梏死矣!”公怒曰:“何知我必械梏之耶?想其赂未到耳。”遂责吏,释邑人。邑人乃以百金报吏。要知狼诈多端,此辈败我阴骘,甚至丧我身家。不知官官者作何心腑,偏要以赤子饲麻胡也!